斯大林格勒

为了正义的事业

СТАЛИНГРАД

Василий Гроссман

[苏联] 瓦西里·格罗斯曼　著

纪梦秋　肖万宁　译

上海三联书店

本项目得到上海文化基金会资助出版

瓦西里·谢苗诺维奇·格罗斯曼　著

罗伯特·钱德勒（Robert Chandler）及

伊丽莎白·钱德勒（Elizabeth Chandler）　翻译

罗伯特·钱德勒及尤里·比特—于楠（Yury Bit-Yunan）　编辑

2022 年 2 月 8 日，译者据英文版翻译

2023 年 2 月 25 日，本书初稿翻译完成

瓦西里·谢苗诺维奇·格罗斯曼（1905—1964）出生于乌克兰别尔季切夫的一个犹太人家庭。1934年他发表了《在别尔季切夫城》（In the Town of Berdichev）和《格柳考乌夫》（Glyukauf）。前者是一部短篇小说集，很快就受到读者的交口称赞；后者是一本关于顿巴斯矿工的小说。第二次世界大战期间，格罗斯曼是苏军机关报《红星报》的记者。他的报道《特雷布林卡的地狱》（The Hell of Treblinka，1944）笔调生动、风格冷静，是全世界对纳粹死亡集中营最早的报道之一，后来在纽伦堡审判中被用作证词。《斯大林格勒》于1952年出版，为作家带来了广泛的赞誉，但随后遭遇到严厉的批评。当时，一波新的肃反风波正在酝酿。如果不是斯大林在1953年去世，格罗斯曼很可能会被逮捕。在接下来的几年里，格罗斯曼在公众的认可中完成了《生活与命运》（Life and Fate）以及《一切都在流动》（Everything Flows）。1961年克格勃没收了《生活与命运》的手稿。此后直到生命的最后一刻，格罗斯曼一直从事《一切都在流动》的写作——这是一本比《生活与命运》对苏联社会批判力度更大的作品。格罗斯曼病逝于1964年9月14日，这一天是别尔季切夫犹太人大屠杀23周年纪念日前夕，当年他的母亲在这场屠杀中罹难。

经罗伯特·钱德勒翻译出版的作品包括来自普希金、捷非（Teffi）和安德烈·普拉托诺夫（Andrey Platonov）。钱德勒曾经发表过关于普希金的短篇传记，并在企鹅书屋的经典系列中承担了三本俄罗斯文学选集的编辑工作，还在位于伦敦的普希金书屋（Pushkin House）中主持月度的翻译课程。

伊丽莎白·钱德勒和她的丈夫一起从事相关翻译工作，主要译作有普希金的《大尉的女儿》、瓦西里·格罗斯曼的《一切都在流动》和《道路》（The Road）。她也曾翻译了若干安德烈·普拉托诺夫的作品。

尤里·比特-于楠致力于研究瓦西里·格罗斯曼的作品并以此获得了博士学位。他现在从事文学史和文学批评方面的授课，并继续从事对格罗斯曼的生平和作品研究。

本书在2019年由《纽约书评》（New York Review of Books）出版

地址：纽约州纽约市，哈德森大街435号

www.nyrb.com

目 录

译 者 序

　　我最早阅读瓦西里·格罗斯曼的作品是在二十世纪九十年代末。随着当时国际环境的变化，格罗斯曼的代表作《生活与命运》于1988年在其祖国苏联首次公开出版，次年即译为中文，以《生存与命运》为书名在国内出版，这也是我首次阅读的版本。

一

　　与格罗斯曼的首次接触，很难说有一种眼前一亮的感觉。当然，他与此前我阅读过的所有苏俄作家确有相似之处，这是因他继承了俄罗斯作家喜欢长篇大论、景物抒情的写作风格，然而他的作品又与其他的苏俄作家有很大差异，体现在叙事结构松散、想要表达的主题不够明确等。而造成这一感受的原因则是后来才知道的，那就是《生活与命运》本身是一部规模宏大的"两部曲"的第二部。如果缺乏第一部——《斯大林格勒》——的铺陈和叙事，要理解《生活与命运》中复杂的人物关系并不容易。特别是一些人物在《斯大林格勒》中出现过，在《生活与命运》中再出现时，往往已跟主线相互隔绝。例如，克雷莫夫的司机谢苗诺夫在《斯大林格勒》中以配角出现，篇幅较多，最后以被俘告终。谢苗诺夫在《生活与命运》再度出场，以其经历为第一视角，但只占据一节的篇幅。如果不了解谢苗诺夫和克雷莫夫的关系，那么在阅读《生活与命运》时，会对这一人物的突然出现与消失感到不解。

同理，柳德米拉的前夫阿巴尔丘克（托利亚的生父）在《斯大林格勒》中几乎都是间接描写，但在《生活与命运》中却占据了一定篇幅。维克托罗夫、莫斯托夫斯科伊、索菲娅·奥西波夫娜在《生活与命运》中的故事非常重要，但他们与沙波什尼科夫一家的密切关系在《生活与命运》中并不明显。如果不理解这些人物跟主角的关系，看他们的故事会有突兀和割裂的感觉，更不用说俄罗斯复杂的人名、父名以及昵称，常常会看得人眼花缭乱，且这两部曲涉及的主要角色更是有上百人之多。显然，没有《斯大林格勒》中文译本，《生活与命运》对读者的友好程度会大为下降。

遗憾的是，《生活与命运》的出版已是命途多舛，《斯大林格勒》的出版之曲折却更甚。它始终没有能够以作者所希望的版本全文出版。如英文译者介绍，《斯大林格勒》先后出版了若干个俄语版本，但每一个版本都非完全版，且根据当时的政治氛围予以了大幅修改和增补，部分人物的性格和命运也发生了变化。在《斯大林格勒》中，将安娜·谢苗诺夫娜最后一封家书转交给莫斯托夫斯科伊的那位伊万尼科夫，在《生活与命运》中以伊孔尼科夫的名字出现，且成为了一个哲学意味深长的人物。在《生活与命运》中出现的珍妮·亨利霍夫娜，在《斯大林格勒》中的内容则被全部删除。在这里需要感谢《斯大林格勒》英文版的译者钱德勒夫妇。他们经过长期的研究和寻找，用拼图的方式，最大程度地还原了《斯大林格勒》版本，并在 2019 年予以翻译出版。这也是我们今天看到的中文版《斯大林格勒》的底版。

出于上述原因，我们今天有幸看到的《斯大林格勒》和《生活与命运》在情节上保留了连贯性，但由于写作年代与环境不同，两者所传递的思想内涵乃至叙事风格有所区别。然而，这种区别又体现出作品的连贯性和一致性。如果按照年代发展审视格罗斯曼的作品，会发现他通过写作传达出来的思想变化存在着阶段性的演进过程。1942 年出版的《人民是不朽的》中，作者完全采用了典型的社会主义现实主义风格，大量使用了讴歌、拔高和象征的方式以突出主角的高大全形象。但在战争期间奠定初稿，在战后出版的《斯大林格勒》中，尽管也延续了社会主义现实主义风格，作者内心思想矛盾之处却随处可见，突出地表现在众多的正面人物与反映社会现实的情节，彼此之间构成了难以协调的冲突。西伯利亚矿工艰苦的井下生活与不断败退的苏军司令部中的"将军专用"食堂形成了鲜明对比；师长在艰苦的战场上派人冒着生命危险给自己送新鲜牛奶与后方吃不饱的集体农庄工人生活形成了鲜明对比；院士波斯托耶夫红光满面的形象与留守莫斯科研究所的安娜·斯杰潘诺夫娜营养不良的外表也构成了类似鲜明的对比。作者在写作中并非不想寻求对这些矛盾的调和，但似乎未能给出一个完整的思路。

很显然，在《斯大林格勒》长期的增删出版过程中，格罗斯曼经历了极其痛苦的思想斗争。这一切反映在本书当中，使它既不像《人民是不朽的》那样，完全倾心于歌颂英雄主义，也不能像《生活与命运》那样，用手术刀一般精确而冷静的笔触去批判现实。

在我看来，这正是《斯大林格勒》一书最宝贵之处。它不仅是一个完整的叙事过程的起点和重要部分，也反映出作家一生的思想转折和挣扎。《人民是不朽的》是格罗斯曼写作生涯早期的成功之作；20 世纪 60 年代成稿的《生活与命运》标志着他的思想完成了巨大的转折。在《斯大林格勒》中，他的观点还是不够鲜明，表述也不够清晰，但已经混沌初分；《一切都在流动》是格罗斯曼最后的作品，意味着他彻底站在一个批判者的立场，不再有任何忌惮和保留。在历时二十年的转折过程中，《斯大林格勒》的成稿与出版介于《人民是不朽的》和《生活与命运》之间，代表着思想的震荡与转向。它与格罗斯曼的其他作品一起，构成了一个苏联时期成长起来的作家所经历的曲折心路历程。

苏联作为人类历史之一部分，几乎从头到尾影响着格罗斯曼的成长历程。1905年，格罗斯曼出生在乌克兰别尔季切夫的一个工程师家庭。他的父亲以社会革命党人身份参加了当年的俄国革命。在格罗斯曼的中学时期，十月革命爆发。父亲的道路在一定程度上影响了成长中的格罗斯曼。他是倾心于革命的。1929年，格罗斯曼从苏联的顶级高校莫斯科大学数学物理系毕业，随后前往斯大林诺（即今乌克兰顿涅茨克）的一家矿场担任工程师。20世纪30年代，格罗斯曼的作品受到高尔基赏识，奠定了他作为职业作家的基础。苏德战争爆发后，格罗斯曼成为苏军《红星报》随军记者，经历了战争全程。

从这段简历里不难看出，格罗斯曼是标准的苏联体制培养出来的精英。他成长于革命年代，成名于斯大林时期。按照当时的标准，他的出身、教育、写作甚至从军经历堪称洁白无瑕，无可挑剔。索尔仁尼琴出身于地主家庭，帕斯捷尔纳克出身于富裕的城市知识分子家庭，相比之下，格罗斯曼的成长背景似乎更接近于农民出身、以布尔什维克身份参加苏俄内战的肖洛霍夫（两人恰好同年出生）。这样的人理应被苏联体制吸收、培养并擢升至高层。然而，经过痛苦的成长之后，经历了严酷的苏德战争之后，格罗斯曼逐渐在思想上向帕斯捷尔纳克靠拢。而在他最后的作品《一切都在流动》中，他对待苏联体制的立场已经与索尔仁尼琴无异。

不过，格罗斯曼本人不像索尔仁尼琴那样长寿，也不具备索尔仁尼琴的思想得以成长和深化的空间。他从未属于俄罗斯传统的知识分子阶层，生命后期则游离在苏联主流作家群体之外。否则，以其身份之特殊和经历之丰富，格罗斯曼在思想上未必不会有所成就。实际上，在《生活与命运》当中，我们已隐约可以看到他身上乌克兰人和犹太人意识的觉醒。在《一切都在流动》中，他试图将对体制的批判上升到对俄罗斯民族性的批判。而索尔仁尼琴则刚好相反，想通过斯拉夫-东正教传统文化为俄罗斯的未来发展提供解决方案。两者之间思想之不同也在提醒我们，格罗斯曼在苏俄文学史中有着自己的独特位置。

格罗斯曼的成长与转折，给他的身份以及思想认同带来了矛盾与困惑。这种矛盾与困惑又让其作品与同期苏联文学作品产生了众多的不同特征。以两部曲为例，很难用某种既定文学详细分类加以归类，既不完全是历史小说，也不全是批判社会现实小说。苏俄文学中反映苏德战争的文学作品汗牛充栋。其中以占比最高的军事文学作品而言，又有"战壕真实""司令部真实"等流派。但格罗斯曼的这两部曲不宜用"战壕真实"或"司令部真实"加以区分，甚至也不能认为是纯粹的军事文学作品。在《生活与命运》中，直接描写战争的篇幅比例并不高，但在《斯大林格勒》中确实也有大量笔触描绘了司令部和前线的各种细节。该书军事写实的能力和其他优秀的军事文学作品一样，自然、流畅且真实，带有明显的新闻纪实特点。格罗斯曼本身的战地记者经历也为类似情节增加了不少精彩成分。从文学风格上来说，直到《斯大林格勒》为止，社会主义现实主义风格依旧浓厚。在《生活与命运》当中，这种风格大幅淡化了，意味着作者尝试着寻找新的叙事方式和笔调，但写作的惯性又让他未能如愿。

从整体上来说，《斯大林格勒》的军事色彩更加浓厚，而《生活与命运》则更倾向于描写人的命运与时代之间的冲突。前者融入了太多编辑想要增补的内容，稀释了作者的创作本意，但同时也有意无意地留下了气势磅礴的战争年代全景。英文译者认为这是格罗斯曼想要留下一部可以与《战争与和平》比肩的作品。从这个意义而言，确实如此。

二

但是，将《斯大林格勒》两部曲称之为"二十世纪的《战争与和平》"似乎并不恰当。如同人一样，成功的文学作品是独一无二的，在审美、叙事和思想境界上无一不是如此。

我从读者和译者的角度来看，《斯大林格勒》和《生活与命运》两部曲并没有解决作者思想上的痛苦。相对于托翁成熟而连贯的哲学体系而言，格罗斯曼甚至没有来得及建立完整的自身思想体系。他也不像肖洛霍夫和帕斯捷尔纳克那样能够举重若轻，将自己的疑问交给历史和命运。所以，我们看到众多人物近似默默无闻地消失在《生活与命运》结尾。全书如静水深流，绝大部分角色的命运与结局甚至毫无暗示：谢廖扎失踪了；诺维科夫被解除了军长职务，被派到莫斯科学习；斯皮里多诺夫如流放一般被调往乌拉尔。唯一能够确定命运足迹的只有叶尼娅。她将像十二月党人的妻子那样，追随克雷莫夫前往西伯利亚的劳改营。也许，这就是本书留给读者们的线索和启示，哪怕它是如此晦暗不清。

是的，"晦暗不清"就是作品留给读者的最终印象之一，这是因为作者本身无法从这百万余字的皇皇巨著中给出一个明确清晰的方向，这也是让我这样的读者在接触格罗斯曼之初感到困惑的原因。难道作家在创作时不该告诉读者，他找到了解决叙事冲突的方式吗？

的确，格罗斯曼敏锐地发现了问题，但谁也无法回答这些问题。与其强行给予各个角色一个应有的结局，不如避免矫揉造作，生搬硬套，让他随着历史的潮流而逝去。这也构建了本书开放式结局的特点：每个角色按照应有的逻辑存在、奋斗、生活和沉淀；戏剧性的转折不是这两部曲的主要叙事方式。

两部曲结构宏大，角色众多，但因增删过多，思虑过重，也存在着叙事略显松散的问题。精彩的战地记者经历和长期的新闻写作，让他在细节上的描述十分准确和到位，近似于一部精巧的摄像机。但这也时不时让细节上的妙笔生花隐藏住主线的走向。

然而，超越这些细节本身，却时常能够感受到作者看待历史经历时的独特视角。像三棱镜将阳光还原成七色一样，格罗斯曼审视"人"在战争中，尤其是在战争这样临界压力之下的多种命运。《斯大林格勒》开始之际，作者用饶有象征意味的一次家庭聚会，将主要人物介绍给读者：1942年初夏，斯大林格勒的一家人和他们的朋友为一家之长亚历山德拉·弗拉基米罗夫娜庆祝生日。在《生活与命运》收尾时，时间轴前行到1943年初春。参加过这次生日聚会的人及其他关联角色或罹难，或牺牲，或失踪，或被俘遇害，或被捕流放。也有人阴差阳错，平步青云。只有亚历山德拉·弗拉基米罗夫娜顽强地继续生活在被战争摧毁的城市中。本书的时间纵深很浅，只有不到一年。但每个角色都有自己的历史叙事，正如莫斯托夫斯科伊承载了1905年革命前后的历史叙事、克雷莫夫承载了十月革命的历史叙事、斯特拉姆承载了五年计划时的知识分子叙事一样，作者将不同阶段的历史予以多角色分配与解读，使其作品能够将极其深厚的历史压缩在极为短暂的时间纵深之中。

三

时隔多年之后，我们再回望格罗斯曼所处的年代，将其与当下对比，现实比历史更能让人感到命运的无常。苏德战争结束不到八十年，俄罗斯和乌克兰已经走上两条截然不同的道路。从这个意义而言，《斯大林格勒》很容易给人带来沉重的虚无感。克雷莫夫在跨过伏尔加河进入斯大林格勒战场之前曾自问，再过五六十年，人们是否还会记得成千上万的年轻军人，从东岸跨过伏尔加河，奔赴自己生命的终点？他的这一问题，答案在今天已然很明晰。格罗斯曼试图以史诗般的笔调书写斯大林格勒。在八十年后，历史的变迁本身也为这本书增加了意想不到的、史诗般的悲剧之美。一切诚如《生活与命运》中的那段名言：

> 雪覆盖了如网般纵横交错的战时的道路，覆盖了硝烟和污

泥……积雪下沉睡着强者和弱者、勇士和懦夫、幸福的人和不幸的人。这不是雪，而是时间本身。洁白而又柔软的时间一层层地沉积在人类鏖战的城市废墟之上。现在的一切正在变为过去。在这场缓缓飞舞的大雪中看不见未来。

这也是我动笔翻译《斯大林格勒》的原因。起初，我只是觉得该书是格罗斯曼不可或缺的思想历程之一，有必要填补它在中文世界中的空白。书中这种悲剧之美与当前这个世界的动荡不宁相互呼应。我们也正生活在历史的动荡和变迁之中。我在多年的求学和职业生涯中，目睹和经历了这一动荡，亲身体会到了历史变迁的张力，对《斯大林格勒》的悲剧之美"于我心有戚戚焉"。这也是推动我持续将其翻译完毕，形成八十余万字皇皇巨著的动力之一。疫情期间漫长的"围城"让我每天能够匀出一点时间进行不间断的翻译，约略可译千余字，终于积小流而成江海。否则，以平时高强度的工作节奏，我断然难以完成如此大规模的翻译工作。

本书翻译原文大部分基于钱德勒夫妇的英文译本，主要原因是英文译本理顺了《斯大林格勒》多个俄文版本，还通过比较格罗斯曼的俄文手稿，最大程度地还原了《斯大林格勒》全书面貌。上海三联书店也通过不懈努力购买到了英文译本的版权。如前文所述，苏联时期出版的版本因二十世纪五十年代政治曲折反复，出现了大篇幅的增删。故此，对照英文版本翻译能够照顾到全书完整性。但是，英、俄两种语言毕竟有较大差异。例如，英语中缺乏俄语"你"和"您"这样的敬语区分，其单词不像俄语那样可以判定阴性、阳性和中性。还有一些苏联独有的词汇在英语翻译中未能有明确的对照而造成语义缺失，如苏联的"民警"（Милиция）在英语中被直译为"警察"（policeman），虽然两者功能上相似，但因语境不同，所体现的历史意义亦差别甚大。本书在翻译进程中根据俄文相关版本进行了订正和补充。但如上所述，因俄文版版本众多，内容差异很大，无法根据俄语版对英文版进行完全一致的校订。这不能不说是本书一大遗憾。

因为基础文本仍是英文版，本书中俄语诗歌的翻译一度变得相当棘手。文学翻译本身就有"诗歌不可译"的争论，盖因诗歌语言的审美和语境与原创语言密不可分，用其他语言翻译会对诗歌之美带来损失，用第三种语言转译无疑将会带来更大的审美损失。幸运的是，格罗斯曼是帝俄时期著名诗人丘特切夫的拥趸，本书引用的诗歌部分来自丘特切夫，而我国已有翻译大家出版过丘特切夫的诗歌译文全集。最终，本书译者通过对照俄文版和中文版，尽最大可能呈现了书中诗歌的原本色彩。

另一繁复的工作是补充各种脚注。本书章节众多，内容浩繁，涉及众多苏俄和德国历史名人、文化典故和思想观点。英文译者本身已附上众多注释，但似仍有不足。为方便读者理解，本书译者也在一些可能引发读者疑问之处，在自身认知范围之内进行了加注补充。但这样的注释仅限于对信息的解释和补充，并尽量避免给出自身的价值判断，以免对阅读产生不必要的，甚至是错误的引导。

翻译《斯大林格勒》，完全是因为个人兴趣所在，对全书翻译毫无计划，不知何时能成，不知译毕能否出版。好友沈菁从一开始便给予鼓励和支持，主动协助翻译出版进程，审读译稿，四处沟通联络，幸得上海三联书店关注，资深编辑王赟老师青眼有加，对译稿进行了仔细的审校，提出了许多有益的修改意见，考虑周详方才付梓。如果没有他们的慧眼和不懈努力，本书的出版恐有镜花水月之虞。同时也感谢上海三联书店在此书的版权引起、出版和推广上付出的辛勤工作。本书花落上海三联，是我能够想到的格罗斯曼中文版的最佳归宿。

纪梦秋

2023 年 11 月

《战争与和平》《黑皮书》及《斯大林格勒》的多个版本

［英］罗伯特·钱德勒

（铁木辛哥元帅）脸上浮现出疲倦的笑容："名字，名字——我要说多少次？您必须知道手下的名字！"他转向诺维科夫，问道："上校，您知道他的名字吗？"

诺维科夫说出了死者的名字："阿尔费罗夫中校。"

"愿记忆永存！[1]"铁木辛哥说。

一

瓦西里·格罗斯曼的《生活与命运》被奉为二十世纪的《战争与和平》。它已经被翻译成大多数欧洲国家的语言，还被译成中文、日语、朝

---

1 中文译者注：这是东正教葬礼即将结束时说的一句祝祷用语。

鲜语、土耳其语和越南语。它被制作成舞台剧、电视连续剧和长达八小时的 BBC 广播剧。但许多读者可能都没有意识到，格罗斯曼刚开始并不打算把《生活与命运》当作一部单独的小说，而是把它当作反映斯大林格勒战役的两部密切关联小说的第二部。如果用最简单的方式来形容的话，这是个"两部曲"（dilogy）。两部小说的第一部完成于 1952 年，在受到了严厉的审查后以《为了正义的事业》(*For a Just Cause*) 为书名出版。格罗斯曼本人则希望以《斯大林格勒》为这部小说名。这也是我们为什么将这一名字作为该书英文版的名称之原因。

这两部小说里很多人物都是连贯的，整个故事线是一致的。《生活与命运》的叙事始于 1942 年 9 月末，正是《斯大林格勒》的结尾。伊孔尼科夫关于"无意义的良善"(Senseless Kindness) 的文章在《生活与命运》中出现，而且甚至是小说的中心内容之一。不过，这篇文章最早在《斯大林格勒》中就出现了。另外一个在《生活与命运》中出现的、最值得记住的内容是维克托·斯特拉姆的母亲写给他的信。信中讲述了她在别尔季切夫犹太人聚居区里度过的最后岁月。这封信对于两部小说来说都同样重要。格罗斯曼也许想要在《生活与命运》里重点写这封信的主要内容。在《斯大林格勒》中，他想要告诉读者，信是如何送到维克托手里，而他在读了信之后是怎样感受的。

格罗斯曼从开始写《斯大林格勒》到完成《生活与命运》用了十五年时间。《生活与命运》集中呈现了格罗斯曼相当部分的道德和政治哲学，以及别的一些对应观念。这种哲学和道德思想是各种观念的调和，既包含了对极权主义思想本质的洞悉，也有对看上去似乎是相当友善但实则存在危险部分的意识形态的揭示，同时还呈现了每个人对自身行为所承担的道德义务。正是这种哲学上的深度，使许多读者纷纷表示，这部小说改变了他们的生活。与《生活与命运》相反，《斯大林格勒》没有那么哲学化。它更注重于当下，展现的是更加丰富和多样的人的故事。

在苏德战争的四年中，格罗斯曼绝大部分时候都作为战地记者出现在前线。他有出色的记忆力和非凡的交流能力，能够和各行各业的人说得上话。战争年代里，他还能相对自由地获得大量军事信息。他的战争笔记包括数百人的简要传记、各种零碎的对话、灵机一动的洞见和未尝预见到的各种现象。这些信息很多都被写入了《斯大林格勒》，让这本书具有了非凡的活力和某种平等意味的特质。格罗斯曼能够以同样细致入微的笔触描写一位红军高级将领的经历，也能以此来描写一位刚刚应征入伍的民兵，或者一位被吓坏的家庭妇女。他甚至用了让人吃惊的篇幅来描写斯大林格勒战役中河边陡崖上那些动物——猫狗、骆驼、老鼠、鸟类、鱼和昆虫——的生活状态。

很少有哪个战地记者在短短数年内经历了战争的众多场景还能保持无动于衷。格罗斯曼对撤退中的部队进行了大篇幅的心态描述，其笔触既深刻又细致。在某座大城市遭到了大规模空袭后，格罗斯曼对城市居民的感受和想法进行的再现可谓是百科全书式的。他对斯大林格勒火车站保卫战的描写堪称与《伊利亚特》比肩。他对某一位知晓自己即将在未来二十四小时内战死的年轻人的内心活动描绘也令人信服得啧啧称奇。

格罗斯曼是角色画像的大师。他有一种天赋，能够通过某些细小但是生动的细节传递感情。例如，安静而温和的别洛兹金少校与他的妻子失去了联系，不知她是否还在世。格罗斯曼写道，在一顿奢侈到异乎寻常的晚饭前坐下，别洛兹金"用手摸着西红柿，希望能够找到已熟透却又不太软的一个。接下来他觉得有点尴尬，伤心地想起塔玛拉曾跟他说过不能这么做。她不喜欢大家用手去蹭那些放在公盘上的西红柿和黄瓜"。

在视角不断转换方面，格罗斯曼也展示出同样灵巧的能力。他能够迅速地在微观和史诗般的场景之间做出切换。他对笔下的角色——无论是德国人，还是本国的俄罗斯人——都能够做到充分的理解。他创造的最有意思的一个角色是巴赫中尉。这是一个知识分子，原来并不赞同纳粹的观点，但逐渐在纳粹思想的引诱下屈服了。作为第一批向顿河进军的德军某师中的一个连长，巴赫中尉觉得自己参与了一场壮丽的、史诗级别的冒险：

> 他长身立起，用脚跺着地面。他觉得这么做好像是在踢着天空……他用他的皮肤、他的全身似乎就可以感受到自己延伸到了所经过的异乡的最远端。比起他焦虑地扫了一眼大门然后低声说出自己那些不可告人的想法的那个时刻，他现在好像强大了很多。那时候他真的明白那些伟大的头脑们本来可以在今天取得如此成就吗？那些伟大的头脑们现在是不是和这支强大的胜利之师站在一起？又或是和那些悄声低语、身上散发着樟脑球味儿的老人和妇女们在一起？

在后来完成的《生活与命运》一书中，翻过了一千页之后，巴赫中尉发现他受到了欺骗。关于这一点，读者们也许不会感到惊奇。惊奇的是格罗斯曼具备这样一种能力，让我们意识到人本身非常容易受到欺骗。

《斯大林格勒》是 20 世纪最伟大的小说之一。如果说后续发生的事情为它投下了阴影，那么可能得归咎于两个原因。首先，我们受到了冷战思维的束缚。我们没法意识到，这部小说首先发表于斯大林时代末期。这是一个思想文化领域最顽固的时刻，那时的小说没有引起我们的关注。书中还有许多出色的角色，出于当时完全可以理解的原因，被编辑从小说中抹去了。我自己在过去多年里也懒得去改变自己的这一成见。历史学家约亨·赫尔贝克（Jochen Hellbeck）后来才说服了我去读一遍小说并自己做出判断。尽管这来得有点晚，但还是得好好感谢他。

第二个原因则是此前出版的多个《斯大林格勒》版本，不管是用俄语还是别的语言出版的，都没有公正地对待格罗斯曼创作这部小说的原意。在最早的创作中，有许多大胆诙谐生动和富有洞察力的段落从未获得发表，它们的读者可能不过几十人。正如同苏联许多编辑一样，格罗斯曼的编辑也扮演了审查者的角色。他要求作者删除了这些片段。学者们现在也未能认真研究和发表格罗斯曼手稿中这些具有重要价值的部分。

我们在翻译过程中尽可能地还原了他的原创。能够将格罗斯曼最精彩的文字首次发表出来，对于我们是一种荣耀，希望读者能够从他的这部著作中发现作者所具有的全部幽默、冲动和慷慨情感。

二

在苏联任何时代，《战争与和平》都没有像二战期间那样获得如此广泛的阅读。当局有无数理由去推广这部作品。托尔斯泰被认为是社会主义现实主义的先行者。作品本身描述的战争终局显而易见也是正面的。电台里长篇播送《战争与和平》。在保卫斯大林格勒战役中发挥过重要作用的两名将军都在战后说到托尔斯泰之于他们的重要性。罗季姆采夫将军说他读了三遍小说。崔可夫将军在1943年接受采访时说，托尔斯泰笔下的将领们是他在评估自己行动时的榜样。教育人民委员部印刷了许多本小册子，就如何总结《战争与和平》并向战士们进行解释作出指示。1941年8月末9月初，格罗斯曼的母亲叶卡捷琳娜·萨维利耶娃在别尔季切夫犹太人聚居区里度过自己被纳粹枪杀前的最后时光时，曾用法语版的《战争与和平》作为教材，给和自己住在一起的医生的孩子们上法语课。至于格罗斯曼本人，他写道："在整个战争当中，我唯一读到的书是《战争与和平》，读了两次。"格罗斯曼的女儿叶卡捷琳娜·科罗特科娃在她的回忆录中简要地写道："我记得他在斯大林格勒写的信中说：'轰炸机，炮击，地狱一般的爆炸。根本没法阅读。'然后，他出乎意料地写道：'根本没法读任何东西，除了《战争与和平》。'"

苏联文化界和政治体制希望出现一个"红色托尔斯泰"、苏维埃时期的托尔斯泰。1945年6月23日格罗斯曼发表的一篇短文证实了他试图成为红色托尔斯泰的决心，也证实了他对于这一角色应承担的责任具有深刻认识。1944年的一场艰苦战斗中，他在某步兵师师部所经历的那种气氛，催生了他这一念头。当时，该步兵师师长正处于沉重的压力之下。师长的顶头上司通过野战电话对他大喊大叫，而他的下级则在恳求他提供力不能及的支援。在某一个时刻，格罗斯曼想象他躲在师长的靴子里，感受着那沉重的压力。"就在那一刻，师长好像读懂了我的想法——他本来像是完全忘记了有我那么一个人在那儿——他转过脸来对我微笑，带着点幸灾乐祸的表情对我说：'行了，我可能现在满头大汗。到了战争结束，轮到作家来描写眼下这个场面，他们就得满头大汗了。'"格罗斯曼又把视线转回到当下，1945年6月，德国人投降仅仅六周之后："现在，是轮到我们作家担负起责任的时候了。我们真的理解这一远非简单，甚至是高贵的任务的重要性了吗？我们真的认识到，现在我们要以比任何人更加坚定的态度，投入到这场与遗忘进行的战斗，以抗拒抹平一切、缓慢流淌的时间长河吗？"格罗斯曼总结说："我们的劳动成果能不能达到之前伟大的文学历史的高度？我们能否成为未来的标杆？今天我们只能给出否定的回答。在我们的文学界，会常常遇到某些夸夸其谈和自吹自擂的现象，常常会遇到某些人，因为完成了匆忙肤浅的作品、得到了微不足道的收获就变得懒惰、自得和骄傲。面对这一切，一个否定的回答让我们变得更加痛苦。"

从结构上来看，《斯大林格勒》两部曲显然是模仿了《战争与和平》，格罗斯曼多次直接参考了托尔斯泰。如果觉得他只是简单地模仿他的这位前辈，那么格罗斯曼就不成为格罗斯曼了。他的第一步就是质疑托尔斯泰。1941年秋季，格罗斯曼来到了托尔斯泰位于雅斯纳亚·波良亚纳的故居。在《斯大林格勒》的相关段落里，格罗斯曼几乎一字不漏地把自己当时所想到的和感受到的、记录在战时笔记里的文字抄写了一道。在这一段里，营级政委克雷莫夫——正如在本书的其他部分那样，他就是格罗斯曼的化身——感受如下：

> 风暴撞开了每一户俄罗斯家庭的房门，把人们从温暖的家里赶

到秋天黑色的道路上，既不放过祥和宁静的城市公寓，也不放过农村的茅舍和森林深处的小村庄。这场风暴以同样的严厉对待列夫·托尔斯泰的家。和整个国家以及人民一样，它也只得准备在雨雪中告别这里。雅斯纳亚·波良亚纳是一个活生生的、遭遇苦难的俄罗斯家庭，和成千上万个俄罗斯家庭一样。克雷莫夫在心里清清楚楚地看到了秃山和那位又老又病的公爵。现在和过去糅合在了一起。今天的这一切就是托尔斯泰笔下真实而震撼的一切。130年前的战争真实得如同纤毫毕现。

……然后托尔斯泰的孙女索菲亚·安德烈耶夫娜从房子里走了出来，脸色平静而悲哀。尽管肩上披着外套，但仍在轻微颤抖。克雷莫夫再一次感到了困惑。他不知道眼前这是玛丽亚公爵小姐在法国人到达前最后一次巡视自己的花园，还是托尔斯泰的长孙女在一丝不苟地服从命运的安排，按照爷爷的记录仔细检查早年公爵小姐离开这栋房子时的情况。

这时候克雷莫夫似乎看到了这两场战争的细微差异。后来，他终于明白，第二次世界大战的残酷程度，远远超过托尔斯泰此前的想象。

克雷莫夫看着那些倒在路边的伤员，看着他们阴郁的、饱受痛苦折磨的脸。他觉得这些人的遭遇永远不会被写进书里。这不是那些想要给战争穿上华美外套的人想要看到的。他想起了有天晚上他与一位年长的士兵的彻夜长谈。他们躺在深沟里，用一件大衣盖着身体。克雷莫夫一直没有看见那个士兵的脸。未来的作者们在自己的书里最好不要写出这段对话。托尔斯泰什么都好，但他完成的那本伟大而辉煌的著作是在1812年过去几十年后，那时候每个人所经历的痛苦都已消退，唯有睿智和光明的那部分被记住了。

当然，格罗斯曼太明白自己与托尔斯泰的不同了。托尔斯泰基本上没有遇上过审查的问题，而格罗斯曼在整个职业生涯中一直在与审查和编辑作斗争。他在30年代写的很多东西遭到了删改。1943年到1946年间，他和伊利亚·爱伦堡（Ilya Ehrenburg）一起在犹太人反法西斯委员会里编撰《黑皮书》，这是一本目击者关于在苏联和波兰领土上目击犹太人大屠杀（shoah）的记录。

1946年，苏联版的《黑皮书》做好了出版准备。但在1947年2月，苏联共产党中央委员会宣传部部长格奥尔基·亚历山德罗夫宣称："本书扭曲了反法西斯行为的本质。（它给人一种印象）那就是德国人与苏联人作战仅仅是为了要毁灭犹太人。"1947年8月最终宣布，《黑皮书》不得出版，排版也在1948年被销毁。现在战争已经打赢了，不需要索取反希特勒的国际援助了，《黑皮书》编辑就算做出再多的让步，它也是不可接受的。这时候承认在巴比亚尔或者别的纳粹刑场的遇害者绝大多数是犹太人，这可能会让人觉得苏联的其他民族成了这场种族灭绝的帮凶。在任何情况下，斯大林都不会去强调犹太人是受害者。他需要利用反犹太人的力量来强化对自己政权的支持。

1945年暮春，格罗斯曼接替爱伦堡担任《黑皮书》编委会主任。格罗斯曼的母亲在别尔季切夫被杀害，他自己写的特雷布林卡见闻也开始获得发表。《黑皮书》出版的流产对他而言，应该是很难接受的。但他仍旧坚持完成了《斯大林格勒》。这是他在战后的另一项伟大工程，证明了他有着异乎寻常的强大力量。

三

《斯大林格勒》是在斯大林时代晚期不断强化的压抑和反犹氛围中完成的。创作本书会不时受到现实的禁言问题骚扰，这毫不奇怪。有一次，维克托·斯特拉姆在研究所的会议上跟同事马克西莫夫交谈。后者谈到了他最近访问了被德国占领的捷克斯洛伐克，被亲眼见到的法西斯主义的事实深深震撼。当时《苏德互不侵犯条约》还在生效，研究所主任和同事们都想让他闭嘴。在早期的《斯大林格勒》手稿里，维克托鼓励马克西莫夫写一篇关于法西斯主义的文章，还胆大包天地想把这篇文章发到研究所通报里。马克西莫夫写了至少八十页，把文稿带到维克托的乡下别墅里。但仅在一周之后，希特勒就入侵了苏联。不管是维克托还是格罗斯曼的读者们都没有读到这篇文章哪怕一个字。维克托和马克西莫夫尽管彼此都非常想就法西斯主义进行交流，但此后甚至再也没有一起就此进行过谈话。

另外还有一份更重要的文件我们在书中也没有读到，那就是维克托·斯特拉姆的母亲安娜·谢苗诺夫娜写给儿子的最后一封信。不管是在《斯大林格勒》还是在《生活与命运》中，这都是极其震撼的一部分。我们在《斯大林格勒》中没有读到这封信，但它出现了一次又一次。格罗斯曼多次描写这封信如何从别尔季切夫的犹太人聚居区一步步走到斯特拉姆的乡下别墅。这封信在到达目的地之前转手了七次，其中不乏黑色幽默。有一次是老布尔什维克莫斯托夫斯科伊把信带到了斯大林格勒维克托的岳母亚历山德拉·弗拉基米罗夫娜家里。这一家的年轻朋友塔玛拉给他开门，看到信后说道："天呐，都脏成什么样了。谁看了都以为这封信在地下室里放了整两年。"然后她飞快地"用装饰圣诞树的粉红色厚纸把信包了起来"。

塔玛拉随后把这封信交给了诺维科夫上校。上校那会儿正准备飞往莫斯科，他来到了维克托的公寓，非常巧合地打断了维克托和年轻美貌的邻居尼娜正在进行中的亲密浪漫交流。维克托把信放到自己的手提箱里，然后把这事儿丢在了脑后。24小时后，他在他的乡下别墅里一度把这封信当成了一大块巧克力——至少，在本书的初稿里，作者曾有意想让维克托把它当成是尼娜送给他的礼物。

维克托一遍又一遍地读着信。每一次他都感到了同样的震惊，如同他在自己的乡下别墅里第一次读这封信那样。

也许他在记忆里本能地抵抗着，不愿意也不能够全盘接受这些已经存在的、让生活变得无法承受的东西。

随着《黑皮书》的被禁，格罗斯曼很可能认识到，他不能自由地把维克托母亲那封信里写到的事实呈现出来。看起来格罗斯曼做出了一个清醒的决定：与其把信的内容进行软化使之获得出版，他宁可将该信留白，用可闻可见的沉默代替它。如果真的如此，这实际上提供了一个典型案例，展现出了格罗斯曼创造性应对编辑干预的非凡能力。

从表面上看，《斯大林格勒》两部曲在许多地方上与《战争与和平》类似。两部书都交错描写了军事行动和平民生活。《斯大林格勒》两部曲围绕着一个不断外延的家庭展开，《战争与和平》围绕着一个由婚姻联系起来的家族展开，两者之间很类似。但是，两书之间还是存在着一处根本的不同。尽管格罗斯曼在书中扮演的是一个无所不知、不带偏见的叙事者的角色，但他的作品比起《战争与和平》还是具有更强的个人色彩。与托尔斯泰不同，格罗斯曼经历了他所描述的全场战争。让母亲留在别尔季切夫而不是坚持让她搬到莫斯科与自己和妻子同住，这一决定给格罗斯曼留下深深的愧疚。她的罹难让他终生负罪。安娜·谢苗诺夫娜——毫无疑问她就是格罗斯曼母亲的写照——写下的最后一封信，在《斯大林格勒》当中成了一个深深的坑。按照维克托的话来说，"就像一个没有填土的坟墓"。

四

《斯大林格勒》致敬了很多人。格罗斯曼的目的之一就是要向死者致敬，特别是向那些被遗忘的死者致敬。他描写了许多在战争头几个月牺牲在许多场小规模战斗中的人们。"有那么一些人，当他们认识到自己处于毫无希望的劣势时，反而会更加勇敢地战斗。他们是在战争第一阶段出现的英雄。很多人没有留下名字，也没有被埋葬。正因为他们，俄罗斯在很大程度上获得了拯救。"这句话听起来就像是正统的苏联宣传，但其实格罗斯曼这么做不无争议。苏联当局对待他们的士兵和军属的残酷程度，对西方读者来说是很难理解的。格罗斯曼称之为"英雄"的人当中，很多被官方列入了"失踪"而不是"阵亡"名单。如果他们的牺牲没有得到目击者证实，会轻易被当局当作逃兵。他们的家人也因此无法获得抚恤金，并有可能会终生生活在阴影中。

格罗斯曼同时也向许多知名人士致敬，其中受到特别致敬的一位人士是生物学家和植物育种学家尼古拉·瓦维洛夫（Nikolay Vavilov）。他是斯大林"大肃反"罹难者中最著名的科学家之一。在书中，格罗斯曼以惊人的坦率——也许这反而让他能够隐藏在众目睽睽之下——将瓦维洛夫的名字安在了最让人难忘的角色头上。在小说开始的头几章，聪明而勇敢的彼得·瓦维洛夫就收到了入伍征召并奔赴了前线。尽管不容易注意到，但这位著名科学家与格罗斯曼笔下的农民出身的战士非常相似。文化历史学家拉夏尔·波隆斯基（Rachel Polonsky）曾这么评论过尼古拉·瓦维洛夫："对他而言，要实现对社会主义的众多承诺，其中一个领域就是从事科学实践……他想要……改善农业，提升谷物的质量，收获更多农产品，为苏联人民提供粮食……他信仰全球研究，他想要弄明白整个地球的植物世界，想要弄明白各种农作物，包括黑麦、小麦、水稻和亚麻种类和培养方式。"另外一位历史学家加里·保罗·纳博汗（Gary Paul Nabhan）写道，瓦维洛夫"是世界上最早能够真正倾听农民们说话的人，不光倾听农夫，也倾听雇农说话，知道为什么地里丰富的种子种类对他们很重要"。格罗斯曼也说过他笔下的这位农民士兵："瓦维洛夫把全世界想象成一大块完整的田地，人民的责任就是在这上面播种和耕种……瓦维洛夫会去问大家和平时期的生活：'您的地咋样？麦子长得好不好？是不是常闹旱灾？谷子……您种不种谷子？土豆收成好不好？'"

后来，在《生活与命运》里，维克托·斯特拉姆痛惜"几十个人离开后就再也没有回来"，其中就有尼古拉·瓦维洛夫。《斯大林格勒》中，格罗斯曼只能更加隐晦地表现这一点。没有将读者的注意力吸引到瓦维洛夫这个名字上，无疑让他感到很痛苦。彼得·瓦维洛夫的一个战友曾无意中问他是不是团级政委瓦维洛夫的亲戚。彼得说他并不是政委的亲戚，只不过姓氏恰好一样而已。这种看上去漫不经心的交流当然是要唤醒人们对那位已遇害的科学家的记忆。

格罗斯曼使用尼古拉·瓦维洛夫进行影射的另外一个原因要复杂得多。著名的莫斯科大饭店经理一直为酒店里有著名科学家下榻感到非常骄傲。他能够记得哪一位科学家住进了哪一间客房。但是当向他提起瓦维洛夫时，他却很奇怪地表示不记得后者是生物学家了。瓦维洛夫的目标是让全世界不再挨饿，1943年他却死于饥饿。其实酒店经理的遗忘没有什么好奇怪的。要么是他不知道某些信息，要么是他模模糊糊地意识到有些东西最好不要记在脑袋里。

当局是不可能把尼古拉·瓦维洛夫从记忆里抹去的，所以他仍旧广为人知。但还有一个历史人物最近才从历史的遗忘中走出来，而他在《斯大林格勒》两部曲中扮演着更加重要的角色。乌克兰德裔学者塔季扬娜·捷特梅尔（Tatiana Dettmer）认为，格罗斯曼书中那位核科学家维克托·斯特拉姆是按照一个真实人物塑造的，那人就是苏联原子物理学的奠基者列夫·雅科夫列维奇·斯特拉姆（Lev Yakovlevich Shtrum）。列夫·斯特拉姆生于1890年，1936年被处决。他如同斯大林肃反中的许多罹难者一样，被指控是"托派"。在他死后，关于他的论文和书籍被从图书馆里清除出去，名字也从历史记录中删掉了。在捷特梅尔之前，没有哪一个研究格罗斯曼的学者注意到他的存在。

格罗斯曼在基辅生活和求学期间（1914—1919年和1921—1923

年），列夫·斯特拉姆在几所基辅教育机构教授物理和数学。后来他成为基辅大学理论物理系主任。科学史研究者们在重新发掘这样的人物问题上动作慢得出奇。直到2012年几位乌克兰和俄罗斯学者联合发表了一篇关于列夫·斯特拉姆的文章，这才让人们对他的理论产生关注。在这个20世纪20年代形成的理论中，他讲述了粒子的速度可能超过光速的问题。此前，人们一直认为，关于这些粒子的假设是在1962年提出来的[1]。

正如格罗斯曼让我们注意到瓦维洛夫这个名字一样，他也让我们注意到了斯特拉姆。诺维科夫上校在莫斯科出差时接到了伊万诺夫上校的电话，说有一张寄给他的明信片。诺维科夫要他看看落款好知道谁给他寄信。"接下来是短暂的沉默。伊万诺夫显然是在拼命想要看明白签名。最后他终于说道：'斯图尔姆，或者是斯特罗姆？我也没法确认。'"在《生活与命运》里，斯特拉姆面对那长长的、吓人的履历表陷入了沉思："1.姓、名字、父名……深夜在填写履历表的那个人是谁？是填斯特拉姆，还是填维克托·帕夫洛维奇？……父母亲……当维佳满两岁时他们离异了，他记得在父亲证件上的名字是平胡斯，而不是帕维尔。为什么我叫维克托·帕夫洛维奇呢？我是谁，我是否认识自己，万一我其实是戈利德曼，或许是萨盖达奇内？或者他是法国人德福洛，是杜布罗夫斯基？"萨盖达奇内（17世纪哥萨克盖特曼，20世纪20年代早期生活在基辅的一名艺术家与他同名）和普希金作品中的英雄人物杜布罗夫斯基（一个骗子和逃犯）可能是作者随意安放上去的名字，但亚历山大·戈利德曼也是一名物理学家，20年代到30年代在基辅工作。他是列夫·斯特拉姆的导师。1921年到1923年格罗斯曼在基辅念书时，亚历山大·戈利德曼在他所在的学校里任教。

列夫·斯特拉姆被逮捕两年后，戈利德曼在1938年被捕。不过他幸存了下来，在战后继续教授物理。在捷特梅尔看来，"如果我们假设格罗斯曼知道列夫·斯特拉姆和戈利德曼的最终命运，维克托在小说中说怀

---

1 中文译者注：这些粒子现在被称为"速子"，taychon。

疑自己是斯特拉姆，而不提戈利德曼，那就意味深长了。戈利德曼和列夫·斯特拉姆都是斯大林时代的牺牲者。戈利德曼活下来了，而斯特拉姆却没有——某种程度上他只在格罗斯曼的小说里复活了"。

小说里的斯特拉姆和历史中的斯特拉姆在生活中有许多平行之处。两者都是核科学家，都热衷于相对论，同时又广泛地关注社会和政治话题。与维克托一样，列夫有两个孩子。一个男孩（名字也叫作维克托）来自他的第一次婚姻，一个女孩则来自第二次婚姻。列夫肯定知道《生活与命运》中绝大部分维克托所认识的物理学家：阿布拉姆·约菲（Abram Ioffe）、尼古拉·米特洛凡诺维奇·克雷洛夫（Nikolay Mitrofanovich Krylov）、伊戈尔·库尔恰托夫（Igor Kurchatov）、列夫·朗道（Lev Landau）、列昂尼德·曼德尔斯塔姆（Leonid Mandelstam），还有伊戈尔·塔姆（Igor Tamm）[1]。在书中，格罗斯曼曾说到维克托研究所里发生了一场冲突，把许多重要的科学家和实验室工人给赶走了，水平不高但是更加顺从的人调了进来。这显然是根据 1944 年国立莫斯科大学物理系的一场真实冲突描写的。

读者们都知道格罗斯曼本人从青少年时期至死，对物理学都非常着迷。在给父亲的一封信中，他说："从十四岁到二十岁（就是格罗斯曼在基辅生活和学习的那一段时间），我满怀热情地致力于精密科学的学习，对其他任何事情都不感兴趣。"他的战时笔记里画了一张链式反应的图表。正如列夫·斯特拉姆，格罗斯曼热烈地崇拜着爱因斯坦。在约翰·加拉德（John Garrard）和卡罗尔·加拉德（Carol Garrard）撰写的格罗斯曼传记中，有一幅插图，上面是格罗斯曼书房的书架上放着两幅爱因斯坦的照片。列夫·斯特拉姆留存下来的照片中，有一张显示他的书房里放着一张爱因斯坦和一张马克斯·普朗克的照片。

列夫·斯特拉姆的两个表兄弟列夫·列文和格雷戈里·列文是格罗斯曼在学校里的同学。1929 年在写给父亲的一封信中，格罗斯曼很随意地提到，他曾拜访过列夫·斯特拉姆，还向他借过钱。这意味着他很了

---

1 英文译者注：有列夫·斯特拉姆和列夫·朗道的合影。斯特拉姆的女儿、物理学家叶莲娜·利沃芙娜（Yelena Lvovna）在阿布拉姆·约菲的列宁格勒研究所里工作。

解斯特拉姆。格罗斯曼在基辅时，斯特拉姆也许当过他的老师。关于这一点，目前虽然还没有无可辩驳的证据予以证明，但并非不可能。《斯大林格勒》中，作者曾激情洋溢地描写了一段关于维克托·斯特拉姆的导师切佩任进行授课的场面，这应该是格罗斯曼对列夫·斯特拉姆授课并激发他热情的详细回忆：

> 这些方程式似乎充满了人的力量：它们可能就是人对于忠诚、怀疑和挚爱充满激情的宣示。随着切佩任把各种问号、省略号和象征成功的惊叹号画满黑板，这种感受进一步深化了。当一堂课结束，看着听课的人把方根、积分、微分和三角符号——这些由人的意志和聪明才智将其汇聚在一起组成的整齐划一的军团[1]——从黑板上擦去时，无疑是痛苦的。正如珍贵的手稿那样，这块黑板本应当留给后世子孙。

如果格罗斯曼真的记住了列夫·斯特拉姆，上面的最后一句话只能让人越发感到辛酸。格罗斯曼已经把这块"黑板"留给了后世子孙们。

捷特梅尔指出，格罗斯曼赋予两部曲的主角以这样一个名字，还有这样的职业、家庭、兴趣，甚至不惜让主角与"人民公敌"的朋友交往，这绝不是他的天真无知。他应该知道这么做将会把他和作品置于危险之中。唯一的结论只能是，列夫·斯特拉姆对于他而言一定是异常重要的人，而格罗斯曼从他那里受惠实多[2]。

1　中文译者注：这里的英文用了"regiment"（团），是一个双关语。1779 年，瑞士大名鼎鼎的数学家莱昂哈德·欧拉（Leonhard Euler）曾提出一个问题：从不同的 6 个军团（army regiment）各选 6 种不同军阶（rank）的 6 名军官（officers）共 36 人，排成一个 6 行 6 列的方队，使得各行各列的 6 名军官恰好来自不同的军团，而且军阶各不相同，应如何排这个方队？历史上称这个问题为"三十六军官问题"。

2　英文译者注：我深深感谢塔季扬娜·捷特梅尔与我分享她最近的研究成果。她本人的俄语版著作《物理学家列夫·斯特拉姆：知名小说中的不知名英雄》（*The Physicist Lev Shtrum, Unknown Hero of a Famous Novel*）已由自由电台（Radio Liberty）出版，详见：https://www.svoboda.org/a/29512819.html。

五

格罗斯曼也许希望他的作品能够在医治战争创伤方面发挥治愈和缓和作用。关于究竟是苏军炮兵还是步兵在拯救斯大林格勒这个问题上，曾经爆发过激烈的争论。格罗斯曼花费了不少的篇幅，想要证明两者缺一不可。他用同样平衡的做法来处理一些更加重要但是却至今也没有答案的问题。关于斯大林在 1942 年 7 月 28 日发布的那个残酷的"不许后退一步"的命令，格罗斯曼坚持认为，它同时也激发了红军普通士兵发自内心的、决不后退的决心。他认为，战士们的勇气和爱国精神是与生俱来的。因此，他决不会同意西方历史学家的那些观点，认为士兵们拼死作战是因为他们遭到了秘密警察要将他们当作逃兵枪决的恐吓。格罗斯曼将斯大林的命令视为关键性因素，因为斯大林说出了战士们内心对祖国的热爱，并强化了这一爱国精神。

不过，在其他领域里，格罗斯曼开始变得很尖锐。他在《斯大林格勒》当中讨论得最多的是和高尔基的辩论。1932 年，格罗斯曼在努力推动他的第一本小说、描述顿巴斯矿工生活的《格柳考乌夫》出版。有个编辑告诉他书中有些情节是"反革命"的。当时高尔基是苏联文学体制当中最有影响力的作家，格罗斯曼想要获得他的支持。在给高尔基的第一封信里，他写道："我在斯摩良卡 -11 矿区生活和工作了三年，写下了我的所闻所见。我写的是真相，尽管是艰辛的真相。真相永远不会是反革命的。"高尔基回了一封长信，明确认可了格罗斯曼的才能，但对他关于真相的态度进行了批评：

> 光说"我写的是真相"是远远不够的。作者应该问自己两个问题："首先，什么真相？其次，为什么？"我们都知道在我们的世界

里有两个真相。一种是存在于过去的、占据绝对优势的、邪恶而肮脏的真相。现在，这一真相已经被另一种新生的、还在不断成长的真相所取代……作者深刻地了解到了过去的真相，但他没有深入理解应对这一真相的做法。作者真实地描述了煤矿工人的愚钝——他们斗殴、酗酒，这一切主宰了生活。这就是我们必须与之战斗，并且毫不留情地予以根除的真相。

《斯大林格勒》里，玛露霞，一位共产党预备党员，在和她的艺术家妹妹叶尼娅发生争论时，严丝合缝地展现出了上面的思想："只有乱七八糟的画家才会看懂的东西……你应该去画海报。我知道你要说啥——你要说生活的真相……我跟你说了多少次了，真相有两种。一种是该诅咒的过去施加在我们身上的现实，另一种是战胜过去的、真正的现实。后者这才是真相，我要在这种真相当中生活。"她正说着，这一家人的老朋友，一名外科医生插嘴说道：

> "不对，玛露霞，"索菲亚·奥西波芙娜说，"你错了。作为一名外科医生，我告诉你世界上没有两种真相，只有一种。我在把伤员的腿给锯下来的时候，不知道有两种真相。要是我们假装有两种真相，事情就麻烦了。在战争中也是如此，而且在事情糟糕到了今天这个程度时尤其如此，只有一种真相，痛苦的真相。但它能救我们的命。要是德国人打进了斯大林格勒，你就知道不论追寻哪个真相，你都追寻不到。到时候你就完蛋了。"

尽管高尔基很早对格罗斯曼进行了批评，但在后者1934年成功开启文学生涯方面，他到底扮演了一个非常核心的角色。正如列夫·斯特拉姆那样，高尔基是格罗斯曼的导师。他对高尔基感恩在心。与列夫·斯特拉姆不一样的是，高尔基是个模棱两可的人。在革命引发的浪潮中，许多作家忍饥挨饿，高尔基在出版领域的工作使他们不至于成为饿殍。但从 1928 年到 1936 年去世，高尔基又是斯大林许多最残酷政策的同谋。格罗斯曼有可能认为自己从高尔基那里受惠，但这更加坚定了他进行真实写作的决心。不，他不能像高尔基那样，受到权力和成就带来的特权的引诱。苏联军队机关报《红星报》主编大卫·奥尔登博格（David Ortenberg）记得，他曾与格罗斯曼就一个作品里的英雄主角是否应该死去发生过争论。格罗斯曼表示："我们必须体现战争中无情的真相。"

六

苏联政权需要苏维埃的托尔斯泰。同时，在 1945 年之后，斯大林也需要一个敌人来证明自己的合法性，如果这个敌人来自内部则更佳。这个选择实在太容易了。当时反犹情绪席卷整个俄罗斯和乌克兰。格罗斯曼是新一代托尔斯泰的备选，但他又是个犹太人。这就将他置于一个危险的时间点中[1]。

选择谁成为苏联的托尔斯泰是一个令人惶惑不安的问题。苏联作协和苏共中央宣传部长期以来一直存在着对立。在上述问题上，苏共宣传部选择的是一个现在已经被遗忘的作家米哈伊尔·布宾诺夫（Mikhail Bubyonnov）。苏联作协主席亚历山大·法捷耶夫和《新世界》杂志主编亚历山大·特瓦尔多夫斯基（Tvrdovsky）倾向于支持格罗斯曼。从政治的敏感程度上来看，法捷耶夫和特瓦尔多夫斯基显而易见地低估了反犹太人行动正在蔓延的程度。他们选择在 1952 年 7 月发表了《斯大林格勒》（当时书名被改为《为了正义的事业》）。正是在这个月，犹太人反法西斯委员会的大部分负责人被秘密审判。8 月，他们被全部处决。

1　英文译者注：关于这一段重要的解读，最终在关于格罗斯曼的三卷自传中进行了详细阐述。此处承蒙比特-于楠和费利德曼指教。

《为了正义的事业》在体制内获得了热烈的讨论。苏联作协散文处提名授予该书斯大林奖金[1]。但是，1953年1月13日《真理报》发表了一篇名为《冒充医生和教授的凶恶间谍和杀手》的文章，指责苏联一些最知名的医生试图毒杀斯大林以及其他政治和军事领导人。这些医生绝大部分是犹太人。这些指控显然是一场对苏联犹太人进行大规模清洗的前奏。

一个月以后，2月13日，布宾诺夫发表了一篇贬低《为了正义的事业》的书评，迅速形成了一场针对格罗斯曼的风暴。主要的报纸都发表了相关文章，冠以"一部扭曲苏联人民形象的小说""在错误的道路上""变形的镜子"等标题。特瓦尔多夫斯基和《新世界》的整个编委会毫无例外地公开承认这部作品的发表是一个严重的错误。

此事发生后不久，格罗斯曼做出了一个具备背叛意味的行动，从此让他后悔终生：他同意在一封要求处决"杀手医生"的公开信上签名。他可能持有一个不理性的想法——既然医生们怎样都会被处决，这封信如果能够证明犹太人整体上是清白的，何妨签名呢？不管脑袋里是怎么想的，他在签完名字后立刻后悔了。《生活与命运》里有一大段基于上面这些事实进行的描述，最后的结尾是维克托·斯特拉姆在类似的信上签名后，向他那已不在世的母亲祈祷，求她帮他不要再流露出类似的软弱。

格罗斯曼的"背叛"并没有让他的日子好过一些。对他的攻击变得更加猛烈了。当时苏联最著名的作家米哈伊尔·肖洛霍夫（Mikhail Sholokhov）此前表示过对《斯大林格勒》的赞赏。而现在，他允许布宾诺夫引用自己在某个重要会议上的一句发言："格罗斯曼的作品是朝着苏联人民脸上啐了一口。"苏联战争出版社（Voenizdat）曾经计划以单行本的方式出版《为了正义的事业》，眼下却向格罗斯曼提出归还本书的预付款。后者尖刻地评论道："出乎意料地发现了本书具有的反苏本质。"幸运的是，1953年3月5日，斯大林去世。要不是这样，他很可能和很多

1　中文译者注：原文为 Prose Section，可能是某个二级甚至更低的机构。苏联作协下设的各个一级院、局和委员会当中并无专门的散文机构。

与犹太人反法西斯委员会有联系的作家一样被处决了。

对格罗斯曼和他的作品的谴责又持续了几周，然后逐渐平息了。6月中旬，在法捷耶夫的鼓励下，战争出版社再次向格罗斯曼提出出版《为了正义的事业》。他当然清楚出版一部小说是多么困难，为此他将所有与本书出版相关的官方会谈、信件和会议都记录下来，编成了一本十五页的文件，命名为《小说〈为了正义的事业〉在出版社的游历日记》。这份文件的最后，他简要地写道："1954年10月26日，本书在阿巴特大街的军事书店上架销售。"

七

格罗斯曼职业生涯的每一步，都是一场不断被拉长的、迟迟未能结束的战斗，甚至在他死后也是如此。他的作品主题所表达的发自内心的痛苦和束手无策，也同样成为学者、编辑和文学批评家在回应这些作品时所存在的问题。俄语版的《一切都在流动》于1970年在法兰克福首次出版，英文版1972年首版。这是格罗斯曼最出色的作品，最重要的亮点是他描述了1933年乌克兰大饥荒的严酷现实。他本人还对俄罗斯过去几百年历史进行了大胆的重新阐释——但两个版本都没有引发太多的关注。

现在所广为人知的《生活与命运》在为读者所知时也未免太晚。甚至在讽刺小说作家弗拉基米尔·沃伊诺维奇（Vladimir Voinovich）将这本书手稿的缩微胶片偷带到西方后，也还是用了五年时间才找到愿意出版俄语版本的出版商。原因似乎是当时俄罗斯逃亡者圈子里有很浓厚的反犹情绪，这让格罗斯曼的朋友和仰慕者感到震惊和迷惑。1961年，《生活与命运》的手稿被"逮捕"后——这是格罗斯曼的惯用说法——他曾表示就好像他"在黑暗的角落里被扼死了"。70年代末，当多个出版商拒绝出版这本书后，沮丧的沃伊诺维奇说，感觉好像格罗斯曼在黑暗的角落里第二次被扼死了。

1980年，瑞士洛桑的人类时代出版社（L'Age d'Homme）终于出版了《生活与命运》俄语版。2003年都灵的一次会议上，当时决定出版本书的编辑弗拉基米尔·德米特里耶维奇说，他那时立刻感受到了作者在描绘一个"三个维度的世界"。他表示，世界上只有极少数作家写作不是"证明某事"，而是"让人们与某事共存"，而格罗斯曼就是其中之一。这一段评论也可以用于《斯大林格勒》。

送往洛桑的缩微胶片拍摄自格罗斯曼用打字机打出来的手稿。他把这些手稿托付给了一位名为谢苗·利普金（Semyon Lipkin）的诗人，利普金又把手稿藏在他位于莫斯科郊外的别墅里。就像《斯大林格勒》里安娜·谢苗诺夫娜的那封信从别尔季切夫的犹太人贫民窟到莫斯科郊外别墅的这段神奇之旅一样，《生活与命运》的文稿蹒跚而缓慢地从莫斯科郊外的别墅走到了瑞士一位出版商的手中。两者之间存在着奇妙的平行。它们都遭遇了延误和误解，遭到了奇怪的冷遇，尽管冷遇只在于它们到达目的地之初。即便在80年代中期首次发表了《生活与命运》的翻译版，格罗斯曼在国际上的声誉上升也是很缓慢的。

格罗斯曼现在被认为是20世纪最伟大的作家之一了。安娜·谢苗诺夫娜的这封信也被认为是他全部作品里最广为人知的篇章。不过，关于格罗斯曼本人和他的作品，也许还有很多不为我们所知。只出版了他的少数作品的最终篇章，俄语版的情况也是如此。他的第一部作品《格柳考乌夫》被公认为非常沉闷，从未再版过。但是，格罗斯曼最先创作的版本会比后来的正式版本有趣，这一点完全有可能。我们都知道他的作品经历了严格的、让他也感到震惊的审查，可就我所知，却没有人认真地去研究一下他的手稿。

更加令人惊奇的是，到目前为止也没有出现过《生活与命运》的俄语版最终稿。2013年，俄罗斯安全机构公布了1961年被克格勃没收的作品打字版，引起了一阵欢呼。到现在，这些打字版几乎没有获得严肃的研究。

我希望，终有一天我会按照俄语终稿的版本重新修订我对《生活与命运》的翻译稿。至于现在，这一版绝不是最终版，但从格罗斯曼最早和最大胆的打字版中收纳了大量重要且从未发表过的篇章。能够出版一稿比任何现存俄语版或者其他语言版本都要完整的《斯大林格勒》，终究值得欣慰。

罗伯特·钱德勒

本译文谨献给罗伯特·钱德勒之父，罗杰·艾尔芬斯通·钱德勒上校

（1921—1968）

第一部

一

1942 年 4 月 29 日，贝尼托·墨索里尼的专列开进了悬挂着意大利和
德国国旗的萨尔茨堡火车站。

在车站里举行了正式的欢迎仪式后，墨索里尼和他的随员们乘车来
到了克莱谢恩堡。这里原来是萨尔茨堡大主教的夏季行宫。

城堡有数个高大的、泛着寒意的大厅，四处装饰着从法国劫掠来的
战利品，希特勒和墨索里尼就在这里会面。这不过是他们多次会见中的
一次，参加会见的还有里宾特洛甫、凯特尔元帅、约德尔将军、加莱阿
佐·齐亚诺、卡瓦莱罗元帅、意大利驻德国大使迪诺·阿尔菲耶里，以
及一些德国高官、意大利外交官和政客[1]。

这两个自诩为欧洲主人的独裁者每次会面，都意味着希特勒在准备
制造一场新的人间灾难。每一次他们在奥地利和意大利交界的阿尔卑斯
山会面，都预示着重要的政治动向以及规模庞大的摩托化军队的调动。
关于这些会面的新闻简报会让每一个人心里充满这种不祥的预感。

法西斯主义在非洲和欧洲已经连续七年尝到了胜利的滋味。因为控
制的土地面积过于广大，数亿人民生活于其中，两个独裁者可能都已无

---

1 中文译者注：约阿希姆·冯·里宾特洛甫（1893—1946），1938 至 1945 年担任纳粹德国外交
部长，被纽伦堡法庭判处绞刑；威廉·凯特尔（1882—1946），1938 年起担任纳粹德军总参
谋长，1940 年获元帅军衔，1946 年被纽伦堡法庭判处绞刑；阿尔弗雷德·约德尔（1890—
1946），德军总参作战局局长，陆军大将，1946 年被纽伦堡法庭判处绞刑；加莱阿佐·齐亚
诺（1903—1944），墨索里尼女婿，意大利法西斯最高委员会委员和意大利外交大臣，因参与
推翻墨索里尼政权于 1944 年 1 月被处决；乌戈·卡瓦莱罗（1880—1943），1940 年出任意军
总参谋长，1942 年获元帅军衔，1943 年 9 月自杀身亡；迪诺·阿尔菲耶里（1886—1966），
1937 年至 1939 年担任墨索里尼政府大众文化部长，1940 年出任意大利驻德国大使至 1943
年墨索里尼政权垮台。

法算清楚他们到底统治了多少大小城市。希特勒曾兵不血刃地重占了莱茵兰，吞并了奥地利和苏台德地区。1939年，他入侵波兰，击溃了雷兹·斯米格维元帅的军队[1]。1940年，他击败了法国，为德国在第一次世界大战的战败报了仇。他占领了卢森堡、比利时和荷兰，粉碎了丹麦以及挪威。他把英军从法国和挪威驱逐出去，把英国人赶出了欧洲大陆。1941年的头几个月，他又打败了希腊和南斯拉夫。与这些非凡的胜利相比，墨索里尼在阿尔巴尼亚和阿比西尼亚[2]的强盗行径只能算是小巫见大巫。

这两个法西斯帝国还把手伸进了非洲，夺取了阿尔及利亚、突尼斯和面向大西洋的港口。在东边，它们开始威胁到开罗和亚历山大。

日本、匈牙利、罗马尼亚和芬兰与德国和意大利结成了军事同盟。西班牙、葡萄牙、土耳其和保加利亚的统治阶层中部分很有影响力的人与法西斯分子沆瀣一气。

德国入侵苏联的头十个月里，希特勒的军队不仅夺取了爱沙尼亚、拉脱维亚和立陶宛，还占领了白俄罗斯、摩尔达维亚[3]和乌克兰。它们控制了普斯科夫、斯摩棱斯克、奥廖尔和库尔斯克的全部，以及列宁格勒、加里宁、图拉和沃罗涅日的大部分地区。

希特勒的军工机器吸收了无尽的财富：法国的钢铁工业、法国的机械和汽车工厂、洛林的铁矿、比利时的煤矿和钢铁高炉、荷兰的精密机械和无线电工厂、奥地利的金属冶炼公司、捷克斯洛伐克的斯柯达武器生产公司、罗马尼亚的石油工业、挪威的铁矿、西班牙的钨矿和汞矿、罗兹的纺织车间。在欧洲被占领的所有地区，"新秩序"的传动带正在驱动着各行各业多达几十万家规模更小的企业像车轮一样转动。

---

1 中文译者注：爱德华·雷兹·斯米格维（1886—1941），波兰元帅，纳粹德国入侵波兰时的波军总司令。
2 中文译者注：阿比西尼亚，即埃塞俄比亚帝国，是1270到1974年期间非洲东部的一个国家。
3 中文译者注：摩尔达维亚，即摩尔达维亚苏维埃社会主义共和国，现称摩尔多瓦共和国。

二十多个国家的磨坊正在为法西斯占领者碾磨大麦和小麦，犁铧正在为他们犁开土地。三洋五海的渔民们在为法西斯控制下的城市捕捞海产品。水压机在全欧洲和北非的农田里为他们榨取葡萄汁、橄榄油、亚麻油和葵花籽油。几百万棵苹果树、李子树、橘树和柠檬树的枝头正在为他们酝酿着一场丰收。已经成熟的水果被装入了盖着黑鹰戳子的大木箱里。"第三帝国"的铁爪正在挤着丹麦、荷兰和波兰家畜的奶，剪着匈牙利和巴尔干地区绵羊的羊毛。

每一年，每一天，每一小时，法西斯主义对欧洲和非洲广袤区域的统治，似乎都在增强着它的力量。

那些背叛了自由、善良和真理的人们，正在用令人作呕的奴性预测所有反希特勒的力量走向失败，正在宣称希特勒主义将成为真正崭新的、更高的秩序。

在征服欧洲过程中，由希特勒建立起来的新秩序，将几千年来因少数统治多数而不断发展起来的暴力理论和技巧进行了更新和"现代化"。

在萨尔茨堡的这次会见，预示着德国将在南俄发动一次重大攻势。

二

希特勒和墨索里尼用惯常的方式开始了他们的会面：双方爽朗而友好地微笑，现出嘴里纯金或者烤瓷的假牙，然后他们说，当前的局势能够让我们再聚首，真是太让人高兴了。

墨索里尼立刻就发现，去年冬天在莫斯科城外那场残酷的败仗给希特勒留下了相应的痕迹。他不仅两鬓开始斑白，别处也出现了灰白的头发。他眼睛周围的黑色眼圈变得更深，肤色变得更加苍白和病态。他身上的军用风衣是新的，但元首本人却显得比以往更加阴沉和严厉。

在希特勒那边看来，领袖在这五六年里看上去完全衰老了 [1]。他的短腿看上去更短了，他沉重的下巴变得更重，那个老年人才有的大肚子又往前挺了几分。他那矮胖的身材和他硕大的脸颊、面部以及前额显得极其不相称。只有他那双聪明的黑色眼睛，还依旧显得深邃而残忍。

元首依然微笑着，赞美领袖看上去比任何时候都显得更年轻了。作为回报，领袖赞美元首说，自己第一眼看过去就知道元首很健康而且情绪很好。

两人开始谈起冬季的作战。墨索里尼搓着手，好像仅仅是想到了莫斯科就让他感到寒意袭人。他向希特勒表示祝贺，说他战胜了俄国的冰雪，战胜了十二月、一月和二月这三位伟大的"俄国将军"。他的声调很严肃，显然他不仅事先认真准备好了微笑，还准备好了这一套言辞。

德军师团损失的人员和装备证明，即使按照俄国人的标准，刚刚经历的寒冬对他们而言也是空前严酷的。但是德军的损失并非拿破仑在别列津纳河畔的失败 [2]。这是两人一致的认识。他们认为 1941 年的入侵者是比 1812 年的入侵者更加高明的战略大师。随后，这两位领导人继续讨论整体局势。

现在冬季过去了。欧洲大陆的新秩序只剩下了一个敌人：俄国。谁都救不了它了。即将发动的进攻将把苏联打得屈膝投降。这场进攻将切断乌拉尔工厂的原油供应，让它变成一个农业国家。苏联空军和红军将没有任何燃料，莫斯科会陷落。俄国人被打败后，英国人将会被空袭和潜艇战打垮，最终屈服。美国人对此无所作为。通用汽车、美国钢铁和标准石油不但无意增加产量，反而有意通过限制产量来推升产品价格。

1　中文译者注：如同纳粹德国内部称呼希特勒为"元首"（the Führer）那样，意大利法西斯内部称呼墨索里尼为"领袖"（the Duce）。

2　英文译者注：1812 年 11 月 26 日到 11 月 29 日发生的别列津纳河战役发生在拿破仑从莫斯科撤退期间。尽管法军遭遇到了沉重打击，但还是成功渡过了别列津纳河，逃脱了被包围的命运。自此，某些国家将"别列津纳"一词等同于"灾难"的同义词。中文译者注：别列津纳河位于今白俄罗斯境内，是第聂伯河上游的支流。

其他生产钢铁、锰、人造橡胶、飞机以及为军用车辆生产发动机的公司也都这么打算。丘吉尔仇恨他的俄国盟友甚于他的德国敌人。他那老朽的脑袋甚至根本没有弄明白他在跟谁作战。希特勒和墨索里尼都没有提到罗斯福,那个"荒唐的瘫子"。不过,他们倒是谈到了法国的局势,而且形成了共识。尽管希特勒最近重组了维希政府,但反德情绪依旧高涨,存在着法国叛离的可能。不过,现在还没有理由紧张:一旦德国从东线腾出手来,就会在欧洲其他地方建立起和平和秩序。

希特勒微笑着表示,无论如何他都会尽快把海德里希从捷克斯洛伐克调往法国[1],以尽快恢复秩序。随后他转向非洲话题。然后,他不含一点责备意味地——说出了派往增援隆美尔非洲军团的部队番号——这些部队都是用来支援意大利的[2]。墨索里尼知道希特勒马上就要结束琐碎的话题,很快就要说到本次会议的正题,那场迫在眉睫的对俄国人的进攻了。不过在此之前,希特勒感到有义务向他强调,他时刻准备支持在非洲的意大利人。

希特勒真的开始谈论起俄国和马上将要发起的进攻。他不会告诉墨索里尼——在某种程度上连他自己都不会承认——在刚刚结束的冬季作战中,德军遭受惨重损失,这让它不再具备同时在三个进攻轴线,即南方、北方和中央方面发起进攻的能力。希特勒相信在南方发动进攻的计划是他本人自由意志的产物。他仍然认为他自己一人就能决定战争的走向。

他告诉墨索里尼苏联人的损失是何等巨大。他们没法再补充乌克兰的小麦。列宁格勒处于不间断的炮击之下。波罗的海国家已从苏联的掌握中一劳永逸地挣脱了。德国军队远远地把第聂伯河抛在身后。伟大的

---

1 英文译者注:莱因哈德·海德里希(Reinhard Heydrich,1904—1942),纳粹高级官员,犹太人大屠杀行动的主要策划者。1942 年 5 月 27 日,海德里希在布拉格附近被英国人训练的捷克和斯洛伐克游击队谋刺,受了致命伤,一周后死去。纳粹随即针对平民展开了报复性的大屠杀。
2 英文译者注:1940 年底到 1941 年初,英国击溃了意大利在北非的部队。1941 年 2 月,希特勒派出了隆美尔的非洲军团增援意大利人。随后他又若干次加强了非洲军团。中文译者注:埃尔温·隆美尔(1891—1944),纳粹德军非洲军团指挥官,1942 年获元帅军衔,1944 年因卷入反希特勒政变被逼自杀。

德意志已经攫取了顿巴斯的煤矿、金属冶炼厂和化工厂，它的手指触碰到了莫斯科。苏联失去了白俄罗斯和克里米亚的绝大部分。它失去了一千年以来被纳入它的心脏位置的许多地区。俄国人被驱赶出了许多历史名城：斯摩棱斯克、普斯科夫、奥廖尔、库尔斯克、维亚济马和勒热夫。希特勒继续说道，剩下的事情就差最后一击了。但是，即使这的确是最后一击，也要集中前所未有的力量打出去。制订战略的将军们认为同时向斯大林格勒和高加索地区进军是错误的。但是他想的却完全相反。既然在过去的几年里，他有能力在非洲发动战争，能够在空中打击英国，能够用他的潜艇部队瘫痪美国的补给船队，与此同时还能够迅速地深入俄国内陆，开辟了一条长达三千公里的战线，为什么现在还要犹豫呢？英国和美国得过且过，这一弱点让他能够集中无穷的力量在单一战线的单一部分发动进攻，为什么还要犹豫呢？新的攻势将是压倒性的。希特勒会再次重新部署位于法国、比利时和荷兰的大量德军部队，那里只留下守卫沿大西洋和北海海岸的几个师。调动到东方的德军将会重组。位于北方、西北和西方的集团军群届时将相对低调，主要的进攻力量将会集中在东南。

也许从来没有过那么多大炮、坦克和步兵师，那么多的轰炸机和战斗机会集结在一起。这场攻势可能看上去有其限度，但是它的意义却是全球性的。这是国家社会主义最终的、决定性的一次进军。它不仅将决定欧洲的命运，也将决定全世界的命运。因此，意大利军队也必须在这次进攻中扮演应有的角色。不仅是意大利的军队，意大利的工业、意大利的农业和意大利的人民也应当如此。

墨索里尼非常清楚，在这些亲切的会面背后，总是伴随着无穷无尽的物质要求。希特勒说的最后几句话，意味着要将几十万意大利士兵派往东线。帝国陆军对意大利谷物和其他食品的需求也将激增，而且德国公司也会提出强制征用更多的意大利工人。

在这场非公开的会面后，希特勒跟随墨索里尼走出会议室，两人肩并肩走过长长的大厅。墨索里尼瞥了一眼德国哨兵，一阵嫉妒感袭来。这些哨兵们的双肩和制服犹如钢铁铸成，只有当元首从身边走过时，他们眼里才会闪现出紧张和狂热。希特勒那件沉闷单调的灰色风衣有些类似军车或者战舰舰体的那种灰色，但它显然也强化了德军的力量。在这件风衣和哨兵们灰色的制服映衬下，意大利军队的华丽色彩显得一无是处。但是，眼前的这个胸有成竹的总司令还是八年前墨索里尼在威尼斯第一次见到的那个显得笨手笨脚的家伙吗？那天，元首穿着一件白色的风衣、一双旧皮鞋，戴着一顶皱巴巴的黑色帽子，看上去就像是个二流演员，或者二流画家。在检阅意大利宪兵和警察时他还绊了一跤，引得下面的人群哄堂大笑。那会儿领袖自己罩着一件军官大衣，穿着一件罗马将军式样的绣着银边的制服，头上戴着一顶插着羽毛的头盔。

墨索里尼一次次地对希特勒的力量和成功感到震惊。这个来自波西米亚的精神变态，他的胜利总是显得那么不现实，毫无道理。在墨索里尼的内心深处，他认为希特勒的成功完全不可理喻且让人厌恶，一定是这段历史出现了问题。

当天晚上，鉴于意大利人的盟友和朋友完全有可能在这座城堡的房间里安装了西门子制造的窃听器，墨索里尼和他的女婿加莱阿佐·齐亚诺一起到克莱谢恩堡那座漂亮的花园里散了一会儿步。他们交谈了几分钟，墨索里尼把他的愤怒倾泻了出来。他又一次沦落到没有选择的地步，只得屈从于希特勒。他要建立的大意大利帝国，其成败竟然不取决于北非或地中海战事，而是由在顿河或卡尔梅克草原这些天知道什么地方发生的事情来决定。齐亚诺问起元首的身体情况。墨索里尼回答说，他看上去还很强壮，不过有些疲倦。另外，跟从前一样，他啰嗦得让人难以忍受。

齐亚诺说里宾特洛甫很有礼貌，而且殷勤到了让人觉得有点不自信的地步。墨索里尼回答说，战争很快就会大局落定，到了夏末一切都会变得清楚了。

"我担心，"齐亚诺说，"元首的任何失败都会变成我们的失败。不过，我们能不能与元首一起分享最后的胜利，那是另外一码事。我对此疑惑已久了。"

墨索里尼说，他认为这种怀疑的态度没有根据，然后就回到自己的房间去了。

4月30日的早餐后，希特勒和墨索里尼在一群将军、陆军元帅和两国外长簇拥下进行了第二次会面。希特勒兴致很高，滔滔不绝地谈起了德军各师的部署和各种展示德国工业强大的数据，甚至看都不看一眼面前的资料。他不停地说了一小时又四十分钟，中间只是偶尔用他的大舌头舔了舔嘴唇，好像说的那些话甜滋滋的。希特勒说到了一大堆话题，战争、和平、世界历史、宗教、政治、哲学，还有德意志之魂[1]……他的语调飞快、激烈而又平静，几乎没有提高声调，中间只笑了一次。当说起"犹太人的笑声很快会沉寂下去"时，他的脸扭曲起来，举起了拳头。但很快希特勒就把手张开，放到桌子下面。墨索里尼皱起了眉头，元首把他给吓着了。

希特勒还几次谈到了战后的生活。因为觉得夏季进攻将会获得胜利，会很快结束欧洲大陆的战争，他也花了不少心思来思考随后而来的和平。他提到了法律问题，提到了宗教地位的问题，还提到了在一个肃清了共产党人、民主主义者和犹太人之后崭新的、纯净的欧洲，国家社会主义科学和文艺如何最终获得自由发展的问题。

现在是时候考虑这些事情了。到了九月或者十月，苏维埃俄国的轰然倒塌将会预示着一个新的和平纪元开始。当俄国历史上最后一缕战争的尘埃落定，战火熄灭后，会有无数的问题冒出来，每一件都亟需解决。和平时期如何组织德国人啦，战败国的政治地位和行政机构会如何安排啦，要如何限制劣等国家的法律权利和教育权利啦，如何控制他们的生育和抚养啦，如何把原来苏联的大量人口送到德意志祖国进行重建工作

---

1 英文译者注：原文为德语"Krieg, Frieden, Weltgeschichte, Religion, Politik, Philosophie, deutsche Seele"（来自格罗斯曼自己的笔记）。

啦，如何建起永久性的集中营来管理这些人啦，如何把莫斯科、列宁格勒和乌拉尔的工业企业进行清算和搬迁啦，最后还有一些微不足道的，但又是必须得做的事情，比如说，重新命名俄国和法国的城市。

元首在发表演讲时有个怪癖，他几乎不管别人听不听。说话对他而言是一种愉悦，就好像让他的厚嘴唇动起来能带来快感似的。他的目光总是直接注视着天花板和挂在黑色橡木大门上的白色缎面帷幕上端之间，时不时地也会蹦出一些引发共鸣的句子："雅利安人是人类的普罗米修斯。""暴力是秩序之母和全体真正的卓越之源。我重新确立了暴力的真正含义。""我们已经建立了雅利安普罗米修斯对全人类和一切地球生物的永久统治。"

他喜气洋洋地说着这些，激动地喘着气，差一点就抽搐起来。

墨索里尼皱起眉头，飞快地摆了一下头，朝另一侧望去，像是在试着能不能看到另一侧的耳朵。他焦虑地看了两次手表。是的，他也有话要说。而这种会见，往往是那个更年轻的人，那个追随者来引导话题。领袖唯一的安慰来自他意识到自己更有智慧。而在不得不长时间保持沉默的时候，这一点又让他更痛苦。有几次，他注意到里宾特洛甫在看着他。这个德国外交官的眼神友好而又带着尊敬，但一样深不可测。坐在里宾特洛甫旁边的是齐亚诺，他靠在扶手椅上看着元首的嘴唇。他会不会说起北非殖民地和法国—意大利边界的事情？阿尔菲耶里是所有意大利人中最常听到元首演说的人，他的目光落点和元首一样，都盯着白色帷幕的上端，带着平静而顺从的表情。约德尔将军坐在远端的沙发上，装出一副认真倾听的样子，其实是在瞌睡。凯特尔元帅坐在元首的正对面，没法瞌睡，只好不断地仰着他的大脑袋，调整他的单片眼镜，旁若无人地绷着脸，做出愁眉不展的姿态。卡瓦莱罗元帅好像在认真品味着希特勒的讲话。他伸长着脖子，脑袋微侧，带着谄媚的笑容倾听着，时不时会飞快地点点头。

对于所有参加过哪怕只参加过一次类似会面的人来说，萨尔茨堡的这次会面跟他们此前经历过的并无不同。

之前的会面上，讨论的主要话题是欧洲政治和战争的进展。元首和领袖的表现也都是一贯如此。跟他们接近的人都非常清楚两个人对彼此的态度。这一切早就固定下来了。他们知道墨索里尼感觉到自己被当成希特勒的追随者，而他憎恨这一点。每次总是柏林而不是罗马提出新的行动建议并做出新的决定，他感到沮丧。每次他们庄重而尊敬地邀请他签署某个联合声明时，并没有事先征求过他的意见，他感到沮丧。每次在黎明前将酣睡中的领袖唤醒，让他去听元首的电话时，他也感到沮丧。希特勒对待这个法西斯主义创始人的态度之随意，实在让人惊讶。

加莱阿佐·齐亚诺也知道墨索里尼看不起希特勒。把希特勒看成是傻瓜会让他觉得心安。元首的力量仅仅来自数字和数字创造的优越感，德国工业和德军比意大利工业和意军强大很多倍。墨索里尼不同，他的力量来自他自己。领袖自己也常常拿意大利人的虚弱和怯懦开玩笑。这个民族一千六百年以来就像铁砧一样任人敲打，而领袖却在致力于把他们铸造成铁锤。这已经很能说明领袖所具有的那种强有力的领导魅力了。

两位领导人的随从们对各自的首脑的一举一动保持着关注。他们发现元首和领袖之间的关系并没有什么改变。两个人都在夸夸其谈。往深一点看，他们的关系跟之前的历次会面一样一成不变。他们周围的一切看上去也都没有什么异样。与这两位领导人之前会面的地方一样，克莱谢恩堡奢华的布置，与会议的主角们所具有的非凡能力和军事实力完全相称。诚然，希特勒的讲话还是跟以前有所差异。在萨尔茨堡，他第一次讲到了最后的、决定性的军事行动。除了已经撤退到天边的苏军，他解除了对欧洲大陆所有对手的武装。这点差异，未来国家社会主义历史学家们一定会注意到。历史学家们也许还会发现，希特勒这一次显示出前所未有的自信。

然而，还有一处差异意义更重要。元首一向热衷于战争，甚至沉迷于战争。但在萨尔茨堡，他不断地说起和平，对和平表现出了显著的信心，结果不自觉地显示出他对这场自己亲自发动的战争怀有下意识的恐惧。过去六年里，他通过将穷凶极恶的暴虐与精明狡猾的欺诈结合，赢得了一场又一场的胜利。他完全相信，世界上唯一的力量和唯一真正的实力，是他的军队和他的帝国。任何反对他的力量都是虚幻缥缈的、脆弱的，只有他的拳头才充满了现实的分量。他的重击把凡尔赛体系中一切军事、政治和法律限制打得粉碎，就像扫过蛛网一般轻松。希特勒真诚地相信，应将原始的蛮横诉诸行动，这样才能踏上历史的康庄大道。他先挑战了《凡尔赛和约》的若干条款，然后践踏了整个和约，最后在美国总统、英国首相和法国总理面前改写了它。用这种方式，他证明了《凡尔赛和约》的无能。

他重新实施了强制征兵制，重建了海军、陆军和空军。他派了三万名士兵进入莱茵兰，使之再度军事化。最终结果显示，三万人就足以改变第一次世界大战所带来的显而易见的关键性后果，完全不需要几百万大军和无数重武器。希特勒接下来一次又一次出击，把凡尔赛体系后建立的欧洲新生国家一个一个地毁掉了：先是奥地利，然后是捷克斯洛伐克、波兰和南斯拉夫。

但是，希特勒获得的胜利越大，他也变得越盲目。他无法意识到世界上并非所有一切都只停留在夸夸其谈或政治姿态之上；他无法意识到世界上存在着别的力量；他无法意识到世界上还存在着这样的政府，不会把责任推卸给自己的工人、士兵和水手。希特勒无法意识到他的重拳不能粉碎一切。

德国军队在1941年6月22日入侵了苏维埃俄国。希特勒早期的成功让他疏忽了。他忽视了攻击对象具有的精神和物质力量包含着花岗岩一样坚硬的本质。这些力量并非存在于想象中。它们是伟大的国家的力量，为未来世界奠定了基础。第一个夏季的进攻，以及随后在冬季的空前损失，不仅让德军失血，而且也向它的军事工业复合体提出了力所不及的需求。因此，到1942年，希特勒无法再像上一年那样，在南方、北方和中央方面同时发动进攻。战争变得缓慢而沉重，不再让人欣慰。尽管实力不济，早就注定会完蛋，但这一切不能让希特勒停下来。他开始对战争感到厌倦，感到害怕，这种感受变得一天比一天强烈。十个月前，他亲手发动了战争，现在已经无力控制。他无法停止像野火一样燃烧着的战争。火场在扩大，在肆虐，燃烧的烈度和时间不断地增加和延伸。希特勒需要不惜代价去扑灭这场大火。但是在一场战争中，取得最初的胜利远比胜利结束战争要容易得多。

这就是他的演讲中透露出的新含义。在这场决定命运的萨尔茨堡会面中，最终导致几乎所有参会者死于非命的历史动力开始清晰地展现出了真实的运行轨迹。

三

彼得·谢苗诺维奇·瓦维洛夫在一个最不适合的时刻收到了入伍通知书。如果兵役局能够再给他六周或两个月，他就能给家里收下够吃到明年的麦子，拢够能烧到明年的柴火。

他看见玛莎·巴拉肖娃拿着张白色纸条穿过街道，直接向他家走来时，心都收紧了。她走过窗前，停都没停，有一会儿瓦维洛夫觉得她是到别处去了，但马上他想起来隔壁已经没有年轻人，年纪大的不会收到入伍通知书。没错儿，接着他听到了门厅里一阵猛烈的撞击声[1]。那里光线黯淡，她被牛轭绊了一下，那东西掉进了筐里。

玛莎有时候会在晚上来家里。她才中学毕业没多久，跟他的女儿娜斯佳是同班同学，两人常常在一起玩。玛莎总是称呼瓦维洛夫为"彼得叔叔"，可是这天早上她冷淡地说："请签收一下这封通知书。"她也没跟

---

[1] 英文译者注：农舍的外门和起居的屋子之间是一间不生炉子的门厅，这样能把外边的寒气跟起居的屋子隔开。这间门厅可以放农具和劈的柴，也可以当牲畜棚。

娜斯佳打招呼。

瓦维洛夫坐下来签了名。

"就这样吧。"他边说着边站起来。

这几声咕哝不仅仅针对玛莎签名簿上那个签名。瓦维洛夫在回想着他在这间小屋里的全部生活，回想着他和他的一家人的生活。现在这种生活突然结束了，这个他马上要离开的家看上去是那么舒服和友善。炉子因为岁月侵蚀而剥落了白灰涂层，露出下面砌的砖，有一面已经变形凸起。在严寒的三月里，它整日冒烟，现在看起来却那么光彩照人，就像是在他身边伴随了一生的、有生命力的人[1]。在冬天，他进屋来到炉子前，呼吸着它释放的温暖，伸展他被冻得发麻的手指。到了夜里，他把羊皮大衣铺到炉砖上，躺下来，清楚地感知它哪里暖和，哪里发凉。清早起来去干活前，他会摸黑来到炉子前，熟练地用手摸他的火柴盒和前一晚放在炉前烘干的裹脚布[2]。屋子里，窗前有白色窗帘，桌子上有被滚烫的平底锅烫出来的半圆印子。门前还有一把小马扎，妻子坐在这上面削土豆。木质地板条上还有裂缝，孩子们从裂缝里窥视过耗子和蟑螂。还有那把熨斗，里外都被煤烟熏得焦黑，清晨时和温暖的黑色炉子合为一体，根本看不出来。还有窗台钉子上挂着的毛巾，小盆子里栽着的点点红色的绿植。现在这一切比以往都显得更加亲切了，是那种从有着生命的物体上才能体会到的亲切和珍贵。

瓦维洛夫有三个孩子。大儿子阿廖沙已经参军去了前线。家里还有一个女儿娜斯佳，和一个四岁的儿子小瓦尼亚。这孩子既聪明又毛手毛脚，瓦维洛夫叫他"茶炊先生"。他脸颊红红的，挺着个大肚子，裤子常常没有系上，露出里面的那个把儿，在屋里四处乱跑时发出呼哧呼哧的

1　英文译者注：俄式炉子由砖和黏土砌成，一般占所在房屋的五分之一或四分之一面积，用于烤面包、做饭、烧水、烘干食品和衣物以及保暖。在炉子一侧通常设有长架子，上置木板可作床用，冬天可用炉子余温保暖。

2　英文译者注：裹脚布是用于包裹脚到脚踝的长布条。在19世纪到20世纪初，俄国人使用裹脚布远多于袜子。到20世纪50年代，只有军队和劳改营才会使用裹脚布了。

声音，像个十足的茶炊。

十六岁的娜斯佳现在在集体农庄工作[1]。她拿着自己的工资买了一双鞋，还买了一顶她觉得很时髦的红色棉制无檐软帽。她老是拿着一面掉了一半镀银的小镜子看自己戴着帽子的样子。在镜子里，一半是她的脸和帽子，一半是拿着镜子的手指，就像从窗子里探出来似的。她晚上睡觉时也会把帽子放在身边，用手抚摩着它。要不是怕把帽子给撑坏了，娜斯佳晚上肯定会钻进帽子里睡觉。瓦维洛夫看见她戴着这顶心爱的帽子，和她那些闺蜜们又开心又激动地沿着大街晃荡，心里不由得感到难过：战争结束后，这世界上的年轻姑娘一定比小伙子要多得多。

不错，这所屋子里有着太多故事了。在准备农学院入学考试时的夜晚，阿廖沙和他的朋友们坐在这张桌子旁，整夜讨论几何、代数和物理问题。娜斯佳也曾经和她那些女同学们坐在同一张桌子旁学习《祖国文学》课本。邻居的孩子们从莫斯科和高尔基的新家里回来，在这里说起他们的新工作和新生活。瓦维洛夫的妻子玛丽亚会说："好吧，我们的孩子也会到城里学习的。以后他们回来会成为技术专家和工程师。"

瓦维洛夫从一个木橱柜里拿出了一捆用红色丝巾捆扎着的文件，从中找到了他的服役记录。接着他把小儿子的出生证明、妻子和女儿的工作证明用丝巾扎好，重新放回橱柜里，把他的服役记录放进外套口袋中。这一刻，他感到自己好像和这个家分开了。他的女儿带着跟平时不一样的、询问的眼神看着他，仿佛在这最后的时刻里，她眼里的父亲变了，他们之间隔了一层无形的纱。妻子要很晚才回来。她和其他的女人一起去铺那条通往车站的道路去了。军车要通过这条路把干草和谷物送到车站，再让火车把它们送到前线。

"好吧，闺女，"他说道，"这会儿轮到我了。"

她平静地回答说："别担心我和妈妈。我们会一直有活儿干的。能整

---

[1] 英文译者注：集体农庄（kolkhoz，俄语合并而成的专有名词）是 1929 到 1930 年斯大林强制实施农业集体化的产物，遭遇到了农民的大规模抵制。

个儿回来就成。"她抬眼看着他，接着说："说不定您会见到阿廖沙。那可太好了，这样你们谁都不会孤单。"

瓦维洛夫还没有想到以后的事情。他现在想的是自己的家，想的是集体农庄里他还没干完的活儿。尽管如此，他的想法还是变了，不再是几分钟以前所想到的那些。今天早上他想到的是得去给毡靴打补丁，去焗好漏水的桶，去磨锯子，去缝他的羊皮大衣，去给妻子的靴子装鞋跟。而现在要紧的是哪些活儿是妻子做不了的。明天早上九点之前，他就得到十八公里外的区兵役局报到。

他从最简单的活儿开始动手，斧子的备用斧柄已经有了，先把旧斧柄换掉，然后把梯子上松动的踏脚条也换掉，接下来他爬到屋顶上去修房顶，带着几块木板、一把手锯和一小袋钉子。有那么一会儿，他觉得自己好像不是一个四十五岁的人，不是一家之主，而是一个爬上去找乐子的顽皮孩子。很快母亲就会从屋里出来，用一只手遮着阳光，眯着眼睛大声地喊着："下来，你这个小淘气包!"她会一边骂着，一边跺着脚，希望能揪住他的耳朵再说一道："彼佳! 我对你说下来!"

他漫不经心地看了一眼村子后面的山上，茂密的接骨木和花楸树差不多把几个十字架遮住了，它们像是沉入了地下。有一阵子他对所有人和所有事情都起了愧疚之心。他对已故的母亲感到愧疚，也许没有时间去修整一下她坟头的十字架了。他对大儿子阿廖沙感到愧疚。集体农庄主席想办法把儿子送到兵工厂，可以免服兵役。他却没有想办法让阿廖沙避开兵役。他对这片土地感到愧疚，在秋天来临之际，他再也不能在这里耕作。他对妻子感到愧疚，他把自己肩负的责任转到了妻子肩上。他不停地打量着村庄，打量着它那条宽宽的大街，农舍和院子，还有清澈高远的天空，远处黑色的森林。这就是他抛掷年华之处。新的学校就像一抹亮眼的白色，阳光在学校宽大的玻璃窗上反射着光芒，映得集体农庄牛棚那堵长长的墙也变成了耀眼的白色。

他一辈子都在努力干活，一刻也没有停下来。在四岁时，他就蹒跚地挪动着自己的罗圈腿去看鹅。一两年后，母亲去田里挖土豆，他跟着去捡拾遗漏的土豆，把它们丢进土豆堆里。再大一点后，他就去放牛，翻菜园，从井里打水，给马上鞍辔，劈柴火。接下来，他就去扶犁，学会使用镰刀，然后去开联合收割机。

他干过木匠的活儿，装窗子、磨刀、建房子、缝毡靴、修皮鞋、剥马皮和羊皮，然后鞣制皮子。他给自己缝了羊皮大衣，自己种烟草，砌了炉子。然后就是义务劳动。他站在九月冰冷的水里，修筑了水坝，铺了路，挖了水沟，捏黏土塑模子。集体农庄要建仓库和谷仓，他去砸碎石；集体农庄要储藏土豆，他去挖土豆窖。他犁过所有的田地，刈倒过所有干草，给所有谷粒脱过粒，背过所有的麻袋。他扛过所有给新学校用的木板，砍倒过、劈开过森林里所有的橡树，把钉子敲进墙上，用斧子劈过木头，用铲子铲过大地。有两个夏天他去挖过泥炭，一天就做了三千块砖。然后他和他的两个同伴吃的是什么？一公斤面包，一桶格瓦斯，三个人分一个鸡蛋[1]。蚊子嗡嗡地大声叫着，他们像是掉进了柴油机引擎里。他做的那些砖，有些是给医院，有些是给学校，有些给俱乐部，有些给村苏维埃，有些给了集体农庄行政楼，还有些是给区里建房子用[2]。他还当过两个夏天的船老大，给工厂运原料。船里载着八吨料，水流很急，根本开不动。他们只好在没办法的时候去拉纤。

他四周环视，看着那些房子、小块的菜地、街道和小路。他注视着整个村子，仿佛在回望着自己的一生。他看见两个老头儿，一个是爱吵架的普霍夫，正在穿过街道；另一个是瓦维洛夫的邻居科兹洛夫，人们都暗地里管他叫"公羊"，两个人朝着村办公室走去[3]。另一个邻居娜塔莉娅·捷格佳洛娃从她的小屋出来，走到院子门口，左看看右看看，朝着

---

1 英文译者注：格瓦斯是一种清凉饮料，有少许酒精度，通常用陈面包酿制。
2 英文译者注："苏维埃"这个词既有"会议"又有"顾问"的意思。1917年彼得格勒和其他城市的苏维埃成了布尔什维克的主要权力基础，此后，"苏维埃"就和共产党联系在了一起。苏联所有级别的政府都被称为"苏维埃"，如村苏维埃、镇苏维埃和省苏维埃。
3 英文译者注：科兹洛夫的姓来自"Kozyol"一词，意思是"山羊"。

一群鸡凶巴巴地挥了挥手，又走回屋里。

是啊，他曾做过的一切都会保留下来。

他的父亲只知道镰刀和长柄镰，只知道木犁和旧连枷，但他亲眼见到拖拉机、联合收割机、播种机和脱粒机进驻了村子。他亲眼看到小伙子和姑娘们离开了村庄，回来时变成了农学家、教师、技术工人和畜牧专家。他知道铁匠帕奇金的儿子成了一名将军，还有很多回来探望父母的年轻人成了工程师、车间主任和州党委里的官儿。

有时候人们晚上会聚在一起谈论生活起了多大变化。老普霍夫说生活变糟了。他一个个地算，沙皇时期种谷子得多少钱，你在村里小店能买到啥，一双靴子多少钱，卷心菜汤里可以放多少肉。这么算下来，好像过去的日子还过得好些。瓦维洛夫可不这么觉得。他争辩说，如果更多人去给国家帮忙，国家也会给老百姓帮更多的忙。

老太婆们说，现在农民的待遇跟其他人一样好，他们的孩子们都有机会向上爬，当上要人。靴子当然还是以往卖得便宜，但农民那会儿根本连什么都不是。

普霍夫回嘴说，农民过去一直都在给国家帮忙，国家给他们的担子太重了。沙皇时代就有饥荒，今天还有饥荒。过去他们老是薅农民的羊毛，今天收税的也跟他们差不多。过去人人都瞧不起农民，现在也是这样。集体农庄是在给国家帮忙，可它不给老百姓帮忙。

战争开始时，普霍夫还以为德国人来了日子会过得好点，可以做点生意，分到一小块自留地，说不定会有布匹、茶、糖、加了芥末的面包、鞋子、靴子和大衣。但是德国人打死了他三个儿子和他的女婿。整个村子里还没有谁像普霍夫这么惨的。

瓦维洛夫觉得战争就意味着灾难。他知道战争毁灭生命。离开村庄去打仗的农民不是奔着勋章和荣耀去的。自己大概已经在赴死的路上了。

瓦维洛夫再次环视了一下四周。一直以来，他希望自己过上那种富足和敞亮的日子，敞亮得就像今天的阳光一样。他已经在努力地朝着这个方向前进。他和数百万人的劳动不会变成一场空。集体农庄就已经取得了很多成就。

活儿干完了，瓦维洛夫从屋顶上下来，向着大门走去。他记得 6 月 22 日，星期天来临前的那个夜晚，那个和平时期的最后一个夜晚，在整个年轻而广阔的国家，在整个工农联盟制度下的俄罗斯，在它的小小的城市花园里，在舞池里，在村庄的街道上，在矮小的树丛里，在草地上，在溪流旁，一整晚都在演奏着手风琴，唱着歌儿。

突然间，一切沉寂了。手风琴的演奏中断了。

快一整年了过去了，只有严厉的、不苟言笑的沉寂。

四

瓦维洛夫向集体农庄办公室走去。路上他又看到了娜塔莉娅·捷格佳洛娃。

捷格佳洛娃的丈夫入伍已经有一段时间了，儿子也走了。往常她都会用忧伤和责备的眼神看着瓦维洛夫，不过今天看他的目光却变得意味深长，还带着同情。她应该已经知道瓦维洛夫也拿到了征召入伍的通知。

"轮到您了，彼得·谢苗诺维奇？"她问道，"玛丽亚知道了吗？"

"早晚都会知道的。"他应道。

"会的。"娜塔莉娅说，转身走回屋里。

集体农庄主席出门得有几天了，应该是到了区里。瓦维洛夫找到了独臂的会计谢普诺夫，把前一天从国家银行在区里办公室领出来的公款给他，然后接过收据，折了两折放进口袋里。"都在这里了，"他说，"一个戈比都没少。"

桌上放着一份区里的报纸。谢普诺夫把报纸朝着他推了推，一枚军功奖章随着他军便服上的金属纽扣一起闪着光。"瓦维洛夫同志，"他问道，"您有没有看到苏联情报局的最新通报？"

"没。"瓦维洛夫说。

谢普诺夫读着新闻："5 月 12 日我军在哈尔科夫地区发起了进攻，突破了德军防线。摩托化步兵和坦克编队击退了德国人的反攻，并把他们朝西边赶过去。"他举起一只手指，朝瓦维洛夫眨了眨眼："我军推进了二十到六十公里，解放了超过三百个定居点。对了，还有这个！缴获了三百六十五件炮兵装置、二十五辆坦克和一百万发弹药。"

他用老兵打量着新兵那种善良好奇的眼神看着瓦维洛夫，问道："现在知道了？"

瓦维洛夫拿出他的入伍通知书。"当然知道。怎么会不知道？我还知道现在这一切只是个开头。我才不会错过紧要关头。"他用手轻轻地抚平入伍通知书。

"需要我对伊万·米哈伊洛维奇转达些啥吗？"管票据的问。

"还能说啥，他啥都知道了。"他们开始谈论集体农庄的事儿。瓦维洛夫很快忘掉了集体农庄主席啥都知道这一事实，开始告诉谢普诺夫要其代为转达的事情："对伊万·米哈伊洛维奇说一声，我从锯木厂弄回来的木板别用去修修补补，那是盖房子用的。对，您一定得这么跟他说。还有我们的那些麻袋，还放在区里，得找个人把它们弄回来，要不就丢了，或者是谁知道了就骗走了。还有欠款的单据，就说瓦维洛夫要……"

瓦维洛夫不喜欢集体农庄主席。他又狡猾又自私，早就脱离了土地，总是向上递交一些集体农庄又超额完成生产任务的报告，谁都知道那是胡说八道。这家伙总是编一些乱七八糟的理由到区里，甚至是去州里，每次都会带上一些礼物给他要拜见的人，有时候是蜂蜜，有时候是苹果，有一回甚至给某人带了一只小猪。

他往上递交的报告里自然不会说他从城里带回来的沙发、高大的电灯和"歌唱家"牌缝纫机。州里受到上面表彰，他也获得了一枚"杰出劳动"奖章。夏天他把奖章别在外套上，冬天把它别在皮大衣上。从寒冷的室外走进烧了炉子的温暖的屋里时，这枚奖章上像是覆盖了一层细密的露水。

在集体农庄主席的脑袋里，生活真正的意义不是工作，而是如何从合适的人身上获利。他为此可以说一套做一套。关于战争，他的态度再简单不过了：没有谁比区军事委员更加重要。主席的儿子沃洛佳立刻开始在兵工厂里工作，免去了被征召入伍。有时候，他会从家里拿走一些腌猪油和自酿的酒，拿去送给合适的人。

站在集体农庄主席的立场，他也不喜欢瓦维洛夫，甚至还怕他，怕他说他做得不对，做错了。集体农庄主席喜欢跟那些对他有用的人和识时务的人混在一起。农庄里有几个人对瓦维洛夫有点畏惧，觉得他总是板着脸，不苟言笑。但是，瓦维洛夫怎么都算是个信得过的家伙。村里要和一些公家单位打交道，公款的事情总是让他来办。村里还有一些村办工厂，只要跟村里人的钱包相关的，都让瓦维洛夫来记账。他从来没有因为这些事情被追查或惹上麻烦。只有一次民警局找上门来了，那还是战争爆发前一年弄出的一件小小的蠢事。

有天傍晚，一个年纪不轻的人叩响了瓦维洛夫家的玻璃窗，问自己能不能留宿一晚。这人长着凌乱的黑色大胡子。瓦维洛夫默默地打量了他一阵，把他带到了干草仓，把羊皮大衣铺在草上，给他拿了些牛奶和一块面包。

夜里来了几个穿着黄色皮夹克的年轻人，他们直接开车到瓦维洛夫的干草仓，把他和那个陌生人带走了。在民警局里，一个级别较高的民警问瓦维洛夫为什么他要让这个大胡子睡在他的干草仓里。他想了一会儿，然后说："我不好意思拒绝。"

"您就不问问他是谁？"民警问。

"为什么要问？"瓦维洛夫反问道，"我看得出来，他是个人。"

民警一言不发地凝视着瓦维洛夫的眼睛，盯着看了很长时间，或者说，似乎过了很久，这才说道："行了，回家吧。"

村子里的人放肆地嘲笑了瓦维洛夫，问他坐小汽车是不是很舒服。集体农庄主席只是摇了摇头说："您真傻！"

瓦维洛夫沿着村子里空荡荡的街道走着，越走越快。他急不可待地要见到他的家和他的孩子们。即将来临的分别带来的痛苦，不仅充满了他的思绪，也似乎充满了他的身体。

在房屋敞开的门口，他站了一会儿。在这里的生活从来就不轻松。孩子们穿得很糟，总是没有足够的东西可吃。他的靴子破了，煤油灯的煤油也不够——即使是点亮了，屋里也很暗，也没有玻璃灯罩，还冒着烟。有时候他们甚至没有面包。他很少吃肉。有一回倒是有肉吃，但那还不如不吃。家里养的奶牛掉进坑里，两条前腿都摔断了。他们不得不宰了牛，接下来吃了整整一周的肉，吃时眼里还含着泪花。瓦维洛夫很少吃到腌猪油。他从未吃到过白面包。

他走进屋子里，里面的一切都是那么熟悉，这些很早就已熟知的一切今天看上去带着一种陌生的新鲜感。他的心被这一切触动了：橱柜上盖着一块手织的桌布，由他换过鞋底的毡靴，上面还有他补鞋时缝上去的黑色补丁；大床边上悬挂的摆钟；木匙子上留着不耐烦的孩子们咬出来的浅浅牙印；镜框里摆放着的家人照片；个头不大、用红铜打制的沉甸甸的杯子，还有一个用马口铁制成的、又轻又精致的大杯子；以及小瓦尼亚的小裤子，上面的颜色都褪得差不多了，只留下让人感到忧郁的、像烟雾一样苍白的蓝色。

整座屋子都带着一种惊异的、只有俄罗斯的农舍才有的那种独特的气质。它同时显得既窄小又宽大。因为这栋房子的所有者，还有所有者的父亲和母亲吐露出的温暖气息，使它变得有了生命力，就好像任何一栋因人类存在而变得宜居的房子那样。但是，似乎每个人都不会在这里面长久驻留。人们走了进来，放下他们的东西，过了一会儿，便头也不回地走了，在他们身后留下敞开的大门……

房子里的孩子们是多么美啊！每天早上，浅黑色头发的小瓦尼亚光着脚在地板上跑来跑去时，像是一朵温暖的、飞舞的花儿。瓦维洛夫把他抱到高高的椅子上，用他那粗糙和长满老茧的手，去感受瓦尼亚小小身体上那宝贵的温暖气息。孩子用清澈明亮的眼睛看着他，眼神里透露出纯真和完全的信任。他的声音里从未出现过一个粗俗的词语，从未被某一根香烟污染，从未被一滴伏特加浸渍。现在，他用这样的声音问道："爸爸，你明天真的要去打仗吗？"

瓦维洛夫微笑起来，眼睛湿润了。

五

当天晚上，瓦维洛夫站在月光下，清理工具棚遮阳板下堆积的树枝。这些都是他在多年里不断给树木修剪枝桠时堆起来的。它们不过是一大堆相互缠绕的枝桠而已，早已了无生气。他也没空认真把它们劈开并清理好，只能把它们砍断了事。

个儿高高的、宽肩膀、皮肤像丈夫一样黝黑的玛丽亚在一旁站着，时不时弯腰去拣一下散落的枝条，时不时瞟一眼她的丈夫。他在挥舞着斧子时捕捉到了她的目光。当他弯下腰时，能看见她的腿和衣裳的卷边；站起来则可以看见她那薄嘴唇的大嘴，带着探寻神色的眼睛，高高的、光洁的凸出额头，上面没有一丝皱纹。他们站在一起，就像兄妹一样。生活早就按照同样的方式铸造了他们，将他们打磨成同样的形状。艰苦的生活没有压弯他们的腰，却让他们挺得更直了。两人都没有说话，这是他们向各自告别的方式。瓦维洛夫用斧子猛砍着有弹性的枝干，它们虽然柔软，要砍断却不容易。斧头劈砍的声音回响在大地上，回响在他的胸膛里。每次他举起斧子，斧刃在月光下发出蓝色幽光。斧子落地时，这一缕蓝光又迅速消逝。

寂静笼罩着周围一切。月光像亚麻籽油一样，温柔地覆盖着地面、草丛，覆盖着正在成长的宽阔的黑麦地，覆盖着农舍的屋顶，融化在水洼和小小的窗户上。

瓦维洛夫用手背抹了一把前额上的汗水，向天空看去，仿佛他是在夏日炎热的阳光下工作一样，其实落在他身上的只是夜里苍白的光影。

"够了，"妻子说，"再劈下去也不够整个战争烧的。"

瓦维洛夫看了一眼像山一样堆积起来的木柴。

"好吧，等我和阿廖沙回来，再一起劈柴。"他的手沿着斧刃擦拭了一下，轻巧得就像刚才他拿手背抹额头的汗水。

瓦维洛夫拿出他的烟荷包卷了一支烟，点燃了它。粗劣的烟草燃烧后的烟雾在静止的空气里缓慢地飘散开来。

他们走进屋子，里面温暖的气息迎面扑来。他听见两个正在酣睡的孩子的呼吸声。这一刻的宁静、温暖和两个浅黑色头发的脑袋告诉他，这就是他的生活、他的挚爱和他最重要的财富。他还记得自己没结婚前住在这里的样子：那时他穿着蓝色马裤，戴着一顶尖顶的红军盔式帽参加了内战，随部队一起行动。大哥参加了帝国主义战争——那是跟德国人更早些时候打的一场仗——并给他带回来一个戴着盖儿的烟斗。大家都拿着这个烟斗传看，说它"漂亮极了""太有意思了"。他非常喜欢这玩意儿，抽着它显得很时髦。可惜结婚后没多久他把它弄丢了。

娜斯佳在沉睡。他看着她的脸和身边那顶无檐软帽的黑影，他看着他的妻子，感到世界上再也没有比留在这座农舍中不走更加幸福的事情，也没有比离开它的那一刻更加痛苦的事情。在黎明前沉睡般的宁静中，他分明感觉到有一股粗砺的旋风在身边升起，毫不在意瓦维洛夫和他心爱的、渴望的那些人。身体和皮肤里的每一个细胞，甚至骨头里的骨髓都能感受到这股旋风的力量。瓦维洛夫感到害怕，就像枝条突然发现自己不能再随心所欲地飘荡在河流青翠的岸边，不得不随着无法抗拒的水流飘走。旋风把他夺走了，使他不再属于自己或者他的家庭。他一度忘记了他的命运，忘记了沉睡在床上的孩子们，他们的命运与整个国家，与生活在这个国家里的人们，与集体农庄，与宽广的、巨石筑成的城市里千百万人的命运是一体的，是一致的。在这一刻，那种既莫名又不需要安慰和理解的痛苦攫住了他的心。他只希望做一件事情，继续生活在这里，生活在冬天时妻子放进炉子的每一块木柴里，生活在她拌进土豆和面包的盐里，生活在他为农庄付出了如此之多后她收获的每一粒谷子里。他知道这是做不到的。这一切总是有需要，但总是不够。他只能生活在他们的脑海里。当他们看见空空的盐罐子，当他们找邻居借一点点面粉，当他们请求集体农庄主席批准给他们一匹马去森林里拉一车柴火时，他们就会想到他了。

"春天前土豆就要吃完了，面包和柴也不够挺到春天，唯一不缺的就是这苦日子。"玛丽亚平静且痛苦地一项项列出冬天前就要用完的东西，圣诞节前什么会用完，大斋期开始前什么会用完，复活节前什么会用完[1]。她指了指沉睡中的孩子们说："你倒好了，不用担心面包。我可怎么办？我上哪儿给他们找面包？"她弯腰捡起掉在地上的毛巾。

瓦维洛夫感到沮丧。他离家不是去找乐子的。但是他理解妻子现在的痛苦，她在尽量压抑着自己的痛苦，免得爆发出来。

等她说完了，他问道："我的背包呢，东西都放好了吗？"

她把背包放在桌上，说道："好了，东西不多。背包的分量比装进去的都重。"

"那倒更方便背了。"他柔声说。背包确实很轻，里面是面包、黑麦饼、几个洋葱、一个锡杯、针线、两副干净的裹脚布、一把木柄小刀。

"带无指手套吗？"她怒气冲冲地问道。

"不带。你比我更需要。"

---

1 英文译者注：即使十月革命发生多年后，俄国农民不管信不信教，私下里仍遵循东正教历法。
中文译者注：大斋期是东正教会礼仪年中最重要的节日复活节的预备期，在复活节（每年春分月圆之后的第一个周日）前，持续六周左右，对饮食有一系列复杂的规定。

"这话该我来说。"玛丽亚尖刻地回答。她知道她现在很不和善，这一点让她觉得更加生气了。

"爸爸！"娜斯佳带着睡意朦胧的声音说："您的外套。我用不着您的外套，带上它。"

"外套，您的外套，"当妈的学着娜斯佳刚睡醒的声调说，"去睡你的觉。天寒地冻时他们要你去挖战壕，你那时穿什么？"

"亲爱的，亲爱的小傻瓜，"瓦维洛夫对他女儿说，"我爱你，我的傻姑娘，我爱你。别觉得我不在乎你，所以才对你那么严厉。"

娜斯佳哭了起来，把脸埋在他的手里，抽泣道："最亲爱的老爹啊，记得一定要给我们写信！"

"棉外套你总用得上吧。"玛丽亚说。

太多事情要交代了，多得说不完。他想说没必要带上无指手套，因为他在冬天来临之前就应该阵亡了，带着它只能是浪费。他想说的事情太多了，重要的不重要的，有要做的实事儿，也有他对这个家的爱。土豆需要清理一下了，有些已经开始烂掉；李树刚刚种下不久，要防霜冻。妻子要去跟集体农庄主席说一声，家里的炉子得修理了。他还想说这场战争。整个国家都为这场战争动员起来了，他们的儿子已经到了前线作战，现在他也要去作战。

想要说的太多，他反而说不出来了。不然，他会说上一整夜。

"好了，玛丽亚，"他说，"走之前我去给你打几桶水。"

他拿上桶朝着水井走去。桶碰着井口滑溜的边缘发出叮当声。瓦维洛夫靠在井边往下看，闻到了一股潮湿阴冷的气息，漆黑的井里就像刺眼的阳光一样，让人什么都看不见。"这就是了，"他想道，"我就是这样死掉的。"

水桶很快就装满了水。瓦维洛夫把它提起来时，听到了桶里的水溢出来溅在水面上的声音，桶提得越高，这声音就越响。水桶从黑暗中探出来，可以看见水迅速地从桶边流下来，急不可耐地要回到下面的黑暗中。

他回到门厅里，看见妻子坐在长椅上。在半明半暗中看不清她的脸，但这无关紧要，很容易就能够猜出她在想什么。

她抬头说道："坐一会儿吧，歇一会，吃点东西。"

"好吧，"他说，"反正也不着急。"

晨光微曦。他坐在桌前，桌上放着一碗土豆，一根香肠——上面涂着白色结晶的蜂蜜，还有几片面包和一杯牛奶。他慢慢地吃着，脸上发着烧，有如在冬天里迎风站立，脑袋里一片雾腾腾。他想着事儿，说着话儿，嚼着东西，挪动着椅子。要是那一片雾气被风吹走了就好了，他就能把一切看清了。

妻子把碗推给他，说道："吃了这几颗鸡蛋吧。包里还放着好些个呢。我都煮熟了。"

他用一个明白无误且有点害羞的微笑回应了妻子，让她觉得浑身一热。这个微笑是她在十八岁时第一次走进这间农舍时看到的微笑。那时她的感觉就和成千上万其他女人的感觉一样。现在，她的心在收紧。她所有想要做的事情只是发出一声大叫，用这声大叫来压制住内心的忧伤。

然而她只说道："我原该做好些个馅饼，买几瓶伏特加的，现在……战争时期……"

他的回应是站了起来，抹了抹嘴说道："算了。"他要走了。

两人拥抱在了一起。

"彼佳……"她慢吞吞地说，似乎希望能够说服他回到原来的状态，改变想法。

"我得走了。"他说。

他的动作很慢，控制自己朝她看过去的念头。

"得把孩子们叫醒，"玛丽亚说，"娜斯佳又睡过去了。"可是她不知道到底该怎么办。把孩子们叫醒是她的主意，这样她就可以与孩子们一起分担痛苦了。

"别这样，我和他们说过再见了。"他说道，然后静静地听了听闺女

028

沉睡时缓慢的呼吸声。

他调了一下背包背带，戴上帽子，朝着大门走去，匆匆地回头瞥了一眼妻子。

两个人都站在门槛旁，打量着这间屋子。在这最后一刻，他们看到的一切是多么不同。她知道这四面墙壁将会见证她的孤独，这里将会变得空虚和黯淡。而他，想要的却是把世界上最可爱的家留在记忆里，并随身带走。

他朝着大路走去。她站在大门口看着他走远。她想，如果他能够回来，再留上一个小时，让她再看一眼，自己就会活下去，就能够忍受一切。

"彼佳，彼佳……"，她小声地呼唤。

但他没有回头，也没有停留，一直朝着黎明走去。他亲手犁过的土地已经微微发红，冷风直接朝他脸上袭来，把家中残留在衣服上的最后一丝温暖、壁炉里吐出的最后一丝气息全部吹散。

六

这一天是亚历山德拉·弗拉基米罗夫娜·沙波什尼科娃——一位著名的桥梁建筑专家遗孀——的生日。不过这绝不是她家举办聚会的唯一原因。

家庭成员坐在同一张桌前为某位即将远行的亲人举行聚会，这一仪式的含义在当下发生了某种改变。跟许多旧仪式不太一样，它要回应人的深层需求，因而值得广泛的观察研究。

整个国家都处于战争之中。朋友们，还有家庭里的每个成员都知道，这次聚会也许就意味着他们最后一次聚在一起，没有人知道他们当中有多少人从此之后不会再见。

邀请来的客人里有这个家庭的老朋友米哈伊尔·莫斯托夫斯科伊和帕维尔·安德烈耶夫。亚历山德拉·弗拉基米罗夫娜已故的丈夫在十九岁、还是技术学校学生的时候，曾在斯大林格勒的伏尔加河上当过几个月的拖船工程师。安德烈耶夫是那条船上的司炉。两个人常常在船甲板上聊天，后来安德烈耶夫就成为这一家人的朋友。亚历山德拉带着孩子搬到斯大林格勒之后，他是一家人的常客。

叶尼娅，亚历山德拉三个女儿中最小的那个，曾开玩笑说过："他明显是妈妈的仰慕者之一嘛。"

沙波什尼科夫一家还邀请了认识才不久的塔玛拉·别洛兹金娜。塔玛拉和她的孩子们早就见惯了燃烧的房子、空袭和急匆匆的疏散，弄得沙波什尼科夫家里人都习惯把她称为"可怜的塔玛拉"——"可怜的塔玛拉又出啥事儿啦？""怎么能不请可怜的塔玛拉来呢？"。

他们在斯大林格勒的三居室在过去多年里一直都显得很宽敞，里面原先只有亚历山德拉·弗拉基米罗夫娜和她的孙子谢廖扎住着，现在可住满人了。先是叶尼娅搬进来了，夏天德国人入侵后，亚历山德拉的二女儿玛露霞和她的丈夫斯杰潘·斯皮里多诺夫、女儿薇拉也搬了进来，之前他们仨住在几公里外的斯大林格勒最重要的发电厂旁。因为怕德国人会空袭发电厂，那里的工程师和亲属们急急忙忙地把妻子和孩子送走。斯皮里多诺夫不仅把一家人搬进来，还把一架钢琴和几件家具给搬了进来。

这一家的另一个老朋友索菲亚·奥西波芙娜·莱温托恩，在不值夜班时也会住在沙波什尼科娃家里。她是很久以前在巴黎和伯尔尼时认识亚历山德拉的，现在是医院里的外科医生。

在聚会前一天，托利亚出人意料地回来了。他是亚历山德拉·弗拉基米罗夫娜的外孙，是她的长女柳德米拉的儿子，正从军校到新分配的单位去。跟他一起来的还有一个刚刚出院、准备回到前线去的中尉。两人刚出现时，外婆甚至没有认出穿着制服的托利亚。她用严肃的口吻问道："同志们，你们找谁？"然后爆发出一声尖叫："托利亚！"

叶尼娅说过，庆祝这次家庭团聚实在是太有必要了。

做馅饼的面已经和好了。斯皮里多诺夫从车里出来，拿来了一大袋白面粉，黄色的箱子里装满了黄油、鲟鱼和鱼子酱。叶尼娅从她的那些艺术家圈子里弄来了三瓶甜酒，玛露霞从她用来做交换的硬通货里贡献出两瓶半升装的伏特加。

要让上门的客人们从自己的配给里匀点吃的喝的很正常。但是要让他们任何一个人为这么一大群人找到足够的食物，可就太难了。

叶尼娅穿着睡袍，外面罩着一条漂亮的夏裙，黑色的卷发从头巾下探出来，兴奋得脸颊和两鬓发热。她站在厨房中间，一手拿着餐刀，一手拿着块抹布。

"天，妈妈还没回来吗？"她问玛露霞，"我要不要翻一翻馅饼？我不会用烤炉，怕它烧起来。"

她除了烤馅饼，什么都没有注意到。玛露霞对妹妹的一片热心感到有些好笑，说道："我知道的也不比你多。但别着急，妈妈回来了，还有一两个客人也到了。"

"玛露霞，你穿的这件褐色外套可真丑，"叶尼娅说，"这样横竖都上不了台。穿上它就像是个驼背，还有，你这条黑头巾特别显白头发。像你这么瘦，应该穿一些颜色亮点儿的。"

"那有啥呀，"玛露霞回答，"过不了多久我就该当奶奶了。信不信随你，薇拉都十八岁了。"

有人开始弹奏起钢琴。玛露霞皱起眉头，用她那双大大的黑眼睛生气地瞪着叶尼娅："你看看！这年头谁还会想着这些？邻居们会怎么看？太丢人了，现在可不是享受音乐和大餐的时候！"

叶尼娅总是做出头脑发热的决定，有些决定给她和她的家庭招来了不少的麻烦。还在中学的时候，她热衷于舞蹈，脑袋里想的是以后能成为一名艺术家，结果荒废了学业。在交友上她也常常变来变去。某一天她会对所有人说，她的这个或那个朋友既非凡又尊贵；隔天她又会狠狠地贬低这个朋友。她在莫斯科艺术学院油画系学习，有时候觉得自己是成就非凡的大师，对她的作品和未来的规划有着满腔热情。然后她又突然想起来，要么有人对她这一切毫不上心，要么有人用嘲笑的语气说她就像没用的老牛，看不出一点天才的样子。到了那时，她又后悔自己当初没学点应用美术，比如织物、绘画什么的。在艺术学院的最后一年，她二十二岁，和在共产国际里工作的尼古拉·克雷莫夫结了婚。他比叶尼娅大了十三岁，但她被他的几乎一切所吸引住了：他对资产阶级生活方式的蔑视，他在内战各个战场上的浪漫往事，他和共产国际的战友们在中国的经历[1]。然而，尽管叶尼娅深深地仰慕着他，而他也对她抱有显而易见的、真挚且深刻的爱，但两个人的婚姻却没有持续下去。1940年12月某天，叶尼娅把她的东西塞进手提箱里，回来跟母亲一起住了。

叶尼娅含含糊糊地把事情解释给家人听，没有人真的弄明白是怎么回事。玛露霞说她神经衰弱，妈妈则在问她是不是喜欢别的人了。薇拉认为叶尼娅做得对，还跟十五岁的谢廖扎吵了一架。

"事情非常简单，"谢廖扎觉得，"她不爱了。这就是根本原因。你怎么不明白？"

"真是个小哲学家！爱了，不爱了……知道什么叫爱吗，你这小毛孩子？"薇拉回击道。在九年级时，她认为自己也经历了感情问题。

邻居们和一些认识叶尼娅的人则给出了直截了当的解释。有些人认为叶尼娅此举非常明智。她的丈夫遇上了一些不顺心的事。他有几个朋友遇上了麻烦：有些被解除了职务，有些被捕了。叶尼娅离开他宜早不宜迟，免得被丈夫拖下水。还有些人觉得有些浪漫的绯闻更可信，那就是叶尼娅有了情人。她的丈夫出差去了乌拉尔，被一封电报给召回来，发现叶尼娅躺在情人怀里。

---

1 英文译者注：共产国际（the Comintern），作为国际共产党组织，曾于 1919 到 1935 年在莫斯科举行了几次全球代表大会。随着斯大林逐渐放弃苏联早期试图在全球推动革命的目标，共产国际的重要性不断降低，并于 1943 年解散。

世界上总有人会为他人的行为找出一大堆动机，这并不是因为他们就是这么做的，而是他们根本做不到，所以怀疑别人也做不到。他们喜欢这么夸夸其谈，因为他们认为这些冷嘲热讽证明了他们对生活的常识。他们觉得，要去相信他人能够做出高尚的行为，这种念头本身简直太幼稚了。

叶尼娅知道别人是如何谈论她离婚的事情后，大吃了一惊。

不过这一切都发生在战前，现在再也不会困扰她了。

七

斯皮里多诺夫曾想尽办法把钢琴塞进谢廖扎住的小房间。今天，这房间里聚集着年轻的一代。

他们比划着长相，看看谁长得像或者不像这个大家庭里的其他人。谢廖扎的爸爸是亚历山德拉的儿子德米特里。谢廖扎长着黑眼睛，身材瘦削，继承了妈妈的黑头发、橄榄色的皮肤，像妈妈一样动作带着点神经质，眼神瞟来瞟去，既带着胆怯，又显得大胆。托利亚是个高个儿，宽肩，有一张大脸和一个大鼻子，老是爱照镜子，梳理他麦草色的头发。他从军便服口袋里拿出了一张和同母异父的妹妹娜嘉的合影，大家一看都大笑不止。娜嘉的个儿又小又瘦，梳着一条长长的漂亮的辫子。两人长得简直一个样。娜嘉和父母一起从莫斯科疏散出来后，现在住在喀山。至于薇拉，她长得挺高，脸颊粉红，还有一个又短又直的鼻子，跟她的三个表兄弟长得一点都不像。不过她那双灵活、热烈的褐色眼睛倒是跟小姨叶尼娅的一模一样。

这一大家子人似乎都缺少相貌上的共同点，但这是革命以来出生的一代人中特别普遍的现象。革命后的年代里，结婚只是为了纯粹的爱情，毫不在乎血缘、国籍、语言和社会阶层的差异。就算在家庭成员当中，内在心理上的差异也是巨大的。这种婚姻方式所联结的家庭，因此也就具有了丰富和复杂的特征。

　　这天早上托利亚和他的旅伴科瓦廖夫中尉一起去了军区司令部。科瓦廖夫在那儿得知他所在的部队仍被划归为预备队，驻扎在卡梅申和萨拉托夫之间的某地[1]。托利亚也得到命令，要他到预备队某部去报到。两个中尉借机获得了在斯大林格勒多逗留一天的机会。"我们很快就要经历无数战争，"科瓦廖夫冷静地说，"横竖摆脱不掉它……"然而，他们还是决定不到街上游逛，免得遇上纠察。

　　他们前来斯大林格勒的一路上非常不容易。科瓦廖夫帮了托利亚大忙。他有一个军用饭盒，托利亚自己的饭盒在军校毕业的当天被偷了。科瓦廖夫总是知道哪个车站能够打到开水，哪个军用食堂能够吃到熏鱼和羊肉香肠，而哪个军用食堂只能找到豆子和肉末[2]。

　　在巴特拉基，科瓦廖夫弄到了一瓶自酿白酒，两个人一起喝掉了[3]。科瓦廖夫说起他在村子里有个深爱的姑娘，等战争结束他就回去把她娶了。说了这些，他又絮絮叨叨，毫不掩饰地坦白起前线经历，听得托利亚耳朵都要发烧、呼吸都快停了。

　　科瓦廖夫说了很多在书中和军队条令里学不到的战争知识。它们对真正打仗的、把背靠在战壕一侧的那些人很重要，对于后来很多年里只能想象战争现实的人却是无足轻重的。

　　这种真挚的友谊，特别是来自一个履行过军人职责的中尉的友谊，让托利亚感到特别高兴。他一直想让自己变得比实际年龄更加老成一些，想让自己变成一个无所不知的年轻人。"这些女人合适你，"当他们的话题转向年轻姑娘时，托利亚说，"不过最好只是爱她们，然后远离她们。"

1　中文译者注：卡梅申位于今俄罗斯伏尔加格勒州伏尔加河畔，在伏尔加格勒北部，距离这座城市约190公里。萨拉托夫位于今俄罗斯萨拉托夫州，位于伏尔加河中游，距离伏尔加格勒约330公里。

2　英文译者注：红军军粮主食，特别是野战配给主食，往往是脱水的麦粥、小米粥或豌豆汤。吃的时候只需要加入热水即可。

3　中文译者注：巴特拉基位于今俄罗斯巴什科尔托斯坦共和国境内。共和国位于萨马拉和车里亚宾斯克之间，靠近欧亚大陆交界的乌拉尔山区，首都为乌法。

可是，现在托利亚比任何时候都想跟他的表兄弟、表姐妹们畅所欲言。只是不知道什么原因，他感到有些窘迫。如果不是科瓦廖夫在场，他可能会像过去那样滔滔不绝地说起以前常谈论的事情。因为科瓦廖夫，他有好一会儿觉得有心理负担。这让他又觉得有些羞愧，科瓦廖夫到底是一个非常诚实的旅伴。

他的整个生活，曾经就是和谢廖扎、薇拉以及外婆在一起的生活。但是这次家庭的重聚却显得有点偶然和短暂。他的命运跟一个完全不同的世界联系在了一起，那里面有中尉、政治指导员、大士和士兵，有各种代表着军衔的三角形、菱形以及其他形状的标志，有出差证明和军用配给卡[1]。在那个世界里，他遇上了新的人、新的朋友和敌人。一切都跟这里不同。

托利亚没有告诉科瓦廖夫，他想要去物理系和数学系学习，以后要为这个被牛顿和爱因斯坦的光芒所遮蔽的世界带来一场科学革命；他没跟科瓦廖夫说他以前曾经组装过一台短波收音机，在战前不久，他甚至开始自己组装电视机；他也没跟科瓦廖夫说，中学放学后他常常跑去父亲的研究所，帮助实验室的研究助理组装各种仪器。妈妈曾开玩笑地说："这孩子怎么遗传到维克托科学基因的，可真弄不明白！"

托利亚是个高个儿，精力充沛，一家人都喜欢称他"重量级选手"，

---

1 英文译者注：红军部队中，从连到方面军（相当于德国的集团军群）均设有军事领导者和政治领导者。1943 年前，军事领导者被称为"指挥员"，1943 年之后重新称为"军官"。除了部分初级政治领导者被称为政治指导员（politruk），其余政治领导者均被称为"政委"。凯瑟琳・梅丽黛尔（Catherine Merridale）在她的书中写道："一名政治指导员在部队中既要充当宣传者，也要担负起随军牧师、军人精神分析师、纪律维护者和告密者的责任。"（《伊万的战争》，第 56 页）中文译者注：英文译者对政委的介绍有不确切之处。"政委"一词在苏联红军中既是行政职务，也是政工人员衔级。"政委"作为政工人员常规行政职务于 1941 年 7 月设立，如营政委、团政委和旅政委等。1942 年 9 月斯大林格勒战役爆发之初，"政委"作为行政职务正式撤销。此后，初级和中级政工人员多担任政治部主任或政治副长（如政治副营长、副团长）等行政职务，高级政工人员则担任集团军、方面军军委会委员。本书中的初级 / 高级政治指导员、营级、团级、旅级和师级政委等称呼并非行政职务，而是政工人员的衔级，相当于军官的军衔。斯大林格勒战役结束前后，政工人员的专用衔级取消，一律改为与军官一致的将校尉衔级（这一部分内容在《生活与命运》中有提及）。后文将会看到克雷莫夫被授予"营级政委"衔，约相当于指挥员的少校军衔。另外：大士为士官最高级别，是军官 / 指挥员的重要助手，1950 年代苏军调整军衔称号后，"大士"改名为"准尉"。

但他的内心却满是羞怯和敏感。

屋子里的谈话没有继续。科瓦廖夫在用一只手指弹奏《我热爱的城市在和平中沉睡》[1]。

"这是谁？"他打了个呵欠，指着钢琴靠着的墙上挂着的一幅肖像。

"是我，"薇拉说，"是叶尼娅姨妈画的。"

"一点都不像你么。"科瓦廖夫说。

所有人里觉得最尴尬的就是谢廖扎。任何一个正常的男孩都会对两个年轻的中尉，特别是对科瓦廖夫，对他的伤疤，他的两枚"勇敢"奖章充满崇敬。但谢廖扎的态度却带着一点清高和嘲讽。他甚至连一个关于军校的问题也没问。真是太让人扫兴了。托利亚老想说一些关于上士们，关于枪炮射程，还有关于他和战友们如何在没有获得批准的情况下溜去看电影的事情。

每个人都知道薇拉会无缘无故地发起一阵大笑，她本质上是个爱笑的人。可是现在她却忧伤而安静，一直在盯着科瓦廖夫，像是在对他进行评测。对谢廖扎，每个人可能都觉得他正在从这种不停的嘲讽状态中获得某种恶意的快感。

"薇拉，你干嘛这么安静？"托利亚闷闷不乐地问。

"没有安静。"

"爱情受伤啦？"谢廖扎说。

"真蠢！"薇拉说。

"她脸红了。是真的！"科瓦廖夫说，对薇拉顽皮地眨了眨眼。"错不了，她在恋爱呢，是哪个少校？现在每个年轻姑娘对中尉们都是一肚子牢骚，说她一看到他们就发慌。"

"中尉们才没让我发慌。"薇拉眼睛直勾勾地看着科瓦廖夫。

"那就一定是个中尉喽？"科瓦廖夫说，他有点沮丧，没有哪个中尉

---

1 英文译者注：这首歌出现在 1940 年首映、由爱德华·边茨林导演的流行电影《战士们》中。中文译者注：爱德华·边茨林（Eduard Pentslin），1903—1990，苏联导演。

真的希望年轻姑娘们会喜欢别的人。停了一会儿，他继续道："那好吧，我觉得我们应该为他俩喝一杯。我的水壶里已经备好酒啦。"

"棒啊！"谢廖扎说，他突然变得活泼起来。"为他俩喝一杯！"

薇拉一开始拒绝喝酒，但后来还是一口把伏特加闷了，然后，就像自己也是一名战士那样，她从绿色的袋子里拿出一大块面包干。

"当兵的最希望跟你这种人在一起了。"科瓦廖夫说。

薇拉像个小女孩那样笑起来，蹙着她的鼻子，用脚拍着地面，使劲地甩她浓密的浅发。

谢廖扎带着醺醺然说开了。刚开始他评论了一番部队的军事行动，然后开始背诵诗歌。托利亚时不时看看科瓦廖夫，担心他会取笑谢廖扎。他觉得一个小毛孩子挥舞着手臂去背诵叶赛宁的诗歌简直荒谬极了。不过科瓦廖夫倒是认真听着，与其说他这会儿是个中尉，不如说更像是一个村里来的普通年轻人。他打开背包说："等一会儿，让我把它记下来！"

薇拉皱着眉头，沉思了一会儿，把脸转向托利亚，摸了一把他的脸颊，说道："哦，托利亚，亲爱的托利亚，你能知道什么？"

这说话的语气不像是个十八岁的人，而像是六十岁。

八

亚历山德拉·弗拉基米罗夫娜·沙波什尼科娃，现在是个高个儿、令人生畏的老太太。革命爆发前的几年，她在一所女子学院里学自然科学。丈夫去世后，她先是当了一阵子教师，然后在某个细菌研究所里当药剂师。最近这几年她在一所监测工厂工作环境的小型实验室里当主任。实验室工作人员并不多，战争爆发后人手就更少了。于是她自己亲自去工厂、火车站、谷仓、制鞋厂和成衣厂收集灰尘样本、监测空气质量。她深爱自己的工作，在她那个小小的实验室里，她自己研制了一套用于检验工业企业空气污染的测量工具，能够分析金属粉尘、饮用水、工业用水、铅化合物和合金的成分，探测到水银、砷蒸汽、二硫化碳、氮氧化物以及确认一氧化碳是否达到有害浓度。她像热爱工作那样热爱着周围的人们。每次到现场她总能和车床工人、女裁缝、磨床工人、铁匠、电工、司炉、电车售票员和火车司机们交上朋友。

战前一年的夜里，她开始在一家图书馆里从事应用科学方面的翻译工作，为她自己和斯大林格勒多家工厂的工程师们翻译资料。还是年少时她就学会了英语和法语，后来跟丈夫在苏黎世和伯尔尼的政治流亡岁月里，她又学会了德语。

家庭聚会的这一天，她回到家后，用了很长时间在镜子前整理自己的白头发，然后把一枚镶着两朵翡翠紫罗兰的小小胸针别在长裙领口。看了一阵镜子后，她想了想，下了决心，深情地把胸针摘下来，放在床头柜上。门半开着，薇拉压低了声音催她："快一点，奶奶，那个吓人的老家伙——莫斯托夫斯科伊——来啦！"

又犹豫了短短一会儿，亚历山德拉把胸针又别上了，快步朝着门口走去。

小客厅里筐子和箱子堆得高高的，凌乱地摆放着装满土豆的麻袋。在这里，她见到了莫斯托夫斯科伊。

米哈伊尔·西多罗维奇·莫斯托夫斯科伊是个有着无限精力的人，是那种人们称之为"特立独行"的家伙。

战前，他住在列宁格勒。经历了那里四个月的围城后，他于1942年2月通过飞机疏散，侥幸逃了出来。此人有着非常敏锐的目光和听觉，整个记忆和精神状态都没有受到损害，迄今他还能保持对生活、对科学和对人的真挚的、浓厚的兴趣——这是他在经历了可能许多普通人一辈子都没有经历过的状态后所能留存下来的。他曾被强制劳动和流放过，被法庭起诉过，被剥夺过所有的一切。他经历过幻想的破灭，经历过痛苦、欢乐和悲伤，经历过整夜整夜不停的工作。亚历山德拉的丈夫革命前在下诺夫哥罗德工作时，她第一次见到了在那里组织秘密政治活动的莫斯托夫斯科伊[1]。他在他们的公寓里住了一个月。

莫斯托夫斯科伊走到大房间里四处打量，目光落向藤椅和桌旁的凳子，桌子上已经如客人们所愿铺上了白色的桌布，墙上挂着一个大钟，屋子里还有一个橱柜和一张中国式的屏风，屏风上绣着一只老虎，正在悄悄地从一丛黄绿色的竹子当中钻出来。

"要是一千年以后考古学家来发掘你这所房子，"他说，"会看到我们这个时代不同社会阶层并排出现在其中。"他的眼睛里闪烁着笑意，眼睛周围的小皱纹一会儿舒展开看不见了，一会儿又出现了。他指着木制书架继续说道："看，这里有德语版《资本论》和黑格尔的作品，墙上挂着涅克拉索夫和杜勃罗留波夫的画像[2]。这是你过去的革命史。这个绣在屏风上的老虎一定是从你那个商人老爹那里继承下来的，还有这个大钟也是。这里有个橱架，还有一个跟橱架差不多一样大的花瓶，还有这张巨大的餐桌。它们都是这个家庭富足的象征——是眼下的富足，一定是您那个当首席工程师的女婿带来的。"他举起一只手指，责备式地说："唉！从现在的摆设来看，这里要举行一场真正的盛宴。您怎么不事先跟我说一声，我一定会戴上最好的领带！"

只要莫斯托夫斯科伊在场，亚历山德拉总是显得一反常态的不自信。眼下的情况正是如此。她觉得他在批评她，脸红起来，是那种老人特有的让人感到同情的脸红。

"我女儿和孙辈们希望这么摆设，我让步了，"她说，"列宁格勒的冬天过去后我就担心，这些东西看上去不仅很奇怪，而且过分了。"

"还不至于，不至于。"莫斯托夫斯科伊回答。他在桌旁坐下，开始

---

1 中文译者注：下诺夫哥罗德位于莫斯科以东 400 公里，是俄罗斯著名的历史古城，今俄罗斯下诺夫哥罗德州首府，伏尔加河与奥卡河交会处。

2 英文译者注：尼古拉·涅克拉索夫（1821—1877），19 世纪中期最受欢迎的诗人，严厉地批评农奴制和极权制度。尼古拉·杜勃罗留波夫（1836—1861），文艺批评家和政治革命家。

朝烟斗里塞烟丝，然后把烟荷包伸向她，说道："您也抽烟，试试看这个！"他看着她被烟草熏黄的手指，补充说："您真的应该用烟嘴。"

"不用烟嘴更好，"她回答，又一次感到需要为自己辩白，"我在西伯利亚流放时抽上了烟。天知道尼古拉跟我吵了多少次，但是我现在就是停不下来。"

莫斯托夫斯科伊从口袋里拿出了一块打火石、一截白色粗绳和一把钢锉。"我这件'喀秋莎'有点儿问题了。"[1]他说。两个人对视一笑。他的"喀秋莎"真的没点燃。

"我去弄几根火柴。"亚历山德拉说。

"算了，"莫斯托夫斯科伊说着，摆手示意不必，"干嘛要浪费宝贵的火柴？"

"也是。这年头人连火柴都不舍得了。夜里我在厨房炉子里留着点火，邻居们就常来借火。"

"哪儿不是这样。大家都留着点火，跟几千年前住在洞穴里的原始人一个样。老人们都会保留两三根火柴，害怕战争会在夜里给他们带来点什么麻烦。"

她走到橱架前又走回来，脸上带着点故作庄严的讥笑："请允许我，从我的心底……"她拿出了一整盒没有开封的火柴。

莫斯托夫斯科伊收下了这份礼物。两人点燃了烟，吸了一口，又同时喷出烟雾。两缕烟雾汇在一起，懒洋洋地向窗户飘去。

"考虑过撤离吗？"莫斯托夫斯科伊问。

"当然考虑过，谁不会呢？只是现在没有仔细讨论过这事儿。"

"不是个军事秘密的话，能说说上哪儿？"

"喀山。科学院一部分会疏散到那儿。柳德米拉的丈夫是个教授，还

---

1 英文译者注：喀秋莎是苏联火箭炮的别名。莫斯托夫斯科伊用这个词来形容他那原始的引火装备。

是科学院的通讯院士，在那儿好歹会分到一间公寓，哪怕是个两居室[1]。他已经在问我们去不去了。别担心，您不会有事儿。上级会认真照顾到你们。"

莫斯托夫斯科伊看着她，点了点头。

"真的没法挡住他们吗？"亚历山德拉问道。尽管她端正的脸上透露着自信甚至是一丝轻蔑，但她的声音并不与之匹配，而是透露出绝望。她尽力压制着它，慢吞吞地继续说："法西斯主义就那么强大？我不信。看在上帝的份上，告诉我发生了什么！看看墙上这幅地图，有时候我都想把它给藏起来。日复一日，谢廖扎每天都在重新摆放这些小旗。每天，就跟去年夏天一样，我们每天都听到德国人发动了新的攻势，打到了哈尔科夫，突然又打到了库尔斯克，然后是沃尔昌斯克、别尔哥罗德，丢掉了塞瓦斯托波尔。我一直在问：'发生了什么？'没有哪个军人能够回答这个问题。"

她沉默了一会儿，然后挥动着一只手，像是要把某些可怕的想法驱走似地继续说道："我去找刚才您提到的那些书籍，我问列宁，问车尔尼雪夫斯基和赫尔岑：'我们真的能够保卫你们吗？你们的一切都要结束了吗？'然后我说：'保卫我们吧！帮帮我们！黑暗已经降临！'[2]"

"我们的军人都跟您说了些什么？"莫斯托夫斯科伊问。

就在这时，身后厨房的门后传来一声年轻女人半是玩笑半是生气的声音："妈妈！玛露霞！人在哪儿呢？馅饼都烤煳了。"

"馅饼！"莫斯托夫斯科伊说，显然他很高兴可以避开亚历山德拉的问题。"这一次可以饕餮一顿了！"

---

1 英文译者注：科学院过去和现在对俄罗斯都非常重要，科学院院士有两种级别，一种是初级，即通讯院士，另一种是正式的院士。即使是通讯院士也是一种极大的光荣。

2 英文译者注：尼古拉·车尔尼雪夫斯基（1828—1889）是著名哲学家、革命者和文艺批评家，其著名作品为空想社会主义小说《怎么办》。这部小说对列宁影响极大，后来他写的一篇政论文章也用了这个标题。列夫·托尔斯泰一部关于个人道德和责任的小册子也使用了这一名字。亚历山大·赫尔岑（1812—1870）是著名作家和记者，有时候也被称为"俄国社会主义之父"。

"简直是鼠疫流行时期的宴会。"亚历山德拉回答[1]。她指了指厨房门说道:"叶尼娅,我最小的……您见过她。这一切全都是她的主意。一周前她没打招呼就来了。其他每个人都在跟自己最亲近的人告别,只有这里有个出人意料的团聚。我还有一个外孙在这儿,柳德米拉的儿子托利亚。他在去前线的路上,经过这里。所以我们决定要举行一次聚会,庆祝团聚和分离。"

"行了,"莫斯托夫斯科伊说,"别解释了。生活一直如此。"

"等人老了,生活会变得更难过,"亚历山德拉静静地说,"我觉得这个国家的悲剧跟我年轻时有所不同。请原谅我掉泪了,可是我还能对谁说呢?尼古拉热爱您,尊重您,可现在我们都……"她直视着莫斯托夫斯科伊:"有时候我只想死去,然后又觉得不行。我还有改变周围的力量。"

莫斯托夫斯科伊轻轻碰了碰她的手,说道:"快点儿吧,不然馅饼真的要烤焦了。"

"现在——是真相时间。"叶尼娅说,向着半开的烤炉门弯着腰。她瞥了一眼亚历山德拉,把嘴唇贴到她的耳边飞快地说:"今天早上我收到一封信……很久之前,在战前……记得吗,我跟您说过……我遇到过一位指挥员,诺维科夫……我们在火车上又遇见了。这都是什么奇怪的巧合啊……想想看,我在睡醒时还想到他。我对自己说,他可能都牺牲了。一个小时后收到了一封他的来信。我从莫斯科到这儿的火车上遇到他,也让人觉得奇奇怪怪的。"

叶尼娅把手臂伸出来,搂住亚历山德拉的脖子,开始亲她,先是亲脸颊,然后亲落在她额头上的白发。

叶尼娅在艺术学院里念书时,曾受邀参加过几次在军事学院里举办

---

1 英文译者注:《鼠疫流行时期的宴会》是普希金"波尔金诺之秋"四个小悲剧中的最后一出。

的晚会。在那里遇到了高个儿、动作慢腾腾的、有点笨拙的那个人，外表明显比年纪要"老成"。有几回他送她去搭乘电车，还打过几次电话。春天他从军事学院毕业离开莫斯科，随后给她写过几封信，问她要照片，但从未讲述过自己的感受。她把自己护照上的那张小照片寄给了他。后来，在结束了艺术学院的学业并结婚后，就再没有收到过他的信。

她离开克雷莫夫，前往投奔母亲的路上，火车停靠沃罗涅日。一个高个儿、浅色头发的指挥员步入她的车厢。

"您还记得我吗？"他问道，伸出一只硕大苍白的手。

"诺维科夫同志。"她回答，"我当然记得您了，您为什么不写信了？"

他微笑着，不言不语地从信封里拿出一张小小的照片给她看。

那是她很久前给他寄的照片。

"火车正好停在这儿，"他说，"我透过窗子认出您。"

同他们一起坐在车厢里的两个年长的女医生一字不漏地听着她和诺维科夫的谈话。他们的见面对她俩来说是个意料之外的消遣，过了一会儿，两人也跟着一起聊起来。她们当中那个外套口袋里探出个眼镜盒的，简直说个没完，一直在回忆她能想到的一切不期而遇，不管是她自己的，还是她的朋友或者家人的。叶尼娅从内心里感谢她。诺维科夫明显觉得这次见面对他很有意义，他似乎想要进行一次深入的交谈，而她却想要保持安静。到了利斯基，诺维科夫下车了，答应她要给她写信，但信件一直没来。现在突然有了这么一封信，唤醒了她原来以为会永远沉睡的某些想法和感受。

亚历山德拉看着叶尼娅在厨房里忙碌，羡慕她的那条漂亮的金项链，想象着这条项链挂在自己苍白的脖子上的样子。她发现，叶尼娅用精心挑选的梳子仔细地梳理了她的黑发，衬出了项链微弱的金色反光。如果不是这么一个年轻女人，这样一个美丽的生物的存在，梳子和金项链本身并没有什么价值。她想，叶尼娅正散发出温暖的气息——从她绯红的脸颊上，从她半张的双唇上，从她清澈的褐色眼睛的深处，到处都在散发着这样的气息。她的那双眼睛所见已经异常丰富，比以往显得更加成熟和聪明了，但仍像二十年前那样充满着一成不变的孩子气。

九

快到五点钟时，他们在桌旁坐下。亚历山德拉·弗拉基米罗夫娜让主宾莫斯托夫斯科伊坐在藤椅上，但他选择坐在薇拉身边的小凳子上。在他的左边坐着年轻的、眼神清明闪亮的中尉，在他的领章上贴着两片樱桃色的方块标志[1]。

亚历山德拉转向斯皮里多诺夫。"作为我们的首席军需官，"她说，指了指藤椅，"您，斯杰潘，得坐这儿。"

"爸爸是所有的光明、温暖和'腌番茄之源'。"薇拉说。

"姨父还是我们这个家的家政大总管。"谢廖扎说。

斯皮里多诺夫倒是真的给亚历山德拉一家带来了足够用的柴火以及能够吃到冬天的土豆、腌番茄。他会修理几乎所有东西，从水壶到电熨斗，再到水龙头和椅子腿，他都能修。有一回，他还和一个修补皮衣的女裁缝在如何修补她那件松鼠皮大衣问题上争了半天。

斯皮里多诺夫坐下来，看了一眼薇拉，又看了一眼。薇拉是个高个儿，浅色头发，脸颊粉红，跟他长得真的很像。有时候他会说薇拉长得不太像玛露霞让人有点遗憾，从内心深处说，他却会对女儿能够在外表上和他的兄弟姐妹们具备共同的特征而感到高兴。

跟他那个时代的许多同龄人一样，斯杰潘·费奥多罗维奇·斯皮里多诺夫走过的道路，如果放到几十年前看会让人感到惊讶。

三十年前，斯大林格勒发电厂厂长、首席工程师斯皮里多诺夫还只

1　中文译者注：即中尉军衔。

是一个在纳罗-福明斯克郊外的一家小工厂附近放羊的小子¹。今天，随着德国人从哈尔科夫扑向伏尔加河，他也得好好想想自己的生活轨迹了：想想他曾是谁，现在又变成了谁。他历来以想法大胆而知名，名下有好几项创新发明，在一本知名的电气行业手册中提到过他的名字，他现在是一座重要的发电厂负责人。有人说他管理能力不行。的确，有几回他整天泡在车间里，让秘书去对付没完没了的电话。还有一回，他向上级提出将自己调离行政岗位。不过当人民委员拒绝调动请求后，他却松了一口气，从事管理工作对他来说还是挺有意思的，能够找到很多乐子。他并不害怕担责任，也享受那些承担责任时的紧张感。工人们都尊敬他，尽管他本人有时候很严厉而且易怒。他喜欢美食和美酒，喜欢下馆子，偷偷藏了很多两卢布和三卢布的钞票，并将它们称为"皮下保护层"。他去莫斯科出差时如果能有一两个晚上没事儿，就会出去放纵一番，其中某些行为成了他不能告诉家人的秘密。然而，他热爱他的妻子，为她获得的良好教育感到骄傲。他可以为她，为他的女儿，还有这个不断成长的家庭做任何事情。

在斯皮里多诺夫身边坐着的是索菲亚·奥西波芙娜，医院的外科主任。身为中年人，她有着宽宽的肩膀，红色、肉乎乎的脸颊，在领章上嵌着代表着二级军医的两道杠²。她喜欢皱眉头，说话生硬而且冲动。跟她在一个医院里工作的薇拉说，医院里的人，不论是护士还是勤杂人员，甚至是别的医生都很怕她。在战前她就是外科医生了。也许是人的性格影响到了她的职业选择，她的职业当然也给性格留下了某些印记。

索菲亚·奥西波芙娜以医生的身份参加了科学院组织的远程考察，去了堪察加半岛和吉尔吉斯，在帕米尔群山中待了两年，这让她说话时时常会带出几个哈萨克和吉尔吉斯语单词。后来薇拉和谢廖扎也都学会了一两个这样的词语。当说"好"这个词的时候，他们会说"亚赫西"；

1　中文译者注：纳罗-福明斯克是位于莫斯科地区西南的一座小城。
2　中文译者注：相当于少校。

说"行"这个词时则用"霍普"代替。

索菲亚·奥西波芙娜热爱诗歌和音乐。每次值完二十四小时班回来,她会躺在沙发上,让谢廖扎背诵普希金和马雅可夫斯基的作品。有时候她会安静地唱着歌剧《弄臣》里吉尔达的咏叹调,一边半闭着眼睛,挥舞着一只手,仿佛自己就是指挥[1]。那时候她的脸颊会带着笑意胀起来。这个奇怪的表情每次都会把薇拉吓得躲进厨房。

她喜欢玩纸牌,常常和斯皮里多诺夫玩上几回"二十一点",不过她真心喜欢的却是和薇拉还有谢廖扎一起玩更简单的打法——"找点乐子"。不过有时候她会突然勃然大怒,把手里的牌一扔说道:"我不玩了,今晚要睡不着了,不如回医院。"

坐在索菲亚·奥西波芙娜一边的是塔玛拉·别洛兹金娜。她的丈夫是一名红军指挥员,但战争爆发后就没了音信。她在衣着上特别小心,生怕让别人看出她的穷困。她人很瘦,有一双悲伤的、美丽的眼睛,柔和的脸上现出苍白和疲惫的神情,一眼看过去就是那种被残酷的生活压垮的人。

战前她和丈夫一起生活在边境。战争爆发第一天,他们的房子就被打着了火,她穿着睡衣和拖鞋冲了出来,一手抱着正在出麻疹的小女儿柳芭。她的儿子斯拉瓦跟着她一起跑出来,紧紧地扯着她的睡衣。

生病的小柳芭和光脚的儿子和她一起被丢进了卡车,从此开始了长达数月无家可归的悲惨生活,直到他们在斯大林格勒找到可以接收他们仨的收容所。兵役局的人帮了点忙,分给她外套,每个孩子给了一双鞋。她靠给高官妻子们缝补衣服为生。在市苏维埃办公室,她认识了担任教委巡视员的玛露霞,通过她又认识了亚历山德拉·弗拉基米罗夫娜。

亚历山德拉把自己的大衣和靴子给了塔玛拉,坚持让玛露霞给小斯拉瓦在保育院里找了个名额,这样他就能按时吃上饭了。

1　中文译者注:《弄臣》是19世纪意大利歌剧大师朱塞佩·威尔第的名作,吉尔达是剧中主人公"弄臣"里戈莱托的独生女。

塔玛拉旁边坐着的是六十五岁的安德烈耶夫，长着一头浓密的黑发，几乎见不到白发，瘦削的长脸显得又悲伤又阴郁。

亚历山德拉把一只手放在塔玛拉的肩上，沉吟道："也许我们很快就要被迫离开自己家了，要和您一样品尝这杯苦酒了。谁能够想到这个呢，都向东走了这么远！"她敲了敲桌子，继续说道："如果事情已经到了这一步，您需要和我们一起走，我们去喀山找柳德米拉去。我们的命运就是您的命运。"

"谢谢，"塔玛拉说，"我们给您带来的负担太重了。"

"别胡说，"亚历山德拉坚决地答道，"现在不是考虑如何过得舒服的时候。"

玛露霞对她的丈夫低声说："愿上帝原谅我，妈妈生活在另外一个时空中。柳德米拉在喀山可只有一间两居的房子。"

"你还指望什么呢？"斯皮里多诺夫温柔地答道，"看看我们自己，把她的房间占了，变成我们的了。她连自己的床都给你了。你连推都没推。"

斯皮里多诺夫非常敬重他这位岳母。她毫无为自我谋利的实用主义态度。亚历山德拉跟她喜欢的人打交道，往往不是因为这些人能够帮上她些什么，相反他们却常常需要她的帮助。这一点让斯皮里多诺夫感到惊奇。当然，他没有通过结交朋友往上爬的习惯，但他很理解朋友其实具有某种实用性。他本人也无法避开从朋友那里获得某些实际好处这种俗套。亚历山德拉对类似想法却是完全免疫的。

斯皮里多诺夫去过好几次亚历山德拉的工作现场，很喜欢看她充满着肯定和自信的动作，喜欢看着她对各种气体和液体进行定量分析时敏捷地摆弄复杂的化学分析仪器。他自己有着天生的动手能力，每次看见薇拉慢吞吞地、笨拙地缝补衣服，或者谢廖扎不知道怎么换烧掉的保险丝，他会感到很生气。这一切不仅源于他是个能干的木匠和金属工人，也不仅仅源于他能砌俄式炉子，更是源于他喜欢发明一些不同寻常的东西。有一回他设想要发明一个新的小玩意，让他不用从椅子上起来就能够点亮或熄灭新年树上的蜡烛。还有一回他发明了一个很有意思的独特门铃，拖拉机厂的一位工程师甚至跑上门认真地把这玩意儿看了个够，回去复制了一个。然而斯皮里多诺夫现在这一切不是凭空得到的。他是通过努力工作才能达到现在这个高度，他可不会把时间浪费在笨蛋和闲汉身上。

"您，中尉同志，"他问坐在他左边的有着明亮眼睛的年轻人，"能够把德国人挡在斯大林格勒以外吗？"

作为年轻指挥员，科瓦廖夫对平民多少带着点鄙视。"我们的任务很简单，"他居高临下地答道，"接到命令要去战斗，我们就去战斗。"

"战争的第一天你们就接到命令了。"斯皮里多诺夫含笑说。

科瓦廖夫觉得这是在针对自己。"在安全的后方这么说并不难，"他说，"在前线，当迫击炮弹在身边爆炸、斯图卡在头上盘旋时，人的想法就不一样了[1]。托利亚，对不对？"

"完全正确。"托利亚带着点愧疚说。

"那好，让我这么说吧，"斯皮里多诺夫说，提高了声音，"德国人是不会跨过顿河的，因为我们的防线坚不可摧。"

"您好像忘记了很多事情，"谢廖扎用尖细的声音抗议道，"还记得一年前吗，每个人都在说：'德国人到了旧国境就会停下来。他们不会继续前进了！'[2]"

"注意！注意！"薇拉喊道，"空袭警报！"她朝着厨房门做了个手势。

叶尼娅走了进来，手里托着一个浅蓝色的大碟。塔玛拉脸上泛着红光，显得比之前好看了一些。她跟着叶尼娅走出来，急急忙忙地抻平盖

---

1 中文译者注：斯图卡通常指的是德国 Ju-87 俯冲轰炸机，"斯图卡"一词来自德语"俯冲轰炸机"的缩写音译。

2 中文译者注：旧国境是指 1939 年德国入侵波兰前的苏联与波兰、波罗的海三国以及罗马尼亚等国的国境线。根据《苏德互不侵犯条约》中的密约，1939 年 9 月 1 日德军入侵波兰后，苏军出兵占领了旧国境以西的西白俄罗斯和西乌克兰地区（根据 1921 年《里加和约》，这些地区属于波兰）。至此苏、德联合瓜分了波兰。同时苏联还占领了波罗的海三国，以及罗马尼亚比萨拉比亚等地区，使苏联新国境线直接比邻纳粹德国。

在馅饼上的白色餐巾。

"边儿上有点焦了，"叶尼娅说，"我走神了。"

"没事，"薇拉说，"烤焦的部分我来吃。"

"这姑娘怎么这么贪吃呢？"玛露霞说着，毫不掩饰地看了一眼丈夫。她觉得，薇拉所有的问题都得归咎于他。

"我再说一次，他们过不了顿河，"斯皮里多诺夫情绪激动地说，"顿河就是他们的终点。"他站了起来，拿出一把长刀。用餐时最重大的任务，例如切西瓜或者是给馅饼切片，一般都交给他来做。他担心分馅饼时不小心把它给切碎，辜负了一家人对他的信任，又赶紧问道："要不把它放凉一点？"

"您怎么看这个问题？"谢廖扎问莫斯托夫斯科伊，"德国人会渡过顿河吗？"

莫斯托夫斯科伊没有回答。

"他们会渡过顿河，反正都已经占领了整个乌克兰和半个俄罗斯。"安德烈耶夫阴沉地说。

"这场战争是输掉了，您是这么看的吗？"莫斯托夫斯科伊问。

"我怎么看无所谓，比我聪明的人怎么看才重要，"安德烈耶夫回答，"我看见什么就说什么。"

"那是什么让您觉得顿河会成为德国人的终点？"谢廖扎用跟刚才一样尖细的声音问斯皮里多诺夫，"他们渡过了别列津纳河，渡过了第聂伯河，现在朝着顿河和伏尔加河扑过来了。哪儿才是他们的终点呢，是额尔齐斯河还是阿姆河？[1]"

亚历山德拉带着意味深长的神情看着她的孙子。他一般都很安静和害羞，也许是因为两位年轻中尉的出现让他变得不安分起来。她不知道，谢廖扎喝了点科瓦廖夫弄来的自酿白酒，已经有点胡思乱想起来。不过

---

1 英文译者注：额尔齐斯河流经今哈萨克斯坦和西西伯利亚。阿姆河，又名乌浒斯河（Oxus），是中亚最大的河流。

谢廖扎此时却觉得自己头脑前所未有地清醒和敏锐，他只是不清楚自己这些天才般的想法在多大程度上受到欢迎。

薇拉向他靠过来，问道："谢廖扎，你喝醉啦？"

"才没有。"他生气地答道。

"朋友，让我来解释一下吧。"莫斯托夫斯科伊转向谢廖扎说道。每个人都沉默着，带着渴望的神情听着。"我敢说大家都知道斯大林就巨人安泰发表过一些看法[1]。每次只要安泰触碰到大地，就会获得新的力量。其实，我们今天看到的是一个完全相反的巨人安泰。他想象自己是一个巨人和一名战士，但他不是。这个所谓的战士只要进入了不属于自己的土地，每走一步都不会让自己变得更强大，而是变得更虚弱。这片土地不会给予他力量，相反，他的敌意会削弱他的力量，最终让他轰然倒地。这就是真正的巨人安泰和今天这个卑鄙的、一夜之间像发霉的真菌一样长出来的伪安泰之间的区别。我们的苏维埃政权是一个强大的力量。我们的党，能够在不动声色当中，用理性凝聚和团结人民的力量。"

谢廖扎认真地看着莫斯托夫斯科伊，黑色的眼睛闪闪发亮。莫斯托夫斯科伊微笑着拍了拍他的脑袋。

玛露霞站起来，举杯说道："同志们，敬我们的红军！"

大家都转向托利亚和科瓦廖夫，每个人都想跟他们碰杯，并祝他们健康和成功。

接下来的仪式是切馅饼。馅饼烤得很地道，色泽诱人，让大家既感到高兴又觉得难过。它唤醒了人们对过去和平生活的回忆。这样的和平生活与其他的过往一样，在今天看来，只留下了美好的回忆。

1　中文译者注：这段看法来自1938年苏联出版的《联共（布）简明党史教程》结束语，该书部分章节由斯大林亲自撰写。希腊神话中，安泰（Antaeus）是位英雄，只要他身不离地，就能从大地母亲那里获得无穷力量，所向无敌；但只要他一离地，就会立刻失去力量。另一位英雄赫拉克勒斯发现了他的这一致命弱点。在两人搏斗中，当安泰忘乎所以时，赫拉克勒斯把安泰高高举起，最终杀死了安泰。在《联共（布）党史简明教程》中，安泰被斯大林用于形容布尔什维克。

斯皮里多诺夫对妻子说："玛露霞，还记得我们的学生时代吗？屋里晾着尿布，小薇拉哭声震天，我们把切好的馅饼递给客人。窗棂上有个大裂缝，冰冷的穿堂风从地板里漏出来。"

"我怎么会不记得呢？"玛露霞笑道。

亚历山德拉转向玛露霞，用缓慢的语气回忆道："我之前在西伯利亚烤过馅饼。那时你和柳德米拉和外公住在一起，叶尼娅还没出生。我们什么没有经历过啊！春天时我们要过叶尼塞河，冰面都裂开了[1]。我们用驯鹿拉着雪橇在呼啸的暴风雪天出门。天气冷得玻璃都被冻裂了，存的水和牛奶都冻上了，夜晚长得没完；我用红莓和越橘烤馅饼，还用西伯利亚鲑鱼做过馅，让同志们一起来品尝。天啊，这一切都过去多久了。"

"野鸡肉做的馅饼味道就挺好，我们在伊塞克湖的山谷里吃到过。"[2]索菲亚·奥西波芙娜说。

"亚赫西，亚赫西！"谢廖扎和薇拉用一个声音说道。

"看来，所有人里面，只有我一个人没有对馅饼的回忆了，"莫斯托夫斯科伊说，"我之前在国外时都在学生食堂或餐馆里吃饭。十月革命以后，我要么在食堂吃，要么在疗养院吃饭。[3]"过了一会儿，他又说道："不，我没说实话。我蹲大牢时，有一回过复活节，分到了一片'库利奇'，然后在午饭时有一份很棒的'卡莎'和蘑菇馅饼[4]，当然不是那种家常的味道，不过你们得相信我，那可是很值得回忆的！"

"真是活见鬼，"玛露霞说，"希特勒真的要把我们的一切都抢走吗？我们的生命，我们的家，我们挚爱的人，甚至我们的记忆？"

1　中文译者注：叶尼塞河发源于蒙古，经西伯利亚中部流入北冰洋，也是世界著名的河流之一。

2　中文译者注：伊塞克湖位于今吉尔吉斯坦。

3　英文译者注：大部分苏联机构都至少与一处疗养院建立联系。疗养院一般位于国内某个风景宜人的地方，特别是靠海的地方，为社会中某些特定的阶层提供度假服务。大学、工厂和各个协会，例如作协，常常会给它们的员工提供相应的疗养度假福利。

4　中文译者注：库利希是指复活节蛋糕，卡莎指的是荞麦粥。

"咱们今天别再讨论关于战争的事情了，哪怕一个字都别说，"叶尼娅说，"说说馅饼吧！"

这时，小柳芭走到妈妈身边，指着索菲亚，得意地说："妈妈，看看姊姊给了我多大一块糖！"她张开手，里面有一块被她苍白的、脏兮兮的手润湿的糖块。"看，"她用大家都听得见的低语声说道，"我们还不能走，说不定一会儿还有呢！"

所有人都朝柳芭看过去。她抬头看见了妈妈，看出了她的窘迫。意识到一家人陷入贫困的这个小秘密曝光后，柳芭把头埋进妈妈的膝盖上，放声大哭起来。

索菲亚抚摸着柳芭的头，大声叹了口气。

经过了这一插曲，气氛有了变化。很显然晚上这顿饭不太可能快乐起来了，因为无论如何都会说到今天或者明天那些讨厌的事情。

于是谈话转向了每个人都关心的事情：红军漫长的撤退，持续不断失败的原因，撤退到喀山够不够远。要不够远，是继续撤到西伯利亚去，还是撤到乌拉尔。

"要是日本人入侵西伯利亚怎么办？"叶尼娅问。

塔玛拉看了看把头靠在膝上的柳芭，把她那因为繁重工作而变形的手伸入柳芭的卷发之下，平静地问道："这一次要真的结束了吗？"

斯皮里多诺夫说起某些"史前人类"[1]，现在根本不打算撤离，却热衷于等德国人到来。

"有这些人，"索菲亚说，"我也见到过这类人。昨天有个医生跟我说得很直接，说他和他的妻子已下了决心，不管发生什么事情，决不离开斯大林格勒。"

"昨天我遇到几个从列宁格勒撤下来的演员，"叶尼娅说，"简直不敢

---

1 英文译者注：即教士、资产阶级和贵族在苏联的标准说法。

相信，他们要我一起到基斯洛沃茨克去[1]。'管德国人那么多干啥，'他们说，'基斯洛沃茨克总归是个好地方。'"

"那又怎么样？"谢廖扎说，"让人更加奇怪的是，我们怎么总是把人给看错了。以为会像岩石一样坚硬的人，其实骨子里是个可悲的窝囊废。但我也听说，有人拼命想要到飞行学校里去，上面觉得他出身不好，拒绝了多次，后来总算答应了。他从学校里毕业。他们说，最后他像英雄般牺牲了，跟加斯特洛一样！[2]"

"看看现在的年轻人，"亚历山德拉·弗拉基米罗夫娜安静地对索菲亚说，"托利亚现在是个真正的男人了。战前他到我家时还是个孩子呢，现在是我们的保卫者了。他的声音、举止，甚至他的眼睛，每一点都跟之前不同了。"

"您注意到他那位朋友了吗？眼睛一直没有离开咱们的叶尼娅……"索菲亚低声问道，"托利亚现在像个男人一样喝起酒来了。去年夏天，他和柳德米拉和我们在一起，他出门散步，天开始下雨了。柳德米拉拿起雨衣和套鞋出门，去伏尔加河畔去找他：'他会生病的，这孩子很容易扁桃体发炎……'"

同时，在桌子的另外一端，两个年轻人正在争吵。

"部队恐慌了，在逃跑。"谢廖扎说。

"根本没有的事，"科瓦廖夫愤怒地回应道，"从卡斯托尔诺耶开始，我们每一天都在战斗。[3]"

"那么，你们怎么撤得这么远？"

"你要到过战场，就不会这么问了。"

---

1 中文译者注：基斯洛沃茨克位于今天俄罗斯斯塔夫罗波尔边疆区（北高加索山区北坡），是一个著名的疗养城市。
2 英文译者注：尼古拉·弗兰采维奇·加斯特洛（1907—1941），苏联空军大尉，1941 年 6 月 26 日在轰炸位于白俄罗斯的德军阵地时被击中，驾驶轰炸机冲入德军坦克纵队中。后被追授"苏联英雄"称号，成为苏联家喻户晓的战斗英雄。
3 中文译者注：卡斯托尔诺耶位于今俄罗斯联邦库尔斯克州。

"那为什么总有我们的人投降？"

"你干嘛这么想？起码我们团在战斗中没有辜负它的使命。"

"我在医院里见过好些个伤员，"薇拉说，"他们都说现在又跟战争爆发的头几个月那样。"

"最糟糕的时候是要渡过各种河流，"科瓦廖夫说着，他的愤怒慢慢消退了，"白天和黑夜，无时无刻不在轰炸。谁都想要动作快点。战友牺牲了，我的肩膀受了伤，血流得像只被宰的猪。夜里天空被各种火焰照亮了，炸弹像雨点一样落下。"

"很快就会轮到咱们这儿了，"薇拉说，"我都给吓坏了。"

"真的没必要害怕，"斯皮里多诺夫说，"我们离前线还远着呢。大家都说防空火力很强大，就像莫斯科一样。可能会有一两架飞机会钻进来，不会比这个数字更多了。"

"对啊，"科瓦廖夫笑道，"我们都认为只有一两架飞机。但德国鬼子想要把我们都烧死，他们一定会这么做的，对不对，托利亚？"

"现在还没有哪架轰炸机飞进来，"斯皮里多诺夫说，"我们的防空火炮筑起了一道火墙。"

"等着吧，看看德国鬼子打的什么算盘。如果河流没有挡住他们的步兵，肯定也挡不住他们的空军。刚开始是轰炸机弄得大家灰头土脸的，然后就可以看见他们的坦克了。"

"明白了。"斯皮里多诺夫说。

比起房间里所有人，科瓦廖夫对于战争的经历更丰富，对自己也更加自信。他时不时地露出微笑，显示出他对这里的听众们的天真和无知心知肚明。

他让薇拉想起了医院里的指挥员们。他们常常会一边激烈地就他们自己才懂的东西进行辩论，一边会用讥讽的目光看着护士们。可是他，跟她战前所熟悉的学校俱乐部里的男孩子也没什么两样。他们会找她玩牌或者借扑克，从她那儿借《所罗门王的宝藏》和《巴斯克维尔的猎犬》，往往就借一个晚上，就像借一本很难找到的教材一样，不用担心不还[1]。

"这可能就是结局。"索菲亚说。她推开面前的碟子："邪恶要比正义强大。"

屋里被沉默笼罩了。

"需要拉上遮光帘了。"玛露霞说着，用拳头轻轻地按在额头一侧，仿佛这样才能驱散某些痛苦。她喃喃说道："战争，战争，战争……"

"好了，我觉得应该再喝一杯。"斯皮里多诺夫说。

"先别喝，"玛露霞说，"用了甜点后再喝！"

科瓦廖夫从皮带上解下水壶。"我一路上多留了点。能和你们这些好人在一起，那就一起分享吧！好了，托利亚，祝你好运。今晚我就不留了，一会儿就走。"

他从水壶里倒出了浅黄色的伏特加，分给了托利亚、斯皮里多诺夫和他自己。"没了。"他对托利亚说，在他面前晃着空荡荡的水壶，水壶塞发出叮当声。

科瓦廖夫摇摇晃晃地走了几步，对叶尼娅说："我现在跟死了没什么区别，明白吗？别人爱怎么说由他们说去，可我在五天后就要回到前线，明白吗？我反正会阵亡的，反正不会活着看见战争结束，但这吓不倒我。二十年，这就是我的一辈子，明白吗？"

他直勾勾地看着她，带着贪婪的、恳求的目光。她明白他想让她说

---

1 英文译者注：格罗斯曼明显非常了解福尔摩斯探案故事。他的女儿叶卡捷琳娜·科罗特科娃还能记起自己小时候父亲向她讲述《巴斯克维尔的猎犬》的故事："那种恐惧感真是折磨人，但又很有意思……父亲能够富有创造性地调动起那种恐怖的气氛，让我感到既害怕又觉得有趣，直到今天依然如此……过了几年我读到了那个故事，感到有点失望。父亲讲故事显得更有趣、更有力量，也更让人害怕。"（科罗特科娃·格罗斯曼，Vospominaniya）格罗斯曼能够准确地把握人的心理。他的作品不仅对历史学家很重要，对政治和道德哲学家来说也是如此。他还是一个出色的说书人。这两部曲中的许多章节充满了某种紧张感，称得上"折磨人但又很有意思"。中文译者注：《所罗门王的宝藏》是英国作家亨利·莱德·哈葛德（1856—1925）在1885年出版的一部探险小说。《巴斯克维尔的猎犬》是柯南·道尔的小说《福尔摩斯探案集》的系列探案故事之一。

爱他。他剩下的日子屈指可数了。对这一切她简直太熟悉，眼泪夺眶而出。

斯皮里多诺夫把一只手放在他的肩上，像是想要陪着他一起走。他也喝多了，玛露霞带着痛苦和愤怒瞪着他。那一杯倒得满满的酒就像这场战争的全部悲剧一样，让她感到十分伤心。

在门廊处，科瓦廖夫突然把愤怒宣泄了出来。"有人问，为什么会有投降的事情。不停地问，问，问……鬼子还在两百公里外，这里的人已经在收拾行李了。前线退到斯大林格勒时，当官儿的已经在塔什干吃起了馅饼[1]。你们知道前线是什么样子吗？躺下来睡几个小时，醒过来时会发现德国鬼子一晚上已经推进了一百公里。战争是一码事，怎么看它是另外一码事。我见过风声鹤唳、胆小如鼠的官儿。士兵们被俘了、阵亡了，这些硕鼠却在塔什干指指点点。相信我，我认识这些家伙。要是他们被包围了，你不要指望他们突破德军防线，在饿得半死的状态下长途跋涉五百公里。他们会跟德国佬合作，当他们的警察[2]！他们会一个个养得肥肥胖胖的。而我们，军人，是有灵魂的。我们知道是什么才能让我们战斗下去。真相！这是我的要求。我想要真相，现在就要！"

科瓦廖夫所说的这一切多少有些前言不搭后语，但每个听众都听到了心里。他本来希望他们当中有人能够给出回答，这样就可以开足马力反击——甚至连反击的武器都准备好了。

然而，每个人都感受到了他内心里突然断裂崩开的那一下，他可能无法控制内心。大家都沉默着，躲避着他的注视。他的脸变得苍白，脸上好几处皮肤甚至变得灰黄。

科瓦廖夫狠狠地摔上了门，走下楼，重重的脚步声久久回荡。

"弄成这样了。我还从医院里请了一天假呢，"薇拉说，"他这是被爆炸震伤了，他们都被震伤了。"

---

1 中文译者注：塔什干即今乌兹别克斯坦首都塔什干。
2 中文译者注：原文为德语 polizei。

"没有哪种震伤能够比得上真相的震撼。"安德烈耶夫说。他的声音让人觉得很刺耳，大家都转脸看他。

叶尼娅回到房里时，莫斯托夫斯科伊问她："克雷莫夫有什么消息吗？"

"没有，"叶尼娅回答，"但我知道他在斯大林格勒。"

"哎呀，我忘了，"莫斯托夫斯科伊困惑地说，"我忘了你们已经分开了。但我有责任告诉你，他是个好人。从他还是个孩子的时候我就了解他，很长时间了。"

十

客人们陆续走后，沙波什尼科夫一家又恢复了平静和安详。托利亚主动去刷碗。家里这些杯盘和茶匙对他而言与在部队里的感受完全不一样，显得甜蜜而亲切。薇拉咯咯笑着，给他系上围裙，还在他头上戴上了一块头巾。

"家里的味道很温暖，太好闻了，跟和平时期一样。"托利亚说。

玛露霞让丈夫躺下来，检查了几次他的脉搏。她总是担心丈夫晚上打呼噜可能是心悸的症状。

她朝厨房看了一眼，说道："托利亚，让别人帮你洗吧。你得给你妈妈写封信，对那些爱你的人得多用点心。"

托利亚这会儿压根不想给妈妈写信。他像个顽皮的孩子一样四处找乐子，先是学着玛露霞的声音召唤家里的猫，然后他跪下来，把头伸过去，装出要去顶猫的样子，嘴里说着："嘿，来吧，你这只小公羊，让我看看你的角在哪儿！"

"要不是有战争，"薇拉说，"我们明天就到海边去。一起去划船，去不去啊？不过就算能到海边去吧，我也不太想去游泳。我还没到过海边呢。"

"要不是有战争，"托利亚说，"我明天就和斯杰潘叔叔到发电厂去。别的都不要紧，我最想看的就是发电厂。"

薇拉靠在他身上，悄悄地说："托利亚，我有事儿要对你说。"然而亚历山德拉·弗拉基米罗夫娜走了进来。薇拉朝着托利亚眨了眨眼，摇了摇头。

亚历山德拉开始问托利亚：军校学习困难吗？急行军时如何控制呼吸？是不是个神枪手？靴子大小合适吗？有没有和家人的合影？手帕够用吗，针线够用吗？身上带的钱够不够？是不是经常给母亲写信？有空去想物理问题吗？

托利亚感到家庭的温暖环绕身边，这一切很有意义，既让他能够平静，又让他深受困扰。归期无望带来的痛苦加深了。这时只有硬起心肠，才能忍受痛苦。

叶尼娅也走进来。她穿上了一件只有去柳德米拉和维克托夏季别墅看望他们时才会穿的蓝裙子。"去厨房喝杯茶吧，"她说，"托利亚会喜欢的！"

薇拉跑去找谢廖扎，一会儿她回来说道："他趴在床上，头埋在枕头里哭哩！"

"诶，谢廖扎，谢廖扎，"亚历山德拉·弗拉基米罗夫娜说道，"让我来吧。"她过去找孙子谈话去了。

十一

离开沙波什尼科家后，莫斯托夫斯科伊邀请安德烈耶夫去散步，顺便看看这座城市。

"跟您一起在城里散步？"安德烈耶夫笑道，"就我们这俩老家伙？"

"安静地走走，"莫斯托夫斯科伊说，"今晚天气不错。"

"行吧，"安德烈耶夫说，"干嘛不走呢？明天下午两点我才上班。"

"工作很累吗？"莫斯托夫斯科伊问。

"一直都是这样。"

安德烈耶夫很喜欢这个秃头、有着一双警觉双眼的小个子。

他们安安静静地走了一会儿。这是个非常美丽的夏日夜晚。在微光里几乎看不到伏尔加河，但它的存在是无可置疑的。在每一处，每条大街，每条小巷，都可以感受到它的生命和呼吸。所有的山丘、山坡、街道的走向，全部由伏尔加河的曲线以及它陡峭的西岸所决定。纪念碑、广场、公园，那些大型工厂，郊区的旧房子，窗子上倒映着夏夜朦胧月光的新建的高大的公寓楼，它们都面对着伏尔加河，注视着它。

在这个温暖的夏夜里，战火正在不远的顿河草原上燃烧，一刻不停地向东方蔓延，而这座城市里的一切——巡逻队整齐的脚步声、附近工厂的轰鸣声、伏尔加河上蒸汽船的汽笛声，甚至包括这温柔的沉寂——却显得莫名的庄严，充满了象征意味。

他们在一条长椅上坐下来，附近还坐着两对情侣。其中一个小伙子是个军人，他站了起来，走到安德烈耶夫和莫斯托夫斯科伊面前，靴子在鹅卵石路面上咯吱作响。他匆匆扫了他们一眼，走了回去，低声说了些什么，传来了姑娘的笑声。两个老头儿只得很尴尬地咳嗽了几下。

"年轻人啊。"安德烈耶夫说道，语调里既是批评又是羡慕。

"听说那边有座工厂，有些工人是从列宁格勒疏散出来的，"莫斯托夫斯科伊说，"我想去跟他们聊聊。我也是从列宁格勒出来的。"

"对，是红十月钢铁厂。我在那儿工作过，不过我觉得工厂里没有多少从那里疏散出来的人。总之，您去吧。记得过来看我们。"

"您参加了当时的革命运动吗？"莫斯托夫斯科伊问，"沙皇时期的革命……"

"算不上参加，"安德烈耶夫道，"我就读了几本关于革命的小册子，因为参加罢工在监狱里待了几星期。我今天提到过几次亚历山德拉·弗拉基米罗夫娜的丈夫。那时我是一条蒸汽拖船上的司炉，他到船上实习了几个月，我们常常到甲板上去聊天。"

安德烈耶夫拿出他的烟荷包，两个人用纸卷烟，发出窸窸窣窣的声音。莫斯托夫斯科伊的打火机打出一大片火花，但火机芯死活点不燃。

"老家伙们得加油了，"年轻的士兵大声说道，"他们想要发动一台喀秋莎！"

又传来一阵姑娘的笑声。

"真要命！"莫斯托夫斯科伊骂道，"我忘了拿我的宝贝了。亚历山德拉·弗拉基米罗夫娜给了我一包火柴。"

"跟我说一下，您是怎么看这一切的？"安德烈耶夫问。"情况变得很糟，对不对？您怎么看这些安泰巨人和抵抗他们的人？德国人还在前进。"

"情况确实在变糟，"莫斯托夫斯科伊应道，"但德国人最后一定会失败的。我敢说希特勒在他们国内的敌人也不会少。德国也有国际主义者和革命工人。"

"是什么让您这么肯定？"安德烈耶夫继续问。"我听我们一些坦克手说过——他们俘虏过德国兵。他们说德国人都一样，不管是不是工人阶级，都没什么区别。"

"我们这回是真的遇上问题了，"莫斯托夫斯科伊平静地说，"像您这样的老工人也认为德国政府和德国工人阶级之间没有区别。"

安德烈耶夫把脸转向莫斯托夫斯科伊，尖锐地说："我明白，您希望苏联人民与希特勒进行战斗。您也同样希望他们记得：'全世界工人们，联合起来！[1]'可是今天重要的是谁和我们站在一起，而谁又和我们作对。您的这些想法就像基督在布道，很动听。可是没有人能够靠着它活下来。德国佬已经让这片土地浸满了鲜血。"

---

1 英文译者注：卡尔·马克思和弗里德里希·恩格斯所著的《共产党宣言》中的一句名言。

"时代在变，"莫斯托夫斯科伊说，"尼古拉·沙波什尼科夫曾给您讲授过马克思。他是从我写的那些东西中了解马克思的。现在轮到您来给我上课了。"

莫斯托夫斯科伊感到沉闷压抑、精疲力竭，累得几乎可以立刻昏睡过去。他放弃了继续争论下去的想法。在他心里，似乎看到了二十年前的一幅景象：在高大的会堂里，数百张他热爱的、亲切的俄罗斯人的脸上，满是激动和欢快的表情。这样的神情还同样出现在会场上的全世界各国共产党人的脸上。他们来自法国、英国、日本、印度、比利时、非洲和美洲、保加利亚、德国、中国、意大利、匈牙利、拉脱维亚，都是年轻的苏维埃共和国的朋友。在列宁挥手的一瞬间，会堂沉寂下来，有如人类的心脏暂停了跳动。他清晰而明确地对本次共产国际代表大会说："我们很快就会看到一个国际主义的苏维埃共和国的成立。"

安德烈耶夫感到，一股突如其来的暖流和信任涌向坐在他身边的这个人。他平静地叹气道："我的儿子在前线作战，但他的妻子却和朋友们一起去电影院，去享受美好时光。她和我的妻子瓦尔瓦拉简直水火不容。真是个伤心的事儿。"

十二

莫斯托夫斯科伊的妻子多年前就去世了。长期的鳏夫生活让他深知有条不紊的重要性。他的那间大房整洁干净。纸张、杂志和报纸整整齐齐地叠放在书桌上，书架上的书全部按类摆放好。莫斯托夫斯科伊一般在早上工作。过去几年，他一直在教授哲学和政治经济学，同时给一本百科全书和一本哲学辞典编撰条目。他写的文章一般都不长，但需要投入大量的精力来寻找各种信息之间的关联。每年他都能从编辑那里拿到好几包书。他还写过关于赫拉克利特、费希特和叔本华的书。战争开始时，他一篇关于康德的长文刚写到一半。莫斯托夫斯科伊喜欢用他的姓名缩写"M.M."作为署名。编辑已经跟他说过多次，想要让他用全名，但莫斯托夫斯科伊顽固地拒绝这个建议，继续对使用缩写乐此不疲。

在斯大林格勒，他的熟人不多。时不时会有教授哲学和政治经济学的教师向他请教问题。他们都有些怕他，因为他很容易不耐烦，而且一旦争辩起来就绝不放弃自己的立场。

春天时莫斯托夫斯科伊得了急性肺炎，医生都已经断定他活不了了。他的年纪已然不轻，而且还没有从列宁格勒围城的损害中恢复过来。但莫斯托夫斯科伊这次竟然挺住了。医生便给他仔细设计了一个恢复方案，让他逐步从卧床状态回归到正常生活中。

莫斯托夫斯科伊仔细看完了恢复方案，在各个要点处用红笔和蓝笔作出了批注。然后，在能够起床走动的第三天，他冲了个冷水澡，认真地把家里的镶木地板擦洗了一道。

这是个意志坚决、充满激情和理智的人，从不浪费时间。

有时候，他会梦到自己的过去，听到已经去世多年的朋友的声音。有时候他也会梦到自己在伦敦的一座小会堂里演讲。警觉而犀利的眼神聚焦在他的身上。他看见了朋友们黑色的领带、浆过的白色硬领，还有长着连鬓胡子的面容。

有时候，半夜醒来，他无法入睡，各种各样的往事画面一帧一帧进入脑海：学生们在大学校园里聚会和辩论；伯尔尼那条通往巴枯宁坟茔的小道；马克思墓前长方形的墓碑；日内瓦湖上的蒸汽船；塞瓦斯托波尔和黑海的冬季风暴；押送政治犯人前往西伯利亚的令人窒息的火车车厢；车轮有节奏的铿锵声；大家一起齐声合唱；卫兵用步枪枪托撞门的声音；西伯利亚微熹的晨光；走在雪地上发出的咯吱声；他居住的农舍窗户上微弱的黄色光晕；在六年流放生涯中每个黑夜里往回走时看到的灯光。

这些经历的黑暗和困难岁月就是他的青春。他生活在这个世界上的目的，是为了迎接一个伟大的未来。为此他必须在黑暗而困难的岁月里进行无休止的战斗。

他还记得，在苏维埃政权建立的最初几年里，他没日没夜在各种场合下辛苦工作。那时他在红军政治启蒙委员会里担任某个省的委员。后来他为第一个五年计划和全面电气化规划提供了不少理论和实践，他还在国家科研中心工作过。

有时候他忍不住会长叹一声。为什么他会叹气？他有什么遗憾？那颗被疾病折磨的疲惫的心脏在日以继夜地将血液泵过栓塞和硬化的动脉血管。所以，这是它发出的一声叹息？

有时候，他会在黎明来临前走下伏尔加河陡峭的河岸，沿着它空无一人的岸边散步。他会坐在冰冷的石头上，看着第一缕黎明的光线降临。他喜欢看到夜间灰色的云彩变成代表着生命的温暖的玫瑰色并逐渐散开，而工厂里喷吐的热烘烘的烟雾逐渐变得混浊和苍白。

在阳光的斜照下，黑色的河水显得更加活跃了。细小的波浪胆怯地涌上厚实平坦的沙滩，每一粒沙子都开始闪亮起来。

有时候，莫斯托夫斯科伊回想起列宁格勒的那个冬天：街道上的冰雪堆积成山，死神时而沉默时而咆哮。桌子上摆着一片面包，送水的雪橇，送柴火的雪橇，拉着覆盖着白布的尸体的雪橇，无数通向涅瓦河的冰冻的小径，墙上结着白霜的公寓。他多次到工厂和部队里，与志愿防守的民兵开会和交谈。探照灯的光线撕开了灰色的天空，带着粉色污点的黑色窗户上映着燃烧的楼房，空袭警报的尖声鸣叫，彼得大帝骑马的雕像周围摆放的沙袋。他还清楚地记得，在这座城市的每一处曾回响着革命初至时年轻的心跳：芬兰火车站、战神广场荒弃之美、斯莫尔尼宫[1]。所有的这一切之上，是许许多多死灰、苍白的面容，是孩子们活生生地承受痛苦的眼神，是妇女们、工人们和战士们井然有序的英雄行动。

---

1 英文译者注：斯莫尔尼宫建立于1806到1808年间，是第一座为妇女教育设立的全俄教育机构。十月革命期间是布尔什维克总部所在地。

这时候他的心就会被更加沉重的负疚和更加剧烈的痛苦所压倒。"为什么，为什么我要离开那里呢？"他愤怒地问自己。

莫斯托夫斯科伊想写一本关于自己生活的书，脑海里，他已有了基本框架：童年，他的村子，当过教堂杂役的父亲，小时候念过书的学校，地下政治斗争，还有建设苏维埃的那些岁月。

他不喜欢跟那些成天谈论疾病、疗养院、血压和失忆的老朋友们通信。

莫斯托夫斯科伊确认无疑的事情是，过去二十五年里的变化，比俄罗斯任何时候的历史变化都要更快，更加令人眼花缭乱。人们所在的各个社会层面都被彻底重组了。当然，世界上所有事物都在变化和流动中。就算在革命前，也没有谁可以两次踏入同一条河流。但那些岁月里，河流流速十分缓慢，河岸似乎看不出有什么不同。赫拉克利特所揭示的真相也显得奇怪和模糊[1]。

在苏维埃俄罗斯，谁会像赫拉克利特一样深有感触地体会到这一现象呢？事实是，这一现象已不是一种哲学领域的归纳，而是成了人们共同的、平等的体验，从科学院的院士，到工厂和集体农庄的工人以及学校里的孩子的明显体验。

莫斯托夫斯科伊对这一切进行过深入思考。仓促的，但是却是不屈不挠的运动！它无所不在，无人能够逃避，就像地质变化改变了整个地表一样。这场广泛的运动为国家提升了全民识字率，在地图上带来了新的城市、新的城区、新的街道和建筑，让楼房里居住的人数不断增长。这场运动无情地把那些蜚声内外的名字变得籍籍无名。同时，在遥远的、雾气腾腾的村庄里，在西伯利亚广袤的大地上，这场运动唤起了数百个

---

1 英文译者注："一切都在流动"（Panta Rhei）这个词后来被格罗斯曼选作他最后一部主要作品的书名。很多人也许错误地将这句话的起源算在赫拉克利特这里，因为他说了一句这样的名言："人不能两次踏入同一条河流。"在本书第三版中，莫斯托夫斯科伊在其编撰的哲学词典中曾把赫拉克利特作为一个词条编入。

新的、如今在全国光芒耀眼的名字。十年前出版的杂志已经变得像发黄的纸莎草那样陈旧，过去十年的许多大事看上去也只是瞬间。人民的生活条件改善了，苏维埃俄罗斯前进了整整一百年。她带着广阔的土地和森林直接跃进了未来，农耕、道路、河床等看似最不可能改变的一切都被改变了，数以千计的乡村旅店、酒馆、餐厅与教会学校、贵族女子学校、修道院庄园、私有地产、证券交易、富有的资本家所拥有的大厦一起，全部消失了。大革命粉碎并且消灭了许多阶级。它不仅消灭了剥削者，也消灭了那些赋予剥削者行为能力的人；它消灭了那些地位看似不可动摇的人，还有那些只有在流行歌曲里才受到谴责的、多行不义的人；它还消灭了最伟大的俄国作家在他们作品里描述的那些角色：地主、商人、工厂主、股市掮客、骑兵军官、高利贷的放贷者、沙皇侍从、警察首脑和警长。整个庞大笨拙而复杂的、划分成至少十七个级别的俄罗斯文官体系，不管是议员、国务秘书、枢密院顾问还是高级法官，也全部消失了。消失的还有街头的风琴师、马夫和管家，以及某些名词和称谓——女士、先生、夫人、阁下等。

工人和农民成了自己生活的主人，海量的新职业诞生了：工业和农业的计划者、农业科学家、养蜂科学家、畜牧业专家、蔬菜种植专家、集体农庄工程师、无线电操作员、拖拉机驾驶员、电气工程师。俄罗斯实现了史无前例的识字率和广泛的启蒙，一跃成为全球可以比肩的几大强国之一。如果俄罗斯在1917年的文化大爆炸时能够发出电磁波，在其他星系的宇航员们肯定能够发现一颗新的恒星的诞生，这颗恒星变得更加明亮了。第四级力量——普通人、工人和农民，把他们全部的力量、诚挚的坦率和独一无二的技能用于服务整个国家。他们成为了苏联元帅、将军、大城市之父、党的各级重要领导人，成为了矿场、工厂和农业项目负责人。数百家工业企业展现出了出乎人民意料的新能力。在崭新的苏联社会里，飞行员、航空技工、导航员、无线电操作员、汽车和卡车司机、地理学家、合成化学家、电化学家、光化学家、热化学家、高压电应用专家、汽车和飞机工程师——他们是这个社会的主角。

即使在现在，在战争最黑暗的时段里，莫斯托夫斯科伊仍旧可以感受到苏联这个国家的强大力量。他知道苏维埃的俄罗斯比帝俄时代强大得多，他完全明白这股强大的力量来自成千上万工人阶级发自内心的对苏维埃祖国的忠诚、理解、认知和热爱。

他坚信一定会胜利。他只有一个心愿：忘却他的年龄，加入斗争的队伍中，加入为了人民的自由和尊严而奋斗的历程中。

十三

阿格里平娜·彼得罗夫娜是个手脚勤快、反应灵敏的老太太。她帮着莫斯托夫斯科伊洗衣服，早餐时为他煮茶，饭点时从党委食堂给他带饭。她目睹了战争的进程给他带来的深深震撼。

每天早上她按照惯例来到他的宿舍时，常常能够看到前一天铺好的床还保持着原样。他坐在窗前的扶手椅上，窗台上摆放的烟灰缸里塞满了烟蒂。

阿格里平娜·彼得罗夫娜曾经有过美好的旧时光。她那位已故的丈夫在革命前拥有伏尔加河上的一条渡轮。现在，每天傍晚她都会在房间里喝上一杯自酿白酒。为了不影响口感，她喝酒时不吃别的东西。喝完酒，她会来到院子里的长椅上坐下，享受着微醺的快感。这时候她会变得谈笑风生，而她两个聊天的伙伴——一个是苛刻的守门人马尔科夫娜，另一个是鞋匠的遗孀安娜·斯皮里多诺夫娜——则保持冷静清醒。阿格里平娜会把她的披肩镶边拉到嘴上，免得呼吸喷到她们脸上。她并不喜欢飞短流长，但是在喝了一杯后，她感到特别需要聊一会儿。

"好了，朋友们。"她说道，用围裙把长椅上的灰尘掸掉，坐下。"我们这些老太婆经历的某个时代里，共产党关闭过好些个教堂。"她对着敌开的落地窗大声说，"这个该诅咒的希特勒是个反基督分子，真的，希特勒是个反基督分子。愿他不得好死，不管是在人世间还是在地狱。听说萨拉托夫的都主教又开始举行礼拜仪式了，每个教堂里都传来了祈祷的声音[1]。没错，教堂里都塞满了人，不管是以前的教堂，还是现在的教堂，都塞满了人。每个人都起来反抗希特勒，每个人都起来了，团结起来对付希特勒这个该死的反基督分子。"然后她换了语气低声说："对了，伙计们，我们敬爱的苏维埃政权要跑路了。我们这几栋楼里的人都把东西收拾好了，跑去市场里去买了行李箱，都在缝背包和背袋。至于我亲爱的莫斯托夫斯科伊，他脸都气白了。今天他发现自己认识的一个老太太要疏散了，气得连午饭都没吃。"

"他有什么好担心的？反正年纪够大，也没有家庭。"

"啥意思啊？说真的，您这到底是啥意思？如果谁最需要撤离，那肯定是莫斯托夫斯科伊。德国人要是逮着他这种人，会把他剁成肉酱。他现在像疯子一样四处跑，想要搞清楚怎么回事。今天他出去跑了一整天。说到底，他是个党员，从列宁格勒来的老布尔什维克。啊，他现在糟透了，整夜不睡觉，抽烟凶得像根烟囱……他有一千五百卢布的养老金和党委食堂的通行证，还有一间温暖干爽的公寓，每年都会去一次高加索疗养。整个人过得再舒服不过了，他怎么能够想让希特勒来清算他！"

天色变黑了。女人们继续讨论这个话题和别的一切相关内容。马尔科夫娜看了一眼头上的窗子，说道："二楼那个婊子的房间又透光了，别不是要给德国人发信号吧！"

她用那种男人的大声、低沉而吓人的声调咆哮起来："嘿！二楼的那

---

1 中文译者注：苏俄早期曾试图全面取缔东正教，在苏德战争开始后，为增强全苏联人民的凝聚力，高层全面放松了对宗教的控制。都主教是东正教神职人员等级之一。俄罗斯东正教的最高神职职位是牧首，其次是负责重要城市教会的都主教，负责大教区的大主教和普通教区的主教。主教之下又分别有司铎和执事等低层神职人员。

个，过一会儿我们要开枪了！"

老太婆们从长椅上起来。阿格里平娜进到她屋子里去了。

斯皮里多诺夫娜和马尔科夫娜继续晃荡了一会儿，说起了阿格里平娜。

"她又喝酒了，"斯皮里多诺夫娜说，"从她呼气里就闻得到。她从哪儿弄钱买酒呢？"

"您觉得呢？从莫斯托夫斯科伊那儿偷来的呗，"马尔科夫娜回答说，"天知道她偷了多少。德国人要是没来，她偷的钱都够买回革命前那套大房子了。"说到这儿她突然慌张地打了个冷战。"主啊，天哪，我们都做了什么？为什么是德国人这个撒旦？我们犯了什么罪，让主来惩罚我们？"

十四

托利亚要坐夜间火车走。他又紧张又焦虑，仿佛只有到了此时才意识到命运的安排。他想装出一副满不在乎的样子，但很快发现骗不过外婆。亚历山德拉·弗拉基米罗夫娜显得非常沮丧，这让他也跟着灰心丧气起来。

"你给家里写信了吗？"她问道。

"看在老天的份上！"他很不自然地说，"您还要我干什么？我几乎每天都给妈妈写信。今天没有写，明天会写的。"

"对不起，别对我发火。"亚历山德拉·弗拉基米罗夫娜赶紧说。

这令托利亚更加生气了。

"您这是怎么了，说话跟个精神病人似的？"

这下轮到亚历山德拉发火了。

"请平静一下！"她突然发作了，"控制一下你自己。"

在出发前半小时，托利亚喊道："谢廖扎，过来一下！"

他从背包里拿出一本用报纸包着的笔记本。

"这个——这些是我的笔记和阅读心得，里面还有我的一些想法。我以前曾给自己六十岁之前的生活做过一个规划，想要献身科学，为此会每天、每个小时都工作不停。现在……你明白的……如果我……简单说吧，帮我保留这些记录。唉，就这些了……就说这些。"

他们就这么傻愣愣地站了一会儿，握着手，互相看着，一句话都说不出。托利亚用力攥着谢廖扎的手，把他的手指都攥得发白了。

家里除了谢廖扎和亚历山德拉·弗拉基米罗夫娜，没有别人了。托利亚担心情绪涌上来，于是匆匆忙忙地说了再见："我可不想让谢廖扎送我到车站。我不喜欢别人送我。"

在走廊里，他用最快的语速对外婆说："我本不该回来的。我已经过上了不同的生活，远离每个爱我的人。我变成了一个不妥协的硬汉。但这层硬壳已经开始溶化了。要是早知道这一点，我就不回来了。我今天没有给妈妈写信，就是这个原因。"

亚历山德拉把手伸向托利亚两个涨红的大耳朵两侧，把他拉近，将大檐帽推到一侧，久久地吻着他的前额。他静静地站在那儿，回忆着很久以前存在于她的双臂之间的幸福的和平气息。

现在，外婆已是风烛残年，而他，是个强壮而年轻的军人。他的强大和她的无助彼此交融。他把身体贴上去，呼唤着他的老外婆、老太太、亲爱的老祖母，然后低下头，突然朝着门口跑去。

十五

薇拉还在医院里。这天她值夜班，在晚上例行的巡视结束后，她走出了病房。

走廊里亮着一盏蓝色的灯。她开了窗，站在那儿，把胳膊支在窗台上。

三楼足以看到整个城市。伏尔加河像是一条白色的闪亮的带子。只能看到窗上拉起了防空帘的楼房显出模糊的蓝灰色，有如云母的颜色一样。这种冰冷的蓝色是月亮死气沉沉的白光、盖满了尘灰的窗玻璃的光和夜里凉意十足的水汽的反光，单薄而摇曳，没有丝毫友善、温暖和生机。只要把头稍扭一些，这一切都看不见了，窗户和伏尔加河全部变成了毫无生命力的黑色。

薇拉看到在伏尔加河东岸，有一辆汽车开着前灯。在她头顶的天空，两束探照灯的灯光交叉在一起，像是有人用这把黯淡的、蓝色的剪刀剪切着卷曲的云团。在楼下的花园里，能够看到小小的红点和低低的谈话声，肯定是从康复病房里悄悄溜出来的伤员，从厨房门那边出来到花园里偷偷抽口烟。风把伏尔加河上凉爽的水汽吹过来。有一阵子，干净清凉的气息压倒了医院里沉重的味道。但有时候则是后者驱走了这股清凉的气息，让人觉得似乎不仅是医院，就连月亮和河流也满是乙醚和石炭酸的味道，天上飘过的似乎也不是白云，而是脏兮兮的棉球。

而在这栋跟别处隔开的病房里，有三个伤员进入了弥留之际，喉咙里发出低沉的呻吟声。

薇拉很熟悉这种单调的、带有死亡气息的呻吟声。他们已经不再乞求什么，既不要吃的，也不要喝的，连吗啡也不要。

病房门打开了，两个人担着一副担架出来。先出来的是小个子的、脸上有麻点的尼基福罗夫，担架另一头的则是舒列平。他的个儿又高又瘦。受尼基福罗夫步伐的影响，舒列平只能小步慢走。

尼基福罗夫头都不回地说："慢点儿走，您推到我了。"

担架上躺着一具遗体，上面盖着毯子。

毯子仿佛是死者自己拉到头上去的，这样就不用再看到这些让他遭受残酷折磨的墙壁、病房和走廊。

"是谁?"薇拉问道,"索科洛夫?"

"不,是新来的。"舒列平回答。

有一会儿薇拉会把自己想成是一名大人物,一个刚从莫斯科飞到此地、戴着将军军衔的医生。主刀的外科医生把她领到临终者的病房,说道:"这人要死了。"她会说:"不,您错了。立刻准备手术,我来亲自主刀。"

二楼的指挥员病房里传来阵阵笑声和低沉的歌唱:

> 塔尼亚,塔季扬娜,塔纽莎,
>
> 还记得光彩照人的五月吗?
>
> 我知道咱们都忘不掉——
>
> 快乐时光跑不掉。

她听出这是西特尼科夫大尉的声音,他的伤在左手[1]。军事法庭对此进行了调查,后来发现不过是一次意外:在他的伤口里发现了一块德国迫击炮弹碎片。另外一个悄悄和他一起合唱的可能是军需中尉科瓦修克。他开着满载着西瓜的小卡车去食堂,半路上和一辆载重三吨的弹药车撞在了一起,断了一条腿。

西特尼科夫整天缠着薇拉,要她从药房里给他弄点酒精,"哪怕五十克也好[2],"他老是这么说,"您怎么能够拒绝一位军人呢?"

薇拉干脆利落地拒绝了他。但是自从西特尼科夫和科瓦修克交上了朋友,她已经好几次闻到他们身上酒精的味道。不用说,肯定是药房的某个值班护士同情心泛滥了。

这会儿,她站在窗前,看到了两个彼此之间毫无明显关联的世界。

---

1 英文译者注:射伤左手通常是逃避战斗的一种行为,所以这样的伤情引起了怀疑。更多相关情况可以参照谢奇特(Schechter)的著作《士兵的物品》(*The Stuff of Soldiers*),第一章。

2 英文译者注:在餐厅或酒吧里提供伏特加的标准单位是一百克。一般来说,人们在说到喝酒时都不会说"喝伏特加",而是说"喝上一百克"(On vypil sto grammov)。

外面的世界清凉、干净，跟这里任何一处都不同。那里是繁星，月光照耀下的水面，还有缥缈不定的淡蓝色的光芒。这个世界孵化于无畏的浪漫故事和深夜梦境之中。只有感知它的存在，她才会认为生有所值。但她的身后还有另外一个世界，正在无孔不入地压迫着她，从鼻孔里钻进来，在她的被药物渍染的白大褂上沙沙作响。这是一个充满着呻吟声、靴子的咯吱声和粗劣烟草味的世界。这个乏味的世界才是真正无处不在。它存在于每天需要填写的无聊的注册表中，存在于医生潦草的笔记中，存在于她日复一日喝着的黍米粥中，存在于医院党委书记沉闷的学习课程中，还存在于灰尘漫天的街道、空袭警报的呼啸、来自母亲的唠叨、讨论小卖部东西的价格、无穷无尽的排队、与谢廖扎的争吵，还有家里老是说起朋友和亲戚们的成就和失误。她都可以感觉到，这个世界就存在于她那双橡胶底便鞋中，还有自己那件来自父亲的、重新剪裁过的旧大衣中。

薇拉听到她身后传来了拐杖轻轻的碰撞声。她的手依旧放在窗台上，抬起头来看着天空。她强迫自己看天上的云、星星和窗户上跳跃的月光。其实她完全知道拐杖的声音，它来自黑漆漆的走廊，正在向她靠近。整个医院里只有一副拐杖能够发出这样的声音。

"您在梦着什么呢？"一个年轻人的声音说道。

"是您吗，维克托罗夫？没听到您过来了。"

然后她为自己的这点小小伪装感到好笑，很不自然地笑了出来。

"梦到什么了？"他又问道，也笑了起来。不管她的感觉是高兴还是难受，他都小心翼翼地做好准备，去分享这种感觉——仅仅因为这是她的感觉。

"什么都没有，"薇拉说，"真的没有。我听见你过来了，听得清清楚楚。我可没做梦，只是假装做梦而已。"

在说真话这个问题上，她其实在玩着小把戏，因为她觉得这样说能够给爱情带来好处，这样维克托罗夫就能发现她是一个多么与众不同的女人。但玩弄这些爱情的小把戏没有任何用处，甚至没有必要。说没有用处，是因为爱情太复杂，也太难懂。至于说没有必要，是因为不管她在不在意，他对她的爱一直有增无减。

有一回，维克托罗夫用一种恰如其分的方式说她是一个非凡的女人，薇拉却反驳说："不！我再平常不过了，我庸俗而且无聊。这座城市里跟我相似的女人有成千上万。"

维克托罗夫是两周以前被送进医院的。他被几架梅塞施密特击落，腿上中了一颗开花弹，落在某个鬼才知道的草原上，一辆恰巧路过的卡车把他给捎了过来。他的衣服和浅色头发上到处挂着刺果、苍耳、洋艾以及干草屑，就这么脸朝一侧躺在担架上，脖子伸得长长的，苍白的脸上满是灰土，嘴巴张开着。在他的眼里有一种奇怪的、让人伤感的神情，混合了孩子般的恐惧和对老人的不满。

薇拉想起了小时候看到的一只小火鸡。它被人一棒子给打死了，细长的脖颈向后弯着，喙子大张着，眼神开始黯淡下去，凌乱的羽毛上沾满了草屑。

他们把维克托罗夫抬到手术台上时，他一直看着薇拉。然后，他看见自己被泥土弄得脏兮兮的内衣后，又把视线投到别处。薇拉虽然见到过几百个男性的裸体，但此时却感到非常窘迫，同情和害羞的泪水涌了出来。

康复病房的伤员们跟她开玩笑不是一次两次了。有些人想要在走廊拥抱她。有一次一位政治指导员写信向她示爱，请她嫁给他。后来他出院时，还找薇拉要她的照片。

维克托罗夫上士从来没有主动搭讪，但她能感觉到每次进入病房时他在注视着自己。最后是薇拉自己开始了跟他的聊天："您的部队驻扎得不算远，怎么同志们不来看望您一下呢？"

"我刚刚调到另一个团里了。原来的部队里几乎没有剩下认识的人，都是新手。"

"您害怕吗?"

他迟疑着不回答。薇拉明白,他在极力压制着,避免使用那种飞行员回答年轻姑娘问题时惯用的回答方式。最后他严肃地说:"害怕。"

两个人都感到很尴尬。他们都希望彼此间的关系会变得特别一些,不想让它变得浮夸和肤浅。他们希望有什么东西能够像鸣响的大钟那样,庄严地宣告这个心愿最终得以实现。

她后来知道,维克托罗夫生于斯大林格勒,是个钣金工。斯皮里多诺夫常常到他的车间去,维克托罗夫对他有印象。

可是,薇拉和维克托罗夫两人之间就再也没有共同的熟人了。他住在斯大林格勒发电厂六公里外,下班后就直接回家了,不去参加体育运动,也不喜欢去看俱乐部里上演的电影。

"我不喜欢体育,"他说,"我喜欢读书。"

薇拉注意到,他喜欢的书有很多也是谢廖扎喜欢看的,但她觉得这些书没啥意思。

"我最喜欢看的是历史小说,不过要找到这些书还挺难的。俱乐部图书馆里只有几本。星期天我会进城去找,或者从莫斯科调阅。"

其他的伤员都很喜欢维克托罗夫。薇拉有一次无意中听到一位政治指导员说:"这家伙人不错,靠得住。"

她脸红了,好像当母亲的听到别人表扬自己儿子。

维克托罗夫抽烟抽得很凶。薇拉给他带香烟和散装烟草,结果没多久整个病房里都是烟味儿。

在他的一只胳膊上纹着一支铁锚和长长的铁链。"我还在技术学校时文的,"他说,"那时我很野,差点就被学校开除了。"

她喜欢他的谦逊。维克托罗夫从不说大话。要是有一天他说起了战斗经历,那也是在说他的战友、他的飞机和引擎、天气和飞行条件,就是不说自己。但他更喜欢说的是自己在战前的经历。当话题转移到战争时,他甚至可以闭口不谈。不过,也许他其实有很多要说的,肯定比西特尼科夫说的要多得多。这个负责运送弹药的指挥员是整个病房里的话匣子。

维克托罗夫很瘦，窄窄的肩膀，小眼睛，还有一个又大又宽的大鼻子。薇拉完全知道他算不上一个帅小伙。可是，从她开始喜欢上他，会把这一切视为是一个优点，而不是缺陷。她觉得，全世界只有她才知道他的特别之处。他的微笑，他的手势和动作，他看手表的姿态，他卷烟的样子，每件事情都是特别的。

薇拉十二岁时想要嫁给表哥托利亚，十五岁时她爱上了团支部书记——分别跟两个人逛过电影院和河边 [1]。她觉得自己对爱情和浪漫已经了解得非常透彻，家里有人谈起这些时她脸上会浮现出无所不知的微笑。在中学最后一年，班里的姑娘们都会说："应该嫁给一个年龄大十岁的男人。那种人已经在这个世上找到了自己的定位。"

而现实生活与当初却如此截然不同。

走廊的窗户旁成了他们幽会的地方。要是她有空，只要到窗边站着，心里想到他，就像发出了一封电报似的，一会儿就可以听到他的拐杖的声音。

有时候，当她静静地站在维克托罗夫身边，他若有所思地向窗外望着，会突然转过脸来问："怎么了？"

"什么怎么了？"她一脸莫名其妙。

他们会常常谈到战争，但能够引发彼此呼应的却常常是那些更加随意的、孩子气的话语。

"上士……我喜欢这个词！"她说，"你才二十岁，能有多向'上'呢？"

在假装没听见他的拐杖声那个晚上的第二天夜里，他们又肩并肩地站在窗前，两个人一直在不停地说，但谁都没认真去听对方。比说话更

1　英文译者注：团支书记即共青团支部负责人。

要紧的是，等两人肩膀脱离接触后，还能不能再碰到一起。如果她信任他，会靠得更紧。他感到了这是一个明显的信号，这样就可以斜眼看着她的脖子，她的眼睛，她的脸颊，还有她的头发。

蓝色的夜色里，维克托罗夫的脸显得阴沉而哀伤。薇拉带着不祥的预感看着他："真不明白，刚开始我为你感到难过，因为你受伤了。现在轮到我感到可惜了。"

他想用手搂着她。说不定她正在等着他从犹豫不决中下决心呢？然而他只是问道："为什么？你在说什么呢？"

"不知道。"她回答道，抬眼看着他，带着那种小孩子看着成人的神情。

他心里一阵冲动，向薇拉靠过去。拐杖掉落地上，他低沉地喊了一声。其实整个身体的分量并没有压在伤腿上，他只是怕真的会压到了。

"怎么回事？觉得头晕吗？"

"嗯，"他说，"整个脑袋都在转。"他把双手放在她的肩上。

"坐在窗台上，我帮你捡起拐杖。"

"别，"他说道，"就这样别动。"他们终于拥抱在一起。对维克托罗夫来说，与其说他觉得自己动作笨拙而无助，需要薇拉支撑着他，不如说在这一刻，他觉得自己在保护着薇拉，使她免受这充满敌意的廖廓夜空的吞噬。

他很快会康复，回到他的雅克式战斗机上，开着这架飞机在斯大林格勒发电厂和这所医院上空巡逻[1]。在他心里，已经准备好一边听着战机引擎的轰鸣，一边去追猎亨克尔轰炸机了。他再次感受到了别人很难理解，只有飞行员才能知晓的那种渴望：靠近敌人，并给他带去死亡。他都可以想象得到射击时出现的闪亮的淡紫色弹道、德军飞机上炮手和无线电报务员凶残而惨白的脸。在丘古耶夫上空的空战时他就见识到了这

---

[1] 英文译者注：雅克式战斗机是用该型飞机设计者亚历山大·雅科夫列夫的姓命名的战斗机，从 1940 年初开始生产。这种单座型战斗机飞行速度快，操纵性好，火力强大，且可靠性很高。

一切[1]。

他拉开了病号服，用它把薇拉裹了起来。她紧紧地贴着他。

有好长一会儿，他这样静静地站着，看着地板，感受着她温暖的呼吸和她的乳房带给他胸口的压力。维克托罗夫想，只要能在这个黑暗和空荡荡的走廊里抱着这个年轻女人，用一条腿站上一整年也是幸福的。

"行了，"薇拉蓦然说道，"我来把拐杖捡起来吧。"

她扶着维克托罗夫在窗台上坐下。"怎么了？"她问，"一定要这样吗？我的表哥刚出发去了前线。医生说你的康复速度快极了，再过十天就可以出院了。"

"想这些干啥。"他漫不经心地回答道。小伙子刻意回避跟心爱的人儿谈起未来时就是这个样子。"该来的都会来，我们现在这样挺好的。"接下来，他脸上带着一缕微笑又补充道："你知道……我是说，你知道我为什么这么快康复吗？因为我爱你。"

后来的整夜里，薇拉躺在值班室里窄窄的、漆成白色的木椅上休息时，脑袋里想了又想。

在这栋高大的，充满着呻吟、血腥和痛苦的四层大楼里，新生的爱情能幸存吗？

她想起了担架和担架上蒙着毯子的遗体，内心被尖锐的、令人心碎的叹息紧紧抓住了。她叹息的是自己至今不知道死者的名字，叹息自己忘记了他的长相，而现在护工已经将他安葬了。这种感受的冲击是如此强烈，以至于她失声痛哭，以至于她像预防被人击打那样，紧紧地蜷起了两条腿。

然而，她现在知道了，比起她童年梦里那个宁静的天堂来说，现实的这个毫无快乐可言的世界才更加现实。

1　中文译者注：丘古耶夫位于今乌克兰哈尔科夫州。

十六

第二天早上，亚历山德拉·弗拉基米罗夫娜穿着她惯常穿的带白色蕾丝边的黑裙子，把外套搭在肩上出了门。她的实验室助理科罗托娃已在外等候。一辆卡车会载着她们俩去化工厂检测空气质量。

亚历山德拉坐到副驾驶上。强健而高大的科罗托娃抓住卡车车帮，爬上车厢。亚历山德拉把头从车窗里探出来，对她喊道："科罗托娃同志，看好仪器，一路会很颠簸！"

卡车司机是个瘦小的年轻女人，穿着滑雪裤，系着一条红色头巾。她把手里织的毛衣往座位旁一放，一边发动引擎，一边说："一路都是柏油路，没有坑洼。"她带着好奇的眼神看了一眼这位年长的乘客，又补充说："上到大路上，我就一脚把油门踩到底。"

"您多大了？"亚历山德拉问道。

"唉，出发了啊。我二十四了。"

"跟我孩子差不多一样大。结婚了？"

"结过婚。现在一个人过。"

"丈夫阵亡了？"

"没。他人在斯维尔德洛夫斯克，在乌拉尔机械厂工作，给自己找了另一个老婆。"

"有孩子了？"

"有个女孩儿，现在一岁半了。"

上到大路上后，兴高采烈的女司机开始问亚历山德拉她女儿和孙辈的事情，然后又问她的工作，接下来要干啥，车上的这些玻璃量杯、橡胶管和弯管都是干啥用的。

接下来女司机又说了关于她的一点事儿。她和丈夫一起生活了六个月，然后他就去斯维尔德洛夫斯克工作去了。在来信里，他一次次地说"他们很快就会分间房子给我"，接下来战争就爆发了。他因为在重要岗位免于应征入伍，但来信却越来越少，只是说他跟一群没有结婚的工人住在招待所里。到了冬天他来信说他已经再婚了，希望能够把两人的女儿交给他来照顾。女司机没有回信，也没把孩子给他。不过他每个月都寄两百卢布过来作为孩子的赡养费，两个人就没有打官司。

"哪怕寄过来一千卢布，我也不会原谅他。就算他什么都不寄过来，我也能好好地照顾好我闺女。这份工作的工资不低。"

卡车飞速跑着，跑过苹果园，跑过一栋栋灰色的木制小屋、各种各样形状的工厂。在树影当中，亚历山德拉时不时能看到伏尔加河浅蓝色的水光，然后又消失在篱笆、房屋和小山丘之间。

到工厂后，亚历山德拉拿到了通行证，直接就去了厂办公室，想要叫他们派个技术人员跟她介绍一下通风系统和设备布置。她还想找个工人帮一下科罗托娃，哪怕一个小时也好。二十四公升的吸附装置可不是她一个人能随便搬动的。

厂长梅夏亚科夫跟亚历山德拉一家人住在同一栋楼里。有时候她可以看见他早上出门去上班。钻进小汽车，关上车门后，梅夏亚科夫会向站在他家公寓窗边的妻子做出一个飞吻的手势。

亚历山德拉本来想要好心好意、心平气和地跟梅夏亚科夫说："当一回好人，好歹咱们住在一栋楼里。赶紧帮我解决问题，别让我发作。谁知道呢，说不定我可以给你们的通风系统提一两个改进意见呢。"

哪知道梅夏亚科夫压根就没有给她说话的机会。从他那半开着门的办公室，亚历山德拉听到他跟秘书说："今天没空见她。您得跟她说别老在工人健康这些次要问题上小题大做。我们的人在前线上不光要牺牲健康，连命都顾不上了。"

亚历山德拉径直朝门口走去。要是有人看见她气得发紫的嘴唇和愤怒得拧在一起的眉毛，他们一定会觉得梅夏亚科夫肯定要有几分钟好受的。可她并没有走进去，只是在门口站了一会儿，然后就朝着车间走去。

在高大的、热烘烘的车间里，男人们带着嘲笑的目光看着两个女人四处挪动圆柱形的吸附装置，在不同的地点给空气采样，用螺旋夹钳封上橡皮管，然后从三个移液管里倒出少量水，倒在技工的桌上、主通风管上和装着气味刺鼻液体的桶旁。一个瘦削的、满脸胡茬的工人用乌克兰语说道："用水测量，蠢得不能再蠢了。"他穿着磨破的蓝色工装，破烂的地方露出了手肘。

一位年轻的工人组长，也可能是个化学专业人员，用一种令人厌恶而且粗野的眼神看着科罗托娃："忙这个干嘛？反正德国人的轰炸机会过来帮我们修理通风系统的。"

还有一个老头儿，红脸颊上密布着蓝色的静脉血管，上上下下打量着年轻且发育良好的科罗托娃，说了几句亚历山德拉没听清的话。显然这些话都很粗鲁，科罗托娃脸红了，她背过身去，满脸不高兴的样子。

午饭时，亚历山德拉坐在靠近门旁的一个大木箱上。她觉得有点疲倦，一部分原因是吸入了受污染的空气。一个年轻工人走过来，指着她的仪器问："大婶，您这些东西是干什么用的？"

她向年轻人解释什么是有毒气体，通风系统有多重要。

其他的工人们静静听着。刚才嘲笑她用水进行测量的乌克兰人看见亚历山德拉掏出她的烟丝，说道："尝尝这个，更来劲儿。"他掏出了一个用细绳扎好的烟荷包。

很快大家就无所不谈了。刚开始他们讨论的是各个工业领域受到的损失。化工厂的工人们内心也藏着苦涩的骄傲。比起矿工、炉工和钢铁工人，一般认为化工厂工人的工作环境更加危险。

人们告诉亚历山德拉，通风系统已出过几回问题，有人中毒或窒息了。他们谈到了"化学"所具有的某种邪恶力量。它能腐蚀金属香烟盒，腐蚀掉靴子的靴跟。老人们不停地咳嗽，被痰呛到没命。他们用玩笑的语气提到，某个叫作潘琴科的家伙在上班时忘了穿防护服，下班前裤子上被烧出好几个大洞。

然后话题转移到战争上。人们谈到了如何炸掉矿山、大型工厂、制糖厂、铁路还有斯大林诺机车工厂，谈到了毁灭这一切时的不舍和痛苦。

刚才让科罗托娃很难堪的那个家伙，走过来对亚历山德拉说："老太太，您明天也许还会回来这里，上食堂是需要通行证的。"

"谢谢了，孩子，"她回答说，"明天我们自己会带点吃的过来。"

想到把这个老家伙称为"孩子"，她微笑了起来。老头子心里明白，应道："我一个月前才结的婚。"

他们几乎立刻就无拘无束地聊了起来，压根不像是才认识了几个小时，倒像是亚历山德拉在工厂里工作了很长时间似的。

午餐快结束时，工人们给了她们一根水管，这样就省得科罗托娃老是提着满满一桶水从工厂的一端走到另一端去了。他们还帮着两个女人把设备搬到空气最有可能受到污染的地方，然后架好它们。

下午工作时，亚历山德拉好几次想起了梅夏亚科夫这个人，顿时感到血涌上头。她差点儿想冲进他的办公室，当场好好教训他一顿。但这个念头随即被压下去了："先干完活儿，再跟他谈话。有他好看的！"

许多工厂负责人和工程师总是在被亚历山德拉·弗拉基米罗夫娜训斥一阵后，才会为此前对她的安全建议置之不理感到后悔。她有一双训练有素的眼睛和出色的嗅觉。她常说，一个化学家最重要的工具就是他的鼻子。这一次，她立刻就发现了梅夏亚科夫的工厂里有问题。试纸的颜色变了，吸收的溶液也浑浊了，空气受到了严重污染。她甚至都可以直接感受到对自己的影响，沉重而油腻的空气灌进了她的鼻子，让她不停地咳嗽。

从工厂回去时她们坐了另外一辆车，换了个司机。没跑多远车就抛锚了。司机摆弄了很长一阵，回到驾驶舱前，慢慢地一边思忖着，一边用一块破布擦着手，说道："走不了了。我得从车队叫一辆故障修理车过来。活塞卡住了。"

"是个年轻姑娘把我们拉到这儿的，"科罗托娃说，"可是您，一个男人，却没法带我们回去。我还想今晚上食品店去买吃的呢。"

"在这儿要找辆车带你们回去不难，"司机说，"十个卢布就够了。"

亚历山德拉沉吟道："真正的问题，是这些仪器该怎么办。"接下来她马上下了决心。"我知道了，这里距离斯大林格勒发电厂不远。我去那儿弄一辆车。科罗托娃，您待在这儿，照顾好仪器。"

"斯大林格勒发电厂那儿帮不上您什么忙，"司机说，"我认识那儿的司机，只有斯皮里多诺夫才有权派车。这人是个小气鬼，您从他那儿得不到任何好处。"

"我肯定弄得到，"亚历山德拉说，"要不要打个赌？"

"您这是怎么了？"司机生气地说。他转脸对科罗托娃眨了眨眼，说道："您留在这儿。有油布遮着，睡觉又暖和又舒服，就像个小小的疗养院。明天您再去食品店吧。"

亚历山德拉沿着大路走下去。进城的卡车在上坡，车窗玻璃反射出一片令人眩目的白光。浅灰色的道路向东延伸，最后变成阳光下一个个的浅蓝色小点。路过的卡车卷起一阵烟尘。过了一会儿，她看到了斯大林格勒发电厂的高楼。在落日里，办公楼和一大片公寓呈现出粉红色，工厂里还在冒出一团团蒸汽和烟雾。她沿着道路走着，经过了一栋栋平房，经过了一个个花园和菜园。这里面有几个穿着靴子的年轻男人，大多数却是穿着宽松裤子和高跟鞋的年轻女人。很多人手里都背着背囊或者提着袋子，肯定都是去赶着上夜班的工人。

这是一个宁静而清爽的傍晚。树叶上映着太阳的最后一束光芒。

如同以往一样，宁静而美丽的自然让亚历山德拉想起了自己的儿子。

十六岁时，德米特里就参加了红军，跟高尔察克海军上将的白军作战，后来进入斯维尔德洛夫斯克大学学习。尽管他还很年轻，毕业后还是被派往负责一个很重要的工业领域。1937年他被捕了，被指控为阴谋参与者和人民的敌人，妻子也很快被逮捕。亚历山德拉去了一趟莫斯科，把十二岁的孙子谢廖扎带回了斯大林格勒。后来她又去了两趟莫斯

082

科，去请求德米特里的朋友们帮忙。他的那些朋友们，还有曾依附于他的人，全都拒绝跟她见面，也没有回复她的来信。

她的丈夫尼古拉·谢苗诺维奇·沙波什尼科夫在内战中患上了肺炎去世了。还记得他的那些身居高位的人中，只有一人同意跟她见面。德米特里已经被送进劳改营。这个人帮亚历山德拉弄到了探视许可，并安慰亚历山德拉，一定会帮她重审她儿子的案子。

她在不停地计算着跟儿子相会的日子。那也是与亚历山德拉来往密切的人唯一能够见到她掉泪的日子。她在一个突堤码头上等了很长时间，希望能够看到有船把儿子接过来。等他真的到了，亚历山德拉朝着他走过去，然后在冰冷的海岸上沉默地站了良久。两个人互相拉着手，注视着彼此的眼睛，就像两个小孩子一样。事后，她在空无一人的岸边走了很远，白色的浪花拍打在岩石上，扬起了泡沫，海鸥在她白发苍苍的头顶上凄厉地叫着……1939年秋天以后，德米特里再也没有来信。亚历山德拉写了无数申诉信，又去了很多次莫斯科。人们答应她重审德米特里的案子。时间不断流逝，战争爆发了。

沿着大路一路走着，亚历山德拉感到有点头晕。她知道，这不仅仅源于过路的卡车和刺眼的光芒，还因为她已经上了年纪，不仅疲倦，而且一直处于紧张状态，她还吸入了被污染的空气。到了每天工作结束时，她的脚都会肿起来，鞋子夹脚，心脏也没法应付这一切折磨。

亚历山德拉的女婿正从大门向发电站走去。他周围围着好几个人，而他手里挥舞着几张文件，好像这么做就能把那些干部无休止的请求给赶走。

"不行！"他说，"我才不会找你，除非变压器烧坏了。整个城市都会停电的。"

"斯杰潘·费奥多罗维奇。"亚历山德拉平静地说。

斯皮里多诺夫立刻停下了脚步。

"家里出了什么事？"他把亚历山德拉扶到一边，急忙问道。

"没有，大家都好好的，"她回答，"除了托利亚，他昨晚走了。"接下来她把卡车抛锚的事情说了。

"梅夏亚科夫真是过分了，连一辆好车都没法派出来！"斯皮里多诺夫带着些许满意的心情说道，"这个事儿对我们来说很好解决。"他看了一眼岳母，用稍微冷静的口吻补充道："您的脸色很苍白，这可不妙。"

"我有点头晕。"

"还能怎样！您走了一整天的路，早上就没吃过东西。您心里是有数的。"斯皮里多诺夫不高兴地说。亚历山德拉意识到，这里是斯大林格勒发电厂，他是这里的负责人。这位女婿对她一向很恭敬，今天却用一种她从未听过的、布施般的语气跟她说话。

"我不会让您这样回去。"他说道。想了一会儿，他又说："这样，我马上派辆车把仪器和您的实验室助理接回去。至于您，就在我的办公室里歇一会儿。一个小时后我要参加党委会议，然后我用车送您回去。不过您首先得吃点东西。"

还没等亚历山德拉说话，他就叫道："索特尼科夫，跟车队负责人说一声，让他派辆小型卡车，往红军城方向，开一公里后会在路边看到一辆抛锚的卡车，运送科学仪器的。把人和仪器都送回城里，明白了吗？别磨磨蹭蹭地！至于梅夏亚科夫……"他接着叫来了一个年长的妇女——也许是某个清洁工——对她说道："奥尔加·彼得罗夫娜，请把这位客人带到我的办公室。告诉安娜·伊万诺夫娜给她开门。要是没事儿，我一刻钟后能就回来。"

亚历山德拉一个人坐在女婿办公室的椅子上，四处张望着。墙上挂着大幅的描图纸，沙发和椅子都是崭新的，皮面硬邦邦的，似乎从来没有人在上面坐过。满是灰的水瓶放在一个带着黄色水渍的盘子上，大概没几个人用它来喝过水。墙上的油画是欢乐的人群在庆祝斯大林格勒发电厂的落成。这幅画挂歪了，但好像没人注意到这一点。她看了一眼女婿的办公桌，上面放着文件、技术图纸、几截电缆、高压线上的陶瓷绝缘子，摊开的报纸上放着一小堆煤块、几支画图铅笔、一个电压表和一把计算尺。还有一个装满烟头的烟灰缸、一部电话。也许因为拨打次数太多，电话破旧不堪，拨盘键上已看不清数字，现出了白色的金属底色。毫无疑问，这是一个日以继夜伏案工作的人使用的办公桌。

亚历山德拉心想，自己说不定是第一个在这间办公室里长时间停留歇息的人。到这里的人除了工作，可能别的什么都做不了。

情况还真就是这样的。斯皮里多诺夫刚刚回到办公室，立刻就有人敲门。一个穿着蓝色工装的年轻人进来，把一叠厚厚的报告放在桌上说："这是夜班的情况。"然后他转身走了。刚过了一会儿，一个戴着圆眼镜、胳膊上套着黑色袖套的老头儿进来，递给他一个文件夹说："拖拉机厂提出的需求。"然后他也走了。接下来电话铃响起来，斯皮里多诺夫拿起听筒："对，我当然听得出您的声音……我都跟您说了，帮不上忙。为什么？红十月工厂有优先权。您知道它生产什么。怎么了，还想要啥？"……那头肯定有人骂了娘，斯皮里多诺夫眯起了眼睛。亚历山德拉还从来没见过他这么恼火。他匆匆朝她的方向看了一眼，继续说道："行了，别拿上级来吓唬我。再过一两个小时，我就要跟这些上级会面。您还在数落我，是吗？您还想不想让我帮忙？好了，我都跟您说过，回答是不行。"

他的秘书进来了。这是个三十岁左右的女人，有一双漂亮的、目光灼灼的眼睛。

她弯腰在斯皮里多诺夫的耳边低声说了几句话。亚历山德拉看着她的黑发，优雅的黑色眉毛。她还有一双很大的、结实的手，上面染着墨水。

"当然了，她可以进来。"斯皮里多诺夫说道。秘书走到门前叫道："娜嘉，进来吧。"

响起了鞋跟的笃笃声，进来一个穿着白裙的姑娘，托着一个托盘，上面盖着餐巾。

斯皮里多诺夫拉开书桌上的抽屉，拿出了一个包在报纸里的长条形的白色物品，把它推给亚力山德拉。

"这里还有更有劲儿的，"他敲了敲抽屉说道，"别跟玛露霞说。您知道她是什么人……会生吞了我。"在这一刻，他又变回了斯杰潘，变回了亚历山德拉长久以来熟知的那个人。

她啜了一口伏特加，微笑道："你这里有几位有趣的女士，年轻姑娘总是让人高兴的。你的抽屉里也不总是计划表和图表嘛。刚才我还在想，你在这日夜连轴转地忙碌呢。"

"算了吧，总会有各种事儿找上门来，"他说，"要说到姑娘们，您看看我们的薇拉是怎么长的！一起回家时在车里说吧。"

在办公室里谈论家里的事儿，让亚历山德拉感到有点不习惯。

斯皮里多诺夫看了一眼表："我们半个小时后出发。不过我得先去车间里走走。您留在这儿歇一会。"

"能跟你一起去吗？我还是第一次到这儿。"

"您这是怎么啦？要爬很多级楼梯。我要去一楼和二楼。您留在这儿歇歇吧。"然而，看得出来，斯皮里多诺夫对亚历山德拉的提议还是很乐意的。他真的想带亚历山德拉在发电厂里四处看看。

他们在暮光中穿过大院，斯皮里多诺夫指着一栋栋不同的建筑解释道："这里是变电站，油浸式变压器……这个是锅炉房和冷却塔……这边，我们在修着一处地下指挥中心。要是有个万一……就像老话里说的那样……"

他抬头看看天空，说道："真是吓人！如果他们真的要轰炸这里，我们这些设备怎么办？还有这些透平机……"

他们走进了一个灯火通明的巨大厂房，那种大型发电厂所具有的压倒一切的气氛立即笼罩着全身。这种气氛是温和的，但同时又具有一种让人无所逃遁的魔幻感。在别处，不管是钢厂里的高炉、平炉，还是轧钢厂，很难触发这种感受。在钢厂可以明显感觉到工厂的宽阔无边：溶化铁水的高温、高炉的咆哮声、硕大的钢锭让人头晕目眩的闪亮。亚历山德拉在发电厂看到的却是清晰而稳定的电光、仔细清洗过的地板、纯白色的配电盘、钢制或者铸铁支撑的厂房、带有漂亮曲线的透平机和控制轮，还有工人们仔细专注的眼神以及训练有素的动作。厂房里流动着微微的暖风，充斥着低频的嗡嗡声，金属的反光几乎让人觉察不到。然而这一切都意味着透平机叶片在静静地转动，意味着蒸汽在有效地往复，让人感知到一股神秘的力量。制造这种力量的能量要比仅仅释放热量要更加高级、更加高贵。

最让人感到震撼的莫过于光泽黯淡的发电机了。外表上的沉默为它们披上了一层意味深长的伪装。亚历山德拉感受到了涡轮旋转带来的微微暖风。它们就这么灵巧而安静地旋转着，仿佛根本就不是在发电。涡轮的辐条好像已经融为一体，如同盖上了一张漂亮的灰色蛛网，只有这张蛛网的反光才暴露出涡轮飞快的转速。这里的空气就像一场风暴过后，带着轻微的大蒜味，是让人有点头晕的臭氧的味道。她想起化工厂里油腻的空气、锻造炉沉闷的热气，想起面粉厂里飞舞的粉尘，服装厂和成衣厂里干得窒息的热风。这一切是多么不同啊！

于是，她再次觉得，眼前这个娶了自己女儿多年，她又是如此熟悉的人，仿佛变成了全新的样子。

他的动作、他的声音、他的微笑还有他的表情跟此前其实并无不同，但在更深的层次上，他是不同的。她听到他跟工人、工程师们的谈话，看到这些人的表情，可以发现斯皮里多诺夫和他们被一种更加至关重要的东西团结在了一起。他走过不同的车间，跟钳工和技工们谈话，聆听机器的声音，靠在涡轮或者别的设备上，脸上会呈现出一贯的专注宁静的表情。只有对这一切的热爱才会流露出这样的表情。在这一刻里，斯皮里多诺夫和工人们、工程师们似乎已把所有日常的思虑、家庭的悲喜全部置之脑后了。

来到中央控制台，他放慢了步伐说道："现在我们来到了圣殿中最神圣的地方了。"

在高大的白色圆柱上，安置着沉重的铜板和光滑的塑料板，上面是整列的控制器、变阻器开关，还有像橡果一样圆点状的指示灯，有些是红色，有些是浅蓝色。

控制台旁边是一个厚厚的钢板焊成的柜子，有半人高，中间留着一条窄窄的观察缝。

"留给值班的控制员用的。万一挨了炸弹……用了装甲钢板，就像一艘战列舰。"斯皮里多诺夫说。

"柜中人，不过跟契诃夫想的可不一样。"亚历山德拉说[1]。

斯皮里多诺夫走到控制台前，指示灯蓝色和红色的光芒在他脸上和外套上闪烁着。

"跟整座城市相连！"他说道，做出一个扳动阀门的动作，"跟部队的营房相连……跟拖拉机厂相连……还有红军城……"

强烈的情绪使他的声音颤抖起来，奇怪的红蓝色光芒映在脸上，使他看上去非常兴奋和激动。周围的工人们安静而严肃地看着他。

后来在车里，斯皮里多诺夫把头靠近亚历山德拉，用司机几乎听不到的低声说："还记得我办公室里那个清洁工吗？"

"奥尔加·彼得罗夫娜，对吗？"

"没错，就是奥尔加·彼得罗夫娜，是个寡妇。我手下有个钣金工跟她住在一套公寓里。后来他去了飞行学校，现在在医院里治伤，就在斯大林格勒。他写信给奥尔加说，斯大林格勒发电厂负责人的女儿——就是我们的薇拉——是医院里的护士。两个人想要结婚了。您信不？薇拉一句话都没对我说过，全都是我从秘书安娜·伊万诺夫娜那儿听说的。

---

[1] 英文译者注：由契诃夫的名著《套中人》引申而来。这篇短篇小说里描绘了一个迟钝而顽固的公务员。

她知道这一切是因为奥尔加·彼得罗夫娜跟她说了。真的，您信不信？"

"不错，"亚历山德拉说，"听起来还成。只要他不是什么乱七八糟的家伙，够老实，是个好人就行。"

"那倒是。但是这个点儿上……看在老天爷的份上，她还只是个小姑娘。咱们走着瞧吧！到了当曾祖母的那天，我倒是真想听听您会怎么说！"

浓厚的夜色让亚历山德拉看不清他脸上的表情，不过这个声音多年来她已经很熟悉了，那么他脸上的那副表情肯定也不难猜到。

"别跟玛露霞提起这档子事儿，行吗？"他仍旧低声说，然后笑了起来。

看着女婿，亚历山德拉心里突然涌现出了那种父母辈的悲悯怜惜之情。

"你呢，斯杰潘，也很快就要当上外公了。"她温和地说，拍了拍他的肩。

十七

去拖拉机厂党委开会时，斯皮里多诺夫听到了一个出乎意料的消息：他认识多年的伊万·帕夫洛维奇·普里亚欣升官儿了，马上要去州党委担任第一书记，这可是管整个州的位置[1]。

普里亚欣曾在拖拉机厂党委工作，后来到莫斯科学习，战前不久又回到拖拉机厂负责党的组织工作。

斯皮里多诺夫虽然很多年前就认识普里亚欣，但两个人见面的机会不多。这个事儿本来跟他关系不大，但他不知道为什么心里受到了触动。

---

1 英文译者注：苏联的各个加盟共和国之下的行政单位是州（oblast），各州下面又划分为区（raiony）。州党委（obkom）负责一个州的工作，区党委（raikom）亦如此。

他跑到普里亚欣办公室，后者正在穿大衣准备出门。"您好，普里亚欣同志。祝贺您获得提升！"

普里亚欣身躯庞大，行动缓慢，长着宽阔的额头。他朝斯皮里多诺夫看了一眼，说道："好了，斯皮里多诺夫同志，跟往常一样，我们还会见面的，说不定见面次数会更多。"

他们一起离开了办公室。

"我开车送您一程吧，"斯皮里多诺夫说，"我回发电厂，顺路。"

"算了，我想走路。"普里亚欣说。

"走路？"斯皮里多诺夫吃了一惊。"得走三个小时。"

普里亚欣笑了笑，没有说话。斯皮里多诺夫看着他，也笑了起来，但同样什么也没说。他意识到这个沉默寡言的家伙想要沿着这座生养他的城市街道好好走一走。他会走过那些他目睹建成的工厂，走过那些他目睹种上了花草的公园，走过他曾修建过的学校，还要走过他曾经安排过人们入驻定居的若干栋公寓楼。毕竟，战争迫近了……

斯皮里多诺夫站在大门前等着司机，看着普里亚欣走远。

"现在，我得向他汇报工作了！"他想着，因为内心太激动，脸上连笑容也扮不出来。他还记得跟普里亚欣的几次会面。工厂子弟学校落成典礼上，普里亚欣因为有几间教室的镶木地板质量太差，把工程队队长叫过来痛骂了一顿。他生气的怒吼和心事重重的样子让当天的喜庆气氛大煞风景。有一次是工人宿舍区着了一场大火，人们看见普里亚欣大步走过蓝灰色的烟障，透了口气，大声说："喂，区委会，就从这里开始救火！"还有一次是某个车间将投入使用，为这事儿斯皮里多诺夫忙了三天三夜，几乎没睡觉，然后普里亚欣就来了。那样子像只是路过，没必要做特别的长篇大论。但每一次他讲话，多少都能帮斯皮里多诺夫解决一些当时最让他头疼的问题。今天听到普里亚欣被提拔的消息，斯皮里多诺夫的感觉就像那天火灾时的感受一样："喂，区委会，就从这里开始救火！"

斯皮里多诺夫现在用一种新的眼光看着普里亚欣："这人现在心里肯定非常愤怒。他把一生都用来建设这座城市。他想再看一眼这座城市。是的，斯大林格勒是我们的生命，是他的，也是我的生命。"

今天两人在告别时，普里亚欣猜到了斯皮里多诺夫在想什么。他紧紧攥着后者的手，好像是在感谢他的理解和含蓄，因为他没有说："哦，对，我明白了。您想再看看这座您度过一生、为之努力工作过的城市。"

脑袋里的想法被人掏出来，然后在全世界广而告之。这种事情全世界没几个人会喜欢。

回到发电厂后，斯皮里多诺夫立刻陷入每天的工作状态中，但因为这次的事情在脑海里掀起的想法挥之不去，不会随每天各种琐事的纷至沓来而淡去。

十八

傍晚时，叶尼娅用披肩围巾、外套和旧毯子作为遮光帘，把窗子封了起来。

屋子里立刻变得很闷，坐在桌前的每个人额头上和脸颊上都渗出了细小的汗珠，就连盐罐子里黄色的盐都像沾染了潮气。不过，这一片黑暗起码让人不用再看见外面那片陷入战争的天空。

"怎么了，妇女同志们？"有点喘不上气的索菲亚问道，"咱们这座光荣的城市里有什么新闻吗？"

但妇女同志们一声不吭。她们都饿坏了，对滚烫的土豆兴趣更大。她们小心地从盘子里叉起土豆，用手不断地扇它。

斯皮里多诺夫在党委食堂里吃了午饭和晚饭，所以成了这里所有人中唯一不吃东西的。

"下周开始我得住发电厂里了，"他说，"这是州党委最新的决定。"

他咳嗽了一声，又慢慢补充说："你们知道吗？普里亚欣要当州委第一书记了。"

没人接他的话茬。

玛露霞刚刚参加了一个教育部门的志愿者会议。会议是在一家工厂里开的。她说那里的每个人都情绪高涨。

玛露霞一直被认为是全家中受教育程度最高的人。在学校时她整日不停地学习，大家都对她的勤奋留下了深刻的印象。后来她去了师范学院念书，同时还拿了一个别的学校哲学系的学位。战前，党委出版社出版了她的著作《妇女和社会主义经济》，斯皮里多诺夫手里就有一本，黄色革面，烫着银白色的字。这本书是全家的骄傲，一直摆放在他的书桌上。他非常尊重玛露霞。在和所有人的交谈中，她的观点对斯皮里多诺夫的影响最大。

"你们一进到那个车间里，所有的怀疑和焦虑都会烟消云散的。"玛露霞说。她本来从煎锅上叉起了一块土豆，因为太激动又放回去了。"一个如此勤奋工作且具有这种自我牺牲精神的国家是不可能被打败的。我只去了一个车间就感受到这种意志。我们所有人应该都停下手里的活，去军工厂或者集体农庄去干工作。我想，托利亚现在应该已经到前线了！"

"对我们这些年轻的来说，情况坏透了，"薇拉说，"年纪大一点的可能觉得没那么差。"

"不是'年纪大'，"玛露霞说，"是年长。"她老是喜欢纠正薇拉的一些小小的错误说法。

"你的外套上都是灰！"斯皮里多诺夫说，"得好好洗洗。"

"工厂的灰，是神圣的灰。"玛露霞回答。

"吃点东西吧，玛露霞。"斯皮里多诺夫说。他有点担心妻子太过于兴高采烈，忘记吃那份他从党委食堂里带回来的煎鲟鱼。

"玛露霞说的都对，"亚历山德拉·弗拉基米罗夫娜说，"可惜了可怜的托利亚！他真太难了。"

"战争就是战争，"玛露霞说道，"祖国要求我们做出牺牲。"

叶尼娅用嘲笑的目光看了一眼姐姐："一次志愿者的会议也就算了，亲爱的玛露霞。想想看，冬天黑暗的黎明时分，你得赶去工厂上班，担心着德国人的飞机过来轰炸。傍晚又在一片黑暗中赶回来，餐桌上除了咸得只剩盐的奶酪和瘦得只剩下刺的鱼，什么都没有。"

"谁给了你用这种权威口吻说话的权利？"玛露霞回敬道，"过去二十年你在工厂里工作过吗？你的问题是，没法从本质上认识到坚实的集体是道德水平持续提升的来源。工人们可以拿自己开玩笑，但对集体的信心从来没有减弱。你应该去看看一门大炮造好了推出车间是什么场面。指挥员紧紧地握着老工人的手，工人则紧紧地拥抱指挥员，说道：'上帝保佑您从战争中活下来，健健康康地、全须全尾地回来！'对祖国的深爱让我接下来不仅能连续干六个小时，还能连续干六天的活儿！"

"老天爷！"叶尼娅叹了口气。"哪些是重要问题，我们其实没有什么看法上的不同。你说的东西都很高尚，我从里到外都赞同。但是你说起这些人时，好像他们都不是女人生的，倒像是报纸编辑们造出来的。我知道你说的工厂的事儿是真的，但有没有必要说得这么崇高和宏大？不管你爱不爱听，听起来就像是编的。你说的这些人都是海报上的那些人。我不喜欢这样，我不喜欢去画海报。"

"这正是你应该做却没做的事情！"玛露霞打断她。"与其说去胡乱涂抹一些人家看不懂的东西，不如说你该去画海报。我知道你要说啥——你要说生活的真相……我跟你说了多少次了，真相有两种：一种是该诅咒的过去施加在我们身上的现实，另一种是战胜过去的、真正的现实。后者才是真相，是未来的真相。我要在这种真相中生活。"

"所以要对周围的一切视而不见吗？"叶尼娅说。

"你不可能看到全部的事实，"玛露霞反驳道，"见树不见林。可你连树都不想见。"

"不对，玛露霞，"索菲亚·奥西波芙娜说，"你错了。作为一名外科医生，我告诉你世界上没有两种真相，只有一种。我在把伤员的腿给锯下来的时候，不知道有两种真相。要是我们假装有两种真相，事情就麻烦了。在战争中也是如此，而且在事情糟糕到了今天这个程度时尤其如此，只有一种真相，痛苦的真相。但它能救我们的命。要是德国人打进了斯大林格勒，你就知道不论追寻哪个真相，你都追寻不到。到时候你就完蛋了。"

　　薇拉慢吞吞地说道："撤退已经变成溃败了。今天送来了一批新的伤员。他们说到的情况让人相当害怕。路上我遇到了我的朋友济娜。她在德国人占领的基辅住了三个月，说那里的情况没那么糟，集市还在，还有不错的电影。当官儿的教育水平都不差……"

　　"薇拉，你怎么敢这么说！"斯皮里多诺夫喝道，"你跟我一样明白，在战时传播反革命言论有什么下场！"

　　"年轻人都怎么了？"玛露霞说，"我跟你们一样大时比你们明白得多。我要重复说过了一百遍的话：你得找像样的朋友！"

　　"亲爱的爸爸妈妈，"薇拉回答道，"你们俩就像小孩子一样，总是带着偏见和忌讳。我只是告诉你们我听到了什么。我才不想在德国人统治下过日子呢。济娜也说起基辅发生了大屠杀，那儿的犹太人被杀害了。可是，看看可怜的德米特里舅舅在劳改营是怎么过的。因为这个，她觉得外婆还是留在斯大林格勒好些。"

　　"简直不敢相信！"玛露霞说，"我们的闺女现在愤世嫉俗起来了。"

　　"不会是真的，"索菲亚说，"基辅的犹太人少说有好几万呢，不可能都杀了。"

　　"不管基辅发生了什么事情，"亚历山德拉说道，"如果德国人来了，我肯定不能留在这儿。总有想不到的坏事。再说，我还得照顾谢廖扎，不能做可能危及到孩子的事情。"

　　这时谢廖扎冲了进来。

"总算回来了！"亚历山德拉松了一口气。"上哪儿去了？"

"奶奶，给我往背包里备点东西行不？后天我要走了，跟工人营一起去挖战壕。"谢廖扎一口气说完，从学生卡里掏出一张纸放在桌子上，就像个赌徒突然间摆出了一张王牌，一下把大家都给震住了。

斯皮里多诺夫打开那份文件，带着那种对官方文件无所不知的表情仔细审视起来，先看了看日期，然后看印章。

谢廖扎显然对这份文件的真实性拥有绝对信心，他带着一种高高在上的微笑看着斯皮里多诺夫。

玛露霞和叶尼娅忘掉了她们的争论，互相交换了一下眼神，满腹狐疑地朝她们的母亲看去。

亚历山德拉·弗拉基米罗夫娜非常宠爱自己这个孙子。谢廖扎有一双漂亮的眼睛，有带着孩子气的直爽，同时还有着成年人那样深沉的智慧。他害羞，但并不排斥表现出强烈的感情；他对人有着天真的信任，但又常常与轻度的怀疑交织。他为人友善，却又容易冲动。所有的这一切都能够激起亚历山德拉对他的深爱。有一回她对索菲亚·奥西波芙娜说："就这样了，索菲亚。我们都老了，快到生命的终点了。我们这辈子过得肯定不像活在一个宁静的花园里那样惬意。战争爆发了，整个世界都烧起来了。我不过是个老太婆，但我还是满怀激情地信仰革命的力量。我相信我们一定能够击败法西斯，相信那些为了人民幸福和自由高举大旗的人的力量。谢廖扎跟我是一个模子里刻出来的，所以我才对他如此深爱。"

其实，更重要的是亚历山德拉对他的爱是无需置疑的，是无条件的，是真正的爱。

每个接近亚历山德拉的人都知道她对孙子的爱，这让他们又感动又不满。他们感到了她的无微不至，但同时又非常嫉妒。有时候她的闺女们会很焦虑地交流："如果谢廖扎出了什么事，妈妈肯定挺不过去。"有时候她们又很愤怒地说："天哪，看她在孩子的事儿上大惊小怪的样子！"

还有时候她们还会偷笑说："啊，现在妈妈又想着一视同仁地对待托利亚、薇拉和谢廖扎了。但是她就是做不到嘛。"

斯皮里多诺夫把文件还给谢廖扎，漫不经心地说："我知道这是菲利莫诺夫的签名。别慌，明天我就给彼得罗夫带个话，把你调到斯大林格勒发电厂。"

"凭什么？"谢廖扎反问道。"我志愿去的。每个人身体都很健康，会发枪和铲子。随后就会编入正规军步兵营里。"

"怎么，你真的……真是志愿的？"斯皮里多诺夫问道。

"那还用问？"

"你疯了！"玛露霞愤怒地喊起来。"你奶奶怎么办？要是出了什么事儿——老天原谅我这么说——她就完了，你清楚得很！"

"你还没有到拿护照的岁数呢！[1]"索菲亚说，"天哪，真蠢！"

"那托利亚呢？"

"托利亚跟这事儿有什么关系？"索菲亚答道，"托利亚比你大三岁，是个成年人了。托利亚作为一个公民有义务尽职，薇拉也是如此。我可从来没拦着她去工作。自然会有你尽职的时候：等你念完了十年级，就会去服兵役了。那时候谁都不会拦着你。真不敢相信他们竟然让你登记了。他们应该好好揍你一顿才是！"

"志愿者里面还有人个子比我矮呢。"谢廖扎争辩说。

"行了，"斯里皮多诺夫说，"我还能说什么呢？"

"妈妈，你怎么也不表示一下？"叶尼娅问道。

谢廖扎看着奶奶，低声问道："行吗，奶奶？"

一家子里只有谢廖扎敢跟亚历山德拉·弗拉基米罗夫娜开玩笑。他老是用那种半是顽皮，半是让人无法抗拒的撒娇的方式跟她争论。亚历山德拉三个闺女中的大姐柳德米拉天性也喜欢争辩，而且总觉得自己对

---

1 英文译者注：苏联的护照是该国内部证件，具有非常重要的作用。

所有家事都最了解，有一种不容置疑的自信。但她也很少跟亚历山德拉展开争论。

亚历山德拉抬头看着他，有如身处审判席上："谢廖扎，你要按照……我……"她说不下去了，起身离开。

接下来沉寂了好一会儿。这一天薇拉本来心情很好，都已经打算做出开放和同情的姿态了，现在却只能生气地瞪着眼，免得泪水夺眶而出。

十九

夜里，城里突然充满了各种噪声：喇叭声、大声的叫喊声、汽车和卡车的引擎声。

人们在睡梦中惊醒，沉默地躺着，却想弄明白正在发生的事情。

他们在问自己同样的问题：发生了什么可怕的事情吗？敌人突破了哪儿的防线吗？红军在撤退？要不要赶快穿好衣服，简单收拾些东西，然后溜之大吉？这一次他们真的感到恐惧了：街上哪来的这些奇怪的声音。德国伞兵不会降落在这儿，是吧？

叶尼娅和薇拉、索菲亚还有妈妈睡在一起。她用胳膊肘支起身子，悄声说道："我和我们的艺术家突击队那次在叶列茨也是这样[1]。有一天早上，天气很好，德国人就这么出现在城郊了。事先没有得到任何警告。"

"这想法真扫兴。"索菲亚说。房间门开着，玛露霞为了方便空袭来临时叫醒所有人才开的。他们听到玛露霞说："斯杰潘，醒醒！去看看出

---

1 英文译者注：苏联是个高度军事化的社会，军事用语渗透到了生活中的大部分领域。这种艺术家突击队、工人突击队员（相当于军事突击队）就是类似的情况。中文译者注：叶列茨位于今俄罗斯西南的利佩茨克州，西临奥廖尔州，在 1941 年 12 月莫斯科战役中曾被德军短暂占领过几天。

了什么事儿！真要命，你怎么跟希腊诸神似的不慌不忙！"

"嘘！"斯皮里多诺夫轻声说，"我没有睡着，在听着呢。"

卡车引擎的咆哮声传到了这一家的窗户下，然后引擎熄火了。人说话的声音传了进来，近得好像说话的人就站在屋里一样："您这是怎么了？睡着了？赶紧发动引擎！"接下来传来了几句让女人们感到有点尴尬的怒骂。不过这倒是证明了他们是地地道道的俄罗斯人。

"这声音错不了！"索菲亚说。

人们松了一口气，开始说起话来。

"都怪叶尼娅，"玛露霞说，"要不是她说起了叶列茨的事情，我们都不用担心。我现在心脏还在乱跳，觉得肩胛骨下面疼。"

斯皮里多诺夫对刚才他被吓得变调的声音感到有点难为情，大声说道："对啊，怎么会是德国人？完全不会有的事情。我们的防线固若金汤，还远在卡拉奇。再说，有什么事情我会得到通知的。唉，你们这些女人，女人啊！"

"一切都还好，"亚历山德拉·弗拉基米罗夫娜说，"不要什么事情都担心。不过刚才说的事情，大家知道有过。起码我觉得有过。"

"是的，妈妈，"叶尼娅说，"有过。"

斯皮里多诺夫披上他的粗呢大衣，蹑手蹑脚地从屋子里走出来，拉开了遮光帘，打开窗子。

"春天一来到，要把窗子开。"索菲亚说。她听着外面的汽车、卡车声和人的说话声，继续说道："轮儿咯吱跳，话儿叽喳叫，教堂钟声来。[1]"

"是话儿叽喳闹，"玛露霞说，"不是叫。"

"让他们乱闹去吧。"索菲亚说。大家都笑了。

"到处都是车。"斯皮里多诺夫说，黯淡的月光洒在街道上，"我看出

---

[1] 英文译者注：索菲亚念的是阿博隆·尼古拉耶维奇·迈科夫（Apollon Maikov，1821—1897）的诗歌。他是沙俄时期一个广受欢迎的诗人，很多短诗用于给歌曲填词。

有爱姆卡，还有几辆吉斯。[1]"

"也可能是增援部队准备前往前线。"玛露霞说。

"不见得，"斯里皮多诺夫说道，"走的是另外一个方向。"然后，他举起一只手指："嘘！"

街角有一个交通管理员。司机们在不断地问他问题，却听不清他们问些什么。交通管理员挥舞着手中的旗子，指引他们走正确的方向。这些车里面不仅有小车，也有大卡车，上面堆满了桌子、箱子、凳子和行军床。有几辆大卡车上坐着穿着大衣和披着防水油布的战士，随着车辆加速和减速昏昏欲睡地摇晃着。有辆吉斯-101停在交通管理员身边。这次他们说什么，斯皮里多诺夫听得清清楚楚：

"司令员在哪儿？"一个浑厚缓慢的声音问。

"卫戍司令部司令员吗？"

"不，方面军司令部的司令员！"

斯皮里多诺夫关上了窗子，走到房间中央说道："这下好了，同志们，我们现在是一座前线城市了——西南方面前线。斯大林格勒现在成了西南方面军司令部所在地。[2]"

"这么说，到底没法摆脱战争，"索菲亚说，"战争老是近在眼前，就在你身后。现在，我们去睡一会儿吧。六点钟我得赶到医院。"

1　英文译者注：GAZ-M1型汽车产于1936—1942年间。字母"M"来自后来成为苏联外交人民委员的维亚切斯拉夫·莫洛托夫的姓氏首字母。这款汽车被普遍称为"爱姆卡"（Emka）。车型更大的吉斯-101产于1936—1941年间。

2　英文译者注：据罗德里克·布拉斯维特（Rodric Braithwaite）的观点，苏军的一个方面军（Front）相当于德军的"集团军群"（Army Group）。"一个方面军一般由最多三个坦克集团军和九个多兵种集团军组成，另辖一到两个航空兵集团军和若干后勤机构。一个多兵种集团军通常由五到六个步兵师和后勤部队组成。"（布拉斯维特，《莫斯科1941》，第268页）"方面军"一词在德国入侵苏联之后才使用。它们由"军区"改编而成。在本书译文中，"Front"特指上述方面军，"front"和"front line"含义则更加宽泛。中文译者注：苏军的方面军的大小和规模其实很难与德军的集团军群相提并论，但与德军集团军类似。在战争爆发初期至哈尔科夫战役结束期间，苏军高级指挥层级为最高统帅部（大本营）—战略方向—方面军—集团军。在1942年5月哈尔科夫战役结束后，最高统帅部认为"战略方向"增加了指挥的复杂程度，予以取消。此后最高统帅部直辖方面军。

她还没说完，门铃响了起来。

"我来吧。"斯皮里多诺夫说。他穿上大衣朝门口走去。这件粗呢大衣质地很好，他去莫斯科出差或者是十月革命胜利日才会穿上。平时他会把大衣挂在床头，旁边挂着他的新外套，万一空袭来临就能马上都拿走。在茶几上则放着一个箱子，里面是玛露霞的皮大衣和其他衣服，同样是为战争而进行的准备。

斯皮里多诺夫没出去多久。回来时他带着嘲讽的笑容，低声说道："叶尼娅，你有一位贵客，一位英俊的指挥员！我让他在大门外等你了。"

"我吗?!"叶尼娅惊讶地说。"你在胡说什么，真搞不懂!"她显得又不安又窘迫。

"亚赫西!"薇拉欢快地说，"找到我们的叶尼娅姨妈了!"

"斯杰潘，到外边待会儿，"叶尼娅急急忙忙地说，"我得穿衣服。"她像个小姑娘那样跳起来，把遮光帘拉上，打开了灯。

只用了几秒钟她就穿好了衣服，穿上了鞋，但接下来她开始涂口红，这一下动作就慢了下来。

"你疯啦，"亚历山德拉不满地说，"让一个男人在外边等着，你却在半夜里涂口红。"

"她还没洗脸呢，眼睛里睡意朦胧，头发乱糟糟的，谁看了都觉得她是个巫婆。"玛露霞说。

"没问题的，"索菲亚说，"我们的叶尼娅是个年轻可爱的巫婆，她太知道这一点了。不管洗不洗脸，她都很漂亮。"

索菲亚个头健壮，头发已经灰白了。她已经五十岁了，但从未有过男人。她从来没有遇到过叶尼娅这种情形，没有感受过一边涂着口红，一边心跳加速的感受。

她可以像一头牛一样地工作；她曾经随着远程地理考察队走遍半个世界；她从粗野的咒骂中获得快感，但她也朗诵诗歌，阅读哲学家和数学家的著作。也许人们会觉得这个身体强健的女人会用嘲弄和轻蔑的态度看待美丽的叶尼娅，但她对叶尼娅只有温和的仰慕，还有一点点令人同情的、温柔的嫉妒。

叶尼娅局促不安地朝大门走过去。

"您能猜猜是谁吗？"门外的一个声音问道。

"也许能，也许不。"叶尼娅说。

"诺维科夫。"那个声音说道。

准备走过去时，叶尼娅已经差不多能猜出是诺维科夫。但她刚才做出如此回答，是因为她在想要不要好好地责备一下他。这次上门拜访太不礼貌了。

接下来，仿佛因为向外看了出去，她突然意识到这次会面的浪漫之处。她知道自己什么样子：睡眼惺忪，还带着跟妈妈躺在一起的被窝里的暖意。而在门口，这个人从战争阴沉沉的黑暗中冒了出来，带着灰土、皮革、汽油和草原上的清新气息。

"真抱歉，"他说，"半夜里这样出现在您面前简直太不合适了。"他低下了头，变成了一名指挥员面前的俘虏。

"行了吧，我现在总算知道您是什么人了。很高兴见到您，诺维科夫同志。"

"战争把我带到了这儿。抱歉，天亮我就要回去了。"

"半夜您还能去哪儿？您现在是在这儿了。"

诺维科夫开始给自己找各种理由。叶尼娅有点儿不高兴，不是因为他半夜里把一家人全都折腾得不行，而是因为他什么都不说。诺维科夫只好转脸，朝着黑暗的楼道，用一种习惯下令且认定对方一定会服从的口吻低声说道："科连科夫，把我的箱子和铺盖拿过来。"

"很高兴看到您还活得好好的，"她说，"不过现在我什么也不问了。您累了，肯定想要盥洗一下，然后吃点东西，喝杯茶吧？天亮了我们再谈，到时候就可以说说新闻了。我会跟我的母亲、姐姐和外甥女介绍您的。"

然后她握起他的手，看着他的脸说："样子变了很多，特别是眉毛，

101

颜色变浅了。"

"那是灰土，"他说道，"一路都是灰土。"

"灰土和日晒，让您的眼睛变得更黑了。"叶尼娅还握着他的大手，明显感觉到他微微颤抖了一下。她笑道："好了，您去和男人们待着吧。明天，明天再说女人的事情。"

在谢廖扎的房间里给诺维科夫铺好了铺盖。谢廖扎告诉他怎么用盥洗室，诺维科夫说道："怎么，你们这里的淋浴竟然还能用？"

"起码眼下还行。"谢廖扎说。他看着这位客人解开武装带，解下上面挂着的左轮手枪，脱下了带有缀着四块红色长方形的上校领章的军便服。诺维科夫从自己箱子里拿出了一把剃须刀和一小块肥皂。

诺维科夫是个宽肩膀的高个子，好像天生就适合穿制服和佩武器。在这个战争诞下的严厉角色面前，谢廖扎感到自己的孱弱无力——然而，他自己也将很快成为战争诞下的产物之一。

"你是叶尼娅的弟弟吗？"诺维科夫问。

谢廖扎感到有点尴尬。要是他说自己是叶尼娅的侄儿，对于这个马上就要成为工人营战士的一员来说，他的叶尼娅姑妈实在太年轻了。诺维科夫要么会觉得叶尼娅长得比实际年龄要老，要么会觉得她的这个侄儿不过是个愣头青。

他装出没有听到这个问题一样说道："呐，记得用粗毛巾。"

诺维科夫的司机背驼得有点厉害，年纪大约有四十多岁。谢廖扎不喜欢他对待司机的做法。

把茶壶放到小小的煤油炉上后，谢廖扎说："我们也可以在这里为司机同志铺好铺盖。"

"不行，"诺维科夫回答道，"他得在车里睡觉。得有人看着车。"

司机龇牙一笑说道："我们都到伏尔加河了，上校同志。它又不能把人渡过去，用不上了。"

诺维科夫简单地回应道："科连科夫，回到车里去！"

102

诺维科夫坐下来开始喝茶。斯皮里多诺夫一边打着哈欠一边搔着胸口坐在他对面，手里拿着一个大茶壶。他觉得有点不安——方面军司令部在半夜来到城里，这件事让他心神不定。

另外一间房里传来了叶尼娅的声音："都收拾好了？"

诺维科夫迅速起立，就如同面对首长那样回答说："谢谢您，叶夫根尼娅·尼古拉耶夫娜[1]。对于这次半夜闯入，我再次表示抱歉。"他有一张骄傲的脸、宽阔的额头、笔直的鼻梁和紧闭的嘴唇，但他的眼睛里却充满着不一样的愧疚感。

"那么就说晚安了，"叶尼娅说，"明天见！"谢廖扎注意到，诺维科夫在仔细地听着她走路的鞋跟嗒嗒响。

斯皮里多诺夫喝着茶，给了他们的客人一些吃的，然后用他那双惯于审视人的眼睛仔细打量着他。他在想，如果诺维科夫不是军人，最有可能适合去做哪些工作。小工厂对他显然是大材小用了，也许他可以去管理某些有着全国意义的工业企业。

"所以说，方面军司令部现在是设在斯大林格勒了，对不对？"斯皮里多诺夫问。

诺维科夫斜着瞥了他一眼，好像有点生气。

"是个军事秘密，对不对？"斯里皮多诺夫又说。接下来他毫无顾忌地开始吹牛："我的工作多少让我知道点儿。我给三个大型工厂供电。它们都在为前线提供装备。"

然而他这种吹嘘，跟其他天马行空的牛皮一样，不过是发自内心的虚弱和对未来的不确定而已。他被诺维科夫眼睛里的冰冷、平静的神情弄晕了，仿佛这位上校在对他说："就算您是个知情人，也没有必要重复这些东西，特别是不要当着这个孩子的面这么说，这不会使您变得更强大。"

1　英文译者注：诺维科夫在这里，也在其他场合用非常正式的口吻称呼叶尼娅，用她的名字和父名称她为"叶夫根尼娅·尼古拉耶夫娜"。叶尼娅是"叶夫根尼娅"的常见昵称。

斯皮里多诺夫笑起来："行了，跟您说实话吧。我是从这里得到的消息。"

他对诺维科夫说了吉斯汽车里那个人和交通管理员的谈话。

诺维科夫耸了耸肩。

谢廖扎问："您是什么时候认识叶尼娅的？战前吗？"

"算是吧。"诺维科夫简洁地答道。

"又是一个军事秘密。"斯皮里多诺夫说。这次脸上带着笑，然而在他心里却这么想："天哪，上校，您的嘴可真紧！"

诺维科夫看着墙上的一幅画，里面是个穿着绿裤子的老头儿，长着绿色的胡子。"怎么回事？"他问，"老头子随着年龄增长变嫩了？"

"叶尼娅画的，"谢廖扎回答说，"她觉得这个四处游荡的老家伙是她画得最好的作品。"

斯皮里多诺夫瞬间觉得，叶尼娅和这位上校之间肯定有很长时间的情史。诺维科夫的突然来访，两人之间彬彬有礼地相互招呼，一切全部是做戏。这个念头让他有点恼火。"不对，当兵的，她对你实在太好了一点。"他在心里说。

短暂的沉默后，诺维科夫心平气和地说道："要知道，您的这座城市非常特别。我用了很长时间来找您这条大街，然后发现所有的街道都以苏联的某一座城市来命名。有塞瓦斯托波尔大街，有库尔斯克大街，还有文尼察、切尔尼戈夫、斯卢茨克和图拉。这里是基辅、哈尔科夫和莫斯科，那里是勒热夫。[1]"他微笑着说，"我经历过发生在这些地方的多场战斗，还有一些地方是我战前曾经驻扎过的。现在看来这些城市都跑到斯大林格勒来了。"

谢廖扎仔细听着。他对坐在他身旁的这个人的印象改变了。他不再

1　中文译者注：塞瓦斯托波尔、文尼察、切尔尼戈夫、基辅、哈尔科夫今属乌克兰；斯卢茨克位于今白俄罗斯；库尔斯克和勒热夫位于今俄罗斯。这些城市大部分在苏德战争期间发生过极为残酷的战斗。

是个陌生人，不再变得疏远和难以了解。谢廖扎在心里对自己说道："我做了正确的事情！"

"是啊，这些街道。都是我们的苏联城市，"斯皮里多诺夫叹气道，"现在是该躺下来了，您一定走了很长时间的路。"

二十

诺维科夫来自顿巴斯。战争开始之际，家里仅存的另一个在世的成员是他的哥哥伊万，在斯大林诺附近的斯摩良卡矿场工作[1]。两人的父亲在矿场地底深处的一场大火中罹难，母亲在不久后死于肺炎。

战争开始后，诺维科夫只收到了两封哥哥的来信。第二封来信是二月寄到的，来自遥远的乌拉尔的某个偏僻矿场。战争爆发后伊万和妻子及孩子被疏散到了那儿。从信的内容看，疏散到那儿的人们日子过得很不轻松。诺维科夫收到信时正在西南战线的沃罗涅日作战[2]。他给哥哥寄去了一笔钱和一包吃的，但没有收到回信，也不知道伊万是没收到他的信，还是又搬去了别处。

最后见到哥哥是在 1940 年，诺维科夫在哥哥家住了一周。在他从小就熟悉的地方四处散步，他的感受有些奇怪。他钟爱自己出生之地，能够忆起童年和母亲对他的热爱。这些感情深深渗透在心里，使简陋而阴翳的矿工定居点也变得温暖舒适和甜蜜起来，让他忘记了这里有刺骨的寒风，有苯化合物和焦炭带来的苦涩刺鼻的烟雾，以及犹如一个个坟头

1　英文译者注：1869 年这座城市开始被称为尤佐夫卡，1932 年被称为斯大林诺，1961 年改称顿涅茨克。格罗斯曼年轻时在这里的斯摩良卡矿上工作，是矿里的安全工程师和化学分析员。
　　中文译者注：顿巴斯地区位于今乌克兰东部，主要包括顿涅茨克州、卢甘斯克州和扎波罗热州。这里是苏联时期的重要工业基地。斯摩良卡位于今顿涅茨克市内。
2　中文译者注：沃罗涅日位于今俄罗斯沃罗涅日市，西临库尔斯克州，南临乌克兰卢甘斯克州和俄罗斯罗斯托夫州，东南与伏尔加格勒州接壤。

似的、令人不快的矿渣堆。尽管哥哥和发小们的脸上和眼睫毛上积满了黑色的煤灰，但他和他们一起喝酒时却依旧显得亲密异常，仿佛这就是他的生活中的一部分。连他自己都觉得很奇怪，既然一切如此亲切，自己怎么可以做到离家如此之远、离开如此之久。

诺维科夫是那种深知成功和胜利来之不易的人之一。他并不是一个能够迅速交到朋友的人。如果他想表现出直爽，实际上却会表现得很笨拙和做作。他认为自己热情、性格和蔼和热心肠，但别人完全不这么觉得。很多人在自我认知时会不自觉地出现误差，但诺维科夫多少能看到自己的一些问题。他总是显出冷淡和不友好的态度，实际上问题并没那么严重。

当他不再以追逐村子里的鸽子为乐后，便到附近城里一所技术学校里念书。周围的同学都觉得他不是个容易交朋友的人。后来他在一家工厂里当钳工，工友们也觉得他不是个容易交朋友的人。刚刚加入红军时战友们也是这么觉得。很不幸，他的生活差不多一直就这样。

他的父亲和祖父都是工人，但跟他同级别的指挥员们却觉得他有着贵族般的自命不凡。他几乎不饮酒，极其讨厌伏特加的味道。他对待下级几乎从来不高声说话，哪怕在骂人时或者宣誓时也是如此。人们都说他极其公正，就像一座医用天平一样精准。然而，他的下属时不时会怀念一下在他之前的指挥员，哪怕他们说话粗声大气、反复无常且蛮横霸道。

诺维科夫喜欢钓鱼和打猎。他本来也应喜欢上种果树，喜欢上装饰得很漂亮的房子。但他四处飘荡的生活中，所有时间都交给了工作。他几乎没有钓过鱼，没有打过猎，也几乎没有弄过园艺，更加没有机会住进装饰得漂漂亮亮的、布置着油画和地毯的房子里。人们总是觉得他对这些东西态度都很冷漠，只有对工作抱有无穷的兴趣。说真的，他工作确实异常努力。

他很年轻的时候，在二十三岁就结婚了。妻子去世时他依旧非常年轻。

他和大多数指挥员一样，经历了战争最艰难的时刻。作为参谋人员，他常常在远离前线的地方执行任务，但他也一样经历了空袭和包围并幸存了下来。1941年8月，在莫济里附近，他率领着由方面军司令部的指挥员们临时组成的战斗分队发动过反击[1]。

诺维科夫获得了几次提升，不过这样的晋升算不上破格，只能说是按部就班。在战争的第一年年底，他的领章加了第四条红杠，当了上校，还获得了红星勋章。

他受过良好的教育，思想开阔、冷静、有条不紊，而且很聪明，具备在复杂混乱的情况下迅速做出判断的能力，大家一直认为他是一名很出色的参谋军官。但诺维科夫却认为他的真正使命并非当参谋。他觉得自己能胜任前线指挥员的职责，是天生的坦克手。这一切都将在战争中获得证明。他不仅能够缜密和周到地思考，也能够快速灵活地执行具有关键意义的进攻任务。他这种缜密思考的能力是和勇气、和敢于冒险的激情结合在一起的。

很多人认为诺维科夫是一个非常理智的人。他完全知道为什么他们会这么看——在平时的争论中，他总是表现出冷静和克制，在日常事务上一丝不苟。如果有人干扰了他的日常工作，他会感到生气。而他，从未干扰过别人的工作。他能在一场空袭来临之际，严厉批评制图员没有削好铅笔，也能在这场空袭降临之际对打字员发出指示："我要求您不要再使用这台打字机，因为它打出来的字母'T'不清楚。"

然而，他对叶尼娅·沙波什尼科娃的感觉与他的以往任何的生活感受都不一样。在军事学院晚会上第一次遇到她，就给他留下了不可磨灭的印象。她与克雷莫夫结婚的消息让他感到嫉妒，两人分开的消息又让他感到欢欣。在火车站看见车窗里的叶尼娅后，他上了她的那趟车，向南走了三个小时。他本该向北走的，但没有告诉她。

活到现在，他只见过叶尼娅几面。然而，在战争开始的头几个小时

1　中文译者注：莫济里位于今白俄罗斯南部戈梅利州。

里，他却不断地想起她。

只有在这时，在他们为他在地板上铺好的铺盖上躺下来时，诺维科夫才为自己的举动感到惊讶。他在半夜敲响了叶尼娅的家门，把一家人都弄醒了。他根本无权这么做。这样会将她置于尴尬的境地。不，比这还要糟糕。这样会让她显得不忠，会让人感到非常不愉快。她该怎么向她的母亲和家庭里的其他成员解释呢？也许她可以很轻松地对付过去，只要她愤怒地耸耸肩，然后一家人狠狠地嘲笑他一顿："真是作怪！凌晨两点闯进来……到底想要干什么呢，还是喝醉了？他就这么进来了，刮了脸，喝了茶，然后睡得像个死人一样！"他简直都能听到他们取笑他的声音了。"不行，"他对自己说，"我得留个字条向他们道歉，然后悄悄溜出去，把司机叫醒，走得远远的。"

正要下定决心时，他却用另外一种目光开始打量周边。她在对着他微笑，用她柔软的双手给他整理铺盖。天很快就要亮了，他很快就要见到她。要是他过一两天再来，她说不定会说："您当时怎么不直接过来找我呢，真没意思。现在这里已经有别人躺下了。"可是他能够给她什么呢？在这个时候，他怎么有权去幻想个人的幸福呢？不行，完全不行。他太清楚这一点了。然而在他内心深处，始终留存着不一样的想法。正是这点不一样的、更加明智的念头，告诉他，当前所做的一切都是合理的，而且有着深刻的意义。

他从手提箱里找出了一本罩着防水布的笔记本，坐在铺盖上开始翻看起来。他的情绪激动极了。通身的疲倦本来可以将他迅速带入梦乡，现在却把睡意驱得远远的。

诺维科夫看着笔记本上用铅笔写下的一行褪色的字：1941 年 6 月 22 日，夜里，布列斯特–科布林大道[1]。

---

[1] 中文译者注：布列斯特位于今白俄罗斯西部，紧邻波兰边界。这里是 1941 年 6 月 22 日苏德战争中最早爆发地面战斗的地方之一。守卫在这里的红军在深陷重围的情况下，成建制顽强抵抗优势德军进攻长达一月之久，直至全军覆没。

他看了一下表，凌晨四点。去年他已经习惯的那种痛苦和焦虑，从来没有对他的吃喝、睡眠、洗漱和呼吸造成任何影响，但现在却莫名地被喜悦和激动的情绪点燃了。它们让他的心跳加速跳动，让"睡眠"这个词在他进入这套公寓后变得可有可无，跟 1941 年 6 月 22 日的那个黎明一模一样。

他回想起了跟斯皮里多诺夫和谢廖扎的对话。两个人他都不喜欢，特别不喜欢斯皮里多诺夫。然后他又回想了一下等待着见到叶尼娅的那一刻，他听到了那可爱而轻微的、飞快的脚步声。

一切都放下了，他睡着了。

二十一

诺维科夫能够毫无遗漏地回忆起战争爆发那一晚的一切[1]。当时，他受军区司令部派遣到布格河检查工作。借这次机会，他准备从那里参加过苏芬战争的指挥员处收集一些资料，打算写一部关于突破曼纳海姆防线的战史[2]。

他静静地看着布格河西岸，可以看见远处一丛丛的落叶乔木、黑色的松树、一栋栋小房子、花园和草地，中间偶尔露出光秃秃的小块沙地。德国人的飞机像一只苍蝇那样在波兰总督府控制的无云的天空上飞行，可以听见它发出让人昏昏欲睡的嗡嗡声[3]。

---

1 英文译者注：俄罗斯人一向把 1941 年 6 月 22 日德国入侵苏联作为战争的开始。
2 英文译者注：这是修建在卡累利阿地峡一带的芬兰筑垒的防御地带。在芬兰和苏联冬季战争（1939—1940）期间，这条防线抵挡了苏军两个月。芬兰和苏联双方都夸大了筑垒地带的战斗。芬兰人以此来提升全国的斗志，苏联人以此来解释部队进攻的不顺利。
3 英文译者注：1939 年德国和苏联入侵波兰后，将波兰划分为三部分。西边的一部分直接并入了德国。德国人控制的中间部分建立了波兰总督府，东部则被苏联吞并。布格河成为波兰总督府和苏联的分界线。

在西边的地平线上噗嗤地喷出了一团烟雾。他想："德国人正在煮粥呢。"好像德国人除了会煮粥外别的什么都不会了。他一直在读报纸，跟别人讨论欧洲的战争，在脑海里曾轻描淡写地思考过那场蹂躏了挪威、比利时、荷兰和法国的飓风。飓风现在刮过了贝尔格莱德和雅典，又从雅典刮到了克里特岛。从克里特岛开始，它会向南进入非洲，扬起沙漠里的沙尘——反正是越来越远。但在内心深处，他完全清楚眼下的宁静与常见的、祥和的仲夏之日截然不同。这是风暴来临之前那种凝固的、令人焦虑不安的宁静。

即便到了今天，诺维科夫仍旧可以感受到那天留下的无法根除的记忆。它是如此尖锐，将伴随他终生。没有别的原因，仅仅因为那一天是1941年6月22日，和平时代在那一天结束了。有人死了，周围的人会记住所有关于他的最后一刻，一个转瞬即逝的笑容、一个不经意的动作、一声叹息、他说的某个字，只要是任何可以回溯的细节都变得富有深意，因为它清晰地透露出悲剧即将来临的信号。

在战争爆发前一周，诺维科夫走在布列斯特一条宽阔的、用鹅卵石铺成的大街上时，迎面走来了一个德国军官，看样子像是在遣返当地德意志族裔机构里工作的[1]。诺维科夫清楚地记得他的样子：戴着一顶漂亮的、嵌着金属帽徽的大盖帽，有一张瘦削、自命不凡的脸，穿着铁灰色的党卫军制服，袖章上有一个白底黑色的纳粹标记。他手里提着一个奶油色的皮制箱子，靴子雪亮，映得路上的灰尘都不敢落在上面，那僵硬

1　英文译者注：关于这段纳粹军官的文字在所有出版版本中都保留了下来，这让人感到有点奇怪。不过这与苏联当时的官方态度是一致的。斯大林在1948年出版并部分重写的一份文件中说："篡改和伪造历史的人不会得逞……"在当时的条件下，现实是明确的，苏联只有这样两种选择：要么出于自卫的考虑接受德国提出的互不侵犯条约，将和平延续一定时间；要么拒绝德国的条约，顺从西方阵营的战争贩子们的想法，直接卷入一场在其处于完全孤立和不利情况下与德国的战争。苏联政府被迫选择与德国缔结互不侵犯条约。不用说，"历史伪造者"肯定不会提到互不侵犯条约中的秘密条款。正是根据这一条款，希特勒和斯大林瓜分了从芬兰到罗马尼亚的整个中欧，斯大林获得了波罗的海国家和波兰东部。希特勒则提出将波罗的海国家和波兰土地上居住的德意志人迁到德国占领的土地上。这些德意志人大部分在1939年到1940年间"重新定居"下来，但最后一次迁徙定居则完成于1941年春天。

110

和奇特的步伐，显得与周围一大片平房的背景格格不入。

诺维科夫穿过大街，来到路边一个卖矿泉水兑果汁的小铺。一个年纪挺大的犹太女人给他的杯子里倒果汁，他在心里说了三个以后会不断想起来的词语："小丑！"然后，他纠正道："疯子！"接下来他又一次纠正说："恶棍！[1]"

然后他立刻泛起了一种粘粘糊糊的、别扭的感觉，挫折感和窘迫感交织袭来。他为自己这身松松垮垮的军便服和生皮子做成的皮带感到不好意思，但更丢人的是他在喝着加了樱桃汁的矿泉水。

诺维科夫还记得旁边有个坐在马车上的农民路过，他和小铺里的女人用同样反感的目光看着这个纳粹军官。他们也许都明白，在苏联边境城市的这条尘土飞扬的大路上，一个恶魔的代理人独自走过意味着什么。

战争爆发前三天，诺维科夫和一个边境哨所的指挥员一起吃午饭。这一天热得要命，大开的窗户上挂着的纱帘一动不动。布格河的那头一片安宁中，偶尔传来炮兵装置发出来的隆隆声。指挥员恼火地说："我们这些该死的邻居，又来制造噪声演习了。"

后来，到1942年春天时分，诺维科夫偶然得知，在这顿午饭五天后，这位指挥员用手上仅有的几挺机枪抵抗了德寇十六个小时。他的妻子和十二岁的孩子就死在他身边。

德国人在占领希腊后，对克里特岛进行了伞降作战[2]。诺维科夫记得在司令部有一个这方面的汇报，会场上传过来很多字条，其中大部分内容都在焦虑地问："您能不能告诉我们关于德军损失的更多情况？""德军

---

1 英文译者注：鲍里斯·德拉柳克在2017年的一封私人邮件中写道："我将其视为认知不协调的一种自我纠正式的暗示。由于受到了严重的精神创伤，诺维科夫对现实的认知完全颠倒了，他当时既不能清醒地认识现实，也不能遗忘这一现实。他能记住的这个纳粹军官，是一个带着傲慢自大表情、穿着奇怪制服的傻瓜，是个有原罪的人。诺维科夫看见此人时，可能会想到希特勒。但对格罗斯曼来说，他可能会想到斯大林。

2 中文译者注：克里特岛空降战役发生在1941年5月20日，纳粹德国对英军控制的克里特岛实施伞降作战。尽管德国伞兵最后占领了克里特岛，但在战斗中损失惨重，此后再也没有发起过类似的大规模伞降作战。

是否受到该战役削弱，我们知道多少？"传到主席台上的一张字条赤裸裸地问道："发言人同志，如果我们和德国的贸易协定近期被破坏了，从德国订购的设备还有多少时间可以送达？[1]"

他还记得，报告结束几个小时后，在半夜的某个瞬间，他心里想到："除非出现奇迹，俄罗斯才能逃过一劫，可这世界上没有奇迹。"想到这里，心里不由得痉挛了一下。

和平的最后一个夜晚，也是战争的第一个夜晚。

当天晚上，诺维科夫本来要和某个重型坦克旅旅长见面。当时他在该旅下属一个团的团部，但是通信员无论如何也无法接通旅部电话。

大家都在破口大骂电话接线员。情况有点儿不对，电话一般都是畅通的。

诺维科夫开车去野战机场，空军能够和高层指挥机构保持联系，他可以用空军的线路联系上对方。但那里也没法通话，根本就无法联系上，不管是直接的还是间接的方式。在这个宁静的夏夜里，好几处的通讯都坏掉了。

歼击机团的团长邀请诺维科夫到城里去看电影《普拉东·克莱切特》[2]。有些空军人员已经带着妻子或父母去了，公共汽车里还有座位。诺维科夫推掉了邀请，决定自己开车去旅部。

那天晚上的月光明亮，夹在两排矗立的深色椴树之间的道路几乎变成了白色。诺维科夫刚坐进车里，就看见通信员从打开的窗子里探出身子，全身浸入了月光之中。"中校同志，电话接通了！"

电话信号很糟糕，但还能通话。旅长去了维修车间，那里正在进行

---

1 英文译者注：1940 年苏德贸易协定中的条款规定，苏联向德国出口大量原材料，用以交换德国的技术和军事装备。德国后来用于对苏联作战的物资中，有一部分来自根据贸易协定苏方提供的各种原材料，特别是橡胶和谷物。
2 英文译者注：这是苏联乌克兰裔剧作家、文学批评家和政治家亚历山德拉·科尔纽丘克创作的知名戏剧。

坦克维修工作，要给它们换引擎。他要第二天夜里才能回来。

诺维科夫决定在野战机场住一晚上。他询问通信员这里有没有床位，后者微笑着答道："当然有了，我们这儿从不缺房子。"整个团部都设在一栋农庄大楼里。

通信员带他去了一间大房子，里面有一盏亮度可以达到三百烛光的吊灯。靠着装有橡木护墙板的墙边摆着一张铁床、一张板凳和一个小小的床头柜。

与房间里的橡木护墙板以及天花板上的石膏吊顶相比，狭小的行军床和胶合板柜子显得非常寒酸。诺维科夫注意到头上的那盏水晶枝形吊灯里没有灯泡——连着三百烛光灯泡的电线就这么直接挂在吊灯旁边。

接着他去了食堂。那里宽阔敞亮，几乎没有人。两位政治指导员坐在远处的桌旁喝着酸奶。诺维科夫面前摆上了分量充足的晚饭：有放在搪瓷碗里的碎肉馅饼和煎土豆，还有放在镀金边瓷盘里的酸奶油薄煎饼。瓷盘上面还烫着一幅画，穿着粉色裙子的牧羊女被一群白色绵羊围着。晚饭的饮料是装在浅蓝色玻璃杯里的格瓦斯，倒在崭新的铝壶里的茶热得烫嘴。一般来说，他吃饭总是吃得很香。但这一顿他只勉强吃了一半。

"怎么没什么人？"诺维科夫问女服务员。

"我们的男人差不多都结婚了，"她用带着下伏尔加河地区的口音回答说，"有时候是妻子们给他们做饭，有时候是他们到食堂带点吃的回家。"然后她伸出一只手指，现出恬静的、天真的微笑。"有些姑娘不喜欢这里。她们觉得年轻小伙子都有了妻子和孩子。但我喜欢，就像家里一样，跟爹妈们在一起。"

她的口吻流露出请求诺维科夫赞同和理解的意思。他想，可能她跟别的姑娘们因为这事在厨房里争论过。

过了一会儿女服务员又回来了，用惊讶的语气说道："您差不多没吃东西！这是怎么了，不合您的口味吗？"她弯下腰，信心十足地说道："中校同志，您在这儿待多久？不管怎样，明天别走——周日的午餐很有意思！我们这里有冰淇淋，第一道菜是卷心菜汤。刚刚从斯卢茨克弄来了一整桶腌渍卷心菜。有日子没喝到卷心菜汤了，飞行员们都四处抱怨了。"

他可以感到姑娘的呼吸拂过脸上。要不是她那亮闪闪的眼神充满信任，诺维科夫肯定觉得她是在调情。正因为这种信任，他甚至因为她孩子般的低语有些感动。

他毫无睡意，便到花园里散步。

月光下，宽大的石头台阶仿佛是白色的大理石。寂静笼罩着一切，让他觉得有点异样。明亮的空气凝滞不动，有如清澈的池塘，所有的树木似乎都沉浸在水下。

天上的光芒有些奇怪。西边的天空中有一缕几乎消失的粉色光芒，与月光混在了一起。东边有一小块斑点，意味着一年中白昼最长的一天的黎明即将来临。头顶的整片天空色彩变幻不定，一会儿微微发亮，一会儿则是乳白和蓝色交织。

枫树和椴树的每一片树叶仿佛都是在黑色石头上雕刻出来一般轮廓清晰。大块的树林形成了一整片平坦的黑色色块，衬在明亮的天空中。世界之美超越了这个世界本身。每个人一生中会有很多时候停下来好奇地打量这一切，不管他们是有着大把时间的闲人，还是下班后回家的工人，或者徒步行走累得精疲力竭的旅行者，都会如此。现在就到了这一时刻。

在此时，我们对于所有的这一切，不论是光线、寂静、瑟瑟的响声、温暖、甜蜜的气息，还是细长的草或者树叶的摆动，都会失去直观的感受。而正是亿万个这样的元素，构成了世界之美。

我们这时候感受到的是真正的美。它告诉我们，生命是天赐之福。

诺维科夫在花园里走啊走啊，停下来，四处看着，又坐下去，起身再往前走了一小段，什么也不想，什么也不回忆。他完全没有意识到，眼前的这个世界让他不断感叹世界之美是如此永恒，而人类的生命恰恰相反。

回到房间后，他脱掉了衣服，只穿着袜子，站在灯下想要把灯泡拧下来。炽热的灯泡烫手，他从床头柜找了一张报纸，把灯泡裹了起来。

然后，他回到了相对日常的一些想法：明天要做什么工作；他即将完成的并且马上要提交军区司令部的报告；他的汽车蓄电池得换了，在坦克旅维修工厂大概能换了它。

一片黑暗中，他来到窗前，带着临睡前的淡然和漫不经心，向外看了眼天空和夜里安静的花园。后来，他会多次回忆起最后一次看到和平世界时那种心不在焉的态度。

醒过来的时候，他准确地意识到，某些可怕的事情发生了。但他完全不知道会是什么事情。

他看见镶木地板上有石膏碎片，水晶枝形吊灯上反射着微弱的橙色光芒。

脏兮兮的红色天空中有弥散的黑色硝烟。

有个女人在哭泣。乌鸦和寒鸦在嘶叫。猛烈的撞击导致墙壁摇晃起来。天空中传来一丝模糊的怪声，带着音乐般平静的旋律，让诺维科夫感到不寒而栗，从床上蹦了起来。

所闻所见，一切只发生在瞬间。他穿着内衣，不管不顾地朝着门口跑去。然而，他听到自己内心在大声呐喊："不许惊慌！"他又走回床前，开始穿衣。

诺维科夫强迫自己系上军便服的所有纽扣，系好皮带，挂好枪套，然后克制而稳重地走下楼。

后来，在报纸杂志上，常常能看到有人使用"突然袭击"这个词语。如果一个人没有经历战争的头几分钟，怎么能够了解这几个字的真正含义呢？诺维科夫在心里问。

人们在走廊里跑来跑去，有些穿着制服，有些衣冠不整。

大家都在问发生了什么，但没人回答。

"油罐着火了？"

"是轰炸吗？"

"是军事演习吗？"

有几个飞行员已经站在门外的台阶上了。

一个军便服上没系武装带的军人指着城市的方向喊道："同志们，看！在那儿！"

黑血般的火焰从火车站和路堤上升起，逐渐膨胀起来，飘向夜空。地面上不断出现爆炸的闪光。黑色的飞机如同蚊蚋一样在明亮而致命的空气中盘旋。

"这是在挑衅！"有人叫道。

有一个平静但清晰可闻的声音用可怕且确定无疑的语气宣布道："同志们，德国人向苏联发动了进攻——大家都到机场去！"

接下来的一幕带着特有的锐利和精确，从此牢牢锁定在诺维科夫的回忆中。他跟着飞行员们向机场跑去，经过几个小时前他还在悠闲徜徉的花园时，他突然停了下来。出现了片刻的宁静，让他感到似乎什么都没有改变：那些地面、小草、座椅、树下藤桌还在那儿，桌上的国际象棋棋盘上棋子散乱地摊放着。

大片的树枝和树叶遮住了火焰和烟尘。在这片宁静里，历史在瞬间被撕裂的感觉，让他几乎难以承受。

这是一种被抛掷出去时的特殊感觉，如同地球被猛烈地抛掷到无穷的宇宙中。如果一个人能够看得见，能够用他的皮肤的每个细胞感受到这一过程，那他就知道是怎么回事。

历史的改变是不可逆的。即使诺维科夫现在的生活距离他之前的生活只有毫厘之隔，也没有哪种力量能够填平两者之间的鸿沟，更何况这道鸿沟在不断增长，在变宽，从以米衡量，变成了以公里衡量。诺维科夫还能感觉得到的那种生活正在迅速地变成过去，变成历史。人们很快就要用这种方式来形容过去："对的，这就是大家在战前生活和思考的东西。"模糊不清的未来正在迅速地成为自己的当下。在这一刻，他想起了叶尼娅，似乎只有对她的想念将会贯穿现有的新生活。

他走了一条通往机场的近路，翻过了一座篱笆后沿着两排小枞树中的浅沟跑下去。在一栋大概是从前地主家园丁住的小房子前，他看到一群波兰人，老弱妇孺都有。他从他们面前经过，听见一个女人高声喊道："这是谁啊，斯塔茨？[1]"

一个明确无误的童声清清楚楚地回答说："一个俄国人，妈妈，一个俄国兵。"

诺维科夫继续飞跑着，跑得上气不接下气。受到深深震撼的他不断重复这些已经印入脑海的词语："一个俄国兵，俄国人，很多俄国兵。"

这跟之前他听到的同样词语表达的情感是不一样的：既痛苦又骄傲，既新鲜又欣慰。

接下来这一天他耳边不断响起这个波兰人的声音："有几个死掉的俄国兵……我们看见俄国人路过……有几个俄国人留在这里过夜。"

在战争的头几个月里总是可以听到这样的话："对，只有我们俄罗斯会……"或"对，这是我们俄罗斯的机构为您……"，再或者"让我们俄罗斯人往好处想吧……我们俄罗斯人的粗略估计是……"只有"俄国兵"几字所带来的痛苦刻入了诺维科夫的思想中，成为他的一部分，时刻伴随着他，在漫长的撤退中折磨着他。只有到了胜利的那天，这几个字才会最后变成让他甘之如饴的东西。

还差一点赶到机场前，诺维科夫看见飞机一架接一架地从附近的树梢上掠过。一架，两架……飞过来三架……又飞过来三架……有什么东西在撕裂着空气，肯定是哪儿出了问题。大地开始冒出浓烟，像沸水一

---

1 中文译者注：斯塔茨是波兰人名斯坦尼斯瓦夫的昵称。

样翻滚着。诺维科夫无意中闭上了眼睛。几步之外，机枪的火力刺开了地面，他的耳朵几乎被飞机引擎的咆哮震聋。他能够辨认出飞机机翼上的铁十字符号以及尾翼上的纳粹标志。戴着头盔的飞行员正在迅速地观察着扫射的效果。接下来战斗机发起了第二轮对地面的扫射，于是又传来一轮引擎的咆哮，接着是第三轮，扫射在地面掀起了尘幕。

机场上的三架飞机已经烧了起来，人们在四处奔跑着，倒下了，又跳起来，继续奔跑着……

一位脸色苍白的年轻飞行员，带着坚毅和仇恨的表情钻进了驾驶舱，挥手让机务避开螺旋桨，驾驶着颤抖的飞机滑入了跑道。螺旋桨带起的旋风吹平了叶尖儿上带着露水的草地，飞机从跑道轻轻跃起，开始爬升。几乎就在同时，第二架战斗机的螺旋桨开始旋转，随着引擎的轰鸣，这架米格战斗机微微蹬了一下，仿佛是在为两腿肌肉热身。它在地上短暂地滑行后，迅速地将自己放飞到天空。他们是第一批用自己的身体掩护全体人民的苏联空军飞行员和空军战士。

带着哨音的四架梅塞施密特嚎叫着向第一架米格战斗机俯冲下来，咬住了它的机尾，机枪喷出短短的火舌。米格机身上被打出了几个洞，冒出黑烟，发出噗嗤噗嗤的声音。它在拼命加速以便摆脱敌人。在森林上空，它突然拉高，消失不见了，但转瞬间再度现身，机尾带着令人伤心的黑烟，挣扎着想返回机场。

即将牺牲的这个人和即将坠落的这架战斗机现在合为一体，有如一人。这位年轻的飞行员所感受到的一切被注入这架在天上高飞的飞机里。飞机摇晃着、颤抖着，如同发生了痉挛，因为飞行员的手出现了痉挛。黎明的曙光照耀着这架战斗机，它已经失去了全部的希望。正因为完全没有了希望，它又重新选择了斗争。年轻的飞行员眼睛里和心灵里的所有意识——仇恨、伤痛、战胜死亡的意志——都通过飞机本身的毁灭传递给了地面上的人们。然后，他们发自内心的愿望获得了满足，击落了第一架米格战斗机的梅塞施密特身后出现了第二架苏联战斗机，它差点都被人遗忘了。地上的人们看到了这架梅塞施密特黄色的机身上冒出了同样黄色的火舌，仅在一会儿以前这个灵活而强大的恶魔看上去还是那样不可战胜，突然间就崩裂成了碎片，在空中和不规则的树梢上散开。这时候，第一架苏联飞机撞在地面上，在天空中留下了不断扩散的波纹状黑烟。剩余的三架梅塞施密特消失在西边的空中。第二架苏联战斗机在高处盘旋了几圈，如同登上了看不见的台阶，便向城市方向飞去。

浅蓝色的天空现在变得空荡荡的，只有两股黑烟从森林上空升起。它们在不断颤抖、膨胀，变得越来越浓稠。

几分钟后，一架精疲力竭的战斗机重重地降落在机场上。飞行员从驾驶舱里爬出来，用嘶哑的声音喊道："团长同志，苏维埃祖国万岁——我打下了两架飞机！"

诺维科夫在他的眼睛里看到了幸福、愤怒、疯狂以及他对于天上所发生的一切的清晰认识。飞行员无法用言语表述这一切，但只需要看一眼他返回地面那一刻睁得大大的、明亮的眼睛，就会明白他想要传递的一切。

中午在团部时，诺维科夫听到了莫洛托夫在电台里的讲话："我们的事业是正义的。我们一定会胜利！"他和团长拥抱在一起，两人亲吻了一下。

下午时分，诺维科夫到了步兵师师部。

现在已经无法前往布列斯特了。德国人的坦克绕开了西边的要塞，开到了城里。

师部所在的那栋小房子被持续不断的重炮射击震撼着。

人们的表现各异。有些人表现沉静，如岩石般坚定；有些人连话都说不出来，双手在发抖。

师参谋长是一个年纪不轻的、瘦削的上校，斑斑白发如一夜白头。他还记得去年在一次训练演习上见过诺维科夫，看到他进来，伸手拍了拍死寂的电话："跟去年的'红军''蓝军'之战完全是两码事！半个小时一整营就没了！一个人都没活下来，一个人都没有！"他用手擂着桌子叫道："这些杂种！"

诺维科夫指了指窗外说："几百米外，有个破坏分子朝我的汽车开枪。藏在草丛里。您应该派几个人过去。"

"毫无用处，"参谋长无奈地挥了挥手回答道，"他们到处都是。"

他眯缝着一只眼睛，好像是有一粒灰尘落入眼中没法看清东西似的，然后继续说道："这一刻来啦。师长到团部里去了，我留守。一个团长打电话过来，用冰冷平静的口气说：'我这里和敌人发生接触，坦克和步兵都开始作战了。我们用炮兵打退了两次进攻。'另一个团长报告说：'一支德国坦克纵队打垮了我们的边境哨所，数量众多的坦克现在沿着大路开过来了。我已下令开火。'"

参谋长用手指戳着地图。"左边这些坦克已经围住了我们的侧翼。边防部队甚至都没想过撤退，他们正战斗至最后一人。可他们的妻子和孩子怎么办？托儿所里的婴儿怎么办？要不要疏散他们？我们已经把他们送上卡车往后方运了，但鬼才知道往哪儿运。据我所知，他们有遭遇到这些坦克的危险。还有弹药补给，要把弹药送到后方吗？要不要向上面要更多弹药？一切全凭猜测。"他骂了几句粗口，把声调放低了说："天亮时我给集团军司令部打了电话。某个自作聪明的家伙让我待着别动，什么都别做。他说：'别让挑衅给蒙了眼！'这个白痴！"

"这里呢？"诺维科夫问道，用手指着地图上靠近大路的某处。

"整个营就是在这里牺牲的，"参谋长喊了出来，"师长和他们在一起。我从来没有见过这样出色的人，简直是金子般的人！"

他用双手在脸上擦了几下，样子就像是在洗脸，接着用手指着房屋一角里放着的几根竹制鱼竿、一条拖网和一把抄网说道："我们原来定好今早六点去钓鱼来着，就我们俩。他说一周前刚钓过一次，不少鲤鱼咬钩儿了……金子般的人，现在就像是没有存在过！他的新参谋长正从基斯洛沃茨克赶来，人一到我就走。连通行证都开好了。"

"您给各团下过什么命令？"

"这是我唯一能下的命令：我鼓励他们履行自己的职责。一位团长说：'我下令开火。'我说：'说得对，开火！'战士们去挖战壕。我说：'去吧，继续挖战壕！'起码我们都想要做同一件事情——挡住敌人，把他们赶走！"他平静地看着诺维科夫，流露出睿智和警惕的眼神。

德国人似乎控制了东边的天空。远远近近都能听到爆炸声，四周的大地在摇晃、颤抖着，有如临死前的挣扎，太阳也躲进了烟尘的面纱之后。四面八方都是火炮急速射的冲击，还有已经变得十分熟悉的重机枪声。在这一片混乱的动静和声响中，德国人带来的致命威胁清晰无误，让人感到异常痛苦。有几架德军飞机朝着正东飞去，对机翼下的一切视若无睹，可能在是执行更加精确的任务。有几架敌机则在苏联边防部队上空盘旋，还有一些则飞回他们位于布格河以西的机场。

在这一天里，其他的指挥员脸上表情显得跟以往大为不同。他们的脸色苍白、憔悴，眼里满是严肃的神情。这熟悉的面容说明，他们不仅是战友，也是兄弟。诺维科夫没有看到一丝笑容，没有听到一句轻松的话，没听到一个幽默的词语。他从来没有像眼前这样能够如此深刻地洞悉他们隐藏在内心深处的东西。他们当中大部分也许曾是羞怯而安静的人，或是看上去平庸到没人注意的人，但今天显出了无比绝伦的力量。但他也偶尔从某些指挥员眼中看到了空洞的眼神。他们在前一天还显得精力充沛、异常自信和活跃，现在却变得迷惘了，甚至崩溃了，变得可怜兮兮的。

前一天夜里经历的一切对诺维科夫来说成了海市蜃楼。有一刹那，清风拂面，让他觉得仿佛回到了夜里，回到了那些和平的日日夜夜。然而，那个月光下的花园、甜美的女服务员、空荡荡的餐厅，还有此前那些和平的岁月，现在都变成了梦境。唯一的现实是火焰、硝烟和低沉的隆隆炮响。

当天晚上，诺维科夫先去了一个步兵营的营部，然后又去了附近一个炮兵团的团部，这样他总算可以为这一天做些总结了。他觉得，战争头几个小时最大的不幸，是通讯联络的中断。如果能保持有效的通讯，情况也许有所不同。他决定，接下来要写相关报告的话，他会用下午走访过的那个步兵师的战斗作为案例。师参谋长所在的步兵团打得很好，但与师部失去了联系的那个步兵团在战斗刚一开始就全军覆没了。

诺维科夫在随后写的报告里确实提到了这一切，不过是以另外的逻辑叙述的。那个步兵团之所以没有和参谋长联系上，是因为它在战斗一开始就全军覆没了——它并没有全军覆没，只是联系不上而已。诺维科夫是根据几个相互孤立的案例做出这个结论的。

一个简单的事实是，在悲剧发生的头几个小时里，那些履行军人职责的人往往就是能够坚持战斗的人，因为在他们的心里和思想中保留着必要的信念、力量和勇气，使他们能够冷静和理智地进行战斗。命令往往来自深入分析和深谋远虑，但是没有时间让他们深入分析并做出深谋远虑。发布命令的人和执行命令的人都没有进行任何准备。

一个小时后，诺维科夫来到了某个重榴弹炮团。团长休假去了，代理团长的是一名年轻的少校，名字叫萨姆索诺夫。他有一张瘦削而苍白的长脸。

"情况怎样？"诺维科夫问。

"还不太糟。"少校说着，耸了耸肩。

"您做出了什么决定？"

"这样，"少校回答说，"他们正在准备渡过布格河，在河岸上集结呢。我开了火，有什么就用什么。"他像是为某些愚蠢的行为感到歉意，又补充说："我觉得我们做得不错。望远镜里看过去，炮弹掀起的泥土厚得跟喷泉似的。您知道，我们在军区射击比赛里拿过第一。"

"接下来呢？"诺维科夫一本正经地问道，"要记得，您得对您的人和装备负责。"

"我们会一直射击下去，"少校说，"能打多久就打多久。"

"炮弹够吗？"

"够的，"萨姆索诺夫说，"无线电通信员说，我们遭到的进攻来自芬兰、罗马尼亚和意大利。全上来吧，我会一直打下去，绝不撤退！"

诺维科夫走到最近的一门炮组。尽管大炮在咆哮，尽管炮手的脸上表情专注严肃，但整个炮队里弥漫着冷静的气氛。炮兵团的全部力量都集中在边境方向，集中在摧毁那些在远处岸边集结的德国坦克和摩托化步兵团上面。

装填手之一说的话跟萨姆索诺夫几乎一模一样。他朝诺维科夫转过汗流满面的、晒黑的脸，阴沉而镇定地说："我们要一直打到炮弹打光为止。那时候再说下一步怎么办。"看来，他也经过了严肃的思考，决定不撤退。

让诺维科夫惊讶的是，正是在这里，在这个注定要被消灭的炮兵团，他在这一天里第一次冷静了下来。已经开始作战了，德国人遭到了俄罗斯人的抵抗。

炮手们一言不发地继续准备射击。

"准备好了，中校同志，要开始射击了！"瞄准手说道，他仿佛非常清楚地知道这天早上以及随后会带来什么。

"不太习惯，对吧？"诺维科夫问。

瞄准手微笑道："我们会习惯的吧？这一整年里都会像今天这样。光是看见他们的飞机就够我恶心的。"

没多久，诺维科夫开车驶离炮兵团，他认为再也见不到这些战士了。

当年的冬天，诺维科夫在顿涅茨地区的普罗托波波夫卡凑巧遇上了一位熟悉的炮兵高级指挥员。此人对他说，萨姆索诺夫在6月22日将德国人挡在了布格河西岸，炸掉了许多德军装备，让他们付出了惨重的人员损失。炮兵团几乎毫无伤亡。他们成功地撤退到别列津纳河，突围出

123

来了。少校本人于当年秋天牺牲在第聂伯河畔。

战争自有其逻辑。

诺维科夫在战争的第一天经历了许多。他看到了悲伤与痛苦，看到了困惑、胆怯和讥讽，但他的同胞们所经历的历史上最困难的一天却让他心里充满了信任和骄傲。让他印象最深刻的是炮手们平静而严肃的眼神，从中他看到了他们强大的、坚韧不拔的力量。苏联大炮的怒吼一直伴随着他。远处，布列斯特要塞混凝土碉堡里的重炮射击声也伴随着他。甚至在很多天后，德国人如雪崩般涌向第聂伯河时，苏联战士仍然坚持勇敢作战。

晚上，在各个村子之间兜兜转转绕了很多路后，诺维科夫才回到大路上。到了这一刻，他才开始了解到这天制造的灾难有多严重。

人们潮水一般朝东走去。路上满是载满男女老少的卡车，很多孩子半裸着。所有人都做着同一件事情：他们回头张望，然后抬头看天。路上的车辆，不管是普通的车辆、油罐车还是棚车都尽可能快地跑着。路的两侧和田地里则是难民，有人已经走得精疲力竭，只能躺在地上歇一会儿，然后站起来继续走。各个年龄段的男人和女人们，要么推着大车小车，要么拎着箱子背着包袱。诺维科夫不再去仔细分辨人们脸上的表情了，记忆中只留下了几个让人难以忘怀的片段：一个长着灰白胡子的老头儿，手里抱着一个孩子，坐在路边，脚探入沟里，看着川流不息的车辆，脸上带着温和的、无可奈何的表情；一长队年龄不大的孩子们走过，全部穿着水兵服，系着红领巾，显然是一个少先队夏令营；还有长长的一排盲人，男女都有，用一条条毛巾系着，由一个带队的人牵着走。其中有个老妪，戴着一副圆圆的眼镜，白发乱成一团。

诺维科夫设法找到了一个油泵，司机去给油箱加油，他则听到了数不清的奇谈怪论：斯卢茨克应该是被德国伞兵给控制了；希特勒在黎明时分发表了一次充满谎言的疯狂报告。还有更多的荒谬传言，说莫斯科在同一个清早遭到德军空袭，被炸毁了。

在距离科布林不远的一处坦克军军部，诺维科夫停了下来。他曾在这里服役到 1940 年的秋天。

"您是从那儿来的吗？"有人问，"德国人很快就要从大路上冲过来了，是真的吗？"

在科布林再见到这些匆忙赶路的人不再让他感到惊奇，他们都是那些在混乱中与孩子失去联系的、哭泣的母亲，或者眼睛里透露出无尽疲倦的老人。让诺维科夫感到惊奇的是，城市里竟然还有铺着红色地砖的漂亮房子、装着窗帘的窗户，有修剪得整整齐齐的草地和花园。他意识到，自己已经习惯用战争的目光来打量这个世界了。

越往东边走，能够留在他记忆中的东西就越模糊。各种面容和事情都混在了一起。诺维科夫几乎记不清他在哪儿遭遇了夜间空袭，差点被烧死，也差点忘掉他在哪儿的小教堂里见到过两个被破坏分子割喉杀害的红军战士。是在科布林，还是在别洛扎-卡尔图斯克？

但他还记得在明斯克附近的一座小城里度过的一晚。他们到时天已黑，城里满是汽车和卡车。他们的车开到一个喧闹拥挤的广场里，诺维科夫疲倦到了极点。他让司机下车找地方休息，自己就在车里睡了一夜。深夜时分，他突然醒来，发现宽阔的广场上已空无一人，周围的房子都在静悄悄地燃烧着，整座城市都着了火。

他太疲倦了，也太过于适应战争中震耳欲聋的雷霆之声，整座城市遭遇空袭都没有让他醒来。但随之而来的宁静却唤醒了他。

这些日子最后留给他一幅持续很久的景象：无数的大火。浓烟下红色的火焰吞噬了学校、工厂和明斯克高大的公寓楼；浅色的明亮火舌从燃烧的谷仓、工棚和茅草屋顶的农舍上冒出来；蓝烟在着火的松树林上飘荡。

而在诺维科夫脑海里，这一切都只是一场大火。

祖国对他而言就是一栋巨大的房子，房子里每一样东西对他都无比亲切，无论是刷成白色的村庄小屋，还是城镇里闪烁着五颜六色灯光的房间，又或是宁静的阅览室，墙上明亮的灯光，还是军营里的红角[1]。

他所挚爱的一切现在都在燃烧。俄罗斯大地在燃烧，俄罗斯的天空上布满了浓烟。

二十二

天亮时叶尼娅把诺维科夫介绍给了母亲、姐姐和外甥女。

斯皮里多诺夫六点钟就去上班了。索菲亚·奥西波芙娜走得更早，天还没亮就去医院了。

介绍简单而直接。诺维科夫很喜欢和他一起坐在桌前的这群女人。玛露霞皮肤黝黑，头发开始变得斑白；有着粉红色脸蛋的薇拉用圆圆的、清澈的眼睛注视着他，眼神既欢快又有些不满。叶尼娅长得很像亚历山德拉·弗拉基米罗夫娜。他看着叶尼娅高高的、洁白的额头，看着她警觉的眼睛和粉红色的双唇，看着她随意编起来的辫子——这还是早上起来要做的第一件事呢——那个可能在他心里呼唤了几千遍的词语，"妻子"，现在突然有了新的含义。他从未像今天这样感受到自己的孤独。他明白，他想要对她，也只能对她，去讲述自己经历的生活，讲述自己过去这一年里度过的艰难时光。他意识到自己一直在寻找她，在痛苦时刻想念她，因为他真的想结束自己的孤独时光。尽管感到有些窘迫，但他仍很高兴，眼下就像是他上门求婚一样，这个他想要联姻的家庭里的成员们正在仔细打量着他。

"即使战争也没有拆散您的家庭。"他对亚历山德拉说。

"大概是吧，"亚历山德拉叹气道，"但战争会毁灭一个家庭，会毁灭

---

1 英文译者注："红角"指的是苏联酒店、工厂和其他机构里设立的阅览室，里面放着各种书籍。在十月革命前，红色角落通常是指私人住宅或农舍里存放圣像的地方。（俄语"红色"原意有两个，一个是"红色的"，一个是"美丽的"，后面这个含义和共产主义无关。）

很多个家庭。"

玛露霞注意到诺维科夫正在看着墙上挂的油画，说道："镜子旁这张油画《粉红色的大地》，画的是被烧毁的村庄迎接黎明。叶尼娅画的，您喜欢吗？"

诺维科夫有点窘迫："不是专家，不好评论。"

叶尼娅应道："昨晚我都听到了，您给出自己的判断时，可是够直接的。"

诺维科夫明白了，谢廖扎肯定是向合适的权威方汇报了他对那幅《绿色老头》的评价。

"每个人都可以欣赏列宾和苏里科夫，"玛露霞说，"并不是专家才能欣赏这些画家的作品。我跟叶尼娅说过，应该给工厂、红色角落和医院画海报。"

"总的来说，我喜欢叶尼娅的绘画，"亚历山德拉说，"尽管我年纪大了，了解的东西也不如你们多。"

诺维科夫问她们，晚上他能不能再来，但他当晚并没有回到这里，第二天也没有回来。

二十三

在沃罗涅日度过了相对平静的冬季后，西南方面军司令部在1942年的整个夏天一直处在四处搬家的状态中。导致这种疯狂行为产生的原因是它的无效作为和彻底空转。不管方面军司令部首长给前线部队下了多少道命令，撤退仍在继续。

1942年春天，获得增援后，西南方面军发动了哈尔科夫战役。戈罗德尼扬斯基的集团军渡过北顿涅茨河，穿过伊久姆和巴拉克列亚之间的狭窄走廊，迅速向普罗托波波夫卡、切佩尔和洛佐瓦亚前进。

苏军突破防线后鲁莽地向前冲去。德军做出了反击。他们集结了大量的部队，在苏军的两翼发动进攻。铁木辛哥元帅朝着哈尔科夫方向打开的通道在遭遇痛击后关闭。戈罗德尼扬斯基的集团军被包围和毁灭了[1]。于是，在硝烟、火焰和尘土之中，苏联武装力量再次开始撤退。在去年已经丢失的城镇名单上，又增加了新的名字：瓦卢伊基、库皮扬斯克、罗索什、米列罗沃[2]。西南方面军因失去乌克兰而沉重的心情如今变得更加沉重。方面军司令部已经转移到伏尔加河。如果再撤退，就该跑到哈萨克大草原上了。

后勤人员还在给指挥员们分配房子，而作战部的电话不停响起，打字员们噼噼啪啪地打字，地图已经铺在桌上了。作战部里面的每个人都在忙碌着，仿佛他们在这座城市里生活了好几个月。他们漫不经心地在斯大林格勒街道上匆忙走过，脸色因缺乏睡眠而变得苍白，几乎没有关注城市本身。对他们而言，方面军司令部可以设在森林的掩体里，琥珀色的松脂会从松木屋顶滴到桌上；也可以设在村庄农舍里，尽管那里的蟑螂会从被它咬破的地图里钻出来，通信主任轻手轻脚地去找情人时会被几只大鹅追进屋里；方面军司令部也可以设在某些城区的一栋房屋里，窗前会摆放橡皮树，屋里会有一股子樟脑球和麦饼的气味。总之司令部设在哪儿都没有什么不同。对参谋而言，现场几乎没有什么变化，他们得记住十几个电话号码，熟悉几个通信部队的飞行员、摩托车手和某个通信主任，要知道怎么用电传打字机和无线电，知道哪儿有信息中继站，还要在桌上铺上地图，上面密密麻麻地用红蓝铅笔做好记号。

1942 年的夏天，对参谋人员的要求急剧增加了。部队位置每小时都在发生变动。在一栋农舍里，部队举行了一次军事委员会的会议，一个

1　英文译者注：在本书第一部分第四章里，谢普诺夫向瓦维洛夫读了一段区里报纸的消息，其中提到了苏军的这次攻势。但其结果却是灾难性的。

2　中文译者注：这几个城市均位于俄罗斯乌克兰边境两侧。其中库皮扬斯克位于今乌克兰哈尔科夫州，瓦卢伊基位于今俄罗斯别尔哥罗德州，罗索什位于今俄罗斯沃罗涅日州，米列罗沃位于今俄罗斯罗斯托夫州。

古板的、脸颊红红的速记员坐在铺着红毡的桌前认真地记录下了每一条命令。但这些命令几乎都没能执行，因为德国人的飞机和坦克纵队轻而易举地推翻了它们。两天后，在同一栋农舍里，营长会对着电话大声嚷道："一号同志，敌人突破防线了！"而他身边穿着伪装服的侦察兵们，在慢条斯理地吃完了罐头食品后，开始急急忙忙地给冲锋枪压子弹。

快速的撤退让参谋们不停地更换着十万分之一比例的地图。诺维科夫有时候觉得自己就像个电影放映员那样，不管白天黑夜，他都得愤怒地摇着手提电影放映机的把手，各种图像像万花筒一样从充满怒火的眼前闪过。他甚至向疲惫的参谋们建议，请他们把地图换成百万分之一比例的地图[1]。

情报部的地图常常与作战部的地图信息不符，而炮兵司令部则总是喜欢对局面做出最乐观的判断。空军的数据却刚好相反，他们拿出来的战线分布总是最靠东。诺维科夫认为空军的情报是最管用的。空中侦察用于评估各部不断变化的位置总是最准确而且也是最快捷的。

在空军的地图上，苏联轰炸机机场的标志常常迅速地被前线战斗机和对地攻击机的机场标志所代替，步兵军和步兵师指挥部的标志也是如此，很快会被各个团和连指挥所的标题代替。几天之后，同一个机场就驻扎了德国飞机，机场自身也就变成了苏联轰炸机的目标。

每天在地图上标记前线位置是一件很不容易的工作。诺维科夫是一个要求准确的人，他明白无误地知道，不准确的信息是苏军许多场败仗的原因之一。判读集团军司令部、方面军司令部情报部和空军司令部提供的互相矛盾的信息对他而言极端痛苦。他获得最准确信息的一条渠道往往来自某个从前线到司令部打探消息的指挥员，两人刚好凑在一块儿吃早饭时交流了一会儿。将这些不同的渠道信息进行交叉比对，从一大堆无效或者错误信息中找到真相需要花费极大的精力。从内心深处说，

---

1 中文译者注：地图比例尺越小，信息细节就越差，反映的内容也更加宏观。诺维科夫要求更换百万分之一的地图，暗示的是苏军信息更新已经跟不上德军进攻的步伐。

就连诺维科夫都对自己在一堆难以理出头绪的混乱信息中找到思路的能力感到惊奇。

诺维科夫需要经常向方面军参谋长汇报，并经常参加方面军军事委员会的会议，因此，他对苏军撤退的情况有着清晰而全面的了解。而对这些细节，许多人只知道部分或者全凭猜测。诺维科夫知道德军前线部署的情报，熟悉那些代表着德国集团军群的漏斗形标志的准确位置，他知道那些指挥着德国部队的将帅名字：布施、莱布、龙德施泰特、克卢格、博克和利斯特[1]。这些外国名字现在和他挚爱的城市名称——列宁格勒、莫斯科、斯大林格勒、罗斯托夫——联系到了一起。

莱布和博克指挥的集团军群中的精锐师团已经开始发起了进攻。

西南方面军被分割开了，两个德国机动兵团——第四装甲集团军和第六集团军——正在朝着顿河扑来，把苏军战线缺口撕得更宽了。在硝烟中，一个新的名字出现在面前：第六集团军司令保卢斯大将[2]。

地图上布满了表示德军装甲师的小小的黑色数字：第9、第11、第3、第23、第22和第4装甲师。去年夏天第9和第11装甲师被部署在明斯克–斯摩棱斯克轴线上，现在它们到了南方，显然是用于进攻斯大林格勒的。

有时候，眼下这场夏季攻势似乎就是战争爆发之初那场战斗的延续。从地图上看，跑过去的德军师还是同一个师。而在现实中，它已经是一个

1　中文译者注：恩斯特·布施（1885—1945），1943年晋升为纳粹德国陆军元帅；威廉·约瑟夫·弗朗茨·冯·莱布（1876—1956），1940年晋升为纳粹德国陆军元帅；卡尔·鲁道夫·格尔德·冯·龙德施泰特（1875—1953），1940年晋升为纳粹德国陆军元帅；汉斯·京特·冯·克卢格（1882—1944），1940年晋升为纳粹德国陆军元帅，1944年因卷入反希特勒阴谋而自杀；费多尔·冯·博克（1880—1945），1940年晋升为纳粹德国陆军元帅，1945年5月5日死于英军轰炸；西格蒙特·威廉·利斯特（1880—1971），1944年晋升纳粹德国陆军元帅。以上纳粹将领均参与指挥和发动了苏德战争。

2　中文译者注：弗雷德里克·威廉·保卢斯（1890—1957），斯大林格勒战役中相关德军部队的主要指挥官，在斯大林格勒战役行将结束的最后几天被希特勒晋升为纳粹德国陆军元帅。保卢斯在1942年初由中将提升为上将，但在苏联文学中，常对照苏军军衔体制称其为"大将"，这里参照苏联语境予以翻译，其余德军军衔亦如此处理。

全新的师了，士兵们都是从预备役中补充的，用来替换受伤的和阵亡的人。

同一时期，里希特霍芬的第四航空集团军也没歇着。他们开展了大规模的空袭，将恐怖播撒在大路上，不断袭击车队，甚至袭击徒步或者骑马的人。

庞大的军队在不断移动，进行激烈的战斗。指挥所一再转移，野战机场、勤务和供给中转站在变动，某些筑垒地域被放弃了，德国人的机动兵力突破了防线。这片大火从草原的一端，从别尔哥罗德烧到奥斯科尔，远远地向顿河延伸。日复一日，这些细节都在诺维科夫负责的地图上被清晰地标注出来。

只有一个问题让他感到疑惑：为什么这次德国人的进攻跟去年夏天截然不同？在战争的第一天，尽管面临着一片喧嚣和混乱，诺维科夫依旧能感知到德国人的整体进攻战略。这种感觉与其说是来自逻辑判断，不如说是来自直觉，完全可能从他们飞机的航线上简单判断出来。而冬天的经历显然让他的这种认识得到深化。龙德施泰特的南方集团军群的左翼是由博克掩护的。在集结了最强大的力量冲向莫斯科时，博克的左翼则由向列宁格勒进军的莱布进行掩护。至于莱布的左翼，则是波罗的海的一片汪洋。

今年德国人在战略上的做法相当不同。尽管他们一如既往地迅速向东南方向前进，但左翼完全暴露在广阔的苏维埃俄罗斯原野上。真是难以理解。

为什么只有南部的德军发动了进攻？这是暴露出了他们的弱点，还是显示了德国的力量？要不只是某种虚张声势？

诺维科夫还没有意识到，这回德国人已经没有足够的力量在整条战线发动进攻。在莫斯科和列宁格勒方向，他们被迫停止了进攻，这才得以在东南方向实施突破。他也不了解这样的事实，即发动本次进攻是在几乎没有必要的预备队情况下实施的。几个月后，当斯大林格勒的战斗进入最紧张阶段时，德国最高统帅部会发现他们无法从莫斯科和列宁格

勒方向调动任何增援部队。在中央和西北方向的苏军已经对他们施加了
太大的压力。

诺维科夫一直梦想着从参谋工作中脱身出来。他在战争第一年参与
策划过多次军事行动，深思熟虑使他积累了大量的经验。他相信自己完
全有能力在指挥岗位上将这些经验发挥出最大作用。

他给方面军参谋长提交了一份备忘录，写了一份请求调离方面军司
令部的申请书提交给了作战部部长。他的申请没有获得同意，但他还不
知道备忘录的命运会如何。

方面军司令部有哪位将军读过这份备忘录吗？

这一点对于诺维科夫非常重要。他认为他在备忘录中倾注了全部精
力，从团级、师级和军级三个军事单位层面详细描述了纵深防御的规划。

开阔的草原赋予了进攻方几乎无穷的机动自由，让它能够集结兵力
发动闪电般的进攻。当防御方沿着与前线平行的大路接收并重新部署增
援部队时，进攻方可以发动攻势，突破战线，夺取道路交会点，切断通
讯。坚固的筑垒地段无论多么坚不可摧，也只不过是洪水中的孤岛。赫
拉克利特说："一切皆流，万物皆流。[1]"德国人改了一下这个说法，变成
了"绕过一切，绕过万物"。反坦克壕一点用处都没有。只能以机动的手
段抵御机动本身。

诺维科夫对草原地带的防御进行了详尽的计划。他充分考虑了这一
地区中适用于军事行动的众多细节，把干热的夏季中利于通行的、复杂
的各种羊肠小路也纳入了计划中。在他的思考中还纳入了各种各样摩托
化交通工具的速度，以及战士们的行军速度，战斗机、轰炸机和攻击机
的速度，并与敌人对应的车辆和飞机速度进行了一一对比。

即便是在战略撤退中，机动防御也能提供众多的机会。这不仅仅是

1　中文译者注：赫拉克利特（约前544—前483年），古希腊哲学家。"一切皆流，万物皆流"出
　自其《论自然》残篇。

在德国人的进攻轴线上迅速集结部队那么简单。诺维科夫发现，迅速部署部队使己方在敌人最意想不到之处达成突破是完全可能的。侧翼的反攻能够阻止敌人的迅速推进，阻碍其实施包围。苏军甚至可以突破到正在迅速推进的敌军后方，切断其通讯，并对其实施包围。

诺维科夫时不时会觉得，他对于草原地带军事行动的分析非常到位，也非常重要。他的内心带着狂欢和激动在颤抖。

但是，他不是唯一一个对类似问题进行深入阐释的指挥员。他并不知道，在深远的后方已经组建了一些新的师团。它们装备了最新的反坦克炮，装备了能够将战士们迅速部署到广阔草原各个地区的快速卡车。一旦德国坦克突破的消息传来，这些反坦克师团就会立刻发动凶猛而迅速的行动，实施毁灭性打击。

诺维科夫也不会知道，他建议中的快速机动防御的想法正在落地。他更加不会知道，这种防御方式预示着史无前例的激烈作战。它们将发生在斯大林格勒的近郊，发生在伏尔加河的悬崖上，发生在斯大林格勒的街道和工厂中。当然，他也不会知道，苏军战士们在城市街道上的巷战、近身肉搏也将预示着苏联最终将发动迅速的、决定性的进攻。

诺维科夫已经深刻领会了很多他在战前仅仅在理论上接触到的东西。他知道了如何用夜幕掩护步兵和坦克行动。他知道了步兵、炮兵、坦克、飞机如何进行协同，知道了骑兵突袭和制定作战计划。他了解了重型火炮和轻型火炮的火力状况和弱点，也了解了轻迫击炮和重迫击炮的火力状况和弱点。他熟知雅克、拉沃齐金、伊柳欣等战斗机，熟知重型轰炸机、轻型轰炸机和俯冲轰炸机[1]。然而他最感兴趣的还是坦克。他认为自己完全知晓任何一种坦克作战模式，无论是白天行动还是夜间行动，穿越森林还是穿越草原，或者穿越人烟稠密之地；无论是伏击作战还是进

---

1 英文译者注：这是当时苏联三种主要的战斗机。雅克式是由雅科夫列夫设计的；拉-3（LaGG-3）由联合设计这种战斗机的三名设计师拉沃契金、古尔波诺夫和古德科夫的姓氏首字母组成。

攻作战，或者是用于突破防线的作战。

在为高度机动作战感到激动的同时，诺维科夫还知道苏联武装力量在坚守塞瓦斯托波尔和列宁格勒时表现出了高度的坚韧不拔。他知道，每一周，每一个月，德国人为夺取一小块土地、一个山头、一座碉堡或者一条战壕，在不断损失大量人马。

诺维科夫希望能够对双方在整个苏德战场前线的无数场接触作战进行充分的研究，好从中建立对战争的整体认识。战争在开阔的乡村展开，在沼泽遍布的森林里展开，在广袤的顿河草原上展开，在狭小的汉科半岛上展开[1]。在平原和草原上，德国人可能推进了数千公里。而在沼泽和森林中，在卡累利阿的岩石中，德国人已经有过多次在一整年里只推进了几十米的经历[2]。

诺维科夫的大脑一直在不停地运转。不过，战场实在太广阔、太复杂。而他的经历，说到底是个人的经历，不可能全部容纳这一切。

但是，他仍以更大的决心去构建对战争更为深远的认知。他知道，通过分析和理论得出的判断，只有经过现实的检验，才能是真实的、唯一的。

二十四

诺维科夫急急忙忙地沿着街道走过来。他无需询问方面军司令部在

1　英文译者注：1940 年底，在苏芬战争结束之际，苏联获得了租借芬兰最南端这个半岛三十年，并在此建立海军基地的权利。实际上，该海军基地只存在到 1941 年底。中文译者注：汉科半岛位于芬兰最南端，面积约为 800 平方公里。濒临波罗的海，扼守进入芬兰湾、抵达圣彼得堡的海路，具有重要战略意义。1940 苏芬战争后，芬兰被迫将汉科半岛租借给苏联，为期三十年。二战结束后，汉科半岛重归芬兰控制。
2　中文译者注：卡累利阿位于今俄罗斯与芬兰边境。在俄罗斯部分今设有卡累利阿共和国，首都是彼得罗扎沃茨克。

哪儿，仅凭着窗户里那些熟悉的脸庞和大门处站岗的哨兵就看出来了。

在走廊上他遇到了司令部总务处处长乌索夫。这是个红脸膛、眼睛细长、声音粗哑的中校，是个不懂人情的家伙，当然在这个位置上也不鼓励他去懂人情。他的脸上总是挂着泰然自若的冷静，不过这天早上却换了一副不高兴的表情。

"我渡过了伏尔加河，上校同志，"他不安地说，"我坐乌-2飞机飞到了埃尔顿湖[1]，在那里存着我们部分补给。一路上我看到的尽是骆驼、草原和盐碱地，肯定种不了多少庄稼。要是我们不得不去那儿驻扎，该怎么办？我问自己，上哪儿去放炮兵司令部？上哪儿去放工兵司令部？还有情报部、政治部，还有备选阵地？真不知道答案。"他发出一声绝望的叹息。"那儿只能长西瓜。我带了一飞机西瓜回来，差点都飞不动了。到晚上给您送两个过来，这东西真是甜。"

诺维科夫在作战部受到了盛大的欢迎，仿佛他身陷敌人的包围圈，失踪了一整年。副参谋长在夜里少说问了两次他去了哪儿，军事委员会秘书、营级政委切普拉克两个小时前才刚来过电话询问他的去向。

诺维科夫穿过宽大的房间，他熟悉的桌椅、打字机和电话都放在了应有的位置。

一个胸脯丰满、染过头发的女人放下她手中的香烟，高声说道："城市很漂亮是不是，上校同志？多少让我想起新罗西斯克。"她名叫安格丽娜·塔拉索夫娜，是整个司令部最好的打字员。

地图制图员是一个患了湿疹、脸色灰黄的少校，他向诺维科夫致以问候，说道："昨晚我在一张弹簧床上睡的觉，就像回到了平民时期那样。"

几个少尉制图员，还有年轻的、一头卷发的电传打字机操作员们，

1　英文译者注：乌-2飞机即波-2飞机，是一款简易的双翼通用飞机，大量生产于1929年到1953年间。中文译者注：埃尔顿湖是位于今天俄罗斯伏尔加格勒州靠近哈萨克斯坦边境的一个盐湖。

都高高兴兴地站起来问候道："早上好，上校同志！"

他们当中，诺维科夫最喜欢的是长着卷发、总是微笑着的古萨洛夫。他自己也明白这一点，于是问道："上校同志，我昨晚值班，午饭后可以去冲个澡吗？"古萨洛夫是知道的，与其说自己想要去走亲戚，或者说自己值夜班后需要睡一觉，不如跟上级说自己要去洗个澡，这样更容易得到批准。

诺维科夫检查了一下办公室。他的办公桌、电话和锁有重要文件的金属箱子都在。

秃头的博布罗夫少尉以前是个地理教师，现在也是制图员之一。他给诺维科夫拿来了一整包新地图，说："都有了，上校同志。希望以后我们发动进攻时换地图也能像现在这么勤快！"

"派个通信员到情报部去。别让人进来找我。"诺维科夫说道。他把地图放在桌上，一页页地展开。

"达伦斯基中校来了两次电话。"

"让他两点钟过来。"

诺维科夫坐下来，开始工作。

步兵在炮兵和坦克的支援下，把扑向顿河的敌人挡住了。但前几天传来了最新的情报。情报部报告说，德国人的装甲部队、步兵和摩托化步兵正在重新大规模集结。

补给问题现在变得比任何时候都重要。

诺维科夫早先与作战部部长布科夫将军一起分析了这些报告。

布科夫跟所有的战略大师一样，对情报人员天然不信任。他问："他们是从哪儿弄到这些东西的？谁告诉他们这些新的德国师有这么多人？侦察员就喜欢夸大其词。"

"不光是我们的侦察员这么说。我们的师级指挥员和集团军指挥员受到的压力够大了。他们谈到这些新的德军部队时也这么说。"

"指挥员也好不到哪儿去，也喜欢夸大敌人的实力。如果谈起自己的实力，那他们可就太谦虚了！这些人老希望上边派更多增援。"

战线长达几百公里，敌人可以迅速在任意一处集结起强大的兵力，发动凶狠的进攻。苏军防御纵深不够，无法挡住他们。诺维科夫深知这一问题。尽管他希望战线能够稳定下来，但他害怕这种希望，害怕去相信这一切。苏军防线实在太单薄了。

很快，侦察员们的汇报就被证实了。德寇发起了全力进攻。

德军师团突破了防线，坦克正在往前猛冲。诺维科夫读完了汇报，进行了对比，把新数据标注在地图上，聊作安慰。

主要突破口在战线南部，其余的德军部队在向北部战线进攻，形成了新的两个钳形。有几个苏军师陷入包围的危险。

诺维科夫对于这蓝色的弧形利齿再熟悉不过了。他见过它们在地图上延伸，出现在第聂伯河和顿巴斯，现在再次出现在这里。

今天，他感到异乎寻常的愤慨，有几秒钟他甚至被狂怒攫住了，攥紧了拳头。他想高声大叫，想要用力出拳，想要把拳头砸到这些利齿上。正是这些东西，威胁着地图上代表着顿河的浅蓝色曲线。

"如果因为我们一路撤到了伏尔加河，我才有机会见到叶尼娅，"他自言自语说，"那这样的会面有什么值得快乐的呢？不，这不是我想要的快乐。"

他一支烟接着一支烟地抽着、写着、看着和想着，又俯身去看地图了。

有人轻轻地敲门。

"行了！"诺维科夫生气地叫道。他看了看表，又看了一眼打开的门，说道："啊，达伦斯基，请进！"

一个精干的中校敏捷地走进来。他长着一张瘦削的黑脸，头发向后梳着，握了握诺维科夫的手。

"坐下吧，维塔利·阿列克谢耶维奇，"诺维科夫说，"欢迎来到咱们的新家。"

达伦斯基坐在窗边的扶手椅上，接过诺维科夫给他的香烟，点燃吸了一口。刚开始他似乎在椅子上坐得很惬意，可是稍微伸了一下腿后，他站起来在房间里踱起步来，脚上蹬着的那双漂亮靴子咯吱咯吱地响。接下来，他毫不客气地一屁股坐在了窗台上。

"情况怎样？"诺维科夫问。

"前线的情况嘛，"达伦斯基答道，"您比我清楚。要我说，情况可不妙。"

"跟之前一样？"

"都看到布科夫的命令了——我被解职，赶到预备队去了。事情真是糟糕。干部处主任跟我说：'我知道您有胃溃疡，给您六周时间治病去吧。''我才不想去治病呢，'我说，'我要工作！'"达伦斯基说得又快又冷静，但每个字似乎都含有深意。他接着说道："自从我们进驻了这座城市，我天天都想着战争第一天的样子。不去想都做不到。"

"是这样的，"诺维科夫说，"我也老是想着这一天。"

"好像一切又都从头来过了。"

"可别这么想。"诺维科夫摇了摇头。

"不知道……我觉得这日子好像在哪儿经历过……到处是路障、车流，还有焦虑不安的指挥员，个个都在问哪条路最好走，哪条路最不容易挨炸弹……接着就看到了整个炮兵团，都是崭新的家伙，跟去演习一样，朝着西边开过去！侦察兵，先头部队，一切都井井有条。我停车问：'谁是指挥员？'一个中尉回答说：'别洛兹金少校。''谁给你们的命令？'中尉要我出示证件。他看到了将军的签名，提高声调回答说：'炮兵团奉别洛兹金少校命令向西前进接敌。'这才是我希望看到的，越多越好！每个人都想撤退，别洛兹金在前进。他的人都在低头走路，女人们看着他们，就像看着烈士那样。我没有见到别洛兹金本人，他早跑到前头去了。现在……为什么我忘不掉别洛兹金？我想见到他，跟他握手。可是这会儿却得收拾好去预备队去。为什么？这不对，上校同志，不对。"

达伦斯基跟着说起了几周前他和布科夫之间的一段争吵。苏军在前线某处发起进攻之前，达伦斯基向他汇报，德军在这一地段南部集结了大量兵力。他有让人信服的证据证明德寇准备在这里进攻。

布科夫说他的汇报是胡说八道。达伦斯基发了脾气，布科夫严厉斥责了他，可他继续争辩。布科夫把他臭骂了一顿，命令解除他的职务，派到预备队去。

"您知道，我是个苛刻的人，"诺维科夫说，"但我可以肯定地说，如果我能够获得一个指挥岗位，一定会选您作为我的参谋长。看地图要有感觉，您有这种直觉。至于您和某些女士们……谁身上没有些缺点呢？"

达伦斯基飞快地瞟了一眼诺维科夫，褐色的眼睛眨了一下，张嘴笑起来，露出嘴里的金牙。"他们不给您一个师，实在是太蠢了。"

诺维科夫走到窗前，在达伦斯基身边坐下，说道："我今天跟布科夫聊聊，不会坏事儿的。"

"谢谢。"

"不用谢。"

达伦斯基正要走，诺维科夫问道："维塔利·阿列克谢耶维奇，您喜欢现代艺术吗？"

达伦斯基惊讶地看着他，笑道："现代艺术？不喜欢，完全说不上。"

"起码是艺术，是新艺术。"

"那又怎样？"达伦斯基耸了耸肩，"谁去管伦勃朗的作品是新派还是老派？反正大家都说那才是传世之作。可以走了吗？"

"请吧。"诺维科夫心不在焉地说着，又弯腰看起地图。

几分钟后，司令部的头号打字员安格丽娜·塔拉索夫娜走进来，一边擦着眼睛里流出的眼泪，一边问："达伦斯基被解除职务了，这是真的吗，上校同志？"

"跟您的工作相关吗？"诺维科夫冷冰冰地问，"不相关就别来打扰我。"

下午五点，诺维科夫来向布科夫少将汇报工作。

"您有什么得向我汇报的？"布科夫问道，不高兴地看着面前桌上的墨水瓶。他每次看见诺维科夫都有点生气，仿佛每天都是他来汇报那些关于撤退灾难似的。

夏日的太阳明晃晃地照在地图上，照在草原、村庄、河流以及将军本人苍白的双手上。

诺维科夫清晰平静地说出了一大串地名，布科夫用铅笔在地图上一一标出来，不断点着头，不停地说："是的……对……"

诺维科夫说完，将军手里的铅笔已经画到了顿河河口。

布科夫抬头问道："就这些？"

"就这些。"

将军正在起草一份最近几周局势的报告。诺维科夫看得出来，布科夫对这份报告的重视程度要远远大于当前不断发展的危险形势。

布科夫开始讲述几个集团军部署的情况，不断重复着"轴线""势头"这类的词语。"您看，"他说着，用铅笔的一端指着地图，"第 38 集团军的运动轴线现在是一条平整的直线，从丘古耶夫伸向卡拉奇[1]。第 21 集团军后撤的势头一直在衰减。"

他用尺子比划着部队的态势。光是听他的语调，会觉得他早就预料到了这一切，非常乐意看到这一切获得证实，甚至还会觉得，这些苏军的轴线和势头都是由他来决定的。

诺维科夫对布科夫的行为感到生气，更生气的是自己只是他身边一个低眉顺眼的下级："将军同志，您说起话来像科学家一样：站在一艘正在下沉的船里，您告诉大家为什么船头在沉入水中，船尾翘到天上，为什么船会翻过来。眼下要紧的是赶紧堵上漏洞，不是解释为什么船要翻

1　中文译者注：丘古耶夫位于今乌克兰哈尔科夫州哈尔科夫市东南，卡拉奇位于今俄罗斯沃罗涅日州东南，在丘古耶夫的正东。

了。要不然，就算撤到伏尔加河，我们都无法止住这些轴线、这些势头。而且，现在还看不见有援兵。"

布科夫拿起一块软橡皮，像要擦掉太阳投在一支红色箭头上的光斑。他接下来说出的东西诺维科夫已听到过无数次："这不是我们的事情。如何投入预备队由最高统帅部决定[1]。我们也需要听上级的。"他默默地看着自己左手指甲，过了一会儿才怒气冲冲地说："将军正在向司令员汇报工作。回到您的岗位上去，上校同志。如果没有叫您的话，自由活动吧。"

诺维科夫明白布科夫为什么不满：他不喜欢诺维科夫。有一回上级想要提拔他当作战部副部长，布科夫说："哎呀，我也不能说这个想法是错的。诺维科夫很了解自己的职责。但这个人爱吵架，又自高自大，总是不知道跟别人怎么搞好关系。"

后来要推荐授予诺维科夫红旗勋章，布科夫又说："给他红星勋章——这就够了。"他真的被授予了红星勋章。冬天，有关他要被调到集团军司令部的消息传来，布科夫显得非常沮丧，说他没了诺维科夫就过不下去。但当后者向布科夫提出调到前线时，却遭到了明确的拒绝。

作战部里谁有难题解决不了，大家都会毫不犹豫地说："直接找诺维科夫吧。布科夫要不是在开会，要不是在听汇报，就是在休息。他会让你在休息室里等一个小时。等你跟他说上话，他也只会说：'找诺维科夫，我把这活儿派给他了。'"

总务处每次都给诺维科夫派最好的营房，这不仅是对应他的职衔，更是对他能力的尊重。后勤部部长是个不喜欢给人好脸色的家伙，但每次都给他发最好的香烟，每次都给他最好的华达呢去裁军装。就连餐厅里的女服务员也在每次他来时优先上菜，还多嘴说道："上校没时间，别让他等。"

1　英文译者注：1941 年 6 月 23 日成立于莫斯科的最高统帅部，其成员包括斯大林、谢苗·铁木辛哥（国防人民委员）、格奥尔基·朱可夫、维亚切斯拉夫·莫洛托夫、克利缅特·伏罗希洛夫、谢苗·布琼尼和尼古拉·库兹涅佐夫。

方面军军事委员会秘书、营级政委切普拉克有一回对诺维科夫说，方面军二号人物在一次重要会议前浏览与会指挥员名单，说了这么一句话："您知道布科夫是什么人。要掌握好诺维科夫。"

布科夫对这一切知道得清清楚楚。每次诺维科夫应邀参加军事委员会会议，他都感到不高兴。最近他变得更加恼火了，因为他知道诺维科夫提交了备忘录这件事儿。在备忘录里，诺维科夫不仅提出了自己的计划和想法，还对一次重大的军事行动提出了批评。布科夫知道方面军司令员反应很积极。让他感到恼火的是，诺维科夫都没有就此事问过他。他不应该绕过自己的顶头上司这么做。

布科夫自认为是一名富有经验的重要指挥员，对于军事条令有着非同一般的认识，能够迅速理解一大堆文件所构造的复杂体系。他的文件和档案总是放得整整齐齐，手下人员在履行职责方面可以说得上完美无缺。布科夫相信，制造战争是件简单的事情，而让人们理解战争的规则可就困难得多了。

但是布科夫有时候问的问题却异常古怪——"他们怎么会没有弹药？"

"他们的弹药库被炸掉了，后备弹药库没有补充。"

"好了，这完全没有道理。事情不是这么做的，"布科夫耸耸肩，"每个指挥员的职责就是保持弹药充足，后备弹药库需要保存至少半数的弹药。"

诺维科夫看着布科夫阴沉的脸，心里想着，要是这个人从个人角度处理事情，他还是很有灵活性的，想法也很多。但是当他要展现自己的权威时，他就会根据实际情况改变自己。他很明白如何除掉自己不喜欢的人，很清楚如何找到对手的弱点，也知道如何将自己置于最优位置。

诺维科夫飞快地考虑了一下，做出结论：甚至在专业领域，布科夫的能力也让人感到怀疑。

"阿法纳西·格力高利耶维奇，"诺维科夫说，"我能不能咨询一下您另外一个问题？"

既然用了名字和父名，诺维科夫显然是要做出某种低姿态，跟他说一些不同的事情。布科夫摆摆手，让他坐下说。

　　"您说吧，我听着。"

　　"阿法纳西·格力高利耶维奇，这事儿跟达伦斯基有关。"

　　"达伦斯基?"布科夫扬起了眉毛，"达伦斯基怎么了?"

　　诺维科夫立刻看出来，他的低姿态算是白忙乎了。这个话题让布科夫感到不快。

　　"我想您已经了解。他是一个有天份的指挥员。这里可以让他干出点名堂，干嘛要把他赶到预备队去?"

　　布科夫摇摇头。"我不需要他。我认为没有他，您也能过得下去。"

　　"几天前，达伦斯基在争辩中的观点是对的，得到证明了。"

　　"跟争辩无关。"

　　"跟争辩完全相关。达伦斯基能够在缺乏信息的情况下，准确判断敌人的意图。他有出色的才能。"

　　"那就应该把他调到情报部去。我对算命没有兴趣。"

　　诺维科夫发出一声叹息。"我不明白，此人是天生的参谋军官，您却不想要他。我自己不是参谋军官，是个坦克手。我申请调动，您却不让我走。"

　　布科夫哼了一声，掏出他的金怀表，眉毛惊讶地拧在了一起，然后把表放到耳边。

　　"他想吃晚饭了。"诺维科夫想。

　　"行了，就到这里。"布科夫说。"您可以走了。"

二十五

　　诺维科夫在晚上十一点被叫去开会。

一个挎着冲锋枪的高个儿卫兵用友好而不失尊敬的口吻问道："上校同志，您希望在那儿见到谁？"

不管方面军司令部是设在某些旧宫殿阴沉沉的大厅里，还是设在带着漂亮花园的小农舍中，司令员休息室里的气氛总是一模一样的。窗帘总放下来，里面半明半暗，人人都悄声说话，时不时朝着里面的门瞟上一两眼。将军们在等待时坐立不安，就连电话铃的声音也低沉了很多，仿佛是担心会损害这严肃的气氛。

诺维科夫第一个到达。军事委员会秘书切普拉克坐在桌前，微微皱着眉头读着书。他的脸色蜡黄，一看就是那种昼伏夜出的人。

一个胸前挂满勋章的通信员把盘子放在窗台上，正在吃着东西。看见诺维科夫后，他发出一声叹息，站了起来，端着盘子懒洋洋地走进了隔壁屋子，身上的勋章发出闷闷不乐的叮当声。

"不在里面吗？"诺维科夫问，朝着里屋摆了摆头。

"在里面，一直在。"切普拉克泰然自若地说，语气不像是平时在司令部里说话的样子，倒像是在食堂里。他把一只手摊在书上面说道："回到和平的时刻，我们那时候过着什么样的日子啊！"

切普拉克站了起来，在房间里踱步，然后坐在窗台上，招手让诺维科夫也坐上来，然后用乌克兰语匆忙问道："您怎么看这一切的？"

诺维科夫从来没有听他说过乌克兰语。他用问询的目光看着切普拉克。后者也用同样的目光回答他，还带着一丝一如既往的睿智和嘲弄。"您不会不知道吧，"切普拉克问，"谁是西南方面军司令员？"

"知道。"

"您可能知道，但现在可不知道了。方面军司令员换人了。"切普拉克盯着诺维科夫看，像是希望看见他吃惊的样子。诺维科夫并没有感到惊奇，但可以感到切普拉克有点不高兴，他知道他为什么不高兴。

他看得出来，切普拉克希望他问换了谁，但他没问。

"鬼才知道我们会遇到谁，"切普拉克带着一脸不知所措的表情继续说道，"我们都已经习惯逆来顺受。从捷尔诺波尔不停地撤退到伏尔加河。撤退，撤退，撤退。有人说我们都总结出撤退心理学了……方面军改名了，这个月 12 日，不再叫西南方面军，改叫斯大林格勒方面军。西南战线这个东西就算没了。[1]"

"谁跟您说这些的？"诺维科夫问。

切普拉克微笑着，避而不答："我们可能会全部调到伏尔加河以东。顿河交给新的方面军，会来一个新的方面军司令部。"

"这是您的想法？"

"无线电联络时得到的消息。谁跟我说的，可不能告诉您。"

切普拉克上下打量着诺维科夫。可能是觉得自己很快就要调到别处了，他继续说道："记得在瓦卢伊基，您从作战室里出来，高兴地说：'哈尔科夫战役我们赢了！'没多久德国人就突破了巴尔文科沃的防线，向巴拉克列亚发动了进攻。"

"怎么又提起这茬儿了？"诺维科夫回嘴说。"您很清楚，什么可能都有。我也不是唯一一个这么说的。比我职位高的几个人都说过一样的话。"

切普拉克耸耸肩："刚好想到了……我们都有过好些出色的人。戈罗德尼扬斯基、方面军副司令员科斯坚科中将……师级指挥员博布金、斯杰潘诺夫和库克林，还失去了一位出色的记者罗森菲尔德[2]。他可是个能整天整夜说故事的人。他们一个个都不在了。想到他们都让人心疼。"

军事委员会的会议肯定要推迟了。

休息室里挤满了大人物，少将都不敢坐下来，只得靠窗站着，低声聊着，隔一会儿瞟一眼司令员房间紧闭的房门。军委会负责政工事务的

---

1 英文译者注：由铁木辛哥元帅指挥的西南方面军于 1942 年 7 月 12 日正式解散。

2 中文译者注：第九集团军司令员戈罗德尼扬斯基中将（1896—1942）、方面军副司令员科斯坚科中将（1896—1942）、战役集群司令员博布金少将（1894—1942）均在哈尔科夫战役中阵亡。米哈伊尔·罗森菲尔德（1906—1942），苏联著名记者和作家，时任《红星报》驻西南方面军记者，也阵亡于哈尔科夫战役中。

军事委员伊万钦快步走进来，满脸心事和疲倦，对大家的问候点头回应。

他很大声地问切普拉克："他在里面吗？"

切普拉克匆匆应道："在，但他要您等几分钟。"他脸上露出那种下级重复上级命令时带有的那种尊重的表情。如果这个问题是关于他自己的，那他肯定会用直接得多的语气回答了。

伊万钦扫了一眼休息室，问一位炮兵将军："您在城里营房待得还习惯吗？没招上疟疾吧？"

炮兵将军是房间里唯一不压低声调说话的人。一个最近刚从莫斯科调来的将军在他耳边低声说了几句话，他放声大笑。"一切都还习惯，"将军对伊万钦说，接着对他身边的将军点了点头，"我遇见了一个朋友。我们俩在中亚一起服过役。"

他靠近伊万钦，两个人互相说了几句，说的话只有每天都打交道的人之间才会听得懂。

"昨天的事情怎样？"诺维科夫听炮兵将军问道。

"就像他们说的那样，另外再说。"伊万钦回答道。炮兵将军又一次大笑起来，用一只又大又厚的手遮住嘴。

这里的人肯定都想猜出两人在说什么，可他们说的可能是任何事情。重要会议之前，谁都不想把相关内容透露出来，能说的都是细枝末节。

"本地就是这样欢迎我们的！"一个浑厚的声音说，"我听到手下人说过，军区食堂看过他们的配给证后，拒绝给他们提供吃喝。我听说过好几回：'如果您是从前线来的，他们会打发你走。如果您好好地待在后方，那就来吧！'"

"真是可耻，"另一个人说，"我给伊万钦打了电话。军区司令员格拉西缅科都安排好了[1]。食堂里的那些白痴自己瞎搞。他们说人太多应付不过来。其实是负责人午餐时间太长了！"

---

[1] 中文译者注：瓦西里·菲利波维奇·格拉西缅科（1900—1961），时任斯大林格勒军区司令员，在斯大林格勒战役期间担任第28集团军司令员。

146

"那么，结果怎样？"一个矮个儿、红光满面的情报部将军问道。一个小时前他才从前线回来，这里的话题他都不知道。

"也不是什么难题。"先前说话的那个人回答道。他小心翼翼地指了指伊万钦："某人拿起电话同格拉西缅科说了几句。然后，总务处处长亲自站在大门口，给每个进来的人递上了面包和盐！[1]"

情报部将军问布科夫："您的新营房怎样？还行吧？"

"不赖，"布科夫答道，"有浴缸，还有朝南的窗户。"

"我都忘掉在城市公寓里睡觉的感觉了，都陌生啦。还有浴缸。谁还需要浴缸呀？我们一到营房，我就直奔澡堂了。它对我们这些当兵的已经够好用的了！"

"那么，您这一路上情况怎样，将军同志？"刚才那个用浑厚的声音说话的指挥员问道。

"要我说，"情报部将军答道，"这是我最后一次在白天开车乱跑了。"

"怎么，您这是半路跳车躲进沟里去了吗？我的司机就这么干过几回。"

"别问了，"将军笑着回答道，"靠近顿河的时候，他们飞得不能再低了。我跳了三次车。自己都觉得这次跑不掉了。"

正在此时，里屋的门开了，一声低沉的，带着点嘶哑的声音说道："同志们，到这边来。"

大家都沉默下来，用专注和严肃的目光看过去。刚才那几分钟的寒暄让现场空气得到了必要的缓和，但现在立刻被遗忘了。

铁木辛哥元帅的脑袋剃得精光。尽管房间里灯光明亮，但根本看不出他的脑门子上哪块是秃了，哪块只是把头发剃掉了。

他走进房间里，迅速而敏锐地扫视着在他面前立正的将军们，然后走到防空帘前停下来，坐下，把他那农民般粗壮的双手放到地图上。他

1　英文译者注：这是一种传统的欢迎仪式。

思考了一会儿，不耐烦地摇了摇头，好像是觉得本不该让将军们在这里等候，而是该安排他们做别的事情似的。接下来，他说道："好，我们开始吧！"

第一个发言的是布科夫。他是铁木辛哥的副参谋长。

"可惜不是巴格拉米扬。"情报部的将军坐在诺维科夫旁边，低声说道[1]。

布科夫从补给问题开始说起。穿过草原的铁路遭到了德国飞机的定期轰炸。它们还往伏尔加河里投放了水雷。一艘货船在斯大林格勒和卡梅申之间的河段被炸沉了。伏尔加河上游的萨拉托夫-阿斯特拉罕铁路也在德机的轰炸范围之内，但运送补给和增援部队还是没有问题的。所有的运输都需要分三步走：先通过铁路运输到伏尔加河，然后渡过伏尔加河到斯大林格勒，再从斯大林格勒运到前线。顿河上多个渡口均遭到了德军的重复轰炸，因此迟早会出现运输问题。

"非常正确。"伊万钦叹气道。

布科夫不是在重复陈词滥调，他用一个职业军人的语言在说话。他所说的关于苏联人民以及苏维埃政权的一切都非常具体和详细，所描述的军事局面非常严峻。但诺维科夫却皱起了眉头：布科夫没有说到点子上。

"到了昨天下午晚些时候，敌人的机动部队出现在他们的后方，集团军司令员在水道的两岸采取了防御态势，"布科夫继续不慌不忙地说着，时不时地用一只白皙的、指甲剪得很短的手指在地图上指出战斗区域。"但是集团军司令部在过去二十四小时内遭到了密集空袭，电话被切断了，无线电联络已经中断了四个小时。集团军的命令无法下达到部署

1　英文译者注：1942年4月8日，巴格拉米扬被任命为西南方面军参谋长。在哈尔科夫战役中，苏军重夺哈尔科夫市之后，遭遇灾难性失败。6月28日，巴格拉米扬被解除参谋长职务。中文译者注：伊万·赫里斯托福罗维奇·巴格拉米扬（1897—1982），苏德战争爆发时担任基辅军区作战部部长（即小说中布科夫的职位），1955年被授予苏联元帅军衔，是苏军在二战中崛起的著名将领。

在左翼的那个师，司令员派出了通讯人员抢修，但他们也无法恢复联络。两边的唯一通讯线路不仅被德寇坦克给切断了，而且敌人的摩托化步兵也上来了。"

"还有什么新的情况吗？"铁木辛哥生气地问。

"有，司令员同志，有新的消息。"布科夫飞快地瞥了一眼诺维科夫，后者一小时前才向他汇报过新的情况。"请允许我继续，司令员同志？"

铁木辛哥点了点头。

"昨天早上，师部与各团失去了联系。德国坦克直接冲进了师部，师长负伤，严重脑震荡，用救援飞机送去了后方。参谋长两腿被碾断，不久牺牲在那儿。各团没有更多的情况传来。"

"毫不令人奇怪，"伊万钦说，"师部不复存在了。"

"参谋长叫什么名字？"铁木辛哥问。

"司令员同志，他到部队来的时间还不长，"布科夫说，"刚从远东调来。"

铁木辛哥用期待的目光看着他。

布科夫眯起了眼睛，露出一副要寻找合适表述时痛苦思考的样子，双手摆动着，轻轻地跺着脚，但这一切却于事无补。

"中校……中校……名字就在我的嘴边了……一个新的师。"

"整个师全军覆没，人都牺牲了，您还觉得这是个新的师，"铁木辛哥说着，脸上浮现出略带疲倦的笑容："名字，名字——我要说多少次？您必须知道手下的名字！"他转向诺维科夫，问道："上校，您知道他的名字吗？"

诺维科夫说出了死者的名字："阿尔费罗夫中校。"

"愿记忆永存！[1]"铁木辛哥说。

短暂的沉默后，布科夫咳嗽了一声，问道："我可以继续说下去吗？"

1　英文译者注：在东正教葬礼结束之际会大声说"愿记忆永存"，意思是上帝，而不是活着的人，会永远记得死者，并祈祷死者会升入天堂，获得永生。

"请吧！"

"这样，随着该师被分割和包围，集团军跟它的左翼部队的联系被切断了。"布科夫小心翼翼地用这种方式描述德国人的突破以及德军坦克和步兵从突破口涌入。"但是，二十四小时后，"他继续说，声音提高了一点儿，"萨夫琴科上校率领的步兵师通过精心组织和奋力反击，重新建立了完整的防线。"当他提到萨夫琴科这个名字时，朝铁木辛哥看了一眼，似乎是想弥补他忘记阿尔费罗夫名字的过失。然后，他指了指地图说："这是到十六点时前线的配置。"

"配置？"铁木辛哥重复道。

"我们各支部队的重新部署。"布科夫说道。他意识到铁木辛哥对"配置"这个词感到很不满意。"敌军在这里附近施加了很大的压力，取得了两处战术上的成功，有可能对集团军右翼形成包围态势。奇斯佳科夫命令部队后撤到新的防线上，导致了整个集团军的撤退。[1]"

"这么说，是奇斯佳科夫导致了我们的撤退，对吗？"铁木辛哥笑道。"我还以为是敌人让我们撤退了。最南端的情况怎样？"

"战线基本稳定。敌人在遭遇了猛烈的抵抗并遭受了沉重损失后，似乎正在向北进行集结。"布科夫开始讲述具体的时间、发生战斗的区域，说出相关村镇的名字，所说的一切都体现出他的军事生涯所赋予他的信息组织和交叉印证的能力，但这样的汇报并不会让所有旁听者感到满意。他们在自己的岗位上都遇到了前所未有的困难，所以他们想要听到一些同样前所未有的内容。诺维科夫想到的是，这时候应该讨论一下他在备忘录里提到的快速、流畅而且高度机动的战略战术。

他时不时地看着铁木辛哥，心里想道："他读了我的备忘录了吗？"

汇报完毕后，铁木辛哥问了几个问题。有几个将军说起了他们犯下的错误。他们还谈到了在不断接近顿河的新防线上的一些事项。

1　中文译者注：伊万·米哈伊洛维奇·奇斯佳科夫（1900—1979），二战期间担任苏军师长、军长、集团军司令员，1944 年被授予上将军衔。

会议上还谈到了指挥员责任问题，包括从一条被指定的防线后撤的责任，包括对大量有价值的技术兵器损失的责任，包括让一座本该炸掉的桥梁落在敌人手里的责任。这一类责任，究竟应该归咎于哪个指挥员，现在拿到了台面上进行讨论。然而在每个人心里，觉得更重要的是另一层艰巨的责任：儿子对于母亲的责任，士兵对于良心、对于人民的责任。

"我们现在都被要塞和筑垒拖了后腿。"那个炮兵将军说。大家都朝他看过去，接下来又看向铁木辛哥。

"说下去。"铁木辛哥转向他说道。

"我们需要机动性！"炮兵将军的脸涨红了，"我们需要实现行动自由。瞧瞧阵地战都把我们弄成啥样了。"他的两手用力一摊："我们根本就不会再有一条完整的战线了。"

"从丘古耶夫到卡拉奇的行动自由！"布科夫带着质疑的笑容说道。

"没错！"铁木辛哥说，"从顿巴斯撤到顿河，这不容否认。但今天的战争是机动作战！"

诺维科夫的手掌震了一下。炮兵将军说出了他最珍视的梦想。然而，不管是他，还是铁木辛哥，或者是在座的别人，对未来几个月将会出现的情况都一无所知，对时间正在逐渐塑造成形的事情毫无意识。这一切还只是处于未知。

斯大林格勒，未来即使是最保守的指挥员都会因它而承认机动作战必然取得完胜。但在接下来几个月里，它将会成为阵地战的舞台。这个舞台将是全世界闻所未闻的战场，将比温泉关之战、比特洛伊之战还要血腥，还要残酷[1]。

铁木辛哥怀着些许不快说道："我们现在说到的是战术。主动权是最重要的。谁掌握了主动，谁才会有正确的战术。"

诺维科夫突然觉得，自己就像下象棋的新手，一边看着象棋大师下

1　中文译者注：温泉关之战发生在公元前 480 年，是希波战争中的一次重要战斗；特洛伊之战是在《荷马史诗》中记录的希腊征服特洛伊之战。

棋，一边急不可待地想要给他支招儿。他是不是以为只有自己才看到了关键一步？也许，他根本没有意识到大师早就看到了这一招，他不走这一招只是有合乎逻辑的理由？

"万事归一，"铁木辛哥说，"每个人都要履行职责，坚守在最高指挥部分配的岗位上。"

负责交通的将军原来要发言，被铁木辛哥打断了。现在铁木辛哥要他继续汇报。

"我想说一下卡车修理和零配件供应的问题。"将军说道。在说了这么多重要的事情后，他的汇报显得有些无关紧要，这让他有点尴尬。

铁木辛哥转向他，仔细听着。

以往的时候，当这位将军提出一些问题时，铁木辛哥总是有点粗暴和不耐烦，因为他知道部下无能、懒于思考，说话太啰嗦。现在他应该非常清楚他们打了败仗，然而当前是德国人占了主动，他不想再批评部下，也不想因为部下打了败仗导致苏军迅速撤退而去指责他们。

会议结束时，将军们将文件放好，合上他们的图囊，一起立正。方面军司令员走到他们面前，跟他们一一握手。他宽阔平静的脸在颤抖，像是他正在和某种让人警惕的、在内心里燃烧的东西做斗争。

将军们的司机被摇醒，纷纷发动汽车，车门关闭的声音就像枪声一样此起彼伏。黑暗而荒凉的街道上充满了汽车前灯发出的蓝色光柱和引擎咆哮的噪声，然后一切迅速变回黑暗和宁静。道路和两边房屋的墙上还在弥散着白天积累的温暖，但伏尔加河的清凉气息已经在开始缓慢飘荡。

诺维科夫的靴跟在人行道上发出清脆的响声，免得引起巡逻士兵的怀疑。他回到了自己的营房。

他很意外地发现自己想起了叶尼娅。尽管周围一片糟糕，但他的内心仍存有对幸福的某些美好期待。他自己都不知道，这种顽固的、毫无道理可言的幸福预期究竟是从哪儿冒出来的。

他思考的东西实在丰富了，挤压得呼吸都有些困难，整条街道也似乎因此显得闷热和窒息。

第二天早上在食堂里，切普拉克低声对诺维科夫说："昨天我跟您说的都已经落地了。新组建了方面军。天亮时方面军司令员到莫斯科去了，坐着道格拉斯飞机去的[1]。"

"哦！"诺维科夫说，"这样我就可以调到战斗部队，去前线了。"

"那您就完蛋了！"切普拉克冷静而严肃地说道。

"什么意思？"诺维科夫笑道，"除非我准备结婚了。"

他说完后，觉得自己像是开了个小玩笑，又不禁有点脸红。

二十六

西南方面军从瓦卢伊基向斯大林格勒的漫长撤退终于结束了。

人们都说，铁木辛哥元帅在到达斯大林格勒的第一天就到伏尔加河里去洗了个澡，以洗净这次漫长的撤退所带来的不快。厚厚的尘土渗进了人们的血管，包裹住了他们的心脏。赋予铁木辛哥的任务——从德国人手里拯救众多的人员和装备——最终完成得既痛苦，又哀伤[2]。

敌人尽一切所能，想要让这场撤退沦为溃败。有好几次，德军坦克突破了防线，出现在后方；有好几次，整个防线变得七零八落；有好几次，德军坦克纵队与苏军运输人员和装备的卡车纵队朝着同一个方向平行运动，双方掀起的尘烟清晰可见，但却没有人开火。同样的情况也出现在1941年6月，在科布林，在别洛扎-卡尔图斯克，在斯卢茨克。

---

1 英文译者注：道格拉斯 C-47 "空中火车"被普遍认为是二战中最好的运输机，通过租借法案大量提供给了苏联。美国另授权苏联生产了部分该类型运输机，并命名为"里-2"。
2 英文译者注：在1941年8月到9月基辅战役中近乎全军覆没后，西南方面军获得重建。1941年9—12月、1942年4—7月，铁木辛哥元帅两度担任西南方面军司令员。1942年7月12日，西南方面军正式解散，部队编入斯大林格勒方面军和南方面军。

1941 年 7 月，当德军坦克从利沃夫冲往罗夫诺、沃伦斯基新城、日托米尔和科罗斯特舍夫，超越了向第聂伯河撤退的苏军时，也出现了类似的情况[1]。

铁木辛哥元帅将许多师团从包围中解救了出来，让它们安全地撤过了顿河。但是，无人关注这一成就是如何做到的。不管是军需、医疗还是干部部门，都无法统计成千上万跨过顿河的军人们当中，有多少对未来和自己的前途失去了信心。只有亲眼看到了那由疲惫不堪的人们组成的漫长队伍日复一日向东行走，才有可能估算出这种损失的严重程度。

铁木辛哥元帅完成了交给他的任务。到达斯大林格勒后，他和副手以及随员们在伏尔加河边度过了几个小时。他们站在河里，腰部以下浸入水中。他们用肥皂清洗剃得发亮的脑门和红红的脖子，发出轻微的呻吟和咕哝声。

几千名红军战士从陡坡中小心地走下来，也走入了水中。他们看见沙子里的石英颗粒和蚌壳碎片在闪着光。他们时不时会踩在从悬崖上坠落到水中的大块砂岩上，尖锐的边缘让他们皱起眉头。

河流的气息触碰着他们烧焦的眼睫毛。他们缓慢而小心地脱下靴子。他们中有许多人从顿巴斯一路走到这里，双脚已经伤痕累累，哪怕是一阵大风都会加深疼痛。他们慢慢地像解开绷带那样解下包脚布。

有些人幸运地拥有一小块肥皂，便用它擦洗自己；运气没那么好的，则用河沙甚至自己的手指和指甲擦洗着身上。

蓝黑色的雾状污渍在水里扩散开来。像指挥员那样，当长时间附在身上那层干硬粗粝得像砂纸似的硬壳剥落之后，每个战士都发出快乐的叫唤声。

刚刚洗净的军便服和内衣在阳光下晾干，压在伏尔加河畔的黄色小

---

1 中文译者注：罗夫诺及随后的这些城市均位于今乌克兰，在基辅以西。

石子下，免得河面上惬意的微风把它们重新带回河里。

我们不知道铁木辛哥元帅那时的想法。我们也不知道，当他和他的数千名将士将水洒在自己身上时，是否清楚自己正在完成一个象征性的仪式。

这场大规模的洗礼，出现在决定俄罗斯命运的时刻。随后，伏尔加河西岸的悬崖上将发生一场为争取自由而进行的残酷战役。这场洗礼就像一千年前发生在基辅第聂伯河畔的那场洗礼一样，对全国的历史至为关键。

洗刷完毕后，人们坐在悬崖下的岸边，看着对岸阴沉荒凉的沙地延伸到远方。无论是谁，是年长的司机，还是兴高采烈的年轻射手，或是铁木辛哥元帅自己，眼睛里都充满着忧伤。悬崖之下就是俄罗斯的东部边境，远处的对岸则是哈萨克大草原的起点。

如果未来历史学家们想要理解这场战争的转折点，他们应该来到这片河岸边。他们只需要想象某个战士坐在这悬崖之下，只需要试着按照这位战士的念头去想，哪怕只想一会儿。

二十七

作为亚历山德拉·弗拉基米罗夫娜的长女，柳德米拉·尼古拉耶娃从来不把自己视为年轻一代。要是听到过她和母亲谈论玛露霞和叶尼娅，谁都会觉得这场对话发生在两个朋友，或者两姊妹之间，而不是母女之间。

柳德米拉长得像父亲，肩膀宽宽的，一头金发，有一双分得很开的、清澈的浅蓝色眼睛。她的性格既自私又善解人意，既讲求实际但又会异常慷慨。她可以拼命工作，但同时又是个乐天派。

柳德米拉在十八岁就结婚了。不过跟她第一任丈夫一起的时间不长，在生下托利亚后就分开了。在物理和数学系学习期间她认识了维克托·帕夫洛维奇·斯特拉姆，在拿到学位一年后跟他结了婚。柳德米拉学的是化学专业，本来打算攻读副博士，最终却没有完成。她爱把这个问题归咎于物质原因，还有照顾家庭以及生计上的困难。然而，真实原因可能恰恰相反。在她丈夫事业腾飞之时，柳德米拉丢下了她在大学实验室里的那些实验，两个人舒舒服服地过起了日子。在卡卢加大街上的新楼里，他们分到了一套大公寓，还分到了一套在奥特季赫的夏季别墅，带着一小片园地[1]。那种一切尽在掌控的激动冲上头来，柳德米拉四处张罗着购买瓷器和家具。到了春天，她开始在花园里种植郁金香、芦笋、菠萝、番茄和米丘林苹果树[2]。

1941 年 6 月 22 日，在第一次听到德国入侵的消息时，柳德米拉正在大剧院广场和驯马场广场之间的一个角落里[3]。她站在人群中听着喇叭里的消息。女人们哭了起来，她也发现眼泪从脸颊上流了下来。

莫斯科遭遇第一场空袭是在 7 月 22 日，战争爆发整整一个月后。柳德米拉和儿子托利亚整夜都在家的楼顶上。她扑灭了一颗燃烧弹烧起的大火。在粉红色的霞光中，她和托利亚站在一家人用来晒太阳的屋顶，全身都是烟灰，面色苍白。尽管受到了惊吓，但她却非常骄傲和坚决。在东边，太阳正从万里无云的夏季天空中升起；在西边，多罗戈米罗沃沥青纸工厂和白俄罗斯火车站仓库里升起的浓密黑烟形成了一堵墙。柳德米拉毫无畏惧地看着这些罪恶的烟火。她只担心自己的儿子。她紧紧地抱着他，把双手环抱在他的肩上。

在屋顶上看着这一切的同时，柳德米拉又不由得责备起那些整晚都

---

1 中文译者注：奥特季赫（Otdykh）位于今莫斯科城西南郊区。
2 英文译者注：伊万·米丘林（1855—1935），农学家和育种家，科学农业选择理论的创始人。他认为环境会影响植物的基因遗传。这一思路后来成为特罗菲姆·李森科（1898—1976）伪科学理论的基础。
3 中文译者注：大剧院广场和驯马场广场位于红场北部，两个广场之间是红场的入口。

躲进附近地铁站里的朋友和亲属了。有一个著名的科学家说过，他的生命只能贡献给科学。空袭时他躲进了地窖里，这让她非常蔑视。她蔑视的人里还有一位著名的中年作家。他在空袭中差点被砸破了头，在冲入防空洞时不断尖叫和哭泣。在夏天的这几个月里，柳德米拉交上了好些不惧死亡的朋友，有消防队员、房屋管理员和学校里的学生，特别是职业学校里的年轻学生。八月下旬，她打算带上托利亚和娜嘉到喀山去。维克托建议她带点之前的东西走。她看了一眼那些从古董店里买回来的漂亮瓷器，说道："我要这些废物干啥？天知道，我干嘛在这些东西上费了这么多工夫！"

维克托看看她，又看看摆放这些瓷器的带玻璃门的橱柜，想起了当初她去买这些碗碟时的激动情形，不由得笑道："那敢情好。要是你用不上，没有它们我也能过下去！"

到喀山后，柳德米拉、托利亚和娜嘉分到了一套两居室，离大学不远。过了一个月，维克托到了喀山才发现，柳德米拉已经不在大学里工作，她跑到位于拉伊舍夫区一个鞑靼集体农庄里工作了。他给柳德米拉写信，提醒她有各种疾病，什么心肌炎、代谢问题和不定期的眩晕症，恳求她回到喀山。

到了十月底她才回到他身边，变瘦了，还晒黑了。集体农庄给她的健康带来的好处，明显超过了四位著名教授组成的医疗队伍、各种健康食谱，也超过了基斯洛沃茨克的温泉、按摩和松针浴，当然还超过了各种光照医疗、水疗和电疗。

柳德米拉决心找个工作。维克托帮她在无机化工研究所里找了个活儿，她却说："不行，我不要特殊待遇，我要下车间去。"

于是柳德米拉成了一所工厂的药剂师。随后她在集体农庄里工作的成果也适时地、英明地展示出来。到十二月底，一辆雪橇停在他们的住所外，一老一少两个鞑靼人给她带来了四大袋小麦。接下来的四五个月里，他们家的家务工瓦莉亚每周都去一回市场，把小麦换成了苹果、牛奶和酸奶[1]。瓦莉亚是个话匣子，见人就说这是科学院院士的妻子在集体农庄里干活的收获。市场里的鞑靼人看见她就说："来了来了，科学院院士家里的老太太来换酸奶了！"

这个冬天过得十分艰苦。托利亚应征入伍，去了古比雪夫的军校。柳德米拉在工厂着了凉，得了肺炎，在床上躺了一个多月。康复之后，她组织了一个小组给伤愈出院的伤员们织手套、袜子和毛衣，医院政委于是邀请她加入本院的妇女委员会。柳德米拉还给伤员们读报读书。因为跟莫斯科疏散过来的科学家和学者们关系搞得很好，她还邀请了好几个科学院院士和教授过来给正在康复的病人讲课。

但是她常常念叨起在莫斯科屋顶上守夜的事情。"要是我不为你和娜嘉着想的话，"她对丈夫说，"明天我就回莫斯科！"

二十八

托利亚的生父，柳德米拉的第一任丈夫，是她的同学，名叫阿巴尔丘克。她在念大学的第一年就嫁给了他。第三年刚开始两人就分开了。他曾在学校里负责录取政审的委员会里工作，该委员会还有一项工作，是向非无产阶级出身的学生收取录取费。

这个长着漂亮薄嘴唇的大学生罗伯斯庇尔，每次穿着他的破皮夹克出现时都会引起女同学之间的窃窃私语。可他有一回却对柳德米拉说，一个无产阶级的学生娶了一位有资产阶级背景的年轻姑娘，简直不可理喻，甚至是犯罪。要是让他在一位资产阶级姑娘和一个人形的猴子之间选择跟谁上床，他会毫不犹豫地选择那只猴子。

阿巴尔丘克工作十分努力，从早到晚都在忙着学生事务。他在谈话

之前都会一丝不苟地做好准备，在学校和新建工厂中的工人之间建立联系。他向参加塔季扬娜日及随之而来的痛饮仪式的最后几个积极分子发出挑战[1]。所有这一切都没有让他在化学实验室里的定量和定性研究停下来。他在所有的考试中都拿了高分。每天，阿巴尔丘克的睡眠时间都只有四五个小时。此人生于顿河畔罗斯托夫，现在他的妹妹还住在那儿，已婚，是一家工厂的行政人员。他的父亲是一个助理医师，内战中死于白军炮弹，母亲在革命前已去世。

柳德米拉每次问起阿巴尔丘克小时候的情况，他总是皱着眉头说："能跟你说什么？小时候的事情能拿出来说的可不多，过得不算穷，都快赶上资产阶级了。"

到了周日，他就去医院里看望生病的同学，给他们带去书籍和报纸。他还把几乎所有的学生津贴都捐给了援助革命战士国际组织，去帮助那些在资本主义制度下受迫害的外国共产党人[2]。

他的学生生涯从来没有犯下过哪怕最轻微的、违背无产阶级道德的错误，堪称完美无瑕。他坚持认为，在五一国际劳动节到来时洒香水和涂口红的姑娘不得加入共青团。他要求出身"耐普曼"的同学不能乘坐出租车，不能穿马甲打领带，不能去里窝那餐厅用餐，否则就要从学校里开除出去[3]。有一次，他在学生宿舍里公开骂过一个脖子上戴着十字架的姑娘。

阿巴尔丘克相信，资本主义习惯是无法根除的，它刻入了某些人的

---

1 英文译者注：在东正教里，圣徒塔季扬娜被认为是学生的保护神。学生们一般都会在庆祝这个日子时喝得酩酊大醉。中文译者注：塔季扬娜日是东正教纪念殉教的圣塔季扬娜的节日，日期为儒略历 1 月 12 日（公历 1 月 25 日），后来成为沙俄为纪念莫斯科国立大学（罗蒙诺索夫大学）成立而设立的"学生日"。这一天出色的学生和教师都受到表彰，并在随后的庆祝中开怀痛饮。十月革命后塔季扬娜日被取消，在 1995 年重新恢复。
2 英文译者注：该组织成立于 1922 年，主要工作包括筹集资金，一方面宣扬资本主义国家中被迫害的政治犯所遭遇的苦难，另一方面为他们的家庭提供物质帮助。
3 英文译者注："耐普曼"（Nepman）是指在 1921 到 1928 年间经济相对自由化的新经济政策（NEP）时期从商业交易中获益，或者被认为获益的人群。

血液和脑细胞里。假如一个无产阶级的姑娘跟一个资产阶级出身的人结婚，不管这人如何去参加工厂劳动来洗掉自己身上的资产阶级基因，他们的孩子一定都继承了他的资产阶级意识。就算是他的孙子们，在他们心智的深处也会具有这种危险的传染因素。当有人问他如何处理这一类人时，他阴沉地答道："首先需要孤立他们。一旦他们从社会循环中排除出来后，就有时间决定该怎么办了。"

任何出身资产阶级的人都会让他产生物理上的恶心。如果他在一条狭窄的走廊上不小心碰到了一位漂亮并且优雅的姑娘，而他又恰巧怀疑这位姑娘是资产阶级的人，那么他就会本能地使劲甩那只胳膊，好像这样就能把她留在他军用皮夹克袖子上的痕迹甩掉似的。

在父亲去世后第二年，1922 年，柳德米拉跟阿巴尔丘克结了婚。宿舍管理员分了一间六平方米的房子给他们。到晚上柳德米拉要去缝婴儿褓褓。她买了一把茶壶、两个酱碟和几个大盘子。这让阿巴尔丘克很不高兴。他认为现代家庭应该从厨房杂务的束缚中解放出来，丈夫和妻子应该到公社化的食堂里吃饭，孩子应该由托儿所、幼儿园和寄宿学校抚养。整个家只应有最必需的家具：两张书桌、两张可以靠墙折叠起来的床、若干书架和一个嵌入墙内的橱柜。

就在此时，阿巴尔丘克得了肺结核。同事们想办法安排他去雅尔塔的一家疗养院去疗养两个月，他拒绝接受这一安排，并把疗养的机会让给了工人院系里一个生病的学生。

他是个友善而慷慨的人，但只要事情涉及原则问题，就会变得非常固执和残忍。在工作中，他称得上人品高洁，鄙视金钱和日常享受，只不过他有时候会去偷看别人的信件和柳德米拉藏在枕下的日记，有时候从朋友那儿会借书不还。

柳德米拉觉得她的丈夫是个独一无二的人，跟任何人都不同。但她每次在母亲面前夸赞阿巴尔丘克，亚历山德拉都会打断她："别这么说，不行。不管我在彼得堡念书还是在西伯利亚流放，这样的年轻人我都见过，

160

见得太多了！他们根本不知道如何在热爱全人类和热爱一个真实的人之间实现调和。""不，"柳德米拉答道，"您不了解。他完全不是这样的人。"

在他们的孩子来到世上前，柳德米拉毫无保留地从属于阿巴尔丘克。但这个小生命降生后，夫妻俩的关系就恶化了。阿巴尔丘克很少提到柳德米拉的革命家父亲，但常常会批评她那位出身资产阶级的外祖父。他觉得，孩子的出生唤醒了蛰伏在她体内的小资产阶级本能。他常常阴郁地看着妻子系上白围裙、戴着头巾忙忙碌碌地用平底锅煮荞麦粥，看着她灵巧地将各种图案和名字缩写绣在婴儿褓褥和被套上，然后若有所思地看着小小的婴儿床上盖着的绣花床罩。许多古怪和充满着敌意的东西侵入了这间屋子，上面这些看上去人畜无害的内容让他们产生了深深的不和。

阿巴尔丘克想把孩子送进托儿所，还想把孩子交给钢铁工人公社抚养。但他的计划落空了。

柳德米拉说她想带孩子一块去哥哥德米特里的夏季别墅里消夏。别墅够大，母亲和两个妹妹都可以过来照看孩子。就在她准备出发时，夫妻俩爆发了一场激烈的争吵。柳德米拉不同意给孩子起名"奥克佳布尔"[1]。

自己在家里独处的第一晚，阿巴尔丘克把墙上的装饰全部扯了下来，让它现出了此前的非资产阶级本色。他把书桌上带有流苏的桌布也撤走了，在桌前坐了一整夜，写了一封六页纸的信给柳德米拉，十分详细地列举了要跟她离婚的理由。他现在是统治阶级的一员，要从内心里把任何关乎个人和虚荣的东西全部连根拔掉。而她，则在心理上和意识上仍与已被历史淘汰掉的那个阶级息息相关。他对此已经毫无疑问。她所从属的那种社会意识支配了她的个人本能。更糟糕的是，他们两人走的不

1　英文译者注：在革命后的头十年，狂热的共产党人往往用政治化的名字给他们的孩子命名。"十月"就是一个例子。更加普遍的命名还有弗拉德连（来自弗拉基米尔·列宁），马尔连（来自马克思—列宁）。中文译者注：奥克佳布尔是俄语"Октябрь"（十月）的音译。

161

是同一条道路，而是相反的道路。阿巴尔丘克不允许孩子使用他的姓氏，因为他未来肯定会跟资产阶级想到一块儿去。最后这几句话造成的伤害特别大，柳德米拉边哭边读着这封信。后来她再读它时，反而愤怒起来，在某种程度上竟然部分治愈了创伤。夏末，亚历山德拉·弗拉基米罗夫娜带着小托利亚回到斯大林格勒，柳德米拉则继续去念书。

新学期的第一堂课开始前，阿巴尔丘克来到她面前，伸出手说道："您好，沙波什尼科娃同志！"柳德米拉冷静地摇了摇头，把手背到身后。

1924 年，学校里开始了一波对学生的审核工作，资产阶级出身的学生都要被除名。柳德米拉从朋友那儿得知，阿巴尔丘克提出要开除她。他向有关部门解释了两人的婚姻和离婚的原因。在那段时间里，同学们之间经常开这样的玩笑："瓦尼亚的运气真真好！他有两个当农民的老娘，还有一个当工人的爹！"大家都哼哼着这样的小调：

> 哎呀呀，行行好，
> 该花钱上哪儿去找？
> 工厂里工作的爹爹真是好，
> 犁地的老妈不得了！

到头来柳德米拉总算没被开除。有件意外的事儿——有两个被当作工会"不可分离的同伙"的年轻人差点被开除出校。他们一位叫作皮奥特尔·克尼亚热夫，一个叫作维克托·斯特拉姆，连一天都没有加入过工会。他们的老师站出来说，两位年轻人是非同一般的天才。三个月后，学校党委撤销了系里的开除决定。但是克尼亚热夫病倒了，病好后跟父母去了远离莫斯科的地方生活，没有再来上学。

在审核期间，柳德米拉被叫去问了几次话，遇到了维克托。到了第三个学年维克托又来上学后，柳德米拉向维克托表示了祝贺，告诉他很高兴能够再见。

在校长办公室那间阴暗的接待室里，两个人谈了很久，接着一起去食堂喝了酸奶，接着又在学校小公园的长椅上坐了下来。

柳德米拉以前认为斯特拉姆是个书呆子，实际上他跟她想的完全不一样。他的眼睛里满是笑意，但在说着有趣的事情时又会变得非常严肃。他热爱文学，常常去剧院，一场音乐会都不会落下。他还常去啤酒馆喝啤酒，听那里的卡尔梅克人唱歌，还非常喜欢看马戏。

要紧的是，两人的父母以前还是朋友。在亚历山德拉·弗拉基米罗夫娜和丈夫在巴黎流亡时，维克托的母亲在那里学医。柳德米拉说："我从我妈那儿听说过斯特拉姆这个名字，她们在一起住了一整个月。都没想到您会是她的儿子！"

冬天时，柳德米拉和斯特拉姆一块到音乐学院剧院大电影厅去看电影。到春天，他们又一起去了昆采沃和麻雀山踏青，一起到莫斯科河里泛舟。毕业前一年，两人结婚了。

亚历山德拉·弗拉基米罗夫娜和安娜·谢苗诺夫娜·斯特拉姆的友谊被两个年轻人重新联系在一起了。她得知这个消息后，大吃了一惊。两位母亲都写信互致问候，诉说彼此的惊喜。

柳德米拉的第二次婚姻跟第一次极为不同。维克托在生活上不缺钱，基本不用外出工作。每个月安娜·谢苗诺夫娜都会给他寄来八十卢布，每年还会寄过来三个塞得满满的胶合板箱子，里面放着苹果、甜点、果馅卷、内衣，还有几双用红线绣着斯特拉姆姓名缩写的袜子，从这就可以看出她还是把自己儿子当成小孩子。在阿巴尔丘克面前，柳德米拉就像个小姑娘，但现在她变成了一个深通世故的女人，带着点居高临下的优越感去照顾自己孩子般的丈夫。维克托每周都给母亲写信。要是他忘了写，柳德米拉就会收到她的电报：维克托身体还好吗？

要是维克托在写信时让她也写上两行，她会不高兴地答道："老天，我给我妈写信都没那么勤快，两个月都写不了一封。我到底嫁给谁了，你还是你妈？"

阿巴尔丘克在社会活动中用掉的时间太多，在柳德米拉和维克托毕业一年后才完成学业。柳德米拉逐渐忘记了她对第一任丈夫的憎恶，开始关注他的事业。刚开始阿巴尔丘克表现得很好，不断发表文章、上课，一度还在教育人民委员部科学和学术处担任了一个重要职务。

第一个五年计划开始时，阿巴尔丘克以工业管理者的身份去了西西伯利亚。柳德米拉先是在新闻报道中见过他的名字，后来在关于修建一些大型工厂的文章中也见到过。他从来没有写信给她，也不去问托利亚的情况。有一段时间她完全没有任何关于阿巴尔丘克的消息，但突然间又从一篇文章中看到了他负责建设的大型工厂建成的消息，文章中完全没有提到他的名字。一年后，柳德米拉知道了他被捕的消息，罪名是人民的敌人。

1936年，维克托·帕夫洛维奇·斯特拉姆以最年轻的候选人身份当选了科学院通讯院士。在庆祝晚宴后，客人们陆续离去，只有叶尼娅和克雷莫夫留了下来。克雷莫夫说了几句维克托和柳德米拉永远不会忘记的话。

维克托那时对阿巴尔丘克还怀着醋意。他大大咧咧地说："跟你们说个小故事吧，很简单的故事。从前有两个学生。第一个想要决定第二个的命运，于是宣布第二个无权在物理和数学系学习。现在，第二个学生当选了科学院院士。第一个嘛……他在这个世界上有什么成就？"

"别这么说。"克雷莫夫说。"这个小故事可比你想象的复杂得多。我跟第一个学生见过几回。第一回，他在彼得格勒带着一个排的队伍向冬宫发动进攻，全身浴火，满是豪情。在乌拉尔我见了他第二回。高尔察克的行刑队在他面前排成一排，但他设法活了下来——全身是血，在坑里躺到天黑才爬了出来，找到了革命委员会，但仍还是那个全身浴火、满是豪情的人[1]……不，统治我们生命的法则远比这一切复杂得多。当

---

1 中文译者注：亚历山大·瓦西里耶维奇·高尔察克（1874—1920），沙俄海军上将。十月革命后率领白卫军与红军作战；1918年成立临时政府，担任执政官。1919年底，高尔察克被手下逮捕并转交给红军，次年被处决。

俄罗斯——也可能是全世界——即将迎来一个充满革命的未来时，第一个学生履行了他的职责，光荣地履行了他的职责，用汗水和鲜血作为代价。"

"就算是这样吧，"维克托不太自信地说，"这人差点就把我给生吞了。"

"事情往往如此。"克雷莫夫答道。

二十九

在喀山，分给斯特拉姆的公寓显然是专门留给疏散人员住的。第一间房间里的布置就暗示了住户四处漂泊的身份：各种箱笼沿墙堆放着，床下面是一长排不同的靴子和鞋子。桌布下面伸出的半截桌腿是松木条匆忙刨平的。桌子和床之间塞满了各种书籍。维克托的房间里，靠窗摆着一张大书桌，上面空荡荡的，像是重型轰炸机跑道。他喜欢让工作区域干干净净的。

柳德米拉早就给她在斯大林格勒的娘家人写了信，邀请他们在万一需要疏散的情况下，一起到喀山和她还有维克托团聚。她早就把床该放哪儿安排妥当了。只有一个角落是必须要留出来的，要留给托利亚。要是哪天他从部队回来，她就从小阁楼里拿出床在角落里给他放好。她还留着一个小箱子，里面放着托利亚的内衣、一听他最喜欢吃的鲱鱼罐头，还有一小叠他寄过来的信，仔细地用丝带束好。箱子里最上面放着一张儿童作业簿的纸，上面写着的几个字——"嗨妈妈就来"，几乎填满了整页。

夜里，柳德米拉常常惊醒，然后就躺在床上思念托利亚。她很冲动地想去找他，用她的身体保护他，为他抵御危险，为他挖战壕，哪怕日夜不停地挖，哪怕遇到沉重的黏土或坚硬的岩石。但这一切都不可能发生。

她总是觉得，自己对儿子的热爱跟其他母亲对儿子的热爱不一样，非常不一样。她因为儿子长相并不漂亮而爱他，爱他的大耳朵，爱他摇摇晃晃的步伐，爱他的笨拙，爱他害羞的样子。她因为他不愿去学跳舞而爱他，因为他一个接一个地吃掉二十块甜点后抽鼻子的样子而爱他。他的物理或者三角函数考卷上总是写着一成不变的"优秀"，这时她会皱着眉头低声说："这也没什么。"然而有一回，他跟她说了文学考试拿了低分后，她感到心中涌出对柔弱的他的无尽疼爱，远比之前更甚。

战前，维克托对托利亚发过几次脾气，因为他跑去看电影，没帮妈妈做家务。"我可不是这么长大的，"他怒道，"哪有这么娇生惯养的！"他好像从来没注意到，他自己的母亲对他就像柳德米拉对托利亚一样，两人都是这么给惯坏了。

不高兴的时候，柳德米拉会觉得托利亚并不喜欢他的继父，其实她也知道事情并非如此。

托利亚对自然科学的热爱很快就变得非常明显。他对文学毫无兴趣，也不喜欢上剧院。

不过在战前不久的某天，维克托看见托利亚在照镜子。他戴着继父的帽子，系着他的领带，穿着他的马甲在跳舞，然后假装面对某人优雅地鞠躬和微笑。

"我好像不怎么了解这孩子？"维克托对柳德米拉说。

托利亚那位同母异父的妹妹娜嘉对父亲则用心得多。在她十岁的一天，她和父母一起去逛商店，柳德米拉想要买一块天鹅绒当窗帘用，她要维克托算一下需要多少米，维克托心算起了长宽高和帘子的数量，一下就算糊涂了。商店店员用几秒钟就全算清了，带着点得胜的笑容对尴尬得不得了的娜嘉说："令尊好像不太像个数学家呀。"

从此后，娜嘉内心深处开始认为父亲要做好他的工作得下很大功夫。有一次，她看着父亲的草稿纸——上面从头到脚写满各种公式、符号，无数的擦除和更正——用发自内心的同情口吻说道："可怜的老爸！"

柳德米拉几次看见过娜嘉踮着脚尖偷偷溜进父亲书房，悄悄靠近扶手椅，然后用双手蒙住父亲的眼睛。斯特拉姆呆了好几秒，然后突然转身抱起女儿，亲吻她。夜里有客人来访时，维克托会时不时地四下看看，看到她两只大大的眼睛正用哀伤的眼神专注地看着他。娜嘉喜欢读书，读得既多又快，但总是读完就忘得干干净净。她偶尔会出现奇怪的注意力不集中的情况。这种情况下跟她说话，她常常答非所问，还有一次甚至穿了两只不同的袜子去上学。这个事儿后，家里的家务工说过几次："咱们的娜嘉好像有点忧郁。"

　　柳德米拉问娜嘉长大后要成为什么样的人，她答道："不知道，我谁都不想成为。"

　　托利亚和她完全是两种人。小时候两个人就一直爱吵架。娜嘉非常清楚怎么戏弄托利亚，也常这样无情地折磨他。托利亚一生气就去揪她的长辫子，这让她很难过，但却不能让她老实下来。她一边躲开托利亚，一边含着眼泪气鼓鼓地继续捉弄他，叫他"咱们的蓝眼睛小朋友"或者其他让他非常生气的奇怪称呼，比如说"猪圈"。

　　战争爆发前不久，柳德米拉发现两人之间终于安静下来了。她对两个年长的老朋友说起此事，他们忧郁地微笑了一下，用同一个语调答道："他们长大了。"

　　有一天，在从特供商店回来的路上，娜嘉看到邮递员站在家门口，手里拿着一封叠成三角形的信，是写给柳德米拉的[1]。托利亚在信中骄傲地写道，自己已经完成了军校的课程，马上就要下到战斗部队了，有可能去外祖母生活的那座城市附近。

1　英文译者注：特供商店是为这个国家中某些有特权的人群提供服务的机构。在本书中，这一人群是科学院的院士和他们的家属。他们可以在特供商店里买到一般人买不到的物品。至于叠成三角形的信件，红军人员的信件不用信封，通常折叠成三角形使之不易打开。所有邮件内容都要经过检查人员检查，信件不封口。这些信件均免费寄送，也不需要贴邮票。

柳德米拉手里拿着信，有半个晚上都没睡着。她不断地点燃蜡烛，慢慢地读着每一个字，好像这封匆忙写就的简短信件藏有关于儿子命运的秘密。

三十

来了一封电报，要维克托去莫斯科。他的同事、科学院院士波斯托耶夫也收到了一样的电报。维克托认为去莫斯科跟他的工作计划有关系。计划还没有获得批准，他觉得有点不安。

这是个非常宏大的计划，要解决某些理论上的问题，当然也要投入巨大的研究经费。

早上，维克托把这份电报给他的同事和朋友皮奥特尔·拉夫连季耶维奇·索科洛夫看了。这家伙有一头浅色头发，块头硕大，还有一颗大脑袋，跟维克托长得完全是两个方向。两人坐在报告厅旁边的一间小小的办公室里，仔细讨论着去年冬天制定的那个计划的是是非非。

索科洛夫比维克托小八岁，战前不久才拿到副博士学位，发表的第一篇文章就引起了苏联国内甚至是海外的关注。

法国一家杂志发了一篇关于他的简短介绍，还附上了照片。作者对这个曾在伏尔加一艘汽船上当司炉的年轻人能够从莫斯科国立大学拿到学位，还能深入物理学最复杂领域的理论前沿进行探索表示惊奇。

"我们的计划应该不会得到全盘批准，"索科洛夫说，"你肯定记得之前跟苏霍夫那次谈话。大家都在忙着战时生产，谁来给我们弄必需的高标准钢材？我们要的钢材需要熔三次，全国的高炉可都在生产用于坦克和火炮的钢。谁来批准我们这个计划呢？只需要几百公斤这样的钢材，谁来批准建造这样的高炉给我们？"

"是啊，"维克托说，"这些我知道。不过，苏霍夫已不担任研究所所

168

长了，都走了两个月了。钢材的问题，您说得对，但别从整体上来看问题。切佩任已经大体批准了我们的这个想法，他的信我看过了。皮奥特尔·拉夫连季耶维奇，您总是有办法忘掉这些具体的东西。"

"抱歉，维克托·帕夫洛维奇！"索科洛夫说，"总是忘掉了具体的问题不是您吗？战争对我们来说还不够具体？"

两个人都有些生气。要是计划遇上了反对意见，在维克托该怎么应对的问题上两个人都没法取得一致。

"轮不到我来给您建议，"索科洛夫说，"莫斯科有很多门路，我可不知道您该走哪条。"

"都知道您门路多，"维克托反驳道，"到现在您还没拿到居住许可，还找了一家全城最糟的特供商店登记。"

这算得上是称赞。两个人知道对方不懂世故，都不沾烟火气。

索科洛夫认为解决他的居住许可问题是行政部门的职责。他自己太清高了，不屑于催他们办理。当然了，他也不跟维克托提到这些，只是不高兴地摇了摇头："您知道，我才懒得去想这些。"

随后，他们又讨论了一下维克托出差期间索科洛夫应该帮他做的事情。

下午晚些时候，市苏维埃的一个穿着蓝色马裤、脸上满是麻子的办事员找到维克托，给了他一张通行证和一张第二天到莫斯科的快车车票。他上上下下地打量着维克托，一脸信不过的惊讶表情。瘦削溜肩的维克托，头发乱糟糟的，怎么看都不像是个理论物理学教授，倒像是个卡尔梅克民乐作曲家。维克托把车票塞进口袋，也不问火车什么时候开，就开始跟同事们道别。

他答应大家，向留在莫斯科看护设备的安娜·斯杰潘诺夫娜表示集体和个人的问候。他听到好几位女同事对他说："哎呀，维克托·帕夫洛维奇，我真嫉妒您，后天您就在莫斯科了！"接下来是一片"祝您好运""快去快回"和"一路顺风"之类的祝福。他赶紧回家吃晚饭。

他一路走着，一路想着计划的事情，想知道计划到底能不能获得批准。他想起跟研究所原来的主任伊万·德米特里耶维奇·苏霍夫的谈话。那还是去年 12 月苏霍夫到喀山的时候。

苏霍夫非常平易近人。他拉着维克托的手，问他的身体状况，问他的家人和生活情况。任何人听了他说话的语调，都会觉得他不是来自古比雪夫的人。这人分明来自前线，直接从战壕里走出来，向着一个被吓得魂飞魄散的脆弱的平民走过来。

但他对工作计划一个字都没有提到。

苏霍夫很少关注科学问题的实质性内涵，他更关心的是科学问题的政治后果。这个人有丰富的经验，对某个特定人群所思考的事关政权的大事有一种特别嗅觉。他可以对某些东西进行严厉批判后，在次日又对类似的东西表示出全身心的赞同，这样的事情发生过好几次了。

像维克托这种人，特别容易从主观的角度出发争论某些事情，然后傻乎乎地激动起来，根本不会意识到它们所具有的深刻含义。苏霍夫认为，他们不知道世界运转的方式。

他跟人进行交谈时总是说，自己是对事不对人，或者对事情亦不持有个人观点。他所关心的只是集体的利益。当然，他肯定没有意识到，他的所有观点，以及那些观点的突然转向，往往能完美地与他的职业利益实现耦合。

"伊万·德米特里耶维奇，"维克托和苏霍夫争辩时说，"我们这些凡夫俗子怎么能知道哪种研究对苏联人民最重要？整个科学的历史……反正我改变不了我从小就坚持的那些想法。我再跟您说一次这是怎么回事。小时候有人给了我一个鱼缸……"

他瞥了一眼苏霍夫，在后者高高在上的微笑下，他退缩了："这跟我们在做什么没关系。尽管大家会觉得奇怪，但它跟周围的一切有关系。"

"我明白，"苏霍夫答道，"您需要弄明白，您童年的鱼缸什么都不是。我们谈论的事情比任何鱼缸都重要得多。现在不是进行理论开发的

170

时候。"

维克托感到很丧气，他觉得自己要发作了。

他真的发作了。"不管怎么说，"他嚷道，"我是研究物理的，怎么能让您这样的官僚来给我上课？这么做没意义，对不对？"

苏霍夫的脸立刻红了，现场的人都皱起了眉头。"完了，"维克托对自己说，"别指望找他要条件更好的公寓了。现在开始我什么事都不会找他了。"让他感到奇怪的是，苏霍夫没有显示出一点被激怒的样子。相反，他看上去很内疚，眼皮颤抖着，就像马上要放声大哭的小男孩。过了一会儿，苏霍夫说："我觉得您需要休息一下，您的精神太紧张了。"接下来他补充道："关于您的工作计划，我只能重复已经说过的话。我觉得这些话没法解决当下的需要。我会再想办法的。"

苏霍夫从喀山回到了古比雪夫，然后又回了莫斯科。六周后，他发了封电报说，马上会再来一趟喀山。

他没有到喀山。在莫斯科，他被召去党中央委员会，在那里受到严厉批评，被解除了职务，并被打发到巴尔瑙尔当地一所农业机械建筑学校里去教书了[1]。临时代替他的是一个年轻的科学家，名字叫作皮缅诺夫。维克托指导过他。所以当他走路回家时，脑海里想到的是跟皮缅诺夫会面这件重要的事情。

三十一

柳德米拉站在门口跟维克托打了招呼，然后拿着一把刷子把他外套上的灰刷掉，问他去莫斯科的具体情况。考虑到丈夫现在的影响力已经获得适当的认可，每一点细节对她都很重要。

1　中文译者注：巴尔瑙尔是俄罗斯阿尔泰边疆区首府，位于西伯利亚南部。

她想知道是谁给丈夫发了那封电报，想知道明天有没有车接丈夫去火车站，想知道他乘坐的火车是不是包厢。她含笑告诉丈夫，波德科帕耶夫教授没有获邀去莫斯科——她不喜欢波德科帕耶夫教授的妻子。然后，像是要把这些想法赶走似的，她的手鲁莽地挥了一下："这些都是顺口说的。我还是很担心，白天晚上都在担心，心扑通扑通地跳：'托利亚，托利亚，托利亚……'"

娜嘉回来得有点晚。她去找她的朋友艾拉·波斯托耶娃去了。

维克托听到了娜嘉小心谨慎的脚步声，心想："她还是太瘦了。沙发的弹簧都坏了，这孩子坐在上面都没发出吱嘎声。"他继续工作着，一边飞快地写着东西，一边头也不抬地说道："晚上好，我的小妞儿！"

安静了很长一段时间，维克托仍旧头也不抬地问道："怎么，波斯托耶夫怎么了？她在收拾行李吗？"

娜嘉还是什么也没说。维克托敲了敲桌子，仿佛是要继续保持安静。他在解决一个数学问题。要是走之前没有完成，这一路肯定会让他心里放不下，因为路上没法再集中精力去做了。就在似乎已经要把娜嘉抛在脑后时，他转过身来问道："到底怎么了，我的爱哭鬼？"

娜嘉生气地看着他，然后突然发作了："我才不想去地里干活！艾拉·波斯托耶娃哪儿都不用去。妈妈呢，都没跟我说就去学校帮我报了名，要我8月去集体农庄。我要到月底才回来，一回来就要去上课！同学们都说那里吃不饱，还得拼命工作，根本没时间在河里洗澡！"

"好了，好了，现在去睡觉吧，"维克托说，"比这糟糕的事情都有呢。"

"我知道他们都在那里干了啥，"娜嘉说，先摆了摆一边肩膀，然后摆了一下另一边，继续说道："我知道您不会去集体农庄的，对吧？"她接着说："我亲爱的爸爸在政治上可聪明了，所以他现在自愿去莫斯科。"

她站起来，在走出房门前，停下来说："哦，对了，奥尔加·雅科夫

172

列夫娜对我们说，她去车站给伤员送慰问品，在那儿的一列伤员列车上看到马克西莫夫了。他两次负伤，被送往斯维尔德洛夫斯克。出院后，他会回莫斯科大学去教书。"

"哪个马克西莫夫？"维克托问。"是那个社会学家吗？"

"不，不，不，是那个生物化学家！我们夏季别墅旁边的那个邻居。战争爆发前一天还到家里喝茶……想起来了？"

"火车还在车站里吗？"维克托问道，他对这条消息感到有点难过。"我和妈妈马上就去车站。"

"不在了，太晚啦，"娜嘉说，"奥尔加·雅科夫列夫娜刚到他那列车厢，发车铃就响了，他都没来得及说些什么。"

晚上睡觉前，维克托和柳德米拉吵了一架。维克托指着沉睡中的娜嘉那两条纤细的胳膊说，柳德米拉不该让娜嘉到集体农庄去。他说，应该让她好好养一养，接下来这个冬天不会好过。

柳德米拉说，娜嘉这个年龄的姑娘都很瘦，自己在娜嘉这个年龄时比她瘦多了。再说，还有很多家庭到了夏天都把孩子送进工厂或者送到地里做重体力工作。

维克托反驳道："我跟你说，我们的女儿变得越来越瘦了，你尽胡说八道什么。看看她的锁骨，她嘴唇因为贫血都变白了！你这是怎么搞的，想让两个孩子都去吃苦头吗？这样你就开心了？"

柳德米拉难过地看着他，痛哭起来："你对托利亚面对的危险根本不关心。有时候我不需要你讲道理，我要你用心，我要你去关心。"

维克托慢慢地、一字一句地说："柳德米拉，你这也叫关心？"

"你说对了，"柳德米拉说，"又让你说对了。"然后她转身走开，重重地摔了门。

这次争吵又一次强化了维克托的一个观点：柳德米拉不爱他的母亲。这是引发他们无数次争吵和异议的主要原因。

至于别的方面的问题，维克托却很少将它们与婚姻联系起来。经过

173

那么多年，时间的惯性往往让人忘却了婚姻关系的重要性。一切都被日常生活磨得不再清晰，只有突发情况才能让夫妻俩发现，耳鬓厮磨和时间惯性是所有事情中最紧要也是最有诗意的，只有这时他们才会意识到将两个人从青年捆绑到白头的那种力量。而维克托和柳德米拉已经到达了这个境界。维克托常常在门口走来走去，不断地问托利亚和娜嘉："妈妈在家吗？……你们说她不在，什么叫不在？……她在哪儿呢？……会很快回来吗？"这些问题常常惹得两个小家伙痴痴地笑，维克托却一点也没有注意到。

如果柳德米拉因为什么原因回晚了，他就会放下工作，在公寓里四处踱步，要么在埋怨着她，要么会发誓说要出去找她。"这女人到底上哪儿去了？走的哪条路？走的时候她还好吧？为什么这时候出去呀，交通高峰期呢！"

但柳德米拉一旦出现，他就会安静下来，坐回书桌旁，做出忙碌的样子回答她的问题："有什么事儿？没有的话请别烦我。在工作呢。"

娜嘉跟许多多愁善感的年轻人一样，有一种制造快乐感的能力。她常常用完美的表现力再现她老爹的这种状态，在厨房里做的这些即兴表演常常让托利亚乐不可支，而家务工瓦莉亚则会惊呼道："哎呀，天哪，真受不了。维克托·帕夫洛维奇不就是这样的嘛！"

三十二

柳德米拉不喜欢维克托一家的亲戚，不到万不得已她不会去见他们。这些亲戚中有少数几个日子过得还行，其他的说话时都用上了过去时："他以前是个著名律师，他妻子曾是城里头号美人儿"，"他以前有副好嗓子，在南方时算得上是真正的名流"。维克托对他这一家的各种事情都很有兴趣，对年纪大的亲戚也热情有加。这些人开始回忆过去时，都不会说自己年轻时怎样，而是更深入到上一代甚至更远几代人年轻时的那些神秘往事中。

这一复杂大家庭有一大堆上了年纪的叔伯堂表、姑婶姨娘，柳德米拉根本就没法把这种关系梳理清楚。维克托却说："这有多难的？玛丽亚·鲍里索夫娜是奥西普·谢苗诺维奇的第二任妻子。奥西普·谢苗诺维奇是我已故叔叔伊利亚的儿子。我都跟你说过了，伊利亚叔叔是我父亲的弟弟。他喜欢玩牌，是个不可救药的赌鬼。维罗妮卡·格里高利耶夫娜是玛丽亚·鲍里索夫娜的外甥女，就是她妹妹安娜·鲍里索夫娜的女儿。现在她嫁给了皮奥特尔·格力高利耶维奇·莫济廖夫。明白了吗？"

柳德米拉答道："算啦，弄不明白的。你也许能弄懂，爱因斯坦可能也弄懂一点。我太笨了，算啦。"

维克托·帕夫洛维奇是安娜·谢苗诺夫娜·斯特拉姆唯一的儿子。

安娜·谢苗诺夫娜年轻时精力充沛，热情洋溢。她喜欢看戏，斯坦尼斯拉夫斯基和他的剧团到敖德萨演出时，还在念书的她为买到票好几次整夜排队。后来她到海外去待了几年，在伯尔尼大学医学专业毕业，在日内瓦逗留了一阵子。然后她去意大利给一位知名的眼科医生当了助手，还在巴黎住了两年。1903 年，亚历山德拉·弗拉基米罗夫娜和她在巴黎住了一个月，当时前者的丈夫和革命家一起去伦敦开党的代表大会去了。安娜·谢苗诺夫娜给了她一枚小小的胸针，上面有两朵釉质紫罗兰，亚历山德拉现在还常常戴着这枚胸针。

维克托三岁时父亲就去世了。出于对维克托健康的考虑，安娜·谢苗诺夫娜带着他在波罗的海海滨度过了 1914 年的夏天，然后到了基辅定居。朋友们对她为了儿子竟然做出这么大的牺牲啧啧称奇。她完全变成了一个恋家的人，基本不出门，出门必然会带上维克托。而且，她要上门拜访的人家里都有跟维克托差不多同龄的孩子。

在安娜·谢苗诺夫娜最常走访的人当中，有一个商船船长的遗孀，名叫奥尔加·伊格纳季耶夫娜。船长给妻子从那些遥远的国度带回了各式各样的礼物——蝴蝶标本、贝壳、象牙和石像。安娜·谢苗诺夫娜自己也没有意识到，晚上去拜访船长遗孀带给维克托的影响远大于各种各样的课程。不管是他在学校上的课，还是他的私人外语和音乐教师教授的课程，都没法跟这种影响相提并论。

维克托特别着迷于日本海海岸一带搜集的小贝壳。金色和橘黄色的贝壳像是日落时的晚霞，而浅蓝色、绿色和乳白色的贝壳就像是黎明时的大海。贝壳的形状千奇百怪，有的是漂亮的剑形，有的像带着蕾丝边的盖子，有的像樱花的花瓣，还有星形的和似石膏做的雪花形的。贝壳旁边的柜子里展示的是热带蝴蝶，如雕琢一般的宽阔蝶翼五彩斑斓，像是红色的火焰斑点凝固在紫色的轻烟中。小维克托想象着贝壳在海藻中飘荡的样子，水中飘忽的阳光一会儿是绿色的，一会儿是淡蓝色的，贝壳变得像蝴蝶一样。

维克托还痴迷于各式各样的植物和昆虫标本，书桌抽屉里总是放满了各种金属和矿物样品。有一次他忘记了自己裤兜里塞满了各种石英、花岗石和长石条儿，在泛舟时跳进湖里，差点坠到湖底。朋友们费了好大的劲儿才把他拽回船上。

奥尔加·伊格纳季耶夫娜有两个大鱼缸。在水草森林中眨眼的鱼儿就像蝴蝶和海洋贝壳那样漂亮，有淡紫色或者贝母色的丝尾鱼，眼睛像望远镜一样的金鱼，还有长着红色、绿色和橘色彩条的天堂鱼，长着一张诡谲的猫脸；玻璃般光洁的鲈鱼有着云母似的透明身体，可以看到它体内食道和骨架的阴影；纱尾鱼就像个活的土豆那样，喜欢用长长的、精致的鱼尾把自己包裹起来，看过去就像是一团香烟的烟雾那般虚无缥缈。

安娜·谢苗诺夫娜希望儿子能够养成有规律的生活习惯。她一面努力朝着这个方向培养他，一面却又放纵他。总有某些时候她觉得儿子达不到她的要求，太任性，也太懒惰。如果他在学校的成绩变差了，她就骂他"懒虫"，或者用"塔根尼希特"骂他[1]。维克托喜欢读书，可是总有那么一刻，什么力量都无法让他打开书本。这时，他在吃完午饭后就会跑到院子里，整个下午她都看不见他。到晚上他回来时激动地大口喘气，好像后面有一群狼把他追到大门。他会把晚饭狼吞虎咽地吃完，躺到床上，立刻就睡着了。有一次，安娜·谢苗诺夫娜看见她这个瘦弱且害羞的小家伙坐在屋前的院子里，就像个街上光脚的穷小子那样叫喊："你这只臭老鼠，迟早用砖头敲开你的后脑勺！"

还有一次，安娜·谢苗诺夫娜揍了儿子一顿，因为他说要去朋友家里一起写作业，结果从老妈口袋里偷了几个钱后，他跑去了电影院。夜里维克托醒过来，看着她用严厉的眼神盯着自己。他被这眼神给吓住了，跪坐起来要用双手去搂她的脖子，被一把推开了。

小男孩逐渐长大，身体发生了变化，骨头越长越粗壮，声音变得低沉，衣服也要穿大号的了。他的内心世界也发生了变化：对自然的爱好变了，他有了新的想法。

快十五岁时他爱上了天文学，想办法弄了一些镜片，自己动手装了一台望远镜。

维克托对实践性的事情充满热情，同时又有一种冲动将他推往抽象的纯粹理论。两者在他的内心一直博弈着，在下意识中互相调和。维克托对天文的兴趣让他梦想着有一天能够在群山高处建起一座天文台，这样他就能发现新的星辰，进而幻想前往这些星辰的路上的各种艰辛困苦。这些浪漫的热爱与他抽象玄幻的思想交替出现，牢牢扎根在心底，要过很多年才能为他所真正理解。

孩提时分的维克托对一切事情都抱有贪婪的求知欲。他用锤子砸开石头，他用手不断地抚摸水晶光滑的表面，他亲手感受到铅块和水银沉甸甸的分量。仅仅用眼睛看鱼已不能感到满意，他卷起袖子，用手小心

---

1 中文译者注：原文是德语 Taugenichts，"废物"的意思。

地攥住鱼，仔细看着，却又不从水里捞出来。他想用触觉、听觉和视觉这张大网来捕捉物质世界里那些精彩闪亮的一切。

十七岁时，他对数学、物理学产生了兴趣，开始看这方面的书籍。书里经常整页整页只能看到几个乏味的连词——"因为""所以""等等"。这些书籍完全依靠各种微分方程和变换来完整传递其思想。它们既显得出人意料，但本身又是一种必然结果。

就是在这个岁数上，维克托与皮奥特尔·列别杰夫交上了朋友。皮奥特尔跟他在同一所学校，比他大半岁。两人对数学和物理都有一种热爱，一同学习，一同梦想着未来在物质构造等方面做出贡献。列别杰夫考上了大学，但他加入了共青团，参加了内战，不久在达尔尼察附近的战斗中牺牲[1]。维克托受到了深深的触动。他永远也不会忘记，在革命战士和科学家两者之间，他的朋友选择了前者。

一年后，维克托进入莫斯科大学数学物理系。这一回，他对相互约束原子核及电子的规则兴趣盎然，超过了别的领域。

自然最深处的谜团充满着诗意。小小的、淡紫色的光斑在黑色屏幕上短暂地闪亮；看不见的粒子像彗星一样高速飞过，留下了冷凝气体形成的雾状长尾；疯狂的动能像无形的魔鬼，带来的扰动让超灵敏度静电表上的银针颤抖起来；物质表面之下是各种沸腾的力量。只有黑色屏幕上的闪光在用质谱仪进行分析后，才有可能判断出是原子核的电荷。感光胶片上的黑点往往意味着最初的信号，意味着在沉睡中的那些巨大的力量开始转向活跃——尽管这可能只是短暂的一瞬。

维克托偶尔会把这些闪光和黑点当作是一头栖息在巢穴里的老熊呼出的气团，偶尔他又会把它们想象成小小的鱼儿在无边无际的水池里留下的水花，水池深处是可怕的狗鱼和鲶鱼。它们在打盹，瞌睡了好几个世纪。他想去看看这池子的绿色水面，想去搅动水底的淤泥，想把水底

1　中文译者注：达尔尼察（Дарница），位于今俄罗斯库尔斯克州。

的大鱼赶到水面。他还想找到一条柔软的长树枝去逗那头老熊，让它咆哮起来，抖动着毛茸茸的肩从巢穴里跑出来。

实现物质和能量的捆绑或分离，这是个双向的过程，现在只需要一个简单的数学变换框架内就能做到！人类经验性的常识占据了一个高崖，想要和覆盖着一层迷雾的、沉默不语的核能世界相互贯通，似乎需要十分复杂的实验装置，但它们的原理却简洁得不可思议。

要认识到该原理就存在于质子和中子这个无声无息的世界里，要认识到这个世界物质的本性还有待发现。然而，光是这么想想，本身也非常让人惊奇。

突然有一天，维克托告诉母亲，光埋头研究是不够的。他在以条件艰苦而出名的布图尔斯基化工厂找了份活儿，整个冬天他都在学习和工作，夏天干脆全职工作，一天也不歇着[1]。

表面上看，这些年维克托发生了很多改变，但每次脑海里有新的思想出现时，他总会觉得又找到了童年的感觉。是的，很多矛盾的假设和粗心的实验可能会带来深刻的结论，也有很多微妙而成熟的实验却往往让人一头撞到南墙。但对他而言，新的思想就仿佛当年深绿色的水里那发出微光的不寻常的物质一样。他很快就可以抓住它。

物质不再是某种可以用来看或者感知的东西。但它存在于世。原子、质子和中子存在于世，就像大地和海洋存在于世一样，是无比明亮和清晰的现实。

在维克托的生命中，还有一束安静的光芒照亮着他的内心世界。光芒来自他的母亲，而他却没有意识到。母亲认为维克托的生命要高于自己的生命，为了儿子的幸福而做出牺牲，是母亲最幸福的事情。而维克托则认为，他自己为之付出的科学事业才是最重要的。他是个性情温和的人，从不说粗话，行事既不冷漠也不决绝。然而，如同所有视自己工

---

1 中文译者注：布图尔斯基（Бутырский），莫斯科市北部的一个区。

作无上重要的人那样，他也可以在工作上变得决绝、冷酷，甚至无情。他将母亲对自己的爱和牺牲视为完全理所当然。有个母亲的表亲跟维克托说过，在安娜·谢苗诺夫娜孀居不久，有个她也非常喜欢的人提出过几次，希望两人结婚。她担心再婚会让她无法更多地关注和爱自己的儿子，拒绝了求婚。她肯定此生不会再婚，对这位表亲说："跟谁过无关紧要。维克托长大后，我就跟他住一起。年纪大了也不会孤单的。"维克托被这件事情感动了，但是他的内心还是对此无动于衷。

维克托似乎已经实现了他年轻时的梦想，但他心里还是觉得不满足。他好几次感到，生命的急流正在从身上流逝。他想要找到将自己的研究与这个国家正在建设的工厂、矿山和工地相互融合的方式，想要搭建起一座桥梁，把自己的理论研究和这个国家成百上千工人正在从事的艰苦卓绝的事业联系起来。他回想起了列别杰夫——头戴着一顶红军士兵的钢盔，肩上背着一支步枪。对朋友的回忆烧灼着他的内心。

三十三

德米特里·彼得洛维奇·切佩任是维克托的老师，在他的一生中扮演了重要角色。

切佩任有一双大手、宽阔的双肩和额头，就像一个上了年纪的铁匠。然而，他是俄罗斯最知名的物理学家之一，是一位有着全球声誉的科学家。

在五十岁时，切佩任在两个学生的帮助下，在乡下建起了一座木屋。他亲自去砍下沉重的树木，挖了一口井，建了一间澡堂子，还铺了一条通往森林的道路。

他逢人就讲故事，说村里有个老头儿，就像"怀疑的多马"那样很长时间不信他有当木匠的本事[1]。终于有一天，老头儿像对待自家兄弟那样拍着他的肩，用同行里对待熟练技术工人的语调狡黠地说："行了，孩子，你来给我建个工棚吧。别担心，我给钱，价格很公道！"

不过，切佩任更喜欢在这座木屋之外的别处消夏。夏天时他妻子娜杰日达·费奥多罗夫娜一般都会进行一次长达两个月的旅行。他们去了贝加尔湖，去了远东的泰加林，去了纳伦附近的天山山脉[2]，还去过阿尔泰山的捷列茨科伊湖。他们从莫斯科划船，沿着莫斯科河一路泛舟到了奥卡河、伏尔加河，最后到达阿斯特拉罕。他们还去过梁赞的梅夏尔斯克森林，在卡拉切夫到北诺夫哥罗德之间的布良斯克森林中徒步。他们就像求学时的学生那样旅行，就算到了已经要去疗养院疗养或者在夏季别墅中消夏的年龄，他们仍对背着大背包穿行在群山和森林之间这事儿乐此不疲。

切佩任不喜欢打猎，不喜欢钓鱼。他保留着在旅行期间写日记的习惯，事无巨细都会写下来。其中一部分日记起名为"吟唱"，专门记录大自然从日落到日出之际的魅力，记录了森林里风暴肆虐的夜晚，还有布满星光和月光的夜色。这些日记的唯一读者就是他的妻子。

秋天时分，切佩任需要主持物理研究所的会议，或者参加科学院的年会。坐在主席台上的同事都已经白发苍苍，他的学生的头发也都开始变白。这些人也都刚从度假胜地回来，不是巴尔韦哈，就是乌兹科伊、卢加，或者位于芬兰湾的谢斯特洛列茨克，最不济的也会在莫斯科郊区的夏季别墅。在这些人当中，切佩任的形象显得特别鹤立鸡群。他满头黑发，几乎找不着一丝白发。他坐在那儿，严肃地皱着眉头，肌肉发达的褐色胳膊撑着他的大脑袋，另外一只手抚摩着巨大的下颚和被太阳晒

---

1 中文译者注：怀疑的多马（Doubting Thomas），是一个《圣经》中流传的故事。圣托马斯表示只有亲眼看到并感受到耶稣的伤口才能相信他的复活。后来"怀疑多马"被用来寓意怀疑主义者。

2 中文译者注：纳伦（Нарын），位于今吉尔吉斯斯坦。

黑的突出颧骨。他的肤色是那种壮劳力、士兵和农夫才有的颜色，不仅经历过日晒，还需要经历过寒霜、夜间刺骨的冷风和黎明前冰凉的迷雾才能形成，只有经常在户外扎营的人才会有这种肤色。他那些病歪歪的同事们，皮肤都呈粉红色或者像牛奶一样苍白，布满了细密的蓝色静脉血管。他们跟切佩任坐在一起，有如一群坐在一头巨大棕熊旁呆头呆脑的老绵羊和蓝眼小天使。

维克托还记得，很久之前，他跟皮奥特尔·列别杰夫常常谈起切佩任。

师从切佩任，一直是皮奥特尔最珍贵的梦想之一。他既想在切佩任的指导下工作，又想跟他一起辩论现代物理学中的一些哲学问题。

然而，两者都没有实现。

熟悉切佩任的人对他喜欢在森林里徒步丝毫不感到奇怪。他喜欢用斧头或者铁锹干活，喜欢写诗和画画。真正让人感到惊诧的是，尽管他对很多东西有着异乎寻常的兴趣和热情，但最重要的却是他有着一种单纯的、明确的激情。只有非常了解切佩任的人，例如，他的妻子和朋友，才会知道他所有的兴趣全部建立在同一个基础之上，那就是对这片国土的热爱。他热爱俄罗斯的农田和森林，喜欢收集列维坦和萨夫拉索夫的油画[1]，对民歌有着深刻的研究，对普希金和托尔斯泰怀着真挚的热情。他和农民们有着很好的友谊，有些老农民还常常到莫斯科来看他。在 20 世纪 20 年代，他为在大学里建立工人院系做了大量工作，致力于发展工业方面的新领域。他还对他深爱的原野和森林中一些不太为人关注的小生物——例如刺猬、蓝山雀和其他在他的木屋下筑巢的雀禽——持有特别的关注。有几个同事常拿这事儿跟他开玩笑。但是，正是这一切，为

---

1 英文译者注：这两位是俄国十九世纪下半叶最著名的风景画家。中文译者注：伊萨克·伊里奇·列维坦（1860—1900），俄国写生画家，巡回展览画派成员；阿列克谢·康德拉季耶维奇·萨夫拉索夫（1830—1897），俄国写生画家，巡回展览画派发起人之一，俄罗斯现实主义风景画奠基人。

他构建的、超然于大地之上的科学思想大厦奠定了唯一可行的基础。

一个完整的、由抽象思想构建的世界已经成形，从此前的一团混沌变得日渐清晰，不仅能分辨出五湖四海，而且已经上升到新的高度，能够辨识出整个地球。这个世界牢牢地扎根于切佩任所在的国土上。正是这片国土的哺育，让它存续并且发展至今。

从少年时期开始，切佩任这样的人就一直被上述这种强烈的感情所影响。这种目标非常单纯的情绪和意识将会陪伴他们终生。尼古拉·涅克拉索夫在自己的童年时，第一次看到了伏尔加河上的纤夫，并为此立下誓言，后来在著名的《伏尔加河上》这首诗里唤醒了这种强烈的感情。也正是这种感情，让年轻的赫尔岑和奥加辽夫在麻雀山上说出了那句著名的誓言[1]。

有些人认为，这种超越于一切之上的感情只不过是过去时代的天真残留，根本没有留存的理由。总有一些人内心被各种日常琐碎所充满，让生活表面的五色迷目。他们对所有这些日常之下的一致性视而不见。这样的人也许能够获得一些物质上的小成就，但永远不会赢得生命中真正的战斗。他们就像个没有目标的将军，在作战时无法获得人民的鼓舞。他也许能攻克一座城市、击溃一个团或者一个师，但不会赢得战争。

只有到了弥留之际，他们才会意识到被欺骗了。只有到了这时候，他们才会发现，之前以为与自己无关的简单现实被忽略了。但这时候已经无济于事。"噢，生活能够重来就好了！"当一个人痛苦地对自己一生这样总结时，一切都已无法改变。

劳动人民希望轻松、快乐且舒适地生活，希望社会秩序能够自由且公正。这种简单的愿望和热情决定了许多最知名的思想家和革命战士的

---

1 英文译者注：奥加辽夫是赫尔岑最亲密的朋友和合作者。1840 年两人在莫斯科的麻雀山上发出著名的誓言：祖国不获得自由，他们就绝不停止战斗。中文译者注：1825 年十二月党人起义失败后，赫尔岑（1812—1870）与他的好友奥加辽夫（1813—1877）在麻雀山上发誓，要为"十二月党人所进行的斗争献出他们的生命"。

生命轨迹。还有很多重要的苏联社会角色，有科学家和旅行者，有农学家和工程师，还有教师、医生、建筑工人和沙漠的拓荒者，同样被这种清晰而又带着点儿童般天真纯粹的思想指引着，直至生命的最后一刻。

维克托永远也不会忘记切佩任给他上的第一堂课。他的声音低沉，稍微有些嘶哑，不像是个教授或者物理学家。他说话可以说得很慢、很有耐心，但大部分时候语速很快，激情洋溢，更像是个政治鼓动家。他写在黑板上的那些方程式也是如此。充满着奇异动能的未知世界里，对于新技术的叙述常常是冰冷和干枯的。但他的方程式却像是充满了政治上的诉求，如政治口号一般。粉笔在黑板上咯吱响着，变成了粉末。切佩任那只能够熟练使用斧头和铁锹的手，仿佛变成了一支笔，变成了某种用石英或白金制成的精巧仪器。有时，当他点出了一个句号，或者像勾勒出天鹅优雅的长颈那样画出了一个完整的积分符号"∫"时，整个动作有如机枪射出了一个连续的点射。这些方程式似乎充满了人的力量：它们可能就是人对于忠诚、怀疑和挚爱充满激情的宣示。随着切佩任把各种问号、省略号和象征成功的惊叹号画满黑板，这种感受进一步深化了。当一堂课结束，看着听课的人把方根、积分、微分和三角符号——这些由人的意志和聪明才智将其汇聚在一起组成的整齐划一的军团——从黑板上擦去，无疑是痛苦的。正如珍贵的手稿那样，这块黑板本应留给后世子孙。

尽管过去了很多年，现在维克托也给学生们授课，也要在黑板上书写，但第一节课上老师留给他的那种感受仍旧回荡心中。

每次去到切佩任的办公室，维克托都会感到激动。回到家，他会像个孩子似的跟家人和朋友们说个不停："我今天和切佩任散步去了，一起走到了沙波罗夫卡无线电通讯塔"，"切佩任邀请我和柳德米拉一起过新年"，"切佩任同意在我们的研究中按照我提出的方式去做"。

维克托还记得，战争爆发前几年，在经历了长时间的忙碌后，克雷莫夫和叶尼娅到他和柳德米拉的夏季别墅里休息，他和克雷莫夫谈起了切佩任。

柳德米拉说服了克雷莫夫，让他脱下了已经穿旧的军便服，换上了维克托的睡服上衣。克雷莫夫坐在一棵正在开花的椴树树荫下，脸上现出离开喧嚣的城市后的惬意表情。这个人曾在闷热的、充满着烟草雾气的房间里工作过很长时间，突然间呼吸到清新芳香的空气，品尝到凉爽的井水，听到松林间的风声，一切都给他带来了简单却完美的幸福。

本来这一切都可以平静地持续下去。但当话题从草莓、凉牛奶和白糖转向与工作相关时，克雷莫夫的话语中却出现了让人惊诧的急剧转折。

维克托谈起了他前一天与切佩任的工作。切佩任跟他一起讨论了刚刚在机械物理研究所建起的新实验室里的研究工作。

"是啊，这个人令人难忘，"克雷莫夫说，"不过他一旦离开了物理世界，试着做哲学研究的话，他会发现他作为物理学家所知的一切都是互相矛盾的。他不了解马克思主义辩证法。"

这句话让柳德米拉很不高兴。"您说的什么呀，怎么能这么说德米特里·彼得罗维奇？"

克雷莫夫反驳说："柳达同志，我还能说什么？当谈论到这些事情的时候，一个革命的马克思主义者只能说这些……不管说的是谁，是自己的老爹，还是切佩任，或者是伊萨克·牛顿。"

维克托明白，克雷莫夫说得对。他的朋友皮奥特尔·列别杰夫也不止一次这样批评过切佩任。

但他仍对克雷莫夫尖刻的评论感到不满。"尼古拉·格力高利耶维奇，"他说，"不管您说得有多正确，您总归得看到，这样一个人尽管在理论上所知不多，但在实际的科学领域却有着很高的成就。"

克雷莫夫十分生气地看着他："这根本不是一个哲学问题。您知道的跟我一样清楚。有很多在实证领域的科学家自称是辩证唯物主义的信仰者和传播者。没有辩证唯物主义他们就束手无策。但当他们自己想要去拼凑某些哲学思想时，会发现它们根本解释不了任何问题。而他们意识不到这一点，结果削弱了他们卓越科学发现的意义。我在这些问题上之所以不妥协，就是因为切佩任本人——还有他那些卓越成果——不仅对您，对我也非常重要。"

好些年过去了，切佩任的学生们已经开始独立从事研究工作，但他和他们之间的那些联系并没有变弱，因为他们的联系是自由的，富有活力，而且彼此平等。这种将学生和老师牢牢绑定在一起的联系，强于人类所创造的任何一种联系。

三十四

这是个凉爽而清朗的早晨，维克托要出发去莫斯科了。

维克托一边从打开的窗户向外张望，一边聆听着妻子的各种叮嘱。在战争乌云压顶的日子里，每个人出远门时都会把自己打点得跟要去北极探险一样。

柳德米拉向他仔细解释行李箱里装好的每一件东西，里面有阿司匹林、除虫菊、碘和磺胺[1]，几听黄油、蜂蜜和猪油，还有一小包盐、茶叶、鸡蛋粉，以及面包、面包干、五颗洋葱、一袋荞麦。另外，她还放了一块肥皂、一卷黑色和白色的面纱，几包火柴和几张用来卷烟的报纸，还有手电的备份电池、一大瓶开水。两瓶半升装的伏特加是用来还人情的。柳德米拉告诉他哪些东西应该先吃，哪些要留到出差最后。她还要维克托把空罐头和空瓶子拿回来。这些东西在喀山可不好找。

"别忘了，"她补充说，"从公寓和夏季别墅里要拿的东西，清单放在你钱包里了，就在护照旁边。"

---

1 英文译者注：除虫菊是一种天然杀虫剂，用白菊制成；磺胺是青霉素得到应用之前唯一的抗生素，用于治疗咳嗽和过敏。

"我还记得内战期间第一次单独坐火车旅行，"维克托答道，"妈妈把钱装进小荷包里，缝在我衬衣上。她用烟丝从头到脚撒了我一身，说是可以防虱子，还跟我说了很多次，不要去喝车站的生牛奶和葵瓜子油，不要吃没洗过的苹果。一路上最危险的就是斑疹伤寒和各种犯罪分子。"

柳德米拉没有说话。维克托在回忆往事，而不是在强调眼前这次意义重大的分离，她对此感到有点恼火，觉得他对她的情况漫不经心，也没有对她逐一解决家长里短的麻烦事表示感激。

但是她还是把双手环绕在他脖子上："别累过头了。要是遇到空袭警报，就赶快到地下室去，你得答应我！"

送他去车站的车一开动，维克托立刻把妻子的话都丢在了脑后。道路两侧的大树上，晨露还未消失，清早的阳光照在闪亮的露珠上，照耀在砖墙上，照耀在楼房灰蒙蒙的窗玻璃和剥落的白墙灰上。

波斯托耶夫在街口等着他。这是个又高又胖的家伙，长着一把大胡子。他和家人站在一起时十分显眼。他比妻子、女儿艾拉高一整个头，也比他那个还是学生的脸色苍白的儿子高一大截。

波斯托耶夫钻进车里，向维克托靠过来，小心地看了一眼头发灰白的司机支棱起来的耳朵："您怎么看？我们这几家还要不要继续疏散？有些不省心的家伙已经把家人送到斯维尔德洛夫斯克，甚至送到新西伯利亚去了。"

司机越过自己的肩膀向后看着："我听说德国侦察机昨天飞过来了。"

"那能怎样？"波斯托耶夫说，"我们也一样，我们的侦察机都飞到柏林上空了。"

司机把他们送到车站，两个人从车里出来后，把箱子堆在一块，两手伸进外套口袋里。眼前突然出现了三个衣冠不整的光脚少年。两人用怀疑的目光看着少年们，其中一个提出可以帮他们搬箱子，波斯托耶夫没答应。另一个气冲冲地问他们要烟抽。

来了一个系着白围裙的搬运工，他和波斯托耶夫最后谈妥了价钱，用了五十卢布，外带在配给卡上划掉了两公斤面包。搬运工用带子把箱子捆在一起。波斯托耶夫紧紧提着一个漂亮的手提箱，对维克托低声说："您觉得他还算靠谱吗？他的工牌号码在哪儿？"

即使是明亮的阳光，也无法驱散战争期间火车站严峻的阴冷气息。孩子们在箱包之间打着瞌睡，老人们慢慢地嚼着面包，女人们精疲力竭，脸上一片茫然，小孩子在哭闹，新兵背着硕大的背包，伤员脸色苍白，其余的军人则正准备出发到新的部队去。

和平时期人们有各种各样的理由远行：学生们要么要过暑假，要么就是趁着夏季外出工作几个月；很多家庭高高兴兴地外出度假；狡黠的、喋喋不休的老太婆们出门去看自己那些活得逍遥自在的孩子们；也有要回去探视父母的儿女们。很多人都要回到他们生长的地方。

然而，战时的列车和车站气氛与和平时期非常不同。旅行者满怀忧伤和严肃。

维克托正在往候车大厅里挤的时候听到了一声尖叫。在混乱中，一位来自集体农庄的妇女被窃了，车票、钱和证件都没了。一个少年，穿着防潮布裁出来的短裤，像要寻求保护一样正紧紧贴在她身边。他既需要安慰，也需要安慰他的母亲。妇女怀里抱着的一个婴儿在痛哭。她陷入了绝望：一个集体农庄里出来的人，丢掉了车票、钱和证件，接下来该怎么办？

有几个人在责备这个女人，说她应该更留意一些。其他人则说，他们很愿意把那个贼好好揍一顿，揍死为止。每个人都在受苦时，去诅咒一个小偷要比安慰受害者更容易做到。其他人对女人说，去垃圾桶翻翻看，可能证件会被扔那里面。绝大部分人则对她的经历视而不见。

维克托跟着搬运工进来时，那个妇女抬头看了他一眼，突然停止了哭泣。她可能在想，当她和维克托的目光交会时，这个戴着帽子、穿着白色风衣的人会帮她一把，给她一张票和新的证件。

在第二候车大厅里面有个蹒跚行走的醉鬼，神态厌烦，突出的眼睛里满是厌恶和怒火。他一边唱着歌，一边骂着人，一边想要跳舞。人群给他闪出了一条道，没人想要跟他一起唱。醉鬼骂骂咧咧地想往人身上撞，而人群只是闪避。他想用醉酒的办法从愤怒中逃离，想要撞倒别人或被别人撞倒，只要能够让他摆脱自己就行。然而没人会配合他。

醉鬼看到了搬运工和箱子，看见搬运工身后红脸大胡子的男人，还有他那个长着大鼻子、穿白色风衣的同伴，爆发出一声惊喜的叫声。这两个就是他要找的那种人。可是他又一次倒了霉，被绊倒了。等他站起来时，这三个人都检完了票，到月台上了。

"真的受够了，"波斯托耶夫说，"我可受不了这些。虽说我心脏不太好，但下次横竖要坐飞机走。"

喷着浓烟的火车头慢腾腾地开进车站，拖着长长的满是尘土的车厢。列车员怀着对中转站上车乘客的不信任开始查票。车上那些做好准备的乘客们，比如，来自乌拉尔工厂的工程师和刚刚出院的指挥员们，纷纷跳到月台上问："市场在哪儿，远吗？上哪儿去找水喝？听到最新的新闻公告了吗？在哪里可以买到盐？这里的苹果怎么卖？"然后他们一窝蜂朝车站大楼跑去。

波斯托耶夫和维克托都进到了车厢里。他们看到车厢地毯、脏兮兮的镜子和座椅上的浅蓝色座套后，都松了一口气。尽管听不到窗外的喧嚣，车厢里好像到了和平时期，但这种舒适和安逸并不是一直持续的。窗外的人们谈论着灾难和撕裂人心的伤心事。几分钟后，新的火车头挂上了车厢，引起一阵轻微的震动。指挥员和乌拉尔的工程师们很快回来了，有些人手里提着茶壶和水罐，有些人两手抱着西红柿和黄瓜，还有些怀里抱着面包干和鱼。

接着便到了难熬的时刻。每个人都不耐烦地等着列车开走。那些要离家的人，还有那些送别自己挚爱的人，都希望列车赶快走，这总比让他们一直待在车站要强。

走道里的一个女人对喀山已经完全没了兴趣，已经在为下一站做打算："列车员说下午就可以到穆罗姆了[1]。听说那里的洋葱很便宜。""看了最新的新闻公告了吗？"一个男人的声音说道，"我看到了很多熟悉的地名，德国人不知道哪一天就会兵临伏尔加河畔了。"

波斯托耶夫换上了睡衣，在他的秃头上戴上了一顶无檐小圆帽，从盖着镍制瓶盖的带棱小瓶里倒了点古龙水在手上，开始梳理他厚厚的灰白胡子，然后用一块方格子手帕朝脸上扇着，靠在座位上说道："这下，总算要出发了。"

维克托心中满是焦虑和不安。为了分散这种焦虑，他先是往窗外看了一会儿，然后又看了看波斯托耶夫粉红的脸颊。

波斯托耶夫比维克托年纪要大，获得的官方认可度也高得多。他声音低沉，喜欢用开小玩笑的方式让人放松下来。他爱说一些知名科学家的小故事，用本名和父名称呼他们。这种待人接物的方式很容易让大家记住他。他的工作性质决定了他要比大部分同事能更加频繁地见到相关的人民委员，还有知名工厂的厂长，总之都是些全国经济必须依赖的公众人物。熟知他名字的工程师全国有几千个，许多高等院校和研究所用他编撰的教材。他把维克托当作朋友看待，一起开大会或者重要会议时，常常邀请维克托坐在他身边，或者在休息时一起出去散个步。维克托自己很享受这个待遇，却经常为自己的这些卑微而虚荣的心理感到生气。但是人很难对自己一直生气下去，于是他反而对波斯托耶夫这个人生气起来。

"还记得车站里带着两个孩子的女人吗？"维克托问。

"当然记得，我现在还能想象出这可怜的人什么样子。"波斯托耶夫一边应道，一边从头顶的架子上搬下一个箱子，语调里透出对另一人想法的透彻理解。他真诚地补充说："对的，朋友，情况很困难，非常困难。但我们要保存自己的力量。"接下来他皱着眉说："想要吃点东西

---

1 中文译者注：穆罗姆距离莫斯科三百多公里，位于今俄罗斯弗拉基米尔州。

吗？我这儿有烤鸡。"

"可真不赖。"维克托说。

火车从跨越伏尔加河的大桥上开过，哐当声和咔嚓声混在一起，犹如一辆农村大车从煤渣路跑进了铺满鹅卵石的大道。

桥下的河流四处是浅滩和沙洲，被风吹得坑坑洼洼，根本看不清流向。从桥上看，伏尔加河水流浑浊，呈现出丑陋的灰色。高射炮长长的炮管从冲沟和山丘上伸出来。两个红军战士抬着军用餐桶沿着战壕走着，看都没有看一眼列车。

"概率学告诉我们，某个德军飞行员开着飞机从高处以高速俯冲下来，朝着大桥扔下一颗炸弹的可能性几乎是零。所以，空袭中最安全的地方就是这座具有战略价值的大桥了，"波斯托耶夫说，"不过我还是不希望在莫斯科遇到空袭。说真的，这事儿我干脆连想都不敢想。"他看着伏尔加河，想了一会儿，又说："德国人快到顿河了，会不会像我们一样，有一天也这么俯视伏尔加河呢？这念头哪怕想一想都会让血液变凉。"

隔壁包间里有人拉起了手风琴。

> 从密布森林的岛屿
> 到宽阔而自由的河流，[1]

隔壁的这位乘客，看起来也在思考着伏尔加河。演奏了斯坚卡·拉辛还不够，接下来他又唱道：

> 我在花园里种了花，

---

[1] 英文译者注：这是一首关于斯坚卡·拉辛的歌曲。这个哥萨克强盗在 1670 到 1671 年发动了一次大规模农民叛乱。在这首歌曲中，拉辛为了平息同伙们对他的波斯新娘的嫉妒，将她作为献祭，投入了伏尔加河中。中文译者注：斯捷潘·季莫费耶维奇·拉辛（约 1630—1671），俄国农民起义领袖，顿河哥萨克。17 世纪 60 年代末组织领导了俄国较大的一次农民起义。

我就要去浇花

我爱上了热爱的人
我就不能忘记他。

波斯托耶夫瞥了一眼维克托，说道："俄罗斯让大脑产生了困惑。[1]"

谈了一阵子家里的孩子和在喀山的生活后，波斯托耶夫接着说："我喜欢观察旅行时的同伴，注意到他们都有一个特点：在旅行的前半段，大家都说一些自家的事情，关于在喀山的日子。到了穆罗姆就会变了。大家不再会提起过去的生活，而会说起即将到来的生活，在莫斯科的生活。旅途中的人跟任何在空间里移动的实体一样，一个体系带来的重力吸引转移到另一个体系时，他也会跟着转移。您可以观察一下我的情况，以此求证。再过一两分钟我大概就会睡着了。我敢说，醒过来后我就会说莫斯科了。"

他真的很快就睡着了。维克托惊奇地发现，他睡得像个婴儿一般无声无息。波斯托耶夫整个人像是按照武士的标准造出来的，所以维克托原以为他睡着后会鼾声大作。

维克托朝窗外看着，他感到越来越兴奋。这是他在 1941 年 9 月离开莫斯科后第一次外出。他在回莫斯科的路上，这一刻如同回到了和平时期的日常一样，让他激动不已。

他身边的日常琐事渐渐消散了，对于工作的焦虑一般来说很少远离，但这次也有所松弛。然而，这一切并没有给他带来在漫长舒适的旅途中那种常见的宁静感。相反，此前曾经不断困扰他的想法和感受，现在还继续困扰着他。

1　英文译者注：引自费奥多尔·丘特切夫（Fyodor Tyutchev，1803—1873）著名的四行诗，第一行是："俄罗斯让大脑产生了困惑，它不从属于一般的约束；它的方式啊，自有独特的造作；忠诚，是人对它的唯一诉说。"

他还没有深刻认识到这些想法和感受所具备的能量，但他对这种能量感到惊讶，也感到迷惑。难道他期待这场战争吗？战争爆发时他是个什么样的人呢？他想起了在最后的一段和平时光里跟他记忆密切相连的两个人：切佩任院士和娜嘉昨天晚上提到的马克西莫夫教授。

一年过去了，这是他生命中最漫长的一年。他现在在返回莫斯科的路上，但心中满是焦虑。新闻公报真的太沉重了：战争已经迫近了顿河。

维克托想到了母亲，尽管在心里无数次告诉自己母亲已不在人世，但他从来没有真正相信过，从心底深处从未真正相信这一点……他闭上眼睛，想象着她的面容。出于某种原因，最亲近的人的模样远比那些不熟悉的人的模样更难想象。列车正朝着莫斯科驶去，他自己就要回到莫斯科了！

维克托心里涌出一股突如其来的幸福感，他非常肯定母亲还活着，他迟早都会再见到她。

三十五

安娜·谢苗诺夫娜住在乌克兰一座布满树荫的安静小城。她不常来看维克托，一般隔两三年才过来和维克托和柳德米拉住一阵。她每周要给儿子写三封信，后者的回复常常是一张明信片。到了新年以及维克托、娜嘉和托利亚的生日，她会发一封贺电过来。维克托想过要在每年夏天母亲的生日时发一封贺电给她，却老是转眼就忘，得等到母亲生日两三周后才在记事本上偶然看到当时的提示。

母亲一般不会和柳德米拉直接联系，不过她会经常问候柳德米拉的健康，并请维克托转达问候。跟很多人一样，维克托差不多没有转达过这种问候，甚至连提都没向她提过，但他会在每一封回信里写道："柳德米拉向您问好。"

安娜·谢苗诺夫娜在一个诊所里看眼科，每周上两次班。因为年近七旬，她没有精力全职工作了。在不去诊所上班的日子里，她就在家给邻家的孩子们上法语课。维克托恳求她不要再去上班，说每个月会给她寄两三百卢布过来。但她说，这样会给儿子带来压力。反正，她想要在收入上保持独立，还喜欢时不时给儿子和他一家送点小礼物，这样能让自己保持当年轻妈妈时的记忆。重要的是，她需要工作。已经工作了一生，没了工作会让人发疯的。她的梦想就是工作到最后一刻。

有时候她会在信里用西里尔字母写上几句有趣的意第叙语，都是从邻居那儿学来的[1]。城里大部分居民都是犹太人。维克托几乎读不懂意第叙语，只好央求她再翻译一遍。她还会跟儿子絮叨病人和自己那些稚嫩的学生们，还说到他们的亲戚、当地发生的事情以及她正在读的书等。

在她房间窗外有一棵垂垂老矣的梨树，她给儿子写信时会事无巨细地写到关于这棵树的一切，会写冬季的风暴如何折断了树枝，新的嫩芽儿和树叶是怎么长出来的。到了秋天她会写道："我还能看见老朋友再度开花吗？她的叶子变黄了，开始落叶了。"

安娜·谢苗诺夫娜的信件一般来说都会非常平淡，偶尔之间，她说自己感到非常孤独，还是离开人世的好。维克托回了一封长长的信，希望能过来看看她。她回信安慰说，自己一切都好，身体很健康，只是写信当天感到情绪有些消沉。

1941年3月，她写了另外一封奇怪的信过来。"先是天气暖和得不像样，就像到了五月。白鹳飞回来了，这里回来了不少呢。可是它们飞回来那几天，天气开始变差了。夜里，它们好像感到厄运将要降临，都挤在城郊离皮革厂不远的一个泥潭里。那天晚上起了一场可怕的暴风雪，冻死了几十只白鹳，剩下的都跑到大道上来了，也许是要找人类救命吧。有些白鹳被大车轧死，其他的都被周围的小男孩一个个打死了……大概

---

1 中文译者注：意第绪语是东欧犹太人说的一种特殊语言，夹杂着部分希伯来语以及所在地通行的语言。

他们这样做是找乐子消遣，也可能是要解脱它们。送牛奶的女工说，一路上都是冻僵的鸟儿，喙子半张着，眼睛里空洞洞的。"

同一封信里，她说道，她非常想念儿子，每个晚上都梦见他，到了夏天一定会来找他。她认为战争是躲不掉了，每天听收音机都会心惊肉跳。"唯一支撑我的就是我们之间的那些信件和明信片。跟你彻底割裂的想法太吓人了。你完全想不到，我晚上躺在床上看着周围的黑暗，脑袋里有多焦虑。我想啊，想啊，想啊，根本睡不着……"

维克托给她回信说，她的恐惧有些过头了。她的回信说，天气又转暖了。回信的语气再度变得平淡起来，还带着点幽默。信中继续说她学生的故事，随信寄过来的，还有一朵紫罗兰、一片草叶和那棵梨树的几片梨花花瓣。

维克托原来想让母亲在七月初到夏季别墅跟他家人一起生活，战争改变了这一切。她寄来的最后一张明信片是 6 月 30 日发出的，只匆匆写了几行，显然预示着空袭马上降临："每天都会来几次，真是让人讨厌。现在邻居让我躲进地窖里去。我最亲爱的儿子，不管发生什么事情，我们之间一切都不会改变。"附言中，她用颤抖的手写道，请代为转达对柳德米拉和托利亚的问候。然后她问候自己最疼爱的娜嘉，请他亲吻"她那双甜蜜的、忧伤的眼睛……"

三十六

火车朝着莫斯科飞驰而去的时候，维克托再一次想到了德国入侵数月前的情景。他努力想要把世界历史上发生的重大事件和他个人的生活、他个人的担忧和悲伤，还有他的挚爱联系到一起。

希特勒征服了西欧的很多国家。他显然是成功的，几乎没付出什么代价，没有损失什么军事实力。现在他的庞大军队正集结在东方。每天都能听到新的政治谣言，或者某些军事演习的传闻。所有人都在等待，希望从广播电台中听到重要的消息，但他们听到的只是关于在巴什基尔举行儿童奥运会的冗长而庄严的消息，播音员几乎没有提到伦敦大火或者对柏林的空袭[1]。有些人有高级电台，夜间可以听到外国广播。他们听到了希特勒提出，当前决定德国和世界未来一千年命运的时刻已经到来。

苏联的各个家庭里，疗养院以及高等教育研究所中，几乎每一次交谈都会触碰到政治和战争。风暴在迫近，世界上发生的大事闯进了每个人的日常生活里。各种各样的话题，无论是到海边度假，还是买冬衣或者买家具，一切都取决于军事新闻公告或者报纸上各种演讲和条约的口径。结婚、生育、申请哪个大学，需要参考希特勒的成败、罗斯福和丘吉尔的演讲或者苏联最重要的新闻机构塔斯社的简要声明。

大家常常吵得不可开交，有时候甚至歇斯底里。长久的友谊也突然破裂了。关于德国的讨论无止无休。希特勒的德国有多强大？如果德国很强大，这是好事还是坏事？

就在此时，生化学家马克西莫夫结束了他在奥地利和捷克斯洛伐克的公差回国。他有一副红脸膛，长着一头白发，全身胖乎乎的，说话总是怯生生、悄声慢气的，眼神总是显得很天真，毫无恶意。维克托不是很喜欢他。"照他那种笑法，你喝茶时都不用往里面放糖，"他曾这样评论过马克西莫夫，"放两勺他的谄笑就可以了。"

马克西莫夫在一场小规模的教授会议里进行了工作总结。但他几乎没有说到这趟公差里关于科研的内容。他说的几乎都是他和同行之间的谈话，以及他对德国人所占领的城市的印象。

当谈到捷克斯洛伐克的科研困境时，马克西莫夫的声音发抖了。他高声说道："根本没法形容。你们得亲眼看到才知道！科学思想被捆住了手脚，人们连自己的影子都怕！他们害怕给自己干活的工人，教授害

---

1 中文译者注：1940 年 8—9 月，不列颠空战中纳粹德军空袭伦敦引发大火，共造成万余人伤亡。同一时期，作为报复，英国空军空袭柏林，但德国损失轻微。这一空袭的意义是象征性的。

怕学生。人的一切想法、内心世界、家庭和朋友，一切都被法西斯控制了。一个跟我认识了三十年的人，我们曾坐在同一张桌子旁，一起研制了十八种有机化学合成品，他竟然央求我，无论什么情况下都不要问他任何问题。这个人是很重要的某系系主任，可他的样子就像搞小偷小摸的罪犯，随时担心警察会卡住他的脖子。'别问我任何事情，'他说，'我不仅害怕我的同事，我还害怕我的声音，害怕我的想法。'他在害怕我把他说的一切传出去。就算我不说出他的名字，他的学校，甚至他所在的城市，盖世太保都能抓到他。反倒是从更加平凡的人身上，从那些清洁工、搬运工、司机或者侍者身上，你可以打听到一点什么。他们觉得自己默默无闻，反而不担心跟外国人谈话。但是知识分子和科学家完全失去了自由思想的能力，失去了把自己称之为人的权利。法西斯统治了科学。他们的理论今天只是恐吓，明天就会成为现实——现在已经变为了现实。他们在很严肃地讨论绝育和优生。一个医生对我说，法西斯正在清除精神障碍者和肺结核患者。人心和思想都变阴暗了。自由、良心和同情这些词语遭到禁用，禁止在个人书信里用这些字眼。这就是法西斯主义，愿它遭到诅咒！"

他吼出了最后几个词，挥舞着双手，用拳头狠狠地敲打着桌子，与其说他是个说话柔和、带着过分甜蜜微笑的白发教授，不如说他此时是个暴怒的伏尔加河上的水手。

这番发言让所有人都震惊了。

研究所所长打破了沉默："伊万·伊万诺维奇，您要是不累的话，请说说您这次出差在科学上的收获。"

维克托很生气地插嘴道："伊万·伊万诺维奇已经告诉我们此行最重要的收获。没有别的东西能够比得上这个。伊万·伊万诺维奇，您应该把这些观察写下来，发表出来。这是您的职责。"他停顿了一下，继续说道："我愿意在物理研究所简报上发表它们，连同您的科学发现一起。"

另一个人用成年人对孩子说话般的语气冷静地说："这不是什么新

闻，多少有点夸大其词了。现在也不会有人去发表这些东西。我们的兴趣在于强化政治上的和平，而不是削弱它。[1]"

维克托后来跟雅科夫列夫教授就这一问题争辩了好几个月。雅科夫列夫是研究机械理论方面的教授，两人相识多年。他坚持认为，德国碰巧找到了一种社会组织的完美形式，现在已经成为全世界最强大的国家。他还认为维克托陷在某种老式的世界观里，根本无法理解任何事情。

维克托开始觉得雅科夫列夫可能是对的。他想要跟克雷莫夫好好谈一谈，后者在谈论政治时显得很睿智，而且知道的东西也比报纸上的多得多。"我真不明白叶尼娅为什么要跟克雷莫夫分开，"他闷闷不乐地对柳德米拉说，"现在我都不知道上哪儿去找他。不管怎么说，我现在真是难为情。你那漂亮的傻妹妹让我都感到内疚了。"

1941 年 6 月 15 日，周日，维克托一家人在夏季别墅里，为维克托的母亲、亚历山德拉·弗拉基米罗夫娜以及谢廖扎的到来做准备。在午饭时，维克托和柳德米拉为怎么安置这三位客人大吵了一架。维克托想要让"两位妈妈"住在一层，托利亚和谢廖扎住在第二层。他还说，这两个孩子肯定很想玩在一起。柳德米拉想要亚历山德拉·弗拉基米罗夫娜和谢廖扎住在一层，安娜·谢苗诺夫娜住在第二层。

"楼梯太陡，你知道妈妈爬上去很费力。"维克托说。

"她在上面会舒服一些，没人会吵着她，而且她还喜欢阳台。"

"你可想得真周到。行了，还有什么，都说出来吧。"

"那好吧，我想让托利亚单独住一间屋子。他这阵子准备考试都累坏了。再说还得准备下一年呢。谢廖扎会妨碍他的。"

"嘿，这才是真正的原因呢，总算说出来了。要摆出王储的架子了！"

---

1 英文译者注：从纳粹—苏联的互不侵犯条约签订（1939 年 8 月 23 日）到德国入侵苏联（1941 年 6 月 22 日）这段时间里，所有对希特勒和纳粹德国的批评都遭到了压制。马克西莫夫公开了自己的观点，也给他带来了危险。

"看在上帝的份上！"柳德米拉说，"我妈妈要过来是你说了算。安娜·谢苗诺夫娜要来了，就成了原则问题。地方有的是。把老太太放哪儿，她都一样乐意。"

"说'老太太'干嘛？我妈妈就没名字啦？"维克托意识到自己要叫起来了，赶紧把朝着邻居那边的窗户关上。

"你的妈妈也不是小姑娘了。"柳德米拉反驳说。她知道维克托要发火了，但就想刺他一下。她自己也很生气，为丈夫不肯为托利亚多考虑一下感到沮丧。

托利亚在两天前刚刚完成学校里的最后一场考试。维克托对他完成十年级学习表示了祝贺，不过态度却太随意了一点。尽管柳德米拉提醒过两次，说完成中学学业可能比完成高等教育还要重要，但他还是忘记给托利亚买礼物了。

争吵背后最重要的原因事关托利亚的未来。托利亚对母亲说，他对飞机无线电通讯领域感兴趣，以后想去电子技术学校念书。这让柳德米拉觉得很失望。她觉得儿子有天分，不值得去学应用科学。维克托是托利亚认可的权威，她希望丈夫能够劝说一下他，但他却没做到。

托利亚觉得父母的争吵十分无聊。他宁愿张大嘴打个哈欠，然后低声说："我以后不结婚，不结婚。"可是当维克托叫嚷起来，甚至咆哮起来后，他的想法又变了，差点忍不住要笑起来。娜嘉的反应刚好相反。她脸都变白了，眼睛睁得大大的，好像是在害怕某些她无法理解的、让人恐惧的东西。夜里睡觉时，她肯定会抹着眼泪不断问："为什么？为什么？"

维克托、托利亚和娜嘉一起坐在花园里，娜嘉听到了花园小门的吱吱声，高兴地说道："有人来了。啊哈，是马克西莫夫！"

马克西莫夫看得出来，维克托很高兴见到他。但是他却很不安地问："我没有打扰您吧？您真的不想躺下休息一会儿？"

接下来，他确认了维克托没有去拜访别人和外出散步的想法。他的声调里带有一种乞求的意味。维克托火了："我肯定很高兴见到您，很高兴，高兴，高兴！您别再说这些了。"

马克西莫夫带着同样小心翼翼的声调继续说："还记得在我做完那次简单的报告后您说的话吗？现在，我把我那些经历都写下来了。"他拿出卷成一卷的厚厚纸页，带着歉意笑着说："写了八十页。要是您还有兴趣和一个小时的空余时间……我非常想知道您是怎么看的。别把它当作一件急事……我给您的是一份抄件，想看多久就看多久……"

结果两人又开始了一场冗长而疲惫的客套。维克托越是说自己真的很有兴趣，马克西莫夫就越央求他等到有很长的闲暇时刻再看。维克托又被惹恼了："伊万·伊万诺维奇，我真不明白您为什么把这些东西带来给我。您如果觉得我不想看的话，直接扔在家里好了。"

两个人终于在背阴的长椅上坐下来。维克托低声问马克西莫夫有哪些本来不该写进里面的重要内容。

恰在此时，柳德米拉走进花园。马克西莫夫急急忙忙站起来，说了一大串问候的话，吻了她的手，再次对他的打扰表示歉意，还多次说不用给他端茶。

三个人喝完茶，柳德米拉带马克西莫夫去看她种着六种品种的草莓地和她那每年能结出五百颗苹果的小苹果树。这还是她专门跑去尤赫诺夫去找了米丘林从前的学生才买到的[1]。然后她还给马克西莫夫展示了她种的醋栗和李子树——每颗醋栗都长得跟李子那么大，每颗李子都长得跟苹果那么大。

两个人都看得很入迷。马克西莫夫自己也是个园艺高手。他答应给柳德米拉带几棵红夹竹桃。本来他还想送柳德米拉一棵兰花，后来改成了一种特别的茉莉花。

"您在这儿的活儿做得可真棒，"在准备走之前，马克西莫夫对柳德米拉说，"我觉得，要是人人都有两棵这样的小苹果树，就不要再打仗

1　中文译者注：尤赫诺夫位于莫斯科西郊。

了。法西斯对此也无能为力。这些带节的小树枝就像诚实的双臂和手一样，能够把世界从战争、野蛮和灾难中解救出来！"

随后马克西莫夫再次对打扰到维克托和柳德米拉、对自己造成的不便表示歉意。他恳请维克托一定要在真的没别的事情好做时再去读他写的东西。两个人根本就没谈什么法西斯主义的事。

马克西莫夫走后，维克托把俄罗斯的知识界痛骂了一顿，指责他们说得太多，做得太少，没有执行力，而且还过于敏感，敏感到变成别人痛苦的负担。

回莫斯科时，维克托把马克西莫夫的手稿留在夏季别墅里，想等下一个周日再读。

但接下来的周日已没有时间去想马克西莫夫的事情了。

一个月后，维克托从别人那儿得知，五十四岁的马克西莫夫放弃了他的教职，以普通兵的身份加入了一个莫斯科民兵师，很快就出发去了前线。

维克托会忘记六月和七月那些日子吗？黑烟在街道上飘荡。红场和斯维尔德洛夫广场周围的政府机构、人民委员部在焚烧档案时，黑色的灰烬在这些地方四处飘落。对很多人来说，不再有未来，也不会有任何对未来的计划了。

十月革命头几年的记忆都被毁掉。对第一个五年计划的记忆，对那些年遇到的困难和怀有的热情也被烧成了灰。卡车整晚都在隆隆开过，天亮时人们阴沉地低声谈论，有一个人民委员部被疏散到了鄂木斯克。敌人进攻的浪潮还隔得很远，还在基辅、第聂伯罗彼得罗夫斯克、斯摩棱斯克和诺夫哥罗德一带[1]。但在莫斯科，人人都觉得这场灾难躲不过去了。

---

1 中文译者注：鄂木斯克位于今俄罗斯鄂木斯克州，在哈萨克斯坦北部边境以北。基辅是今乌克兰首都。第聂伯罗彼得罗夫斯克位于今乌克兰东部第聂伯彼得罗夫斯克州，已易名为第聂伯罗；斯摩棱斯克和诺夫哥罗德都是俄罗斯著名历史古城。

每个夜晚，天空都露出不祥之兆，人们都在深夜里痛苦地期待着月光。早上六点，新闻公报则会播报悲伤的信息。

现在，一年之后，维克托坐在前往莫斯科的火车上，还是能够记起红军最高指挥部发布的第一份新闻公报，里面每一个词语都刻在了记忆里："1941 年 6 月 22 日，黎明时分，德国的常备武装力量在一条从波罗的海延伸到黑海的战线上攻击了我们的边防哨所。"

6 月 23 日的公报里提到了整条广阔战线上的许多场战斗和战役，发生在希奥利艾、考那斯、格罗德诺-瓦夫卡维斯克、科布林、弗拉基米尔-沃伦和布罗迪轴线[1]。

之后的每一天，在街头，在研究所，在家，到处都在讨论德国人最近发动的攻势。维克托对不同的新闻公报进行比较，忧郁地想着："'在维尔纽斯地区附近战斗'，这是什么意思？在维尔纽斯以东还是以西？"然后他会一脸茫然地看着地图或者报纸。

三天的战斗里，苏联空军损失了 374 架飞机，敌人损失了 381 架。维克托想要从这些数字里进行推测，好找到某些判断战争未来方向的线索。

一条德国潜艇在芬兰湾被击沉了。一名当了俘虏的德国飞行员说："我们厌倦了战争。谁都不知道我们为什么要打仗。"被俘虏的德军士兵说，在每次作战前，他们都会配发伏特加。还有一名德国士兵当了逃兵，还写了一份呼吁大家一起推翻纳粹政权的传单。

有一阵子，维克托会被火热的狂喜所攫住：接下来的一天，或者两天，德国人的进攻就会放缓，会被挡住。他们会被赶回去。

6 月 26 日的新闻公报说德国人发动了新的进攻，朝向明斯克。德军坦克已经突破了防线。6 月 28 日，公报说，在卢茨克附近发生了一场坦克大战，有差不多四千辆苏军和德军坦克参加了战斗。6 月 29 日维克托

---

1 中文译者注：希奥利艾和考那斯位于今立陶宛。格罗德诺、瓦夫卡维斯克、科布林位于今白俄罗斯。弗拉基米尔-沃伦和布罗迪位于今乌克兰西部。

听新闻说，德军试图向沃伦斯基新城和舍佩托夫卡方向突破，再接下来是在德维纳河不远处爆发了激战。有传闻说，明斯克已经陷落，德军沿着大路朝斯摩棱斯克扑过来。

维克托非常愤怒。他不再记录被摧毁、被击落的德军坦克和飞机的数量。他也不再跟家里人和同事说德军在到达 1939 年旧国境线后就会被挡住。他之前用德国装甲军每天消耗的油量除以德军预备队的总人数，来计算装甲军所需要的油料补给。现在也不再去算了。

从现在开始，他害怕听到德国人朝斯摩棱斯克，接下来朝维亚济马发动进攻的消息[1]。他看着妻子和孩子、同事和路人的脸，心中想道："这一切落到我们头上怎么办？"

7 月 2 日，星期三，夜里，维克托和柳德米拉一起到夏季别墅。柳德米拉决定把里面那些重要家什收拾好，带回莫斯科。

他们一言不发地坐在屋外。空气凉爽，花园里的花朵在微光中耀眼夺目，仿佛上一个和平的周日过后，一切已成为来世。

"真是奇怪，"维克托对柳德米拉说，"我老想到我那些质谱仪和对正电子的研究。这是为什么呢？它们有什么用？太疯狂了。要不，我其实是个偏执狂？"

柳德米拉一言不发。他们进到屋里，看着屋里的一片黑暗。

"想什么呢？"维克托问。

"只想一件事。托利亚很快就会应征入伍了。"

维克托在黑暗中抓住妻子的手，攥着它。那天晚上，维克托梦到他走进一个塞满了枕头的房间，床单全扔在地上。他看到了一张椅子，上面还保留着上一个坐在上面的人留下的热气。房间里没有人，好像他们在半夜匆忙离开了。他久久地注视着挂在椅子上的、几乎垂落地面的披肩，突然明白了，坐在上面沉睡的人是母亲。现在椅子是空的，孤独地

---

1 中文译者注：维亚济马位于今俄罗斯斯摩棱斯克州。在 1941 年 10 月的维亚济马战役中，纳粹德军在此地包围并歼灭了数十万苏军（一说为近百万），导致通往莫斯科的大门洞开。

摆放在无人的房间里[1]。

第二天早上，维克托走下楼，把防空帘摘下来，开了窗，然后打开收音机。

他听到了缓慢的说话声，是斯大林。

"这是一场反抗法西斯德国的战争，"斯大林说，"不能认为这是一场普通的战争。这不仅仅是两支军队之间的战争，更是保卫祖国的战争，是一场全体苏联人民反抗法西斯德国的伟大战争。"

斯大林问，法西斯军队真的像他们的宣传机构吹嘘的那样不可战胜吗？在他换声调的那一刻，维克托凑近收音机，想听听斯大林到底会怎么回答这个问题。

"当然不是！"他说，"历史告诉我们世界上没有不可战胜的军队！"几百万入侵的法西斯士兵的军靴踏出了尘烟。斯大林简洁的话语让维克托和其他的人穿透了尘烟，看到了深远的未来。

那天早上之后，维克托经历了很多，但在斯大林的演讲后，他不再像战争爆发的头十天那样，感到恐惧和痛苦。

1941 年 9 月中旬，维克托要乘坐科学院的特别专列从莫斯科前往喀山。

准备走的那天，德寇展开了一场恐怖的空袭。火车无法开出，所有乘客都被带到地铁里躲避空袭[2]。他们在地铁轨道上和沾满油渍的石板上铺上报纸，一直坐到天亮。

---

1 英文译者注：这一段是根据格罗斯曼自己的真实梦境而写的。1941 年 9 月 14 日，别尔季切夫发生了一系列针对犹太人的大屠杀。格罗斯曼的母亲叶卡捷琳娜·萨维利耶娃在第一场、也是规模最大的一场屠杀中遇害。
2 英文译者注：一开始设计莫斯科地铁时，就计划将其充当战争时期的避难所。夜间，当地铁停止运行后，或者在白天的空袭期间，民防人员会在铁轨上垫上木板，封闭所有轰炸可能波及的入口……丧失行动能力的人、儿童和老人住在车厢里或车站里。其余人则在隧道里躲避轰炸。车站的照明情况很好。可以在月台的饮用水池处获得饮用水，在隧道里也有自来水龙头用以供水。（布莱斯怀特（Braithwaite），《莫斯科 1941》，第 189 页）

早上，全身上下沾着黏乎乎的汗渍、因缺氧而憋得半死、面色苍白的人们从地下出来了。他们一来到地面，在清晨温暖的阳光照耀下，立刻发现幸福像炸弹一样在心中炸裂。这是一种已经习惯于平常生活的人们很少能够感受到、体会到的幸福感。

一整天里，列车都停在支线一动不动。傍晚，大家的神经又开始绷紧了。

防空气球升了起来[1]。天空褪去了它的蓝色，云彩变成了粉红色。但这些和平时期的颜色却引起了愤怒和恐惧。

八点钟，当一车的人都觉得列车不会开动时，车厢却咣当咣当地响了起来，穿过车站蒸腾的热气，开进了凉爽的原野。

维克托站在车厢最后面。莫斯科的楼房和街道、通往郊区的末班电车、城市雾蒙蒙的粉红色天际线和电线在他眼前越来越快地滑过。他要离开莫斯科了，也许是永远离开莫斯科。这一刻他真想把自己甩到车轮下。

四十分钟后，空袭警报又响起来。火车停了下来，乘客们躲进了森林里。在城市上方，无数浅蓝色探照灯光柱在焦虑地不断晃动着，像是一顶在呼吸的帐篷。由看不见的钢针划出的彩色防空炮火弹道，像绣花一样在天空画出不断变化的绿色和红色图案，到处都可以看见炮弹爆炸的闪光，听到高射炮的咆哮。时不时会出现缓慢而阴沉的无声火团，那是高爆炸弹落在某些莫斯科的大楼上，然后这些黄色的沉重火团升上天空，如同缓慢扇动的翅膀。

森林里凉飕飕的。光滑但又有些扎手的松针散发出秋天的忧郁气息。松树的枝干像平静而友善的老人那样，在凝滞的夜色中伸展开来。一面是清爽的夜色，和平和安全的气息，一面是在莫斯科肆虐的烟火与死亡。每个人都很难理解这种复杂而矛盾的情形。同一个空间里，宁静与雷暴

1　英文译者注：防空气球在释放到天上后用钢索与地面相连。当飞机试图飞越气球时容易被缠住或遭到毁坏。

会同时出现。从自身的本能出发，人们希望尽快向东走。但这一向东的愿望引发的羞耻感，让心中隐隐作痛。

此行非常艰难。列车开得很慢，车厢很闷，在穆罗姆和卡纳什之间停留了很久。

在漫长的停车等待中，几百位乘客沿着铁轨散步聊天，主要谈的是土豆，上哪儿可以找到开水。这些人都是行政人员、科学家、作家和作曲家。维克托在艺术展览、音乐会、天文台或者夏季假日的克里米亚以及高加索见过他们当中多人，对他们的行为感到相当惊讶。

一位莫扎特的爱好者曾专程跑去列宁格勒去听《安魂曲》，但此人却是个爱吵架的自私鬼。他自己在车厢里占了一个最好的位置，拒绝把它让给一个带孩子的妇女。

在自己那节车厢里占据最好位置的人当中，有一个维克托还挺熟悉。在苏联国家旅行社组织去克里米亚的巴赫奇萨赖和楚福特-凯尔这些城市的短途旅行中，这个人表现得非常慷慨和友好。但是在这趟车上，他却不给别人看他带的食品。夜里维克托听到包装纸窸窸窣窣的声音，还有咀嚼的声音。早上，他在自己的一只鞋里发现了奶酪皮。

但维克托也为另外一些人的慷慨和无私感到惊讶。

然而，焦虑，深深的焦虑在四处弥漫。对未来的认知阴沉而含混不清。

有一次，一列货运列车缓缓开过，车厢上的卡车车身刷着"莫斯科—沃罗涅日—基辅，铁路"。维克托指着卡车对索科洛夫说道："过去。"索科洛夫点点头，指着另外一辆卡车说："未来。"那辆车上刷着"中亚，铁路"[1]。

维克托想起了火车站拥挤的人群。他还记得脏兮兮的卡车上堆满垃圾，他认识的人就坐在垃圾堆上面，一个人手里拿着几个煮土豆，另一

1　英文译者注：俄语原文中使用了拉丁语 perfectum 和 futurum，分别是"过去"和"未来"。

个用两手拿着根大骨头，在那儿使劲地啃。

现在，他终于在回莫斯科的路上了。维克托想起了那些严峻的日子，意识到自己当初想错了。人民根本不是他想象中的那样软弱和无助。他那时没有理解，有一种力量能够将人民团结起来，将他们的知识、将他们的劳动能力和对自由的热爱凝聚在一起。这种力量最终点燃了一场解放战争。

尽管仍旧焦虑和痛苦，但在他的意识深处仍闪过瞬间的快乐。他再次想到："既然我的预测都是错的，妈妈一定还活着。我一定会见到她。"

三十七

傍晚快要来临时，他们到达了莫斯科。在那些年的夏天，夜色中的莫斯科具有一种忧伤和不安的魅力。整座城市并不抗拒黑暗的降临。窗户上不会出现灯光，广场和大街上没有照明。莫斯科就像一座大山或者一处山谷，无声无息地从薄暮中滑入黑暗。没有亲眼见过那些夜晚的人，不会知道黑暗如何平静而决绝地从各栋大楼上缓缓降下，人行道和铺着沥青的广场如何隐入黑暗之中。克里姆林宫旁的河面上，水流在月光下反射出平和的光芒，就像乡村小溪怯生生地流过一丛丛芦苇。夜间的林荫大道、公园和广场完全看不见路径，似乎变得不可穿越。夜色在不慌不忙地持续着，没有哪怕一丝城市的微光来打扰它。淡蓝色的天上，连防空气球都变成了夜色中带着银光的云彩。

"这天空可真奇怪，"维克托在车站广场里边走边说着。

"对，"波斯托耶夫说。"是够奇怪的。我现在想，他们要是像事先说好那样弄辆车来接咱们，那才叫神奇呢。"

乘客们迅速和安静地分头离开了。这是战争时期，不会有人过来接车，乘客中很少有妇女和孩子。大部分从车厢里出来的都是部队的指挥员，穿着风衣或者大衣，挎着绿色的背包。他们一言不发地匆忙走着，时不时抬头看看天空。

在莫斯科大饭店，波斯托耶夫说自己心脏不好，要前台给他一间三楼以下的房间。前台服务员说低层的房间都已经订满，但请他别担心，电梯好用着呢。"每个人的心脏都不好，"她微笑着说，"谁喜欢空袭呢？"

"您这是什么意思？"波斯托耶夫说，"我还巴不得它们来呢。"他接着问服务员用餐时间和餐券，以及房间里有没有伏特加或葡萄酒。

"您的心脏可不好，院士同志，干嘛要问有没有伏特加和葡萄酒呢？"

酒店走廊里都是军队指挥员，还有几个漂亮的女人。波斯托耶夫就像是个长着白发的赫拉克勒斯，一下就吸引了他们的注意[1]。

从半开的门里可以听到里面在大声说话，有时还有风琴的声音。上了年纪的服务员正推着食品推车进去，上面放着1942年特有的简单饮食：菜汤、荞麦粥、发灰的冻土豆。盛放这些东西的盘子是镍制的，闪闪发亮，很好地反衬出这顿饭的节俭。不过，每辆推车中间都放着高高支起的伏特加酒瓶子。莫斯科不缺伏特加，这就是它的好处之一。莫斯科人过去常常拿着空罐头或者瓶子去找服务员，要他们给自己灌满这种宝贵的液体。

波斯托耶夫和维克托到自己的房间里，脱下了风衣。波斯托耶夫看了看床铺，摸了摸防空帘，然后朝电话伸过手去。"我得跟经理说一声，"他说道，"我不喜欢这间房子，还得跟他说说我们吃饭的事儿。"

"列昂尼德·谢尔盖耶维奇，"维克托说，"经理几乎都不愿意跑到第七层。起码先看看他什么时候在办公室，然后再给他打电话。"

波斯托耶夫耸耸肩，拿起了话筒。

他们还没来得及盥洗一下，有个看起来像是大人物的黑脸汉子敲了

1　中文译者注：赫拉克勒斯是古希腊神话里的勇士，以魁梧和力大知名。

敲门，走了进来。

"是列昂尼德·谢尔盖耶维奇？"他问道。

"对，对，我就是，"波斯托耶夫边说着，边朝他走过去，"这一位是维克托·帕夫洛维奇·斯特拉姆。"但是经理只对维克托点了点头，注意力都集中在波斯托耶夫身上了。

经理很快就答应给他们提供最好的饮食。波斯托耶夫接着说，他们需要两间房的套间，不能在二层以上。

经理点了点头，把这些都记下了，然后说道："明天，我会把这些都准备好，到时我会过来处理的。"

维克托意识到，波斯托耶夫的魔力来自他那种绝对的、不可动摇的自信。每个人只要跟他有过接触就会立刻明白，他能乘坐头等车厢，能品尝到小牛肉而不是煎土豆，能坐在会议主席台前排的某个舒服位置，这些特权并非法律赋予，而是由他这个人的本质所决定的。当他跟前台服务员、售票员或者饭店经理说话时，他非常自信地并且确定无疑地显示出了他的工作有多么重要，显示出了他特有的博学，还显示出了他的科研经历的重要价值。他是全国高质量钢铁生产方面最重要的高级专家，当然有理由对自己这么自信。

饭店经理说出了好些个在莫斯科大饭店下榻过的科学院院士和科学权威。他有惊人的记忆力，能够记得瓦维洛夫、费尔斯曼、维捷涅耶夫和亚力山德罗夫等人住过的房间号码，只不过他不太了解这些人哪些是地理学家，哪些是物理学家，哪些是金属材料专家[1]。经理本人接待过很多大人物，养成了冷静而沉着的待人接物方式，这让他能够在彬彬有礼

1　中文译者注：尼古拉·伊万诺维奇·瓦维洛夫（1887—1943），苏联生物学家、农学家；亚历山大·叶夫根尼耶维奇·费尔斯曼（1883—1945），苏联地球化学家和矿物学家，苏联科学院院士；维捷涅耶夫，疑为英文译者或作者笔误，实际指的是苏联物理学家尼娜·叶夫根尼耶夫娜·维捷涅耶娃（1882—1955）；阿纳托利·彼得罗维奇·亚历山德罗夫（1903—1994），苏联物理学家。

地欢迎客人和微妙地表现出自己异常忙碌之间掌握很好的平衡。波斯托耶夫肯定在他的客人排行榜上占据高位。他最低限度地表现出了自己的忙碌，同时却用高得不能再高的规格对波斯托耶夫表示出了尊重和欢迎。

经理走后，维克托吃惊地将双手一扬："列昂尼德·谢尔盖耶维奇，再过一会儿，他肯定会派来一整个少女合唱团，个个都穿着白色短上衣，头上戴着玫瑰编织的花环。"

波斯托耶夫放声大笑。他的大胡子、宽厚的肩膀和扶手椅都开始晃动起来，连身边的玻璃水瓶都因为这笑声而随着他硕大的身躯开始抖动。

"天啊，"他说道，"看您都说什么了！不过，饭店里确实有一种轻佻虚荣的气息，像微生物一样无所不在。"

尽管两个人都很累了，但却用了很长时间才睡着。他们都不怎么说话，各自拿了一本书在看。巧合的是，两人都带了同一本书，《福尔摩斯探案集》[1]。波斯托耶夫不断起身，在房间里踱来踱去，吃着不同的药。"您还没睡着？"他悄声问，"我觉得心里有点闷。我是在莫斯科出生的，在沃隆佐沃农村。一辈子都在莫斯科，跟我最亲近的人也都在莫斯科。我父母葬在瓦甘科沃公墓，我恐怕也得……我年纪够大了[2]。该死的希特勒和纳粹，他们还在往前推进……"

早上，维克托改了主意。他原来想跟波斯托耶夫一起去党委，现在他想先走去自己公寓看看，然后再去研究所。

"下午两点我会到党委，"波斯托耶夫说，"到时候给我电话。我得先去见人民委员。"

1　英文译者注：《歇洛克·福尔摩斯探案集》在1903年被首次翻译成俄语，随后则出现了对这部作品的大量简单模仿。虽然在革命后苏维埃政府并未鼓励阅读此书，它仍在读者中广受欢迎。有时候该书仅在读者手中秘密传阅。1945年，"福尔摩斯"系列中的一部《歪唇男人》被当作"红军战士小型图书馆丛书"之一出版发行。在50年代末，《福尔摩斯探案集》全书在苏联总共印刷了接近一千一百万册。

2　中文译者注：沃隆佐沃位于今莫斯科州西部莫扎伊斯克区，瓦甘科沃公墓位于今莫斯科市普列斯尼亚区，曾是工业区和工人生活区。

他变得目光炯炯、兴致勃勃，像是迫不及待地想去参加各种会议。真是很难想得到，这样一个人在前一天夜里说到的是死亡、衰老和战争。

三十八

维克托要先去电报局给妻子发份电报。他沿着高尔基大街宽阔且空旷的人行道走着。路边的商店窗户都用木板封上了，堆着沙袋。

发了电报后，他准备往回走到奥霍特尼亚德，也就是说，要穿过卡缅内桥，沿着亚基曼卡大街走到卡卢加广场。

一排军人列队正在穿过红场。

过去和现在突然迎头相遇了。在他面前是克里姆林宫和列宁墓。维克托远眺今天的天空，凝视着今天战士们严肃和疲倦的面容。然而，与此同时，他也站在一列列车车尾，以为他将永久地告别莫斯科，面前是秋天的傍晚。

克里姆林宫钟楼上的钟声响了，十点整。

维克托继续走着，被看到的每一样新的细节、每一件最细微的小事物感动着。他看到了一栋被炸弹炸毁的房屋残骸。现在它已经被围上了，窗上贴着蓝色的纸条。他看到了一处用松木和沙袋搭起来的哨所，四周留着给枪炮用的狭长枪眼。新的建筑上玻璃还在闪亮，旧的建筑上墙皮已经剥落，刚刚刷上的标语"空袭掩体"下面，是一个明亮的白色箭头。

他看着身边走过去的人群，整座城市几乎就像是前线。指挥员和战士们，穿着靴子和军便服的女人；电车里只坐了一半的人，部队的卡车里却都是士兵；汽车刷着黑色和绿色的伪装色，有些车的车窗玻璃上还有弹孔。

他看着沉默地排队的女人们，看着孩子们在狭小的院子和广场里玩耍。这些人都知道他前一天晚上才从喀山来到这里，他心中这样想着。

正因为如此，他没有和这些人一起，度过那个严寒的、残酷的莫斯科冬季。

他笨手笨脚地四处找钥匙，旁边公寓大门被推开了一半，露出一个年轻姑娘活泼的脸。她虽然带着笑容，但是却用很严肃的声音问道："您是谁？"

"我？我嘛，应该是住在这儿的人。"维克托说。

他走进家里，呼吸着陈旧发霉的空气。房间里跟他们走的那天没什么两样。钢琴和书架上都落满了灰尘，餐桌上放着一片面包，上面长满了白绿色绒毛状的霉斑。娜嘉夏天穿的鞋和网球拍从床下探出来。托利亚的哑铃还放在角落里。

一切都变了，一切又都没变，两者都让人同样难过。

维克托打开餐具柜，在里面摸索着，在黑暗的角落里找到了一瓶葡萄酒。他从桌上拿了玻璃杯，找到了开瓶器，用手帕将酒瓶子和玻璃杯擦干净。喝了几口酒后，他点燃一根烟。

他很少喝酒，喝酒容易上头。房间现在已经不再憋屈和闷气，变得亮堂和优雅起来。

他坐在钢琴前，试着按了几个琴键，仔细听着。

他的脑袋在嗡嗡响。回到家这事儿让他又难过又高兴。一切都很奇怪。他回来了，但却好像被抛弃了。他面对着自己的家庭，但他又是独自一人。他很清楚自己的责任和牵绊，但他又感到非同寻常的自由。

所有的一切宛若从前，然而，在某些方面却又如此陌生和疏远。他感到自己跟此前不同了。他不再是自己所熟知并且已经习以为常的那个人。

维克托想到了他的那位邻居。她在听着吗？这个眼睛亮闪闪的年轻姑娘是谁？曼索夫一家在维克托一家搬走前很早就离开了，那时距离德国人入侵才过了几周。

维克托停下弹琴，内心充满着压抑。周围那种宁静令人感到非常压抑。得走了，他想。他在公寓里走了一圈，看了厨房一眼，决定出门。

在街上他遇到了房屋管理员。两人谈了谈寒冷的冬天，中央供暖系统管道都给冻裂了，还谈了谈房租和空荡荡的公寓。接着维克托问道："对了，住在曼索夫家里的年轻女人是谁？他们一家都还在鄂木斯克，对吧？"

"别担心，"管理员回答道，"她是他们在鄂木斯克的朋友，到这儿出差的。我两周前给她登记了，过几天就走。"说完，他看着维克托一眼，狡狯地眨了眨眼："她可长得真不错，对不对，维克托·帕夫洛维奇？"他笑起来，补充道："柳德米拉·尼古拉耶娃没跟您一起回来，真可惜。我们一起扑灭了好多场大火呢。铁路场站的工人和我都记得她，还记得她帮我们处理了很多燃烧弹。"

去研究所的路上，维克托突然想："我还是住在家里吧。一会儿就回饭店，去拿我的行李箱。"

三十九

可是，当维克托一进到研究所，看到熟悉的草坪和长椅，院子里的白杨和椴树，还有他办公室的窗户和实验室，他立刻就把别的事情忘得干干净净。

研究所没有挨炸弹，这一点他是知道的。他还知道，放在主楼层，也就是他实验室所在的二层的主要设备，全部托付给了高级实验室助理安娜·斯杰潘诺夫娜照看。

安娜·斯杰潘诺夫娜是所有高级实验室助理中唯一一个没有拿到学位的。战前不久，有人提议用一个拿到正式学历的人顶替这个已然变老的女人，遭到了维克托和索科洛夫的共同反对，于是她就继续留任了。

看门人告诉维克托，安娜·斯杰潘诺夫娜把所有二层办公室的钥匙都放在自己的公寓里。不过实验室的大门好像没有锁。

实验室非常敞亮。高大的窗户干净明亮。实验室里的一切,玻璃、铜和镍制品,反射着夏天的阳光。尽管最重要的实验设备在去年秋天已经搬到喀山,后来又搬去斯维尔德洛夫斯克,但人们并不会马上注意到它们已经不存在于实验室中。

维克托急促地呼吸着,点燃了一根烟。他的脑袋又嗡嗡响起来了,一部分原因是激动,另一部分原因可能是刚喝了酒。他轻轻地关上门,靠着墙打量着身边的一切。这里的一切他都不会忘记。在他的生活中,不管是在家,还是和朋友在一起,不管是在泛舟,还是在剧院里看戏,或者是在写信时,他都非常健忘,因为他曾将所有精力都投入到这间实验室中。他记得这里的一切。当他走进自己实验室的大门,他的听觉,他的所有注意力都变得准确和持久。任何一点细微的变化都逃不过他的察觉。

现在,他又看到了这一切:打过蜡的镶木地板、一尘不染的玻璃、昂贵而脆弱的试验设备散发出干净整洁的气息。他抬头看了看墙上的温度计。即使在冬天,温度计上的水银柱也不会低于十摄氏度。

他用的真空泵放在一个钟形玻璃罩里。还有一件对湿度特别敏感的特殊测量仪放在玻璃橱柜里,周围撒放着新的氯化钙颗粒[1]。带着硕大基座的电机准确地安装在他在战前就指定的位置上。

他听到了轻微的脚步声在迅速靠近,于是转过身。

"维克托·帕夫洛维奇!"一个女人一边叫着,一边朝他跑来。

维克托看着安娜·斯杰潘诺夫娜,惊讶于她的变化之大。但实验室没有任何变化,托付给她的一切如同他离开时那样完好无损。

维克托擦燃了火柴,又点了一次刚才已点燃的卷烟。安娜·斯杰潘诺夫娜的头发变白了。她那曾经丰满红润的脸颊凹陷了下去,现出疲惫之相。她的皮肤发灰,两条位于前额的深纹呈现出十字形。

---

1 中文译者注:氯化钙通常用作干燥剂。

他抬起了她的手，上面遍布老茧，皮肤变成了黑褐色，像砂纸一样粗糙。

安娜·斯杰潘诺夫娜在这个冬天所经历的一切，所做到的一切，都不用她来解释了。他能对她说些什么呢？代表整个研究所和所有教授感谢她？甚至以科学院院长的名义感谢她？

他一言不发，弯下腰吻了吻她的手。

她拥抱着他，吻着他的唇。

他们手挽手地在房间里走着，谈着，笑着。年迈的看门人站在走廊里微笑地看着他们。

三个人随后走进了维克托的办公室。

"您是怎么把电机基座从一层搬上来的？"维克托问，"恐怕得要七八个壮劳力吧。"

"这个倒不难，"安娜·斯杰潘诺夫娜答道，"冬天时有支防空部队驻在广场里。炮手们帮我搬了上去。但用雪橇把六吨煤运进院子，这个才是真要命。"

亚历山大·马特维耶维奇，这个老看门人拿来了一壶开水。安娜·斯杰潘诺夫娜从自己的包里拿出一小包球形的红色焦糖，铺开一张报纸，在上面切了几片小小的长方形面包。三个人坐在一块，边聊边喝着茶。

安娜·斯杰潘诺夫娜递给维克托焦糖："尽管吃吧，维克托·帕夫洛维奇！这是今天早上我从科学院配给里拿来的。"

老亚历山大·马特维耶维奇的手指尽管带有烟熏的痕迹，此刻却苍白得毫无血色。他用手指夹起一小片面包，慢慢地、认真地咀嚼着："是啊，维克托·帕夫洛维奇。对老人来说，这个冬天很不容易。好在炮手们时不时会帮一帮我们。"

他发现维克托可能把这句话理解为要少吃一点他们的面包和焦糖，便赶紧说："现在情况好多了。这个月的配给更好了，我的配给卡上也有糖了。"

安娜·斯杰潘诺夫娜和亚历山大·马特维耶维奇在切面包时小心翼翼。他们仔细小心的动作，他们在吃东西时严肃和全神贯注的态度，这一切已经告诉了维克托很多。他比任何时候都清楚，莫斯科去年冬天的情况有多么艰难。

喝完茶，维克托和安娜·斯杰潘诺夫娜又在办公室和实验室中走了走。

安娜·斯杰潘诺夫娜问起了实验室工作计划的事情。苏霍夫还是研究所所长的那个冬天，她见过当时的计划草案。

"对的，"维克托说，"在出发来莫斯科之前，我还和索科洛夫谈起过苏霍夫。几个月前他到过喀山，跟我们讨论工作计划的事情。"

安娜·斯杰潘诺夫娜告诉他在冬天与苏霍夫的会面。"我到党委去，想要多分点煤。他对我简直太和蔼可亲了。当然了，我还是挺受安慰的。但他身上还是有种让人不快的官僚气息。我那时想，看来情况不太妙。春天时我在主楼入口见到他了，立刻感到他整个人都变了，对我非常冷淡，一副魂不守舍的样子。不过，信不信由您，我倒觉得挺高兴。我想，事情会有好转的。"

"是啊，"维克托说，"但现在他们可不用指望他了。好了，您知道我的电话还能打通吗？"

"通着的，那还用说。"

维克托心里默念着"上帝保佑"，拿起了话筒开始拨号。尽管在火车上他把笔记本拿出来看了好几次这个电话号码，但还是迟迟不想给新的研究所主任打电话。现在，他听着听筒里的声音，希望听筒另一头是某个秘书接了电话，对他说："皮缅诺夫出差了，过几天才回来。"

然而，是皮缅诺夫接的电话。

安娜·斯杰潘诺夫娜马上从维克托的脸上看了出来。

皮缅诺夫说他很高兴能够听到维克托的声音。他问一路是否顺利，饭店安排得是否还可以。他还说，本来想亲自来看看维克托，但又不想打扰他去检查自己的实验室。最后，他说出了维克托焦虑不安地等待着的但又非常害怕听不到的消息："科学院保证为整个研究所，特别是为您的实验室工作计划提供相关资金。维克托·帕夫洛维奇，您的研究课题获得正式批准了，工作计划也获得了切佩任院士的批准。另外，从今天开始，他随时有可能从斯维尔德洛夫斯克回来。只有唯一的一个问题要解决：我们能不能弄到您的研究设备所需要的钢材。"

他放下电话，转身握住安娜·斯杰潘诺夫娜的双手自言自语道：

"莫斯科，奇迹般的莫斯科……"

她笑道："看看，我们是怎么欢迎您的！"

四十

1942 年夏天对莫斯科非常特殊。

俄罗斯的边境只有在遭遇最严峻的外国侵略时才会退得如此之远。历史上有过这么一个时候：从克里姆林宫出发的信使一夜之间就能到达俄国边境，将莫斯科大公发出的指令传达给他的指挥官。在边境，信使能够在高地上看到远处戴着破旧皮帽、穿着浸透汗水甲胄的鞑靼骑兵肆无忌惮地在被践踏的俄罗斯农田里飞奔。

在 1812 年那个阴暗而不安的 8 月，莫斯科总督罗斯托普钦派出的信使在一夜间就能到达库图佐夫的指挥部，然后吃上一顿饭，休息几个小时，傍晚再回到莫斯科领受新的任务。他能够对总督衙门里的朋友说，早上他从前线最远的哨所里看到了法国人，能够清清楚楚地看到他们的制服，"就像此刻你出现在我眼前一样！"

1942 年夏天的某个早上，总参谋部派出的通信军官乘坐着装甲汽车在向西方面军司令员传达了相关消息后，找到他的同行要了一份午餐券，在食堂里用了餐，然后直接回到总参通信部。然后他会对同志们说："一个半小时前，我还在听德国野战炮的轰隆声呢。"

一位战斗机飞行员可以从莫斯科中央机场起飞，在十三分钟到十四分钟内到达前线。他会朝着莫扎伊斯克和维亚济马周边白杨树和低矮的白桦树林里穿着德军制服的人四下扫射几轮，在德军一个团指挥所上空绕一圈，挥舞一下他的拳头，在一刻钟后回到莫斯科。接下来他可以坐着电车经过白俄罗斯火车站，到普希金雕像前下车。在那里有位姑娘跟他事先约好了要会面。

莫斯科南边的姆岑斯克、西边的维亚济马和西北边的勒热夫都落到了敌人手里。库尔斯克、奥廖尔和斯摩棱斯克州被克卢格陆军元帅的中央集团军群后方的警备部队占领着。敌人的四个野战集团军和两个装甲集团军距离红场、克里姆林宫、列宁学院、莫斯科艺术剧院、莫斯科大剧院只有两天路程，距离拉兹古利亚区、切尤穆什基区和萨多夫尼基区[1]，距离莫斯科众多学校和产科医院，距离普希金和季米里亚泽夫雕像只有两天路程[2]。

西方面军的后勤指挥所就设在莫斯科城里。后勤军需人员、报纸编辑人员中的本地人在家就能进入战争状态。夜里他们回到自家公寓里，把晚饭从军用饭盒中盛到日常用的碗碟里；夜里和衣而睡，但不是睡在掩蔽部里，而是睡在日常休息的床上。整个公寓里充满了战时生活和日常生活混合后的奇怪气息。手榴弹引信和弹夹就放在地板上，旁边是孩子的玩具和女人戴的无檐软帽和穿的裙子。冲锋枪倚着沙发放着，窗上挂着防潮油布制成的防空帘。夜里，听到的不是孩子们四处奔跑的脚步，或者奶奶趿拉着拖鞋的声音，而是沉重的靴子咯吱响，不免让人觉得有些奇怪。

尽管前线的距离比 1941 年 10 月那些可怕的时候要稍微远了一点，

---

1 英文译者注：拉兹古利亚区（Razguliay）以当地著名的一家小旅馆命名，切尤穆什基区（Cheryomushki）曾是富有的商人聚居区，萨多夫尼基区（Sadovniki）则是农民聚居区。格罗斯曼用这三个区的名字来喻示莫斯科不同社会阶层的生活。
2 英文译者注：克利缅特·阿尔卡季耶维奇·季米里亚泽夫（1843—1920），沙俄时期著名生物学家和农学家。

但依旧很近。不过，德军现在正向东南草原的深远处发起进攻，莫斯科前线变得平静了一点，也更加稳定。战争似乎正在转向莫斯科以外的地方。

这些日子里，德国轰炸机连续几周没有出现在莫斯科上空。莫斯科人也不再关注那些在天上盘旋的苏联飞机。他们曾经一度对苏联飞机的嗡嗡声习以为常。如果有几分钟没有听到这个声音，就会惊奇地抬头看天，以为出了什么事。

电车和地铁里并不拥挤。就算是最忙碌的日子，也不会出现往常在大剧院广场和伊利因门的那种拥挤和推搡。傍晚，年轻的女防空志愿人员在奇斯季普罗迪和特维尔、尼基塔以及果戈理大街上熟练而迅速地放飞银白色的防空气球。

几百家工厂、学校和高等教育机构以及其他的机构撤离了莫斯科，但它并不是一座空城。

莫斯科人习惯了近在咫尺的前线。他们回到了日常生活状态，开始储存土豆和木柴，为冬天做准备。

人心要比之前稳定的原因有两个。一个原因是他们隐约地感觉到，危险已经转移到别处。另一个原因则是人们不可能长期保持在极度紧张的状态中。人的本性不允许这样的情况出现。

一个人可以对特定情况产生适应性，并且保持镇定，这不是因为条件出现了改善，而仅仅是因为他对紧张程度的感受会被每天的工作和关注所淡化。病人能够变得镇定，不过是因为他习惯了疾病。

最后，最重要的是，不管是否能意识到，人们开始真正地相信，莫斯科绝不会落入德国人的手里，绝不允许这样的事情发生。德军一度要包围整个莫斯科，但在他们被逐出克林、加里宁，退回到莫扎伊斯克之后，莫斯科绝不屈服的信念得到了强化[1]。列宁格勒经历了三百个冰与

---

1 中文译者注：克林和莫扎伊斯克位于今俄罗斯莫斯科州，均在莫斯科市以西；加里宁市即今俄罗斯特维尔州特维尔市，位于莫斯科州西北。

火以及饥饿的日夜后依旧屹立不屈，这一信念再度得到了强化。它不断被深化和接受，完全替代了 1941 年 9 月到 10 月间莫斯科人所怀有的痛苦。

1942 年夏天，莫斯科人从官方新闻公报和报纸中感到了异常沉重和惊骇的消息。不断变化的环境让人们的思想也发生了巨大的变化。他们甚至对自己过去的行为产生了全新的认识。

1941 年 10 月，某些莫斯科人只会关心自己的财产，他们拒绝坐上东去的火车。你去问为什么会这样，他们会难为情地顾左右而言他。

在那个时候，任何把自己的财产交给命运处理，离开自家公寓，随着工厂或者研究所搬到巴什基尔或者乌拉尔的人，在行动时都充满着爱国主义热情。而那些因为岳母生病，因为无法带走自己心爱的钢琴或化妆镜而拒绝离开的人，则被认为是小心眼的家伙，甚至比小心眼的人都不如。

到了 1942 年夏天，很多人都想办法忘掉他们决定留下来的真正原因。他们把疏散的人视为逃兵，而把自己视为莫斯科的保卫者。他们完全忘记了自己跟莫斯科真正的保卫者——那些用鲜血保卫莫斯科的战斗机飞行员、操纵防空火炮的志愿者、战士、工人、民兵——几乎没有任何相似之处。

这些人现在认为莫斯科属于他们。他们讨论起政府应该禁止疏散的人群返回首都的事情。

条件变了，人的态度也变了。为了迎合当下的需要，出现了极端灵活的想法。这是狭隘行为和市侩主义的决定性特征。

1941 年 10 月离开莫斯科的人当中，有些人只拿走了一两双靴子、几件换洗内衣和几条面包。有些人在离开时没有锁上自家大门，以便为城市的守卫者提供些许便利。正是这些人现在不断地写信给自己的邻居、看门人和房屋管理员，请他们帮忙照看一下自己的财产。有些疏散的人们甚至写信给检察院或者区民警局负责人，控告看门人和房屋管理员没有保护好他们的财产。现在轮到那些留在莫斯科的人去指责疏散人群的狭隘做法了。

但是，在这些大大小小的矛盾之上，更重要的是莫斯科那些强大而具有自我牺牲精神的保卫者。他们仍然在努力工作，还在挖战壕，铺设路障，然后回到自己工作的工厂。

疏散的人们觉得他们将莫斯科的生命和温暖全数带走了。他们想象着工厂车间覆盖着白雪，锅炉冷却下来，码头不再有吊车或车床，各种建筑一片死寂，就像是一堆石头砌成的石窟。他们觉得，莫斯科所有有生命的力量都已离开，在遥远的巴什基尔、乌兹别克、西伯利亚和乌拉尔的工地上才能再现。但是这座伟大的苏联城市具有的生命力量要比这些人所认识到的强大许多。莫斯科的力量是无穷无尽的。它的商店恢复了正常营业，工厂烟囱再次冒烟，工人的生产能力翻了一番。莫斯科的工业生命十分强悍。它能够在东部那些荒山野地里催生新的工业基地，也能够在原有的根基上继续生长发芽。

于是这又催生了新的矛盾。

那些已经离开的人感到不快和焦虑。莫斯科没有他们也一样强大。他们想要回来，甚至四处活动想要回来。他们忘记了去年秋天如何拼命想要弄一份离开莫斯科的通行证，四处打听当初别人用了什么办法留下来。疏散到萨拉托夫和阿斯特拉罕的人说："没错，现在莫斯科可比伏尔加河要安静多了！"他们好像忘记了，莫斯科的命运和伏尔加河的命运是一回事。

莫斯科，在这里可以看到匆忙搭建在通风口的铁皮烟囱，可以看到匆忙摆出来的路障，白天会遇到空袭，铅灰色的天空会被燃烧的建筑和炸弹爆炸的闪光照亮，在空袭中遇难的妇女和孩子只能在夜间下葬。在1942年夏天，这座城市重新变得优雅而光彩照人了。在宵禁到来前，可以看到坐在特维尔大街长凳上的情侣。在温暖的夏天阵雨后，椴树花开放得似乎比和平时期更加灿烂，香味也更加浓郁。

四十一

到达莫斯科的第二个早上，维克托收拾好行李，离开了有着热洗澡水、每天都能喝到伏特加和葡萄酒的饭店。

回到自家公寓后，他打开了窗户，到厨房里弄了点水，倒进已经干涸的墨水池里。水龙头里黄褐色的锈水懒洋洋地流淌了好长时间才变干净。

他坐下来，在一张明信片上给柳德米拉写了几句话，然后开始给索科洛夫写信，把他和皮缅诺夫谈话的内容仔细地写了下来。可能还需要十天左右，才能走完研究所工作计划的各种正式批准流程。

维克托在信封上写下地址，陷入思索中。这一切真是太古怪了。他来到莫斯科，已经准备好激烈争吵，通过强调项目的重要性来为项目争取到哪怕最低程度的许可。现在完全不用他去争吵。他提的计划里每一处都被接受了。

他封上了信封，在房间里踱着步。"回到家真好，"他想，"这事儿我做对了。"

过了一会儿，他坐下来开始工作，时不时抬头起来侧耳细听，周围是一片异乎寻常的安静。突然间他意识到自己不是在倾听，而是在想门铃会不会响起，也许是那个鄂木斯克的年轻女人按响的门铃呢？然后他会说："请进吧，请坐。一个人待着可真无聊。"

接下来他便沉浸在工作当中，把这个年轻女人忘掉了好几个小时。在他伏案飞快工作时，真的听到了敲门的声音。她想要找他借两根火柴去点燃煤气，一根在今晚用，另一根在明早用。

"借您几根火柴完全不算什么事儿，"维克托说，"我可以给您一盒火柴。但干嘛站在走廊里呢？进来吧！"

"您人可真好，"她笑道，"火柴哪是那么好弄的。"进门后，她看到地上掉了一条揉皱的衣领，便捡了起来放在桌上："这里到处都是灰，太脏了。"

她弯腰时抬头看了一眼维克托，她可真好看。

"嘿，"年轻女人说道，"您有一架钢琴！您会弹钢琴吗？"大概是想要让气氛轻松一些，她又顺着话头说："就几首简单的曲子，比如说《你上哪儿了，小麻雀？》。[1]"

维克托不知道该怎么接话茬。

他和女人们在一起时总是又害羞又笨拙。

就像许多害羞的男人一样，维克托觉得自己很有魅力，是个老手，认为面前这个年轻女人不知道她的邻居在拿火柴取悦她，不知道他喜欢她的纤细的手指，喜欢她那双套在红跟凉鞋里晒黑的双足，喜欢她的双肩、小巧的鼻子、胸口和头发。

他还是没有问她的名字。

她请维克托弹奏几首曲子。他演奏了几曲她可能知道的曲子：一曲肖邦的华尔兹，一曲维尼亚夫斯基的马祖卡。然后他哼了哼，摇了摇头，开始演奏斯克里亚宾，时不时用眼角看看年轻女人[2]。她很注意地听着，轻轻地皱着眉头。

演奏完毕，维克托盖上琴盖，用手擦了擦额头。"您在哪儿学的钢琴？"她问道。

他没有回答问题，却问道："请问您的名字？"

"尼娜，"她答道，"您是维克托。"她用手指着书桌上平放着的一幅硕大的照片，上面写着："致维克托·帕夫洛维奇·斯特拉姆——机械与

---

1 英文译者注：这是一首知名的俄罗斯童谣。
2 中文译者注：亨里克·维尼亚夫斯基（Henryk Wieniawski，1835—1880），波兰小提琴家、作曲家；亚历山大·尼古拉耶维奇·斯克里亚宾（Alexander Nikolayevitch Scriabin，1871—1915），俄罗斯作曲家、钢琴家。

物理研究所研究生们敬献。"

"您的父名呢？"

"叫我尼娜就行。"

维克托给她倒了茶，请她一起吃晚饭。尼娜同意了，然后被维克托准备晚饭时笨手笨脚的样子逗得哈哈大笑。

"怎么能这样切面包！"她说道。"让我来吧。您不用开罐头了，桌上这些就够多了。等等——您得先把桌布上的灰给掸掉。"

在这套又大又空的公寓里，因为有了这个年轻女人的忙碌而显出一丝让人心动的气息。

在吃饭时，尼娜告诉维克托她来自鄂木斯克。她的丈夫在当地的区消费者协会工作。这次到莫斯科来是给这里的医院转运亚麻制品，但因为出现一些手续问题给耽误了。货物都给运到加里宁去了，过几天她要去一趟那里。"然后我就得回家了。"她补充说。

"什么叫'就得回家'？"维克托问。

"怎么？"她反问道，然后叹了一口气，"因为……"

维克托给她倒了点酒。

尼娜喝掉了半杯马德拉葡萄酒。这还是柳德米拉要维克托带回喀山的马德拉葡萄酒[1]。在尼娜的上唇出现了一圈闪亮的细小汗珠。她用手帕朝脖子和脸上扇着风。

"窗户开着，您不介意吧？"维克托问，"对我说说您为什么要说'就得回家'？一般来说大家都说相反的意思，比如说，'就得离家'。"

她笑了笑，微微地摇了摇头。

"您的项链上挂着什么？"他问道。

"项链坠。里面是我母亲的照片。"她把项链摘下来递给他。"给您看看。"

---

1 英文译者注：马德拉葡萄酒是产自克里米亚的一种葡萄酒，1892 年开始生产。

维克托看着项链坠里小小的泛黄的照片，里面是一个年迈的妇女，头上戴着农民的那种白色的头巾。他小心地把项链递还给他的客人。

尼娜在房间里踱步："天哪，这房间真大。您会在这里面迷路的！"

"您要是在这里迷路了我才高兴呢，"他说道，突然对自己的鲁莽感到有些窘迫。不过她似乎没有明白这句话的意思。

"行了吧，"她说，"让我来收拾一下，把碗碟刷了吧。"

"您这是要干什么？"维克托说道，多少有些警觉起来。

"这有什么关系？"

尼娜擦干净了铺在桌上的防水布，去刷洗杯子，边忙边说了一下自己的情况。

维克托靠窗站着听她说。

她可真奇怪，比他知道的任何女人都奇怪！然而她又这么漂亮！现在，她会不会毫不犹豫地用令人同情的坦诚谈到自己的生活，谈到她去世的母亲、粗暴的丈夫还有他做的那些令人不齿的事情？

她的故事里混合着孩子气和市侩味儿十足的小聪明。

她说，有个"非常优秀的男人"，一个电气工程师曾经爱上过她。那会儿她是个钳工。不知道什么原因，她拒绝了他的求婚，在战前不久嫁给了她的邻居，一个在食品行业里占据了重要位置的英俊男人。用她的话来说，她的丈夫在"拼命"想要免除他无法摆脱的兵役。

尼娜看了看表："好吧，得走了。谢谢您的晚餐。"

"得谢谢您。怎么感谢都不为过。"

"在打仗呢，"她说，"都得互相帮助。"

"不，不，不光是因为这个。今晚是很有意思、很值得纪念的一晚。谢谢您对我的信任。相信我，您说的一切打动了我。"维克托把手放在心口。

"您真是个怪人。"她说，用好奇的眼光看着他。

"真不巧，"他答道，"我一点也不怪，再正常不过了。您才是非同一般的人。允许我送您到家门口吗？"他恭敬地鞠了一躬。

她直直地看着他的眼睛，有好几秒钟眨都不眨眼。她的眼睛睁得大大的，带着专注和惊讶的神情。

"您真是……"她说着，叹了一口气，像是要哭了。

他根本没想到眼前这个漂亮的年轻女人经历了这么多。"但她还是那么纯洁和值得信任。"他想道。

第二天早上，维克托在门口见到了坐在藤椅上的老电梯司机，问道："亚历山德拉·彼得罗夫娜，您好吗？"

"跟别人没什么两样，"她答道，"我女儿生病了。我们想把她的孩子们送到我儿子那儿去。周四我接到了儿媳妇的来信。我儿子应征入伍了，现在孩子该怎么办？我儿媳妇得看着姐弟俩，都忙不过来了。"

四十二

当天晚些时候，维克托听说切佩任已经回到莫斯科。皮缅诺夫的秘书，一个六十多岁、健壮矮胖的老太太对他说："维克托·帕夫洛维奇，切佩任院士请您等一等他。六点钟他会过来。"她的目光严厉，仿佛从一年级学生到满头银发的教授都无法从眼前逃脱。

老太太这样看着维克托，用严肃的声调说："您一定得等他。明天他就回斯维尔德洛夫斯克了。"随后她又微笑了一下，语调稍微温和了一点："您恐怕得等一阵子，他肯定会晚到的。"

这就是女秘书的说话风格。哪怕是再著名的院士也会有男人的常有问题，反正男性总有浮夸的一面，而且屡教不改。

女秘书这次说对了。切佩任七点才回到办公室。那时候办公室和其他的房间都已空无一人，维克托焦虑不安地在走廊里踱步，夜间看门人

226

时不时狠狠瞪他一两眼。值夜班的秘书已经在书桌旁放好了扶手椅，为他今晚的工作做准备。

维克托听到了切佩任的脚步声，抬头看到了走廊尽头他熟悉的宽洪的声音，心里涌起一阵欢乐和激动。

切佩任赶忙伸出手，向维克托走来，边走边大声说："维克托·帕夫洛维奇，总算见到了，在莫斯科！"

他的问题问得又快又突然："在喀山过得怎样？困难吗？会不会偶尔想起我？你和皮缅诺夫都有什么共识？空袭吓着你啦？夏天时柳德米拉·尼古拉耶夫娜真的在集体农庄里工作吗？"

听着维克托的回答，切佩任把头侧向一边，眼睛里流露出严肃但愉快的神情，在宽大的额头下发着光。

"我读了你的工作计划，"他说，"决定是正确的。"接下来，他沉默地想了一会儿，说道："我儿子参军了。瓦尼亚负伤了。你的孩子也参军了，对不对？怎么想的？我们能忘记那些在前线的志愿者，能忘记科学吗？"切佩任环顾着室内："这里有点闷，到处都是灰。要不，咱们出去走走？你跟我一起回家吧，不算远，只有四公里。到了那儿会有车送你，行不行？"

"乐意之至。"维克托答道。

在傍晚的微光下，切佩任晒黑的、饱经风霜的脸庞变成了黑褐色，大大的、睿智的双眼显得格外敏锐和警觉。在夏天他四处徒步时，当面前的小路消失在微弱的光线里时，当他敏捷地朝着预定宿营地前进时，大概也是用这种眼神看着前方。

他们走过了特鲁勃纳亚广场。切佩任停下来，凝望着远方蓝灰色的晚空。他的凝望跟别人不同。也许天空中包含着他在童年时的梦想，天空引发了人忧郁的思考或非理性的悲戚……但是不，这不是切佩任看到的。他看到的是一个全宇宙的实验室，在这里他能够平静下来开展严肃的劳动。科学家切佩任凝望天空的样子，就像一个农民在仔细审视他挥洒汗水耕作的田地那样。

天空中最早开始闪烁的几颗星星也许给他带来了关于质子大爆炸的构想。然后这一构想发展成为关于高密度物质的循环，发展成为宇宙簇射、变换子风暴，再发展成为宇宙进化论的不同理论[1]。他则发展出一整套衡量不可见的恒星能量流的方法论……

也许，最早开始闪烁的星星们给他带来的是完全不同的想法。

他会想到露营的篝火、噼啪燃烧的树枝吗？还是被篝火熏黑的、粟米粥在里面缓慢冒着热气的平底锅？又或是头顶上、夜空中显出暗影的黑色树叶？

或者，他想到的是小时候，他坐在母亲的膝头，感受着她温暖的气息和她抚摩过头的温暖双手，他带着充满好奇和睡意的眼睛，凝视着头顶的星星？

在星星和呈不规则形状的云彩之间，维克托看到了防空气球，粗大的探照灯光柱不断扫来扫去。战争闯入了俄罗斯的城市和农民们的田野，也闯入了俄罗斯的天空。

他们慢慢地走着，一言不发。维克托有很多问题要问切佩任，但他没问关于战争的问题，没有问关于切佩任自己研究的问题，没有问关于斯杰潘诺夫教授的最新发现——他最近老是跑过来就新发现请教切佩任。维克托也没有问切佩任如何看待自己正在做的工作，没有问切佩任和皮缅诺夫在几个小时前是怎么谈论自己的。

他知道还有别的更重要的话题需要讨论。它们跟战争、工作以及深藏在心中的痛苦紧密相关。

切佩任看着维克托："法西斯主义怎么出现的？德国人怎么能变成这

---

1 英文译者注：在 20 世纪 40 年代，几个亚美尼亚科学家声称发现了"变换子"。D.A. 格拉瑟说："卡尔·安德森推测认为，这一'发现'是在极大的政治压力下做出的。科学家们需要取得某种突破来取悦当局，但同时又不会伤害到物理学本身——没有哪个物理学家会真的相信这个发现……在气泡室里发生的一切带来的后续发明而已。"（*Nuclear Physics B Proc*，Suppl. 36，1994，3—18 页，www.sciencedirect.com/science/article/pii/0920563294907625/part/first-page-pdf。）

样？法西斯那些中世纪的残酷行为让你看得心中发寒！他们焚烧村庄，建立了死亡集中营，有组织地大规模屠杀战俘。对平民的杀戮更是启蒙时代以来前所未见的。所有的高尚的东西都消失了。难道就没有友善、高贵而诚实的德国人了吗？这一切是怎么发生的？我们都了解德国人。我们熟悉他们的科研，他们的文学作品，他们的音乐和哲学。他们的工人阶级上哪儿了？进步运动上哪儿了？究竟是怎么回事，怎么会有这么多邪恶的人？有人对我说，德国人变了，或者说，堕落了。他们说，希特勒和纳粹让他们发生了改变。"

"也许是吧，"维克托说，"但纳粹思想不是凭空出现的。穆罕默德说，山不过来，我就过去。在希特勒之前，他们就已经开始高唱'德意志，德意志高于一切'[1]。前阵子我重读了海因里希·海涅的信件。一百年前他写出了《卢台齐亚》[2]，指出德国民族主义的虚伪令人恐惧。他还指出德国人对它的邻国所持有的那种愚蠢敌意。从那时候起，过了五十年，尼采开始传播他的超人思想。'超人'是个为所欲为的金发野兽。到了1914 年，德国科学界向威廉二世抛来鲜花，庆祝德军入侵比利时。奥斯特瓦尔德就是其中之一[3]。而这么做的还有很多比他名声更大的人。至于希特勒，他完全清楚他所兜售的那一套一直有市场。德国工业巨头、普鲁士贵族和德国军官以及一切小资产阶级中都有他的盟友。他从来不缺信徒。您觉得党卫军里面都有谁？谁把整个欧洲变成了巨大的集中营？

---

1 中文译者注：培根最早引用穆罕默德这一言论，但并无明确证据证明此话是穆罕默德说的；"德意志高于一切"是德国国歌《德意志之歌》第一句歌词，最早由弗朗茨·海顿在1797年创作。二战结束后，《德意志之歌》这一段歌词被删除。本文原文为德语：Deutschland, Deutschland über alles。

2 英文译者注：1854 年，诗人海涅以"卢台齐亚"（Lutezia）为书名结集出版了他早些年发表的一些报刊文章。卢台齐亚是巴黎的拉丁文别名。

3 英文译者注：弗里德里希·威廉·奥斯特瓦尔德（1853—1932），物理化学奠基人之一，在许多领域，包括哲学领域著述甚多。1914 年第一次世界大战爆发后，93 名德国著名科学家和文化界人士联合签署了具有浓厚沙文主义色彩、名为《向文明世界呼吁》（Appeal to the Civilized World）的声明。

谁把成千上万的人赶进了移动毒气室[1]？法西斯主义尽管有自己的特点，尽管比此前任何一切都令人恐惧，但它还是源于德国的反动历史。"

"说得不错，"切佩任答道，他轻蔑地挥了挥手道，"法西斯主义也许很强，但我们也别忘了它施加在人民身上的权力并不是无限的。希特勒只改变了德国的社会等级，改变了各个阶层在德国社会中占据的位置，但是各阶层的各种组成成分没有发生变化。法西斯让沉渣浮到了表面，让各种资本主义生活中不可避免存在的糟粕以及原来隐藏的污垢浮现出来，暴露在光天化日之下。而人民中真诚的一面被掩盖了。不管怎么说，善良和聪明的一切依旧存在。这些每天所必需的一切依旧存在。很多人的灵魂当然被法西斯扭曲了，被败坏了，但德国人民还在，而且将继续存在。"

他神采奕奕地看着维克托，拉着他的手继续说道："想想看，在一座城市里，有些男人和女人一直被当作是诚实、友善的人。他们受过良好的教育，乐于助人。城里每一个老人和孩子都知道他们是谁。他们是这座城市里最重要的一部分，赋予了城市应有的价值和繁荣。他们在中学和大学里教书，写书，给科学杂志和工人报纸供稿，为工人阶级而工作和奋斗。从早到晚他们出现在学校、工厂、演讲大厅，或者在街头，在市政广场，被大众所关注。然而到了晚上，别的人出现了，几乎没人知道他们是谁。这些人的工作生活非常阴暗，不为人所知。他们害怕光明，习惯于在黑暗中，在大楼的阴影里行窃。然后突然发生了变化，希特勒的黑暗势力扩展到了整个世界。正直而友善的、给世界带来光明的人被投入集中营和监狱里。有些人在抗争中牺牲了，有些人转入了地下。再也没法在学校、工厂和演讲大厅里见到他们，也看不到他们参加工人的

1　英文译者注：移动毒气室也被称为毒气卡车或毒气车厢。该毒气室在汽车引擎保持发动状态下，将废气导入密闭车厢里。车厢里的人因此死于一氧化碳中毒。这一处决方式最早是由苏联内务人民委员部在20世纪30年代后期发明出来的。随后被纳粹德国引入。后来死亡集中营中建立的更大的毒气室代替了移动毒气室。

游行了。他们的著作被烧掉了。当然，这里面有些人变节了，有些人变成了褐衫党徒，成了希特勒的追随者[1]。躲在阴影里的人成了大人物，他们做的事情填满了新闻报纸。理性、科学、人性和荣耀好像都灭亡了，从地球表面消失了。整个国家仿佛都堕落了，失去了对善良和荣誉的感知。但这不是真的！根本不是真的！人民的力量和对善良的认知——这是人民的道德感，是他们真正的财富——哪怕法西斯用尽全力去毁灭这一切，它们也将会永存。"

他不等维克托回答，便继续说道："对于个人也是如此。我们内心当中总是存在着虚伪、卑鄙和庸俗的东西。这些肮脏的东西混在一起，被包藏起来了。很多生活在正常环境中的人没有意识到自己心中存在着一个地窖。如果各种有害的东西从这个地窖里释放出来，将会是场大灾难。现在它们已经获得了自由，正在曾经整洁和明亮的房间里爬来爬去呢。"

"德米特里·彼得洛维奇，"维克托说道，"您说每个人心中都有一些肮脏的东西混在一起。但是您自己，您的存在就已经足够否定刚才的这些观点了。关于您的一切都是干净、纯洁的。您心里并没有那个阴暗的地窖。对的，我知道不该用现代的人相提并论，但是想要证明您的观点不正确，我甚至都不需要对比那些著名的历史人物，比如说乔尔丹诺·布鲁诺或者尼古拉·车尔尼雪夫斯基，看看周围就足够了[2]。您的观点难以自圆其说。您说希特勒带着一群坏人冲进了德国人的生活中。但在德国历史上，在关键时候总会有反动力量起来控制住一切，这样的事情发生得太多了。不是威廉就是腓特烈，或者威廉和腓特烈在一起，随时准备行动。"

"所以，我们这里说的不是希特勒带着一群坏人如何如何，而是要看

---

1 中文译者注：原意是指穿褐色衬衫的纳粹党早期准军事武装冲锋队，本书泛指纳粹的追随者。
2 英文译者注：布鲁诺是天主教多明我会诗人、数学家和哲学家，因被指控异端，1600 年在罗马被处以火刑。

到普鲁士军国主义，看到普鲁士容克贵族们如何把一群坏人或者恶人推到前台。"

"有个跟我关系很近的人，尼古拉·克雷莫夫，现在在前线，是个营级政委。他曾跟我说过马克思如何评论德国历史中反动派所扮演的角色，现在我还记得这句话：'在牧师带领下，我们从来不知自由为何物。只有自由被埋葬时，我们才能与之相伴。[1]'帝国主义时代，这些势力制造了万恶之首希特勒，一千三百万德国人投了他的票。"

"是的，所以造成了今天的这一切，"切佩任说，"希特勒压倒了德国。我明白你的意思。但你不能否认人民是有道德的。人民真正的道德和友善是不可摧毁的。它们比希特勒和他的利刃要强大得多。法西斯主义一定会灭亡，人类仍将是人类，不论在哪儿，不管是在被纳粹占领的欧洲还是德国本土，都将会如此！人民的道德依靠有效的、有创造力的劳动通向自由。它的本质和基础是对平等权利的信仰，坚信在世间的所有人拥有自由。人民的道德很简单：我自己的神圣权利与这个世界上所有劳动人民的神圣权利密不可分。但法西斯的观点刚好相反。希特勒疯狂地宣称：'我的权利就是要剥夺其他所有人的权利。我有权让全世界臣服于我。'"

"德米特里·彼得洛维奇，您说得完全正确。法西斯一定会灭亡，人类仍将是人类。人如果不相信这一点，那就没法继续活下去。我跟您一样，信任人民的力量。我从您这里，从别人那里吸收了这种观念。跟您一样，我知道人民的力量来自马克思、恩格斯和奥古斯特·倍倍尔所提到的人道的、进步的劳动人民[2]。那么，现在这股力量在哪儿呢？它还存在于今天的德国，存在于这个国家的日常当中吗？在哪儿可以找

---

1 英文译者注：援自《黑格尔法哲学批判导言》(1843—1844)，发表于《德法年鉴》(1844)。中文译者注：马克思在这篇文章中首次阐明了无产阶级的历史使命。

2 英文译者注：奥古斯特·倍倍尔（1840—1913），1869 年德国社会民主工党创建者之一，列宁称其为"模范工人领袖"。

到这股力量？难道是在这群每天都在我国土地上排泄和烧杀的德国人中吗？"

"维克托·帕夫洛维奇，"切佩任带着点责备意味地说，"每天的生活与科学理论如影相随。实践和理论分离了就不存在了。我们所说的这一切不光跟战争有关，也跟你我每天的工作有关。某种意义上说，物理学的进步曾经很慢。它的第一阶段用了十万年左右的时间，人们对物理学的理解仅限于物质外形和位置的改变。原始人只不过用绳子把矿石捆在一根短木棒一端，或者就用木棍当作工具。他们没有改变物质的化学成分，没有改变分子结构。第二阶段持续了另一个十万年，人们在电子层面之外取得了进展。刚开始是点燃了篝火，然后学会了酿酒和醋，用一个简单的炉子从矿石中冶炼金属，最高成就是从空气中分离出氮气，合成油漆和橡胶。我们现在在第三个阶段的开端。这一阶段要深入到原子核当中，新的技术将要诞生了。不用多久，我们现有这些技术跟它相比就会变得非常原始，就像拿引火棍上的打火石与蒸汽轮机和汞汽轮机对比一样。"

"成千上万年里，物理学发展成了化学，化学又反过来影响了物理学。石头的物理学变成了原子核的物理学。这一阶段里我们好像只前进了一毫微米。科学好像跟我们的日常世界无关，跟劳动、悲伤、血汗、奴役和暴力无关。科学好像只是在寻找物质的抽象关联，提供对原子核内部的深入了解，而整个人类的痛苦存在就像一缕轻烟一样，消失得无影无踪。如果一个科学家这样想问题，那么他的研究就毫无价值，一个戈比都不值！科学就是用来发现各种力量的，它们必须控制在劳动人民手中。如果法西斯控制了这些力量，就会把全世界变成灰烬。只有向前看，看到未来能够出现什么，才能理解今天的现实。战争就是战争。但是，我们需要明白，法西斯邪恶力量的暂时胜利不能被视为是德国人民的毁灭，也不能被视为希特勒永恒的黑暗帝国的开端。这么想是错的。"

他的手在空中画了一个圆，继续缓慢而庄重地说："力量是永恒的，不管它毁灭了什么。太阳的力量辐射整个宇宙，穿过了黑暗沙漠，在杨树叶子或桦树的树叶上重新显示出它的生命。它存在于煤块当中，存在于水晶的分子张力当中，是用来催化生命的……人的精神力量跟它也没什么不同。它总是深藏不露，但不可毁灭。经过一段时间的养精蓄锐，人的力量能够壮大，散发出光和热，赋予人生意义。你知道精神力量为什么是不可摧毁的吗？即使是最邪恶的法西斯头子都不得不装扮成正义的替身和善良的代表，这就是证明。他们只能偷偷地犯罪。他们从过往经验里知道，邪恶不仅能催生更多邪恶，不仅能暂时压制善良，还能够让善良团结起来。法西斯头子们认为，某个天选之民、天选族群或者天选之国要获得自由的前提是否定其他人民、族群或国家的自由，但他们却没有这个权力公开宣示这一最重要也是最不道德的思想。他们有这个本事去迷惑、蒙骗甚至去毒害他人。但他们只能在短时间内做到这一点。他们无法重新塑造人民的灵魂，无法改变人民最根本的信念。"

维克托微笑着说道："这么说，德米特里·彼得洛维奇，您是说如果没有黑暗，人就无法看到光明？正因为有邪恶一直存在，所以人需要一直为扬善而进行斗争，是这样的吗？"

他想起了克雷莫夫在战前跟他说的那些话，便继续说道："德米特里·彼得洛维奇，我还有一点异议。您说，需要将研究自然世界所需的严格科学方法用于研究社会关系。您知道，不能把一个人的主观想法应用到热力学规则上。在物理学方面，您一直强调客观原则还有因果关系。但是，如果我接受了您刚才简要概述的那些理论，我就会不知不觉地从一个乐观主义者变成一个悲观主义者。您谈到了肮脏的混合物，谈到了阴暗的地窖，您否认了任何进步和发展的可能性。我是这么理解的——您认为，从您的理论看，法西斯改变社会结构和摧毁人性的能力是有限的。法西斯主义迟早都会腐朽。但是，如果您把这套理论应用在解放人类的革命中那些种种进步的现象上呢？您会发现它失去了作用。用您的理论来解释，革命斗争不能改变社会，不能将人性提升到更高的高度。

革命只能让一个固有的社会中各种元素发生秩序上的调整。可是事实并非如此。苏维埃政权出现后，我们的经济和社会，还有个人，整个都发生了改变。不管谁现在采取什么措施，都回不到过去了。然而，您，德米特里·彼得洛维奇，却习惯把这个社会看成是钢琴的琴键。某个人可以弹奏一种音乐，另一个人弹奏另外一种音乐，但是琴键却一直不变。我同意您的乐观想法，赞同您对人性的信仰，支持您认为法西斯必败的判断。我们击败法西斯的时候，不是要盲目地把德国变回战前的那个样子，而是要做更多的事情。我们要改变德国社会，让这片催生了战争、暴政和希特勒思想的梦魇的土地恢复健康。"

"你这可真是让我刮目相看，"切佩任说，"但是，谁先教会你这样辩论的？难道是我吗？"

"德米特里·彼得洛维奇，"维克托说道，"请原谅我这么直接。您比我清楚，物理学者敬爱您，不仅因为您是权威，而且也因为您从来不用权威去压制他人。和您一起工作的乐趣在于，我们有可能脱离教条主义的束缚，进入一个活生生的、充满着热情交流的世界里。我只要在研究所走廊看到您，就能够感受到愉快。我敬爱您，是因为我能跟您讨论真正重要的事情。我知道，您过来找我不是带着石板来的[1]。我们在主要方向上的观点是一致的，但我知道，到了最后我还是要和您争论起来。我和周围的任何人争论都不会像跟您争论这样充满着热情，因为您是我的老师，也是我的朋友。"

"那就太好了，"切佩任说，"就这样吧，我们争论过了，以后还会争。你刚才说的很严肃。严肃的事情需要严肃的思考。"

切佩任挽着维克托的手，两个人内心因为刚才的谈话沸腾起来。他们继续迈着大步，快步走起来。

---

1 中文译者注："石板"（tablets of stone）这里是指《圣经》当中提到的刻在两块石板上的"十诫"，暗示约束人的行为的诫条。

四十三

尼古拉·克雷莫夫现在是坦克旅的政委。他已经好几天没睡觉了。坦克旅刚接敌作战，就接到命令沿前线调往被德军坦克突破的地段。

才进入阵地，整个旅就受到猛烈攻击。

战斗持续了四个小时，德国坦克从四面八方发动进攻。

全旅奉命撤往顿河大弯曲部，路上又遭到德军攻击，迫使部队在不利的条件下作战。

损失是极为惨重的。集团军首长下令该旅撤过顿河，脱离战斗去抢修坦克，接下来各种车辆和装备要做好准备，随时派去防守战线的薄弱之处。司令员很明确地表示，这次的休整时间很短，最多四十八小时。实际上二十四小时没到，全旅就接到命令立刻出发。德军坦克沿着羊肠小道实现了突破，正朝着东北方迅速前进。

现在是 1942 年 7 月中旬，也许是这场战争的艰苦时期中最困难也是最折磨人的时刻。

克雷莫夫将自己的营房设在村苏维埃主席宽敞明亮的家里。通信员找到他时，他正躺在一张大床上睡觉，脸上盖着一张报纸以遮住阳光。

通信员犹犹豫豫地看着这份随着他的呼吸起伏的报纸，看到了上面几行苏联情报局发布的新闻："经过在坎捷米罗夫卡的激烈战斗……[1]"

这套房子的女主人上了年纪。她悄声说："别叫醒他，刚刚睡着。"

通信员难为情地摇了摇头，带着歉意低声说："政委同志……政委同志，旅部让您马上过去。"

通信员原来指望克雷莫夫会呻吟一下，咕哝着让他滚蛋，以为要叫醒他得花点工夫。但是他的手刚碰到克雷莫夫的肩膀，他就坐了起来，一把将报纸挪开，用红肿充血的眼睛四处看了一下四周，然后开始套上靴子。

1　中文译者注：坎捷米罗夫卡村位于今俄罗斯沃罗涅日州南部，靠近乌克兰边境，1942 年 7 月至 12 月处于德军占领之下。

在旅部，克雷莫夫得知，新的命令要求该旅再次渡过顿河，在西岸进入防守阵地。旅长已经出发到邻村去联系驻扎在那儿的炮兵，路上来电话说自己要和炮兵一起前往西岸，然后到集团军司令部去了解最近的局势。萨尔基相上尉的迫击炮连已经收到命令，将会在三小时后出发，旅部将随迫击炮连一起行动。

"可真行，政委同志，咱们在东岸的两天就这么完蛋了。"参谋长说。他看了看克雷莫夫充血的眼睛，补充说："您应该再休息一会儿，我和中校怎么都睡了几个小时，您整晚都在部队里。"

"不用了，"克雷莫夫说，"我先走一步，看看情况怎样。跟我说路线怎么走，晚些咱们再见。"

一个小时后，克雷莫夫询问完毕部队的准备情况，对通信员说："跟司机说一声，到宿营地收拾好我的东西，到旅部来接我。"

参谋长难过地说："我原来还想今晚去找个澡堂子，咱们一起喝一杯呢。德国佬都不舍得让我们离开二十四小时！"

克雷莫夫看了一眼参谋长圆圆的、招人喜欢的脸。

"没什么区别，少校。这几天也没见您变瘦一点。"

"为德国人而掉肉，这可太过分了！"

克雷莫夫含笑说："这倒没错。说不定您的体重还长了一点。"

"一克都没长，"参谋长说，"我的体重从 1936 年就没变过。"他把桌上一张摊开的地图推给克雷莫夫。"看见新的防线了吗？从我们昨天战斗过的地方后退了差不多九十公里。德国人跑得可真够快的。我的体重可能没下降，但每天的胡思乱想都在消耗我：什么时候才能挡住他们？预备队在哪儿？全旅实力下降得很厉害，不管是装备还是人员。"

通信员进来报告说，克雷莫夫的车已经在外等候。

"今晚见吧。一个小时后我也会做好准备出发。"参谋长说。他抓起地图，把克雷莫夫送出门。后者钻进车里时，参谋长补充说："建议您绕开主渡口，德国人不分昼夜地轰炸那里。您可以从这个浮桥渡口过河，晚一点我会和旅部的装备一起过去。"

"那好吧，出发。"克雷莫夫说。

在这个绿树环绕的哥萨克村子里，天空和空气，一切都显得安宁和平静。但他们一到主路上，和平的气息立刻被军事干线所常见的尘烟和喧嚣遮蔽了。

克雷莫夫点燃一根烟，把烟盒伸向他的司机谢苗诺夫。谢苗诺夫目不斜视，用右手从烟盒里抽出了一根烟，动作熟练得跟操练过千百次一样。那是在第聂伯河的西岸和东岸、顿巴斯的西部和东部以及如今在顿河的两岸里无数个白天黑夜里练就的。

克雷莫夫几乎不看前线的道路，反正不管是在奥廖尔附近，还是在乌克兰，或者在顿巴斯以东，它们都没什么不同。他在想即将来临的战斗，以及会收到什么样的命令。

四十四

他们离顿河越来越近了。

"我们可能得等夜里再走，政委同志，"司机说，"那里没有隐蔽的地方，是一片开阔的草原。梅塞最喜欢追着车打。每打坏一辆他们都有赏。"

"战争有自己的方式，谢苗诺夫同志。它可不会停下来等我们。"

谢苗诺夫把车门打开一半，探出身体向后看了一眼，说道："有理由不走了。车胎漏气了，这可不是让我们停下来等的问题。"车速降了下来，离开了主路，停到一处掩蔽部，周围都是盖了一层灰尘的树木。

"别着急，"克雷莫夫说，"总比到了渡口漏气了要好。"

谢苗诺夫看了不知道是谁挖出的浅浅的战壕，笑道："我们司机总是有办法的，肯定能解决问题。我知道有个司机，他的车冷凝器坏了，又丢了备件。然后他一路靠捉青蛙填肚子。这家伙捉了一大袋青蛙。找到修车店的这一路，他平均五公里就要吃掉一只！我听说还有人靠田鼠挺过来的。"他突然笑起来："什么都难不住一个俄罗斯司机！"

树林里大多是小树，但树叶因为尘烟变得灰蒙蒙的，一副饱经风霜的样子。这里非常靠近大路的交叉路口。在过去几周里它们经历的可太多了。

大路上，一队队车辆、篷车和马车川流不息，向东走去，伤员们的绷带上沾满了尘灰。有人把皮带挂在脖子上，吊着他们缠着绷带的手臂，还有人用棍子当作拐杖慢慢行走。很多人都拿着水壶和空饭盒。这条路上没有人需要那些贵重的财产，他们只需要面包、一壶水，烟草和火柴。其他的一切，哪怕是一双崭新的小牛皮靴子，对他们来说都没有任何用处。

伤员中有些人是胳膊和头部负伤，有几个伤在颈部，还有少数几个伤在胸口，他们的军便服纽扣散开着，露出里面白色的绷带，上面飞溅的鲜血已经变成黑色血块。

伤在腹部、下腹、大腿、膝盖、小腿的伤员不在行列里。支着胶木板顶棚的侧开式卡车把他们拉走了。这很容易让旁观者觉得，伤员们负伤的地方只有头部、双手和胳膊。

伤员们偶尔会左顾右盼，想要不用离开大路太远就找到可以灌满水壶的水源。每个人都沉默不语，当他们超过别人或者被别人超过时都一言不发。自己的伤痛，以及对伤情的担忧让他们对周围环绕的一切伤痛视而不见。

大路两侧正在修建防御工事。戴着白色头巾的妇女们在宽阔的草原天空下挖掘战壕，建起一个个小小的碉堡。她们时不时会抬头看，担心长着翅膀的"害鸟"们飞临。顿河四处散布着堡垒，但现在却没人防守。

向东走的战士们瞥了几眼反坦克壕沟、铁丝网、战壕、散兵坑和炮位后，继续向前走。

各级指挥部都在向东转移。要从路上辨认出它们并不难：卡车车厢里堆满桌子、行军床，黑色的打字机箱子上坐着灰头土脸的文员和戴船形帽、脸色难看的年轻姑娘。他们要么手里拿着煤油灯，要么拿着文件夹，眼睛死死地盯着天空看。

路上行驶着机动修理厂机车，野战机场后勤卡车以及载满制服、碗碟和餐具的补给车。载着无线电通讯器材和轻便发动机的汽车、油车络绎不绝，载重三吨的卡车隆隆驶过，车上的木箱装满炮弹。一辆牵引车拉着一辆拖车开过来，上面放着一架被击落的战斗机，飞机的机翼颤抖着。牵引车就像个黑色的工业甲虫，在拖着一只半死的蜻蜓。

炮兵也在向东转移。炮兵们坐在炮车上，当路上颠簸时，就用手抱住满是灰土的绿色炮管。牵引车用一根硕大的金属杆拖曳着大炮。

步兵们向东转移。这一天没有人向西前进。

克雷莫夫四处张望着。在基辅，在普里卢基，在什捷波夫卡，在巴拉克列亚，在瓦卢伊基，在罗索什，他已经见到太多这样向东移动的人流[1]。

草原似乎永远不会再见到和平了。

"这一天会来的，"克雷莫夫自言自语道，"战争的硝烟重归大地，宁静回归，战火熄灭，灰烬吹走，浓烟散尽，这一天就会来到。到时候，这个充满战争的世界和它的硝烟、火焰、泪水，还有雷霆，都会变成历史。"

去年冬天，他们在科罗恰附近的一个村子里宿营[2]。通信员罗戈夫惊讶地说："看啊，政委同志，墙上糊的报纸都是战前的！"

克雷莫夫笑道："还真是！很快他们就会用现在的报纸来糊墙了。战争结束我们回来时，您，罗戈夫会说：'看啊，政委，战时的报纸，上面

---

1 中文译者注：什捷波夫卡位于今俄罗斯沃罗涅日州。
2 中文译者注：科罗恰位于今俄罗斯别尔哥罗德州。

有苏联情报局的新闻公报！"

罗戈夫满心不相信地摇了摇头。他的预感没错。后来他牺牲于一场空袭，没能活着看到和平。不过，这一切会过去的。人们会永远记得这些年，作家们会写出关于这场伟大战争的书籍。

克雷莫夫看着那些倒在路边的伤员，看着他们阴郁的、饱受痛苦折磨的脸。他觉得这些人的遭遇永远不会被写进书里。这不是那些想要给战争穿上华美外套的人想要看到的。他想起了有天晚上他与一位年长的士兵的彻夜长谈。他们躺在深沟里，用一件大衣盖着身体。克雷莫夫一直没有看见那个士兵的脸。未来的作者们在自己的书里最好不要写出这段对话。托尔斯泰什么都好，但他完成的那本伟大而辉煌的著作是在1812年过去几十年后，那时候每个人所经历的痛苦都已消退，唯有睿智和光明的那部分被记住了。

谢苗诺夫把千斤顶、扳手和一条带着红色补丁的黑色内胎塞进脏兮兮的司机座下面，然后仔细地听了听隆隆的雷霆声。这些巨响并不从天空直接降落，而是慢慢地从铺满风暴的地面爬升到无云的天空。

他带着遗憾看着反射着灰色光斑、一动不动的树木。在过去二十分钟里没遇上什么倒霉事儿，这让他感到轻松，甚至有点不愿离去。"德国佬在轰炸渡口了，"他说，"最好等到空袭过去再说。"然而，他实在太清楚克雷莫夫的答复，接下来便发动了汽车。

危险的气氛变得浓厚起来。

"政委同志，"他说，"桥上有燃烧的车辆。"他指了指天空，开始数德国飞机。"一，二，三！"

河水在阳光下闪闪发亮，像刀刃反射的灰色的危险光芒。渡过河的汽车和卡车在东岸软绵绵的沙地里打滑。人们用手臂、肩膀和胸膛，用全身的意志想要把车推出、顶出沙坑。司机在不断换挡，目光专注地看着前方，仔细地听着引擎的声音。他们还能不能到坡顶上？停在这个位置甚至陷在这里，意味着浪费了刚才他们与命运交锋之后获得的幸运机遇。

工兵们在车轮下垫上了绿色的树枝和木板。卡车爬上坡顶，驶上了大路，工兵们的黑脸膛兴奋得亮起来，仿佛他们也能够驾车自由地远离这座桥梁。可是，过了一会儿，他们又回到下一辆车前，继续给它的车轮垫上树枝和木板。

卡车一开上路，就立刻加速。动作最敏捷的乘客抓住卡车一侧，用腿一蹬，跳进车里。其他的乘客穿着沉重的靴子，在沙地里东摇西摆地跑着，边跑边喊："快走，走啊！"那样子仿佛他们真的相信，司机会踩一脚刹车让他们上车。

要过一会儿，卡车才会远远地停下来，让他们上车。战士们上气不接下气地笑着，爬进车里。他们回望着顿河，各自递着烟草卷起烟，大声喊道："到点了，快走吧！"

但是，他们的兴奋之情一会儿就烟消云散了。一直向往的顿河东岸依旧是同样的草原，四周依旧是同样阴沉的表情。到处都是汽车和卡车残骸。肮脏的针茅草丛里还可以看到一架被击落的飞机的浅蓝色机翼。

克雷莫夫让谢苗诺夫停下车，自己慢慢地朝浮桥走去。他被绊倒了。草原上粗粝厚实的野草像绳子一样套住了脚。他既不想快步走，也不抬头看天，更没有左顾右盼，只是看着自己沾满了泥土的靴尖。

传来了高射炮的爆炸声。在高高的天上，德国飞机嗡嗡地飞行。突然间，传来了难以置信的尖锐的啸声，一架斯图卡转而俯冲，声音仿佛要撕裂耳膜。接着从地表深处透出三声恐怖的爆炸，像一柄巨斧猛撞了三下。

有人哭了起来，也许是男人，也许是女人，哭声让人于心不忍。高射炮继续专注地射击着，丝毫没有受到这一切的影响。它就像一条忠实的看门犬，无畏地朝着恶棍的双脚亮出自己的利齿。

克雷莫夫继续走着，看着灰色的沙子和自己那双变成灰色的靴子，沙子的热气已经透进靴中。

克雷莫夫脸上带着冷静的轻蔑，这既是对德国人轰炸渡口的蔑视，也是对慌乱的红军战士和指挥员的轻蔑，更是对自己内心本能的轻蔑。本能在心中肆虐，在大喊："看啊，跑啊！趴下！把头扎进沙堆！"

但是他知道，还有一种力量比这种生命本能更加顽固。他朝着渡口走去，既不四下张望，也不加快步伐。他把自己的信任交给这一残酷的、理性的力量。

他的脚步时不时会停下来，因为周围一切都在高声嘶喊："趴下！"他继续往前走，而内心的本能却在疯狂催促他往回走。他不断靠近桥头，惊奇地想到，生命本能绝不承认自己失败了。当克雷莫夫直挺挺地向前走时，它顽固地、有规律地一次次想要让他调头走回或者让他趴在地上。压制这种本能也许能够做到，打败它似乎很难。它既不可阻挡，又纠缠不休，既愚蠢，又聪明，就像母亲的一次次唠叨那样让人生气，然而却又像那些唠叨那样那么甜美，因为它们没有道理可讲，却都发自内心地爱。

黑烟和黄色的尘土迅速盖住了西岸的人群、卡车和大车。桥面突然空了。一名战士弯腰跑过来，脸色苍白，双手捂着腹部被炮弹撕碎的军便服。他的混乱意识只受一个动机驱动——到东岸去。他就要死了，但求生的意愿还在驱动他飞奔。战士跑到了东岸，倒下了。在那一刻更多人站起来，从他身边跑过去。

克雷莫夫来到桥头，一个臂上套着红袖章、样子很瘦弱的年轻中尉挥舞着手枪，跑到汽车前高声叫道："注意了！往后退！没有我的命令不许上桥！"显然，这不是中尉在桥上的第一天了。从他的声音就可以听出，他已经把这些话重复吼了很多次。

司机们从隐蔽的战壕里爬出来，都没来得及扑打一下身上的沙土，就回到了车上发动了引擎。车辆颤抖着，但并没有向前移动。

所有司机都看着桥头这个挥舞着手枪的指挥员——这个动作似乎发挥了作用——同时还仰头看天，防备德军飞机飞回来。当他们注意到指挥员的视线投向别处时，就会把车向桥头挪动一点。河面上铺着的木板好像对他们有可以催眠的吸引力一般。

整个过程就像孩子们玩的游戏。每次有一辆车向前移动半米，它身后的那辆车也跟着移动，接下来是第三辆、第四辆和第五辆。要是第一辆车的司机想要倒车，那他很快就会发现根本办不到。

"回去！"气疯了的中尉叫道，"回去，一个人也不许过桥！"为了证明他能做到这一点，他高高举起了手枪。

克雷莫夫走到了桥上。沙地很难走，走到木板上让人感到一阵轻松。河面上潮湿清新的气息升起来，触碰着他的脸。

他还是慢慢地走着。从另一个方向跑过来的战士们放慢了脚步，抻平了军装向他敬礼。在此刻，行一个正规的军礼并非毫无意义，克雷莫夫明白这一点。

两天前，在同样一座浮桥上，他看见了一位将军打开车门走出来，对一群朝着同一方向行军的战士们喊道："你们是朝着哪个方向走路的？让路！让路！"

一个不再年轻的战士被将军的车门挤到了桥边。他用带着轻微责备的口气说道："您觉得我们朝着哪儿走的呢？我们跟您走的都是一个方向。我们都想要活着。"他用最温和的语气说着，就像是一个正在逃跑的农民对另一个说话一样。

将军狠狠地摔上了车门。这声音和战士的坦率形成了不和谐的对比。

现在，在桥上，克雷莫夫立刻感受到了自己的力量。每个人都在往东走时，有一个人慢慢地、平静地向西行，会产生某种强大的力量。

克雷莫夫朝着渡口的管理者，那位年轻的指挥员走去。指挥员脸上浮现出极度的疲倦，显然明白自己根本不可能得到一刻的休息。不管情况怎样，他都需要执行任务。尽管这时候一颗炸弹直接在桥头送掉他的性命恐怕比履行职责要容易得多，但职责还是要履行的。

指挥员充满敌意地看着克雷莫夫，准备拒绝他所有的请求。他甚至都想到克雷莫夫会拿出什么理由了：他要送一位受了重伤的上校过桥，要么他有一份重要文件需要送过去，要么是他要参加前线指挥员或某个上将的一场会议，一个小时都不能推迟。

"我要去西边，"克雷莫夫说，指了指他要去的方向，"可以过桥吗？"

指挥员把手枪塞进枪套："西边？可以。等一会儿。"

一分钟后，两名交通管理员挥舞着小旗，给克雷莫夫的车清除道路。卡车司机们从驾驶座里探出身来，互相递消息："往后退一点，这样我就能退了。这里有个指挥员要马上回到前线。"

堵成一团的车辆开始松动。克雷莫夫看着它们灵活地调动，看着忙碌的司机和两位交通管理员，看着精疲力竭的年轻中尉被这一切喧嚣和自己无休止的大嚷大叫弄得近乎疯狂，一切只为了给这一辆准备开往前线的小小汽车让出道路。他心里疑惑着，在这支正在撤退的部队里还有重新发动进攻的意愿吗？也许是有的，虽然只是一些很小的迹象，虽然只体现在面前这些人身上。

克雷莫夫重新回到桥上，挥舞着一只手臂高喊："谢——苗——诺——夫！"

正在此时，他们都听到了一声大喊："防空警报！"随后几个声音也跟着喊起来："在那里，那里！回来了，直接朝我们扑过来了！"

几百个人从车里迅速地冲出来，躲进灌木丛、草丛中，躲进河边他们事先就看好的坑里沟里。

克雷莫夫连头都不抬，继续愤怒地喊道："到这——边！"

他很清楚，谢苗诺夫当然想要躲起来，但他看见车后扬起了一片灰土。谢苗诺夫一定是边开着车朝他驶来，边诅咒着自己这位上级。

这时候，每个人都在拼命地跑着。他们不再是战士，只是一群被吓坏了的普通人。如何让人沦为乌合之众，又如何让人团结起来形成一支真正的军队？克雷莫夫站在空荡荡的浮桥上，比任何时候都更加清楚其中的道理。在顿河河畔，这群人里每一个人想到的只有自己，每个人都被保存自我的本能驱赶着，而人群的聚集又放大了这种本能的力量，让它压倒了其余一切。政委克雷莫夫的任务，就是唤醒他人，唤醒这群人中更崇高的情感，帮助他们认识到他们是一个整体，是国家的一部分[1]。

但眼下这不是他能够履行的职责。

"谢苗——诺夫！"他跺着脚叫道。"快点！"

两个战士站在平坦的浮桥趸船上，胸口紧紧地靠在桥身。所有人都认为搭建浮桥是一件特别危险的任务，即使工兵和交通管理员都觉得它比自己的工作更危险。架桥兵挨的炸弹和弹片比别人都多。在河中央，浮桥薄薄的桥板无法提供任何防护。

这两个战士眼看着正在逃命的部队从面前汹涌流过，这让他们对人类的行为感到十分失望。他们的牺牲只是时间问题，因此他们用一种嘲讽的冷漠目光看待这个世界。嘲讽是留给他们最后的安慰。他们看到了人类最软弱的时刻。他们不再认同马克西姆·高尔基的著名观念——"人类"这个词是一个骄傲的群体[2]。

当从桥上走过或开车经过的某个人显出一副特别可怜的样子时，两个架桥兵中的某一个会简短地问一句："看见了吗？"

他们肯定会牺牲，已经不在乎一切。他们脸上长满胡茬，也懒得称呼彼此的名字。

听到克雷莫夫呼唤谢苗诺夫后，一个架桥兵对另一个说："是个能打仗的！"

这句话当然不光是说给那些开车经过的人听的，也是说给那些希望活到战后，享受战后生活的人听的。

1　英文译者注：格罗斯曼在《红星报》发表的一篇名为《透过契科夫的眼睛》的报道中表达了类似思想："每个勇敢者都有展示自己勇气的独特方式，正如苗壮的勇敢之树有成千上万条枝丫……但自私的懦夫只有一种样子：出于求生的本能，他会表现出奴隶般的顺从。今天从战场逃离的人，明天也会从燃烧的房子里逃出来，把自己的母亲、妻子和孩子丢在火焰里不顾。"（格罗斯曼，Gody Voiny，第 43 页）

2　英文译者注：这里指的是苏联家喻户晓的马克西姆·高尔基的一句名言：人类，这个词是一个骄傲的群体。

另一个架桥兵用漠然的声调表示同意："对，为了活着而打仗！"

克雷莫夫听见了。车到了桥上，谢苗诺夫减速准备让他上车。但他站在桥中间，举起了一只手，没有上车。汽车侧滑了一下，斜停在桥上。克雷莫夫慢慢地向架桥兵走过去，蹲下来，从烟盒里抽出烟："等一会儿，我给您点火。"

克雷莫夫感到自己心跳得更快了。在空荡荡的桥上停下来，俯冲轰炸机在迫近，这么做是毫无意义的逞能。

水面上传来了愤怒的吼叫。一个粗壮年轻的农村妇女和一群难民站在一辆大车上，向空中挥舞着拳头，大声喊道："胆小鬼！你们这群该死的胆小鬼！那是鹤群，就几只鹤！"

克雷莫夫想，这位妇女消瘦的脸，就是这个国家的面容。

缩在坑里和沟里的人们看见，在高高的蓝天上，飞鸟排成三角形，平静地朝顿河飞来。一只鸟儿缓慢地扇动翅膀，第二只，然后第三只也扇动起来，接下来它们平缓地滑翔起来。

"这个月份不对，"年轻的指挥员带着孩子般的好奇看着天空说，"鹤群这时不应迁徙。别跟我说这也是战争逼的！"

克雷莫夫在大车和卡车之间见缝插针地走着。大路上、草原上、河边的芦苇丛里，每个人都窘迫地笑着。他们互相嘲笑，嘲笑着在大车上挥舞拳头的妇女，也在嘲笑着鹤群迁徙是被战争逼迫的这个想法。

几分钟后，克雷莫夫的车已经在顿河一公里半以外了。谢苗诺夫碰了碰他的胳膊，向上指了指。天空上有一片小黑点。这一次是一整个中队的俯冲轰炸机，正在朝着浮桥扑过来。

四十五

夜幕降临。这一年夏天的草原日落特别壮丽。无数爆炸扬起的硝烟，无数双脚、无数车轮和坦克履带扬起的尘烟悬浮在高高的天空。再上面是清澈的、紧邻太空的大气层外层。

受到这层尘烟的折射影响，夜色降临在大地时呈现出各种色彩。草原辽阔，如同天空和大海。在日落时分，这硬朗而干燥的草原，同样如同天空和大海一样色彩斑斓。白天它是蓝灰色或黄灰色的。现在，它像大海那样从粉色变成了深蓝，然后又变成黑紫色。

草原吐出了美妙的芬芳。各种药科植物、灌木和花草的汁液在夏天的烈日下蒸发了，现在贴着逐渐凉快下来的大地四处飘散，芬芳的香气在空气中就像一条清晰可见、缓慢流淌的溪流。

温暖的土地散发着艾草的味道，又有点像是还没有干透的干草味儿。走到低洼处，甚至可以闻到蜂蜜馥郁的香味。在几条深深的沟壑里，先飘出来的是嫩草味儿，然后是被太阳晒透了的肮脏的枯草气息。然后，突然间就嗅到了新的气息，既不是青草的味道，也不是呛人的烟雾，不是艾草或者西瓜的味儿，更不是草原野生樱桃树苦涩的树叶味儿。突然间，透出了大地的身躯在呼吸的神秘气息。地表飘荡的尘烟，是这呼吸的一部分，浅近地表厚重的岩石层和地下深处奔流的、彻骨寒冷的泉水与河流，也是这呼吸的一部分。

傍晚的草原不仅色彩壮丽，气息丰厚，它还在纵声歌唱。草原的歌声用耳朵几乎是听不到的，它直达身心，直接触及心灵，不仅能带来宁静与安详，同时也带来悲戚和警觉。

传来了蟋蟀疲倦和迟疑不定的叫声，仿佛它们在询问夜里还有没有必要吱声；在夜幕完全降临前，可以听到草原灰鹬鸪的鸣叫；远处传来了车轮的吱嘎声；野草的悄声低语随着夜幕来临而逐渐微弱，但突然又被一阵凉风唤醒；田鼠和黄鼠总是不停地发出窸窸窣窣声；甲壳虫扇动着它的硬壳翅膀，发出嚓嚓声。伴随这些白天时光渐渐消逝而传出的宁静的声音，传来了猫头鹰那种强盗似的号叫；夜里天蛾发出了不祥的嗡嗡声；黄腹沙蚺发出了轻微的沙沙声。捕食者从洞穴、沟壑以及干裂土壤的缝隙里纷纷钻出来。草原上夜空升起，倒映着大地，或者是夜空倒映在大地上，又或是大地和天空像两面巨大的镜子，在明暗交织中互相充实着对方。

天空之上，在一个令人生畏的高度，是太空般的宁静和冷漠，这里没有硝烟，没有连绵不绝的爆炸声，只有时不时在升腾的光芒。刚开始只是一片宁静的乌云边缘燃起了火焰，一分钟之后整片高高的云彩都燃烧起来，犹如一座红砖砌成的高楼，它的玻璃在闪耀光芒。然后更多的云朵燃烧起来，不论是大块的还是小片的云，是积云还是像石板一样厚重的层云，都燃烧起来，然后一片片缩成一团，从顶端塌下来。

自然是雄辩的。刚刚从落叶中长出的细小稚嫩的白杨覆盖了潮湿的大地；草叶锋利得可以割伤手指的莎草在沼泽里疯长；城市边缘，一片片小树林和林间空地上，留下了许多被人群践踏出的纵横交错的小道；小河消失在潮湿滑腻的茂密草丛中；太阳从云层后面露出脸，偷偷窥视着刚刚收割过的农田；远处的群山山头覆盖着白雪，需要徒步五天才能走到——所有这一切都在倾诉着友谊和孤独，倾诉着命运的安排，倾诉着幸福和忧伤……

克雷莫夫想要节省时间，要求谢苗诺夫抄近路。他们的车开下主路，沿着几乎看不清的小径行驶。这些盖满野草的小径由南向北延伸。他们沿着小径开，就能够穿过所有通往顿河以西的道路。

蓝灰色针茅草粗矮的茎叶和银白色的艾草不断拍打着汽车的两侧，拂去了车身上的尘土，留下一小团一小团花粉的痕迹。克雷莫夫要赶时间，但这条小路仅仅绕过了一片洼地的远端，便又回到了主路上。这条道路是每个从丘古耶夫、巴拉克列亚、瓦卢伊基和罗索什撤退的人的必经之路，凡是经过附近城镇和哥萨克村庄的大小道路，最后都会汇合到这条主路上来。

"这条路我们绕不开。"谢苗诺夫带着权威的语气宣布，然后一脚刹住了车。

"走下去，"克雷莫夫说，"一会儿我们就可以岔开走了。"

车在草原上慢慢地走着，一头扎进了一大片牛群和羊群里。牛群里的牛精疲力竭，摇摇晃晃，不断摆动着沉重的脑袋。羊群则形成了一大片活动着的灰色斑点，仿佛在缓慢流动。

路肩上下都有人在徒步行走，手里拿着绿色的胶合板木箱或者各种形状的包袱，脸上露出平静和习以为常的疲倦神情。一长列吱吱嘎嘎作响的农村大车上，用胶合板、五颜六色的乌克兰麻布或从屋顶上拆下来的、刷成红绿色的马口铁临时搭起了小棚子。

往棚子里看，能够看到《圣经》人物里的大胡子，孩子们淡黄色、红色和黑色的头发，还有妇女们像石头一样平静的面容。所有的老人、妇女、姑娘和孩子，都沉默而且平静。他们失去了家园和挚爱，失去了所有的一切；他们经历了炎热和饥渴；他们满面尘土，面包里、衣服里、头发上，身体的每一处都落满了尘土，在硌着他们的牙齿，在擦着他们发红的双眼。严峻的生活夺去了他们对一切事物美好的希望，却留下了对未来会变得更糟的担忧。他们慢慢地溶解在蓝灰色草原上、在黄色的烟尘中的踯躅之行中。周围的一切发出吱呀声、咔嚓声、嗡嗡声，谁都不能走出人流，去生火、去休憩、去小溪或者池塘里洗涮。人们能够感受到前面有无数大车，牛群沉重的呼吸，能够感受到走在后面的人群带来的压力，他们也能同样感受到，自己不过是这辛辛苦苦缓慢东行的人群中的小小一分子。

走在前面的人流扬起了大片的尘土，落在后面的人群中。"他们怎么能够扬起这么多土？"后面的人问。"为什么后面的人老是赶着我们一直向前走？"走在前面的人问。

像迁徙的动物或者迁徙的候鸟那样，这条缓慢移动的人流中的每个人都失去了很多作为个人的东西。他们的世界变得非常简单，只考虑吃喝、尘土、炎热和渡口。甚至他们的自我保护意识和对于遭遇轰炸的恐惧都已经消退。他们成为了这条广阔人流中的一部分。这条大河无法阻挡，也无法消除。

克雷莫夫的心痛苦地紧缩着。

法西斯想要把全人类都压制在他们那些毫无生气、毫无情感和残酷的一致性之下，想要通过这种做法去统治一个死气沉沉、毫无生机的世界，让一切变成海底沉积的淤泥，变成风化的山脉。法西斯想要把人类变成毫无意识的矿产，以便奴役他们的思想、灵魂和意志，主宰他们的行为，剥削他们的劳动。法西斯想要让这些被剥夺了自由和幸福的奴隶们变得残忍和服从。它希望他们最后残忍得就像一块砖头，毫无顾忌地从屋顶落下来砸死孩子。

克雷莫夫感到心中展开了一幅宏大的画卷。从古埃及和古希腊的日落一直到奥斯瓦尔德·斯宾格勒的《西方的没落》，一切都比不上眼下这场威胁着全人类最神圣梦想的悲剧[1]。梦想的终端是对幸福的承诺。然而实现这个梦想的斗争已带来了难以计数的痛苦。

夜色越来越厚重，如同冰冷的黑色灰烬降落大地。只有在西方，炮兵的齐射依旧延续着漫长的夏季白昼。在炮火射击继续顽固地惊扰着夜幕之时，天空的高处出现了几颗星星，亮闪闪地有如细嫩的白桦树树皮。

四十六

克雷莫夫和谢苗诺夫穿过主路，继续向西。

车开上了一座小山岗。

"政委同志，您看，车辆正从大桥过来，朝这边走呢，"谢苗诺夫激动地说，"我们旅肯定行动起来了。"

"不，"克雷莫夫答道，"不是我们旅。"他命令谢苗诺夫停下来，两

1　英文译者注：奥斯瓦尔德·斯宾格勒（1880—1936），德国历史哲学家，1918 年出版了影响极大的作品《西方的没落》。

人下了车。山岗上可以看得很远。

西方，落日从不断堆积起来的暗蓝色和红色的云中露出了一会儿，光芒呈扇面状照耀着傍晚的大地。

车流穿过大桥向西，灵巧地在大片的平原中前行。

在强大的三轴卡车的拖曳下，长炮管的重炮缓缓地爬过大地。它们后面是装着白色炮弹箱的卡车和拉着四联装高射炮的汽车。

它们在桥上掀起了一座尘烟之障。

"我们的预备队都调到前线来了，政委同志，"谢苗诺夫说，"整个草原东部好像都被尘烟覆盖了。"

当晚，克雷莫夫的坦克旅完成了防御部署。

克雷莫夫和旅长格列利克中校交谈起来。后者被夜里的凉气和潮气冻得发抖，使劲地搓着手。他告诉克雷莫夫全旅还没有休整完毕就被迅速调到前线的原因。

在补充了坦克、重炮和几个反坦克团后，两个集团军遵照最高统帅部的命令从预备队调到了前线。坦克旅的任务是在步兵前进时保护它的侧翼。敌人的坦克有可能在某个方向对步兵构成致命的威胁。

"这些部队好像一下子就从地底里钻了出来，"格列利克说，"我走了另外一条路，从卡拉奇那边过来的。有阵子路上有八列队伍肩并肩地走着。步兵得固守草原。都是些好小伙子，装备是全新的，冲锋枪和反坦克枪管够。部队齐装满员，我看到了一整个坦克旅。"格列利克想了一下，补充问道："您是不是没怎么睡觉？"

"没睡，时间不够。"

"没事，别担心。集团军副司令员跟我说：'我们很快就会下令，让您的旅撤到斯大林格勒重新部署和休整。'怎么都会有时间睡觉。说起集团军司令部，那里的炮手都跟我开起玩笑了。'你们都过时啦，'他们跟我提了好几次，'现在大家都指望着这些新的反坦克团了！'"

"这么说，要成立新的方面军，这是真的了？"克雷莫夫问道，"叫斯大林格勒方面军？"

"是啊，不过谁管它叫什么名字，重要的是我们打得怎样。"

车辆的轰鸣声、远处坦克引擎的咆哮声一直响到黎明时分。预备队各部队在部署，在占领漫长前线的各处阵地，给草原清冷的夜晚带来了生机。新的部队正在准备防御通往顿河的各条道路。

清晨时分，旅部和师部总算找到了新址并重新建立了联系。师部与集团军司令部也建立了联系。

克雷莫夫奉命与集团军军委会委员通电话。值班指挥员把听筒递给克雷莫夫，说道："请等一等，别挂。他在用另外一条线进行紧急通话。"

克雷莫夫把听筒长时间在耳边放着，他喜欢倾听。通过野战电话长长的电线，能够听到前线无眠的生活：女电话接线员互相呼叫着；她们的上级在大喊大叫。有人喊道："前进，前进！我说过，不到达指定位置不能停下来。"另一个声音在尽量按照保密条令通话，显然是个新手："您收到盒子了吗？现在黄瓜和水补充够了吗？"还有一个深沉的声音汇报说："我根据分配的任务占领了阵地。"第四个声音清清楚楚地说道："乌特文科同志，请允许我汇报，炮兵已经进入阵地。"第五个声音严厉地问："您是怎么回事？睡着了还是怎么啦？我的命令清楚了吗？赶快执行！"一个粗哑的声音喊着："柳芭，柳芭，你答应给我要通后勤司令部！你答应了！什么意思？——不是你？我可能没见过你的脸，但我听得出你的声音，可以从一千种声音中听出来！"一位空军指挥员说："空军支援司令部，空军支援司令部。两百公斤炸弹收到。轰炸机从头上飞过，请允许攻击，方向六—零—零。"一位步兵指挥员语速飞快地说："面前有地图吗？敌人的准确位置在哪儿？确认一下你们的侦察情况。"

旅参谋长科斯丘科夫问道："政委同志，您为什么要笑？"

克雷莫夫把手捂在话筒上："每个人都在说着坦克和炸弹，问敌人的准确位置。突然间我听到了婴儿的哭声。孩子一定是睡在后方有电话的某个农舍里，给饿醒了。"

253

"真是本性难移。"值班指挥员说。

军委会委员开始说话。他问了几个问题，克雷莫夫做了简短回答："全旅弹药和燃料补充完毕。不，敌人没有关注这一方向。"

然后他问坦克旅还有没有别的需要。克雷莫夫说，一路上很多车辆的车胎被扎破了，延误了好一阵子。军委会委员说他会立刻送一卡车新车胎到位于斯大林格勒的后勤支援中心。

把电话挂上后，克雷莫夫对科斯丘科夫说："昨天早上，我们还在想有没有增援部队呢，现在一个新的方面军都建起来了。一晚上都忙得没有消停。"

"对，"科斯丘科夫说，"没有消停。"

太阳升起后，克雷莫夫和格列利克开车去检查炮位。

大炮被盖上了满是灰土的针茅草伪装，所有的炮管都毫不犹豫地指着西方。清晨的阳光斜射着人们的眼睛，让他们皱起了眉头。草原上露水闪亮，凉爽、干净而又清新，空气里没有一粒灰尘。天际线一片宁静，呈现出只有夏日清晨才能看到的淡蓝色。阳光温暖着天上仅有的几片粉色云彩。

格列利克跟炮兵指挥员谈话，克雷莫夫则去跟炮手交谈起来。

看见政委走过来，炮兵们立正站立，眼里流露出微笑。

"稍息，全部稍息！"克雷莫夫下令，把自己的胳膊肘支在炮身上。炮手们围绕他站立。"唉，谢利多夫，"他对其中一个射手说，"又是一晚没睡吧？现在我们又回到前线了。"

"是的，政委同志，"谢利多夫答道，"吵吵闹闹个没完，很多生力军都上来了。我们老是觉得德国人要进攻了，抽掉了很多烟草。现在断顿了！"

"晚上还算安静，看不见敌人，"克雷莫夫说，"这一大早可真清爽！"

"要紧的是，早上是跟敌人作战的最佳时刻，政委同志！"一位非常年轻的炮手说，"敌人开火时，能看见他们的位置。"

"没错，"谢利多夫说，"什么都看得见，特别是他们用曳光弹的时候。"

"这么说，准备好战斗了？"克雷莫夫问。

"我们绝不会扔掉大炮的，政委同志！几天前，德国人的冲锋枪手距离我们就几米了。步兵吓得落荒而逃，我们还在射击。"

"现在的问题是，"非常年轻的炮手说，"我们还在撤退。接下来每一天我们都可能渡过伏尔加河。"

"丢掉自己的土地当然让人难受，"克雷莫夫说，"但是现在新组成了一个方面军——斯大林格勒方面军。有各种各样的新式装备，有坦克，有反坦克团。不应该有人再怀疑这个问题：德国人不能再推进了！而且，我们要把他们赶回去！不留俘房！我们撤退得够远了。情况很清楚：我们身后就是斯大林格勒！"

炮手们静静地听着。他们看到一只色彩斑斓的小鸟围着最远的一门大炮绕来绕去。

它肯定是想要在被阳光照暖的钢铁上休息一下。突然，它像是受了惊，远远飞走了。

"它不喜欢大炮，"谢利多夫说，"飞到萨尔基相上尉那边去了，去找迫击炮了。"

"看啊，看啊！"有人喊道。

苏联的俯冲轰炸机铺满了宽阔的天际线，向西边飞去。

一个小时后，太阳就失去了它的光彩。战士们脸上满是尘土和汗渍，他们拼命地装弹，调整着大炮姿态，将炮口对准远处卷起一片尘烟的德国坦克。在这烟尘的上空，浅蓝色天空里回响着这场地面大战发出的隆隆轰鸣。

四十七

1942 年 7 月 10 日，和众多部队一起部署在苏联前线西南部的第 62

集团军奉命在顿河大弯曲部转入防御，抵挡德军向东方的进攻。

与此同时，最高统帅部抽调了预备队中的大批部队，部署在第 62 集团军的左翼，形成了一条阻止德军师团突破顿河的新防线。

7 月 17 日打响了第一枪，标志着斯大林格勒外围道路上的防御战正式开始。

接下来几天，德军先头部队和小股苏军步兵或侦察部队发生了若干对全局影响不大的交火。战斗规模不大，但异常激烈，投入的作战单位基本上是单独的营连。这些交火让他们有机会试用了刚装备的新武器，同时对敌人的实力进行了摸底。此外，部队主力则在没日没夜地加固着阵地。

7 月 20 日，德军发动了大规模进攻，坦克和步兵主力奉命向顿河推进，准备夺取顿河的渡口，占领顿河和伏尔加河之间德国参谋军官称之为"瓶颈"的狭窄地段，并打算在 7 月 25 日攻入斯大林格勒。

这是希特勒的命令。

德国高级指挥官们很快意识到，通往顿河的道路上并不存在着"真空"。只有那些将夺取一座大城市看成是简单任务，或者为夺取城市而设立准确日期的人，在他们的战略想象中才会存在着这样的"真空"。

战斗非常激烈，没有哪个白天或者晚上能够松懈下来。苏联对坦克的防守既坚决又灵活。轰炸机和对地攻击机对进攻的德军发动了强大的打击。装备着反坦克枪的步兵分队在顽强作战。

苏联的防守非常活跃。在某些地段的突然反攻让德军无法重新部署部队。

三周的作战最终没有挡住德军，因为他们集结了大规模的进攻力量。但是，战斗迟滞了德军的前进。德国人损失了大量的人力和装备。他们无法完成那些狂妄的目标。仅通过一次作战行动，是无法通过顿河，是无法推进并占领斯大林格勒的。

四十八

战争刚爆发时，克雷莫夫的日子可不怎么好过。战前的那个冬天，叶尼娅离开了他，不是跟母亲一起住，就是跟姐姐柳德米拉或列宁格勒的某个朋友住在一起。叶尼娅给他写信，说她的想法、她的工作和他们共同认识的朋友跟她会面的事情。叶尼娅的口吻显得很平静很友好，就好像她只是去看看朋友，探视一下家人，很快就会回来。

有一天叶尼娅让他寄两千卢布给她。克雷莫夫高高兴兴地把钱寄了出去。一个月后，叶尼娅又把钱电汇回来，这让他失落了好长一阵子。

如果叶尼娅不给克雷莫夫写信，他可能还好受一些。她每隔七八周给他来一封信，每次都是一番折磨。他焦虑地等待着信件，但叶尼娅在信中那些友好的口吻让他变得更加痛苦。叶尼娅说起自己去剧院看戏，他根本不在乎那场戏演了啥，不在乎舞台如何设置、演员如何表演。他只想知道谁跟她一起去看戏了，谁坐在她旁边，谁送她回家。可叶尼娅压根不说这些。

克雷莫夫的工作也让他感到不满意。他在一个负责经济和社科书籍的出版社里工作，是部门负责人。每天都有很多会议，要读很多书，编辑工作很重。他的工作非常勤奋，每天都在办公室待到深夜。

克雷莫夫到出版社工作后，原来在共产国际的那些同事们就很少跟他见面了，甚至电话也很少。他们不再需要他帮忙解决问题，也不用分享各自的新闻和关注的内容。叶尼娅离开后，几乎没人到他那间阴暗的、满是烟臭味的公寓里看他。很多个周日，他会一直看着家里的电话，但它经常一天下来也不响一声。就算是电话突然响起来，他满怀欣喜地拿起话筒，那也只不过是办公室的同事想要跟他谈谈工作上的事情，要么是书籍翻译，要么是手稿，总之都是一些让人精疲力竭的细节上的事情。

克雷莫夫给在乌拉尔地区工作的弟弟谢苗写信，提议他带着妻女搬到莫斯科来，他可以匀出公寓的一间房间给他们。谢苗是金属冶炼工程师，毕业几年里一直在莫斯科工作，但怎么都找不到住所。他先是住在波克罗夫斯科耶-斯特列什涅沃，然后又搬到维什尼亚基，接着搬去了洛欣卡，早上五点半就得起床去上班[1]。

夏天，大部分莫斯科人都跑去夏季别墅，谢苗在城里租了一间房子，带着妻子露西亚搬进来，高高兴兴地享受起了公寓里的一切——有煤气，通了电，还有卫生间。他们总算告别了冒烟的炉子、高高的雪堆、一月里结冰的水井，也不用每天早上摸黑去赶公车——虽然只有三个月。

"谢苗真是个非同一般的贵族，"克雷莫夫开玩笑说，"他在乡下过冬，到城里来消夏。"

谢苗和露西亚有时会上门看望哥哥。克雷莫夫看得出来，他们肯定觉得他的生活既十分有趣，又非常重要。他要他们俩说说自己的情况，露西亚不好意思地笑起来，看着地面说道："可我们没什么可说的啊，我们的生活很闷。"谢苗补充道："是啊，我也就是做着普通的工程工作，就在车间里工作。我听说你出了远门，参加了太平洋工会的会议。[2]"

1936 年，露西亚怀孕了。他们决定搬到车里雅宾斯克[3]。谢苗定期给克雷莫夫写信，很少谈到自己，但他对哥哥的敬仰显然越发强烈。克雷莫夫多次提起，希望他能回莫斯科，但他说不太可能回来了，也不想回来。谢苗现在在一家大工厂里当上了副总工程师，他倒是建议克雷莫夫过来歇几天，看看他的侄女。"这里会照应好你的，"谢苗在信里说，"我们在松树林里建了自己的屋子，露西亚打理着一个很漂亮的花园。"

克雷莫夫对谢苗的状态感到很高兴，但他也意识到他们一家不太可能回到莫斯科了，这一点让他感到难过。他一度梦想着一大家子住

---

1 中文译者注：这几个地方分别位于莫斯科市西北郊，莫斯科州东部和莫斯科市北郊。
2 中文译者注：太平洋工会，又称太平洋劳动会议（Pan-Pacific Trade Union），1927 年 5 月在汉口成立，隶属于赤色工会国际（Profintern），后者附属于共产国际。太平洋工会由华工总、苏全总等十一家左翼工会联盟组成，1929 年解散。
3 英文译者注：战争开始后，车里雅宾斯克这个位于乌拉尔的新工业中心变得越来越重要，当时又被戏称为"坦克格勒"。

在一起，到星期天早上带着小侄女上动物园，下班回来后把她扛在肩上。

战争爆发几天后，克雷莫夫给党中央委员会写信，志愿入伍，随后被分配到西南方面军，成了一名营级政委。

要出发了。他肩上背着绿色背包，手里提着箱子，锁上了公寓的门，登上一辆前往基辅站的电车，心中重新燃起了自信和宁静。他的孤独、他的感受此时此刻全部被锁在公寓里。他终于从这一切中解脱出来。列车越是接近前线，他就越是宁静。"不安分的帆儿却渴求风暴，仿佛风暴里有宁静蕴藏。"他自言自语道[1]。在后来无数个日日夜夜里，年轻的莱蒙托夫的这些诗句不断在脑海里回放。

在布良斯克货运站，他透过车厢窗户看到了扭成一团的金属、粉碎的石头和破裂的土地，都是德国人的轰炸机干的。轨道上还卧着烧脆了的火车车厢那红色的残骸。空无一人的月台上，喇叭不断重复着莫斯科电台驳斥德国海通社最新谣言的广播[2]。

列车经过一个又一个车站，都是克雷莫夫在内战时就熟知的地名：捷列先科、米哈伊洛夫村、克罗列维茨、科诺托普……[3]

在黄昏的余光中，草地、橡树园和松树林，小麦和荞麦地，高大的白杨树和白色的农舍像是一张张惨白的、死一般的脸。不管在天上还是在地上，这一切看起来都是如此忧伤和焦虑。

在巴赫马奇，列车遭遇了空袭，两节车厢被炸毁了[4]。火车头发出尖锐的呼啸声，这钢铁的声音充满了绝望的悲鸣。

在一条支线上，火车停了两次。装备着一门机炮和一挺重机枪的双

---

1 英文译者注：米哈伊尔·莱蒙托夫（1814—1841），著名俄国浪漫主义诗人。中文译者注：这是莱蒙托夫诗歌《帆》当中的最后一句。
2 中文译者注：海通社（Transozean German），又译为越洋新闻社，成立于 1915 年，二战结束后被盟军关停。
3 中文译者注：克罗列维茨和科诺托普均位于今乌克兰苏梅州。
4 中文译者注：巴赫马奇位于今乌克兰北部切尔尼戈夫州。

引擎梅塞施密特-110 战斗机从头顶飞过。乘客们在旷野里四散飞奔，停下后便带着疑惑四下打量着，然后又回到车厢里。

黎明前，列车一边轰鸣着开过第聂伯河，一边心惊胆战地担忧着黑色河水和白色沙滩会制造回声。

在莫斯科时，克雷莫夫认为主要的战场将会是在日托米尔一带[1]。这是他 1920 年跟波兰人战斗的地方。而在西南方面军司令部，他得知情况比报纸报道、比他本人和乘客们的判断要糟糕得多。德寇几乎快到基辅城下了。他们已经接近斯维亚托什诺，正在试图突破杰米耶夫卡，已经和罗季姆采夫的空降旅发生交火[2]。苏军后方受到古德里安的坦克威胁——他们正从东北方向向戈梅利前进，克莱斯特的集团军群在南方沿着第聂伯河东岸行动。巨大的双钳很快就会合拢。滞留在基辅和第聂伯河西岸的苏军被分割了。

司令部里最高级别的政工人员是一名师级政委，他表现得非常镇定，有条不紊，用缓慢而平静的声调发表了一番讲话，强调了局势的严重性，同时也表现出作为负责人所应有的信心。毫无疑问，就算是整个政工部门都坐在火山口，这个人也能继续平静地签署各种命令并听取报告。

克雷莫夫被派到右翼的一个集团军，去给战士们传达政治信息。距离该集团军最远的那个师部署在白俄罗斯的森林和沼泽里。

克雷莫夫来到方面军作战处时，看到一群高级指挥员环绕着一张地图站着。一位脸上满是皱纹、戴着眼镜的中年将军把手伸入已经斑白的头发里搔着，脸上挂着一丝诡异的笑容，阴郁地说："很明显，德国最高指挥部正在开展一个庞大的合围计划，这是一个史无前例的包围。"他指

---

1 中文译者注：日托米尔州位于基辅以西，紧邻基辅。
2 中文译者注：斯维亚托什诺区是基辅市最西边的一个区，杰米耶夫卡位于基辅市区南部。亚历山大·伊里奇·罗季姆采夫（1905—1977），1941 年战争爆发时担任空降第 5 旅旅长，参加基辅战役。1942 年秋以近卫步兵第 13 师师长身份率部参加了斯大林格勒战役，是该战役中表现最出色的师长之一。后以苏军上将军衔退役，荣获两次苏联英雄称号。本书随后还会有较多篇幅提及这位将领。

了指地图上德军的位置，补充说："现在已经形成了一个马蹄形，想要用它来粉碎我们。上一场战争里，他们就这么包围了萨姆索诺夫的部队[1]。这一次他们想要包围整个方面军。"

有人说了几句，克雷莫夫没有听清。将军耸耸肩说："德国人有自己的战略。俄罗斯式的一厢情愿会让我们无处可逃的。想要在谋略上胜过德国人，我们要做的事情还有很多。"

克雷莫夫朝着隔壁的房间走去，在门口跟一个喘着粗气的少校撞上了。"弗拉索夫将军在里面吗？"少校问道。没等回答，他就跑进去了[2]。

克雷莫夫被派去的那部分前线地段总体上比较平静。政治处的很多战略大师们表现出异常的镇定。"德国人已经耗尽了力量。没有飞机了，没有燃料了，没有坦克了，连炮弹都没有了。上一次见到他们飞机还是两周前呢。"

克雷莫夫既不是第一次也不是最后一次与这些乐观派相遇。他知道，一旦局势变得困难起来，这些人很快就会陷入惊慌之中，只会不知所措地踱步，嘴里还说着："谁能想到是这样！"

这个步兵师里很多战士都来自切尔尼戈夫，这一次正好部署在家乡附近[3]。德国人占领了他们的村子，通过审问战俘得知了战士们的情况。到了晚上，在宁静的橡树园或高高的玉米地和大麻地里，战士们躲在战壕里数星星时，突然听到一个通过扩音器放大的女人声音。这声音带着

---

1 中文译者注：亚历山大·瓦西里耶维奇·萨姆索诺夫（1859—1914），第一次世界大战爆发时担任俄军第二集团军司令。在坦能堡会战中该集团军全军覆没，萨姆索诺夫自杀身亡。

2 英文译者注：戴眼镜的中年将军就是安德烈·弗拉索夫。基辅战役期间，弗拉索夫中将是一名冉冉升起的将星。他指挥第37集团军从德国人的包围中突围而出。不过，1942年7月弗拉索夫被德国人俘房，并答应与德军合作。1944年，弗拉索夫组织了反共的俄罗斯解放军。战后，他被认定有叛国罪并于1946年8月被处决。作为叛国者，弗拉索夫遭到了极大的鄙视。格罗斯曼很大胆地在这里提到了他的名字。从"克雷莫夫来到方面军作战处时……"开始的这三段，从未在任何已出版的版本中出现过。

3 中文译者注：切尔尼戈夫州位于今乌克兰东北部。

261

背叛的诱惑，用乌克兰语不断重复道："伊——万，回——家吧！伊——万，回——家吧！"女人的声音坚定有力，仿佛从天上落下，然后是带着外国口音的、完全是生意式的一段简短发言："切尔尼戈夫的兄弟们应该马上回家。"如果一两天内不照办，他们就会被火焰喷射器烧死，或者被坦克履带碾死。

接下来又是那个大声播放的呼声："伊——万，回——家吧！"最后是引擎沉闷地轰鸣。战士们认为，德国人可能用一种木头制的类似拨浪鼓一样的东西模拟了坦克引擎声。

天亮后发现很多人失踪了。他们没有拿走自己的步枪，都丢在了战壕里[1]。

在这个平静的集团军待了两周后，克雷莫夫回到了方面军司令部。

送他的那个司机让他在基辅郊区下车。他走了很长一段路，经过一段又长又深、两边都是黏土的山谷，然后站定休息了一会儿。这是个安详而迷人的清晨，克雷莫夫心里涌出了无端的喜悦。地面上铺满了黄色的落叶，树上的叶子反射着刚刚升起的阳光，空气清澈且轻盈宁静，连鸟儿的叫声都变得像涟漪的最远端那样不可听闻。阳光在山谷的斜坡上探出头后，这一切半明半暗的景色、鸟鸣与宁静、温暖的阳光，以及依旧凉爽的空气带来某种非同寻常的感觉，仿佛可以看到童话里那些好心肠的老人正在从半山坡上走来。

克雷莫夫离开大路，从树林中穿过。他看到一位穿着蓝黑色大衣的老太太，肩上还背着一个白色的帆布包。

她看见了克雷莫夫，发出了一声惊叫。

"怎么啦?"他问道。

她用手在眼前抹了几下，然后疲倦地笑道："唉，老天呐，我还以为

1　英文译者注：格罗斯曼在自己笔记里记录的情况要更加严重："几千个切尔尼戈夫来的人当了逃兵。"在 1989 年出版的战时笔记全文中，这个记述被删除了。2018 年 4 月在位于伦敦的普希金出版社的一次谈话中，准备无删减出版这一笔记的奥列格·布德尼茨基谈及了这一记述。

您是德国人。"

克雷莫夫问她赫雷夏季克大街怎么走，老太太答道："您走错了。在山谷里，在巴比亚尔那儿，您就该向左[1]。现在您走的方向是去波多尔的。回到巴比亚尔，经过了犹太人公墓后，沿着梅尔尼克大街，再沿着利沃夫大街走。"

克雷莫夫走到赫雷夏季克大街时，眼前的一切让他以为自己闯进了地狱[2]。

苏军正在撤离乌克兰的首都。步兵、骑兵，大炮和运输物品的大车在赫雷夏季克大街上缓缓走着，把整条大街都占了。

部队遭遇到沉重打击。大家都沉默无言，低着头。所有人的目光都看着地面。

车辆和大炮上插满了用于伪装的树枝，来自白桦、枫树、白杨和榛树。成千上万片秋天的树叶在空中飞舞，回望着正在被放弃的农田和森林。

各种色彩、武器、领章和制服的区别，所有面部特征和年龄差异，都被同一种哀伤的表情抹去了。哀伤无处不在。可以在战士的眼睛里看到，可以在指挥员垂下的头上看到。军旗卷起来了，收藏在绿色的盒子里，放在缓慢行走的战马背上，车辆的引擎低沉地吼着，车辆辘辘滚过的声音有如葬礼上的鼓声，无一不是哀伤。

克雷莫夫看见一位矮壮的妇女，怀中抱着一个婴儿从人群里挤出来。她想要躺在大炮的辘辘下，想以此阻止这次不祥的撤退。衣衫不整的人们在她身后跑着，一边哭泣，一边大喊，恳求战士们把她拉住。

成百上千的女人和孩子穿着秋装和冬装，肩背手提着包裹和箱子，

---

1 英文译者注：巴比亚尔（Babi Yar），又称娘子谷，是基辅郊外的一处谷地。（纳粹占领期间）约有十万人在这里被屠杀，其中有 2.3 万人到 3.3 万人在 1941 年 9 月 29 日至 30 日，即屠杀开始的头两天被杀害。遇害者中绝大部分是犹太人。老太太给克雷莫夫指出的这条道路，反过来正好是犹太人从市中心被驱赶到巴比亚尔的道路。

2 英文译者注：赫雷夏季克大街位于今基辅市中心。

准备走到第聂伯河东岸。但在走出这座城市之前，就已经累得上气不接下气、精疲力竭了 [1]。民警、消防队员和学生们也朝着同一方向走着，老人们神色淡然地看着他们走过，似乎还在希望出现奇迹。人群当中，没有什么能够比这些满面皱纹、像孩童般无助的老人们的面容更让人感到恐惧了。他们每一个都是如此。

红军战士们都被紧张的静默攫住了。

他们心里明明白白，每向东走出一步，那些看不见的德国人就会向基辅更进一步，向第聂伯河每迈出一步都会让希特勒的师团距离基辅更近。

同时，仿佛被不断接近的黑暗力量唤醒了，流露出敌视目光和神情的人开始出现在院子和巷子里，他们原本悄声低语的声音也越来越大。他们用狡猾的眼神看着撤退的战士们，开始准备迎接那些即将到来的人。就在一条狭窄的巷子里，克雷莫夫第一次听到了未来他会经常听到的一句乌克兰语："往事已历，只待今朝。[2]"

后来，每次回忆起在基辅的最后一天，回忆起那蓝色无云的天空、闪亮的窗户、盖满金色落叶的街道时，克雷莫夫总觉得有一把利斧在劈开他的心脏，带来的尖锐疼痛与无时无刻缠绕他的那种个人失落感一模一样。

随后几个月里，他经历了很多次撤退，红军不得不把一座座城镇丢

---

1 英文译者注：物理学家列夫·斯特拉姆的女儿叶莲娜·利沃夫娜·斯特拉姆后来回忆了她逃离基辅的全过程。当时，所有通往火车站的入口都被封上了。在站前广场上挤满了逃难的女人和孩子，叶莲娜（时年十八岁）和她的两个姑姑（三十多岁左右）也在其中。在场的许多人都被沉重的行李压垮了，但叶莲娜她们只拿了很少一些行李。当她们面前的栅栏被挤倒后，前面的人群一下就涌进去，占据了一整辆空货车。当局意识到人手不够，根本不够赶他们走。叶莲娜是这么说的："需要两个男人才能把一个女人给架走。"车厢立刻被拴上了，每节车厢大约关了二十个女人。在整整二十四小时里，列车一动不动。妇女们把车厢地板的木板撬开，方便排便。终于，列车缓缓开过了第聂伯河，用了两周时间到了伏尔加河河畔。有些车站会给妇女们提供面包和剩饭，还有些地方可以私下买到一点吃的。（2018 年 8 月 30 日，在科隆的私下谈话。）

2 英文译者注：格罗斯曼的这些文字是用乌克兰语写的。他没有将其翻译成俄语。

给德国人。他总是最后几个撤退的人之一。即使这样，内心的疼痛还是越来越难以忍受。城市里到处是无助的人们。这些他所熟悉的人们将要经历另外的生活，将会遭遇难以想象而且从未经历过的恐惧。

克雷莫夫刚刚渡过第聂伯河，德国人就突破了苏军的防空系统，用九十架轰炸机对布罗瓦雷实施了大规模空袭[1]。这让克雷莫夫充分认识到了"空中优势"一词所具有的令人生畏的含义。

古德里安的装甲师从北部转向，朝着戈梅利和切尔尼戈夫扑过来，随后成功地在第聂伯河东岸、在基辅一带的苏军后方站稳了脚跟。克莱斯特的南方集团军已突破了第聂伯罗彼得罗夫斯克的苏军防线。很显然，古德里安要与克莱斯特正面交锋了。

一周后，铁钳终于合拢。克雷莫夫落在了前线后面，陷入了德国人的占领区。

有一次，克雷莫夫看见十几辆德军坦克朝着一群从基辅逃出来、徒步向东的难民冲过去。带头的那辆坦克上有个德国军官，挥舞着长满了橘黄色秋叶的树枝。好几辆坦克全速从女人和孩子当中冲过。

还有一回，德军坦克在距离克雷莫夫十米的距离外慢慢开过，像是一头下颚在滴血的凶猛野兽。现在，克雷莫夫对什么是"地面优势"也有了十分全面的理解。

克雷莫夫没日没夜地向东走着。他听到了基尔波诺斯上将牺牲的消息，读到了德国人的宣传册，上面说莫斯科和列宁格勒已经沦陷，苏联政府乘飞机逃到了乌拉尔[2]；他看到了有人把勋章和党证埋到土里，看到了背叛和钢铁般的忠诚，也看到了绝望和绝不放弃的信念。

一路上，他收拢了一支两百人的队伍。这是一支联合部队，既有红军战士，也有指挥员，有第聂伯河区舰队的水兵，还有乡村民警、区党

1　中文译者注：布罗瓦雷（Brovary），位于今乌克兰基辅州。
2　英文译者注：米哈伊尔·基尔波诺斯，西南方面军司令员，在基辅战役中阵亡。

委工作人员，还有几个上了年纪的基辅工人、失去了战马的骑兵和被击落的飞行员。

这支队伍的整个行程中充满了传奇般经历和事件，有若干时刻让克雷莫夫认为他以后肯定做梦都会想起来。他记得夜间在森林里燃起的篝火，记得在冰雨中游过秋天湍急的河流，记得连续几天的饥肠辘辘，还记得消灭了村子里的德军小分队后的短暂饕餮。有时候他不得不审判村里的老人和伪警察[1]，这花不了他多长的时间。他还记得在枪毙这些叛徒时他们的眼神。有一位妇女含着眼泪乞求他给一支步枪，乞求队伍带上她和两个孩子一起向东撤退。他还下令处决了一支德国特别行动队指挥官的情妇。有个老太婆半夜里把自己的房子给烧掉了，烧死了屋子里那些喝得酩酊大醉的伪警察，其中一人是她的女婿。在一场跟伪警察的短暂战斗后，克雷莫夫还在森林里给战友们上了一堂关于建立共产主义社会基本原则的课程。这些他都记得。

比这一切更重要的是在战斗中大家逐渐形成的团结意识[2]。每个人都开诚布公地谈起了自己从童年至今的生活，谈起了那些足以影响自己性格和力量，甚至构建自己弱点的往事，谈到了让他们难以忘记的一言一行，一切。

有时候克雷莫夫自己也很奇怪，他和同志们能够忍耐长时间饥饿和匮乏的力量究竟来自何方。

大地怎么变得如此沉重，跋涉为何如此艰难？从烂泥里拔出一只脚，

---

1 英文译者注：伪警察系与纳粹合作的乌克兰人，行使本地警察职权。中文译者注：原文为德语 polizei，本段下同。

2 英文译者注：历史学家迈克尔·琼斯曾长篇引用第 50 集团军政治处主任伊万·夏巴林的日记（这位英勇而镇定的政工人员在 1941 年 10 月的突围中牺牲）。琼斯曾用下面这段文字对夏巴林的感受进行总结："夏巴林作为一位有野心的内务人民委员部军官，负责的是整个集团军的政治教导工作。他意识到，对周围的人已经没有必要进行政治宣教了。身边的战士们所具有的同志般的情谊已经足够维持士气。当他明确了这一点后，内心涌起了强烈的宁静感。"夏巴林的日记发表于 1974 年，距离格罗斯曼去世已有十年。但日记表现出了与格罗斯曼作品类似的情绪，也让人对克雷莫夫的心态更加感同身受。

抬起来，向前迈出一步，再拔出另一只脚来，这个过程要花费许多力气。这个秋天的日日夜夜里，没有哪一刻不是在艰难中度过的。冰冷的细雨没日没夜地下着，雨滴沉重得像水银一样。跟这雨滴一样沉重的是头上戴的布质船形帽，甚至感觉比钢盔还要重。雨水浸透了军大衣，使劲把人往地上拽。军便服和破碎的衬衫如同夹子一样，紧紧地夹住胸口，让人无法呼吸。每件事都需要奋力去完成。

为了点燃营火而搜罗的树枝重得像石头，浓烈潮湿的烟气与同样浓厚沉重的雾气混在一起，沉积在地上久久不散。

人们的肩膀整日整夜地像背负重物一样感到酸疼，寒气和泥土整日整夜地往磨破的靴子里钻。大雨中，他们在榛树的树冠下，在潮湿的地面上躺下也能睡着。黎明时分，在雨中醒来，他们又觉得自己完全没有得到休息。

凡是有德军集结的地方，路上总是没完没了地跑着车，有整队整队的卡车，有炮兵队伍，还有摩托化步兵纵队。几乎每个村子里都有德寇住着，派出了哨兵。在这些地方，克雷莫夫和他的队伍只能在夜里行动。

这是在自己土地上的行动，然而他们只能利用树林的掩护，匆忙穿过铁路。他们不敢走柏油路，因为担心脚步会暴露自己的行踪。黑色的德国小汽车在雨中一闪而过，自行火炮要走得慢得多。坦克发出叮叮当当的金属撞击声。油布盖住车厢的卡车经过时，风中传来了奇怪的撞击声、德国人的歌声和似有似无的手风琴声。满载德军士兵的火车向东开行，他们听见火车头费劲而顺从地喷出蒸汽，看见它打开明亮的头灯。他们还看见农舍里点燃了宁静的灯火，烟囱里冒出了友好的炊烟，但他们却不得不躲藏在荒无人烟的林间谷地里。

在这一艰难时刻，最宝贵的莫过于坚守正义事业的信念，对未来的信念。然而，也因为这一点，当敌人那些模棱两可的、通过秋天的雾气缓慢渗透的谣言流传开时，人们简直难以承受。

尽管体力不断衰竭，克雷莫夫还是通过某些特殊的方式，感受到了一些不同的东西，是一种信任感，是一种热切的力量，是一种对革命信念的激情，以及对这些跟他一起长途跋涉的战友的责任感。他对他们的生命、他们的情感负有责任，对这个冰冷秋天笼罩的土地上发生的一切负有责任。

世界上也许没有比这更加沉重的责任了，然而责任感也成为了克雷莫夫所有力量的来源。

每天，人们都会几十次、几百次地呼唤他："政委同志！"

克雷莫夫从这一称呼中感到了发自内心的温暖。跟他并肩跋涉的人都清楚希特勒关于枪毙所有苏军政委和政工人员的命令。这一称呼包含的是美好而纯粹的东西。

克雷莫夫能够率领这支临时的作战队伍，完全是自发的，也是必然的。

"政委同志，"参谋长斯维季尔尼科夫会问，"明天我们该走哪条路？"

"政委同志，我们该朝哪儿派出侦察人员？"

地图已经被风撕破，被日晒雨淋弄得褪色发黄，被无数手指触碰得模糊不清。克雷莫夫会打开这份地图，同时非常清楚自己所选择的路线会决定两百人的命运。空军少校斯维季尔尼科夫也清楚这一点。这时他那双明亮的、带着点调皮的黄褐色眼睛变得十分严肃，姜黄色的眉毛拧成一团。

路线如何选择并不完全取决于地图和侦察人员的汇报，一切都非常重要：道路分岔口上汽车和大车的车辙；在森林里遇到的老头不经意的一句话，某一处山坡上灌木的高度，没有收割的麦地里的状况——小麦已被压倒了，还是像墙一样立着？

"政委同志——德寇！"长脸、无畏的侦察队长西佐夫微微喘气地说，"徒步，人数不超过一个连，在那边的一片小树林后面，朝西北方向走。"

西佐夫比任何人都更加接近死亡。此时，他使劲盯着克雷莫夫的眼睛，想要看到这样的信息——"立刻行动"。他知道，如果机会来临，克雷莫夫总是希望发动袭击。

短暂而激烈的交战突然带来了改变。战斗并没有让人垮掉，而是给了他们更多力量，让他们站得更直。

"政委同志，我们明天吃什么？"司务长斯克罗帕德会问。他知道克雷莫夫会考虑到很多困难因素。某一天他们可能只能吃夹生或烤焦的，还带着一股子煤油味儿的麦粒。而另一天，预测将面临一天的困难行军后，克雷莫夫会说："吃鹅肉和罐头，四个人分一罐头肉。"

"政委同志，重伤员怎么办？今天有八名重伤员。"军医彼得洛夫用嘶哑的音调问。他得了哮喘性支气管炎，嘴唇毫无血色。他用充血的眼睛盯着克雷莫夫，等待他做出意料中的决定。他知道克雷莫夫不会把重伤员留给当地人，哪怕是最忠诚最可靠的当地人也不行。而克雷莫夫的回答总能让他心情愉快，让他脸上重新出现一片红晕。

这一切并不是因为克雷莫夫能够比参谋长更懂得看地图，也不是因为他比普通一兵更加熟悉战术行动，他也不比聪明的斯克罗帕德更加了解供给，或者比彼得洛夫更加精通救治伤员。这些人问他这些问题，是因为他们知道他们值得这么做。他们了解自己的专业，有自己的战斗经验和生活常识。他们知道克雷莫夫有时候会犯错，有时候会回答不了问题。但他们全都清楚，现在这个时代里，人类的生命不仅太过脆弱，荣誉感与良知也太容易遭到践踏。在这个时候，保存这些人类最基本、最宝贵和最核心的东西就成了一场斗争。在这场根本的、重要的斗争面前，克雷莫夫不会犯错误。

这一时期里，克雷莫夫习惯了回答各种最出乎意料的问题。有一次夜间在森林里行军，一位前拖拉机手、没了坦克的坦克手突然问他："政委同志，您觉得星星上面也有黑土地带吗？[1]"在篝火旁往往会爆发激烈的争论：共产主义什么时候能够实现？到那时面包和靴子就能按需分配

---

1 英文译者注：黑土地带专指乌克兰和南俄一带特别肥沃的黑土地。中文译者注：坦克手问克雷莫夫这句话时，他们正在黑土地带上突围。

了吗？争论不下时，争论者会派出一名战士来到克雷莫夫面前问："政委同志，您没睡着吧？伙计们有点弄糊涂了，想让您帮整明白。"某个脸色阴沉、胡子灰白的战士平时总是沉默寡言，但他会对克雷莫夫倾诉一切，告诉他关于自己妻子和孩子、家人和朋友的事情，告诉他和远亲近邻相处时做过什么正确的事情，也告诉他自己做过什么错事。

有一回，队伍中有两个人想要脱队。一个人假装生病了，另一个则开枪打伤了自己的小腿肚。两个人都想留在村子里，准备对德国人说自己跟村里人结婚了。克雷莫夫不得不审判了他们。还有一些时候则会令人发笑，让每个人，哪怕是伤病员都会笑出来——在一个村子里，某个战士没跟女房东打招呼，就往帽子里藏了五个鸡蛋。过了一会儿，他一屁股坐在了帽子上。女房东大声痛骂了他一顿，然后烧了些热水，给他换了件衣服，多少让他恢复了一点军人的尊严。

克雷莫夫发现，大家喜欢跟他说一些有趣的故事，也许是希望他们的政委也能够感到有趣，好让他笑出声来。这个秋天里，他好像又回到了自己作为革命者和布尔什维克时的艰难时代。他在经受考验，正如同他在地下政治工作中、在内战中经受考验那样。他可以感到自己青年时期的气息拂过脸颊，让他感到非常畅快，让他坚信任何困难和考验都不会改变自己的决心。所有人，都从他身上感到了这股力量。

在沙俄时期，进步的工人们追随着革命斗士，经历了牢狱和强制劳动，对哥萨克士兵的皮鞭毫无畏惧。今天亦如此：经历了革命教育，在革命中成长的人们追随他们的政委，穿过了农田和森林，忍受着饥饿，面对各种各样、随时可能降临的死亡危险无所畏惧。

队伍中大部分人都很年轻，他们在苏联教师的教育下，用苏联课本学会了读书写字。战争爆发前，他们在苏联的工厂和集体农庄里工作。他们读着苏联的书籍，在苏联的疗养院里度假。他们从来没有见过地主或者工厂主。他们甚至想象不出会在私人的面包坊买面包，在私立医院里看病，或者在地主的土地上干活，在某些生意人开办的工厂里工作。

克雷莫夫看得出来，这些年轻人根本无法理解革命前的那一套。现在，德国侵略者占领了他们的土地，带过来各种奇奇怪怪的做法，准备在苏联的土地上重新建立旧秩序。

克雷莫夫心里清楚，从战争的最初开始，德国法西斯不仅在行动上表现出了空前的残酷，同时他们还因为盲目的自大，对苏联人民表现出了嘲笑和轻蔑的态度。

老人和妇女，学童和孩子，苏联村镇里每一个人都被殖民主义者的这种傲慢震惊了。人们在信仰国际主义、信仰全体工人平等的环境中成长，完全无法接受这种将他们作为侮辱目标的做法。

克雷莫夫的队伍现在最需要的就是明确的未来。大家渴望着摆脱各种怀疑论，常常牺牲短暂而宝贵的休息时间，宁可不睡觉也要进行热烈的讨论。

有一天，他们在森林里被一整个德军步兵团包围了，这一次应该是到了绝境。即使是最勇敢的战士也会对克雷莫夫建议，除了各自突围别无出路。就让大家自己去找逃命的办法吧。

克雷莫夫把所有人召集在林间空地里，自己站在一根倒下的松树树干上，对大家说："我们有力量，是因为我们团结在一起。德国人的目标是把我们分割开。我们不是被遗忘在德军防线后方森林里的孤立部分。有两亿颗心脏在跟我们一起跳动，两亿兄弟姐妹的心脏！同志们，我们一定会杀出一条血路！"他高高举起自己的党证，大声喊道："同志们，我向你们发誓，我们一定会突围出去！"

他们突围出去了，继续向东前进。

他们继续前进，衣衫褴褛，双脚肿胀，很多人得了赤痢，但依旧背着步枪，挎着手榴弹，拖着他们的四挺重机枪。

在一个繁星满天的夜里，他们突破了德军战线。在克雷莫夫面前的这支队伍，因为体力不支，走起路来摇摇晃晃，但这仍是一支可以作战的力量。他感到骄傲和欢欣。这些人跟他一起艰难跋涉了几百公里，他带着无法言述的怜惜发自内心地热爱他们。

四十九

他们穿过布良斯克北部的战线，在杰斯纳河畔一个名叫茹科夫卡的大村子附近解散了。大家被直接分配到各个团里，克雷莫夫跟同志们道了别。

他先去了师部，从那儿骑马去了森林里一处小小的村庄。人们告诉他，在那里可以找到集团军司令员。

第 50 集团军司令部就在这村子里。克雷莫夫在司令部里了解到在自己突围期间所发生的一切。

集团军军委会委员、旅级政委什利亚平要见他[1]。这是个巨人般高大健壮、行动缓慢的人。两人在一间木制谷仓里见了面。谷仓里放着一张小桌子、两把椅子，靠墙堆着干草。

什利亚平铺好干草，让他坐下来，自己就在他身边躺下，呼哧呼哧地喷着鼻子，咕哝着说起来。他说在七月他和博尔金将军一起陷入了包围，后来突破了德军的防线，和科涅夫将军指挥的部队会合了[2]。

什利亚平友好地微笑着，双眼释放出平易近人和诙谐的信号。他说话不紧不慢，话语里有一种冷静和纯粹的力量。一名系着白围裙的炊事员给他们端上了盛在盘子里的土豆、羊肉和烤黑麦面包。他看了看克雷莫夫脸上的表情，微笑着说："俄式的思想，俄式的味道。[3]"

1　英文译者注：1941 年 9 月，格罗斯曼作为《红星报》的记者在布良斯克方面军采访了尼古拉·阿列克谢耶维奇·什利亚平（1902—1941），并以他的成功突围为主题创作了小说《人民是不朽的》。

2　中文译者注：伊万·斯捷潘诺维奇·科涅夫（1897—1973），苏德战争中的著名将领，苏联元帅（1944 年）。

3　英文译者注：什利亚平这里引用了普希金的诗歌名篇《鲁斯兰和柳德米拉》中的一句。

干草的味道和温暖的面包好像跟这个高大的、不慌不忙的人有某种联系。

刚吃完不久，集团军司令员彼得罗夫少将走了进来[1]。他是个小个儿，长着一头红发，已经开始谢顶。在他破旧的将军制服上挂着一枚苏联英雄的金星奖章。

"好了，好了，"他说，"不用站起来。我就在你们身边坐下。我刚从师部回来。"

他那双鼓起来的浅蓝色眼睛带着警觉，似乎可以看透一切，说话又快又尖锐。

彼得罗夫一进来，就把战争的张力带进了这间半明半暗、飘着香味儿的谷仓。通信员开始进进出出，有个年纪不轻的少校进来汇报了两次。本来一声不响的电话也活跃起来。

一位参谋进来汇报说，军事法庭庭长到了，要他确认军委会的判决文件。彼得罗夫让他进来，然后请他喝茶。庭长没有喝茶。彼得罗夫问道："人多吗？"

"六个。"庭长答道，打开了文件夹。

彼得罗夫和什利亚平听完了关于六个变节者和逃兵的判决报告。彼得罗夫拿着一支儿童用的绿色铅笔，在判决书上用大写字母写下"确认"，然后把铅笔递给什利亚平。

"这是怎么回事？"彼得罗夫扬起眉毛，问道。庭长解释说，这是个来自波乔普城的老太太，在部队和老百姓当中散发德国传单[2]。他补充说，她没结婚，是个修女。

彼得罗夫噘起嘴，用严肃的声调问道："没结婚？既然这样，应该宽容一点。"他开始用笔写起来。

"您不觉得有点过于宽容了？"好心肠的什利亚平问道。彼得罗夫把

---

1 中文译者注：米哈伊尔·彼得罗维奇·彼得罗夫（1898—1941），苏军少将。
2 中文译者注：波乔普，位于今俄罗斯布良斯克州。

文件夹还给庭长，说道："您可以走了，同志。我还得跟人谈话，这次就不请您一起吃饭了。下次来司令部，跟他们说一声，带点草莓酱过来。"

彼得罗夫转过来对克雷莫夫说："我见过您，克雷莫夫同志。可能您还记得我。"

"我可不记得了，集团军司令员同志。"克雷莫夫答道。

"还记得1920年您批准了一位骑兵排排长入党的事情吗？那会儿您在第十骑兵团。"

"真记不起来了。"克雷莫夫说。他看着彼得罗夫的制服和领章上绿色的星星，又说："光阴似箭。"

什利亚平笑道："太对了，营级政委，谁都跑不过时间。"

"敌人的坦克不多了吧？"彼得罗夫问。

"坦克他们有的是，"克雷莫夫说，"两天前，我听几个农民说，货车已经开到戈卢霍夫区了，运来五百辆坦克。"

彼得罗夫耸耸肩："我不信，听起来太夸张。"他说，集团军已经从两个渡口渡过杰斯纳河，夺回了八个村庄，打到了罗斯拉夫利大道。他说话的风格跟往常一样，说得飞快，尽量使用简短的词语。

"又一个苏沃洛夫！[1]"什利亚平说。很明显，他和彼得罗夫相处得非常好，工作上也配合得不错。

第二天一大早，方面军司令部派来一辆车接走了克雷莫夫。方面军司令员叶廖缅科上将想要跟他谈话。克雷莫夫离开集团军司令部时，还能感受到刚过去的愉快安宁的这一天留下的热乎劲儿。

方面军司令部设在布良斯克和卡拉切夫之间的森林里，各个部门都挖好了宽大的地下掩体。掩体里的护墙板是刚锯好的，还带着潮气。司令员住在林间空地里的一处小房子。

一个脸色红润的高个儿少校在门口拦住了克雷莫夫。"我知道您过来

---

1 英文译者注：亚历山大·苏沃洛夫（1729/30—1800）被认为是最杰出的俄军将领。1942年设立了作为苏联军事最高荣誉的苏沃洛夫勋章。第一个勋章获得者是格奥尔基·朱可夫。

的原因，"他说，"但您得等等，司令员工作了一整晚，一个小时前才刚睡下。您可以坐在这边的长凳上。"

附近一棵树下放着一个洗脸的水槽。两个已经开始发福的壮汉正在那里洗漱。他们脑门子都秃了，蓝色马裤的吊带挂在雪白的衬衣上，一个穿着靴子，另一个穿着软皮拖鞋，袜子紧紧地绷在肥胖的小腿上。

两人呼哧呼哧地喘着，用松松垮垮的毛巾擦着后脑勺和粗壮的脖子。警卫员给他们递上军便服和黄色的皮带。克雷莫夫认出其中一个是少将，另一个是师级政委，后者朝着小屋子飞快地走过来了。

少将看了克雷莫夫一眼。站在台阶上的少校说："他就是昨天彼得罗夫跟我们提到的，来自西南方面军的营级政委，奉命向司令员报到。"

"基辅包围圈里突围的政委……"将军鄙视地一笑，走上台阶。

灰色的低云一缕缕地裂开，露出小块的蓝天，带来冬天冰水般的寒冷和敌意。

下雨了，克雷莫夫在雨棚下躲雨。少校走出来，严肃地说："司令员要跟您谈话，营级政委同志。"

叶廖缅科又高又壮，一张大脸上颧骨高高的，额头满是皱纹，戴着一副眼镜。他飞快而又仔细地瞄了一眼克雷莫夫，说："坐吧，坐吧。看得出来吃了不少苦头，人都瘦了很多。"他这么说显得自己好像在陷入包围之前就已认识了克雷莫夫。

克雷莫夫注意到叶廖缅科的军便服领章上有四颗星，有三颗的颜色十分黯淡，第四颗星肯定是不久前才钉上去的[1]。

"真不错！基辅来的勇敢者，"叶廖缅科说，"带回来两百个武装战士。彼得罗夫都跟我说了。"

然后，他就直奔主题，显然这一点对于他而言比世上一切都重要。

---

1 英文译者注：红军中将领章上的星是三颗，上将是四颗。

275

"你看，"他说，"古德里安的情况你了解吗？[1] 见到他的坦克了？"

叶廖缅科笑了起来，似乎对他的急躁感到有点不好意思。他把手伸到自己修剪得整整齐齐的灰发里搔了一下。

克雷莫夫详细地进行了汇报。叶廖缅科身体前倾，胸口抵住桌子，听得很仔细。副官冒冒失失地闯进来："上将同志，参谋长到了，有重要情况汇报！"

跟着副官进来的是克雷莫夫早先见到的少将，在微微地喘着气。叶廖缅科问："怎么啦，扎哈罗夫？[2]"

"安德烈·伊万诺维奇，敌人进攻了。他们的坦克从克罗梅突破，朝奥廖尔冲过去。彼得罗夫的右翼四十分钟前被突破了。[3]"

叶廖缅科用当兵的粗话骂了一句，站起来，沉重地朝门口走去，连看都没再看一眼克雷莫夫。

方面军政治部发给克雷莫夫一件军大衣和几张食堂的餐券，再也没有人问他任何问题。本来有些人对他的经历感到很好奇，但现在已经被这一天不祥的进展完全掩盖了。

食堂是露天的，设在林间一片空地里，长桌和长椅直接用打入地里的木桩垫着，头顶的乌云仿佛被松树的尖顶撕成一条条。汤匙碰撞发出的悦耳的叮当声跟森林忧郁的风声混在一起。

所有的这些音响被另外一种声音淹没了，云丛中传来了德国双引擎轰炸机的声音。它们朝着布良斯克飞去。

有几个人跳起来，想要躲藏在树下。克雷莫夫忘记了他已经不再指挥部队，用响亮的、不容置疑的声音喊道："不，不要跑！"

1　英文译者注：海因兹·古德里安（1888—1954），在 1940 年法国战役期间和 1941 年东线战役期间是最著名的德国坦克指挥官之一。

2　中文译者注：这里是指当时担任布良斯克方面军参谋长的格奥尔吉·费奥多罗维奇·扎哈罗夫（1897—1957），在叶廖缅科负伤后接替他担任了方面军司令员，后来在斯大林格勒方面军担任副司令员，再度成为叶廖缅科副手，1944 年晋升为大将。

3　中文译者注：克罗梅，位于今俄罗斯奥廖尔州。

过了一会儿，整个大地都因爆炸而颤抖起来。

当晚，克雷莫夫看到了作战地图。德军坦克的先头部队已经威胁到博尔霍夫和别廖夫，其他部队将奥尔忠尼启则格勒和布良斯克抛在左翼，向东北方向挺进，朝日兹德拉、科泽利斯克和苏希尼奇扑去[1]。

就跟在基辅时那样，克雷莫夫看见了两个巨大的铁钳在逼近布良斯克方面军。

把地图给克雷莫夫看的那个年轻参谋思虑很缜密周到。他说，彼得罗夫的集团军遭到了沉重打击，克列伊泽尔的集团军已经开始撤退，但仍旧在顽强战斗[2]。下午收到的情报显示，德国人在维亚济马对西方面军发动了进攻，在朝着莫扎伊斯克方向前进。

这波新的攻势再明显不过了，目标就是莫斯科。"莫斯科"这个词，现在出现在每个人的心里、脑海里。

每个月里，人们的思想、希望和各种规划往往可以提炼出不同的词语。在六月，从工农到妇孺，从老弱到自信的将军，他们脑海里的词语是"与波兰的旧国境"；七月，他们脑海里的词语变成了"斯摩棱斯克"；八月，变成了"第聂伯河"；到了十月，变成了"莫斯科"。

方面军司令部几乎陷入了恐慌。克雷莫夫看到通讯人员收起了电话线，战士们把桌椅塞进卡车里。他还听到了下面几句谈话：

"你们是哪个部门的？谁来负责这辆车？把路线写下来。听说这次在森林里的路很难走。"

黎明时分，克雷莫夫乘坐由布良斯克方面军司令部派出来的一辆卡车，朝着别廖夫方向出发。在路上，他再次看到了俄罗斯撤退时的汹涌

---

1 中文译者注：博尔霍夫位于今俄罗斯布良斯克州，别廖夫位于今俄罗斯图拉州，奥尔忠尼启则格勒后改名别日察，位于今布良斯克州，日兹德拉、科泽利斯克和苏希尼奇均位于今俄罗斯卡卢加州。图拉州和卡卢加州北部紧邻莫斯科州。

2 英文译者注：雅科夫·格里戈里耶维奇·克列伊泽尔（1905—1969）是第一个在大规模地面作战中成功挡住纳粹陆军的集团军司令员。在古德里安占据优势的部队冲往莫斯科之际，克列伊泽尔迟滞了德军的进攻。

人潮。他再次看到，穿大衣的战士们之间出现了戴着头巾的女人，出现了白头发的老人，出现了腿细得皮包骨头的孩子们。

过去的两个月里，他已经见过白俄罗斯人从波兰边境的森林里撤退，见过乌克兰人从切尔尼戈夫、基辅和苏梅撤退。现在是俄罗斯人为了逃离德国人，不得不背着包袱，提着胶合板木箱，沿着秋天的大路从奥廖尔撤向图拉。

他还记得，在白俄罗斯森林里，湖面反射着宁静的微光，孩子们在温和地微笑。他还记得孩子父母们羞涩的温柔和照顾他们时的忧虑。他还记得在安静的农舍里，不急不忙地享受一顿土豆做的晚餐。他还记得人们在土豆田里一直忙碌到暮色沉沉时的背影。他甚至还记得一个住在远离城市和道路的角落里的人。这人几乎不去逛集市，但却懂得纺纱和缝纫，懂得自己做鞋和衣裳，自己给自己缝了皮衣和羊皮夹袄。他们的思想还在跟过去的时光共鸣，那里只有暴风雪和解冻、沙质土壤里的灼热、鸟鸣和蚊虫的嗡嗡响，只有森林大火的浓烟和秋天落叶的沙沙声。

然后，克雷莫夫和他的人穿过了整个乌克兰。

整个晚上，天上都是德军轰炸机的嗡嗡声，夜间大火和浓烟密布。白天，克雷莫夫和部下看见果园和菜地里长满了硕大的南瓜、长势喜人的圆白菜、带着生命般温暖色彩的红色西红柿。农舍的白墙和覆盖着茅草的屋顶上，爬满了大丽花，向日葵长得高高的。自然为自己的这笔财富感到得意扬扬，但对于种下这一切的人来说，他们却很难享受到了。

在某个村子里，克雷莫夫参加了一场告别老兵的聚会。这位老人在海军炮兵里服役了四十年，现在决定跟他的家人和漂亮的果园说再见，背上一支步枪准备躲藏到森林里。很多参加聚会的人悲痛欲绝，但他们依旧相信太阳还会照耀在这片土地上。老兵的妻子忧心如焚。对她而言，这一切都要结束了，她再也活不下去了。但她还是如同和平时期那样，带着爱意认真地做好了奶酪馅饺子，烤好了罂粟籽饼干。

克雷莫夫看到了人们含泪微笑，看着人们勉强微笑，转脸却偷偷拭泪。他时不时感受到人们在滔滔不绝说话的同时，将自己的内心悄悄隐藏起来。他再次听到了那句变节者们常说的话："往事已历，只待今朝。"他也见到，很多人希望德国人赶快废除集体农庄制度。

　　克雷莫夫也跟那些强壮勤奋、一身本事的人交谈过。这些人完全清楚在这片富饶的土地上生活，是生命的宝贵馈赠，他们愿意为保卫自己和平劳动所获得的果实而付出生命。

　　现在，十月份了，他坐车穿过图拉州的田野。这里的白桦树树叶已经掉光了，红砖建的村舍又矮又宽，清早周围都是霜，随着太阳升高慢慢变暖，变得潮乎乎的。

　　这片他生长的地方向他再现了自己不平凡的美丽。这种美丽无处不在——大片刚刚收获的田野，生了青苔的井沿旁的花楸浆果丛，在乡村夜间一尘不染、寒意沁人的空中挣扎着升起来的硕大的月亮，像被烟熏红似的。大地之上，是一片浸染着寒冷和浓重秋意的天空。它从地平线的一端延伸到另一端，比大地和道路还要阴沉和黯淡。克雷莫夫经历过很多个俄罗斯的秋天，一般来说，这样的季节会跟他小时候背诵过的诗句一起，引发心中宁静的忧伤："厌倦而忧伤，像无尽的云……像长不高的山影。[1]"这些诗句，往往是作者躺在温暖的床上，待在舒适的家中，看着窗外的树木写出来的，这就是他们所知的全部生活。克雷莫夫现在所经历的却完全不一样。秋天的大地既不荒凉，也不忧伤，更不无聊。他看到的不是烂泥和水坑，不是潮湿的屋顶和摇摇晃晃的篱笆。他看到的是空旷无人的深秋大地所具有的野性和宏大之美。刺透一切的秋风在狂奔了数千公里后积攒起了强大的力量。它从科雷马阴郁的空中席卷而来，穿越了冰原和泰加林后，隆隆滚过巴拉宾草原，越过乌拉尔山脉，掠过彼尔姆的森林上空，降临到莫斯科，然后在图拉的原野上滚滚涌过。

1　英文译者注：这些诗句的作者是政治激进人士阿力克塞·尼古拉耶维奇·普列谢耶夫（1825—1893），被认为是童诗。

克雷莫夫用他的全身心去感受那数千万奋不顾身为人民的自由而战的兄弟姐妹们团结在一起的力量。全国都在战斗，不论敌人从哪儿突破，都会遇到从新预备队中调来的红军师团组成的大坝，一座活着的大坝。坦克从乌拉尔的工厂里运出来了，预备着伏击敌人；新的炮兵团用猛烈的火力迎击敌人。那些从大路小路撤退的人们，从敌人包围圈中突围而出、一路向东的人们，都已经回到了自己的岗位上。他们重新形成了阻挡侵略者前进的大坝，活着的大坝。

克雷莫夫乘坐着同一辆卡车到达了别廖夫。

指挥车辆的少尉彬彬有礼地请克雷莫夫坐到驾驶舱里，他谢绝了。和其他方面军司令部指挥员、政工人员以及普通战士一样，他爬到了后车厢里。

夜里，他们在奥多耶夫附近宿营。在一座又大又冷的农舍里，房东老太太热情地迎接了他们。

她对军人们说，她的女儿在莫斯科的工厂工作。战争爆发时，女儿把她送到这里和老太太的儿子一起过，然后就回莫斯科去了。但她的儿媳妇却不愿和婆婆住在一起，儿子只好把她送到这座大农舍里，背着媳妇定期给她送些黍米和土豆过来。

老太太的小儿子瓦尼亚在图拉的工厂里上班，现在已经志愿参军，在斯摩棱斯克附近作战。

"现在您自己过？"克雷莫夫问，"晚上又冷又黑，也这么过？"

"没什么，"她答道，"我就在黑暗里唱歌。要不，我就自己给自己讲故事。"

战士们煮了一大锅土豆，开始吃起来。老太太站在门旁说："我给你们唱歌吧！"

她用老人那种粗哑的嗓音唱起来。唱完了，她说："我以前也壮得像头牛呢。"停了一会儿，老太太又说道："昨晚我梦见有个妖怪，站在我面前，指甲扎进了我手掌里。我开始祈祷：'愿神兴起，使他的仇敌四散。[1]’但妖怪连理都不理。这时候我诅咒他，臭骂他，他就一溜烟跑没了。前天我梦到我的瓦尼亚了。他坐在桌子前，朝窗外望着。我叫唤他：‘瓦尼亚！瓦尼亚！’他一句话都不说，只管朝窗外看。”

老太太把自己的一切——柴火、一个枕头、一张塞着麦草的床垫、自己床上铺着的一张毯子——都给了战士们，自己什么都没留。她甚至还给土豆放了一撮盐。克雷莫夫最清楚村子里的女人们在盐快用光时是多么吝啬。

过了一会儿老太太又来了，拿着一盏没有灯罩的煤油灯。她把装在一个小瓶子里的煤油倒进灯里。这大概是她保存的最后一点煤油。

她是这片土地和生活真正的主人。在高高兴兴地展示出慷慨大度后，她悄悄地退回到自己冰冷的屋里。这是一位母亲，给予了客人关爱、温暖，给予了他们食物，还有光明。

这天晚上，克雷莫夫睡在麦草上，想起了自己也曾睡在一处农舍麦草上的往事。那是在靠近乌克兰切尔尼戈夫附近的一处白俄罗斯村子。半夜里毯子从身上滑下来，一个又高又瘦、白发凌乱的老太太出现在黑暗中，给他盖好了毯子，朝着他画了一个十字。

他想起来，在乌克兰一个九月的夜晚，一位楚瓦什战士悄悄爬进了村子里[2]。他的胸部负伤。两个上了年纪的女人把他拖到克雷莫夫住的房间里。战士的胸口上缠着绷带，被鲜血浸透。刚开始绷带胀了起来，然后变干，像一条铁带箍在伤口上。

战士被勒得喘不过气来，不断咳嗽。两个女人把绷带剪断，扶他坐起来，这样他的呼吸就顺畅些了。

她们守着他，守了一整晚。战士烧得神志不清，亢奋地用楚瓦什语

1　英文译者注：本句来自《圣经》诗篇第68篇，全文是："愿神兴起，使他的仇敌四散，叫那恨他的人从他面前逃跑。他们被驱逐，如烟被风吹散；恶人见神之面而消灭，如蜡被火熔化。"

2　中文译者注：楚瓦什自治共和国位于今俄罗斯欧洲部分、伏尔加河中游，东部与喀山相邻。

说着胡话。两个女人整晚地抱着他，抹着眼泪连声说："我的孩子，我的孩子，亲爱的心肝儿！"

克雷莫夫闭上双眼，突然想起了自己的童年和已过世的母亲，想起叶尼娅离开自己后的孤独感。他惊讶地发现，这段时间在森林和农田的战斗中，不管有多少人因为战争的风暴变成了孤身一人，他自己却再也没有感受到孤独。

苏联人民团结在一起。这一点之前他很少体会到，现在却变得触手可及了。他深知，纳粹通过挑起种族之间的仇恨来削弱这样的团结，这是仅用一盆脏水就想要污染整个大洋。有一个画面让他整日心神不定：在一辆德国坦克前部，他看到了四溅的血迹和女人衣服的碎片。他不断问自己：这一切会发生吗？坦克驾驶员是个普通的士兵，没有人给他下这个命令，也没有人会在普里卢基森林边缘监督他。然而他将坦克开到了手无寸铁的女人和孩子们当中。

克雷莫夫的生活是由共产党员的理想所塑造的，甚至可以说，他的生活中交织着这些理想。长期的工作和友谊，使他和欧洲、美洲和亚洲的共产党员们团结在了一起。

这是真正的事业，真正的友谊，真正的人生之旅。

他们常常在莫斯科的萨波热科夫广场那儿会面，正对着亚历山大公园和克里姆林宫宫墙。见面的人里有瓦西里·科拉洛夫、莫里斯·多列士和恩斯特·台尔曼。他想起了有一双褐色眼睛的薮木萱太郎，满脸都是可敬的皱纹，常常露出和蔼的微笑，这是一个有着无数经历的人才会有的微笑[1]。

有一段回忆他们记得特别清楚。一大群人，意大利人、英国人、德

1　英文译者注：瓦西里·科拉洛夫（Vasil Koralov，1877—1950），保加利亚人，共产国际重要领导人。莫里斯·多列士（Maurice Thorez，1900—1964），20世纪30年代开始领导法国共产党直至去世。恩斯特·台尔曼（Ernst Thalmann，1886—1944），在魏玛共和国时期领导德国共产党。薮木萱太郎（Sen Katayama，1859—1933），日本共产党联合创始人。中文译者注：薮木萱太郎的另外一个名字，也更为人所熟知的名字是片山潜。

国人、法国人、印度人和保加利亚人从卢克斯酒店出来，手挽手走在特维尔大街上，一起唱着俄语歌曲[1]。那时是十月，天色昏暗，冰雨很快就要变作潮湿的灰雪。路人们把衣领高高竖起，汽车轰隆驶过。

他们手挽手，在昏暗的路灯朦胧照射下走着。在奥霍特尼亚德的一处白色小教堂附近，克雷莫夫看到，他们中的一个印度人蓝黑色的眼睛里满是惊奇喜异。

他们中还有谁能记得唱了什么歌吗？他们中有谁还活着吗？他们现在在哪儿了？他们中有谁现在正在与法西斯作战吗？

> 轻率念头的牺牲品啊，
>
> 或许，你们还想指望，
>
> 你们可怜的贫乏的血
>
> 能熔化那永恒的极地！
>
> 可是它冒着烟，仅仅在
>
> 古老的巨冰上闪了一闪，
>
> 铁血的冬天吹了一口气——
>
> 一切都不留下半点踪迹。[2]

克雷莫夫明白，这些矛盾的东西不是他凭空想象出来的。矛盾是客观存在的，它们带来了这个世界的动荡，现在变成了一场浩劫。他鼓起勇气，不断对自己重复列宁曾阐述过的来自马克思的教导：马克思学说具有无限力量，就是因为它正确[3]。

---

1 英文译者注：莫斯科卢克斯酒店（Hotel Lux）招待了大量被各国（包括德国）流放的共产党人。这一点引发了斯大林的怀疑。1936年到1938年，许多住在酒店里的人被捕。

2 英文译者注：这首诗来自丘特切夫的诗歌《一八二五年十二月十四日》，用以纪念十二月党人反抗暴政的起义。中文译者注：1825年12月14日。十二月党人在莫斯科举行了武装起义。本文译自《丘特切夫诗全集》，朱宪生译，漓江出版社1998年第1版。

3 英文译者注：来自列宁的《马克思主义的三个来源和三个组成部分》。中文译者注：全文来自《列宁全集》第23卷。

五十

去图拉的路上，克雷莫夫在亚斯纳亚波利亚纳停了一会儿[1]。搬家前的忙碌席卷了这栋房子。人们把油画从墙上取下来，把桌布、碗碟和书籍打包放好。整个大厅里都是箱子，准备送往东方。

和平时期，克雷莫夫曾和外国的同志们一起拜访过这里，消磨了一整天。博物馆工作人员尽一切可能，想要营造出这套房子还在日常起居的气氛。每天都会摆放许多鲜花，在餐厅铺好整洁干净的桌布。不过，当大家走进屋子里，克雷莫夫按要求给鞋子套上鞋套，听到讲解员热情的讲解时，这栋屋子的男主人和女主人已经明明白白地离开了人世。这不是一栋房子，而是一座博物馆，一座圣墓。

第二次来到亚斯纳亚波利亚纳，克雷莫夫感到了它和所有俄罗斯家庭的共同之处。风暴撞开了每一户俄罗斯家庭的房门，把人们从温暖的家里赶到秋天黑色的道路上，既不放过祥和宁静的城市公寓，也不放过农村的茅舍和森林深处的小村庄。这场风暴以同样的严厉对待列夫·托尔斯泰的家。和整个国家以及人民一样，它也只得准备在雨雪中告别这里。亚斯纳亚波利亚纳是一个活生生的、遭遇苦难的俄罗斯家庭，和成千上万个俄罗斯家庭一样。克雷莫夫在心里清清楚楚地看到了秃山和那位又老又病的公爵[2]。现在和过去糅合在了一起。今天的这一切就是托尔斯泰笔下真实而震撼的一切。一百三十年前的战争真实得纤毫毕现。

在这场久远的战争开始之初，人们经历了漫长艰苦的撤退。毫无疑问，托尔斯泰在描述这一切时无疑感到深深的痛苦。在他写老公爵进入

1　英文译者注：这处地产距离图拉七英里，托尔斯泰在这里出生，在这里完成了《战争与和平》。1921年后，此处成为一座博物馆。
2　英文译者注：克雷莫夫在这里应该记得，《战争与和平》里那位"又老又病的公爵"，是安德烈公爵和玛丽亚女公爵的父亲。他的采邑"秃山"就是照着亚斯纳亚波利亚纳写的。

弥留之际，喃喃说"我的灵魂很疼"时，他一定也为此伤心落泪了。这一点，可能只有他的女儿玛丽亚才知道。

托尔斯泰的孙女索菲亚·安德烈耶夫娜从房子里走了出来，脸色平静而悲哀。尽管肩上披着外套，但仍在轻微颤抖。克雷莫夫再一次感到了困惑。他不知道眼前这是玛丽亚公爵小姐在法国人到达前最后一次巡视自己的花园，还是托尔斯泰的长孙女在一丝不苟地服从命运的安排，按照爷爷的记录仔细检查早年公爵小姐离开这栋房子时的情况。

克雷莫夫来到托尔斯泰的墓前。地面潮湿而黏滑，空气同样潮湿但凛冽，秋叶在脚下嚓嚓作响，带来莫名的沉重感。这座孤寂的小土堆被干枯的枫树叶覆盖了，在托尔斯泰和当前所发生的一切之间，存在着某种活生生的、不断震荡的联系。一想到再过几天，德国军官就要来到墓前大声谈笑、抽烟，这实在是让人痛苦万分[1]。

忽然间，天空在头顶裂开了。大批的亨克尔式轰炸机在梅塞施密特的护航下从头上经过，准备去轰炸图拉。一分钟后，北方的几公里外传来了几十门防空火炮沉闷的咆哮声。大地震动着，被炸弹的爆炸摇晃着。

克雷莫夫想，托尔斯泰的遗骨一定也感到了这样的震动。

傍晚，克雷莫夫到了图拉，这里已经陷入恐慌。在郊外的酿酒厂的红砖厂房一旁，战士们和工人一起在挖掘战壕和布设路障。沿着奥廖尔大道，长身管的高射炮已经就位，不过显然不是用来对付飞机的。人们寄希望于它们，用它们抵御马上就要从亚斯纳亚波利亚纳和卡萨亚山方向过来的德军坦克[2]。

1　英文译者注：克雷莫夫这段时间的经历是格罗斯曼根据自己的经历写的。1941 年 10 月他也同样访问了亚斯纳亚波利亚纳，和托尔斯泰的孙女进行了交谈。几天后，古德里安占领了这里并在此设立了他的指挥所（见格罗斯曼的《战争中的作家》，*a Writer at War*）。1942 年 9 月初，格罗斯曼在从莫斯科前往斯大林格勒的路上再次在亚斯纳亚波利亚纳停留。在此前的冬天俄国人夺回了这一地区。

2　中文译者注：卡萨亚山位于今图拉市的南部郊区。

又厚又湿的大雪落下，突然变成了冰雨。街上瞬间变成了白色，然后又变成了黑色，到处是烂泥和泥潭。

克雷莫夫来到集团军食堂。每张桌子周围都站着三四个人，默默地看着那些已经坐下来的人。

一群人围着食堂管理员，找他要餐券。管理员要他们先拿出上级的批条。一名大尉说："您难道不明白？根本没法跟上级说上话！我二十四小时没吃东西了，给我一碗汤！"

大尉环顾四方，看看谁能帮腔。站在他身后的少校却说："大尉同志，我们人很多，可是这里只有一个食堂管理员。要是我们不悠着点儿，会把他逼疯的。"他向管理员讨好地微笑道："是不是这样，管理员同志？"

"那还用说！"管理员答道，然后给了少校一张餐券。

桌上很快就摆上了菜汤，烤焦的面包皮掉在桌上。碟子里留下了干涸的芥末酱印，盐瓶和胡椒粉罐也都空了。

一位不年轻的中校对女服务员说："您干嘛用扁盘子给我盛汤，把粥盛在大碗里？弄反啦！"

在他身后站着的某人说："别讲究了，中校同志。有什么吃什么，还有人等着吃呢。"

这里的窗户上挂着整洁的白色窗帘，墙上的油画周围用纸质的红花装饰着。食堂的一侧被好几条帘子隔开，帘上写着"将军专用"。两位非常年轻的二级军需官走到里面去了。

在克雷莫夫身边站着的一名高级政治指导员大声对他说："白帘子，纸红花——他们还说我们不守纪律呢。这些人不明白这是在打仗。打仗可比这些纸花要命多了。"

排队等着吃饭的指挥员们低声说着话。

克雷莫夫听到他们说，第50集团军已经被打垮了。彼得罗夫将军和旅级政委什利亚平在和德国冲锋枪手近距离作战时牺牲了。

他们还说，卡图科夫上校率领的坦克部队挡住了德军向姆岑斯克的进攻。这支部队是最近才从预备队中抽调出来的[1]。

第二天早上天没亮，克雷莫夫到驻地指挥员那里去了解情况，想要找西南方面军司令部。一位老少校用疲倦的口气答道："营级政委同志，您现在在图拉。谁都不知道西南方面军的情况。去莫斯科问吧。"

五十一

夜里，克雷莫夫回到了莫斯科。走出库尔斯克站的瞬间，两个月来压在他身上的极度紧张终于卸掉了。他不仅耗尽了全身力量，而且又一次感到了孤独。没有人在等他回家了。

广场空无一人，覆盖着厚厚的湿雪。他想抬起头来，像草原上的孤狼一样大声嗥叫。

一想到家里空空荡荡，只能听到从一个房间走到另一个房间的脚步声，就让他心生恐惧。克雷莫夫回到车站里，在烟草的烟雾中，在低声交谈的嗡嗡声中，他感到稍微自在一些。

天亮后，他到维克托·斯特拉姆家里找他。看门的女人说他搬去了喀山。

"柳德米拉·尼古拉耶夫娜的妹妹和他们在一起吗？要么她跟母亲一起待在斯大林格勒？"

"我可不知道，"看门的女人说，"我儿子也一样，什么都不跟我说，

1　英文译者注：这是红军最新获得的 T-34 坦克与德军的首次作战。该型坦克普遍被认为是二战中最好的坦克，很快就投入了大规模生产，为苏联的胜利做出了关键性的贡献。中文译者注：卡图科夫在姆岑斯克的战斗在军史上很有名，但此次战斗并不是 T-34 首次与敌军作战。该型坦克在战争爆发前在红军中已有少量装备并在战争初期显示出了强大的威力。

我就知道他在前线。"

莫斯科八百年的历史中，还没有哪个月像 1941 年的 10 月这么难过的。在莫扎伊斯克和马洛雅罗斯拉维茨的战斗一点都没有缓和的样子[1]。

在总政治部，人们一直不停地向他询问图拉周边的战况，然后告诉他可以乘坐运送报纸和简报的运输机飞往西南方面军司令部。但他可能得等一会儿，这些飞机每隔三到四天才飞一次。

到达莫斯科的第二个早上，克雷莫夫看到大群人流冒着鹅毛大雪向最近的火车站走去。

一个男人放下手提箱，喘着粗气，从口袋里掏出一份揉皱的《真理报》对克雷莫夫说："同志，您读过这个了吗？现在到了最糟糕的时候了。"然后他大声念道："10 月 14 日到 15 日夜间，西部战线局势恶化。德国法西斯投入摩托化步兵和大量坦克，对我军发动了进攻，在战线的某处实现了突破。"

这人用颤抖的手指卷好了一根烟，抽了一口后把烟一扔，拿起了箱子，说道："我要去扎戈尔斯克，走着去也成！[2]"

在马雅可夫斯基广场，克雷莫夫遇到了一个认识的编辑，从他那儿知道很多政府机构已疏散到古比雪夫，还有大批人聚集在卡兰乔夫斯基广场等火车[3]。地铁已经停运。一个小时前有人从前线回来，对这个编辑说，战斗已经在莫斯科郊区展开。

克雷莫夫在城里四处游荡，脸上发着烧，时不时感到头晕目眩。为了不摔倒，他靠墙站着，却没有意识到自己生病了。

他给在列宁军政学院教过他的一个上校打电话，却被告知上校已经带着全体学员上了前线。他给总政治部打电话，想跟那个安排他乘运输

---

1 英文译者注：这两座城市都离莫斯科很近。
2 中文译者注：扎戈尔斯克位于莫斯科东北 71 公里处。
3 英文译者注：这里是莫斯科三大火车站所在地。中文译者注：卡兰乔夫斯基广场现名为共青团员广场。

机的处长通话。值班员告诉他："他和整个处的人在今早疏散了。"

克雷莫夫问值班员，处长有没有留下什么消息给他。对方请他稍等，然后再也没有回来。他听着电话里噼噼啪啪的声音，认为处长肯定已经被疏散工作弄得头昏脑涨，不会给他任何消息。此时最好的办法，要么是去莫斯科党委，要么是去找莫斯科驻军的负责人。乘坐运输机离开是肯定不行了，他可以要求把自己派到守卫莫斯科的某支部队里。就在胡思乱想时，值班员拿起了电话，要他赶快收拾好东西，到国防人民委员部去报到。

克雷莫夫到达国防人民委员部时天已经黑了。在那里，他没有感到一丝暖意，全身颤抖，冷得牙齿咯咯碰撞。他问值班员大楼里有没有卫生站。后者抓着他的手穿过空无一人的黑暗走廊。

护士第一眼看到他，就微微地摇了摇头，一副不安的样子。温度计就像被冰冻住了，克雷莫夫意识到这次发烧非同一般。护士坐下来，拨通了电话："请派辆车来。他烧到 40.2 摄氏度了。"

克雷莫夫因为急性肺炎在医院里待了三周。住院的头几天，他常常神志不清地哭喊道："莫斯科！别让我离开莫斯科！我这是在哪儿？……我要去莫斯科……"他好几次从床上跳起来。护士们不得不使劲地按住他，把他压在床上，拼命想让他相信，这里就是莫斯科。

十一月初，克雷莫夫出院了。

他立刻就发现莫斯科变了。城市被战时的坚毅和严肃所笼罩，十月的焦虑和恐惧一扫而空，慌乱的嘈杂和各种不安的声音不见了。商店前、电车里，不再有拥挤的人群，街道上不再有人拖着塞得满满的推车或滑车朝着火车站走去。

浩劫时刻在迫近莫斯科。鲁尔地区制造的大炮轰隆作响，在市郊清晰可闻；克虏伯工厂的黑色坦克在马洛雅罗斯拉维茨的白杨和松树丛中轧出一条条道路；德国工程师用巴斯夫化工厂制造的苯胺照明弹，给莫斯科夜空带来不祥的亮光；在短波电台上，可以听到各种带着德语口音的话语在森林中回荡，普鲁士的、巴伐利亚的、萨克森的、勃兰登堡的口音在喊"Folgen...freiweg...richt，Feuer...direkt richt"[1]。但在这一刻，莫斯科坚定、沉默，岿然不动。它就是俄罗斯所有城市、乡镇和村庄，所有俄罗斯土地的军事统帅。

街上几乎空无一人，只能看到巡逻队。商店窗户堆满了沙袋，卡车车厢里坐着军人。坦克和装甲车都刷得雪白。街上到处是厚厚的红松木和沙袋堆成的路障。部署在城市主要大道入口处的反坦克拒马周围绕着带刺铁丝网，军事交通管理员挎着枪，站在所有十字路口和道路交会处。不管克雷莫夫去到哪儿，他都能看到正在修建中的工事。莫斯科正在为战斗做准备。

这是一座怒气冲冲的城市，一座战士的城市，一座军人的城市。"莫斯科的新面容，"克雷莫夫自言自语道，"这就是我们首都的样子。"

11月7日早上，天色晦暗，雾气沉沉，克雷莫夫来到了红场。莫斯科党委发给他一张参加红场阅兵的通行证[2]。

这个世界可曾见到过这样质朴而又如此宏伟壮观的场面？西边的斯帕斯基钟楼的石质塔身强悍、高大而匀称，遮盖了宽阔的天空。圣瓦西里升天大教堂的圆顶在雾中若隐若现，轻盈地飘荡在空中，仿佛生来便不属于这个世界。人们惊奇地发现，在长时间地注视这一切后，它们变成了万物，变成了鸽子和云彩，梦想变成了石头，石头变成了一个人心中那些活生生的、梦萦魂绕的一切。

列宁墓周围的冷杉树纹丝不动。透过石头般沉重、哀伤的枝条，它们释放出代表着一丝生命力的微弱蓝色。冷杉之上，克里姆林宫宫墙上

---

1 英文译者注：意思有可能是"跟我来……正前方……开火……直接命中"，但这些德语单词含义不全，有可能是格罗斯曼的问题，也有可能是他想要表现俄方在听到这些交谈时是怎么理解的。

2 英文译者注：1918年，俄罗斯废止儒略历，改用格里历。1917年十月革命纪念日的相关活动每年在11月7日举行。

线条硬朗的雉堞因为覆盖着灰白色的霜雪而变得柔和圆润。偶尔间，雪停了，柔软的雪片再度飘落，遮住了冷漠无情的梅斯托先驱平台，让米宁和波扎尔斯基雕像隐没在浑浊的阴暗之中[1]。

红场本身就像活生生的、正在呼吸的俄罗斯宽阔胸膛，温暖的雾气从中升腾而起。正在克里姆林宫上空漂浮的雪花，如克雷莫夫在布良斯克森林中所看到的那样，饱含着战争的寒气和秋天的冰冷。

战士们穿着大衣，脚蹬高筒人造革靴子，头戴装有耳套的皮帽[2]。他们并非经过军营里的长时间训练才调入红场，而是直接来自战斗部队、预备队或者炮位上。

这是一支来自人民战争中的部队。战士们时不时用湿漉漉的帆布制无指手套，用手帕或者手掌抹去脸上融化的雪水。克雷莫夫甚至想，站在后面的战士会不会小心地拿出一片干面包塞进嘴里。

和指挥员们站在一起的，还有穿着大衣和皮夹克的男人们，女人都穿着棉夹克，戴着头巾。还有领章上缀着菱形标志的高级政工人员。前线指挥员的领章颜色都换成了绿色[3]。

"天气帮了忙！"在克雷莫夫身边站着的女人说，"今天不会有德国轰炸机过来了。"她用一块手帕擦拭着额头上落下的雨雪。

克雷莫夫身体还是很虚弱，他坐在路障上休息了一下。

口令声在红场上此起彼伏。布琼尼元帅开始检阅和向部队致敬。检

---

1 英文译者注：梅斯托平台（Lobnoye Mesto）是一处十三米长的石质平台，位于圣瓦西里升天教堂前，面对整个红场，曾被误认为是用来处决囚犯之处。平台上有库兹马·米宁和德米特里·波扎尔斯基大公的雕像。在 1611—1612 年间，他们召集志愿武装，将波兰—立陶宛联邦军队赶出了国境，结束了"混乱时代"。中文译者注：俄罗斯历史上的"混乱时代"（1598—1613）处于留里克王朝向罗曼诺夫王朝过渡期间。这段时间里波兰攻占了莫斯科，并扶植了伪沙皇。米宁和波扎尔斯基因赶走波兰人，光复莫斯科而成为俄罗斯民族英雄。
2 英文译者注：这种靴子是由多层物质（包括橡胶）压制而成的人造革制成，当时在苏联获得广泛使用，特别是在陆军部队中很常见。
3 英文译者注：1941 年 8 月 1 日之前，指挥员的领章颜色是红色的，因为伪装的需要后来换成了绿色。

阅完毕，他迅速走上列宁墓[1]。

斯大林走到麦克风前。在一片晦暗中，克雷莫夫无法看清他的脸，但他的讲话听得很清楚。讲话快要结束时，他跟普通一兵一样，用手拭去脸上的雪，环顾四周，说道："我们能够并且一定会战胜德国侵略者，这难道还有什么疑问么？"

克雷莫夫之前听到过斯大林讲话，但现在他比任何时候都明白，为什么斯大林说得如此直接，毫无掩饰。他在心中对自己说："他的镇定，源自他信任正在聆听演讲的几百万人的善意。"

"你们所进行的战争是解放的战争、正义的战争，"斯大林在结尾时说，"消灭德寇！"然后，他举起一只手："向胜利前进！"

在希特勒的野蛮军队几乎就要打到莫斯科大门的这一天，人民军队中那些英勇善战的部队，坚定而庄严地在列宁墓前通过。

五十二

1941 年 11 月 12 日，克雷莫夫终于重返西南方面军司令部，随后被任命为一个摩托化步兵团的政委。他的部队参加了解放叶列茨的战斗，品尝到了胜利的甜蜜。克雷莫夫看到希特·冯·阿明将军司令部的大片大片粉红色和蓝色的纸张在雪原上飞舞[2]。俘虏们用麻袋裹着腿，把毯子披在肩上，头上包着毛巾和女人的头巾。如同白色裹尸布一样的沃罗涅日冬季平原上，四处都是被炸毁的卡车和小车，点缀着黑色的克虏伯大

1　英文译者注：谢苗·布琼尼（1883—1973），是俄国内战时期的骑兵将领，是约瑟夫·斯大林的重要盟友。他在苏联广为人知。但布琼尼反对机械化，曾经表示坦克永远也取代不了战马。

2　中文译者注：汉斯-弗里德里希·希特·冯·阿明（1890—1952），中将，一战时期德军将领弗里德里希·贝尔特拉姆·希特·冯·阿明之子，1941 年底莫斯科战役期间担任纳粹德军第 95 师师长，1943 年斯大林格勒战役期间担任第 113 步兵师师长，在该战役中被俘并死于苏军监狱。

炮和穿着灰色薄绒衣及大衣的德军尸体。

莫斯科城下德军被击败的消息，像喜悦的隆隆声，像庆祝的钟声，从南部前线一直到卡累利阿前线都可以听见。

得知这一消息的那个晚上，克雷莫夫体会到了一种从未有过的欣慰。他从团长的地下掩体里出来，一月的严寒钻进了鼻孔里，冻得脸上发烧。清澈的、满是繁星的天空下，覆盖着白雪的平原，一座座小山丘上反射出奇异的光线。星星闪动的微光制造了它在四处快速移动的感觉。胜利的消息在星星之间传递着，整个天空似乎都充满了喜悦和激动。克雷莫夫把帽子摘了下来，也不再觉得寒冷。

他一次次地重读着通信员编译出来的无线电文：列柳申科、库兹涅佐夫、罗科索夫斯基、戈沃罗夫、博尔金和格利科夫等将军率领的部队突破了德军侧翼[1]。德军现在丢弃了武器装备，四处奔逃。

那些被解放的城镇的名字——洛加切夫、克林、亚赫罗马、索尔涅奇诺戈尔斯克、伊斯特拉、韦尼奥夫、斯大林诺戈尔斯克、米哈伊洛夫、耶皮凡——如同春天的铃儿般带来快乐的声响[2]。在黑暗遮蔽下，它们经历了殊死搏斗，复活了，重生了。

在撤退时，克雷莫夫一次次地梦想着复仇。现在这一时刻到了。他在心中画出了他所熟悉的莫斯科近郊森林。这里现在一定到处是德军放弃的碉堡，遍地是丢弃的步枪，其中还有几挺机枪。坦克、载重七吨的卡车和车轮硕大的重炮肯定都被红军缴获了。

克雷莫夫喜欢和战士们说话，常常下到步兵连和炮兵连里，一待就是很久。他很快就发现，每个人都深刻领会到了莫斯科城外这场胜利的价值。每个红军战士都觉得自己跟莫斯科的命运息息相关。德军进攻时，

1　英文译者注：德米特里·丹尼洛维奇·列柳申科（1901—1987），苏军大将；瓦西里·伊万诺维奇·库兹涅佐夫（1894—1964），苏军上将；康斯坦丁·康斯坦丁诺维奇·罗科索夫斯基（1896—1968），苏联元帅；列昂尼德·亚历山德罗维奇·戈沃罗夫（1897—1955），苏联元帅；菲利普·伊万诺维奇·格利科夫（1900—1980），苏联元帅。

2　中文译者注：这些都是莫斯科以西的重要居民点。

他们的痛苦和焦虑变得更加尖锐和灼人。当他们认识到德军被击败了，数百万人的胸膛都透出了一口气。

这时候，对德国人的态度发生了改变。他们不仅对侵略者感到刻骨的仇恨，同时也表现出对侵略者的轻蔑和嘲笑。

在碉堡和战壕里，在坦克和炮位上，战士们不再简单地将敌人称为"他"，而是开始轻蔑地用敌人的名字——弗里茨、汉斯和卡尔鲁莎（小卡尔）——来称呼他们。

关于希特勒的愚蠢、德国将军们的怯懦和傲慢，很快产生了无数的小故事和笑话。它们开始自发地流传开来，然后变成了大家共同的话题，传遍了整个前线，甚至流传到后方。

德国人的飞机也获得了各种外号：驼背、骆驼、吉他、拐棍，还有小猪。

人们四处说："弗里茨的大炮是个呆瓜。"

各种笑话、故事和外号的出现，明确意味着我军在士气上已经高于敌人。

五月，克雷莫夫被任命为一名反坦克旅政委。

德军再次转入进攻。他们消灭了防守刻赤半岛的苏军。在戈罗德尼扬斯基对哈尔科夫发动进攻时，曼斯泰因包围了他们，包围了第6集团军和第57集团军。

在那段悲惨的日子里，戈罗德尼扬斯基将军和科斯坚科将军牺牲了。克雷莫夫在莫斯科认识的方面军军委会委员库兹马·古罗夫乘坐一辆坦克突围出来[1]。天空中再次充斥着德军轰炸机的嗡嗡声，村庄再度燃烧起来，没有收割的庄稼遗忘在地里，粮仓和铁路桥都被炸毁了。

但是，这一次苏联武装力量不是退往布格河和第聂伯河，在他们身后的是顿河，伏尔加河，以及哈萨克大草原。

---

1 中文译者注：库兹马·古罗夫（1901—1943），苏军中将，政工人员，作为第62集团军军委委员参加了斯大林格勒战役。本书第三部中有部分章节将对此予以叙述。

五十三

战争头几个月的灾难到底是怎么回事？首先，德国人实现了全面动员。希特勒部署到苏联边界的 170 个师在等待命令，发动进攻。尽管德国发动入侵已是显而易见且近在眼前，但苏军只做到了部分动员，几乎没有任何准备，装备也很差。其次，没有第二战场。德国人认为自己的后方非常安全，因此可以把所有的部队和盟友的军事力量用于进攻苏联。

当莫斯科人在互相传说苏军到达了柯尼斯堡、苏联伞兵夺取了华沙、苏联铁路工人旅已经被派到远达布加勒斯特一带去给铁路换轨时，当莫斯科人还在沉浸于各种传说时，成千上万的乌克兰人开启了他们向东的漫长之旅。他们要么徒步行走，要么坐着大车或者拖拉机，坐着卡车或者货车向东。人们开始意识到战争的真相。这一切与他们在电影里和小说中所看到、所读到的完全不符。

然而只有极少数人认识到，德军迅速挺进的现象掩盖了这场战争是人民战争的本质。德军显而易见的强大隐藏了他们深层的虚弱。只有在结束了长期撤退后，红军实力逐渐增强时，这样的虚弱才会暴露出来。

1941 年的战役，在漫长撤退中的种种战斗，构成了本次战争中最严酷和最艰难的那一部分。但是，力量的对比在不断改变[1]。在悲壮的艰苦作战中，未来的胜利在缓慢地萌芽。

一个国家的特质表现在很多方面。要理解军事上的勇气并不困难，它可以在很多方面体现出来。在守卫身后广袤而空旷的自由世界时，有些人可以做到前赴后继；也有一些人，在认识到自己被优势敌军包围，一切都已绝望时，反抗会更加激烈。后面这些人是战争最初阶段的英雄。

---

[1] 英文译者注：许多德国军官战争初期对此也感到惊奇。1941 年 7 月，第 18 装甲师师长沃尔特·内赫林写道："我们的装甲之矛在这个国家深处走得越远，遇到的困难就越多，同时敌人似乎团结起来，力量也增强了。"（琼斯，《撤退》，第 19 页）

他们当中很多人籍籍无名，无法入土为安。在很大程度上，俄罗斯就是被他们拯救的。

战争的第一年告诉我们苏维埃俄罗斯中有多少这样的英雄。这一年里发生了无数小规模的战斗，有些很快就结束了，有些不仅漫长，而且抵抗异常顽强。战斗发生在无名高地上，在村庄外，在森林里，在长了草的小道旁，在沼泽里，在未收割的田地里，在沟壑和山谷的坡地上，在渡轮码头前。

希特勒的闪电战略假定，德军将在八周内攻占俄罗斯的欧洲部分。正是上述战斗毁掉了该战略的基础。希特勒做了一个最简单的计算：他用西线到乌拉尔的距离除以德国坦克、自行火炮和摩托化步兵在一天内能够到达的距离，从而得到了他的假定。这样的计算当然是错误的，而且还削弱了他的另一个主要假设：苏联重工业将会被全部毁灭，红军指挥机构无法动员它的预备力量。

一年里，俄罗斯后撤了一千公里。开往东方的列车一趟趟地运输着人员。不仅如此，列车上还装载着各种机械、汽车、锅炉、引擎、芭蕾舞台布景、图书馆、珍贵的手稿、列宾和拉斐尔的油画、显微镜、天文台上的望远镜、千百万个枕头、千百万张毛毯、各种各样的家具，以及亿万张长眠在乌克兰、白俄罗斯、克里米亚和摩尔多瓦的父母亲、祖父母和祖祖辈辈们的照片。

可是，从另外一个方面看，不能仅仅将这一切视为撤退和灾难。国防委员会作为整个政权的核心部分，成功地组织了这次大迁移，将几百万人和数不清的工业设备搬到了乌拉尔和西伯利亚，然后在那里迅速建立了煤炭和钢铁工业。

党中央委员会和党的领导人、各个机构里的党员指导了新矿区、新工厂和新工人新区的建设。在西伯利亚黑暗的夜色里，在暴风雪和厚厚的积雪中，他们推动整个劳动大军建立了不朽的功勋。

这一年建立的几百个新工厂里，工人和工程师们让苏维埃国家的军事实力出现了指数式的增长。同时，曾经在工厂和集体单位里制造陶瓷、纸箱、铅笔、家具、鞋袜和制作甜点的几百万人，将他们的力量注入国防工业之中。几万个小型企业改编成了军事单位。农民、农学家、教师和会计，无数像他们这样从未想到会在军队中服役的人变成了战士。如果说这些海量工作中有很多看起来并不具备特殊意义，那是因为海量的变化往往会让我们无法全部注意。人民的怒火、人民的痛苦、人民的苦难变成了钢铁、炮筒、炸药和装甲，变成了轰炸机的引擎。

1941 年 12 月，美国参战，带来了巨大的工业力量。英国不再处于德国的主要威胁之下，于是也加速了武器生产。在前线几千公里之外，苏联工人和工程师们，在所有的军事工业领域正在赢得数量上和质量上的生产优势。

军事工业实力的平衡正在改变。

然而，在 1942 年，希特勒仍能在苏德前线部署一百七十九个德国师，还有另外六十一个德国的仆从国师也用于与苏军作战。加在一起，总共有两百四十个师、超过三百万兵力在与红军作战。这是 1914 年与沙俄作战的所有德国、土耳其和奥匈帝国军队总数的两倍。

希特勒在从奥廖尔到洛佐瓦亚长达五百公里的前线上集结了人数众多的部队。1942 年 5 月末，德寇从哈尔科夫方向发动进攻，到 6 月末，他们开始向库尔斯克发动进攻。7 月 2 日，德国坦克和步兵沿着别尔哥罗德—沃尔昌斯克轴线发动进攻。7 月 3 日，塞瓦斯托波尔陷落了。

德寇再次突破了苏军防线。他们攻陷了罗斯托夫，向高加索进军。不光是希特勒，许多德国人就像是被旋风吹晕了脑子，相信这一切是在书写战无不胜的闪电战新篇章。

但是，德国人的这些胜利只是为他们的最终失败铺平了道路。除了希特勒的战略没有改变，战争的一切现实都发生了改变。

五十四

谢廖扎走后，沙波什尼科夫一家就变得又安静又伤感。亚历山德拉·弗拉基米罗夫娜每天都要工作很长时间。她得去检查工厂和那些制造燃烧瓶混合制剂的车间，每天晚上很晚才回来。她的实验室离市中心很远，也没有公车，只能看有没有路过的车辆带她一程，这要等很久。有好几回她不得不自己走回家。

有天晚上，亚历山德拉实在累坏了，只好给索菲亚·奥西波芙娜打了个电话。索菲亚弄了一辆医院的卡车去接她回家。半路上她请司机在别克托夫卡停一下，谢廖扎的宿舍在那里。

整个宿舍楼都空荡荡的，所有人都被派到草原上去了。回到家里，她把这事跟闺女们一说，她们都紧张地看着她。亚历山德拉倒是很安静，甚至还笑了出来，说起了她在路上向司机问候索菲亚·奥西波芙娜。司机回答说："莱温托恩同志是个著名的外科医生，待人总是很公平，也很公正。但她的性格有时候也太要强了一点。"

过去几个月里，索菲亚确实变得非常烦躁和强横，到沙波什尼科夫一家的次数也少了。她要治疗的伤员增加了。激烈的战斗没日没夜地进行着，日渐迫近顿河。伤员都给送到斯大林格勒来了。

有一次，索菲亚抱怨说："我过得可不容易。不知道为什么，每个人都说我是铁打的。"还有一次，她下班后直接到沙波什尼科夫家里来，一边哭一边说："那孩子一小时前死在手术台上……他的眼睛那么好看，笑起来那么招人喜欢。"

过去几周，空袭也越来越频繁。

白天，德军飞机在天上高高地盘旋，飞过，留下轻柔的尾迹。每个人都知道这是拍摄工厂和码头设施的侦察机。接下来，几乎每个晚上都能听到轰炸机单调的声音，然后死寂的城市里传来震耳欲聋的爆炸。

斯皮里多诺夫几乎没法见到家人。发电厂被列入战时编制，他只能在空袭结束后给家里打电话问："所有人都安好吧？"

薇拉从医院里回来后总是变得又烦躁又易怒。玛露霞被她的粗鲁和怒火弄得不知所措，四处寻找慰藉。有一天她向索菲亚抱怨说："真傻！她竟然不肯帮我——她的母亲——干家务！但她对自己完全不熟悉的那些人可好得不得了！"

索菲亚不以为然地答道："要是谁像带着薇拉那种坏脾气给我打下手，我敢说不到二十四小时就会把她踢出去。"

不过，玛露霞还是小心翼翼地藏起了对女儿的怨气，也不许丈夫去批评她。要是斯皮里多诺夫想要表示一下，她会立刻站在女儿那一边："行了，这可能是遗传。斯杰潘的老爸就很粗鲁，脾气也很糟。反正，我在家想到说到的也是我的工作。薇拉不关心这些也没啥好奇怪的。她想说说话都得找别人说。再说，她自己工作也很努力，思想也很单纯。我得承认，要是她脾气犯了，你想让她去帮买份面包都不成。可前两天你都不用说，她就把地板擦了，还洗了一晚上的衣服。"

索菲亚哈哈大笑："哎呀，你们这些当妈的，都是一个样！"

到了七月底八月初，所有那些熟悉的名字开始出现在苏联情报局的新闻通报中：齐姆良斯克、克列茨卡亚、科捷利尼科沃，全都是斯大林格勒郊区的城镇，几乎跟斯大林格勒就是一体。

从科捷利尼科沃、克列茨卡亚和季莫夫尼基来的难民在新闻通报之前就开始出现在斯大林格勒。他们都听到了雪崩迫近时的咆哮声。每天薇拉和索菲亚·奥西波芙娜都会看到新的伤员。他们在几天前还在顿河西岸作战。他们的经历让每个人都心生警觉。不知疲倦的战争不分日夜地逼近伏尔加河。

完全不可能逃避战争。沙波什尼科夫一家如果谈起了维克托，就一定会马上想到他的母亲。如果他们谈到了柳德米拉，就一定会把话题转到托利亚。他还活着吗？悲伤就潜藏在门外，准备随时从这个家的每一扇打开的大门闯入。

这么看起来，能够强颜欢笑的最好理由，就是那次诺维科夫上校的不请自来了。

亚历山德拉·弗拉基米罗夫娜说："他总是谈到什么'俄罗斯的精神''俄罗斯的灵魂'，就跟回到了1914年似的。"

"不，不是这样，妈妈，您不明白，"玛露霞说，"因为十月革命，这些说辞现在有了全新的意义。"

有一天晚饭，索菲亚·奥西波芙娜带头，大家一起对诺维科夫进行了一场"严格审查"。

"他这人太紧张了，"亚历山德拉说，"让我觉得太呆。我老是想，他该有所行动了，起码得有所表示。要是谢廖扎交给这样的人去指挥，我可放心不下。"

"女人啊，女人，"索菲亚叹了一口气，就好像她不是女人，女人跟她的性别无关，"你们想想看，诺维科夫靠什么走的桃花运？他是他那一代人的英雄，女人们喜欢这样的英雄。结婚就像穿衣服一样，讲时髦。帝国主义战争前十年，年轻姑娘们喜欢的是诗人和梦想家，都是各种各样的象征主义者。然后，她们又喜欢上了工程师。神秘主义者和象征主义者像空气一样不见了！三十年代的英雄是大型工地的设计者，今天的英雄是某个上校。话要说回来，这个人上次露面都过了一周。他在玩什么把戏？"

"您可没啥要担心的，叶尼娅姨妈，"薇拉说，"您都把他给魅住了。他很快会再来的。"

"那是没错，"索菲亚温和地微笑着，加了一句，"他把箱子都留在这儿了。"

刚开始，叶尼娅觉得有点不高兴，现在她也跟着笑起来了。"您自己清楚，索菲亚·奥西波芙娜，"她说，"您谈到诺维科夫的次数比谁都多，起码比我多。"其实，在叶尼娅心里，她还是不承认喜欢家人拿这个话题打趣自己，也不承认自己竟乐在其中。

漂亮女人总是能够心想事成，这一现实让她们具有某种镇定的理性和傲慢。但它们在叶尼娅身上根本不存在。她根本不在乎自己的外表，头发总是乱糟糟的，外套又松又垮，鞋跟常常是磨坏的。姐姐们认为这是克雷莫夫带来的坏影响。"马和胆怯的鹿。"有一回柳德米拉跟她开玩笑[1]。"我才是骏马。"叶尼娅应道。男人们一个接一个地爱上她，每次她都伤心地说："这回我又失去了一个好同志。"

叶尼娅的那些追求者常常在她面前流露出奇怪的愧疚，她已经习惯了。诺维科夫，这个强健、严肃，完全被工作和上进心所占据的人也不例外。她可以突然从他的眼中看到迷惘的目光。

最近叶尼娅又重新思考起她和克雷莫夫的生活。她对克雷莫夫怀有歉意，而且感受比以往更加强烈，这一点让她也感到迷惘。她没有意识到，引发这种歉意是因为她感觉到他们俩的分手已无可挽回。

克雷莫夫住在维克托和柳德米拉的夏季别墅时喜欢去花园里散步。柳德米拉总是小心翼翼地走在他身边。从他的动作就知道，这个人肯定会踩着她的草夹竹桃，手里那个巨大的"管子"肯定会碰到那些宝贝花草。

克雷莫夫抽不惯普通的国产烟卷，觉得劲儿不够。他会自己卷特别烈且特别粗的烟。他一挥动手臂，火星子便四处乱飞。他们一起喝茶时，克雷莫夫说话说得忘乎所以，大家都在放声大笑。柳德米拉则会撤下她心爱的切赫宁杯子，然后在绣花桌布上铺上一条毛巾[2]。

克雷莫夫不喜欢听音乐，对艺术品完全没兴趣，但他对自然有深刻的感悟，而且可以非常出色地进行阐释。他没有时间在克里米亚和黑海那些美丽的疗养院疗养。有次在米斯赫尔度假，克雷莫夫差不多整月都

1　中文译者注：引自普希金的长诗《波尔塔瓦》，全句是："马和胆怯的鹿／无法同拉一辆车。"契诃夫以前半句作为自己一篇短篇小说的篇名，说的是一个醉酒的丈夫以及妻子如何劝诫他的故事。

2　英文译者注：谢尔盖·瓦西里耶维奇·切赫宁（1878—1936），俄罗斯图形和陶瓷艺术家、书籍设计者。1928年离开苏俄后，就一直住在法国和德国。

没走出房间[1]。他把窗户的遮光帘拉上，躺在沙发上不停地看书，烟灰在镶木地板上铺了一层。可是有一天，狂风大作，海上波涛汹涌，他却跑到海滩上去了。傍晚回来时，他对叶尼娅说："风景简直太好了，就像发生了革命！"

在饮食上，克雷莫夫的口味也独树一帜。一次，一位从维也纳回来的同志过来一起吃晚饭，克雷莫夫对叶尼娅说："得来点好吃的才行。"

"你想要吃啥？"叶尼娅问道，"告诉我你想要啥。"

"嗨，我也不清楚，可能来点豌豆汤，再来份洋葱烤肝。这样就挺好了。"

克雷莫夫具有强大的道德力量，这一点无可怀疑。叶尼娅听过他在莫斯科一家大工厂发表纪念十月革命的演说。他一直用平稳的声调说话，但他提高音调，将拳头砸在桌上时，大厅里涌出一股喷薄的激情，叶尼娅感到指尖因为兴奋而产生了微微的刺痛。

在眼下，她对克雷莫夫的惋惜之情越来越沉重。傍晚，索菲亚·奥西波芙娜又跟她开起了玩笑，叶尼娅躲进卫生间，锁上了门，说自己想要洗头。

洗脸盆里的热水在渐渐变凉。叶尼娅还坐在浴缸旁想着："这些跟我如此亲密的人为什么会感觉这么遥远？她们——连妈妈在内——怎么什么都不明白？"

她们觉得，叶尼娅唯一感兴趣的只是跟诺维科夫的萍水相逢，其实她想的是别人。

叶尼娅曾经认为，克雷莫夫身上有一股浪漫和睿智的气息。他的怪癖、他的过往和他的朋友们，每一样事情都让她着迷。他曾经长期不计辛劳地为国际工人运动刊物工作。他常常参加各种大会，写很多关于欧洲革命运动的文章。

1　中文译者注：米斯赫尔位于今乌克兰克里米亚半岛的著名历史城市雅尔塔西南。

外国的同志们，参加大会的代表们，会常常过来看他。他们试着用俄语跟叶尼娅交谈，有时候会用其他语言夹杂着俄语单词跟她说话，竟然也能说得通。

克雷莫夫一和这些外国同志们说起来，往往兴高采烈，忘了时间，会说到凌晨两三点。有时候他们交谈用的是法语，叶尼娅在小时候学过。她想要专心听，但过了一会儿，就对他们交谈的那些内容、那些争议感到厌倦了。这些人说的东西她几乎都没听过，他们所讨论的那些书也没读过。

她跟克雷莫夫抱怨过一回："你知不知道，我跟他们说话时，我觉得这些人就像那些听不懂音乐的人一样。他们可以听出调子，但分不出二分之一音符或四分之一音符。这不是语言的问题。我们只是差别太大了。"

这下克雷莫夫生气了："这不是他们的问题，而是你的问题。你思想太狭隘了。说不定你才是那些听不懂音乐的人呢！"

她简洁而冷静地应道："我们简直没有相同之处。"

他们举办过一次很大的聚会，克雷莫夫说来的人得有"一个乐团"。从世界经济研究所里来了两个圆脸、矮胖的妇女，一个大家称呼其为"尼古拉·伊万诺维奇"的印度人，一个西班牙人，一个德国人，一个英国人和一个法国人。

每个人兴致都很好。他们要尼古拉·伊万诺维奇唱歌。他唱歌时声音又高又刺耳，听起来很奇怪，还带着一点伤感。

印度人戴着一副金边眼镜，脸上挂着冷静而礼貌的微笑。他在大学里拿到了两个学位，总是在欧洲各种会议上发言，还写了一本厚厚的书，克雷莫夫总是把这本书放在自己桌上。当他唱歌时，人就变成了另外一副模样。

叶尼娅听着他各种陌生的调子，用眼角余光打量着印度人。他盘腿坐着，是那种她以前在地理教科书里才看到的姿态。

当印度人摘下眼镜，用一块白手帕擦拭时，她看到他瘦骨嶙峋的手指在颤抖。在他那近视的眼睛里有泪珠滚动，是那种甜蜜而友善的泪珠。

没错，每个人都应该用自己的语言唱歌才对。

第二个唱歌的人是查尔斯，是个记者，还是亨利·巴比塞的朋友[1]。他衣冠不整，穿着件皱巴巴的外套，乱蓬蓬的头发盖住了前额。他唱了一首工厂女工们常常唱的曲子，单薄而颤抖的声音配上忧伤而天真的歌词，恰到好处地把女工们的迷惘、忧伤传递了出来。

接下来唱歌的是弗里茨·哈肯，这是一个长脸高个儿的经济学教授，在监狱里度过了半生。他两手攥紧放在桌上，唱起了所有人都知道的《泥沼士兵》——恩斯特·布施的大作[2]。这首歌是由那些注定要面对死亡的人唱的，充满了绝望。弗里茨唱着唱着，脸色变得越来越阴沉。他明显是感到这首歌是为自己，为他的生活而唱的。

年轻而英俊的亨利是中央工会委员会邀请的水手代表。他站了起来，双手插在裤兜里，开始唱歌。刚开始时唱得又欢快又活泼，然而歌词里充满着焦虑：一个不知道未来命运如何的水手，在担心那些他不得不暂时告别的人们。

大家邀请西班牙人起来唱歌。他清了清嗓子，直挺挺地站起来，唱起了国际歌。

其他人也都站了起来，一起唱起了国际歌。大家都在用自己的语言歌唱，但是因为和声众多，听起来似乎所有人都在用同一语言歌唱。每个人都高高地扬起头，显然都被深深感动了。两位妇女的嗓音也很好。

---

1 英文译者注：亨利·巴比塞（Henry Barbusse, 1873—1935），法国共产党员，他撰写的谄媚斯大林的传记，在 1936 年出版。中文译者注：巴比塞被译为中文的作品有《火线》和《光明》。

2 英文译者注：恩斯特·布施（Ernst Busch, 1900—1980）是一位德国作曲家和演员，与贝尔托·布莱希特有过几次合作。1933 年逃离纳粹德国后，他定居苏联。《泥沼士兵》（the Peat Bog Soldiers, Die Moorsoldaten）诞生于 1933 年，首先由设在下萨克森沼泽里的纳粹集中营中的政治犯谱曲和演唱。这首歌后来成为西班牙内战时期的共和国国歌，并成为二战中抵抗的象征。

然而，她们脸上的表情和释放自身情感的样子却多少显得有些滑稽。一个拍打着自己粗壮的大腿，摇晃着头上的卷发；另一个使劲挥舞着自己丰满的手臂，仿佛是在指挥合唱。叶尼娅刚开始被这一严肃庄严的场面所吸引，但突然间她想要笑出来，只好用假装咳嗽的样子掩盖过去。等她看见克雷莫夫脸上落下两颗小小的泪珠时，立刻感到了自己的笨拙可笑，虽然她也不知道克雷莫夫落泪是因为谁。

他们跟两个不想一起吃饭的妇女告了别，去了一家格鲁吉亚餐厅吃饭。之后，大家一起沿着特维尔大街散步。

克雷莫夫提议沿着小尼基塔大街走到莫斯科动物园新馆去。亨利兴高采烈地答应了。他这个人最喜欢经过精心组织的观光活动。

动物园里的游客中有两个人长得特别像：一个四十岁左右的男人和一个穿着褐色的农村罩袍的年迈妇女，一面漂亮的白色头巾遮住了她的白发。男人有着一张表情平静而疲惫的脸，还有两只肤色很深的大手，大概是工厂的一名工人。在走路时，他把一只手伸出来挽住那个妇女的胳膊。两人可能是母子，母亲到莫斯科来跟儿子一起待一会儿。

年迈的妇女脸上满是皱纹，除了眼睛里透出明亮的目光，几乎毫无表情。看到一头巨大的驼鹿后，她叹道："这家伙真是傻愣愣的，喂得不错，能当拖拉机使了！"

老太太似乎又对周围一切兴致勃勃，四处打量周围的人们，她一定是对能够和儿子在一起感到分外骄傲。

克雷莫夫的这个"乐团"跟着这对母子走了好一会儿，认真地观察他们俩，却没有注意到自己成了好些个人的观察对象。有几个小伙子跟着他们一个园接一个园地逛着，舍不得离开。他们对驼鹿或是对正在舔着一大块盐巴的驯鹿的兴趣都没有对尼古拉·伊万诺维奇的兴趣大。

接下来"乐团"来到了雏兽饲养场，天空突然暗了下来，开始下雨[1]。亨利脱下外套，挡在叶尼娅头上。浑浊的水流顺着路边的水沟哗哗地流淌，每个人的鞋都湿了，但却感到了这些小小的不适带来的特殊快乐。大家都高高兴兴的，像孩子一样，什么都不在乎。

太阳再次露出脸来。水洼里的水闪着光，树木葱绿闪亮。他们看见，饲养场里每一朵雏菊上都有小小的水珠在微微颤动。

"真是天堂啊。"德国人叹道。

一只小熊在笨手笨脚地爬树，树枝上不断滴落着水珠。树下的草丛里正在开展着一场游戏，几只强壮的红色幼年野狗摇晃着卷起来的尾巴，逗弄起了另一只小熊，随后又来了几只狼崽子，肩胛骨像车轮一样飞速转动起来。那只小熊用后腿站起来，伸出一只毛茸茸的、丰满的前爪，想去拍小狼的嘴。正在爬树的小熊从树上掉下来了，结果所有动物滚在一起，变作在草地上快乐滚动着的、色彩斑驳的毛团。

这时，一只小狐狸从灌木丛中钻了出来，似乎带着满身的焦虑不安，眼睛发亮，一脸凶巴巴的样子，尾巴左右摇晃，瘦骨嶙峋、脱皮的腹部在飞快地收放。小狐狸肯定是想要一起玩游戏，它向前偷偷走了几步，然后又害怕得紧紧趴在地上一动不动。忽然，它一跃而起，发出一声奇怪的短促尖叫，加入了小动物们的战队。小狗们用脚把它踢翻过来，小狐狸就这么向一侧躺着，眼睛依旧闪亮，放心地把自己的腹部暴露出来。它释放出一声求饶的叫声，肯定是哪只小狗把它咬得太疼了。然而它的一切就此结束了，小狗们直接扑向它的喉咙，草地上的这场游戏变成了谋杀。一位饲养员急急忙忙跑过来，从混乱的动物中扒拉出狐狸尸体。它的一条细细的尾巴和尖吻从饲养员手里垂下来，一动不动，一只眼睛

---

1 英文译者注：雏兽饲养场建于 1933 年。当时动物园从民间搜罗了许多失去了母兽护养的雏兽。它们有一些被母兽弃养，有些是母兽被猎人猎杀后被送进了动物园。动物园觉得将这些雏兽集中一起喂养更加省事儿。在这里每一兽类都被安排了专门的铁笼，有一块很大的共有空间和一个水池。雏兽饲养场很快就成为动物园里最受欢迎的地方。但在 50 年代和 70 年代早期，饲养场面积被压缩了两次，70 年代末被完全裁撤。此后，它因为反映了"斯大林的教育理念"而遭到批判。

还睁开着。对这场谋杀负有责任的红色野狗紧跟着饲养员，卷起来的尾巴带着激动和兴奋四下晃动。

西班牙人的黑眼睛里充满了愤怒，他握紧了拳头叫道："简直是希特勒青年团！"

大家都各自发表评论。叶尼娅清楚地听到尼古拉·伊万诺维奇用嫌恶的表情说道："这是一个古老的故事，可是它却永远新鲜！[1]"

克雷莫夫以不容争辩的口气用俄语说道："行了，兄弟们！够了。根本就没有什么杀戮本能，从来就没有过！"

叶尼娅在和克雷莫夫相处的日子里，这一天不管从哪方面来说都能算是她最高兴的一天。她听到了动听的歌曲，享受了一顿快乐的大餐，嗅到了椴树的香气，在阵雨里被淋湿了，还看到了那一对让人动容的母子……然而她对这一天最清晰的记忆却是那吓人的一幕：一只让人怜惜的小狐狸受难，以及西班牙人眼里喷射出怒火。

在叶尼娅和克雷莫夫相处的最后日子里，快乐时光只是偶尔降临，实在太短了。她甚至发现，在听到克雷莫夫那些朋友的坏消息后，自己开始幸灾乐祸。哈肯在《世界经济》杂志上发表了一篇文章，他和编辑们在稿费问题上闹得很不愉快。亨利跟某个翻译有了婚外情，然后又毫无廉耻地抛弃了她。查尔斯去黑海旅行，本来打算写本书，结果一个字都没写出来，每天都懒洋洋的，只会喝酒和游泳。她甚至把这些人的堕落归咎于克雷莫夫。"看看你这些朋友的真实嘴脸！"有一回叶尼娅这么说。

有时候克雷莫夫每天傍晚都出门，深夜才回来。有时候他谁都不见，下班后回到家里要么把电话话筒摘下来，要么说："如果帕维尔打电话过来，就说我出门了。"有时候他阴沉着脸，一言不发，有时候又喋喋不休，一边追忆过去，一边开着玩笑，放声大笑，一副无忧无虑的样子。

---

1 英文译者注：这句话出自海涅的一首诗。中文译者注：原文是德语"Es ist eine alte Geschichte, doch bleibt sie immer neu"，出自海涅的诗歌《一个青年爱上一个姑娘》。

不管克雷莫夫心情好不好，不管他深夜去见谁，这些对于叶尼娅都不是问题。问题在于克雷莫夫出门后，她竟然不觉得孤独。而他心情很好，不断回忆往事时，她也不觉得有多么有趣。这可能是她对克雷莫夫的朋友们打心眼里不喜欢，因此她对他也再没法喜欢得起来。

那些曾经对她来说很浪漫的东西，如今只不过是某些不自然的状态；曾经对她饱含吸引力的东西，如今也都黯然失色。他对她绘画的态度，他对她工作的态度，既让人感到乏味又让人觉得生气……要回答一个简单的问题怎么会变得这么困难：为什么她不再爱他了？是他变了，还是她？是她更加了解他了，还是她不再了解他了？

> 无论我是多么地爱您，
> 日子一久，我就变得冷漠[1]。

不，事情比这一切还要严重得多。她曾经觉得克雷莫夫无所不知。现在，她觉得克雷莫夫只懂得不断重复："不对，你根本不懂！"

当他不断地预测在别的国家将要发生革命时，她就不停地嘲笑："做梦，又是做梦。都梦到什么中意的事儿啦？"以前她觉得他是真的在追求进步，现在这个人似乎又天真又老套，就像那些个遮住了眼睛祈祷的虔诚老太太。

克雷莫夫在大庭广众下取得的成就和失落也都遁形了。叶尼娅自然而然地注意到，那些经常给他打电话，无拘无束交谈的人们，现在很少给他打电话了。要是他给他们打过去，总是那些人的秘书代为接听。她也注意到，克雷莫夫已经很长时间没有接到去莫斯科大剧院和艺术剧院看新剧首映的邀请。不久前，他给音乐学院总务主任打电话，要一张著名钢琴家演奏会的门票。总务处秘书说："对不起，这个克雷莫夫是谁？"

---

1 英文译者注：出自普希金的《叶甫盖尼·奥涅金》(第四章，第14部分)，Stanley Mitchell，企鹅出版社，2008年。

过了一分钟，他又说道："很抱歉，没票了。"她还知道，克雷莫夫已经没法从克里姆林宫药房那里给亚历山德拉·弗拉基米罗夫娜领药了。他现在上班坐的不是梅赛德斯小汽车，而是开一个月就要到汽车修理厂里趴窝十天的爱姆卡[1]。然而，她连穿的衣服是莫斯科最好的裁缝特制的还是用成衣券从莫斯科裁缝联合体买回来的都无所谓，克雷莫夫这一切对她来说也都无关紧要[2]。她听说，他在一次重要会议上发表自己观点后，受到了严厉批判，说他显而易见地"没有取得进步"，"故步自封"。所有这些都不重要了。她只是不再爱他，这就是一切，别的事情都是次要的，从任何别的方面来理解两人之间发生的一切都是不可接受的。

克雷莫夫工作出现了变动。他不再从事党务工作，而是去了出版社。他用热情洋溢的口吻说："现在终于有时间，可以坐下来写我那本书了。之前被各种会议弄得团团转，连抽出一分钟来想想它都难。"

他一定是嗅出两人之间有什么不对劲的地方，还开了个玩笑："有一天，我穿得破破烂烂的，皮夹克上都是洞，过来找你。你的丈夫，可能是一名知名院士，或是一名人民委员，会这么问：'这是谁啊，亲爱的？[3]'然后你会叹口气说：'是谁不重要，不过是我年轻时犯的一个错误。请跟他说一声，今天我很忙，星期一再来吧。'"

叶尼娅还记得克雷莫夫说这些话时眼里满含哀愁。她真的想见他，对他再次解释说，这一切都是她自己的问题，一切都该归咎于她的愚蠢念头。她只是不再爱他了，没有特别的缘故。而他千万不要认为她变坏了，一秒钟都不要这么想。

这些事情深深地困扰着她。即使在战争进入最严峻时刻，她还是不能不想到克雷莫夫。

1　中文译者注：爱姆卡是在 1936 年到 1943 年由高尔基（今下诺夫哥罗德）的吉斯汽车工厂生产的小汽车。

2　英文译者注：莫斯科裁缝联合体以生产质量糟糕的服装而知名。

3　中文译者注："亲爱的"，这里使用了法语原文 "ma chère"。

生命不可挽回地流失。这给她带来了极度忧伤。那天晚上，当她以为所有人都已经睡着后，她被这种忧伤所压倒，哭了起来。她跟克雷莫夫在一起时那些交流、感受和想法都显得那么高尚和光彩，他的朋友是那么友好和善解人意。当那只小狐狸发出信任的尖叫，冲进那个残酷但欢快的战团时，它唤醒了她内心里强烈的爱意和同情之心。为什么爱情要和同情捆绑在一起呢？她的同情心实在太强烈了，整个与爱情合为一体了。

她一边哭着，一边用手捂着脸。在挂着遮光帘的屋子里，她看不清这双克雷莫夫曾经亲吻过的双手。她生活中的一切似乎都变得无法理解，变得就像屋子里驱不散的黑暗一样。

"别哭，"母亲用温柔的声音说，"你的心上人很快就要来了，来，擦干你的泪水。"

"嗨，嗨！"叶尼娅双手一摊，抗议道。她不管是不是会把别人吵醒，自顾自地说："不，完全不是这么回事，不是。为什么大家都不明白呢？连您，妈妈，您都不明白！"

她的母亲只是温柔地说："叶尼娅，叶尼娅，相信我。我不是昨天才来到这个世界上的。我认为，我现在对你的了解，比你了解的你自己要深得多！"

五十五

薇拉下班后回家，说自己不想吃饭，然后就在那里拨弄起留声机来。叶尼娅感到很惊奇。一般她到家后，门都还没关上就会问："马上吃饭了吗？"

薇拉一只胳膊肘子支撑在桌上，手握成拳托着腮帮子，眼睛直愣愣地看着不断旋转的唱片。只有那种心事重重的人才会盯着随便什么东西发呆，思绪早就飞到不知什么地方去了。

"今晚大家都会回得很晚。去洗手吧，跟我一起晚饭。"

薇拉直勾勾地看着叶尼娅，一言不发。

叶尼娅去厨房时回头看了一眼。薇拉一边听着留声机，一边把手遮在耳朵上。

"怎么搞的？"叶尼娅问。

"让我好好待一会儿！"

"少来了，薇拉。这没用。"

"请让我安静一会儿！捯饬得漂漂亮亮的，你不是在等哪位勇敢的小人物找上门吧？"

"你这是搞什么鬼，怎么这么跟我说话，丢不丢人？"叶尼娅被她的外甥女眼中的痛苦和恨意弄得十分诧异。

薇拉不喜欢诺维科夫。他在场时，薇拉要么保持沉默，要么就问些夹枪带棒的问题。

"您是不是多次负过伤？"她这么问过诺维科夫。得到了她意想之中的回答后，她扮出一副惊讶的表情，高声说道："怎么，一次都没有过？真不敢相信！"诺维科夫对她的讥讽置若罔闻，这让她变得更加生气了。

"丢人？"薇拉讽刺道，"我会觉得丢人吗？你才是那个应该觉得丢脸的人！别对我这样说话！"她拿起唱片往地上一扔，朝大门冲去，在那儿转过身来嚷道："我不回家了，今晚我在济娜·梅尔尼科娃那儿过了。"

薇拉的样子又凶恶又可怜。叶尼娅都不知道在哪儿得罪了她。

叶尼娅习惯于整天工作，直到傍晚才下班。现在，她觉得自己不想再工作了。

玛露霞常常说，薇拉的粗鲁和坏脾气不是来自她的祖父，而是来自她的母亲。其实玛露霞有时候真的会做蠢事。她会走到一幅还没完成的油画前，用居高临下的口吻作出评判："嗯，我明白了。"那神态就像个

311

坦克手，而叶尼娅只不过是一个孩子，两个人在玩一场孩子气十足的游戏。可是，现在大家都普遍接受了这样的事实：人类所需要的不仅仅是面包和靴子，难道玛露霞不明白人们也需要油画吗？昨天，玛露霞还对她说："你接下来需要画些这座城市的细微之处，比如伏尔加河的风景、小广场、孩子们和他们的保育员。带上你的画板去画吧。要不然，战士们和工人们从你的画旁经过，会嘲笑你的！"这念头真是太傻了。这座身处战争的城市本来是很有意思的，越这么画反而显得越傻。太阳、闪着光的伏尔加河、美人蕉的大片叶子、在沙堆里玩耍的孩子、白色的建筑——穿透这一切，凌驾于这一切和包含这一切的，是战争，是战争……是严肃的面容、刷上了伪装色的军舰、工厂的黑烟、向前线前进的坦克、熊熊的火焰。两种不同场景，不仅对比鲜明，而且体现出了某种一致性，是生活的甜蜜和痛苦交融的一致性，是迫在眉睫的黑暗和压倒这片黑暗的永恒光明交会的一致性。

叶尼娅想要出去走走，并好好思考一下这幅新油画的创作。

她刚戴上帽子，门铃响起来了。打开门一看，是诺维科夫。

"是您啊！"她噗嗤笑道。

"怎么了？"

"这段时间您都上哪儿了？"

"打仗。"他无奈地耸耸肩。

"我们这儿呢，在商量着把您的东西给卖了。"

"您这是要出门吗？"

"正要出门。您跟我一起走走吗？"

"那再好不过了。"

"不会太累吗？"

"完全不会！"诺维科夫用不容置疑的真诚口气答道，其实过去三天他只睡了五个小时。他高兴地笑道："今天我收到了我哥哥的来信。"

他们走到街角，诺维科夫问道："走哪边？"

叶尼娅回头看了一眼："哪儿都行，等会儿再去做该做的事情。去河边吧。"

他们穿过剧院和公园，来到维克托·霍利朱诺夫雕像前[1]。

"我在莫斯科见过他，"诺维科夫指指雕像说道，"是个好人啊，又强壮又睿智。我们现在非常需要他。真可惜不在了。"

他们在河边来回地走，看着水面。每次他们经过这个青铜雕塑的飞行员，说话的声音都提高一点，仿佛有意让他听到似的。

天色变暗了，他们还在河边散步。

"幸好天黑了，"叶尼娅说，"你不用老是敬礼了，会累坏的。"

诺维科夫处在一个内敛的人有时突然会遭遇到的欢欣愉悦状态中。他变得直接而且坦诚。不仅如此，刚才这个还一直沉默寡言的人，现在因为相信别人对他的生活怀有兴趣而变得知无不言。

"别人说我是个天生的参谋人员，其实我适合当一名战斗指挥员，一名坦克手。我的位置应该在前线。我有专业知识，也有战斗经验，但总是有什么把我给挡回来了。跟您在一起的时候也有这种感觉，好像我没法说出什么有意义的东西。"

"看看那片云彩，真奇怪。"叶尼娅赶紧说道。她担心诺维科夫马上就要对她示爱了。

他们在一面宽阔的石头矮墙上坐下来，粗糙的石面上还留有余温。长满绿草的山坡上，房屋的玻璃还反射着太阳最后几缕光芒。一名战士和一位年轻姑娘在附近的一条长椅上悄声低语。姑娘在笑着，从她的笑声和慢慢地、半推半就地把她的追求者推开的动作中可以看出，对她而言此刻世界上什么都不存在，只存在着这个傍晚、这个夏天、青春和爱情。

---

1 英文译者注：维克托·霍利朱诺夫（1905—1939），生于斯大林格勒，在西班牙内战期间担任轰炸机中队队长。格罗斯曼在 1942 年 8 月刚到达斯大林格勒之际见到过这座雕像。他和他的同伴瓦西里·克罗杰耶夫对这座雕像印象很深，两位作家在自己的作品里数次提到它（感谢伊恩·加尔纳对这条脚注的贡献）。中文译者注：霍利朱诺夫后来被提升为空军集团军司令员，1939 年在执行任务时牺牲，被授予红旗勋章和列宁勋章。

"这一切多美好啊，但又这么痛苦。"叶尼娅说。

附近的一栋房屋被改成了军用食堂。屋门打开了，一个穿着白色罩袍的女人走了出来，扛着一个桶。明亮的光线马上落在人行道和路上。叶尼娅觉得，这个女人似乎把一整桶的光明都倒了出来。这轻柔和明亮的光芒漫溢到柏油路上。接着，一群战士从食堂里出来，其中一个可能在模仿一个大家都知道的什么人，用傻里傻气的声调唱道："六——月——的夜，明——亮——的夜……"

诺维科夫沉默着，叶尼娅感到有点担心。现在，他随时都可能轻轻咳嗽一声，用无助的声音对她说："我爱您。"她都准备好了，会把一只手搭在他的肩上，柔声责备说："不，别这样。不是说这些事情的时候。"

诺维科夫接着说："哥哥给我来信了。他在乌拉尔以东很远的煤矿里工作。他说收入很不错，但是女儿总是生病，不习惯那里的气候。希望不是疟疾。"

叶尼娅叹了一口气，小心地看着他。诺维科夫真的轻轻咳嗽了一声，向她转脸过来说道："我现在的位置很讨厌。我写了一份备忘录，要求调动，我跟上级吵了一架。他说：'我不批准您的调动，现在任命您为档案室主任。'我答道：'我不接受您的任命。'接下来他威胁说要送我上军事法庭。他就是想要吓唬我，没错的。可这终归是件糟糕的事情。接下来我就直接来您这儿了。"

这下让叶尼娅感到了深深的挫折。让诺维科夫变得犹豫徘徊的事情，其实是他的工作。

"您知道我在想什么吗？"她朝诺维科夫丢过去一个嘲笑的目光。"能够进行一场轰轰烈烈的恋爱的那个时光一去不复返了。特里斯坦与伊索尔德之爱……您知道这个故事吗[1]？为了伊索尔德，特里斯坦抛弃了他的

1　中文译者注：特里斯坦与伊索尔德（*Tristan and Isolde*），来自古老的凯尔特传说，瓦格纳据此创作了同名歌剧。该剧讲述了特里斯坦与伊索尔德这一对恋人在误服迷药后，陷入了不能自拔的爱恋，并在欲火中堕入永恒的黑暗。

国家，抛弃了他和一位伟大国王的友谊。他躲进了森林里，睡在枝叶中，但却非常快乐。而伊索尔德，国王的王后，也跟特里斯坦一起在森林里幸福地生活着。这就是整个故事，对吧？几百年来的文学里，为了爱情放弃名誉的那些人——仅仅为了爱情，就放弃了无穷无尽的享乐——成了大放异彩的人。当下我们怕是很难理解为什么，大概还会觉得这样有点可笑。别说特里斯坦了，就算是对莱蒙托夫的塔曼也这样 [1]。再去读一读这一章，你会发现你在说：'不可能的！一位在服役的军官，他昏了头，陷入了热恋，忘记了他的职责，跟一个漂亮的年轻走私犯从海上跑了！这完全不能接受。'要么就是我们已经失去了追寻爱情的能力，要么就是我们的激情现在已经变成了另外一种形式。"

她飞快地、兴冲冲地把这一切说了出来，有如早已准备好的一样。叶尼娅自己都大吃一惊，不明白是什么原因推动了这样激烈的表述。但她继续说了下去，连气都不喘一口："好了，现在没有人会这样去恋爱了。就以您为例吧，您会为了一个您心爱的女人从工作中抽出一天时间吗？您愿意为此招来上级的愤怒吗？不，您不会。您连把上级放在一边晾上两个小时，哪怕是二十分钟都不会！还说什么放弃整个王国呢！"

"这不是害怕什么上级的问题，"诺维科夫答道，"这事关职责。"

"您不用说了，我早就知道了。没有什么比一个人的公共责任更加重要和神圣。这当然正确。"叶尼娅高高在上地看着诺维科夫："然而……在你我之间……您说得对。尽管这样，大家还是忘记了如何去疯狂、盲目和冲动地去爱一个人。这样的爱情被别的什么替代了，也许是一种新的什么方式，本身也不错，但太理性，太冷静。"

"不是这样，"诺维科夫反驳说，"您说得不对。真实的爱情一样存在。"

"是的是的，"她生气地顶回去，"但这已无关命运。爱情已不再是一

1　英文译者注：来自莱蒙托夫的著作《当代英雄》（1839—1840）。中文译者注：在小说中，塔曼是俄罗斯一座带有神秘主义色彩的小城，小说主人公毕巧林在塔曼感受到了一段魔幻般的经历。

315

场暴风骤雨。"她改用中学教师那种不容置疑的语调，简短地继续说道：
"当然啦，爱情是一件好事儿，大家有共同的想法，共同的生活，在工作
时间之外真正相爱。"然后，她换成了更加尖刻的语调说："有点像去剧
院看戏。有哪位戏迷会从工作场合溜出来，只是为了去看一场她喜欢的
戏，您上次听到这样的事儿是什么时候？"

诺维科夫皱起眉。他注视着叶尼娅，带着信任的微笑说："我相信您
对我生气是因为我长时间不来看望……"

"您这是怎么回事？最好别这样想。这就是泛泛而谈，我可不是浪漫
主义大师。"

"好了，好了，我明白了。"他的声调里透露出服从的意愿。

她抬起头来，听到了空袭警报从火车站和工厂方向传来。警报悲鸣，
四处回荡。

"生活这篇散文发出自己的声音了，"叶尼娅说，"回家吧。"

五十六

济娜·梅尔尼克娃很清楚，薇拉一家不喜欢她，也不赞成薇拉和她
来往。济娜只比薇拉大两岁，但对后者而言，她是全世界聪明智慧的集
大成者：她已经结婚两年，去过几次莫斯科；她和丈夫不仅在基辅和罗
斯托夫住过，还在中亚也待过。1940 年她设法跑了一趟利沃夫，带回来
了各种新鞋和新衣服，有白色的胶靴，浅蓝色的透明雨衣，在沙滩上戴
的、镜片圆圆的太阳镜，还有各种时髦的围巾[1]。她还带回来一顶样子很

1　英文译者注：利沃夫（Lvov）位于今乌克兰，名字已改为 Lviv。《士兵的物品》（*Stuff of Soldiers*）一书的作者谢奇特（Schechter）在书中将 1939 年 8 月到 1941 年 6 月（即从《苏德互不侵犯条约》签署到德国入侵苏联）两年间的利沃夫和里加（拉脱维亚首都）称为"时尚中心"。

特别的帽子，整个就像一台大号望远镜。当济娜给她的那些闺蜜们展示这顶帽子时，她们各个笑得前俯后仰，所以后来她再也没有戴它。

过去的一年对济娜来说过得很忙碌。1941年秋天，她和母亲在罗斯托夫。这座城市被德军攻占时她没来得及撤出，等到11月红军重新夺回了罗斯托夫才摆脱了德国人。就在罗斯托夫被第一次占领期间，她一度跑去了基辅和哈尔科夫[1]。济娜本还想去波罗的海那几个共和国，但她又回到了罗斯托夫，给母亲带回来些吃的。她原想在罗斯托夫停留一两天，就在这几天红军就打回来了。

1942年7月底，济娜和丈夫待在斯大林格勒。她听到德国人第二次攻占罗斯托夫的消息，对薇拉说："没什么大事。几个月里火车又会通车的。到时候我要么带妈妈回来，要么我就去罗斯托夫找她。"

"你真觉得红军还会夺回罗斯托夫？"薇拉惊讶地问她。

"我可不指望红军。"济娜答道，脸上带着恶意的微笑。

"要是德国人占领了斯大林格勒，你不会留在这里吧？这里会有大战。是我的话，光想到一个人留在这里就要被吓死。"

"我早就见过打仗了。去年在罗斯托夫就见过，没你想得那么可怕。"

"行了吧，我肯定会被吓坏的。想到炸弹爆炸和燃烧的房子都不能忍。我害怕，肯定会丢下一切跑掉。"

"你真是看报纸看多了，"济娜带着高人一等的样子说，"跟现实完全不一样。要害怕的应该是德国人。他们可比四处造谣的人危险得多。"

傍晚，薇拉对叶尼娅嚷完了，摔过了唱片后，就直接来到了济娜家。那天一大早，维克托罗夫出院了，比预想的要早。他被派往萨拉托夫的一个中转站。薇拉上完班，看到了医院院长批准的名单。名单上原来有十二个按照字母顺序排列的名字，最后却多了一个用手写的名字：维克

1　中文译者注：罗斯托夫在苏德战争中两次被占领，第一次即文中提到的1941年11月，第二次是在1942年7月至1943年2月斯大林格勒战役期间。

托罗夫。他们俩甚至都没来得及说几句告别的话。薇拉跑到他的病房，而他已经和其他八位伤员一起走下楼梯，医院的汽车已经在楼下等着了。

薇拉的一生中还从未经历过这样的悲伤。此时她唯一可以相信的人只有济娜。她们俩聊到了凌晨两点，然后济娜才给她在沙发上铺好了被褥，熄了灯，说道："睡吧！"

薇拉静静地躺下来，但她睡不着，只好两眼睁得大大的，凝视着黑暗。她以为济娜睡着了，但一个小时后，济娜突然问："你醒着吗？"

"嗯。"薇拉应道。然后两个人聊到了天亮。

接下来，薇拉每天傍晚都会到济娜这儿，坐下来跟她聊到宵禁前。

人与人能够成为朋友，有时候是因为他们是同类人，但也常常因为他们完全不是一类人。

薇拉认为济娜是个风情万种的女人，心很野，胆子也很大。她爱穿颜色明亮的衣服，也有很多件时髦衣服，男人们看了会惊呼"看这个女人"，穿着平平的姑娘们看了则会嫉妒。这一切只是衬托了济娜的热烈情绪，是这种情绪正常的外在表现而已。薇拉从来没有想过还存在着另一种可能：济娜那些风花雪月的谈吐和奢侈的行为，其实是她为突出自己妩媚外表而进行的精心包装。

在济娜看来，她其实是被薇拉显而易见的纯洁和单纯吸引了。她把薇拉当作自己的盐，能够涤荡各种思想和感受。她缺乏这种能够感受他人的品质。

相似的人之间会存在相互的厌恶，因为相似之处会催生嫉妒和恶意。南辕北辙的差异有时候却会因为它们的极度不同而合为一体。在相互理解这个问题上也是如此。有时候，一个人能够非常清楚地看到另一个人不愿公开宣示的问题。第二个人知道第一个人能够看穿自己，也因此会憎恨他。与此相反，人们在彼此互相不了解、不知道对方弱点时，就会表现得彬彬有礼，甚至诚挚关爱。

济娜·梅尔尼克娃也许不了解薇拉，但她太了解薇拉是如何看待自己的，所以她特别注意向薇拉展现那种无拘无束、无所顾忌的气质。她知道，这就是薇拉最想从自己身上找到的东西。

有一天，薇拉上门时，济娜正躺在沙发上读一本书。

她真年轻漂亮。她自己也认为，保持年轻漂亮是自己的责任，从她的每个表情和手势里都看得出这种责任。

济娜把书放下，朝边儿上挪了挪，让薇拉坐下。她把薇拉的双手藏在自己的手中，如同要去温暖一双冰冷的手一般。"生活就是一场战斗，对吧？"她问道。接下来，没等薇拉回答，济娜就用一个有经验的医生决心告诉病人全部真相的那种语气说道："生活大概不会变得好过一点儿。"

"要是我早点知道，就能跟他好好告别了。这事儿真糟心透了，脑袋里都想不起别的事情了。"

"到了萨拉托夫的医院，他会给你写信的。"

"你什么意思？他会被直接派回前线，一周后就要再次飞行了。我就知道，再也见不着他了。"

"不对，"济娜说，"我们谁都不知道会发生什么。各种不寻常的事情我见多了。我见过很多奇迹，真的，不光是很多奇迹。爱情是不能算计和预测的。"然后她跟薇拉说了一个德国军官爱上一个俄罗斯姑娘的事情。德军撤离罗斯托夫当天，这位军官被派往别处，没有把姑娘带走，两个人分开了。一个月后，有人叩响了这个年轻姑娘家的门，他就是这名德国军官。为了他所爱的这个姑娘，他放弃了一切，放弃了制服、勋章、家庭和祖国。他根本不害怕会遭到自己父母的诅咒。这个姑娘当场晕倒了。两个人过了一夜，早上，德国人就去指挥部自首了。他说，他是因为爱上了一个俄国姑娘才穿越前线的。他们要他说出姑娘的名字，德国人拒绝了。那些人说他是个间谍，威胁说如果他说出姑娘的名字，那么可以按战俘身份处置他。如果拒绝说出，那么就按间谍身份枪毙他。德国人保持了沉默。正要准备枪毙他时，德国人说："如果能够让她知道

319

我无所遗憾，这就够了！"

薇拉牢牢记住了济娜这个故事。但她不想承认这一点，于是说道："不会的，这种事情不会发生的。只不过有人编造了这个故事。"

济娜扮出了一个奇怪而忧伤的微笑，让薇拉心里漏跳了一下。她突然想到，这个故事的女主人公可能就是济娜自己。但她不敢问。过了一会儿，济娜就说起别的话题了。

济娜给薇拉看了看她用配给卡上面的糖在市场里换来的几双长筒袜。薇拉打量着济娜纤细的手指，杏子般的圆眼睛和她苗条的双腿。穿上半透明的长筒袜后，这两条腿显得更加苗条了。薇拉想，因为爱上她而放弃生命的德国人做了件正确的事情。

"要说这个世界上还有谁我看不懂的话，"济娜突然说道，"那就是你的小姨叶尼娅。她肯定不清楚自己有多大本事。她干嘛不能穿得漂亮点？有那一张脸和身材，还有那么漂亮的头发，她完全可以让自己过得很舒服。她可以想要什么就要什么。"

"我觉得她想要嫁给某位上校，"薇拉静静地说，"是个参谋军官。"

济娜没听出这句话里的批评含义。在她看来，叶尼娅在这件事上的表现显示出她过于天真单纯，在应该表现出极其实用主义态度时却浪费了很多次好机会。"我简直不敢相信，"济娜说，"她可以嫁给大使馆里的人，可以在她想要生活的任何地方生活，这样就不用经历没完没了的停电，为了买点剩下的零碎布头拿着配给卡没完没了地排队。要像现在这样，就该打发她到类似车里亚宾斯克这样的垃圾城市去，让她每个月就算能挣一千卢布，也需要排队才能给自己孩子买到牛奶！"

"喂！"薇拉应道，"要说起排队给自己孩子买牛奶，这个事儿我再乐意不过了！"

两个人都放声大笑起来。济娜又一次误解了她的朋友。她以为薇拉在开玩笑，但却没注意到她想要掩饰自己眼角流出的眼泪。

薇拉心中，想要当妈妈的念头在熊熊燃烧。她想给维克托罗夫生一个孩子，长着跟他一样的眼睛，跟他一样迟疑地微笑，伸着跟他一样细长的脖子。不管贫穷还是困苦，她都会像在黑暗里照看火焰那样照顾这孩子。薇拉以前从未体会过这种感受，这也成为他们俩共同的欢乐和羞愧，让他们既痛苦又甜蜜。不会有哪条法律禁止一个年轻姑娘去爱上他人，去追寻幸福，不会的！她决不后悔，也永远不可能后悔。她这么做，是因为这一切是正确的，是合情合理的。

仿佛突然间看懂了薇拉的想法，济娜问道："你在希望吗？"

"别问。"薇拉飞快地答道。

"好了，好了！我只不过是觉得自己年纪比你大，比你聪明，才会指指点点。跟一个飞行员在一起可不是开玩笑。今天还活着，明天就阵亡了。这时候你就得一个人带着孩子生活。这可不是件好玩的事儿！"

薇拉把手盖在耳朵上，摇着头说："不听，不听，我不听！"

回家的路上，薇拉一直在想济娜说的故事。现在维克托罗夫已经出院了，很快会继续飞行。疯狂而野性的爱情现在成了这个世界上唯一真实和有意义的事情。夜里，她幻想着各种奇幻的场面：维克托罗夫受伤了，躺在地上。她去拯救他，把他带往安全的地方，向东，再向东。她想起了小时候读过的书，梦想着在北方的森林里有一座小屋，或者在无人居住的孤岛上有一间农舍。生活在荒野之中，周围都是熊和狼群。但这样总比生活在一座很快就要被德国人摧毁的城市里要安宁愉快得多。

薇拉觉得，济娜生活在与别人完全不同的世界里。她用自己的想法来支配自己的生存。跟济娜谈过后，薇拉越来越相信，爱情就是这个世界上最强大的力量。爱情可以不在乎坦克、大炮、飞机和燃烧的房子。爱情可以跨越战壕，跨越边境，无惧苦难和牺牲。

她知道，维克托罗夫的生命将会悲壮地走向尽头。在他的眼睛里，她看到了忧伤，看到了他不得不接受自己无可逃避的命运。他们想过，一起逃往北方森林里去过平静日子。然而这一念头不过是个傻乎乎的梦。

321

在满是黑烟的空中，维克托罗夫驾驶着他的米格战斗机飞行，就像在风暴里四下颤抖的小树枝。

她在家里见到了叶尼娅、诺维科夫和索菲亚·奥西波芙娜。薇拉想把这个德国军官的故事告诉叶尼娅。她想让叶尼娅知道，在平静的生活中，那种水波不兴，甚至是有些安逸的爱情有多么微不足道。她想让叶尼娅知道世界上还有另一种爱情是既不在乎未来，也不在乎边界的。

薇拉飞快而动情地说完了这个故事，眼睛直勾勾地看着叶尼娅，就像个布道者在严厉地谴责人类的邪恶。

所有人都震惊了。

索菲亚首先反应过来："没错，《荷马史诗》里说过这么一个故事，阿喀琉斯杀害了一个姑娘的父亲和三个兄长，而那个姑娘还打算跟阿喀琉斯在一起。但那个时候的人有不一样的生活状态。阿喀琉斯这样的匪徒和海盗是受人尊重的，所有人都崇拜他们。今天不一样。"

"《伊利亚特》跟这个有什么关系？"叶尼娅平静地说，但她的语气让所有人都把目光投向了她。她用勺子敲了敲玻璃杯的杯沿，脸色变得苍白，绷紧的嘴唇颤抖着。不过真正表现出她心中怒火的是那敲击玻璃杯沿的响声。"蠢姑娘！"她尖刻地补了一句。

"也许我的确……但我懂得我应该懂的东西。"

"你怎么敢用'爱情'这个词来形容这些下流肮脏和卑鄙的东西！你好好看看！看看这些满头白发的人，看看这些累得没样儿的人，看看这些坟墓，看看这些给烧掉的房子，还有灰烬！看看这些破碎的家庭、孤儿、挨饿的人！爱情的意义在于激励人们为此做出牺牲，否则它就只是一种本能。两个人相爱后，爱情能够让他们有所上升。他们开始愿意付出自己的力量、自己的容貌甚至自己的生命。爱情包含一切，包括快乐、痛苦和牺牲。它包含很多东西，甚至准备迎接死亡。可你……你刚才跟我们说的这个，既卑微，又丑恶，又肮脏。你说的这一切只能招来鄙视。你称之为爱情，我称之为病态！它邪恶透顶，就像可卡因和吗啡成瘾了

322

一样。我从头到脚都唾弃这一切！"

薇拉严肃而倔强地盯着叶尼娅，嘴张得大大的，如同一个女中学生被老师劈头盖脸地教训了一顿那样，整个人都惊呆了，变得那么无助。叶尼娅可能觉得将自己的怒火撒到她身上不合适，于是转过头，用同样尖锐的语调对索菲亚·奥西波芙娜说："您也应该对自己感到羞愧，索菲亚！《荷马史诗》跟这些有什么关系？任何一个有俄罗斯心智的人，都会觉得薇拉说的这些太污秽了。不用把《荷马史诗》和阿喀琉斯拉进来。我知道我不该跟您说这些，可是说真的，您应该更懂……"

索菲亚认同叶尼娅对薇拉所说的每一个字，但她本来就是个急性子，立刻对叶尼娅说的俄罗斯心智发起了反击。她大口地喘着气，宽阔的胸膛胀了起来，脸颊、耳朵和前额都变得红通通的。前额上的白发都像是着了火。

"嗯，是的了，俄罗斯的心智。我的心智嘛，当然是犹太人的。我明白这一点。"她一把把椅子推回去，跟跄了一下，转身就出去了。

"您这是怎么搞的，索菲亚·奥西波芙娜？"叶尼娅叫道，"战争让您的脑袋转不动了？"她接着转头看着薇拉："还有你。你也应该对自己感到羞愧。你在一个革命家庭长大，在一个知识分子家里长大。你怎么敢这样说话！感谢上帝，外婆不在这里，不然她到死都不会原谅你！"

叶尼娅已经能用略微平静的语气说话，但她最后一句话最让薇拉感到生气。叶尼娅刚开始发作时，薇拉整个人都给吓得缩成一团。这会儿叶尼娅多少能够控制住自己了，薇拉则变得越加生气。她就像是一片草叶，一场大风吹来被吹弯了腰，现在又挺直了。

"别把外婆给带进来。说得好像你跟外婆和外公很像似的。外婆在十八岁时就坐牢了，你已经二十六岁，你干出了什么名堂？有过一场失败的婚姻了，现在搞不好第二场也一个样！"

"少胡说八道！"叶尼娅冷冷地说，"好好想想爱情和吗啡到底是不是一回事。一个吸毒成瘾的人愿意为自己的癖好受苦，甚至送命，这根本不是英雄，倒像是妓女。你要还不明白，那就没必要再说了。"

就像高高在上的女王准备流放她那名誉扫地的宠臣一样，叶尼娅做了一个到此为止的手势。

薇拉逃了出去。

叶尼娅和诺维科夫沉默了一会儿，然后她说道："薇拉觉得我是冲着她发火，其实我是冲着我自己发火。还记得我们在河边说过的那些吗？"

诺维科夫平心静气地答道："叶尼娅，我得跟您说件事儿。我很快就要到莫斯科去了，到中央干部局，会被安排一个新的职位。"

叶尼娅惊讶地看着他，不知道这是什么意思。

"您什么时候走？"

"随时都可能走，飞过去。"

"为什么您不早跟我说？"

"我担心您会生气。听到您跟薇拉说完这一切后，我觉得可以说了。"

"我唯一可以发火的对象是我自己。这时候开始一段严肃的感情是很疯狂的。真不敢相信，我怎么蠢得没看出来。"

"疯狂不是坏事，"诺维科夫说着，心里想的却是叶尼娅发脾气时的样子很漂亮，"疯狂有时候会让事情变得有价值。"

"我们的角色好像互换了，"叶尼娅说，"您开始向我传授在河边说的那些观念，我需要从我所不断埋怨的那些无聊理智中走出来了。"

"说实话，"诺维科夫说，"我已经做过一件很小很轻微的疯狂事儿了。还记得我跟您在火车上从沃罗涅日一直坐到利斯基的事情吗？其实那次我应该是向北走，到卡希拉去[1]。但我透过火车车窗看到了您，就上了这趟向南——或者向东南的火车。到了利斯基后，我足足等了二十四小时才搭上了返程的火车。"

叶尼娅给了他一个意味深长的表情，然后哈哈大笑起来。

---

[1] 中文译者注：利斯基位于沃罗涅日州南部，卡希拉位于图拉州图拉市东北。

五十七

米哈伊尔·西多罗维奇·莫斯托夫斯科伊起床后，卷起了防空遮光帘，打开窗子，深深地呼吸着清晨凉爽新鲜的空气。走到浴室刮脸时，看到长出来的胡茬都发白了，心情有点不快。胡须的颜色跟剃须膏的颜色一个样，都分不出来了。

"听到今天的新闻公报了吗？我这里的收音机坏了。[1]"他问进来给他倒茶的阿格里平娜·彼得罗夫娜。

"有好消息！"阿格里平娜·彼得罗夫娜说，"我们击毁了八十二辆坦克，消灭了两个步兵营，还放火烧掉了他们七辆油罐车。"

"罗斯托夫那边没消息？"

"我看，还没消息。"

莫斯托夫斯科伊喝了茶，坐下在书桌旁开始工作。阿格里平娜·彼得罗夫娜又敲门进来了。

"米哈伊尔·西多罗维奇，加加罗夫来了。他说，如果您忙的话，傍晚再过来。"

尽管在工作时间里被打扰会有些不快，莫斯托夫斯科伊此时却很高兴能够有人上门。

加加罗夫是个高个，长着一张长长的马脸，胳膊细长，手指纤细且白皙。从他穿的那条显得空荡荡的长裤看，他的腿也是一样又细又长。进门后他立刻就说："您听到新闻公报了吗？罗斯托夫和新罗西斯克都沦陷了！"

"怎么是这样？"莫斯托夫斯科伊用一只手遮住眼睛，"阿格里平娜·彼得罗夫娜刚才说她听到了好消息，说我们击毁了八十二辆德国坦

---

1 英文译者注：在莫斯托夫斯科伊居住的这类公寓大楼里，一般都会有一个中央收音机接听位于莫斯科的联盟电台广播。每一套公寓只有扬声器与中央收音机连接。听众无法选择频道或者电台。

克，消灭了两个营的步兵，还抓了俘虏。"

"呸，真是个又老又蠢的女人，"加加罗夫说着，肩膀紧张地抽搐了一下，"就像病人寻找医生一样，我是来向您寻找安慰的。另外还有一些别的事情要说。"

空气中充满着引擎的尖啸，把别的所有声音都淹没了。有一架战斗机在头顶上不停盘旋。等一切都安静下来后，莫斯托夫斯科伊才说道："我这里也没有什么安慰可言。只能说，我们从又老又蠢的阿格里平娜·彼得罗夫娜那里听来的东西代表着某种乐观情绪。不过，最无关紧要的东西往往最有价值。罗斯托夫沦陷真是个悲剧，一次沉重打击，但它决定不了战争的结局。最后的结局取决于新闻公报里的各种细枝末节。所有的细节一天接着一天、一个小时接着一个小时都在积累，一切都向着我们。一年多了，法西斯在一条三千多公里的战线上作战。很少有人会提到，他们每一次进攻不仅会流血，会丢下尸体，他们还会烧掉几千吨燃料，磨损掉一部分发动机，消耗掉很多用在轮胎上的橡胶，类似小一些的损耗还有不少。战争的最后结果取决于这些看上去并不重要的东西，而不是我们所听到的各种重大事件。"

加加罗夫疑惑地摇了摇头："看看他们持续进攻的方式吧，很明显他们有明确的战略。"

"瞎说！他们倒是有过计划，您也知道，那就是八周内毁灭苏维埃俄罗斯。现在战争已经打了五十六周。他们完全计算错了。他们要用战争瘫痪我们的工业，把小麦踏入地里，夺取我们的收成。现在在西伯利亚，在乌拉尔，东部的每一处都在日夜开工。集体农庄能够为前线和后方提供足够的面包，未来也会如此。我问您，希特勒这个完美计划收获了什么？他们既然把作战计划做得这么好，那还跑来这南部大草原上做什么？您觉得这些邪恶的行动会让法西斯分子更加强大吗？不，这只是确保了他们必定完蛋。阿格里平娜·彼得罗夫娜那种简单的乐观想法是对的。要我说，您这些想法才是愚蠢的。"

在十月革命前，莫斯托夫斯科伊去过几次下诺夫哥罗德，在那里查找资料，做当地历史研究，时不时还给自由派报纸写几篇稿子。在那里他认识了加加罗夫。战争又让两个人在斯大林格勒见面了。加加罗夫已不再年轻，退休好几年了。早些年他以思维敏锐而闻名，至今还有一些老人珍藏着他的信件，记得他的思想。

加加罗夫有着非同寻常的记忆力和渊博的俄国历史知识。他熟知各种重要的和不重要的历史细节，对此的掌握远超一般人的记忆容量。他可以毫不费力地说出几十个参加过彼得大帝葬礼的人员名字，或者告诉他人，恰达耶夫是哪一天、几点钟拜访了他姨妈的乡下别墅，还能说出他的马车由多少匹马拉着，以及每一匹马的颜色[1]。

要是有人跟他谈起物质上的困难，他会很快表现出厌烦，而对话触及到他认为更有意义的话题时，他马上精神一振，就像在某个著名饭店里的美食家一样，舔着嘴唇吞着口水，看着服务员不慌不忙地仔细布置餐桌。

"米哈伊尔·西多罗维奇，"他说，"我就没听您说过'德国人'这个词，您总是说'法西斯'。您觉得两者有区别吗？现在他们反正都是一回事。"

"当然有着区别，"莫斯托夫斯科伊说，"您知道，上一次大战，我们布尔什维克将普鲁士帝国主义者和德意志革命无产阶级区分得很清楚。"

"我肯定知道，"加加罗夫笑道，"怎么会不知道？可您大概不会说，这条分界线在今天让很多人感到很苦恼。"他看见莫斯托夫斯科伊皱起了眉头，赶快补充道："别这样，不该就这个问题吵架。"

"为什么不行？"莫斯托夫斯科伊说，"应该好好吵一下。"

"千万别这样，"加加罗夫说，"记得黑格尔说过'普遍理性的狡

---

1 英文译者注：彼得·恰达耶夫（1794—1856），以他的八篇《哲学书简》而知名，但只有第一篇在他生前发表。《哲学书简》因对俄国几乎所有的社会和文化领域进行了批判，政府只得宣布他是个疯子。

计'？当激情开始释放，理性就会消失。只有激情完成了使命，自身也开始消失后，普遍理性——也就是历史的真正主宰——才会选择回归。年长的人们注重的是历史的理性，而不是历史的激情。"

莫斯托夫斯科伊被激怒了。拧着肉乎乎的鼻子，皱着眉头，他连看都不看一眼加加罗夫，用挑衅的语气说道："您真是一位优秀的客观主义者。我就比您大五岁，但直到死，我也不会放弃斗争。我还能够走上五六十公里，我还能够参加肉搏战和拼刺刀。"

"那是自然，您肯定是不会妥协的，"加加罗夫说，"谁都会认为您可以明天就参加游击队。您还记得，我提到过一个叫伊万尼科夫的人？"

"记得。"

"伊万尼科夫请您把这封信交给亚历山德拉·弗拉基米罗夫娜，要代为转交给她的女婿，斯特拉姆教授。信从敌后转过来。伊万尼科夫带着这封信穿过了前线。"

他递给莫斯托夫斯科伊一个小小的信封，封皮的包装纸破了，上面留着褐色的污点。

"伊万尼科夫直接给她不好吗？沙波什尼科夫一家肯定有好些个问题要问他呢。"

"他们一定会问这封信哪儿来的。可伊万尼科夫自己对这封信的情况一无所知，信件落到他的手上纯粹是偶然。在乌克兰时一位妇女把信给了他，他不知道她的名字和住址。没必要去沙波什尼科夫家里了。"

"行了，"莫斯托夫斯科伊说，"那我转交给他们。"

"谢谢，"加加罗夫看着莫斯托夫斯科伊把信件放进口袋里，"顺便说一句，伊万尼科夫这个人真不简单。刚开始在林学院念书，后来又学人文的东西。他在伏尔加河沿岸各个州晃荡了好几个月，遇上并认识了我。后来他到下诺夫哥罗德来看望过我。1940年他去西乌克兰待了很长时间，巡视山区森林，战争开始时德国人占领了利沃夫，他恰好又在那一带。接下来他的经历简直太传奇了。伊万尼科夫先在一家修道院地下室里躲了起来。修道院院长给了他一份活儿，去整理中世纪手稿。结果他背着修道士们收留了一位负伤的上校、两名红军战士、一个犹太女人和她的孙子。有人向德国人告发了他，但伊万尼科夫及时把人都转移走了，自己溜进了森林。上校想要偷偷穿过前线，他跟着上校一起走，走了整整一千俄里[1]。上校在穿越前线时又负伤了，伊万尼科夫扶着他跑回来的。"

加加罗夫站起来，严肃地说道："我要走了，有条重要的消息，至少对我非常重要的消息要跟您说：我马上要离开斯大林格勒了，坐政府的车走。"

"您这是要出任大使了？"

"别开我的玩笑了。真是让人惊奇——我突然被召到古比雪夫。您信不信，要我去研究历史上著名俄国将军的战绩。总算有人记起我来了。好几年了，都没人给我写过一封信。可是现在，您瞧，有位妇女在楼下喊：'电报？您觉得这是发给谁的？加加罗夫，这还能是谁？'米哈伊尔·西多罗维奇，我从小至今都没那么高兴过，都要乐哭了。一辈子孤孤单单过下来，突然，在这个时候，有人记起我来了。我这么一个无足轻重的人都能派上用场！"

莫斯托夫斯科伊送加加罗夫出门时问了一句："这个伊万尼科夫多大了？"

"您是想了解一下老头子能不能干游击队？"

"想了解的事情太多了。"

傍晚，结束了一天的工作后，莫斯托夫斯科伊拿着加加罗夫带来的信，出去走了走。他左右摇晃着手臂，轻松自由地呼吸着，走得飞快。

走完了每天常走的路线后，他来到街道花园里，在长椅上坐下，时不时地看着坐在附近的两名战士。

---

1 英文译者注：十月革命前的俄国长度单位，比一公里略长。中文译者注：1 俄里长度为 1.066 8 公里。

阳光和风雨让他们的脸上显现出那种烤得非常好的面包才有的黑褐色。同样的阳光和风雨却带走了他们军便服上几乎所有的颜色，让它变得泛白，只保留了最后一点点军绿。

两名战士在看到这座城市和宁静的日常生活后，看样子十分高兴。其中一个脱掉了一只靴子，解开裹脚布，急急忙忙地看着自己的脚。他的战友坐在草地上，打开了一个绿色的军用背包，拿出几块面包和腌猪油，还有一个小瓶子。

公园管理员扛着把扫帚走过来，忧郁地问："同志，您在干嘛呢？"

那位战士惊讶地应道："您没看见吗？我们饿了。"

管理员摇着头，沿着小路走开了。

"算了，他肯定没经历过战争。"战士叹了一口气说。第一名战士把靴子放在长椅上，在他身后坐下来，用一种教导他人的语气说："生活就是这样。他们什么都不懂，非得被几颗炸弹撕碎了才明白怎么回事。"

然后他用另外一种语调招呼莫斯托夫斯科伊："来吧，跟我们一起，老大爷。跟我们一起吃一点，喝一口。"

莫斯托夫斯科伊在长椅上坐下来，靴子就在他身边。那位战士递给他一杯伏特加、两片面包和腌猪油。"来吧，老大爷。很快后方就没什么可吃的了。"

莫斯托夫斯科伊问，他们从前线回到这里多久了。

"昨天这个时候我们还在前线，明天就回去了。我们来兵站领取轮胎。"

"前线情况怎样？"莫斯托夫斯科伊问。

脱掉靴子的战士答道："草原上的战争可让人高兴不起来。德国佬让我们很难过。"

"能够回到这里真好！"他的战友说，"这么安静，每个人都安安稳稳的，没有谁哭天抢地。"

"战争再靠近一点就不一样了。"只穿着一只靴子的战士说。两个光脚的孩子在旁边探头探脑，目不转睛地静静看着面包和腌猪油。战士抬头看了他们一眼："怎么了，伙计们？想找什么东西磨磨牙？来吧！天气真热，热得都不想吃东西。"说话间，似乎流露出他对自己慷慨大方的羞涩。

莫斯托夫斯科伊向两名战士告别，前往沙波什尼科夫家。

塔玛拉·别洛兹金娜给他开了门，请他进来等一等。一家人都不在，她过来借用了亚历山德拉·弗拉基米罗夫娜的缝纫机。莫斯托夫斯科伊把写给斯特拉姆教授的信给了塔玛拉，说如果没有别的事情他就回去了。沙波什尼科夫一家人回来时肯定都很累了，不太希望有人来访。

塔玛拉说，他来得正是时候。邮路现在已经不太靠谱，不过第二天一大早诺维科夫上校就要飞到莫斯科。她说得那么自然，仿佛莫斯托夫斯科伊已经和诺维科夫上校相识已久，其实他根本就没有听说过此人。塔玛拉又接着说，诺维科夫上校到时候很可能住在斯特拉姆在莫斯科的公寓里。

她用手指夹起信封，惊叹了一声："真是的，都脏成什么样了。谁看了都会以为这封信在地下室里放了整两年。"

然后，她就站在走廊里，用人们装饰圣诞树那种常见的粉红色厚纸把这封信包了起来。

五十八

维克托到饭店来找波斯托耶夫。

他的房间里满是工程师，穿着缝有大号吊袋的绿色外套，烟草雾气腾腾，波斯托耶夫站在他们当中，像个被技术人员、工头和施工队长团团围住的大型工地监工。唯一不协调的只是他脚上穿的翻毛边拖鞋。

波斯托耶夫满脸兴奋，在使劲争论什么。维克托感到有些惊诧，他还从来没见过波斯托耶夫这么滔滔不绝地说话。

今天现场来了个重量级人物，是人民委员部党委委员，也可能是副人民委员。这是位个头不高，有一头金色卷发，高颧骨和白净脸膛的人，坐在桌前的扶手椅上。其他人跟他打招呼时用名字和父名：安德烈·特洛菲莫维奇。

安德烈·特洛菲莫维奇身旁坐着两个身材瘦削的人。其中一个长着又短又直的鼻子，另一个长着一张长脸，鬓角斑白。短鼻子是最近刚刚从南方疏散到乌拉尔的金属冶炼厂厂长，名叫切普岑科，说话时声调柔和，带着好听的乌克兰口音。但是这一点却没有改变他留给人们的那种极端顽固的印象，反而强化了这种印象。人们在和他争论时，他的嘴角就会浮现出一丝带有歉意的微笑，仿佛是在说："我同意您的观点，再同意不过了。不过我也只能到此为止，什么忙都帮不上。"

鬓角斑白的长脸男人是斯维尔奇科夫，说话带着乌拉尔口音，显然是在那一带出生长大的。他现在是一家知名工厂的厂长，报纸上常常登出他接待炮兵和坦克指挥员代表团的消息。

作为来自乌拉尔的爱国者，斯维尔奇科夫最喜欢重复的一句话是："对，这就是我们乌拉尔的方式。"他明显很讨厌切普岑科。后者说话时，他会眯起自己明亮的蓝眼睛，微微张开漂亮的嘴唇，露出里面被烟熏黄的牙齿。

在波斯托耶夫身旁坐着的一个矮壮结实的人穿着将军制服，不停地转动灰黄色的眼珠子，缓慢地一个个打量着眼前的人。所有人都简洁地称呼他为"将军"，跟他说话时都用第三人称："好吧，将军是怎么想的？"

靠窗的椅子上，有一个反着坐，把下巴顶在椅背上的年轻人，脸上红扑扑的，脑袋却全秃了，脸上一副一切与我无关的样子。维克托一直没弄明白他的名字。不过每个人都跟他打招呼，不知道什么原因，称呼他为"斯梅热尼克"（合作工厂）。在他的胸膛上挂着三枚勋章。

工厂的总工程师、电厂工程师、试验车间主任，都坐在一条长沙发上，全神贯注，皱着眉头。每个人脸上都透出长期工作和睡眠不足的迹象。

屋子里还有一个上了年纪的人，可能是从工人岗位上提拔起来的。他有一双浅蓝色的眼睛，脸上挂着快乐的，甚至有些过分好奇的微笑。在他的黑色外套上，两枚列宁勋章闪闪发亮。坐在这个老人旁边的是一个戴眼镜的年轻人。他的样子让维克托想起了他一位因为长期熬夜做研究而精疲力竭的研究生。

这些都是大人物，是苏联高等级钢铁领域的领军人物。

维克托进来时，安德烈·特洛菲莫维奇正在大声叫嚷："谁说您的工厂不能生产装甲钢板？您从我们这儿拿到的物资比谁都多。为什么你们答应国防委员会的供货都交不出？"

被呵斥的这位应道："但是，安德烈·特洛菲莫维奇，您不记得……"

"您说的'但是'够多的了，"安德烈·特洛菲莫维奇怒气冲冲地打断他，"'但是'要不了德国人的命，也没法变成炮弹。我们给你们的金属和焦炭够多了。我们还给你们提供了肉、烟草和葵瓜籽油……现在得到的东西只有'但是'！"

这些陌生人讨论的都是重要的事情，维克托往后退了一步。他本来想要离开，但波斯托耶夫要他留下，说讨论很快就结束了。

维克托很快就惊奇地发现，这里每个人都知道他是谁。原来他以为只有教授、研究生和莫斯科高年级大学生才会知道自己的名字。

波斯托耶夫悄悄地向维克托解释说，本来早上要在人民委员部开这场会议，但他感觉很不舒服，心脏在给他找麻烦。安德烈·特洛菲莫维奇是个不肯浪费时间的人，他决定在酒店开会。眼下已经讨论到最后一个议题，说的是高频电流如何应用在处理高等级钢铁的问题。

波斯托耶夫随后对全体参会者说道："维克托·帕夫洛维奇在当代电气工程领域提出了大量有价值的假说。今天有幸，能够在我们讨论与这些领域相关话题时请他到场。"

"请坐，维克托·帕夫洛维奇，"安德烈·特洛菲莫维奇说，"抱歉，这次完全是请您义务帮忙。"

那个让维克托想起自己的那位研究生、戴眼镜的年轻人说："斯特拉姆教授肯定想不到，我想要阅读一份您最新的论文有多难。我不得不托人飞了一趟，才把这篇论文带到斯维尔德洛夫斯克。"

"论文对您有帮助吗？"

"您可别这么问。"年轻人答道。他脑袋里显然想都没有想过维克托会这么直接地对论文，对它在科学家和工程师们面对实际困难时的价值提出疑问。"不用说，要读懂它挺费劲的，我下了一番功夫。"此时此刻，他变得更像维克托的那位研究生了。"不过我还是弄明白了。之前犯了几个错误，您说出了我在哪儿犯的错误，怎么犯的错误。"

"我们刚才在讨论项目时，您就犯了一个错误。"将军说道，音调既非嘲讽，也非诙谐。他盯着年轻人看时，眼珠完全变成了黄色。"现在我可不知道哪位院士会来拯救您。"

这下所有人都忘记了维克托，继续讨论了下去，仿佛他并不存在。

有时候他们使用他们自己行业里的术语。维克托听不懂他们在讨论的内容。

戴眼镜的年轻人不停地说自己研究中的细节，说得入了迷。安德烈·特洛菲莫维奇不得不打断他，用恳求的语气说："用点心吧！您的这些研究够讲一整年的。我们只有四十分钟来讨论项目中的其他问题。"

安德烈·特洛菲莫维奇说话喜欢直来直去，常常听到他这么说："行了，您过分强调了所谓的客观条件……您的每一项要求都得到了满足……您亲自签收了每一样物资……国防委员会把所有的东西都给您了……别的工厂分配到的焦炭都没您的多……您获得了荣誉勋章，但谁

334

都没有说荣誉是不能取消的。"维克托被这样的语气震住了。

刚开始，会有一种奇怪的感觉：这些人被一些共同的利益捆绑在了一起。既然如此，他们中本不该出现这种嘲笑讥讽和恶毒态度。

然而，在这种争吵的背后却是共同的激情：他们追求的利益具有无上的重要性。

这些人个性迥异。有些人对创新的态度小心谨慎，有些人却热衷于创新。将军有理由骄傲，他那些技术人员用沙俄时代自发研究出来的技术修建了高炉，并用它们超额完成了国防委员会的任务；斯维尔奇科夫则当面把一个月前收到的一封电报念了一道，内容是关于莫斯科官方批准了他的发明。他在新装置安装过程中做出了杰出的贡献，表现出了令人惊叹的勇气。

将军更加愿意听取老工人和技术人员的观点；切普岑科更加依赖个人经验；斯梅热尼克习惯于根据上级命令行事。有些人表现出很自然的谨慎态度，其他人胆子则很大，不管不顾地说："我干嘛要管国外是怎么做的？我们设计局有自己的路径，结果也显示在所有方面效果都很好。"

还有些人说话呆板而谨慎，另外一些人则灵活而鲁莽。戴眼镜的年轻人开了好几次安德烈·特洛菲莫维奇的玩笑，也不在意他是否接受。斯梅热尼克在年轻人每次说完话后都瞪他一眼，然后问道："安德烈·特洛菲莫维奇，您怎么看？"

斯梅热尼克吹嘘自己完成了工作任务，来自乌拉尔的爱国者斯维尔奇科夫反驳道："我见过你们工厂的党委书记。工厂里的工人都住在帐篷和修得像渣一样的兵营里，快冻死了！有人因为饥饿都浮肿了，您还有一位来自兄弟民族的工人因为坏血病死在车间里。是啊，您肯定不是个马马虎虎过日子的人，看上去可没一点营养不足的样子！"斯维尔奇科夫用他一根瘦骨嶙峋的手指指着斯梅热尼克红扑扑的脸。

"我可知道，"斯梅热尼克反驳道，"您在工厂里专门给孩子们修了个餐厅，墙上贴了白瓷砖，用大理石当桌面。二月份您却被通报批评了，因为没有向前线提供足够的钢铁！"

"您在说谎！"斯维尔奇科夫大声嚷起来，"二月份我的确差点没完成计划，可那时候连餐厅的墙都没有建起来。六月份国防委员会通报表扬了我们，完成了计划的118%。到那时候儿童餐厅才开始供餐。您是不是觉得，给工人们的孩子供餐不足，让他们都饿出佝偻病来才是唯一的办法？"

对维克托而言，与会人群里最有意思的却是安德烈·特洛菲莫维奇。"说下去，冒点儿险，反正我们都这样了，我们对这一切负责！"这样的话他说了不止一次。"说得对！去做啊！"他对某个厂长说。"要是害怕，您就什么也做不了。这不是无视党的指示。生活就是这样指示我们的。今天的指示明天就要过时，您应该注意到这一切。钢铁生产，就是我们现在唯一的、真正的指示！"他扭头看了一眼维克托，微笑着问："斯特拉姆同志，您怎么看我说的这些，说得对吗？"

"您说得再正确不过了。"维克托答道。

安德烈·特洛菲莫维奇看了一眼手表，伤心地摆了一下头，对波斯托耶夫说："列昂尼德·谢尔盖耶维奇，您来进行技术总结吧。"

维克托听着波斯托耶夫的总结发言，心里充满了敬佩。波斯托耶夫能够用简洁的方式陈述特别复杂的思想，这一点让他那种习惯性的自满变得合乎情理了。他非常强调对事物的真正理解，指出追求特定短期产出不仅有害，而且也不会带来真正的益处。他具有那种能够发现问题所在的天然能力。

轮到安德烈·特洛菲莫维奇说了："我们季度计划的重要性毋庸置疑。记得去年十一月，德国人兵临莫斯科城下，我们在西边的工厂全部停止了生产，它们不是在火车上，就是在西伯利亚雪地里堆着，等着重新安装起来。那时，我们中很多人都认为只要投入人力和资源，就可以很快实现重新生产，要是二十四小时里做不到，最多不过几周总该可以生产出高等级钢铁。就在这冷酷的几个月里，斯大林决定建立全新的钢铁工业。现在我们在西伯利亚、哈萨克和乌拉尔有了全新的机床，高等级钢铁产量增加了三倍。要是没有这些新建的高炉和平炉，我们现在会在哪儿？要是没有这些精密机床、锤床、轧机和初轧机，我们现在该怎么办？这些东西就是我称之为领导力的东西，真正的领导力！为明天你们的工厂要生产什么而思考是不够的，要为工厂从明天到明年该生产什么而思考！"

安德烈·特洛菲莫维奇停了一会儿，希望这些拼命工作的人们能够回顾一下工作。接下来，为了提醒他们所取得的成就，他又开始说："都记得去年十月、十一月和十二月吧？这三个月我们的有色金属产量不足战前的3%。滚珠轴承的产量好一点，也不过达到5%。"

他站起来，举起了一只手，脸上现出坚毅的表情。此人已经不是在主持一场技术讨论会，他的样子更像是一个熟练的演说者正在向示威的工人们发表演说："同志们，好好想想看，我们在伏尔加盆地，在西伯利亚，在乌拉尔建起了无数工厂，生产机床、锤床和高炉！这是一整个工业体系，有机床，有各种高炉和各种各样的轧机。它们不断生产出更多的装甲钢板。这些是我们工业体系的战列舰！光在乌拉尔，我们就有四百家新工厂，就像每年春天刚开的花儿一样，生机重现，从冰天雪地里挣扎重生。大家明白吗？"

维克托专心致志地听着。

他所看过的和读过的所有关于苏联工业的纪录片，所有的诗歌、书籍和文章在脑海里一一重现，有如他亲眼目睹过的一样，成为他记忆中的一个整体。

在他脑海里，闪现了一幅清晰的画面：雾气腾腾的车间，高炉敞开了，电弧光呈现出白热状态，凝固成形的装甲钢板变成灰色；在滋滋响的电光中，在不断撞击的锤床声中，工人们出现在烟雾里。钢铁的巨大力量与苏联自己的广袤无边结合在了一起。这些人谈论的都是数以百万吨的钢材和生铁、几十亿千瓦时的耗电，还有几十万吨的轧钢。从他们的言论中，维克托感到了这样的力量。

安德烈·特洛菲莫维奇尽管艺术性地谈到了花儿在冰雪中生长，但他却不是一个幻想家，更不是一个和事佬。有一个总工想要他解释一下上级传达给工厂的指示，安德烈·特洛菲莫维奇严肃地打断他："我已解释得够多了，现在我下命令！"他用大拇指把手支在桌上，像拿着一个巨大的政府钢印在文件上盖章。

会议结束了，大家向波斯托耶夫告别。戴眼镜的年轻工程师来到维克托面前，问道："您有关于尼古拉·格里戈利耶维奇·克雷莫夫的消息吗？"

"克雷莫夫？"维克托惊奇地重复道。他注意到工程师瘦削的长脸似乎有些熟悉，便问道，"您是他的亲戚？"

"我叫谢苗，是他的弟弟。"

两个人握了握手。

"我总是想到尼古拉·格里戈利耶维奇，我真喜欢这个人，"维克托感叹道，然后继续说道："至于叶尼娅，我对她感到很生气。"

"她怎样了？身体还好？"

"那还用问？"维克托生气地答道，好像希望不该如此似的。

他们走到走廊尽头，一起走下去，谈到了克雷莫夫，回顾了一下战前的生活。

"叶尼娅对我提到过您，"维克托说，"说您到乌拉尔之后提拔得很快，现在已经是副总工程师了。"

"现在是总工程师了。"

维克托问他，能不能帮他小规模地熔炼一批特种钢材，他的设备得用这些钢材。

谢苗想了想，答道："很困难，非常困难。但您让我再想想。"接下来他顽皮地一笑，接着说："科学支持了工业发展，但有时候事情会反过来，也有工业支持科学发展的时候。"

维克托邀请谢苗到自己公寓坐坐。谢苗摇了摇头："恐怕连想都不敢想。我妻子希望我能够去她在菲利的娘家看看[1]。他们没有电话。现在看起来那里也没空去了。一个小时后我要去人民委员会，十一点半在国防委员会还有个会议。黎明前我就要飞回斯维尔德洛夫斯克。不过，还是让我记一下您的电话号码吧。"

他们相互告别。

"到乌拉尔来看看我们吧，"谢苗说，"一定得来，一定！"

这位总工程师跟他的哥哥在各方面都很像。两个人都有长长的手和胳膊，走路都爱拖着脚，还有一点点轻微的佝偻。唯一的不同之处是弟弟要稍微矮一点。

维克托回到房间里。波斯托耶夫让会议给弄得精疲力竭，但对会议能够开成这样感到很满意。

"这群人很有意思，"他说，"重工业的中坚力量都在这儿了。国防委员会召集的。您运气不错，全见着了。"

他坐在桌前，膝盖上放着一面餐巾。服务员正在清理烟头，打开窗户，铺好桌子。

"跟我一起吃午饭吗？"波斯托耶夫问道，"回家里住也没让您长点肉。"

"谢谢，我现在不饿，"维克托说。

"我也不勉强，"波斯托耶夫说，"这时候也用不着勉强。"

服务员笑了笑，离开了房间。波斯托耶夫换了更加严肃的口吻："在莫斯科，有很多人不知道军事局面现在有多严峻。喀山在东边，在千里之外，可那边的人每天都心惊胆战。昨天我在这里……"他用手指了指天花板，"到了最高层，那些人可以看到整个局面，知道出了什么事

---

1 中文译者注：菲利位于莫斯科市区西郊。

339

情。我得说实话，他们非常焦虑。我直接问：'顿河的情况怎样？严重吗？'有人说：'顿河的情况已经顾不上了。德国人很快就要冲到伏尔加河了。'"他看着维克托的眼睛，一个字一个字地说："您明白吗，维克托·帕夫洛维奇？这不是毫无根据的谣言。"接着，他又毫无预兆地问："我们有很多工程师，对吧？多得让人眼花缭乱！"

维克托说道："昨天，有人问我想不想回莫斯科的研究所，是最好一次全部搬回来呢，还是一步步慢慢挪回来。他们没有说具体的时间。反正，他们问我是怎么想的。您觉得这个建议跟您刚才说的那些，哪个更有道理？"

两个人都陷入了沉默。

"我觉得，"波斯托耶夫说，"答案就在今天我们所见到的那些工程师当中。记得去年十一月斯大林说的话吧？现代战争是摩托化的战争。最上边的人肯定计算过，谁生产的发动机更多，德国人还是我们？您知道，我们现在培养出来的机床操作员是十月革命前的六倍，钳工是革命前的十二倍。沙皇培养出一个技工，我们就培养出九个。就这样，如此循环。"

"列昂尼德·谢尔盖耶维奇，"维克托说，"我从来没有像今天这样感到这么嫉妒，从来没有！今天听了你们所谈论的这一切，我想要放弃眼下这一切，去和工人们一起造发动机，去和他们一起生产坦克用的钢铁！"

波斯托耶夫半开玩笑地答道："这当然好。不过我可太了解您了。您是个偏执狂，让您抛下量子和电子，哪怕一个月都不行，就像是一棵见不到阳光的树，会病倒的。"

他停一下，微笑着问道："还是跟我说说，您这恋家的、顾家的男人，吃饭时都吃了些啥东西吧！[1]"

---

1 英文译者注：这一段，如同本书中许多诙谐内容一样，最早出现在 1956 年版本中。

五十九

维克托在莫斯科有很多事情要做,包括大量复杂的行政工作。

不管有多忙,几乎每个傍晚他都会见尼娜,两人一起沿着卡卢加大街散步,或者去涅斯库奇内公园里走走。有天晚上他们一起去看了电影《汉密尔顿夫人》[1]。散步时都是尼娜在说话,维克托在她身旁边走边听,时不时提些问题。他对尼娜已经非常了解:她在成衣合作社里工作,结婚后搬到鄂木斯克,姐姐嫁给了在乌拉尔一家工厂的车间主任;她还说起了她在反坦克部队里当指挥员的哥哥。在她的母亲去世后,父亲决定再婚,这个决定让他们三人感到十分愤怒。

尼娜对维克托十分信任和坦白。她所说的这一切自然而然对维克托也非常重要。他记得尼娜的亲属和朋友们的名字,有时候他甚至会说:"对不起,请跟我再说一次克劳季娅丈夫的名字。"

最让维克托难过的是尼娜对他说了自己的婚姻状况。她的丈夫显然是个坏蛋,既粗鲁又无知,还很自私,是个投机分子和酒鬼。

尼娜有时候会过来帮维克托准备晚饭。她对他说:"您要不要再来点胡椒?我去给您弄点吧,隔壁就有。"她说这话时,维克托被深深感动了。有一天她说道:"能够认识您真是太幸运了。可惜我很快就要走了。"

"我发誓一定会去看您。"他答道。

"是人都会这么说。"

"不,我说到做到。到那时我去住旅馆。"

"别,您别这样。您连张明信片都不会给我寄的。"

某天傍晚,维克托因为会议太多回家有点晚。经过尼娜的房门时,他伤心地想:"今天根本没见过她。接下来很快我也要走了。"

第二天早上他去见皮缅诺夫。后者在寒暄之后说:"事情都办妥了。

---

1 英文译者注:一部当时很流行的历史电影,1941年于英国拍摄,主题是海军上将纳尔逊和艾玛·汉密尔顿之间的私情。这里是在影射维克托和尼娜之间的关系。

昨天您的计划得到了尊敬的兹维列夫同志批准。可以给家里人发封电报，告诉他们您很快就可以回家了！"

傍晚时分，维克托本来要去见波斯托耶夫，但他却给波斯托耶夫打电话说，有个意料之外的问题需要解决，他就不过去了。然后他就直接回了家。

在楼梯口他就看到了尼娜。他的心跳加速跳起来，有点喘不过气来。

尽管原因很明显，他还是在心里问道："怎么搞的？怎么回事？"

尼娜满面春风，高兴地喊道："太棒了，您能早点归来真是太好了！刚刚给您写了一张小纸条。"她递给他一张折成三角形的信笺。

维克托打开信笺，读完了内容，把信放进口袋里。

"您这么快就要走吗？"他问道，"我还在想要不要一起出去走走。"

"我不想去加里宁，"尼娜答道，"可是没办法。"看到维克托一脸失望的样子，她又说："周二早上我肯定回来，然后会一直留在莫斯科，留到周末。"

"我送您到火车站吧。"

"别，那样不太合适。我和另外一个来自鄂木斯克的女人一起走，真对不起。"

"这么说，您应该到我这儿坐坐，一起喝一杯，预祝您早日归来！"

尼娜和他一起进屋时说道："对了，我差点忘了。昨天有一名指挥员来了，问到您。他说今晚还会再来。"

他们喝了一点葡萄酒。

"头晕了吗？"尼娜问。

"头晕了，不过跟酒无关。"他说，然后吻了吻尼娜的手。这时门铃响了。

"大概是昨天的那名指挥员。"尼娜说。

"我到门口去跟他说几句。"维克托满心不乐意地说。过了一两分钟，他回来了，身后跟着个身材高大的军人。

"向您介绍一下，"维克托略带着点歉意说，"这位是诺维科夫上校，刚从斯大林格勒过来，带来了我的家信。"

诺维科夫微微鞠了一躬，脸上带着那种不动声色、冰冷的客气态度。在此时，这样的表情并不罕见。因为战争，人们不得不随时随地闯入他人的私生活时表现出这样的态度。诺维科夫平静的眼神在说，维克托的私生活跟他毫无关系。这位教授和眼前年轻漂亮的姑娘之间是什么关系，他一丁点儿兴趣都没有。

在平静的眼神后面，诺维科夫在想："看起来，科学战线的战士们和别处也没什么两样。谁都有露水夫妻！"

"我给您带来了一小包东西，"他说着，打开了自己的背包，"大家都向您致以最温暖的问候，来自亚历山德拉·弗拉基米罗夫娜、玛丽亚·尼古拉耶娃、斯杰潘·费奥多罗维奇、薇拉·斯杰潘诺夫娜。"他说出了一长串名字，却没有提到叶尼娅。诺维科夫上校现在压根没有高级指挥员的那种派头。他变成了一名普通的红军战士，把跟他在一条战壕里趴过的战友们的消息分享给他们的家人。

维克托心不在焉地把包裹放到桌上打开的手提箱里。"谢谢，谢谢您！"他说，"斯大林格勒的情况怎样？"他担心诺维科夫可能会发出一番长篇大论，又急急忙忙地问了好几个问题："您在莫斯科待多久？是马上要走，还是要留下来一阵子？"

"哎呀，"尼娜说，"我差点忘了，我的同事马上就要来了。我们要一起去火车站。"

维克托把尼娜送出了门。诺维科夫听见他们走到楼梯口的声音。

维克托回来了，但却不知道该怎么开口，于是问道："您一句话都没有提到叶尼娅。她还在斯大林格勒，对吧？"

诺维科夫明显有点尴尬，只好换了尽可能正式的语气回应道："叶芙根尼娅·尼古拉耶娃请我转达对您的问候。我把这事儿给忘了。"

就这样，两个人之间互相传递了某些信息，就像两根电线连在了一起，扎人的、让人毛发倒立的两条电线的端口被捆绑起来，电流从中通过那样。灯光亮起来，所有那些在暗影中显得异常疏远和不友好的东西立刻变得平静，变得可以接受了。

两个人互相看了一眼，都笑了起来。"今晚您得留下。"维克托说。

诺维科夫谢过了维克托，说他随时可能被召去国防人民委员部。他们留给他的是另一个住址，留在维克托家里可不行。

"斯大林格勒情况如何？"维克托问。

诺维科夫沉默了一会儿，答道："很糟。"

"您怎么看，会挡住他们吗？"

"不能不挡住他们，也一定会挡住他们。"

"干嘛说'不能不'？"

"要是不挡住他们，我们就完蛋了。"

"这个理由倒也说得过去。我得说，在莫斯科，这里的人都很有信心，生活也很平静。他们都在说要把疏散走的工厂和研究所都搬回来。有人说局面改善了。"

"他们错了。"

"什么意思？"

"局面没有改善。德国人还在往前拱。"

"那我们的预备队呢？数量够吗？都在哪儿？"

"有些事情，你我都不该知道。这是最高统帅部的事情。"

"说得对。"维克托沉吟着，点燃一根烟。他问诺维科夫，在斯大林格勒的这几天是否见到了托利亚，还问到了索菲亚·奥西波芙娜和亚历山德拉·弗拉基米罗夫娜。

在和诺维科夫的谈话中，维克托注意到——有时候不是从对方的言论，而是从对方的笑容或者突然变得严肃的眼神中注意到——诺维科夫不仅深深了解他长期以来所熟知的这些人，甚至也了解他们某些曾给维克托造成困惑的行为。

诺维科夫开玩笑说，玛露霞不仅负责整个州孩子们的教育工作，也负责教育她的丈夫和孩子。他还说起亚历山德拉·弗拉基米罗夫娜，说她为每个人感到担忧，但尤其担忧谢廖扎。但老太太还在干着那些年龄只有她一半大的人所从事的繁重工作。他提到了索菲亚·奥西波芙娜："她会在我面前朗诵诗歌，但她对每个人都凶巴巴的，就算面对我们的将军也是如此。"

关于叶尼娅，他一个字也没提。维克托也不问。两个人心中似乎有了默契。

他们慢慢地又把话题拉回到战争。这些天里，战争就像大海一样，每条河流都向它注入自己的水流，它也向每条河流反向注入自己的力量。

诺维科夫说，前线指挥员和参谋人员已开始显现出真正的能动性。他同时也在诅咒某些官僚，说他们但求无事，不放过任何一次推诿责任的机会。他不断做手势，用官僚的语气重复那些陈词滥调，什么"运动轴线""进攻节奏"。维克托差点就想跟他说，研究所原来的所长苏霍夫也是这样的。

诺维科夫的意外到来本来让维克托有点不高兴。但他现在对诺维科夫充满了友好和赞同之心。

他想起来多年前冒出过的一个念头：每个苏联人，不管他们的长相、职业和兴趣如何，从表面上往往就能看出彼此迥异。但这个念头也许过于肤浅了。在这些差异的深处，存在着某种不为人所知的相通。维克托·斯特拉姆，一名物理数学专家，而对方是一名来自前线的上校，张嘴就是"作为一名职业军人"……两人之间似乎存在的共性少之又少。但诺维科夫和维克托之间其实有巨大的相似。他们的很多想法是类似的。他们共同热爱某事物，也可以为同一件事情感到痛苦。在很多方面，他们俩表现得就像兄弟一般。

"太对了，每件事情都非常简单。"维克托对自己说，显得有点文不对题。

维克托对诺维科夫说了波斯托耶夫的那番话，也说出了自己对战争未来走向的预测。诺维科夫起身告别时，维克托说："我跟您一起走，需要去发一封电报。"

在卡卢加广场，两个人道了别。维克托到邮局给喀山的家人发了一封电报，说他的身体很健康，工作计划处理得很顺利，下一周的周末就可以回去了。

六十

周六晚上，维克托坐火车去自家夏季别墅。在车上，他开始认真思考这几天发生的事情。

切佩任已经离开莫斯科，真是太遗憾了。还有诺维科夫上校，维克托很喜欢这个人，也很高兴能见到他。当然了，如果他能晚来半个小时，让他好好跟尼娜告别会更好。不过问题不大，尼娜反正在周二也会回来，到那时他又能见到这年轻、甜蜜的漂亮尤物了。

对于柳德米拉，他想到的可没这么多。维克托能够想得出来，柳德米拉是如何担心托利亚，她如何感到孤独。他想到了两人一起度过的这些年。在早上起来梳头时，她说过很多次："维佳，我们都变老了。"有一次，两人大吵了一架，她眼泪汪汪地跑进了他的书房。还有一次，柳德米拉说："你知道不知道，我都习惯你了，连我们吵架时我都会习惯性地看着你。你要不在家，我都不知道我该做些什么事情。"

他们之间有着如此紧密的生活联系。两个人一起分享成功的喜悦，承担共同的焦虑、忧伤与失望。他们一起完成了那么多困难的工作。

人与人的关系看上去总是简单清晰，要向托利亚和娜嘉解释他人的行为似乎并不困难。可他现在却没法解释自己的这些感受。

他信任思维的冲动。在这种冲动指引下，他的研究和实验一直都做得很好。有时候他的理论会和实验结果发生冲突，会有一段短暂的困惑，会踟蹰不前，但最后一定会重新协调起来。理论和实践相辅相成就能够取得进步。如果两者分开了，它们就什么都不是。实践不知疲倦，永远向前，但它的肩上站立的一定是目光锐利、思想超前的理论。

可是，在维克托自己的生活里，现在一切都变得迷茫，就像一个只有一条腿的人想要把一个盲人扛到自己肩上，还要盲人给他指路一样。

冲动所制造的困惑让维克托变得更加迷茫。是情感，而不是对真理的追求催生了眼下的冲动。从本质上来说，这种冲动只是一种假象。它并不会去追寻真理，而只会掩盖错误。比这更糟的是，这一冲动推动他朝着自己所情愿的方向滑去。

维克托自己能感觉到，他身上有着各种各样的冲动思维：同情的冲动、激情的冲动、责任的冲动、友善的冲动，以及自私欲望的冲动。

他还记得马丁·路德曾经说过一句让他困惑不已、感到愤怒的话："理性是魔鬼的第一个妓女。"

上帝啊，他想亲吻这个年轻女人。他怎么能不这么做？

真是太拧巴了。他越是纠缠于自己的责任，那一根筋的自私欲望就越是将他推到柳德米拉的对立面。

他想起了两个人吵过的架，想起了她的粗鲁，想起了她在争论时的蛮不讲理，想起了她极度又无知无畏的固执。他还想起了柳德米拉对他家人的那种挥之不去的敌意，她对婆婆的冷淡，她突然暴露出来的刻薄，还有她站在夏季别墅栅栏后面想要赶走乞讨者时的大喊大叫。

有人说她很尊重丈夫的工作，是真的吗？七年前，她有一次说："过去四年我一直穿着同一件皮大衣，托利亚的衣着也成为学校里最破旧的了。你真不该推掉给你的第二个职位。别人都已经拥有不止一间办公室了。每个人都为自己家着想。不能老是想着研究啊！"

过去二十年，太多的错误、伤害和较劲都给他暗暗隐藏起来了。现在他就像公诉人一样，一件件翻出她做过的错事，然后准备诉讼。他只想着控诉，而且他真要这么做。

在内心深处，维克托知道自己的控诉既不公平，又带着成见。这么做是错误的，是胡说八道。他毕生憎恶错误，但这样的错误却沉淀在自己的家庭和朋友之间。不仅如此，错误本身也变成一片乌云，投影在冷静清澈的理性源泉之上。

从火车上下来，他问自己："就算这样吧，错误本身又有什么错呢？就算是堕落了吧，难道谎言一定比真相更糟吗？"

维克托打开小小的柴扉走进花园里。落日在走廊窗户上反着光。

花园里长满了草夹竹桃和风铃花。在窗台下，在花地和草莓地里，高大密集的野草疯狂生长，映出一大片明亮的绿色。柳德米拉要看见，就绝对不会允许这样的事情发生。在地面被压实的小路上，已经有草叶从沙土里探了出来，甚至在第一和第二级台阶上，草叶也都冒出来了。

篱笆墙已经变得歪歪斜斜，有几条木条已经不见了，覆盆子茎从缺口外伸了进来。有人在走廊用瓦楞铁皮垫着点起篝火，痕迹还留在地上。一定是有人冬天在这里生活过。维克托看到地面有草垫子、破棉夹克、撕碎的包脚布、揉皱的防毒面具包、黄色的报纸碎片和几个缩成一团的土豆。橱柜的门全部开着。

维克托来到第一层。客人们显然是来过这里了，所有的门都大开着。空荡荡的房间和被扫掠一空的橱柜一点都没让他感到难过。相反，因为摆脱了柳德米拉各种各样痛苦和复杂的约束，他变得轻松了。他不用再去找到她想要的东西，不用把它们包装好，不用想尽办法去弄辆车，然后把这些多余的行李带到车站。

"棒极了！"他对自己说道。

只有他自己的房间还锁着门。走之前，柳德米拉用几把破椅子和旧水桶把门口的小走廊给堵上了，然后在上面盖上胶合板。

他手忙脚乱地清理这条小走廊，磕磕碰碰费了不少工夫，总算把门给打开了。房间里一切都是原样，比起外边那一片混乱，这里的有条不紊更让他觉得惊奇，仿佛战争爆发前的那个周末刚刚过去。

那时候，他和柳德米拉就母亲过来后在哪儿住吵架。当时马克西莫夫上门了。他拿过来的那份报告还没有读，就放在靠床的地板上。

书桌上放着国际象棋的棋盘。花瓶周围落着一圈枯萎的花，形成了一圈蓝灰色的灰尘。粗糙的花枝如同一把小小的沾满灰尘的扫帚，指向空中。

在和平时期的最后一个星期天，维克托坐在书桌前，努力想解决一些复杂的问题。后来他找到了答案，写成一篇论文，把它给了喀山的同事。他想要解决的问题现在已经不重要了。然而那个周末留下的回忆，现在却变成了难以忍受的痛苦。

他脱下外套，把手提箱放在桌上走下楼。木楼梯在脚下咯吱作响。柳德米拉在自己房间里要是听到了他的脚步声，会问："维佳，你去哪？"

可是现在没人听见他的脚步声。整栋房子都是空的。

传来了下雨的声音。无风的空气里，大滴的雨水毫无顾忌地、慷慨地落了下来。落日仍在闪耀，雨滴穿过斜晖，倏然一闪，便消逝不见。一朵小小的雨云正从屋顶飘过，它那铅灰色雾腾腾的边缘在飞快地向森林飘去。雨声不会让耳朵感到厌倦。它不是沉闷浑浊的单音，而是复音，每一滴雨水都是满怀灵感和激情的音乐家，只是它的一生只能演奏一个音节而已。雨水拍打着地面，从强韧紧绷的牛蒡叶上弹起，钻过丝绸一般的松针缝隙，低沉地敲打着门厅木质台阶，撞击着成百上千棵白桦树和椴树的树叶，坠落在蒙着铁皮的屋顶上。

雨停了，带来了令人心醉的宁静。维克托走到花园去，潮湿的空气温暖清新，草莓叶片和树叶上装点着不断坠落的水滴。每一滴仿佛都像个小小的蛋，里面藏着一条小鱼，或者一缕阳光。维克托感到自己内心深处也藏着同样美丽的雨滴，同样漂亮的小鱼。他在花园里走着，对意外降临身边的这一切，这些人类生命中所具有的美好感到大为惊异。

太阳西沉，微光渐渐从树梢上下落。但是落在他胸口上的雨滴却不愿随着一天的光明逝去而失去它的光芒，它变得更加明亮了。

他回到自己房间里，打开箱子，想在里面找蜡烛。他摸到了一个小包，刚开始以为这是他给尼娜买的巧克力，后来才想起来这是诺维科夫给他带的家信。他把这东西忘掉了，让它在箱底一动不动地躺了整整一天。

维克托点燃蜡烛，把毯子挂在窗上。烛光为房间带来宁静祥和的感觉。

他脱了衣服，躺到床上，慢慢打开这个来自斯大林格勒的小包。信封上用清晰坚定的笔迹写着"维克托·斯特拉姆"，下面写着他在莫斯科的地址。

他认出了这是母亲的笔迹。他一把甩掉被子，套上衣服。黑暗里，仿佛有人用清晰可闻的、平静的声音在呼唤他。

维克托坐下来，匆匆把这封长长的信念完。这是母亲在自己岁月最后的日子留下的记录。从战争开始那一刻，直到自己在犹太人聚居区带刺的铁丝网后面迎接不可避免的死亡，她记录下了这一切。这是母亲向儿子的告别。

所有对时间的感知都消失了。维克托甚至都没有想起，这封写在学生作业本上的信是如何穿过前线，如何又到达了斯大林格勒的。

他站起来，拉下防空帘，打开窗户。清晨明亮的阳光从冷杉间穿过，投在篱笆上。树叶、花草都盖着一层露水，如同细小的磨砂玻璃落在了整个花园里；果园的树上时不时传来鸟儿的啁啾，一会儿在这棵树上，一会儿又在好几棵树之间。

维克托到挂在墙上的镜子前照了照。他本来以为会看到一张疲惫的面容，嘴唇颤抖，眼睛里燃烧着疯狂，但镜子里的他一如从前，眼睛没有变红，只是有些呆滞。

"不过如此。"他大声说。

他感到有点饿，切开一片面包，一边慢慢地用力嚼着，一边专心致志地看着毛毯边缘打结的粉色线头在轻微抖动。

"阳光让它们都跳起舞来了！"他自言自语道。

六十一

周一傍晚，维克托坐在莫斯科公寓阴暗角落的沙发里。他没挂起防空帘，就这么一直朝着窗外看去。突然，防空警报响起来，探照灯照亮了夜空。

几分钟后，防空警报停了。维克托听见楼道里几个邻居拖着沉重的脚步在黑暗中慢慢走下楼，然后是一声愤怒的叫喊："公民们！为什么待在院子里？防空洞里什么都有，有婴儿床，有椅子，水都烧开了。"

可是公民们都有自己的想法。除非万不得已，谁都不想躲进那个又热又憋屈的防空洞里。

孩子们一个个都被带出防空洞。有人说："警报又发错了。还让不让我们睡一会儿了！"

传来远程防空火炮射击声和爆炸声。

接下来，可以听到轰炸机不怀好意的嗡嗡声，还有苏联飞机的吼叫声，院子里出现了短暂的喧闹，可以感到远处有撞击的声音，更多的防空火炮在怒吼。不过，在射击间歇，却再也没有人说话了。

生命，就像水流一样，又流入了防空洞。楼房里，院子里再也没有人。浅蓝色的探照灯光芒沉默而又敏捷地在多云的夜空扫来扫去。

"好极了，"维克托说，"现在我总算是一个人了。"

过了一个小时，维克托还是像做梦一样原样坐着，盯着窗外，蹙着眉头，静静听着高射炮射击和炸弹爆炸的声音。

一切又归于平静，空袭好像结束了。传来了人们从防空洞里出来的声音，探照灯熄灭，黑暗重归。

电话铃突然刺耳地响起来，响得没完没了。维克托拿起了话筒。接线员说，从车里亚宾斯克来了电话。他觉得也许是搞错了，差点就把它给挂上了。电话是尼古拉·克雷莫夫的弟弟，就是他在和波斯托耶夫开会结束后认识的那个工程师打过来的。车里亚宾斯克的电话线路很稳定。谢苗在电话里说，抱歉在夜里电话打扰了他。

"我还没睡。"维克托说。

谢苗说，工厂已经安装了全新的电控装置，投产时遇上很多严重问题，大幅迟滞了生产过程。说到底，是维克托的实验室率先将原理应用在了这个新设备上。谢苗希望维克托能够派个研究助理过来，人可以在黎明时分乘坐工厂飞机离开莫斯科。他也提醒维克托，这是一架货机，不是客机，整个飞行会很难受。工厂驻莫斯科代表已经接到通知，如果维克托同意，只需要打个电话，工厂代表会派一辆车过来接人。

维克托说，他的同事目前都在喀山，只有自己在莫斯科。谢苗请求维克托给喀山发一封电报。事情开始变得急迫且复杂了，只有具备深厚理论修养的科学家才知道该怎么办。

维克托在想着对策。

"喂，喂，"谢苗说，"维克托·帕夫洛维奇，人还在吗？"

"您把工厂代表的电话号码给我，"维克托说，"我自己跑一趟。咱们今晚见。"

他给代表打了电话，告诉他地址，并提醒他自己会随身带两个箱子。车里亚宾斯克的事儿结束后他就不回莫斯科了，直接回喀山。代表说，他会派一辆车在凌晨五点过来接送。

维克托走到窗边，看了看表，还差一刻钟到四点。

探照灯的灯光扫过夜空。维克托看着探照灯，心想它会不会像突然出现时那样，突然消失在黑暗中？探照灯光柱先向左扫，然后向右，然后忽然凝固了，在黑暗的大地和黑暗的天空之间，只剩下一条垂直的浅蓝色柱子。

六十二

顿河西岸的战斗持续了大约三周。第一阶段的战斗中，德国人想要突破到顿河河畔，包围防御克列茨卡亚—苏罗维基诺—苏沃洛夫斯卡亚一线的部队。

如果德国人得手的话，他们将会渡过顿河，直扑斯大林格勒。尽管他们占据了人数上的优势，并且在若干处渗透到了苏军防线后面，但整个进攻还是失败了。7月23日，战斗一开始就陷入对峙，牢牢牵制住了大批德军部队。苏军的反击使德军坦克和摩托化步兵的进攻陷入瘫痪。

德军接下来从西南方向发动了进攻，也没有得逞。

接下来德国人决定从南方和北方同时发起进攻。

这一次，他们与苏军人数之比达到了二比一，在坦克、火炮和迫击炮数量上也占据了绝对优势。

8月7日，保卢斯的军队发起了进攻，两天后到达顿河河畔，占据了西岸大片土地，包围了人数众多的苏军部队。在这一不利态势下，仍旧留在西岸的红军开始渡过顿河。

8月初，方面军司令部命令克雷莫夫所在的反坦克旅撤到斯大林格勒。这支遭遇严重损失的部队将在那里进行补充休整。

8月5日，反坦克旅主力和旅部在卡恰林附近渡过顿河，前往斯大林格勒北郊的拖拉机厂进行休整。

克雷莫夫跟随部队到了渡口，与旅长告别后，驱车前往位于右翼的集团军司令部。他要在那里会见刚刚被任命为迫击炮连连长的萨尔基相。

给炮连运送汽油的油罐车在晚上被炸掉了，炮车没了油，耽误了炮连的撤退。萨尔基相只得到集团军司令部去开油料配给证。

克雷莫夫想早点找到炮连，走了一条小路。经验告诉他，在草原出行很容易失去方位，他不得不一路走走停停，仔细观察周围。德国人可能就在附近，他自己可不想在草原如蛛网般纵横的路网车辙中迷路。

他注意到自己已经很接近司令部：路边有铺设好的电话线，还有一辆通讯部队的装甲汽车超了过去。然后一辆一侧已经撞得变形、涂了伪装色的吉斯 -101 也超过了他们，车后面跟着一辆参谋人员乘坐的绿色爱姆卡，车玻璃都被打碎了。

克雷莫夫告诉谢苗诺夫跟上那辆爱姆卡，几辆车一起走了一会儿。有时克雷莫夫的车会落后一些，有时则近得被前车带起的烟尘笼罩。他们来到一处路障前，哨兵放过了前两辆车，克雷莫夫向他出示了通行证。哨兵翻看通行证时，克雷莫夫问："第 21 集团军的司令部在这儿吗？"

"就是这里。"哨兵答道。他把通行证递还克雷莫夫，露出微笑。哨兵很懂得如何让人从紧张情绪中放松下来。在战争所造成的迷惘中，一个人四处寻找方向，在最终到达时最需要的就是这个。

克雷莫夫把车停在一截用来当作路障的白杨桩子旁，朝着附近一个小村子走过去。他的脚步沉重缓慢，陷在深深的沙子里。隔着靴子都可以感受到沙子的暖意。

集团军司令部正在准备搬家。卡车没有隐蔽在伪装网下，而是直接停在农舍旁。战士们悄无声息地在把桌椅、打字机和装文件的大木箱子搬上卡车，动作很快，还带着一点漫不经心。从他们的行动上看，从去年开始，他们经历了无数次司令部设备的装车和卸车。

克雷莫夫直接往食堂走去，午饭时候的食堂最容易找到想要找的人。去年开始，各个司令部就形成了一种特别的生活方式，不论哪个司令部都没啥不同。克雷莫夫早就见识过了。

他跟别人开玩笑说，方面军司令部的生活就跟苏联加盟共和国首都的生活差不多，到了集团军司令部，就像生活在各个州的首府；到了师部和团部，生活就变成了像在某座中小城市或某个大型乡镇。在营连部的生活，干脆就像到了收获季节，个个都在不眠不休地抢收庄稼一样，只能在地里露营。

食堂的工作人员也在准备搬家。服务员把杯子和碟子放进塞着麦草的大箱子里。食堂会计把一叠叠餐券和配给卡存根叠好，放进一个金属箱子。

食堂设在乡村学校里。指挥员和政工人员站在大门外，等着派发战地配给。从教室里搬出来的书桌占了半个院子。一个脸上长满麻子的大尉坐在一张书桌前卷烟，对面放着一块黑板。顿河草原已经很长时间没下雨了，黑板上孩子们写的四则运算算式还清晰可见。指挥员们自顾自地交谈着，丝毫不去关注有谁走了过来。不管怎么说，克雷莫夫的步态、风尘仆仆的样子和他朝着食堂走来的动作，无非说明了他是个普通的军人，一起并肩战斗而已。

"这么说，斯捷普琴科，您一直没拿到新缝好的军便服？"一个人问。

"您要上哪辆车，侦察连的那辆还是作战部的？"

第三个人说："食堂老板这次又给我们厚粥，没给香肠。我敢说这家伙给自己留了一只烤鸡。这狗杂种吃得跟集团军司令员一样好。"

"看啊，济娜在那儿呢，她都不会正眼看我们。她还穿着一双漂亮的新靴子，一定是定制的。"

"济娜能从一个小小的大尉那儿得到啥呢？她一路都可以坐小汽车。而您不过是个凡人，只能在半吨卡车的车厢里颠来颠去。"

"下一次宿营时您到我们这儿来。后勤部长答应安排一处离食堂近一点的营地。"

"伙计，我还是离食堂远一点的好。要是德国佬看见食堂外挤满人，丢颗炸弹下来咋办？还记得我们在顿巴斯吗？我们运气还算不赖……那个村子叫什么来着？"

"顿巴斯算个啥，记得去年秋天在切尔尼戈夫吗？波德利泽少校被炸死了，还有其他六个也没了。"

"就是那一次，您的军大衣给烧掉了？"

"就是那件大衣！我在利沃夫定制的，料子跟将军穿的一样好。"

几个人在听着一名黑发的年轻政治指导员讲话。他的话语中有种被稍稍压制的兴奋，显然他刚从炮火中逃出来，到达了安全之所，结果那种充满生气的语调跟他所讲述的悲惨故事形成了某种奇怪的对比。

"我们还在调整部署，梅赛就飞到我们头上了，飞机轮子就擦着我们头顶过去。有些部队显示出了英雄气概。有一个反坦克炮连全部牺牲了，但没人丢弃大炮。可惜，敌人都打到你跟前了，这一切有什么用？"

"您提到的英雄气概，有什么亲眼目睹的证据留下来吗？"一位营级政委严肃地问道，他显然是哪个宣传机构的头头。

"那是自然，"政治指导员拍了拍他的背包，"去找炮连连长时我差点把命都丢了。但我写下了所有牺牲炮手的名字。还好，在这儿能遇上您。不过真是没法说，这里没人想到帮我把我的背包放上车，也没人愿意费心把我的名字写到配给名单里。这是真的，同志们！"

"总的情况怎样？"另一个人问道。他满脸胡茬，脑门子上扣着一顶军需官的绿色军帽。

政治指导员耸耸肩："一塌糊涂。谁都不知道指挥部在哪儿。我在某处深谷里撞上了德国坦克，差点完蛋。"

这样的对话克雷莫夫听到过无数次。这些让人泄气的内容现在变成了常态，越是泄气，人们就越显得习以为常。他满怀怒火地张开干渴的嘴，气呼呼地说："你是一位高级政治指导员，说到整个炮兵连的牺牲，说到红军撤退，显得自己像是从火星来的游客。你到这儿就是来匆忙看一眼，然后可以回家了，是吗？"

克雷莫夫原来以为政治指导员会赌咒，会骂回来，但后者只是眨了眨眼，低声咕哝道："唉，对，真是抱歉。我只是见到了同志们感到很高兴。要不然，我这会儿人还不知道在哪儿，求谁给我捎上一程呢。"

克雷莫夫本来准备尖刻地批评他一顿，却被这一温和的回答弄得有点不知所措。他换了缓和的调子说："说的是。求人捎一程的滋味我懂。"

他知道部队生活的铁律。他知道这里的人那些小小的自私最终会通过牺牲生命获得救赎。多少人在自己的家乡遭遇到战火后被迫离开，心里却在心心念念地想着厨房窗台上还放着一包烟草、一个肥皂盒。但就是这些人，会平静而义无反顾地面对牺牲和死亡。他知道这一切。

现在，正常而自然的生活已经遥不可及，更何况未来数周，甚至未来很长一段时间仍将极为关键。

克雷莫夫清楚，对很多人来说，撤退变成了某种习惯，形成了撤退的行事风格，形成了撤退的生活方式。部队里的被服机构、面包房、食品店和食堂都已习惯了撤退。人们总是想，可以一边撤退，一边保持正常的生活状态，在撤退中工作、吃喝、追逐女人；在撤退中听音乐，在撤退中获得提升、申请休假；在撤退中给后方家人寄送白糖和罐头。然而他们很快就会走到深渊边缘，再退一步都不行了。

突然，空气中传来引擎的嗡嗡声。几个人同时高声喊道："是我们的飞机，伊柳欣！他们进攻了！"

这时，克雷莫夫一眼看到了萨尔基相上尉，重迫击炮连连长。他是个矮个儿，肩膀宽宽的，正在朝克雷莫夫跑过来，一边跑还一边做着手势，激动地嚷道："政委同志！政委同志！"一直跑到后者身边一两米了才闭嘴。

萨尔基相脸上洋溢着喜悦，就像一个在人群里跟母亲失去联系的小孩，突然间瞥见了妈妈那又惊又喜还带着点怒气的面容。

"我就知道，我心里就知道，"笑容从他那张大脸和黑色浓眉上溢出来，"要不然我怎么会在食堂晃荡上一整天。"

萨尔基相在早上就到达集团军司令部，找到负责油料补给的少校要配给证。

"您的部队已经被列入方面军预备队，"少校答道，"您已经获得了油料配给，不在我的名单上了。去找斯大林格勒方面军油料配给部要吧。"

少校每说一句话，萨尔基相脸上就出现一种表情：先是害怕，然后是乞求，最后是愤怒。

少校一点都不肯让步。

"然后我就这么瞪着他。"萨尔基相说。

萨尔基相充满怒火而又决不妥协的眼神里，充满着前线战士对后方安全地坐机关的老爷们那种永恒憎恶。

克雷莫夫和萨尔基相一起去找少校，希望能改变他的决定。一路上萨尔基相向克雷莫夫说起了部队最近的作战情况。

炮连距离前线还有一段距离。坦克旅撤退后，全连进入防御状态。傍晚，附近的部队丢掉了自己的防守阵地，德国人的机动分队闯进了萨尔基相的防区。炮连事先备好了两个基数的迫击炮弹，不费什么力就把德国人赶走了。

德国人撤退前损失了两辆轻型坦克和一辆装甲车。凌晨两点，丢掉阵地的步兵部队回到了自己阵地上。要不是因为萨尔基相，这片阵地就易手了。

夜里德国人又发动了进攻。炮连帮着步兵打退了进攻，萨尔基相向他们的团长提出要一百五十升燃料，没想到团长小气得吓人，只肯给七十升，勉强够萨尔基相和他的八辆车开到集团军司令部。在村子东部五公里外，所有车辆停下来，再度摆出防御姿态。他自己搭便车到司令部找燃料。

两人来到了一栋矮小的白房子外，门口停着一辆损毁严重的卡车。"行了，"萨尔基相说，"到了！"他把手拢成拳头放在胸口，用恳求的语气说："政委同志，我有点害怕，怕把他给惹恼了。您跟他说会好一点，我在外边等您。"

他的样子并不像很害怕。这个强壮、结实的人所知道的一切只不过是如何用重迫击炮向敌人的坦克和摩托化步兵开火。克雷莫夫看着他那不知所措的眼神，感到有点好笑。

负责集团军油料配给的少校正在为出发做最后的准备。他看着手下给煤油灯捆上麦草，看着他们比划用来捆粉色和黄色文件夹的细绳。对于克雷莫夫所有的指责，他用礼貌而又不可改变的口吻说道："政委同志，我明白您的意思，但请相信我，事情办不到。我不能违背命令。我必须对脑袋里所知道的每一滴燃料负责。"他轻轻地拍了拍前额。

克雷莫夫意识到少校不会退步，只好问："这样的话，您能告诉我该怎么办吗？"

少校觉得可以打发走这个纠缠不休的家伙，便答道："需要问一下负责后勤的将军。他能决定一切。三十公里外有一个油库，跟我们这儿的一样大。将军会批准你们的请求。我跟你们说，朝这个方向走，道路一头会看到一栋小房子，百叶窗漆成浅蓝色。门口有个挎着冲锋枪的哨兵。很容易认出来。"

他和克雷莫夫一起朝着门口走去，边走边说："本来要能帮忙的话，我乐意之至。但命令就是命令，我也不能超出配额限制，而您已经被划到预备队，不在我们序列了。"

有那么一会儿，克雷莫夫觉得少校变得宽容仁慈了："把我们归到预备队，说说倒容易。可是炮连整整战斗了一夜。"

少校脑袋里已经在想着别的事情。他对手下说道："想过一周正常人的生活都难。接下来，后勤部主任肯定不会给我们分配舒服一点的宿营地了。别想了，在防空洞里过吧，跟战士们挤挤。"

"防空洞里更安全，少校同志，"他手下安慰道，"可以少挨点炸弹。"

克雷莫夫找到了镶着浅蓝色百叶窗的小房子。挎着冲锋枪的哨兵帮他找来了将军的副官。穿着斜纹布军便服的副官听了克雷莫夫的请求后，晃着一脑袋栗色卷发说，将军在工作一整夜以后已经休息了，克雷莫夫还是在部队安置好后再来吧。"您自己也看到了,"他说道,"我们在收拾东西,现在就剩电话机没动了,防着临时管理部门负责人万一有事用的。"

克雷莫夫只好又一次把问题的急迫性强调了一道:重要车辆因为没油动弹不得。参谋叹了一口气,让克雷莫夫进屋。

屋子里,一名通信员正在卷起地毯,摘下窗帘。一位梳着整齐卷发的姑娘在小心翼翼地把瓷器放进箱子里。看着这一幕,克雷莫夫又陷入了绝望。

这些漂亮的白色窗帘、地毯、红色桌布和银杯托曾经短暂地摆设在捷尔诺波尔、科罗斯特舍夫、第聂伯河畔的卡涅夫 [1]。但它们不得不一次次地收拾起来,放到箱子里,一路向东去。

"您这儿的地毯可真不错!"克雷莫夫说。这话说得有点言不由衷,他不由得微笑起来。

将军在用胶合板隔开的另一侧睡觉。副官担心吵到他,低声答道:"没什么特别的。我们原来那块地毯来自博物馆,可惜在沃罗涅日遇上空袭给毁掉了。"

年轻姑娘是屋里唯一一个用不慌不忙语调说话的人。她对正在收拾东西的战士说:"别这样,别把茶炊放到最底下,会压瘪的。茶壶得另外装箱。我跟您说了多少次了。将军也说了不止一次。"

那位战士用温和的自责目光看着她,好像是一位老农看着未经世事的城里姑娘。

"科利亚,"姑娘对副官说,"别忘了叫理发师。将军在出发前需要刮脸。"

克雷莫夫看着姑娘。那红扑扑的脸颊和肩膀显示出她已经长大,但清澈的蓝眼睛、小小的鼻子和圆嘟嘟的嘴唇证明她还是个孩子。她有一

---

1 中文译者注:捷尔诺波尔位于今乌克兰西部捷尔诺波尔州,科罗斯特舍夫位于今乌克兰中西部日托米尔州,卡涅夫位于今乌克兰中部切尔卡瑟州。

双大手，一双工人的手，指甲却涂得红通通的。那顶漂亮的船形帽和整齐的卷发并不适合她，要是扎成辫子再围上白头巾会更好看。

"可怜的姑娘。"克雷莫夫心中想道，然后陷入了习以为常的痛苦沉思。他一直将富足的小资产阶级享受视为革命和全部进步事业的大敌。享受是危险的，因为强大的自我保护本能滋养了它。极度渴望和追求个人富足是生命这棵大树上的部分枝干。生命用汁液哺育了这样的枝干。但它们是生命的敌人，它们会疯长起来，会变得疯狂，会互相损毁，会吸干生养它们的树干，会掏空滋养它们的树根。

克雷莫夫很清楚这种自我保护本能所具有的力量。他几天前就感受到这样的力量，就在顿河的浮桥上。他拒绝向这样的力量屈服。在这之前，他也曾很多次拒绝屈服于它。

需要指出来，那些"逃离者"的命运，与他们那些成为阶下囚的兄弟们的命运不可分割。那些"逃离者"的身上总是隐藏着某些可以割裂这个国家的力量。对他们而言，一个人，有一辆车和足够的汽油，他可以不停地向东，越走越远。他可以抛弃一座座燃烧的城市，压根不管不顾发生的一切。他从战火中抢回了自己的个人财产，安全地把它们藏在自己车里。他完全不会注意到，再多的火车和卡车也不能承载这个世界的所有物资。他根本不会考虑人民的命运，也不会考虑过去或者未来如何。他相信自己卑微的命运和人民的命运、更宏大的命运完全分隔。他不再有责任感。他躲在自己的小天地里，只管自顾自地安全溜掉了。他觉得不会发生任何可怕的事情。

克雷莫夫认为，这些人应该好好教育一下，让他们知道离开了整体，部分就无法存活。这些人应该得到些客观教训。他们第一次撤退，就没收他们的窗帘；第二次撤退就没收茶炊；第三次没收枕头；第四次没收茶壶和杯子，让他们用锡制的杯子对付过去吧。他们得清楚，每一次撤退，失去的一定比顽强抵抗失去的更多。经过了这样几回，一个人就会失去所有勋章和荣誉，接下来他会被贬谪，最后他会被枪毙。

这手段似乎有点粗暴，但会有效地驱散克雷莫夫看腻了的那种自命不凡和故作镇定的冷静。任何一名指挥员都不能再把不断撤退当作理所当然的事情了。

克雷莫夫站起来，在房间里走来走去。他想把拳头砸在桌上。有一回他在某旅旅部，听见门外的哨兵大声喊道："快！警报！附近有德国人！"他现在也想把这句话吼出来。

一名嘴里叼着烟斗、正在喷云吐雾的大尉进来找副官。

"怎么样了？"他善意地压低声音问道，像在询问病人的身体情况。

"跟您说了，记者同志，十四点之前别想。"副官答道。

大尉抬头向四处扫了一眼，问道："克雷莫夫同志？"

"对。"

"太好了，认出来了，"大尉说，"我叫博罗欣。"他继续用那种干脆利落的语气说道："您记不得我了。不，您根本就不认识我。不过，您还记得在工会讲过两节课，讲到凡尔赛条约和德国工人阶级？"

"1931 年，我记得是这一年。"

"后来您在新闻学院有个讲座。等一等，什么题目来着？中国的革命力量……要不是印度的工人运动？"

"没错，差不多是这个内容。"克雷莫夫高兴地一笑。

博罗欣眨了眨眼，把手指放到唇边："只有我们两人才知道这个——您当时肯定地说法西斯无法控制德国。没错，您当时用各种各样的数据明确证明了这个观点。"

他笑起来，两只灰色的大眼睛直勾勾地看着克雷莫夫。他的动作和表情跟他说话的风格一样，变得很快，也很突然。

"同志，请您小声点儿！"副官说。

"到院子里去吧，"博罗欣说，"有条长凳可以坐。中尉同志，将军醒来后能不能马上叫我们进来？"

"一醒来就招呼你们，"参谋说，"不会忘记的。去吧，就在那棵树下。"

克雷莫夫叹了口气："真不习惯。从一线部队到司令部的人都会这么想，我们一切按照司令部的指示做。可司令部因为有了一线部队才会存在下去……"

博罗欣耸耸肩："干嘛要担心已有的事情呢？要紧的是保住自己的汽油配额！"

博罗欣在一份部队报纸里当记者，消息灵通。到司令部三个小时前，他在友邻的第 62 集团军司令部里。

"第 62 集团军打得怎样？"克雷莫夫问。

"他们渡过顿河了，撤到了东岸，"博罗欣说，"打了一场漂亮仗，坚守了很长时间。但是要守卫的地方太多了，只好撤退。唯一的麻烦是他们还没学会撤退，又紧张又冒失，总是搞坏事。"

"没学会撤退是好事！我们这边太懂得撤退了，"克雷莫夫痛苦地说，"我们又安静又有序地撤退了，一点都不紧张。"

"这就对了，"博罗欣说，"德国人之前迎头撞上第 62 集团军，就像海浪撞在岩石上一样。"

他仔细地看着克雷莫夫，然后大笑起来，说道："真是不一样，太不一样了。"

克雷莫夫明白，博罗欣想起了早年间克雷莫夫的样子，跟现在这个穿着脏兮兮的靴子、戴着褪色船形帽坐在身边的克雷莫夫截然不同。当年的克雷莫夫是在给一群学生上课，讲印度的阶级斗争。在工艺博物馆的大门上，还张贴了讲座海报。

副官出现在门廊上："请进，营级政委同志。将军知道您来了。"

将军是个中年人，有一张宽宽的脸。他坐在椅子上准备刮脸。他的马裤吊带从宽肩上拉下来，绷得就像镶嵌在白色的衬衫上一样。

"行了，营级政委同志，我能做些什么？"将军背对着克雷莫夫问道，他在看着书桌上的文件。

克雷莫夫开始说起来，但将军一直在看着文件，克雷莫夫不知道他听进了多少，有点儿犹豫。是该说个大概呢，还是该从头说起？

"说下去！"将军说。

从他身后看过去，将军衬衣上挂着吊带，没有部队标志，一点都看不出是高级指挥员。克雷莫夫坐在矮凳上，无意中违反了条令。将军弯腰看着书桌上的文件，显然可以听到马扎的吱吱声。他在克雷莫夫一句话说到一半时插嘴问："营级政委同志，您入伍时间有多久？"

克雷莫夫没明白这么问是什么意思，以为是个好兆头。

"我参加过内战，将军同志。"

副官拿来一面镜子，将军把头伸过去看着自己的脸，问道："理发师是怎么回事？您光顾着制造恐慌，别跟我说把理发师也塞进箱子了！"

"理发师在外边等候，将军同志，"参谋应道，"热水准备好了。"

"那还等什么？让他进来。"

将军依旧看着镜子，冷冷地对克雷莫夫说道："我并不怀疑您的入伍时间长短。只不过我认为您是预备役人员。您未经允许就坐下来，我们认为这不礼貌。"

下级往往会被这样的斥责弄糊涂：这就算完啦？还是说完之后马上就有命令："立正！向后——转！齐步——走！"克雷莫夫起立，立正，拿出日常所需的那种沉甸甸的镇定，不动声色地说道："将军同志，对不起！不过，在面对一名经验丰富的政委时没有正脸跟他说话，这也被认为是不礼貌的！"

将军转过头来，眯起一双浅灰色的眼睛，仔细打量着他。

"完了，萨尔基相的燃料没戏了！"克雷莫夫想。

将军一拳打在桌子上，大声吼道："索莫夫！"

理发师手里拿着剃须刷和剃须刀走进来，一眼看到将军因愤怒而涨红的脸，吓得退了一步。

"请求汇报！"副官索莫夫中尉大声清晰地说道。他明确无误地感到风暴即将来临，站在门口，整个人都凝固了。

将军用一种指挥员才有的、温和但却不容置疑的命令口气，对参谋说道："去把马利宁叫来。告诉这混账家伙，要是他还敢欺侮一线指挥员，我就毙了他！有命令要我们炸掉地下油库……没有油罐车运油了，他知道！要是不把油分配下去，四十八小时后只会剩下一团火。这位政委需要的每一滴油，他都得给，每辆车都加满。两百公斤一桶的汽油要另给五桶。最后，他寸步不得离开岗位，直到上述命令执行完毕！"

将军站起来，凝视着克雷莫夫的眼睛。克雷莫夫从他专注的眼神里看到了狡猾、睿智和真实的心态。

"我无法表达对您的感激之情，将军同志。"

"行了，行了，"将军说道，抬手做出说再见的手势，"两个怒气冲天的人撞在了一起。"接下来他用真正愤怒的语气平静地说："但是我们还在撤退啊，营级政委同志，我们还在撤退。"

六十三

有时候，一个人的坏运气会一直持续，弄得他一事无成。有时候却刚好相反，一旦一件事情办成了，所有的事情就会按照它应有的方式好好地持续下去。命运似乎对任何一处困难都安排好了迅速、便捷和有效的解决方案。

克雷莫夫刚从将军办公室走出来，就看见一位通信员从油料配给部朝他飞奔过来。克雷莫夫从油料配给部里出来时，手里多了一份油料配给单，几分钟前上面刚刚签了名。他抬头看见了向他跑来的萨尔基相。矮壮的上尉两只褐色的大眼睛里闪着光。

"政委同志，都好了吗？"

克雷莫夫把油料配给单递给萨尔基相。过去四十八小时里，燃料问题一直折磨着他。萨尔基相和他的手下在信笺上写满了各种符号和数字，用他粗壮的大手计算着油箱的容量、燃料的分量和距离，不断加减乘除。一边算一边叹气，算得满头大汗，好像只要他念书时再用功一些，把数学学好一点，靠自己就能解决没油的问题。

"太好了，现在我们又能动起来了！"他不断重复说，高兴得大笑起来，还仔细地把配给单检查了一遍又一遍。

就算是克雷莫夫自己，有那么一瞬间也不得不接受这种他偶尔称之为"关于撤退的委婉说辞"。他能够迅速地从别人身上感受到类似的状态，而这又让他感到很无奈。很多人在密集的炮火下接到命令，要从阵地上撤下来。很多负轻伤的人得到正式命令，从地狱般的战壕里撤下来。克雷莫夫太明白这些人脸上会流露出什么表情，明亮的眼睛里会展现出什么眼神。

部队准备再次向东撤退了，一片忙碌喧闹的样子。但他知道，沉重的心灵深处会突然被某种幸存下来的轻松所占据。

但他也知道，人们无法摆脱战争。战争如影随形。越是加速逃离战争，战争就越是加速追逐着你。撤退只能让战争紧随而来。广袤的东方具有一种危险的吸引力。俄罗斯无尽的草原并不顺从于你。你以为有地方可以逃遁，但其实这不过只是幻象。

撤退的部队会在安静的果园和村庄里宿营。祥和宁静的气氛给战士们带来欢乐。但也许只过了一天，或者只过了一个小时，黑色的硝烟将起，战争的雷霆和火焰将在他们身后肆虐开来。一条沉重的锁链把部队和战争捆绑在了一起。撤退不会打断这条锁链，撤得越远，锁链就越沉重，在身上就捆得越紧。

克雷莫夫和萨尔基相一起去了村西头的冲沟里，重迫击炮连的车辆和装备就分散隐蔽在那儿，藏在山坡下，或用枝条伪装起来。战士们无所事事，面色阴沉。在部署到一个新的地点时，战士们一般都会忙忙碌碌，麻利地收拾周围一切，做饭，用麦草铺好掩体，洗漱刮脸，或者检查装备。但今天这里却丝毫没有这样忙碌的气氛。

跟战士们简单交谈几句后，克雷莫夫明白了，低落的士气造成了这一切。他们看到克雷莫夫后，勉勉强强地起立，慢吞吞地立正。克雷莫夫若是说句俏皮话，他们要么顽固地沉默着，要么会问些不快的问题。如果克雷莫夫用很严肃的语气说话，他们反而用俏皮话回应。他立刻感觉到，政委和他们的关系破裂了。格涅拉罗夫，一个以乐天和勇敢知名的战士，是这样问他的："政委同志，是不是全旅都要进城，要好好休整一下了？大家都说，您告诉所有人，咱们旅不得撤退。这是上边特别命令的。"

克雷莫夫被这句暗含责备的话激怒了。

"您不满意吗，格涅拉罗夫？您不想保卫您的苏维埃祖国了？"

格涅拉罗夫紧了紧皮带。

"政委同志，我可没这么说。凭什么觉得我会说这话？去问问上级看，前天我和伙计们一直坚守阵地到最后。别的人都撤了，可我们还在开火。"

一名年轻的弹药装填手脸上带着生气和讥讽的神色说道："最后一个撤退和第一个撤退，有什么区别吗？最后反正都是徒步穿越整个俄罗斯。"

"你是哪儿的人？"克雷莫夫问。

"政委同志，我来自鄂木斯克。德国人还没到那儿呢。"他一句话堵上了政委对德国人暴行的说教。

车后面传来一个声音："政委同志，德国人已经在轰炸西伯利亚了，这是真的吗？"

"政委同志，油料的问题处理得怎样了？步兵们现在已经在东边的路上了。"

迫击炮手们沉默地听着克雷莫夫怒气冲冲地反击。车后面那个声音又伤心地问道："所以这一切又都是我们的错？德国人没有前进，而是我们在撤退。"

"谁躲在那儿?"克雷莫夫问。他绕到车的一侧,但说话那个人已经不见了。

六十四

因为油桶不够,克雷莫夫命令萨尔基相把所有车辆都开到油库去。

预计萨尔基相在傍晚时分会回来,克雷莫夫决定留在村里等他。

但他回晚了。第一个原因是需要从集团军油库弄到足够的油才能开到方面军油库去。第二个原因是走错了路。最后一个原因是,到方面军油库要开四十二公里,而不是之前估计的三十公里。

到了方面军油库时,天色还亮着,但萨尔基相得知加油只能在夜间进行。油库靠近大路,德军飞机整天都在天上盘旋。只要一有车靠近,德机就会冲下来,丢下几颗小炸弹,用机枪砰砰扫射一通。

观察员说,最多时一天内他们被轰炸了十一次。

油库负责人和下属都躲在防空洞里。有人要是跑到外面去了,他们朝他大声嚷道:"外边情况怎样了?"

"只有一架飞机,"外边的人说,"在兜圈子,这狗杂种跟个哨兵一样!"

或者说:"朝着我们扑过来了。见鬼啦,俯冲过来了!"

在爆炸声中,他们全部扑在地上,赌咒发誓起来。过了一会儿,其中一个对着外边喊道:"在干嘛呢,还在瞎溜达?会把它招回来的。下次它会丢下颗穿甲燃烧弹!"

萨尔基相来加油的这一天,油库怕生火起烟招来飞机,连饭都没做。他们只好吃干粮。

离着油库一公里,他就被哨兵拦住了。"上尉同志,从这儿起您就得步行。天黑前不许开车进去。"

油库负责人头上乱蓬蓬的，麦草和泥土还沾在制服上。他建议萨尔基相趁着天色还亮四处观察一下，把道路给记清楚。天色一黑就立刻开车回来。

"让您的司机一定记得，不得开灯，一秒钟都不行。哨兵看见灯光就开枪。"

萨尔基相说，他和车辆会在二十三点开到，不会早也不会晚。

"德国飞机现在不见了。说不定去吃晚饭了，"油库负责人用手指指灰蒙蒙的蓝天解释说，"半夜前他们会朝天上发射信号弹，照得就跟老太婆半夜出来倒尿盆一样。"

德国人的轰炸机明显不是个开玩笑的话题。

六十五

意识到萨尔基相肯定会回得很晚，克雷莫夫让司机在村子里给他找个地方住下来。

谢苗诺夫又笨又不会办事儿。在村子里他连向农家女人要一杯水都窘得不行，更不用说去找牛奶了。他会蜷在车里睡一夜，根本没胆子住到别人家里。全世界恐怕只有一个人他不会害怕，那就是这位严厉的政委。跟克雷莫夫在一起，他差不多什么都不用做，还可以每天都吵吵，发牢骚。克雷莫夫对这一切的回应是说："总有一天我会调走。然后你就会饿死！"

他可不是在开玩笑。克雷莫夫对谢苗诺夫怀着父亲般的疼爱，真的很关心他的境况。

这一回，谢苗诺夫好歹还是把事情办得挺像样。他找了一间很好的农舍，又宽敞，又高大。几个小时前，司令部秘书处和总务处的人才刚刚搬走。

房子的主人一个是上了年纪的男人，另一个是个长得很清秀的高个儿年轻女人，身边老是跟着个浅发、黑眼睛的幼童。他们仁站在夏天用的厨房雨篷下，看着总务处的人在做出发前的最后准备。

午饭后，总务处最后一部分人也离开了，接着警卫营也走了。整个村子空空荡荡。傍晚来临，平坦的草原上呈现出落日朦胧的色彩。高空中，光明与黑暗继续着它们无声的战斗。傍晚的气息中，逐渐升起哀伤和焦虑的乐章。被黑暗笼罩的大地上，一切声响归于沉默。

当有着强大力量的那些人来了又走了后，整个村子变得空无一人，如预想的那样，陷入一片沉静当中。这一时刻令人陶醉但却又痛苦，往往会持续好几天。指挥部里的人抬腿就走，许多房子再也看不见人。

他们留下的只有轮胎印、报纸碎片，屋外丢着罐头盒，用来当指挥部食堂的学校旁边堆着高高的马铃薯皮。小心挖掘出来的避弹坑又窄又细，壁上挂着枯萎的洋艾；用白杨树干做的路障现在已经竖起来，方便车辆通过。整条路畅通无阻，谁都可以随心所欲地开车进出。

村里的人感到了自由，也感到自己被抛弃了。孩子们在校舍前四处晃荡，要么在四处寻找食堂厨子们落下的没有开的罐头，要么看看有没有没烧尽的蜡烛、没用完的电线，甚至有没有落下一把刺刀。眼尖的老太婆在看他们那些来去匆匆的客人们有没有拿走自己的剪刀、线头、煤油灯罐或者玻璃灯罩。有个老头想要搞清楚果园里被偷走了多少个苹果，烧掉了多少柴禾，自己留下的木板还在不在那儿。他四处看了又看，生气却不带恶意地咕哝道："好吧，他们总算走了，可是魔鬼们……"

他的妻子走进来说："该死的厨子真把我的盆子给拿走了。"

年轻女人沉思着，看着空荡荡的大路。她婆婆一直瞄着她，不高兴地说："明白了，开始想念那个司机了，对吧？"

整个村子终于再次变得宁静、舒适且宽敞。可是忧伤和焦虑突如其来，往往让人会觉得那些军人们在这里似乎生活了一辈子，而不仅仅是一两天。

村子里的人议论起了那些刚刚离开的指挥员们。他们中有一个沉默寡言，但手脚麻利，喜欢四处涂鸦；有一个因坐飞机而被吓得全身都发软，但却总是在开饭时间第一个跑进食堂，最后一个出来；还有一个天天高高兴兴，说话从不遮遮掩掩，喜欢跟老头儿们一起抽烟；第四个老是拿着罐头肉换自酿白酒，还喜欢纠缠年轻女人；第五个架子很大，根本搭不上话，但他有一副好嗓子，弹一手漂亮的六弦琴；第六个最坏，你要是不正眼看他一下，他就骂起来，说你等德国人等得都不耐烦了。大家把指挥员们上下摸了个透：司机、通信员、警卫员和冲锋枪手们——村里人爱把他们叫作凡卡、格里沙和米佳——把当官儿的是是非非都抖搂出来了，谁有什么癖好，从哪儿来，跟哪个电话接线员或者文书鬼混，如此这般。

可是，在离开一个小时后，风扬起的沙尘就会把他们留下的所有痕迹抹平。会有陌生人出现，所有人都会被这些陌生人带来的消息给吓倒：周围已经没有红军活动的迹象，大路上空无一人，德国人已经不远。

谢苗诺夫小声说，他不喜欢这位房东，但房子还都挺好。老太婆还把自制的伏特加卖给他。这家人的邻居告诉他，在集体化之前，他们不仅种地，还靠做买卖过日子。怎么说，他和克雷莫夫克反正不会在这户人家里一直住到明年。再说，那个年轻女人可真是个美人儿！

谢苗诺夫深陷的双颊微微泛红。这个高个儿年轻女人有丰满的胸脯、健壮的双腿、结实有力的双手，眼神清澈而热烈，一眼望去就让男人发抖。他肯定是被迷住了。

谢苗诺夫打听出来了，年轻女人是个寡妇。她嫁给了房东老两口的儿子。那孩子跟父母吵了一架，跑到邻村拖拉机站当维修工，后来死了。年轻女人回到公公家里拿点自己的东西，很快就要走。

刚刚离开的那些人留下的气息已经散尽。地板擦拭过了，撒上了带着清香气息的洋艾，驱赶当兵的留下的虱子。炉子里燃烧着明亮的火焰，吸走了淡淡的烟草、食品和小牛皮的味道。屋里只有老头自种烟草带来的浓烈气息。

炉子旁边放着一个盛着生面团的大碗，上面盖着一片薄薄的布用来挡风。

洋艾、自种的烟草、炉火和刚刚擦过地板的凉爽湿气，现在已经混在了一起。

老头儿掏出眼镜，朝门口看了一眼，开始低声地念一份他在地里捡到的德国传单。长着浅发的小孙子站在身边，把脸颊抵在桌边，严肃地皱着眉头。

"爷爷，"他认真地问道，"为什么谁都想要来解放我们？刚开始是罗马尼亚人要解放我们，现在轮到德国人来解放我们了。"

"安静点儿！"老头儿挥手把小孙子赶到一边，继续去念这份传单。辨认单词对他来说就跟打仗一样。他变成了一匹拉着大车爬冰山的老马，要敢停下来哪怕一会儿，就甭想再启动了。

"爷爷，这些犹太佬是谁？"老头儿四岁的听众问道。眼神里满是严肃和专注。

克雷莫夫和谢苗诺夫刚走进来，老头儿赶紧放下手中的传单，摘掉眼镜，直愣愣地看着他们，问道："这么说，刚才剩你们这俩了？怎么刚才不走？"

老头儿说话时用的是过去时，仿佛克雷莫夫和谢苗诺夫都不存在这世间。他们都变成了某种虚无缥缈的东西，不再是有血有肉的生灵。

"您管我们是谁呢，反正也没什么区别，"克雷莫夫含笑应道，"刚才不走，是因为我们奉命留下。"

"问这么多干嘛，"老太太对丈夫说，"需要走的时候他们会走。"她掉过头来对客人说道："请坐，吃点东西吧。"

"不必了，谢谢，"克雷莫夫说，"我们吃过了，您吃您的。"

年轻女人走进来，瞥了一眼来客，用手掩住嘴咯咯笑起来。经过克雷莫夫身边时，她的眼睛直勾勾地看着他。克雷莫夫感到全身像火烧过一般，也不知道是她盯着看的眼神还是散发着体香的温暖身体让他产生了这种感觉。

"我得去叫邻居去挤牛奶了，"她对克雷莫夫说，声音有点微微的沙哑，"婆婆和邻居一起养着头奶牛，可我根本没法靠近这东西，它不许陌生人给它挤奶。女人除了挤牛奶这事儿，好像做别的什么都还成。"

老太太在桌上放上了一个绿色瓶子，里面是自酿白酒。

"您自己倒一杯吧，指挥员同志。"老头儿一边说，一边在桌子旁摆上两把凳子。

在他说"指挥员"这个词时，不经意地流露出嘲讽的意味，在拐弯抹角地暗示说："我才懒得去想您是哪门子指挥员呢。您可能是高级指挥员，也可能是初级指挥员，可现在您已经没有什么可指挥的了。您既不能帮我也不能害我。生活中只有一类人是真正的指挥员，就是我们农民。可您如果还想让人家像往常那样称呼您为指挥员，那就照办好了。"

克雷莫夫对着老头儿摆了摆头作为回应。跟很多有着充沛精力的人一样，他很少喝酒。他常说，只有需要提提神时才会喝一口。

"这可不是甜菜酿的，"老头儿说，"用真正的白糖酿的，可带劲儿了。"

老太太安安静静地摆出五个玻璃杯，端上来一个大碟子，里面的土豆和黄瓜堆得高高的。她把面包切成几片，在上面小心地撒上盐，然后放下两把叉子和一把刃口锋利的刀子。一把叉子带着粗重的黑木柄，另一把叉子是银叉，显然是在战争期间弄到的。

老太太在几秒钟里以异乎寻常的利索劲儿做完了这一切，好像她突然把这一切一把全部扔在桌子上一样。但每个杯子的位置都放得恰到好处。土豆和刀叉一眨眼就全放好了。

两个老人低声咕哝了一句"祝您健康"后，一口把酒干了，各自吃了一点东西。老太太一言不发地把杯子给倒满。

在吃喝的问题上，他们的活儿做得真不赖。

酒酿得很好，劲儿很猛，热辣辣的，但却一点都不烧喉咙。克雷莫夫暗自吃惊。"这地方哪像个农舍，"他心里想，"简直就是烧酒的圣地。"

老太太似乎感觉到了克雷莫夫的迷惑，瞥了他一眼："来吧，吃一点儿。喝了咱们家的好酒，光抽烟怎么行！"

年轻女人看着克雷莫夫的目光一直在变。有时候她的目光显得既年轻又狂热，有时候却显得既友善又睿智。

老头儿发话了："1930 年我们把村里的猪都宰了，连着喝了整两周，喝死了两个人[1]。有个老家伙喝了两升酒，跑到草原上，就躺在雪地里睡着了。天亮时找到他，身边还有个碎酒瓶。那一晚真冷啊，冷得连烧酒都结冰了。"

"我酿的烧酒不会结冰，"老太太说，"酿出来的是地道的烈酒。"

老头子已经有点醉意了。"你没弄明白，我说的不是这个。"他拍了拍德国传单。

这一下，已经谈到的，和马上就要谈到的东西让两边的交谈变得坦率而且可怕。老头子认为苏军的撤退不是因为遭遇到了暂时的挫折。他认为苏维埃制度已经完蛋了。撤退只不过证明了他一直相信的观点。

"您是党员，对吧？"他问克雷莫夫。

"正是，"克雷莫夫答道，"我现在头发都变白了，但在青少年时期就入了党。"

"你们共产党现在还能把我怎样？"老头子问。

"我们的人马上就到。"克雷莫夫心平气和地说。

1　中文译者注：20 世纪 30 年代初，因为农业集体化问题导致南俄和乌克兰发生大面积饥荒，富农被镇压。这一段是在影射农业集体化时期富农们提前屠宰自家牲畜以避免被没收。

"那敢情好。"老头子也心平气和地答道。

老头子喝醉了，想要一吐为快。他不想去辩论什么，而是想要自由地倾诉，毫无禁忌地把那些不能说的东西说出来。

他觉得自己就是个见证者，一位历史学家。

老太太听到丈夫大骂集体化，血一下子涌了上来。她赶紧帮他转移话题："你得跟他们说说柳芭的事情。这家伙从我们的菜地里偷豌豆，然后又在果园里把李子吃了个饱。可我们连一句话都不敢说！将军睡觉时，她跟将军手下一起打牌……还有集体农庄主席。他走时牵走了我们最好的马，还带走了四普特蜂蜜[1]。还有农庄商店！盐、煤油和棉布都往那儿送，可我们得到了啥？最后只能看到农庄主席的老婆，拿着白棉布给自己的新衣服镶边。"

"这些算个什么，"老头子说，"比这糟的事情多了去。"他自己也很奇怪，很多年都没用过的词语就好像刻在记忆里，在浓厚的情绪驱动下瞬间脱口而出："皇室的葡萄园……萨尔季科夫斯基副官长的产业……国家杜马议员的酿酒厂……沙皇陛下哥萨克禁卫团的连长纳扎罗夫……哥萨克军州的大头目……"

在那些旧时光里，所有人都过得平平静静、舒舒服服。他觉得，好像每个人都不知道短缺是什么。

而这个新世界里，有了拖拉机和联合收割机，有了马格尼托哥尔斯克钢铁厂和第聂伯河大坝，有了各种各样的主席和军队首长，大家都去念书，变成了农学家、医生、教师和工程师。然而这个新世界里的一切并没有带来任何好处。人人都像疯子一样地工作。想想1930年被流放的那些人……现在苏军撤退到高加索了，所有人都在逃命……

说到大家为集体农庄拼命工作时，两个老人语调里带着怒气。但年轻女人顶了一句："你们俩都在胡说什么？真正的庄稼汉从不胡说。你们

1　英文译者注：四普特大约有 65 公斤。中文译者注：普特是沙俄时期计量单位，一普特相当于四十俄磅，约等于 16.38 公斤。

谁干过庄稼活？你们就知道酿烧酒，然后卖给那个集体农庄主席！"

克雷莫夫很早就注意到人类有种独有的特征：那些喜欢嚼舌头抱怨的人往往不是生活最艰难的人。这一特征不仅适用于个人，也适用于各地。他弄不懂这是为什么。苏维埃制度在顿河草原，在伏尔加河与南部的湖区之间建立起来已经很长时间了。它和沙眼、肺结核还有梅毒奋斗了很长时间，救活了这里的人民。苏维埃制度建起了学校，为草原建立了一座中心城市，里面有剧院、博物馆和电影院。在卡尔梅克草原上，大片的羊群在悠闲地吃着青草。但他知道，这一地区暗流涌动，在草原上旅行是危险的。当地人会杀害伤员。他们藏在芦苇丛中，射杀过路的人。但是在白俄罗斯的森林和沼泽里，那些突围出来的士兵、成功逃出的战俘往往却受到热情的接待，仿佛是一家子里失踪已久的孩子重回家中。可这些地方的土地贫瘠，生活困苦，比草原难上一千倍。

"说到德国人，"老太太用动听的嗓子说道，"我们对德国人没什么可以害怕的！德国人把战俘都放了。他们会归还我们的土地，而且他们不杀害党员。让党员登记一下，然后就放走了！唯一害怕德国人的人，是那些让我们俄罗斯人也感到害怕的人。我们对这种人没有一点同胞之情。"

克雷莫夫知道，在这种情况下，争论毫无意义。十月革命之后的二十五年时光，只是强化了这对老夫妇的成见。没人会去突然诅咒他们，他们的这些念头也不会突然出现。只不过是他们把这一切想法隐藏了很久，直到今天才释放出来。

他想起了1941年秋天。在切尔尼戈夫附近，有个战士对其他人说，被德国人俘虏后会过上好日子。他下令枪决此人。在行刑前，这个上了年纪的士兵似乎看透了他的想法，说道："您别以为只有我这么想。很多年轻人跟我想的一样，很多老人跟我想的也一样。您不可能把我们全毙了。"

克雷莫夫一辈子都在和这样的人做斗争，他不知疲倦地这样斗争着。

如果此刻他内心的沸腾能够转换成热能，足以将整个贝加尔湖的水都烧开。必要的话，克雷莫夫可以非常无情，但他也可以非常有耐心，比世界上最有耐心的医生还富有耐心，比世界上最冷静的老师还要冷静。眼下是最痛苦的时刻，他曾经努力奋斗想要推翻的一切依旧顽固地存在，就在他面前啃着土豆，吞咽着食物，还邀请他一起喝酒。

克雷莫夫突然站起来，一把推开椅子，径直走到大街上。谢苗诺夫跟着走了出来。

室外存着一天的余光，果园里的小径显得洁白无瑕。

六十六

"萨尔基相是怎么搞的？"克雷莫夫问谢苗诺夫，"早该到了。"

谢苗诺夫靠在克雷莫夫耳边低声说道："有个战士刚刚经过，说西边没有人了，成了无人地带。我们得向东走，起码还得走二十公里。"

"不行，"克雷莫夫说，"我们得在这儿等萨尔基相，但不能跟这些酿劣酒的待一块儿了。看一下哪儿有谷仓，说不定有麦草可以让我们垫一下。"

谢苗诺夫想要反对，这会儿上哪去找麦草呢？他看了看克雷莫夫阴郁的脸色，默默地朝着大门走去。

夜色更深了。整条街道空无一人，阒然无声。天空的远处有一条细细的光晕，是遥远的火光倒映，给整个哥萨克村子带来了一丝邪恶而晦暗不明的微光，飘荡在屋顶上、谷仓上，飘荡在水井里和果园上。

村子的东边，狗突然间狂吠起来。克雷莫夫听到了有人在唱歌，还有哭泣和醉酒的喊叫。头顶上传来了嗡嗡声和吱吱声。夜航的亨克尔式轰炸机正在被烧灼的大地上空飞行。

他倾听着这声音，抬头看着天空，想起了在冬季攻势里经历过的一件可怕的事情。勇敢而天性乐观的奥尔洛夫和部队一起刚刚解放了自己的家乡。克雷莫夫给了十九岁的中尉两个小时去看望家人。他再也没见到中尉本人。在红军到来前，奥尔洛夫的母亲跟着德国人一起跑了。他知悉这一切后，开枪自杀。

"背叛。来自母亲的背叛。还有比这更糟的吗？"克雷莫夫问自己。

远处的火焰仍在燃烧。

克雷莫夫感到身后有人走来，悄悄地看着自己。是那个年轻女人。尽管没有想到是她，但他下意识地预感到了这一幕，一点儿也不吃惊，看着她来到自己身边，坐在门廊台阶上，双臂环抱着膝盖。

远处的火光让她的眼睛发亮，然而这不祥的光芒开始变得柔软，衬出了她全部的美。她一定感觉到了——不是用自己的心灵，而是用自己全身每一寸皮肤感觉到的——这个人正在看着她赤裸的双臂，看着火光在自己腿上跳跃，看着顺着脖子垂下来的两条光滑柔顺的辫子盘在膝头。因为不知道向对方说什么，她一言不发。

这个老是皱着眉、有着一双平静的黑眼睛的高个子，跟那个年轻司机太不一样了，跟那些军人们更加不同。那些当兵的就知道拿着罐头肉、汽油和干粮跟她套近乎。

她不是一个羞答答的或者唯命是从的人。这些日子里，她像个男人一样，毫不掩饰地、粗野地跟生活做斗争。她犁开土地，给马钉蹄铁，劈柴火，修补屋顶和墙壁。老头儿和孩子们去种菜，放牛，照看婴儿，做着女人才做的活，而她做的却是壮汉才做的活儿。

她会扑灭燃烧的大火，一路追打谷仓里的小偷，把小麦送到区里，在使用磨坊的事情上跟部队的人讨价还价。谁都想要欺骗她，她也学会了骗别人，她知道如何变得比别人更狡猾，怎么去让骗子上钩。就连她骗人的方式也非常男人，完全不是农村妇女那种小把戏，倒像当官儿的那样异常厚颜无耻。

往牛奶里加水，或赌咒说昨天挤的、已变酸的牛奶是鲜牛奶，这不是她的风格。她骂人时用的语调也不是农村妇女那种飞快尖刻的语调。生气时，她慢慢地、一个字一个字地诅咒别人，跟所有男人一个样。

部队撤退的这段漫长时间里，大路烟尘滚滚，亨克尔式和容克式轰炸机在头顶嗡嗡作响，奏响战争的轰鸣。自己少女时那段日子又安静又羞怯，可她现在却难得一想。

这个鬓发斑白的男人看着她，呼吸里带着酒气，但眼神却严肃异常。

她能坐在自己身边真是让人高兴。克雷莫夫真想这样一直坐在她身边，久久地坐在这个年轻漂亮的女人身边，坐到天亮，坐到第二天。然后，早上他会去花园里，会去草地上干活。夜里回来，他能坐在桌旁，看着她健壮黝黑的双手铺好床铺。她把脸转过来对着他。他能看到她漂亮的眼睛里流露出温柔的信任。

年轻女人仍旧一言不发。她站起来，走过明亮的沙地，走开了。

他看着她走开，知道她还会回来。过了一会儿，她回来了："来吧，一个人坐着干嘛？大家都在那边屋子里呢。"

克雷莫夫叫来谢苗诺夫，要他检查冲锋枪，不得离开汽车。

"德国人要来了？"她问。克雷莫夫没有回答。

他随着她到了一间大屋子。里面又热又闷，挤满了人，还烧着炉子。

围着桌子坐着好些个女人，几个老人，还有几个穿着外套、没怎么刮脸的小伙子。

一个非常漂亮的年轻女人坐在窗边，手搁在膝盖上。

克雷莫夫跟她说话时，她低着头，用一只手轻轻抚摸着膝上看不见的皱纹。然后她抬起头来，眼睛里流露出纯洁无瑕的眼神，无论艰苦劳作和阴郁生活都无法使之黯然失色。

"别打她的主意！"几个老女人在旁边嘻嘻笑道，"丈夫入伍了，她在等着呢，活得就像个修女！她有一副好嗓子，今晚我们请她来给我们唱歌。"

有个长着大胡子、高额头的男人，显然是房东，用他的长臂一扫，嗓音粗哑地喊道："狂欢吧！我的朋友们，今晚是我最后一次和大家痛饮啦！"

他喝醉了，动作有点疯癫。汗水从他的额头滴落下来，流到眼睛里。他一会儿用手绢擦拭，一会儿又用手抹着眼睛。他的脚步沉重而踉跄，每走一步房间里的东西都会随之颤抖。桌上的杯盘和刀叉碰得叮当响，就像是在火车站里吃饭时一列重载货车驶过。好几次他差点摔倒，引得女人们发出短促的尖叫，然而他又站直了，继续晃荡着，还想去跳舞。

老头子们脸颊红通通的，因为喝了酒，屋里又闷，个个汗流满面。

年轻人面色苍白，静悄悄地坐在老头子身边，也许是他们不会喝酒，也许是不舒服，也许是烧酒没法缓解他们的焦虑。整个人生横亘在面前，已经够让人焦虑了，战争却又加剧了焦虑。

年轻人在躲避着克雷莫夫的视线。他们说不定使了什么花招，逃过了兵役。

老头子们纷纷过来，用他们自己的方式跟克雷莫夫胡乱聊天。大胡子男人说："您得站稳了！就这样，看在上帝的份上，要脚踏实地！"然后他使劲地把双手往上一扬，猛地打了一串响嗝，声音之响，让那些已经习惯他样子的女人们都吓了一跳。

桌子上都是吃的，每个人都把自己能拿来的都拿来了。女人们看着桌上各种菜肴，不停地说："能吃就吃吧。明天就让德国人拿走啦！"

桌上一个大得像太阳一样的平底锅里盛着煎鸡蛋、火腿、馅饼、腌猪油，大碗装着奶油干酪饺子，瓶子里放着果酱、葡萄酒，还有白糖酿的烧酒。

大胡子男人用长得可以从桌边够到墙上的手臂不停地做着手势，高声喊道："吃吧喝吧，吃吧喝吧！今天吃个够，明天对付德国佬！向美食致敬，向自由致敬！"

然后他向克雷莫夫靠过来，把吃的推给他，突然伤感地说道："吃

380

吧，首长同志！我大儿子也在打仗，是个上尉！"

有个人坐在橡木墙板旁的椅子上，一直不说话。大胡子走过去，克雷莫夫听见他说："吃吧，我的好人，吃吧喝吧！我们对您毫无保留，您也别磨磨蹭蹭，放开了吃！"接下来，他话不对题地继续道："我哥哥是沙皇的侍卫官，一直到德诺火车站都在尽忠。[1]"

虽然喝得烂醉，大胡子男人却能找到正确的人说正确的话。他知道该跟谁说自己在红军中服役的儿子，跟谁说自己的哥哥。

克雷莫夫看着这个沉默的男人。他有狐狸一样狡黠的眼睛，和狼一样凶狠的面容。克雷莫夫感到了敌意，问道："您是谁？"

"我住在这个村庄里，是一名哥萨克，"这个人用慢悠悠懒洋洋的调子说，"我是来凑热闹的。"

"凑什么热闹？"克雷莫夫问，"有人结婚或者有人生孩子了？还是过沙皇命名日？"

这人全身上下好像都是一个颜色，从皮肤到头发，从眼睛到牙齿，都呈现出覆满了尘土的黄色。他看人的眼神，说话的方式带着一点夸张的味道、还有种懒洋洋的平静，让克雷莫夫想起了马戏团高高的大幕下，演员走钢丝时面对熟悉而致命的那条钢索的样子。

此人的嘴角浮现出一丝微笑，慢慢站起来，摇摇晃晃地朝着门口走去。他没有回头，看样子大概也喝醉了。他踉跄而行时，全场沉寂了，两个老头儿互相看了一眼。

也许克雷莫夫触动了某个秘密。只有这些红脸、狡狯和一根筋的老头儿才知道的秘密。

克雷莫夫时不时地注意到，领他到这里的年轻女人不停地看着他，眼神严肃而忧伤，还带着疑问。

在房屋的另一角，大家开始请那个坐在窗边的年轻女人唱歌。她微

1　英文译者注：1917 年 3 月 15 日，沙皇尼古拉二世在德诺火车站签署了退位诏书。

笑着，捋直了头发，抻了抻裙子，把双手放在桌上，瞄了一眼挂着防空帘的窗子，开始唱起歌来。于是每个人都认真而悄悄地唱起来，那态度让人仿佛觉得没人喝醉过。

大胡子男人在说话时声音比任何人都响亮，这会儿却用几乎听不到的声音唱起来，样子就像个勤奋的学生，眼睛一直没离开唱歌的年轻姑娘。后者显得个儿高了很多，雪白的脖子也变得更细长、更优雅，脸上现出了少见的欢快、幸福和受宠般的温柔。

也许只有歌唱才能让他们放下压在身上的怒火和困境。克雷莫夫听过其中一首歌曲，但那是很久以前了。歌声触碰到了内心深处的某些隐藏已久的东西，他甚至都忘记了它们潜藏在心中。一个人几乎不可能把自己生活中的所有经历——甜蜜的童年，艰苦工作的岁月，希望、激情与伤痛，垂垂老矣之时——在心中紧密关联。但突然间这种关联就突然出现了，就像从高空俯瞰整条伏尔加河，能从谢利格尔湖深处的泉眼一直看到它汇入里海时的盐碱三角洲[1]。

克雷莫夫看到泪水从大胡子男人的脸颊上流下。

年轻女人看着他说："纵有欢乐，心实哀伤。"

你能把歌词记下来，你能描绘出歌手的样子，画出她的眼神，形容歌声的旋律，你能写出听众的悲伤和渴望，但这样就能写出一首歌了吗？这样就能写出让人动容的歌曲了吗？不会的，怎么能够呢？

"对啊，"克雷莫夫说，"心实哀伤。"他走了出去，车就停在旁边。谢苗诺夫把车开了过来，就靠在篱笆旁。

"谢苗诺夫，困了吗？"

"不，"谢苗诺夫说，"不困。"他在黑暗中注视着克雷莫夫，像个孩子一样高兴地见到他回来。"这里真安静啊，又黑又吓人。火都灭了……我给您在谷仓里铺了些麦草。"

1　中文译者注：谢利格尔湖位于今俄罗斯特维尔州，是伏尔加河的源头。

"我这就去那儿躺会儿。"克雷莫夫说。

接下来克雷莫夫能记住的，只有夏天黎明时的朦胧微光、麦草的气息和沙沙声，还有苍白的清晨天空上微微闪亮的星星——或者，这是那个年轻女人苍白的脸上那双闪亮的眼睛？

他把自己的忧伤，把叶尼娅带给自己的伤害全都说给她听了。有些话他连自己都没有想到能说出来。

她热烈和飞快地在他身边耳语着，恳求他留下来。在齐姆梁斯卡娅附近的村子里，她有自己的屋子和花园，有酒，有奶油，有鲜鱼和蜂蜜。在那儿没有人会出卖他们。两个人会在教堂里结婚，她会发誓只爱他一人。她会高高兴兴地跟他过一辈子。可是，如果他感到厌倦了，随时可以离开她。

她说不知道这一切为什么会发生在自己身上。她对男人从来都一视同仁，了解他们，也会遗忘他们。但克雷莫夫却让她感到困惑，让她全身颤抖，呼吸急促。不，她从来没有感到过这样。

她的话和她的眼神刺中了克雷莫夫的心。"也许这就是了，"他想，"也许这就是幸福。"但他又在心中说道："就算是吧，这不是我想要的幸福。"

他走出去，来到果园里，摇着头避开苹果树低垂的枝桠。

谢苗诺夫在院子里欢呼道："政委同志，萨尔基相到了，迫击炮连到了！"

谢苗诺夫整夜听着亨克尔式轰炸机的嗡嗡声、苏联轰炸机的隆隆声，看着天空和远处无声燃烧的火焰。这一声欢呼道出了他昨晚所经历的焦虑不安。

当天傍晚，他们再次渡过顿河。克雷莫夫用舌头舔着干燥的嘴唇，对谢苗诺夫说："浮桥上的战士换人了。前几天看到的那两位架桥的工兵肯定已经牺牲了。他们战斗的时间不长，但光荣地完成了任务！"

谢苗诺夫没有回答，他在全神贯注地开着车。安全开过浮桥，到达东岸后，他说："那个哥萨克女人真是个美人儿啊。我还以为会在那儿多留一天的。"

六十七

当天晚上，随着迫击炮连到了斯大林格勒后，克雷莫夫找到坦克旅旅长格列利克中校。

"来了，"克雷莫夫说，"钓到了几条伏尔加鲟鱼？弄点鱼汤来招待我吧！"

格列利克总是喜欢跟政委开开玩笑，但这次他连笑都不笑，径直走到门旁，看了一下是不是已经关好了。

"读读这个，克雷莫夫同志。"他说着，从图囊里抽出一张叠好的卷烟纸。

上面写着斯大林发出的命令。

克雷莫夫开始仔细地读这道斯大林发给撤退部队的命令。命令里充满了悲愤和怒火，每一个字都说出了克雷莫夫所感受到的痛苦和愤怒，也唤醒了他的责任感和对事业的忠诚。

读着这道命令，仿佛就是读着自己。这一切在撤退的滚滚烟尘和火焰中、在他心里扎根。斯大林的每一个字都是燃烧着的事实，呼唤着人们去尽最高的职责。它用最简单也是最骇人的方式警告人们，覆灭的危险在迫近。命令只说了一件事，如果继续撤退，一切终将结束。因此，撤退将是世间最严重的犯罪。这个伟大的国家和它伟大的人民的命运，还有全世界的命运就此决定了：决不许继续撤退。

"这正是我们需要的！"克雷莫夫惊叹道。他用双手捧起这片小小的卷烟纸，把它还给格列利克。轻飘飘的纸片现在就像钢板一样沉重。命令里不仅有悲愤和怒火，更有对胜利的信心。

他仿佛听到了警钟长鸣[1]。

六十八

步兵连连长科瓦廖夫中尉收到了托利亚·沙波什尼科夫的来信。两人在去部队报到的途中认识，托利亚被分配到一个炮兵连。

托利亚的来信里洋溢着快乐和得意。他所在的炮兵连参加了射击比赛，拿了第一。他吃了很多甜瓜和西瓜，还和上级一起去钓了两次鱼。科瓦廖夫明白了，托利亚的部队现在是预备队，驻扎地离自己不远。他自己也跑到伏尔加河去钓鱼，西瓜也没少吃。

科瓦廖夫好几次想给托利亚回信，但却不知道该怎么说。他被托利亚来信中的最后一句话给激怒了："我的部队是近卫军部队。那么，请收下来自近卫军中尉阿纳托利·沙波什尼科夫的问候吧！"

科瓦廖夫都可以想得出来，托利亚在给斯大林格勒的外婆、给他那漂亮的小姨和表弟妹们写信时，会在末尾一律写上"来自近卫军中尉沙波什尼科夫的诚挚问候"。科瓦廖夫都想在回信里用半是好心半是嘲讽的语调取笑他一下，然后再劝劝他。但他却找不到合适的词语来描述这种矛盾的感受。这孩子差不多连火药味儿都没闻过，现在都成了近卫军中尉，真是让科瓦廖夫无话可说。

科瓦廖夫的连直属于近卫军上尉菲利亚什金指挥的营。本营直属于近卫军中校叶林指挥的团。本团直属于近卫军少将罗季姆采夫指挥的师。本师是近卫师，所以本师所有的指挥员都可以说自己是近卫军指挥员。

---

1 英文译者注：斯大林的这道命令包含了一句口号："不得后退一步。"命令禁止部队在任何情况下撤退。命令要求对"落后者、胆小鬼、失败主义者和恶棍"处以极刑。该命令至今仍引发广泛的争议。

科瓦廖夫觉得，一个军人，连战火都没有经历过，只因为自己被分配到了近卫师下面的某团就可以自称是近卫军指挥员，不应该这样。1941年夏天，德国人突破杰米耶夫卡和戈罗谢耶夫斯基森林时，本师老兵参加了基辅战役。1941年到1942年的整个冬天，霜冻严寒，雪花漫天，本师在西南方面军的序列里参加了库尔斯克南部的战斗。全师经历了向顿河撤退时的严酷战斗，伤亡惨重。从前线撤下来后，全师经历了改编和休整，又投入到前线。它成为近卫师有自己的原因。可是像这么一位自以为是近卫军指挥员的人，却连战争都没见过……

一个人的战争经历会招来嫉妒。人们会觉得，这个人亲眼目睹了很多东西，遭遇到了许多不幸。这个人在整场战争中一直在作战，看到了别人看不见的东西。跟这样的人接触，听他说那些故事，嫉妒会油然而生。但是，主宰战争的往往是那些最简单的法则。过去所知跟战争毫无关系，重要的是如何在当下应对战争的能力。需要技巧、力量、勇气和聪明才智，才能面对现在这些艰难任务。

科瓦廖夫很清楚这一点，因此在训练新兵和从后方调来的战士时不仅要求很高，而且极为严格。他挑刺儿的能力成了一个传说。手下所有人都被他在过去一年里学到的各种花招收拾过。不用说，这样的经历简直是无价之宝。上千号新兵蛋子们很快就学到了他们前辈在极端恐怖情况下才能学会的战争技巧。

新兵们的来源五花八门，年纪也相差甚大。有个年轻战士当过钢铁工人，从来没碰过枪杆子；有个老战士前阵子才刚拿到免役许可。还有来自集体农庄的农民，以及大城市里刚念完十年级的学生。其他人里还有会计、从西边村庄疏散过来的村民。有些志愿者认为志愿入伍是崇高的使命，但也有人以到前线服役来替代他们的劳改刑期。

新兵里有一个四十五岁的集体农庄农民，彼得·谢苗诺夫维奇·瓦韦洛夫。

六十九

　　科瓦廖夫的连队被编入预备队，驻扎在尼古拉耶夫卡附近，周围是单调的草原，从伏尔加河一直向东延伸。如同村庄、小作坊和大车间这些社会单元一样，连队也有一些不易被外人发觉的独特人物存在。部队里有些人勇敢、忠诚而坦荡，人人都喜欢他们；但也有些人滑不溜手，让人讨厌。尽管大家对这些人怨声载道，但他们却特别受到政治指导员和连长的喜爱。粗野、贪婪且盛气凌人的乌苏罗夫就是其中之一，另外一个是多多诺夫上士，这人欺下媚上，热衷告密，爱抢别人的烟草和配给。列兹奇科夫也是他们中的一个。他像个小丑一样招人笑话，却又是一个讲故事的好手。大家喜欢列兹奇科夫，却又常常开他的玩笑。所有人都用取笑他的方式来显示对他的尊重。简单地说，就是用俄罗斯人对待田园和工厂诗人，对待游吟诗人和国产哲学家们的方式对待此人。

　　也有些战士的名字几乎没人注意到。他们总是不显山露水，沉默寡言，甚至让别人对他的无趣感到失望时也一言不发。战友们总是用这样的方式跟他们打招呼："嘿，红头发那个！"或者是："对，就是你，站在那儿的傻帽儿！"穆利亚尔丘克就是这样一个"傻帽儿"，很少不招惹上麻烦。路上要是有个大坑，穆利亚尔丘克肯定会掉进去。要是整个连一起找虱子，他身上的虱子肯定是最多的。检查制服时，常常会发现穆利亚尔丘克要么是制服上掉了扣子，要么就是船形帽上的星徽不见了。

　　还有一个勇敢、强壮而灵活的伞兵，名叫雷塞夫。这家伙参加过二十次以上的战斗，大家一说起他，都为他感到自豪。他常常在火车进站还没停稳，就第一个跳到月台上，拿着桶向车站锅炉飞奔过去。他把桶放在黄铜水龙头下，拧开水龙头，身体就往锅炉房的墙上一靠。水桶里只要开水未接满，后面打水的人再怎么嚷嚷也没法推开他。这时候他的战友会在车厢上高喊："来啊，又是第一！你们都去排队吧！"

只要在科瓦廖夫这个连待一阵子，观察和倾听他们的行动和声音，跟他们一起生活和行军，任何人都会明白连队有自己的内部法则，每个人都遵守这些法则。任何人都会发现，厚颜无耻的做法以及各式各样的小花招总是能够带来某些好处，未必很多，但很有价值。比如说，在某次远途行军时可以在补给车辆上搭便车，可以分到一双合脚的新靴子，在紧要时候可以不用去放哨。但是人们可能很少注意到所有法则当中最重要的那一条：将所有人员团结在一起。而它往往决定了一支军队是否能够打胜仗。

这条法则异常简单，就像心脏为什么会跳动那般自然。它不会改变，也不能逃避。在希特勒掌权的年代里，无论法西斯怎样宣传他们的"哲学"，对苏维埃祖国的热爱、对各民族平等的信念始终没有消失。热爱和信念长存于战士们的内心深处，存在于他们夜里的悄悄对话中，存在于政委的公开演讲中。苏联工人们的兄弟般情谊始终顽强地呼吸着，努力地维系着，不论是在前线陷人的泥浆中、在被污水浸泡的战壕中、在夏日的尘烟中，还是在冬天的积雪中。这就是将战士们团结在一起，将连、营、团等单位聚合在一起的法则。千千万万普通人创造了这条法则，同时无条件地遵守这条法则，将它视为存在着的唯一正确手段和现象，并习以为常。

瓦维洛夫一生都在努力工作，他完全知晓，劳动既是负担，也是快乐。

尽管自己羞于承认，但瓦维洛夫心里清楚，各种各样的劳动让他的一把力气有了深刻的意义。在激流中逆流划船；俯瞰自己亲手犁开的田地，注视自己在长满青草的山上挖出的壕沟；向着结实多节的树干敲进一块楔子，听见它突然发出清脆的咔嚓声；目测自己挖出来的大坑深度或者自己建起的一面墙的高度——这一切既是负担，也是快乐。日复一日，这样的劳作给他带来了回报，一如科学家、艺术家和改革者所应得的回报一样，是奋斗所带来的激励，是胜利所带来的满足。

回溯集体农庄生活，他能够感受到自己的力量和能力，也能够感受到人民具有共同的目标。他们团结一心，具有强大的力量。他自己的力量和能力不过是其中一部分。人们在一起劳动，一起犁开大地，收获果实，给小麦脱粒。他能从中分明地感受到集体农庄所具有的纯粹价值，能感受到集体农庄给生命中带来的某些新鲜的东西。车流滚滚，拖拉机发出轰鸣，联合收割机缓慢地向前开着，拖拉机上坐着意志坚定的拖拉机手和农庄负责人。所有这一切都展现了朝着共同目标所做出的集体努力。成百上千双手，被机油染上污渍的双手，被阳光和风雨磨砺而变黑的双手，男人的双手，年轻姑娘和老太太的双手，一起翻开了土壤，一起播种，一起给集体农庄的谷物脱粒。每个人都知道，个人的力气、技巧与共同的集体能力相结合，成为了自己力量的来源。

瓦维洛夫知道苏联农民有很多引以为骄傲的产品，有拖拉机和联合收割机，有为养猪场抽水的引擎，有牛棚和试验田，有轻型发动机和柴油发动机，有河畔小型水力发电站。他自己亲眼看见村子里第一次出现了自行车、卡车，以及经验丰富的技术工人开设的拖拉机站。他第一次看见了柏油路、农学家、受过培训的养蜂人、米丘林果园、家禽养殖场、铺着石板的马厩和牛棚。要是和平岁月再延续十几年，他的集体农庄就能够在广袤无垠的土地上种出世界上最好的谷物。

但法西斯不接受这一切。

连里第一堂政治课是露天上的。光头大脑门的政治指导员科特洛夫问瓦维洛夫："同志，您是谁？"

"集体农庄积极分子。"瓦维洛夫答道。

"近卫师的集体农庄积极分子。"列兹奇科夫嘀咕道。瓦维洛夫的回答让大家都想笑。正确的回答应该是："荣获红旗勋章的近卫某师某团某营三连的红军战士。"

科特洛夫没有纠正瓦维洛夫，只是说："很好。"

瓦维洛夫虽然来自农村，但他懂得的东西比同志们多太多了。他知道罗马尼亚和匈牙利最新的政治动向，知道马格尼托戈尔斯克钢铁厂建起来了，还知道是谁指挥了 1855 年塞瓦斯托波尔保卫战。他能够讨论 1812 年拿破仑入侵俄国。有一次，瓦维洛夫还指出了文书扎伊琴科夫的某个小错误："兴登堡不是威廉二世的战争部长，是陆军元帅。[1]"这让大家对他刮目相看。

这些都没逃过科特洛夫的眼睛。当他没法把某事解释清楚，而战士们又在喋喋不休地追问时，他就问瓦维洛夫："那么，瓦维洛夫同志，您怎么看这事儿？"

有一天傍晚，爱捣蛋的列兹奇科夫在瓦维洛夫面前摆出立正的样子，一口气不停地问："集体农庄活跃分子同志，请允许我向您提问。您和我们近卫师政委、团级政委瓦维洛夫是不是亲戚？"

大家都被这问题逗乐了。瓦维洛夫答道："不是，我们只是姓氏相同。"

黎明时分，科瓦廖夫发出了战斗警报。所有人都知道，中尉最近睡眠很糟，他向卫生队指导员列娜·格纳丘克示爱未果，于是不停地命令连队进行射击训练。瓦维洛夫的射击技术糟透了，他一枪都没打中。

刚到连队，瓦维洛夫见到各种各样的步枪、冲锋枪、手榴弹、轻迫击炮、轻重机枪、反坦克枪，被武器的复杂多样深深震撼了。他跑到友邻部队，四处打量大炮、重迫击炮、反坦克炮、高射炮、防步兵地雷以及反坦克地雷。他还远远地瞅了一眼某个无线电通讯站和几辆履带式牵引车。

光是一个步兵师，就有这么多可以使用的武器！他对铺盖就安在旁边的扎伊琴科夫说："我还记得旧军队的样子。沙俄时期哪有这么多武

---

1 中文译者注：保罗·冯·兴登堡（1847—1934），德国陆军元帅，1916 年担任德军总参谋长，1925 年当选魏玛共和国总统，1933 年任命希特勒为政府总理。威廉二世（1859—1941），德意志第二帝国皇帝，1888—1918 年在位。

器。这得几千家工厂日夜不停地开工才能造出来！"

扎伊琴科夫说："就算是沙皇能够拿出这些武器来，也没人知道怎么用。农民就知道怎么给马上挽具和卸挽具。现在就连新兵都知道怎么操纵它们了……都是钳工、拖拉机手、技工和工程师。看看乌苏罗夫吧，在中亚他就是个司机。刚入伍时还让他开履带式牵引车。"

"那他怎么干上步兵，跟我们在一起了？"瓦维洛夫问。

"也没啥大事。他用汽油换烧酒，被逮住了几回，"扎伊琴科夫说，"团政委把他调到了这儿。"

"这哪叫没啥大事，"瓦维洛夫心平气和地说。

这两人早就交换了家底，知道了彼此的年龄、有几个孩子。得知瓦维洛夫需要经常到区里的银行处理集体农庄收支后，扎伊琴科夫这个来自储木场的老会计对他产生了特别的好感——那种常常是同行之间才能产生的过分宽厚的好感。

在刚入伍时，扎伊琴科夫就竭尽所能地帮瓦维洛夫熟悉各种武器。他甚至在纸上写出了手榴弹和冲锋枪所有零部件的名称，告诉后者如何理解它们的作用。

这一切非常重要，其意义甚至比那个时代的人所知更甚。向新战士传授这些知识的教员们，不管是指挥员还是战士，都是长期战争的幸存者。他们知道的东西比所有从军事教材里学到的东西多得多。他们对战争的理解不仅来自亲身体会，也来自他们的内心深处。

敌人的坦克履带发出令人烦躁的嘎吱声，从战壕上面距离你脆弱的脑袋不到半米高的地方碾过去。你的脑门子上被灰土覆盖，这时还要紧紧地把脸贴在地面上。没有哪本军事教材会告诉你这时的感受。德国人的信号弹升上了半空。你在梦中被他们的夜袭惊醒，听到手榴弹的爆炸声和冲锋枪开火的火光。没有哪本军事教材会告诉你，人的眼睛中会流露出什么表情。

对战争真正的认识来自了解敌人和他们的武器，来自黎明时、大雾中、晴朗的白天、日落期间的战斗，来自森林里、公路上、草原中、河岸边的战斗。对战争的真正认识还包括对战争的各种声响、各种悄声低语的认识。然而，首要的是了解你自己，了解你的力量、你的耐力、你的经验以及你随机应变的能力。

在实战演习中，在模拟夜间警报中，在用坦克进行的残酷恐怖的训练中，新战士们逐渐学会了这些知识经验。

指挥员不是在给中学生上课。中学生离开教室，就可以回到他们安宁祥和的家里。他们是在给将来会和他们肩并肩作战的战士传授经验。指挥员们只上一门课，那就是战争。

指挥员们有成千上万种办法去传授知识。凭自己的语音语调，他们能让新战士心领神会。指挥员和身经百战的红军老兵们还可以通过动作、手势和面部表情，让新战士迅速掌握各种知识。这一点在夜里雷塞夫讲故事时体现得淋漓尽致。他最喜欢用嘲弄的语气问："你们知道德国佬最喜欢干什么吗？"换成是科瓦廖夫，他会利用这个机会展现自己的权威。他会大喊大叫："跑啊，继续跑啊，别摔跤！没人够得着你……你干嘛躺地上？迫击炮照样会要命……别暴露自己！躲到沟里去！敌人的迫击炮覆盖整个山谷了……为什么把车停在这儿，想吃容克机的炸弹了？"

类似的方式还体现在列兹奇科夫每天的各种恶作剧中，体现在他对德国人一如既往的嘲笑中，体现在他说起戏弄德国人时懒洋洋的语调中。

嘲弄德国人是战士们快乐的源泉。但在 1941 年，红军用了几个月才获得了这种能力。

法西斯刚发动侵略，城市居民们，还有集体农庄的工人们立刻就意识到这只是一场漫长而艰苦斗争的开始。大家都认为，德国是一个强大、富裕而好战的国家。

当年反对法国侵略的战争早就成了历史。几十年前，最后一个经历过 1812 年战争的人已经去世。但与德国人的战争还历历在目，成了许多人痛苦的经历。

1941 年的夏天，瓦维洛夫对妻子说："希特勒想要占领我们所有的土地。他想要的是控制整个世界。"

瓦维洛夫想到的是整个世界。这么一大片土地，只有人民才有权去控制它，开垦它。

希特勒向农民和工人们宣战了。他侵略的是人民的土地。

全师一直在紧张训练，新的部队不断到达。总是有各种要做的工作：要去铺路，要去砍树，把木头锯开，还要挖战壕。

在忙活时，战争本身就被遗忘了。瓦维洛夫喜欢问别人和平时期的生活："您的耕地怎样？小麦长得好吗？有没有遭旱灾？对了，还有谷子，您家里种谷子吗？收上来的土豆够不够？"很多人从德国人手里逃出来。年轻女人和老人把牲畜牵了出来，开始在东方耕作；拖拉机手开着拖拉机穿过乌克兰和白俄罗斯，带来了集体农庄最宝贵的财产。瓦维洛夫最喜欢跟他们聊天。他跟很多在德国人占领下生活过，又穿过前线逃过来的人交谈，问了很多关于德国人占领下的详细情况。

他很快就明白了，德国人就是匪徒。他们随身带着的唯一小型工具就是用来点香烟的打火石，唯一携带的大型器械是脱粒机。靠着几块打火石，希特勒就想拿到整个俄罗斯的土地。希特勒的新秩序，纳粹德国的乌克兰总督府专员和纳粹党负责人不会为任何人做好事[1]。他们根本不打算开垦世界上的土地，他们只打算吃掉别人的面包。

瓦维洛夫的好奇心引起了别人的注意。刚开始其他战士只是跟他开玩笑。"他又来了，"战士们会说，"集体农庄活跃分子又逮住了一个农民，正在审问他呢。"他们会喊道："嘿！瓦维洛夫，这里有几位来自奥廖尔的妇女，要不要组织一次谈话？"

1　英文译者注：行政官员，一部分是德国人，一部分是乌克兰合作者。中文译者注：原文为德语，分别是 Gebietskommissars 和 Parteien Chefs，意思是"地区专员"和"纳粹党的负责人"，特指纳粹在占领乌克兰期间成立的乌克兰总督府和纳粹党在乌克兰的负责人。

很快他们就知道跟瓦维洛夫开玩笑是不对的。他问的很多事情对所有人来说都非常重要。

发生了两件事情，让瓦维洛夫得到了战友们的普遍认可和尊重。第一件事情发生在全师向西前进，准备向前线靠拢的时候。乌苏罗夫答应把自己的掩体留给一个房子被烧掉的老太太，条件是她得拿出两升烧酒作为交换。要是老太太能给他带来整瓶酒，他就在胸墙上嵌上护墙板。要是没有酒，他会把整个掩体都填平了。老太太根本没有烧酒，等乌苏罗夫给胸墙嵌上护墙板，她拿出来的是一条羊毛披肩。

乌苏罗夫哈哈大笑，高高举起披肩给大家看。所有人都沉默了。瓦维洛夫朝他走过去，用所有在场的人都不得不关注的低沉声调说道："还给她，你这混蛋！"他一把抢过披肩，攥起拳头，举到了乌苏罗夫面前。乌苏罗夫又高又壮，脾气又差。大家都觉得这一架非打不可。

没想到乌苏罗夫对丢掉了披肩无动于衷："哎呀，行了！我有什么可在乎的？要给就给吧。"

瓦维洛夫把披肩扔到地上："你从她那儿拿的，你来还给她！"

老太太正在低声诅咒乌苏罗夫，说德国人的子弹杀害了善良正直的人，却放过了这个卑鄙无耻、毫无用处的寄生虫。乌苏罗夫归还了披肩后，她哑口无言了。

乌苏罗夫回到战友们身边，大言不惭地继续掩饰自己的尴尬："在中亚，我们司机的生活才叫生活！没错，我们可以为自己弄到一切！我才不想要什么披肩呢，被压迫人民的保护者绝不自夸！我也没偷过什么破地毯。这是完成工作后的报酬。在我们那儿，兼职干点杂活很正常。每天收工时，我的车上挤得像个果酱罐头。大家都多少给我点什么，有些给钱，有些给伏特加，有些给的是烟草，还有给我干杏仁的。还有个年轻女人，干脆给了我她的爱情！我有三件正式的西装，都是最好的布料剪裁的。相信我！下班后我会戴上领带，穿上西装外套和黄色的皮鞋，去电影院，下馆子，点上羊肉串，再来半公斤伏特加，加上几杯啤酒[1]。不，不，不，谁都不会认出我是卡车司机。这才叫生活。行了，我才不稀罕那些农村女人的什么披肩呢！"

第二件事情就更加让人难忘了。那是发生在空袭期间。当时他们乘坐的货车停在一个很大的会让站外的支线上。德国飞机在临近傍晚时飞了过来，不停地丢下五百公斤的炸弹，还有几枚炸弹是一吨重的，想要把谷仓给炸平了。空袭发生得毫无预兆。每个人都吓得立刻趴下，很多人根本就没从车厢里跳出来，几十个人被炸得非死即残。周围几处燃起大火，附近一列军火列车里的炮弹开始爆炸。一片恐怖的喧嚣和烟尘笼罩下，火车汽笛发出尖厉的嘶叫声，死亡无处不在。无所畏惧且精力充沛的雷塞夫吓得脸像床单一样煞白。空袭间隙，黑色的大地上四处是飞溅出来的油渍，而人们四散奔逃，想要在这充满敌意的地面上找到一条安全的缝隙钻进去。所有人都觉得自己所在的地方最危险，别处肯定更安全。这种来来往往的乱窜既绝望又无效，造成了更多的伤亡。在此刻，瓦维洛夫坐在一节车厢旁，抽着烟。每个人都记得他大声喊道："原地不动！不要慌！用脑子！"

沉重而坚实的大地在颤抖，在开裂，就像一块腐烂的厚棉布一样被撕开。

空袭过去后，雷塞夫对瓦维洛夫说："老爹，您是用最结实的材料做成的！"

科特洛夫从第一天就看中了瓦维洛夫。两人长谈了很多次。科特洛夫交给他的工作也越来越多。在读报和政治学习时，他也越来越多地让瓦维洛夫参与到讨论中。科特洛夫很聪明。他注意到了瓦维洛夫所具有的纯粹无瑕的力量。这是他可以倚赖的力量。

战士们并没有注意到这一点。瓦维洛夫对此也没有特别关注。不过，到全师奉命向前线开拔时，他已经成为一个在全连生活里可以信任的中

---

1 英文译者注：在这里用重量来表示伏特加的量，真是让人吃惊。但是用重量而不是容积来表示烈酒的量是非常正常的。

心人物。他将全连团结了起来，不论年龄和背景——这当中有前伞兵雷塞夫、文书扎伊琴科夫、麻脸穆利亚尔丘克、来自雅罗斯拉夫的列兹奇科夫以及乌兹别克人乌斯曼诺夫。

年轻的连长科瓦廖夫注意到了这一点，军士们也注意到了。

雷塞夫在战前就有良好的服役记录，在战争爆发之初就参加过边境战斗，也参加过基辅郊外残酷的战斗。就是这样一个人，竟然一点都不嫉妒瓦维洛夫不断强化的权威。

只有乌苏罗夫对他保持着敌视。瓦维洛夫跟他说话时，乌苏罗夫生气地皱着眉头，不情不愿地回应他，有时候甚至连理都不理。

编入预备队的本师正在进入训练的最终阶段。最后的战斗演习将在伏罗希洛夫元帅监督下进行。上至将军，下至普通一兵都对演习跃跃欲试。

内战期间，正是伏罗希洛夫率领着矿工组成的部队保卫了察里津[1]。现在他又被派到了伏尔加河，亲自检阅这支人民的军队。

检阅开始了。在场数千名全副武装的指战员亲眼看到了白发苍苍的元帅。

随后，伏罗希洛夫召开了会议。在村小学的教室里，他和师长、团长以及他们的参谋长们交谈了很久。元帅对他们的战斗准备状态给予了正面评价，每个人对此都兴高采烈。

他们都明白，战斗时刻已经迫近了。

---

1 英文译者注：察里津是斯大林格勒之前的城市名，1925 年改为斯大林格勒，以纪念斯大林在俄国内战中指挥的该市保卫战。但斯大林在这场战役中的重要性在斯大林时期可能有所夸大。1961 年，该市改名为伏尔加格勒。

第
二
部

一

1942年8月初，叶廖缅科上将抵达斯大林格勒。最高统帅部编列了两个新的方面军：东南方面军和斯大林格勒方面军。前者负责保卫伏尔加河下游、卡尔梅克草原和通往斯大林格勒的南部通道；后者则负责守卫通往斯大林格勒的西北和西部通道。最高统帅部任命叶廖缅科上将为斯大林格勒方面军司令员。负责政治工作的方面军军事委员会委员则由尼基塔·赫鲁晓夫担任。

两个方面军的位置都非常关键。德国人掌握了庞大的军事力量，有十五万人、一千六百门大炮和七百辆坦克[1]。里希特霍芬的第四航空集团军负责提供强大的空中支持。

从人力和武器数量上看，德军远远胜过两个苏联方面军。

这就是希特勒和墨索里尼在萨尔茨堡会晤时所谈论到的进攻，而这样的进攻几乎已经快要胜利结束了。德军攻占了大片土地。德军的坦克部队突破了西南方面军的防御。方面军右翼不得不向顿河撤退，一直退到克列茨卡亚；左翼退到了罗斯托夫，然后又退往高加索。德军主力目前正在迅速向斯大林格勒推进，先头部队距离伏尔加河只有三十到四十公里。

7月最后的日子里，德军调整部署后，开始了最后阶段的进攻，目标是夺取斯大林格勒。

在这些日子里，人们只能做出这样的判断：在伏尔加河的峭壁上将会进行一场悲壮的保卫战。顿河和伏尔加河的激烈战斗掀起了烟尘和火

---

1 中文译者注：实际上向斯大林格勒和高加索方向进攻的德军力量是上述数字的两到三倍，甚至更多。

焰，让他们忽视了这一年战争所发生的变化。然而，最高统帅部却没有忽视这一切。领袖们认识到苏联已经具备了战胜法西斯的力量。随后，整个苏联，整个世界，也将会意识到这一点。

在 1942 年的夏天，希特勒还能够继续进攻。但他并不知道，这些攻势的胜利并没有给他带来明显的收益。只有通过一场闪电战才能给他带来真正的胜利。希特勒开了一个大赌局，但红军已经彻底剥夺了他获得胜利的唯一机会。

在斯大林格勒城下发生激烈战斗的同时，苏联开始能够比德国生产出更多的大炮和军用车辆。这一年艰苦卓绝的斗争既发生在战场上，也发生在工厂中。它抹去了德国在武器和战斗经验上的原有优势。这一年，苏联武装力量第一次真正掌握了战略斗争的艺术，而德国却开始注意到身后广袤土地有丢失的危险，他们将不得不撤退。德国第一次知道被包围的恐惧。这种残酷的恐惧感将会不停地折磨着从士兵到将军们的心智，以及他们的双腿。

在战争态势最严峻的几个月里，最高统帅部在不停地完善着斯大林格勒战役反攻计划。苏联战略规划者们一边在拼命保卫这座城市，一边在规划着对德军两翼的进攻。红色的箭头从顿河中部和草原南部的湖泊向中间辐射。

预备队终于接到了命令，开始出发。红军和苏联人民开始爆发出深藏不露的力量，形成一条钢铁洪流。这条洪流随后分为两股，一股源源不断地流向斯大林格勒，增援守卫在那里的部队，另一股则在准备发动进攻。规划进攻的指挥员们已经能够清晰地设想两个钢钳会合时的情景。刚获得了新式装备的炮兵师、坦克军、近卫迫击炮团、步兵和骑兵部队将具备更强大的火力，组成一道铁环，将保卢斯的集团军紧紧围住。

苏联人民的愤怒和悲痛形成了一条无穷无尽的长河。它决不会无果而终。人民的意志、党和国家的意志推动它与那条钢铁洪流交汇，开始从东向西往回流。它所具有的强大力量将改变实力的对比。

二

人们在读到无聊的小说时，会觉得焦虑和烦闷。他们听到过于复杂的音乐或者看到一幅笨拙得一塌糊涂的油画时也会如此。这些小说里人物的想法和感受、交响乐的声音、油画的颜色是如此地稀奇古怪，难以理解，仿佛来自另一个世界。大家阅读、倾听和观赏的艺术，本应该很自然，很清晰明确，但它们却羞于如此。于是阅读、倾听和观赏都失去了乐趣，失去了真实的情感交流。矫揉造作的艺术在人与世界之间设立了一道铸铁网格般的障碍，让彼此之间无法交流，倍感压抑。

但是也有让读者高呼痛快的书籍："对了，这就是我的感受。我也经历过这一切，这就是我想的！"

这样的艺术不会把人与世界分割开来；这样的艺术能够将人与生活相联；这样的艺术能够将人与世间其他人，以及作为一个整体的世界相联；这样的艺术不会用奇怪的有色眼镜来衡量生活。

人们在读到这些书籍时，会觉得自己与生活相融。人类生存所具有的广阔性和复杂性被化为自身血脉的一部分，成为自身呼吸和思考的方式。

但这样的简洁性，这种清澈的光明所具有的至高无上的简洁性，源自不同波长的光波所构建的复杂性。

只有真实的艺术才能孕育这样清澈、平稳和深厚的简洁。这样的艺术如同泉水。你一眼就能看到泉眼的最深处，能看到绿色的水草和鹅卵石。但泉眼本身就是一面镜子，你能看到你生存、劳作和奋斗的整个世界。艺术将玻璃般的透明和天文望远镜般完美的透视能力融合在了一起。

不仅艺术是这样。科学和政治也是如此。

401

为了生命和自由的人民战争，其战略也是如此。

三

斯大林格勒方面军的新任司令员叶廖缅科上将年约五十岁，身体健壮结实，长着一张圆脸，鼻子短粗，还有一双活泼敏锐的眼睛。修剪得很整齐的头发下是宽阔的前额，盖满了皱纹。眼镜镜框是那种乡村学校教师的式样，是简易的金属镜框。因为负过伤，他走路有点跛腿。

第一次世界大战期间，叶廖缅科是一名军士。他特别喜欢回忆自己当年的作战经历，手下人都知道，只要聊天的时间来到一个特定的节点，他就一定会回忆起自己在某场白刃战中的经历，吹嘘说自己一口气捅死了二十个德国兵。

叶廖缅科非常了解战争，无论是普通一兵遭遇的那种突如其来的困难，还是将军指挥部队的战略，他都知道得清清楚楚。战争就是他每天所从事的工作，毫无特殊之处。将军的制服也如同工装一样普通。他的副官帕尔霍缅科总是希望把将军捯饬得比别人更体面整洁一些，但最后他还是承认自己无能为力。叶廖缅科的肩上和胸口总落有烟灰，外套上不是有墨迹就是有别的什么污点。

他还是个大块头，背有点佝偻。裁缝要给他做一件合身的衣服可不容易。

他是人民中的一分子，同时也是一名身经百战的将军。

1941 年夏初，叶廖缅科指挥着西方面军中的某支部队。后来在阻击德军向斯摩棱斯克发起的攻势中，他一度发挥了很重要的作用。

8 月，他被任命为布良斯克方面军司令员。他指挥了几场残酷的战斗，设法挡住了德军在奥廖尔一带的进攻。1941 年冬天，他指挥西北方面军突破了德军的防线。

在苏军向斯大林格勒实施漫长撤退的严峻岁月中，叶廖缅科走马上任。这个习惯了在森林沼泽中作战的老兵，在战争中大部分时间待在战线变化相对缓慢的前线。他来到南俄草原上会不会不习惯？战争只打了一年，西南方面军司令部一路从西乌克兰的捷尔诺波尔转移到了伏尔加河。整个方面军不得不与各种极端困难的环境做斗争。广袤无边的平原和草原，道路交错纵横，是习惯于高度机动作战的德军喜欢的完美作战环境。在开阔的草原上，德国坦克和摩托化步兵、炮兵能够高度自由地开展钳形攻势，以无与伦比的敏捷和压倒一切的力量包围敌军。叶廖缅科的西北方面军所处的战争环境与之截然不同。到处都是沼泽、茂密的森林，道路寥落。这一切都死死地拖住了德国人，让整条战线连续几个月都没有发生什么变动。

很多参谋人员认为叶廖缅科恰恰缺少上述经验。他们用一种荒谬的、幸灾乐祸的态度来回忆那些令人绝望的包围战斗，还有慌不择路的撤退。

他们没有明白，叶廖缅科对部队在草原上如何组织撤退没有任何兴趣。他甚至拒绝去学习这些让人难受的战术。这不是叶廖缅科的弱点，而是他的长处。

这些参谋人员还没有了解到，战争进入了一个新的阶段。过去一年里对战争积累起来的知识依旧是宝贵的，但通过突如其来的夜间疏散、司令部紧急转移和在草原上长时间行军所积累起来的知识不在此列。

叶廖缅科将方面军司令部设在一段又深又闷的隧道里，很多人都觉得既奇怪又不合情理。为什么放着城里那么多舒服方便的高楼大厦不用，却选择藏在某个矿山入口附近一处令人窒息的竖井里？指挥员们从隧道里出来时都憋得大口喘气，面对明亮的阳光得眨巴好长时间的眼睛。

尽管遭到了战争的破坏，还新建了无数的防御工事，斯大林格勒南部依旧矗立着许多漂亮的楼房，它们优雅的外形仍有吸引力。这一切与没入地下的方面军司令部形成了奇怪的对比。在城里，白天，小男孩们会在浅蓝色的亭子间周围叫卖矿泉水。在某个露天餐厅，可以一边喝着冰啤酒一边看着伏尔加河，看着微风吹乱桌布，掀起女服务员的白色围裙。那会儿电影院里正在放着《光明的道路》，宣传栏上贴着海报，上面一个穿着色彩斑斓的裙子、脸颊红润的年轻姑娘在开心地笑着[1]。中小学生和红军战士都喜欢去动物园，围观从莫斯科疏散出来的大象。过去一年它变得愈发瘦骨嶙峋了。书店里出售各种小说，主要说勇敢勤劳的人们如何享受和平有序的生活。中小学生在书店里购买课本，里面传授着代数、虚数这类不容置疑的定理。夜里，工厂里会腾起明亮而有害的烟尘。它四处飘荡，让星星也黯然失色。

城里塞满了人。不光有自戈梅利、第聂伯彼得罗夫斯克、波尔塔瓦、哈尔科夫和列宁格勒疏散而来的许多家庭，还有医院、孤儿院以及许多高校和研究所。

方面军司令部的生活则与整个城市隔绝，有自己独特的方式。黑色的野战电话线从园丁们精心修剪过的树枝上穿过。满身尘土的指挥员从爱姆卡里走出来。汽车几乎被干裂的泥浆包裹住了，车窗上到处是翘起的泥浆的裂痕。他们在早上还用专注而心烦意乱的目光仔细观察顿河高耸的西岸，现在却用同样的目光审视着斯大林格勒的大街小巷。通信员无视一切交通管制，四处乱窜，让交通管理员们气得发疯。摩托车的声音震动着道路，在身后留下一道朦胧的尘烟，搅动着战争的怒火。司令部警卫营的战士们急急忙忙地向院子里刚搭起来的食堂跑过去。他们的饭盒碰得叮当响，那模样跟在布良斯克森林和哈尔科夫村庄时一模一样。

部队驻扎在森林里，就把城市那种机械化的生活带进了一个鸟类、兽类、昆虫、树木、浆果和花草的王国里。部队驻扎在城里，又把森林和田野里的宽阔空间感，把草原的自由生活带进了城市。最后，城市的街巷、森林里明亮的叶片都被撕裂开了，彼此成为战争怒火肆虐的舞台。

1　英文译者注：《光明的道路》是1940年拍摄的一部音乐喜剧。

斯大林格勒也感受到了战争的气息。为了防御空袭，在小院和花园都挖出了细长的壕沟。伏尔加河的水和细沙被倒进了水桶和木箱里，放在走廊和楼道中[1]。白天德国人的侦察机从高空飞过，夜里是德国轰炸机孤独的轰鸣。傍晚，所有的街巷都陷入黑暗，每一扇窗户上都挂上了防空帘。探照灯的光影在云中跳跃，西边传来了远程火炮的隆隆声。

有些人已经开始收拾箱笼，缝补干粮袋。住在郊区木屋里的人开始挖坑，开始掩埋大号木箱、镀镍床架，还有用椴树皮仔细包好的缝纫机。有些人开始储藏面粉，其他人把没吃完的面包重新加工，做成干粮塞进包袱里，准备上路后吃。还有人被真真假假的空袭消息弄得神经过敏，晚上几乎睡不着。其他人对苏联防空体系仍满怀信心，认为德国飞机不可能飞临城市上空。然而，这里的生活继续依靠家庭、朋友和工作关系维持着，一如既往。

四

在叶廖缅科上将地下指挥部沉闷的接待室里，一群来自莫斯科报纸、新闻社和广播电台的记者已待了好一会儿。一位副官对他们说需要再等一会儿，叶廖缅科虽然答应了要向他们通报前线的情况，但因为方面军军委会会议耽搁了。

在无聊的等待中，记者们拿着各自的经历开起了玩笑。在前线的记者和在集团军或方面军司令部的记者之间总是爱吵架。跑前线的记者常常会错过发稿时间，原因要么是车子陷进泥里了，要么就是被包围了，要么就是跟上级失去联系了。他们的稿子老是见树不见林，跟编辑想要表述的方向不一样。跑司令部的记者拿出的报道更加全面，观点也更加

1　中文译者注：这里指的是为扑灭空袭造成的火灾和损坏进行的准备工作。

中立一些。因为电话联络可靠，他们总是能按时完成稿件。他们有一种处变不惊的超然做派，往往无视前线记者的艰苦和风险，还喜欢对他们冷嘲热讽。前线记者对此大为恼火。

有一回，某个司令部记者诚意满满地跑去了前线的步兵连。一枚炮弹在他身边爆炸，弄出了严重的脑震荡，差点要了他的命。他咬着牙在前线不眠不休撑了三天，把所有经历写成了一篇报道，自认为是最好的作品。结果该报道成了他唯一未能发出的作品。上级给他发来了一封愤怒的电报："内容阴暗，结构松散，人物单一，严重误时。"

来自最新电台新闻的热巴夫斯基说起了叶廖缅科担任布良斯克方面军司令员时采访他的经历。他说，叶廖缅科一定要留他吃饭，要他在司令部无论如何住一晚。

别的记者对这个话题了无兴趣。《红星报》记者博罗欣大尉把话题引到了各自都关心的方向：斯大林格勒能不能守住？

博罗欣可是个非同一般的人物。无论走到哪儿，他都会带着一个装满书籍的手提箱，全都是他最喜欢的诗歌。书籍跟军用地图、新闻简报、脏兮兮的内衣、破袜子还有发黑的裹脚布混在一起。经过一阵子四处晃荡，整个箱子里乱成一团，不管是袜子还是勃洛克或者安年斯基的诗歌，早和脏衣服以及裹脚布混在了一起，变成某种久远而一体的物质[1]。可是，只要打开箱子，诗歌还是诗歌，裹脚布还是裹脚布。夜里，博罗欣就躺在农舍的地板上，用唱歌般的声调大声吟诗，一边用手拼命地挠着胸膛和两肋，弄得身体下垫的稻草窸窣响。

博罗欣为人考虑周到。跟别的记者不太一样，他从心底为同行们的出色工作表示赞叹。周围的同行们也因他勤奋的工作态度而对他尊重有加。记者们已经习惯在某个村庄宿营时看见他把大脑袋扎到油灯下的地

1　英文译者注：亚历山大·勃洛克（1880—1921）和因诺肯季·安年斯基（1855—1909）是俄国两位重要的象征主义诗人。安年斯基的诗歌既精巧又充满隐喻。勃洛克的作品相对而言隐喻不多，但神秘主义倾向更重。两者的风格与社会主义现实主义有天壤之别。

图上了。

某个悲观的摄影记者说，他给自己找了条充满气的汽车内胎。说不定过几天他们全都得游到伏尔加河东岸上。他已经在考虑渡过伏尔加河后怎么在埃尔顿湖周围找宿营地的问题了。到了那儿，到处都是沙漠，汽车都开不动，到时候得买一套鞍具，放在骆驼背上。这人还说，他已经开始学习哈萨克语，同时开始为下一篇报道打腹稿，标题就是："敌人尸横遍野，向塔什干发动了徒劳无效的进攻[1]"。

但是在场的大部分记者都相信，能够守住斯大林格勒。

《消息报》的记者用尊敬的口吻说道："斯大林格勒！"他随后提醒所有人，第一个五年计划的第一家工厂就是在这里建立的。1919 年的保卫战是俄罗斯历史上的光荣篇章。

"说得对！"博罗欣说，"但是你们还记得托尔斯泰关于 1812 年在菲利举行军事会议的内容吗？[2]"

"那还用说，写得太棒了！"热巴夫斯基答道。其实他对那一章完全不记得了。

"那您还记得吗？"博罗欣问，"有人这样问：'我们真的想把俄罗斯古老而神圣的首都莫斯科交给敌人吗？'库图佐夫这样答道：'莫斯科的确古老而神圣。但我有义务提出一个纯粹的军事问题：从我们当前的力量看，有没有可能保卫莫斯科？'接下来库图佐夫自己回答了这个问题：'不，做不到。'现在，您能明白我的意思了吗？"博罗欣朝叶廖缅科的办公室做了一个手势，所有人都开始想，现在正在举行的这个会议，会不会得出类似 1812 年军事会议那样的结论？

将军们从办公室里走了出来，记者们纷纷起立。

---

1 中文译者注：塔什干是今乌兹别克斯坦首都。
2 中文译者注：1812 年，在博罗季诺战役结束后，俄军统帅库图佐夫在莫斯科西部的菲利举行了一场军事会议，讨论是否要与法军进行决战，或者不战而放弃莫斯科。列夫·托尔斯泰后来在《战争与和平》的第六章对这一会议进行了文学性描述。

叶廖缅科请记者们进入他那间狭小、窒息但照明却很好的办公室。记者们闹哄哄地坐下来，各自打开图囊，拿出笔记本。

"您还记得我吗，上将同志？"热巴夫斯基问道。

"等一等，咱们在哪儿见过？"叶廖缅科皱着眉头问。

"在布良斯克森林里，那还是不久之前，我跟您在一张饭桌上吃饭！"

"其他人也跟我一起吃饭，"叶廖缅科难过地摇摇头，"不，记不起来了。"

热巴夫斯基听到掩嘴低笑的声音。他想，这下好了，同行们会让他一直记得这一刻。他都能看见他们流露出嘲笑的眼神。

叶廖缅科跛着脚走到办公桌旁，笨拙地坐下来，不出声地呻吟了一下。去年冬天受的伤到现在还在折磨着他。

"司令员同志，您的伤口怎样了？"《真理报》记者问道。

"被迫击炮弹片扎了一下。第七次负伤了，都习惯了。不过这一次不太适应坏天气。要不我到这儿干嘛——得换个天气环境。"

"这么说，您是打算留在这儿了。没想过要再换个天气环境？"博罗欣问。

叶廖缅科的目光透过眼镜上端扫了一下博罗欣，然后答道："是谁让您这么问的？我肯定不会离开斯大林格勒。"他用两只大手撑在桌上，对着屋里的人们严肃地说："请提问吧。我时间有限。"

记者们开始提问。

叶廖缅科在介绍着前线的情况。进攻与反攻，突击与反突击，局面混乱得让人看不明白。但他只用了寥寥数语，在地图上做一个简单的手势比划出德军的进攻路线，就将整个局面的大体轮廓概括清楚了。某些对于旁观者来说似乎很重要的机动其实只是佯动，而某些在德国人看来具有战略意义的胜利，事实上却意味着失败。

博罗欣意识到，他刚才在看待德国人 7 月 23 日发动进攻的问题上犯了错误。德国人在这次进攻中集中全力，包围了第 62 集团军下属的几支部队。他认为这是苏军一次重大失败。但叶廖缅科和他的手下看法则有所不同。在七万平方公里的土地上激战两周后，德军终于打到了顿河。但德国人没有预料到战斗会拖延如此之久，他们也没有真正达到战略目标。人数上的优势使德军在若干地带突破了苏军的防御，可这只是战术上的胜利。最重要的是德军的七百辆坦克没有对苏军实现预定的毁灭性打击。

博罗欣明白了，将库图佐夫放弃莫斯科的做法与即将发生的斯大林格勒战役相提并论是不对的。

叶廖缅科仍然皱着眉头，对博罗欣刚才的问题感到不快。他闷闷不乐地说，在任何情况下，都不会把方面军司令部转移到伏尔加河东岸。他肯定不会像某些人那样，总是想着架设浮桥，寻找木板或者汽车内胎，或者别的什么从西岸跑到东岸的法子。

最近几天，叶廖缅科不得不把这些话重复多次。他的想法跟库图佐夫在菲利的想法有天壤之别。刚开始介绍情况时，他的声音又空洞又奇怪，与他本人的大块头很不相称。不过，有人问起部队的士气后，叶廖缅科微笑起来，特别是在谈到南部的战斗时，语调里充满了赞誉。"第64集团军的人都是真正的战士！我想你们都知道在七十四公里外发生的战斗吧，你们中还有人到过那里。第64集团军给我们树立了榜样。你们应该去采访他们，而不是我。应该跟重坦克旅旅长博布诺夫上校好好聊聊。不光是写几篇稿子的问题。他们的战绩值得写一部长篇小说！也去采访一下乌特文科上校和他的战士吧。德军一百五十辆坦克朝他们冲过去，但他们岿然不动！"

"将军同志，我去过博布诺夫那个旅，"一位记者说，"简直难以置信，他们像迎接假日那样迎接死亡。"

叶廖缅科眯起了眼睛。"都是无稽之谈，"他说，"我们中谁真的想去死？"他沉思了一会儿，看着那位记者，又补充说："死亡不是假日。我们谁都不想死。作家同志，您不想死，我也不想，红军战士们也不想。"

接下来，他用更愤慨的语气说："不，谁都不想死。但是，跟德国鬼子作战是另外一回事。"

博罗欣想要缓和一下之前的错误问题造成的紧张，赶紧说："上将同志，坦克兵们可真年轻啊。又热情，又友好。年轻人是最好的战士！"

"不，记者同志，您说得不对。年轻人是最好的战士？不，他们太容易冲动。那么年纪大的人就是最好的？也不对。年纪大的人会想家，想着自己的妻子家人，把他们送去做后勤补给好了。最好的战士年龄介于两者之间。战争是一份工作，和别的工作一样，需要一些经验，需要对生活有所了解，也需要吃过一点这个世界的苦头。您觉得战士们就该高喊着'乌——拉'，像过节那样，直接冲向死亡吗？不，比起急急忙忙去寻死，如何成为一个战士需要付出更多。战士的工作很复杂，很艰巨。只有在责任驱使之下，一名战士才会去说：'好吧，牺牲是件很困难的事情。但是如果需要我牺牲的话，那我一定会去牺牲。'"

叶廖缅科注视着博罗欣的眼睛，似乎是对两人之间的争论进行总结："是这样，作家同志，我们都不想死，也不会将牺牲视为是休假。我们不会放弃斯大林格勒，那样会让我们在全国人民面前感到无地自容。"

他半倚半靠着桌子站起来，看了一眼手表，摇了摇头。

记者们从办公室里出去时，博罗欣悄悄对同事说："要紧的是，历史好像不会在今天重复。"

热巴夫斯基碰了碰博罗欣的胳膊肘："听着，我知道你有多余的汽油票，借我几张。下个月配给发下来时还你，我保证。"

"那没问题。"博罗欣痛快地说。

他感到很兴奋。发现自己的想法是错误的，这一点没有让他丧气，反而很高兴。现在明白了，平时看上去好像很简单的战术问题，其实背后的含义既深刻又复杂。

叶廖缅科又是代表谁说出这些话呢？

红军战士们穿着被汗水浸得发白的军便服，从伏尔加河岸陡峭的斜坡上爬下来，四处张望着，似乎是在问："伏尔加河，我们来了！我们还能继续撤退吗？"

这番话如果不代表着他们的想法，还能代表谁？

五

钢厂里，大家一直认为老帕维尔·安德烈耶维奇·安德烈耶夫是最好的钢铁工人。工程师们都会向他请教问题，很少跟他争吵。在每一炉钢出炉后，实验室那个矮壮的、说话总是上气不接下气的化学分析员能很快拿出详尽和准确的数据。但安德烈耶夫对数据只是偶尔瞄上几眼，匆匆扫一眼每一炉钢的各种成分。这么做主要也是出于礼貌，免得冒犯了分析员。

分析员匆忙跑上高高的台阶，进到车间办公室里："给您这个，希望还不晚。"他觉得安德烈耶夫一定在焦虑地等待这些数据，以便在下一炉钢出来之前能够了解具体的情况。

分析员毕业于钢铁学院。每天上完班，他还去一所技校里教书，有一次他在文化宫大礼堂讲了一堂名为"冶金学中的化学"的公开课。这堂课的海报就贴在文化宫大门一侧，旁边就是工厂委员会、杂货铺、图书馆、食堂和车间。安德烈耶夫每次看见这些海报就微笑不语。要讲授气体温度计、热电温度测量方式和快速光谱及微观化学分析技术这样的东西，他自己肯定没这个本事。

安德烈耶夫羡慕读书人。他相信只有这些人才能解决生活中如此众多的复杂问题。他为自己认识读书人而感到骄傲。

工厂的图书管理员曾经得意地把安德烈耶夫的图书馆借阅卡展示给他人看。他的阅读面广泛庞杂，算得上全州头号借阅者。1940年他读过的书就有斯大林的《论列宁主义的几个问题》，有狄更斯、皮谢姆斯基、

411

夏乐尔-米哈伊洛夫、列斯科夫、托尔斯泰、儒勒·凡尔纳、库普林、陀思妥耶夫斯基、维克托·雨果等作家的作品，还读过尼古拉·奥斯特洛夫斯基的小说《钢铁是怎样炼成的》[1]。他还阅读了许多史学、地质学和天文学的书籍。安德烈耶夫最喜欢的是历史小说和旅行书籍。

图书管理员把安德烈耶夫当作最尊贵的读者接待。她甚至允许他把图书馆里的孤本，比如《三个火枪手》和《基督山伯爵》借回家阅读。

不过，图书管理员一直没注意到，安德烈耶夫自己从来没有读过一本冶金学和炼钢方面的书籍，也没读过物理或者钢铁冶炼化学方面的科普书籍。安德烈耶夫当然不会否认科学对于提升自己工作能力的重要性，但是诗人不需要去读教人写诗的书，他们自己决定了诗句的创作和文字运用的规则。

安德烈耶夫不会去回避或者质疑科学规律。他不是个自负而固执的人。他也不像许多同龄人一样神神叨叨，好为人师。对于物理和化学的理解仅存在于他的言传身教、一举一动，仅存在于他几十年工作积累下来的无数记忆和经验当中。

他对科学的尊重，对组织和秩序的尊重体现在夜间交班时分。他会认真填写好各种报表和卡片。在炼钢问题上他有自己的一套程序和方式。他能够自己掌握好时间、温度、生铁和废铁的成分。但这些个人掌握的时间节点和技术程序并不总是和标准的节点与程序吻合。因此，在一天的工作结束后，在他炼出的好钢被送往加工车间后，他会根据技术手册的标准记录好相关数据。

---

1 英文译者注：奥斯特洛夫斯基的《钢铁是怎样炼成的》是社会主义现实主义的经典作品。亚历山大·夏乐尔-米哈伊洛夫是 19 世纪 60 年代的进步作家。他在自己的某部作品中大量引用了马克思的《资本论》，将《资本论》有效地介绍给了俄国读者，因此在苏联早期非常受到推崇。安德烈耶夫尽职尽责地阅读了那个时代大量正确的作品，例如斯大林和奥斯特洛夫斯基，但他自己最喜欢的还是虚构性和娱乐性更强的著作。中文译者注：阿·费·皮谢姆斯基（1821—1881）、尼·谢·列斯科夫（1831—1895）、阿·伊·库普林（1870—1938）均为沙俄时期著名作家。阿·康·夏乐尔（1838—1900）以阿·米哈伊洛夫为笔名，通常被称为夏乐尔-米哈伊洛夫，沙俄时期剧作家和诗人。

安德烈耶夫想要为自己的若干想法找到答案，他需要去看书。但妻子和儿媳妇不理解这一点。在家里，他的日子过得很不舒服。两个女人一直在喋喋不休地吵架。他劝过几次架，结果两人吵得更凶了。他找到奥古斯特·倍倍尔的《妇女与社会主义》，希望这本书能够帮他弄明白这两人是怎么回事[1]。这本书的标题很吸引人，可是内容却跟想要知道的完全不相关。

安德烈耶夫对家庭生活有自己的独特看法。他觉得，妻子和儿媳妇之间的关系就像人与体制的关系一样。家庭生活可以反映出整个世界的瑕疵。"没有足够的空间，就会产生问题，"他曾经这么想，"想要消除问题，就不要过度亲密。"造成体制内出现问题的原因，一个是贫困，一个是缺乏空间。国与国之间爆发战争也是因为如此。

安德烈耶夫在家里既苛刻，脾气又坏，刻薄到有点不近人情。但在车间里，他却能和全世界所有的问题和睦相处。车间里的工人们并没有把力量强加于他人身上，而是将力量投放到钢铁之上。这样一种力量不会制造奴隶，而会创造自由。

在工厂里，安德烈耶夫羞于提起自己那吵成一团的家。但瓦尔瓦拉却对自己的丈夫感到十分骄傲，因为她知道厂里的工程师和工人们都很尊重他。

工厂里的年轻工程师和车间负责人都念过技术学校，或者接受过相关课程培训。他们的工作方式与安德烈耶夫很不一样，总是往实验室跑，不是去送分析样本，就是去征询意见，查询温度，了解氧气供应情况，顺便再次确定一下正式的操作流程和标准。他们做得不比安德烈耶夫差。

这些人中，安德烈耶夫对负责第四高炉熔炼的沃洛佳·科罗捷耶夫评价很高。这个年轻人才二十五岁，长着一头卷发、厚嘴唇和大鼻子。他在想问题时，嘴里总是噗哧噗哧喷着气，前额上现出三条深深的皱纹，

1　英文译者注：该书主要是对婚姻制度进行抨击。

413

从左边鬓角一直伸到右边鬓角。

科罗捷耶夫的工作总是做得有条不紊，手脚利落又干净，就像是在演一场戏，从来没发生过事故。战争爆发后，安德烈耶夫再次回到车间里工作，这时候科罗捷耶夫已经当上了工长，原来他负责的那个高炉交给了严肃且沉默寡言的奥尔加·科瓦廖娃。科瓦廖娃的活儿干得也像负责其他高炉的熟练工人一样利落。有一回上面发了个新的冶炼配方，科瓦廖娃向安德烈耶夫咨询。后者沉默了很长时间后答道："我不懂这个。应该问问科罗捷耶夫，他是真正的科学家。"安德烈耶夫的谦虚给大家都留下了好印象。后来人们提到他，都会说："他是个真正的工人……是个好人。"

他热爱着自己的工作，平心静气地热爱着它，满怀热情地热爱着它。所有人的劳动都应该受到平等的尊重。他对待工厂里重要岗位工人的态度，与从事那些最简单工作的工人毫无区别，不管是冶炼工、电气工程师还是机床操作工，与体力劳动者、那些只要有双手就可以完成工作的人，都没有什么不同。安德烈耶夫自然也偶尔跟从事其他行当的人开开玩笑。但这样的玩笑绝不带有敌意，只不过是友谊的善意表达。对他而言，劳动是对人的衡量尺度。

他对人的态度总是正面的。这种国际主义的态度之于他，就像他对工作的热爱那样自然，就像他相信工作是人类在这世间存在的目的一样自然。

战争爆发后，他回到工厂里上班。党支部书记在一次公开会议上赞扬他："我们有这样一位工人，为了共同的事业，毫不在意牺牲自己的健康和付出自己的力量。"安德烈耶夫感到有些窘迫。他没有觉得自己在做出牺牲。相反，他觉得很高兴，很快乐。为了重返工厂工作，他在登记返厂时将年龄报小了三岁，还有点担心这事儿会被发现。

"现在我就像死而复生了。"他有一次对自己的朋友米沙·波利亚科夫说。

他对沙波什尼科夫全家都怀着最大的敬意，也从未忘记多年之前，他和已故的尼古拉·沙波什尼科夫在伏尔加河的某条汽船上的谈话。

沙波什尼科夫曾经对他说，有一天，劳动将会成为全世界至高无上的权利。他说得对，可现在的问题是，祖国陷入了战争之中。法西斯占了上风，将会危及甚至毁灭安德烈耶夫热爱的一切。法西斯分子虽然又邪恶又卑鄙，但至少目前他们还有力量。

六

安德烈耶夫就要去上夜班了，这会儿他坐在厨房里吃着晚饭，妻子就站在旁边，准备随时给他端茶递水。他安安静静地吃着，连看都不看她一眼。上班前，安德烈耶夫能一口气吃掉两盘煎土豆。

瓦尔瓦拉·亚力山德罗夫娜一度被大家看成是萨列普塔最漂亮的姑娘[1]。她的闺蜜们都为她找了这么个丈夫感到遗憾。那时候安德烈耶夫在一条在伏尔加河四处漂泊的汽船上当司炉工，而她却是一名工程师的女儿。大家都觉得，以她的外貌，想要嫁谁都可以，船长、商人或者是察里津码头咖啡馆的老板，哪一个都行。

这一切都是四十年前的事情了。现在两人都老了。瓦尔瓦拉变成了一个眼睛明亮、举止优雅的高个儿老太太。安德烈耶夫那张宽宽的、老是阴沉的脸，还有那像金属丝一样硬的头发，依旧很难配得上妻子。

"不能这样！"瓦尔瓦拉一边用抹布擦着桌子，一边说："娜塔莎到幼儿园上班去了，要到早上才回来。你又要出门，我一个人跟小沃洛佳在一起。要是空袭来了怎么办，我们两个该怎么办？"

"哪有什么空袭，"安德烈耶夫应道，"就算有吧，我又能怎么办？我

---

1 英文译者注：萨列普塔 1765 年由伏尔加河地区的德意志族人建立，1920 年更名为红军城，1931 年成为斯大林格勒的一个区。

又没有高射炮。"

"你又来了。真受不了！我要走了，去安纽塔家里。"

瓦尔瓦拉被空袭吓坏了。在食品店排长队时，她听够了关于空袭的各种故事——炸弹投下来时会发出尖啸，女人和孩子被埋在废墟下，还有整栋房子被炸得连根拔起，碎片飞到几十米外。

她一直生活在恐惧里，吓得夜里睡不着。

也不知道是什么原因让瓦尔瓦拉这么害怕。其他的女人也害怕，但起码还能吃能睡。有些人无所顾忌地说："行了吧，该来的反正躲不掉！"瓦尔瓦拉却害怕得没有一刻能安生。

在那些无眠的夜里，对儿子安纳托利的思念折磨着她。安纳托利在战争头几周就失踪了，儿媳妇娜塔莎却像没事一样过得好好的，简直让人没法看。她下班后就打扮得花枝招展，跑去看电影，回到家里又摔门又拍桌，弄得叮当乱响。瓦尔瓦拉躲在一边，全身发冷，以为德国飞机终于飞到了头上。

瓦尔瓦拉觉得，谁都比不上她更爱这个家，谁也都没有她付出的那么多。她把家里收拾得一尘不染，没有哪一家邻居家里能比得上。厨房里没蟑螂，哪儿都看不到一粒灰尘。自家菜地和果树的收成比周围的都多。她自己把地板漆成了橘黄色，给每间屋子都贴上了壁纸。她攒钱买了漂亮的瓷器，买了新家具，买了新窗帘，买了带蕾丝边的枕头和挂在墙上的油画。邻居们夸这个家像明信片一样美。现在毁灭一切的风暴要来了，要摧毁这个家，毁掉这三间她深爱并为之骄傲的小屋，她害怕极了，无助极了。

这一切都是自己不能承受的。瓦尔瓦拉下了决心。家具都收进木箱里，所有的一切都埋在花园里，或者藏进地窖里。然后一家人渡过伏尔加河，去妹妹安纽塔家里一块过。她相信，德国人的飞机再厉害，也不会飞到尼古拉耶夫卡这么远的地方。

然而丈夫却不同意，安德烈耶夫不想离开斯大林格勒。

战争爆发前一年，在医生建议下，安德烈耶夫从高炉工调去当了技术监理。可在那儿的工作也一样很辛苦，他的心绞痛发作了两次。1941年12月，他又回到高炉前工作。只要开口，车间主任不会不放他走，甚至还会大大方方地派一辆车帮他把家当搬到伏尔加河的渡轮上。但安德烈耶夫就是不肯离开。

刚开始瓦尔瓦拉还认为，如果丈夫不跟着自己走，她干脆哪儿都不去。后来她改了主意。她要带着娜塔莎和小沃洛佳去安纽塔那儿，安德烈耶夫留下来，至少眼下要留下来。

这天晚上，安德烈耶夫吃了晚饭，瓦尔瓦拉又把这问题提了出来。不过她大部分时候说话并不是对着安德烈耶夫，也不是对着自家的猫，更不是对着黑眼睛的小沃洛佳说的。她常常说给一个只存在于自己想象中的听众：

"看看这个人吧！"她转头对着炉子说。那个值得信任的、晓事又聪明的听众一定站在炉子边儿上呢。"他要一个人留在这里了。谁来照顾这一切呢。所有尘世间的东西都埋在花园里，藏进地窖里了。您肯定知道，没时间来照料家里的这一切了。这个人年纪大了，还有一身毛病。头发倒是还没变白，但人已是二级残疾了[1]。像他这样一个病鬼干嘛还要工作？德国人会先轰炸哪儿呢？您说说看？当然是钢铁厂啦！那儿还是一个能让残疾老头儿待的地方吗？工厂没了他又不是不能继续开工。"

这个幻想中的听众没有吱声。小沃洛佳跑到院子里，去看探照灯在天空扫过。丈夫也一句话不说。瓦尔瓦拉叹了口气，继续分辩道："我听一些女人说：'不带上财产走，我们就哪儿都不去。财产埋在哪儿，人就该留在哪儿。'这样做对吗？看呀，漂亮的瓷器，带镜子的衣柜，五斗橱，我们要通通把它们丢在脑后了。还有什么办法呀，那些魔鬼很快就要带着炸弹飞过来了。要是这人留下来，起码还有个人照看一下。瓷器

1　英文译者注：残疾人养老金分为三级，最严重的是第一级。

417

和家具可以花钱买，但是要是丢了一条腿，掉了脑袋，上哪儿买去！不过，如果这个人真要留下来……"

"你这是在胡说八道呢，"安德烈耶夫打断她，"一会儿担心会要了我的命，一会儿你又要我看着这些东西。"

"我整天都在胡思乱想，"瓦尔瓦拉哀怨地说，"我自己都不知道自己在想什么。"

沃洛佳走了进来，迷迷糊糊地说："今晚说不定要有轰炸。天上都是探照灯！"突然间，他的眼睛变得亮闪闪的："爷爷，小猫咪是跟我们一起去伏尔加河那边，还是跟您一起留下来？"

瓦尔瓦拉心里涌出了莫名的欣喜，用唱歌一样的声调柔声说："沃洛佳，你怎么能这么问呢？小猫要帮爷爷照顾这个家，还要跟他一块去厂里呢。它还能拿着配给卡去商店里领东西。"

"说够了！"安德烈耶夫突然愤怒地咆哮道，"给我安静点儿。"

这时候，瘦骨嶙峋的小猫跳到桌上。"下去，你这条小毒蛇！"瓦尔瓦拉生气地嚷道，"我还没走呢。"

安德烈耶夫看了一眼挂在墙上的钟，嘴角边挂上了一丝微笑："米沙·波利亚科夫报名去当民兵了，分到了迫击炮连。我八成也会去的。"

瓦尔瓦拉从墙上取下挂着的工作服，看上面的纽扣缝结实了没有。"倒真是一个不错的榜样，"她说道，"可怜的老波利亚科夫都只剩下半条命了。"

"你这话什么意思？米沙还活蹦乱跳着呢。"

"对的，对的……希特勒只要看一眼米沙·波利亚科夫，就会被吓得扭头就跑。"瓦尔瓦拉心里知道，这话一说，丈夫准得难受。1918 年他和波利亚科夫肩并肩一起在别克托夫卡跟哥萨克打过仗[1]。安德烈耶夫是个严肃和理智的人，说的每一句话都很认真。波利亚科夫却老是爱开玩笑，

---

1 英文译者注：别克托夫卡是斯大林格勒附近的一座城市。

爱捉弄人。她搞不明白这两人之间怎么会产生友谊，对他们的战友情谊也很不满，于是便接着说："他的第一个老婆三十年前就离开了，那会儿他还是个小伙子呢。这人是个色鬼，女人们都是这样看的。他第二个老婆现在还跟他在一块，完全是因为他们有了孩子和孙子。波利亚科夫说自己是个木匠，这样的人有什么用！什么东西都做不了。他那老婆，玛丽亚，也是个胆大包天的家伙。知道她都说了什么？有一次她说：'医生禁止米沙抽烟喝酒。如果他还喝酒，那一定得怪你们家那位帕维尔·安德烈耶维奇。米沙要是哪个星期天上了你们家的门，回来时肯定是醉醺醺的。'我告诉你啊，我当时就反击说：'你家的米沙根本不需要帕维尔帮忙。他早就名声在外了。远到萨列普塔的人都知道他是个酒鬼。'"

瓦尔瓦拉自己也感到很奇怪。尽管这些日子动荡不安，她跟丈夫吵架时却一点也不害怕。安德烈耶夫的脾气一向很差，这一阵子却安静了很多。他心里大概也清楚，因为担心要流离失所，要和丈夫分开，妻子变得焦躁好斗了。

安德烈耶夫很容易因为一个人存在的各种弱点而体现出对他的宽容，但对自己这个家，他却缺少这样的耐心。从某种角度来看，他对自己家庭没有什么兴趣，这一点实在有点奇怪。瓦尔瓦拉买回来了什么新家具，他觉得没什么问题。但就算是有什么要紧的家具坏了，对他也没有什么负面影响。不过，有一次瓦尔瓦拉要他从工厂里弄几个铜螺丝钉回来，他却怒气冲冲地应道："什么？你是没脑子吗？"当天晚些时候，她发现放在五斗橱里的几块布没了。那本来是用来缝冬衣的。瓦尔瓦拉跟安德烈耶夫提到此事，他回答说："我拿来擦洗压缩机了。"接下来他又说："太难了，根本没有去油的破布。压缩机是新货，娇贵得很。"

这个事儿留在她的脑海里，很多年都没有过去。但丈夫的表现依旧没什么变化。前几天刚有一个邻居上门问："老头儿给您带回来面粉没有？我家那位拿回来两公斤，工厂里给发的。"

"怎么不把配给的面粉拿回来？"她问安德烈耶夫，"上一周刚发了葵

419

瓜子油，你也没拿回来。"

"我本来想等队伍排完了再去拿，"他漫不经心地回答说，"哪知道那会儿面粉都发完了。"

·跟往常一样，瓦尔瓦拉到了夜里又睡不着，不停地在胡思乱想，不停地侧耳倾听。她从床上起来，光着脚悄悄地在各个房间里走来走去。她在窗边停下来，拉开窗帘，凝视着外边神秘而清澈的夜空。然后，她来到小沃洛佳身边，长久地注视着他那引人注目的、黝黑的额头，注视着他半张开的嘴。他长得跟祖父很像，远谈不上清秀，有一头粗硬的头发，身体矮壮。瓦尔瓦拉把他褪到屁股上的内裤拉起来，亲了亲他温暖单薄的肩膀，画了个十字，然后又躺回了床上。

在这些个无眠的漫漫长夜里，她想到了很多事情。

瓦尔瓦拉和安德烈耶夫一起生活了很多年。不，不仅仅是多少年的问题，而是一生。这一生过得是好是坏，她说不上来。在结婚的头几年，她过得很不幸福。关于这一点，她不仅不承认，甚至都不愿意跟家里人或最亲密的朋友说起。婚姻不是她在少女时期想象的那个样子。朋友们曾对她说："您应该嫁给船长，当一名真正的太太！"她曾经幻想着生活在萨拉托夫或萨马拉，坐着出租马车去戏院看戏，和丈夫一起在贵族的宴会上跳舞[1]。然而，她最后嫁给了安德烈耶夫。他对瓦尔瓦拉说，如果他被拒绝了，就会跳进伏尔加河。瓦尔瓦拉哈哈大笑，然后突然间就同意了："好啦，帕维尔，我嫁给你。"

就这么一句话，成了她的一生。

帕维尔·安德烈耶维奇是个好人，但性格却异常孤僻。这种僵硬而严肃的人一般都会非常顾家。他们会不停地攒钱，积累各种财产。这样的人会对家里的一切事无巨细非常关注。但安德烈耶夫对财产毫不关心。

---

1 英文译者注：萨拉托夫和萨马拉（1935—1991 年称为古比雪夫）是伏尔加河一带最古老也是最重要的城市。

有一次他对瓦尔瓦拉说："瓦莉亚，我最想做的事情就是弄到一条船，拉起船帆，在里海上飘荡，越走越远。要不然我宁可死了。我还没怎么认真地看过这个世界呢！"

瓦尔瓦拉可不像丈夫这样想。在这世界上好好活着，向别人展示自己美好的一面，这些对于她来说很重要。她要炫耀的东西可多了。没有哪个邻居家有她家里那么漂亮的家具。也没有谁的花园里有她家那么漂亮的小亭子，更不用说那些茁壮成长的果树、窗台上漂亮的插花什么的了。

但是，她到底是工程师的女儿，长大以后在一家重要的工厂周围的工人居住区里生活了差不多一辈子。她完全清楚，丈夫是个非常出色的工人。她随时准备告诉他人，世界上没有哪位工人能够比斯大林格勒的这三家巨型工厂里的工人更加聪明、更加能干——甚至顿巴斯、乌拉尔或者莫斯科的工人也都比不上。瓦尔瓦拉到底明白了，在一个伟大的工人城市里当上一流的工人，这可比当港口咖啡馆老板要光彩多了。

安德烈耶夫和沙波什尼科夫一家建立了深厚的友谊。瓦尔瓦拉对此深感骄傲。她喜欢四处说，沙波什尼科夫一家如何奉他为上宾。每到新年，亚历山德拉·弗拉基米罗夫娜都会给他们一家写一封拜年信，瓦尔瓦拉还拿着信四处向邻居们炫耀。

有一年五一，工厂厂长和总工程师上门来问候他们。邻居们看见两辆车停在住宅区入口，瞬间被好奇心驱使，偷偷把脸贴在窗上，或透过花园篱笆小心地窥视着他们。瓦尔瓦拉骄傲得内心滚烫、双手发凉。安德烈耶夫用自己惯有的直爽平平静静地接待了这两位贵客，那个样子跟他下班后从澡堂子出来，把老波利亚科夫叫去一起喝一杯没什么不同。

日子就这么一天天过去。要是有人问瓦尔瓦拉，她还爱她的丈夫吗？很可能只会看到她耸耸肩。对于这个问题，她很久之前就置之脑后，想都不想了。

和过去的每个夜晚一样，瓦尔瓦拉首先想到了丈夫，接下来是对儿子的思念，这个念头继续折磨着她。她能听到他镇定地说话，看到他带孩子气的眼睛。再下来，她就会无望而生气地想到儿媳妇娜塔莉娅。

　　娜塔莉娅说话粗声大气，脾气来得又急又快，满是恶意。瓦尔瓦拉觉得儿子在婚姻方面上了娜塔莉娅的当。这人无论从哪方面都没法跟儿子比，既不聪明，又不好看，家庭也配不上：革命前，娜塔莉娅一家是做小生意的。瓦尔瓦拉按照自己的逻辑继续想下去。安纳托利1934年得了痢疾，娜塔莉娅得负责。有一年"五一"假期和复活节日子重了，安纳托利没去上班，被当作旷工受到严厉处分，娜塔莉娅得负责。安纳托利和娜塔莉娅去看电影和球赛，瓦尔瓦拉认为后者没有尽到照看沃洛佳的责任。就算是娜塔莉娅给沃洛佳做了一整套新衣，瓦尔瓦拉对她的不满也一点都没少——凭什么就顾着孩子？可怜的安纳托利自己还穿着破内衣，外套的胳膊肘上还有破洞呢！

　　娜塔莉娅自己也不是省油的灯。两人吵架时瓦尔瓦拉也不总是能赢。她对娜塔莉娅的确过分苛刻，但后者在给婆婆挑毛病时也一样眼疾手快。

　　娜塔莉娅在幼儿园找了份工作，每天早出晚归，下班后就到朋友那儿去。瓦尔瓦拉没有放过她身上任何一点细微的变化。她留意着她上哪儿去了，去了多远，穿什么衣服，是不是烫发了，夜里说了什么梦话。有很多个晚上娜塔莉娅回家后什么东西都不吃，嘴里还有酒味儿，抽的是纸盒装的香烟，而不是烟草。她和小沃洛佳温柔地说话，透出了沉重的负疚感。所有这一切都引起了瓦尔瓦拉深深的怀疑。

　　安德烈耶夫有一次想要跟她们讲和平相处和平等待人的道理，希望她们明白这样做的价值。他有一次甚至骂她们都是希特勒，一拳把自己用了十八年的粉红色茶托打得粉碎。他吓唬她们俩，说要么把两人赶出家门，要么就丢下她们，自己出走。最终，安德烈耶夫可能不得不承认，自己即便已经精疲力竭，仍一点用都没有。不管是说理还是恐吓都不会带来任何变化。

瓦尔瓦拉起初还跟安德烈耶夫说，女人吵架跟男人无关。可安德烈耶夫远远躲开这一切后，她感到更加不高兴了。"你是怎么搞的？"她会骂道，"干嘛不好好教训一下那个女人？"

瓦尔瓦拉很快就要和娜塔莉娅开启一段漫长而艰苦的流浪。然而，想要正视未来可不容易。未来实在太阴暗了。

七

钢铁厂里每一班要工作十八个小时。平炉车间像个高大的铁匣子一样在一片经久不息的喧嚣声中震动着，周围的工厂和大院里也笼罩着雷鸣般的轰隆声。钢水经过轧钢机，冷却了下来，从沉默的液体变成了微微发亮的蓝灰色钢板，突然间高兴地发出了清脆明亮的嘎嘎声。空气锤撞击着红热的钢锭，喷射出一片火星。装卸台的木板上铺着防火的厚钢轨，火热的钢锭落在钢轨上，发出巨响。伴随着金属撞击的轰鸣，这里还有引擎和风扇的咆哮声、链条和皮带在拖曳钢锭时发出的摩擦声。

钢厂里的空气又干又热，一丝潮气都没有。在一排排高炉之间，干燥的白色粉末就像洁净的白雪那样，静静地悬浮在朦胧的光线中，反射着微光。来自伏尔加河的一阵大风时不时会突然卷起粗粝的尘土，扑在工人们的脸上。熔化的钢水注入铸模时，半明半暗的车间里会火星四溅，转瞬即逝。这些漂亮却无用的火星，其生命还不到一秒，但就在这一刹那，它们变成了一群疯狂的白色飞蛾，又像是樱花的花瓣，被风吹散。有一些钢花会溅到工人身上。这时候与其说它们很快消逝了，不如说它们本来就诞生在工人们的身上，诞生在这些面色通红、热得大汗淋漓的人们的肩上和手臂上。

到了休息时，工人们会把防护帽枕在头下，把防护服垫在砖地上或者冷却的钢锭上，然后躺下。在这个大号铁匣子里没有露出来的泥地，也没有软木，只有石头、钢铁和生铁。

连绵不断的喧嚣声让人昏昏欲睡。不过，如果宁静突然降临，工人们反而会警觉起来。宁静只能意味着死亡，意味着某种风暴的来临。工厂里，噪声意味着和平。

工人们已经到了人所能承受的极限。他们的脸上毫无光彩，眼睛像是在燃烧，脸颊深陷，颧骨突出。然而很多人却感到非常幸福。日夜不停的重体力劳动反而让他们感受到了自由，感受到了斗争所激发的勇气。

办公室里的人们开始焚烧档案，都是些未来计划草案、此前的产出情况报告。战士们在参加一场事关生死的战斗时，不会想到过去的种种生活，也不会想到未来会有什么在等待着他。这座宏伟的钢铁厂也是如此，它只存在于当下。

"红十月"钢铁厂工人们生产的钢板会被立即送到附近的拖拉机厂和"街垒"火炮厂，在那里制成坦克用的装甲钢板、重迫击炮和大炮的炮管[1]。坦克日夜不停地从拖拉机厂开出来，直接开往前线。卡车和牵引车日夜不停地向顿河方向运送武器装备，它们一路上扬起漫天尘烟。坦克手和炮手不断击退那些步步紧逼的敌人。在他们身后三四十公里之处，是在工厂里奋力工作的成千上万名工人。不论男女，不论年龄，两者之间建立起了紧密的联系，建立起了明确的联盟。这就是抵抗所具有的深刻意义。

清晨，厂长来到了车间里。他是个矮壮的男人，穿着蓝色军便服，脚上蹬着一双柔软的小羊皮靴。

工人们以前都喜欢开他的玩笑，说他一天刮两次脸，每轮班一次就要擦一次靴子，二十四小时里要擦三次靴子。现在他满脸都是黑色的胡茬，而且肯定不会再擦靴子了。

---

1 英文译者注：这三家工厂均沿着伏尔加河岸修建，彼此间有隧道相连，并能够进行安全通话。它们在斯大林格勒战役中发挥了关键作用。尽管战斗中工厂大部分被毁，无法继续生产，但厂址却成为防御作战中完美的工事。每家工厂长约一千米，宽约五百到一千米。

不久之前，大家都觉得厂长不仅熟悉未来五年钢铁厂的工作计划，也知道今年秋天到第二年春天之间的原材料质量情况。他不仅应该知道以后电力供应情况，也应该知道如何赶紧把生铁运进来。他同时还应该关心为工人们服务的特设商店里有多少食品、布料和别的生活用品。不久之前，他还定期去莫斯科出差。莫斯科经常给他打电话，州党委第一书记经常跟他一起开会。他负责一切好的坏的工作，负责分房，负责提拔干部，负责奖励先进工作者，负责处分和开除违纪人员。

工程师、总会计师、技术负责人、各个车间的车间主任都已经习惯这样说话："我答应您，会去跟厂长反映的。""我会把您的请求转达给厂长。""我希望厂长能帮上忙。"在某些面红耳赤的争吵后，也会有人说："我会跟厂长提出，解除您的职务！"

厂长走过整个车间，来到安德烈耶夫身边时，他停了下来。

其他的工人围了过来。

安德烈耶夫问："工作进行得如何了？情况怎样了？"这些问题一般都是由厂长问的。

厂长答道："每一个小时困难都在增加。"

他说，"红十月"工厂运出来的钢板制成了坦克，在开出斯大林格勒十四到十五个小时后就开始和德寇作战；他说，有一支执行关键作战任务的重要部队在一场空袭中失去了车辆和许多装备；他还说，前线的战士们需要"红十月"工厂的钢铁，需要工人们加班才能完成这些超计划的工作。最后，他补充说，没有办法找到更多工人了，所有适合工作的人都已经在这里了。

"同志，您累了吗？"他直勾勾地看着安德烈耶夫的眼睛，问道。

"今天有谁在休息？"安德烈耶夫问，然后继续说，"我们还要继续上白班吗？"

"需要。"厂长答道。

这不是在下命令。这一刻他不是以厂长的名义在发号施令。厂长职位赋予他的奖惩、授勋和降职的权力已经不重要了。权力没有了意义，而他也明白这一点。

他完全可以把这一现实告诉站在周围的这些人。厂长很清楚，面前这些人并不都是热爱这份工作的完美工人。有些人在这里工作仅仅是因为他们不得不这么做，他们毫无热情，对工作的态度非常冷漠；有些人心里觉得钢铁厂没有前途；还有些人唯一关注的只是不要给上级惹麻烦。

厂长注视着安德烈耶夫。

安德烈耶夫的脸像厂房天花板下覆满煤烟的钢铁桁架一样，闪着微光。他布满皱纹的额头映着车间里的白色火焰。

生活和工作中对每个人来说最有价值的东西仿佛都凝聚在他身上了。现在大家的关切和焦虑，都需要让位给更有意义的事情。

"如果您需要我们留下，"安德烈耶夫答道，"那我们就留下。"

一位穿着防护服，头上戴着一条油腻红头巾的女工，她的年纪已然不轻，一张嘴露出闪亮的白牙："您别担心，孩子。您需要我们连续工作两班，我们就上两班。"

所有人都留下了。

每个人都沉默地工作着。没有人大声发号施令。平时对着那些干活儿掉链子的人发脾气、大吼大叫的声音都听不见了。

安德烈耶夫时不时地会感到，周围有人在无声地交流着。有个叫斯列萨耶夫的年轻工人，是个溜肩，套着件带条纹的坎肩。安德烈耶夫转脸过去，刚想叫他去把空铸模台车推走，他自己匆匆忙忙地四下看了看，便朝着大门跑去，推走了台车。

每个不寻常的动作，都会把精疲力竭的感觉传递给他人。

车间里的工人们身份混杂，既有共产党员和共青团员，也有无私奉献的工人。有些人是从别处疏散过来的，对工作一窍不通，总是板着脸；爱嬉闹的年轻女工会时不时对着小圆镜梳理一下眉毛；还有一些当妈的，最常做的事情就是去看看商店里有没有到新货。但在这里，他们都被这种强烈的疲惫感攫住了。

午饭时，一位穿着绿色军便服的瘦削男人找到安德烈耶夫。他呆呆地看了这个男人一眼，突然记起他是"红十月"工厂党委书记。

"帕维尔·安德烈耶维奇，下午四点您来一下厂长办公室。"

"怎么回事？"安德烈耶维奇生气地问道。他觉得厂长肯定是想劝他离开斯大林格勒。

书记默默地注视了他一会儿，才说道："今天早上接到命令，要炸掉钢铁厂。要求我指定炸厂的人选。"他感到非常难过，于是把手伸进裤兜里，四处摸烟荷包。

"这是胡闹！"安德烈耶夫说。

八

莫斯托夫斯科伊给他认识的州党委委员茹拉夫廖夫打了个电话，说想去"红十月"工厂走走，问能否帮忙安排一下。

"那可太好了！"茹拉夫廖夫答道，"您在那儿会找到老朋友的……有从奥布霍夫工厂疏散来的列宁格勒工人。"

茹拉夫廖夫给红十月工厂和拖拉机厂打了电话，说莫斯托夫斯科伊会到厂里，然后他派司机去接他。把莫斯托夫斯科伊送到钢铁厂后，爱待多久就待多久，司机就在那儿等着。一个半小时后，司机就回来了，说莫斯托夫斯科伊要他不要再等了。他在"红十月"工厂那儿要见一个老相识，完事儿了自己走回家。

傍晚党委有会议，大家在等第一书记时，拖拉机厂党委书记说起了莫斯托夫斯科伊的来访。

"您说得对，"他说，"工人们需要和老革命家们见见面。现场情况简直太理想了。他说起最后一次列宁抱病跟他见面的情形，现场都有人抹

427

眼泪了。"

"没有谁有他那么深的理论修养了。"茹拉夫廖夫说。他自己对理论修养就很着迷。

"都没见过能把话说得这么简单明了的,把一切说得既浅显又清晰。年轻的学徒工听得都忘记把嘴合上了。他来的时候第一班快结束了,我就在那儿。负责组织的党员干部说,谁想去听他说的就到俱乐部去,结果几乎所有人都去了。除了那些在政治上真正的落后分子,几乎没人回家。真是一次精彩的会议。他一开口就说:'大家现在都觉得累了。'可他自己的声音又清楚又明白。这人说话时有些很特别的地方。"党委书记想了想,又补充说:"让在场的人都心跳加速了。我自己肯定是这样的。"

"现场有没有提问?"

"问题多了去了。不用说,全是问关于战争的。我们为什么会撤退?第二战场怎样了?当然也有人只关心自己的配给和工资。这不重要,重要的是,现场的人不论年龄,都认真在听。"党委书记接下来压低声音说:"需要承认,也有那么一会儿挺麻烦。在回答一个问题时,他说到工厂不可能疏散,工作也不可能中断,还引用了列宁格勒的奥布霍夫工厂和红普季洛夫工厂作为例子[1]。可是我们正准备开一个闭门会议,讨论这事儿呢。如果前线形势继续恶化,我们得为采取特别措施做些准备了。"

"那还能怎么办?"茹拉夫廖夫说,"他也不知道您这次闭门会议的事情,您也没有给他提出特别注意的事项。还有,他怎么不让人派车送自己回家?"

"正要说呢。我们想在他跟工人们谈完后,请他到厂长办公室简单吃点儿东西。他说,想见见厂里的一位老工人,帕维尔·安德烈耶维奇。

---

1 英文译者注:红普季洛夫工厂是列宁格勒最大的工厂,主要生产大炮和坦克。尽管大部分人员和设备疏散到了车里亚宾斯克,列宁格勒的工厂依旧在城市被围困期间开展坦克修理工作。奥布霍夫工厂也生产大炮和坦克。中文译者注:奥布霍夫工厂是1863年始建于圣彼得堡的著名军工企业,主要生产重型火炮、坦克等。

于是他打发司机走了，跟我们告了别，自己走了。我透过窗子目送他。从走路的姿态看，绝对看不出他年龄已超过五十。工人们都围着他，大家一起走了。"

九

这天早上，瓦尔瓦拉给沃洛佳喝了茶后，出门去了公共澡堂。

澡堂子能够让她感到心情平静些。在那个温暖、安静、半明半暗的地方，她可以一边和朋友们聊天，一边看着他们的女儿和孙女们粉红色的皮肤。这样能给她带来一些年轻时的记忆。这样的回忆尽管有些让人伤心，但整体上还是愉悦的。起码瓦尔瓦拉有半个小时不用去想马上要来临的远行和许许多多别的伤心事儿。

可是即使是澡堂子也摆脱不了战争的气氛，瓦尔瓦拉的痛苦一分钟都没有减少。澡堂里很多年轻姑娘都在红军中服役，更衣室里尽是绿色的裙子，战士们穿的靴子，到处可见军便服领章上的三角形[1]。有两个矮胖的年轻女人可能刚刚来到斯大林格勒。瓦尔瓦拉连一个认识的人都没找到。

几十年来，澡堂一直是瓦尔瓦拉生活中最重要的一部分。对这些姑娘们而言，澡堂却只是许多生活设施之一。她们叽叽喳喳地谈论着去年在别处见到的澡堂子，在沃罗涅日，在利斯基，在巴拉绍夫[2]。一两周前，她们大概还在萨拉托夫或者恩格斯城洗过澡[3]。姑娘们放声大笑着，让她感到头疼。还有那两个矮胖的女人，则在猥琐地谈论各种各样非常私密

1　英文译者注：三角形是中士和上士的军衔标志。
2　中文译者注：巴拉绍夫位于俄罗斯萨拉托夫州西部。
3　中文译者注：恩格斯城位于俄罗斯萨拉托夫州，伏尔加河东岸，与该州首府萨拉托夫市隔河相望。

的事情。瓦尔瓦拉受不了这种下流的说辞，感到身上越洗越脏了。

"行了吧，战争会把这一切一笔勾销的。"一个女人大声说着，使劲甩了一下脑门子上湿漉漉的卷发。

另一个女人看着瓦尔瓦拉，猥琐地笑道："老奶奶，您干嘛这么看着我？不是要去告发我吧？"

"告发你？"瓦尔瓦拉应道，"还不如好好教训你一顿呢。"她把毛巾围在头上，决定不像往常那样洗头了。还是赶紧离开澡堂子吧，越快越好。

她刚从澡堂出来，路过一片布置着高射炮的荒地，就响起了空袭警报。高射炮开火的声音简直要撕破耳膜。瓦尔瓦拉赶紧跑起来，结果被绊倒了。她身上还留着澡堂里的温度和潮气，在这里被迅速裹上了一层灰土。回到家时，全身上下都脏得不得了。

娜塔莉娅刚下班，坐在门廊上嚼着面包，啃着黄瓜。

"怎么回事？"她问，"摔倒了？"

"我累坏了，"瓦尔瓦拉说，"一点力气都没了。"

娜塔莉娅什么话都没说，转身走进了厨房。

娜塔莉娅总是觉得家里没人理解她。她天天跟朋友混在一起，去看电影，这一切只是在把注意力从自己的不幸上转移开。而这不幸则来自她的丈夫。她没日没夜地思念着丈夫，她学会了抽烟，去做自己能够找到的最重的体力活。有一次，她在幼儿园洗衣房里连续干了四十八小时的活儿，洗了两百八十条床单，还有枕套和儿童衣物，这一切只是为了把自己从悲伤中解脱出来。要是她是个没心没肺、总是感觉良好的人，就不会学会抽烟，也不会老跟朋友们待在一起。可是，现在理解她的人只有一个，是她的新朋友、幼儿园的护工克拉娃。

瓦尔瓦拉很不喜欢克拉娃。母亲和儿媳之间无法理解彼此。虽然两个人一起担心着安纳托利，却不愿意互相谅解。瓦尔瓦拉去了教堂祈祷，还找人给安纳托利算命。但无论是上帝，还是算命的茨冈人都没能帮她解开长久以来的心结。给予儿子生命的母亲，给予这个儿子的儿子生命的母亲，两个人在家里都有至高无上的权利。然而这种权利一旦共有，则相当于不存在。到了最后，所谓的权利就变成了强权，这是赤裸裸的真相。两个女人都明白这一点，至少或多或少心里有数。

瓦尔瓦拉在过道里拾掇好了自己，用块破布把鞋上的灰土拭掉，然后走到了客厅里。她问孙子："爷爷还没回来吗？"

沃洛佳嘴里嘟哝了几句听不懂的话。他站在大开的窗边眨巴着眼睛看向天空。一架肉眼不可见的飞机嗡嗡响着，在高远的天空拉出一道蓬松的白色尾迹。

"是一架侦察机，过来拍照的。"他对窗外的高射炮炮手说，两人已经说了好一会儿话。

"看来他不回来了，"瓦尔瓦拉自言自语道，"要是他的话，我会把他的帽子挂到墙上。肯定接着去上早班了。"

眼下生活中的各种痛苦让她无处逃遁。她不想让娜塔莉娅看见自己掉泪，于是跑去菜园里，在长势喜人的、红彤彤的西红柿旁偷偷地哭。可娜塔莉娅也在那儿，正坐在地上哭天抹泪呢。

午饭后，一个怪怪的老头儿敲响了家门。刚开始瓦尔瓦拉以为他是从哪儿疏散过来的，想找个地方住。但这个人却直截了当地说："您好，老妈妈，我来看看帕维尔·安德烈耶维奇。"

"老妈妈！"她生气地想。"我觉得您应该说'小姑娘'，您真是个老傻瓜！"她没有被莫斯托夫斯科伊浑厚的声音和敏捷的动作所欺骗，一眼就看出了他的年纪。瓦尔瓦拉请他进了门，突然间有些担心，这个老家伙到家里来说不定会讨杯伏特加喝。

莫斯托夫斯科伊问了她几个关于孩子和生活的问题，瓦尔瓦拉便不再拘束。她对来人不再感到疑惑，而是感到自己仿佛一直在等待此人，等了很久。她想向他敞开心扉，把心里憋的事儿一股脑儿全部倒出去。莫斯托夫斯科伊在获许进到客厅后，仔细地在过道地垫上擦干净了鞋底。

他问瓦尔瓦拉是否允许他抽烟，如果不行的话，他可以到门廊上抽烟。后来，他向瓦尔瓦拉要烟灰缸。她没有拿出帕维尔·安德烈耶维奇放烟灰的铁皮盘子，而是拿出了自己放纽扣、针箍和挂钩的缸子。那可是个真正的烟灰缸。

莫斯托夫斯科伊四处打量了一下屋子，赞叹道："您把这儿收拾得可真漂亮！"

莫斯托夫斯科伊穿得很朴素，一点都看不出他和别人有什么身份上的差别。过了好一会儿，瓦尔瓦拉才意识到，他根本不是个普通的工人或农民。这人是谁，是个工程师还是个会计？或者是医院里的医生？她没法判断他的身份。然后，她恍然大悟，此人肯定是丈夫认识的某个城里人，也许是沙波什尼科夫一家的亲戚，反正不是"红十月"工厂里的熟人。

"您认识亚历山德拉·弗拉基米罗夫娜吗？"她问。

"还真的认识。"他边说着，边飞快地看了她一眼，对瓦尔瓦拉的敏锐感到有点吃惊。

瓦尔瓦拉对自己的聪明感到挺得意，开始唠了起来。她向莫斯托夫斯科伊抱怨说丈夫老是漫不经心，不关心她的生活，不关心家里的东西。她说起了儿子。她说，差不多每个母亲都觉得自己的孩子是世界上最出色的人，但自己是个例外。她知道自己孩子都有什么问题。两个女儿已经出嫁，都去了远东。她们都不成器。安纳托利就不一样了。他简直完美无瑕。孩提时代就是个老实乖巧的孩子。刚生下来时晚上就能安稳地睡觉。每天傍晚喂了奶，他就再不哭也不闹，也不老是叫唤母亲。早上醒来，他就安安静静地躺在床上，大大地睁着眼。

接下来，瓦尔瓦拉的话题从襁褓中的安纳托利又突然跳到了自己的婚姻，仿佛两件事情之间只隔着一两个月。这是一个母亲常有的状态。直到生命最后一刻，在当妈妈的眼睛里，发色浅浅的婴儿和已经四十五岁、额头有了皱纹、脸上有灰斑的男人都是同一个儿子，两者似乎没有太多的不同。

她怎么能想象得到，儿子后来找了个完全没有可取之处的女人为妻？

莫斯托夫斯科伊从瓦尔瓦拉的话语中体会到了女人的多变。他曾经被莎士比亚的戏剧所震撼。在他觉得是安静和睦的小家庭里，竟然隐藏着如此丰富的细节。而这之中还有他许多没有领会的东西。眼下这个家庭显然不会给他带来什么安慰和愉悦。刚好相反，得轮到他来安慰一下她们啦。

安德烈耶夫回来了，刚向客人问了好，一屁股坐下来就放声大哭。正在摆桌子的瓦尔瓦拉从未见过丈夫流过眼泪。她赶紧走到厨房，然后一手拿着个西红柿，一手拿着刀子不知所措地站在那儿，好像感到死亡已经来临，最后一刻已经临近。

后来大家都希望莫斯托夫斯科伊留下来过夜。两个老人坐在桌旁，一直聊到下半夜。

天亮后，莫斯托夫斯科伊回到家里，阿格里平娜·彼得罗夫娜交给他一张克雷莫夫留的字条。克雷莫夫说，他所在的部队将在斯大林格勒驻扎一段时间。现在他还得回前线去，下次再来，他会直接上门拜访。最后他补充道："米哈伊尔·西多罗维奇，您简直没法想象，我是多想见到您。"

十

星期天早上，沙波什尼科夫家里收到了一封给谢廖扎的信。叶尼娅高高把信举起来嚷道："要不要打开看看？是女人的笔迹，军事检察官放行了，现在应该轮到咱们家里人检查一下了——说不定是哪个杜尔西内娅寄来的。妈妈，念给您听听？[1]"

---

1 中文译者注：杜尔西内娅是著名小说《堂吉诃德》里男主角的梦中情人的名字。

她打开信封，拿出一张小小的信笺开始读起来，突然大叫了一声：

"哎呀，天哪，艾达·谢苗诺夫娜去世了！"

"怎么去世的？"玛露霞马上问道。她老是担心自己得了癌症，甚至不停想象自己身上出现了癌症症状。每次听到跟她年龄相仿的女人去世了，她都会马上问是不是因为癌症。斯皮里多诺夫说了不止一次："你那些虾蟹都堆成山了，怎么不想想开个海鲜饭店呢？[1]"

"得了肺炎，"叶尼娅答道，"我们现在怎么办，要把信给谢廖扎寄过去吗？"

艾达·谢苗诺夫娜是谢廖扎的母亲。沙波什尼科夫一家人都不喜欢她。

艾达和德米特里还住在莫斯科时，他们就常常把小谢廖扎丢给亚历山德拉·弗拉基米罗夫娜，然后一去就是很长时间。在谢廖扎念书前，他在奶奶那儿一待就是四五个月。

后来艾达被送去哈萨克卡拉干达市不远的劳改营，谢廖扎干脆就在奶奶这里住下了。她只是偶尔给谢廖扎写信。

谢廖扎一直都很沉默寡言，很少主动提起母亲。有时候，奶奶问到她的情况，他会怒气冲冲地应道："她还好，谢谢！身体很健康，在一家俱乐部里工作，经常给大家上健康常识课。"

很久之前，玛露霞有一次当着谢廖扎的面说他母亲的不是，说她之前老是花了太多时间在海边度假，没精力来陪儿子。他发出了一声奇怪、紧张而且含混的叫嚷，然后狠狠地摔了门，跑了出去。谁也没弄明白那一声嚷是什么意思。

这封简短的信件是医院护士写的，亚历山德拉安静地把信读了一道又一道。她沉吟道："弥留之际，她一直在念叨着谢廖扎。"她把信塞回信封里："我觉得现在没必要把信交给谢廖扎。"

---

1 中文译者注：俄语单词 раков 有"虾"和"癌症"两层意思。

"就该这样，"玛露霞说，"太残酷了，没有意义……叶尼娅，你说呢？"

"不知道，真不知道，"叶尼娅答道。

"她年纪多大了？"玛露霞问。

"跟你同岁。"叶尼娅说，用恶狠狠的眼神看着她。

十一

普里亚欣请斯皮里多诺夫去参加州党委会议，应该是有很多事情要说。可能是讨论整体的形势，也可能是讨论发电厂的防空情况。

但也可能是去挨骂。有台透平机出了问题。还有一次，市里最重要的面包房断电两小时，结果当天面包的配给出现严重延误。也可能是因为斯皮里多诺夫有一回没同意发电厂的某个变电站给船厂提供超计划的电力，他们向上面告了一状。他自己也向上面告过状，因为分配的燃料不符合标准，引起了一阵争吵。当然还有可能跟工厂的备用电缆没有准备好有关系。

对于这些问题，他可以找到无数理由解释或者推脱。机器都老旧了，技术工人都志愿去当了民兵，电气工程师根本就不够，工厂变电站完全不管用。他向拖拉机厂、"街垒"和"红十月"工厂索要过工作计划，免得这几家同时找他超计划配给电力。但工厂根本就不理会他，照样嚷嚷着要立刻增加电力配给。要是满足不了要求，挨骂的就是他。要满足这三家魔鬼的需求可不是开玩笑。它们一起上的话，一小时用电量比五座城市用的都多。

斯皮里多诺夫也知道，到州党委会上说理没有什么用，肯定会有人站出来说："既然这样，那咱们让战争暂停一会儿，等斯皮里多诺夫处理好了再继续打？"

要是能回趟家就好了。他两天没回家，都开始担心起来，真想回家看看。时间还够，但现在是上班时间，家里肯定没人。斯皮里多诺夫让司机直接开车去州党委。

大楼外站岗的哨兵是新来的民兵，军便服上束着武装带，背着系有帆布枪带的步枪。这副打扮让他想起了内战时期那些从彼得格勒过来参加察里津保卫战的赤卫队员。民兵里有个长着白色大胡子的队员，神气活现的样子跟刚从宣传画里走出来一样。

看见这些全副武装的工人，斯皮里多诺夫心里泛起了波澜。他的父亲在革命期间参加了赤卫队，牺牲在战斗中。那时候他还是少年，也扛起了伯丹步枪，在区革命委员会大楼前放哨[1]。

斯皮里多诺夫认出了大门口的哨兵。不久前，他还是斯大林格勒发电厂机房的助理电工。

"您好，工人朋友！"斯皮里多诺夫对他说。他刚想要往里走，哨兵用严肃的声调说道：

"您想要见谁？"

"见普里亚欣，"斯皮里多诺夫说，"您是要告诉我，连老上级都不认识了吗？"

哨兵挡在斯皮里多诺夫面前，脸上毫无表情："您的证件。"

他用了很长时间检查斯皮里多诺夫的党证，抬头看了他两次，跟照片进行了对比。

"您可真是个天生的官僚。"斯皮里多诺夫开始生气了。

"您可以进去了。"哨兵说着，脸上依旧毫无表情，但眼睛深处跳跃着一丝恶作剧的微光。

"有人把战争当成儿戏了。"斯里皮多诺夫进去后自言自语说道。

普里亚欣的助手巴茹林是个寡言少语的人，平时都打着领带，穿一

1　中文译者注：伯丹步枪（Berdan Rifle），一种由美国人伯丹在 1868 年发明的后膛装步枪，1891 年前装备沙俄军队。

件咖啡色的外套。今天他穿了一条卡其色的马裤和一件军便服，束着武装带，左轮手枪塞进枪套里，挂在腰上。州党委委员们一个接一个地走进休息室。他们都穿上了军便服，大部分人身上还带着图囊，背着帆布背包。

走廊和休息室里挤满了部队的指挥员。一个高瘦英俊的上校从人群中穿过来，走进普里亚欣的办公室里，边走边摘下手上戴的褐色皮手套。他脚上穿着一双擦得雪亮的靴子，走起路来咯吱咯吱响。其他的军队指挥员们全都站起来，立正敬礼。巴茹林虽然不是军人，但也站了起来。上校认出了斯皮里多诺夫，朝他笑了笑。斯皮里多诺夫也站起来，摆出了一个敬礼的手势。两个人之前在州党委疗养院时就认识了，度过了一段无忧无虑的日子，常常一起钓鱼、游泳、穿着睡衣在大清早散步。

上校的小羊皮手套和精心剪裁的军装展示出了职业军人应有的形象。不过，在某天他们一起出去钓鱼时，上校跟斯皮里多诺夫说起了他的过去。他是沃洛格达一个木匠的儿子。年轻时他也是个木匠，现在说话还带着沃洛格达口音[1]。

在上校之后进来的是斯大林格勒国防与航空化学建设促进会主席[2]。这家伙脾气很糟糕，活得怒气冲冲的，老是觉得其他部门不把他这个机构当一回事，也没有对他表现出必要的尊敬。不过，今天他以往那副屈尊俯就的样子不见了，声音和动作里透露出纹丝不乱的信心。在他身后跟着两个提着海报的年轻人，一幅海报是"手榴弹及其原理"，一幅是"步枪"，还有一幅是"冲锋枪"。建设促进会主席直接来到巴茹林面前，把海报打开给他看，边看边说："茹拉夫廖夫已经批准了。"

1　中文译者注：沃洛格达位于今俄罗斯西北部，与列宁格勒州毗邻。

2　英文译者注：国防与航空化学建设促进会成立于1927年，是一个自称"自发组成"的军民合作组织，目标是倡导爱国主义，提高航空技术和射击水平。斯大林称，该组织对于"保持全民在面对军事进攻威胁时处于动员准备状态、避免外部敌人趁我不备时制造事端和摩擦"非常关键。该组织资助和协助全苏联各俱乐部开展相关竞赛，成立数年后在全国拥有了1200万名会员。

"您把这些交给印刷厂吧，"巴茹林说，"我马上跟厂长交代一下。"

"请您一定理解，这事儿很急！民兵团马上就要上战场了，用得上！"主席说道，"去年我就要印刷海报，但用了一个月，他们才给我印了一百份。在忙着印课本呢。"

"马上就去印海报，"巴茹林说，"下一个工作就排上。"

建设促进会主席卷起海报，跟两个手下走出了办公室。他漫不经心地瞥了斯皮里多诺夫一眼，仿佛在说："朋友，我知道您是谁。可现在我还有更重要的事情要做。"

电话的声音在房间里此起彼伏。

方面军政治部打来了电话；防空指挥部主任打来了电话；负责修筑防御工事的工兵旅参谋长打来了电话；民兵团团长打来了电话；市医院管理局打来了电话；燃料管理局打来了电话；《消息报》战地记者打来了电话；两个斯皮里多诺夫认识的工厂厂长——一家生产重迫击炮，一家生产燃烧瓶——打来了电话；还有工厂消防队队长也打来了电话。战争已经蔓延到斯大林格勒和伏尔加河，在这间熟悉的休息室里表现得尤为明显。

但是今天这间休息室还是跟斯皮里多诺夫在发电厂的办公室有点不同。他的办公室总是嘈杂喧闹。怒火冲天的工长、后勤处处长和各个车间主任们吵得不可开交，锅炉房的电话打了进来，来了几个拿腔作调的上级官员，还有几个斯皮里多诺夫很不满的司机在发着牢骚或者抱怨别的什么事。总是有人直接冲进他的办公室告诉他哪儿出了问题，不是蒸汽压力就是电压下降了，下游用户在破口大骂了，有哪位工程师在打瞌睡了，还有哪位检查员马虎大意了。所有这一切每天一刻不停从早到晚地在他的办公室里重复着，伴随着内线和外线电话叮叮当当响个没完。

斯皮里多诺夫清楚，并不是每一个地方都是这样。在莫斯科出差时，人民委员接见过他。那里的休息室和人民委员的办公室一直都安安静静。而他在斯大林格勒发电厂的办公室里，电话铃一直在响，甚至还能听到人们小声而热情地谈论着食堂里刚流传的各种绯闻。两者之间，简直是天壤之别。

人民委员用了很长时间问了他很多问题，提问时语速又慢又仔细，仿佛世界上他只关注发电厂能否正常工作一件事情，别的一点都不重要。这里，斯大林格勒州党委书记的休息室，也没有斯皮里多诺夫办公室那么吵闹。党委书记也要从事党的工作，也要对管理负责，要管的事情也不少。他要管几十家大型工厂的生产，还要管伏尔加河上的运输和整个州的农业生产。战争风暴现在已经刮过来了。几个月前，整个州都在忙着开垦荒地，给新发电厂打地基，建学校和磨坊，还要提交拖拉机修理情况、土地开垦情况相关报告，收集庄稼播种的数据。现在倒好，楼房和桥梁都毁掉了，仓库里的小麦在燃烧，家畜四处嗥叫着乱跑，躲避着梅塞施密特的机枪扫射。

战争不再限于文字表述、新闻公报和难民口述的故事。对斯皮里多诺夫，对他的一家，他的朋友，他的发电机和透平机，他所在的这座城市的大街小巷、高楼大厦，战争的胜利或者失败成了一件生死攸关、迫在眉睫的大事。

州执委会副主席菲利波夫来到斯皮里多诺夫面前。他跟别的人一样，穿着军便服，腰上佩着一把左轮手枪。

过去十八个月里，菲利波夫一直很憎恶斯皮里多诺夫。他没答应给菲利波夫负责的一处新工地提供超计划电力，闹得两个人在开州党委全会时连招呼都不打，菲利波夫还在会议上大骂发电厂领导"抠门"。至于斯皮里多诺夫，他则对朋友们说："当然了，得好好感谢菲利波夫同志一直照顾我。他就差没赏我一个严重警告处分了。"

不过，今天不同。菲利波夫来到他面前，稳稳地向他伸出手，问道："斯杰潘，你还好吗？"两个人都有点动情绪。跟眼下的悲剧相比，他们之间的对立简直就微不足道。

菲利波夫看了一眼普里亚欣的办公室，问道："马上轮到了吗？要是没到的话，一起去食堂走一圈吧。伊尔金搞来了几瓶过得去的啤酒，鲟鱼也不坏。"

"那可再好不过了，"斯皮里多诺夫说，"时间有的是。"

两个人一起去了州党委的专用食堂。

"情况可不妙，"菲利波夫说，"今天我朋友说，德国人占领了上库尔莫亚尔斯克[1]。我就出生在那里，在那个村子加入的共青团。我觉得您肯定理解……您是从雅罗斯拉夫尔来的，对吧？算不上斯大林格勒人……"

"我们现在都是斯大林格勒人。"斯皮里多诺夫说。

"都是！"菲利波夫被这简单的一句话打动了，"我们都是斯大林格勒人——今天的新闻公报，说情况很糟。"

斯皮里多诺夫感到周围的每一个人与自己的距离都拉近了。每个人都是自己的朋友和同志。

州党委军事部部长、一个五十岁的光头走了过来，穿过食堂。"米哈伊洛夫！"菲利波夫对他叫道，"来杯啤酒吗？"

和平时期，米哈伊洛夫从来不会让工作压倒自己。那时，人们忙得整夜不睡觉，为实现工厂生产目标和集体农庄耕种计划拼命奋斗，可是只要一提起米哈伊洛夫的名字，他们的嘴角就会泛起一丝恶意的微笑："哎呀，米哈伊洛夫吃午饭是绝不会迟到！"可是，今天，米哈伊洛夫却这么回答："啤酒？您真会开玩笑！我两晚没睡了，刚从卡尔波夫卡回来，四十分钟后就得去工厂了。凌晨两点钟我得汇报工作呢！"

"人完全变了，"斯皮里多诺夫说，"还没见过人能变成这样。"

"当上少校了，"菲利波夫说，"昨天领章上刚加了一条杠，普里亚欣给的。"

斯皮里多诺夫一向讨厌那些为了往上爬可以翻脸不认人的家伙。他自己总是记得那些老朋友，不论是村子里的发小，还是工作时认识的年

1　中文译者注：位于顿河大弯曲以南的定居点，距离斯大林格勒城区约六七十公里。

轻电气工程师，或者是大学里的工人学生，他都发自内心地热爱他们。现在，他更加珍惜自己的这份感情了。

因为他如此热爱这一切，如此热爱工厂和城市、同事和家庭，甚至热爱着小心地递给他粉红色餐巾的、上了年纪的女服务员，所以他才能意识到，有一种陌生而且充满着敌意的势力，对这个世界充满着沉重的仇恨。

但他却没有对菲利波夫说出来，也没有时间说。

回到休息室，斯皮里多诺夫问巴茹林能不能马上见到普里亚欣。

"您得再等一会儿，斯皮里多诺夫同志，马尔克·谢苗诺维奇排在您前面。"

"怎么搞的？"

"情况就是这样，斯皮里多诺夫同志。"巴茹林不动声色地回答道。

一般他都用名字和父名——斯杰潘·费奥多罗维奇——称呼斯皮里多诺夫。

巴茹林有一种出色的本事，能够从不重要的人物中找到重要人物，然后从重要人物中又找到特别重要的人物。他可以把不重要的人物又分为三种：有急事而且得赶快处理的；有急事但不用赶快处理的；最后一种人则可以高高兴兴地坐等着的。巴茹林让特别重要的人物直接见普里亚欣，毫不迟疑地通报重要人物登门，然后请不重要人物等一会儿。跟最后这种人交谈方式也各有讲究。巴茹林可以向第一个人套近乎，问他的孩子念书情况，跟第二个人聊工作，向第三个人微笑，默默地审视第四个人的证件，然后温和地对第五个人说："同志，这里不是吸烟室。"

斯杰潘·费奥多罗维奇当然知道巴茹林有这种本事，也知道今天自己从重要人物变成了小人物，但他对此远远谈不上不满。他心里想："巴茹林真是个好家伙。不论日夜都能这样——不论日夜！"

十二

斯皮里多诺夫走进普里亚欣的办公室，立刻明白普里亚欣还没有变，还是以前那个普里亚欣。

他点头的方式，他看似漫不经心但其实是全神贯注的注视，他准备倾听他人时把钢笔放在墨水台上的方式，一切都没有变。他的声音和动作依旧非常平静，充满着信心。

普里亚欣有一种本领，在讨论到问题或者别的麻烦时能够把"国家"这顶帽子随时甩出来。工厂厂长、集体农庄主席向他抱怨说在规定时间里无法完成生产定额，存在各种困难，他就会说："国家需要钢铁，国家不会问您好不好办。"

普里亚欣那宽阔得像弓一样的双肩、坚如磐石般的高大额头，还有他那警觉睿智的眼睛，似乎都在告诉他人，他是国家的喉舌。他的双手充满力量，有时候甚至充满着压力。许多厂长和集体农庄主席们都感受过这样的压力。

他不仅知道很多人的具体工作，也知道他们的个人情况。有时候开会，在说了一大堆产量、增长和计划之后，他会突然问"行了，您最近是不是去钓鱼了？"或者是"好吧，您还和妻子吵架吗？"

斯皮里多诺夫进来时一度在想，普里亚欣也许会站起来，走到他面前，把手搁在他肩上，用一种动情的口吻说："唉，老弟，日子真难过呀。您还记得我在区党委工作时的那些日子吗……"

实际上，普里亚欣的表情很沉着，跟往常一样一副公事公办的样子。这一点既让斯皮里多诺夫感到有点意外，又感到很欣慰。这么看来，国家也很沉着，充满信心，至少没有变得怨天尤人。

墙上本来应该挂着各种拖拉机和钢铁产量的进度图，但现在挂着的是显示战争走向的地图。斯大林格勒州的大片土地本该覆盖着小麦、蔬菜、果园和磨房，但现在却被第一道防御阵地、第二道防御阵地、反坦克壕沟和其他的防御设施标割得支离破碎。有些防御工事是水泥建的，也有一些是土木结构的。

普里亚欣身边的红色衬呢长桌上以前放的是钢锭，或者是阿赫图巴冲积平原种出来的硕大的黄瓜、西红柿，还有大罐装的小麦。现在这里放着的东西变成了本地工厂生产的手榴弹弹体、引信、撞针、工兵铲，用来给燃烧弹排爆的工具钳和一把冲锋枪。

斯皮里多诺夫简要汇报了一下发电厂的情况。他说，如果不能提供更好的燃料，发电厂就得在三个月后进行部分停工检修。这不是夸大其词。他继续说，在斯维特雷亚尔储存着高标准燃料，原来准备送往科捷利尼科沃和季莫夫尼基的[1]。如果获得批准，那么他会亲自负责运输这些燃料。

斯皮里多诺夫知道，普里亚欣从心底里喜欢斯大林格勒发电厂的透平机。每次到发电厂，他都会在发电机房里逗留很长时间，向电气工程师和技术工人询问很多问题，对这种世界上最复杂和运行最有效的机器表现出了特别的钟爱，尤其是发电厂里那个嵌在白色大理石上的不停闪亮着红蓝色指示灯的控制台。有一天他站在这控制着整个斯大林格勒市区、三大工厂和船厂电力供应的控制台前，对斯皮里多诺夫感叹道："我得向您脱帽致敬。这一切简直太神奇了！"

斯皮里多诺夫认为，从最近的战争局面发展来看，普里亚欣是会支持自己这一建议的。但是他却摇了摇头："斯皮里多诺夫真不愧是一名好管家，还想利用当前的战斗态势为发电厂争取些好处。斯皮里多诺夫有自己的想法，但国家也有。"

普里亚欣沉默地看着桌边。

斯皮里多诺夫知道要给他分配新任务了，这就是把他叫到这儿来的原因。

---

1 中文译者注：这几处都是位于今俄罗斯伏尔加格勒州一带的定居点。

"这么说吧，"普里亚欣说道，"您知道，人民委员会给了我们一份斯大林格勒发电厂的搬迁计划。市国防委员会要我通知您，透平机和锅炉根本无法搬迁。您需要在这里继续工作到最后一刻。但在同时，您需要为炸毁透平机、锅炉房和油冷变压器做好一切必要准备。明白了吗？"

斯皮里多诺夫大吃了一惊。他之前曾经认为，疏散斯大林格勒不是一个爱国的行为。发电厂里只有跟他关系很接近的极少数人才知道他的一家要离开这座城市。他也只是隐隐约约跟这些人谈起过自己的想法，担心如果有人偶然听到会引发谣言。在他的保险箱里的确放着一份官方批准的疏散计划，但他一直觉得这一计划仅仅是以防万一。手下的工程师倒是提到过几次疏散的话题，他恼怒地应道："快去干活吧，别在这儿制造恐慌！"

斯皮里多诺夫一直是个乐观主义者。战争爆发后，他根本不信红军会一直撤退。日复一日，他始终坚信德国人的进攻会被阻止。

而最近，他不停安慰着自己，斯大林格勒不是列宁格勒。列宁格勒被包围了，但德国人最远也只是渗透到了近郊。当然，空袭和远程火炮的炮击是跑不了的。他和军人及难民的几次交谈让他对自己的想法产生了怀疑，自己家里一些危言耸听的交流也让他觉得很丧气。然而，就在这里，在州党委，跟他谈到的却不是疏散，也不是市郊的战斗……而是让他为炸掉斯大林格勒发电厂做准备！

他从震惊中恢复过来，问道："伊万·帕夫洛维奇，事情真的有这么糟吗？"

两人的眼光相遇了。有那么一会儿，普里亚欣那张沉着自信的脸上露出了被愤怒扭曲的表情。

普里亚欣从墨水池上拿下了钢笔，在办公桌日历上匆匆写了几行。

"我知道，"他说，"过去二十五年里，斯皮里多诺夫同志，您和我一直在从事建设工作。要我们去思考怎么毁灭，这很不习惯。类似的指令已经传达给了三大工厂。您是坐自己的车来的吗？"

"是的。"

"那就立刻乘车去拖拉机厂吧，马上就要在那儿开会讨论这事。两个工兵专家跟您一起去。米哈伊洛夫可能也要去。"

"三个人太多了，"斯皮里多诺夫说，"汽车的悬挂系统受不了。"他打定主意，要直接给玛露霞打电话。玛露霞是教育部门的巡视员，需要去拖拉机厂检查儿童教育工作。她这几天一直要斯皮里多诺夫给她派辆车。他可以自己开车带玛露霞去拖拉机厂，路上顺便把普里亚欣说的这些告诉她。

"那也成，让米哈伊洛夫坐州党委的车去吧，"普里亚欣从椅子上站起来，"但要记住，斯大林格勒发电厂的生产得继续加把劲。我们刚才说的这些，是国家机密，无论如何不能影响您每天正常工作。"

斯皮里多诺夫本来想要问家属的疏散问题，现在他有点犹豫。

两个人都站起来了。

"您瞧，斯皮里多诺夫同志，"普里亚欣微笑道，"我离开区党委时您还说再见呢，可我们还是常常一起开会。"接下来，他换了正式语气问道："还有问题吗？"

"没问题，全都说得很清楚了。"斯皮里多诺夫答道。

"您的地下指挥部怕是得弄得更结实一些，"斯皮里多诺夫正要走出去时，普里亚欣说，"摊到您头上的炸弹比一般人要多得多。"

十三

车在保育院门口停稳，斯皮里多诺夫对玛露霞说："就送你到这儿了。过两个小时，我开完会过来接你。"他飞快地看了一眼坐在车上的另外两人，话中有话地继续说道："我需要跟你好好谈谈，有很重要的事情。"

玛露霞下了车。这一路车开得飞快，让她脸上泛起红晕，精神振奋。车上的军人一直在开玩笑，逗得她哈哈大笑。

可是，走到保育院的前门，听到里面孩子们的声音后，她的脸色就变得难看了。

保育院院长托卡列娃的工作做得并不好。市教育人民委员会里的人都知道，这里有很多孤儿，工作很不好做。有些是伏尔加河的德意志族人家里的孩子，有两个是只懂得几个俄语单词的哈萨克小姑娘，有一个女孩儿是从科布林来的，只会说波兰语，还有一个从小村子里来的小男孩，只说意第绪语和乌克兰语[1]。很多孩子都是在去年送过来的，家里遭遇恐怖的空袭，失去了父母。两个孩子经诊断发现有心理问题。医生们建议把他俩送到精神病医院，但托卡列娃不同意。

市教育人民委员会不断接到各种举报，说保育院的工作人员总是无法完成工作，而且还常常违反劳动纪律。

玛露霞出发时，教育人民委员会的副主任急急忙忙地追上她，给了她一封几分钟前才收到的举报信。两个保育院的工作人员举报托卡列娃的助理存在不当行为。这位名叫克拉娃·索科洛娃的助理像喝醉酒一样在孩子们面前又哭又闹。有个开着三吨卡车的司机已经两次在她房间里过夜了。但托卡列娃莫名其妙地不同意开除这位助手。

玛露霞现在只得去处理此事。她阴沉沉地叹了口气。接下来这场谈话对托卡列娃和她自己都会很不愉快，这一点让她有些焦躁。

她来到一间宽敞的教室，墙上挂满了孩子们画的画。这里当班的是一个二十岁的姑娘。玛露霞让她去找托卡列娃过来。姑娘匆匆向门口走

---

1 英文译者注：德意志族人主要生活在伏尔加河流域，位于今天伏尔加格勒 / 斯大林格勒以北萨拉托夫一带。18 世纪时德意志人受叶卡捷琳娜大帝（她本身也是德意志人）鼓励移居此处。1924 年在这里建立了一个伏尔加德意志自治共和国，但纳粹入侵后该共和国终止存在。苏联当局认为伏尔加德意志人可能成为纳粹的潜在合作者，将他们中大约五十万人流放到了西伯利亚和哈萨克一带，很多人死于流放中。

去，玛露霞在背后用挑剔的眼光看着她。她不喜欢这姑娘的刘海。

她在教室里缓缓走着，仔细看墙上的画。有一张画里面是敌我空军在格斗。几架德国飞机喷着黑烟和火焰从天上栽下来，巨大的苏联飞机在德国飞机中间稳稳地穿过，飞行员的脸用红色仔细地勾了边，机翼和机身都涂上了红色。飞机上的五角星画成了深红。

另一幅画展现的是地面战场，上面是红色大炮，炮口喷出红色火焰，红色的炮弹倾泻而出。在爆炸中，法西斯士兵被消灭了，他们的脑袋、手脚和钢盔四散飞舞，许多德国靴子飞到了天上，飞得比苏联飞机还高。第三幅作品画的是高大的红军战士在发动进攻，他们粗壮的手里拿着左轮手枪，整个轮廓比法西斯矮小的黑色大炮大了一整圈。

除了这几张作品，墙上还挂着一张用画框装起来的大号水彩画，画的是森林里年轻的游击队员。阳光照耀下，白桦树像羽毛一般蓬松，一个瘦弱的小姑娘，两腿被晒得黝黑。这幅画画得很精彩，很好地抓住了主题。绘画者显然很有天分，大概是孩子里年纪比较大的一个。玛露霞突然想起了自己的女儿。薇拉就要长大了，年轻小伙子们马上就要注意到她。水彩画里的年轻人都发育得很好，脸颊红扑扑的，长着蓝眼睛。姑娘们的杏仁眼像天空和她们的心灵一样，纯洁而清澈。一个姑娘正在把披肩长发捋直，另一个把马尾辫盘在头上，第三个姑娘头上戴着白色花环。玛露霞喜欢这幅水彩画，不过她也注意到了它有个明显的问题，里面很多年轻人的相貌都画得很相似，都是侧面像，脸都朝着一个方向。也许绘画者自己对某个面容留下了特别印象，然后照着它画出了所有人的样子，只不过在上面加上了短发或者长辫子。不过，这幅水彩画真的表现出了某些高贵、纯净和完美的东西，让人感动和难忘。

玛露霞想起了她和叶尼娅发生过的许多关于艺术方面的争执。玛露霞自己当然是对的，而叶尼娅错了。叶尼娅只画自己觉得有意义的东西，而这幅画的作者则画出了对每个人都有意义的东西。叶尼娅无权指责她夸夸其谈，无权指责她说话虚伪。她想要把这幅画带回家，让叶尼娅好好看看。她几乎没法去批评一幅发自孩子纯真内心的作品。这难道不是叶尼娅想要的真相吗？这世界有两种真相。一种是卑鄙、肮脏、残酷和令人羞耻的真相，让生活变得愈加艰难的真相。另一种就是眼前的真相，发自纯真内心的真相，能够终结叶尼娅那种肮脏和羞耻的真相。

叶莉扎维塔·萨维利耶娃·托卡列娃走进来。她是个矮壮结实的女人，长着一头白发和一张阴沉的脸。以前她在面包厂里干着和面的活儿，后来到区党委从事行政工作，接下来她被任命为之前工作过的面包厂副厂长。在那儿，她显然没法树立自己的权威，活儿干得不怎样。于是，只干了一个月她就被调到保育院当院长。她喜欢跟孩子们在一起，为此还专门通过了特别培训课程。但在这里她干得也不好。教育人民委员会派了好几次督导员下来，托卡列娃被处分了。一个月前，区党委第二书记还把她找过去谈话。

玛露霞和她握了手，跟她说要处理一些最近反映的问题。

她们沿着刚刚擦洗过的走廊边走边聊，这里清爽凉快，让人觉得心旷神怡。

一间关着门的教室里传来孩子们唱歌的声音。托卡列娃用眼角瞥了一眼玛露霞，说道："里面是年纪最小的孩子，还没法教他们读书写字，现在先学着唱歌。"

玛露霞推开教室门，看见一群小女孩站成半圆。

在另外一间教室里，她看见一个小男孩独自坐在桌前，用一支彩色铅笔在笔记本上画着什么。他长着一个塌鼻子，脸上红通通的，年龄大概是五岁。他不高兴地瞪了托卡列娃一眼，噘着嘴继续画画。

"他怎么自己坐在那儿？"玛露霞问。

"这孩子太淘气了。"托卡列娃说。她换了严肃的音调大声说："他的名字叫瓦伦丁·库金，在自己肚子上用不褪色墨水画了个纳粹标志。"

"这就太可怕了！"玛露霞说。她们俩回到走廊上时，她却忍不住笑起来。

托卡列娃在选择窗帘和桌布上品位很明显不行。她的房间里，从窗户上到桌上挂着铺着的都是各种形状的白布，窗上铺着白床单，洗脸架上挂着的也是白毛巾。在床头，她那一家人的照片呈扇面状贴着，里面有戴头巾的老太太，有穿着黑衬衫、纽扣亮闪闪的男人，还有几张集体照，可能是党员积极分子培训课的照片，或者是面包厂斯达汉诺夫工作者的合影[1]。

玛露霞在书桌旁坐下，打开文件箱拿出几张纸。她先问的是仓库助理保管员苏霍诺戈娃的事情。有人在路过她家时恰巧看见她的小儿子穿着一双保育院才有的鞋子走来走去。"这个事儿上您怎么能不管呢？"玛露霞问，"很久之前就跟您汇报过了。"

托卡列娃都不敢抬头看玛露霞："我去了苏霍诺戈娃家里，整个事情都仔细查过了。这个事儿算不上是偷窃。他家孩子的鞋在冬末时坏掉了，没法走路上学。苏霍诺戈娃把鞋拿去修补，从我们这儿借了鞋穿两天。从修鞋匠那里拿回鞋，她就把我们的鞋还回来了，几乎没有什么磨损。她说，男孩子就是男孩子，在家里待不住，不是去滑雪就是去滑冰，没有不穿破鞋的。我们那时候谁都没有定额鞋票。要命的是这会儿在打仗，她的丈夫参军都快一年了……"

"亲爱的朋友，"玛露霞严肃地说，"我不怀疑苏霍诺戈娃需要这些，但她没有理由不经批准就从保育院的仓库里借走鞋子。这是战争时期，任何借口都不能接受，任何借口都不行！现在国家的每一枚戈比都比以往更加神圣，每一块国家的煤，每一颗国家的钉子也是如此……"说到这里，玛露霞突然变得有点结巴，让她对自己感到很生气。她继续说道："要想想现在大家在遭受着什么样的苦难，想想为了夺回苏联土地进行的

1　英文译者注：阿列克赛·斯达汉诺夫是一名矿工，以一天产煤量达到十二吨这一不可思议的能力成为苏联工人的模范。"斯达汉诺夫"也因此成为那个时代的官方词汇。例如，当时会定期举行斯达汉诺夫工人的会议。

血流成河的战斗。您明白吗？现在不是伤感和破例的时候。就算是我的女儿，如果她有哪怕一点的不检点，我也会让她接受最严厉的惩罚。我们这次交谈应该有什么结论，您自己掌握。但我建议您马上行动起来。"

"明白，我照您说的办。"托卡列娃叹了口气。然后，她突然问了一个问题，把玛露霞吓了一跳："您听到过疏散方面的消息吗？"

"您会得到通知的，"玛露霞答道，"到时候就知道了。"

"孩子们不停地问这个问题，"托卡列娃怀着歉意说，"有些孩子是部队送来的，有些孩子是难民们送来的，还有些是自己跑过来的。夜里天上都是飞机，孩子们比我们都更懂得分辨哪些飞机是德国的，哪些是自己的。"

"哎呀，这下提醒我了，"玛露霞说，"斯拉瓦·别洛兹金这孩子怎样了？是我把他送来的，他的母亲刚还问到呢。"

"情况不太好。前两天感冒了。我带您去医务室吧，跟他说上几句话。"

"晚点儿，等我们把正事忙完了再说。"

玛露霞问了托卡列娃最近保育院里冒出的事情。不过，各种情况显示，可能没那么多麻烦。

有个十四岁的孩子夜里跑了，偷走了仓库里的八条毛巾。还有个孩子上课时表现不错，但老师发现他跑到跳蚤市场去找人要钱，说是想买电影票。当面询问这孩子时，他承认其实他不想去电影院，只想攒点钱以备不时之需。"要是德国人把保育院炸了可怎么办？"这孩子说，"我该咋办？"

托卡列娃对这类事情倒并不很在意。"孩子们都不错，"她在这一点上很坚持自己的看法。"您只要跟他们解释说哪儿做错了，他们会感到愧疚的！基本上都是好孩子，诚实的孩子，真正的苏维埃的孩子！另外，国际主义确确实实就存在于我们当中。以前只有俄罗斯人，现在有乌克兰人、白俄罗斯人，还有罗马尼亚人、摩尔达维亚人。什么样的人没有呀！老实跟您说，我简直都不敢相信大家相处得这么好。有时候会出现打架的情况，您觉得又能怎样？孩子到底是孩子。再说了，足球场里的成年人也不会表现得比他们更好。我都觉得他们比以前更加团结了。俄罗斯人、乌克兰人、亚美尼亚人、白俄罗斯人，现在都成了一家人！"

"那就太好了！"玛露霞被深深感动了，"您跟我说的一切简直太让人感慨了。"玛露霞进入了幸福的激动状态，一种日子过得顺心随意才能感受到的状态。她眼里含着泪花，呼吸热烈而急促。没有哪一种幸福能够比得上今天的这种感觉。当然，她知道世界上没有哪一种幸福能够比得上家庭的幸福，没有哪一种情感能够比对丈夫和女儿的爱更加炽热。但这些天她已经受够了叶尼娅的无知，受够了叶尼娅说自己"冷漠"，突然而来的幸福感让她陶醉了。

她原来以为这趟来访会很不愉快，谈话会很困难。宣布对某人进行处分或者开除某人对她而言不是轻松的工作，只有在没有选择或者职责要求下才会去做。如果哪一天她像个法庭里的公诉检察官那样严厉而咄咄逼人，这一定是她内心里经过了一场搏斗，克制了内心对这一切的本能厌恶。

当然，她事先也没料到会在保育院里高兴得有点上头，没想到她会被小艺术家们的绘画作品感动，更没想到会被托卡列娃的一席话触动。

这次来访的正式目的基本上达到了。原来上级怀疑托卡列娃在大搞裙带关系，现在看来怀疑是没有道理的。相反，托卡列娃刚刚开除了一个在区党委有亲戚的保育院辅导员。此人有一次竟然让食堂拿孩子的病号饭给自己当晚饭。

托卡列娃警告了这位辅导员，但她却误以为挨警告是因为自己吃了独食，于是让食堂准备了两份病号饭。托卡列娃随后开除了她。这就惹怒了跟她有亲戚关系的区党委干部。

玛露霞脑袋里过了一遍看到的那些积极方面：房间和床单都很干净，职工们都很友善，饭菜也还不错，比其他类似的地方都更实在一些。

"不用开除她，但得给她找个靠谱一点儿的助手了。"玛露霞心里想到，顺手在笔记本上记了几笔，开始思考怎样向教育人民委员会主任汇报。

"谁画的这些游击队员？你们这儿的小艺术家真有天分，"她说，"我们可以把这些作品送到古比雪夫去，给教育人民委员部的同志们看看。"

也许是得到了表扬的原因，托卡列娃脸红了。她喜欢说"我今天遇上了很糟心的事儿"或者"我今天遇到了挺开心的事儿"。这不是说她自己，而是她这里的孩子们这天过得是好还是坏。某个孩子可能生病了，也可能身体恢复了。

"这幅画的作者是个小姑娘，"她说，"舒拉·布舒耶娃。"

"疏散来的？"

"不，来自附近的卡梅申。她通过自己想象画的。疏散过来的孩子们也画画，但如果他们经历过了战争，我一般不会把这些作品挂出来。他们画的东西太糟心了……尸体，或者是燃烧的房子。有个孩子在德国人占领区生活过，画的是红军战俘在吃腐烂的马肉。看这样的作品我会受不了。"

她们沿着走廊走到院子里，明亮的阳光让玛露霞眯起了眼睛。她把手拢在耳朵上，仔细听着孩子们发出阵阵欢快的吵嚷声。十二岁的孩子们穿着运动衫在球场的尘烟中意志坚决地追逐着足球，头发乱蓬蓬的守门员穿着一条蓝色滑雪裤，双手撑在膝盖上认真地观察足球的走向。他的双眼、半张开的嘴，还有他的腿、脖子和肩膀的姿态，都让人感到此时此刻，没有比踢足球更加重要的事情了。

年龄更小一点的孩子，拿着木枪和木剑正在沿着篱笆飞跑。一列士兵在整齐地朝他们走过来，头上戴着报纸折成的三角帽。

还有一个小姑娘在敏捷地跳绳，她的两个同学站在两头帮她摇着绳子，其他人在旁边静静地等着，认真地看着，嘴里在无声地数着她跳起来的次数。

"我们打仗是为了他们。"玛露霞说。

"我觉得我们的孩子是世界上最棒的，"托卡列娃满怀信心地说，"到这儿的小男孩全是英雄。那边那个守门员，谢苗·科托夫，在前线给部队做过情报员，被德国人抓住了。他们毒打他，可他什么也没说。现在他在求着要重回前线……看到那边的两个小姑娘了吗？"

两个穿着蓝裙子的小姑娘正穿过院子。一个长着浅发，另一个手里拿着个布娃娃，脸贴在娃娃上，在听着朋友说话。她有一双灵活的黑眼睛，皮肤晒得黑黝黝的。浅头发的姑娘说话说得飞快，不带一点停顿。玛露霞她们听不清她们俩在说什么，但她显得很生气。

"这两个孩子分都分不开，"托卡列娃说，"从接待中心送过来那一刻开始，两人从天亮到天黑都不分开。浅头发的是个波兰犹太人，是个孤儿，希特勒分子杀害了她全家。另一个，拿着布娃娃的，来自伏尔加的一个德意志家庭。"

她们俩走到保育院的一侧，这里被用来当作工具房和医务室。托卡列娃把玛露霞领进了宽大的工具房。半明半暗的房间里沁着只有在巨石砌成的老楼房里才有的凉爽湿气，在这样一个闷热的夏天里让人感到很舒适。整个工具房里空空荡荡的，只有在远端的桌子旁坐着一个十三岁左右的孩子，正在往一根铜管里窥视着。玛露霞她们进来后，孩子闷闷不乐地看了她们一眼。

"津纽克，你一个人在这儿干嘛呢，不喜欢踢足球吗？"托卡列娃问他。

"我不想踢足球，没空去踢球，这儿还有很多活儿要做呢。"津纽克说完，眼睛又向铜管看去。

"我这儿成了一所缩微大学了，"托卡列娃说，"津纽克问过好几次，能不能把他送到工厂去。我们这儿有建筑工程师，有机械工程师，还有飞机设计师。别的孩子还有会写诗的，会画画的。"突然间，她多少有点意外地平静说道："这里的工作得有多累啊……"

她们穿过工具房，回到走廊。

"请往这边走吧，"托卡列娃说，"这边是医务室，别洛兹金就在这里。还有个乌克兰孩子，刚开始我们都觉得他智力有问题，不管我们怎么问他，他就是一言不发。于是我们觉得他是智力障碍。我们这边有个护工……有个清洁工，专门过来照顾他。看来她跟孩子打交道有一套。他突然开口说话了。"

十四

医务室不大，太阳透过窗户照出的光斑慢慢地在刷着石灰水的墙上爬着，反射出温暖的白光。小桌子上放着一个口小肚大的罐子，里面插着几枝野花。一束阳光穿过窗玻璃，透过明亮干净的窗户，照在这些布满草原灰尘的花朵上，照得浅绿色、蓝色和黄色的花瓣失去了原有的色彩。

玛露霞朝着斯拉瓦·别洛兹金的床铺走过来："斯拉瓦，你还记得我吗？"他的眼睛跟母亲塔玛拉的长得一模一样，连眼睛的颜色也一样，流露出跟妈妈一样的忧伤。

斯拉瓦仔细地打量着玛露霞："记得，阿姨，我还记得您。"

玛露霞天生就找不到和孩子们说话的正确方式，都不知道该怎么跟他们说话。有时候她跟六岁孩子说话，用的却是跟三岁孩子说话的口吻，有时候又用跟大人说话的语气。孩子们会纠正她："您知道我们都不是小娃娃了。"要是她要孩子们重复一些他们不懂的长句，这些家伙就会用打哈欠来应付。在和托卡列娃进行了一场多少有些严肃的谈话后，她觉得应该当着托卡列娃的面展示一下自己的和蔼可亲。她可不想让后者把她视为冷漠无情的人。于是，玛露霞微笑着说："那太好了，在这儿感觉怎

454

样？有没有燕子飞过来看你呀？”

斯拉瓦摇摇头，问道：“有没有爸爸的来信？”

玛露霞意识到她说错了，赶紧答道：“还没有来信。谁都不知道该寄到哪儿。妈妈要我转达对你的问候。她非常想你。”

“谢谢。柳芭怎样了？”他想了想，接着说：“我喜欢这里，告诉妈妈别担心。”

“你在这儿有什么朋友吗？”

斯拉瓦点了点头。他觉得在大人这儿恐怕得不到什么安慰，恐怕自己还得反过来让他们放心才是。“我没有什么病。护士说后天我就可以起床了。”

他没有问是不是能够离开保育院，因为他知道母亲的生活也辛苦。他也没问母亲能不能来看望自己，因为他知道不可能让母亲请一整天假跑过来。他更加不会问母亲会不会让玛露霞捎点可爱的小礼物过来，因为他知道要做到这一点也同样困难。

“有什么需要转达给妈妈的吗？”玛露霞问。

“请告诉她，我一切都好，”他一本正经地说。

玛露霞向他告别，轻轻地用手抚摩他柔软的头发，手指从他瘦弱温暖的颈部滑过。

“阿姨！”他终于没忍住，“我想让妈妈带我回家！”他的眼里满是泪水。“阿姨，请您告诉她，我什么都能做，我吃得很少很少，我会帮她去排队！”

玛露霞吃了一惊：“只要能做到，她会尽快带你回家的，我向你保证。”

托卡列娃带着玛露霞到了医务室另一个隔间，里面躺着一个剃光头的小男孩。一个穿着白大褂的黑眼睛年轻女人在用勺子给他喂饭。每次把勺子伸到孩子嘴边，就露出她晒黑了的整条漂亮手臂。

“这位是格里沙·谢尔波克利，”托卡列娃说。

玛露霞仔细看着这孩子。他的样子很难看，长着一对肉乎乎的耳朵，脑袋上都是疙瘩，嘴唇是蓝灰的。格里沙顺从地咽下一口粥，吞咽很用力，就像是被迫吞下一口黏土。他灰白色的皮肤和几乎像是在燃烧的明亮双眼形成了鲜明对比，让人心中泛起不寻常的痛苦。只有受到致命伤的人才会有这样燃烧的双眼。

格里沙的父亲有白内障，因此免于征兵。在战争的头几周，一位指挥员想在他们家的小屋里借宿，但看了屋子后，他摇头说："算了，我还是找个宽敞点的地方吧。"但是，这小屋对格里沙来说却比世界上所有宫殿都更加温暖。在这里，有点胆怯、长得也不好看的格里沙得到了关爱。他的母亲一条腿短一条腿长。格里沙晚上睡在炉子上时，她总是跛着腿走过来，给他盖上羊皮大衣，父亲则用粗糙的手掌轻轻摩挲着他的鼻子。战争爆发前两三个月，母亲专门给他烤了一个复活节蛋糕，盛在一个马口铁罐子里，还给他做了一个彩蛋。五一节那天，父亲在区里买了一条佩着白色带扣的黄色皮带。

格里沙知道，村子里的孩子们都取笑他那跛脚的母亲，但他却因此更爱她了。五一节当天，爹妈给他穿上最好看的衣服，带他出去走亲访友。他为那条新皮带感到骄傲，也为父亲母亲感到骄傲。父亲既强壮又能干，母亲既优雅又漂亮。他夸他们："哎呀，爸爸，哎呀，妈妈，你们真精神，你们真棒！"他们俩互相看了看，甜蜜地笑起来，笑容中还有点不自信。

谁都不知道他有多爱他们，爱得那么热烈，爱得那么深厚。空袭后他又见到了他们，躺在地上，身上盖着烧焦的破麻布……他看见了父亲尖尖的鼻子，母亲耳朵上白色的耳环，还有一缕她的淡黄色头发……在他脑海里，父亲和母亲已经逝去，永远合为一体了。他们肩并肩地躺在一起，脸上还带着他夸赞他们时的那种害羞表情。父亲穿着新靴子和新外套，母亲穿着一条褐色裙子，戴着一条串起来的项链和白色头巾，头巾已经烧焦。

格里沙对谁都没有说他有多痛苦，谁也不会理解他的痛苦。但这痛苦压倒了他。五一节这天，两张甜蜜而害羞的面容变成了两具遗体，变成了他心底的结。他的心里充满了各种幻象，痛苦在他心中燃烧着，因为他在四处走动，因为他在说话，因为他在吞咽东西，这种幻象把他冻结了，凝固了。这个世界给他带来恐惧，所有的一切都让他恐惧，风声，鸟鸣，孩子们在说话，在大声喊叫，在四处奔跑。不管是书籍还是绘画，不管是杏仁果酱还是大米粥，或是笼子里的红额金翅雀儿，都于事无补。恐惧充满了内心，准备将他带向死亡。死亡再简单不过了，只要一声不吭地拒绝一切吃喝就行。人们只好把他送到医院，这样就可以用管子把吃的东西灌进肚子里。

格里沙要被送走的前一晚，一个清洁女工来到医务室擦洗地板。她沉默地盯着格里沙看了很长时间，然后突然跪下来，把胸口贴在格里沙的光头上，开始哭起来："孩子啊，我的孩子，没人需要你，这么大的世界，都没人疼爱你。"

格里沙发出一声哭喊，全身颤抖起来。

她把格里沙抱到自己房间里，把他放到自己床上，自己在床边坐了半个晚上。格里沙开始跟她说话，吃了点儿面包，喝了茶。

"格里沙，现在感觉怎样？"玛露霞问，"感觉好点了不？"

格里沙没有回答。他不再吞咽，而是耐心地盯着白色的墙壁。

女工放下勺子，慢慢地抚摩着他的头，好像是在说："别担心，就一会儿。这位阿姨马上就走了。"

玛露霞明白了。她赶紧对托卡列娃说："好了，咱们别碍着他们了。"走到走廊上后，她大声地叹了口气。她害怕自己心脏出问题，又静静地感受了一下自己心跳。

走到院子里，玛露霞说："看到这样的孩子，就能感受到战争的恐怖了。"

回到托卡列娃的办公室里，玛露霞想要驱散心里涌起的怒气，让自己冷静下来，于是严肃地说道："好了，总结一下：要强调纪律，要更多地强调纪律。这是战争，您知道，这些日子很困难。没有时间松懈！"

"我明白，"托卡列娃说，"但工作很困难。我做得不太好，没有把局面控制住，而且知识也不够。也许，还是把我送回到面包炉前吧。实话实说，我这么想过了。"

"别这样，这样不对。我觉得保育院的情况不错。那位清洁女工让我太感动了，就是那个在照顾谢尔波克利的女人。我直接说吧，接下来的报告里会强调保育院所有正面和健康的特征，会强调这里总体上积极的气氛。而不如人意的地方，您完全可以自己轻易处理好。"

玛露霞想在自己走之前说些友好和鼓励的话，但托卡列娃脸上露出的表情和她像是在打哈欠的半张的嘴让她感到有点生气。玛露霞把文件放回自己的文件箱里时，看到了她离开教委时随身带的那封信。她摇了摇头说："在关于您的职工问题上，还有很多问题没有解决。必须开除这个索科洛娃。她像个醉鬼一样唱歌，还有男人晚上到她那儿过夜。您怎么能对这样的事情视而不见？强大而健康的集体至关重要。您需要在这些基本的问题上有坚定的立场。"

"是的，是的，那是自然，但这个女人……您亲眼见过她了，给谢尔波克利喂饭的那位……他只肯跟她一个人说话。"

"是那位？"玛露霞迷惑不解地问道，"就是她？这是怎么了？我……"

话说到一半，她看着托卡列娃，那模样就像沿着一条宽阔的大路走着走着，眼前突然出现一条深渊。

托卡列娃向前走了一步，把手放在玛露霞肩上，平静地说："不会有问题的，别担心。"然后她把手轻轻滑下来，放在这位高级巡视员手臂上。

玛露霞已经忍不住哭了出来。她喃喃地说："太难了，要明白这一切太难了。为什么，为什么会这么难呢？"

十五

1942 年 8 月的某个早上，伊万·帕夫洛维奇·普里亚欣到办公室后，在窗子和大门之间踱步走了几分钟，然后猛地推开了窗子，房间里顿时充满了各种噪声。这不是城市里常听到的那种噪声。在汽车引擎轰隆声、橐橐靴声、辚辚车轮声、马的嘶鸣声、马车夫的怒骂声和坦克叮当声中，有一种从空中传来的声音会压倒地面的这一切，那就是战斗机在进行垂直爬升时传来的撕裂般的轰鸣。

普里亚欣在窗前站了一会儿，然后走到角落旁一个硕大的保险柜前，从里面拿出了一沓文件，在书桌前坐下。他按了铃，巴茹林立刻出现了。

"怎样，您的情况如何？"普里亚欣问。

"伊万·帕夫洛维奇，一切都好。我过了伏尔加河后，沿着大路向右走了一会儿，没遇上任何问题就到了。不过，我们半途差一点掉进了沟里。车没开前灯……被后车轴擦破了一点皮。"

"兹尔金把事情都办好了？"

"好了。选的地方好得不能再好了，很安全，离铁路不算近。兹尔金说他还没见过头上有德国飞机飞过。"

"农村的情况如何，说说看？"

"糟得简直没法看……农村该有什么样子，您都可以看到。不过，虽然距离伏尔加河有六十公里，那儿总算有个池塘。兹尔金说，水还算干净。还有个果园，我问过了，今年苹果的收成还可以。那里驻有一个新兵营，不用说，他们早就看上了……好了，请下命令吧，整个州党委会就可以直接搬到那儿。"

"开会的人都来了吗？"

"来了。"

有人边敲门边说："首长，开一下门，有个当兵的来看您了！"

普里亚欣一下没搞清楚这是谁，哪个胆子这么大敢跟他这样说话。

门打开了，叶廖缅科上将像平时那样迈着跛腿走进来。他向普里亚欣问好，然后揉了揉额头，扶了扶眼镜，问道："莫斯科给您打电话了吗？"

"您好，司令员，回答是否定的。我倒希望他们赶快打电话过来。请坐吧。"

叶廖缅科坐下来，四处打量着办公室。他拿起墨水台，在手上掂了掂，使劲地点了点头，又把它小心地放回原处。"分量不轻啊，"他说，"战前我也想给自己弄一块。在伏罗希洛夫那儿我见到一块差不多的。[1]"

"将军同志，我们十五分钟后就要开党委和厂长会议了，请您给同志们说几句关于前线的情况吧。"

叶廖缅科看了看表："乐意之至，但我这里可真没有多少好消息。"

"夜里的情况继续恶化了？"

"敌人在特廖霍斯特洛夫斯卡一带渡过了顿河。我收到的汇报说，过河的是零星的冲锋枪手。据说这些敌人已经被歼灭了，这个我不太相信。敌人在南部展开了主要攻势。我担心个别同志没有向我报告全部情况。我明白他们的想法：他们害怕德国人，但也害怕他们的上级。"

"德国人已经突破了我们的防线？"

"什么防线？"

"我们一整年都在修防御工事。整座城市、整个州都在修工事，搬运了二十五万立方米的土方。我相信，防线很坚固，但我们的部队却没有好好利用它。"

"在草原上只有一种有效的防线，就是人和火力，"叶廖缅科说，"如果还需要什么的话，那就是弹药。我们存储的弹药还够。炮兵火力是唯一能够把敌人打回去的东西。谢天谢地，我们还有弹药。"他又把墨水台拿起来，放在手上掂量着："是个好东西啊。我得说，透光做得真不错。

---

[1] 英文译者注：克利缅特·伏罗希洛夫（1881—1969），著名政治和军事家，是 1935 年首批获得苏联元帅军衔的五人之一。

是水晶的吗?"

"是的,大概是乌拉尔产的。"

叶廖缅科向普里亚欣靠过来,梦呓般地说:"乌拉尔,秋天,那里打猎的地方可不少啊,有大雁,有天鹅。但不是给我们准备的。给军人准备的是血和泥。他们要是给我派来两个新的步兵师就好了,两个齐装满员的师!"

"我明白。但我们需要开始疏散工厂了,不然就晚了!一天里'街垒'工厂生产的大炮就够装备一个炮兵团。拖拉机厂一个月生产一百辆坦克。这些工厂是我们的泰坦,是我们的巨人。还有时间去拯救他们吗?"

叶廖缅科耸耸肩:"如果我手下哪个集团军司令员过来说,'我会守住防线,但请允许把我的指挥所往后移一移',我就知道,他对守住防线没有多大信心。如果哪个师的师长跑过来这么说,也可以得出同样的结论:'情况就这样,我们得撤退了。'类似的情况可以在团营甚至个别连那里得到同样的验证。从上到下,谁都不相信他们在撤退。这里也一样。如果您想要坚守,那就坚守吧,一辆车也别往东开。别往后看,这是唯一的方式。有谁未经批准渡河去了东岸,您就枪毙他。"

普里亚欣提高了声调:"将军同志,从指挥部队的角度说,失败就意味着防线丢失了,损失了几百辆车辆。但在斯大林格勒,失败就意味着丢失具有全国意义的工业重镇。斯大林格勒不是一条普通的防线!"

"斯大林格勒……"说到这里,叶廖缅科站起来,"我们在伏尔加河这里保卫的不是工业设施。我们是在保卫俄罗斯自己!"

"司令员同志,我为了建设这座城市和这些工厂费尽了心血。这座城市以斯大林同志的名字命名。您觉得让库图佐夫放弃莫斯科很容易吗?还记得在菲利的战争会议吗?昨天我又读了一回托尔斯泰的作品。那时候很多人认为莫斯科是最后一道防线。"

"您这些工作做得不错嘛。不过,我们在莫斯科郊区作战,当时也可能会进入市区里打巷战。"

普里亚欣沉默了一会儿，接着说："对我们这些布尔什维克来说，只要还活着，就决不会有最后一道防线。除非心跳停止，否则我们会继续战斗下去。但是，不管情况如何艰难，我们都需要仔细看待面前的战争局面。敌人已经渡过了顿河。"

"这个事情有多大，现在我不能下正式结论。情报机构现在在确认相关的情况。"叶廖缅科又一次向他靠过来，问道："你家里人疏散了吗？"

"州党委正准备让部分家庭撤到伏尔加河东岸，我家也准备一起撤。"

"那就对了。现在的事情不是家属能承受得了的，甚至很多战士都承受不了，别说女人和孩子了。让他们去乌拉尔吧。那些混账东西就没法去轰炸他们了——不，做不到，除非我让他们渡过了伏尔加河！"

门打开了一条缝，巴茹林说："厂长和车间主任们都到了。"

党的干部、工厂厂长和车间主任，这些本市经济生活的负责人走进会议室，坐在椅子、沙发和扶手椅上。他们向普里亚欣问好，有几个说道："我已经执行了您的命令。"或者说："国防委员会的命令已经传达到车间了。"

斯皮里多诺夫最后一个走进会议室。普里亚欣对他说："斯皮里多诺夫同志，我有话要跟您私下说。会议后留一下。"

斯皮里多诺夫就像个战士那样应道："会议后留一下，明白！"

有人善意地开起了他的玩笑："咱们的斯皮里多诺夫要去当近卫军指挥员了！"

所有人坐下来，落座时的吱吱嘎嘎声低了下去，普里亚欣开口了："都到了？那就开始吧。同志们，现在，斯大林格勒已经是一座前线城市了。今天我们要好好检查一下，看看在战争条件下各自部门的准备工作进展如何，看看我们的职工、我们的工厂和我们的车间准备得怎样了。我们要看看，在向新的工作环境转变方面我们做得如何，要看看工厂疏散的情况。今天来到我们会议上的还有斯大林格勒方面军司令员。州党委请他说说前线的情况。司令员同志，请吧！"

叶廖缅科微笑道："你们自己要了解前线情况一点儿也不难。找一辆去西边的卡车，开几分钟就到前线了。"他环视了一下会议室，看见副官帕尔霍缅科站在门边，便对他说："把地图给我，不要作战地图，要那种刚才给记者们看的地图。"

"地图已经送到伏尔加河那一边了。请允许我坐乌 -2 飞机去拿。"

"开什么玩笑。你一个人坐这种玉米机都嫌重。飞机会飞不起来的。[1]"

"我像个神仙一样能腾云驾雾，司令员同志。"帕尔霍缅科学着首长的诙谐语气答道。

但这却让叶廖缅科感到不快。他瞪了一眼帕尔霍缅科，然后对开会的人说："那就到这儿来吧，同志们。看着墙上这幅地图，也够用了。"

接下来，叶廖缅科就像一个被学生环绕的地理老师那样，不停地用一支铅笔或者手指在地图上指来指去："大家都是坚强的人，我既不希望吓到你们，也不指望给你们什么安慰。真相不会伤害任何一个人。这就是今天的局势。在北边，敌人已经到达顿河右岸。敌人的部队是第六集团军，下面有三个军十二个步兵师。第 79 师、第 100 师和第 295 师，这几个师都可以算得上老朋友了。还有两个摩托化步兵师、两个装甲师。北部和西部的情况就是如此。指挥这些部队的是保卢斯大将。你们都知道，现在他打的胜仗要比我多。再看看西南。这里有个装甲军想从科捷利尼科沃突破防线。它的两翼是一个德国步兵军和一个罗马尼亚步兵军，目标应该是突破到红军城，夺取萨列普塔。这里是他们进攻的出发地，沿着阿克塞河和从普洛多维托耶过来的铁路线集结。敌人的目的很

1　英文译者注：即后来被称为波 -2 的轻型多用途双翼飞机，在 1929 到 1953 年期间曾大量生产。中文译者注：乌 -2（即波 -2）在苏联被称为"玉米机"。这种飞机在苏德战争中曾广泛用于侦察和简单运输工作，但载重量有限。1941 年，时任布良斯克方面军司令员的叶廖缅科在负伤后曾乘坐这种飞机被送往后方。受载重量所限，他的副官没有同行，后来牺牲在布良斯克包围圈里。在这次飞行过程中，该机坠毁，但叶廖缅科幸存下来。

明确，集中兵力，做好准备，然后攻击。保卢斯从北部和西部进攻，这个装甲军从南部和西南部进攻。希特勒已经公开宣布，在 8 月 25 日之前占领斯大林格勒。"

"我们有多少兵力可以用来对付这个庞然大物？"有人问。

叶廖缅科哈哈一笑："目前这不是您应该知道的。我能说的是我们有兵力，也有弹药。我们不会放弃斯大林格勒。"然后，他把脸转向帕尔霍缅科，怒气冲冲地说："谁敢把我的东西送到伏尔加河对岸？今天晚上，每一根线，每一张纸都得全部送回来，明白了吗！我得告诉你，这事有人得负责！"

帕尔霍缅科用立正姿势站得笔直。周围的人用询问的目光看着叶廖缅科。这时，巴茹林急急忙忙走到普里亚欣身边，用大家都听得见的声音说："有您的电话。"

普里亚欣赶快站起来说："司令员同志，莫斯科的电话。请您跟我来。"

叶廖缅科和普里亚欣朝着办公室门口走去。

十六

普里亚欣和叶廖缅科身后，用黑色油布遮住的办公室大门还没完全关上，会议室里的人就开始说起话了。刚开始只是压低的嗡嗡声，很快声音变得越来越大。几个人来到地图面前仔细看着，仿佛想要找出叶廖缅科手指留下的痕迹。他们一边交流着观点，一边不停地摇头："是啊，德国人纠集了不少队伍！""要是我们坚守顿河东岸，结果就是老一套了。德国人站在西岸高高的悬崖上，我们在东岸的水边。[1]""伏尔加河的情况也一样。""我听说敌人已经在顿河的这一边夺取了桥头堡。""您说的要是

---

1 英文译者注：顿河、伏尔加河和其他向南流入黑海和里海的河流，西岸都很陡峭，东岸则地势低平和平缓。

真的，接下来会怎样那就再清楚不过啦。""他刚才一个个列出那些德国师时，简直像刀子刺进了我的心脏！""我们又不是孩子，总得知道真相。"

区党委巡视员马尔芬是个两颊深陷的矮个子，他对斯皮里多诺夫尖刻地说："每次州党委会议您都没落下，斯杰潘·费奥多罗维奇，但您得想想下面区党委的问题。"

"我确实有这个责任，马尔芬同志，"斯皮里多诺夫应道，"现在我还肩负着很多责任。要疏散区党委没那么困难。您收拾好文件，把几张桌子上铺的红红绿绿的桌布给装好，把东西塞进卡车里，就可以溜之大吉了。您想没想过我该怎么办？总不能把整台透平机装进卡车里吧？"

两个人跟他们一起交谈起来。一个是拖拉机工厂主车间的车间主任，一个是罐头厂厂长。

"这一位是年产百万台拖拉机的生产者，还是位用电大户！[1]"斯皮里多诺夫说。

"斯皮里多诺夫，怎么还不给我们厂派电气工程师过来？工厂没日没夜地在生产。我会给他们最高的配给！"

罐头厂厂长小声说："拖拉机厂的同志，您还是在前往东岸的汽艇上给他们找个位置吧。"

"关于汽艇的事情，您过虑了，"马尔芬说，"这位罐头厂的同志，我真担心您是不是患了黄热病。"

拖拉机厂车间主任摇了摇头说："我心里每日每夜都很难受。我们超额完成了生产任务。如果我们把设备全部移到伏尔加河东岸，这个集体就解体啦。在草原上没法重建工厂。工人们现在每天都吃住在工厂里。我在干什么？在准备疏散名单，在为我想都不敢想的特别措施做准备！要我去讨论疏散问题，还不如让我去死！刚才斯皮里多诺夫答应向我们提供所有想要的供电。在战前他可比现在小气多了，老是说什么'客观

---

1 英文译者注：斯皮里多诺夫夸张了，但没有特别离谱。到 1940 年 6 月，斯大林格勒拖拉机厂总共生产了二十三万台拖拉机，占全苏联拖拉机产量的一半以上。

原因'……"

他接着生气地问斯皮里多诺夫："但是对疏散的热情是会传染的，对不对？您怎么看？"

"完全正确。某些像酸黄瓜一样滑头的同志已经疏散了自己一家。我自己也一直想这么干。不能否认，这个想法无时无刻不在刺痛我的心。马尔芬，您怎么看？有什么办法能治好这种热衷于疏散的'传染病'？"

"办法当然有，做起来也很简单，"马尔芬答道，"外科手术干预，不用服药。"

"您可真狠，"斯皮里多诺夫叹道，"罐头大王同志，您怎么看待马尔芬对待您的方式？看仔细了，他可随时要给您治病。"

"我能把他治好的。我们最不需要的就是散布恐慌者。到了这个节骨眼儿，必须立刻处理这些人。"

所有人都沉默下来。这时办公室大门打开了。

普里亚欣和叶廖缅科各自坐下来。普里亚欣清了清嗓子，等大家全部安静下来后，用严肃的语调开始说："同志们！最近几日，不断恶化的前线局面助长了一种非常有害的趋势。我们对疏散考虑过多，而对我们的工厂如何保卫祖国考虑得不够。大家好像已经心照不宣，觉得我们很快就要到东岸去，"普里亚欣环顾左右，轻轻咳嗽了一声，继续说道，"同志们，这是一个严重的政治错误！"

他站起来，把双手撑在桌上，微微向前倾，用非常缓慢的语调，仿佛是要强调那些用最大号字体印出来的最明确的口号那样说道："没有人会去保卫一座空荡荡的城市。对付惊慌失措者、散布惊慌者，以及任何只想保全自己生命的人，必须用无情的手段！"他坐下来，换了他惯用的那种平平淡淡的语气继续说："同志们，斗争到了最残酷的时候，这是祖国给我们的命令。每一座工厂，每一个单位，都要像平常那样运转。不许再提特别措施或者疏散，清楚了吗？在座的每一个人都清楚了吗？这意味着——不得，也不再讨论类似的事情。我们需要工作。我们需要不断工作。一分钟都不能浪费，因为每一分钟都很宝贵。"

他向叶廖缅科示意。

叶廖缅科摇了摇头："没时间长篇大论了。我只能说，最高统帅部给我的命令是不惜一切代价守住斯大林格勒。就这么简单。没有更多要说的了。"

接下来是短暂的沉默，然后它被一阵沉闷而不祥的爆炸声打破了。隔壁房间的窗户突然间向里炸裂，碎玻璃叮当作响，洒了一地。普里亚欣书桌上的文件被震得满屋乱飞。有人高声叫道："空袭！"

普里亚欣用严厉的语气命令道："保持镇定，同志们，记住，每一家单位都需要继续工作，一分钟也不能停！"

轰隆声安静了一些，然后突然间又变大了，撼动着办公室的墙壁。罐头厂厂长站在门廊边说道："我们在红军城的军火库爆炸了！"

接下来说话的是叶廖缅科。他气急败坏地下命令："帕尔霍缅科，备车！"

"备车，明白，将军同志！"帕尔霍缅科答道，他立刻从办公室里冲了出去。

叶廖缅科快步向大门走去，两侧的人纷纷给他让路。

最后几个人离开办公室后，斯皮里多诺夫看了一眼普里亚欣，也开始向大门走去。比起之前提到过的私事儿，普里亚欣恐怕有更紧急的事情要办。但普里亚欣在他身后说道："斯皮里多诺夫同志，您这是去哪儿？我对您说过，请留一下。"接下来他带着无所不知的微笑继续说："有位前线来的同志，我的老朋友，昨天问我知不知道斯大林格勒的沙波什尼科夫一家。他好像特别关心您的妻妹。"

"您这位朋友是谁？"斯皮里多诺夫问。

"尼古拉·克雷莫夫。我想，您认识他。"

"当真认识。"斯皮里多诺夫说。他朝着窗户看过去，担心接下来又发生一次爆炸。

"克雷莫夫今晚会过来。他什么都没说，但我觉得您的妻妹应该也会过来见见。"

"我跟她说一声。"斯皮里多诺夫说。

普里亚欣戴上船形帽，披上军用雨衣，连看都不看他一眼，也许连想都没想一下，就匆匆朝着大门走去。

十七

晚上，普里亚欣在自家公寓的一间宽敞屋子里和克雷莫夫一起喝茶。桌上放着茶杯和茶壶、一瓶葡萄酒和几份报纸。整间屋子凌乱不堪。沙发和椅子放错了地方，书柜大开着，地面上满是纸片和报纸。餐柜旁边是一辆童车和一匹摇摆木马。一个硕大的红脸洋娃娃顶着一头乱蓬蓬的金发，坐在椅子上，面前放着一张小桌子，上面是个玩具茶炊和几个小杯子。一把冲锋枪靠在桌子上，椅背上放着一件士兵大衣，还有一件亮闪闪的夏裙。

在这一片凌乱之中，两个高个儿男人沉着的举动、克制的声调显得与周围很不协调。普里亚欣擦了擦头上的汗水说道："军火库被炸真是沉重的一击。不过，我跟你说点别的吧。整座城市很快就要变成战场，不用怀疑了。我担心到时候育婴房和保育院情况会不妙，州党委要先把它们疏散了。工厂不会疏散，生产一分钟也不停。我让家里人先走了，这里就剩我一个。"他四处看了看，然后看向克雷莫夫，"行了，行了，行了，"他摇着头说，"桥下的水已涨起来了。"

他又四下看了看，继续说："我妻子有洁癖，她能看到每个烟头、每一粒灰尘。可现在她已经走了……看啊！"他朝着屋子挥了挥手，"乱成一团。这还只是我这套公寓，城市其他地方会乱成啥样？这可是一座有自己高炉的城市，以钢铁知名的城市！我们这里的工人水平高得够格当

468

选科学院院士！还有我们的大炮，去问德国人吧。我肯定，他们一定会说我们的炮兵有水平。我还想跟您谈谈莫斯托夫斯科伊。这老家伙真顽固。我去看他，想要劝他离开，可他就是不听！他说：'凭什么我要走？我受够了疏散，一寸也不想动了。'然后又说：'要是有需要，我可以做点儿地下工作。没错！革命前我干过几年这样的工作，可以跟年轻人说说秘密工作注意事项。'他的态度很坚决，最后是他说服了我，而不是我说服他。我给了他几个人的联系方式，将一个人介绍给了他。天哪，还从没见过这样的人！"

克雷莫夫点点头："我也想到了很多往事。我肯定记得莫斯托夫斯科伊。以前他被流放到我那座小城，住过一段时间。他喜欢跟年轻人说话。那时我还是个小孩呢。对我来说，他就像是个先知，我像信仰上帝一样信仰他。有一天我们到城外散步，他向我大声背诵《共产党宣言》。那附近有座小山，山上有座小凉亭，情侣们常常去那儿。我们去到那儿时是秋天了，还下着雨，秋风时不时把雨吹进凉亭。到处都在飘着落叶。他就在那儿大声向我背诵着。我非常激动，佩服得五体投地。回去的路上，他抓着我的手说：'记住这些话吧：让统治阶级在共产主义革命面前颤抖吧。无产者在这场革命中失去的只是锁链，他们获得的将是整个世界。'他就站在那儿，穿着磨出洞的橡胶套鞋。我现在还能记得他雄浑的声音，让我激动得落泪了。"

普里亚欣站起来，走到墙边，指着墙上的地图说道："这就是我们曾做到的事情。我们赢得了这个世界。看看这儿，斯大林格勒！我们在这儿，看到这三家工厂了吗？我们的三大巨人！到11月，斯大林格勒钢铁厂就要建成十周年了。这里是市中心，这里是工人新村，这些新楼房，这些柏油马路和广场。在郊区，那里还有公园，还有作为环市绿化带的绿环。"

"今天早上，德国人炮击了这些公园。"克雷莫夫说。

"建设这座城市可说不上一帆风顺，"普里亚欣说，"付出了血汗，连反对我们的人都付出了血汗。要理解这个矛盾可不容易。囚犯和富农们来了，在他们身边工作的是年轻的小伙子和姑娘们、还在念书的共青团员。年轻人离开自己的家乡和家人，跑到几千公里之外，一起建设这座伟大的工厂。严寒对任何人都一个样，零下四十度，一阵风就能把你的腿给吹没了。夜里，工人营地里，简直没法呼吸……烟雾、油灯、床板上挂着的破衣烂衫，还有最最粗野的谈话，哨兵们把枪栓拉得哗啦响，弄得我们就像住在石器时代的山顶洞人一样。好好看看我们带来了什么！漂亮的大楼和剧院、公园、工厂，还有新的工业实力……可回到营地里，你光听见人在咳嗽，看见他们的双脚从上铺吊下来，抬头就能看见满脸大胡子的老家伙，搔着胸口，眼睛在半明半暗里亮闪闪的。旁边铺位上的人一会儿就能睡着，发出吓人的鼾声。我还得去跟工程监理了解工程进展，为什么在挖地基这一块拖了整个计划的后腿。我当然知道啦，这个人已经竭尽所能。他可不是什么多愁善感的基督教社会主义者。他把脑瓜子都掏空了。"

"发生什么事情了？"克雷莫夫问，"您完成计划了吗？"

"那还用问！我对工程监理说，快点动起来，不然我就开除他的党籍，把他送去和其他人一起，用撬棍去松冻土。我还能对这人说什么呢？生活很困难，越来越困难……您还觉得修建公园和建果园很有意思呢。各种果树，樱桃树、苹果树……各种种类的苹果——安东诺夫卡、奥波尔托、克里木、褐色迷迭香[1]……我们请了一位老科学家过来，是个知名人物。全世界各地，从比利时，到法国南部再到美国，都有他的仰慕者给他写信。他满怀热情，想要在斯大林格勒这座尘烟漫天、被沙尘暴困扰的城市郊区，在它的沙子和黏土上种出甜蜜的水果。他说，在园林史上，还没有这么大规模的种植计划。跟这个计划相比，巴比伦的空中花园也不过是一块菜地而已。这老头儿的想法真是甜滋滋的，好像他自己都闻到了苹果的味道。我们定好计划，然后动手干起来。老科学

1　中文译者注：这些都是当时知名的苹果树种。

家常常到现场来。可是来了一次，两次，三次，我感觉到他的热情凉了下来。条件实在太差了。是的，有共青团员帮忙，可也有一整队的富农在干活。后来这位科学家走了，实在做不下去了。他不在，我们可吃了不少苦头。小苹果树在霜冻中死了。我把好几个年轻人送上了法庭，我自己亲手把好些个人送进了劳改营。去年春天，我们又请回了这位科学家，开车带他去看我们的绿环。苹果树开花了，无数斯大林格勒的居民去看这些花。既没有什么草棚，也没有一堆堆垃圾，只有漂亮的花园。有蝴蝶，有小溪，有蜜蜂的嗡嗡声。以前那里只有乌鸦，只有灰土，还有就是杂乱无章的棚子和生锈的铁丝。那位科学家走的时候说：'说实话，有件事情我没弄明白。我不明白生命的善意的极限在哪儿，不明白邪恶会在哪儿结束，会在哪儿改邪归正。'革命前的那些日子里，草原上刮来的一阵轻微的风都会让整座城市飞沙走石，现在这样的微风带来的是苹果树的香味，跟这个老头儿甜滋滋的念头一个样。我们在这里做成了不少事，建起了绿环，公园和花园足有六十公里长，几十万工人呼吸到了新鲜空气。"

"刚开始不过是沙环和土环，"克雷莫夫说，"然后变成了绿环。现在又变成了钢环和铁环。还记得1920年那首歌曲吗？'我们的敌人从四面围上来，我们在火环里把他们击败。'"

"当然记得了，不过先让我说完。老科学家震惊了，整个世界也都震惊了。这一时期，三大新工厂也建成了。拖拉机工厂每年的产量达到五万台。几千公顷的沼泽被排干了，阿赫图巴冲积平原上土壤的肥沃程度甚至超过了尼罗河三角洲。您和我一样清楚，这一切是怎么做到的。我们跟贫穷对着干，用我们的牙齿，用我们颤抖的、冻坏的手指为自己创造了新的未来。曾经的富农们在警卫监视下建起了图书馆和研究所。他们穿着树皮鞋为工人阶级建起了纪念碑。他们睡在谷仓和草棚里，建起了飞机工厂。我们把沉重的俄罗斯托举到了新的高度。尽管还需要很多年，人们才会意识到我们的工作对这个世界做出了多大的改变。彼得大帝跟我们布尔什维克相比，简直就像个孩子那般微不足道。法西斯现在在践踏着什么啊，他们烧毁了什么东西啊。那些是我们的血汗，我们的伟大成就。那些是工人和农民用赤手空拳与贫困做斗争而取得的举世无双的成就！这才是希特勒想要毁灭的。对，这就是战争，这场史无前例的战争！"

克雷莫夫静静地看着普里亚欣，看了很长时间才说道："简直不敢相信，您变化会有这么大。在我印象中，您还是那个穿着大衣的年轻人，现在变成一位政治家，身居高位了。您向我展示了您的成就。我可以说说我这一生是如何过的吗？我参加了国际工人运动。在每个国家我都有朋友，他们是工人，也是共产党员。现在我看到的是一大群法西斯分子，来自德国、罗马尼亚、意大利、匈牙利和奥地利的法西斯分子朝伏尔加河扑过来。就在这条伏尔加河的河畔，二十二年前我在这里当过政委。您跟我说您建立了工厂，种上了苹果树。我看得出，您有了自己的家庭和孩子。至于我，我有自己的生活……为什么妻子要离我而去，您能告诉我吗？对不起，兄长，我说了不该说的话。您已经变了样，简直不敢相信！"

"人总是在成长和变化中，"普里亚欣说，"这一点不会让我感到惊奇。但我能一眼就认出您，因为还是跟之前完全一样，您还穿着棉质军便服，靴子靴跟都磨坏了。您完全可以给自己弄些好点儿的行头。您还是二十五年前我认识的那个样子，那个准备去前线去给沙皇军队制造哗变的那个人。"

"说得对。时间带来改变，但我不会变。我不知道如何改变，为此被人批评过多次。您觉得这是好事还是坏事？这是正面还是负面？是好品质还是坏品质？"

"一如既往，像哲学家一样！这是您没有改变的另一证据！"

"别拿我开玩笑了。时间会改变很多。但人不是留声机。我无法重复别人选择的音乐。我不是那块材料。"

"党，还有人民让一位布尔什维克做什么，他就得做什么。在如何理解时代所需这一问题上，如果他的认识与党一致，那么他就知道如何正确地去做。"

"我带着两百人冲出了包围圈。为什么能做到？因为我忠于革命，因为这些人信任我，以我满头白发为证！他们追随我，因为我是他们的马克思和德米特里·顿斯科伊[1]。对他们而言，我既是一名红军将领，也是一名乡村牧师。我们身处敌后，没有无线电台。德国人跟村民们说，列宁格勒被占领了，莫斯科已经投降了。没有什么红军和前线，一切都完啦……我就这么带着两百个人一路向东。衣衫褴褛，闹着痢疾，饿得全身浮肿，但身上还挂着手榴弹，背着冲锋枪。没有一个人丢下自己的武器。在这时候，谁会跟随一个只能像手摇留声机那样说话的人呢？这样的人也不会去带领这群人。别跟我说，您会往敌后派遣这样的人！"

"确实不会。"

克雷莫夫站起来，在房间里踱来踱去。

"说得对，我的朋友，不会这样。"

"尼古拉，坐下来，听好了！我们需要热爱生活、大地、森林、伏尔加河、我们的人、我们的公园和花园，要热爱所有的生活。就这么简单，不能不热爱它。您是一个旧世界的毁灭者，但能不能成为新世界的建设者？我们从宏观转到微观，看看您自己的生活。您为您的生活做了什么？有时候，我在工作时会情不自禁地想，一会儿就能回家了，会看到孩子们，我会弯腰去亲吻他们。这真是太幸福了。一个女人，一位妻子，她需要很多……她需要孩子们。现在法西斯已经打到我们辛勤建设的城市郊区了。我们不能让他们毁掉这一切，要挡住他们。"

1　英文译者注：德米特里·顿斯科伊（1359—1389）是莫斯科大公，在所有莫斯科统治者中，他第一个公开向欺压莫斯科的蒙古王公发出挑战。中文译者注：德米特里在1380年顿河畔的库利科沃战役中打破了蒙古人不可战胜的神话，被称为"顿斯科伊"（即顿河之王），从此莫斯科公国开始逐渐摆脱蒙古人的控制。1941年11月7日，斯大林在被载入史册的红场阅兵的发言中也提到德米特里·顿斯科伊的名字，以此来鼓励红军击败兵临莫斯科城下的德军。

门开了，巴茹林走了进来。他等普里亚欣说完，清了清喉咙说："伊万·帕夫洛维奇，该去拖拉机厂了。"

"好吧。"普里亚欣说。他看了看表，站起来："克雷莫夫同志……尼古拉，在这坐着吧，自己看时间。对，好好休息一下，想待多久就待多久。我回来之前，这里得有人看着。"

"我也要走了，我的车来了吗？"

"来了，"巴茹林说，"我刚从大街上过来，看见车停在外面。"

普里亚欣转身对克雷莫夫说："好了，我真的觉得您应该在这儿多待一会儿。再坐一会儿！"

"怎么回事，为什么这么想让我留下来？"

"我太了解您了。您不会恳求什么，也不会自己去沙波什尼科夫家。太骄傲了！但您得跟她谈谈，需要谈谈。"他弯下腰，在克雷莫夫耳边说："您爱她，而且深信不疑。"

"等一等，"克雷莫夫说，"可为什么我得留在这儿？"

"因为她随时会上门。沙波什尼科夫一家知道您在这儿。我敢说，她一定会来。"

"您这是哪儿的话，怎么会这么想？我不想见她。"

"别骗人了。"

"好吧，我想见她。但见到了又怎样？她能说什么呢？她为什么要过来……来安慰我吗？我不需要安慰。"

普里亚欣摇了摇头："我觉得您需要跟她谈谈。如果您还爱她，就需要努力争取自己的幸福。"

"不，我不需要。至少，眼下时间不合适。要是我能活下来，也许以后再谈。"

"太遗憾了。我还觉得能够帮你重回生活之中。"

克雷莫夫站起来，拍了拍他的肩："谢谢您，老朋友，"他微笑着，又平静地说道："就算州党委第一书记帮忙，也不大可能让我重新找回幸福了。"

"算了，"普里亚欣说，"我们得走了。"

他叫来巴茹林："如果一位漂亮的女同志来找克雷莫夫同志，代我向她道歉，说部队有紧急情况，把他叫回去了。"

"别这样，巴茹林同志，别道歉。就说克雷莫夫走了，什么话也没留下。"

"还真是受到伤害了，"普里亚欣说，他朝着大门走去，边走边说，"伤得还挺深。"

"说得对，"克雷莫夫说，"伤得很深。"他跟着普里亚欣一起出了门。

十八

8 月 20 日下午晚些时候，老帕维尔·安德烈耶夫在下班后去看望亚历山德拉·弗拉基米罗夫娜。她刚要倒点儿可以补充维生素的蔷薇果茶给安德烈耶夫，可后者连坐都没来得及坐，就急急忙忙地说道：

"您真的得离开斯大林格勒！"

他说，早上有几辆被打坏的坦克送到厂里修理，指挥这些坦克车组的中尉告诉他，德国人已经渡过了顿河。

"那您呢？"亚历山德拉问，"您走吗？"

"不走。"

"您家里人走不走？"

"他们后天走。"

"德国人要是来了，您不是跟家里人分开了吗？"

"要分开就分开吧。莫斯托夫斯科伊同志说他会留下。他比我年纪还大呢。"安德烈耶夫说。他接下来又重复道："但您必须得走。亚历山德拉·弗拉基米罗夫娜，情况很严重。"

安德烈耶夫走后，亚历山德拉从橱柜里拿出内衣和鞋，打开了一个放着樟脑丸和冬衣的橱柜。她又把鞋和内衣放回衣橱里，把书和信件、照片放进手提箱。她感到越来越焦虑，开始卷烟，然后一根根抽起来。家里自种的烟草点着了之后，像炉子里点燃的湿柴嘶嘶响着，发出爆裂声，喷出火星。

玛露霞回到家时，整个屋子里已经烟雾缭绕了。

亚历山德拉问："你们在城里有什么说法吗？听到啥新闻了？"她接着心事重重地说："我得开始收拾一下东西了。但找不到前几天艾达·谢苗诺夫娜的信。真难受，谢廖扎肯定想读这封信。"

玛露霞想要安慰一下母亲："还没有听到啥新鲜的。爆炸声把您给吓着了吧？斯杰潘参加了州党委会议。大家都还留在城里，工厂照常上班。医院、托儿所和保育院先撤离了。后天我会陪拖拉机厂保育院的人去卡梅申。在那里我会跟区党委的人检查一下安置情况，做好别的准备，两天后坐车回来。到时候我们再商量疏散的事情吧。不过，我向您保证，不用那么着急。"

"好吧。先帮我找找那封信。能藏在哪儿呢？我该怎么向谢廖扎交代呀？"

她们四处翻找，把亚历山德拉书桌的每个抽屉都翻了一道。

"大概是叶尼娅拿走了。啊哈，她来了。"

叶尼娅进门时一眼看到玛露霞，扮了个鬼脸。房间里都是烟雾，让人透不过气来，可她一句话都不敢说。不久前，她跟母亲说，在防空帘挂起来后，就不要再抽那些吓人的毒烟草了。老太太当场就发了脾气。

"你拿走了艾达·谢苗诺夫娜的那封信，对吧？"亚历山德拉问。

"嗯，拿走了。"

"哎，我刚才把这儿翻了个底朝天呢。把信给我吧。"

"我把信寄给谢廖扎了，"叶尼娅大声说。她刚才觉得自己像孩子一样手足无措，对此有点愤怒。

"你是邮寄的吗？"亚历山德拉问，"不一定能送到。再说，我们都商量好了不让他看到这封信。一个十七岁的人，躲在战壕里，周围都是陌生人。你会把他吓坏的……"

"没有邮寄，"叶尼娅说，"我把信给了一个能当面交给他的人。"

"你怎么能这样！"玛露霞恼怒地嚷起来，"我们都同意了不能告诉他这个消息。这是大家共同的意思。真傻！太狠了，你这个无政府主义的巨婴，傻瓜！"

"我这么做没错，"叶尼娅说，"谢廖扎自己选择将生命置于危险之中。我们不能再把他当成孩子了。不要因为你现在是预备党员，就把我们当成小资产阶级和无政主义者！"

玛露霞气得连看都不想看一眼叶尼娅。她只想破口大骂，狠狠地刺一下叶尼娅。

"行了，孩子们，"亚历山德拉·弗拉基米罗夫娜说，"你们都过分了。不管是不是党员，都一样过分。玛露霞，你真的没听到任何风吹草动吗，在工厂或者城里，都没听到？"

"完全没听到，我已经跟您说了城里的情况。"

"真是奇怪。安德烈耶夫一个小时前过来说，到他厂里修坦克的指挥员建议大家赶快到东岸去。他说德国人渡过了顿河。"

"都是谣言，"玛露霞说，"没什么意思，大家都和往常一样。"

"不是谣言，"叶尼娅说，"薇拉怎样了？她回来了吗？真是让人担心。"

"可能他们开始撤离医院了？"亚历山德拉说，"等一等看看，反正薇拉要很晚才下班。"

亚历山德拉到厨房里看了一眼。那里的灯没开，窗户上没挂遮光帘。她开窗听了好长时间，只听见火车站附近火车的隆隆声，黑暗的天空上出现了夏天的闪电。她回到房间里，说道："枪炮声更响了，而且也更清楚了。哎，谢廖扎啊，谢廖扎！"

"不用恐慌，"玛露霞说，"再说后天就是星期天了。"她这么说着，仿佛到了星期天战争就会停歇一天。

傍晚，斯皮里多诺夫过来了，"情况变糟了，"他点燃一根香烟，吸了一口，"必须马上走。"

"你得跟柳德米拉提个醒，"亚历山德拉说，"给她发个电报吧。"

"可算了吧，"他生气地说，"别装腔作势了，知识分子的矫情。"

"斯杰潘！"玛露霞大声喊出来了，"你是怎么回事？"

她自己跟母亲说话时也常用这一套，但听到自己丈夫说出来那就是另一回事了。

斯皮里多诺夫的脸色都变了，像个村子里出来的无辜孩子那样怅然若失。

"我还能拿你们怎么办？"他说，"德国人已经打进来了。你们自己怎么去喀山？什么事都可能发生。我可能再也见不到你们了！"

他坚持要求立刻就收拾行李。

"你得跟莫斯托夫斯科伊谈谈，"亚历山德拉说，"得跟他说情况有多严重。无论如何你还得跟塔玛拉报个警。你自己有夜间通行证，可以立刻就去。求你，冷静一下吧！"

"别再给我下命令了！"斯皮里多诺夫叫起来了，"我到这儿来是警告你们，不是来提供指导的。我也没有夜间通行证，刚才已经违反宵禁了！"

"请冷静一下！"亚历山德拉重复了一句，"我们都受够你这歇斯底里了。"她把袖子撸下来，当斯皮里多诺夫不存在似的接着说道："我一直觉得斯杰潘是真正的无产阶级，有钢铁般的意志，看来我错了。"她转脸冷冷地对斯皮里多诺夫说："你是不是要来点镇定剂？"

玛露霞悄悄对叶尼娅说："妈妈这次是真的发火了。"

妈妈的脾气一向很大。两姐妹都记得，她们小时候一遇上她发脾气就会赶快藏起来，等着风暴过去。

斯皮里多诺夫咕哝着，做了个生气的手势，躲进妻子的房间里。

叶尼娅大声而清晰地宣布："猜猜今晚我见到谁了？我见到了尼古拉·格里戈利耶维奇·克雷莫夫！"

玛露霞和亚历山德拉几乎同时用同样的声调说道："尼古拉·格里戈利耶维奇！怎样，情况如何了？"

叶尼娅哈哈笑起来，用飞快的语速说："他好得很呢，没法更好了。在大门口就把我打发了。"

玛露霞和亚历山德拉互相默默地看了一眼。斯皮里多诺夫走过来，对岳母说："有火柴吗？"他吸了一大口烟，然后冷静地说："我刚才可能是有点固执。都别生气了，去睡一会儿吧。到了早上再看看怎么办。我到时得先去一次州党委，看看有什么新的消息。我会给柳德米拉发电报的，也会跟塔玛拉和莫斯托夫斯科伊打招呼。我理解您的感受。"

玛露霞立刻猜到了丈夫突然改变态度的原因。她走进自己房间里，打开橱柜。斯杰潘刚才喝了好大一口酒——他现在把这东西称为"防弹消炎剂"。

玛露霞叹了一口气，打开她自己的药柜，薄薄的嘴唇无声地动着，数着乌苯甙元药片[1]。她在悄悄地服用强心药。自从提交了入党申请书，她把自己服用乌苯甙元和柯尔格利康的做法视为小资产阶级的弱点。

她听到叶尼娅在餐厅里说："好吧，我答应了，穿滑雪服走。"接下来，她无缘无故地说道："反正啊，我们早晚都得死的。"

斯杰潘哈哈大笑："因为你，漂亮得没法形容，我舍不得让你死！"

以往要是斯杰潘和叶尼娅这样开玩笑，玛露霞会觉得很生气。这一次她却不在意。"我的家人啊，亲爱的人们，"她自言自语地说，眼睛里满含泪水。这个世界满是哀伤，人们都很软弱。对她而言，这些人比任何时候都更加值得珍惜。

---

1 英文译者注：这是一种治疗心血管疾病的药物，广泛用于俄罗斯和德国等国家，在英语国家中相对应用较少。中文译者注：柯尔格利康也是一种治疗心血管疾病的药物。

十九

8月下半月，由办公室文员、工厂工人、伏尔加河上的水手和码头工人组成的斯大林格勒民兵部队进驻了市郊的防御工事。内务人民委员部一个正规师也奉命准备战斗[1]。该师没有战斗经历，但齐装满员，接受了良好的训练，从战士到指挥员素质都很高，里面没有最近征召的新兵，也没有志愿人员。

民兵团向斯大林格勒西郊出发时，前线的部队也撤了下来。这些蒙受惨重损失的部队，被连续不断的战斗和艰苦漫长的撤退折腾得精疲力竭。他们最后组成了两个步兵集团军，在顿河东岸占领了由斯大林格勒人修建的防御阵地。第62集团军部署在西部，第64集团军部署在南方。

在渡过顿河之前，两支部队相距较远，彼此之间只有零星的联系。现在双方距离已经很近，准备开始肩并肩的战斗。

随着与斯大林格勒的距离越来越近，德军部队也更加密集地集结了起来。他们的兵力一如既往地远远多于苏军，而且不论是在空中还是在地面，他们的装备也更好。

谢廖扎·沙波什尼科夫在斯大林格勒近郊的别克托夫卡民兵营完成了一个月的训练。某个清晨，他和民兵连其他的战友早早醒来，奉命向西开拔，担任本团的后卫。中午时分，他们到达雷诺克工厂定居点西边的一个山谷里，在这里的洼地里，挖好了战壕和散兵坑。身后的斯大林格勒已经看不见。远远地可以看到奥卡托夫卡村庄灰色的房子和篱笆，一条几乎没什么人注意到的小路向伏尔加河延伸过去。

在炎热的草原阳光之下，这次行军长达三十公里，一路上都是茂密而粗粝、蒙着一层灰的蒿草。它们像成捆的电线一样缠着双腿。谢廖扎和战友们离适应部队生活还早，这一次行军弄得大家疲惫不堪。每迈出

1　英文译者注：内务人民委员部第10步兵师，师长是A.A.萨拉耶夫上校（1902—1970）。

一步都费劲，仿佛道路长得没有尽头。行军路上，每个人心里想的都是还有没有力气走到下一根电报杆。可是，无穷无尽的草原实在太大了，用电线杆之间的距离衡量完全不够。

不管怎样，全团总算到达了指定地点。战士们满意而放松地叹着气，滑进几个月前就挖掘好的战壕和散兵坑里。他们脱下靴子，躺在泥地上舒展着全身，藏进战壕的阴影里躲避照耀着飞扬尘土的金色阳光。

谢廖扎靠在原木衬的胸墙上，闭上眼睛，感受宁静和疲倦所带来的甜蜜的痛苦，脑袋里什么也不想。身体带来的感觉太强烈了，也太沉重了。他的背部很疼，脚底像火烧一样，跳动的血压像锤子一样敲击着太阳穴，脸也被毒辣辣的阳光晒得疼痛不已。他的身体沉重无比，像钢铸一般，但同时又轻飘飘的，仿佛毫无分量。只有在极端疲惫的情况下，这两种奇怪的感受才融合在一起。这样剧烈的疲惫却给他带来那种孩子气般的自尊。他没有掉队，没有发牢骚，走路也没有跟跄，更没有提出要搭车带自己一程。他为此感到骄傲。他和一位出身木匠的老头儿一直走在队伍后面。当他和这个叫作波利亚科夫的老头儿走过雕塑公园和工厂区时，妇女们不断地摇着头说："老大爷和孙子走在一块。这些人怎么可能走到前线？"

波利亚科夫满头白发，脸上都是皱纹和灰色的老人斑。跟他并肩走的谢廖扎长着个尖鼻子，瘦骨嶙峋且溜肩，一看就是个新兵蛋子。

可就是这爷孙俩在行军中显出了强大的耐力和决心。行军结束时，他们的表现比绝大多数的同志都要好，而且脚上也没有打水泡。

波利亚科夫的力量来自他的傲气。作为一个上了年纪的人，他需要向周围证明他还很年轻。谢廖扎的力量和毅力则来自他对自己的要求。他年轻，毫无生活经验，所以他要求自己变得强壮而成熟。

散兵坑里一片安静和沉默。只有人们发出的沉重呼吸声，还有偶尔间一块干土从胸墙上掉下的沙沙声。

就在这时，传来了熟悉的声音。连长科雷雅金正在四处乱吼，声音越来越近了。

"来了，又来折磨我们了！"同行的民兵之一格拉杜索夫低声咕哝道，"朝着我们大步走来了。我还以为他也要休息，这样我们也可以歇一会儿。"接着，他眼泪汪汪地说："我反正是起不来了，就算是要枪毙我也起不来。"

"您会起来的！"躺在他身边的切恩佐夫幸灾乐祸地说，仿佛只有他可以获准继续躺着。

格拉杜索夫坐了起来，看了看周围躺了一地的同志们，说道："被太阳炙烤着，真真切切。[1]"

格拉杜索夫胖嘟嘟的脖子和长满斑点的胳膊没有晒黑，而是晒红了。整个人看上去就像是被剥了一层皮，显然也很不好受。

科雷雅金出现在他们头顶上。"穿上靴子！"他咆哮道，"列队！"

波利亚科夫的样子像是睡着了，但他立刻跳起来，开始卷上裹脚布。切恩佐夫和格拉杜索夫已经开始往脚上套靴子，但却忍不住呻吟起来。他们的脚上长了不少水泡，汗水浸渍的裹脚布开始变硬了。

就在一会儿之前，谢廖扎还觉得世界上无论谁都没法让他动弹一下。他心里想，与其站起来去找点水喝，他宁愿渴死也不想动。但这时他却默默地迅速爬起来，开始卷上裹脚布，蹬上靴子。

全连很快就列队完毕，科雷雅金从队前走到队尾，开始点名。这位连长是个矮个子，长着一张大嘴和一个大鼻子，颧骨高高的，有一双褐色的眼睛，眼珠子老是只看一个方向。要是他需要看另一个方向，他就得把整个脑袋和身体转过来。战前他是区消防部门的巡视员。连里有些战士在之前的工作岗位上跟他有过一些交集。他们记得，当时科雷雅金安静到有些羞涩，脸上总是挂着微笑，仿佛时刻愿意服从他人。那时候

---

1 英文译者注：格拉杜索夫化用了尼古拉·涅克拉索夫的诗歌《大门前的沉思》里的情形。诗中，一群疲惫的朝圣者和乞丐"被太阳炙烤着"，叩响了一栋大房子的门，想要些施舍，但是他们被赶走了。

他总是穿着一件绿色的军便服，系着一条细皮带，把黑色长裤的裤脚塞进靴子里。现在么，这个人当上了连长，过去他那些对别人无足轻重的怪癖、世界观和行为特征现在对连里几十个老老少少来说就变得异常重要了。他竭尽全力让自己变成一个能够指挥别人的人。但因为自身的弱点，还有那些不自信的存在，他往往需要通过粗暴和暴戾的行为才能命令他人。谢廖扎有一次听到他跟排长布柳什科夫说："您应该知道如何跟手下说话。有一次我听到您问：'为什么您的衣服纽扣不见了？'这很不好，永远都不要问'为什么'。这种人很快就能编造出各种理由，什么针丢了，什么线没了，什么他已经向大士汇报了……您得这么跟他说……"然后他怒吼道："马上钉纽扣！"

这咆哮就像朝着胸口重击一拳。

科雷雅金自己也累得站不直，但他还是让全连列队，然后痛骂了几个排得不整齐和点名应答不够清楚的战士。接下来，他让大伙检查武器，接着发现伊卢什金把刺刀弄丢了。

高个儿、满脸阴沉的伊卢什金犹犹豫豫地向前走了一步出列。科雷雅金对他呵斥道："有首长过来问：'三连连长，交给您保存的枪号为612192的步枪刺刀上哪儿去了？'我该怎么回答？"

伊卢什金用眼角偷偷瞥了一下站在身后的战友，不知道该怎么回答，于是保持了沉默。科雷雅金询问了伊卢什金的排长，得知在路上休息时他用刺刀砍下了几条树枝，然后躺下来，用树枝遮在脸上挡住日晒。伊卢什金自己也想起来了，这次中途休息结束后，他把刺刀给落下了。

科雷雅金要他立刻回去找刺刀。伊卢什金很不情愿地慢慢往回走。科雷雅金在背后冷静而严厉地喊道："齐步——走！伊卢什金，齐步——走！"

科雷雅金的眼睛里透出清醒和阴冷的得意眼神。他相信，让这支疲惫的队伍在烈日之下整体列队，只能使他们以及他本人变得更加出色。

"格拉杜索夫，"他命令道，"把这份报告交给营长。他在四百五十米外的河沟里。"接着他打开自己褐色的皮囊，从中抽出一张折了四折的纸，把它交给了格拉杜索夫。

二十分钟后，格拉杜索夫飞快地跑回来，高高兴兴地交给科雷雅金一个灰色的信封。他跳进战壕里，跟大伙儿说，营长在读了科雷雅金的报告后对营参谋长说："这傻瓜到底想要干什么？在开阔的草原上检阅部下，想把德国飞机招来吗？我这就给他写个条儿，最后警告一次。"

在开阔的草原上生活，刚开始时很让人绝望，没有水，没有厨房，没有玻璃窗，没有大街，也没有人行道，只有漫无目的的喧嚣、暗藏的绝望和下命令时的嘶吼。有迫击炮弹的地方没有迫击炮，有迫击炮的地方却没有炮弹。好像根本没人想起过这支连队，他们要在这里永远驻守下去，被人永远遗忘下去。不过，到了傍晚，从奥卡托夫卡来的赤脚年轻人、戴着白头巾的姑娘带来了欢笑和歌声，手风琴的曲儿响起来了，高高的针茅草里落下了白色的南瓜籽壳，于是草原顿时变得宜居了。在山沟里，在灌木丛里，到处都流淌着清澈的泉水，大家用木桶，甚至是汽油桶接来一桶桶泉水。山谷陡峭的悬崖上盛开着野蔷薇花，低矮的草原梨树和樱桃树伸出粗糙虬劲的枝桠，上面很快挂上了厚棉布衬衫和裹脚布。西红柿、黄瓜和西瓜纷纷出现在大家眼前。在蒿草之间，黑色的电缆弯弯曲曲地向身后和城市延伸，将他们与后方联系起来。第二天晚上，来了些三吨卡车，带来了燃烧弹、迫击炮和炮弹，还卸下了很多挺机枪和很多箱子弹，全部都是工厂里刚刚生产出来的。野战厨房也建立起来了。又过了一个小时，来了两个炮兵连。在草原夜色里，来自斯大林格勒面包房的面包和斯大林格勒工厂生产的武器突然出现，让人感到了一丝亲切。这些武器自带着感情。数周前，许多民兵还在拖拉机厂、"街垒"工厂和"红十月"工厂里工作，现在他们抚摸着大炮的炮闩，就好像感受到了妻子、邻居和同志们的问候。工厂、街道、俱乐部、公园、菜地，这是他们所经历的生活，现在已经位于他们身后。盖着防水油布的面包依旧温暖，仿佛就像活生生的肉体。

夜里，政治指导员开始分发《斯大林格勒真理报》。

第二天过去后，大家已经在战壕和散兵坑里安顿下来，踩出了一条条通往泉眼的小路，找到了草原上生活的方便和不便之处。他们几乎忘记了敌人正在迫近。草原上的白天，满是灰白的尘烟，夜里则被一片深蓝所覆盖，生活本该这样无穷无尽地持续下去。但在夜空里可以看到两片明亮的区域：一边是斯大林格勒庞大的工厂，另一边是在西方燃烧的战火。他们不仅能听到远处工厂发出的轰隆声，也能听到靠近顿河河畔的炸弹和炮击的爆炸声。

二十

谢廖扎离开了家，也离开了自己所熟悉的一切，和一群之前从未了解过的人生活在一起。在新的世界里，一切都由他所不熟悉的命令、条令所主宰。他时不时会感到，很多习以为常的事情不再存在。

在一个全新而艰苦的环境里，哪怕是成年人也会发现自己的许多想法是错误的，对这个世界的认知也很不充分。而对于谢廖扎，他立刻就发现了真实世界跟他平时在家和学校里，通过读书和自己观察了解到的世界几乎难以等同，而且在某些方面的差异之大让人惊诧。他第一次知道了什么是真正的疲倦，第一次领教了大士和上士们的厉害，第一次知道了士兵的生活是如此单调，也习惯了他们在开玩笑或者发火时口若悬河地爆粗口。一旦他习惯了这些，内心反而变得更加坚定、强大和深沉。学校、老师和战友们教会他，书本和生活教会他，去尊重劳动、真理和自由。这一信仰依然岿然不动。所有这一切在席卷而来的风暴中完整幸存了下来。在草原的尘烟中，在战士们夜里的谈笑中，在指挥员的咆哮中，他几乎想不起莫斯托夫斯科伊的满头白发，想不起奶奶严厉的眼神和白色的衣领。这一切变得陌生了，要想起来并不容易。但他并没有失去内心的方向。他的道路始终就在眼前，既没有被毁掉，也没有发生变化。

随着前线越来越近，连队里的等级关系也发生了变化。刚进入军营时，一切都乱成一团，通常的秩序和操练都没有组织起来。大部分时间都消耗在登记造表和内容核实上。很多人想出各种办法请假，但各种关于请假的交流一般都徒劳无益。格拉杜索夫是这类话题里的一个重要角色。这个人很聪明，脑瓜子里都是主意，而且常常摆出一副无所谓的样子。

在登记处登记完毕，大家一起往营地走的时候，格拉杜索夫就很有信心地反复说："我才不会在这儿晃悠很久呢。很快我就得去别处执行任务了。"

很快他就显示出四处走动的天赋。到哪儿都有他认识的人，有些是民兵司令部的关系，有些是区里的关系，还有些是卫生和军需部门的关系。有一回他请了四个小时的假，从城里回来时，在团部文书那儿弄了几支铅笔，还有若干质量很不错的信笺。他送给连指导员一把英国钢口的安全剃刀，送给团里的二号人物一双小牛皮靴，是别克托夫卡区的家庭妇女们缝的。要不是连长卡着不放，他可能早就调到卫生或者军需部门去了。科雷雅金两次拒绝将他调走，还给政委写了张纸条解释原因。团长耸了耸肩说："那就算了吧，让他留在连里得了。"科雷雅金大概觉得格拉杜索夫给自己当个通信员应该不错。

格拉杜索夫对科雷雅金恨得咬牙切齿。他可以把战争、家人和未来抛在一边，连续几个小时地大骂科雷雅金。每次后者在全连面前打开格拉杜索夫当作礼物送给他的图囊时，他都差点儿发作起来。

格拉杜索夫是个矛盾的人，但却从未被各种矛盾所困扰。他曾在工厂里当工人，后来在州住房建设部里工作。他自己曾洋洋得意地谈到这些经历，还说自己曾在各种会议上发表过爱国言论。他可以一面大骂他人的怯懦和自私，一面惋惜自己没想点什么办法来逃避兵役。他对从前的那些生意人和小贩公开表现出蔑视，同时又可以四处吹嘘，说自己好不容易弄到了一件粗呢西服，给妻子弄到了一件皮外套，或者搞到了若干波纹铁皮。他常常夸自己妻子在做生意方面的天分。妻子去萨拉托夫看婆家人时，带了些自家菜地种的西红柿在当地卖掉，然后买了几块面料和打火机用的打火石。回到斯大林格勒后，她把这些稀罕货卖了个好价钱。战友们听完格拉杜索夫这些故事后，都会说："不错嘛，横竖都有赚，对不对？"他却听不出其中的嘲讽，回应他们说："所以嘛，我们的日子之前过得挺不错。要么去享受，要么，给别人提供享受！"

他喜欢嘲笑谢廖扎和波利亚科夫，说他们为了当民兵想尽了各种办法。谢廖扎确实把自己年龄报大了一岁，波利亚科夫却报小了一岁。

不过，到了晚些时候，部队就开始了真正的军训，实施了严格的纪律。在上政治课，在学习怎样使用迫击炮和机枪时，格拉杜索夫就不再那么引人关注了。大家的关注中心变成了切恩索夫。他是建筑工程学院的研究生，长得又高又瘦，有一双黑眼睛。

切恩索夫是共青团员，最近刚刚递交了入党申请书。谢廖扎不仅在年龄上跟他接近，在其他很多方面也都跟他很接近。

两个人都很不喜欢格拉杜索夫，非常讨厌他挂在嘴边的那句打油诗："把万事都想得美，让一切都见了鬼。"他觉得嘴里反复这么说，别人就不再戳他的脊梁骨。

夜里谢廖扎和切恩索夫总是不停地聊天。后者不停地问谢廖扎的学习情况，然后突然冒出一句："这么说，在斯大林格勒可有个姑娘在等你？"发现谢廖扎对此有点不知所措后，他又以大人的身份说："着什么急，你的路还长着哩！"

然后他不停地说自己的生活。

切恩索夫是个孤儿。1932年他在乡村小学里念完了七年级，就到斯大林格勒拖拉机厂办公室当了个通信员，然后到铸造厂工作，同时在一所技术学院里念夜校。在夜校里念到第三年，他通过了建筑工程学院的招生考试，成为学院的函授学员。他的学位论文主要是关于铸造技术的，在论文里他提出了一条如何计算炉料的新公式。按照这条公式，高炉里使用的原料可以都使用苏联国产原料。莫斯科注意到了这份研究，给了他一个科研院研究生的资格。战争开始时，上级正打算安排他和一群年轻的工程师到美国去学习一年。

切恩索夫对参与连里的日常活动一直有浓厚的兴趣，他喜欢直言不讳、毫不迟疑地说出心里的想法。在他面前没有解决不了的技术问题。他还常常给迫击炮手提供各种建议，向他们解释各种原理，提供各种射击诸元。他做这一切时思路清晰，态度权威。谢廖扎喜欢他这种沉着、实干和自信的态度。他还喜欢听切恩索夫讲自己生活过的农村故事。他特别讲到刚开始在铸造厂工作时，自己心里非常忐忑。

切恩索夫的记忆力超群，他还记得三年前自己参加期末考试时的试题。

战争爆发前不久，切恩索夫结了婚，妻子现在在车里亚宾斯克。"她在那儿完成了师范教育，"他说，"每一科的表现都是最好的。"然后他微笑着继续说："我们买了一部留声机，准备学跳交谊舞，然后，战争就爆发了。"

切恩索夫什么时候都是个有趣的人，但谈到读书时就不一样了。他有次提到了柯罗连科："他是个知名的作家和爱国者，在沙俄时期就能为了我们的真理而奋斗。"谢廖扎却感到有点尴尬。在读《盲音乐家》时他根本没往那方面想，光顾着哭了[1]。

切恩索夫知道许多外国作家，也读过很多俄罗斯古典作品，但他却没读过盖达尔的儿童文学，这让谢廖扎很惊讶[2]。他也没听说过莫格里、

1　英文译者注：弗拉基米尔·柯罗连科（1853—1921）最著名的小说《盲音乐家》（又译为《盲乐师》，1886）是根据他在西伯利亚流放时的经历创作的。
2　英文译者注：阿尔卡季·盖达尔（1904—1941）是一名大众儿童文学作家，最著名的作品是《铁木尔传》（又译为《铁木尔和他的队伍》），描绘了一群无私的少先队员。中文译者注：阿尔卡季·彼得洛维奇·盖达尔，本姓格利科夫，1918年加入红军。内战后成为一名儿童文学作家，1941年苏德战争爆发后成为西南方面军随军记者，基辅战役后加入当地红军游击队。当年10月牺牲在乌克兰切尔卡瑟州卡涅夫。

汤姆·索耶和哈克贝利·费恩[1]。"这些东西都不在教学大纲里，你怎么能指望我在这上面花时间呢？"切恩索夫愤愤不平地说，"三年里要学完五年的学位课程，白天还得在工厂里上班，我每天只能睡四个小时！"

不管是在军营里还是在训练中，切恩索夫都非常认真和冷静。他从不抱怨说自己累坏了。

在学习时，他的天分表现得尤其明显，能够很快对指挥员的问题作出反应，而且往往回答得很到位。其他的民兵都很喜欢他。不过，有一天他找到政治指导员，说文书未经准假就出门去了。他这个做法自然弄得大家都不高兴。当过码头工人的炮班班长加利古佐夫讽刺道："切恩索夫同志，没说的，您可真是天生的官僚。"

"我志愿参加民兵保卫祖国，而不是掩护哪个蠢材。"切恩佐夫说。

"那其他人又是为什么来的？"加利古佐夫反问说，"您觉得我们不愿为祖国牺牲生命吗？"

在出发到草原前，谢廖扎和切恩佐夫的友好关系突然变糟了。谢廖扎说了些孩子气的话，引发了切恩佐夫的警觉。

"你们想不想往科雷雅金脸上狠揍一拳？"谢廖扎有一次问他的战友们。过了一会儿，见没人回答，他很坚定地说道："我肯定会。这家伙是个人渣。"

同志们哈哈大笑。但到了夜里，有人对谢廖扎说："别再这样评论连长了，会被送进惩戒营的！[2]"

切恩佐夫加了一句："对，这件事得跟指导员苏米洛汇报！"

谢廖扎回嘴道："您可真是一位好同志啊！"

"这才是真正的同志该做的事情。你还没吃过苦头，得吃一两次亏才

1　中文译者注：莫格里是英国作家吉卜林作品《丛林故事》里的主人公，丛林之子。汤姆·索耶和哈克贝利·费恩是马克·吐温系列作品中的主人公。

2　英文译者注：惩戒营由囚犯和被军事法庭审判的军人组成。绝大部分指挥员认为这些人可以随意消耗，能够毫无顾忌地将他们送到雷场上踩地雷。

行。书念得不错，但缺少政治意识！"

"我想……"谢廖扎觉得又窘又怒。

"你只想我行我素！"切恩佐夫生气地提高了音调，"可你还连鼻涕都没擦干！"谢廖扎从来没见过他这么发火。

等他们离开了斯大林格勒来到草原上，就轮到波利亚科夫这个老木匠跳出来找麻烦了。沙波什尼科夫一家要是知道波利亚科夫认为亲爱的谢廖扎压根没受过良好教育，肯定会惊得哑口无言。整整一天，波利亚科夫都在一边骂谢廖扎，一边调教他："你要是想要正经吃顿饭，就得把你的帽子摘下来……不，不，不，不叫'一缸水'，要叫'一桶水'……你在干嘛，这叫作切面包吗？……接下来还有啥，别在战壕里向外乱扔你的垃圾，不行，不行！这附近没有狗，没法收拾你扔出来的骨头！对了，我不是头驴，别老叫我'喂'……"

有一次，谢廖扎把面包放错了位置，波利亚科夫觉得，不光是军队生活让这孩子缺少一些正常的生活常识，而且他对普通的工人阶级也缺少足够的尊重。波利亚科夫生活在工人住宅区里，早早就学会了那里的各种规矩和生活方式。也许他的人生观不够深刻，但从根本上来说是合理的：工人阶级有权自由而幸福地生活，也有权吃好喝好。但谢廖扎似乎没有受过这样的教育。于是老木匠喋喋不休地说个不停，什么刚烤好的面包啦，菜汤里加酸奶啦，夏天喝冰啤酒啦，冬天从天寒地冻里回到温暖干净的家里，坐在桌边喝下一杯伏特加啦——"嘴唇上是凉的，心里可热乎了！"

波利亚科夫喜欢木匠活儿。一说到这个，他细长的眼睛里就放出光，跟他谈吃饭时享受伏特加的样子一模一样。他能滔滔不绝地说他的木匠工具、山毛榉木刨花，说如何处理橡树和枫树板，话语里尽是欢乐，连满脸皱纹里都藏着欢乐。他觉得他的工作能够给别人带来愉悦，让他们的生活更加方便和舒适。他热爱生活，生活也毫不掩饰自己的魅力，给予他丰厚的回报。他自己常常去看电影、看戏，还在自己家里的小块地里种上了苹果树。他热衷于看球赛，很多战士早就在体育馆见过他。他甚至还有条小船，休假时就自己去伏尔加河东岸的芦苇丛里钓上两周的鱼，充分享受钓鱼时那种沉默的激动和河里各种丰富奇幻的景象：清晨时分，在雾气茫茫的宁静中，河水既凉爽又忧愁；在月光照耀的夜晚，河水变成像葵瓜子油一般金黄和柔软；在有风的晴朗日子里，河水里金光闪耀。他就这样钓鱼，在河边安眠，抽着烟，煮着鱼汤，用平底锅煎鱼，用牛蒡叶子烤鱼，喝着伏特加，唱着歌。他会带着微微醉意回家，身上都是烟味儿和河水的味道。过了很多天，还是能在他的头发里找到零星的鱼鳞片，口袋里还能倒出一小撮白色细沙。他特别喜欢抽一种有香气的根茎碾成的烟草，每次要抽完时，就得去四十公里外一个村子里找他熟悉的某个老头儿要。

年轻时波利亚科夫的经历非常丰富。他加入过红军，先当步兵，后来又当了炮兵。他参加过察里津保卫战。有一次，他指着一条长满野草、几乎被沙子填平的壕沟，向周围的战友赌咒说，这就是他二十二年前待过的战壕。就在这里，他用机枪狠狠地教训了白军骑兵。

指导员苏米洛把他说的话记在心里，后来安排了一场夜间讨论，让这个老兵谈谈当年如何保卫察里津。请来了好些个其他连队的战士，但讨论完全没有按照之前的计划进行。几十个人跑来听他说话，波利亚科夫被眼前的场面给吓住了，结结巴巴地说了几句，接下来一言不发，过了好一会儿才缓过来。然后他就这么坐在地上，好像跟老朋友喝啤酒那样，满嘴闲扯胡掰。大伙都朝他微笑，受此鼓励，他用惊人的记忆力恢复了所有的细节，包括当时军粮配给里准确的谷物和咸牛肉分量、糖块和饼干数量等。他还回忆起一个二十一岁、名叫布恰科夫的战士如何从他的背包里偷走了一双新靴子和一瓶自酿白酒。

苏米洛只得接过话茬，认真地给大家说起了察里津保卫战。不过，当年打仗时他才两岁。

战士们都记住了这次夜间谈话，跟波利亚科夫开玩笑也成了各种戏谑的压轴戏。就连团级政委也常常问苏米洛:"您瞧,我们该派谁去上政治课呢,波利亚科夫吗?"然后,他眨了眨眼:"是啊,这老家伙可机灵着呢!"

内战结束后,波利亚科夫在罗斯托夫和叶卡捷琳诺斯拉夫工作过,然后跑去了莫斯科和巴库。这家伙有一肚子的故事。他喜欢毫无羞耻和直来直去地说女人,也毫不掩饰他对女人的追求。不过在说话时流露出一种对女人的敬畏,让人听起来欣然向往。

"你还是个孩子,"他会说,"毛都没长齐呢。得承认女人的魅力。就算是现在,漂亮姑娘还会让我眼花缭乱,心肝儿乱颤。"

连队进驻草原的第五天,来了两辆汽车。一辆是绿色的爱姆卡,一辆是漂亮的黑色四开门小轿车。里面的乘客是国防委员会的人,还有一名斯大林格勒卫戍司令部的上校。在战士们叽叽喳喳的议论声中,他们先去了连部。

从连部出来后,他们开始检查战壕和散兵坑,跟战士们交谈。上校认真地检查了机枪巢,趴下来瞄准,还开了几枪。然后他们来到炮班跟前。

"立正!"科雷雅金高声下令,然后敬礼。英俊的高个儿上校立刻命令:"稍息!"他看见波利亚科夫站在队列里,便笑着走过去:

"真巧哇,好你个老木匠!"

波利亚科夫立正答道:"您好,上校同志!"

排长布柳什科夫放下心来。波利亚科夫的应对与条令完全相符,做得对。

"你的位置在这儿?"上校问。

"我是装弹手,上校同志。"

"不错,斯拉夫老兄,你能赶跑德国鬼子吗?不会让当炮兵的丢脸吧?"

"只要吃得好就没问题,"波利亚科夫高高兴兴地答道,"不过,德国鬼子在哪儿，不远了吧？"

上校哈哈大笑："好了，当兵的，让我看看你那个了不起的罐头盒。"

波利亚科夫从兜里掏出个圆罐头盒，然后给了上校一点他那些特制的烟草。上校摘下手套，卷了一支烟，开始吞云吐雾。这时，他的副官悄悄地问其他战士："这里有个叫沙波什尼科夫的吗？"

"他去领我们的配给了。"切恩索夫说。

"有封信要给他，"副官说，"城里来的，家里人让转交。"他掏出信封挥了一下，问道："要放在连部吗？"

"给我吧，我跟他一个坑里的。"切恩索夫说。

访客走后，波利亚科夫对战友们说："很久之前就认识他啦，是个不错的人，跟我们一样——当然那副漂亮的手套和军衔不算数。战争爆发前不久，我去给他的办公室铺地板，他走进来看了一眼，接着说：'把打磨器给我吧，我自己也来试试看。'他知道怎么使用那玩意儿。他告诉我说，他来自沃洛格达，父亲和爷爷都是木匠，自己也干过六年的木匠，之后才进的军校和军事研究院。"

"他那辆雪佛龙可真是好货，"切恩索夫沉吟道，"听听那轰隆声，引擎太厉害了。"

"我在斯大林格勒装修过的房子，肯定是数都数不过来了，"波利亚科夫继续说，"我给卫戍司令部铺过地板，用的是最好的榉木，打磨得锃亮。"他不停地说他装修过的学校、医院、俱乐部。在那些地方，他给铺过地板，装过门窗和隔间，说得好像整座城市都成了他的。这个兴高采烈、喋喋不休且坏脾气的家伙似乎变成了斯大林格勒的主人。现在他来到了草原上，守在一门炮口对着西方的重迫击炮后面。在他身后就是他的王国。谁还能比他更加尽心竭力地守卫这个王国呢？

民兵司令部和各个指挥所里，每个人对上校的来访都感到很高兴。又过了两天，附近又开来了一个师。草原上尘烟四起，卡车隆隆来往，络绎不绝。各条道路上挤满了各种各样的步兵纵队：工兵小队、机枪手、反坦克枪手、大口径机动炮兵、重迫击炮连，还有各种各样的重机枪和反坦克炮部队。三吨的汽车上面装满了迫击炮弹，悬挂系统几乎都被压坏了。野战炊事车不停开过，野战无线电台和医疗车扬起了更多灰土。

波利亚科夫和同志们兴奋地看着新部队一支支地进驻。通讯连拖着长长的电缆跑过，速射炮在炮位上就位了，长长的炮管全部指向西方。

对于时刻准备接敌作战的军人来说，友军部队不断在身边就位开始做迎敌准备，这一切总是让人高兴的。

二十一

格拉杜索夫被叫到团部去了。将近傍晚他回来后，一言不发开始收拾行装。切恩索夫脸上挂着半是嘲讽半是同情的微笑问："你的手干嘛发抖啊，要调去当空降兵了吗，不至于吧？"

格拉杜索夫四下里看了一下，带着喝醉了似的激动说："大家原来还没忘记我呀……我被调去车里亚宾斯克啦，要在那儿建一家兵工厂，需要帮忙。我家里人也跟我走，事情就这么定了！"

"哎呀，"切恩索夫说，"这下我明白你的手干嘛发抖了，这是乐的。我还以为是吓的呢！"

格拉杜索夫谦卑地笑着。他没有顶回去，希望大家一起感受到成功调走的快乐。"想一想吧！"他把手里的一份文件打开，"一个人的生命竟然取决于一张纸片，就是这个！昨天我还觉得最多只能去当个文书，现在我就要去西伯利亚了。运气好的话，明天遇上谁带我一程去卡梅申，接下来坐火车去萨拉托夫，在那儿跟我媳妇和孩子会合，接着就可以去车里亚宾斯克了！再见了，同志们，再也不会在这儿见到我了！"他挥舞着那份文件，看着周围的人哈哈大笑。然后又小心翼翼地把那张纸塞进军便服衣兜里，扣上扣子。为了保证它不掉出来，他又拿了一枚大号别针把衣兜给别上。他一边抚摸着胸口，一边说："这下好了，一切正常了！"

"正常了，"波利亚科夫说，"能跟你家里人见面，运气真好。我也想跟我家里人见见，哪怕跟我家老太婆待上一小时也成。"

也许是被这些他即将抛在脑后的人表现的大度所感动，格拉杜索夫打开了他的背包："都在这儿了，朋友们，我在部队的财产！在那边我用不上这些了，自己拿吧！"他拿出一副仔细叠好的包脚布递给切恩索夫："来吧，拿着，全新的，干净得就像餐巾一样！"

"不要，"切恩索夫说，"我才不要你这些新崭崭的餐巾。"

格拉杜索夫却因为自己表现出的慷慨变得有点忘乎所以。他拿出一把剃刀和一块白布说："这是给你的，沙波什尼科夫。就算你对我有怨恨吧，看见这些也会想起我。"

谢廖扎不说话。

"拿着吧，沙波什尼科夫，客气什么！"格拉杜索夫看出了谢廖扎的犹豫，接着说："别担心，我家里还有一把，英国牌子。这把是旧的。没拿新的来是怕给偷了。"

谢廖扎自己也不知道该不该对着送礼的人说些气头话。他本来想说，自己不需要剃须刀，因为他还没到刮胡子的时候。但既然已经十七岁了，这样说实在不好意思。最后他这么说："不用了，我用不上。看着你这样子就像……就像看着逃兵。"

"谢廖扎，闭嘴！"波利亚科夫生气地打断他，"你没资格教训别人。再说，人各有命。"他对格拉杜索夫说："把它给我吧。当作集体财产，大家一块用。"

波利亚科夫从格拉杜索夫手里拿过黑色的剃刀盒子，放进自己口袋。"你们今天怎么都垂头丧气的？"他乐滋滋地说，"我们连里少个民兵又怎么了？刚才我在外面，看到一个新的师在布置阵地，一连串的部队都上来了，越来越多，没停下来过！都穿得整整齐齐，清一色小牛皮靴子。

495

年轻人皮带束得紧紧的，个个精神焕发，都是好战士。你们在这里搞什么？没有格拉杜索夫咱们也过得下去！"

"说得没错。"格拉杜索夫说。

"怎么，现在你觉得能上哪儿去？"波利亚科夫看见格拉杜索夫收拾东西，便问道。"天都快黑了，草原上容易迷路，搞不好要吃哨兵子弹。待在这儿，明天早上再走。野战厨房马上就要到了，不会少你一份的。今晚有肉汤，又浓又稠的肉汤。到了早上你怎么走我可不管。"

格拉杜索夫飞快地瞅了他一眼，摇了摇头。他什么都没说，但大家都知道他在想什么："不成。朋友，真抱歉。要是德国人夜里上来了怎么办。肉汤算得了什么，我要完蛋了那才是大事！"

格拉杜索夫就这么走了。也许连里有人嫉妒他，但所有人都觉得自己多多少少从他身上找到了优越感。

"波利亚科夫同志，您怎么收了他的东西？"切恩索夫问。

"干嘛不要？"波利亚科夫应道，"这东西派得上用场，凭什么让这白痴拿着把好剃刀溜了？"

"我觉得你做得不对，"谢廖扎说，"就不该跟他握手。我就没握手。"

"沙波什尼科夫说得对。"切恩索夫说。谢廖扎对他温和地笑了笑，这是他们吵架后第一次相互谅解。

切恩索夫意识到了这一点，他继续说："今天有封给你的信。内容很重要吗？现在其他人都没收到信。"

谢廖扎朝着他又看了一眼："信我看到了。"

"你没啥事吧？眼睛怎么了？"

"有点酸，"谢廖扎说，"大概进沙子了。"

黑暗的草原上，两条光带在天边延伸。一边是斯大林格勒工厂的高炉在燃烧，一边是顿河西岸的战斗在继续。星空一片寂静。德国人的火箭弹发出红色和绿色的光芒，满怀恶意地闯入夜空，短暂地掩盖了星辰永不熄灭的光芒。在更加高远的天上，可以听见飞机讨厌的嗡嗡声，也许是苏联的，也许是德国的飞机。草原在沉默。更北的方向上一丝微光都没有，大地和天空融为一体，既阴沉又忧郁，让人焦虑。夜晚没有带来宁静和清凉，空气闷热，充满了警觉。这是草原战斗在夜间延续的间隙。任何一点轻微的沙沙声都让人害怕，但寂静也同样令人害怕。北部的一片漆黑固然使人感到恐惧，而顿河那边闪烁不定的光带却更可怕。它正在不断逼近。

这个溜肩的十七岁孩子，手持步枪守卫在全连最前端的哨位上。他静静地站在那儿，除了思考，什么都不做。但他感受到的不是那种孩子般的恐惧，不是那种迷路后无助的鸟儿的那种恐惧。在自己经历的岁月中，他第一次感到自己的强大，感受到这片广袤而严峻的土地温暖的呼吸。大地让他心里充满着怜爱，他正在守卫这片土地。脚下这片方寸之地如今受到了伤害，变得虚弱而沉默。他蹙着眉，严肃、坚定而刚毅地站在这里。

突然间，他举起枪，嘶哑地喊道："站住，不然我开枪了！"在针茅草丛里出现了一个阴影，呆立在那儿不动。草丛在沙沙响着，他坐了下来，柔声说道："胆小的兔子，也不知道害怕！"

凌晨时分，切恩索夫突然发出了一声恐怖的尖叫，让周围所有人都陷入恐慌。几十号人拿着武器跳了起来。后来发现是一条鞭蛇从他身下垫的木板缝里溜了出来，钻进了他的军便服里。切恩索夫在睡梦中翻了个身，压到了它。于是鞭蛇从他脖子下钻了过去，溜进了裤子里。

"像根金属弹簧一样，凉飕飕的，"切恩索夫鼻子里呼哧呼哧地喷着热气，"又长又粗，简直没法相信。"他用颤抖的手指划燃了一根火柴，慌慌张张地盯着散兵坑最里面的那个角落，鞭蛇就是钻到那儿之后不见的。

"所有的蛇到了夜里都会变凉。它就是要找个地方暖和暖和。"波利亚科夫打了个哈欠。

接下来发现许多没人的散兵坑里都有鞭蛇。它们没有一点离开这些新家的意思。

蛇都藏在胸墙的护墙板后面，缓缓地爬行，发出咝咝的低声。

这些城市里来的士兵都给吓坏了，好些人不敢在散兵坑里睡觉。其实鞭蛇跟普通的草蛇一样，对人没有什么伤害。个头很小的草原田鼠才是真正的麻烦。这东西常常钻到战士们的干面包里，在麻袋上咬出洞来。还能够咬穿放着糖块的白色小袋。医生早就警告过战士们，田鼠会让他们染上兔热病。这是种很严重的肾病。

战争时期，田鼠繁育得特别快。特别是在战斗地带，因为庄稼常常没人收割，最后全部让田鼠给接管了。

一天早上，大家都亲眼看到了一场蛇鼠之战。一条鞭蛇懒洋洋地躺着不动。这时，一只田鼠悄悄跑过来，开始啮咬切恩索夫的背囊。鞭蛇突然发动了攻击。田鼠发出一声短促而恐怖的尖叫，死亡倏然降临。鞭蛇嘴里衔着田鼠，发出沙沙声钻进了胸墙护木后面。

"这就是草原上的猫啊，不过是挂着蛇的名字而已，"波利亚科夫说，"跟我们过下去吧，继续捉老鼠。别再用刺刀去砍它啦，不会伤害我们的。"

鞭蛇听懂了波利亚科夫的话，不再躲躲藏藏。它似乎相信了眼前这些人，只管四处游来游去。游累了就盘在胸墙下，在波利亚科夫的唠叨后面歇气。

另一天傍晚，落日西斜，光线投到战壕里，穿透地面半明半暗的尘烟，形成一束束不透明的光柱，照亮了护墙木板上渗出的一滴滴琥珀色松脂球。战士们突然发现有情况。

谢廖扎正在第一百次读着那封关于他母亲命运的信件。波利亚科夫轻轻地碰了碰他，低声说："注意！"

谢廖扎泪眼迷离地抬起头。他知道在傍晚的阴影里没人会看到，连眼泪都懒得擦一下。

在扁平而明亮的光柱照射下，战壕一角挂着的一顶钢盔正在轻轻地摇晃，发出轻微的声响。谢廖扎用了好一会儿才明白钢盔里有条鞭蛇。在傍晚的光线下，鞭蛇呈现出青铜色。他仔细地看了一阵，才发现这条蛇正在缓慢而用力地从自己的旧皮里钻出来。新皮亮闪闪、汗津津的，像刚刚结果的板栗壳。战壕里所有人都屏住呼吸，似乎这条蛇马上就要发出呻吟，大声控诉蜕皮的痛苦。从僵硬的死皮里钻出来显然是件很费力的事情。

明亮的光线把无声的阴影劈成两半，这样所有人就看到了一幕从未见过的场景：一条蛇在人类的注视下毫无顾忌地蜕皮。所有人都被这一幕迷住了，仿佛傍晚的阳光照入了每个人内心，大家都很体贴地静静地看着。就在这时，传来了一声大喊："上士，发现德国人！"

接下来是两下巨大的爆炸声。整条战壕颤抖着，喘息着，灰土四散。

德国人的远程火炮现在已部署到顿河东岸，正在对他们进行试射。

二十二

在 8 月一个尘土飞扬的炎热夜晚，德国某掷弹兵师师长魏勒尔将军正坐在宽敞的乡村学校教室里一张硕大的书桌后面，仔细阅读着面前的文件，在作战地图上做着标记，把一份份读完的报告扔到书桌的一角。

他认为，眼下的主要工作已经基本完成了，剩下的工作都是一些细节问题，对事情的未来走向不会产生真正的影响。

这位将军有着薄薄的嘴唇、瘦长的脸和高高的颧骨。他感到很疲倦，因为他花费了很长时间来计划即将开始的战役。现在计划已经制定完毕，他的思绪不由自主地去转向整个夏季攻势，仿佛已经到了准备写回忆录，把自己思想总结并编入军事教材的时候。

在草原这个大舞台上，上演了一场由掷弹兵、坦克兵和摩托化步兵主演的时代大戏[1]。这场大戏的最后一幕很快就要在伏尔加河河畔拉开帷幕。人类战争史还从未出现过这样一场空前的大战。这场大战即将迎来最终的结局，任何对它的认识都将是非常令人兴奋的。将军已经认定，俄罗斯未来的边界将起于伏尔加河畔，而终于亚洲。

要是将军是一位哲学家或者一位心理学家，他一定会发现，为他带来欢乐和兴奋的一切，却不可避免地在俄罗斯人心中引发完全相反、同时还是十分危险的强烈情绪。但他不是哲学家，而是一名将军。今天，他完全放任自己沉浸于这种特别甜美的成就感之中。他珍惜这种成就感。这跟荣誉与奖励无关。成就建立在两大支柱之上，一根支柱是权力和臣服，另一根是军事上的胜利和对命令不折不扣的执行。在这场至尊无上与服从的大戏中，在权力与臣服的完美结合之下，他感到了精神上的慰藉，感到了那种既痛苦又甜蜜的愉悦。

魏勒尔去顿河渡口视察了一圈。在那里他看到了被烧成残骸的苏军卡车、翻覆的坦克、被炸得粉碎的大炮，看到了草原上被吹得四散的文件，挽马在四处狂奔，身后拖着破碎的挽具，还看见被击落的苏军飞机，引擎已经解体，绘有红星的机翼有一半扎进了土里。对他而言，这些已经无用的、扭曲的俄国钢铁残骸上面，还残留着铁木辛哥的部队退向伏尔加河时铭刻在心的恐惧。在前一天，德国统帅部已经宣布："苏联第62集团军已经在顿河大弯曲部被包围，且被彻底地消灭了。"

8月18日，魏勒尔向陆军总司令部报告称，他的先头部队已经在顿河大弯曲部东北，也就是接近斯大林格勒的西北部，夺取了一个渡口并在东岸特廖霍斯特洛夫斯卡以及阿基莫夫斯基建立了桥头堡。

几天前保卢斯告知过他下一步行动计划。计划并不复杂：在桥头堡

---

1 中文译者注：掷弹兵（grenadier）是纳粹德国陆军中对精锐步兵部队的称呼，但随着斯大林格勒战役的失败，为鼓舞士气，越来越多的德军部队被授予了掷弹兵称号。

完成装甲部队和其他摩托化部队的集结后，该师将迅速行动，占领斯大林格勒北部的工厂区，抵达伏尔加河，切断它们与斯大林格勒其余城区的联系。完成这一任务所需要行进的距离非常短。顿河与伏尔加河的横向最短距离只有七十公里。霍特的装甲师将从南部，沿着铁路线从普洛多维托耶同步发动进攻。地面进攻开始后不久，里希特霍芬将展开大规模空袭。

现在，魏勒尔一边看着地图，一边在想整个作战计划可能存在的问题。在北部，德军暴露在广阔的俄罗斯原野之上。保卢斯的左翼可能承受不住重压，需要面对辽阔的土地，以及看上去无穷无尽的人力。

德军在赢得一次又一次胜利时，其左翼不断延伸。有一回，苏军出乎意料地渡过顿河，打垮了原应掩护德军左翼的意大利师。

但他们似乎并没有注意到这次渡河作战的价值。这次战斗中，苏军缴获了意大利师的大炮，在回到东岸时，带回了两千名意大利俘虏。可他们的报纸几乎对此没有多少关注。相反，在坚守顿河西岸谢斐拉莫维奇和克列茨卡亚桥头堡的问题上，苏联人却表现出了不可理喻的固执。当然，两者在战略上并没有太直接的联系。未获得足够的侧翼掩护确实影响了很多重要战役，但德军终归是赢得了这些战役。

门外，一名被押解走过的俘虏引起了魏勒尔的注意。他的军便服袖子上有一块浅色痕迹，显然是原先标志着政委身份的红星被撕下了。他可能是格鲁吉亚人，或是亚美尼亚人，全身脏兮兮的，脸上满是黑色胡茬儿。他光着脚，走路一瘸一拐，残破的军裤在受伤的腿上晃荡着。这个人的脸已经变了样，除了极度的疲惫和冷漠，没有其他表情。他抬起头来，眼光与魏勒尔相遇。后者可以看出，他的眼神里毫无求饶的意思，反而放出阴冷的仇恨。

魏勒尔赶快把目光收回到书桌上，那里是显示德军部署和动向的地图。他认为，战争的关键隐藏在这张地图上，而不是一个被俘政委充满仇恨的目光里。

一把利斧能够轻易劈开一根平整的木头。但这样也容易让人高估它的锋利程度和它的重量，低估了它在劈开一段到处是节瘤的树干时会遇上的阻力。这样，当利斧在楔入树干的外层后，会突然停下来，刃口被致密的树节死死咬住。黑色的土地在经历了雨雪浸透和烈火炙烤后，在经历了严厉的风霜、狂暴的春天和恐怖的七月风暴后，把它的力量赋予了将根深深植入自己体内的这棵顽强的大树。

魏勒尔在屋里走来走去。每次走过靠门的一块地板时，它就会在重压之下咯吱响。

一名传令兵走进来，将几份文件放在书桌上。

"地板在响，"魏勒尔说，"弄块地毯来盖上。"

传令兵急急忙忙出去了。地板又响了一声。

几分钟后，进来了一个年轻的传令兵，抱着一条卷起来的地毯。"元首都是怎么说的？"魏勒尔问他。

传令兵疑惑地看着魏勒尔严肃的面容。他似乎在猜将军想听什么。

"元首说，必须夺取斯大林格勒！"他满有信心地说道[1]。

魏勒尔哈哈大笑。他走过柔软的地毯。地面又传来了顽固而愤怒的咯吱声。

二十三

在同一个尘土飞扬和炎热的傍晚，德国第六集团军司令保卢斯大将正坐在集团军司令部里，思考着如何攻占斯大林格勒。

司令部朝西的窗户上挂着又厚又重的防空帘。夕阳西下，但光线只

---

1 中文译者注：这两句话在英文版中为德语："Was hat der Führer gesagt？""Der Führer hat gesagt：Stalingrad muss fallen！"

能在防空帘上透出针眼般的细微光芒。

保卢斯的副官亚当上校是个高个儿，脸颊像个孩子般肉乎乎的。他迈着沉重的脚步走进来，向保卢斯报告说，里希特霍芬将军将在四十分钟后到达。

两位将军将一起讨论空地协同作战的问题。这一协同规模之大，必须得让保卢斯进行仔细规划。

保卢斯认为，始于6月28日、迄今持续五十天的战斗里，第六集团军在别尔哥罗德和哈尔科夫之间展开的突然进攻已经取得了决定性胜利。他麾下的三个军，含十二个步兵师、两个装甲师和两个摩托化步兵师已穿过草原，抵达顿河西岸。德军攻占了卡拉奇，逼近了克列茨卡亚和锡罗京斯卡亚，并将很快拿下克列缅斯卡亚。

保卢斯在作战中俘虏了五万七千名苏军士兵，缴获了一千辆苏联坦克和七百五十门大炮（这是德军最高指挥机构发布的数据。令人惊奇的是，保卢斯的部分参谋人员也认同这些战果）。德军集团军群司令部认为，苏联的抵抗已经被完全粉碎。保卢斯明白，德军在他的指挥下获得了这场伟大的胜利。在这个漫长的夏季，保卢斯在这场全胜中发挥了非凡的作用。

他心里也很清楚，在柏林有些重要人物——他们的决策对他至关重要——正在不耐烦地等待着进一步的消息。他半闭着双眼，想象着自己的凯旋。在结束了东线这场辉煌的战役后，他返回柏林，穿着朴素的军人制服从车里走出来，走上台阶，走过长长的大厅，周围簇拥着一群手握大权的重要人物和总参谋部的将军们。

但还有一件事情让他感到烦恼。他还需要五天时间，最多五天进行准备。但上面的命令是要他在两天后开始执行作战计划。

他的思绪又转到里希特霍芬。后者顽固地坚持认为，在战斗开始后，地面部队需要听从空军的调度。这个人的傲慢简直让人难以置信。

他肯定想起了德军在南斯拉夫和北非的大捷，里希特霍芬赢得太轻松了[1]。这个人喜欢戴一顶士兵的船形帽，香烟熄灭时他也不会去换根新的，而是像个平头百姓一样继续点燃它……还有他说话的方式。里希特霍芬从来就没有让下属把该说的话说完的习惯，他还喜欢夸夸其谈，而不是侧耳倾听别人的观点……他和那个运气同样好的隆美尔简直太像了。幸运儿隆美尔的知识、思考能力和对军队的了解，与他的受欢迎程度刚好成反比。里希特霍芬还有更让人恼火的事情。他喜欢把步兵流血流汗才获得的成果轻而易举地算在他第四航空集团军头上，这不是习惯，而已经成为他的工作方式了。

隆美尔、塞普·迪特里希，还有这个里希特霍芬，因为成功来得太容易了，现在都成了暴发户、当下的英雄，个个都变得自命不凡、装腔作势，其实他们浅薄且一无所知[2]。他们除了知道在政坛上往上爬，别的什么都不懂。保卢斯从军校毕业时，这些人甚至跟军队一点边儿都不沾[3]。

保卢斯继续注视着地图，俄罗斯广袤的原野正压迫着他，压迫着他的第六集团军的左翼。

里希特霍芬总算到了，满脸心事重重的样子。他全身上下都被灰土盖住，眼睛下面，两鬓和鼻孔里都是灰土，一张脸就像被地衣遮住了一样。在路上，他与一列前往集结地的德军坦克纵队相遇。全速前进的坦克发出强烈的摩擦和震动声，就像巨大的犁铧一样把尘土抛向空中，尘烟密集，根本没法避开。坦克周围泛起了一片红褐色的尘烟海洋，只能看见它们的炮塔和炮管。一脸疲惫的坦克手从舱口探出身来，微微弓着身体，抓住金属扶手站稳，用阴郁的眼神四处张望。里希特霍芬没有等

---

1 英文译者注：里希特霍芬的航空集团军在 1941 年 4 月的南斯拉夫战役以及随后的希腊及克里特岛战役中发挥了重要作用，但他其实没有参加北非战役。

2 中文译者注：约瑟夫·塞普·迪特里希（1892—1966），纳粹党卫军上将，参加了闪击波兰、比利时和法国的行动，后参加巴尔干战役、东线和 1944 年西线作战，1945 年被美军俘虏，被判处终身监禁，1955 年获释，1958 年又因参与"长刀之夜"清洗冲锋队而被西德政府判刑 18 个月。

3 英文译者注：这是格罗斯曼在本书中在德国历史问题上为数不多的错误之一。在第一次世界大战的很长时间里，保卢斯和隆美尔在同一个团里一起当连长。

坦克过完便命令司机直接开下路肩，在草原上继续行驶。到了保卢斯的司令部，他连脸都没有擦，就直接走进了前者的办公室。

长着瘦长脸和鹰钩鼻子、样子活像一只沉思的老鹰的保卢斯站起来迎接里希特霍芬。两人一起交换了几句炎热的天气、灰尘太多、道路不畅以及俄国西瓜水分多太利尿之类的抱怨。保卢斯接着递给里希特霍芬一份希特勒的电报。从内容上来说，这份电报意义并不重大，但保卢斯心里却暗自发笑。里希特霍芬身体前倾，用一只手撑在桌上仔细地读着电报。他想的并不是电报的文字，而是这些文字所包含的暗示。希特勒在和保卢斯讨论第六集团军的指挥事宜，还提到了预备队的部署问题。后面这个话题一般由保卢斯的直接上级魏克斯负责处理[1]。电报里有一段话对第四装甲集团军司令霍特表现出了某种明显的不满。希特勒显然与保卢斯一样，对霍特在斯大林格勒南部的过度谨慎感到不满。两人都觉得第四装甲集团军动作太慢，招致了不必要的损失。希特勒还在电报里说，既然进攻斯大林格勒的战役主要由保卢斯的部队负责，那么里希特霍芬的航空集团军应置于保卢斯的指挥下。帝国元帅戈林和他的纳粹空军不再指挥这部分空军部队。这一点让里希特霍芬颇感到有些恼火。

读完电文，里希特霍芬把它小心地放在书桌中间，似乎是暗示这份电文不容讨论或指正，要做的只能是立即执行。"元首不仅决定将军们在战争中的工作，"里希特霍芬说，"他甚至还有时间去决定具体哪个师的部署方向。"

"是啊，真够让人惊奇的。"保卢斯说。元首常常直接干预他手下的工作。没有得到允许，这些人连一个步兵营的哨位都不能变动。保卢斯自己也没少听到手下的各种埋怨。

他们随后谈到了德军在特廖霍斯特洛夫斯卡方向对顿河的突破。第384师率先踏上了顿河东岸。里希特霍芬夸赞了该师士兵们的无畏，表扬

---

1 中文译者注：马克斯米利安·冯·魏克斯（1881—1954），纳粹德国元帅，二战期间参与了法兰西战役、巴尔干战役，1945年被美军俘虏，免予起诉，1954年病死。

了炮兵和重迫击炮部队。对顿河的突破使德军在东岸建立了桥头堡，一个装甲师和两个摩托化步兵师可以从这里出发，向斯大林格勒前进。相关部队很快就集结完毕。刚才就是这些部队挡了里希特霍芬的路。

"两天前就可以发动进攻，但我不想惊醒俄国人。"保卢斯说。他微笑着接着道："他们觉得霍特会从南部发动进攻。"

"对，"里希特霍芬说，"我觉得霍特可以再等两天。"

"我需要五天，"保卢斯说，"您那边如何？"

"我的准备工作要复杂一些，也许能批准给我一周。总的来说，这次要做到一击必胜，"里希特霍芬说道，"魏克斯一直在催。他想要往上爬，想要人家记住他。可是冒险的是我们。"

他俯身注视着斯大林格勒的作战方案，用手指着一个个画得整整齐齐的小方块，详细说明如何用燃烧弹攻击这座城市，在连续空袭下需要经历多少次破坏才能将其彻底抹去，对于居民区、渡口、港口和工厂分别需要投下什么炸弹，还有，对于关键区域，即北部郊区，德国空军做了什么计划和准备。为了在规定时间里让保卢斯的坦克和摩托化部队发动雷霆出击，里希特霍芬提出让前者尽快给他提供准确的时间表。

到目前为止，两位将军之间的交谈还是建设性的，也非常具体，两人都没有高声叫嚷。但是里希特霍芬说到实施空袭对后勤要求的复杂度时，话语里有些让保卢斯非常生气的细节。野战机场距离空袭目标的距离各有远近，从这些机场组织联合空袭行动非常复杂。要对几百架型号不同、速度不同的飞机的航线和起飞时间进行同步，还要和地面上那些又重又笨的坦克展开协同，里希特霍芬就这个话题展开了长篇大论。他并不会公开跟保卢斯作对，但两个人都知道彼此很容易就可以激怒对方。在两位将军的长期不和之下，里希特霍芬想通过这种方式赢得一局。保卢斯当然知道，里希特霍芬向他显摆空军对于德军胜利具有至关重要的价值，而陆军的角色，只不过是巩固这种胜利而已。里希特霍芬本人对此坚信不疑。

两位将军正在决定一座大型城市的命运。但他们也在考虑苏军反击的各种可能和苏军防空力量的实力。他们同时还会考虑柏林方面的态度：德军总参谋部是如何看待他们各自取得的这些空前胜利的？

"两年前，已故的赖歇瑙攻占了比利时，"保卢斯说，"您和您的航空集团军在他的指挥下为第六集团军提供了卓有成效的支援。希望您对我在斯大林格勒即将取得的突破也能够提供同样卓有成效的支援。[1]"

他的眼神中带有一丝嘲讽，但表面上的严肃掩盖住了这一切。

里希特霍芬盯着他，冷冷地说："支援？您觉得谁在支援谁？恐怕当时是赖歇瑙支援我吧？至于在斯大林格勒，谁又知道呢？也许是您取得突破，也许是我。"

二十四

早上，弗尔斯特上校前来向魏勒尔将军告别。他马上要飞回柏林。这个已经发福、一头白发的参谋军官已年届六十。他认识魏勒尔多年。两人刚认识的时候，弗尔斯特中校在当团长，年轻的魏勒尔中尉是他的参谋。

魏勒尔立正向弗尔斯特问好，暗示他依然对之前的老长官保持尊敬。他知道上校有很长一段时间不在现役，而且此人跟蒙羞下台的前总参谋长路德维希·贝克是一路人[2]。贝克认为如果德国卷入了另一场战争，其结果将是灾难性的。他还特别强调与俄国开战的危险后果，明确指出德

---

1 中文译者注：瓦尔特·冯·赖歇瑙（1884—1942），纳粹德国元帅，希特勒在德军中的忠实追随者，参与了德国吞并奥地利和闪击波兰、比利时的行动。在苏德战争中，赖歇瑙指挥德军在乌克兰行动。于1942年1月12日因心脏病突发死亡。
2 中文译者注：路德维希·贝克（1880—1944），德军上将，德国陆军总参谋长，1938年退出现役，1944年因参加反希特勒的政变而被处决。

国必然战败。弗尔斯特帮助贝克撰写了关于这一观点的备忘录。1939 年 9 月，弗尔斯特写信给有关部门，表示他的丰富经验仍旧能够发挥作用。在布劳希奇的支持下，弗尔斯特从预备役重新编入现役[1]。

"您在这儿有什么收获可以转达给柏林吗?"魏勒尔问道，"我非常重视您的想法。"

弗尔斯特用他那双浅蓝色的眼睛看着魏勒尔:"今天要离开您，真是太惭愧了。我想，不是离开这儿而是来到这儿才好呢。不过，所见的一切已确定无疑，我们马上就要达到战略目的了。"他显然有些冲动，把手放在兴登堡式的平头上挥了挥，凑近魏勒尔，用庄严的声调说:"这样吧，十八年前我本可以这么直接地说的，现在可以说了，干得好，弗兰茨!"

"他们都是出色的军人!"魏勒尔被这一席话感动了。

"我说的不光是那些军人。"弗尔斯特说着，露出了笑容。跟魏勒尔说话与跟那些前途远大的青年军官打交道不同，不用因为担心刺激到他们而瞻前顾后。

1933 年，当德国面临转折关头之时，他们俩曾在海边的一处度假胜地里会面。两个人都表达了对那个新成立的党派领导人的厌恶之情。他们把戈林叫作老饕和吸毒者，把希特勒称为精神变态。两个人都异常反感希特勒，反感他那歇斯底里的嗜血心理，反感他那种可笑的"直觉"，反感他所具有的疯狂野心，因为伴随野心的往往是怯懦。他们还觉得希特勒的铁十字勋章来路非常可疑。弗尔斯特长篇大论地论证，因为《凡尔赛条约》而蒙羞的德国如果采用任何军事手段复仇，都将面临不可避免的失败。弗尔斯特还说，德国将领在一场失败的战争中学到的东西，

---

1 中文译者注:瓦尔特·冯·布劳希奇(1881—1948)，纳粹德国元帅，1938 年到 1941 年任德国陆军总司令。指挥了闪击波兰、比利时与法国的作战，指挥入侵南斯拉夫和希腊，是苏德战争初期的主要德军指挥官。1941 年因莫斯科战役失败而被解职，1945 年被英军俘虏，1948年死于战俘营。

现在正在被政治骗子弃置一旁。这群骗子现在还想用煽动与恫吓来取代军事逻辑，充分暴露出他们的无知。他们两人都没有忘记这次谈话。但在第三帝国，这样的谈话既危险又容易失控。按照潜规则，哪怕是亲密的战友也不能再公开谈起类似内容。

可是在现在，在距离伏尔加河仅有一百公里的地方，在一场世界历史上毫无先例的重大战役即将来临之际，魏勒尔突然问道："您还记得很久之前我们在海边公园里的那次谈话吗？"

"年龄和白发并不总是有助于做出正确判断，"弗尔斯特慢吞吞地说着，"我将会对当初没有及早认识到错误感到遗憾。时间证明我是错的。"

"的确如此。这场战争丰富了军事战略的内容，"魏勒尔说，"贝克觉得，俄国在空间上的宽度和广度会让我们在战争最初阶段获得相应优势，接下来俄国的深度会给我们带来失败。时间证明他错了。"

"现在，大家都明白这一点。"

"如果您两周后回到这里，您可以在这里找到我，"魏勒尔用手指着斯大林格勒地图上用十字标出的一栋房子说，"不过，里希特霍芬承认，他对保卢斯说会向柏林争取将进攻推迟一周，而不是五天。他自己会对这次请求承担个人责任。"

魏勒尔目送弗尔斯特走到大门，突然问道："您跟我说过，想在这里找个亲戚，一名中尉。您找到了吗？"

"我了解了一些情况，"弗尔斯特答道，"是巴赫中尉，我未来的女婿。现在还没见过他……人在顿河东岸，在桥头堡。"

"幸运的年轻人！"魏勒尔说道，"他会在我之前看到斯大林格勒。"

二十五

1942 年的夏天，在夺取了刻赤、塞瓦斯托波尔和顿河畔罗斯托夫后，柏林新闻界的气氛就变了。原来冷静的克制变成了欢乐的喧嚷。对顿河野心勃勃的攻势取得了胜利，此前报纸上各种关于俄国严寒冬季的文章不见了，关于红军的众多人数和它强大炮兵的说辞消失了，关于塞瓦斯托波尔、莫斯科和列宁格勒苏军如何顽强抵抗，以及游击队如何发动猛烈袭击的细述也都不翼而飞。一列列火车曾不分昼夜地从东线运回负伤或者冻伤的士兵，去年冬季的解围战斗曾发出令人警觉的信号，士兵坟头密密麻麻的十字架曾是人们对惨重损失的记忆之一，而今这一切都被胜利的消息覆盖了。人们曾将东线战事视为一场疯狂的行动。元首没有如约在1941年11月夺取莫斯科和列宁格勒，进而不能如约迅速而胜利地结束战争。他们曾对红军如此强大感到担忧，但近期的胜利让他们的声音沉默下来。

柏林现在处在一片嘈杂和喧嚣之中。

这里的电报、电台和报纸连篇累牍地报告着在东线和非洲取得的最新胜利。半个伦敦变成了废墟，德国潜艇瘫痪了美国的战争能力，日本取得了一个接一个的胜利。空气里洋溢着兴奋的气息，人人都在期待更伟大的新胜利，期待它们能够带来最终的和平。每一天都会有欧洲最高贵和最有实力的人——来自巴黎、阿姆斯特丹、布鲁塞尔、马德里、哥本哈根、布拉格、维也纳、布加勒斯特、里斯本、雅典、贝尔格莱德、布达佩斯，来自欧洲各国首都的实业家、国王、王储、将军和总理们——乘坐火车或者飞机抵达柏林。柏林人饶有兴味地看着这些心甘情愿或不情不愿的客人们，仔细研究他们脸上的表情。当这些人的车队在新帝国总理府的灰色大楼前鱼贯停下，他们从车中走下，全身上下抖得就像学龄儿童。他们皱着眉头，坐立不安，四处张望。报纸上会罗列出无穷无尽的外事活动、各种餐会、军事和贸易条约和协定。在帝国总理府、萨尔茨堡、贝希特斯加登和希特勒的野战指挥部会频频举行会议。德军已经逼近顿河下游和里海，德国人开始议论巴库油田，谈论国防军与日军会师的可能性，甚至说起了可能成为印度未来统治者的苏巴斯·钱德拉·鲍斯[1]。

从斯拉夫和拉丁国家开过来的火车每一小时抵达一趟，为德国人带来了劳工、谷物、木材、花岗石、大理石、沙丁鱼、葡萄酒、铁矿、食用油和黄油，还有有色金属。

柏林的空气里充满着胜利和凯旋的气息，甚至连公园里、大街上的椴树和栗树，以及常青藤和葡萄藤上的绿叶，都显得比往常光彩了很多。

在这个时刻，幻象压倒了一切。此时，普通人与一个似乎是无往不胜的极权国家共命运——这一虚幻的场景欺骗了许多人。许多人把希特勒所宣称的一切当作真相，那就是，雅利安人的血管里流淌的血液将德国人团结在富饶和荣耀的大旗之下，团结在统治全球的大旗之下。此时，人们对他人流淌的血液视而不见，官方对难以置信的暴行予以合法的开脱。此时，无数士兵战死，无数儿童成为孤儿，但在德国即将获得总体上的胜利这一前景的诱惑下，所有的损失都是合理的。

当白天结束后，另外一种生活开始了。魔鬼在隐蔽处蠢蠢欲动。夜晚是惊恐和软弱的时刻，孤独的念头浮现，疲倦和思念渗出。人们跟最亲密的亲属和最亲近的朋友悄声低语。此时，人们为东线阵亡的生命而垂泪，人们在倾诉饥寒，控诉工作的劳累，担忧官僚们毫无节制的权力。此时，疑虑压倒了一切，叛逆的思想在传播，第三帝国那些毫不妥协的当权者在散布恐怖。此时，各种不祥的预感在浮动，英国人丢下的炸弹则在嘶号。

两股潜流在整个德国的生活中流淌，在每一个德国人的生活中流淌，不管此人是下级官僚、工人、教授、年轻女人，还是幼儿园里的孩子。这两股潜流是如此泾渭分明，之间的分界又是如此千奇百怪，很难想象未来生活会朝着哪个方向流去。崭新的、前所未有的生活会降临吗？而在胜利之后，这两股潜流会合流吗？或者还是一如既往的泾渭分明？

1　英文译者注：苏巴斯·钱德拉·鲍斯（1897—1945），印度民族主义者。1943年，他在日据新加坡成立了"自由印度"政府，1945年死于空难。

二十六

在新帝国总理府，忙碌的一天又开始了。早在上班之前，太阳已经晒暖了它灰色的外墙和人行道上铺的石板。担心迟到的工作人员正急急忙忙走进大楼里。他们中有打字员、速记员、文书、档案管理员、前台接待员、在餐厅和咖啡厅里工作的服务员，还有一些是在帝国部长秘书和助理办公室里工作的低级官员。骨架粗壮的纳粹女人在走廊里摆动着她们的手臂，与穿着军装的年轻男人并排大步走着。在这一时期，整个柏林的女人里只有在总理府里工作的人胳膊上才不会挂着装有配给品的购物袋，因为有命令，不许她们将带有配给品的购物袋或者包裹带入工作场所。在这个威严的机构里，所有员工必须保持应有的尊严，这一点至关重要。大家都在传说，发布这道命令的原因是戈培尔和一个图书管理员不小心撞在了一起，后者的袋子里装满了卷心菜和各种盛满酸豆子和酸黄瓜的罐子。戈培尔忍着腿疼，把自己的文件夹放在地上，开始帮着捡掉了一地的豆子，一边捡一边说，这让他想起了自己的童年。图书管理员向他表示感谢，并保证把这些豆子当作纪念品，以此来纪念这位跛腿博士，这个真正来自人民的人所表现出来的友善和直爽[1]。

来自夏洛滕堡或者腓特烈大街方向的总理府员工在下电车或从地铁站里出来时，立刻就感觉到了，希特勒就在柏林而且马上就要到帝国总理府。白发苍苍的高级官员们依旧板着脸走来走去，仿佛他们不愿意看见任何不想看见的东西。年轻人则在经过突然增加的军警岗哨时互相眨眨眼。路上多了许多穿便衣的男人，脸上都流露出一模一样的奇怪表情。他们老是盯着各种皮包和手提箱看，仿佛目光能够像X光一样轻而易举地迅速穿透进去。年轻人对这一切感到有趣好玩是有道理的。希特勒近

---

1 英文译者注：戈培尔右腿天生残疾，走路跛腿。他在年轻时曾经写过不少作品，1921年在海德堡大学获得了哲学博士学位。

512

几个月很少到柏林来。他大部分时候都待在贝希特斯加登，或者在距离战场五百公里远的野战指挥部[1]。

总理府大门前换上了级别很高的卫兵来检查通行证和证件。他们身后站着元首的警卫队，仔细而认真地审视每一个通过检查后走进来的人。

总理府办公室的一排落地窗面对着花园。半开的窗户里飘进来刚刚浇了水后的青草气息。整个办公室非常高大，一头是一座壁炉，旁边是一张书桌和一把扶手椅，椅子上垫着粉色丝绸软垫。从这里走上好多步才能走到另一头的接待室入口，还需要经过一个啤酒桶大小的地球仪、一扇扇面向大街和花园的落地窗，以及一张长长的、铺着地图的大理石会议桌。

花园里，画眉鸟儿向来往的人们压低了声调叫唤着，仿佛怕在这漫长的夏日里把自己的体力耗掉，哪怕只叫一声。在办公室里，有个人正从落地窗旁走过。他穿着一件灰色的风衣和一条马裤，里面是一件白色翻领衬衣，紧紧地系着一条黑色领带，胸口上别着一枚铁十字勋章、一枚战伤奖章，还有一枚特制的纳粹党党徽，里面的纳粹标志镀着金边。这个人的臀部像女人一般宽大，衬得本来就衰弱且侧溜的双肩更窄了，只好用更加仔细的剪裁加以掩饰。这样却暴露了他在外表上的不协调，显得既瘦小又丰腴。他瘦骨嶙峋的面容、凹陷的鬓角和长长的脖子显出瘦子的特征，但他的臀部和大腿又好像来自某个既结实而又营养富足的人。

他的外套、他的铁十字勋章证明了他具有军人般的勇气，他的战伤奖章证明了他曾遭受磨难，他的那枚带着纳粹标志的党徽则象征着新德意志的种族和国家团结。这一切通过几十张照片、画作、新闻纪录片、邮票、徽章、海报、传单、石膏和大理石质的雕像以及戴维·劳和库克

1　中文译者注：贝希特斯加登在德国南部巴伐利亚州，纳粹政府在这里建有给希特勒的"鹰巢"度假别墅以及其他官员的官邸区。

利尼克希的漫画传递出来，为人所熟知[1]。

然而，即使是某个曾经认真审视过几百张此人图像的人，也不能第一眼就辨识出真正的希特勒。他的脸上带着病容，窄窄的前额一片苍白；他突出的眼睛发红，眼皮浮肿，肉乎乎的鼻孔张得大大的。

前一天晚上，元首只睡了很少一会儿，一大清早就醒了。他洗了个澡，但还是没有振奋起来。可能是因为他眼睛里流露的疲倦感，让他看起来跟照片和画像里的那个人显得如此不同。

这个人已经五十岁了，他睡觉时的样子跟所有中年人一样，穿着长长的睡袍，盖着毯子。这个年纪的人个个都神经分分，新陈代谢衰退，还时不时有心悸。于是他们睡觉时嘴里咕哝着，咂巴着嘴唇，磨着大牙，打着呼噜，翻来覆去，把膝盖顶到胸口。可就是这几个小时的睡眠时间，是睡相难看且烦躁不安的希特勒最接近于人的时刻。他醒来后，便逐渐摆脱了作为人的一切。他会抖抖索索地爬起来，洗澡，穿上勤务人员早已摆放整齐的内衣和制服马裤，将他的黑发从右边梳到左边，反复在镜子前照来照去，让自己的头发、面容，甚至是眼睛下的眼袋以及一切，让自己的整个形象与摄影师眼中只能是凛然神圣的元首形象保持完全一致。

希特勒从落地窗里走出来，靠在已经被晒暖的墙上，感受着石头的温度。他把脸和腿也贴在墙上，想要从中吸收一些太阳的热量。

他顺从着冷血生物依靠太阳取暖的生理本能，就这样站了好一会儿，脸上的肌肉逐渐放松，形成了一个满意的、睡意朦胧的微笑。他觉得这个姿态有点像姑娘，能够给他带来某种愉悦感。

他的灰色风衣和马裤与总理府浅灰色的石头颜色混杂在了一起，一切归于安定。在这幅场景中，这个虚弱丑陋的生物，有着细长脖子和溜

---

1 英文译者注：戴维·劳（David Low）是英国著名漫画家，库克利尼克希（Kukryniksy）是苏联三名漫画家的共同笔名。后者从 1924 年开始共同创作，在用漫画表现法西斯领导者方面的成就获得了国际上的认可。

肩的东西，却透露出一丝让人无法言述的恐惧。

传来了轻微的脚步声，希特勒转过身来。

走过来的人是他的朋友，身材高大匀称，但大肚子显而易见地凸出来。这个人的脸色红润、微胖，眼睛有点突出，还有一个尖尖的下巴。

两个人一起走回了办公室。党卫队全国领袖海因里希·希姆莱一边走，一边微微地低着头，仿佛是害怕别人看见他的个头高于希特勒。

希特勒举起他苍白而潮湿的手，一字一句清晰地说道："我不想听到任何解释，我只想听到这两个词：行动完成。"

他在桌子后面坐下来，向坐在对面的希姆莱做了个唐突的手势。希姆莱夹鼻眼镜后的眼睛眯起来，他开始用温和而冷静的声调开始说话。

一个强大而牢固的政权中，围坐在一起开会的领导者彼此所保有的友谊往往暗含着某种持续的悲哀。希姆莱深知这一点。他还知道，他，一个养鸡场的场长，一个生产氮肥的公司里的小职员，其实并没有什么足以让他爬到今天这个高位的特殊本领和聪明才智。

希姆莱那令人色变的权力只有一个来源，那就是他能够将全部的热情用来贯彻一个人的意志，而这个人跟他在求学时代就能够互相以"你"称呼。他越是盲目地、无条件地服从这个人，他的权力所受到的外部约束就越少[1]。但是，要一直维持这种关系并不容易。只有保持一以贯之的警觉，希姆莱才能有效地展现出那种恰当、灵活且满怀热情的服从。他需要避免因独立思考而遭到怀疑，也需要避免因过度阿谀逢迎招来嫉恨。拍马屁常被人拿来和虚伪以及背叛相提并论。

除了毫不掩饰地服从，他对希特勒的尽忠还有很多别的表现方式。需要的时候，他可以变得牢骚满腹，怒火万丈，也可以变得粗鲁顽固，

---

[1] 英文译者注：格罗斯曼对希姆莱所进行的精确描述近来得到了克里斯托弗·克拉克（Christopher Clark）这样的历史学家的证实。克拉克在给彼得·龙格里希（Peter Longerich）的希姆莱传记撰写书评时写道："尽管希姆莱并不是希特勒的密友，但他却以希特勒最忠实最无情的追随者而知名。希姆莱把党卫队从纳粹冲锋队下面的一个小分支打造成为了执行元首意志的唯一工具。"（《Theorist of Cosmic Ice》，《伦敦书评》，2012 年 10 月 11 日，第 11—12 页）

当然也可以完全与之相反。与希姆莱交谈的这个人在很早之前就跟他认识了，那时这个人处于黑暗时刻，软弱得令人唾弃。需要让希特勒时刻意识到，联系他们两人的那条纽带依旧存在，而且这条纽带对他而言要比现在所拥有的任何东西都重要。但同样重要的是，需要让希特勒感觉不到它的存在，完全感觉不到在遥远过去建立的这条纽带所具有的任何价值。它的真正价值仅仅在于标识出了两人之间在方方面面都相隔着深渊。每次跟元首谈话，希姆莱都不得不提醒自己注意这相反的两面。这是一个现实中并不存在真相的世界。在这里，唯一的真相是元首的情绪、元首在某个时刻的心血来潮。

今天，希姆莱明确地知道，出于元首的利益考虑，他有义务好好争论一番。他，希姆莱，完全理解希特勒内心最深处的想法。这个想法非常骇人，因为它不仅托生于希特勒很久之前所经历的那些无法忘却的个人痛苦，也托生于某种无私的、高贵的仇恨。它是一种炽热的生存本能，唯有元首所代表的种族才具有这样的仇恨。它极其危险，不会去区分武装到牙齿的敌人和手无寸铁的婴儿或少女。希姆莱与元首最亲密的战友一样，心里完全明白：需要强大的意志才能与那些似乎是手无寸铁的、无辜的人群展开斗争。他自己知道这样的斗争非常危险，因为这是对千百年来人类历史的反动，这是对人类人道主义偏见的挑战。斗争的对象越是无助和无力，斗争就越是困难和危险。特别行动已经开始执行，元首最亲密的战友中，除了希姆莱，没有人能够明白它的壮丽与宏大。弱者的语言只能将它形容为有组织的大屠杀。元首完全应该明白，希姆莱能够与自己一起承担这一重负，并以此为荣。除此以外，没有任何一个人，包括希特勒自己最忠实的追随者，需要去理解这项工作的痛苦。当元首向他吐露这一切时，希姆莱窥视到了他的内心，因为在所有追随者当中，只有希姆莱能够鉴定出那些新想法背后的真实含义。

希姆莱一边用热烈而激动的口吻飞快地说着，一边仔细地观察着希特勒的目光。

希特勒常常沉浸在自己的念头中，根本就不理会别人说了什么，然后他会莫名其妙地直接就某些重要且微妙的细节提问。往往在这时候，希特勒脸上流露出出人意料的笑容，会把人给吓住。希姆莱对这一幕简直太熟悉了。

希姆莱把手放在书桌的文件上。

元首已经看过了全部计划，但希姆莱却刚刚从东方那些空荡荡的地方视察归来。在那些无人居住的松林里，他看到了极度实用的毒气室，只有台阶和大门用鲜花装饰着……听到了向生命最后告别时的忧伤音乐，看到了半夜里高高燃烧的火焰……这交织着生与死的混沌透露出来的诗意，并不是每个人都能理解的。

这是一次复杂而困难的谈话。对希姆莱而言，每次和希特勒面对面的谈话都隐藏着一个不变的目的。他们在一起畅想德国的未来，讥讽法国绘画的堕落，赞美元首当作礼物送给希姆莱的牧羊犬，夸耀元首花园里一棵小苹果树结的果实多于常年，嘲笑醉鬼丘吉尔那张斗牛犬一样的脸和便便大腹，以及揭穿罗斯福隐藏他犹太人身份的骗术。希姆莱每一次都会借机巩固他在希特勒心中的地位。后者只对身边三四个人表现出短暂的信任，希姆莱必须超过他们。

但要朝着这个目标前进可不容易。如果元首生了戈培尔的气，或表现出对戈林的怀疑，希姆莱的最佳回应不是赶紧表示同意，而是帮着这些同僚说话。跟希特勒说话一直是件危险和复杂的事情。他的怀疑没有尽头，情绪常常会发生突变，而他的决策，也并不符合常规。

这次也不例外，希特勒打断了他的话，重复了之前的态度："我想听到的是：本次行动已经完成。只想听到两个词：行动完成！这样的话，我到战后就不会再去考虑这些问题了。用鲜花装饰大门，还有你这些自作聪明的计划，拿这些干嘛用？波兰有的是沟壑和山谷，对不对？你的党卫队里是不是闲人太多了？"

他向前探出身子，把放在桌上的文件收拢起来，在空中挥了一下，似乎是要留点时间积累自己的怒气，然后又把它们摔在桌上。

"这些聪明的计划和愚蠢的神秘主义，去你的吧！我可不要什么鲜花和音乐，谁跟你说我是神秘主义者？真是受够了。你还在等什么？没有坦克，没有机枪，没有空中支援吗？[1]"接下来，希特勒的声调放缓了一点："你真的没弄明白？我现在需要集中注意力去对付战争，你却这样来折腾我！"他站起来，逼近希姆莱："你对神秘主义的嗜好，还有拖拖拉拉的风格都是哪儿来的，要我告诉你吗？"他盯着希姆莱，看着他稀疏的头发下半透明的粉红色头皮，恶心地暴发出了大笑："你真的没弄明白？你比谁都更了解这个国家的状态，可怎么却不懂自己？你想用神秘主义和黑暗森林掩盖这一切，我可太明白原因了，因为你害怕了！你不再信任我，不再信任我的力量、我的成功，还有我的奋斗！我都记得，在1925年你就不信任我，1929年、1933年和1939年，你都不信任我。我占领了法国后，你还是不信任我。可怜的东西，你什么时候会信任我呢？世界上只有一个真正的强权，你是不是到死都不信？整个欧洲的死脑瓜子都比你先懂。就算是现在吧，我已经把俄国给打倒了，所有人都知道未来五百年俄国都站不起来。你还是信不过？我的念头也不需要藏起来了。三天之内我们就会占领斯大林格勒。胜利的钥匙在我手中。我无比强大，不需要隐瞒任何秘密。我想干什么，就干什么。这世界上谁都别想妨碍我！"

他用双手抚着两鬓，把落在前额上的头发向后捋了几下，仿佛他正

1　英文译者注：克里斯托弗·克拉克写道："1942年4月23日到5月2日，希姆莱和副手莱因哈德·海德里希，以及希特勒和希姆莱之间举行了多次会议，有些会议用时很长……龙格里希通过观察和分析这些会议的时长和内容判断，他们在会议上批准了一个将局部性或本地性的大屠杀拓展为全欧洲的屠杀计划。格罗斯曼可能在书中将会议的时间弄错了，但在别的方面他的表述是很准确的。"克拉克指出，希姆莱"为了迎合后基督教时期的神秘主义狂热而放弃了天主教信仰"。希特勒自己对神秘主义并不感兴趣。在1938年的一次重要演讲中，他宣称："国家社会主义是一个基于现实的冷静学说。它的基础是最锋利的科学知识及其在精神上的表述……国家社会主义运动不是一个邪教运动。它不是一个神秘的邪教。"（引自理查德J.伊文思著 *Nuts about the Occult*，《伦敦书评》2018年8月2日，第38页）

在注视着希姆莱："给你鲜花，给你音乐！"

二十七

弗尔斯特上校正在总理府接待室等待接见。他带着保卢斯的消息飞回了柏林。

这是弗尔斯特第一次与希特勒面对面交谈。他感到既高兴又害怕。

前一天，他还在室内喝着咖啡，看着窗外一个老太婆顺着大街走过。她穿着男人的破外套，牵着一头灰色的绵羊。过了一会儿，他自己也顺着这条灰土满天、宽得不像样的大街，在这个哥萨克大村庄里走过。

到了傍晚，飞机降落在滕帕尔霍夫机场，但弗尔斯特没法直接回家。警卫人员把好几架飞机的乘客都挡在机场不许出去。乘客里有好几位将军愤怒地要求他们解释原因，却没有得到任何回答。接着，一辆亮闪闪的黑色豪华轿车飞速驶过，后面还跟着三辆敞篷汽车。它们完全不管机场规定，径直驶向停在远处的一架飞机。乘客里有人说："是希姆莱。我们在华沙机场见过他。"

一阵恐惧的寒意透上来。弗尔斯特感受到了这股权力的力量。在伏尔加河的方向有另外一股力量，在烈火与浓烟之中撕开俄国人的防线。但在柏林的这股力量比伏尔加河的还要强大。

他很晚才回到家。妻子向他问好，女儿玛丽亚高兴地嚷道："哎呀，爸爸！"

他打开手提箱，拿出了他带回来的各种小礼物：陶制的牛奶罐、木制的盐盒和勺子、珠串和绣花丝巾、乌克兰乡下人称为"塔拉库茨基"的干葫芦。玛丽亚正在艺术学校里学习，特别喜欢这种奇奇怪怪的小玩意儿。她欢天喜地地把父亲的礼物放入自己的藏品中。在那里面已经有不少类似西藏刺绣、阿尔巴尼亚彩鞋和色彩明亮的马来西亚草席的东西。

"没有给我的信吗？"玛丽亚问道。她的父亲朝着手提箱弯下腰去。

"还没有，还没能见到你的学生。"

"巴赫不在司令部吗？"她又问。

"不在。你这位学生已经当了坦克手。"

"唉，天呐，彼得当了坦克手！怎么回事呀，战争不是快结束了？"

电话响了，弗尔斯特拿起听筒，一个温和的声音对他说，第二天早上会有车来接他，到时他需要准备好报告。弗尔斯特知道自己要向谁汇报，给他打电话这位是元首的高级随从副官。

"怎么回事？"妻子问道。丈夫刚见到家里人时显得很高兴，现在却透出莫名其妙的不安。

他抱了抱妻子，平静地说："明天对我很重要。"

她虽然对这个重要的日子不能迟些来感到有点遗憾，但什么也没说。

早上出现了一些令人奇怪的情况。二十四小时内，弗尔斯特又遇到了一位此前他从来没有接近过的大人物。

两层楼的帝国总理府整整有一个街区那么长。弗尔斯特走进去，穿过走道，有意识地把见到的一切都记在脑海里，好回去告诉妻子和女儿。他的眼睛因好奇和激动变得异常明亮：他注意到了大门上有块黑色的小牌子，上面是一只金色雄鹰；他仔细地数着走到门廊的台阶有多少级；他仔细地测算着总理府里铺着红地毯的面积，结论是大约有四分之三公顷；他触摸着灰色的人造大理石墙面；他想着，总理府里无数的铜制灯架与树枝的形状是多么相似；他看着总理府拱门里像钢铁铸成般肃立、纹丝不动的卫兵，他们蓝灰色的制服上外翻袖口是黑色的。接下来，从一扇打开的窗户上传来几声简短的命令声，就像是沉闷的枪响，跟着是一片整理武器的叮当声和表示服从的沉着口令。

一辆巨大而闪亮的豪华轿车顺滑地在大门外停下，这是弗尔斯特前一晚在腾帕尔霍夫机场见到的那辆车。紧随该车的两辆敞篷车几乎没有减速就调头开走了，训练有素的党卫队全国领袖警卫队队员从敞篷车上敏捷地跳下来。

一分钟后，党卫队全国领袖的厚嘴唇上挂着一丝微笑，快步走过弗尔斯特身边，从通往希特勒办公室的拱门下走过。他戴着大盖帽，灰色斗篷被步伐带得飘起。

弗尔斯特在椅子上坐了一会儿，等待着召见。他感到越来越不安，有好一会儿觉得自己心脏在狂跳。然后他又感到有些窒息，锁骨下持续不断地出现钝痛。办公室里的死寂和沉默死死地压着他。谁会关心一个刚刚从斯大林格勒回来的上校呢？

整整一个小时过去了。

接待室里的气氛出现了一些变化。弗尔斯特感到希特勒的办公室里现在只有元首一人了。他掏出手帕，小心地擦了一下潮湿的手。他觉得很快就要被召见了。但时间又过去了二十分钟，沉重的压力每分钟都在持续。弗尔斯特想要准备一下可能遇到的问题，但自己却不停地想着见到元首那一刻的场面。于是他只好在脑海里不停地构建这一场面：脚跟一碰，向元首行礼。"跟个十六岁的士官生第一次参加检阅一样，"他一边想，一边用手指捋着头发。接下来他又想，是不是所有人都把他给遗忘了。他可能会一口气在这儿坐上六个小时，接下来有人会带着微笑对他说："也许您不该继续等下去了。我们收到电报，元首刚刚抵达贝希特斯加登。"

他想给家里人打电话，告诉家人别四处说今天自己上哪儿去了。

大理石桌面上的一盏红灯亮起来。

"弗尔斯特上校，请吧！"一个冷静的声音带着点请求谅解的口吻说道。

弗尔斯特站起来，大口地喘了口气。他想把呼吸调匀一些，缓缓迈出了几步。他看不见那位将他引到橡木大门前的那个人。他只能看到那扇高大、锃亮的大门。

"走快些！"同样一个声音低声命令道，这次声调很严厉。

大门打开了。接下来的一切，自然跟弗尔斯特想的完全不一样。

他以为门开之后会，他会马上敬礼，然后步伐敏捷地走到希特勒的书桌前。实际上，他还站在门口时，希特勒就从办公室的另一端走了过来。他的脚步落在厚厚的地毯上，一点声音都没有。刚一开始，元首似乎与画像、邮票和照片上的样子出奇得相似，接下来，弗尔斯特觉得自己正在和希特勒一起在某部拍摄于白天的电影里演出。随着后者越走越近，他的外形与成千上万张图像里的形象差异越来越大。这个人的脸是活生生的，脸色苍白，还长着大门牙。弗尔斯特看到了希特勒稀疏的眼睫毛、浅蓝色湿漉漉的眼睛，眼睛下是黑色的眼袋。

弗尔斯特觉得，元首厚厚的、毫无血色的嘴唇上露出了一丝笑容，仿佛他看出了这个老上校内心那些叛逆的想法，感受到了上校心中那种绝望的焦虑。

"东线的空气看上去不错，您的精神很好，"希特勒说。

弗尔斯特对这平静语调里流露出的平淡无奇感到有些惊讶。元首曾用自己的声音打动柏林体育馆里的两万听众，让他们如痴如醉。他本来以为他会声如裂帛，满含让人痴狂的魅力[1]。

"是的，我的元首，我感觉好极了。"弗尔斯特说道。他的声音既驯服，又因激动而颤抖。在他的内心里，只有一个声音在回响："我的元首，我的元首，我的元首……"

"感觉好极了"，这当然不确切。他在飞机上就觉得不舒服，担心心脏病发作，还服了一片硝化甘油片[2]。回到家后，他一直觉得呼吸上不来，心律不齐。整整一夜，他看了几十次手表，不停地起床，走到窗前看接他的车是不是已经开到门前，折腾到凌晨才睡了一会儿。

"夜里我收到保卢斯发出来的请求，"希特勒开始说道，"他想将整个行动推迟五天。一个小时后，里希特霍芬向我发牢骚。他的工作比保

1　英文译者注：1933 年 2 月 10 日，希特勒作为帝国总理首次在柏林体育馆发表演说。
2　英文译者注：硝化甘油片用于治疗胸口疼痛和高血压。它可以扩张血管，增加心脏供血。

卢斯复杂多了，但他已经准备好了，想要开始进攻。保卢斯真是让我失望。"

弗尔斯特很清楚，是里希特霍芬告诉保卢斯，说自己将向希特勒请求推迟进攻一整周。但他做的与说的刚好相反，很明显是想要给保卢斯难堪。可弗尔斯特也知道，这间办公室里还轮不到他来说出真相。谁敢说出真相呢？"是的，我的元首，"他答道，"步兵的准备工作确实简单很多。"

"去看看地图吧。"希特勒冷冷地说。

他走在弗尔斯特前面，几乎并肩。希特勒稍微有点佝偻，头发修剪得像士兵一样短，脖子后面有一块苍白的、光溜溜的皮肤，周围是几个剃刀滑过留下的小痤斑。就在此时，两人之间似乎自然而然产生了一种平等的关系。两个人默不作声地在同一块地毯上行走，这个场面跟弗尔斯特两年前在征服法国的胜利阅兵上看到希特勒的场景很不同。元首那时像一个普通且焦虑的人那样快步走着，完全不像一个统治者。他身后跟着一群将军和元帅，个个都戴着钢盔和漂亮的战斗帽。他们挤挤攘攘地走着，显然觉得没有什么必要去遵守阅兵时的军事礼仪。在他们与希特勒之间隔着一道深渊，一道需要以公里而不是米来计算的深渊。

现在，元首还是那样快步走着，肩膀都快跟弗尔斯特碰在一起了。

和落地窗平行的长会议桌中间摊着一份东线地图。这份地图的右边还摆放着另外一份。弗尔斯特从它蓝黄色的色调认出这是地中海战场上的昔兰尼加和埃及。他看到马特鲁港、德尔纳和托卜鲁克上用铅笔作出了标志[1]。看着这张会议桌，看着落地窗、帷幕、座椅、带镜子的大门和带有粗壮格栅的壁炉，弗尔斯特有一种奇怪的感觉。这一切此前在各种杂志上的图片里都见到过，这让他感到有点迷惑：一切都是在梦里似曾

1　英文译者注：托卜鲁克位于昔兰尼加（位于利比亚），马特鲁港是一座埃及城市。两座城市在1941—1942年的北非作战中具有重要价值。在德尔纳有一座轴心国机场。

相识，还是现在他就在梦中，梦到了这一切？

"昨天保卢斯的司令部在哪儿？"希特勒问。

弗尔斯特指了指地图上的一个点："我的元首，今天早上司令部应该转移到顿河畔的戈卢宾斯科耶了。"

希特勒把双手放在会议桌上。

"开始汇报吧，上校。"他说。

弗尔斯特开始汇报。

他心里的那种焦虑感又加深了。希特勒微微张着嘴，阴沉地盯着地图。也许自己正在说的这一切，关于作战的安排，关于预备队的准备悉数，其实根本就是多余的，与元首的关切毫无关系，这样会让他感到不快。弗尔斯特像个口吃的孩子站在一个心不在焉的成人面前那样，感到有点慌张。年轻的时候，他觉得真正的军事领导人会非常关注前线的新闻。在军事上陷入僵局后，这样的领导人不仅会认真听取将军们的汇报，还会从士兵的简单经历中获得对局势的新认知。他曾经觉得，领导人会认真地看着年轻军官们的眼睛，会从某个马车夫或是老兵那儿了解他们的想法，找到获取胜利的秘密。他这个想法，不用说，肯定是错了。

弗尔斯特不敢停下来。他降低了声调和声速，继续汇报着。希特勒咳嗽了一下，头都不抬地问道："您觉得斯大林会不会在那儿，就在伏尔加河那一侧？"

"我的元首，关于此事，我们没有看到具有这种可能的信息。"

"没有相关信息？"

在前一天，弗尔斯特还觉得8月25日夺取斯大林格勒是基于军事局面做出的精密计算和仔细分析。元首肯定对装甲部队的油料储备、后勤部队的机动性以及德国空军在质量和数量上的优势进行了充分考虑，对每个步兵师所蕴藏的战斗能力、弹药和预备队输送到前线的速度、信号与交通联络的效率一定会有准确的了解。元首既然处于这一指挥岗位上，必然有无穷无尽的情报和信息。在说出"必须夺取斯大林格勒"这句话时，元首一定考虑到了顿河草原气象条件对道路的影响，一定考虑到了英国向摩尔曼斯克输送物资的船队被击沉的影响，一定考虑到了日本人夺取新加坡和隆美尔即将向亚历山大港发动进攻的影响。

可是，弗尔斯特现在意识到，"必须夺取斯大林格勒"与战争现实毫无关系。这只是希特勒对自己意志的表述。

弗尔斯特担心希特勒会打断他，接着问许多问题。他听别人说过希特勒没有耐心，喜欢提一些随心所欲的问题，打断汇报者的思路。元首感到特别生气的时候，汇报者往往陷入彻头彻尾的迷茫，不知道应该怎么接上他的话。不过这一次，希特勒什么都没说。

弗尔斯特并不知道，这一刻，元首对谁的汇报都没有一丁点儿兴趣。他既没有兴趣看新闻简报，也没兴趣批阅电报。他的思想不是由军队的动向决定的。正好相反，希特勒认为，是他的想法，也只有他的想法，能决定整个局面的总体走向和发生变化的准确时间。

有某种力量催促弗尔斯特，让他认为需要跟元首谈谈某些超出自己权限之外的军事状况。于是他说起了在东南方向苏军的状况。侦察机最近在那里发现了苏军预备队；步兵和坦克部队在夜间朝着萨拉托夫开进；苏军有可能从西北部，即保卢斯的左翼发动反攻。弗尔斯特说，在西北方向，有少数一些几乎不为人所察觉的迹象显示出这种可能性。为了引起元首的注意，弗尔斯特略微夸大了他的担忧——其实他自己未必觉得事情会有这么严重，只是觉得这么做可以显示出他具有的外交技巧而已。没想到，希特勒对此并不认账。

希特勒向他投来出乎意料的质疑目光。

"上校，您喜欢鲜花吗？"

弗尔斯特吃了一惊。他对鲜花一点兴趣都没有，但他却毫不犹豫地答道："我的元首，我喜欢鲜花，非常喜欢！"

"看来我猜得不错，"希特勒说，"哈尔德大将也是一名热衷此道的园艺师。[1]"

希特勒是在说，老兵们最好给自己找点别的事情做？他是不是说弗尔斯特的格局实在太小，还是退出现役的好？

"斯大林格勒的问题已经解决，我不会更改既定方案。"希特勒说。弗尔斯特第一次听到了广播里那个熟悉的、带有刺耳金属声的音调。"我对俄国人要做什么没兴趣，要让他们知道我决定做什么！"

事情对弗尔斯特而言已经很清楚了。希特勒不会去聆听他想要汇报的最重要部分：如何突破苏军的内层防御圈，直抵伏尔加河畔。弗尔斯特一直认为，该计划进行了充分的设计，非常具有可操作性。但希特勒只是闷闷不乐地答道："保卢斯是一员猛将，但他不了解时间的价值。每一天、每一小时对我都很重要。遗憾的是不仅将军们，别人也都不理解这一点。"他把目光投回办公桌上，嫌恶地看着上面的文件，然后用小拇指一把把它们扫到一边，用铅笔在上面敲了几下，重复道："鲜花，鲜花，松树林的音乐，一群骗子，全都是骗子！"

弗尔斯特感到更加担忧了。这个人在办公室里走来走去，变得既古怪又陌生。元首好像完全忘记了他的存在，一会儿从他身边走开，一会儿又快步朝他走过来。弗尔斯特低着头站在那儿。万一希特勒突然想起他来怎么办？万一他突然开始大叫，开始跺脚，该怎么办？时间在沉默中一秒一秒地流逝。

希特勒停了下来："听说您的女儿身体不太好，向她表示问候。她在艺术学校学得怎样？要是有时间，我也想画画。时间啊，时间……我今

---

1 英文译者注：弗兰茨·哈尔德（1884—1972），1938年到1942年9月担任德国陆军总参谋长。他在获知斯大林正在斯大林格勒北部集结150万人的部队的情报后，向希特勒指出，保卢斯第六集团军所处位置可能为其招来灾难。作为回应，希特勒威胁解除他的职务。9月24日，哈尔德宣布辞职。同日，库尔特·蔡茨勒接替了他。中文译者注：哈尔德在被解职后转入预备役，1944年因参与反希特勒密谋被捕，1945年被美军逮捕，1950年获释。库尔特·蔡茨勒（1895—1963），德国陆军上将，1942年接替哈尔德任德国陆军总参谋长，1944年被解职，1945年被英军俘虏，1947年获释。

天就要飞到前线去。现在，我也只是柏林的过客而已。"

希特勒微笑起来，嘴唇现出奇怪的灰色。他向弗尔斯特伸出一只冰冷湿润的手，向他表示遗憾，不会再就这样的话题讨论下去了。

弗尔斯特走到街角，车在那儿等着。他瑟瑟发抖，似乎已经感觉到元首的力量。"向她表示问候，向她表示问候！"他不断重复这句话。钻进车后，不知道什么原因，他突然想到昨天下午的飞行。飞机飞过华沙东部大片无人沙地和松林时，地面上发出了用于警告的火箭信号弹。飞行员只得赶紧调整航线。弗尔斯特看了一眼下面。那里有两排松树，中间是条像细绳一般的单线铁路，铁路尽头是一片建筑工地，几百个人正在木板、砖头和石灰浆包围中忙碌。这里明显在修建什么具有重要战略意义的设施。

领航员向弗尔斯特俯身靠过来，指了指地面的松林，用一种空勤人员对贵宾说话时常见的轻松口吻说道："希姆莱在为华沙的犹太人修建神殿呢。我们要是早早把这个愉快的惊喜透露给全世界，他该不高兴了。"

弗尔斯特觉得，元首在征服世界的过程中，跟普通人类情感完全失去了联系。在这样一个冰冷的高度，所有善良和邪恶都不复存在。受苦受难算什么，反正不会有怜悯，也不会有良心的刺痛。

要消化吸收这些不寻常的想法一时相当困难。过了一会儿，弗尔斯特就放任别的事情涌入心头，以转移思绪。他看着那些坐在车里、穿得漂漂亮亮的人们。有几个孩子排着队，手里拎着牛奶盒，还有从阴暗的地铁站里走出的人群，年龄各异的女人们手里提着纸袋、手提箱和手提包，各有各的事情要忙活。

他需要提前仔细想清楚，需要在总参谋部里表现出什么情绪，应该把自己看到的哪些东西告诉同僚们。到了夜里，他会跟妻子在卧室里悄声说，希特勒本人与照片上那位在样子上有什么不同，元首看上去是那么奇怪，佝偻着走路，眼睛下还有眼袋，而他自己又是怎么被他吓坏的。

他在脑海里把对希特勒的汇报、回答希特勒的问题一句句过了一道，然后发现了一个无比简洁的事实：他所说的几乎一切，包括感觉如何良好，包括保卢斯和里希特霍芬的事情，包括热爱鲜花，这些都是谎言。从头到尾，他都在演戏。他说的话，他的语调，他的面部表情，无一不在配合这场大戏。有一种难以理解的、沉重的力量在迫使他说谎。这是为什么？他无法明白。

后来他回忆起这一切时，弗尔斯特会说，他警告过希特勒苏军有可能发动反攻，而当时没有人意识到这一点。对于自己有如此准确的先见之明，他发自内心地感到惊讶。但他同样发自内心地忘掉了，当时自己并未严肃对待这一可能性。他不相信这种危险的存在。他仅仅是想提醒元首注意，弗尔斯特上校的想法和决定在此时此刻对他比任何事情都更具意义。

二十八

夺取斯大林格勒意味着实现这样一个特定的战略目的：切断苏联北部与南部的联系，将其中部各州与高加索地区隔开。夺取斯大林格勒意味着德军将可以绕过莫斯科，向东北部的宽阔纵深进军，向南则可以到达第三帝国在地理扩张上的最终目标。

对希特勒而言，夺取斯大林格勒将会给他带来更多收获。这一战果对于他的外交政策极为重要，会带来德国与日本和土耳其两国关系的急剧转变，对于他的国内政策的影响也非同凡响。夺取斯大林格勒是最后胜利的前兆，将会巩固他在国内的地位。他曾试图通过闪电战在八周内获得胜利，但这一目的落空了。夺取斯大林格勒会让他找回面子，弥补他在莫斯科、罗斯托夫和季赫温的失败，抚慰那些在去年冬天阵亡的

"英灵"和"深受打击"的德国人民[1]。夺取斯大林格勒将会强化德国对其卫星国的控制，让批评和不信任的声音自此沉默。

最后，夺取斯大林格勒将是希特勒对布劳希奇、哈尔德和龙德斯泰特等怀疑派的胜利，是对暗含不敬的戈林的胜利，是对一直怀疑自己盟友那超群智慧的墨索里尼的胜利。

因为这些原因，希特勒愤怒地拒绝了所有推迟作战行动的建议。为此，他不惜以战争走向、第三帝国未来和元首自己的名誉来冒险。

然而，希特勒自己的独特逻辑和前线的真实状况彼此隔绝，不具备任何相关性。

二十九

8月一个炎热的清晨，彼得·巴赫中尉躺在顿河东岸的草地上，凝视着无云的天空。这个德国摩托化步兵连的连长今年三十岁，个子瘦长，晒得黑黝黝的。在草原上长时间行军，并经历了夜间艰难的渡河后，巴赫中尉洗了个澡，换上干净的内衣，立刻感到了久违的宁静。当然，在过去一年里，他已经习惯了各种突如其来的变化——无论是发生在自己身上的，还是周围世界的变化。他被已经习惯的炎热和引擎的咆哮声折腾得精疲力竭，特别想要喝口水，哪怕水来自肮脏的水塘也行。突然间，他进入了一个干净、清爽的世界里，洗了个痛快澡，闻着花香，喝着凉牛奶。相比之下，他更习惯于与当前格格不入的另外一个世界，更愿意用来自村庄花园里的和平来换取战争生铁般的沉重压力。

尽管对变化并不感到陌生，但巴赫还是非常享受眼下这一刻。这时

---

1 中文译者注：季赫温位于今俄罗斯列宁格勒州东部。1941年11月，纳粹德军发动季赫温进攻战役，试图全面封锁列宁格勒市。尽管德军短暂占领了季赫温并切断了通往列宁格勒的最后一条铁路，但在12月的反攻中，苏军夺回了季赫温，确保了对列宁格勒最低限度的物资供应。

候他能够平静地思考，不用考虑他跟刚派到团里任职的党卫军军官莱纳尔德之间别扭的关系，也不用跟他的营长普莱菲置气。后者在近期的一次检查中提出了非常挑剔的意见。这一切都不会打扰到他，眼下仿佛他只需要回忆过去，根本不用去想那些在今天或者明天就能决定他生死的问题。根据经验来看，在夺取桥头堡之后，部队会停下来三四天，等待后续部队跟上，并为下一波进攻做好准备。倏然降临的喘息时间长得简直让人觉得幸福。他什么都不用想，不用去想他的士兵，不用去想没写完的报告，不用去想弹药缺乏的问题，不用去想本连那些被磨损的汽车轮胎，更不用去想他有可能被俄国人打死这种事情。

他的思绪飘到最近一次休假。巴赫的大部分休假都未能成行，下一次休假要等到很久之后，但他对此并不遗憾。回到柏林后，他发现人们对他的态度混杂着可怜和轻蔑，哪怕最好的朋友和母亲也是如此。大家对他每天的艰苦行军作战过度关注，这让人很不舒服，尽管他也知道，他们的生活并不容易，说起空袭、配给、磨破的鞋子以及缺少燃煤完全是很自然的事情。

回到柏林后，他和母亲听了一场音乐会。他没怎么听音乐，而是仔细地研究起了现场的观众。来的人都是老人，几乎没有年轻人。他只看到了一个瘦骨嶙峋的、长着大耳朵的小男孩和一个长相很难看的十七岁小姑娘。男人们穿着闪亮的外套，老年妇女们脖子上长满皱纹，仿佛音乐厅里一股子蠹蛾的味道，让人感到很压抑。

音乐会中场休息时，他跟几个认识的人打了招呼，其中有一个名为恩斯特的知名戏剧评论人。恩斯特的儿子是巴赫的中学同学，已经死于集中营。恩斯特的手在发抖，眼睛里水汪汪的，脖子上厚厚的青筋暴突。他肯定是自己在家做饭，手指因为老是削土豆变成了褐色，整个人变得像个农村老太太。

他还跟列娜·毕肖夫聊了几句。列娜以前和他一起练过体操，后来嫁给阿诺德，已经长出了白发，衣衫凌乱，样子很难看。她脸上长着一颗肉瘤，上面还盘着一根卷发，穿着一件皱巴巴的裙子，在腰上莫名其妙打了个蝴蝶结。列娜低声对巴赫说，她假装跟阿诺德离婚了，因为阿诺德的爷爷是个荷兰犹太人。在跟俄国人的战争爆发前，这个身份对他没有任何影响，阿诺德一直住在柏林。战争开始后，他被送到东方去当劳工，先是去了波兹南，然后又去了卢布林。此后列娜就再也没收到他的信，甚至都不知道人是不是还活着。阿诺德患有高血压。环境突然改变会要了他的命。

音乐会结束后，观众们各自悄悄地离开了音乐厅。在门外没有汽车排队接送他们。老人和妇女们脚步蹒跚，消失在黑暗中。

第二天他见到了伦茨，他中学时的同学，一只胳膊有点萎缩。他们俩原来还想过一起创办一份给文化界教授、作家和艺术家的杂志。会面时伦茨唠唠叨叨得让人心烦。作为精英分子之一，他觉得世界上大概没有什么事情比得上顶级的配给和更好的生活更值得一说的。关于俄国和巴赫作战的情况，他一句话也没问。

巴赫把话题转到别的方面，伦茨不情不愿地低声应和着。要么就是他对别的话题没什么兴趣，要么就是他不再信任巴赫。那些曾经强壮、睿智而有趣的人们现在就像被塞进了杂物间里，身上积满了灰尘，结满了蛛网，散发出某种死寂的恐怖气息。他们的知识都已经过时，他们的道德原则和诚实品质对他人已完全无用。他们不再有未来，早就被抛弃在沙滩上了。巴赫这样的人似乎也不例外，等到战争结束，他自己也会成为这样的"史前人类"。与其变成个活死人，还不如就在军队里待到死了才好。这样，死到临头的时候他起码还会高高兴兴地觉得，自己坚持奋斗，保持了初心。

他每天都要和玛丽亚·弗尔斯特约会。在她家里也有着同样不安的气息，也同样充斥着不满和憎恶。弗尔斯特上校每天都要在总参谋部工作到很晚，巴赫一直没机会见到。但他觉得自己像个盖世太保官员那样，可以轻易窥视到这个老人各种不可告人的想法。弗尔斯特一家人常常对军队冷嘲热讽，喜欢拿刚刚被晋升的元帅和知名将军的太太当笑料，根本不拿她们的丈夫当一回事。谁会把这些蜚短流长告诉这一家人，简单想想就都知道了。

玛丽亚的母亲年轻时学过文学专业，曾说隆美尔夫人和莫德尔夫人基本没有受过教育。她们说的德语既不合语法，又夹杂着最难听的粗口。她们既粗鲁，又无知，还喜欢吹牛。如果放任她们参加官方活动，天知道会出什么事。她们的吃相就像小杂货店的老板娘，长得又胖又不喜欢参加适合的体育运动，连怎么走路都差不多忘掉了。她们的孩子都被宠坏了，不仅一样粗鲁，在学校学习成绩也很糟，只懂得酗酒、打架、看色情电影。总之，弗尔斯特夫人心里藏着满腔怨恨和轻蔑。不过，巴赫倒是觉得，如果哪位元帅太太要想跟她结交一下，弗尔斯特夫人肯定会高高兴兴地把此人的无知和她那双肉墩墩的大手抛到脑后，连这位贵太太不正确的德语发音都不会在乎。

玛丽亚的不满一点不亚于其母。她认为德国的艺术已经堕落了。演员忘记怎么演戏，歌唱家忘记怎么唱歌。书籍和戏剧堕落成了半文盲的作品，里面夹杂着各种感伤、恶趣味和纳粹的嗜血。内容上则是千篇一律，每次她看到一本新书，翻开来却似乎感觉自己好像在1933年就已经读到过，近年来更是读过几百遍。她在艺术学校里既学习也当助教，不管是学是教，都被各种沉闷无聊和无知虚伪牢牢束缚住了。有才能的人不让工作，德国物理界失去了它最伟大的天才阿尔伯特·爱因斯坦。其实不管在艺术还是科学领域，同样的事情都在发生，但以此最为醒目。

有一次，伦茨边喝酒边跟他抱怨说："服从、盲目、愚蠢和劝人向恶，现在都成一个柏林人所应该具有的市民道德了。只有元首才能思考，但他可不觉得自己喜欢思考，宁愿称之为本能。自由的科学思考一文不值了，沉甸甸的德国哲学也被遗忘了。我们把曾经有过的东西都给丢了，放弃了真理、道德和人性。所有的艺术、科学和哲学都始于第三帝国，终于第三帝国。德国没有哪个地方可以放得下大胆的思想和自由的精神。

要么它们退缩了，就像豪普特曼那样，要么就像凯勒曼一样沉默了[1]。像爱因斯坦和普朗克这样最伟大的名字都飘到空中，飞走了。只有我这种人现在还陷在沼泽和乱草丛里。[2]"说到这时，伦茨突然结巴了："请原谅我这么说。别跟任何人说我说过这些，对令堂也别说。听见了吗？您根本想不到围困我们的这张无形的网有多大。把所有人都给兜住了，所有无心之谈，所有的想法、情感、梦想和希望，都给兜住了。这是用钢铁的手指编成的一张细网。"

"看您说的，好像我昨天才来到这个世界一样。"巴赫答道。

这天晚上，伦茨喝得酩酊大醉，根本管不住嘴。"我在工厂里工作，"他继续抱怨道，"在机床上面挂着大标语：'个人微不足道，人民才是一切。[3]'我老是忍不住去想它。所有人都被这条义正词严的标语给骗了。胡说八道什么啊，人民！上面最喜欢这个词。他们造出这个词来，简直是天才的发明。只有总理府那位才会知道人民真的想要什么——想要剥削，想要盖世太保，想要侵略战争！"他说着，悄悄眨了眨眼，继续道："再过一两年，您和我都要完蛋了，就要和国家社会主义彻底和解了。我希望这一天早点到来。自然选择的规律就是这样。适者生存。总之，进化过程就是不断适应和改变。人能够站在生物链这个梯子的顶端，成为自然之王，不过是因为人这种野兽能够比其他残酷的野兽更能适应这个世界。不能适应的都被毁灭了，从这个可以封圣的梯子上摔下来了。至于我们，想明白这点时已经来不及了。我迟早得坐牢。而您，很可能被俄国人干掉。"

1　英文译者注：盖哈特·豪普特曼（1862—1946），1912 年诺贝尔文学奖获得者，在纳粹上台后留在德国。之后他的部分剧作被禁演，其余依旧能上演。在他 1942 年八十岁生日时还举行了盛大的生日庆典。伯恩哈德·凯勒曼（1879—1951），剧作家和诗人，他对 1917 年俄国革命表示欢迎，但纳粹时期一直留在德国，几乎没有发表任何作品。

2　英文译者注：阿尔伯特·爱因斯坦（1879—1955）在 1933 年移民美国。马克斯·普朗克（1858—1947）实际上在纳粹时期一直居住在德国。

3　英文译者注：原文德语 "Du bist nichts, dein Volk ist alles"，英文译为 "You are nothing, your people is everything"。

巴赫把这次交谈牢牢记住了。他觉得很不安。自己想的和感受到的与伦茨一样，一点都不矛盾，他还比喻说："我们都是最后的莫希干人。[1]"不过在这样说的时候，他却皱了皱眉头，又一次感到不快。在巴赫内心里，伦茨的念头和一种屈辱的、痛苦的无能感混杂在一起。伦茨的想法来自另外一个世界。生活在这里面的老人们聚在一起悄声低语，时不时满含忧虑地瞥一眼窗户和大门。这个世界里，恐惧感压迫下的喁喁低语像一件残破不堪的老式时髦外套一样，掩盖着人类最本能的嫉妒之心。巴赫能从玛丽亚身上感觉到这一点，但在弗尔斯特夫人的挑剔和抱怨中则能感受到更多。花天酒地的生活就是她们生活的一切。这些人能够开画展，和戈林打猎，受邀访问戈培尔的别墅，成群结队地飞往罗马和马德里去玩乐，在《人民观察家报》上获得连篇累牍的赞誉之辞[2]。但他们会嫉妒。要是弗尔斯特上校能够被提拔到某些重要岗位上去，这一家子的叛逆之心就会瞬间蒸发干净，荡然无存。

巴赫离开柏林时情绪很低落。他一直盼望着休假，能够跟朋友们闲聊，能够在夜里读书，能够跟妈妈自由自在地说说心底的想法和感受，能够享受一下宁静祥和。他经历了战争中无法想象的残酷，不得不时时刻刻都屈从于一个陌生人粗鲁冷酷的意志。他想把这一切的感受都告诉妈妈，想要对她说，对死亡的恐惧都不如这一切如此令人折磨。

但是，在回家期间，他却不知道该怎么办。他感到既压抑又躁动。在和人说话时，他变得易怒。在读书时，他看不了几页就没了耐心。书籍就跟那个音乐厅一样，充满了蠹蛾的味道。

到了离开柏林，准备回到东线的时候，巴赫反而觉得轻松了。虽然他压根就不想回到前线，一点都不想见到手下的士兵和同僚，但他还是

1　中文译者注：《最后的莫希干人》是美国作家詹姆斯·库珀（1789—1851）在1826年创作的一部小说，描写了美国各个印第安部落之间因冲突导致莫希干族男性继承人死亡殆尽的悲剧结局，隐喻了印第安文明的灭亡。

2　英文译者注：原文德语"Völkischer Beobachter"，纳粹党机关报。

感到释然。

6月26日，他回到了自己所在的摩托化步兵团，两天后，夏季攻势就开始了。现在，当他躺在顿河宁静的河岸边时，之前的经历好像只过去了几天。进攻开始了，他失去了对日期、星期和月份的全部概念。时间变成了炽热厚重的斑驳色块，混杂着各种各样的东西：嘶哑的高喊、尘灰、炮弹的呼啸、每天不停的行军、温暖的伏特加、冰凉的罐头口粮、碎片化的想法、鹅群的吱嘎叫声、玻璃杯的叮当声、机枪的哒哒声、白色手帕的一闪、梅塞施密特的嚎叫、愤怒、汽油的味道、摇摇晃晃的醉鬼、喝醉后的狂笑、对死亡的恐惧、卡车和装甲运兵车喇叭的刺耳尖叫……

这场战争就是这样，草原上硕大的太阳在冒着烟。还有几幅清晰地映入脑海里的场景：被累累果实压弯枝条的苹果树，南方的星辰将黑色的夜空划开，小溪闪着明亮的光芒，月亮把草丛映成了蓝色。

这天早上，巴赫找回了自己。在即将突破到伏尔加河之际，巴赫想要利用这三四天时间赶紧找回自己。带着一丝睡意，他平静地触碰着顿河河水，感受着它的凉意。看着河边明亮的芦苇和自己那晒黑的、手指纤细的双手，他又想起自己在柏林度过的那几周。他得好好想想这两个不同的世界。在一个人那颗痉挛不已的内心里，两个世界之间既相隔深渊，又同时并存。

他长身立起，用脚踩着地面。他觉得这么做好像是在踢着天空。在他身后是绵延几千公里的异国土地。很多年来，他自认是德国自由思考人群中最后一个莫希干人。他不停地被剥夺自身所有，精神上变得异常贫乏。但是，为什么一定要忠于过去的自己呢？他自己又何尝在精神上有过富足？连续几周的硝烟和尘土现在沉寂了，他可以清楚地看到广阔的异国天空，还有脚下同样广阔的异国土地。它们已经被征服了。他用他的皮肤、他的全身似乎就可以感受到自己延伸到了所经过的异乡的最远端。比起他焦虑地扫了一眼大门然后低声说出自己那些不可告人的想法的那个时刻，他现在好像强大了很多。过去那些伟大的人物本来也可以取得今天的这一切成就。可他真的明白这一点吗？过去那些伟大的人物如果不和这支强大的胜利之师站在一起，难道要跟那些悄声低语、身上散发着樟脑球味儿的老人和妇女们站在一起吗？他曾经认为自己是 19 世纪德国的忠实信徒，难道不正是这个 19 世纪的德国，浑身上下散发着樟脑球味儿吗？也许，在那些深深欣赏 18 世纪的魅力和该世纪诗歌的人看来，巴赫所钟爱的 19 世纪才是可笑而残酷的吧？

巴赫四处张望着，听到脚步声不断迫近。值班通讯兵朝他快步走过来："中尉，营长要跟您通话。"

通讯兵瞟了一眼河面，发出了一声几乎听不见的口哨。这么说，想要在河里畅游一番的想法也就到此为止了。巴赫的这位朋友，营部通讯兵的意思再清楚不过：战斗间歇已经过去，要继续进攻了。

三十

人们一直想通过分析希特勒的心理状态来解释他在历史上发挥的作用。现在我们对希特勒的情况了解得不少了。他很容易出现报复性的狂怒，喜欢在蛋糕上浇上奶油；他有一种罪恶的能力，能够将大众心理中隐藏的卑鄙本能玩弄于股掌之间；他喜欢狗，有一种糅合了迫害妄想症和疯狂精力的性格；他有神秘主义倾向；他很聪明，很睿智，记忆力超群；他常常在做选择时变幻莫测；他能残忍地背叛一切，但同时还会表现出浓厚的感伤情绪。他还有一些别的性格特征，有些很正常，有些则极其令人反感。但这一切都解释不了他能够做成众多事情的原因。

希特勒能够上台，是因为在第一次世界大战后德国转向了法西斯主义。德国需要这样一个人。

1918 年战败后，德国开始寻找希特勒，并找到了他。

不过，了解了希特勒的性格，有助于了解他成为这个纳粹国家元首的过程。

在他的一生中，在他做过的所有事情中，希特勒的性格一直被一个词语打上烙印：失败。

让人吃惊的是，正是连续不断的失败，筑牢了他成功的基础。他是个才能平庸的学生，两次参加维也纳美术学院的入学考试都没考上。他和女人的情感关系常常有始无终。他在德军情报机构里当情报员，打探纳粹党内部的活动，后来他加入了这个党，开始自己的从政生涯，但刚开始时却屡屡失败。

在一个允许自由竞争的世界里，他既没有学好学业，又没能混进哪怕是一个小地方里最普通的艺术家圈子。在他内心之中，充满了年轻人那种茫然。

失败往往会把人推往不同的方向。有些人阴郁地拒绝一切，有些人转向宗教神秘主义，有些人陷入绝望，有些人充满了沮丧和嫉妒。有些人变得歇斯底里，认为周围满是对自己的冷嘲热讽；有些人变得非常胆怯，对一切满是疑虑；也有些人开始天马行空胡思乱想。有人通过蔑视一切来寻找安全感，有人变得野心勃勃。还有一些人，干脆以抢劫和犯罪为生。

上台前和上台后的希特勒本质上仍是同一个人，一个小资产阶级分子，一个市侩，一个失意者。上台后，他那充满着怀疑、背叛、复仇和失意的心智在强大的权力协助下，在全欧洲范围内淋漓尽致地予以展现。正是这种性格上的怪癖，让数以百万计的人死于非命。

希特勒攫取了权力，但这并不能降低他内心的卑微感。它深植于他的内心，只不过用显而易见的傲慢掩盖住了而已。

第一次世界大战摧毁了德国。希特勒正是这个被摧毁体制的体现，也是这一体制异化的原因。

这五六十年来，德国这个国家几乎就没有经历过成功。它拼尽全力，想要控制这个世界，但却一败涂地。帝国主义的德国想要用和平手段获

537

得市场，但一再失败。

1914 年，德国人选择了另一种方式以获取市场。它发动了战争，然后也以失败告终。它想通过灵活的进攻和钳形攻势获得胜利，事实证明这是判断失误，导致了德军被击败。

在这一时期，还不为人所知的阿道夫·施克尔格鲁勃也和德国一样，正走在失败的道路上 [1]。对自由的憎恨，对种族平等和社会平等的憎恨，在他的心中膨胀得愈加厉害了。

此时的德国在经历了一系列失败后，正在转向疯狂和极度不道德的种族至上观念。希特勒在发展自己狭隘的人生观过程中，接受了尼采的超人哲学和德国的主宰种族思维 [2]。这也正是战败国所亟需的观念。现在我们可以比以往更加清晰地认识到这一点：超人并非诞生于强者的胜利，而是诞生于弱者的绝望。对自身思想的力量有充分信心的人，对自身劳动的创造性有信心的人，他们信仰的是个人的自由、国际主义、所有工人的平等。这些信仰只表现为一种力量，那就是普罗米修斯打碎自身枷锁时的力量。

在《我的奋斗》中，希特勒认为，平等是在帮助弱者。在自然世界之中，平等只能通过自然选择这一毁灭性的力量才能得以实现。人类进步的唯一基础在于种族选择和种族独裁。他混淆了暴力和力量两个概念。他把那种因为无能而表现出的邪恶的绝望视为一种力量，却没有发现人的自由劳动才是真正的力量。他把在广阔的麦地里耕作的人视为低等人群，而把那些用撬棍猛击劳动者后脑的流氓视为高人一等。

一个陷入绝望的失意者才有可能滋生出这样的哲学。这样的人根本不懂得通过劳动获得成就，但他恰好有顽强的心态、充沛的精力和熊熊

---

1 英文译者注：阿道夫·希特勒的父亲阿洛伊斯·施克尔格鲁勃是奥地利农家妇女玛丽亚·施克尔格鲁勃的私生子。阿洛伊斯五岁时，玛丽亚嫁给了约翰·希德拉——又名希特勒——阿洛伊斯遂改随继父之姓。
2 中文译者注：此处"超人"原文为德语"Übermensch"。

燃烧的野心。

内在的无力而催生的哲学，其实是与那种攫取了整个德国的、在实业和国家建设上的无力感是一致的。许多反动的德国人迅速接纳了这一套说辞。它对于社会渣滓、无法通过劳动而获得满足的人们同样具有吸引力。而德国，为了统治世界而发动了一场战争，最终以《凡尔赛和约》收场。希特勒这一套说辞当然也适用于它。

这样，施克尔格鲁勒的失败就变成了希特勒的胜利。他内心中的无力感直接导致了他短暂却极其恐怖和无情地将其权力施诸于欧洲国家之上。他对战后德国的认知虽然不成熟，但却非常犀利；他在追求权力的过程中展现出不计后果的力量和粗野且具有强大煽动性的狂暴。许许多多战后德国社会的失意者——小店老板、官僚、服务人员，甚至还包括一些绝望的产业工人，他们内心的阴暗被希特勒聚拢起来，与这个战败的帝国主义体制的满腹阴郁纠合在一块，准备走上一条毫不掩饰的犯罪道路。与历史上所有统治者一致的是，希特勒将其欲望诉诸唤醒人最根本的本能，而且他自己也不例外。他天生便具有这样的本能，而且他日复一日地试图唤醒他人的本能。他当然知道道德和良心的力量。越是偏离良心和道德，他对两者的力量便看得愈加清楚。他知道如何取悦父亲和母亲，知道农民和工人的想法。他镇压了德国工人阶级中的革命力量，完全不理会自由派知识分子。他消灭了所有不同意见，将德国变成了智慧的荒漠。

希特勒欺骗了许多本来会站出来反对他的人。他们将希特勒的谎言当作真理，将他的歇斯底里当作真诚，将他对仇恨的信仰当作对德国的热爱，将他那强大的野兽逻辑当作真诚的象征，将他罪恶的独裁当作对自由的承诺。

就算在攫取到无限的权力后，希特勒仍然觉得他弱于自己仇恨的那些人。他知道，尽管人们受到了自己的蛊惑，但德国劳动人民中那些具有建设性和创造性的力量绝不会站在自己一边。即使他用暴力手段击败了这样的人，但饥饿、奴役或各种滥施权力的手段也不能让他在这些人面前获得优越感。被征服者往往具有某种无法毁灭的力量，会引来征服者的仇恨。当希特勒内心的这种仇恨膨胀到有史以来最大程度后，他开始杀害成千上万的人。

希特勒的无能狂怒表现在很多方面。他欺骗德国人民，说他的目标是推翻《凡尔赛和约》里那些不公正的条款，而实际上他做的却是准备一场不公正的战争。他欺骗两百万失业人员，让他们去修建具有军事意义的公路，却告诉他们说这是为了开启一个和平的繁荣时代。第一次世界大战结束后的德国就像是一架功能紊乱的大钟，几百个齿轮乱转，杠杆乱跳，混乱无序、毫无目的地乱动着。希特勒就像是一个有害的齿轮，把各种不协调的功能都拧在一起。因为饥饿产生的绝望、暴民的恶意、对军事复仇的渴望、对德意志国家意识的病态扭曲、对不平等的《凡尔赛和约》的狂怒，全都归于一身。

刚开始时，希特勒只不过是一片木屑，随着大流而四处飘动。然而，也许是因为战后希望实现军事复仇的一场大浪，让他飘到了高处。1923年，他撞上了大运，遇到了埃米尔·基尔多夫。这个恶魔般的鲁尔煤炭大王成了希特勒的金主[1]。此时，希特勒和他的国家社会主义工人党不是聚在慕尼黑的啤酒馆里闹事儿，就是在当地的大牢里蹲着。

具有悲剧意味的是，很多人相信，为希特勒工作就是为德国人工作。通过欺骗、背叛和胁迫等手段，希特勒残酷剥削德国科学界、工业界和德国的年轻一代。他宣称，找不到市场的资本家和失业的德国工人正身处一场争夺权力和荣耀的超级竞赛当中。以这种方式，希特勒让德国这台庞大的国家机器重新运转起来。以这种方式，他让法西斯政权的统治获得了有效的解释。

就这样，希特勒自己的失败奠定了他的成功。他作为法西斯政权的

---

1 英文译者注：实业家埃米尔·基尔多夫（Emil Kirdorf, 1847—1938）助力了希特勒的发迹。不过他对希特勒的支持始于 1927 年。

领袖被推上世界舞台。刚开始，他只是极个别人的工具，然后某些默默无闻，甚至有些孤立群体看中了他。再下来，德国工业巨头和总参谋部把他当成了工具。最后，世界政治里那些主流的反动派也看中了他。

但在1942年夏天，希特勒怀揣着神秘的、鬼鬼祟祟的得意之情，认为自己是全能和自由意志的化身。那时候他认为自己是不朽的，是无所不能的。他根本不觉得自己对这个世界有亏欠，对于决定事物变化的力量也一无所知。他获得了最大的胜利，看似取得了绝对的行动自由，他一个人就可以决定将战锤用在西方还是用在东方。到了这个时候，他看不到自己已经成为了奴隶。1942年8月，他的意志似乎已经得到贯彻。正如4月29日他在萨尔茨堡与墨索里尼会面时谈到的那样，苏维埃俄国已遭遇致命打击。他不明白，也从来没有明白，他从未有过自由的意志。正是因为没有过这样的东西，他才发动了这场战争。而在征服的领土上每前进一公里，就会让这个法西斯帝国离死亡更进一步。

通常来说，物理学家不会在计算地心引力时将地球对一块石头的吸引力也纳入计算中，因为石头本身实在太微不足道了，但物理学家们从理论上不会否认这种引力的存在。而且，他们在计算这块石头对地球的吸引力时是不能忽略它的。已站在高处的希特勒想到的刚好相反。他想要否认一块石头、一粒沙子对地球的吸引力。他自己也是一粒沙子，但却想用主导自己的意志和本能的那些规则来颠覆这个世界。

而他能够倚赖的唯一手段就是暴力。对体制和国家使用暴力，对儿童的教育使用暴力，对思想和劳动使用暴力，对艺术、科学和每个人的情感使用暴力。一个人施加于另一个人的暴力，一个国家施加于另一个国家的暴力，被他当作了至高无上的信条。

通过广泛地施加暴力，希特勒寻求到了至高无上的权力。但是，他却因此将德国抛入了无能的深渊。

这个世界从来没有见过对种族纯净如此大加赞誉的事情。捍卫德意志民族纯净血统被当作一项神圣的使命。但在德国整部历史中，还没有哪个时候能够像第三帝国时期这样，有如此多的外国奴隶被送进了德国的工厂和村庄，产生了如此多的混血。

希特勒相信，运用史无前例的暴力所创建的这个政权，将延续千年。

但是历史的里程碑已经临近了。希特勒的一切，他的思想，他的军队，他的帝国，他的政党，他的科学和他那可怜的艺术才能，还有他的元帅们和总督们，他自己和德国的未来，都会沦为尘烟。他的成功远比他的失败更具灾难性，他的成功远比他的失败带给人类更多苦难。

历史发展颠覆了希特勒所宣称的一切。他所承诺的一切都没有实现。他所奋力消灭的一切变得更加强大，根基也更加牢固。

如果一个人想在历史上找到自己的位置，并被他人铭记，他有很多条路径可供选择。但不是每个人都会从大门堂堂正正地进去，去走那条用才能、劳动和理性铺成的道路。有些人从侧入口半开的门中溜了进去，而其他人则只不过被一系列历史事件的大浪推上了舞台。

衡量一个历史人物是否真正伟大，要看他是否有能力预测并解释人类发展过程中最核心，但也是最不清晰的主线——这条主线将决定人类未来许多个世代的进化情况。具有这样能力的人就像个有经验的游泳运动员。刚开始他们好像是在逆流。渐渐地，大家会发现他其实是在和漩涡以及回水做斗争。他有坚强的意志，逐渐在和表层的浪潮斗争中占据上风。他的强大力量逐渐与深水中的那股大潮汇合。这时候，此人已经能够完全自由而畅意地游泳了。

也许要经过很长的距离，或者说，要经过很多年后，大潮才渐渐趋于平静。另一名游泳运动员，又一名伟大的人物出现了。他可以感受到深水之下，新的强劲水流正在卷起最初的漩涡。

这样的游泳运动员能够分清真相与错误，能够分清表面的浪潮和历史的主流。他不仅是一片水流中的木屑。他当然也会顺从这股浪潮，但知道何处需要顺流，何处需要奋斗。过了一段时间后，几乎所有人都知道，他顺从的是真正的、最重要的那股激流。

而追随历史上那些盲目的疯子则完全不同。

如果一个人不能给人的生活带来哪怕一点改善，不能给人带来哪怕一丝思想进步和自由发展，我们还能称他为伟人吗？

如果一个人在他的身后只留下了灰烬、废墟、凝血，只留下了贫穷和种族主义的恶臭，如果一个人杀害了无数儿童和老人，将他们变成自己身后的一座座坟墓，我们还能称他为伟人吗？

如果一个人的非凡才智只能让他发现各种像鼠疫一样剧毒的、毁灭性的黑暗反动势力，并让他与之相互吸引，我们还能称他为伟人吗？

20世纪对人性来说是个关键而危险的时代。此时此刻，如果一个犯罪分子的罪行极端恶劣，例如，一个纵火犯烧掉的不是一座农舍，而是整个首都；一个夸夸其谈的政客，欺骗的不是一个文盲，而是整个国家；一个杀人犯，杀害的不是一个人，而是几百万人——那么，睿智的人就应该断然抛弃那些轻率的、感情用事的毛病，不要去夸赞这样的犯罪，不要去崇拜这样的纵火犯，不要去追随这样的政客，不要去赦免这样的杀人犯。

面对这些犯罪分子，就应该像对付恶狼一样，彻底消灭他们。想起这些人的时候，我们只应感到恶心，内心只应燃烧着仇恨。我们要把他们最阴暗的一面呈现在光天化日之下。

如果这股黑暗势力催生了又一个希特勒，用玩弄人们最基本和最落后本能的方法犯下反人性的新暴行，那我们不应该让他人将其视为英雄，不应让他人视其所为为恢宏乐章。这样的情况一丝一毫也不允许存在。

犯罪就是犯罪，就算是犯罪分子被历史记录，名字被人记住，也不会改变他们是犯罪分子这一事实。犯罪分子就是犯罪分子，凶手就是凶手。

那些带来自由的人，那些将自由视为个人、体制和国家伟大力量的人，那些在各个领域里为平等而奋斗的个人、民族和国家，他们才是人

543

类真正的领导者，他们才是历史真正的、唯一的英雄。

三十一

新的一天按照过去的方式又开始了。看门人在广场上扫地，一团团尘烟扬起，扑到了人行道上。老太太和小姑娘们开始排队购买面包。医院里、军队和城市的食堂里，睡眼惺忪的厨子们用煎锅磕着熄火的炉子，随后蹲下来，在温暖的炉灰里四处找寻没有完全熄灭的余火，打算用它来点燃粗大的烟卷，这是他们早上的第一根烟。苍蝇们懒洋洋地四处飞舞。之前它们聚在留有余温的厨房烟囱上。厨子们早早起来干活，显然让它们感到非常不满。

一个头发乱糟糟的年轻女人，用一只手揪住胸前的睡衣，打开了窗户，然后对着清爽的清晨揉了揉眼睛，露出了微笑。下夜班的工人走过，耳朵里还回荡着工厂的轰鸣，丝毫没有觉察到清晨的凉意。部队的卡车司机醒过来了，打着哈欠，揉着僵硬的腰和肩膀。他们把车停在院子里，顺便就在车上打发了这一夜。猫咪们在经历了夜里的上蹿下跳后，正在门口柔声喵喵叫着，希望赶快回到房间里。

在伏尔加河岸的峭壁下，渡口旁聚集了几千人，等待着开往东岸的渡船。他们很不情愿地慢慢醒来，打着哈欠，四处挠着痒痒，吃着小块面包干，碰得茶壶叮当响。他们眼中充满着怀疑，审视着周围的人，摸索着查看衣兜里的钱、证件和用于旅途的配给卡。这些可都是重要的东西。一个脸色蜡黄的老太太慢慢朝着公墓走去，按照每周日的习惯给已故的丈夫上坟。几个老渔民带着鱼竿和虾笼走到河边。医院里，小护士们提着白桶走过来，准备给伤员换绷带。

太阳在爬高。一个穿着蓝色罩袍的女人在墙上贴上了一份《斯大林格勒真理报》。市剧院门外黄色的石狮雕像前汇集了几个演员。他们大声说笑，引起了路人的注意。电影院的售票员走近大门，准备售票，今天上演的电影是《光明的道路》。工作开始前，她先让清洁工去找一下前天借给引座员的罐子，这样可以拿它来装配给的葵瓜子油，然后两人一起把电影院经理骂了一通，这是因为经理老是拖着不发工资，而且有一次极其不要脸地当着大家的面，把留给孩子们午间餐喝的二十升麦芽奶从食堂里偷走了。

整座充满焦虑的城市，同时又是一座军营。它在深深地吸了一口气后，开始了一天的工作。

一位斯大林格勒发电厂的工程师，慢慢地咀嚼着面包，在一台透平机面前弯下腰，仔细地倾听它发出的均匀的嗡嗡声。他瘦削的脸上和细长的眼睛里透着沉着和警觉。

在熔炉前，一个年轻女工透过安全目镜认真看着平炉上跳跃的白色旋风，皱起了眉头。她稍微走开了一点，用手拭了拭额上的汗水，从帆布罩衣的胸兜里掏出一面小圆镜。一缕金发从她那被煤烟熏黑的红色头巾下掉出来。她捋直了头发，对镜子笑起来，黝黑的脸上原本严肃的样子瞬间不再，眼睛和白色的牙齿闪闪发光。

"红十月"钢铁厂外，十几个年龄不一的工人们正在安装一座装甲炮塔。这个大家伙终于顺从了所有人的意志，牢牢地固定在指定位置后，所有人都发出了一声长长的叹息，紧张的脸上现出了共同的满足和放松的表情。一位老工人对他身边的工友说道："可以抽根烟了。分点您的烟草给我吧，它可真带劲儿。"

在不远处的灌木丛里，传来了发号施令的声音："目标——冲沟边缘，机枪——前进！"这里在开展着军训，几个刚入伍的民兵拖着沉重的机枪进入阵地。他们弯着腰，身上黑色的军便服和外套上洒落着斑驳的阳光。

在街垒大街和克林大街交叉的拐角是区党委大楼。两个年轻的女人站在楼前说着话。其中年轻的那位是一家小印刷厂的党支部书记，另一个头发花白，脸上爬上了皱纹，她是区党委委员。"奥尔加·格雷戈利耶夫娜，"年轻的那位心平气和地说，"您说我们需要动员群众去修筑防御工事。其实，我们这里的印刷工人根本不需要动员，他们已经这么做了。夜班工人在白天挖战壕，而日班工人在夜间挖战壕，连铲子都是从自己家拿的。有个叫萨沃斯佳诺娃的工人，丈夫去了前线，她就带着孩子过来。在工厂里给孩子喂点吃的，然后带着他去战壕里了。可怜的孩子都被空袭吓傻了，绝不肯一个人待在家里。"

两个漂亮的年轻女人坐在一栋白色的四层大楼门口旁的长椅上。一个是大楼管理员的妻子，正在补着一条小姑娘的裙子，另一个则在织一只袜子。前者喜欢飞短流长，后者则什么话都不说，只是微笑着，带着一丝谨慎高高兴兴地听她说着各种轶事。

"还有什么我不知道的事呢？"大楼管理员妻子说，"其实也没啥大事，谁干啥，谁利用谁，谁跟谁睡，不过如此。一楼这里住着沙波什尼科夫一家。老太太人不坏。我不是在发牢骚，她确实常常批评我丈夫……这栋楼里的人对她不算太好。总的来说，她不算是坏人，就是对事情偏见太多。女人嘛，到了这个年纪……可是她那亲爱的女儿嘛……真抱歉这么说，看看她们都做了些什么！大女儿玛露霞在保育院工作，每天晚上回家时手提箱里都装了什么，您真得好好看看——面包圈、油饼、糖、小罐装的黄油，真正的黄油，都是些我们半年都没见到过的东西。是啊，直接从孩子嘴里偷回来的，连丈夫都嫌弃她。有这样混账的家伙，您还指望什么。她的丈夫倒是个人物，在拖拉机工厂里当工程师，和工厂书记一起吃饭，拿特别配给。当然了，这女人肯定是从头到脚护着他的。还有她妹妹叶尼娅……男人怎么看她我不知道，反正她穿衣服倒是挺讲究的，戴了一副定制胸罩。那个女裁缝也给本市内务人民委员会头头的老婆缝了一副。这年轻女士可真不知羞耻啊！我好几次都想直截了当地让她快滚，真想这么说：'别以为我没看见你坐在这儿，就坐在这张长椅上，跟那个上校打情骂俏！'有几个晚上的空袭警报值班轮到我。我刚开始就在大门这儿，然后听到了什么动静，羞得我都躲到楼道里去了。这种声音可别再听第二次。还有玛露霞的女儿薇拉，她的嘴巴可真毒。您应该好好听听她下班后从学校回来发的那些毒誓和诅咒。现在她去医院里工作啦，指不定是为中尉们提供什么服务……还有，在同一层楼，就住在那一排对面，是梅夏亚科夫一家。我敢说他们一家都不会离开斯大林格勒。他们等着德国人来，都快等不及了！给他家打扫卫生的女工前几天还问我：'什么叫作体制？'我问她：'您怎么会问这个问题？''因为我服务的那个人每次读完报纸都会说，太好了，这个体制要完蛋了！'但梅夏亚科夫这一家日子过得可不坏，有糖，有粮，有菜油和猪油。吃的东西他们可一点都不缺。[1]"

大楼管理员的妻子不停地说啊说，确凿无疑地认为自己知道真相。她毫不动摇地认为，所有人类，无一例外，全都软弱无能，只懂得花言巧语和伪善欺诈。

这样的人只能看到人的弱点和邪恶，根本不可能知道应该如何取得胜利，也不可能知道谁在这伟大事业中经历了苦难，表现出大无畏的精神。很多年后，当震动世界的这些事件带来的影响逐渐消退，这些人再回望当年岁月，他们只能看到一个个阴沉沉的坟茔，里面埋葬着那些取得非凡成就的经历者。他们会觉得生活在那个时刻的每一个人都是英雄，都是灵魂上的巨人。这种看待过去的念头虽然高尚，但却异常天真，跟此前的那些想法一样误入了歧途。

德国人的战斧高高举起，不仅让斯大林格勒这座城市的运转暂停下来，也让正义的梦想、对自由的奉献、对祖国的忠诚、人类对劳动的愉悦、对母亲的热爱、对生活的敬仰暂时被放置一边。

斯大林格勒的最后一刻，在战争降临前的最后一个小时里，生活跟此前许许多多多个日夜几乎没有什么不同。人们推着装满土豆的手推车

---

1 英文译者注：猪油（zhiry）是配给卡提供的食品种类之一，既可能是猪肉中含油较高的肥肉，也可能是指任何裹了脂肪或者混合了各种脂肪的东西（kombizhiry）。

在路上走着，在商店门口排队买面包，在商店里对各种商品评头论足。在市场上，有人出售军靴、牛奶和红糖，或者用别的什么进行交换。工厂工人们一如既往地工作着。那些我们曾觉得是普通而单纯的人们——斯大林格勒发电厂的工程师、文员、医生、学生、年轻的熔炉女工、手工艺人、普通的党务工作者，他们不会想到，再过几个小时，他们的所作所为将被后世所铭记。但对他们而言，做到这一切，正如每天的工作一般自然而简单。

英雄们拥抱自由，享受劳动，热爱母亲，忠于祖国，但不是只有英雄才会如此。简单而普通的人也能够建立伟大的事业。也许，这就是在这座城市里存在的、人性最伟大的希望。

在战线的另一侧，德军军官们念完了战斗命令。机场的机械人员大喊着："准备起飞！"坦克加满了油，引擎震动起来，炮手已经就位。挎着冲锋枪的步兵在装甲车里坐稳，通讯兵在最后一次检查无线电设备。弗里德里希·保卢斯像个机械师那样，刚刚让几百个规格不同的轮子运转起来。他往椅背上一靠，点燃了一根雪茄，等待着高悬在斯大林格勒上空的战斧落下。

三十二

第一架飞机在下午四点钟左右出现。六架轰炸机从东边的高空飞近斯大林格勒上空。第一声爆炸声传来时，它们似乎还没有飞过伏尔加河附近的布尔科夫斯基村。硝烟和苍白的粉尘从被炸毁的大楼里飘起。空气清朗，阳光明亮，把成千上万面窗户照得闪闪发亮。可以清楚地看到飞机迅速地消失在西方。大家抬头看着飞机。一个年轻的声音大喊道："只有几道烟，根本不用发警报！"

话还没说完，这声音就被渡船汽笛和工厂警报器发出的一片哀嚎声给淹没了。这预示着死亡和灾难的声音在空中飘荡，仿佛是整座城市的居民在倾诉着怒火。这是整座城市的声音，不光来自居民，也来自城市的每一块石头、每一栋建筑、每一辆汽车和卡车、每一台机床、每一根电线杆、公园里的一草一木、每一根电线、每一根电车轨道。这不仅是活着的生物发出的哀声，也是一切无生命的物体发出的哀声，似乎连它们也感觉到自己行将毁灭。只有那些粗粝的、铁铸的咽喉才能发出这样的哀鸣，才能传达出与动物的恐惧和人心的痛苦同样不安的感受。

　　随后是一片沉寂。这是斯大林格勒最后的沉寂。

　　敌机从四面八方飞来，从伏尔加河东边飞过来，从南边的萨列普塔和别克托夫卡飞来，从西边的卡拉奇和卡尔波夫卡飞来，从北边的叶尔若夫卡和雷诺克飞来。浅蓝色的天空上铺满着羽毛般的细云，黑色的敌机就这样轻松自如地在云间自由穿梭，就像几百只毒蜂从蜂巢里飞出，直接扑向它们的猎物。太阳如圣人般冷漠无情，将自己的光芒投放在它们的翅膀上，把机翼映照成牛奶一样的白色。容克式飞机机翼让人痛苦地，甚至有些冒昧地想到了白色的蛾子。

　　引擎的嗡嗡声越来越响，越来越密集，越来越邪恶。城市的喧嚣悄悄地卷起来，收到了一边。只有这嗡嗡声的声调继续上升，更加厚重，更加阴暗。这单调而缓慢的声音传递着引擎的怒火。天空上布满了高射炮炮弹爆炸的乌云，灰烟像蒲公英的种子一样四散。毒蜂们怒气冲冲而又灵活地飞着。从伏尔加河两岸起飞的苏联飞机敏捷地朝着它们靠近。敌机分为好几层，布满蓝天。苏联战斗机和高射炮把敌机机群撕开了，受损的敌机着了火，从天上坠落时拉出长长的黑烟，还有些飞机凌空爆炸。洁白的降落伞在草原上空散开。但是，其他的敌机继续飞行。

　　从东西南北汇集在斯大林格勒上空后，敌机开始俯冲。但是，现场看上去更像是天空在塌陷，更像是在金属和炸药的重压之下，在阴暗凝重的乌云重压之下，朝着地面塌陷。

接下来传来了新的声音，或者说，两种新的声音。一种是飞机携带的几百枚高爆炸弹朝着地面扑来时撕裂般的哨音，另一种是上万枚小型燃烧弹释放后从中落下的尖叫声[1]。新的声音持续了三四秒钟，穿透到每个生物的心底。将要死去的人，还能幸存的人，不管是谁，他的心脏都痛苦地收紧了。哨音持续的时间越来越长，越来越刺耳。有些女人还在排队，有些女人已经赶紧跑回家找孩子，有些人在奔跑中摔倒在街道和花园中间，有些人已经躲进深深的地窖，厚厚的石板将他们和天空隔开，有些人跳进了公园狭窄的战壕里，将脑袋紧紧地贴着干燥的土地，精神病院里的病人还在四处乱跑，医院里负伤的战士躺在手术台上开始麻醉，孩子们为了要吃奶哭得满脸通红，老人们已经头晕眼花，反应迟钝。但他们全都听到了这刺耳的尖啸。

炸弹飞临地面，钻进了整座城市的身体。各式建筑像人一样逐渐死去。又高又细的大楼朝一侧倒下，当场死亡。更加粗矮、结实的楼房颤抖着，摇晃着，胸口和腹部被爆炸撕开了，现出以前不曾露出来的内部，有墙上的肖像画、橱柜、双人床、床头柜、米缸、桌子，桌上还有用沾满了油渍的餐巾盖着的、削了一半的土豆。

扭曲的水管、成捆的电线和各楼层之间钢铁桁架暴露出来，自来水就像眼泪和血渍一样，流得到处都是，在街上和人行道上形成一个个小水潭。地上到处都是红砖，上面覆盖着一层灰土，让它们变成像冒着白气的红肉。上千栋建筑的玻璃窗被震碎，变成了瞎子。地面上盖着一层碎玻璃，反射着细碎的鱼鳞般的闪光，犹如一条闪亮的地毯。粗大的电车电缆和一根电车天线一起掉落地面，车玻璃像是蒸发的液体一般无影无踪，只剩下车架子。扭曲打结的电车轨道从地面凸起。但有些看上去很脆弱的东西却没怎么受到爆炸冲击波的影响。一个铁皮做的路标，上

1　英文译者注：关于高爆炸弹发出的哨音有很多相关的记录，但是从效果上说，小型燃烧弹的杀伤力更大。亨克尔-111 式轰炸机携带有 36 个燃烧弹单元，每个单元包含 36 枚燃烧弹。当燃烧弹单元被投掷并处于自由落体状态时，将释放出它所携带的所有燃烧弹。

面写着"从这里走",依旧站立在街头。一座浅蓝色的、卖软饮料的木制小亭子也屹立不倒。还有一间电话亭上面的玻璃也基本没有被破坏,还在反光。一切由钢铁和巨石组成的、似乎不会发生位移的东西都像液体一样发生了变化。因注入了人类创新和力量而产生动能的那些东西——电车、汽车、公交车,还有火车,现在全都停了下来[1]。

空气里飘荡着厚厚的砖灰和粉尘。一层薄雾落下来,盖住了整座城市,并朝着伏尔加河蔓延过去。

几万枚燃烧弹猛烈燃烧,引发大火。大地、天空和河流在震撼,巨大的城市被烈焰、浓烟和尘灰所压倒,正在慢慢地死去。这一切固然恐怖,但最恐怖的却是某个六岁孩子被钢铁桁架砸得眼珠深陷。这个世界上固然有一种力量能够让城市从尘烟中重生,但还没有哪一种力量,能够让死去的孩子紧闭的双眼轻轻地再次微微地睁开。

只有在伏尔加河东岸十几公里的地方,在布尔科夫斯基村,在上阿赫图巴,在亚梅,在图马克和楚甘斯卡一带,才能看清整座城市的火势,才能清楚问题的严重性。几百声爆炸汇合成了单调持续的一声咆哮,带着钢铁般的沉重震撼着东岸的大地。橡树叶子簌簌发抖,小木屋窗子震得嘎嘎作响。满是粉尘的薄雾像一片白色的帷幕,悬浮在城市的高楼上,然后慢慢延伸到伏尔加河,远及斯大林格勒发电厂、船舶修理厂以及别克托夫卡和红军城等远郊区。随后,薄雾色彩逐渐淡去,与市区黄黑色的大火混为一体。

在远处的人们可以看到,相邻的大火迅速烧到了一起,一座座建筑被点燃,最后变成了一整团火焰。整条整条的街道被引燃,形成了一座燃烧的移动的火墙。在一些地方,这座火墙里某些建筑突然高高升起,

---

1 英文译者注:格罗斯曼在空袭后很快就抵达了斯大林格勒。他在笔记里写道:"死亡,人在地窖里。所有一切都烧光了。建筑的外墙依旧炽热,在恐怖的热浪中死亡的人,尸体像外墙一样,还没有冷却。几千座石质大楼要么被烧掉,要么大部被毁。但在它们之间,有一座小小的木制饮料亭还依旧站立着。就像庞贝城一样,生命的全部都被毁灭了。"

与膨胀的圆顶以及着火的钟楼一起，呈现出红色、金黄色以及烟熏之后的古铜色，犹如在斯大林格勒上空升起了一座烈焰熊熊的新城市。在伏尔加河河面上，靠近河岸的地方蒸汽缭绕，黑烟和火焰滑入水中。油罐被击中了，燃油一路流入河里，河面也燃烧起来，一大片浓厚的黑烟从河面上升起来。草原上的风掠过，黑烟变薄，缓缓向天上飘去。好几个星期后，黑烟还悬浮在空中，在五十公里之外都可以看见。它散得越来越开，每天在阳光照耀下，颜色变得越来越淡，越来越苍白。

在南边，在斯维特雷亚尔附近的伏尔加河上，开着渡船的水手能够看见城市燃烧的火焰散发出的微光。背着装满谷物麻袋前往赖戈罗德的女人们也能看见。在东边，驾着大车前往埃尔顿湖的哈萨克老人能够看到奇怪的闪光。他们的骆驼舔着满是唾液的嘴，伸展着肮脏的长脖子，不断朝西边的闪光处探头探脑。在北边，杜博夫卡和戈尔内巴雷克列伊，渔民能看到南边的光芒。保卢斯大将位于顿河岸边的司令部外，军官们抽着烟，一言不发，看着黑暗的天空里那一片跳跃的光芒。

远方这片奇怪的火焰预示着什么呢？谁胜利了，谁又失败了？

无线电、电报和越洋电报已开始把德军发动大规模进攻的消息传播出去。伦敦、华盛顿、东京和安卡拉的政客们连夜忙碌起来。每一个民族的普通劳动者开始认真地分析报纸上的新闻。在报纸头版上出现了一个新的词语：斯大林格勒。

这是场空前的浩劫。如同人们经历了洪水、地震、雪崩、草原和森林中的野火后那样，每一个活着的生物都想要逃离这座正在死去的城市。

先逃走的是鸟儿。栖息在水边的寒鸦急急忙忙地飞去了东岸，然后是一群群麻雀，一会儿聚成灰色的一大团，一会儿又互相散开。

体型大得难以置信的老鼠，大硕鼠，可能很多年都没有从巢穴里露出头的大家伙，感到了火焰的热度和大地的颤抖。它们纷纷从粮仓和港口粮库的洞穴里钻出来，因震得耳目失灵而四处乱窜，然后它们的本能恢复了，拖着灰色的身体和尾巴跃进水里，沿着跳板和绳子爬上渡轮和河边那些半沉的蒸汽船。猫儿们完全不去理会老鼠，只顾在大坑里和石缝里寻找藏身之地。

一匹马掀翻了大车，扯掉身上的挽具，拖着缰绳沿着河岸飞跑了一阵，然后跳进水里。一只惊慌失措的狗从烟尘中跳出来，飞快地投入河里，朝着红斯洛博达和图马克方向游去。

只有白鸽和蓝色的野鸽保留着比寻求自我保护更强大的本能。在这本能的引导下，它们依旧围绕着燃烧的楼房盘旋。猛烈而炽热的气流迅速追了上来，将它们投入火焰与浓烟之中。

三十三

瓦尔瓦拉·亚历山德罗夫娜·安德烈耶娃准备在星期天和儿媳妇娜塔莉亚以及孙子沃洛佳一起离开斯大林格勒。娜塔莉亚说服了保育院院长托卡列娃，答应让瓦尔瓦拉和小沃洛佳一起坐分配给保育院的那条渡轮过河。到了星期五，所有的行李都打包好了，都仔细地缝在一起，然后用手推车推到伏尔加河码头上，和保育院的行李堆在一块。

星期天一大早，瓦尔瓦拉告别了自己的家和小花园，和孙子一起到了码头约定的会合点。安德烈耶夫还得去钢铁厂里上班。瓦尔瓦拉跟他道别后，感到十分沮丧，心里有股子挫败感。在准备离开的这一刻，她却开始担心起来，担心家里的劈柴放的位置还不算安全，担心丈夫去上班后屋子里空荡荡的，担心没有人会照顾菜地里的西红柿。苹果树上的苹果肯定等不到熟透就会被人偷吃了。家里还有很多东西要缝补洗熨，手里还有糖和猪油配给没有领。家里的熨斗、绞肉机、床上的绣花毯和自己那双已经变旧了、换过鞋掌的毛皮靴，这一切对她来说都显得如此难以舍弃。

丈夫陪着瓦尔瓦拉和沃洛佳走到街角。她不停地跟丈夫交代各种事情，重要的、不重要的都有，反正都是他必须记得的事情。但当她抬头看着丈夫宽阔的、微微佝偻的脊背，看着自己家里灰色的屋顶和苹果树的树冠时，这些担忧都变得微不足道了。她突然意识到，世界上没有比自己老伴和朋友们更加亲近、更加无间的人了，她担心失去他们。帕维尔·安德烈耶夫在街角最后回头看了他们一眼，然后就不见了。

坐在码头栈桥上候船的人有好几百，每个人都面容消瘦，脸色蜡黄。年轻的妈妈怀里抱着孩子，白胡子老头穿着肮脏的冬季大衣，鞋掌用绳子捆在靴面上。年轻母亲脸上满是疲惫，毫无表情，只有眼睛依旧闪亮。她们穿着时髦的大衣，皮带上挂着水壶和瓶子。孩子们则一脸苍白，身体孱弱。

瓦尔瓦拉看到了好几个穿着蓝色滑雪裤的少女，脚上穿着沉重的登山靴，瘦弱的肩上背着背包。还有些女人的年龄跟瓦尔瓦拉差不多，也许还要更老一点。她们没有戴头巾，灰白的头发没有梳理，乱成一团。她们抱膝坐着，肌肉发达的褐色大手绕在膝盖上，眼睛看着黑乎乎泛着油光的河水。水上漂浮着泡开了的西瓜皮、一条翻白眼的死鱼、腐烂的木头和油腻腻的碎纸片。

瓦尔瓦拉还在自己家里生活时就对这些人一直有意见。老是有陌生人问，澡堂子在哪儿，港口在哪儿，配给分发处在哪儿，市场在哪儿。这些人走到哪儿，仿佛就把他们的饥饿、眼泪和流浪带到哪儿，既带来了灾难，又污染了大地。排队的那些当地女人，也包括瓦尔瓦拉自己，会牢骚满腹地骂道："真是一群蝗虫，看他们咯吱吱吃东西那样儿！物价都给他们抬上来了！"可是，现在让她吃惊的是，正是同样这一群人在抚慰她那些看似无法抚慰的伤痛。所有这些人都没了丈夫、儿子和兄弟；所有这些人都没了家，没了取暖的劈柴和果腹的土豆；所有这些人都丢下了没有采摘的蔬菜和没有收割的庄稼；所有这些人都抛下了余温尚存的炉子。

她跟一个哈尔科夫来的高颧骨老太太攀谈起来，对两人的遭遇如此

554

相似感到大吃一惊。老太太的丈夫是工厂小组组长，1941年秋天随着工厂一起搬到了巴什基尔，顺路带走了儿媳妇和孙子。坐在瓦尔瓦拉身边的年轻女人是一名红军指挥员的妻子，准备带着婆婆和两个孩子一起到乌法跟妹妹生活。还有一个老犹太人，是个牙医。他说自己是第三次逃难了。刚开始从沃伦斯基新城跑到了波尔塔瓦，然后又从波尔塔瓦跑到罗索什。在罗索什，他埋葬了自己的妻子，带着两个孙女去中亚。老犹太人的女儿、两个小女孩的母亲，在战前因为肝炎病死了。小女孩的父亲是一名糖厂的技术员，死于空袭。他在絮叨这一切时，小女孩拽着他的外套盯着他看，那样子就像是看着一个英勇的战士。可这老头儿却长了一副弱不禁风的模样，好像一根羽毛就能把他给打倒。

在栈桥上候船的其他人来自瓦尔瓦拉从来没有听过的村子和城镇。他们将要去的方向也各自不同。有些要去克拉斯诺沃茨克，有些要去别列别乌，还有些要去叶拉布加、乌法或者巴尔诺尔[1]。他们几乎都遭遇了同样的命运。这个国家和人民的命运现在是一致的，瓦尔瓦拉还从来没有像今天这样有过如此清楚的认识。

时间在不断流逝。涂上灰绿伪装色的汽船从码头上开出来了。它的烟囱周围用枯萎的树枝伪装着。"像圣灵降临节那会儿一样！[2]"瓦尔瓦拉想。沃洛佳已经和好几个小男孩混熟了，四处乱跑，从视线里消失了，她不得不大声把他叫回来。看着清澈的蓝天，她有些担心，然后变得越发焦虑。此时唯一的安慰就是去想想自己的丈夫。

瓦尔瓦拉还是没明白丈夫为什么不愿意跟她一起走，到底是什么原因让他下定决心要一直工作到最后一刻。她感到愈加不耐烦，愈加害怕，同时心中却涌起了对老伴更多的敬意和怜惜。她知道他这么做并非出于

---

1 中文译者注：克拉斯诺沃茨克即今天土库曼斯坦里海城市土库曼巴希，与阿塞拜疆首都巴库隔里海相望；别列别乌位于今俄罗斯巴什托尔科斯坦共和国，位于萨马拉和乌法之间；叶拉布加位于今俄罗斯鞑靼共和国，在喀山以东；巴尔诺尔可能指位于车里雅宾斯克东部的库尔干州的巴尔诺尔，也可能指位于阿尔泰边疆区的巴尔诺尔，两者同名。

2 英文译者注：在北欧许多地方，到了圣灵降临节用桦树枝装饰屋子和教堂是常见行为。

骄傲或者固执。有那么短暂的一刻，她非常想要见到他。但突然之间，害怕的感觉又一次袭来，占据心头，让她没法分心再去想别的。

天空上出现了几团小云朵。黑色的水流飞溅，发出汩汩的声音。汽船轮桨哗哗地拍打着水流。焦虑的情绪四处弥漫。都是自己儿媳妇的错。就是她，很可能让自己走错了一个候船栈桥。带着孩子的汽船现在说不定已经在去往卡梅申的路上了。

到了差不多中午，沃洛佳突然从一堆行李后面跳出来，高兴地大声嚷道："来啦，他们来啦！奶奶，妈妈也在这儿！"

瓦尔瓦拉急急忙忙地扛起行李，跟着孙子往前走。保育院的人都来了，院里的职工领头走下铺满鹅卵石的陡峭悬崖，孩子们两人排成一行，大孩子走在前头，有些人还系着红领巾，所有人都背着背包或包袱，几十双匆忙迈步的小脚像马儿似的在地面上敲出得得声。大人们大声喊叫，挥舞着手臂。

"走哪边？"瓦尔瓦拉生气地问。"喂，沃洛佳！上哪去啦？到这儿来，不然就要落下了。"

瓦尔瓦拉有点担心那个胸脯鼓鼓、健壮结实且喜欢板着脸的托卡列娃会在最后一刻不许她上船，所以她一直在准备这个场合下的应对话术："好了，好了，我会尽我所能帮看孩子。我会缝补，要我做什么就做什么。"

仿佛是对瓦尔瓦拉满心不耐烦的嘲笑，汽船准备靠岸时一股急流突然涌上来，让它错开了栈桥。舵手操着舵轮慢慢地开着船，顶着逆流又开了回来，没想到第二次和第三次又错开了。汽船船长是个满脸皱纹的矮个老头，戴着一顶军帽。他气冲冲地用铜喇叭冲着水手、舵手，也许还对着这艘船大喊大骂了几句，突然间船和栈桥终于顺利地对接上了。"骂几句比什么都管用，"瓦尔瓦拉自言自语道，"本来就不该让我们等这么久！"

从船上放下一架梯子，用绳子跟船连着。两个水手和一位背着步枪的民警帮着把乘客拉上船。不久甲板上就都是孩子们橐橐的靴声和帆布鞋的吧嗒声。

"喂，老奶奶！"民警大声喊道。已经上船的托卡列娃赶紧应道："没事儿，她是我们的人！"

在船头放着几个大木箱，旁边倒是有个看风景的好地方，可是瓦尔瓦拉担心汽船撞上水雷，船头的人会给炸得四处乱飞。船尾油渍遍地，地面上散乱地堆放着铁链和木板。她在这里看到了一条小舢板，旁边还挂着救生圈，就决定待在这儿。

"奶奶，"沃洛佳问，"我干嘛不跟爷爷在一起？"

"当心我把你像头羊一样捆起来。"瓦尔瓦拉答道。她小心地提起裙子，免得沾到油渍。"你去看看引擎动没动。一会儿就要出发了。"

结果汽船还在等着。

本来安排了一辆车，把被服、罐装食品、碗碟和病得不能走路的孩子送过来。但这辆车来得异乎寻常的晚，到了下午三点才到码头。司机说车的悬挂系统坏了。可是过去这一周他天天开着这辆弹簧坏掉的车。这天一大早，司机先去干了一点他称为是"副业"的活儿，去了一趟市场给某人家里拉回了一麻袋大麦，换回了一点淡烟叶。接下来他得去加油，结果又在车库门口跟几个同事聊了一会儿前线的情况，也许聊了几分钟，也许半个多小时。后来他们一起去喝了一杯。司机喝得来劲了，去买了一点土豆和干鱼。接下来他才到了保育院，把该装车的装车了，把病房里的两个孩子捎上。在河边卸货时，行李包里掉出一条印有花纹的毛巾，司机顺手把它塞进了自己座椅下边。这之后，他向保育院院长道别，祝他们一路顺风。

最后，他挥手向站在汽船一侧的克拉娃·索科洛娃告别。司机之前跟索科洛娃一起过了几夜。正是后者让他把这些瓶瓶罐罐送到码头上来。"要写信，克拉娃！"他大声喊着，看着她支棱在栏杆上高高的胸脯。"我会到萨拉托夫来看你。"

克拉娃笑起来，露出白色的牙齿。

557

司机没等汽船解缆，就发动了汽车引擎。汽车在爬坡时熄火了。他下车在化油器捣鼓了几分钟，汽车才重新发动起来。

汽车爬坡时，可以听到引擎挣扎吼叫的声音。

接着司机听到了炸弹落下来的尖啸声。他紧紧地把头抵在方向盘上，全身上下都感受到了生命结束时的痛苦。他慌张地想着："去他妈的！"一切都停止了存在。

三十四

所有的东西都装上船，栈桥上的喧嚣忙碌让位给了甲板上的喧嚣忙碌。孩子们大部分都兴奋地待在甲板上，一秒钟都不肯进船舱，只有几个小姑娘和最小的几个孩子到船舱里去了。

玛露霞需要陪着孩子们去到卡梅申，然后在那儿跟当地教育人民委员会以及委员会党支部的人谈话。

玛露霞在船舱里坐了下来，用一块手帕扇着风。她身边坐着两个病房里出来的孩子，一个是斯拉瓦·别洛兹金，还有那个是死活都不肯开口的乌克兰男孩。

"再过几分钟我们就可以走了！"她对跟着自己走进船舱的托卡列娃说。因为是她帮忙才让孩子们分配到这条船上，玛露霞感到很得意："希望去卡梅申的路上都顺利。"

"没有您我可真做不来，"托卡列娃说，"天气真是热得要命。一会儿船开起来后可能会好点儿。"

"我刚刚才想到，"玛露霞脸上现出怅然若失的表情，"我一家应该一起跟着来的。真丢人！他们本该跟我一起去卡梅申，然后从那儿坐船去喀山。"

"跟我一起来吧，"托卡列娃说，"船长向我保证说四点钟一定开船，我想最后看一眼斯大林格勒！"

两个女人走出去后，斯拉瓦·别洛兹金走过来，碰了碰那位默不作声的同伴："看啊！"

从长方形的舷窗看出去，可以看见下面的河水在缓缓滑动。可这个沉默的乌克兰孩子那长满疙瘩、头发乱蓬蓬的脑袋连转都没往舷窗那儿转过去。

透过舷窗可以看到一排湿漉漉的高大木桩，上面长满了绿霉。现在第一根木桩正在缓缓退去，第二根木桩在接近。粗壮结实的码头地面进入了窗子，接下来看到了靠在栏杆上的人们的双腿，再下来是这些栏杆，然后是一只粗壮的、密布蓝色静脉血管的棕色手臂，上面还文着蓝色的船锚。涂着柏油的驳船出现了，最后跳入眼帘的是悬崖、向城市延伸的陡峭街道。一分钟后，整座城市那布满灰尘的树木、各种建筑的石墙和板墙——在舷窗里慢慢飘过。舷窗的最右上角，依次出现了零星分布着黏土的陡坡、黄绿色的油罐、一条铁路线、几节红色的车厢、被一层烟雾笼罩的庞大的工厂区。波浪响亮而杂乱地拍打着船壳。随着引擎的震动，整条汽船开始颤抖，发出咯吱声。

这是斯拉瓦第一次坐船出门。他特别想说话，特别想问问题。船上的粗绳打了许多个硕大的结，每个结都有猫的脑袋这么大。斯拉瓦特别想知道船上一共打了多少结，还幻想这些绳结排起来有整条伏尔加河那么宽。他想问别人，这条船有没有龙骨，能够经得住多大的风浪？船上有多少逃生用的舢板和救生圈，够不够用？船上有大炮和机枪吗？万一遇上了德国潜艇怎么办？他可以瞄准法西斯分子开火，但却不知道德国潜艇能不能溯流而上，或者只能在海里游荡。

他脑袋里还有很多远算不上孩子气的想法。他一直希望母亲和妹妹能够跟他一起上船，船上反正还有很多地方。他曾经想跟托卡列娃和那个负责教育工作的女人谈此事。柳芭占不了多少地方，她可以睡在他的床上，自己睡地板就成，还可以拿她那双小鞋当枕头。妈妈可以帮着洗

559

衣服和做饭。她是个很不错的厨子，手脚也很麻利。爸爸每次结束团里的演习回到家后都会收获惊喜。他都来不及把靴子擦亮，来不及把军便服换下来洗，一顿饭就准备好了。妈妈是个非常非常老实的人，连一勺糖、一小块黄油都不会留给她自己，所有的东西都会给孩子们。斯拉瓦自己在底下试着把所有的理由都演练过了几道，甚至还想过，他可以帮妈妈削土豆，帮忙绞肉末……在夜里，他梦到一切都按照自己想法实现了：柳芭睡在床上，他睡在地板上。妈妈进来了，用温暖的手抚摩他。他对妈妈说："别哭，爸爸还活着，很快就会回来。"可是，就算是在梦里，他也觉得这并不真实。爸爸躺在地上，双手摊在身边……过了一会儿，妈妈变成满头银发的女人，跟柳芭在西伯利亚生活。他走进她住的小茅屋，踩着沉重的、冻僵的靴子说："我们已经打垮了德国人，现在回来了，再也不走了！"他打开背囊，拿出一块块饼干和脂油、一罐罐果酱。然后他几下就伐倒一棵松树，用斧头把它劈成一堆劈柴。小茅屋里很快便充满着温暖和光明（他把电给接进来了）。屋里有一个大浴缸，装满了热水。他在烤一只自己在叶尼塞河河畔打下来的大雁。"妈妈，亲爱的妈妈，"他说，"我不会结婚的，我要一辈子和您在一起。"他轻轻地抚着母亲的银发，把他的大衣盖在他的膝头。

细细的波浪在敲打着薄薄的船壳，汽船嘎吱响着，不断震动。灰色的河水在舷窗外流过，水纹嶙峋。斯拉瓦现在孤身一人了。妈妈怎样才能找到自己呢？爸爸在哪儿呢？这条浑浊的河流会流到哪儿才是尽头？他的手紧紧地扣住舷窗窗框，指甲因为用力变白了。他用眼角瞥了一眼谢尔波克利，这位一言不发的同伴知道自己在哭泣吗？谢尔波克利好像也在哭。他把脸转向墙壁，肩膀在颤抖。

"你干嘛哭了？"斯拉瓦大声地抽着鼻子问道。

"他们把爸—爸—打—打死了。"

"妈妈呢？"斯拉瓦大吃了一惊。他从来没听过谢尔波克利说话。

"他们把妈—妈—也—也打死了。"

"你有妹妹吗？"

"没。"

"那你哭什么？"尽管非常清楚谢尔波克利有的是理由可以哭，但斯拉瓦还是这么问道。

"我—害—害怕。"谢尔波克利把头埋在枕头里。

"怕什么？"

"什—什么—都怕。"

"别怕！"斯拉瓦说，心里突然充满怜爱。"别怕，我和你在一起呢，不会离开你。"

他飞快地把鞋带塞进鞋里，朝门口走去，边走边说："我让克拉娃把配给发给你，今天有面包、两块糖和五十克真正的黄油。"

几分钟后他回来了，"嗨，这给你。"他从口袋里掏出一个小小的红色钱夹，里面放着一张纸，上面用大写字母写着战前家里的地址。

在甲板上，好些孩子在远眺着城市和港口，两个大孩子，一个是奥廖尔来的格力科夫，一个是鞑靼人吉扎图林在钓狗鱼。他们事先就准备好了鱼线，用一小片马口铁和别针做成坠子和鱼钩。黑发的津纽克对所有的引擎都无比着迷，早就跑到发动机舱去膜拜汽船的柴油发动机了。

一个姜黄色头发的塌鼻子男孩在作业本上画着斯大林格勒河岸的速写，几个孩子围在他身边。有几个小姑娘手拉着手在唱着歌，脸上表情既严肃又坚定，嘴巴张得大大的：

钢铁闪耀，炮声雷鸣；
坦克接着坦克，朝西方碾去。

姑娘们的声音像鸟儿一样啁啾颤动，与庄严的歌词很不协调，但却出乎意料地让人心动。在她们周围，阳光下的伏尔加河河水在飞流，溅起闪亮的浪花。

"亲爱的孩子们,亲爱的。"玛露霞看着孩子们,自言自语道。她既热爱着这些孩子,也热爱着家里所有的孩子们,还有丈夫、母亲,以及正在船尾织补袜子的苍老的瓦尔瓦拉·安德烈耶娃。她生于此,长于此,热爱这里的每一个人、每一栋楼、每条街道和每一棵树。

但玛露霞并不想这么信马由缰地四处联想。虽然有些勉强,但她还是对托卡列娃说道:"您还是带上了索科洛娃,是吧?看看她是怎么和那个水手说话的……当着孩子们的面又说又笑,声音大得像匹马。对娜塔莉亚·安德烈耶娃可是个坏榜样。"

就在这时,她听到了岸上传来的惊叫,单调而低沉的嗡嗡声穿透了汽船引擎的噪声传到耳里,仿佛整条河面上有一张黑色的大网落下。

她看见一大群人从码头边向栈桥跑去,接下来是一声撕裂般的爆炸。腾起的尘烟笼罩了河岸,慢慢地扩展到水面上。人群又从栈桥上跑下来,沿着铁路线和通往市区的陡坡散开。

就像梦境里那样,水面上悄无声息地升起了一团浑浊的绿色水柱,水柱上是卷成一团的白色浪花。然后水柱突然塌下来,水花喷得满船都是。更多细小的水柱出现在汽船的前后左右,先高高地奔向天空,然后化为水雾和泡沫。

德寇投下的高爆炸弹在周围的水里不断炸开。

所有人都沉默地看着水面、岸上和已经变暗的、充斥着嗡嗡声的天空。突然一个声音大叫起来:"妈妈!"

这是孤儿在呼唤他们已经远去的、失踪或者被杀害的母亲。这是谁都无法承受的呼唤。托卡列娃一把抓住玛露霞的手说:"该怎么办?"

她一直觉得这位高级巡视员精力充沛,态度坚决,在面对人的弱点时毫不退让,希望她能够救救孩子们。

焦急的船长不断改变航向,刚开始后退,然后朝着远处的岸边冲过去。就在这时引擎突然熄火了。汽船在水流中横了过来,像睡着了似的,懒洋洋地朝码头漂过去。船长生气地一把扯下军帽,把它摔在地上。

玛露霞能够清清楚楚地看到这一切：保育院的女人、孩子们的脸、河面上的水柱、四处乱漂的船只。秃头闪亮的船长大声向水手喊着什么，但一切都陷入可怕的无声状态。她什么声音都听不见，耳朵像是被震聋了。她也不敢抬头看天，仿佛有一只铁手按在了后脑勺上。

　　突然间，她的脑海里涌起了早已遗忘的一幕：三十年前，小玛露霞和母亲一起坐船横渡伏尔加河。渡船搁浅了，乘客们坐着小舢板回到岸上。幼小的她戴着一顶草帽，让一名水手引到渡船一侧船舷。那个水手把她托起来，轻声说："别害怕，别害怕。她在那儿呢，妈妈就在那儿。"接下来这一幕突然变成那位好心的水手把薇拉托起来，准备放到舢板上。于是玛露霞马上忘掉了自己，开始担心起女儿的命运来，还有她的丈夫。她一向觉得丈夫需要自己的保护，但现在她突然觉得丈夫既强壮又果断。现在他能在自己身边就好了！不，不，不行。幸好薇拉和斯杰潘，还有妈妈、姐姐和妹妹都不在船上。该来的总会来，要是她能最后看他们一眼，哪怕一眼也好啊！

　　她来到船尾，站在克拉娃身边。克拉娃正帮着搀孩子们上舢板。她对着所有人，包括托卡列娃、瓦尔瓦拉、水手们，甚至对着玛露霞大喊大叫。孩子们感到了她的强势，全都紧紧地挨着她。

　　"你们在干什么？"克拉娃大声吼着，"生病的先上！就是你，不吭气的小哑巴，还有你，别洛兹金，到这儿来！好，女孩儿们上来！"

　　她发着誓赌着咒，眼神发亮。似乎是陶醉于自己无所畏惧的样子，她显得既自信又有干劲。许多双眼睛都用恳求和信任的眼神看着她。在宽阔的伏尔加河河面上，在炸弹的嘶鸣中，她变成了力量之柱。"一匹真正的海马！"一名惊奇不已的水手说。

　　"把筐子扔给他们！"克拉娃对托卡列娃吼道，"里面是毯子。别站在那儿碍事，你真笨！"

　　她把玛露霞扶上舢板。"不要慌！"她对孩子们喊道，"巡视员跟你们在一起。"

孩子们默默地坐着，用手抓着船帮。舢板上的玛露霞几乎可以触到水面。她可以感到河水的呼吸和它的深不可测。突然间她觉得有希望了。

舢板就意味着救赎。她想亲吻它的木壳。现在就像在梦境里一样，周围一切都可以看清了。船儿会朝着远处的岸边划过去。接下来她可以把孩子们带进岸上的柳树林里，在那儿藏起来，等空袭过后就坐同一条舢板回斯大林格勒。

舢板中间坐着两个小男孩。斯拉瓦·别洛兹金搂着不说话的乌克兰人，不停地说："别害怕，别害怕，我不会丢下你。"不知道什么原因，他没有穿鞋。

在汽船上，小沃洛佳·安德烈耶夫想要直接跳进河里。娜塔莉亚一把把他拉回来："小坏蛋，你想要干什么?!"

"快一点，娜塔莉亚，到舢板上来，"克拉娃喊道，"带上孩子!"

娜塔莉亚看了一眼婆婆。她的脸色惨白，紧紧地抓着正在织补的袜子，手都变僵了。

"您坐我的位置，"娜塔莉亚说，"您就是我的妈妈。"

瓦尔瓦拉用力地拥抱儿媳妇作为回应。

"娜塔莉亚!"她的声音完全变了，这里面注入了深深的热爱、怜惜和忏悔，仿佛不是从她嘴里说的话，而是从她内心里激射出来的鲜血。娜塔莉亚被这四个字惊得目瞪口呆。

水手不让瓦尔瓦拉和沃洛佳上船。舢板上都塞满了。

"出发吧!"水手们大声地嚷道，"朝着草地划过去，划往红斯洛博达!"

小舢板侧倾着，斜斜地朝对岸划过去。汽船则慢慢地漂回正在陷入恐惧中的斯大林格勒滨河一带。

突然间，引擎再次怒吼起来，船上发出一片欢呼声。船长拾起军便帽，使劲地抖了抖，把它戴回头上，然后用颤抖的手指卷了一根烟。"真是个累赘，"他喃喃自语道，"把我给害苦了!"

伏尔加河上空传来一声钢铁的尖啸，一根粗大的、满是泡沫的绿色水柱在舷板前方突然跃起，然后狠狠地拍在舷板上。过了一会儿，在伏尔加河的正中间，在一片冒着白色气泡的河水中现出了涂着柏油的船底，温和地反射着阳光。在汽船上的每一个人都清清楚楚地看到了这一幕。

三十五

亚历山德拉·弗拉基米罗夫娜给谢廖扎写完了她出发前的最后一封信，吸干了墨迹，又读了一遍。然后她摘下眼镜，用手帕仔细擦拭了一下。这时她听到了街上传来的尖叫。

她冲到阳台上，看到了如一团乌云那样逼近城市上空、发出嗡嗡声的飞机。

她赶紧跑回房间，朝着卫生间跑去。索菲娅·奥西波夫娜半个小时前才结束了医院漫长的倒班，这会儿在里面洗澡，发出满意的呼噜声，还有水花四溅的声音。亚历山德拉·弗拉基米罗夫娜敲了敲门，一字一句地说道："索菲娅，赶紧穿衣服！空袭，大规模空袭！"

"真的吗？"索菲娅应道。

"快点儿！我可不吓唬人。"

水花泼溅的声音更响了，索菲娅从浴缸里站起来，嘴里嘟哝着："简直就像河马从水池里冒出来。"她大声叹了口气，继续说道："我刚才还在想能不能一觉睡到明天呢。上一班我连续工作了四十八小时！"

她根本没有听清楚亚历山德拉的回答，因为第一枚炸弹已经爆炸了。她一把把门拽开，大声喊道："你先下楼，我马上来。记得把钥匙留给我！"

现在已经不是一两声爆炸的问题了，整个空间都充满了一片毫不间断、沉重深厚的爆炸声，几分钟后，索菲娅来到客厅里，看见地面上已经铺上了一层碎玻璃，还有从屋顶落下的大块石膏。台灯从桌上掉下来，被电线绊住，像个钟摆一样在半空晃荡。

门大开着，亚历山德拉·弗拉基米罗夫娜站在旁边，穿着冬天的大衣，戴着一顶贝雷帽，直勾勾地盯着桌子和书架，看着墙上挂着的叶尼娅的油画，又上楼看了看女儿和孙子空荡荡的床铺。索菲娅飞快地穿着军大衣，瞥了一眼自己这位朋友忧伤苍白的面容。为了给孩子们维持这个家，亚历山德拉一个人过得并不轻松。现在她却要永远离开了。现在她站在这里，已经垂垂老矣。但像往事所经历的那样，生活仍然赋予了她冷静的力量，让她能够承受和自己所挚爱的一切、所习惯的一切告别的悲痛。在年轻时，她告别了自己富有的父亲和他那所豪宅，踏上前往西伯利亚的漫长旅途，一直抵达卡拉河[1]。后来，在某个十一月的深夜，她也曾如此跨过位于比萨拉比亚的国界[2]。

"快点，"索菲娅喊道，"还在这里等什么！"

亚历山德拉突然脸上露出微笑，对奥西波夫娜说："你有烟叶吗？"然后，她在绝望中强打起精神说道："好了，现在咱们走吧！"

一声尖锐猛烈的爆炸让整个大地都晃动起来，整栋屋子摇晃着，喘息着，如同在经历临死前的剧痛。越来越多的石膏从天花板上落下。

她们离开了公寓。在把门关上后，亚历山德拉说："我以前觉得这不过是一套房子，一处公寓。我错了，再见吧，我的家！"

索菲娅在台阶上止步："把钥匙给我，我还得去拿玛露霞的箱子和叶尼娅的鞋子和裙子呢！"

"不用了！"亚历山德拉说，"都是些身外之物。"

两个人沿着空荡荡的楼梯走下来，亚历山德拉步履蹒跚，走得很慢。

1　中文译者注：卡拉河位于西西伯利亚北部，流经俄科米共和国、涅涅茨自治区注入北冰洋喀拉海。
2　中文译者注：比萨拉比亚位于今罗马尼亚东北部与乌克兰交界处。本文这段话暗示亚历山德拉·弗拉基米罗夫娜和丈夫以革命者身份逃离沙俄。

索菲娅只好用一只手搀扶着她，一只手抓住栏杆。

她们走出大楼，立刻被眼前的景象惊得停下来。对面的两层楼房已经被炸毁了，一部分外墙塌下来，堆到了路中间；屋顶落在前院里，盖住了篱笆和院子里的树。大梁落到了房间里。所有的门窗都被炸得只剩下框架。街上满是石头和碎砖。空气里雾气腾腾，混合着白灰和刺鼻的黄烟。

"趴到地上！"一个可怕的男人的声音嘶喊着，"还没过去呢！"随后又是几声爆炸。但这两个女人继续沉着地走着，小心地在碎砖石中走过，干灰浆块在她们脚下吱嘎响。

防空洞里挤满人，地面上堆满了箱子和行李。只有几张板凳，大部分人都坐在地上或站着，紧紧靠在一起。供电已经停了，蜡烛和油灯的火苗苍白而黯淡。只要爆炸的声音稍有停息，就会有附近的居民上气不接下气地跑进来，希望能借此地暂避一时。

防空洞里的气氛十分压抑。人群里每个人都可以感到身边的人跟自己一样无助。在惊慌失措的时光里，这么多怀揣上述想法的人聚在一起，无助就变成了恐惧。聚在一起，本应感到振奋，但这一次感受到的却是危险。在发生沉船事故时，不会游泳的人会危及会游泳的人；军人在战斗中被包围，躲进森林里，失去了手里的武器后，他们之间也会如此。此时此刻，"只对自己负责"似乎也就成了最聪明的选择。

住在楼里的人们不安地跟身边的人说着悄悄话，生气地看着每一个外来的人。

一个穿着灰色阿斯特拉罕羔皮大衣的黑眼睛女人，边用手帕擦拭着额头边说："入口到处都是人，我丈夫根本进不来。我只好大声喊：'让他进来，他对国家有用！'炸弹四处爆炸，随便什么时候都会要命。"

女人的丈夫好像挨过冻似的，使劲地搓着手说："要是烧起来了，那可就跟霍登卡一个样儿了[1]。谁都没法活着出去，得把出口让出来。"

沙波什尼科夫一家的邻居梅夏亚科夫突然兴奋起来："我们得建立起秩序。这个防空洞不是给本街道用的，是给住在上面的指挥员和科学工作者的。大楼管理员在哪儿呢？瓦西里·伊万诺维奇！"

那些外来的人当中，有些刚刚才跑进来。他们胆怯地看着防空洞里这些合法的主宰者们，开始收拾起自己的东西，想证明自己并没那么碍事。

一个穿着军便服的老人说："说得对，我们得讲规矩。"

出现了短暂的沉默。空气变得更加压抑，烛光和油灯的光芒也变得更加惨淡了。

"听好了，"索菲娅用她一贯的低声说，"现在大难临头了，没时间区分你我。防空洞是给所有人用的。进进出出不用出示配给证。"

亚历山德拉·弗拉基米罗夫娜生气地看着梅夏亚科夫。这个人一个月前还指责过她，说她胆小，过分关注工作环境的安全措施。

"同志，"亚历山德拉说，"我女儿也会在第一时间躲进她能找到的第一个防空洞。您是不是希望那儿的人也把她赶出来？"

"沙波什尼科娃公民，"梅夏亚科夫说，"现在可不是蛊惑人心的时候。"

这可不是梅夏亚科夫平常跟她说话的方式。要是平时他在楼道里遇上她，会表现出一种过度夸张的礼貌——把帽子摘下来，用结结巴巴的波兰语问候道："吻您的手，亚历山德拉·弗拉基米罗夫娜！"

"要我是她，"大楼管理员妻子说，"我就闭嘴，什么都不说。她把女儿送到伏尔加河那边去了，拿自己屋子招待一个外人。而建造这个防空洞的人却连躲藏的地方都没有。没错，她应该闭嘴！这种人我们都没少见。穿着部队的制服，但在前线你却找不到几个！"

1　英文译者注：在沙皇尼古拉二世举行加冕仪式（1896年）的庆祝活动中，莫斯科西北部的霍登卡发生踩踏事故，导致1389人死亡。

亚历山德拉倏地站起来，平静却愤怒地说："住嘴！不然就把您赶出去——我会叫人来的。"

一位抱着孩子的年轻妇女，在半明半暗中眼中闪着愤怒的光芒："我要把你的眼睛挖出来，不要脸的家伙，到那时候就知道这里属于谁的了！这里有苏联的法律，法律不允许伤害儿童！"

"在等着希特勒降临呢，你这只蠢猪，"另一位妇女喊道，"注定是白等！"

"妈妈！妈妈！"一个抽泣的小姑娘说，"别离开这儿，不然就会像爷爷那样给活埋了！"

突然间整个防空洞里显得亮堂起来，仿佛是这些声音注入了光芒之中。甚至有那么一会儿，这些声音甚至压倒了爆炸的轰鸣声。

"这坏蛋可真肥，长得像个德国鬼子。他以为希特勒已经来了呢。我们是苏维埃公民，人人平等。要扔谁出去也得先扔他，而不是孩子！"

亚历山德拉·弗拉基米罗夫娜挤到抱着孩子的年轻女人身边，拉了拉她的衣袖："好了，别担心。这里有地方，来，坐下来。"

梅夏亚科夫往后退了退："同志们，你们搞错了。我不是说要把人赶出去。我是为了大家好，想要让出一条道来。"

他很害怕会遭到报复，想要藏起来，于是便在一个箱子上坐下。在他身边站着的大楼修理工怒气冲冲地骂道："你到底知不知道自己在干啥？这是个木箱，你的肥屁股一下就会把它给坐穿了。"

梅夏亚科夫惊恐地看着眼前这个人。两天前此人还给自己的公寓修过卫生间的水龙头。他给了这位工人一点好处费，后者简直感激涕零。

"马克西莫夫，您不应该这样……"

"我说了，把你的屁股从箱子上挪开！"

梅夏亚科夫站起来，意识到这个世界发生了变化。人们不再像一天以前那样互相对待彼此了。

"您在干什么？"亚历山德拉对坐在身边的年轻女人说，"您快把孩子

569

给捂死了，没法呼吸。把他放下来。"

女人摇了摇头："把他抱紧了，我们就能死在一起。他的腿残废了，走不了啦。我要是死了，他也没法活。他的父亲牺牲了……收到了前线的来信。"她低着头不停地吻着孩子，显然还远没有恢复冷静，但眼神里已满是疼爱。

爆炸的声音变得越来越响，所有人都沉默了。一个老太太开始在胸口画十字，低声地祈祷。

爆炸的声音稍微轻了一点，大家又开始互相说话，时不时还爆出那种真正的俄罗斯式的笑声。即使是在最痛苦的时候，人们中还是能出现自发的欢愉之笑。

"看看马基耶夫娜吧，"一位宽脸女人说，"战前她老是说自己该死了，说了不知多少次，'我八十岁了，还活着干啥？走得越早越好……'刚才第一声爆炸响起，她就跑进防空洞了，让我坐都没地方坐！"

"真倒霉，"她旁边的人说，"我的腿软得像果冻！想要跑都跑不动。但突然间就飞奔起来了，头上还举着块木板！一分钟前我还在切大葱呢，接下来心里想的就只是别中彩了！"

"我什么都没了，"宽脸女人说，"我什么都没了。这才刚刚给我家沙发装了软垫，盖上了印花布呢……就几秒钟的工夫……能活着出来都算好运了。"

"得了吧，别说您和您的沙发了……有人都给活活烧死了。"

没有人离开防空洞，每隔一会儿才会有新的人进来。但里面的人几乎立刻就知道了地面上和天空中发生的一切情况，哪一座楼着火了，哪一处防空洞被直接命中了，哪里的防空炮火击落了一架德寇的飞机，最新一波轰炸机从哪个地方出现了。

站在楼道最上端的战士突然喊道："机枪声，拖拉机厂方向！"

"不是防空火力的声音？"第二位战士说。

"不是，地面战斗开始了，"第一个战士又仔细听了一会儿，补充说，

"没错了，迫击炮和大炮的爆炸。肯定是。"

又传来更多飞机的嗡嗡声，然后是连续的爆炸。

"万能的上帝啊，"穿着阿斯特拉罕羔皮大衣的女人说，"请您尽早结束这一切吧。"

"咱们走吧，"第一个战士对自己的战友说，"不然就会像老鼠一样陷在这里。"

索菲娅·奥西波夫娜向亚历山德拉·弗拉基米罗夫娜靠过来，吻了吻她的脸颊，然后站起来，披上军大衣："我也要走了，说不定还能赶到医院去。唉，先卷根烟再走吧。"

"嗨，亲爱的，"亚历山德拉说道，"去医院吧。"她把手伸进自己的大衣里，解下她的釉质胸针，把它别在索菲娅的军便服上。"好好照顾这两朵紫罗兰。"她温和地说。"还记得吗？我结婚的那个春天，维克托的母亲给了我这个。那时候我跟她一起待在巴黎，而你还只是个小姑娘。这两朵釉质紫罗兰跟着我一起去了西伯利亚。"

在阴暗的防空洞里，两个女人回忆起年轻时那个遥远的春天，真是既痛苦又忧伤。

两人默默地拥抱和亲吻了一下。在场的每个人从她们的眼神里看出来，这两个亲密无间的朋友将会长久地分开，或者，将永久地分别了。

索菲娅·奥西波夫娜朝着出口走去。大楼管理员的妻子说："她跑了。犹太人都跑了。他们都知道德国人来了就活不长。真搞不明白，一个俄罗斯女人为什么会把自己的十字架给她。"

"不是十字架，"站在她身边的女人说，"是一枚胸针。"

"就算是吧，"大楼管理员妻子说，"管它叫什么，这东西对她一点帮助都没有。她那个鼻子就够证明一切了。[1]"

亚历山德拉·弗拉基米罗夫娜伸长了脖子，看着索菲娅·奥西波夫

---

1 中文译者注：西方普遍认为犹太人的一个重要外貌特征是有一个大鼻子。

娜宽阔的肩膀消失在幽暗当中。她心里有一种异常明确的感觉：她再也
见不到索菲娅了。

三十六

第一枚炸弹爆炸时，叶尼娅正在河边。整个大地抖动起来。那个凝
视着遥远天边的飞行员霍利朱诺夫铜雕像摇晃起来，从花岗石基座上摔
了下来[1]。接下来第二声雷鸣透过大地传导了过来。整个世界像是被卷了
起来。一座大型角楼慢慢地坍塌在人行道上，扬起了大片白色的粉尘。
叶尼娅还记得这栋大楼里有个她常常去逛的男装店。现在，她的肺里充
满了温暖而沉重的空气。河边的人们叫嚷着，四处奔逃。两名战士纵身
扑倒在花丛里。其中一个大喊道："趴下，蠢女人，会把命送掉的！"

母亲们从婴儿车里抱出婴儿，开始飞跑。有些人朝着河边跑过去，
有些则从河边跑过来。叶尼娅自己却出奇得平静。她能清清楚楚地看到
周围的一切：倒塌的大楼、黄黑色的烟雾、爆炸产生的呈几何状态平直
的低矮火焰。她可以听到炸弹扑向大地发出的洋洋得意的嗥叫，看见人
们沿着河滨大道跑着，看见渡船和小船上挤成一团的人群。

凝视着这个混乱而愤怒的世界时，她自己却仿佛身处一个宁静幽深
的池塘里，眼睛和心都位于水下。

一个年轻小伙子肩上挎着背囊从叶尼娅身边跑过，穿过大街时摔了
一跤，头戴的绿色大盖帽滚落到大门前，他想伸手去抓住帽子。叶尼娅
瞥了此人一眼，然后立刻把他丢到脑后。

一个疯女人穿着一件没有系带子的浴袍，站在满是烟尘的大街中间，
给自己脸上和鼻子上扑粉，一边露出卖弄风情的微笑。

1　英文译者注：值得注意的是，1943年1月底，在斯大林格勒战役结束后，人们在清理码头的
　　废墟时发现了霍利朱诺夫雕像。整个雕像基本没有受到什么损害。

还有一个矮壮秃顶的男人，没穿外套，吊裤带松松垮垮地挂着，手里拿着一把三十元一张的卢布朝天上抛去，嘴里用最恶毒的话咒骂着自己。这人已经完全失去了理智。

她还看见一个年轻男人从码头方向沿着大街跑过来，手里拿着一个黄色的手提箱，动作既灵活又轻巧，走路的样子像只猫踩着脚垫无声跑过。她立刻明白了，这家伙是在偷东西，赃物就是那只箱子。透过一栋大楼一层破碎的窗户，叶尼娅看到有人手里拿着酒杯唱着歌，叫嚷着，跺着脚，留声机里传来狐步舞的音乐。她看见窗户里抬出来受伤的男人和女人，看见有人飞快地从死者脚上脱下靴子。

后来她在回忆这一切时，发现当时自己完全失去了时间感。直到这场空袭过去三天后，那个挎着背囊的年轻人才没有时时出现在眼前。

叶尼娅仔细地看着四周，想把一切摄入眼中，仿佛有人说出了一句咒语，将她带回到阴沉而宏大的动荡时代。她把自己看成了布留洛夫的画作《庞贝城的末日》中的某个角色，徘徊在坍塌的围墙和圆柱之间，头顶是黑沉沉的天空，被一道道叉状的闪电照亮[1]。她还想到了普希金的作品《鼠疫流行时期的宴会》，想到了但丁的地狱轮回和最后的审判。叶尼娅觉得作品里的这一切其实并没有发生。回到家后，她要把自己目睹的这些奇怪的场面画出来。

在这段时间里，凡是见过叶尼娅的人都觉得她精神失常了。此时此刻，这个高个儿年轻女人怎么能这么慢悠悠、这么从容地走路，而且眼中的表情还如此沉着？

当人们听到了恐怖的消息之后，却往往能够精力非常集中地擦亮自己的皮靴，平静地喝完自己那份菜汤，仔细地写完自己的最后一行字，或小心地补好衣服上的补丁。如此反应，其实并不算异常。

发生在叶尼娅周边这些令人恐惧的事情，不论是燃烧的房子，还是

1　中文译者注：卡尔·巴甫洛维奇·布留洛夫（1799—1852），俄国画家，19世纪上半期学院派的代表大师。1827年赴庞贝城遗址考察，1833年完成了名作《庞贝城的末日》。

房子上盘旋的浓烟和尘土，并不能唤醒她的恐惧感。从天而降的重锤猛烈撞击着巨石、钢铁和人的肉体，这也不能唤醒她的恐惧感。但是，她看到了林荫大道中间躺着一个衣衫破碎的老太太，头发浸在血泊里。在老太太身边跪着一个圆脸的男人，穿着一件漂亮的风衣。他把手伸到老人身体下面，想要把她抱起来，嘴里不断地喊着："妈妈，妈妈！您怎么了？妈妈，怎么了？妈妈，说话呀！"

老太太伸出手来，温柔地抚摸着儿子的脸。这只苍老的手似乎成了全世界唯一可见的东西，叶尼娅一下读懂了它的所有含义：母亲的温柔、眼泪、像个孩子般无助时的恳求、对儿子不离不弃的感激、对他的无能为力表示谅解——尽管他年轻、强壮，却依旧无能为力。她想要安慰儿子，想要向人世作出告别，想要努力呼吸，想要努力再看一眼光明。

叶尼娅向咆哮中的残酷天空伸出手，歇斯底里地喊道："这是在干什么啊，你们这些坏蛋，在干什么呀？"

人类在受苦受难。但接下来的几百年里，这一切还能留下记忆吗？宏大的石质神庙铭刻了将军们所获得的荣誉，但不会去记录人的苦难。泪水和低语、痛苦和绝望的呼唤、临死前最后的叹气和呻吟，这一切与穿越草原的尘烟一起，被风卷走。

直到这一刻，叶尼娅才感到自己也在面对死亡。她开始往家里飞奔，伴随着每一声爆炸时弯下腰，幻想着诺维科夫出现在眼前，将她带离火焰和浓烟。尽管知道诺维科夫此时在莫斯科，但她仍感受到他的沉着和强大。叶尼娅不由得在街角飞奔的人群当中寻找他。而此时，就是此时，她对诺维科夫的思念显得如此意味深长。也许，这也意味着诺维科夫想要得到她的音信。

到了后来，叶尼娅发现自己一次都没想起克雷莫夫，不由得大为惊奇。她当然知道克雷莫夫就在斯大林格勒，而在上次擦肩而过之前，她也的确常常想起克雷莫夫。本来，她此生可能会对克雷莫夫满怀愧疚和担忧。但因为他的态度，让叶尼娅对他歉意全消，且自此心安理得。

快到家了。周围五层公寓楼里所有的窗户全部被炸飞了，白色的、五颜六色的窗帘随风飘得四处都是。她远远地就看到了自己亲手缝的那面蓝绸滚边的白色窗帘，在一处大楼入口，还看见了种着棕榈和灯笼海棠的花盆。每经过一处，叶尼娅都能感到空荡荡的心里在回响。而快到家时，那种惊慌的感觉甚至压过了飞机嗡嗡响和炸弹爆炸带来的震撼。

　　叶尼娅有着艺术家的眼睛，能够看到事物那些出乎意料的内在相似性。于是，她突然从一片愤怒的海洋中的某个烟雾迷漫的港湾中，找到了那艘五层楼高的大船——她的家。

　　她停下来，四处张望，犹豫着是不是要从废墟上走过。有人大声喊她的名字，告诉她防空洞的方向。她走进防空洞里，深不可测的黑暗和窒息的空气立刻围了上来。接下来叶尼娅开始辨认出阴暗的油灯灯光、苍白的脸和白色的枕头，看见一条潮湿的水管发出微光。一个蹲在地上的妇女喊道："看着点路，要踩着孩子了！"

　　附近的一声爆炸传来，震撼着头顶上巨石和钢铁叠成的五层楼房，整个防空洞都抖动起来，四处嘎吱作响，然后爆炸声渐渐远去。这里上百个低垂着的、沉默不语的头颅一起，组成了令人窒息的黑暗。

　　传到防空洞里的爆炸声渐渐消停，不过经过了加强的水泥天花板仍有轻微的颤动，让里面所有人更加害怕。他们正在学着区别轰炸机引擎刺耳的轰鸣声、爆炸发出的雷霆声和高射炮开火时尖锐的砰砰声。炸弹刚开始投下来时没有声音，但这不祥的安静只持续了一会儿，它的嗥叫声越来越响。这持续嗥叫的几秒钟，每一秒都显得无穷无尽，可以分解成无穷无尽的细小时间单元。人们就在这些片段中低着头，屏住呼吸，清空一切欲望，断绝一切回忆。在人的身体里，除了回荡着这去向不明的钢铁嗥叫，没有任何空间可以装下别的东西。

　　黑暗中，叶尼娅小心地在人群里摸索着，挤出了一小块空地，坐了下来。现在深入了地底，头上是一片硬邦邦的水泥顶，身边是水管，周围的一切都在压迫着她。与其说这里是个避难之所，不如说它更像坟墓。

她想要摆脱在黑暗中窥视她的死亡，想要跑回地面，想要死在光天化日之下。她想要找到妈妈，想要把周围的人推开，想要在黑暗中冲出一条路，想要告诉所有人自己的名字。周围的人陷入黑暗中，人们看不见她，她也看不见人的脸，叫不出他们的名字。

这一刻，每一分钟都可能是人的最后一分钟。这一分钟在慢慢地延长，变成了一个小时。无法承受的紧张逐渐让位于无声的痛苦。

"回家，回家，"一个孩子用单调的声音重复说着，"妈妈，回家吧。"

"咱们就坐在这儿，"一个女声说，"坐到完蛋，坐到被侮辱和被损害。[1]"

叶尼娅拍了拍她的肩："不对。被损害了，没有被侮辱。"

"嘘，嘘，头顶还有飞机呢。"身后一个男人说。

"老天啊，"叶尼娅说，"这儿就跟个老鼠夹一样。"

"把烟给灭了。这里的人都憋得没法透气了。"

叶尼娅突然感到有了希望，她大声喊道："妈妈，妈妈，您在这儿吗？"

几十个声音达到："嘘——别这么喊！"

敌机竟然能听到地底下的声音，这个想法简直荒谬绝伦。但仿佛是要证明这是真的，头顶上开始传来细微的声音。刚开始几乎听不见，然后声音逐渐变大。突然一声刺耳的咆哮传来，吓得所有人都趴在地上，地面发出破裂的声音。整个防空洞仿佛遭到一把从一公里高处落下的一吨重铁锤的重击。砖石从墙上滚下，从天花板上掉下，所有人都惊得大声喘气。

也许，黑暗马上就要把所有人永远掩埋在这里了。就在这时，电灯突然亮了，照亮了那些争先恐后朝出口跑去的人们。墙壁和刷了白灰的天花板依旧安然无恙。炸弹肯定是落在了附近，但起码没有直接落到头

1　英文译者注：《被侮辱和被损害的》是陀思妥耶夫斯基早期的一部小说，发表于 1861 年。

上。电灯光只亮了几秒钟，但就短暂的几秒钟，明亮的光线已足以让人从最恐惧的状态，从那种以为自己将会永远被埋葬在地牢里的震惊中解脱出来。他们不再与世隔绝，也不再仅仅是风暴中的一粒砂砾。

叶尼娅一眼就看见了妈妈。她靠墙坐着，佝偻着背，满头白发。叶尼娅疯狂地吻着母亲的手、肩膀和头发："是斯杰潘，妈妈！是咱们的斯杰潘·费奥多罗维奇，从斯大林格勒发电厂送电来了！真想跟玛露霞和薇拉说啊，是他从发电厂送电来了。我们不会垮掉的，妈妈。对的，我们的人永远也打不垮！"

叶尼娅啊，当你这一天沿着大街跑回来时，能想象到自己竟然在害怕之外，还能继续保持对周围一切的热爱、执着和骄傲？

三十七

薇拉正从医院的二楼走到三楼，突然间她站住了，一步都走不动。

整栋大楼都战栗起来，窗玻璃震得粉碎，大块石膏掉落下来。薇拉吓得缩成一团，用双手捂住脸，害怕玻璃碎片会划伤双唇和脸颊。万一这样，维克托罗夫就不会再亲吻她了。爆炸声越来越近，炸弹随时可能会掉到医院头上。

头顶上传来声音："冒烟了，哪儿来的？"

"着火了！"几个人同时喊道，"是燃烧弹！"

薇拉顺着楼梯就跑了下来。屋顶和楼道晃得好像下一分钟就要垮掉了一样，一路上仿佛所有人都对着她大喊大叫，想要拦住她，不许她逃跑。

跟着她一起往下跑的还有很多人，有清洁工、助理医护、医院俱乐部负责人、药房的两个年轻女人、住院部的一个留着小胡子的医生，还有几十个病房里冲出来的伤员。他们还听到医院政委在顶楼一如既往地用不容置疑的语气在发号施令。

两位伤员把手上的拐杖扔了，肚子贴着栏杆滑了下来。这要不是在玩什么游戏，那就是他们都疯了。

薇拉认识的那些人，吓得脸都变了样儿，个个面色苍白，几乎认不出来了。薇拉自己都觉得肯定是因为眩晕，导致视觉变形了。

到了楼道下端，薇拉再次停下来。墙上写着"避弹室"几个字，旁边有一个箭头指着方向。所有人都沿着箭头朝同一个方向跑去。

一次近距离的爆炸把薇拉推到这面墙上。

"要是躲进避弹室，"薇拉想，"上级肯定要把我派出来，派到顶楼去，说不定还会派到屋顶上去。"她没有冲进避弹室，而是冲到了街上。在全家搬到斯大林格勒发电厂之前，她就在这条街上的学校里念书，在这条街上买糖，用麦秆喝气泡水，和男孩们打架，跟闺蜜们说悄悄话，学叶尼娅的样子用特别的方式走路。有时候她也会在街上挥舞着书包飞奔，担心在第一节课时迟到。

街上现在遍地是碎砖，以前那些同学住的公寓窗户上所有玻璃都震碎了。路中间有一辆燃烧的汽车，旁边是一名战士烧焦的尸体，头搁在路面上，脚搭在人行道上，看上去样子很别扭。薇拉心里想着要把他的头垫起来，但自己的脚却没停下。

这条她所熟知的宁静狭窄的街道记载着薇拉微不足道的生命故事，现在在燃烧，被毁掉了。薇拉朝着妈妈和外婆的方向跑去。她知道这不是去帮助她们，也不是去保护她们，而是让自己投入妈妈的怀抱，去放声大哭："妈妈！为什么呀，为什么，为什么您把我带到了这个世界？"她要大哭一次，把此生从来没有流够的眼泪流个够。

可薇拉没有朝着家的方向跑去，她停了下来，在灰尘和浓烟里站了一会儿。她的身边一个人都没有，没有妈妈，没有外婆，也没有上级。她需要自己做出决定。

是什么原因让这个小姑娘朝着燃烧的医院跑了回去？她听见了病房

里等待手术的伤员发出的痛苦呼唤了吗？还是她像个孩子一样，对自己的怯懦感到气愤？又或是为了克服自己的怯懦，她带着同样的孩子气下定了决心？是不是也有这种可能——当年她读的冒险小说、和男孩打架、翻过篱笆去别人果园里偷果子，培养出了对野性的热爱和对恶作剧的津津乐道，让她决定掉头回去？

还有可能是她想起了医院的纪律，感到了逃跑的可耻；还有可能是她只是无意间漫无目的地往回走；还有可能，生命中所经历的所有友善，在她内心注入了某种决定性的力量，毫不意外地让她自然而然地做出了这个决定。

薇拉沿着这条见证她生命的、燃烧的街道走了回去。她看见坏脾气的清洁工季托夫娜、近视的巴巴德医生用担架把一名伤员抬到院子里时，一点都没感到惊讶。他们把伤员放下，转身又回到燃烧的大楼里了。

有很多人在抢救伤员。一向穿着整洁、动作迟缓，又喜欢板着脸的医院政委尼基福罗夫也在其中。另外还有一位来自康复病房、帅气而开朗的政治指导员以及柳德米拉·萨维齐娜。后者已经四十五岁，是个老护士了，但还是喜欢四处招惹男人，把钱都用在脂粉和古龙水上面，还常常拿薇拉逗乐子。

一向好心而多嘴的尤科娃医生在人群里面；被怀疑偷喝医院酒精的大楼管理员安娜·阿波罗夫娜在人群里面；医院技术员克瓦什纽克在人群里面。这家伙前不久才因为被运西瓜的三吨卡车撞了，被送进病房治疗。可住院后没多久有人发现他把医院的毯子偷偷拿去卖了，卖得的钱部分被他拿去喝酒，部分给了他家里，于是他就从病房里被赶了出去。维克托·阿尔卡季耶夫在人群里面。此人手指上戴着一枚图章戒指，医院的护士们觉得这个莫斯科人油头粉面，又冷漠又傲慢。还有很多薇拉不太了解的护士助理、通信人员和医生们也都在抢救伤员的人群里。

薇拉立刻就明白了，这些不同的人被一种共同的特质紧密连在一起。这是自己本该早一点注意到的现象。她对自己的反应迟钝有点儿吃惊。

还有一些别的人本来也要出现在这个现场，但他们缺席了。可这并没有让薇拉奇怪。

在整个斯大林格勒被炸得遍地开花时，这些人依然穿梭在火焰和烟雾中。他们当中很多人非常了解薇拉的毛病。有一次，薇拉刚在一旁坐下看了几页大仲马的小说，一个病人想要让她帮个忙，她不耐烦地应道："哎呀，看在上帝的份上，让我读完这一章再说。"在医院食堂里，薇拉有一次吃完自己那一份饭菜后，又把别人那一份的主菜全给吃光了。还有几次，薇拉没打招呼就早退，还跟某个伤员有过风流韵事。很多人觉得薇拉这个人不要脸，还很固执，一天到晚老是惹事。可是，当薇拉跟他们一起冲进燃烧的医院时，却没人感到惊奇。

柳德米拉·萨维齐娜抹了一把脸上的汗水，对薇拉说："值班医生和院长都没了，变成空气了。"

薇拉冲进起火的大楼里，跑到第二层时，有人喊道："别往上跑了。上面一个活的都没了。"

薇拉继续向上跑。半个小时前，她吓得从这里飞奔了下去，现在她又回来了，穿过热辣辣的浓烟，一直冲到三楼。这不是在向无所畏惧的那些人证明自己也无惧死亡，也不是在证明她比大无畏的人更加勇敢和迅速。薇拉一路咳嗽、眯着眼睛，摸索着闯入了一间天花板已经坍塌的病房，热腾腾的浓烟在里面翻滚着。她看到了一个躺在地上的小个子伤员。他的眼睛死死地看着她，向她伸出苍白得就像白烟一样的手。薇拉心里涌出了强烈的冲动。此时此刻内心中还能产生如此冲动，她自己都觉得惊奇。

放在病房里等死的四个人中，还有两个活着的。救不过来的病伤员往往被送到这间病房。薇拉曾听到两名搬运工偷偷发牢骚，觉得把临终病房设在三楼实在太高了，要从此处把伤员遗体搬下去可不轻松。

从盯着她看的伤员眼中，薇拉看懂了他们的痛苦。与迫在眉睫的死亡相比，被人遗弃更加让人备受折磨。他们以为被人遗弃了，诅咒和憎恨起了人类。他们本不应被遗弃、被遗忘，因为他们受到了致命伤，已经软弱无力得像个新生的婴儿。

薇拉心里涌起了母亲般的怜爱，也知道自己的到来对他们的意义。

她使劲拽着其中一人向外走。另外一人问道："您还回来吗？"

"一定回来！"薇拉应道。她确实做到了。

薇拉后来是被抬出大楼的。一名医生迅速看了她一眼："可怜的姑娘，脸上和额头都烧伤了，右眼怕是有问题。在疏散名单上加上她的名字吧。"

空袭缓和的间隙，薇拉躺在医院的花园里，用那只没有受伤的眼睛打量着周围。在烈焰中的这个世界慢慢地又被原来熟悉的世界所掩盖了。人们从避弹室里跑了出来，匆匆忙忙地走动着，互相叫喊着。她能时不时地听到一个熟悉的声音：医院院长又开始大声骂人了。

三十八

不管人们是在伏尔加河东岸还是在斯大林格勒城里，他们都觉得"街垒"工厂、"红十月"和拖拉机厂肯定躲不过这场浩劫了。

谁都想不到，这三家大型工厂还在正常开工，继续维修坦克、制造大炮零部件和生产重迫击炮。

机床继续开动，气焊持续进行，动力锤还在工作，撞击着被拖回来修理的坦克卡住的部位。每个人当然都有自己的困难，但比起在防空洞或地下室里等待命运降临的痛苦来说，多少还容易忍受一些。在面对危险时保持工作状态，就不会那么害怕。工兵、炮兵、迫击炮手和步兵，这些战争时期的体力劳动者都了解这个规律。既然在和平时期劳动都能给人带来欢欣和价值，在一个可能被剥夺生命和财产的时刻，劳动更容易给人带来安慰。

581

与妻子的分别，对安德烈耶夫来说是痛苦的。当瓦尔瓦拉最后一次凝视着拉上了窗帘的窗子、上了锁的空荡荡的家门，最后一次凝视着这个和自己生活了四十年的人时，她的脸上露出了胆怯而迷茫的表情。此时的她与其说是个花甲之年的老太太，不如说更像个孩子。安德烈耶夫把这一刻记在了心里。瓦尔瓦拉与安德烈耶夫分别后，带着小沃洛佳走向码头时，小家伙的后脑勺和黑乎乎的脖子成了他难以忘记的一幕。泪水模糊了安德烈耶夫的视线，让阴暗且烟雾缭绕的工厂陷入了一片迷雾中。

　　此起彼伏的爆炸声在钢厂里回荡着。水泥地面和钢桁架在摇晃。承受着钢水压力的石质高炉基座也在高射炮的咆哮中震动着。与家人分离的痛苦犹在，又亲眼目睹了生命的离去，人是需要承受痛苦的。年纪越大，这种痛苦就越强烈。但在承受这样的痛苦之时，也伴随着一种对力量和对自由的陶醉。这种感觉有些类似于伏尔加河的某些老人身上的独特历史传承。差不多三百年前，人们舍弃自己的家园，与斯坚卡·拉辛并肩作战时，心里也是这样想的。

　　这种感觉很奇怪。它给安德烈耶夫带来了此前从没有感受过的愉快。这跟战争爆发之初他获许回厂上班时的感觉完全不一样，也跟他年轻时时不时经历的那种无法言喻的幸福截然不同。

　　它带来了一种幻想：仿佛安德烈耶夫能够穿透河岸边芳香的芦苇，看到一个满脸胡茬的男人穿透清晨的迷雾，凝视着辽阔得让人叹为观止的伏尔加河。

　　于是，他简直想要甩掉所有的伤痛，用一个老工人的全部力量喊道："我来了!"在内战中，不止一个这样的工人和农民在面对着同样一条河流，大声喊出同一句话，做好了为理想牺牲的准备。

　　高高的玻璃天窗上覆盖着一层煤烟。安德烈耶夫透过它凝视着浅蓝色的夏季天空。煤烟把天空也染上了灰色，把太阳和整个宇宙变成了覆盖着烟尘的冷峻工厂。他在工厂中度过了自己很长一部分生命，让他将自己的心灵和魂魄注入了其中。

他凝望着高炉，凝望着顺从而小心地滑过人们头顶的吊车，凝望着小小的车间办公室，凝望着这座巨大的车间里看似乱糟糟、实则井井有条的一切。这里就像自己那个有着绿色屋顶的小家。妻子一手布置好了这个家，可现在它被放弃了。

瓦尔瓦拉还会回到他们那个生活了很多年的屋子吗？还能再见到她吗？还能见到儿子和孙子吗？还能见到这座车间吗？

三十九

灾难总是挑战着人的极限。许多斯大林格勒的居民们的反应也很出乎意料。

有一种说法认为，自然灾害中，人往往会表现出非人的一面。他们变成了木偶，被自我保护的盲目本能驱使。在斯大林格勒，确实有这样的人偷窃了寄存在他们那儿的东西，抢掠了商店和食品仓库里的伏特加，在上渡轮时发生了推搡甚至斗殴。有些人本来奉命留守斯大林格勒，但他们却去了东岸。有些人曾做出一副誓死战斗到底的样子，但在这一天却表现出了最可悲的软弱。

人们看到了这一切，但只有喁喁私语时才会说起，似乎它们才是全部可悲、不快但无法回避的真相。但在事实中，这只是部分真相。

在雷霆般的爆炸声中，在浓烟当中，"红十月"工厂的工人们仍屹立在平炉之前。拖拉机工厂里，热车间和安装、维修车间这些主要车间里，工人们一分钟都没有停止过工作。在斯大林格勒发电厂，尽管重磅炸弹的一片弹片削掉了半个操纵杆，负责锅炉的工程师在雨点般的碎砖和碎玻璃中仍岿然不动。为了扑灭几乎无法扑灭的大火，许多民警、消防队员、战士和民兵牺牲了。下至孩子们，上至老工人，都表现出了无所畏惧的勇气和沉着冷静的睿智。

只有在这个时刻，许许多多的错误认知才得以暴露出来。

斯大林格勒这些燃烧的街道，是衡量人的试验场。

四十

傍晚七点钟刚过，设在一片覆盖着灰尘的低矮橡树林旁的德军机场上，开来了一辆司令部汽车。随着一声尖锐的刹车声，汽车停在了一架双引擎飞机旁。飞行员远远看见这辆汽车开过来，便启动了引擎。身穿飞行夹克的里希特霍芬将军从车里钻出来，手里握着船形帽，朝飞机大步走来。他的脊背宽阔，双腿肌肉发达，既强壮又精力充沛。里希特霍芬没有理会向他敬礼的机械师，跨上了登机舷梯，坐到了无线电报务员的位置上，戴上了带有耳机的飞行帽。如同所有的飞行员在起飞前习惯的那样，里希特霍芬朝地面人员漫不经心地瞥了一眼，烦躁不安地待了一会儿，渐渐适应了又矮又硬的座位。

引擎的声音从嗥叫变成了咆哮，地面灰色的草叶颤抖着。飞机机身下像是飘起了蒸汽一样，升起一团白色尘烟。

飞机起飞了，很快爬升，朝东飞去，大约在两千米的高度，与前来护航的福克式和梅塞施密特式战斗机会合。

战斗机飞行员本来喜欢在无线电里聊天开玩笑，但这次他们知道，将军能够听见他们说话。

半个小时后，里希特霍芬飞临燃烧的城市上空。在落日照耀下，四千五百米下的浩劫场面清晰可见。高温将白烟抬到空中，随着高度上升，白烟逐渐淡化，形成波浪状的白云形状。在这些白云之下，是一团不断翻滚着的、沸腾而沉重的浓烟，仿佛喜马拉雅山脉的峰顶正在努力而缓慢地把自己从大地深处拔出来一般。浓烟中不断喷吐出成千吨浓厚炽热、颜色各异的砂石，有黑色，有烟灰色，还有红褐色。在这个硕大无朋的大釜中，不时会冒出热浪滚滚的黄铜色火焰，把火星喷到几千米高空。

即使放在全宇宙来看，这都是一场浩劫。烈火甚至烧到了哈萨克大草原的边缘。

偶尔之间，也能看到地面，点缀着小小的、蚊子一样的黑点。但浓烟瞬间就将其淹没了。

伏尔加河和周围的草原变成一片灰色，覆盖着一层忧伤的薄雾，看上去寒冷肃杀。

飞行员从耳机里听见里希特霍芬急促的喘息声，感到有些焦虑不安。然后，他又听见他说："从火星上……从火星上都能看见。真是魔鬼的杰作。"

在自己这颗麻木而顺从的心里，这位纳粹将军能够感受到那个人所具有的能量。正是此人，将他提升到如此令人恐怖的高度；正是此人，命令他用德国飞机烧起这场大火，以便让德军坦克和步兵能够朝着伏尔加河和斯大林格勒的巨型工厂进军，朝着亚洲和欧洲的最终分界线进军。

这个极权者的想法是极其无情的。他要将飞机引擎和梯恩梯炸药施加于妇女儿童身上。似乎每一个小时、每一分钟都在证明他的成功。法西斯飞行员不顾苏军防空火炮的阻拦，在这充满着火焰和浓烟的大釜上咆哮盘旋，只能证明希特勒正在实现他的诺言：德国的力量将统治世界。机翼下面的这些人只能倾听飞机罪恶的嗡嗡声，躲在地窖里或者自家炽热的废墟中，忍受着呛人的烟雾。显而易见，他们已经被永远打败了[1]。

事情不是这样的。一座伟大的城市被毁灭了，但并不意味着俄罗斯人被奴役了，更不意味着俄罗斯死到临头了。在浓烟和灰烬中，苏联人民的力量、对自由的热爱和信仰依旧顽强地延续着，甚至变得更加强大

---

1 英文译者注：据估计，约有四万人死于德军对斯大林格勒第一天的空袭。（Merridale，《伊万的战争》）

585

了。这股不可毁灭的力量正逐渐战胜那些试图奴役它的人所实施的徒然无功的暴力。

四十一

8月23日，两个德国装甲师、一个摩托化步兵师和几个步兵团在维尔季亚奇村附近渡过了顿河。

这些部队集结在桥头堡一带，奉命在空袭结束后立刻向斯大林格勒发动进攻。

突破了苏军防线后，德国坦克迅速地沿着一条八到十公里宽的走廊地带向伏尔加河扑来。它们绕过路上的防御筑垒，一路向东，逼近那个被几千枚高爆炸弹撕裂的、被浓烟和烈焰包裹的窒息的城市。

人们发现德军已至，朝着草原和伏尔加河的悬崖四散奔逃。德军坦克完全不理会这些人，也放过了苏军的后勤部队，到了下午，坦克已经出现在城市北郊的雷诺克和叶尔若夫卡。很快，他们就抵达了伏尔加河。

8月23日下午4时，整个斯大林格勒方面军被一条狭窄的走廊切成两半。德军步兵紧随着坦克涌入走廊，到达伏尔加河西岸，距离拖拉机厂只有一公里半。此时，第62集团军的主力还在顿河东岸的阵地上顽强防御。部队有陷入合围的危险。

在前往卡梅申大道上的人们本来已被燃烧的城市震惊，现在，他们又突然看到了德军的重型坦克。在坦克的身后，是在尘烟中若隐若现的摩托化步兵分队。

德军参谋军官们时刻关注着步兵分队的进展状况。所有相关的电报立刻译好电文，送到保卢斯大将那里。

链条上的每一个环节都绷紧了，但每一点动向都预示着胜利。到了傍晚，柏林已经获悉，斯大林格勒陷入火海，德军坦克抵达了伏尔加河畔，没有遇到有效抵抗。在拖拉机工厂一带已经展开了战斗。显然，只要最后一击，斯大林格勒的问题就会得到解决。

四十二

拖拉机厂西北部，在食堂外的花园和一片荒地上，一群红军炮兵在进行训练。他们隶属于最近才从前线上撤下来的反坦克炮兵旅。

他们可以听到工厂发出的轻微轰鸣声，让人想起秋天森林的喃喃自语。时不时的，透过覆盖着煤烟的灰蒙蒙的窗户，能够看到小小的火苗，还能看到焊装车间里跳动的浅蓝色光芒。

重迫击炮连的连长萨尔基相上尉在慢慢地踱着步，走两步停一下。作为负责人，他在观察手下的动作，倾听他们的交流，他那黝黑的、刮得有点泛青的脸上露出满足的表情。萨尔基相穿着一件新的斜纹布军便服，衣领下衬着赛璐珞硬领。跟在前线时头戴一顶普通的军帽不同，今天他戴上了一顶带有黑色帽圈的炮兵大檐帽，粗硬的黑发从帽檐下探了出来。萨尔基相粗壮结实，但个头很矮。跟所有矮个子那样，他为了显得个儿高些竭尽所能。比如，尽量不去梳理他的卷发。如果不在前线，而条件又允许的话，他在冬天会戴上皮帽，在夏天则戴上高高的大盖帽。

一个迫击炮手没精打采地回答着排长的问题。萨尔基相听完后，嘟哝了一句："这怎么可能？"说完就走开了，黑褐色的眼睛里流露出恼怒的表情。

整个训练进行得很不好。所有人回答问题时都漫不经心，而且还常常报错了射击诸元。这些人特别不愿意去修工事。萨尔基相一从视线里消失，他们就开始打起呵欠，四处询问能不能坐下来抽根烟。

在经历了长时间疯狂的紧张状态后，不管是指挥员还是战士都陷入了那种从前线撤下来的部队所经历的慵懒状态里。谁都懒得去想过去，

587

也不去想未来，什么事情都不想做。但是这位年轻的上尉有着南方人的火暴脾气，而且对谁都没有耐心，弄得每次从某个迫击炮班走开时，大家都在身后气愤地盯着他的粗脖子和支棱的耳朵。再说了，今天是星期天，所有人都在休息。反坦克炮兵、反坦克枪手、高射炮手、弹药运输人员、指挥部参谋，大家爱做什么就做什么，反正旅长和政委宣布今天休息。可是萨尔基相却把手下弄到这个位于某条深深的冲沟旁的菜园子，在这里挖战壕，然后把重迫击炮和部分弹药部署在此处。格涅拉罗夫上士刚刚睡了一整晚的好觉，又去澡堂子飞快地洗了个澡，喝了一瓶日古利啤酒，心情很好。他从当兵的碎言碎语中听明白了缘由，毫无恶意地对他们喊道："行了，别说这些混账话了。"

莫罗佐夫中尉胳膊上吊着绷带，过来找萨尔基相。本来他要在旅部值班，但刚刚被解除了任务，于是和防守拖拉机厂的防空连连长一起肩并肩地走过来。这两人在军校时是同学，没想到却意外地在拖拉机厂遇上了。

"嘿，上尉同志，跟您说，您真的得跟前线说再见了。军区司令部有消息，我们看来在这儿不会待太久了，要派往萨拉托夫以北整编。连具体在哪儿都说了，不过我漏看了地址。"

莫罗佐夫笑起来。萨尔基相也笑了，还伸了伸腰。

"说不定还有休假，"防空连连长斯维斯杜恩说道，"还有您，中尉同志，受伤了，还没康复呢。"

"可能会批准我休假，"莫罗佐夫答道，"已经打报告了，上级不反对。"

"我运气可没这么好，"斯维斯杜恩说，"拖拉机厂是具有全国意义的重要目标。"说到这儿，他狠狠地咒骂了一句。

萨尔基相看着斯维斯杜恩的红脸，对莫罗佐夫眨了眨眼，"您还要什么休假呢，现在不已经在疗养院了吗？伏尔加河就在旁边，每天都可以到河边。西瓜想吃多少就有多少。"

"这辈子的西瓜都吃完了，"斯维斯杜恩说，"简直就是拿西瓜来喂我。"

"还有姑娘们！"莫罗佐夫说，"他那儿可真不少。测距仪操作员、仪表技术员，您能想到的都有……个个都清清白白，都在学校里念完了十年级，长着漂亮卷发，衣领干干净净。我第一次到他那儿，不由得揉了揉眼睛。哎呀，斯维斯杜恩，您根本不用休假。男人们想要的都有了。您追姑娘的本事在军校里都传开了。"

斯维斯杜恩微笑道："可真行，去您的那些胡编乱造吧！"他可不太愿意拿当年的事迹出来吹牛。

莫罗佐夫对萨尔基相平静地说："休息就是休息。我已经解除了今天的值班，要不一块去城里走走？上尉同志，您这里是怎么搞的？干嘛在后方搞这么多训练？反正所有人都休息。中校和副手们都去钓鱼了。政委在写信。"

"去就去吧，"萨尔基相说，"今天会给工厂送啤酒过来，食堂经理跟我说过。"

"那个小个子？"莫罗佐夫问。

"玛丽亚·福敏尼齐娜是个好女人。每次送啤酒过来都跟我打招呼，"斯维斯杜恩显然很了解工厂食堂，"得记住了，桶装啤酒就是比瓶装啤酒好喝，还便宜！"

"玛丽亚呀……"萨尔基相眼睛一亮，"要到十八点她才下班。到时候我们再去城里。不过，在此之前，还需要继续训练。我做了决定，就一定要执行下去。"

"上尉同志，玛丽亚已经不年轻了，现在怎么说都得过四十了吧？"莫罗佐夫带着责备意味说道，"您和这个胖墩……干嘛不换换口味呢？"

"我也觉得她该有四十好几了。"斯维斯杜恩说。

此时是下午三点左右。这个周日既宁静又炎热。他们根本没意识到一个小时后他们将成为第一批面对德军的部队，而萨尔基相的重迫击炮，还有斯维斯杜恩那些炮管颀长、射速猛烈的高射炮释放的猛烈火力，会标志着这场伟大战役的开始。

他们又说了一会儿话才分开。按照约定，他们将在两个小时后在工厂食堂会面，一起喝杯啤酒，然后到城里看场电影。萨尔基相负责弄辆车，斯维斯杜恩负责弄汽油。

"眼下的情况看，汽油很好解决。"莫罗佐夫摆出一副无所不能的样子。

但萨尔基相、莫罗佐夫和斯维斯杜恩再也没有见面。还没到傍晚，莫罗佐夫中尉就已倒在地上，土埋了半截，头部和胸部被炮弹撕裂了。斯维斯杜恩整整战斗了三十个小时。他的手下一部分和德国坦克交火，一部分则在浓烟、尘土和火焰中向德国轰炸机开炮。他与上级的联系被全部切断了。团长赫尔曼中校以为防空连已经全军覆没，消失在黑烟中。后来他才慢慢地从射击声中意识到，防空连还有人在继续作战。几个小时前，三个指挥员拿来开玩笑的漂亮姑娘们，那些仪表技术员、测距仪操作员全部牺牲在这场战斗中。斯维斯杜恩后来被人放在防潮布上抬出来时，腹部受了重伤，脸上也被烧伤了。

但是在下午的这一刻，当萨尔基相走回去准备认真地检查手下工作时，当斯维斯杜恩和莫罗佐夫攀着各自肩膀，一边回忆着军校往事，一边大笑着朝工厂走去时，不管是地面上还是天空中，一切都显得如此宁静。

装弹手第一个发现了德国轰炸机。

"看啊，往那儿看！"其中一人喊道，"跟蚂蚁一样，天空都盖满了，从伏尔加河那一侧飞过来的——四面八方都有了！"

"直接朝着我们飞来的。真要命，我们要倒霉了！"

"这不会是我们的飞机吧？"

"可拉倒吧。都是要命的炸弹，一会儿就轮到我们了！"

工厂的防空警报响起来了，但这刺耳的尖叫立刻被充斥着天空的引擎轰鸣声盖过去了。

战士们向上看着这片乌云。它们的动向仿佛很乱，但训练有素的眼睛立刻就能判断出来，这次德国人的重拳将会落在城市之上。

"转向了，这些狗杂种。下降……俯冲了……它们俯冲了！炸弹投下来了！"

传来了让人不寒而栗的呼啸声，然后是长长的、低沉的爆炸，两者混合成震动大地的单一声浪。

一个尖细颤抖的声音喊道："小心啦，这回它们朝我们来了！"

战士们分散跳进战壕、土坑和沟里，静静地趴着，用手紧紧地按着帽子，好像这样就能够让他们免于高爆炸弹的伤害。高射炮开火了。

第一批炸弹落了下来。

萨尔基相环顾左右，拼命把自己的思绪从啤酒和城里的夜生活拉回来。他给吓坏了。空袭总是能够弄得他失魂落魄。接下来他又痛苦地望着天空，想要知道飞机上哪儿去了，下一个牺牲的会是谁。"这可不是我称之为战争的东西，"他后来会说，"这些简直就是会飞的匪徒。"

地面作战就不同了。他在地面战斗中总是显得很强大，又狡猾又无情。跟地面的敌人作战，没有那种头上无遮无挡、一切被暴露无遗的危险。

"进入阵地！"萨尔基相高喊道，想要用愤怒把自己的焦虑盖过去。

第一波攻击结束，敌机飞走了。第二波还没有来临。这时只能看到浓烟飞快地向伏尔加河飘去。萨尔基相听到了南边高射炮发出的隆隆爆炸声，时而激烈，时而平静。天空上点缀着炮弹爆炸时散开的小团白烟。着火的建筑群上空飘着薄烟，一群双引擎的小虫子像乌云一样在高空盘旋着。苏联战斗机正在向这群气势汹汹的毒虫发动进攻。

炮手们从坑里和战壕里爬出来，回到炮前。他们心里都清楚，随时都有可能会藏回去，干脆连身上的灰土都懒得扑打一下。所有人都把头转向南方，朝着城市上方的天空看着。可萨尔基相却噘起了嘴唇，把眼睛瞪得圆圆的，不断朝身后望去。从天空中那些乱成一团的轰鸣与咆哮声中，他听到了粗粝的钢铁轰隆声。这声音他可再熟悉不过了。

"听到点儿不对劲的了吗?"他问格涅拉罗夫上士。后者正皱着眉头，脸颊一如既往的红通通。

格涅拉罗夫摇了摇头，大声咒骂着，指着天空说："正朝着这边飞过来呢，直接对着工厂飞来了。"

可是萨尔基相不再向天上看去，也不再侧耳倾听为工厂提供防空保护的高射炮开火的声音。他踮起脚尖，尽其所能地向北方，向城市之外的远端看去。在一条通往伏尔加河的宽阔冲沟对面，灰扑扑的灌木和矮树丛里，他似乎看到了一辆重型坦克低矮而阴冷的侧影。

"隐蔽——它们朝着这边飞来了!"格涅拉罗夫大喊着，用手指着天空。

萨尔基相不耐烦地摆了摆手，"向冲沟方向，跑步前进!"他命令道，"那边有什么东西过来了，在最远那一侧。去搞清楚是什么。"他用手在格涅拉罗夫身后轻轻推了一把，"给我飞起来，像雄鹰一样!"

萨尔基相让手下的排长把目标设定在冲沟远端，自己爬上一栋长满绿霉的废弃房屋。在屋顶上，他的目光越过一大片工棚、菜地、空荡荡的道路，看着通往冲沟的条条小路，然后继续朝冲沟远处看去，看见了一长列坦克。他数了数，大约有三十辆，正沿着宽阔的黄色车辙，朝着拖拉机厂开过来。

它们距离还很远，看不出坦克的颜色和标志。不用说，它们的装甲上肯定覆盖着厚厚的灰土。而且它们开过来时履带卷起了大片尘土，在风里形成了一道尘障。

可以看到格涅拉罗夫时而快步走，时而跑步，慢慢靠近冲沟。没什么可以怀疑的……这些是苏军坦克，从卡梅申来的增援部队。当天早上，从方面军司令部回来的旅长还说，德国人被顿河挡住了，短时间内不会渡河，顿河太宽了……

可是，萨尔基相并不信任这些坦克。

跟每个在前线待过很长时间的人一样，萨尔基相对一切都保持着警觉。每个晚上他都支着耳朵，倾听最细微的声音，不管是悄悄的脚步声，还是几乎感受不到的引擎嗡嗡声。他习惯了仔细观察驶过村子、扬起一大片灰土的卡车，习惯了认真判断低空飞过铁路线的飞机外形，习惯了停下手里的工作，屏住呼吸，小心打量从野地里走过来的一小队人员。这一切已经成为了他的生活方式，融入了自己的血液当中。

远处的洛托申斯基花园也扬起了一片尘土。他前一天还在花园里摘葡萄吃呢。在花园旁边是梅肖特卡湿地，在那儿驻扎着一个反坦克营和几支来自工厂区的民兵小队。萨尔基相凭着直觉听到密集的枪声和机枪短促的射击声。民兵部队似乎开枪了。他们是在朝着谁开火呢？

接下来，他看到冲沟远端茂密的草丛和灌木里出现了断断续续的闪光，接下来又是短促刺耳的机枪射击声。这时他又看到了格涅拉罗夫。上士挥舞着手，消失在冲沟里，一分钟后，他弯着腰转身朝着重迫击炮连冲来，被绊了一跤，立刻又蹦起来，停了一秒，大声喊道："德—国—鬼—子！"

不用他说，他的每一个动作都证明了正在逼近的坦克是德国人的坦克。

小个子萨尔基相从长满绿霉的屋顶上蓦然立起，凛然不可侵犯地直面自己严峻的命运。他用嘶哑而豪迈的声音大声下达了任何军事教科书上都不会有的命令："朝着法西斯混蛋，开火！"

反坦克连在后方安静而短暂的休养至此结束了。

德国人此时正在想法子通过冲沟。迫击炮突然齐射，加上工厂民兵的步枪和机枪火力，让他们的进军倏然停下。斯大林格勒方面军位于城市北部的第一道防线形成了。

克雷莫夫在给弟弟写信，在想象着乌拉尔的生活时停下了笔。他从来没有到过乌拉尔，以前自己读到的、听到的所有关于这一地区的东西相互混杂，形成了一幅奇怪的画面：花岗岩山岗上，白桦树的树叶正在变色；宁静的湖泊旁四处是苍松；巨大的机床车间里灯火通明；斯维尔德洛夫斯克的大街上铺着柏油；黑色的岩石之间是一处处洞穴，粗糙的宝石闪耀着彩虹般的光芒。弟弟的屋子就位于湖泊、山岗、岩石、铺着沥青的大街还有巨大的工厂之间，异常漂亮、安静和平稳。

一名政治指导员冲进来，大声喊道："有敌人，政委同志！"于是，这间由警卫员仔细收拾过的小屋里的安详宁静，还有他对弟弟以及乌拉尔森林和湖泊的想象瞬间消失不见了，犹如水珠落在烧得红热的铁板上。

让一个人回到战争状态，简直就如同早上唤醒他那般自然。

几分钟后，克雷莫夫就来到了荒地上，萨尔基相的重迫击炮正在这里朝着德国坦克拼命开火。

"汇报情况！"他冷冷地说。

因为挡住了德国人，萨尔基相兴奋得脸都红了："政委同志，有部分德国装甲部队正在接近。我已经干掉了两辆重型坦克！"

他想，最好能在本旅的负责人面前强调一下重迫击炮连的战功。之前在顿河时出过一次问题。萨尔基相的人打掉了敌人一辆自行火炮，但友邻的炮兵连连长却把这功劳算到自己头上了。

可是只看了克雷莫夫一眼，萨尔基相就把这小算盘收起来了。就算是在最残酷的环境下，他也没见到过克雷莫夫脸上流露出这样的表情。

德国人来到了伏尔加河河畔，来到了斯大林格勒郊区。他们达成了突破，朝着工厂区扑过来了。天空上全是德国人的飞机，嗡嗡声满天都是。在满怀恶意的嗡嗡声和碾压着大地的坦克之间有一种邪恶的联系。它正在变得越来越宽，越来越深。必须得挡住德国人，打断彼此的联系。其他的一切都不重要。

克雷莫夫处于极度紧张之中，需要动用全部的精神力量来找到对策。

"把电话拉到那边屋子里！"他对副参谋长说道。然后他问萨尔基相：

"弹药怎么样？"

听完萨尔基相的汇报，他点点头说："好。这里离弹药库太远。我们不能撤退，把所有的弹药全部发下去。"

一位战士飞快地看了克雷莫夫一眼："您说得对，政委同志！"他朝着伏尔加河摆摆手说："再说，又能撤到哪儿呢？"

这时候只需要眼神交换和简短的几句话，政委和炮手们就能互相理解。

克雷莫夫向跑步前来的旅长副官下命令："旅部人员和行政人员全部去搬运弹药！人手不够了。"

接下来，他微笑着对另一个炮手说："现在，萨佐诺夫，你坚守岗位的时候到了。"

"政委同志，我明白了。跟顿河那会儿情况不同了。"

"对！"克雷莫夫答道。

萨佐诺夫还说了些什么，这时候传来激烈的枪声和爆炸声，克雷莫夫什么也没听见。

克雷莫夫写了张字条给通信员，让他交给防空团团长。他写道，德国人已出现在附近，命令建立起反坦克旅的联系并立刻接敌作战。但通信员还没跑到团长那儿，高射炮就已经对着敌人坦克开火了。

几十个人亲眼看见政委从一个炮班来到另一个炮班。几百双眼睛或飞速或缓慢，或激动或沉着，又或者大胆地与克雷莫夫的眼睛交会而过。

射手在准确地射出一炮后，会瞥一眼政委。装填手在挺起胸膛、拭去前额上的汗水前会抬头看一眼政委。炮班班长在回答他那些简短的问题前会匆忙向他敬礼。通信员则不停地把电话话筒递给他。

在拖拉机厂外的这场战斗，所有重迫击炮连的人都感到了战斗的紧张和恐怖，但他们仍打出了满意的射击精度和射速。他们都知道头顶盘旋着敌机，敌人炮火在朝着自己开火。偶尔之间，他们会为一些小错误感到懊恼，或者为几个小时前挖出的战壕太浅而后悔。但他们既不期待

595

也不去设想未来。他们根本不会去考虑如果一发德军的炮弹落在附近，自己还有没有机会在爆炸前卧倒。这场突如其来的战斗跟此前在草原上的战斗有所不同，有新的变化出现了。大家曾经如此期待能够短暂地休息一会儿，但现在却不得不奋起迎战，这简直让人怒火中烧。但变化不止于此。更重要的是，他们意识到自己已经被逼到伏尔加河河畔。他们离哈萨克大草原只有一步之遥。这让所有人心中满是愤怒和痛苦。

在斯大林格勒战役爆发之初的这几个小时里，每一名参战者彼此间构成了这样的心理联系。克雷莫夫能够感受到这种联系所具有的强大力量。他所下达的所有命令，其潜在的意图，是要构建炮手和指挥员之间的紧密联系，是要构建指挥部和各个下级单位之间的紧密联系，是要构建全旅和防空团、工厂民兵以及方面军司令部之间的紧密联系。但更重要的是，这么做是为了在人与人之间更深的层次上建立联系。这是胜利的基本要素。缺少这种联系，就无法获胜。这是克雷莫夫在苏军漫长的撤退中从无数胜利和失败中学到的东西。

在他的催促下，旅部和防空团团部、工厂民兵指挥部以及附近正在训练的坦克营之间，很快架好了电话线。

通信员时不时会把听筒递给克雷莫夫，于是迫击炮手、高射炮手和坦克车组都听到了政委沉着冷静的声音。

"政委同志！"机枪排排长沃尔科夫冲进旅部，"我们的弹链不够了。我以为在后方会安全些，没想到这么快就开始作战了。"

"派几个人到民兵团团部去，我跟团长说好了，会给你安排的。"

电话铃响了。克雷莫夫对着话筒说道："战壕要加强，要挖深。别以为躲一躲就完事了，还得继续挖，我们得在这儿待上一阵子。"

德国人从地面和天空同步向苏军通信体系发起了攻击，想摧毁它，但没有成功。

德国坦克出现在伏尔加河西岸，这一消息让人震惊。德国的坦克手们觉得他们在这一要道和这座燃烧的城市北郊工厂区的突然出现，会给毫无防备的苏军带来迷惑和恐慌。但在这一过程中，他们自己也结结实实吃了一惊。他们丝毫没有预料到会遭遇如此猛烈且步调一致的火力。在两辆坦克被直接击中起火后，德军指挥官认为苏军并非毫无防备。苏军一定对德军计划有所觉察，识别出德军坦克的路线指向拖拉机厂和北部渡口，并为此做好了准备。

德军指挥官用无线电向指挥部做了报告，并汇报说已下令停止前进。坦克和摩托化步兵将准备进行更长时间的作战。

有些重要历史事件的发展，其中包含很多机会成分。有时候会有运气因素，有时候则没有，这毋庸多言。但是，我们不能孤立地去理解一件重要历史事件的真实含义，不能仅仅从时代精神的角度理解它。机会与运气当然很重要，但却是第二位的。它们不会改变历史的轨迹。

生命和战争的法则曾将几百万个体的德国人变成了压倒一切的、不可战胜的力量，但这个过程的转折点正在到来。从今往后，哪怕是最有利的条件，也不会转化成德国人的任何真实收益，而哪怕最微小的劣势，最无关紧要的厄运，都会给德国人带来严重的、不可逆转的后果。德国人的机会，将烟消云散。

四十三

在这场大规模空袭后，城市面目全非。所有的一切，不论是否被空袭改变，全部变得陌生了。大家在街上吃饭，坐在行李箱笼之上，旁边就是自家的废墟，这当然让人感觉很奇怪。但即使是橡胶厂旁边有一栋单独的房屋没有倒塌，还可以看见老太太在一扇打开的窗户后织毛衣，旁边坐着一只长毛西伯利亚猫，这样的场面也不会让人觉得正常。所有已发生的一切只能让人觉得不可思议。

渡轮码头不见了，电车跑不起来了，电话铃也不再响了。很多很重要的机构也停止了运转。

鞋匠和裁缝不见了，门诊病房、药店、学校、钟表维修处、图书馆也不见了。街上的广播喇叭沉默了，不再有剧院和影院、商店、市场、洗衣房、澡堂和卖矿泉水及啤酒的小亭子。

烧焦的气味飘荡在空中，被大火烧塌的残垣断壁余温尚存。它们像烤炉一样散发着热气。

德国人炮击的爆炸声和炮兵开火的声音越来越近。夜里，在北部的拖拉机工厂一带，机枪枪声清晰可闻，夹杂着焦脆的小口径迫击炮爆炸的声音。还有什么是正常的呢？某个清扫大街的大楼管理员？在面包房前有序排队的人群？还是那个拼命用手扒开碎砖和铁皮、寻找罹难孩子，结果把指甲修剪得很漂亮的双手弄得血淋淋的疯女人？所有人都知道本城北部郊区已被德国人占领了，所有人都在等待更糟糕的消息。从今往后，任何一天都不会跟前一天一样，因为每一天都会像前一天那样混乱。想平安无事？不，不可能。

此时此刻，唯一不变的可能只有方面军司令部的生活。早几天大家还觉得它的存在是临时性的，与整座城市格格不入。司令部警卫营的战士们前往食堂就餐时依旧会把饭盒碰得叮当作响。负责通信的指挥员们依旧开着摩托车横冲直撞，爱姆卡进进出出，车上覆盖着厚厚的尘土，两侧被撞得坑坑洼洼，车窗上满是星形的裂痕。它们停在市中心的各个广场上，顺从地服从举着红旗和黄旗的交通管理员调度。

每一天，从此前和平的废墟中成长的新城市都会发生巨大的变化。这座新城市，这座为了战争而诞生的城市，是由各式各样的人员——后勤人员、通信人员、步兵、炮兵和人民民兵——建立的。碎砖成了修建街垒的材料，街道继续存在，但它不是为了方便行走，而是为了阻止人员流动。人们在街道上铺设了地雷，掘通了战壕。在窗台上放置的物品，从一盆鲜花变成了一挺机枪。各个大门入口和小院都悄悄布置了炮兵和反坦克火力。各个居民点之间的僻静角落和小道也留出了隐蔽的位置，供狙击手、冲锋枪手和投弹手未来使用。

四十四

空袭后第五天，莫斯托夫斯科伊在距离自家不远处遇上了索菲亚·奥西波芙娜。

她穿着一件边缘被烧黑的军大衣，整张脸都变尖了，面容苍白。在亚历山德拉·弗拉基米罗夫娜生日那天，坐在莫斯托夫斯科伊身边的明明是个既壮实、嗓门又大的快乐女人。

莫斯托夫斯科伊一开始没认出她。之前留在记忆里的那双犀利的、带着嘲笑意味的眼睛现在变得眼神涣散，先是漫不经心地瞟了他一眼，然后又转到废墟上依旧飘荡的灰烟上去了。

一个女人和一个老头儿推着装满自家杂物的手推车从门里走出来。女人穿着颜色鲜艳的浴袍，系着一条士兵皮带。老人穿着一件白色大氅，头戴一顶破旧的船形帽。

他们盯着索娅和莫斯托夫斯科伊看了一阵。要是在平时，这两个人会显得非常引人注目。但在眼下，也许是年迈的莫斯托夫斯科伊更容易招来注意。他还保持着沉着的态度以及对周围一切的关注，因而显得有点格格不入。

草地的味道，森林的味道，秋天的树叶的味道，青草和新鲜的干草的味道，海水和河流的味道，热腾腾的灰尘的味道，鲜活的人体的味道……有很多文字描述过这样的味道。

可是，有谁写过战争时期烈火和硝烟的味道？

同样是显而易见的痛苦与哀伤，里面却各有各的不同。燃烧的松树林会释放出带有淡淡香味的薄雾，像一层浅蓝色的面纱飘荡在古铜色的高大树干之间；落叶林中的大火则释放出带湿气和苦味的烟雾，紧紧贴在地面；被点燃的成熟麦地里，火焰里满是浓烟，火辣辣中透着沉重，像极了一个国家的命运。而在干燥的八月草原上，烈火肆虐，麦草在燃烧，石油在燃烧，形成了重浊浓厚、不断盘旋上升的浓烟……

到了傍晚，城市的大火仍在暗暗燃烧，吐出同样重浊和浓厚的气息。建筑墙壁里还在释放着热气，空气变得很干燥。慵懒而满足的火焰此起彼伏，烧尽最后一丝可燃的物品。小股的烟雾从无遮无掩的窗户，或是屋顶已经被掀开的废墟中飘出。

在半明半暗的地下室里，遍地的石膏和依旧温热的碎红砖发出黯淡飘忽的微光。墙上映着片片夕阳的余光。阳光顺着断壁残垣照进来，晚霞呈现出紫色。它们仿佛都被人点燃了，成为这场大火的一部分。

各种气味交织混杂，让人心烦意乱。这里面有热砂浆和石头的味道，有烧焦的羽毛的味道，有燃烧的油漆的味道，也有正在燃烧的煤球被泼上一桶水后散发的味道。

往日喧嚷热闹的城市现在陷入了陌生的、空荡荡的沉默。但天空跟往日相比似乎离得近了一些，与大地靠得更近了。如同傍晚的天空会无限接近开阔地、草原、大海和北方的森林那般，现在的天空更加靠近街道、广场和整座城市。

莫斯托夫斯科伊见到索菲娅·奥西波夫娜，真是大喜过望。"您简直不会相信！"他兴冲冲地说，"我那房间的天花板没有任何损坏，窗户上还有玻璃。斯大林格勒上哪儿还能找到有玻璃的窗子？到我这儿来吧！"

一个脸色苍白、哭得眼睛通红的老太太给他们开了门。

"她是阿格里平娜·彼得罗夫娜，我房间的一切都由她管着。"

他们进了屋。屋子里一切都整整齐齐，干干净净，跟外面的混乱形成鲜明对比。

"先跟我说说朋友们的情况吧。"莫斯托夫斯科伊一面说着，一面招呼索菲娅坐下来。"玛露霞在空袭刚开始就遇难了。我从邻居济娜·梅尔尼科娃那儿知道的。不过，这一家的其他人怎样了？亚历山德拉·弗拉基米罗夫娜上哪儿了？他们那栋楼都给炸平了，我亲眼看到的。可没人跟我说详情。"

"是啊，可怜的玛露霞已经遇难了，"索菲娅说道。她随后告诉莫斯托夫斯科伊，叶尼娅和她的母亲出发去了喀山，薇拉却选择留在斯大林格勒。她不想把父亲一人丢下来，现在已经搬去了发电厂跟他在一起。薇拉颈部和头部有轻微的烧伤，一度有人认为她的眼睛也出了问题，不过现在应该已经完全康复了。

"那个愤怒的年轻人呢？"莫斯托夫斯科伊问，"他的名字好像是谢廖扎。"

"您简直不会相信！我昨天在拖拉机厂凑巧遇上他了。他所在的部队正在朝那附近前进。我们没说几句话。我简单地把家人的消息跟他说了。他说自己已经连着打了五天仗，现在成了迫击炮手。部队正在调往拖拉机厂一带布置防线呢。"

接着，索菲娅带着厌恶的表情告诉莫斯托夫斯科伊，最近几天她处理了三百多个受伤的平民和军人，给他们包扎伤口或者动手术。接受手术的人中很多是儿童。

大部分受的伤不是弹片伤。她处理的伤员大部分是被崩飞的砖石砸伤的。有些人伤在四肢，有些伤到了头部或胸部。

索菲娅的医院已经疏散渡过了伏尔加河，去了萨拉托夫，但她还需要在城里多待一天。派给她的任务之一是去工厂区处理存放在那儿的相关设备，要把它们运过伏尔加河，送到布尔科夫斯基村。

她其实是受亚历山德拉·弗拉基米罗夫娜之托来找莫斯托夫斯科伊的，要给后者递个消息。亚历山德拉希望他能够到喀山来，跟自己一家住一起。

"非常感谢，"莫斯托夫斯科伊说，"我无意离开此地。"

"您应该走，"索菲娅说，"您可以搭乘我们医院的卡车一起走。"

"州党委的同志也提出带我一起走，"他答道，"我现在还不会走。"

"这是为什么？"索菲娅问道，"整个城市里的人都使出各种神通要过河，您这是为什么？"

莫斯托夫斯科伊生气地咳嗽了几声。索菲娅隐约猜到了他不愿走的原因，也明白他不愿再提起此事。

在一旁静听的阿格里平娜发出了一声响亮深沉的叹息。莫斯托夫斯科伊和索菲娅都抬头看着她。阿格里平娜对索菲娅恳求道："公民，您能不能让我一起走，我还有个妹妹在萨拉托夫。我没什么行李，就一个筐子和一个小包袱。"

索菲娅想了想，回答道："好吧，车里还能找到一个空位。不过明早我要先去工厂区。"

"那您就留在这儿吧，好好睡一觉。城里不会找到比这更好的地方了……周围就这一处房子还没塌。大家都睡在地下室了，塞得满满的。"

"这建议太诱人了，"索菲娅说，"我的唯一想法就是好好睡一觉。过去四天我就睡了六个小时。"

"那就留下来吧，"莫斯托夫斯科伊说，"尽我所能，让您睡得舒服一点儿。"

"让我来吧，"阿格里平娜插嘴说，"您这样的话，大家睡得都不舒服。您在我的房间里睡。想睡多久就睡多久。天亮我们就一起走。"

"还有一件事儿，"索菲娅说，"我们所有的车辆都去了东岸。明天得找辆车才行。"

"别担心，肯定有办法，"阿格里平娜现在心情好多了，"厂区反正也不远。怎么去萨拉托夫才是个麻烦。现在最大的困难是过伏尔加河。"

"唉，莫斯托夫斯科伊同志，"索菲娅说道，"您的 20 世纪也就这样了，人文和文化不过如此。海牙和平会议走到头了[1]！哪儿都是史无前例

---

1 中文译者注：海牙和平会议（Hague Peace Conferences），1899 年和 1907 年在荷兰海牙召开的两次国际和平会议，又称海牙会议。

的暴行。发动战争哪里需要遵守什么人道主义，哪里需要保护平民……"她朝着窗外摆了摆手。"好好看看吧，这些废墟能让您对未来有什么信心？科技也许会进步，但伦理会进步吗？道德和人性会进步吗？它们有多少仍停留在石器时代呢。法西斯主义是新的野蛮行径，让我们倒退了五万年。"

"您的情况很不好，"莫斯托夫斯科伊说，"赶在敌机轰炸前再睡一会儿吧。您需要休息。"

但这一晚上，索菲娅却没法好好睡。天色刚刚变暗，就听到第一架德军轰炸机飞临雾霭茫茫的城市上空的声音。大门上响起急促的敲门声。

走进来一位年轻战士："莫斯托夫斯科伊同志，克雷莫夫同志有消息给您。"他递给莫斯托夫斯科伊一个信封，然后问阿格里平娜："您能给我一杯水吗？我累坏了。找到您这儿可真费工夫。"

莫斯托夫斯科伊看完了信，对索菲娅说："情况不太妙。我得去工厂。州党委书记在那儿等我，得马上见他。"他焦急地问那位战士："您能带我过去吗？"

"没问题，但得在天完全变黑之前赶快走。我不熟悉这一带，跌跌撞撞地花了一个小时才找到您。"

"那好，"莫斯托夫斯科伊说，"前线的情况怎样？"

"安静了一点儿。克雷莫夫同志到方面军政治部去了，不在反坦克旅。"那位战士接过阿格里平娜递给他的水罐，一口气喝干净，把瓶口倒过来，甩掉里面的水滴。"走吧。我不喜欢离车太久。"

"您等等，"索菲娅说，"我跟您一起走，不然天知道明天怎么去厂区。等战争结束了再睡觉吧。"

"您也把我带上吧！"阿格里平娜眼泪汪汪地说，"我可不能一人留在这儿。我保证不给您找麻烦。等您忙完了，顺便把我带到东岸去就行。不然我过不了河。"

莫斯托夫斯科伊问战士："同志，您叫什么名字？"

603

"谢苗诺夫。"

"谢苗诺夫同志，能带上我们仨吗？"

"车胎情况不太好，但怎么都能到。"

阿格里平娜花了一点时间来收拾东西，他们出发时已经暮色沉沉。坐上车后，她喘着气急匆匆地向莫斯托夫斯科伊一样样说明房间里的东西安置的情况，从坛坛罐罐说到盐、水、煤油和土豆的位置。她还把自己的东西，那些羽绒垫子、枕头、亚麻床单、套鞋和茶炊等，都给腾到莫斯托夫斯科伊的房间里了。

莫斯托夫斯科伊坐在谢苗诺夫身边，两个女人坐在后排。谢苗诺夫开得很慢。街上到处是碎砖石。阴燃的火苗在白天看不见，一旦天黑下来，它们就在黑暗里像鬼火一样四处跳跃。在地下室和坑里时不时会出现黯淡的光。这些曾经是被许多人称之为"家"的石头盒子，现在被烧成断壁残垣。在其间飘荡的各种奇怪的光线和火焰，让人感到很不安。

车开过了荒芜一人的街道，开过了成百上千栋无人居住的房子。在命运的冲击下，整座城市的境况清晰地展现在眼前。这座城市已经死亡，但人们甚至连墓地那种和平的气息都感受不到。从大地到天空充斥着战争带来的那种默不作声的紧张。天空中只有高射炮火炸裂后形成的小星星、探照灯光柱四处摆动形成的尖尖穹顶，还有远处炸弹和炮弹爆炸形成的亮光。

四个人都没有再说话，连阿格里平娜那停不下来的抽泣和哀叹也都暂停了。

莫斯托夫斯科伊把脸贴在车窗上，极力想要看清那些烧焦的大楼轮廓。"我觉得沙波什尼科夫一家以前就住在这儿。"他转脸对索菲娅·奥西波夫娜说道。

索菲娅没有回答。她睡着了，大脑袋垂在胸前，沉重的身躯随着汽车的起伏时不时抖动着。

他们来到一条废墟已经清理干净的大街上，两边都是被树木环绕的小栋房屋，时不时可以看到两侧有战士们的黑色身影经过，朝着工厂区走去。谢苗诺夫向左打着方向盘，对莫斯托夫斯科伊说道："我得走条小路，路况更好，也能省点时间。"

他们来到一大片荒地上，经过长着稀稀疏疏果树的果园，然后又是一片房屋。一个人从黑暗中跳出来，站在路中间朝着他们打手势。

谢苗诺夫没有减速，一路开过去了。

莫斯托夫斯科伊半闭着眼睛，心里想到了克雷莫夫。要能见到老朋友，这该多让人高兴啊。

他又想了想一会儿见到州委书记该说什么："我们需要讨论未来工作中每一种可靠的工作方式。德国人占领斯大林格勒，或者部分占领这座城市，这并非不可能。"他留下来的决定是不可动摇的。是的，他可以教会年轻人如何搞破坏，这个他很内行。但最重要的是不管有多困难，多危险，都应该让他们保持冷静，明确目标。真奇怪，过去几天的艰难和危险让他感到年轻了，很久都没有感受到内心如此自信，全身充满了力量。

接下来他又打了一会儿瞌睡。窗外模模糊糊的阴影飞速掠过，让人昏昏欲睡。突然间，仿佛有人在使劲摇晃着他，让他睁开了眼。车仍在路上开着。谢苗诺夫不安地问道："我是不是朝左开得太远了？"

"停下来问问看？"阿格里平娜说道，"我就在这一带出生和长大，可我不认识这条路。"

他们听到了机枪开火的声音，枪声很响，也很清楚，可能射手就躲在路边的壕沟里。

谢苗诺夫看着莫斯托夫斯科伊，喃喃说道："我们可能跑得太远了。"
两个女人不安起来。阿格里平娜大声喊道："您都干什么了？把我们弄到前线了！"

"我可不会这么做！"谢苗诺夫生气地说。

"往回开，"索菲娅说，"不然就落在德国人手里了。"

"不，"谢苗诺夫一脚踩住刹车，努力向黑暗中看去。"我们得向右转。之前走得太远了。"

"回去！"索菲娅用命令的语气说道，"您还是部队的司机？简直就是个乡下女人！"

"军医同志，您别给我下命令，"谢苗诺夫应道，"只有一个人开车，这人就是我。"

"别说了，"莫斯托夫斯科伊打断他们，"让司机决定吧。"

谢苗诺夫开上一条窄路，一会儿又看到了篱笆、低矮的树木和房屋灰色的墙壁。

"怎样了？"索菲娅问道。

谢苗诺夫耸耸肩，"没错了，就是这桥我没见过。"

"得停车，"索菲娅说，"刚才见到第一个人时，您就得停下来问路。"

谢苗诺夫一言不发地又开了一会儿车，这才放心地说："这下好了，我知道在哪儿了。再往右转就可以到工厂区了。"

"这下安心了吧，你们这些乘客啊，慌什么！"莫斯托夫斯科伊做出一副居高临下的样子说。

索菲娅发出一声愤怒的哼哼声作为回答。

"谢苗诺夫先把我送到工厂，"莫斯托夫斯科伊说，"然后他把您送到渡口去。我得先去见州委书记，不然他该回到市区里了。"

谢苗诺夫突然一脚死死踩住刹车。

"怎么回事？"索菲娅惊叫道。

"有人打出一盏红灯，"谢苗诺夫回答，指了指路中间，有几个人站在那里，"要我们停下来。"

"哎呀！"索菲娅叫道。

一群挎着冲锋枪的人围上来，其中一人用枪口指着谢苗诺夫，用结结巴巴的俄语不容置疑地说道："举起手来，投降！"

车里陷入了沉默，像石头一样的沉默持续了好一会儿。四个人的呼吸几乎都停下来了。过去几个小时的好运和晦气已经变成了另外一种东西。现在命运已经不可逆转，他们的整个生命已被晦暗的运气决定了。

阿格里平娜突然大声哭喊道："让我走！我只是一个服务工，每天给他做饭，扫走几片面包屑。"

"别动，你这头猪！[1]"一名士兵大声喊着，将枪口向她转过去。十分钟后，四个人被粗暴地搜过了身，然后被带到某个德军步兵营营部。正是该营的一支搜索部队拦住了这辆迷路的车。

四十五

诺维科夫在莫斯科期间，住在他军事学院同学伊万诺夫上校那里。后者现在在总参谋部作战处工作。

但他很少看到伊万诺夫。这个人没日没夜地工作，有时候直接睡在办公室，三四天都不回来。

伊万诺夫一家已经疏散到了乌拉尔的沙德林斯克[2]。

他要是回家，诺维科夫立刻会问他局势的新进展，然后两个人一起看地图。

他听说了斯大林格勒遭遇到规模空前的空袭，也知道德军突破苏军防线，抵达工厂区。诺维科夫夜不能寐，一会儿幻想看见叶尼娅在烈焰浓烟中穿行，一会儿又看见黑色的德军加农炮和自行火炮出现在伏尔加河岸边，朝着燃烧的城市开炮。他想赶快跑去中央机场，坐上最快的飞机马上飞回斯大林格勒。

他整夜在房间里踱步，一会儿看看窗外，一会儿看看摊在桌上的地

1　中文译者注：原文德语：Schweinehunde。
2　中文译者注：沙德林斯克位于今俄罗斯库尔干州，在叶卡捷琳堡和车里雅宾斯克以东，鄂木斯克以西。

图，推测这场刚开始的战役会有什么走向。

一大早他给维克托·斯特拉姆打电话，希望听到他说："叶尼娅一家人好好地在喀山，已经到了好几天了。"但不知怎么回事，电话没人接听。维克托也许已经不在莫斯科了。

到这个节骨眼儿，有点事儿做总比无所事事要好过一些，但诺维科夫偏偏无事可做。刚到莫斯科，他就直接去了国防人民委员会干部局，在那儿留下了电话号码，回去等通知。日子一天天过去，没人给他电话。他根本不知道接下来会有什么任命。他在西南方面军的直接上级布科夫将军，只是递给他一个装着自己档案的信封。关于为什么他会被召到莫斯科，却一字不提。

日子长得无穷无尽，诺维科夫担心他一个人无所事事，难以忍受，于是穿上一件新制服，擦亮靴子，出发去了国防人民委员会。

接待室里挤满了人，烟雾腾腾。他在里面等了很长时间，听够了倒霉的少校和中校们对于各种不公正的抱怨，最后才在接待窗口那里领到一张出入证。

接待他的是一个行政处的大尉，胸口挂着一枚英勇战斗奖章。在诺维科夫刚到莫斯科时，也是这名大尉签收了他的档案文件。他问了一下诺维科夫的住处，然后说道："您今天完全没必要过来。这里什么信息都没有。我们处长连提都没提到您的名字。"

又进来一名大尉，瘦得皮包骨头。他跟同事寒暄了几句。墙上挂着一幅教学地图，他把地图上的小旗子给调了一下。

两名大尉简单地聊了一下斯大林格勒的情况。他们对战争的理解好像还停留在课本里。

行政处的大尉建议诺维科夫去找一下热韦兹久欣中校。他负责处理诺维科夫的文件，大概能跟他透露点什么。

大尉拿起电话，问了一下热韦兹久欣在不在办公室，然后告诉诺维科夫怎么走才能找到他。

热韦兹久欣中校有些驼背，脸色苍白。他用白皙细长的手指在文件柜里翻了一阵索引目录，然后说："上校同志，我还没写完报告。方面军司令部寄过来的一些必要证明还没有送到。"他看了看索引卡，又补充说："您报到的第二天，我们就把需求发给他们了。从现在算，再过五天证明就会到了，然后我会马上向首长汇报。"

"首长今天能见我吗？"诺维科夫问，"帮我个忙吧。"

"上校同志，能帮忙当然是乐意之至，"热韦兹久欣微笑着应道，"一定义不容辞。问题在于，此事在本质上不是通过口头转述就可以办成的。我们需要证明。没有这些文件就无法处理。"

他的重音落在了"文件"上。在他那习惯性的单调语气中，这个词显得特别意味深长。

诺维科夫明白，文牍的车轮按照自己一贯的速度缓慢运转。他丝毫改变不了这个节奏。热韦兹久欣向他保证一旦有进展就立刻打电话通知后，两人互相道别。

热韦兹久欣看了一眼手表，在诺维科夫的出入证上签了名。诺维科夫对他们两人的谈话如此简短感到有些沮丧。要在平时，他早对着热韦兹久欣发作了，但现在他身上的孤独感如此难以忍受，让他对任何一个能够给自己带来哪怕一丝轻松的人都会感激不尽。他甚至对签发出入证的文员和检查出入证的哨兵都心怀感激。

走到大街上，诺维科夫找了个电话亭给维克托·斯特拉姆打了个电话，还是无人接听。接下来几个小时里他一直在大街上游荡。路上的行人可能觉得他匆匆忙忙地是要去完成什么紧急的任务，没人会觉得他在四处晃悠。之前诺维科夫很少外出。此时此刻在大剧院广场散步，在林荫大道上闲坐是件丢人的事情。女人们要是看见这样的人，心里会禁不住想："这个漂亮的上校是谁？我们的丈夫在前线打仗，他却在林荫大道闲逛！"

伊万诺夫问过他，为什么不去电影院看场电影，或者去郊区走走，诺维科夫答道:"别开玩笑了。整个国家都在打仗,谁有那份闲心去别墅里歇着?"

"到了夜里,我会去找个地方呼吸一下新鲜空气,"伊万诺夫说,"总得透口气,喝瓶凉啤酒吧?"

诺维科夫去了维克托家。看门人坐在大门外。诺维科夫问她,住在公寓十九号房的人在不在?

"不在,走了。"老太太回答说。她莫名其妙地笑了笑,补充说:"走了有十天了。"

接下来,诺维科夫又去了邮局,给亚历山德拉·弗拉基米罗夫娜发了一封电报,但他自己也觉得可能不会有回电。他给维克托寄了一张明信片,寄到喀山,问他有没有收到斯大林格勒方面的消息。

写在明信片上的几句话不会透露出他真实的想法,但维克托肯定能猜出是什么意思。

接下来他完全没事可做了,又不愿回到空荡荡的公寓里,只好一整天都在四处乱走,走了有差不多二十公里,从卡卢加大街走到了红场,又从红场走到了红普列斯尼亚门,沿着列宁大道朝着机场走去。他看见运输机一架架地爬升,肯定是飞往斯大林格勒。接下来,他从列宁格勒大道走到彼得罗夫公园,再走到萨维奥洛夫火车站,最后沿着卡利亚耶夫大街走回市中心。

诺维科夫一路都没有停下来。飞快地走路能够让自己稍微不那么焦虑。路上,他时不时会想起自己在战争第一天的经历。生活为他铺设了一条严峻的道路,需要他做出预判。他想起炸弹落在歼击机团团部时,他强迫自己系好皮带,扣好军便服上的纽扣。只有这样,他才能坚定起来,预备去面对自己的命运。

诺维科夫回到伊万诺夫那空荡荡的公寓时,天已经黑了。

夜里,他被电话铃声吵醒。摘下话筒时,他已经准备好把之前重复过多次的那些话再说一次了:"伊万诺夫上校今晚不在。请您打到他的办公室去。"但这一次对方要找的不是伊万诺夫上校，而是诺维科夫上校。

打电话的人一开口，诺维科夫心里立刻就清楚了。热韦兹久欣中校在办公室里四处翻找记载着证明需求日期的索引卡，但这间办公室级别还不够高。能够决定自己未来的那个层次远比预想中更高。他被召到了总参谋部。

夜里的这个电话只说了一分钟，但诺维科夫却不断地去回想这一分钟。

在总参，他得知自己提交的备忘录被送到了最高统帅部。那里的人认为它很有价值。

接下来两天，总汽车装甲部的几位首长分别找他谈了话。第三天深夜，一辆汽车把他送去和总汽车装甲部主任费多连科将军见面[1]。

诺维科夫坐在车里，心想，也许他作为一名士兵命运已定。说不定会遭遇个人的悲剧。如果这时候收到电报说沙波什尼科夫一家——特别是叶尼娅——依然安好，那该多让人高兴啊。但依然没有发给他的电报，也没有喀山方面的消息。

将军跟他谈了大约两个小时。两个人有很多共同之处，也有很多共同的想法和观点，这让诺维科夫感到他们似乎相知已久。而且，将军本人好像不仅非常了解诺维科夫作为坦克指挥员的经历，也非常了解他在西南方面军司令部的工作。

这位圆脸、好脾气的老人竟然是部队中最令人生畏的兵种负责人，在这场大战中注定会扮演重要角色；他竟然能够像教务处主任随口说出历史、自然科学和俄语老师的名字那样，轻松说出雷巴尔科、卡图科夫和波格丹诺夫这些卓越将军的名字[2]。有好一会儿，诺维科夫对此感到有

---

1 中文译者注：雅科夫·尼古拉耶夫·费多连科（1896—1947），苏联副国防人民委员，坦克装甲兵元帅。

2 英文译者注：这是三位著名苏联坦克部队指挥员。中文译者注：帕维尔·谢苗诺维奇·雷巴尔科（1894—1948），米哈伊尔·叶菲莫维奇·卡图科夫（1900—1976），谢苗·伊里奇·波格丹诺夫（1894—1960），均为苏联坦克装甲兵元帅，在苏德战争期间指挥坦克集团军。

些不可思议。

不管怎么说，诺维科夫心里明白，尽管谈话很放松、很顺利，但它并不是一时之间的心血来潮。红军总汽车装甲部主任半夜把诺维科夫召来，认真跟他谈话，其间连表都没看一下，这肯定是有原因的。诺维科夫尽其所能地坦诚，不去处处表现自己，也不去努力取悦或打动这位将军。

八天过去了，他似乎被遗忘了。一个电话都没有，他也没处可打电话。诺维科夫开始觉得自己可能没有给将军留下好印象。半夜里醒来，他看着黑夜里淡蓝色的探照灯光柱，回忆着谈话的一些细节，开始觉得有些地方说得不够妥当。"不对，我没有想到这点"，"不，我不知道怎么回事"，"我努力去思考了，但没想明白"。

让他印象最深的是谈到了大规模坦克部队问题。费多连科问他："如何训练和预备新的坦克部队？"诺维科夫答道："对于大规模坦克部队，我认为近期训练首先应注重积极防御方向。"费多连科笑了笑，说道："恰恰相反！对于坦克连、坦克营，乃至坦克团、坦克旅、坦克军和坦克集团军的战斗训练，应集中在进攻方向！这是我们明天就该执行的任务。"

诺维科夫一点点地重拾着谈话细节。窗外的探照灯光仿佛与他激动的心情同步，一会儿四处摆动着，一会儿凝滞不动，一会儿沉默地在辽阔的空中扫来扫去。

他给斯大林格勒和喀山方向又各发了一封电报，依旧没有回音，于是焦虑继续加深了。

与费多连科将军谈话过后的第九天，一辆汽车开到公寓楼下，下来一个瘦削溜肩的中尉。诺维科夫看着他朝着自己公寓入口跑来，知道等待命运降临的一刻已经来临。他开门的时候，中尉正要按门铃。后者微笑着问："上校同志，您在等我，是吗？"

"正确！"诺维科夫应道。

"需要马上到总参谋部去，我开车来接您。"

到了总参，他收到了一纸命令：彼·帕·诺维科夫上校，命令您前往乌拉尔军区某部报到并监督组建一个坦克军。

刚开始诺维科夫还觉得这纸命令是下达给别的同名者。这是他藏得最深的愿望，自己都觉得不具备真实的可行性，只不过是一个狂野的梦想。可现在突然成了现实，如此真实和简单，反而倒显得像是个错误了。而他的姓，似乎也不再属于自己，而属于他人。

他又把命令读了一道，两天后他就要飞往乌拉尔。

他真想跟叶尼娅说出一切。不，在跟别人谈起之前，要跟叶尼娅先说出这一切。不光要说自己将获得一个坦克军，也要让她明白，自己对她的爱不会改变；要让她明白，他爱她，在自己取得骄人进步时爱她，在努力探索但遭遇失败后也一样。

在突然获得了梦寐以求的岗位后，自己竟如此轻易而直接地把它视为理所当然之事。后来诺维科夫在回想这一天时，也对此感到诧异无比。

获得命令两小时后，诺维科夫在总汽车装甲部里开始和各路人员谈论起实际问题。他跟赫鲁廖夫将军的助手之一进行了电话交谈，然后与装甲兵学校的校长见了面[1]。他满脑袋都是事情，笔记本里记满了各种记录、问题、电报地址和电话号码以及数字。在前一天还仅仅停留在理论上的几十个问题，现在已经事关生死，其紧迫性逼着他用全部的脑力和情绪加以应对。

新兵的训练问题，各个营、团、旅的编制，作战和通信装备的交付速度，油料补给配置，资金问题，食品和制服发放，学习方案和训练办法，宿舍和生活设施……要解决的问题太多了。有些简单，有些复杂，有些优先度不高，有些则十万火急。

在离开莫斯科前一天，诺维科夫在负责装备工作的将军办公室里留到很晚，和一群军事工程师们讨论坦克油料和润滑油配给问题。到了半

1　中文译者注：安德烈·瓦西里耶维奇·赫鲁廖夫（1892—1962），苏军大将，曾担任苏联副国防人民委员，苏德战争期间担任红军总后勤部部长。

夜，他还要和费多连科将军谈话。

讨论各种油料、积碳问题的会议进入中途休息，诺维科夫请求将军批准他打个电话。这一次，伊万诺夫竟然在家里。

"还在忙着，对吧？"伊万诺夫问。

诺维科夫对伊万诺夫说，他会在黎明时来一趟，跟他道别。然后，他不抱期望地问："有我的电话或电报吗？"

"等一会儿，"伊万诺夫说，"有，有张明信片。"

"谁寄来的？看看签名吧。"

接下来是短暂的沉默。伊万诺夫显然是在努力想要看明白签名。最后他终于说道："斯图尔姆，或者是斯特罗姆？我也没法确认。"

"请念给我听！"

"'亲爱的诺维科夫同志，我因为急事去了乌拉尔，昨天刚回来，'"伊万诺夫咳嗽了一声，继续说，"我得说，这字儿写得太潦草了。"然后继续念道："'我得告诉您这些悲伤的消息……我从亚历山德拉·弗拉基米罗夫娜那儿得知，玛露霞在空袭第一天就罹难了。'"伊万诺夫犹豫了一会儿，想仔细看清下一个词。诺维科夫却在猜，伊万诺夫不愿告诉他叶尼娅也罹难了。

一贯表现不错的自制力这次失效了。诺维科夫忘记了自己正在总汽车装甲部主任一位将军的办公室，身边有四个几乎不认识的人正在听着自己打电话。他声音颤抖着喊道："继续念下去，看在上帝的份上！"

工程师们一言不发地看着他。

"'叶尼娅和她的母亲已经到了古比雪夫，她会在那儿待一阵子。'"伊万诺夫继续念着。工程师们又开始继续说话了。诺维科夫的脸色缓和下来，整个人放松了。听到叶尼娅的消息后，他感到紧箍着心脏的铁环松开了，心里毫无缘由地突然想到："不能把达伦斯基的事情给忘了。"

斯特拉姆说，他没有任何斯皮里多诺夫和薇拉的消息。伊万诺夫念得很慢，让诺维科夫有时间思考："把达伦斯基直接安排到军部还有点困难。我大概可以把他先弄去旅部。"接下来，他内心里笑了一声："你啊，老兄，你现在也长出了官僚主义的脑瓜子了。"

伊万诺夫念完了明信片，开着玩笑说："信息播报完毕，值班指挥员伊万诺夫上校。"

"诺维科夫收到。"他应道，对他这位同学表示了感谢。挂上电话后，他感到全身轻松，仿佛已经消化了刚才得到的好消息。"当然了，事情怎么可能是另外一种结果呢？"他这么想。其实他知道，事情的确可以是另外一种结果，这可不是闹着玩。

技术部门有位上了年纪的少校要跟他一起飞乌拉尔。诺维科夫问他："您之前去过乌拉尔，对吗？我们从哪条航线走？"

"走基洛夫，"少校答道，"也可以在古比雪夫转，不过有时候油料不够，不一定能马上走。不久前因为这事儿我在机场待了二十四小时。[1]"

"明白了，"诺维科夫说，"那就走基洛夫，没必要冒险！"他心里默默说："谢天谢地叶尼娅听不见，不然那还挺麻烦。"

在与费多连科会面前，诺维科夫在接待室里等了一会儿。身边指挥员在低声交谈。他默默地听着，时不时抬头看一看坐在摆满电话机的桌子后面的值班军官。

过去几天里，他一直和不同的人打交道，处理不同的事情。过去的经历现在有了新的意义。他找到了过去和现在的联系。

几次悲剧性的失败，逼得苏军退向伏尔加河。但在别处，不同的战况又指向了不同的方向。在苏联工人和工程师们的努力下，苏联坦克产量超过德国坦克的时刻在一天天接近。

几乎所有的谈话、电话交流，几乎所有的备忘录和命令，都能让诺维科夫感到某种前线所不能体会到的新变化。

---

1 中文译者注：基洛夫位于今俄罗斯基洛夫州，在莫斯科以东，喀山以北。古比雪夫即今萨马拉，位于莫斯科东南，斯大林格勒以北。这里暗示诺维科夫想要经停古比雪夫，去见见叶尼娅。

一名装备工程师在给位于东方的坦克工厂厂长打电话，一个满脸皱纹的秃头少将和负责射程的科学家电话讨论接下来研究的方向。在会议上大家都在讨论提高钢铁产量；到冬天就会从捷尔任斯基军事学院毕业的指挥员们说，教学大纲马上就会引入坦克学校的教程。诺维科夫在认真倾听着这一切。

坐在诺维科夫身边的工兵少将对他说："我们马上就得建起第二个工人新村了，不然到冬天大家都没地方住。明年3月会建起一个新组装车间，接下来工人新村就会变成一座城市。"

诺维科夫认为，他已经明白了所有动向和改变的意义。去年，他眼中的战争是线性的，投入眼帘的全部是前线的事情：前线的变化、弧线、突出部，突破了突出部之后的漏洞。战争的全部现实仅仅是一小片土地和一小段时间。要做的事情就是把部署在附近的预备队在极为有限的时间里投入其中。部队之间的紧密协同事关一切，凌驾于一切。

现在，他看清了战争的另一个维度：纵深。它的真实性无法用几十公里或者几百个小时来形容。事关一切、凌驾一切的是位于西伯利亚和乌拉尔那些正在组建的坦克军、炮兵师和航空师。战争的现实不仅在于当下，也在于从现在开始的未来六个月或者一年，届时战争将迎来曙光。决定战争未来的并不只是今天的胜利或失败。在无数的方向，有无数的工作正在铺开。曙光就隐藏在时间和空间的纵深之中。诺维科夫之前在前线时当然也知道这一点，但对其了解仅停留在理论上，而不是通过自己的亲身体会。

眼下，新的生产方式正在得到运用；更多矿山和资源得到开发；设计师、工程师和技术专家在展开热烈的讨论；军事学校的教学大纲获得了改善；教员们对坦克学校、炮兵学校和飞行学校的学员们能够进行更好的授课。通过这些努力，这一年的战斗将会迎来转折时刻。

诺维科夫会知道1943年将进行哪些战役吗？战线会推进到何处？

未来就隐藏在尘烟幕后，隐藏在伏尔加河这场战役的轰鸣之中。

诺维科夫所知道的是，最高统帅部将未来战争的希望托付给了眼前的这几千名指挥员。他就是其中之一。

与费多连科将军之间的会面与第一次有所不同。一开始谈话时他就感觉到了。将军思维非常敏捷，态度也严肃多了。他指出了几个关键之处。在提及其中一个问题时，费多连科有些不快地说："我本来指望你能在这一问题上进展更快点儿，需要加速了。"诺维科夫把这一批评视为肯定：费多连科视其为一名坦克指挥员，把他当作自己人了。

正在谈话时，费多连科的副官进来，汇报说某支著名坦克部队的指挥员杜金到了。

"让他等几分钟。"费多连科说。他惊讶地看了一眼诺维科夫。后者脸上突然浮现出笑容。

"将军同志，他是我的老同事。"

"哦，"费多连科看来不太愿意谈论自己下属的往事，看了一眼手表后问道，"这么说，还有问题吗？"

诺维科夫提出将达伦斯基调到坦克军军部。费多连科问了几个关于他的问题，想了一下说："这个话题晚点再说。去前线前再跟我提一次。"

诺维科夫走之前，费多连科没有问他能否保证完成任务，这有点不合规，但两个人都明白，诺维科夫必须胜任新的工作。

在接待室，诺维科夫与杜金高高兴兴地聊了几分钟。

两个人战前在同一支部队里服过役。杜金对蘑菇这种植物研究很深，不仅在采蘑菇方面很内行，在盐渍蘑菇方面也是专家。他在德寇进犯莫斯科时打了一场漂亮仗，成为一个令人生畏的指挥员。诺维科夫看着自己这位和平时期老同事瘦削而苍白的面容，简直难以想象他成了一名战争中的英雄。

"你那双靴子现在怎么着了？"诺维科夫悄悄问。有个战友跟他说，杜金发誓，战争不打赢，他就坚决不换脚上这双靴子。

"这么说吧，现在还不用补靴子，"杜金微笑着答道，"怎么，都传

617

开了?"

"这不在问你吗?"

副官走过来,请杜金进去。

"马上,"他应道,又问诺维科夫,"现在是坦克军军长了?"

"马上就是了。"他回答说。

"结婚了吗?"

"还没呢。"

"这不要紧,你反正会结婚的。希望很快能见到你,咱们说不定会肩并肩作战呢。"

两人互相道了别。

凌晨六点,诺维科夫来到了中央机场。车开进机场大门时,他扭头看了一眼灰色的、细长的列宁格勒大道和墨绿色的树林,又看了一眼被他落在身后的城市。三周半前,他无所适从的时候,曾在这些道路和大门之间游荡;他曾站在窗口前排队,等待着接待人员给他签发出入证,准备跟热韦兹久欣中校谈话。那时候他能想到,自己马上就要实现自己的梦想,被任命为前线的坦克部队指挥员吗?

车开进了中央机场。在夏天黎明的乳白色光线照耀下,列宁的雕像散出白色光晕。诺维科夫觉得胸膛热乎乎的,可以感受到自己的心跳。

上飞机时,太阳升起来了。机场宽阔的水泥跑道、两侧灰扑扑的黄色野草、座舱的玻璃、朝着飞机走来的飞行员和领航员、他们手里拿着的赛璐珞文件夹,一切都在闪光,一切都仿佛在朝阳中微笑。

这架绿色道格拉斯飞机的飞行员走到诺维科夫身边,漫不经心地敬了个礼:"上校同志,一路上天气晴朗,我们准备起飞。"

"起飞吧!"诺维科夫答道。他感到身边的其他指挥员正用略有些紧张的好奇目光看着自己。下级指挥员看着师长、军长和集团军司令员时的眼神往往就是这样。他自己当然也见过这样的眼神,不过一般都是看着别人的,而不是看着他。现在他知道了,许多人将会一直关注着他,关注他的外表、衣着，甚至关注他开的每一个玩笑。

尽管人人都知道谦虚是怎么回事，但当一架马力强大的双引擎飞机置于一个人的指挥之下时，当此人意识到所有人都在看着他，当飞行机师过来敬礼，询问是否可以换个座位，免得阳光直射双眼时，不管他习不习惯，那种兴奋的刺痛感还是会在全身蔓延开来。

诺维科夫看了看装甲兵总部给他准备的几份文件。

他看着窗外。闪闪发亮的莫斯科河蜿蜒曲折，向伏尔加河延伸[1]。机翼下是一片片绿色的橡树林和松树林，秋天的白桦和杨树。阳光照耀下，越冬作物显现出明绿色。飞机笔直地飞行，在卷曲的云团上滑过，投下灰色的阴影。

他把文件放回自己的箱子里，任由思绪四处飘荡。不知道什么原因，他想到了自己的童年。在那个矿工村子里，洗净的衣服晾在院子的铁丝上，女人们互相大声叫嚷。哥哥伊万在第一天下矿井后回来，弟弟心里的嫉妒和喜悦交织。妈妈在院子里放了个白铁桶，灌满了热水，摆在小马扎上。他给伊万黑乎乎的脖子打上肥皂。母亲满脸忧伤，一罐罐地慢慢地给儿子倒热水。

母亲和父亲要是还活着就好了。他们会为儿子感到骄傲。他就要去指挥一个坦克军了。坦克军的驻地离哥哥家不远，他可以去找哥哥。也许他也会在院子里看到一个白铁桶，放在小马扎上。嫂子会把手里的水罐一放，大声喊道："瓦尼亚，瓦尼亚！看好你弟弟！"

他想起了玛露霞那清瘦的、黑黝黝的面容。怎么能对她的死无动于衷呢？知道叶尼娅还活着，他就把玛露霞给忘了。现在他心里多少为玛露霞感到难过，但很快这种遗憾就和玛露霞的模样一起烟消云散。他向前思考着，超越一路向东的飞机，但时不时又回到过去不同的时光里。

1　中文译者注：莫斯科河是伏尔加河上游的支流之一。

四十六

8 月底，维克托从车里雅宾斯克回到了喀山。他原计划在那儿停留三天，结果一待就是三周。

他在车里雅宾斯克拼命地工作。那些没完没了的询问和求教、数不清的复杂计算，还有那些工程师和实验室主任无穷无尽的问题，换了平时得花掉他整两个月时间。

显然，维克图的理论能力不仅对工厂实验室里的物理学家和化学家们意义重大，而且对工程师、技术人员和电气机械师来说也同等重要。维克托对此感到惊异不已。谢苗·克雷莫夫给他打电话提出的那个问题，直接让他从莫斯科飞往车里雅宾斯克，然后在四十八小时内全部解决了。但谢苗建议维克托再多留一会儿，等到他所建议的措施生效并产生明确的效果后再走。

在过去两个月里，维克托感到他与这座巨型工厂的距离拉近了。不论是谁，只要他在顿巴斯、普罗科皮耶夫斯克或者在乌拉尔工作过，就都会产生同样感觉[1]。

这里的每一样东西、每一件事物——不论是这里的车间，还是摆放着为这个世界而冶炼的新型特种金属，或者是这里的剧院、理发店、铺着地毯的首席工程师餐厅，甚至是宁静的池塘边已透出秋色的小树林、街道、商店、散乱的农舍和长长的简陋厂房——都散发出工厂的气息，展示着工厂的生命力。

工厂决定了工程师是愁眉不展还是开怀大笑，决定了人的工作本质和他们的生活水平，决定了大家的用餐和休息时间，决定了街上人群的聚散、本地列车的时刻表，决定了本市苏维埃的政策。街道、商店、广场、电车轨道和列车铁轨全都能感受到工厂的力量。人们所思所想，所

---

[1] 中文译者注：普罗科皮耶夫斯克位于今俄罗斯克麦罗沃州，东西两侧分别是蒙古国和哈萨克斯坦。

言所传，都跟工厂有关。如果他们不是在去工厂的路上，那么就是在从工厂出来的路上。

工厂无处不在，无时不在。它存在于所有人的心里、脑海里，老人的记忆里。它是年轻人的未来，年轻人的快乐之源、希望之源，也是他们的忧虑之源。吞吐之间，它也制造了巨大的噪声，谁都摆脱不了它温暖的怀抱、它的气息、它的喧嚣。它停留在人的嗅觉、触觉、视觉和听觉之中。

应谢苗·克雷莫夫的请求，维克托设计了一套更加简单的新设备安装流程。

在设备进入到最后的组装过程时，维克托两天两夜都没离开工厂，困了就在车间办公室一张小沙发上睡一会儿。他和所有电气工程师、冶金工人一样，感到了沉重的压力。

在第一次试运行前的晚上，谢苗和工厂厂长一起到车间来进行最后的检查。

"您可真够沉着的。"谢苗说。

"别开玩笑了，"维克托说，"从计算上来说是天衣无缝了，但我还是觉得不安。"

维克托没有跟谢苗一起离开，决定整夜都守在车间里。

车间党小组组长科连科夫是电气工程师，他是个长脸的年轻人，穿着一件蓝色连体服。他和维克托一起沿着铁梯，爬到车间上层环廊，一直走到主控制器前。

在维克托的印象中，科连科夫从不回家。每次从红角经过，维克托总能从半开的门里看到他给工人们读报。当他走进车间时，又会发现高炉火焰映衬下科连科夫略有些佝偻的身影。维克托不仅在实验室见得到他，甚至在工厂小卖部也见到过——挥舞着双臂，呼吁妇女们排队买东西。这一晚跟平时也没什么不同，科连科夫还在工作。

从上层环廊里看过去，庞大的高炉支架就像是一座巨大的雕塑，注满了熔化了的钢铁的熔炼炉像太阳表面发生的热核反应，四处喷溅着火星，冒出各种凸起。这还是他们第一次用肉眼俯视这个太阳般的东西。

检查完控制器，科连科夫让维克托回到车间一层。

"那您怎么不下去，"维克托问，"还在这干嘛？"

"我得去检查一下顶棚的线路，还有一个电气工程师跟我一起上去。"科连科夫说，用手指了指第二级铁梯。它像个开瓶器一样，螺旋蜿蜒到车间顶棚。

"我跟您一起去。"维克托说。

从高高的顶棚板上，他们不仅能看到整座工厂，还能看到整个工人新村和周围的一切。

工厂在黑暗中发出红色的微光。几百盏路灯在工厂周围时明时暗地闪亮着，仿佛是一场风吹过，让它们变得明灭不定。

不稳定的光芒反射在池塘、松林和天上的云彩中。人类创造的这个默不作声的世界用焦虑和紧张攫住了整个自然。

打破大自然夜间沉默的不光是路灯的光芒，还有火车头撕破夜空的声音、蒸汽呼啸的声音和金属的咆哮声。

这与维克托在莫斯科的第一个傍晚感受到的一切截然不同。黄昏降临时，在莫斯科这座世界级的都市里，暮色从流经村庄的小溪、空旷的平原和沉睡的森林里静静涌出，渐渐覆盖停电的街道和广场。

"您在这等一下，"科连科夫对维克托说，"我得帮着那个工程师修一下电线接头，好像有点接触不良。"

维克托举起电线，走到一端的科连科夫对他做着手势，大声喊道："到我这儿来，到我这儿来！"

维克托没听清楚，便朝着自己的方向拉拽电线。科连科夫生气地喊道："您在干嘛？我说的是'到我这儿来！'"

事情办完后，科连科夫从梯子一端爬回来，对维克托微笑道："这里太吵了，您听不见我说什么。行了，咱们下去吧。"

维克托问科连科夫能不能先试验性地做一次熔炼,科连科夫说有困难。他问维克托这些特种钢的作用。后者介绍了一下自己的研究,并强调自己的实验仪器用得上特种钢。

他们回到工厂实验室,然后又从那儿去了车间办公室。换班前,车间办公室会相对安静一些。

维克托之前在车间里见过几次,还指导过工作的一名年轻钢铁工人正坐在办公桌前,在一本厚厚的笔记本上写着什么,时不时还会看一眼脏兮兮的文件。

看维克托走进来,他把桌上的油布无指手套推到一边,让出一块地方,继续写他的东西去了。

维克托在木沙发上坐下。

年轻人写完了他的东西,卷了一根烟。"今天情况怎样?"维克托问。

"还行吧。"

科连科夫走进来。"嘿,格罗莫夫,真不错,"他说道,"到这儿抽烟来了?"

他看了一眼年轻人刚才写的东西,说道:"很不错嘛!"

"谢谢,"格罗莫夫说,"值得抽根烟吧?马上前线又会多出两三辆坦克来了。"

"多出,但并不多余。"科连科夫笑着说。

三个人聊起来。格罗莫夫向维克托说起了刚到乌拉尔时的情形:"我不是这儿的人,我生于顿巴斯,战争爆发前一年才来的这里。那时候在这里的一切都不顺心,我都后悔来这儿了。像噩梦一样!我想回家,一封一封地写信,想在那边找个活儿。我写信去马克耶夫卡,写信去叶纳基耶沃,给所有有活儿干的地方写信[1]。可是,教授同志,您知道我什么时候爱上乌拉尔了吗?……是我们真正过苦日子的时候。战前这里的条

---

1 中文译者注:马克耶夫卡和叶纳基耶沃均位于今乌克兰顿涅茨克州,是当地工业城镇。

件不算差，有地方住，有吃的，但我就是厌恶这一切，我只想回顿巴斯。但到了1941年秋冬季，我和家人都知道了什么是饥饿和寒冷。经历了这一切，我开始觉得这儿像是个家了。"

科连科夫看了看维克托："这个冬天对我来说也很难捱。我哥哥牺牲在前线，父母留在了沦陷区。这座城市遍地都是疏散来的难民，我妻子生病了。这儿很冷，吃的也不够。工地没日没夜地开工，把整个车间都建起来了。从乌克兰疏散来的设备还四处露天堆着呢。大家都住在地窖子里。我天天都在想留在奥廖尔的父母，天天都在问自己：在德国人占领区，他们怎么过啊？我对自己说，他们还活着，我会见到他们的。可是他们的年龄……我父亲七十岁了，母亲比他只小两岁，心脏有问题，两条腿在战前就浮肿了。每次想到见不到他们，心里就有把刀扎进来。就这么一天天过下去。都是难受的事儿，但得活下去。"

维克托一言不发地听着，但科连科夫注意到了他脸上的表情，停下来问道："我们干嘛说起这些？您肯定也有自己的伤心事。"

"科连科夫同志，我的确有，"维克托回答道，"还没过去。"

"这么看，我还算是运气好的，"格罗莫夫说，"起码我一家人还跟我一起，平安健康。"

"您得把地址留给我，斯特拉姆同志，"科连科夫说，"试熔炼结束了我就写信告诉您结果。尽量把技术参数都写下来，我们竭尽全力。克雷莫夫和厂长不会反对的，而是刚好相反！我承担个人责任。发论文时您都可以把科连科夫的名字写到致谢中了。"

"您太了不起了，"维克托非常感动，"我以为您都把这事情给忘了。"

"科连科夫同志不会忘事，"格罗莫夫微笑地说，然后摇了摇头，也许是表示同意，也许不是。

早班开始后，新的控制装置进行了一次全流程测试，结果还算让人满意。在十一点进行了第二次测试，这一次的结果堪称完美，第一次测试时的一些小毛病都调整过来了。一天后，全厂重新进入正常工作状态。

维克托在车里雅宾斯克出差的这段时间住在谢苗·克雷莫夫家里，但两人几乎没空交流，谢苗每天很晚才回家。两人好不容易遇上了，谈论的事情几乎都跟工作有关。谢苗一直没有收到哥哥的来信，很担心他。

谢苗的妻子奥尔佳·谢尔盖耶夫娜是个瘦削、漂亮的女人，眼睛很大，脸色苍白。有意无意之间，维克托让她感到了为难。她尽一切可能给维克托做些好吃的，但他吃得很少，老是心不在焉，郁郁寡欢，于是她觉得这位教授是个冷酷且无趣的家伙，除了工作，对一切都没有兴趣。

有一天晚上，奥尔佳走过维克托的门前，听到里面有低声的抽泣。她停下来，感到有点慌，看了看自己卧室，不知道该不该叫醒丈夫。可她犹豫了。半夜听到这个无聊的教授在哭泣，太荒谬了，大概只是幻觉吧。她又侧耳倾听了一下，什么都没听到，确定自己听错了，于是回到了自己卧室里。不，这不是什么幻觉。工作并不是维克托唯一费心的事情。

8月底，维克托回到了喀山。飞机在清晨起飞。导航员在回到驾驶舱前，微笑着说了一句："再见吧，车里雅宾斯克！"下午两点钟他又出现了："现在已经到达喀山了！"他那样子像是个刚做完法术的巫师，把车里的雅宾斯克塞进左边的袖子，从右边的袖子里拿出了喀山，一切又快又简单。从身边的小小方形舷窗看下去，整个城市展现在维克托眼前：高高的红黄色建筑，紧紧地挤在市中心。市郊则是各种色彩斑驳的屋顶、小木屋、黄色的菜地、汽车和人群。低空飞过的飞机发出巨大的引擎轰鸣，吓得地上的山羊四处奔逃；火车站里，银白色的细长铁道像血管一样分出很多枝丫；乱糟糟的土路延伸到平原和雾气腾腾的森林里。维克托第一次从全景俯瞰喀山，但看到的一切却让他觉得城市是多么的沉闷无聊。"怎么搞的？"他想道，"我最亲爱的人住在这个由石头和钢铁堆成的世界里。"

他在前门见到了柳德米拉。半明半暗中，她的脸色显得很苍白也很年轻。两人沉默地互相凝视了一会儿，不知道该怎么表述彼此忧伤和喜悦交织的心情。

他们不需要因为感受到幸福而相互凝视，也不需要希望对方抚慰而相互凝视。就这么短短一刻，维克托感慨万千。一个能去爱他人也能犯错误的男人，一个被强烈的冲动征服，却又同时能继续保持生活不变的男人，他所能够感慨的全部也不过如此。

维克托生活中的一切多多少少跟柳德米拉都有联系。不管是伤痛还是成功，是一块不小心落在家里的手帕，是对朋友的误解，还是在科研讨论中做出了一个错误的判断，或者某一次他突然茶饭不思——此时，柳德米拉都如影随形。

因为柳德米拉的如影随形，他们的生活中哪怕最细微的、最无足轻重的事情都有了意义，在他们心中荡起了涟漪。这赋予了他的生活以价值，并使之与众不同。

他们一起进到了客厅里。柳德米拉开始谈到她在斯大林格勒的家人和亲属。亚历山德拉·弗拉基米罗夫娜和叶尼娅已经到了古比雪夫。一天前才收到叶尼娅的一封信，说她留在古比雪夫，但亚历山德拉·弗拉基米罗夫娜将马上出发到喀山。她是乘船来的，预计这两三天就会到。薇拉决定和父亲一起留在斯大林格勒。斯大林格勒的邮路已经中断，柳德米拉知道的就这些了。她还说："托利亚常常写信过来，昨天我还收到他8月21日写的信……还在老地方，吃了很多西瓜，身体也很不错，就是有点待腻了。娜嘉今天或明天就会从集体农庄回来了……我做得对。她在那儿干得不错，那儿对她也挺好。她还干得挺来劲。"

"你上次见索科洛夫是什么时候？"维克托问。

"他前天上门了一趟。我跟他说你去了车里雅宾斯克，他还很吃惊。"

"有什么困难吗？"

"没有，他说事情还挺顺利，就是想看看你在不在。几天前波斯托耶夫也来过，还嘲笑你恋家来着，说你在饭店里连二十四小时都待不下去。

你上哪儿弄吃的呢？不会光吃罐头吧？"

维克托耸耸肩："我这不好好的吗？"

"跟我说说车里雅宾斯克吧。那儿有意思吗？"

维克托跟柳德米拉说了他在那边工厂里的事情。两个人连提都没有提玛露霞和安娜·谢苗诺夫娜，可他们无时无刻不在想念着她们。不管彼此间说什么，他们都很清楚这一点。

只有到了夜里，维克托从研究所回来后，柳德米拉才说道："维佳，亲爱的维坚卡，玛露霞死了……我也收到了你的信，提到了安娜·谢苗诺夫娜。"

"是啊……"他答道，"彻底没希望了。又过了几周我才知道玛露霞的事情。"

"你知道我是个很自制的人，可是昨天我整理几样我们的东西时，在一个箱子里找到了玛露霞给我的一个木盒子。那时候我十二岁，她九岁。里面放着几片枫叶，上面用焦笔画写着几个字：'送给柳达，玛露霞。'我心里好像被扎了一刀，哭了整整一夜。"

回到喀山后，维克托心中的悲痛加深了。不管他在做什么想什么，所有的念头都会无休止地回到思念母亲上。

登上飞往车里亚宾斯克的飞机时，他想："妈妈走了，我现在往东飞，离她长眠的地方更远了。"从车里雅宾斯克往回飞，快到喀山时，他想："她永远都不知道我们到了喀山。"见到柳德米拉，在欢欣快慰之余，他对自己说："上一次跟柳达说话时，我还以为可以在战后见到妈妈呢。"

对母亲的思念，像一棵大树的树根一样，深入生活的所有角落，事无巨细地影响着一切。也许以前也是这样的。但从童年起就滋润了他的灵魂的这条树根，柔软、顺从而且透明。他此前从未感觉到。而现在维克托终于看到了，而且无时无刻感到它的存在。

可是，现在他无法再陶醉于母亲的爱。他带着困惑和不舍离开了母亲。他的灵魂也无法再吸收生命中的养分。他必须含泪将这些养分归还于生命。维克托感到了无休无止的痛苦。

他不断地读着母亲这最后一封信。信中的语气很冷静，也很克制。维克托想象着这群无助的、被围在铁丝网中的猎物所面临的恐惧，想象着母亲生命的最后时光。她知道大规模的屠杀已迫在眼前；有几个从犹太人聚居区奇迹般逃出来的人跟她说起了自己的经历，让她猜出了自己的命运。维克托无情地、固执地强迫自己去想象母亲和一群妇女和孩子站在大坑边缘，面对着党卫军的机枪。他根本无法抗拒这个念头。可是已经发生的一切，已经被死亡控制的一切，是无法逆转的。

他不想把这封信给任何人看，也不愿跟妻子、女儿和密友提起这件事情。

信里没有提到柳德米拉、娜嘉或托利亚。母亲唯一关心的是儿子。信里简单地提了一下亚历山德拉·弗拉基米罗夫娜，因为有一天晚上梦到了她。

他把信放在外套胸兜里，每天都用手去抚摸胸口几回。有一回，当自己几乎无法承受痛苦时，维克托想："如果把信放在别处，也许就能够慢慢平静下来。照眼下的样子，它就像一个没有填土的坟墓。"

可他心里也明白，要是他把这封奇迹般送到手上的信置于一旁，对自己的影响恐怕更具毁灭性。

维克托一遍又一遍地读着信。每一次他都感到了同样的震惊，如同他在自己的夏季别墅里第一次读这封信那样。

也许他在记忆里本能地抵抗着，不愿意也不能够全盘接受这些已经存在的、让生活变得无法承受的东西。

周围的一切似乎都没有发生变化，但一切又都已经改变了。

维克托像个重病的人一样，努力地正常生活。病人依旧可以工作、谈话、饮食，甚至依旧谈笑风生，但周围的一切已经完全改变了。工作变了，人的面容、面包的滋味、烟草的气息，甚至连阳光的热量都不一样了。

而他身边的人也感到他发生了某种变化——工作、谈笑、言论、习惯都变了，仿佛有一层薄薄的、冰凉的雾气将他和他们分开了。

有一次，柳德米拉问维克托："你跟我说话时都在胡思乱想些什么？"

"你干嘛这么问？我们说啥我就想啥。"

在研究所，维克托跟索科洛夫提起了他这次在莫斯科出差取得的成果，各种新的机会，说起了他跟皮缅诺夫之间的谈话，说起了他跟党的科研负责人的谈话，还说起了他的研究计划在以惊人的速度推进。可在说话时，维克托总是感觉到有个人用疲倦的、悲哀的眼神看着他，倾听着他，偶尔还会摇摇头。

再回想到自己在莫斯科时和漂亮的尼娜相处的时光，他不再感到激动了。这些过去仿佛发生在别人身上，他对此没有任何兴趣。还有什么必要给她写信，还有什么必要挂念着她呢？

亚历山德拉·弗拉基米罗夫娜是傍晚到的。谁都不知道她什么时候到。刚刚从集体农庄回来的娜嘉给她开了门。

亚历山德拉穿着一件男式黑色大衣，手里拿着一个小包袱。娜嘉一看见外婆，就蹦了起来，扑了过去，双手抱住她的脖子。

"妈妈，妈妈！是外婆！"她大声叫道。她亲吻着外婆，然后一口气问道："您感觉怎样了？还好吗？谢廖扎在哪儿？叶尼娅姨妈呢？有没有薇拉的消息？"

柳德米拉从屋里跑出来，激动得上气不接下气，吻着母亲的脸和眼睛，还有手。

亚历山德拉脱下大衣，走进屋里，捋平了头发说："唉呀，总算到了。维克托在哪儿？"

"在研究所呢，晚点就回来了，"娜嘉答道，"我的奶奶，安娜·谢苗诺夫娜也许不在人世了。德国鬼子杀害了她。爸爸写信说的。"

"安娜？"亚历山德拉惊呼了一声，"我亲爱的安娜？"

她的脸顿时变得惨白。柳德米拉赶紧说："娜嘉，说话能不能小心一点儿？"

亚历山德拉静静地朝着桌子看了一会儿，在屋里走了几步，在一张小书桌前站住了。她拿起一个小木盒看了一下，说道："我记得这个。玛露霞给你的。"

"对。"柳德米拉说。

母女俩互相看着，都皱起了眉。

"我们失去了玛露霞，"亚历山德拉说，"维克托失去了安娜。我还在这儿，还活着。事情既然已经这样了，那就继续过下去吧。"她问娜嘉："集体农庄工人，你的成绩怎样？"

娜嘉眼泪汪汪地说："在成绩最好的那一组。"

"妈妈，您是先喝茶，还是先盥洗一下？我们这儿有热水。"

"先去洗洗吧，然后一起喝茶。"亚历山德拉把手臂和手掌伸出来："我需要毛巾、肥皂、内衣和一条裙子。仅剩的衣服都穿在身上了，其他都烧成了灰。"

"妈妈，这些都会有的。为什么叶尼娅不跟您一起来？她也没剩下什么东西了。"

"叶尼娅现在要去工作了。玛露霞出事后，她对我说：'我要去工作，玛露霞说过我得去工作。'在古比雪夫她遇上了一个熟人，给她在军事测绘局找了个高级绘图员的工作。这可顺了她的心。你了解她，她不喜欢半心半意地干活。既然有了一份不错的工作，她一天就干十八个小时。别担心，我也会去找活儿干的。明天就去问问看。维克托应该认识几个工厂的厂长吧？"

"肯定认识，可我们有的是时间，"柳德米拉一边从箱子里翻衣服，一边说，"您得先歇歇。这阵子真够受的，得把精神先养好了。"

"行了，在哪儿洗漱？"亚历山德拉说着，"看看娜嘉吧，长得有这么高了！晒黑了。长得真像维克托的妈妈呀。我这里有一张安娜十八岁时

630

的照片。看看她的嘴，她的眼睛……娜嘉比谁都像她。"

亚历山德拉用手搂着娜嘉的肩，一起穿进厨房，里面有个炉子，在烧着一大锅水。

"简直是奢侈！热水多得像海水一样！"亚历山德拉·弗拉基米罗夫娜说，"在轮船上，哪怕能分到一小杯热水，就够我挺一天了。"

亚历山德拉在盥洗时，柳德米拉去做饭了。她在桌上仔细铺好了节假日和孩子们生日期间才会铺上的桌布，拿出了自己的全部配给，拿出了为庆祝维克托和娜嘉回家而用白面粉烤的馅饼，还把自己藏起来准备留给托利亚的甜点拿出了一半。

柳德米拉把母亲留在前门的小包袱拿了进来，打开了，把里面的东西放到了自己仔细铺好的桌子上。这些东西让人感到异常难受：半块配给战士们的黑面包，显然已经有日子了，面包变成了灰色；火柴盒里放着一小把盐；三个没有削皮的熟土豆和一个皱巴巴的洋葱，还有一块从儿童折叠床上拆下来的帆布垫子，妈妈肯定是拿它来当毛巾使了。

包袱里还有一小卷从前的信件，用报纸包着。经过一路折腾，报纸已经散开了。柳德米拉飞快地看了一眼发黄的信笺，认出了父亲那写得密密麻麻、歪歪斜斜的笔记，还有一些是她们三姊妹小时候的信件。她还看到托利亚作业本上撕下来的一页，上面的字写得又直又平。里面还有一张婆婆寄过来的明信片和娜嘉的两封信。信件之间夹着几张一家人的照片，里面都是她所熟悉的面容。里面有些人已经不在世了，还有些人去了天涯海角，可在照片里，他们永远聚在一起。看着这些人，她感到既陌生又痛苦。

她从心里涌起了对母亲的敬意和怜爱。母亲在烈焰中费心保存了这一切，在心中为自己所爱的人永远留下了一席之地，让那些她永远无法遗忘的逝者和她乐于相助的亲人聚在了一起。她深深地感激着母亲。

母亲的爱是宝贵的，同时又是那么简单和不可或缺，就像是包袱里那块陈面包。

亚历山德拉从厨房里出来时，穿上了女儿的睡衣。衣服太大了，衬得她比以往更瘦，但她脸上比从前更有光彩，前额上还有几滴水珠，看上去比从前年轻，也显得她比从前更忧伤，倦意更浓。

她走到女儿铺好的餐桌前，高兴地说："一下从饿死鬼变成了饕餮！"

柳德米拉抱了抱妈妈，让她坐下。

"你比玛露霞大多少岁？"亚历山德拉问。然后她自己回答了这个问题："三年六个月！"

她坐下来，继续说："就跟在昨天一样。我生日那天，叶尼娅埋头给我烤馅饼。所有人都在，玛露霞、叶尼娅、谢廖扎、托利亚、薇拉、斯杰潘、索菲娅·奥西波夫娜、莫斯托夫斯科伊和帕维尔·安德烈耶夫。大家都坐在一张桌子前。现在房子烧掉了，桌子也跟着没了。我跟你和娜嘉在一起。玛露霞不在了，可我还是没法接受这一点！"最后这两句她是大声说出来的。接下来大家都沉默了很长时间。

"爸爸马上就回来，"娜嘉忍不住这长时间的沉默，开口说道。

"唉，安娜，亲爱的安娜，"亚历山德拉柔声说，"你一个人生活，一个人死去。"

"妈妈，"柳德米拉说，"您真想不出来，我们见到您有多高兴！"

吃完了饭，柳德米拉让妈妈躺下来，她就坐在母亲身边低声说着话，一直说到夜深。

维克托到了凌晨一点钟才从研究所回到家，所有人都睡着了。

他来到亚历山德拉床前，看着她的满头银发，倾听她有节奏地缓慢呼吸，想起了母亲信中的一句话："昨晚我梦到了亲爱的亚历山德拉。"

亚历山德拉的嘴角轻轻地抖了一下，皱了皱眉头。她在沉睡中没有呻吟，也没有哭泣，还微微笑了一下。

维克托回到自己屋里，准备脱衣服休息。他曾以为与岳母会很难相处下去。看见母亲最亲密的朋友会给他带来新一波的痛苦。看来情况不是这样，他感到的只是怜爱。在隆冬时节，长时间的严酷干冷似乎把大地和树木捆在了一起，苍白无力的太阳在冰冷的雾气中变成了浅紫色。在此时此刻，生命忽然出乎意料地透了口气，潮湿的，甚至带着些暖意的雪轻轻地拂过大地。于是，在一月的黑暗中，大自然迎来了奇迹般的小阳春。这就是他在这一刻的全部感受。

早上，维克托和岳母进行了一次长谈，告诉了后者许多她所熟知的朋友和亲属的消息。她急于知道一切。

亚历山德拉·弗拉基米罗夫娜也说了很多，说到了那场恐怖的空袭、大火、成千上万死去的和无家可归的人们。她看到了许许多多受伤的孩子；她在渡轮上和战士们、工人们闲聊；她和叶尼娅以及两个怀里各自抱着褴褓中的婴儿的母亲一起徒步穿过伏尔加大草原，亲眼目睹了草原的日出日落和满天星光；她还目睹了在痛苦中煎熬的人们展示出极大的勇气和耐力，他们因为从事着正义的事业而依旧对胜利满怀信心。

"要是有一天塔玛拉·别洛兹金娜找上门来，你不会生气吧？"她问维克托，"我把你的地址留给她了。"

"这是您的家，"维克托答道，"您不用问我。"

维克托看出来了，亚历山德拉因女儿之死而受到了极大的震动，但这并没有让她消沉和颓丧。她有着铁一般的意志和对他人无私的爱，这足以让她继续活下去。亚历山德拉担忧着谢廖扎、托利亚、薇拉、叶尼娅、斯皮里多诺夫和其他维克托所不了解的人。她向维克托索要那些可能有助于自己找到工作的工厂地址和电话号码。维克托建议她再休息一阵，得到的回应是："维佳，你在说什么呢？经历了这一切，谁还能够歇着？我敢说，你的母亲也一直持续工作，直到生命的最后一天。"

接下来她又问了维克托的工作状况。他感到放松了一些，说话也不那么拘束了。

娜嘉去了学校，柳德米拉也不在家，医院那边让她去一下。维克托则留着陪亚历山德拉·弗拉基米罗夫娜。"我到下午两点后再去研究所，那时候柳德米拉就回来了。我不能把您落在这儿不管。"他说道。其实，从内心里来说，他就是想要和亚历山德拉多待一会儿。

到了傍晚，维克托一个人留在实验室里。他得检查一下感光板的光电效应。

他打开了电感器。真空放电管里，一束蓝色的微光沿着厚厚的管壁一闪而过。这束微弱朦胧的光线像一阵浅蓝色的风，让所有熟悉的东西——白色的控制板、黄铜色的控制开关、色彩黯淡的石英、深色的光屏铅板和银白色的镀镍支架——瞬间激动地抖动了一下。

就在这刹那，他突然也感到自己被同一束光芒给照亮了。这束硬朗而灿烂的光芒穿透了他的身心。

有一股强大的力量在触动着他。它不是幸福，但比幸福更加有力。这就是生活本身。

所有一切都混在了一起，童年的梦想、工作、永远刻在内心的灼人的痛苦，还有铭刻在心的对黑暗势力的仇恨、亚历山德拉对她在斯大林格勒最后时光的回忆、在喀山火车站看到的那个集体农庄妇女的乞求眼光，以及他对祖国必然走向自由和幸福的信心……

即使这一刻对他，还有对这个国家的人来说是如此困难，但他依然感到自己并非手无寸铁，也不会听天由命。

作为一个科研工作者，光有决心和毅力还不行。要保持自己终身劳动的能力，需要从别处获得更多的力量。

眼前这盏空心阴极灯里微微闪过的蓝光，像风一样给他带来了一个短暂而明亮的预感：作为天地之间的主宰，自由而幸福的人类可以睿智地开发这个世界上最强大的力量。

四十七

伊万·帕夫洛维奇·诺维科夫是一个矿井的掘进工。下了夜班后，他正步行回家。

他住在离矿井一公里半外的居民区。有部分道路泥泞不堪，因此伐倒了一些白桦树，铺成木道供人行走。诺维科夫沉重的靴子踏在木道上，压得地面晃动起来，在白色的树干之间汩汩渗出黑水。

秋天的阳光在地面投出光影，照在已经开始枯萎的草上。白桦和白杨五彩斑斓的树叶舒展着，迎接一天的清晨。空气沉静，树叶却在四处摇晃，有如千百只荨麻蛱蝶、赤蛱蝶和凤蝶在透明的空气中轻盈翻飞，展示着它们的美丽。树木的阴影下，一丛丛蛤蟆菌伸展着红色的菌盖。在茂盛而潮湿的苔藓里，越橘反射着微光，如绿色天鹅绒上散落的红宝石。

森林里这种美丽的清晨也许在过去一千年里都没有改变，一直由同样的色彩、同样的潮气和同样甜美的气息构成。让人奇怪的是，这样漂亮的风景现在却与工厂的嗡嗡声共存着。矿井井口在它身旁冒着白色的蒸汽，焦炉上空则始终飘着浓厚的黄绿色烟雾。

矿井让伊万脸上留下了风霜。他的额头上都是皱纹，厚厚的黑色粉尘让黑色的睫毛变得更加黯淡了。煤渣渗入了他的皮肤，嘴角的皱纹变得更深。矿工的皮肤和肺部常常会受到暗无天日的坑道里的煤灰和硅屑的侵害，却没有伤害到他那双清澈的蓝眼睛，让他的目光依旧友好热情。

还是在小时候，伊万就在矿井的地下马厩里打下手了。接下来，他到了矿灯房里给矿灯注油。再接下来，他被弄到一处只有薄薄矿脉的矿井里推矿车，每天奔忙在又窄又热的矿道里。然后，他到了一条水平主矿道里开矿车，把装满炼焦煤的矿车开到主坑道升降机上。终于，他有两年的时间可以在地面上，在尤索夫卡的一家矿井车间里用雷管把马上要送进平炉的铁矿石块炸开[1]。然后，他到了一家钢筋车间工作。他站在机床旁时，整个样子就像中世纪穿着一身锁子甲的骑士，透过金属护目

1　中文译者注：尤索夫卡即今乌克兰顿涅茨克。

镜投射出专注目光。

在爆发战争前很久，他又回到了矿井工作，当上了工作组组长，从新抽水泵安装，到建新的仓库，再到挖新的竖井、巷道、水平面和滑动面都由他负责。打眼和深钻这些也是他的负责领域。

几年前，伊万的弟弟从军事学院毕业了。有很多伊万的同龄人都在这个世界上留下了自己的成就。曾经在童年时跟伊万一起推矿车的斯米拉耶夫现在当了副部长，另一个跟伊万同龄的人现在成了整个区的矿山管理局局长，还有一个则当上了罗斯托夫一家食品加工厂厂长。跟伊万关系最好的发小斯图奥普卡·维特鲁金现在是矿工工会联盟中央委员会委员，人已经调去了莫斯科。当年的工友切特维尔尼科夫在拿到了冶金学院的函授学位后到了别处，也许是在托木斯克，也许是在新西伯利亚工作。

那些他曾经收为学徒、称呼他为"瓦尼亚叔叔"的年轻人，现在也分散到各地去了。有人当了最高苏维埃代表，有人在共青团中央委员会工作，还开着吉斯-101来看他。其他的人也都做得不错，这样的人多得他都记不起来了。

但是不管是伊万的弟弟彼得，还是其他的发小、同学、工友或者学徒，即使他们现在已经身居高位，却一点都不会看不起伊万。谁都不会对他说："陷在煤渣里了，对吧？这辈子没希望了？"至于伊万，他一向认为自己干得不赖，活儿做得也很好，身体也很棒。

这样看起来，伊万对他人的友善和宽厚往往隐藏一丝居高临下的意味，因为他总是觉得这份工作是他生命中最重要的事情。"工人"这个称呼于他有重要意义。当别的人——他的弟弟也好，住在莫斯科的老朋友也好——带着求助的眼神看着他，向他说起他们的生活困惑，向他寻求建议或肯定时，他都觉得是理所当然的。

伊万朝山坡走去。他打算走一条小路，可以绕开大路的两处拐弯，以更快回到工人住宅区。爬到山顶后，他停下来透口气。

可以看到远处的洼地上的工厂、矿井井架，还有一堆堆矿渣以及矿井和工厂之间的宽轨铁路。伊万特别喜欢炼焦炉上冒出的珍珠色白烟，还有不断喷吐出来的蒸汽。在一个阳光明媚的早晨，烟气升到天上时，那样子就像是一大群养得壮壮的肥鹅。

一辆动力强劲的火车头从岔线上驶过，发出低沉的汽笛声，车头犹如镜子般骄傲得发亮。伊万看着火车头上那位朝着扳道工愤怒挥手的司机，心里涌起了一阵妒意。"火车头才像个真正的战士！"他想道："要能在上面工作才带劲呢……"他想象着自己开着一列长长的货车，上面满是大炮、坦克和弹药，在一个风雨大作的夜里以七十公里时速疾驰。暴雨冲刷着车窗，但他驾驶着货车撕破雨幕前进，辽阔的南俄大草原在车轮下颤抖。

伊万是个天生的工人，他完全明白这一点。他喜欢工作，对各种各样的劳动有着深刻的好奇。这一切多年来未曾改变。他常常想象着自己成为一名金属铜冶炼工人、一名远洋轮船工程师，或者是一名在东西伯利亚金矿里的矿工。一想象起这些，便不由自主地着了迷。

他想看到这个世界上的人们是如何工作和生活的，但他不愿自己仅仅充当一个旁观者的角色，走马观花地看一眼城市、森林、田野和工厂。因为这个原因，他那些梦想着走遍天涯的愿望，往往与成为火车司机、飞机机师和远洋轮船工程师关联在一起。为了实现这些梦想，他一直在努力，而且确实也通过这种方式游历了很多地方。他幸运地有了一位好妻子，英娜·瓦西里耶夫娜。她能够随时收拾好行李，陪他去遥远的地方。不过，也许这样过个一两年，他们就要回家乡，回到顿巴斯的那个村子和矿井去了。

他们去过斯匹次卑尔根。伊万在当地矿井里工作了两年，英娜则给当地苏联公民的孩子上俄语和算术课。后来他们到卡拉库姆沙漠去住了十五个月，伊万在当地硫磺矿上班，妻子则负责上一些培训课[1]。接下

1　英文译者注：斯匹次卑尔根位于今挪威以北的（斯维尔巴德）群岛，是当地第二大城市，俄国在此有煤矿定居点。中文译者注：卡拉库姆沙漠位于里海东岸今土库曼斯坦境内。

来他们又去了天山的一家铅矿，伊万去做钻工，英娜则在成人识字班里教书。

在战争爆发前的那一年，他们不想再漂荡了。结婚后很多年，两人一直没有孩子。这一次英娜生了个体弱多病的小姑娘。跟这个世界所有长时间期待着有个孩子的夫妻一样，成为父母后，他们在溺爱孩子的同时，又隐隐担心她的健康。

伊万看着山丘东边坡地上的工人宿舍，心里涌起一股暖流，仿佛看见了小玛莎浅色的头发和苍白的小脸。在他走进宿舍区后，她会穿着那条肥大的裤子蹒跚跑来，嘴里大喊"爸爸回来啦"。她的脸色苍白得有点发青。

谁会明白他的感受呢？他会用手臂托起她，用手在她柔软温暖的头发里摩挲着，把她抱回家里。小玛莎会用光脚蹬着爸爸，用小小的拳头使劲推他，直勾勾地看着他的眼睛，把头拧到一边去，爆发出一阵欢笑。不能要求更多了。在经历了钻机摩擦的轰鸣、炸药沉闷的爆炸、焦炉的火焰和红烟熏烤后，除了这双充满着生命温暖的小手、这些长着像小鱼鳞般指甲的手指外，还能期待什么呢？在那个冬天深夜，在火光冲天中，他和小玛莎还有妻子一起坐火车离开了家乡。他已经看够了难民们疲倦的面容、战争的严酷和灾难。在此时，有这样清新而温暖的呼吸伴随，有这双清澈的眼睛相伴，还能期待什么呢？

四十八

伊万走进家门时，英娜正匆匆忙忙地收拾着桌子，准备去上班。二十分钟后学校就要上课了。她抬头看了看丈夫，把一堆批改过的学生作业放进手提箱里，然后把一个空罐子和一个空玻璃壶放进袋子。下课后，她还得去商店。接下来，英娜急急忙忙地说："瓦尼亚，靠垫后面放

638

着一壶热水，面包放在床头柜的抽屉里。要吃荞麦粥，在桌上有一碗。"

"玛莎在哪儿？"

"在邻居那儿呢。老多罗宁娜会给她热点汤当午饭。我五点钟的样子回来。"

"彼得那边还没信？"伊万问道，长叹了一口气。

"我敢说，"英娜应道，"过几天就会有了。"

她朝着门口走了过去，但又突然转回来，把双手搭在他宽阔的双肩上，朝丈夫微微一笑。这张疲倦的、开始有了细微皱纹的脸顿时显得年轻和漂亮了。

"去睡吧，瓦尼亚，去睡吧。你总不能像这样一刻不停地干下去。"英娜低声说道。

"我还好，"他回答，"得去矿井办公室一趟。玛莎可以跟我一起去。"

她拉着丈夫又大又粗糙的双手，把它贴在自己脸上，含笑说道："然后呢，全世界的工人们都这么过？"她提高了声调："没有你，钻机就会乱来了？哎呀，瓦尼亚，最亲爱的瓦涅奇卡呀！"

伊万走到大门，目送着妻子走远。一群女学生们在她身边走着，手里的油布书包晃来晃去。英娜手里的袋子和手提箱也晃来晃去。她个头不高，有点儿溜肩，步伐细碎，远远看过去，跟女学生也没什么两样。伊万想起多年前刚认识妻子那会儿：那时还是小姑娘的她扎着个麻花辫，毫无惧色地大骂父亲拿了工资后去狂饮滥醉；她在师范学校念书那会儿，爱跟他一起到池塘边坐着，给他念《塔拉斯·布尔巴》[1]；在斯匹次卑尔根，她穿着厚厚的皮衣，脚蹬高帮毛皮靴，怀抱着一大堆作业本走在大街上，清冷的路灯灯光和奇幻的北极光交替闪耀；在他们从斯大林诺前往乌拉尔那段漫长、饥饿的日子里，她在货车车厢上朗读苏联情报局的

1　中文译者注：《塔拉斯·布尔巴》，果戈理的长篇小说，歌颂了乌克兰民族英雄、扎波罗热哥萨克塔拉斯·布尔巴。

新闻公报[1]。

"可真是,我运气真好。"伊万对自己说。

这时,一阵几乎听不见的、窸窸窣窣像耗子般活动的声音在身后传来。玛莎抱住了他的腿。

伊万弯腰抱起女儿,脑袋里开始嗡嗡作响,也许是因为高兴,也许是因为连夜在矿井下工作给闹的。

喝过了茶,伊万把玛莎扛在肩上出了门,朝着矿井办公室走去。

不管是沿着山势排列的地窖子,或是低矮的、长长的工人宿舍,又或是工程师、工厂领导和斯达汉诺夫先进工作者住的独栋房子,都带着战争时期的痕迹。在这一艰难时刻,前线战士和他们在乌拉尔矿山工厂工作的父亲和兄弟们,在生活上并没有太多不同。

这一处的工人住宅区是在1941年严酷的冬天里建成的。其建成速度之快,与西部群山和森林里步兵师、炮兵团战士们挖散兵坑、战壕,筑起碉堡并无不同。

在前线,各个师师部延伸出来的电话线将它与前线各支部队以及后方的补给和勤务机构联系起来。在这里,树干上乱糟糟地挂起了电线和电缆,把工厂负责人、工程师和矿井党委的办公室、各个车间和控制室连在了一起。在德国人进攻的高潮时,前线各师还在匆忙印刷着自己的战报。在这里也一样,矿井党支部办公室门口也贴着每天印刷的报纸,上面发表的短文都是矿工们最新的工作成绩。

在前线,各师的报纸每天都呼吁新战士学习使用手榴弹、机枪和反坦克枪。在这里的报纸上,党委每天都在呼吁家庭妇女和集体农庄工人们学习使用采煤机、冲击钻、轻型或重型凿岩机。他们需要学会判断采煤机是否稳定,引擎的声音是否正常,电缆的负荷是否太高,电钻是否过热。

---

1 中文译者注:斯大林诺即今乌克兰顿涅茨克市。

前线和乌拉尔的工人住宅区的这些相似之处，让人们在看到本地这些孩子们时不由得心生怜惜。不论他们是浅色头发还是深色头发，不论是怯生生的还是爱玩闹的，不论是一丝不苟的还是喜欢瞎胡闹的，能够让他们开心的一切，不过是在地窖子、在矿渣堆或者在采石场的秋天落叶里胡折腾罢了。

伊万在一面墙报前站住了。

"总算做到了！"他低声说道。墙报上写着，高级掘进工伊万·诺维科夫工作组——包括掘进工科托夫、捷维亚特金和架子工维坎季耶夫、拉特科夫——不仅补上了此前未完成的工作定额，从数据上来看，正在追平指标最高的那个工作组。

他仔细读着这篇短文，嘴里耐心地对玛莎重复说："玛莎，玛莎，你在干嘛呀！"玛莎老是想用脚踢墙报，他希望她能安静一点儿。

玛莎终于成功了，她的小脚踢在用印刷体大写的父亲名字上。

"玛莎，玛莎！怎么能这么对你的父亲呢？"

"我可没踢您。"玛莎固执地说着，用手抚摩着父亲的帽子。

墙报上的东西都很正确，但也没有什么特别重要的消息。伊万手下这几个人都很没用，而且还很难相处。科托夫和捷维亚特金都在劳改营里待过，死活都不愿下井干活[1]。拉特科夫既霸道又爱惹事，有一次竟然喝得醉醺醺地来上班。维坎季耶夫倒像是个干矿工的，多少了解一点矿井工作，也算得上喜欢这一行。可这人特别吹毛求疵，老是喜欢给开矿车的挑刺。没错，矿车司机们以前还真没在矿井里干过。其中有一个矿车司机是从哈尔科夫疏散过来的女人，叫布拉金斯卡娅，被维坎季耶夫挤兑得都快疯了。简直是不可饶恕！布拉金斯卡娅是个俄化的波兰人，丈夫是个经济学家，牺牲在了前线。她自己在矿井也是尽了全力干活。

所以，伊万自己也不知道是怎么回事，在如此困难和危险的条件下，

1　英文译者注：送到劳改营里的一般是一些被怀疑有问题的人，例如某些被流放的少数民族。他们通常都会被派去做一些特别辛苦的工作。

自己这个班组居然完成了工作定额。懒虫捷维亚特金总是想坐下来啃他的面包干,他和爱惹是生非的拉特科夫,还有瘦骨嶙峋、眼睛里老是一副泫然欲泣眼神的布拉金斯卡娅怎么就能完成定额了? 难道是伊万做的贡献最大? 也许这也算是原因之一吧。伊万确实为改善工作效率做了不少事情,比如提高了通风效率,把炮眼的深度从一米半加深到了两米,提升了柱坑供给和空车返回的速度……不过,可能还有别的原因……

伊万不高兴地看着来来往往的矿工。他们怎么就不停下来读读墙报呢? 他们又不是文盲,这是干嘛呢?

他朝着矿山管理办公区走过去,忽然遇上了布拉金斯卡娅,"您在这干嘛?"伊万问道,"这会儿不该在家休息吗?"

布拉金斯卡娅奇怪地看着地上。她今天穿着一双高跟鞋,头上戴着一顶无檐软帽。在平时,她总是穿着一双橡胶靴子和一件防水油布外套,戴着头巾。大家都自然而然地叫她"大婶"。"嗨,大婶,给几辆空矿车呗!"可她现在打扮成这副样子,可见称呼她为"大婶"不见得有多正确。

"我去诊所给儿子做个预约,"她解释说,"简直快对付不下去了。昨天我找雅泽夫开张证明,好把儿子送到城里的技术学校去,在那儿能给他管三顿饭。可雅泽夫不答应。我现在只好同时在两条战线上作战了,一边是工作,一边是家。"

她拿出一张工厂报纸:"您看见这个了?"

"看到了,"伊万说,"很遗憾,没有把您的名字写上去。"

"他们才不会写呢,"她回答说,"把咱们这个班组写上去就不赖了,当然最好还是能写上……"她感到有点窘迫,便用手托着玛莎的胳膊问:"这是您的女儿?"

玛莎双手抱着爸爸的脖子,洋洋得意地大声说道:"我是他女儿。他在地下工作。谁都夺不走他,我不会把他弄丢的!"她停了一会儿,换了责备的口气问道:"阿姨,您不高兴吗? 因为名字没有登在报上?"

布拉金斯卡娅喃喃说道："我家卡济米尔就把他爸爸弄丢了。这一丢就再也没回来。"

"玛莎，你真是个傻孩子！"伊万说道，"你在我脖子上骑着的时间太长了，得自己走走了。"

他把小姑娘从肩上架起来，放到了地上。

四十九

伊万看着办公室外停着的三辆小汽车。一辆是矿场主任雅泽夫的爱姆卡，一辆是州党委书记坐的吉斯-101，第三辆车是个外国牌子，可能是火车站旁边那个兵工厂厂长的车。

"叫我到这儿来，怕是要浪费时间呢，"伊万对矿场主任的司机说，"首长们都在开会。"

"您怎么这么想？"

伊万解释说："三辆车都在这，说明首长都到了，要一起聊聊，就这么简单。开会这事儿，就像地心引力一样，摆脱不了，首长也不例外。"

司机哈哈大笑。站在外国牌子汽车旁边的姑娘也笑了。州党委书记的司机皱了皱眉，表示不赞同。

这时，雅泽夫从办公室窗子里探出头来说："嘿，诺维科夫，到咱们这儿来吧！"

伊万沿着走廊走过去，看了一眼墙上贴着的各种通知。本部门负责人罗戈夫跟他说，国防委员会来了位代表，正在开技术会议。"他和矿场主任在一起。"罗戈夫说。他眨了眨眼，又说道："老兄，别慌！"

伊万困惑地四下看了看："玛莎怎么办？把她放哪儿？我还以为就是过来几分钟，让签个字什么的。"

玛莎紧紧抓住父亲的手，警告似的说："别把我落下，爸爸，不然我就要哭啦！"

"干嘛哭呀？去找纽拉阿姨吧——那个清洁工，她是你朋友。"伊万低声恳求说。这时办公室门开了，矿场主任的秘书不耐烦地催道："诺维科夫，进来吧。在这儿干嘛呀？"

伊万抱起玛莎走进办公室。

三十五岁的雅泽夫紧紧地抿着他的薄嘴唇，模样很周正。今天他穿着一件合体的军便服，系着闪亮的皮带，在办公室里走来走去，脚下的小牛皮靴子发出令人满意的咯吱声。办公室里有一个穿着磨损的将军制服的人，长得孔武有力，宽阔的额头上是一蓬乱糟糟的头发，眼睛下是大大的眼袋。第三个人戴着一副眼镜，坐在雅泽夫旁边，穿着一件灰色的夏季外套，里面是件浅蓝色衬衣，没系领带，从蜡黄色的脸上可以判断此人习惯于夜间工作。他面前的书桌上摆着一个打开的箱子，里面是一沓沓文件，还有大张蓝色描图纸。煤矿联合体负责人拉普申坐在靠墙的椅子上。他长着黄色的大牙，老是喜欢皱着眉头。和拉普申并排坐着的是矿井党支部书记莫托林。这人有一双活泼的褐色眼睛，说话又大声又直接。不知道什么原因，今天他显得心事重重，有点怅然若失。

靠窗站着的是一个又高又瘦的家伙，穿着黑色翻领大衣。伊万在 5 月的一次会议上见过此人。他叫伊万·库兹米奇，是州党委负责工业口的书记。

"格里戈里·安德烈耶维奇，这位是掘进工诺维科夫。"雅泽夫向戴眼镜的人介绍说。他皱了皱眉头，低声问："干嘛还带着孩子过来？是矿场主任让您过来的，他可不是托儿所所长。"他把"托儿所"这个词的发音读得异常奇怪，把重音放在了"所"字上面，弄得这个词听起来不仅古怪，而且还含着一丝恶意。

"小姑娘的年纪对托儿所来说大了点儿。"州党委书记说。然后他问玛莎："小姑娘，你多大了？"

玛莎没有回答。她的眼睛又大又圆，莫名其妙地看着窗外。

"马上四岁了，"伊万回答，"我以为你们就让我过来签个空气压缩机故障表什么的，只用几分钟。再说，也没法去托儿所和幼儿园，都隔离了。"

"怎么搞的？"戴眼镜的人问。

"有麻疹病例。"莫托林说，然后愧疚地咳嗽了一下。

"到今天是第九天了。"伊万补充道。

"那可真够长的。"戴眼镜的人说。他皱着眉头问："空气压缩机故障是怎么回事？有必要弄个故障表吗？修好不就行了？"

他看着伊万说道："坐吧，歇一歇。"

伊万对雅泽夫很不满，气呼呼地说："我怎么敢？这间屋子的主人都没跟我说坐下来！"

"请坐！您也是这屋子的主人之一！"

伊万瞥了一眼雅泽夫，摇了摇头，狡黠地笑了笑。这动作让屋里的人都笑起来了。

伊万很不喜欢矿场主任。刚刚来到此地时遇上了严寒，从火车上下来后，脚下的雪厚得踩出了刺耳的声音。英娜坐在一堆行李上，全身上下用一床毯子裹得严严实实，怀里抱着小玛莎。离铁路不远处的洼地里刚点燃了几堆火。雅泽夫穿着白色羊皮袄和高腰皮靴站在车旁，周围的人围着他。工人们刚刚才得到消息说住宅区还没建好。他们焦虑地问雅泽夫，之前答应提供的炉子上哪儿了？在风雪交加的深夜，怎么可能带着一大堆行李和孩子徒步八公里去工人住宅区？雅泽夫说尽了一切好话，什么战争时期匮乏、牺牲精神以及前线的战士们的日子过得更糟。这些话从雅泽夫这样一个人的嘴里说出来显得漏洞百出。他的眼神里流露出冰冷而疏远的态度，戴着的厚厚的无指手套上还绣着一棵小小的冷杉树。他的车里则整整齐齐地码放着各种箱包，全都仔细地捆扎好了。

一大清早，伊万肩上背着两个大包袱，一手扶着妻子，一手抱着用毯子裹着的小玛莎来到只建好一半的住宅区，一辆三吨卡车从身边开过，上面是各种家具和生活用品。这些东西的主人是谁，简直太清楚不过了。

事情过去九个月了，伊万和雅泽夫在这期间再也没有面对面地说过话。这段时间并没有让伊万对雅泽夫的嫌恶有所减少。相反，因为积累的各种琐碎和细微的东西太多，这种嫌恶反而增加了。其中让他最反感的是雅泽夫的冷漠，对工人们的生活毫不关心。所有人都认为，要见到雅泽夫太困难了，就算见到了也不会得到好处。他会直接拒绝你的请求，还会对秘书大喊大叫："战争是不是突然结束了？你怎么因为这点小事就把这人弄来烦我？还要不要提升生产效率？这个问题怎么就没人来问我？"

在任何一家企业，总会有那么几个人会向领导问些又蠢又没意思的问题。但大部分工人找到厂长或者车间主任，一般都是要解决一些迫在眉睫的问题。不论是谁，但凡了解一点工人生活的，都会明白那些看似琐碎的小事对他们是多么重要。需要给托儿所打招呼，让它收下一个襁褓中的婴儿；需要把一个工人从单身宿舍调到家属宿舍；需要批准某人去锅炉房打一罐开水；需要帮着把谁的老妈妈从村子接到工人住宅区；需要批准谁一天假期让他陪着妻子去城里医院做个手术；需要把某人登记的配给商店调一下，这样此人不用走太远就可以领到配给；需要批准给某人发一辆煤车……这些都是枯燥而细微的事情，但能决定工人的健康和工作状态，进而改善生产效率。

看着雅泽夫那张英俊而无表情的脸，伊万感到很不安。此人也许是个有能力的领导，但他就是不喜欢。

伊万悄声对玛莎说："你在这儿待着。"他把玛莎往前推了一下，这样雅泽夫那双闪亮冰冷的眼睛就看不到他了。

国防委员会代表格里戈里·安德烈耶维奇，那位脸色苍白、戴眼镜的人说道："诺维科夫同志，我有几个问题要问您。"

穿着磨损大衣的将军显然是兵工厂的厂长。他大声叹了一口气："其实只有一个问题。新的矿脉需要马上开掘，要马上出矿，不能再迟了。"

他在书桌那边朝着伊万探过身子，继续说道："我们提前建成了生产坦克装甲的工厂。根据计划，您这边将给我们供应煤和焦炭，但您没有做到。我们需要煤，而矿层甚至都没有开挖。您迟了！"

"正好相反，"雅泽夫说，"我们不但没有落后于计划，反而超计划了。新的矿层马上就会按计划掘进。"他对煤矿联合体负责人拉普申说："我没说错吧？您给我计划，我完成了计划。"

拉普申点点头："所有工作均按照计划进行。矿场完成了计划。"他转过来对将军生气地说："梅什科夫同志，不能这样要求我们！我们这里有书面文件，经过党组织批准了。"拉普申又看了一眼州党委书记："伊万·库兹米奇，是不是这样？"

伊万·库兹米奇答道："您说得都对，可问题只有一个：您没有跟上梅什科夫将军的进度。他非常需要焦炭，今天就要。"

"我当然知道，"拉普申说，"可是该怪谁？您该怎么说呢，说我们超额完成了计划，还是说我们没有完成计划？"

"怪谁？"梅什科夫将军站起来，高高的个子让他显得更加气势逼人。"还用问，怪梅什科夫吧。把什么事情都怪在梅什科夫头上就行了，还有那些挖地基的工人、铺混凝土的工人、砌砖的工人、电工、钳工、镗工、铆工和焊工，整个工人阶级。怪他们去吧！别躲躲藏藏的，雅泽夫同志、拉普申同志，去跟这些只用了计划时间一半就建起一座工厂的人说吧！"

其他人都用嘲笑的眼神看着雅泽夫，后者皱起眉头："将军同志，应该给您发一枚社会主义劳动英雄奖章才对，但就这样也没法让矿场今天就给您提供焦炭[1]！我们的掘进工在这里，老工人了，是工作组的组长。您问问他是怎么想的吧！他会告诉您，所有工人都全身心投入生产了，做到了极限。毕竟，他们也是人。今天矿场不能给您需要的煤。"

"您什么时候能够供煤？"

---

1 英文译者注："社会主义劳动英雄"是苏联最高荣誉称号之一，与"苏联英雄"地位相当。

"按照计划，要到 1942 年第四季度末。"

"不行，"伊万·库兹米奇说，"这绝不行。"

"那该怎么办呢？"拉普申问，"制定计划需要计算劳动力、物资和工人配给。这些都需要跟规划配合，不是想到什么就要做什么。我和雅泽夫讨论过很多次。这里没有足够的干部配给他。老实说，他上哪儿找人呢？在这片泰加林里？没有钻工、掘进工和架子工。就算有，雅泽夫也没有足够的汽锤和电钻给他们。哪怕汽锤和电钻数量足够，我们还需要压缩泵和电站。这些根本就不够。您来说说，这些该怎么办？"

格里戈里·安德烈耶维奇把眼镜摘下来，一边看着镜片一边说："矿工同志们，您问的这些问题一度在我们革命知识分子中也常有人问：'该怪谁？''怎么办？'[1]"

他把眼镜又戴上了，用阴冷而尖锐的目光四下扫了一眼，继续说道："让公诉人来确认谁有罪，谁该受到指责吧。不过我不建议给他增加这些不必要的麻烦……需要制定一个大家都同意的计划，尽早挖掘这个埋藏很深的矿层。我们只有一个计划，它并不复杂，那就是保卫我们的苏维埃政权。"他突然间恶狠狠地补充说："明白了吗？计划很简单，不是一时心血来潮的产物。请根据这个计划来调整你们的进度。"

这时一个上了年纪的清洁工推门进来，拿来了茶壶和几个玻璃杯。

格里戈里·安德烈耶维奇对莫托林说："这儿的烟味儿太冲了，对孩子的肺不好。"他看着玛莎说："你跟清洁工大婶出去一下好不好？"

玛莎感到又无趣又讨厌。煤层、汽锤、电钻和压缩泵这类东西听得真是腻了。父亲总是说着这样的话，"上哪儿可以找到架子工"，"压缩泵功率不够高"，"遇上这样的岩层得用履带式吊锤"。在这儿又是一模一样难懂的词语。她打了个呵欠说："没啥好不好的，就是没意思。"

她牵着清洁工的手，朝着门口走去。在门旁她停下来，急急忙忙地

---

1 中文译者注：这里使用了双关，车尔尼雪夫斯基和列宁都用"怎么办"作为自己著作的标题。

看了一眼父亲，好像是不知道自己这么做是否正确，要寻求父亲的肯定。

至于伊万，他也觉得这样的讨论很没意思。从表面上来看，雅泽夫把自己想要说的话都说出来了，但他也不会同意雅泽夫的看法。后者跟将军讨论时说的这些都是从自己的立场出发的。他振振有词地说自己完成了计划，但对完成计划的工人们却没表现出丝毫关心。

这时，雅泽夫把脸转向伊万："问一下这里最好的掘进工诺维科夫同志吧，问问看他在没有一个熟练人手的情况下是如何完成工作的。他的工作组里有家庭妇女、技术学校的年轻人，还有集体农庄的工人——连煤矿都没见过，更别说掘进机了。我觉得我们都应该到矿井下面去，这样就能亲眼看到诺维科夫的工作了。他能够完成工作，这就是个奇迹！大家都应该看看他手下都是些什么人。有个开矿车的是个波兰人，叫布拉金斯卡娅。她的健康情况很坏，她丈夫以前在一家公司里工作，牺牲在前线了。布拉金斯卡娅本人在城里出生和长大，连菜地都没有侍弄过，更别说下矿井了。对于这样一位妇女能有什么要求？格里戈里·安德里耶维奇，要把这些考虑进去。您本人表扬过我的工作，我的成绩得到了国防委员会的关注。如果我接受了某项任务，就一定会完成。正因为如此，我希望重新考虑一下您的建议，对此我并不畏惧。但首先您得听一下我们工人突击手的话。"

伊万发现，雅泽夫说话时，格里戈里·安德烈耶维奇皱起了眉头。但雅泽夫却非常突兀地又补充说："直接一点儿说吧，格里戈里·安德烈耶维奇，您别跟我说教了。我当然知道，战争就是战争。1941年12月，我们在严寒中到达这里，在风雪中卸下自己的行李时，我跟大家都说过了，战争要求所有人做出牺牲。我一直要求他们做到这一点。这里可没人说我好心肠。"

梅什科夫将军换了一种语调，用老朋友交谈式的腔调对伊万说："诺维科夫同志，我跟您的情况一样。我们的工人也都鱼龙混杂，有经验的工人很少，家庭主妇和别处的新手居多，但对我和对工厂来说这都不

649

重要。重要的是新的坦克军要组建起来了。前天我还见到了坦克军军长和其中一支部队。"他把语速降了下来，带着重音说："老天，我一想到他们得冒着多大的危险……但我必须坚持原有的观点。这是党的要求。雅泽夫说的都对，没有任何夸大。但我们没有选择了。"

格里戈里·安德里耶维奇说："伊万同志，您怎么看？"

就在短短一秒钟，伊万想到了很多想要说的事情。他很想当场拿雅泽夫来发泄一下：他怎么能如此深情地说起布拉金斯卡娅，但却不许她的孩子去寄宿学校？他怎么能够让工人们住在没有供暖的住宅区，但自己公寓里却砌了一个漂亮的炉子？伊万还想说，工人们的配给根本不够，很多人住在潮湿的地窖子里。下班后很多人连站都站不直。他想告诉他们，自己曾经亲眼见到年轻的战士像一只雏鸟一样死在医院列车上。在经过一处小小的火车站时，人们用担架把他抬出来，埋葬在乌拉尔的冻土里。伊万是多么爱自己的女儿呀。可是她无法适应乌拉尔的气候，到这儿之后就不断生病。父亲在去世前，又是多么希望自己的小儿子彼得能够回来看自己最后一眼。可他的休假请求没有获得批准，后来连到父亲的坟头看一眼的机会都没有。那儿现在已经被德国人占领了。

他的心跳得很快。想要说的东西很多，这里面的几个也都会仔细去听。

但他冷静而缓慢地说："我认为我们做得到。请说说新计划吧。"

五十

伊万手里提着一盏沉重的蓄电池灯，朝着矿井走去。很快就要入夜了，他刚刚去了办公室去拿工作计划。去办公室前，他在家里收到了一条让他惊喜不已的消息。正如英娜所预料的那样，弟弟给他发了一封电报。突如其来的喜悦让他高兴得大声喘气，把玛莎都弄醒了。伊万一直担心弟弟的生死，变得越来越坐立不安。现在可好，他不但活着，而且就在不远，也许能上门来看看自己。

在他的蓄电池灯周围，也飘起了一大片灯光。办公室、矿灯房和澡堂里走出了几百人，手里的灯光晃动着，朝着坑道飘去。第二道光流在相反方向亮起，这是下班的矿工从矿井里出来了。上班的人们彼此几乎不说话，心里在为离开大地的表面暗暗做着准备。不管一个人有多么热爱在地下工作，进入地下时，他往往处于安静的沉思状态。所有人都习惯了我们每天所处的这个世界，哪怕与之分离几个小时也都令人感到很艰难。

摇摇晃晃的灯光背后都有不同的故事。五盏灯组成了一个团队，一个工作组。它的每个成员无论在地下还是在地上，行动都是一致的。稍微靠前的那一盏灯是工作组组长的，后面并排的三盏灯靠得特别近。最后一盏灯往往飘来飘去，有时候急急忙忙地超过他人冲到前面，有时候又落后了……拿着这盏灯的可能是个少年，穿着一双过大的靴子，或者还没睡醒，迷迷糊糊地落下了，随后又清醒了过来。接下来还会看到一列单独的灯，星星点点地排列着。还有两两相伴的灯，说明两人很可能是朋友，边走边聊，突然陷入沉默。他们可能乘同一个矿井笼，到了地下就彼此分开。这一班结束后，两人在矿井里见面，在黑暗中两人的牙齿和眼白会变得很亮。

一片闪亮的光云从矿灯房里飘出来，飘得越来越快，逐渐化成星星点点。在矿井入口，又一片密集的光云形成了，在跃动，在起伏，然后滑入了黑暗中那扇看不见的大门。秋天的星空里，星星在闪耀，仿佛它们这些苍白的光芒和矿工的矿灯存在着某种温暖的联系，即使是战时的灯火管制，也无法让它们的光芒黯淡下来。

很多年前，在一个温暖的夏夜，伊万和父母一起去附近的一个矿上，母亲怀里抱着彼佳，父亲在前面引路，手里的矿灯轻轻晃动。伊万就走在他们身后。走着走着，母亲说她累了，抱不动弟弟，父亲说道："瓦尼亚，你来提着灯，我来抱住小彼佳。"现在，父母亲已经去世多年。小彼佳长大了，变得沉默寡言，当上了上校。伊万都不记得当时他们为什么要到那个矿上。也许是因为要参加婚礼，还是去看快要去世的爷爷？他只记得，当时他接过矿灯时碰到了粗糙的挂钩。矿灯沉甸甸的，释放出宁静的、活跃的光芒。这一幕一直清晰地留在自己记忆里。

那时他很矮，只好费力地把手举到胸前，这样矿灯就不会触碰到地面了。

在黑暗中只能看到晃动的灯光。在下井前，所有人都陷入了若有所思的沉默中。也许是模模糊糊地想到了很久以前，然后又想到了当下，想到了战争。那些所有童年的记忆，也许现在已经和变成坟茔的那些人须臾不可分了。

伊万朝着矿井笼走去，秋夜的清新空气换成了矿井温和潮湿的呼吸。

油腻的钢缆在灯泡照耀下微微闪亮，在竖井中无声地滑动着。大家一言不发地看着钢缆。它慢慢地朝着竖井深处那团阴沉的黑暗滑去，黄褐色的油渍慢慢不见了，只能看到螺旋状绞在一起的钢缆发出银白色的微光。过了一会儿，矿井笼从黑暗中冒了出来，下班的男女工人们穿着肮脏、潮湿的防水油布服出现了，他们的眼睛紧盯着这些马上就要下到矿井里的人们。

刚刚从矿井里出来的人明显感到了夜晚的芬芳和矿井气味混合的气息。他们因为悬在半空而感到有些疲倦和厌烦，不耐烦地等着矿井笼控制员赶紧开门，好让他们再次把脚踏在大地上。

"八个小伙子，八个姑娘。"站在诺维科夫身边的捷维亚特金说着。拉特科夫哈哈大笑，大声说道："跟她们去婚姻登记处吧！"

伊万发现，刚到矿上来的人在准备下井时总是没法安静下来。拉特科夫、沉着脸皱着眉的科托夫和一贯很严肃的捷维亚特金平时多少都有些焦虑不安，此时的表现却与以往不同。拉特科夫不停地大声开玩笑，肯定不是说给那些感到高兴和放松的人听的。而与拉特科夫不同，科托夫却沉默地看着地面，仿佛是在表示："这一行太差劲了，不该看见的都别看吧。"

女人们第一次下井时一般都会比男人更害怕，有些人会在那里又哭又叫，但她们很快就进入了角色。不过，伊万对她们聊天的方式感到有点恼火。就算是在矿井笼里，她们也会讨论诸如配给和衣服之类的话题，年轻女人会说一下电影，或者各种飞短流长："我跟他说啦，他跟我说啦，丽达问他的时候，这家伙就点着一根烟，嘿嘿笑着一句话不说。"女人啊，伊万心里想，真是个奇怪的东西，完全不会想工作有多严肃。

铁链在叮当作响，矿井笼控制员朝伊万眨了眨眼——他们俩都是从顿巴斯疏散过来的——然后给控制室发了个信号。

"哎呀，哎呀，妈妈，给我送顶降落伞过来吧！"拉特科夫傻里傻气地喊道。接着，他朝着卷扬机操作员娜塔莎·波波娃的肩上伸出一只手，那样子好像他要找个地方撑着才能站稳。

波波娃把他的手一甩，生气地叫道："收回去，你这混账东西，别做蠢事！"

拉特科夫真的不是在做蠢事。一往井下走，他就害怕。要是钢缆卡住了怎么办？这里虽然不是前线，但距离矿井底部可整整有一百八十米。

矿井笼的下降速度很快，弄得所有人都有点头晕，耳朵像是被堵住了，喉咙里突然塞进了什么东西。矿井笼咯吱咯吱地响着，竖井灰色的支架飞速地从身边滑过，就像一条平整的灰色丝带。墙上的水越来越多，时不时有沉重而温暖的水柱滴到大家的衣服上和脸上。

矿井笼在接近上层矿井时速度慢了下来。这里的煤已经被开采了一阵子。竖井支架不再呈现出灰色的云母色丝带的形状，一些凿得千奇百怪的岩石呈现出不同的形状和色彩，像一大片马赛克。

最后它终于停了下来。大家在走出这个笼子前向伊万点头致意，这当中有一个工作面工人、一个架子工、两个卷扬机操作员、一个电动矿车司机，还有一个矿石粉碎机操作员。后面这位还是伊万在工人住宅区的邻居。

矿井笼控制员发出了信号，矿井笼继续下行，伊万要他的工作队员们一起，在这个四米厚的焦煤矿层里打出一个巷道。

上一个冬天，伊万用了三个月时间给竖井最深处打支架。矿井笼飞快下降时，他检查了一下竖井支架，还不错，他和自己手下当时干的活儿还挺漂亮。

矿井笼更加平顺地向下滑去。墙上的水珠就像夏天太阳出来后彩虹映射下的温暖雨水，让人感到愉悦。矿井底部的空气比上层矿层的空气更加干燥，更加清新一些。

最艰苦的一部分工作是在这儿完成的。隆冬时分，他在井下遇上了一股喷溅而出的激流。冰凉的水就像一把刀一样，涌上他湿乎乎、热烘烘的背部，简直要把人切成两半。即使现在，想到这一幕也非常令人不快。那时竖井里每天都因为要炸开矿层而被弄得烟雾腾腾，到处是令人窒息的粉尘。上井后，他在暴风雪之中朝着矿灯房跑去。矿灯冰冷的把手像一尊火炉一样烫手。他交回了矿灯后，才会去洗澡房洗澡。

他曾在卡拉库姆沙漠的一个硫磺矿里工作过十五个月。那会儿他特别想念俄罗斯的冬天。那里令人窒息的热浪无处不在，当地人都躲在家里，关闭门窗，躺在黏土地面上，用湿布拭汗，喝着绿茶。可他，却得在地下工作，根本没有通风设备，热气蒸腾，四处是灰雾，脑门子上飘荡着连续爆炸传来的硝烟。能呼吸都算是个奇迹。下班就相当于从一处火炉走进另一处火炉。周围全是黑岩和白沙，一直延伸到远方。整个地面都在发烧或燃烧。不过到了夜里，夜空成了无法忘却的美景。在无烟煤一样漆黑的空中，可以看见硕大的星星发出白色和浅蓝色的光，犹如春天的银莲花。这时只要朝这漆黑的夜空伸出手，这些花朵般的星星就

654

会应声而落。哎呀，卡拉库姆沙漠可真是个独特的地方了。

他们走到粉碎机那儿。捷维亚特金敲打着支柱，可以看到细细的钢轨闪着微光。

"这里的石头可真够硬的，"拉特科夫说，"诺维科夫同志给我们找了个好活儿。鬼知道我们什么时候能够采到煤。"他这番话好像是在开玩笑，但却暗藏讥讽。

科托夫终于开口说话了，他的声音又浑厚又粗粝："我听调查员说，照眼下的物资配给，这里得弄到十二月才能完。"

"太对了，"捷维亚特金说，"诺维科夫同志说了保证完成任务，咱们就得付出代价。战前我们厂里有个波兰人，最喜欢说：'保证，保证，说着容易，做着费力。'"

"他从哪儿来的？"布拉金斯卡娅问。

"问这个干嘛？"

"我叔叔以前也说过跟这一模一样的话。"

"这也是我叔叔说的。"拉特科夫接下来像梦游一般扯到别的奇怪话题上了。

此时，伊万在检查白班的工作，记上笔记。有一条木支架有损坏，需要加固，不然顶就要坍塌了；这一边的支架需要紧一紧；那边的侧压很厉害，支架的底部不稳固。场长答应要给附近那台粉碎机接入压缩空气，但压缩空气管道的位置跟昨天一样，没有变动。地面没有给井下送来管道，伊万在仓库里也没看到有备料。从火车站上卸下来了一部分，也许是没有足够的卡车运送。好歹有人把电缆送下来了，可是没有备份电力供应，这些东西管什么用？现在的供电也只刚刚够上层矿井用，光破碎机就得用掉一大块供电。

他们走到另一台破碎机前，捷维亚特金说："走到了。昨天我们就是干到了这里。"

655

"对，"拉特科夫说，"昨天干得不错。支架排得跟接受检阅的士兵一样，又挺拔又稳固。我昨天差点就在这儿给埋了，记得吗，科托夫？我们刚爆破完，我到这儿安装支架来着。"

"是吗？"科托夫问，"我全给忘了。"其实他心里清楚得很，这么说只是想要挤兑一下拉特科夫。他阴沉地对伊万说："我还指望咱们隔壁能给接上压缩空气，现在连管道的影子都没有。这儿也没有，井口也没有。"

"哦，"伊万说，"你也注意到了。"

科托夫只是皱了皱眉头。他认为自己入错了行。不久前他还在一家禽肉加工中心负责采购，现在却陷在一个矿井的底层。捷维亚特金之前在一家生产自来水笔笔身的塑料工厂里工作，然后又去了另外一家工厂开压力机，把各种机器零部件挤压成形。他是个有本事的工人，但后来有一次在宿舍里，他也说："我看着巷道顶部，一想到那上面有房子，有松树，只要一想到这一切，不行，我再也受不了了……"

永远爱唱反调的科托夫说："行了，要是你被矿井吓着了，那就志愿到前线去吧。"

"指不定我真会去……"捷维亚特金说。

两个人肩并肩地走着，时不时看一眼朝着工作面走去的伊万那宽阔的脊背。这个人性格和脾气都很好，可是拉特科夫就是忍不住要刺他一下："这么说，诺维科夫，我听说您在办公室签了什么文件，保证我们在本月初会出煤。您问过我们怎么想了吗？是您自己签的？党支部书记莫托林会跟您一起下井吗？"

"您知道我会和谁一起下井。"伊万心平气和地说。

"可我们只有八只手，最多不过多发几根香肠。"捷维亚特金说。

"您在签这些文件前，真该到配给商店去看看我们有多少配给。"科托夫说。

"凭什么？"伊万回应道，"您觉得煤矿就应该搞特殊？"

"不管怎么说，诺维科夫，您可真是天生的官僚。"科托夫顶了他一句。

"我自己不觉得，"伊万说，"我这辈子都是工人，您才是那些想要坐回办公室里的人。"

拉特科夫看见远处有两道光柱在晃动："看呀，纽拉·拉帕济娜和维坎季耶夫已经开始工作了，在政治上可真够自觉的。马上他们也会当上工作组组长啦！"

五十一

他们越来越清楚地感觉到他们正在靠近煤层。它们已感觉到被干扰了，变得满怀恶意和怒气。他们在钻孔时，孔眼时不时会释放出小股瓦斯，在曾经处理过的钻眼上也喷出了让人警惕的水柱。有时候泄露出来的瓦斯甚至可以把一小片岩石给剥下来。

头顶上响起沉重的气流声。一股看不见的瓦斯流马上要冲出来，发出了不祥的哨声。他们用矿灯照着凑近了看，发现发亮的页岩颗粒在四处乱蹦。纽拉·拉帕济娜朝着裂口探头看去，气流像风吹过，把她的头发吹得蓬乱。他们开始工作前，头发灰白的瓦斯班班长过来进行例行检查，手里的显示灯使劲地往上一晃，发出了警报。矿工们互相看了看，瓦斯班班长阴沉地说："诺维科夫同志，您看到指示灯了吧？"

"当然看到了，"伊万冷静地说，"煤离我们不远了，它在呼吸了。"

"您知道指示灯是干嘛的？"

"这还用说？是在告诉我们它还有多远。"他对科托夫和捷维亚特金说："这样吧，我们在钻新的孔眼前，先手工凿一个深一点的眼儿试试看。只要通风跟上了，我们就可以钻孔眼了。这样就不冒险。"

"说得对，"瓦斯班班长说，"搞通风的头头最爱说：'欲速则不达。'"

"比不达还糟，"伊万说，"会要命的。"

"这里会很危险吗？"布拉金斯卡娅问。

伊万耸耸肩。他在斯摩良卡 11 矿区的西坡工作过。那个矿很深，内部温度很高，开采十分困难，易发生瓦斯爆炸。一次爆炸下来，几百吨煤渣碎石可以把整条巷道埋得严严实实。那里肯定很危险。一次严重的冒顶，可能需要整整一个星期才能挖出矿工遗体。然后，这条巷道就永远被废弃了！他曾经参与卢特岑科沃 17-17 矿区竖井的建造。在那里他亲眼见到了最可怕的瓦斯气流。瓦斯逃逸的呼啸声之大，淹没了周围人们说话的声音。强大的气流冲击甚至撕碎了一台凿岩机的护盾。但最后到底还是成功了，他们挖到了煤层。至于这股气流……伊万什么都不能保证。一次严重的瓦斯爆炸肯定比吹起拉帕济娜的金发带来的伤害多得多。大家到底是在地下工作，不是在一家糖果厂里。能对布拉金斯卡娅说些什么来安慰她呢？只能说这起码比他的弟弟彼得现在所从事的工作要安全得多了。布拉金斯卡娅好像也明白了伊万沉默的微笑和身不由己的身体语言，带着点儿尴尬说道："真对不起……刚刚才想到，在我丈夫牺牲的地方没人会问这些问题。"

伊万看着周围这些安静的工人们，每个人的表情都意味深长。他看了看还没有打上支柱的部分工作面，看了看低矮的巷道顶、凿岩机，又看了看突兀逼人的岩石断面，身边是准备运出他们开采的矿石的矿车，支架散发出刚融化的柏油的气息。恍然间，他看到了玛莎红润精神的小脸、闪亮的大眼睛，看见妻子不安地皱着眉。他多少有点迟疑不决地说道："那么，现在开始工作吧！"

伊万慢慢地，仿佛有点不情愿地向凿岩机走过去，开始检查它的工作情况。

劳动在刚开始的那一刻会表现出一种非凡之美。一个工作者在此时达到完美的平衡。休息期间遗留下来的惰性也许让他没有意识到自身力量的强大，但他会逐渐克服这一惰性，并对这一力量满怀信心。尽管他明白会很快遭遇压力、变得紧张，但在这一刻，他是放松的。

火车司机准备将一台动力强劲的火车头开出装货场时，在他感受到活塞第一次轻微推动时会意识到这一点；车工在一开始上班时，感到闲置的机器开始最初的转动时会意识到这一点；飞行员在脑海里过完了当天的飞行流程，发动引擎，让螺旋桨懒洋洋地、不规律地转动起来时，也会意识到这一点。

一个炉前工、一个松土机操作员、一个拖拉机驾驶员、一个冶金工人在拿起扳手，一名木匠在拿起斧子，一名矿工启动了凿岩机……所有这些人都熟知、热爱并赞赏赋予他们工作以节奏、力量和韵律的这一刻。

这一晚，工作异常困难。通风情况很糟，放置在瓦斯泄露口附近的电扇出了问题，潮湿的热气让人疲惫不堪。附近地段的一次爆破把带有腐蚀性的黏腻的尘烟扑进了粉碎机里。工人们的矿灯里照出来的尽是浅蓝色的薄霭，好几次他们差点喘不上气，喉咙像火烧一样，全身上下都被汗水浸透了。他们只想坐下来歇几分钟。远在头顶之外的新鲜空气犹如沙漠中旅行者看到的清凉泉水，成为了海市蜃楼般的奢望。

伊万先开始试着凿一个深眼。刚开始还挺顺利，随后，凿岩机就悄无声息、毫无预兆地——也许还有点让人不快地——钻到了岩石上。高温和稀薄的空气似乎也影响到凿岩机的效率。谢天谢地，它没被卡住。

拉特科夫给维坎季耶夫带来了后者用来搭建巷道顶的水平横杆，还帮他固定松木支柱。

"这根只加工了一半，"维坎季耶夫指了指一根支柱的下端，"睁一只眼闭一只眼，如何？"

"温度太高，"拉特科夫带着点怨气说，"对俄罗斯人来说，最可怕的是高温。低温倒没那么要命。"

"这可不好说，"维坎季耶夫说，"去年冬天我在博格斯洛夫斯基区的露天矿山工作，温度低到零下四十度[1]。雾气像冻住的酸奶，几周都散不开。在这个露天矿山，等车里雅宾斯克草原上的风刮过来你就知道低温

1　中文译者注：博格斯洛夫斯基区是位于今俄罗斯北乌拉尔地区的矿区。

会怎么造孽了。地面上可没那么好玩。我在那儿得了肺炎。不行，还是到地下来好受点儿。"

科托夫和捷维亚特金在给伊万打下手。两个人不停地看着他，随时准备给钻头加上加长杆。捷维亚特金的两鬓和前额上都是大滴的黑色汗珠。他自己也懒得去擦汗，只是用透不过气的声音说："这才刚开始呢，我就想歇一歇了。"

"别停下来，加夫里拉。"科托夫说着。他发现自己一个人转不动启动摇把，便站起来，用袖子擦了一把汗。伊万回头看见，便说："别停，不然钻头就会卡住了。捷维亚特金，你怎么浑身湿透了！"

"感谢上帝，钻头现在转得可顺溜了。"科托夫说。

"感谢上帝干嘛？"伊万问，"挖煤哪有这么容易。"

伊万向前探着身子，查看钻孔情况。他偶尔会把眼下这一切当成发生在顿巴斯，战争则像是根本不存在。这里的岩石构成像极了斯莫利亚宁煤层，阴冷潮湿的空气则跟斯摩良卡11的下层巷道很像。每次下班回家，他都会坐一小段路的公共汽车，然后走回到自己住的大楼里。日子这样过了很多年。他呼吸着潮湿沉重的空气，心满意足地感到汗珠从额头上坠落。

一股强劲的水流，夹杂着小块岩石碎片突然间喷溅到伊万的肩上和胸口，让他蹒跚了几步，急促地喘息起来。科托夫和捷维亚特金慌张地看着他。伊万深深吸了口气，嘶声说道："现在别停……必须让钻头动起来！"

在这些岩石深处隐藏着煤层。伊万的钻头已经感觉到了，正在朝着它前进。

在伊万内心，他觉得全世界最强大、最真实的力量，劳动者的力量，正在全速运转。他要毫无保留地、慷慨地使用这股力量。

接下来所发生的一切让每个在场的人震撼了，后来他们都用各自的方式描述当时的情形。平时一向温和、说话很客气的伊万变了个人。他很少突然高声说话，对拉特科夫的冷嘲热讽常常一笑置之，不管是去配给商店还是在下班后等矿井笼都会安安静静地排队。大家常常看到他带着女儿静静地在工人住宅区遍地泥泞的唯一道路上散步；如果妻子不在家，他会出来收拾晾洗的衣服，或者坐在大门前削土豆皮。现在伊万的样子整个变了，明亮的眼睛黯淡下去，但从前沉着稳重的动作却变得敏捷准确，说话也变得粗暴而威严。

拉特科夫无意间一句话把大家都逗乐了。他大概是把伊万当成了盖特曼，突然大喊了一句："小心啦，盖特曼同志，小心塌方！[1]"

纽拉·拉帕济娜也变得有点古里古怪。她和布拉金斯卡娅一起撬一块大石头时回头看了一眼，看见站在灯光中的伊万，水柱和黑泥四处飞溅，不由得说："真是第二个叶梅利扬·普加乔夫！[2]"

布拉金斯卡娅把沾湿在额上的头发抹开，对纽拉说道："还没见过这样的人呐，说不定心里藏着个异教的神！"

过了一会儿，他们钻完了第一个炮眼，大家一起坐下来休息。纽拉·拉帕济娜问："科托夫，您刚才听到布拉金斯卡娅说什么了吗？她说，我们的组长是个异教的神！"他们朝伊万看过去。他正在小心地听着岩石的声音，想搞清楚有没有发生瓦斯泄漏。

"什么神啊鬼啊，"科托夫不怀恶意地开玩笑说，"倒像是个索命的魔鬼。"

"这人肯定不会把事情办砸了。"捷维亚特金说。

脸色阴沉、瘦得皮包骨头、老是咳嗽的维坎季耶夫曾非常憎恨伊万。他，一个西伯利亚人，竟然得听一个外地人，一个顿巴斯来的新人指挥。可现在就连他也说："你得把事情让他办。他是个真正的矿工，知道这下面发生的事情。"

1　中文译者注：盖特曼是沙俄时期哥萨克大头目的意思。
2　英文译者注：叶梅利扬·普加乔夫（1742—1775），哥萨克领导人，试图争夺沙皇皇位，在叶卡捷琳娜二世统治时期领导了一场大规模叛乱。

伊万站起来，对大家说："好了，同志们，都歇好了吧？加油干吧。"每个工作组的成员都有自己的分工。

布拉金斯卡娅和拉帕济娜负责把煤块抬到矿车上，装车，然后再把矿车推到主巷道去。她们得慢慢地用力，让沉重的车轮转起来才能克服阻力。拉特科夫负责搬运松木支架，维坎季耶夫用锯子或斧子又拉又砍，把松木支架搭起来，以防止工作面上方和两侧坍塌。科托夫、捷维亚特金和伊万一起，先用柱形炸药包炸松岩石，然后再用鹤嘴锄把岩石砸开。

这里的每个人都有自己的独特想法、独特希望和仅属于自己的恐惧。维坎季耶夫想着他在安热罗苏真斯克的妻子和孩子[1]。妻子刚写信过来跟他说，没有他在身边，自己已经失去了活下去的力量。可他能干什么？车里雅宾斯克的宿舍全是集体宿舍。他又想起了自己在库兹巴斯工作过的煤矿，那里的煤层多厚啊[2]。诺维科夫常常挂在嘴边的顿巴斯煤矿算什么，就那么薄薄的一层而已……不过，诺维科夫真是个好组长。跟他一起干活不无聊，有劲。维坎季耶夫又想起自己的大儿子。到秋天他本来也该入伍了，但他自己却主动去了军事速成班。老父亲和弟弟们都没来得及跟他说声再见。让大儿子请假回家肯定是没什么指望的。维坎季耶夫又想起了妻子："丽莎，丽莎，要是丽莎在这儿就好了……下班了她会给我拔火罐，起码这要命的咳嗽会消停点儿。"

拉特科夫想到的是他不该跟纽拉·拉帕济娜吵架，不该忘记找食堂老板要几张肉类配给券。食堂主任据说是个老实人，从不偷窃任何配给。他还后悔自己去了趟跳蚤市场，拿着靴子换了件皮外套。周围的伙计都说他被骗了。不过，跟有技术的架子工一块干活还是有好处的。他自己都学会了不少。什么燕尾榫、榫接、刻槽、嵌接、凸榫，什么平对接，

1　中文译者注：安热罗苏真斯克位于今俄罗斯克麦罗沃州，在西伯利亚城市托木斯克东南。
2　中文译者注：库兹巴斯位于今俄罗斯克麦罗沃州。

662

他知道了个八九不离十。照这么干下去，迟早会上光荣榜！可惜当初没报名去上煤炭破碎机操作的夜班培训课，真是失算。要是能像伊万·诺维科夫那样，全身心用在工作上，努力克服每个障碍就好了。星期六晚上花一百五十卢布买来的自酿白酒，喝起来简直一点意思都没有。他一点都不喜欢跟他一起喝酒的人，他们里面那个带头的还吓唬说要把他轰出宿舍区。唉，老是把事情做错……他从来没有从头到尾把事情盘算清楚，然后又一厢情愿地觉得当初只要如此就不会错，结果到下一次情况依然如此。还是把那双可怜的靴子丢到脑后吧……把无知的集体农庄工人纽拉丢到脑后吧……干脆，某一天他直接到当地兵役局说："我放弃我的免役权，让我去保卫斯大林格勒吧！"

捷维亚特金本人却在想："这儿不是我该待的地方。我是个冲压工，不是矿工。我得想办法搭车去一趟兵工厂，跟那儿的工人们聊聊。我敢说，他们都会需要我这样的人。接下来我就会让他们把我要走。反正我也不用考虑自己的家庭，也不需要家庭宿舍。总而言之在别处总能有些名堂……可他们大概不会让我从这个矿井跑掉。负责干部分配的官僚真差劲，我还得要到她的批准……别忘了我爹，得给他寄两百卢布过去呢。我肯定会寄去的，什么时候说过我不给钱呢……在这儿想往上爬太难了，在车间里工作情况不一样。我有经验，肯定会有人注意到我。朝他们露一手，我跟伊万·诺维科夫一样棒……要不是打仗，我本来可以结婚的。结果她应征当了一名护士，现在大概早把我忘了，周围都是当兵的，我敢打赌！战前我还是个吉他俱乐部的成员呢……行了，到头来总是一件好事，对单身汉来说战争没那么糟……不不不，我的生活早就被毁了，那把吉他再也找不到了。"

布拉金斯卡娅在第一千次回想自己和丈夫在哈尔科夫火车站分别的那一天……不会的，根本不可能，肯定弄错了，牺牲的是跟他同名的人……可是，真的不是弄错了。她现在成了寡妇。"寡妇"这个词，自己到现在还不习惯呢。寡妇，寡妇，寡妇，卡济米尔成了孤儿。她的丈夫现在自己一个人躺在柳树下的泥里。在 1941 年春天，谁能想到这些？谁能想到丈夫会一去不复返，而她，如今却在远在东方的地底下穿着防水油布工作服工作？他们本来计划夏天去黑海度假，去阿纳帕[1]。出发前她要烫个头发，修一下指甲。从黑海回来，小卡济米尔就会到培养音乐人才的学校里念书了……这些煤矿石和手里的铲子有时候会让你忘掉所有事情，可一会儿那一幕又重现了：最后的那个温暖的早上，在哈尔科夫火车站，地面的小水潭在阳光和雨水中发光。丈夫向她投来最后一个笑容，满含着亲切，带着点不知所措，似乎想要给她以鼓励。然后是无数双手在车窗里挥舞："再见吧，再见啦！"她可曾想到过这一幕？家里就剩下两间房子、一张榻、一部电话，桌上有一个面包筐，里面有好几块面包，白面包、精面烤的面包、面包圈……还有昨天没人想吃的面包[2]。眼下是回填土、系梁、采煤工、在铁轨上跑来跑去的矿车、炮眼、矿石粉碎和凿岩……伊万在说话："煤炭在等着我们呢，是不是得干活去了？"接下来是丈夫无数次亲切的笑容。

科托夫皱着眉，想起了卡拉切夫。他出生在靠近奥廖尔的一座小城，早上起来就可以呼吸到从布良斯克森林里吹来的清风。他想念这阵清风，想念自己八十二岁的母亲。"不，除非法西斯分子没有蹂躏这座村庄，否则我再也见不到妈妈了。亲爱的达莎是怎么搞的，什么都不懂……昨天她还问，为什么维坎季耶夫的工资是九百卢布，而你只有四百八十六卢布？她怎么会觉得我是专业矿工，以为我在这一行已经干过多年了？她真傻，一直都这么傻。我跟她说过，要她找份工作。在配给商店外面排队跟人扯闲篇儿不叫工作，更不用说这是战争时期了！达莎，你身体又好，又能干活，来推矿车吧！我对她可真好，她别的什么都不需要。想起来，在卡拉切夫时，她炖的汤可真好喝……我上奥廖尔去时，彼佳来开车，我就坐在他旁边。到处都是苹果园，开着苹果花。那天空蓝的，

1　中文译者注：阿纳帕位于今俄罗斯克拉斯诺达尔边疆区，是黑海度假胜地。
2　英文译者注：面包圈有点类似意大利棍式面包，但做成圈状。

嗬！世界上还有哪儿比我这儿好！"

拉帕济娜想："这些人也就这样了。拉特科夫是个糙汉子。妈妈说得对，谁都比不上我们村子里的小伙子。我可真不明白拉特科夫这样的人为什么老爱哼哼。地下工作，地上工作，没什么区别。我挺喜欢宿舍里的姑娘，一周看一次电影，看报纸，听广播。行了，谁能比得上我的萨沙……拉特科夫油嘴滑舌的，总是有理，反正问题都出在别人身上。我的萨沙愿意为别人牺牲，现在他在保卫斯大林格勒呢。他很和善，又讲原则，从来不在女人面前说粗话。拉特科夫根本不懂……一眼就能看出他是在孤儿院里长大的。我得自己过下去。我每个月都给父母寄钱，还打算上夜校，以后要当个电工。昨天我跟团支书说了，她答应给我在夜校报个名。我希望哥哥能活着回来，还有萨沙，还有伊万叔叔、彼佳叔叔，还有阿廖沙·纽林，都要活着回来。啊，不，不可能这样了。我听妈妈说，柳芭·卢金娜已经收到了阵亡通知书。谢尔盖耶夫娜一天就收到了两封这样的通知书。可看看我们这儿，远离前线的地方，都是拉特科夫这样的人。到今天他还害怕下井……从他的眼中就能看出害怕。他倒是不怕说那些疯话……不过那是另外一回事。这人根本就没法跟我们村里的小伙子比。"

这里每一个人都有自己负责的工作，也正在努力地工作着。在沉闷窒息的空气中，这些男女老少们的心中时不时会泛起波澜，每个人心中的波动合在一起，就形成了蜜蜂悦耳的嗡嗡声，合成欢快而细微的音乐声。这里的每一个人都被这种富有韵律的声音有力地联系在了一起。每个人都在工作，每个人都在行动，推矿车的步履缓慢，鹤嘴锄敲打发出沉闷的声音，铲子的咔嚓声，锯子的沙沙声，用斧背把不肯咬合的支柱敲进岩缝的咚咚声，开凿岩机工人刻意控制着的有节奏的呼吸声……所有这些汇成了一股活生生的力量。所有人都像同一个人那样行动着，像同一个人那样呼吸着。

不管是眼神友善、脸颊宽宽、长着浅色头发的人，还是双手既能扛铁梁又能调节手表游丝的人，他们能够感受到这一切。他们都不用专门去寻找，凭第六感就能找到把他和周围工人同事联系在一起的那条细细丝线。

可是晚些时候，他们下班了，累得唉声叹气，朝着矿灯房走过去，想着自己家人和眼前的艰苦生活，他们会莫名其妙地感到很奇怪。为什么只有大家团结在一起，个人才能感受到他自身的力量和能力呢？当他们为了别人而牺牲自由的时候，为什么感到自己比以往更加自由？在这位工作组组长手下干活，他释放了他们当中最美好的一些品质。他是怎么做到的，可真不容易弄明白。

五十二

傍晚，所有人都在矿井口开了个短会。已经通知上夜班的工人提前二十分钟到岗。白班的工人们这会儿正一批批地从矿井笼里走出来。

党支部书记莫托林早些时候下矿通知开会的事情。有些人嘴里咕哝着说，已经累坏了。莫托林安慰说："不会有事的。秋天了，夜晚变长，够你们睡觉的。想梦见谁就梦见谁。"

今晚夜色深沉，刮着风，天上看不见星星。附近的树上树叶唰唰响，伴随着听惯了的不均匀的松林涛声。短暂地飘了几场雨，冰冷的雨珠落在人们手上和脸上，预示着糟糕的天气、秋季的泥泞、冬季的暴风雪和积雪将要来临。矿井口探照灯的苍白光柱映出了头顶沉重而不规则的云层，仿佛发出刷刷声的不是周围的树木，而是云层本身。

几个工程师和党的干部站在一个简陋的木台上。周围的矿工交谈时发出嗡嗡声。白班工人的黑脸跟夜班工人的黑脸交织。

时不时有人划燃火柴，点着烟，然后把温暖苦涩的烟气和夜间潮湿的凉气一起吸入肺里，脸上浮现出享受的样子。

这幅画面里有着某种奇特而动人的东西。秋天的夜晚下着雨，带着些凄冷。天空是黑色的，大地也是黑色的。火车站和煤矿里闪耀着电灯的光芒。这一带的工厂和矿区的灯光，在天空中的云上投下了模糊的粉红色斑点。森林里，百年大树在阴郁地呼吸着，松针发出丝绸般的哗哗声，松枝咯吱咯吱地响着，宝塔般的松树在风中发出相互摩挲的声音。所有这些声音交织，构成了森林的悄吟。

在这秋雨和黑暗构成的天地中，灯光渐渐聚集，形成明亮的一片。不管是天光的突然一亮，还是繁星汇聚，都不如这灯光明亮。

第一个发言的是莫托林，但他感到有些窘迫和迟疑。以前他常常在各种场合发表演说。他在地下，在矿井底部发表过演说；在工人们短暂休息时发表过演说；在斯达汉诺夫工作者的会议上、在公共集会上也发表过演说。公开演说和辩论就像面包和黄油之于他本人那样重要。他还记得自己第一次演说时的样子，至今想起来都令人发笑。那天，他登上了讲台，但台下几百双充满警觉的眼睛和生机勃勃的面容让他手足无措。他结结巴巴地说出了几个词，对自己颤抖声音感到很丢人，绝望地把双手一挥就回到自己座位上了。台下响起了不怀恶意的大笑，大伙一轮又一轮地鼓掌。后来莫托林跟自己的孩子讲到此事时，对这一切到底是怎么发生的还感到很奇怪。当然，现在演讲对他而言变得容易多了。可今天他却觉得喉咙堵着什么，让自己喘不过气来，心脏怦怦直跳。

也许是精力跟不上了。因为人已经精疲力竭，整晚整晚地无眠工作耗尽了精力，也许是刚从一位来自斯大林格勒的干部那儿听到的报告让他激动不已。这位干部向党支部说起了城市东南郊发生的激烈战斗，整座城市大部分已经被夷平，德国人突破到了伏尔加河河畔。他说，红军战士们被围困在岸上，背后就是滚滚河水。德国人哈哈大笑，大声嚷道："嘿，俄国佬，咕咚—咕咚！"正准备过来开会时，莫托林还听到了苏联情报局公布的最新战况。

"同志们！"莫托林用颤抖的语气低声说道。他想尽量把呼吸调匀，于是暂停了一下，一个字都没再说。

他毫无缘由地想到了父亲。当年他的父亲赤着脚，穿着一件蓝衬衫，来到矿井这里向工人兄弟们告别。那时父亲眼里充血，灰色的大胡子乱蓬蓬的。他说："亲爱的工人们，朋友们……"

父亲的声音还活在莫托林的记忆里。莫托林小心翼翼地、顺从地用一模一样的语调说道："亲爱的工人们，朋友们……"他停了下来，又低声重复道："亲爱的工人们，朋友们……"

竖井支架工诺维科夫毫不起眼地站在围绕着木台的人中间。他发出了一声叹息，向前跨了一步。在这个说话人的声音中有某种他很熟悉的、重要的信息。他想看清说话人的脸，听得更清楚一些。

几十个男男女女们也都跨出了一步。穿过树林的风让讲话的声音变得模糊不清。可是，他的语调触及了人们内心深处。

捷维亚特金和科托夫都向前挤了挤。拉特科夫、布拉金斯卡娅和纽拉·拉帕济娜也向前迈出了一步。

几百盏矿灯一起摇晃起来，大家都朝着木台挤过来，投在莫托林身上的灯光更密集，也更明亮了。

他的讲稿是认真准备过的，里面提到了效率、产出率、矿石延米，现在都被抛到脑后去了[1]。现在已经不知道该如何从头说，于是他干脆如此开口说道："刚才，我忽然记起了自己小时候的事情。矿场老板把我父亲开除了，锁上了我们家的家门，把我们的东西扔到了街上。我和两个姐姐出生在那个家，那个小屋里。那时候跟今天一样，也是个秋天。警察和士兵都来赶我们走。可我们能走去哪儿？这里就是我家，是我工作和生活的地方，是埋葬我祖父和曾祖父的地方。我看着父亲，这时候他说：'再见！'这是很久之前的事情了。今天我的头发已经开始发白，但我不能忘记这一切，不能！"

---

1 中文译者注：延米（linear metre）是一个立体的度量单位，又称直米。主要用于统计或概述不规则的形状或区域工程的工程计量和施工数量。

莫托林四下看了一眼围绕他的这些矿灯。周围都是人，可他却觉得自己在自言自语。他突然出人意料地问道："同志们，你们知不知道我为什么说这些？"

周围并不意外地响起许多人的回应："知道！"

他恢复了镇定，继续说了下去，但这样的镇定却传达出内心的激动。他高高举起手里的矿灯，从口袋里摸索出一条揉得皱巴巴的纸条，然后开始大声宣读上面苏联情报局公布的最新战况：

> 斯大林格勒西北郊的战斗仍在继续。敌人决定不惜一切代价粉碎这座城市保卫者的抵抗。他们发动了多次进攻。入夜，希特勒分子的小分队渗透到部分街道。激烈的巷战最终发展成肉搏。

他想，大家应该都知道为什么他在宣读战况前会说到自己父亲了。没有必要再问第二次了。

他念得很慢，声音很平静，他想要表达的每一点都表述得很清楚。就跟从前一样，他感到这是自己在自言自语，然而同时，这也是在把环绕在自己身边的人的想法说出来。

伊万·诺维科夫觉得自己不仅是在倾听，也是在表述，唯一有点困惑的是说话的这个声音和自己平时的不一样。他，诺维科夫，正在重复多年前说过的一个观点：为保卫家园而战，是工人阶级至高无上的权力。可同时，他也想起了自己的女儿。小玛莎还在发烧。如果不是疟疾，难道会是肺结核？

秋天高高的黑色天空上，流动的云彩反射着模糊的、不断颤抖的粉色光影。这是许许多多矿山和工厂呼吸时投上去的痕迹。它也提醒着所有人，在伏尔加河和太平洋之间，分布着成千上万座矿山、工厂、火车站；在这个世界上，还有许许多多像诺维科夫、布拉金斯卡娅、莫托林、科托夫这样的工人，他们怀念着逝者，担忧着失踪的人们，承受着战争时期的艰难生活，思考着战争本身；在这个世界上，还有无数人像诺维科夫、布拉金斯卡娅、莫托林和仍留在燃烧的斯大林格勒的老安德烈耶夫一样，清清楚楚地知道，工人的力量是不可战胜的，并且必然会战胜一切。

第
三
部

一

8月25日，德国人开始从西边，从卡拉奇向斯大林格勒发动进攻。在南部，德国坦克和步兵在阿布加涅罗沃附近突破了苏军防线，越过萨尔普湖，打到了杜波维奥弗拉格一带。在北线，德军占领了雷诺克村，逼近了拖拉机厂。斯大林格勒遭到了来自北面、西面和南面的威胁。

8月31日，德军朝巴萨金诺—瓦拉博诺沃一带发动新的攻势。第62集团军被迫退到斯大林格勒三道防线中的第二道。9月2日，德军的攻势迫使这些兵力遭到严重损失的部队撤到核心防御圈。这是一个经过工人新村的弧形，里面有城里人所熟知的那些地名：奥尔洛夫卡、古姆拉克和佩尚卡。

由八个德国师在一条狭窄的战线上发动的这场进攻，得到了上千架飞机的空中支援和五百辆坦克的火力支持。在开阔的草原上，苏联的部队在敌人的空中打击下变得十分脆弱。

德军炮兵部署在西边的高地上，射击条件很有利。他们的炮兵观察员不仅能清晰地看到苏军前线，连更远处的后勤部队动向都能看得清清楚楚。他们能够准确引导炮火，向任何出现部署变更的苏军战斗阵地发动炮击。

这样的地形对德军步兵也同样有利。沿着伏尔加河、梅切特卡河以及察里察河河床延伸的大量沟壑和冲沟，一到夏季就全部干涸了，能够掩护德军的进攻。

第62集团军的所有残余部队全部投入作战。方面军司令员手里的全部预备队也都投入作战了。

与战士们并肩作战的还有民兵部队。这些工厂工人、办公室文员们，现在都成了机枪手、坦克手、迫击炮手和炮兵。

尽管保卫者们浴血奋战，但德军仍在推进。他们在数量上的优势实在太大了。一个俄罗斯战士需要对付三个德国士兵，一门俄罗斯大炮需要对付两门德军大炮。

9月5日，位于斯大林格勒北部和西北部的苏军开始了一次大规模的反击。

战斗极其残酷。苏军在开阔的草原上作战，蒙受了巨大的损失。从早到晚，德军飞机像一团黑云一样盘旋在苏联步兵头上。苏军炮兵和坦克集结之处遭到了更沉重的轰炸。

反攻显然失败了。苏军没有切断德军在顿河和伏尔加河之间建立的走廊。

围绕一系列制高点爆发的激战并没有取得决定性胜利，付出了很大代价，只夺回了很少部分的土地。德国人随后在坦克和俯冲轰炸机支持下发动了又一轮进攻，又重新占领了这些地方。但是，反攻迫使德军将大量生力军从主要的进攻方向调往北部。从这个意义而言，反攻是有效的。

绝大部分参加了这场反攻的人没有意识到，反攻本身还有另一层重要意义：它赢得了时间，帮助城市的保护者继续坚持到援军到达。

时间从来就是机会主义者的敌人，但却是与历史站在一起的那些人的朋友。它告诉世间，谁在虚张声势，谁代表着真正的力量。

当人们不把时间视为命运的馈赠，而是将其视为一个有着严厉要求的盟友时，它的宝贵价值就显露无遗了。

红军预备队意识到，每一小时都有无上价值。他们不分昼夜地赶赴斯大林格勒。

在伏尔加河高耸的西岸，在奥卡托夫卡村附近经历过9月5日的浴血战斗的部队中，有沙波什尼科夫中尉所在的师。他现在是一名炮手。在伏尔加河低平的东岸，正在朝着斯大林格勒进军的部队中，有罗季姆采夫少将的步兵师，彼得·瓦维洛夫是这支部队中的普通一兵，科瓦廖夫中尉是其中一个连的连长。最高统帅部要求罗季姆采夫师第一个进入这座被包围的城市。这个师的名字和命运将永远与斯大林格勒的名字紧密相连。

二

炮兵们刚刚把大炮拖上长满葡萄藤的高地，通信员立刻过来传达新的命令，要求所有人进入阵地。德寇已经出现在周围丘陵的菜园和葡萄园里了。

托利亚·沙波什尼科夫跟大伙儿一起把大炮从满是碎石的黏土坡上拉上来，全身上下都是土，累得满头大汗。他收到了新的命令，让他监督弹药补给。

装弹药的卡车还在伏尔加河岸边，根本爬不上陡峭的坡岸。

托利亚从长满了青苔和野草的悬崖上跑下去，温暖的风在耳边呼啸而过。他一点没有减速，直接从悬崖跑到了水边，在身后留下一团红褐色的尘迹。

悬崖上，阳光耀眼明亮。但悬崖朝着河岸投下了长长的阴影，仿佛傍晚已经来临。在阴影之外的河水却像水银般明净闪耀，奔腾跳跃着。

一群战士组成人链，在往悬崖上传递炮弹。托利亚跳上弹药车，开始帮着装卸。"我可不想让大家觉得我只懂发号施令。"他喃喃自语着，帮着把一箱箱炮弹从卡车一侧卸下去。

也许选择进炮兵学校是个错误，托利亚想。当个普通一兵对他而言可能更轻松一点。他是个很强壮的人，一脸吓人的表情，样子显得又凶狠又坚定。但上级和下级很快就发现，托利亚其实很腼腆，心肠也好。轮到他发命令时，他就变得优柔寡断，不知所措，说话结结巴巴，不停地重复说："请您……能不能……"然后他就会飞快地吐出几个谁也听不懂的关键字。炮兵连连长弗拉修克感到又生气又过意不去，只好不断安慰道："沙波什尼科夫！别在这儿嘟哝了，你是炮兵。炮兵是战争之神。说话要坚决！"

要是能帮上同志们和上级什么忙，比如说，抄写报告、查岗、值星，他倒是很乐意去做。

大伙儿都跟他开玩笑："这儿哪有什么羞答答的沙波什尼科夫。只要让他代你到指挥部值班一天，他跟中了彩一样！""去问沙波什尼科夫吧，只要有问题，他一定会来的！"还有人笑着说："他喜欢去值班。大热天，走着去指挥部可太美了。"

尽管如此，大家都还是很认可他的能力。所有人，尤其以托利亚周围的炮手为甚，都非常钦佩他出色的数学和技术能力。他能很快地帮助同事们解决设备问题，能够给最笨的人说清楚最复杂和最抽象的物理原理。他只要简单地画张图，就能让那些只懂得死记硬背的人掌握移动目标射击计算要领，如何计算距离、风速和判断风向……

但想要不开托利亚的玩笑简直太困难了。只要有人一说起姑娘来，他就会咳嗽和脸红。卫生营的护士们都觉得炮兵指挥员是整个师里受教育程度最高的。她们悄悄地问托利亚周围的指挥员："你们这位朋友可真不够意思……他从不跟我们说话，每次看到我们来了，就让到一边去。我们问他什么事儿，他就急急忙忙地蹦出一两个词来，然后就躲起来了。"

有一次，沙波什尼科夫对弗拉修克说："在指挥部，有一位异性年轻人问起您来了。"

结果，同志们给他起了个外号——"异性年轻人"。

普通战士给他起的外号则是"请问能不能中尉"。

周围的一切是那么宏伟广阔，阳光下，宽阔而空无一物的大河在闪

676

耀。无止休的流水也许在某一天会被永恒的宁静所覆盖，但现在它的四周却尽是嘈杂。

公路牵引车正沿着河岸和悬崖之间窄窄的小片平地拖曳着大炮和弹药车，压松了并不结实的砂岩。机枪手和扛着反坦克枪的步兵爬上陡坡，急着离开这个行动不便的地方，朝着开阔的草原走去。其他的连营紧紧跟随着。

一如既往的蓝色天空本应光芒四射，一片沉寂。现在被空战的喧嚣撕裂开了。在蓬松的云团之间是引擎的轰鸣，到处是机枪射击声，还有速射炮的砰砰声。飞机在爬升前沿着水面低低地飞过。战斗在每一个不同的层面展开着。

还在河边的战士们被陡坡不祥的阴影遮盖着，他们即将面对血腥的战斗。可温暖的草原却阳光明媚，一切都这样无忧无虑。这一对比实在太诡异了。

全副武装的人不断从陡坡上爬上来，每个人脸上都表现出同样的愤怒和坚定。这是一种复杂的表情，既有第一次参加战斗的害怕，又担心落在战友身后。越靠近前线，这种担心就越明显，逼得每个人都加快了步伐。

这是托利亚生命中最重要的一天。

一个小时前，他所在的部队通过了伏尔加河畔的杜波夫卡。在这里他第一次听到了炸弹落地的呼啸声和爆炸声，看到了被炸毁的屋舍和遍布碎玻璃的街道。经过一辆大车，上面躺着一位穿着黄裙子的女人，鲜血从车上不停滴下，坠落在沙地上。一个老头子在大车一侧走着，一只手放在车帮上，大声地抽泣。在路边的篱笆后面，几十根井索在风中摇摆着，发出吱吱响，像是布满裂纹的小船上的桅杆。

这天早上，他在奥尔霍夫卡的一个静悄悄的小村子里，喝着牛奶，看着一群小鹅在一片长满绿草、潮湿的开阔地里四处追逐。

夜里部队短暂休息了一下。他离开大路，往野地里走了三四十米，

677

干枯的洋艾草在脚下咔嚓作响。他躺下来，听着周边战士们说话的声音，看着满天星斗的夜空和在不停闪耀的星云。

昨天，托利亚待在一辆大卡车那满是烟味儿、又呛又热的驾驶座里，挡风玻璃上都是热腾腾的灰，引擎在一路咆哮。一年前，他坐在喀山一张铺着防水油布的桌前，面前是一本用来记日记的作业本，还有一本自己正在读的书。母亲用温暖的手拍着他的额头，说道："去睡觉吧！"

两年前，又瘦又小的娜嘉，身上只穿着短裤，光着脚跑在夏季别墅门口的楼梯上，边跑边喊："托利亚是个大坏蛋，他偷了我的排球！"时间继续向前推：一架孩子们的玩具飞机；上床睡觉前的一杯加了牛奶的茶和小甜点；一辆雪橇，硬邦邦的座上垫上了带流苏的布垫；除夕之夜的冷杉。维克托·帕夫洛维奇那位白头发的母亲把他抱到膝上，柔声唱道："森林里长出了一棵冷杉树……"他用自己奶声奶气的声音跟着唱："森林里的冷杉树，长啊长啊长得高……"

所有这一切都压缩成小小的一团，像颗榛子。它们真的存在过吗？

现在，真正的现实是战斗发出的雷霆轰鸣。它们还有点距离，但越来越近，轰鸣声越来越响。

托利亚感到有点困惑。不是他害怕死亡或者害怕受苦，他害怕的是即将来临的考验。能不能通过考验？有些恐惧是孩子才有的，有些是成年后才有的。还能不能在激烈战斗中下命令了？嗓子会喊破吗？会不会发出像刚出生的野兔那样的吱吱叫？首长会不会骂他："怎么还要老娘宠着？！"他会不会无缘无故地退缩了，让炮手们鄙视？好在，不用担心他的大炮。他对它们可太熟悉了。真正该担心的是，他到底了不了解自己？

托利亚有时会想起母亲。这不是在想家，而是对母亲感到生气，感到恼怒。她怎么能没预料到儿子会经受这样的考验？为什么她总是宠着他，不让他冻着、淋着、累着？为什么要给他吃糖果和点心，安排些个除夕的冷餐？从一开始，她就该尽力让他长大成为男人，让他洗冷水澡，

678

吃简单粗糙的东西，把他弄去工厂干活，让他到山里去徒步旅行，反正得做很多这样的事情。还有，他本应该学会抽烟的。

他不断抬头往悬崖上看，想要看到那些发出爆炸声和隆隆声的地方，想要去看看明亮炽热的阳光照耀的地方。他真的很胆小，声音都变了。这样怎么能够指挥那些已经经历战火的人呢？

托利亚敲了敲车顶，司机从车厢里伸出头来。托利亚说："司机同志，把车开到一侧去，得让另一辆车上来了。"

他从车上跳下来，对自己说，装卸炮弹是很重要的、负责任的工作。他看见一名上士从指挥部跑出来，连跑带跳滚下陡坡，对装卸炮弹的战士们大声喊："中尉在哪儿？"

一分钟后，他立正站在托利亚面前："中尉同志，炮连连长被航空机枪打伤了。少校同志命令您代理炮连连长。"

托利亚和上士朝着陡坡爬上去。上士上气不接下气地向托利亚说了一些他不在时发生的事情：附近一个师的步兵向前出发了；炮兵连没有遇上炮击，但却遭到敌机扫射，好几个人负伤；草原上一片白茫茫，到处是德国人丢下的传单；德寇距离他们只有四公里。

托利亚一边听着，一边看着脚下扬起的红色尘土。他向四周看了看。伏尔加河已经落在身后了。

他们朝着坡顶爬去。路上又滑又陡，到处是青苔和小小的卵石。上士走在前面，时不时用手扶着膝盖，防止摔倒。阳光突然照射在托利亚的脸上，让他头晕目眩。

他永远也弄不明白，为什么到了此时他会突然变得自信和沉着。也许是他重新回到了大炮身边，看见了它们强大的、无情的炮管披上了干草和葡萄藤作为伪装，指向被德国人占领的高地；也许是因为知道战士们为见到新的指挥员感到欢欣鼓舞；也许是因为看见了德国人撒了一地的传单。这些白色的垃圾让他心里突然涌起了一个简单而清晰的念头——他所痛恨的一切就在眼前。这些东西仇视他的祖国，仇视母亲、

679

妹妹和外婆，仇视他们自由幸福的生活。他所要做的一切，就是跟这群野兽作战……也许是他接到了命令，大胆地甚至有些无情地决定他把大炮推入悬崖边上的阵地。他的大炮位于阵地的左侧，而他的右侧除了伏尔加河，什么都没有。他不会被敌人从侧翼包围。

托利亚从来没有像今天这样感到自己无比强大；他从来没有像今天这样感到自己对他人是如此重要；他从来没有像今天这样如此大胆而勇敢地做决定；他从来没有像今天这样，说话时声音如此响亮和自信。

炮手们把炮都推到悬崖顶端，托利亚正在命令大士布置炮位，开来了一辆吉普车。师指挥部的一名中校从里面出来，径直走到托利亚跟前问道："谁命令你们把大炮布置得这么靠前？"

"我下的命令。"托利亚答道。

"这样就没人掩护你们了，想落到德国人手里吗？"

"中校同志，我们不想，但我想让德国人落在我们手里！"托利亚迅速地解释了一道炮位前置的原因。炮位被一大片矮树林隐蔽着，东边是伏尔加河，南边是悬崖。这让大炮得到了很好的保护。炮口指向一大片开阔的草原，是德国坦克的必经之路。"他们的坦克会在那些果园后面集结，目视可见。中校同志，我们都不用测算了，直射！"

中校眯着眼睛看了看炮位，又看了看像蛇一样蜿蜒到伏尔加河的冲沟和远处的草原，能够看到正在进攻的小群苏军步兵和迫击炮爆炸的一小团一小团烟尘。

"那就这样，"他那种上级指挥员的语气稍微缓和了一点，"这样做挺聪明嘛。是不是一开头就参战了？"

"中校同志，我没有。今天是我第一天作战。"

"真是天生的炮手！"中校说道，"跟指挥部的联系别给切断了。没见到电话线，上哪儿去了？"

"我让人拉到那边的坡下去了，可以少挨点弹片。"

"干得好！干得好！"中校说完，坐回到车上去了。

电话很快响了，少校命令托利亚不得随意开炮，还警告说，德军坦克可能会出现在他的右侧，到时候要不惜代价挡住敌人坦克。要是坦克突破了防线，输送给步兵的弹药和辎重就都完蛋了。

　　少校听着托利亚的回答。说话这个人一点不像沙波什尼科夫中尉，他的声音一反常态，既坚决又大胆。他突然怀疑德国人可能拦截了通话。

　　"沙波什尼科夫，是你在说话吗?"

　　"是的，少校同志。"

　　"你在代理谁?"

　　"少校同志，我代理弗拉修克上尉。"

　　"你叫什么名字?"

　　"托利亚……阿纳托利，少校同志。"

　　"很好。差点没听出你的声音。现在没问题了。"

　　少校把电话放了下来。他以为托利亚一定是喝了酒，胆壮起来了。

　　这一天异常漫长，到处都是无穷无尽的事情。后来，托利亚觉得他这一天经历的事情比此生已经经历过的一切都要多。

　　炮兵连第一轮齐射打得非常准确。每一发炮弹打出去时，那一刻仿佛凝固了，草原、高远的天空、蓝色的伏尔加河好像全都在仔细倾听，然后又把炮弹出膛的声音放大了好几倍，用回音送了回来。草原、蓝天和河流在全身心地响应着这些回音。在惊雷般的爆炸声中，满怀着沉重的忧伤、冰冷的愤怒、火一般的激情和难以置信的沉着，在一瞬间被全部引爆了。

　　雷霆般的炮火响亮地传到草原上，在伏尔加河上空渐渐平息。受这剧烈的炮火震撼，无意中，炮手们停下了手里的工作。

　　"炮兵连，急速射!"

　　于是草原、天空和伏尔加河上又响起了惊雷般的声音。跟炮手们一样，它们在赌咒，在怒骂。它们既得意洋洋，又在唉声叹气。

　　"急速射!"

大炮有规律地射击着。托利亚从望远镜里看到，浓烟覆盖了葡萄园和果树。蓝灰色碎片四处飞溅，涂着伪装色的德国坦克四处乱跑，像一群受惊的甲虫和地鳖。一道又短又直的白光突然闪现，接下来是大块黑烟从果园上空滚滚升起，向天空飘去。这道黑烟突然又垂直坠落。又一道白光撕开浓密的黑烟，出现在空中。

一个高颧骨的鞑靼装弹手微笑地看着托利亚，一句话都没有说。但他这飞快的一瞥意味深长：他对战斗成果感到很满意；他和其他人并肩战斗，其他的战友也在进行着准确的射击；他认为托利亚是位出色的指挥员；世界上没有哪门大炮能超过他们正在射击的这门。

野战电话嗡嗡响起来。这一次是托利亚没有听出少校的声音。后者大喜过望，在电话里高声嚷道："干得棒，小伙子，干得棒！你炸掉了他们的油库。咱们师长刚才打电话过来说了。他要转达对你的祝贺。我们的步兵在进攻了，小心点别炸到我们自己人。"

沿着伏尔加河到顿河的整条前线，红军步兵在炮兵、坦克和飞机的支持下，开始发动大规模进攻。

烟尘覆盖在草原上空。大炮在轰鸣，坦克在叮当作响，红军战士们朝着德军阵地冲锋时高喊着"乌拉"，指挥员大声地吹哨，迫击炮发出的焦脆的爆炸声，机枪开火时发出喀喀声，俯冲轰炸机投弹时发出尖啸……这一切构成了一片经久不息的喧嚣和嘈杂。

在空中，战斗规模一点也不逊于地面。战斗机引擎在咆哮着。苏军的飞机几乎在垂直爬升，像一道闪亮的刀光，撕开了长空，朝着迫近战场的容克式轰炸机开火，像旋转木马一样邪恶地绕来绕去的俯冲轰炸机被驱散了。

在伏尔加河上空，雅克式和拉沃契金式战斗机伏击了德国人的梅塞施密特和福克-沃尔夫式战斗机。射击、翻滚、接触、脱离接触，这场近距离空战打得眼花缭乱，常常看得地面的人目瞪口呆。飞机引擎和火炮口径，还有它们的速度和灵活程度决定了空战速度和强度，但决定战斗机的突然爬升、俯冲和滚转的却是年轻的苏联飞行员的激情和勇气。广袤无垠的天空，一个明亮的、颤动的光斑常常变得肉眼不可见，但它却意味着一架强大的机器在运行。地面的人们刚刚能看到刷着红星的蓝色机翼、射击时的红色弹道和戴着飞行头盔的飞行员，一瞬间整架飞机就飞出了视野。当一名苏军飞行员取得战果时，地面上的苏军战士们往往忘记了所有的危险，挥舞着手里的船形帽，高兴地跳起来。当苏军飞行员从燃烧的飞机中跳出来，几架梅塞施密特围上去，朝着脆弱的白色降落伞扫射时，地面上会有好几百人同时发出大声的悲叹。

这期间发生了一件令人相当吃惊的事情。也许是托利亚的炮兵连伪装得太好，且位置远远向南延伸，一架没有分辨清方向的苏军战斗机把他们当成了德国人。它从悬崖一端飞过来，朝着炮兵连低空扫射。三架梅塞施密特迅速注意到了这一情况，赶过来在炮兵连头上警戒了整整二十分钟。接下来它们的燃油便耗尽。可能是跟上级汇报了这一情况，另外三架德国飞机飞过来接了班，认认真真地保护着苏军炮兵连。炮手们刚开始给吓了一跳，担心德国飞机会过来扫射或投掷反步兵炸弹。他们焦虑不安地盯着空中，托利亚在这时大声喊道："同志们，他们在保护我们，把我们当自己人看呢！别让他们看出来！"他这通喊话引起阵地上响亮的大笑声，天上的德国人几乎都可以听到。

在平时，德国人犯下的错误可以引发一阵无穷无尽的编排和嘲笑。然而，这是他们投入战斗的第一天，于是人们很快把一切都丢到了脑后。

炮兵连对德军坦克和步兵的炮击效果很明显，阵地上的人们一片兴高采烈。在前线，这种胜利所带来的得意之情往往能压制住焦虑和绝望。德军地面观察员显然和他们的飞行员犯了同一个错误。他们被炮兵连的前出位置弄糊涂了，既没有测算炮兵连的方位，也没有朝他们丢下哪怕一枚炸弹。炮兵连几乎不费吹灰之力就取得了极大的战果，让大家不仅信心高涨，还对德军产生了轻蔑的态度。如同此前所有类似情况一样，炮手们从自己的经历中很轻易地得出结论：他们错误地认为苏军正在整条战线上形成突破，正在不断前进。再过一两个小时，炮兵们就将会奉命向前转移阵地。再过一两天，斯大林格勒西北部的苏军将会和城里的苏军会师，把德军赶回去。在眼下，已有人传言说，他们从某些初级指挥员或负伤的大尉们那里得知，在后者刚占领的阵地上满是丢弃了的大炮、弹药和烈酒，德国人仓皇撤退了。

三

到了傍晚，一切都安静了下来。托利亚·沙波什尼科夫靠在一根电线杆旁休息，匆匆忙忙地吃了几片面包和几块罐头肉。他的脸颊在燃烧，耳朵也在嗡嗡响，脑袋里像塞满了棉絮，嘴唇干裂到没有感觉，嘴里像是有火在烧灼，吃面包时发出奇怪的沙沙声。这一天过得让他精疲力竭，但却没有让他感到沮丧。托利亚脑袋里持续地回想着自己下命令时的声音，仿佛他还在对手下大喊大叫。他几乎平躺着，脑袋抵在电线杆上，可以感受到自己的心脏在飞速跳动。

托利亚向下望着伏尔加河畔的那条细细的沙滩。简直难以置信！几个小时前他还站在那儿，帮着装卸弹药，满心焦虑和迷茫。现在，他却对自己首日战斗进行得如此顺利感到深信不疑。面对变化的局势，他指挥若定。师长已经向他表示祝贺。在自己的一生中，他第一次发出了洪亮而清晰的声音，战士们都在仔细听着他说的每个字。从前，他老是感到心虚，不过是因为他没有意识到自己的力量。现在可好，他可以举重若轻了。战斗中表现出来的力量、聪慧和意志，真真切切地属于他自己，成为了托利亚·沙波什尼科夫的一部分。这不是在哪个犄角旮旯里找到的，也不是从谁那儿可以借来的。如果说真有什么能让他感到奇怪，那就是在过去一年里，哪怕是在昨天，他都没发现自己有这等本事，却非等到今天。

沙波什尼科夫中尉还是沙波什尼科夫中尉。认为一个人突然能彻头彻尾地改变自己,这个想法本身就是错误的。如果某人对身边另一个人非常了解的话,绝不会莫名其妙地说:"不可思议,他一夜之间变了个人!"他会用更加准确的方式去形容:"环境突然发生了变化,这让他心中深藏的特性得以展示出来。"

即使这样,这种变化依然让人感到惊讶。

托利亚幻想着和战友们一起去找卫生营的姑娘们。他会毫无保留地展示出自己的优点,他会比所有人都诙谐俏皮,他说的故事会是最有趣的。

在学校里,娜嘉的同学会问她:"今天报纸上登的这个沙波什尼科夫,是你哥哥吗?"他的父亲则会把报纸给研究所的同事们传阅。

卫生营里的护士会说:"沙波什尼科夫中尉这人,有意思……看他跳舞的样子!"

在草原上,靠着电线杆躺下的时间长了,人是可以听到音乐的。各种各样的声音混合在一起,变成了音乐。电线杆迎风矗立,像个马上要沸腾的茶炊,悄悄地嗡嗡响着,发出哨声和汩汩的声音,仿佛在歌唱。石质的电线杆被风抚摩着,被阳光照耀着,被秋霜拥抱着,变成了一把手提琴,电线变成了琴弦。草原眼见到了这一切,就用它来演奏。靠在电线杆上,能聆听到自己的思绪和心跳的节奏,也能聆听到草原的小提琴声,心中涌起欢欣。

这天傍晚的伏尔加河五颜六色,刚开始是深蓝色,后来变成粉红色,接下来又像灰色的丝绸一般,犹如披上了一层珍珠色的轻烟。河面飘荡着宁静的夜间凉风,而草原还在缓缓吐出热气。

沿着河岸,包扎着血渍斑斑的绷带的男女伤员们向北走去。几个光着膀子的人在丝绸般闪亮的河水里清洗包脚布,在内衣缝线上捉虱子。牵引车离开河岸,朝着悬崖下遍布碎石的道路开去。

"空袭警报!"哨兵大声喊道。

空气既温暖又干净，带着苦艾草的味道。

生活是如此美丽。

天色擦黑时，德军开始了进攻。在邪恶的光线照耀下，世界面目全非，变得可怖。德军飞机投下的照明弹高悬在苏军阵地上空，像一只大水母那样飘荡着。在让人警惕的沉默中，照明弹的光芒遮住了月亮和星宿宁静的光辉，照亮了伏尔加河、山谷、葡萄园、悬崖上的白杨树和草原上的大片野草。

托利亚能够听到动力强劲的亨克尔式轰炸机发出的不祥的嗡嗡声，伴随着意大利战斗机短暂的微鸣。大地随着炸弹的爆炸声晃动起来，空气在炮弹的呼啸声中搅动着，德军的火箭在天空中留下了越来越多的红色弹道。致命的绿色光线闪耀中，草原和伏尔加河都变成了纸糊的模型，每个人的脸和手臂都失去了生命的色彩，变成了硬纸板一般模样。长长的山丘、山谷和流动的河流都不见了，只剩下用数字标出的高地、遍布着东西向沟壑的地形和南北向的水障。温柔的、苦中带甜的苦艾草味道消失了。作战参谋的沙盘上是找不到它们的。

德军坦克引擎轰鸣，传来了步兵穿过针茅草前进的声音。

德军已经发现了托利亚的炮兵连。炮弹接二连三地飞过来，撕裂了地表的藤蔓。伤员高声喊叫着，战士们四处躲避着炮弹。接着德军坦克扑了过来。托利亚命令所有人各就各位。炮兵连开火了。这一次，全连为此前的胜利付出了高昂的代价。他们不仅遭到了德军重炮的炮击，还被冲沟远端的德军迫击炮手锁定。突然间，德军机枪火力如同雷暴和冰雹一般袭来。

那根会唱歌的电线杆被一发炮弹拦腰炸断了。

这场夜间的战斗对托利亚而言简直长得没有尽头。闷热的黑暗夜幕里出现的敌人越来越多。炸弹的呼啸声没完没了，爆炸震撼着周围的一切。德军坦克一辆接一辆现身，枪炮齐鸣，一轮轮齐射卷起了地面的枯草、树叶和石子儿，扬起了烟尘，把托利亚震得站不住脚，目不视物。

亨克尔式轰炸机不祥的嗡嗡声始终不断。

托利亚嘴里都是砂砾和干土，咯吱着他的牙齿。他想把沙土吐出来，但嘴里干得吐不出。他的声音嘶哑，简直就不是自己的声音，但他还是用这粗哑的声音继续下达着各种命令。

空中那道刺眼的光线消失了，无法穿透的黑暗重归。托利亚从周围的呼吸声中判断，战友们还在身边。在跨越伏尔加河的草原上，透过黑幕能隐隐约约看见一座教堂的白影。一分钟后，照明弹的刺眼光线再度亮起。他感到这道尖锐而致命的光线正在撕扯自己的咽喉，让气管发干。

只有大炮，还能让他将自身力量倾注于其中。脑海里只剩下唯一的念头，像个萦绕不去的幻梦一样：要活到天亮，看到太阳。

托利亚·沙波什尼科夫真的见到了太阳。他看见太阳从东边的草原上升起，从伏尔加河上那柔软的、带着珍珠般色彩的浅粉色雾气中缓慢升起。

这个年轻人张开他那张干裂的嘴，继续下着命令。大炮击退了德军的夜间进攻，用轰鸣声向初升的太阳致敬。

离托利亚两步远的地方突然出现了一片令人头晕目眩的闪光。他的胸口被重拳狠狠一击，然后绊倒在一个空弹药箱上。一个声音高喊着："快来人，到这边！中尉负伤了！"

人们围在托利亚身边，但他看不清他们的表情。究竟是关心，还是感到遗憾？他们可能弄错了，是别的中尉负伤了。过一会儿，他就能站起来，拍打着身上的尘土，走到伏尔加河岸边，用清凉、柔和和清澈的河水洗一把脸，然后继续指挥战斗。

四

一大群指挥员和战士聚集在草原的一处检查站，指望着有车过来能够捎上他们一程。

远方每次过来一辆车，这些人就抓起自己的背包，朝着交通管理员挤过来。

"你们这是干什么？"交通管理员生气地问了几回，"都挤在这儿也不管用。我跟你们说过了，所有人都会搭上车。"

一个穿着褪色却整洁的军便服的中年少校会心地笑起来，仿佛是在说：他不是昨天才来到人间。跟这些军需人员、高级将领的副官、指挥部文员还有交通管理员讲道理根本没有用，这一点他清楚得很。

一根路标被大锤砸进了地里，上面的几个箭头分别指向萨拉托夫、卡梅申、斯大林格勒和巴拉绍夫[1]。

不管东西南北，所有的土路看上去都是一个样儿。

灰色的枯草上面盖着黄土。几只鸢栖息在电线杆上，用它们的利爪紧紧抓住白色绝缘瓶。检查站周围的人知道这些土路绝不是一模一样的。哪条路通向东边北边，哪条路通向西南，哪条路通往斯大林格勒，他们心里门儿清。

一辆卡车在路障前停下。车上是负伤的战士和指挥员。他们的绷带被浮尘弄得肮脏不堪，黑色的凝血让它的颜色变得更加黯淡。

"少校同志，您上车吧！"交通管理员喊道。

少校把他的背包扔进车里，一只脚踩在后轮上，翻进车斗里。卡车开动后，他挥手向一名大尉和两名上尉告别。刚才这四个人还躺在草地上，分享面包和鲱鱼罐头。少校把自己的妻子和儿女的照片给他们看了。

少校看了看车上的这些萍水相逢的新旅伴。这些人满面尘灰，脸色因为失血变得苍白。他打了个呵欠，问身边一名手臂上吊着吊带的战士："科特卢班下来的？[2]"

1　中文译者注：巴拉绍夫位于今俄罗斯萨拉托加州西部。
2　中文译者注：科特卢班位于今俄罗斯伏尔加格勒州伏尔加格勒西北郊区。斯大林格勒战役期间，苏军曾在科特卢班发动四次大规模攻势，试图打通与城内苏军的联系。所有攻势均告失败。

"嗯，"那名战士答道，"刚到前线，就调整了部署……德国鬼子来得可真快。"

"离伏尔加河不算远，"第二名负伤的战士说，"对我们大开杀戒了。大家都说，我们应该等到夜里再向前部署。白天，在这么开阔的草原，敌人看得一清二楚。我们跟受了惊吓的野兔一样，四处找地方躲藏。大家都觉得要完蛋了。"

"迫击炮炸伤的？"

"对……这些混账迫击炮。"

"行了吧，起码现在你能歇一歇了。"少校说。

"那倒是，"那名战士说，"现在不会有事了。"他指了指躺在枯草垫上的一个年轻人，补充道："我觉得这位中尉没法再打仗了。"

中尉的双手和双腿无助地摊开，随着卡车每次坑洼颠簸而摆动。

"得让他躺得舒服些，"少校说着，"卫生员！"

中尉死死盯着少校看了一会儿，脸上因为痛苦而扭曲起来，便闭上了眼。

中尉的脸颊深陷，嘴唇紧闭。他脸上严肃的表情和动作非常清楚地告诉他人，他现在不想再看到这个世界，也没有什么想要说或者问的。无论是广阔的、尘土漫天的草原还是在路上四处乱跑的黄鼠狼都不会引起他的兴趣。中尉既不在乎他们是不是去卡梅申，也不在乎是不是能够吃上一顿热乎乎的饭菜，不在乎能不能从医院写信回家，更不在乎头顶上飞过的飞机是德国飞机还是苏联飞机。他懒得去想德军是不是占领了本连所防守的几处高地，更对战争是否会结束感到漠不关心。

现在他躺在这儿，伤心地感受到温暖的生命正在体内冷却。他正在失去这种自己曾拥有的宝贵的馈赠。

对于这种伤员，哪怕他们仍在喘气和呻吟，卫生员也常常这么说："快不行了。"

早几天夜里，卡梅申一度遭到了空袭。卡车里的伤员紧张地看着窗倒屋斜的楼房。街上遍地是亮晶晶的玻璃碎片，从一千米高空投下来的五百公斤炸弹把带着灰色或绿色屋顶的小房子炸成了一个个弹坑。男人和女人们都目不转睛地凝视着天空。

伤员们自然而然地盼望着能赶紧坐上去萨拉托夫的运输船，而不是被扔在这样一座城市里。他们小心翼翼地挪到卡车车帮旁，那些打着绷带的手脚仿佛变成了托付给他们保管的珠宝。他们慢慢地从车上下来，大声喘息着、呻吟着。车旁站着一位军医，穿着厚油布靴子，裹在一件袖子窄窄的不合身的白大褂里。伤员们用期待的眼神看着他。

"就这么处理伤员？我又能有什么办法？"军医生气地对卫生员说。"你都看见了，走廊塞满了。就算今晚我们不挨炸，明天肯定也能轮上。本就该把他们直接送到萨拉托夫。"

少校下车时，又看了一眼负伤的中尉。他的脸色变得更难看了。睁开眼后，他又盯着少校看了一会儿。

少校对这个临死之人盯着人看的做法感到有些奇怪。他挥手跟大家告别，沿着大道走开了。

他慢慢地走着，伤心地看着这座被战争毁掉的城市里的大街小巷。他深爱的塔玛拉就在这里上的学。很多年前，瘦小的、头上盘着长辫子的塔玛拉大概也是沿着这条大街去上学的。她说不定还跟哪个小年轻幽会过。幽会的地方也许就在他经过的伏尔加河岸高地上的某个小花园里。现在，这里挤满了逃难的人群，四处都布置着高射机枪。伤员们披着脏兮兮的罩袍，偷偷地用面包和糖换伏特加和旱烟。

看到这里，他想起要去领配给，便向一位交通管理员询问配给商店的位置。

"少校同志，我也不知道它在哪儿。"交通管理员边说边挥舞着手里的旗帜。

"卫戍司令部的办公室在哪儿？"少校继续问。

"少校同志，我不知道。"交通管理员回答。他担心对方发怒，又解释说："我们也是刚到，今晚才来的。"

少校继续走了下去。他那双富有经验的眼睛做出了判断：有高级指挥部刚刚设置在这里，要么是某个军的军部，要么是集团军的司令部。

一栋屋子前站着一名挎冲锋枪的哨兵，旁边站着长队，指挥员们在柳条编的大门前等待召见。在指挥员们的注视下，一名女服务员慢步走过来，把一张盖着白餐巾的托盘举到高高的胸前。

她有两条健壮的小腿，脸圆圆的，脸色红润，还有一双大大的黑眼睛。

少校发出一声单调的长叹。身边这些戴着绿色船形帽、靴子满是灰尘的指挥员们都听懂了这声叹息，脸上露出了微笑。

有些人是走了远路过来的。他们饥肠辘辘，很想知道白色餐巾下的东西是什么。大部分人则盯着这位年轻的女服务员。

少校往前走了几步。在苹果树后面有一根无线电天线。通信人员正在布设电线。一台小小的马达时不时发出短促刺耳的轰鸣。写着"共产国际电影院"几个字的深红色大楼已经被炸坏了一部分，半数的窗户损毁了。在它附近停着几辆大卡车。一名戴着角质边眼镜的大尉正在对着司机挥舞着手臂，大声叫嚷着什么。

集团军军报编辑部可能驻扎在这儿，少校想。他还认出这支部队来自后方，没有经历过战斗。他们每个人都用一种让人不习惯的方式忙碌着。所有人都穿着新军装，指挥员挎着装有沉重弹鼓的冲锋枪——在指挥部根本用不着这玩意儿。卡车的伪装也做得干净利落。不管是司机、哨兵、通信人员还是指挥员都不停地抬头看着蓝色的八月天幕。

小城里突然出现这么多的高级指挥员，少校刚开始感到有点胆怯。现在，他再打量着这些从后方调来的新人时，流露出了毫不掩饰的优越感。

1941 年夏天，战争一开始，他就在西白俄罗斯和乌克兰的森林里作战，目睹、经历了战争之初那些黑色的恐怖时光。其他人跟他说起战争

691

中的经历时，这位谦虚的少校会现出礼貌的微笑，静静倾听，但他的心里却在想："哎呀，老兄。那些没法用语言描述的、没法用笔写下来的东西，我可都见过啦！"

偶然之间，他也会遇上一个跟他一样安静和寡言的少校。经过自己才了解的方式评判并辨识出此人后，他会感到彼此亲近，这才会放开身心地与对方交谈。

"您还记得 N 将军吗？"他会问，"他的部队被包围时，他穿着整整齐齐的军装，挂上所有的勋章，赶着一头山羊穿过了整片沼泽地！有几个手下问他：'将军同志，您是用哪个罗盘指路的？'您猜他是怎么回答的？'罗盘吗？这头羊就是我的罗盘！'"

少校走到俯瞰伏尔加河的一处悬崖上，在一条绿色长凳上坐下。他才不会急着去处理跟打仗有关的事情，反正战争一时半会儿也不会结束。少校从来不会忘记饭点，还特别喜欢坐下来抽着烟晒太阳，让自己随意陷入回忆和沉默的悲伤之中。如果要坐火车上哪儿，他宁可等一趟人少一点的车。夜里如果要在哪儿宿营，他一定会按照自己的方式找到一个看得顺眼的女房东，而且首要条件是她得有头奶牛。

这一天很热，一点风都没有。伏尔加河延伸到远方，在阳光下闪闪发亮。长椅、铺着石头的道路、屋顶、房屋黑色的原木墙、被太阳烤焦的覆着土的草地，无一不散发着它们自己特别的气味，仿佛石头、铁皮、干土和枯死的老树都成了汗流浃背的、活着的生物。少校朝伏尔加河长满芦苇和柳树的东岸望过去。那边的沙地明亮，如预料般灼热。远远看过去，身形矮小的战士们也许刚刚从渡轮上下来，正在费劲地蹚过沙地。这时候能够光溜溜地躺下来歇一会儿，然后跳到河里游个泳就好了。可以先游上半个小时，然后在树荫下躺半个小时，喝点儿啤酒。当然，得先用绳子把几瓶酒捆起来，沉到清凉的水池里冰镇一会儿。

远处的天空有一丝薄雾，如同几滴牛奶洒在浅蓝色的天空上。伏尔加河对这个炎热的 8 月白天也许感到厌烦和难过，于是缓慢地朝卢戈瓦亚普罗列伊卡、杜博夫卡、斯大林格勒、赖戈罗德和阿斯特拉罕流去[1]。它也明白，自己无需着急。

少校左右打量着，看看有没有高级指挥员，然后悄悄地解开了军便服上的扣子。

"市场上有哈密瓜卖，"他自言自语说道，"还有西瓜呢。可怜的集体农庄工人需要的是物资，不是钱。倒是可以拿我的白糖去交换一下，但怎么能穿着这身制服去呢……塔玛拉要在就好了，她知道怎么办……"

少校一家从战争一开始就没了任何消息。想到了家人，他又从口袋里拿出他们的照片，看了很长时间。

走过来一个光脚的男孩。他的衣服胳膊肘处有一个大洞，在防水布缝成的裤子上有一大块紫色补丁。

"喂，你过来!"少校喊道。

跟所有十二三岁的孩子一样，这家伙心中也藏着不可告人的秘密。他带着怀疑的眼神盯着少校，不知道自己究竟做错了什么，弄得指挥员一肚子不高兴。

"您要干嘛?"他问。

"跟我说说，怎样才能弄个西瓜?"少校和气地问。

"用烟草换吧。"孩子答道。他凑近了对少校说："半包烟草。"

"拿去吧，去给我弄个西瓜来，要好点儿的，熟的。西瓜籽得要变黑。我这是最好的烟草!"

"少校同志，我看出来了，鲍姆河谷的东西，是好样儿的!"

孩子沿着小路走开了。少校掏出烟荷包和几张小心地切成正方形的纸片，纸片上用紫色墨水标着数字。他卷起一个粗大的喇叭筒，倒空了用航空玻璃做成的烟嘴，把喇叭筒插入烟嘴里，然后掏出一个德国打火机点燃了它。

---

1 中文译者注：这些都是卡梅申以南、伏尔加河畔的定居点或城市。

他关注地看了一眼打火机，注意到打火石已经快磨光了，然后把打火机放进口袋里。

这时，走过来一个红脸的军需官。他停下来，认真地打量着少校。正准备要走开时，军需官又看了一眼少校。

"少校同志，对不起，"他问道，"您是不是别洛兹金？"然后他突然蹦起来，大声喊道："就是，是您，伊万·列昂季耶维奇！"

"等一等，"少校说着，"啊哈，是阿里斯托夫！我的老后勤！光阴似水流年啊，上次见都是什么时候了！"

"说得对啊，伊万·列昂季耶维奇。我是 1941 年 2 月 11 日被调到白俄罗斯军区的。"

"现在你在哪儿呢？"

"在集团军后勤处工作。我们这个集团军是预备队。"

"负责整个集团军后勤工作，干得可真不赖！"别洛兹金少校说着，上下看了看阿里斯托夫，又说道："坐下来吧，卷根烟抽。怎么搞的，还站在这儿干嘛！"

"别卷烟了，"阿里斯托夫说，从包里拿出一根香烟递给他，"来，抽我的！"他大笑起来，问道："还记得在博布鲁伊斯克吗[1]？我从集体农庄拿走了干草，没有登记，让您狠狠训了一顿！"

"忘不掉。"别洛兹金说。

"那些日子才叫好日子呢……"阿里斯托夫说。

别洛兹金上下打量着阿里斯托夫，迅速做出了结论：即便在今天，后者的生活过得也不坏。他脸上肉乎乎的，穿着一件质量很不错的斜纹呢军便服，戴着一顶漂亮的卡其军帽，脚上是一双小牛皮靴子。

阿里斯托夫身上的一切都跟他的这个漂亮形象很般配：手里的打火机上有个紫宝石按钮，小巧的琥珀烟嘴上有个金色的甲壳虫浮雕，从军

---

1 中文译者注：博布鲁伊斯克位于今白俄罗斯。

便服胸兜里探出头的钢笔笔帽锃亮，最好的红皮革做成的图囊挂在身体一侧。阿里斯托夫从兜里掏出装在羊皮套筒里的铅笔刀，把玩了一会儿，又把它放进去。

"到我营房去吧，"他说道，"离这儿不远。"

"我要在这儿再等会儿，"别洛兹金说，"刚让一个孩子帮忙，去市场用半包烟草给我换个西瓜。"

"真见鬼！"阿里斯托夫说，"让孩子帮这个忙干嘛！我那儿有的是西瓜，全都是大家伙，准备留给军事委员会的。"

"我跟他说在这儿等他，"少校说，"再等等。"

"少校同志，西瓜就留给这小鬼吧。我敢说，他高兴还来不及呢！"

阿里斯托夫顺手捡起了别洛兹金的背包。

在自己漫长的军人生涯中，别洛兹金有很多理由讨厌行政和后勤人员。他会慢慢地摇着头说："这家伙运气真好，后勤人员不会有补给短缺的问题。"

可现在，他见到阿里斯托夫就光只剩下高兴了。

一路走着，别洛兹金一路说着自己的经历。战争对于他而言，始于1941年6月22日凌晨5点。他跟着本师的人一起撤退，带出了自己部队的大炮、十几辆油料车，甚至还把友邻部队落下的两门152毫米重炮也给带了出来。这些年他走过了无数沼泽和森林，在几百处高地和几十条大大小小的河流河畔战斗过。他参加过布列斯特、科布林和巴赫马奇附近的战斗。绍斯特卡、克罗列韦茨、格卢霍夫、米哈伊洛夫斯基村、克罗梅、奥廖尔、别廖夫和切尔尼的战斗，他都有份[1]。冬天来临，他在顿巴斯地区作战，参加了萨温齐和扎里曼附近的进攻，突破了德军方向，

1　中文译者注：巴赫马奇位于今乌克兰北部切尔尼戈夫州；绍斯特卡、克罗列韦茨、格卢霍夫位于今乌克兰北部苏梅州；克罗梅、奥廖尔和别廖夫位于今俄罗斯奥廖尔州；切尔尼位于今俄罗斯图拉州。

一度朝着切佩利和洛佐瓦亚进军[1]。

战斗中,少校被炮弹炸伤,住了一段时间的医院。接下来又负了枪伤,再次住院。现在他正在回部队的路上。

"我的经历就是这样。"少校微笑着说。

"伊万·列昂季耶维奇,"阿里斯托夫不解地问,"您的战斗经历这么丰富,但怎么没什么拿得出手的?"他指了指别洛兹金的军便服。上面没有别奖章,而且军服已经褪色发灰了。

"嗨,"别洛兹金慢吞吞地说,"曾经向上推荐过四次授予我勋章或奖章,但他们还没把申请文件准备停当,我就调走了。本来要提我当中校,结果在走完程序前我又调走了。大家都说摩托化步兵就像一群茨冈人——今天在这里,明天鬼知道上哪儿去!"他又微笑起来,用经过掩饰的冷漠态度继续说:"1928年跟我一起从军校毕业的现在都当上师长了,胸口挂上了两三枚勋章。米佳·戈金当上了将军,现在在莫斯科,在总参。我要是遇上他,就得认真向他敬礼,然后汇报说:'将军同志,您的命令已执行,我可以走了吗?'然后,向后转!就是这样。当兵嘛,就得这么过。"

五

两个人走进一处小院。一名昏昏欲睡的战士赶紧将平了皱巴巴的军便服,拍掉裤子上的麦草,抖擞精神敬了个礼。

"又睡着了?"阿里斯托夫生气地说,"去把桌子铺好。"

"遵命!"这位战士答道。他帮着别洛兹金把背包放下,然后走了进去。

1　中文译者注:这些城镇位于今乌克兰哈尔科夫州南部。

"爆发战争以来我还没见过这么胖的战士。"别洛兹金说。

"这是个聪明人，"阿里斯托夫答道，"之前是做行政工作的，后来我们注意到他是个一流的厨子。我把他弄到这儿来，过阵子就把他调到集团军军委会食堂去。"

他们走进了半明半暗的门厅。门厅墙上钉着护墙板，按照伏尔加河一带的习惯漆成浅蓝色。走过来一位矮壮结实的老太太，嘴唇上长着灰色的细毛。她是阿里斯托夫的房东。

老太太想要向新客人鞠个躬，结果因为太矮太壮，鞠躬时差点失去平衡，不得不往前踏出一小步。

别洛兹金有礼貌地敬了个礼，四下看了看。屋里的桌子上铺着一张绣花桌布，上面插着一束木槿花，还有一张双人床，铺着白色的被褥。

"住在这儿可真不赖！"他对阿里斯托夫说。

"少校同志，没必要让生活过得太苦。在前线时如何住得好点儿，这可是头等大事。"

"确实如此。"别洛兹金答道。他又左右看了一圈，心想："没错，要在前线有这样的待遇，我也不会拒绝。"

他从背包里拿出肥皂盒和毛巾，脱下了军便服，请女房东往手上倒了点凉水，然后给自己健壮的红脖子打上了肥皂，用剃刀刮已经谢顶的头。他问女房东叫什么名字。

"现在大家都叫我安东尼娜·瓦西里耶夫娜。"女房东慢吞吞地用唱歌般的声音说。

"那就这么称呼下去吧，"别洛兹金说着，"再来一点儿，别省水！"

他用手拍着脸和后颈，喷吐着鼻息，嘴里咕哝着，享受着凉水慢慢流下时的清爽，发出轻笑声。

完事儿后，他走到客厅，坐在扶手椅上，陷入了沉默。一个战士从风尘仆仆和时空变化中突然走进了一间宁静的、半明半暗的正常人住宅时，往往能体会到突如其来的惬意和平静。他在享受着这种感觉。

阿里斯托夫一言不发。两个人看着那名胖胖的战士铺好桌子。女房东端上一大盘牛肉炖西红柿。

"请吧！您想怎么吃就怎么吃。可惜没有盐和醋了，到冬天也不会有。指挥员同志，请告诉我，这一切究竟要到什么时候结束？"

"我们粉碎了德军，就结束了。"阿里斯托夫答道。他打了个呵欠。

"卡梅申这儿有个老人，"女房东说，"他能算命。他对我说战争到11月28日就会结束。他的书里也是这么说的。伏尔加河的春汛也这么预言。他有两只大公鸡，一只黑的，一只白的。这两只鸡老是斗来斗去。"

"你说的这老头能知道什么！"胖胖的士兵一边说，一边在桌上摆上一盘熏肉和一瓶伏特加。

别洛兹金带着孩子般的兴奋看着伏特加和桌上这些奢侈的美食。桌上不仅有熏肉和西红柿，还有鱼子酱、鳗鱼、渍蘑菇、冷羊肉和肉冻。他对女房东说："安东尼娜·瓦西里耶夫娜，您就不该理会这些江湖骗子。他们眼馋您的小鸡和鸡蛋。在库皮扬斯克那儿也有一个老头儿说战争要在某天结束。结果那一天来了场大规模空袭。女人们把他揍了一顿，把他的胡子都拔光了。"

"说得太对了，"阿里斯托夫说，"马克思主义者从不去算命。"

"我今年六十四岁了，"女房东说，"我父亲活到八十四岁，我爷爷活到了九十三岁。我们一直住在这里，可是一生中从来没见到过法国或德国侵略者打到伏尔加河畔。今年夏天，有那么些笨蛋，让德国鬼子打到了俄罗斯的心脏。我老是听到有人说德国人的技术有多先进，说希特勒的飞机比我们的厉害得多，说他有些特殊的粉末，只要把它们倒进水里，就能像汽油一般好使。行了吧，就算是这样吧。今天早上我跟一个从奥尔霍夫卡来换面粉的老太婆聊了几句。她说，我们抓到了一个德国将军，就关在她家里。她听到将军说，希特勒直接给他下了命令：'如果我们拿下了斯大林格勒，整个俄罗斯就是我们的了。如果没拿下，我们就要被赶回边界的那一边。'您是怎么看的？我们能守住斯大林格勒吗？"

"一定能守住！"阿里斯托夫说。

"这是战争！"别洛兹金说，"没有什么是'一定'的，但我们会尽力而为。"

阿里斯托夫拍了拍额头："刚才想起来，明天我就得坐卡车去斯大林格勒，去酒厂。达伦斯基中校要跟我一起走。还有另外几个人，一个是军需仓库管理员，一个刚从军校毕业的中尉，还是个毛头小伙子——有人托我带上他。今晚您就住在我这儿吧，天亮了他们过来，连您一起捎上。"

"再好不过了，"少校说，"总有办法快些到前线。"

两个人又沉默地坐了一会儿。朋友之间喝酒前最容易进入这种无声的状态：两个人想说点儿心里话，但要在喝下第一杯酒后才能开口，所以干脆一言不发。

"来吧，指挥员同志们，"胖胖的战士说，"请坐！"

别洛兹金坐下来，向阿里斯托夫一笑："上尉同志，你可真是个实在人。"

别洛兹金有意奉承一下阿里斯托夫，所以称他为"上尉"而不是二级军需官。少校非常了解部队里这些不成文的规则。如果一名中校被派去指挥一个师，下级一般都会称呼他为"师长同志"，而不是"中校同志"。要是一名大尉被派去指挥一个团，下级则会称呼他为"团长同志"。如果反过来，如果一个领章上有四条红杠的人被派去指挥一个团，大家都会叫他"上校同志"。此人军衔太高，而实际职务又这么低。两者相差这么大，没人会傻到会直接称呼他为"团长同志"[1]。

他们一口气喝掉了第一杯酒，吃了点东西，又开始喝第二杯酒。

别洛兹金盯着阿里斯托夫问："跟我说说，还记得我妻子和孩子吗？"

"当然记得了！在博布鲁伊斯克，您和家人住在指挥员公寓的一层，

---

1 "这一段文字暗示，阿里斯托夫以上尉军衔担任二级军需官这一职务是低配"改为"这一段文字可能是在讽刺阿里斯托夫的实际职务太低，配不上他的军衔"。

我住在同一栋楼的一侧。每天都能见到他们。您的妻子去买东西时拿着个蓝色的袋子。"

"那就对了。袋子是在利沃夫买的。"别洛兹金说道，伤心地摇了摇头。

他想对阿里斯托夫说妻子和孩子的事情：在战争爆发前一天，她刚刚买了个带镜子的衣橱；她能做味道很不错的罗宋汤；妻子的受教育程度很高，懂英语和法语，常常从图书馆借书；他的儿子斯拉瓦，这个小坏蛋老是喜欢打架，四处搞恶作剧。有一回他跑到老爹面前说："爸爸，您揍我一顿吧。我刚才把猫咪给打了。"

可他什么都不能说。阿里斯托夫倒是说个不停。

阿里斯托夫对从前的上级态度很复杂。一方面，他敬畏这些人；同时，他又觉得这些人带着乡下人的淳朴，在应对一些具体问题上无能为力。他多少对此感到又惊讶又好笑。"嘿，老兄，"他看着别洛兹金褪色的军便服和厚油布靴子，心里想着，"我要是有你十分之一的战斗经历，现在差不多可以当上将军了。"

于是他慷慨地拿出存货让别洛兹金大吃大喝，但却不让他插嘴。

"将军们没有我就过不下去，"他说，"要是午饭时他们想吃鲟鱼，就一定能吃到。要知道，这事儿发生在我们刚刚抵达伏尔加河两小时后！集团军军事委员想要抽烟，他每天都能得到一包'金羊毛'烟草。他一天不抽这个就过不下去。参谋长有胃溃疡不能喝伏特加。可我说：'上校同志，无论您有什么需要，我都会遵命！'我们驻扎在北方，沃洛格达周围，鸟不拉屎的地方，他照样能喝到雷司令[1]！结果，他怀疑起我来，有一天专门把我找过去，说我是个危险人物。这能算什么秘密？千万别指望走常规后勤的路子，那样就算等到天国降临都没门！不行，得有想象力，得有主动性，胆子得大。比如说明天吧，我得派辆车去斯

---

[1] 中文译者注：金羊毛是苏联时期生产的一种香烟品牌，雷司令是一种白葡萄酒，主产地在德国。下文中的纳尔赞矿泉水是产于俄罗斯北高加索基斯洛沃茨克附近的知名矿泉水品牌。

大林格勒，那儿有个酒厂，着火了，被烧了。行了吧，谁敢说那儿不会剩下点什么有用的东西？所以，坐下来等是不管用的。伊万·列昂季耶维奇，您有什么需要，尽管说，我尽力而为。我来准备证件，我来派车，有什么问题我担着。我想，以后您大概也会这么干的。大家都说，他们信得过我的安排，比一切文件都管用。以前有个政委对我有意见，把我撤了职，调走了，弄了几个亚美尼亚人来顶替我。一周后整个后勤处都垮了。集团军军委会要喝纳尔赞矿泉水，可上哪儿找去！军委会要这个要那个，回答总是'没有'。集团军司令员气坏了，专门下命令让我官复原职。"阿里斯托夫看了一眼别洛兹金，问道："少校同志，再来点啤酒吗？"

"算啦，"别洛兹金指了指摆得满满的桌子，"你的活儿干得挺棒……"

"我从不做不该做的事情。"阿里斯托夫答道。他用明亮的蓝眼睛又看了一眼别洛兹金，继续说："绝对不做！我没什么要隐瞒的。再说了，集团军司令部的那个政委在这里，就隔着几道门！"

别洛兹金又喝了一大口啤酒，咂了咂嘴说："酒不错。"

别洛兹金用手摸着西红柿，希望能够找到已熟透却又不太软的一个。接下来他觉得有点尴尬，伤心地想起塔玛拉曾跟他说过不能这么做。她不喜欢大家用手去蹭那些放在公盘上的西红柿和黄瓜。

放在橱柜抽屉上的野战电话嗡嗡地响起来。阿里斯托夫拿起听筒说："我是二级军需官阿里斯托夫。"

电话一定是哪个高级指挥员打来的。阿里斯托夫神色有点紧张。他笔直地站着，用一只手抻平军便服，掸掉上面的碎屑。这通电话里，他只连续重复了四次"明白"，然后便放下话筒，急急忙忙地戴上大盖帽。

"真抱歉。您随便吃，想要休息就休息吧。事情有点急，我得走了。"

"毫无问题，"别洛兹金说，"别忘了让卡车明早来捎上我。"

"不会忘的。"阿里斯托夫匆忙向门外走去。

别洛兹金已经喝了不少，对自己一人独处感到浑身不自在。女房东刚才走进自己的小房间了。他走过去冲里面说："老奶奶，跟我一起吃点儿吧。"

女房东走了出来。

"请坐，安东尼娜·瓦西里耶夫娜，"别洛兹金说，"跟我一起来一杯。我得有个伴儿。"

"乐意之至，"女房东说，"以前要是别人看见女人喝酒，肯定会大吃一惊。现在所有的女人都喝酒，不管老幼。我们这儿自己酿伏特加，自己喝。这里的山谷都快让眼泪给淹了，还能指望什么呢？"

她一口气喝掉了一杯，然后吃了个西红柿。

"这里的情况如何？损失严重吗？"别洛兹金问道。这是全俄罗斯所有成为前线的村庄和城市里，所有中下级指挥员、普通战士面对所有上了年纪的妇女都会问的问题。

所以，跟所有其他女人一样，她回答道："亲爱的，我们这儿整天挨炸。"

"唉，太糟了。"别洛兹金伤心地说。他又接着问："老奶奶，您还记得萨尔坦斯基将军吗？他以前住在卡梅申。"

"自然记得，"她说，"我家老头子是个打鱼的。我老往他家里送鱼。"

"您认识他家人？"

"当然认识。他妻子在上一场战争时去世了。他有两个女儿。娜嘉是老大，塔玛拉是妹妹。娜嘉老是生病，他们就把她送到国外治病。"

"真想不到啊！"别洛兹金叹道。

"您也是这一带人？"女房东问，"您也认识萨尔坦斯基一家？"

"不。"别洛兹金说。他想了一会儿，又说道："不认识。"

女房东又一口气喝完了第二杯酒。

"上帝保佑您能安然回家！"她说，然后擦了擦嘴。

"他们是什么样的人？"别洛兹金问，"跟我说说看？"

"说谁？"

"萨尔坦斯基一家。"

"将军是个很难相处的人，大家都很怕他。这是个真正的将军，喜欢给周围的人下命令。但他的妻子是个好人，心肠很好，很关心周围的人。她总是尽量去帮助别的人，还常常给保育院送各种东西。"

"那他们的那两个姑娘呢？跟母亲很像吗？"

"像。两个都是好姑娘。生下来的时候都很瘦，但举止很得体，不矫情。喜欢穿着连衣裙到萨拉托夫大街上散步，有时候还到图丘克。在那儿的伏尔加河边上有个小公园。"女房东叹了口气，继续说道："他家的老厨子卡尔波夫娜是我的邻居，上个星期天刚去世。那天下午来了一场空袭。那时她刚在市场上用头巾换了几颗土豆，在回来的路上。炸弹直接就落在她身边。卡尔波夫娜跟我说过好多萨尔坦斯基的家的事情。娜嘉在革命时期去世了。塔玛拉找不到工作，也没有获准加入工会。不过她给自己找了个好人，听说是个木匠，为人又单纯又认真。"

"没弄错吧？"别洛兹金吃惊地说，"是个木匠吗？"

"没弄错。大家都说，因为他娶了塔玛拉，给自己惹上了麻烦。战友们都说他最好把塔玛拉甩了，娶个别的人，反正在俄罗斯有的是年轻女人。可他只是说：'我爱她，别闹了。'两人结婚后日子过得不错，还有了孩子。"

"有意思，很有意思，太有意思了。"别洛兹金说。

"现在我们的生活都给毁了，"女房东说，"一个接一个地死了。我不久前收到了两个儿子牺牲的通知，差不多一年前我得到了老三失踪的消息。我就这么活着，时不时拿点东西到市场上去换吃的。有时候房客也会给我帮点忙。"

"没错，"别洛兹金说，"血流得太多了。"

他从桌前站起来，靠窗坐下，从背囊里拿出一个白色金属罐头，从里面掏出针线放在膝上，然后找出一根与军便服颜色相同的线，开始缝补军便服肘部磨出来的洞。这一切他做得又快又好。补完后，他抬起眼来，仔细看了看自己的工作成果。

"孩子，你穿针的手真巧。"女房东说。他脱下了军便服，现出身上干净的衬衣。虽然谢顶了，但他有一双灰蓝色的眼睛，高高的颧骨，还有一张晒黑的、如同住在伏尔加河周围普通的劳动者一样的质朴的脸。刚开始女房东用"您"这个正式的称呼跟他说话，现在她却觉得这样有点别扭，便改了口[1]。

"这倒没错，缝缝补补我都还在行。"他含着笑，平静地说。"没打仗时，同志们都拿这个跟我开玩笑，'大尉是个裁缝'。我能够设计服装，能够用缝纫机，能够缝童装。妻子不懂针线活，所以孩子们的衣服都是我缝的。说起来真有意思，之前我给妻子缝了一套夏天穿的裙子。她穿了两年。其他指挥员的妻子都很喜欢裙子的样式，纷纷跟着学。我还记得给我家塔玛拉量尺寸时，简直就笑个不停。她摸着我的手说：'金子般的心和金子般的双手！'"

"入伍前你当过裁缝？"

"没有。我 1922 年就入伍了。"

他穿上军便服，系好衣领的纽扣，在屋子里走来走去。

女房东又改用"您"对他说："看得出来，您这样的人是咱们这个政权的脊梁骨。"她带着明白一切的表情眨了眨眼，继续说："可是您这位战友，他能懂什么打仗的事儿？要是所有人都像他这样打仗，德国鬼子早就打到西伯利亚了。他觉得烈酒才是这个政权的脊梁骨。对这种人来说，政权就是个大号办公室。"

少校哈哈大笑："老奶奶，您眼睛里真容不得灰！"

"干嘛要容下这种人？"女房东尖刻地说。

别洛兹金出去走了走，走到了对面的那栋房子，门口有个小姑娘正

1　英文译者注：俄语中的"您"和"你"大体上相当于法语中的"Vous"（您）和"Tu"（你）。

在晾晒发黄的军人内衣。他问道："卡尔波夫娜住在哪儿？"

小姑娘四处看了看说："她人没了，房子有别人住了。她儿媳妇把东西都搬到自己村子里了。"

"图丘克在哪儿？"

"图丘克？"姑娘重复了一道，"问别人去吧。"

别洛兹金又往别处走了几步，听到小姑娘在身后咯咯笑："有人问卡尔波夫娜的情况。大概是想要她的东西，后来又问了几句图丘克或别的什么。"

别洛兹金走到街角，从军便服里掏出照片看了看，耳边响起了凄厉的空袭警报。他走回阿里斯托夫的房间，歇了下来。

阿里斯托夫回来时已是深夜。他俯身用手电筒照了照别洛兹金，问道："您睡着了吗？"

"没睡着。"别洛兹金答道。

"嘿呀，我跑了一整天。朱可夫大将明天到，直接从莫斯科飞过来。有的忙的。"

"不跟你开玩笑，"别洛兹金同情地说，"要能给我准备点吃的，那就太好了。"

"明天早上九点钟卡车到这儿来，"阿里斯托夫说，"别担心吃的，我不是那种忘恩负义的人。"

阿里斯托夫把靴子脱下来，发出一声低低的呻吟，又折腾了一分钟，然后就安静了下来。

从墙的那一边传来了什么声音，像是低声的抽泣。

"怎么搞的？"别洛兹金想。他意识到这是女房东在哭泣，便穿着袜子走到女房东门前，认真地问道："怎么回事，您为什么要哭呀？"

"还不是因为你……"她呜咽道，"我的两个儿子牺牲了，第三个失踪了。现在该你啦，轮到你要上斯大林格勒。已经血流成河了……可你是个好人呐……"

别洛兹金不知道说什么好，默默地踱了几步，叹了口气，又躺回到床上。

六

达伦斯基中校结束了治疗，正在前往斯大林格勒方面军后方司令部的路上。

住院治疗一点用都没有，他没觉得身体比以前好多少。

一想到要回到后方他就心烦。在那儿他会很长时间无所事事。

达伦斯基在卡梅申下车。有一支从后方调来的集团军，司令部就设在这里。集团军炮兵参谋长的副手菲利莫诺夫上校是他朋友，帮他安排了一辆卡车，可以在第二天早上沿着伏尔加河东岸开到斯大林格勒。

午饭后，一向准时的胃疼又发作起来，达伦斯基回到房间里。躺下后，他让女房东灌了一瓶热水捂着，胃疼稍微减轻了一点，可他依然睡不着。这时，菲利莫诺夫的副官敲门进来，请他过去一趟。

"向伊万·科尔涅耶维奇说一声，"达伦斯基说，"我有点不舒服，不去他那儿了。提醒他一下明天早上卡车的事情。"

副官离开后，达伦斯基躺在床上闭着眼睛，听着窗外妇女说话的声音。她们大概在责备一个叫菲利波芙娜的女人。这家伙故意散布谣言，说马特维耶夫娜和邻居纽拉因为哪个上尉争风吃醋，大吵了一架。

达伦斯基蜷曲着身体，又疼又厌烦。为了让自己放松，他想象着一个根本不可能出现的场面：集团军司令员和参谋长上门来了，在床前坐下，用令人感动的关心语气问他一些问题。

"亲爱的，伙计，你怎么了？"参谋长这么问，"知道吗，你的脸色苍白得很。"

"需要去医院，一定得去医院，"司令员一边说，一边四处看，摇着头。"你一定得到我这儿来，中校。东西都搬到我这儿来。躺在这里干嘛？跟我一起工作，身体会好起来的。"

"不，用不着。还好，没啥大事。明天就要出发了，这才是大事。"

司令员和参谋长搀着他，副官跟在他们身后，提着达伦斯基的手提箱和背包。他们穿过整座城市，那些曾经伤害过或惹火过达伦斯基的人夹道看着。这些人里有曾经写信告发过达伦斯基的人；有翻达伦斯基已忘掉的旧账、公开指责他、给他制造过无数痛苦的斯库里欣；有达伦斯基那个老爹。他爹是个工程师，写过一本关于材料力学的教材，后来在沙皇的公务员系统里爬上了高位。这些人里有个莫斯科市苏维埃房管处的高级巡视员，是个秃头的犹太人。达伦斯基找他分配住房时，这家伙说："亲爱的同志，我们这里有比你更重要的人，为了等一套房子排了两年的队。"还有一个今天刚刚把他气得七窍生烟的三级军需官。他不允许达伦斯基到高级指挥员食堂吃饭，只给了他普通食堂的餐券。

这会儿，这些把他害得挺惨的人脸上都带着同情的微笑，看着司令员胸前亮闪闪的勋章。司令员问他感觉好些了没有，需要他和参谋长帮什么忙。让这些人下地狱去吧……芭蕾舞演员乌兰诺娃也在场[1]。她会问："这位中校是谁？一定是负重伤啦。他脸晒黑了，但脸色还是煞白得吓人……"

然而，时间慢慢流逝，将军们却没有出现。女房东进来看他睡着了没有，然后开始收拾缝纫机旁刚熨烫好的亚麻布。

天色变暗了，达伦斯基感到心情更加压抑。他让女房东点上灯。"等一等，"她说，"我得先把防空帘挂上。我们可不想把那些不信基督的魔鬼招来。"

女房东手脚异常敏捷地在窗前挂上头巾、毯子和旧大衣，仿佛她在担心那些容克式和亨克尔式轰炸机会像苍蝇蚊子似的从松松垮垮的破旧

---

1 中文译者注：加琳娜·谢尔盖耶夫娜·乌兰诺娃（1910—1998），苏联著名芭蕾舞蹈家，荣获两次"社会主义劳动英雄"称号和"苏联人民演员"称号。

窗框裂缝里钻进来。

"老奶奶，我得赶快工作。"

女房东嘴里嘀咕着，似乎是说她的煤油不够了。刚才他要热水，现在又要点灯……

达伦斯基气坏了。这老太太肯定在别处偷偷藏着吃的，自己也过得不错，但却对他却吝啬得要命。她要达伦斯基付房租，喝她的牛奶还得另外加钱，开价比在莫斯科的还高。

她大概觉得自己索要得还不够，从昨天就缠着他给自己派辆卡车，想要到七十公里外的克里莫夫卡村，大概是去那里拿去年冬天存的面粉和劈柴。要是他真的弄得到一辆卡车那才叫好呢……

达伦斯基开始读起自己在战争第一天做的笔记。

"有个营级政委认为库图佐夫的撤退是个伟大的战略。我觉得库图佐夫撤退跟我们现在的撤退没什么两样。列夫·托尔斯泰伯爵只不过给这场血淋淋的战争披上了一件华丽的罩袍。如果这样的话，他倒是做了一件正确的事情。没错，就是这样！军队是神圣的，祖国也是神圣的。指挥员就像使徒一样，要有绝对的权力[1]。问题只有一个，如何维护纪律？答案也只有一个：铁一样的纪律。伟大的斯大林能够拯救我们，也必然会拯救我们！昨天我读了印在传单上的斯大林演讲，多么沉着！多么坚定！"

"每个人都突然变成了专家。每一次交谈都会说到大战略的问题。小说作家、诗人、电影导演，还有一些更重要的大人物，都被批评了……昨天在作战处，一名少校挥舞着一本书说：'想知道这家伙是怎么预测战争的吗——我们在战争开始的头十个小时就能粉碎德军！'……我刚刚读到关于加斯特洛的新闻。他是真正的俄罗斯英雄！我们从这样的打击中活下来，没什么能吓唬我们的。法国倒下了，躺在地上像个死人，腿还

---

1 中文译者注：这里的"使徒"（apostle），暗指耶稣的十二门徒。

在抽搐。但法军之前可是全面动员了，他们有完整的防御体系，随时准备发动进攻。所以，俄罗斯应该为自己感到庆幸，没有在一击之下出局。我们还站立着。"

"总体上说士气不高。大家害怕德军的照明弹甚于德军炮弹。有一种流行的说法说，德军间谍会发射照明弹，要么是指示包围圈，要么是给德国伞兵指示降落点，要么是给渗透到前线后面的德军摩托车手引路。我敢说这种妄想症会很快消失不见。德国人会为他们所做的一切遭到一千倍的报复。"

"我们的人不唱歌了，对女人也没了兴趣，好像只有炊事员和文书才不会忘记自己还是人。整支部队都在沉默中撤退。我听说 K 放弃了自己的自由思想，挥舞着一块白手帕投降了。我记得在 1915 年我们送爸爸去前线。妈妈戴着黑面纱。我们当时乘坐的是一辆出租马车，车夫是个女人。今天，我在一份部队报纸上读到：'敌人在遭遇沉重打击后，继续进行他们那些懦夫般的进攻。'能写成这样也太有意思了……冬季到来时会怎样？他们想在十周内打败俄罗斯，想都别想！不过，这群狗杂种倒真是一群战术行家……"

"我读了一份传单。有些德国军官把纯种狗放到车里跟他们一起走。这可需要点勇气……很难不佩服他们！"

"能够打白刃战当然好，但也得有点别的。要有高度机动的炮兵和能够快速部署的坦克！"

"今天军长邀请我一起午餐，说了半天，都是在批评指挥员，说他们不该害怕被包围。"

"古德里安会如何调动他的装甲部队，是要跟克莱斯特会合吗？[1]"

---

1 英文译者注：显然，这些笔记是达伦斯基在德军于基辅战役中包围了五十万苏军后不久记的。中文译者注：这里指 1941 年 9 月的基辅战役，德军两大装甲集群在基辅以东的洛赫维察会师，包围了苏联西南方面军数十万人，制造了人类战争史上最大一场军事歼灭战。统率这两大装甲集群的德军将领分别是古德里安和克莱斯特。

"我看见红军战士步行，但我们却用卡车运送德军战俘。我把卡车拦住，要俘虏下车。德国人都惊讶极了。他们觉得高等种族的代表就该乘车，俘虏这些代表的人就该徒步。这些德寇奇怪得很……"

"我敢说，旧俄军在经过这一下打击后就会垮掉，沙俄政权也跟着完蛋。我们现在承受住了，而且还能承受下去。我们一定会赢的！"

"我老是想到亚历山大·涅夫斯基、苏沃洛夫和库图佐夫[1]。唉，要是爸爸还活着就好啦！"

"不错，"达伦斯基合上笔记本，自言自语道，"这倒没错，起码我的脑袋还长在肩膀上！"

自己所遭遇的一切不公依旧让他耿耿于怀。他不断问自己，为什么自己会被调到预备队？他自问自答道："因为我的做法是对的。我能够正确判断形势，而此时此刻布科夫却不需要这一切。诺维科夫上校帮了我很多忙，可他现在在哪儿？我第一眼就能看出谁是好人坏人，我知道如何评价一个人。"

达伦斯基想起了1937年自己被捕时遇到的夜间审讯员和调查人员。1940年，他从劳改营被直接召到莫斯科。上面说，他的案子重新审过了，并认定他是清白的。

走审批等消息的那个月，他在科兹莫捷米扬斯卡亚给驳船卸货[2]。他想起了重新穿上军装的那个难忘的日子。

"要是他们给我一个团，"达伦斯基想，"我会成为一个好团长。如果能给我一个师，我也能指挥得一样好。但是我就是受不了布科夫，还有

---

1 英文译者注：这是三位伟大的俄罗斯军队英雄，分别出现在13世纪、18世纪和19世纪。中文译者注：亚历山大·涅夫斯基（1220—1263），1242年在楚德湖战役中击败试图入侵莫斯科公国的立窝尼亚骑士团；亚历山大·瓦西里耶维奇·苏沃洛夫（1730—1800），参加过七年战争、俄土战争，并率领俄奥联军多次击败法军；米哈伊尔·伊拉里奥诺维奇·库图佐夫（1745—1813），参加过俄土战争，并在1812年法国入侵俄国的战争中担任俄军总司令，将法军赶出了俄国。

2 英文译者注：科兹莫捷米扬斯卡亚是伏尔加河上的一个港口，位于今俄罗斯马里埃尔共和国。附近曾有一个劳改营。

他对工作那种吹毛求疵的态度。"

他开始渐渐犯困，幻想着自己坐在前线指挥所里，布科夫只是个少校。他走进指挥所，对达伦斯基说："将军同志，我听从您的指挥。"然后，他认出了达伦斯基，脸色顿时变得惨白。

幻想到这里，又出现了好几个场景。达伦斯基最喜欢的场景是他问候布科夫："啊哈，老朋友，我们又见面了！"然后，短暂地沉默了一会儿，他又说："请坐吧，坐啊。老话说，过去就过去了。来，喝点茶，吃点东西。一路走过来您肯定饿了！让我们想想看您在这儿能干什么活，您喜欢哪方面的工作？"

然后，他会看到自己从前的这位上级因为感激而差点全身颤抖起来。

真奇怪，这个给他造成众多伤害的人，现在倒不像是敌人了。

达伦斯基自己并不比大多数人更虚荣，或者更有野心。但他的尊严曾经被多次践踏过，就像跟布科夫的争吵那样，他很难把这些经历轻易放下。

这位严肃的、三十五岁的中校不得不带着孩子气幻想精神上的胜利，以此来抚慰自己的心灵。

七

早上，一辆辆卡车和一个个步兵排先后来到卡梅申的河岸边，等待着渡河到东岸的尼古拉耶夫卡。

在长满麦茬的黄褐色田地上，在叶子被晒蔫的西瓜地上，八月炎热的空气微微发亮。

交通管理员藏在屋舍阴影里躲避着烈日，一边还挥舞着手中的旗帜，对开过来的卡车大声喊道："停车！你们瞎了吗？驳船已经走了。别挤成一团！"

卡车司机从车窗里探出头，看着土坡和黑色的地面，判断倒车的方向。他们满脸尘灰，脸色变成了黄色和深灰色。

高射炮手躺在浅浅的战壕里，支起防潮油布挡太阳。他们身边细长的高射炮管高高竖起。战士们坐在卡车的车厢上，用手摸着黑色的炮弹，含含糊糊地开着玩笑："烫得都可以煎鸡蛋了，可千万别炸了才好！"

这支风尘仆仆的车队满载着两百公斤的炸弹，正在穿过伏尔加河的草原到野战机场去。

突然，一个司机恶意地大喊了一声，踩了一脚油门，汽车开下木头搭建的码头，朝着河里开去。已经不堪重负的悬挂系统发出哐当的撞击声，卡车摇晃起来。几个交通管理员一边跑过来，一边高声叫道："停车！往回开！"

一个大高个儿的交通管理员举起手里的步枪，作出用枪托砸水箱的样子。司机急急忙忙向他解释些什么，用手指了指汽车的后轮车轴。

另外两个管理员也冲了过来，大声叫骂着。就在这一切似乎要没完没了地持续下去时，司机从口袋里掏出一个金属盒子，撕下一条报纸，从盒子里掏出了些烟丝，卷了几根烟递给管理员，给他们点上。司机把车开到水里停下，这样就不会妨碍下一条从东岸来的驳船卸货。接下来，司机跑到岸边，在几块巨石下的阴影中舒舒服服地躺下了。

交通管理员吸着烟，同意过一会儿他的车先上船。

一辆崭新的小型载货汽车却直接开了上来，副驾驶的位置上坐着名瘦削的中校，一脸怒容和不可一世的样子。交通管理员们生气地叹了口气，一句话也不敢说。

后座上还坐着三名指挥员。一个是少校，从香烟盒子里掏出一根卷烟抽起来；一个是个中尉，漂亮的军大衣搭在肩上，战士们从标志上立刻辨认出此人来自后勤处；第三个也是个中尉，长得眉清目秀，大概是刚从军校毕业的，他穿着崭新的制服，眼睛里流露出痛苦的表情。

交通管理员向后退了两步，听见中校说道："同志们，注意防空！"

一名管理员带着嘲讽的口气答道："他们知道怎么照顾好自己，香烟都卷好了，保温壶里都灌满了茶！"

一队红军战士排队朝着水边走过来。前面的战士在四处张望，放慢了步伐。指挥员没有下令停下来，可他们也不可能徒涉伏尔加河。他们的指挥员站在不远处，正在跟交通管理员借火，顺便询问渡口有没有挨炸。

"停止前进！"指挥员终于注意到了，大声喊道，"停止前进！想要直接跨进水里吗？你们是怎么搞的！"

战士们坐在水边的石头上，把背包、步枪和卷起来的大衣放下，空气中立刻飘起一股特殊的气味：浓烈的烟草味、天热的汗味儿、步兵走到前线时衣服被汗水浸湿的味儿。

这些战士里什么人都有。有不习惯长途行军的城里人；走路走得精疲力竭的宽脸哈萨克人；穿着军便服、头戴船形帽的乌兹别克人终于不再穿长袍戴小花帽了，他们黑天鹅绒般的眼睛流露出心事重重的眼神；还有满脸雀斑的小年轻，个头还没有步枪高；集体农庄的工人、一家之主……有些人一眼看过去就是习惯了重体力劳动的人，颈部发达的肌肉而今轮廓更加明显，仿佛因当兵过上俭朴的生活让他们变得更加健壮了。队伍里还有长着浓密黑发的亚美尼亚人；有个年轻人瘪着嘴走路；有个壮实而敏捷的家伙，长着一张红润的脸，露出开心的大笑。艰苦的长途行军对他而言，就像是河水流过一只羽毛油润的小公鸭那般轻松。

好些个战士直接走到水边蹲下来，给水壶灌上水。有人在洗手帕，清水里瞬间冒出一团黑云。还有一个洗了洗手，把水扑在脸上。有些则坐在地上啃着面包干，把手伸进裤子和衣服里挠着。还有些人小心翼翼地遮着烟荷包，从里面掏出烟丝卷烟。大部分人则直接平躺或侧躺下来，闭上眼睛一动不动。要不是脸上露出那种极度疲倦的样子，其他人还以为他们都已经死去了。

只有一个皮肤黝黑、肩膀很宽的瘦高个战士还站着，他的年龄大约有四十岁。他一直目不转睛地凝视着伏尔加河。平滑的河面像一块沉重平整的大石板，又像高高的砂质悬崖下平放的一面巨大的镜子，把八月阳光散发的酷热全部反射了回去。站在悬崖的阴影下看，河面像黑丝绒一般；而阳光直射之下，这面镜子呈现出石板一样的灰色和微蓝色。

瘦高个战士专心地看着远处河岸上的草地，可以看到驳船已经在掉头开回来。他看了一阵子上游，又看看下游，然后回头望了一眼战友们。

司机从载货汽车里出来，走到河边的这个瘦高个战士身旁。

"你们这都是从哪儿来？"司机问。

"有些挖了一阵子战壕，有些做了点辅助工作。"那位战士答道，大概是希望唤起司机的共鸣。"我们走了好长时间的路，大家都让太阳给晒坏了。司机同志，能来点儿烟草，再来两张《红星报》吗？以前这份报纸用的纸可是顶好的[1]！"

司机掏出烟盒包和几条撕开的报纸。"去斯大林格勒，对吧？"他问道。

"鬼才知道。现在又要回到尼古拉耶夫卡去了。我们师之前作为预备队驻扎在这里。"

旁边一个战士因为自己没有早点找司机要烟丝感到有点不快。他说："跟自己的部队分开真是倒霉透了。没有热饭，没有干粮配给。有两天没给我们发烟草了。"他对瘦高个战士说："给你的战友留一点烟丝！"

第三个战士连眼皮都不抬一下，说道："等到了斯大林格勒，肯定能吃上热饭。"他说话时露出了洁白的牙齿。

"说得对，"第二个战士说，"到那儿肯定会流血。"

指挥员们乘坐载货卡车、装着炸弹的卡车和用牛拉的几辆集体农庄大车开始排队上驳船。渡口的调度员刚刚命令步兵上船，就听到头顶的天空传来咆哮的引擎声。苏联飞机沿着东岸的沙滩在伏尔加河上空巡逻，

1　英文译者注：用来印刷苏联报纸的纸张很粗糙，质量极差，不适合卷烟。

天上回荡着引擎轰鸣。战士们抬头四望，停下了脚步，预计渡口调度员会让他们等一等再上船，但调度员却在一个劲地催着，大声喊道："快点，上船！"

也许是臂上戴着红袖章的调度员希望眼前这条装满两百公斤炸弹的大驳船赶快滚蛋，也许是他经历的空袭太多了，眼前这一切根本算不上一回事。

驳船上有几百号人。他们都本能地想要躲开装着炸弹的卡车，于是一边朝着船头和船尾缩过去，一边小心翼翼地打量着圆柱形的金属网防护栏和船头悬挂的两个救生圈。不用说，肯定有些人心里想，不知道是谁能够抢到这两个救生圈，然后跳进水里。

新生的恐惧比任何一种恐惧都糟心。大家都在担心半渡时挨炸，这比在陆地上挨炸更加让人提心吊胆，让人心中产生绵绵不绝的恐惧。不管是普通士兵还是坐在载货汽车里的指挥员，在水面上吃炸弹的结果都一个样。恐惧感完全是新鲜出炉的，这才要命。水兵们啃着汁水淋漓的西红柿，咂巴着嘴；一个脸上透着悲伤的孩子举着鱼竿，仔细地看着浮标；一个红头发的老太太坐在舵手旁边，正在编织着什么，要么是袜子，要么是无指手套。

"中校同志，您在想什么？"少校说着，倒空了烟嘴，"您游泳游得怎样？到时要不要救生圈？"

中校从载货卡车里出来，指着装有炸弹、排列密集的卡车说："要是炸弹落在这上面，中尉就要升级成伞兵了！"

说完后，他的脸又拉了下来。他不想因为开了这个小小的玩笑，让少校觉得两个人更近乎了。

年轻的中尉打破了他这个年龄的人常见的行事规矩，用毫不掩饰地直白说道："咱给吓坏了，这点咱也不瞒着。这些战斗机在天上都干些什么？"

"还不清楚吗？"少校说，"肯定在电台上通知了他们，德国轰炸机要飞过来了。我们的飞机会在中游拦截德国人。"他突然想起了走之前安东尼娜·瓦西里耶夫娜给他的西红柿，就把手向背包里伸进去。

战斗机在天上盘旋，有米格式，也有拉沃契金式，还有美国的空中眼镜蛇[1]。

驳船走得慢吞吞的，让人心焦。小小的拖船似乎用尽了全力。伏尔加河西岸越漂越远，但东岸却似乎远在天边，遥不可及。战士们焦虑地看着驳船，眼睛时不时向西边的天空看过去，担心德军轰炸机随时可能出现。

"我们的战斗机搞什么名堂？怎么还在我们头上盘旋？"一名年轻的战士嘀咕道。

"他们在守卫西瓜地呢。"一名年长的战士说。他就是到河边后一直站着的那位战士。他继续说道："东岸的瓜地很特别，明白了吗？"

谁都不知道，也不可能知道，这些战斗机等待着，为一架从莫斯科飞往斯大林格勒的客机护航。

八

道格拉斯运输机的机组在黎明时来到莫斯科中央机场。

飞行员是一名少校，哭丧着脸，带着些玩世不恭的表情。领航员脸色苍白，有点佝偻。两个人并肩走着。长长的皮带上系着硕大的图囊，漫不经心地挂在两个人肩上，随着走路的步幅拍着他们的双腿。

"你还在想什么？这个女人可不赖，"飞行员说，"看看她那两条腿！"

"我也没说什么过分的话，"领航员说，"可是她酗酒。这点你总不能否认吧？"

---

1 英文译者注：大约有 5000 架美国贝尔 P-39 空中眼镜蛇式战斗机交付苏联。半数从阿拉斯加飞到苏联，另外一半用木箱装好，从伊朗运到苏联。

在他们身后走着一名无线电报务员，还有两名上士。

值班指挥员走过来。当他看见飞行员时，微笑地说道："是你啊，少校同志！"

"您好，中校同志。"飞行员边说边走，靴子踏在地砖上，发出咯吱声。

为大人物开飞机总会有点焦虑感，好在飞行员已经很习惯了。他检查了盖着浆过的布套的软座，拉直了铺在走道中间的地毯，用自己的外套袖子擦了擦乘客座位旁已经擦得闪亮的舷窗，然后径直走进驾驶舱。

二十分钟后，副国防人民委员朱可夫将军坐车来到了飞机前[1]。

飞机起飞后，朝东南方向飞过去。坐在朱可夫后面的人沉默着，看着他那硕大的、剃得精光的后脑勺。将军正朝窗外看着，他在想什么呢？

朱可夫一动不动地坐了很久。直到飞机飞到了伏尔加河上空，河流像一条被撕开的长长的蓝色头巾展现出来，他才回头问身后的人："这么说，您会用里海的小体鲟来招待我喽？"

"大将同志，这是自然，"朱可夫身后的将军赶紧站起来立正，继续回答道，"肯定是最好的鲟鱼。马利诺夫斯基的第66集团军已经钓到了好些条。"

朱可夫继续朝窗外看去。他常有机会从空中俯瞰大地，观察它的轮廓。他看到的世界呈现出令人惊叹的几何形状。道路和车辙留下了细细的长线，把村庄和城镇分割为正方形或者长方形。收获过的长方形田地现出青铜色，种着冬季作物的田地则变成绿色的长方块。伏尔加河在一片片沙洲之间流过，可以看到浅蓝色的河汊和支流汇入主河道后长长的绿色尾迹。这一切与他每天在地面上看到的东西相比，并不让人觉得陌生，都能看到飞鸟、绵羊和奶牛，也有拖着鼻涕的小男孩；既有灰尘和

---

1 中文译者注：格奥尔基·康斯坦丁诺维奇·朱可夫（1896—1974），二战期间著名苏军将领，在斯大林格勒战役结束前夕被授予"苏联元帅"军衔。

浓烟，也有草地和弯弯曲曲的柳树，种种未曾预料到的、阻碍着部队部署的地形地貌。

机翼下是一片片支流河汊。要是能去打猎该多好啊，这里面说不定藏着上千只野鸭呢。

道格拉斯式飞机开始下降。护航的飞机在巴拉绍夫与运输机会合，一会儿近乎垂直地爬升，一会儿缓慢地盘旋下降。运输机低空飞过伏尔加河上空，可以看见河面上有一条巨大的驳船，上面挤满了卡车。战士们正慢慢地沿着河岸走动，很多人抬头看着飞机。还有长长一列卡车等待渡河。

为伏尔加河西岸部队和斯大林格勒城里的部队提供补给，很快就会变得困难重重。

朱可夫想起了总参谋部内部对苏军反攻准备工作的讨论。他闭上眼睛，脑海里出现了两支愤怒的箭头，一支从北方向下伸，另外一支从南方呈弧形向北伸展。

他重重地叹口气，想象着博克元帅正在审视着地图，并标出德军在伏尔加河上的突破点。

朱可夫回头，对身后坐着的少将气呼呼地说：“你光想着怎么煎伏尔加河的鲟鱼，同时却把坦克和大炮丢在了顿河！[1]”他恼火地咒骂了几句。

驳船上的战士们看见一架双引擎飞机从伏尔加河上低空飞过，周围有几架护航的战斗机。在这里巡逻的战斗机敏捷地爬升，朝两侧散开。在它们的动作衬托下，道格拉斯式运输机飞得又缓慢又笨拙。

“瓦维洛夫，看啊！”一名年轻的战士用手指着道格拉斯，“上面说不定有大人物呢。你觉得是谁？”

另一个战士看了看战斗机，侧耳听了一下飞机引擎那相当于

---

1 英文译者注：部分第 62 集团军的部队在顿河西岸被包围了。

718

一万五千匹马嘶鸣和奔驰发出来的喧嚣声，冷冷地说道："上面坐着的一定是昨天在补给站掉队的那个下士。[1]"

<h1 style="text-align:center">九</h1>

夜里，他们在上波格罗姆诺耶宿营[2]。别洛兹金少校和从军校来的中尉睡在谷仓里。达伦斯基中校睡在农舍的一张床上。司机把车停在院子里的一条细长的壕沟旁，他和后勤处的指挥员就睡在车上。

这一晚又闷又热。西边传来炮兵交火的隆隆声，南边则不时可以看到炽热的烟尘形成的旋风。河流发出轰鸣声，仿佛整条伏尔加河从悬崖上倾泻到地下。跨越伏尔加河的草原一直在颤动不安中。农舍的窗户在叮当响，大门的合页发出轻微的咯吱声，干草窸窣响着，从天花板掉下小块的黏土。附近还传来一头奶牛沉重的呼吸声。各种噪声不停，汽油味和尘烟气息四处飘荡，让它烦躁不安，一会儿躺下，一会儿又站起来。

步兵、大炮和卡车川流不息地从大路上通过。车辆头灯照射出来的朦胧光芒，落在徒步行走的人们的背影上，落在光滑的反坦克枪枪管上，落在像茶炊筒一样粗大的迫击炮筒上，步枪在团团尘烟中映出微光。走路的人脚下踏出一团团尘土，飘荡在空中。人们沉默地走着，队伍无穷无尽。偶尔之间可以看到钢盔的微光如萤火飘散。走得精疲力竭、脚步蹒跚的战士，脸上满是尘土，只有牙齿倏然一亮。一辆汽车的头灯照亮了前一辆卡车的车厢，现出上面的钢盔、步枪、翻飞的油布，还有黑色的脸。这是一个迫击炮排。

马力强劲的三轴斯蒂贝克卡车咆哮着开过，后面拉着炮管上留有白

---

1 中文译者注：格罗斯曼在这里开了玩笑。DC-3 道格拉斯运输机有两台引擎，每台功率相当于900 马力。

2 中文译者注：上波格罗姆诺耶位于伏尔加河东岸，在卡梅申和斯大林格勒之间。

日余温的七十六毫米口径大炮。

草蛇和鞭蛇被这些噪声震得簌簌发抖。它们想要穿过公路，钻进草原。几十条被轧扁的蛇在白沙上留下了它们细长的黑色身体。

天上一样满是噪声。容克式和亨克尔式轰炸机缓慢爬升至群星之间。乌–2"玉米机"在极低的高度咯咯响着，在德国人的战线上滑行，丢下炸弹。图波列夫式 TB-3 四引擎重型轰炸机像头大型哺乳动物，在看不见的高空笨拙地飞行。

天空仿佛变成了一座宽阔的、布满星星的深蓝色大桥，桥下的人听到了几千只铁轮在头上隆隆滚过。

草原野战机场上，平稳的探照灯光柱四处转动，标志出了夜间降落用的跑道。远远看过去，仿佛地平线上有一根一公里长的发亮的铅笔，带着无声却热烈的心情画出了一个个浅蓝色的圆圈。

路上的这道人流和车流长得不知首尾。汽车头灯亮起来。它旁边步行的战士恼怒地喊道："熄灯！小心轰炸！"车灯立刻熄灭了。

路上扬起了黑尘，高空则亮起点点微光。这微弱的光芒连续几天悬挂在斯大林格勒上空，悬挂在伏尔加河上空，悬挂在周围的草原上空。

全世界都看到了这缕微光。那些朝着微光前进的人们，既感到好奇，又感到恐惧。

"在这决定命运的一刻，

保佑那些来到这里的人们……"

在这个八月的夜晚，如果丘特切夫也在前往这个决定世界命运的伏尔加城市的路上，他会想起这些自己写下的诗句吗[1]？

与此同时，西南方面军那些在顿河西岸作战中遭遇失败的部队，正在沿着土路和穿越草原的小径艰难地从南部向斯大林格勒走去。他们中

1　英文译者注：这是俄罗斯人所熟悉的一首无题诗歌的第一句。据格罗斯曼的女儿回忆，丘特切夫是格罗斯曼最喜欢的俄罗斯诗人之一，其他的诗人还有普希金、莱蒙托夫和涅克拉索夫。

有些人的左手缠着肮脏的绷带，无精打采地看着地面；有些人用棍子探着路，似乎已目不识物；有些人因为痛苦而抽泣，他们拖着被汗水和污秽浸蚀得血迹斑斑的伤腿走着，尽量避免它承受更多重负。在这些人眼里可以看见战争的恐怖，可以看见这些半死的人争先恐后地从顿河大桥滑腻腻的红色桥板上跑过时留下的痛苦记忆。接下来，他们将渡过伏尔加河，有些人会抓着木板漂过河，有些人会套在车胎上游过河，有些人则趴在漂浮的船只残骸上过河。他们会看见伤员留在渡口的台阶上、燃烧的医院里。在过河后，伤员的哀嚎还会在耳边回荡很久。他们可以听到精神错乱的人大声傻笑，看着这些人朝满是德国轰炸机的天空挥舞拳头。他们的脸上还会感到被灼热的空气炙烤。这些战士们在恐惧的驱动下，日日夜夜地向前走着。

在草原的更深处，在八月温暖的天空下，斯大林格勒撤出来的居民们席地而卧。女人们和孩子们或者穿着毛毡靴，或者穿着皮大衣，或者裹着暖和的毛边外套，甚至还有人套着撤离时急急忙忙从衣橱里翻出来的大衣。孩子们躺在包袱和包裹上睡着了。城市里的樟脑球味儿和草原洋艾的味道掺和在一起。

更远的地方，被春汛淘空的冲沟和山谷里，点亮了星星点点的篝火。流浪汉、逃兵和在空袭中与部队失散的工人营战士在缝补磨破的衣服，或者煮着从集体农庄菜地里偷来的南瓜。有些人则在捉身上的虱子。他们四处转动着眼睛，注意力异常集中，仿佛世界上不再有比捉虱子更重要的任务。时不时地，他们会把手放下来，在干燥的土地上擦拭手指。

远远就能看到司机和军需官与农舍的女主人站在院子里。

他们沉默地看着半夜里朝斯大林格勒开进的大军。有那么一瞬间，他们似乎看到的是一个具有巨大的钢铁心脏、目光坚定地看着道路远方的庞然大物，而不是由一个个单独的战士组成的队伍。

一个戴着钢盔的战士偷偷从队伍里溜出来，跑到院子前。

"老妈妈，"战士嘶声说着，伸出一个细长的药瓶，"有水吗？我快被烟呛死了，肚子里在烧！"

女房东拿来一个大罐子，把水倒进药瓶的细颈里。战士一边站在那儿等着，一边打量着眼前身材魁梧的军需官，又扭头看了看自己正在走远的部队。

"你得有个像样的水壶，"军需官说，"当兵的没有水壶，谁信！"

"留不住，"战士答道，"总有人在偷水壶。"

他抻了抻身上的军便服。战士的声音又尖细又嘶哑，像是一只雏鸟吱吱叫着求食。他瘦削的脸、尖尖的鼻子，还有藏在钢盔下可怜兮兮的双眼似乎大得与他的年龄不相称。他身上每一处都让人想起在鸟巢里尖叫的雏鸟。

他塞上了瓶塞，然后把房东拿来的一罐子水灌进肚子，转身跑回去，靴子吧嗒吧嗒响着，显然是太大了。他嘟哝着："反坦克枪排……两个迫击炮班，前面就是我们部队了。"随后战士就消失在黑暗里。

前往斯大林格勒搜刮伏特加的军需官说："这傻小子活不长了。"

"是啊，"司机说，"这样的战士，战斗时间不会长。"

十

达伦斯基中校走进农舍，让他们把他的铺盖挪走。他宁可睡在长凳上也不睡床上。这样躺下来，他正好头对着圣像，脚冲着门。

女房东的儿媳妇是个年轻女人。她无动于衷地说："指挥员同志，长凳很硬。"

"我让跳蚤给吓着了。"达伦斯基说。

"我们这儿没跳蚤。"坐在门旁的一个穿得破破烂烂的老头儿说。这人看上去像是过来借宿的流浪汉，其实可能就是房东本人。他又说道：

"也许偶尔会有几只虱子。"

达伦斯基四下看了看。没有玻璃灯罩的油灯发出黯淡的光芒，让周围的一切变得更加简陋寒酸。"这会儿有人还在前线蹲战壕呢，"他对自己说，"但凡还能想起这间憋屈的屋子，这人肯定会想念这个老头儿和这干巴巴的女人，想念这些小小的窗户和屋顶这些黑乎乎的天花板。他可能觉得这世界上没有哪儿能比这屋子更可贵了。"

达伦斯基有点过于亢奋了，怎么都睡不着。天空中的微光，飞机持续不断的嗡嗡声轰鸣声，夜里部队像一股洪流般在身边经过，这一切给他留下了太深的印象。对于即将来临的大战，他有了更加深入的认识。他真想把这些念头跟自己身边这位少校，这位萍水相逢的旅伴一起分享，但他又把这一想法深深藏在心里。跟一个素不相识的人进行坦诚而严肃的交流，这对于他来说太难了。而且，少校身上有种让他感到不舒服的东西。他弄不明白到底是什么。既然如此，还是不要跟他说话，自己走回了屋里。

达伦斯基在炉子和大门之间踱着步，突然好奇地看着靠墙放的一把椅子。它的坐垫包着一层防水布，有两个金属质的扶手，很明显是从公共汽车上拆下来的。他又想起在院子里见到一个摆在坑里的奇怪的储水槽，竟是个生铁铸的抽水马桶水箱。女房东就用这个饮羊。"这个在运转的国家总有一种奇怪的离心力。得要一场大风才能把公共汽车座椅吹到这个位于伏尔加河草原上的村子里，而山羊和骆驼竟然能够用城市里的抽水马桶水箱喝水……"

年轻女人整理好被褥，走出去了。

"您老伴儿上哪儿去了？"达伦斯基问房东。

"藏到壕沟里去了，"他回答说。"女人对睡在屋里不放心。只要空袭来了，她就慌得像只地松鼠，吱吱叫着跑出去藏起来，然后又吱吱叫着换个地方继续藏。"

"那您呢？您不怕炸弹？"

"有什么可怕的？"老头儿说，"我跟日本人打过仗，跟德国人也打过。我送了十二个家属去当兵，四个儿子，九个孙子[1]。在战壕里有什么好藏的？我两个儿子都当上中校了……这不是开玩笑。战士们却跑过来偷我们的土豆，连我们最后一个南瓜都偷走了。昨天还有个战士过来，想用肉罐头换点儿啥，结果把一面崭新的头巾给偷走了。我老伴儿把我们的一切都交出去了……见不得伤员啊。可昨天还有个狗杂种偷我一盒火柴。老伴儿还给他喝了牛奶和南瓜粥呢，那是我们的晚饭！她第一眼看见那家伙就哭了。她就是这样一个人，把每一个战士都当成自己孩子。这群亚洲人里还有一个，把邻居的一只羊偷去宰了。指挥员同志，您怎么看？这算什么事呢！集体农庄把家畜用船送过伏尔加河，到我们草原上来。农庄主席却拿小牛犊换自酿白酒。他们天天都在宰牛。指挥员同志，一头奶牛值四万呢，这算什么事呢！每天都在死人，可有些人却在战场外过得逍遥自在。指挥员同志，请说说，这算什么事？"

"我要去睡了，"达伦斯基说，"天一亮我们就出发去斯大林格勒。"

这时，大路附近发生了一次猛烈的爆炸。农舍剧烈地震动起来。老头儿站起来，拿起他的羊皮大衣。

"您去哪儿？"达伦斯基笑着问。

"去哪儿？当然是壕沟里了。您没有听到？"老头儿把腰躬得低低的，从屋子里溜了出去。

达伦斯基躺在长凳上，很快就睡着了。

十一

燃烧的城市在远处闪亮，部队彻夜不停地朝着它走去，伴随着他们的是隆隆的远程炮击和颤抖的探照灯光柱。他们右手边是伏尔加河，左

1　中文译者注：原文如此，疑为作者笔误。

手边是大片草地和哈萨克的盐碱地。

正在行军的队伍被严肃和阴沉的气氛笼罩着，仿佛人们不再感受到饥渴、疲惫，也不再会害怕失去生命。

在哈萨克大草原的边境，在这里，决定了一个国家的命运。弹道四处肆意飞舞在草原、天空和星星之间，但似乎所有的一切对此都明明白白。

利沃夫的青铜雕像，敖德萨的滨海步道，雅尔塔的棕榈树，基辅的板栗树和白杨树，诺夫哥罗德、明斯克、辛菲罗波尔、哈尔科夫、斯摩棱斯克和罗斯托夫的车站、公园、广场和街道，乌克兰白色的农舍和向日葵地，摩尔达维亚的葡萄园，波尔塔瓦的樱桃园，多瑙河和第聂伯河的流水，白俄罗斯的苹果树，库班的麦田……俄罗斯和乌克兰的这一切都成为苏军战士们萦绕心头的景象，成为他们永不忘却的记忆。

套在农民马车上的骆驼看着无穷无尽的人流，半闭上眼睛吧嗒着长长的嘴唇。猫头鹰被车灯照得失去了方向，对着光柱拍动着黑色的翅膀，拼命地想飞起来。

已经不需要政治指导员和政委的动员了。炮手、扛着反坦克枪和机枪的战士、集体农庄的工人和工厂工人，每一个人都知道战争迫近了伏尔加河，身后就是哈萨克大草原。所有重大历史事件的真相都很简单，这一次也同样如此。没有人不明白它的真相。

已经不能在伏尔加河高低不平的西岸行军了。德军已经打到了岸边。在东岸，苏军战士只能看到满是盐碱的草原和正在咀嚼蓟叶的骆驼。宽阔的水面将战士们与西岸分开，与西岸的柳树和橡树分开，与奥卡托夫卡、叶尔若夫卡、奥尔洛夫卡的村庄分开。这样的距离正在变得越来越大。小树林子、村庄、集体农庄、渔夫和孩子们生活在德寇的统治之下。顿河地区和库班地区相隔越来越远。

乌克兰对于低平的伏尔加河东岸已经遥不可及。只有用隆隆的炮声和城市里燃烧的火焰向它致敬，而这一致敬正在撕裂着战士们的内心。

十二

达伦斯基在黎明前一会儿醒过来，侧耳倾听了一下，隆隆炮声和飞机的嗡嗡声还没有停止。一般来说，黎明前的一个小时是战争的平静期。夜的黑暗和恐惧将尽，哨兵开始瞌睡，受重伤的人不再呻吟，终于闭上了双眼。高烧开始退去，汗水流出。鸟儿开始啁啾，熟睡的孩子在梦中朝着同样熟睡的母亲的乳房爬去。夜间的沉睡进入最后阶段，战士不再感觉到地面的坚硬和凹凸不平。他们把军大衣拉到头上，对渐渐覆盖在纽扣上和皮带扣上的薄薄的一层白霜毫无知觉。

可现在却不存在这个平静期。黎明前的黑暗中，飞机仍然在嗡嗡响着，部队还在川流不息。重型车辆在咆哮，远方的炮兵还在射击，炸弹还在爆炸。

这一切让达伦斯基感到烦躁不安，他准备出发了。等他刮完脸，刷过牙，洗过手，周围已有微光。

他走到院子里，司机还在睡着，头塞在座位的一角，光脚从车窗里伸出来。达伦斯基敲了敲车窗，司机还没有醒。他只好按了一下喇叭。

"要出发了。"达伦斯基说。睡得全身僵硬的司机开始活动起来。

"把车开到路上。"

房东一家人躺在塞满淤泥的壕沟里，身下垫着麦草，身上盖着羊皮大衣。达伦斯基跨过壕沟，走到菜地里。

目光穿过发黄的树叶形成的遮蔽，可以远远看见伏尔加河的闪光。初升的太阳投来与地面几乎平行的、清澈的光线，天上的云彩变成了粉红色，只有一小片没有被阳光照到的阴影还呈现出冷灰色。西岸高耸的悬崖在黑暗中现出了轮廓，有几块石灰岩像新雪一样反光。

每一分钟光线都在增加。不远处有一大群羊，有些是黑色，有些是白色，在低声咩咩叫着。它们在四处是小土包的黄褐色土地上熙攘地走着，羊蹄下扬起薄薄的一层粉色尘雾。

牧羊人肩上扛着一根长长的拐杖，斗篷在身后高高扬起。

这一画面让人思绪万千。在刚刚跃出地平线的太阳宽阔的光芒下，羊群就像是在起伏的地面上滚动的岩石。它们与牧羊人和他的拐杖还有斗篷合在一起，构成了古斯塔夫·多雷笔下的画面[1]。

羊群走近了。达伦斯基把牧羊人的拐杖看成是一支反坦克枪，把斗篷看成是士兵用的防水油布。牧羊人就这么走在路边，羊群跟他没有任何关系。

他回到载货卡车旁。

"准备好了吗？"他问道。

中尉是个瘦瘦的、有点儿胆怯的年轻人。他答道："中校同志，少校不在。"

"上哪儿去了？"

"他去找牛奶当早餐喝呢。这儿的奶牛好像不产奶。"

"简直不敢相信！"达伦斯基说，"牛奶和奶牛……简直不敢相信。每一分钟都很宝贵。"他一言不发地在院子里踱了几步，然后发作了："这个去挤牛奶的家伙还要让我等几分钟？！"

"随时都会回来。"中尉愧疚地说。他本来卷好了一根烟，却赶快把烟扔了。

"往哪个方向走的？"

"那边，"中尉应道，"请允许我去找找看？"

"别费那工夫了。"达伦斯基说。

他现在对少校的不满又往上蹿了一级。他跟很多暴躁易怒的人一样，动不动就把挫折感带来的愤怒随意发泄在周围的人身上。

别洛兹金一手抱着一个西瓜，一手提着一个装满牛奶的一公升瓶子回来时，达伦斯基差点就给气得背过气去。

1　中文译者注：古斯塔夫·多雷（1832—1883），法国版画家、雕刻家和插图画家。

"喂，中校同志，"别洛兹金边说边把西瓜放到副驾驶座上，"您休息好了吗？给你们带了点牛奶，刚从奶牛那儿挤的！"

达伦斯基瞪了他一眼，满怀愤怒冷冷地说道："看看你的样子，哪一点像个指挥员？倒像是个小贩。1941年就是因为你这种小贩和奸商，我们才输成这个样子。我们现在距离斯大林格勒已经不远了。每一分钟都很要命，可你却在村子里晃荡，四处讨要牛奶！"

血涌上了别洛兹金黝黑的脸，让他变得更黑了。过了好几秒，他才冷静地答道："中校同志，向您道歉。我们这位中尉昨晚咳嗽了一整夜。我以为弄点儿新鲜牛奶喝对他有好处。"

"行了，"达伦斯基尴尬地说，"现在就走吧！"

达伦斯基害怕斯大林格勒。他觉得自己一路走得太慢了，其实真正让他烦恼的是走得实在太快。

他看了一眼少校。这个人激怒他的原因是其固有的沉着冷静。现在，少校却忽然变了，变得非常震惊和紧张。他大张着嘴，眼中现出迷惑，甚至带着点儿疯癫。达伦斯基不由自主地四下看了看。少校刚才看见什么了？是不是看到什么可怕的事情了？难道德国伞兵降落到伏尔加河东岸了吗？

大路被坦克履带和车轮碾过，留下纵横交错的车辙。但路上空荡荡的，只有一些难民踯躅走过一栋栋农舍。

"塔玛拉！塔玛拉！"别洛兹金高声喊道。一个年轻女人全身突然僵住了。她穿着用绳子捆起来的破鞋，肩上背着个袋子，旁边站着一个只有五六岁的小姑娘。她也背着个袋子，是用枕头套缝的。

别洛兹金朝着她们大步走去，牛奶瓶还拿在手上。

年轻女人死死盯着朝她走来、手里拿着奶瓶的指挥员，突然大声哭道："伊万！瓦尼亚，我亲爱的瓦尼亚啊！"

这声音里充满了恐慌、埋怨、责备和幸福，每个听到的人都像被火焰突然灼了一下，痛得不由自主地往后缩。

年轻女人飞奔上来，双手抱住别洛兹金的脖子，身体因为无声的哭泣而扭曲了。

穿着凉鞋的小姑娘站在她身边，睁大眼睛盯着父亲青筋暴突的古铜色大手上握着的奶瓶。

达伦斯基发现自己也在因为激动而颤抖。他很难形容在草原上的这次突然重逢。但就算三十多年后，他变成孤零零的老头儿了，想起这一刻时心里仍能感受到那种无法排遣的痛苦。一瞥之下，他看到两人互相凝视的眼神和面容洋溢着悲伤和幸福，满是这个恐怖年代留下的粗暴及漂泊的痕迹。

这个无家可归、风尘仆仆的女人有着一双美丽的眼睛和少女一样瘦弱的双肩。她接下来大声地、清清楚楚地对这位脸宽宽的四十岁少校说："我们的斯拉瓦死了。我对不起他。"

达伦斯基站在伏尔加河畔的沙地上，听到了这一切，意识到自己第一次真正感受到了战争带来的极端痛苦。

别洛兹金把年轻女人和小姑娘带回农舍。然后他又出来，走到达伦斯基跟前说："很抱歉，中校同志，耽误您时间了。请您先走吧，我刚刚跟一家人团聚。"

"我们可以等等。"达伦斯基说。他走到载货卡车前，对军需官说："要是这辆车归我管，哪怕要把别的同车人赶下来，我也会命令你把这个女人带去卡梅申。"

"这不行，"军需官答道，"有任务要执行。他们有整日整夜的话要说呢。一个漂亮的年轻女人，一个疯起来可以不顾一切的少校，他们都分开了一整年，要忙活的事情多了去了。"他朝着默不作声的司机和中尉——后者正用十分赞许的目光看着达伦斯基——眨了眨眼，突然放声大笑。这突如其来的笑声吭哧吭哧地，证明此人是个爱说段子的高手。

达伦斯基想了想，觉得先走也好，反正他也帮不了什么忙。"行吧，"他说，"发动车吧，我去拿我的行李。"

他走进阴暗的农舍，朝地上看去，四处找自己的手提箱，听到老太太带着哭腔说了些什么。老头儿在一边站着，手里拿着帽子，脸上现出哀伤的表情。他们的儿媳妇脸色苍白，有些激动。草原上这次不期而遇感动了所有人。

达伦斯基尽量避开别洛兹金和他的妻子，担心周围的陌生人太多会分散他们的注意力，让他们无法接受。

"少校同志，我们先走了，"达伦斯基高声说，"我觉得你们得在这儿待上好一会儿了。请允许我向你们表示祝福。"

他此时还是满心激动，先跟别洛兹金握了手，转身面对塔玛拉。她眼睛里满是泪水，向他伸出手。达伦斯基低下头，轻轻地把她那小姑娘一样的手指抬起来放到自己唇边。手指上有削土豆留下的深深的印子，显然很久没有洗过了。

"抱歉。"他说道，转身急急忙忙走出农舍。

十三

这是一次沉重得让心灵难以承受的重逢。沉甸甸的忧伤顽固得既像蓟叶，又像草原上的野草，把每一丝刚刚浮现的欢乐严严实实地压下去。

最让人担心的是时间。这一家人团聚的时间不会超过一天。

别洛兹金轻轻地抚摸着女儿，心里想起了儿子，涌起了巨大的悲痛。柳芭不明白为什么父亲用双臂抱起自己，用双手摩挲着她的头发时会突然皱紧眉头，像是突然生气了。她也不明白，为什么母亲为父亲担忧了这么长时间，现在见到他后却会失声痛哭。

一天夜里，妈妈梦见爸爸回来了。她甚至听到妈妈在梦中说啊笑啊。现在一家人终于见面了，妈妈却老是重复说："不，不行，我不能哭了。我怎么能这么傻呀？"

柳芭更不明白，父母亲为什么这么快就说到分离，为什么这么快就交换通信地址；为什么父亲说要找到辆小汽车或是卡车，把她们送去卡梅申；为什么父亲问母亲要照片，还说自己保存的照片已经褪色了？

父亲从谷仓里拿来了自己的行李，把里面的东西摆在桌上。到目前为止，柳芭只在沙波什尼科夫家里见过这里面的东西：有猪油，有肉罐头和蔬菜罐头，有糖和黄油，有鱼子酱和香肠，甚至还有几块巧克力。

妈妈像个客人一样坐在桌边，爸爸准备着吃的。然后，妈妈尝了尝罐头，把面包切成片。柳芭不断地问："我能吃点儿香肠吗？……我能吃点猪油吗？""你吃什么都行。"父亲说，给她递过来两片面包和一小块黄油。她把一片猪油放到面包上开始吃起来。太好吃了，好吃到她笑了起来。她抬头看着父亲。他却在看着妈妈。妈妈正狼吞虎咽，用颤抖的手指把香肠和罐头肉塞进嘴里，眼里还满含热泪。这是怎么啦？是爸爸对她们吃光了他的补给感到不高兴吗？柳芭感到突如其来的憎恶，身体都僵了。但她转念一想，明白了父亲的心情。找到一个能保护她们的人当然让人高兴，但这时她却想保护、想安慰这位伤心而无助的父亲。她看着农舍里黑洞洞的角落，想象着那里藏着邪恶的妖怪。她严肃地对妖怪们说："不许碰他！"

妈妈说着斯大林格勒的沙波什尼科夫一家如何帮助自己，而她和柳芭又如何从大火中逃生。公寓烧毁后，她有五天没有回家。沙波什尼科夫一家一直在找她和柳芭。但后来他们还是走了，坐卡车去了萨拉托夫，从那儿坐汽船去了喀山。他们给母亲留了喀山的地址，还有一封长信。她和柳芭设法乘渡轮到了伏尔加河东岸，接下来开始步行。

妈妈接着说起了她们颠沛流离的全部旅程。柳芭经历了这一切，对此了无兴趣。他们没有冬天的大衣；遭遇了四次空袭；面包篮不见了；在隆冬时分连着十二天坐着一架牛车向东走；没有面包；妈妈给别人缝补衣服、洗衣服、翻菜地；一公斤面包价格是一百卢布；在一座镇子里，妈妈领到了一份糖和黄油配给，她拿这些配给去换了面包；在村子里比在城里更容易找到面包。她们在一处村子住了三个月，在那儿吃得饱饱的，每天都有面包，还有牛奶。妈妈拿着戒指和胸针去换了黑麦，后来黑麦被偷了。再后来她们把斯拉瓦送去了保育院，起码那儿有面包。面包，面包啊面包，四岁的柳芭已经非常明白这个重要词语的深刻含义了。

"妈妈，"她说，"给斯拉瓦留点儿糖行吗？"

妈妈又开始全身战栗，又开始无声地哭起来。柳芭以前没见过妈妈这样。她连着打了几个嗝。爸爸用奇怪的、让人昏昏欲睡的声音说："这就是战争。情况就是这样，对谁都是如此。"

然后爸爸就开始说自己的经历。他说起了很多老朋友，有些人妈妈还记得。柳芭注意到，就像妈妈老爱重复"面包"这个词一样，爸爸也爱重复一个词："牺牲"。

"牺牲了……牺牲了……牺牲了，"他不停地说，"穆佳恩第二天牺牲在科布林附近。还记得阿列克谢延科吗？人们最后一次见到他是在捷尔诺波尔附近的森林里，躺在地上，腹部受了伤，旁边还有个被打死的德国机枪手。还有莫罗佐夫，不是瓦西里·伊格纳季耶夫，是那个和你一起演戏的莫罗佐夫，在第聂伯河附近的卡涅夫反攻时牺牲了，被迫击炮弹直接命中……卢巴什金也牺牲了，听说是在图拉一带。他们全营穿过大路时遇上了梅塞施密特扫射，一发大口径子弹直接击中了他的头部。是个好人呐！还记得他怎么教我们渍蘑菇的？莫伊谢耶夫也是个好人。他朝自己开了一枪。我听亲眼见到的人说。去年七月，他在沼泽地里被包围了，腿部受了重伤，几乎走不动了，就拔出左轮手枪，事情就是这样……现在我们能在这里……我肯定是全师唯一一个还活着的团级指挥员。猜猜看我昨天遇到谁了？阿里斯托夫！以前我的后勤负责人，你还记得他吗？那样子像刚从海边度假回来似的。我把他的地址给你，留个便条给他。这人不错，会尽力帮你们去萨拉托夫。每天他都要派卡车去萨拉托夫。"

"你怎么样呀？"妈妈问，"看在上帝的份上，我给你写了那么多信，到哪儿都打听你。你谁都认识，可是能向我说起你的人一个都没有。"

"我嘛……"爸爸耸耸肩，答道，"我一直跟着我的大炮。我们都尽全力了，但还是向后撤了很远。不管怎么说，我们可不能再失去联系了，这个事情最重要。"

他接着说，自己正在返回部队的路上。本师之前是预备队，但他出院后，发现本师已经调往前线，他正在追赶部队呢。

说到这里，他又说："塔玛拉，让我来帮你洗衣服吧，你得休息一下。"

"哎呀，你总算挺过来了，"她说，"还跟从前一样。我的好心肝儿，我的好人，好当家的！"两个人都笑起来了。这是在战争爆发前她对他的昵称。

柳芭开始打瞌睡了，父亲说："她累了。"

母亲说："我们走了整整十天。她让飞机给吓坏了，从飞机轰鸣声就能听出是不是德国飞机。晚上老是惊醒，又哭又叫。刚才她吃得可真不少，有点儿不习惯。"

柳芭在沉睡时，父亲抱着她去了谷仓。她还记得闻到了干草的味道。傍晚她醒了一次，又吃了一顿。德军飞机还在头顶上，但她已经不害怕了，只是跑到爸爸身边，把他的大手放在自己头上，安静而沉默地站在那儿，听着头顶的噪声。

"去睡吧，柳芭，去睡吧。"母亲说，于是柳芭又睡着了。

这是一个奇怪的夜晚，既让人高兴，又让人痛苦。

"我们总算团聚了。你从死人堆里回来了，现在又要走了，一走不回头。不行，可不能这样。"

"别这么坐着，别扭极了。再喝点儿牛奶吧。说真的，你太瘦了。有时真不敢相信这人会是你。"

"他走了，躺在这条河的河底，可怕极了。现在夜深了，又冷又暗，这世上谁都帮不了他。"

"我把我的内衣给你，有总比没有好。我这里有两双新靴子，小牛皮的，质量很不错，就穿了两次。我真的用不上。给你准备两副包脚布……冬天快到了。"

"我最后一次见他,他还问我:'什么时候带我回家呀?'我怎么会知道呢?我真傻,看见他没有说下去,光顾着乐了。"

"我把我的野战邮箱缝在你衬衫上了,比缝在外套上安全些,外套容易让人偷了。"

"我这样是不是怪吓人的,瘦得皮包骨头了。你不会感到难为情吧?"

"你的腿都变细了,看得见脚上有血。一定走了很远的路吧?"

"亲爱的,你在干什么呀?别吻我的脚,上面的泥都没洗呢。"

"他还记得我吗?"

"不,不行,我不能这么自己走了。不能走,真的不能走。我跟你一起走,就算你拿着大棒赶我,我也要跟你走。"

"柳芭,想想柳芭怎么办?"

"知道了,知道了。明天我和柳芭就坐车去卡梅申。"

"你怎么什么都不吃?来,吃点儿饼干。牛奶就剩一小口了,喝了它。"

"真是不敢相信,你还是你。真的是你,跟以前一样。还说着跟以前一样的话:'来……就剩一小口了。'"

"我跟以前的样子差不多,不过要是你在去年九月见到我的话,那可不一样,脸凹陷下去了,长满了胡茬……那时在想,我的塔玛拉可不想见到我这样。"

"一整年了,德国飞机整天在头上嘶声嗥叫。你是不是好多次差点儿没命了?"

"不至于,没那么严重,跟其他人差不多。"

"他到底想要什么?这老妖怪想要干嘛?"

"村子里的女人对孩子说:'别哭,要是让阿道夫听见了,他会直接坐飞机上这儿来。'"

"我最亲爱的人儿啊,脑袋剃得干干净净,指甲修得整整齐齐,衣领也白白净净。刚才我一眼看到你时,心头上千钧重负一下就卸下来了。

我把一切从头到尾都跟你说了。可别以为我喜欢把这一切告诉别人。我心里藏着话儿呢。再说，谁愿意倾听这些呢？只有你愿意听，这个世界上只有你，愿意听我倾诉。"

"答应我要吃好一点儿，现在你有军属配给了。每天都得喝点儿牛奶，行吗？"

"你可真好。只有你有这么好，真的。"

"我就知道我们会遇上的。昨天我就知道了。"

"还记得生斯拉瓦的那一天吗？车子坏了，我们出院时走路回家。你抱着他。不……这是我们最后一次相聚了。我知道的。我们不会再见了。她会在保育院里长大。"

"塔玛拉！"

"你听见了吗？"

"没事，炸弹落到河里了？"

"上帝啊，他躺在这条河里呢……瓦尼亚，你哭了，是吗？别哭，事情会好起来的，会的，我向你保证，我们会再见的。我会喝牛奶。可怜的瓦尼亚，你受了太多的苦，可我在这儿说我自己。看着我，看着我，最亲爱的，让我擦擦你的鼻子，还有眼睛。哎，傻瓦尼亚，没有我，你可怎么过？"

第二天早上，他们分别了。

十四

近卫步兵第 13 师从尼古拉耶夫卡出发，经过上波格罗姆诺耶的村庄，前往前线。

交通工具虽然有，但卡车却不够。营长菲利亚什金把科瓦廖夫中尉叫来，命令他的连队徒步行军。

"科纳内金的人有卡车坐吗？"科瓦廖夫问。

菲利亚什金点了点头。

"明白了。"科瓦廖夫说。

他不喜欢科纳内金，老是爱拿自己的连跟他的连比。

要是本连在射击训练里成绩优秀，得到了团首长的表扬，他就会问文书："科纳内金那个连怎样？"

要是发给科瓦廖夫一双小牛皮靴子，他也会问："还不赖，不过我希望您别把靴子浪费在科纳内金这种人身上。有厚油布靴子给他就够了！"

长途行军后，要是他的人脚上打泡的现象很严重，让他被上级训斥了一顿，他最关心的就是科纳内金那个连里有多少人脚上打了水泡。

战士们爱把科纳内金说成是"长腿"。这家伙的四肢确实长得非同一般。

科瓦廖夫感到很沮丧。全师其他的人都可以坐卡车走，就他的连要在尘土飞扬的路上徒步。说起来，只有"长腿"的人才应该徒步走这么远。

菲利亚什金指示了部队的行军路线后，科瓦廖夫说，他的连队会比搭乘汽车的部队晚一个小时左右到。

"营长同志，为什么总是这样呢？"在正式谈话结束后，科瓦廖夫又说道，"只要是徒步行军，就总是轮到我。科纳内金的人老是有车坐。"

菲利亚什金用不那么正式的口吻解释说，师里在分配汽车时，他的连还在伏尔加河西岸，其他连都已经渡河了。"你的人情况怎样？"菲利亚什金接着问，"脚上打水泡的人多吗？"

"能够对付，"科瓦廖夫说，"如果一定要徒步行军，他们能走。"

他命令大士集合队伍，自己匆忙朝他寄宿的那一家走回去，准备收拾行李，向女房东告别。完事后，他又跑去跟卫生指导员列娜·格纳丘克匆忙告别。

卫生队已经上车准备出发。科瓦廖夫站在车旁说："我熟悉斯大林格勒，六月我出院时在市区待了一天，跟朋友的家人一起度过。"

列娜·格纳丘克靠着车帮，大声喊道："中尉同志，祝您好运！赶紧赶上队伍！"

卡车开走了，车上的人都开始说说笑笑起来。列娜朝着灰色的农舍挥着手，大声喊道："长满西瓜的土地，跟你告别了！"

科瓦廖夫的连队刚刚渡过伏尔加河，只有两个小时的时间吃点东西和换包脚布。有些战士还没分到配给的烟草和糖。但是没过多久，他们也跟在卡车后出发了。

走了四十公里后，所有人都陷入了沉默。之前大声地谈论说要找片阴凉的地方，找口水喝，现在统统听不见了。

傍晚，队伍变得又长又散，从头到尾足有几百米长。科瓦廖夫批准两名走得跛脚的战士坐在装行李的大车顶上，批准另外三人扶着大车行军。

坐在大车上的两名战士时不时发出呻吟，还把烟草分给车老板。在大车旁蹒跚走着的几个人盯着他看，然后对车老板说："把他们赶下去吧！他们在装蒜，您还看不出来？"

"这事儿中尉说了算。"车老板说。

前面是一座窄窄的小桥，挂着一块警告牌，上面写着"载重十吨及以上不得通过"。警告牌下还有一个胶合板拼成的箭头，指着左边。箭头下有几个字："坦克从此绕行"。

一辆三车轴卡车的司机拼命地摁着喇叭，想越过队伍上桥，但没人理他。战士们对他们周围的一切都毫不关注。司机打开车门，探出身子，用脏话狠狠地咒骂着充耳不闻的战士。在看见他们精疲力竭的面容后，司机咕哝道："步兵简直是战场之王。"卡车掉头向左开去了。

走在队伍最前头的是瓦维洛夫和乌苏罗夫。

乌苏罗夫时不时回头看着队伍，看着身后那些在尘烟中步履蹒跚的战友，感到有一种超乎众人的优越感，心里美滋滋的，脸上露出自鸣得意的微笑。

科瓦廖夫沿着路边走着，用一根长棍拍掉靴尖上的泥土。他用指挥员应有的那种乐观腔调问瓦维洛夫："嘿，伙计们，感觉如何？还能走得动吗？"

"中尉同志，我们还成，"瓦维洛夫答道，"肯定会按时到达。"

多多诺夫上士走过来汇报："中尉同志，穆利亚尔丘克正在破坏纪律。他要队伍停下来。"

"让指导员去说他两句。"科瓦廖夫说。

乌苏罗夫盯着路边套在大车上的骆驼，连看都不看一眼科瓦廖夫，大声说："这么说，我们要跟这些脖子像蛇一样的东西并肩作战了。看看我们的集体农庄里都养了些什么吧！"

"对，"瓦维洛夫说，"这些东西把我也吓着了。"

队伍最后面走着的两个人既不说话，也不东张西望。他们眼睛红通通的，嘴唇裂开了，甚至感觉不到疲倦——其实疲劳已经渗透到他们的肌肉和血管里，灌进了骨髓里。他们匀速走着，但如果停下来一会儿，他们就会发现简直没法再往前走一步了。

突然，其中一个咧嘴一笑，用乌克兰语说道："知道吗？还有人落在我们后面呢。咱们连的小丑还在桥那头拖着腿走着。"

另一个答道："我们勇敢的列兹奇科夫完蛋了，我觉得我们要永远失去他啦。"

"还没，他还在那儿摇摇晃晃地走着。"

然后两人沉默了，继续走着。

快到傍晚时，科瓦廖夫命令停止前进。他几乎都站不直了，其余人立刻就在路的两侧躺下来。

从斯大林格勒方向走过来一群难民。男人都戴着帽子，穿着大衣，孩子们抱着枕头，女人则在重负之下踯躅。

"您带着这些玩意儿能走到哪儿？"一个年轻的战士问其中一位妇女。

她背着一个大包袱，用绳子束在身上，胸前挂着一个桶和一个大袋子。在她身后跟着三个各自肩上都背着包的小姑娘。

女人停下来看着他，伸手把前额的一缕头发往后拨了拨，应道："走到乌里扬诺夫斯克。"

"背着这些东西，永远也到不了乌里扬诺夫斯克。"战士说。

"那孩子怎么办？"她说，"我没有钱，她们得吃东西。"

"这叫贪心。"战士说着，想起了某天晚上，因为防毒面具弄伤了自己的肩膀，他就把它扔到沟里去了。"人就是喜欢惦记各种坛坛罐罐，又不舍得把它们扔掉。"

"你可真是个白痴。"女人说，声音听起来了无生气，跟周围一切格格不入。

被称为白痴的战士从背包里掏出一块压瘪的干硬面包。"您拿去吃吧。"他说。

女人接过面包，开始哭起来。她身后的三个小姑娘个个脸色苍白，嘴张得大大的。一开始她们还严肃而沉默地看着母亲，又看看躺在地上休息的战士，然后一齐哭起来。

这一家子又上路了。战士们看见母亲用一只空着的手掰开面包，分给了三个小姑娘。

"她一片面包都没给自己留下。"当过会计的扎伊琴科夫说。

"这就是你们要保护的母亲。"有人带着权威的语气说。

接下来，战士们看见小姑娘们朝一个小男孩走去。这孩子大概只有三岁，有一个大脑袋和两条结实的短腿，在嚼着一根没有洗过的硕大的胡萝卜，边嚼嘴里还不断吐出泥。就像事先商量好似的，小姑娘们在他跟前停下来。其中一个抽了小男孩一巴掌，第二个使劲地推着他的胸口，第三个则抢过胡萝卜。完事后，小女孩们小步走开，剩下小男孩坐在地上，傻愣愣地看着她们。

"这就是你们要的团结。"乌苏罗夫说。

战士们脱下靴子，温暖阳光照耀下的苦艾草味变成了部队营房里的味道。

几乎没有人等到水烧开，大家争先恐后地把压缩干粮块投在温水里，然后带着迟钝的专注吃了起来。有些人一躺下就睡着了。

"大士，"科瓦廖夫招呼道，"掉队的人跟上来了吗？"

"这不，最后一个上来了，"马尔岑科大士答道，"咱们连的活宝跟上了。"

大家都指望列兹奇科夫发一通牢骚，至少哼哼唧唧几声，但他却响亮地说："我赶上啦，引擎和喇叭都完整无缺！"

科瓦廖夫看了他一眼，对科特洛夫说："政治指导员同志，这些人都挺住了。我们离大部队没有多远。他们一小时前刚刚通过。"

科特洛夫往旁边走了一步，坐下来，把靴子脱了。他脚上打了好些个水泡。

科瓦廖夫在他身边坐下，低声问道："行军时您怎么不开展政治工作？"

科特洛夫看了看沾血的包脚布，气呼呼地说："战士们都让我坐大车走。他们都知道我的脚打水泡了，很严重。可我还是走下来了，一路走一路还唱歌，大家一起跟着唱。今天我就是这么开展政治工作的。"

科瓦廖夫看了看已经变黑的血渍："我跟您说过，政治指导员同志，您得穿双大一号的鞋子。可您却不听。"

雷塞夫过来，说道："这情况没什么大不了的，我们这是轻装。想想看那些身上背着三十公斤的东西，扛着迫击炮、反坦克枪和弹药，怎么走？但人家也走下来了。"

没有马上睡着的人开始渐渐迷糊起来。有些人却醒过来了，在背包里摸索着，掏出一片面包嚼起来。

"我嘛，得用猪油送。"雷塞夫说。

"猪油啊！"马尔岑科说，"要是能回到乌克兰就好了。这里的太阳把一切都晒黑了。村庄、房子和土地，都黑得像煤一样。还有这些骆驼！我想起我们村，我们的果园和河流，还有我们的姑娘在草地的树下唱歌……看看这里，四处都是草原，房子就像坟墓似的……真让我心寒，就跟到了世界尽头一样。"

朝着战士们走来一个老头，穿着一件大衣，脚上穿着橡胶套鞋，挎着个明红色的人造革包。他捋了捋白胡子，问道："你们这是从哪儿撤下来的？"

"老大爷，我们不是在撤退，是在去前线的路上。"

"我们是在前进。"马尔岑科说。

"哦，"老头儿说，"我见过好多次你们的前进了。再前进一个月，到时候就算战争没有结束，那也该差不多要结束了。"

"干嘛这么说？"

"是这样，"老头儿说，"你们已经到达伏尔加河了。还准备上哪儿打仗呢？德国佬不会再往前打下去了。他们要这样的土地干嘛？"他朝着周围一大片灰色和呈现铁锈色和褐色的景色做了个手势。

老头儿从口袋里拿出一个小小的烟荷包，卷了一根特别细的烟。烟荷包里的纸比烟丝还多。

"您能匀点烟丝给我们吗？"穆利亚尔丘克问。

"才不。"老头儿应道，把烟盒包塞进了口袋。

乌苏罗夫生气了。"您是谁啊？"他问，"让我看看您的证件。"

"不行。在城里您可以这么问我，在草原里，谁出门都不拿证件。"

"没有证件您就没法出门。没有证件，这个人就不存在。"

"你下地狱去吧！找那些山羊要证件去。"老头儿说。然后，这高个儿老人就不慌不忙地拖着脚朝草原走去，脚上的套鞋拖起一小团尘土。过了一会儿，他又转身说："让这些活着的都完蛋！"

"应该把他抓起来。"马尔岑科说。

"从他那儿可弄不到什么烟丝。"一名战士说。

大家都笑起来。

"这家伙脑子有问题，看见他那双套鞋了吗？"

"什么意思？他说话在理。"

"我听说咱们师之前打了个漂亮仗，应该是在顿河，把德寇给吓了一跳。后来他们用别的办法包围了咱们。"

"草原的景象让我心痛。"

"我还没见过这样的景色。太阳升起来，一切都变成了白色。看上去像是下雪了，其实是盐。唉，这是片苦涩的土地啊！"

"你看骆驼龇牙咧嘴的样子，像是在嘲笑我们，脑袋里肯定这么想：'你们这群笨蛋！'"

"这些德国人还是有点本事的。"

"胡说，不是这样。等你见到他们就知道了。我们在莫扎伊四处撵他们。一旦他们要逃跑，跑得比我们快多了。"

"说得太对了，所以我们就到了这里，跟骆驼一起混了。"

"这样的行军真让人生不如死啊，可你也不会真的想死。"

"你觉得战争会在乎你想要什么？"

"来啊，列兹奇科夫，说个故事听听。"

"得先来根烟。"

"不行，得先讲故事，再抽烟。谁知道你拿什么乱七八糟的来糊弄咱呢。是不是又是这个：'请给我点喝的，老奶奶，'当兵的说，'我饿坏了，还不知道今晚在哪儿过夜。'"

"不说了，"列兹奇科夫粗鲁地说，"现在不是说故事的时候。我来告诉你吧，我们得把他们赶走。我们一定会的！到时候我们就能放开来，大吃大喝了。"

"那可太好了，"一个严肃的声音说，"可现在我们没吃没喝。还是先睡一会儿吧……看，看啊，看看那是什么？"

他们都朝斯大林格勒方向看过去。天上盖满了浓密的、像波涛般的浓烟。在落日下，腾起黑红色的火焰。

"这是我们在流血。"瓦维洛夫说。

十五

黎明前，一场带着寒意的风吹过草原，扬起了大路上的沙尘。草原上的鸟儿还在沉睡，只是抖了抖身上的羽毛。经过了白天的炎热和一个温暖的夜晚后，袭人的寒意显得有点儿出乎意料。

东边的天空变成了灰白色。那里透出的微光变得又冷又硬，带着点儿金属色。那不是阳光，而是阳光照在云层上的反光，那样子更像是马上就要隐没的月光。

草原上的一切似乎都变得不友好了。灰色的道路阴沉沉的。农民的大车曾在路上吱吱嘎嘎地路过；孩子们曾光脚在路上跑过；人们曾走过这条大路去参加婚礼，或者去逛星期天的集市。但现在再去想象这一切却不可能了。仿佛只有大炮和装满炮弹箱的卡车才会经过，只有赴死的战士才会走过。电线杆子和干草堆不再投下阴影。艺术家似乎开始用新的方式描绘这一切，用一杆黑色的硬笔描绘出素描。

这一切并没有真实的颜色。除了黄绿色的草、黄绿色的干草堆，还有河流雾状的浅蓝色，一切只剩下了明和暗。到了夜里，黑色的物体能够显出轮廓，只因为周围有比它们更加黑的东西存在。

战士们苍白的脸上是黑色的眼睛和尖鼻子。有些人没有睡着，就在那儿抽烟或重新包上包脚布。那种疲倦感已经让位于恐惧感，因为他们意识到战斗即将开始。一会儿，这种感觉变成沉甸甸的铅块压在心底，一会儿它又变成一股热浪涌上心头。

一个脸很瘦、溜肩的高个儿女人走过来，安静地走到战士们中间，把一个柳条筐放在地上。

743

"孩子们，来吧！"她说着，给他们每人递上一个西红柿。

没人说"谢谢"，也没有流露出最低限度的惊讶。每个人都只管吃着西红柿，好像这东西就是部队的日常配给。

女人什么话也没说，只是看着战士们。

科瓦廖夫走过来，看了看空空的筐子，说道："我的雄鹰们把您的东西都吃干净了。"

"我家就在这附近，翻过这沙丘就是，"女人说道，"到我家来吧，那里还有。"

科瓦廖夫笑起来。中尉怎么可能扛着两筐西红柿穿过草原呢？她不了解。他把瓦维洛夫叫过来："来吧，跟着这位公民到她家去。"

瓦维洛夫跟着女人一起去了。两个人肩并肩地走着，偶尔会碰一下肩膀。瓦维洛夫感到有点儿沮丧，因为他想到了自己在家里的最后一夜，玛丽亚也是这样肩并肩地跟他在黎明的微光里走着。女人大约有四十出头的样子，有很多地方让他想起了玛丽亚。她的身高、步态和声音，都很像她。

女人安安静静地说："昨晚我们看见了一架德国飞机。那时身边有好些个战士，都是负轻伤的。突然一架德国飞机像一根长矛一样，朝着我的屋子冲过来了。那些孩子本来可以把它打下来的，但他们却纷纷藏到草丛里。我站在院子中间，大声喊：'快来吧！把它打下来。我用手里的通火棍就可以把这些狗杂种揍下来了！'"

"您为什么要给我们西红柿？"瓦维洛夫问，"我们把德国人招到伏尔加河来了，都招到您家门口了。不该给我们东西吃……应该诅咒我们，用通火棍赶我们走。"

他们走进温暖的、阴暗的农舍。瓦维洛夫突然看见有个浅发的小男孩，心跳顿时漏跳了一拍。屋子里的炉子、桌子、靠窗的椅子、正在盯着他看的瘦脸女人、躺椅和刚刚从躺椅上起来的浅头发孩子，这一切都太熟悉了，简直就像回到了家一样。

744

他发现大门和地面间有个宽缝，便问道："这屋里的男人上哪儿去了？"

小男孩悄声说："别问，妈妈会难过的。"

可是女人却平静地说："二月份，在莫斯科附近牺牲了……不久前，他们带了个德国俘虏到这儿来。我问他：'你什么时候到前线的？'他说：'二月。''这么说是你杀害了我丈夫。'我说。我想要打他，押送的战士说这违反了规定。我说：'违反规定我也要揍他。'但他们还是拦住了我。"

"您有斧子吗？"瓦维洛夫问。

"有。"

"给我吧，把这门修一下。冬天来了，这里会又干又冷。"

他那锐利的目光很快就发现了墙壁旁靠着一块木板。女人把斧子递给他。这一切却让他想到了自己的斧子，心里更难过了。但这把斧子跟以前那把是多么不同啊，要轻得多，斧柄更细，更长。这一下让他明白这里离自己家还很远，于是他顿时感到好受了一点。

女人似乎看明白了他的心思："别担心，您最后一定会回家的。"

"不见得啊，"他说，"一个人从家到前线不需要走很远；但从前线到家却相反。"

瓦维洛夫开始劈木板。

"我没有钉子。"女人说。

"我有办法，"他答道，"可以做个楔子。"

瓦维洛夫在忙活时，女人把西红柿装到柳条筐里，说道："我指望着和小谢廖扎在这儿生活到冬天。到那时伏尔加河该结冰了。要是德国人过了河，我们就离开这儿，到哈萨克去。谢廖扎就是我的全部。在苏维埃制度下，他可以四处闯荡一下；在德国人的统治下，他运气再好，最多也只能去放羊。"

瓦维洛夫似乎听见了科瓦廖夫的脚步声。他把斧子放下，站直了。想到自己因为做了点必要的活儿就会惹上麻烦，他心里感到很生气，甚

745

至觉得有点屈辱。

"是啊，德国人真的会把一切倒个个儿。"他心里想着，往门外瞥了一眼，又举起了斧子。

几分钟后，他从农舍出来往回走，心里又感到有点不安。中尉真的问了他一句："你在那儿打了个盹，对吧？"

马尔岑科大士开了个黄色玩笑，结果没人理会。

科瓦廖夫命令全连继续行军时，团参谋长副官肩上挂着图囊，骑着马过来了。

"是谁下命令停止前进的？只剩下十八公里了。"

"营长下的命令。"科瓦廖夫撒了个谎。他本来想说，大家都累坏了，但又害怕上级说他决心不够坚定。

"我要向中校汇报，"副官大声说，"有你难受的。好了，现在需要加速行军，在早上十点前到达，不得有误。"

接下来，副官完全换了一副腔调，友好得就像科瓦廖夫的老朋友。他说，团部设在农舍里，过了一夜，晚饭是煎鸡蛋和猪油。唯一遗憾的是他在半夜两点被叫醒，师首长要检查一下掉队的情况。

"我只好去菲利亚什金那里去查你们的行军路线。猜猜谁在他宿营的农舍里过夜了？是卫生指导员列娜·格纳丘克！"

科瓦廖夫耸耸肩。

草原上又开始尘土飞扬。灰色和黄色的尘雾四处都是，最后形成了遮盖一切的面纱，仿佛伏尔加河的东岸发生了一场大火，它的尘烟要和斯大林格勒的硝烟交汇在一起。

浸透了盐碱的大地又干又硬，烈日当空，干硬的风卷起尘土，刮进了每个人眼里，感觉就像玻璃粉一样。

瓦维洛夫看着周围的同志们，又看看草原和斯大林格勒上空的硝烟，仿佛做出了某种简单而清楚的结论，大声自言自语道："看好了，我们会让他们滚蛋的。"

早上十点钟，科瓦廖夫的连队快走到了中阿赫图巴，这是一座用木头盖起来的小镇。所有人早就把水壶和保温瓶里的最后一滴水喝干净了。突然他们又接到命令，全师立刻向伏尔加河前进。

两辆小汽车从密集的行军纵队中驶过。战士们看到车上坐着几位皱着眉头的高级指挥员。坐在头车副驾驶座的是一位年轻的将军，右手举起搁在大盖帽的帽檐上，向一路上敬礼的人回礼。

一辆摩托车呼啸而去，上面坐着穿蓝色连体工作服的通信指挥员，头戴着一顶皮帽，耳套在脸旁晃荡着。接下来是坐着轻便马车赶来的菲利亚什金。"科瓦廖夫，"他大声说，"强行军，朝着新路线前进！"

像一阵冷风吹过，即将转入战斗的预感沿着军衔级别逐渐传递下来。

普通士兵总是能对整体的军事形势有深刻的了解，这引发了很多人的惊奇。但这些战士却并不知道，一位乘坐着装甲汽车的通信指挥员刚刚给罗季姆采夫将军送交了一封叶廖缅科的信件。封好的信封里是一份新作战命令。他们不知道自己将从中阿赫图巴出发，经过布尔科夫斯基村，到达红斯洛博达。在那儿他们将坐船渡过伏尔加河，进入斯大林格勒。

但是，他们却很清楚，德军在夜里突破了市中心的防线，从两个方向抵达了伏尔加河岸边。德国人的炮兵现在正在进行跨河炮击，目标是红斯洛博达的渡口。

如果有一万人在同一条路上行军，那什么也逃不过他们的眼睛。女人背着包袱，刚刚渡过伏尔加河；在沙地的小径上，工人在推着一辆手推车，上面堆着包裹，包裹上坐着个用绷带包着脑袋的孩子；司令部的通信指挥员在路边修他的摩托车引擎；伤员任由军大衣在肩上晃荡，挂着拐棍摇摇晃晃地朝东走，远离伏尔加河；孩子们站在路边看着。战士们会去询问他们中的每一个人，这样发生了什么事情他们都会知道。他们会看见急急忙忙路过的将军脸上的表情，知道通信员要把电话线铺往

747

哪个方向；清楚装着饮水箱和鸡蛋筐的卡车会开去哪儿；知晓在头顶高空上飞过的德国俯冲轰炸机去向何方，夜间会丢下什么样的炸弹，还有炸弹特别喜欢落在哪种卡车上（开这种车的司机在经过被炸坏的大桥时必须打开头灯）。他们还清楚得很，路边车辙的深浅说明了哪个方向通往伏尔加河，而哪个方向会远离它。

简单地说，根本没什么奇怪的。当兵的想要知道什么，肯定有办法找到答案。

"跟上队伍！"指挥员也感受到了手下那种阴沉的焦虑，便大声喊起来。不过这时继续行军似乎没那么困难了。肩膀的酸痛降低了，硬邦邦的靴子摩擦水泡的疼痛不那么强烈了。对死亡的恐惧抹去了疲倦。

在路边站着一个戴头巾的女人，手里拿着一罐子水，脚边放着水桶。队伍里偶尔走出个别战士，卡车里也有人跳下来，朝她跑过去。

可谁都没喝她的水。战士们只是跟她说了一两句话，接着又匆忙归队。

女人的脸绷得紧紧的，像石头一样没有任何表情。队伍后面有人高声喊道："喂，怎么搞的，干嘛不喝水？"

一个尖酸而愤怒的声音应道："每罐水都他娘的收十个卢布！"

从队伍里跑出个高个子战士，一脸大胡子落满了这几天行军时的尘土。

"做生意的好时候！"他骂道，用力一脚把水桶踢飞。桶咕噜噜地滚进路边的坑里，倒扣了过来。

"谁来喂我的孩子啊？"女人哭叫着。

"臭气熏天的寄生虫，"那个士兵吼起来，"我宰了你！"

女人大叫了一声，转身就跑，连看都没回头看一眼。

"是瓦维洛夫！他平时待人不错，脾气也很好，"雷塞夫说，"不该这样，人家也是为了孩子。"

和雷塞夫并肩走的扎伊琴科夫叹道："你觉得我们准备去为谁送命

呀？还不是为了所有人的孩子？"

罗季姆采夫少将的近卫师正在加速朝斯大林格勒行军。

最早的命令要他们走一段很长的路，抵达斯大林格勒南部的伏尔加河东岸。在快要到达前的几个小时，城内的战斗局势恶化了。前面的命令被取消。全师朝红斯洛博达出发，那里的渡口对岸就是斯大林格勒。

罗季姆采夫对他的手下说，几天里第二次更改计划是件让人恼火的事情。大家都受够了长途行军的炎热和灰土，都想着要休息。可他们现在必须往北走，沿着几个小时前向南走过的路又走回去。

不管是指挥员还是普通一兵，都没有预见到本师的名字将和这座他们即将渡河抵达的城市永远相连。

十六

方面军司令部撤到了东岸，现在设在距离斯大林格勒八公里一个名叫亚梅的小村子。

它依旧位于德军的重迫击炮射程内，老是遭到炮击。把司令部选在这里真是让人不解。

刚开始决定把司令部撤到东岸时，距离伏尔加河八公里可能比距离二十公里要好听点，但问题也很明显。最严重的问题是德军重炮和迫击炮的杀伤力对于东岸和西岸毫无差别。一天午饭时，一发炮弹落到了司令部食堂，当场炸死、炸伤了好几名指挥员。

这里的电话联系也时常被切断。出现过好几次将军召见下属而后者却没到场的情况。有个疑心很重的将军误以为某个下级胆小，想等炮击消停点再上门。他发誓要处分此人，还让副官去找他。副官回来报告说，

749

该指挥员在将军的防空洞外被炸伤，已经被送到医护站了。

就算是最认真和最清醒的司令部人员也把大量时间用来讨论谁负伤了，在何处何地负伤，爆炸会造成什么破坏，弹片会造成什么伤害……

有些人把心思用在讨论这一话题里更有意思的那一面：哪个将军在炮弹爆炸时放了个响屁；哪个将军在女医生在场时赌咒发誓了；哪个炊事员躲在战壕里，大声指挥手下人做饭、给菜里放调料；哪个女服务员听到炮弹呼啸，吓得转身就逃，把一碗汤泼在几个少校身上；还有哪个脾气很大的上校曾坚持要把本部门跟前线指挥所设在一起，现在却巴不得要向后再撤远一点。

其他人则满腹牢骚：干嘛要暴露在敌人的炮火之下？干嘛要面对无谓的伤亡？看看德国佬吧，他们的指挥部设在前线几百公里之后！

但是，身为方面军司令员，叶廖缅科把司令部设在此处不无道理。道理就在于，这个村子跟一大片军事设施距离很近，所有的部门和下属部门都在附近，打字员、文员、测绘员、速记员、军需、服务员、通信员和秘书全在这里。

叶廖缅科本不想把司令部撤过来。他想在斯大林格勒里留得越久越好。

郊区的战斗已经展开，对伏尔加河渡口的炮击和轰炸日夜不停。司令部常常遭到梅塞施密特的扫射。战火烧到了城里，但叶廖缅科就是不肯撤。

夜里，德军突击队的冲锋枪手渗透进了街巷。司令部人员常常听到机枪射击声。一天傍晚，刚被叶廖缅科任命为斯大林格勒卫戍司令员的塞金上校向他报告，说德军冲锋枪手出现在了方面军司令部两百五十米外。

"有多少人？"叶廖缅科问。

"大约两百人。"

"去弄清楚具体多少人再回来报告。"

塞金碰了碰靴跟，回答道："是，上将同志，回来报告。"他转身离去。

塞金很快回来，用一如既往的镇定口气确认了刚才说的数字。

"明白了。"叶廖缅科说。

方面军司令部原地不动。

但是，方面军司令部和城市以南萨列普塔的守军——舒米洛夫的第64集团军——的通信却变得越来越困难。

叶廖缅科不但需要指挥斯大林格勒方面军，还需要指挥东南方面军。与东南方面军的联系也变得很困难。尽管这样，他还是留在了斯大林格勒。

到了方面军司令部完全无法在西岸立足后，叶廖缅科才下令撤到亚梅村。

按照一般逻辑，既然已经撤了，再向东撤九公里或十公里也没什么不好。但现在是整个战争最艰难的时期。艰难岁月自有它的逻辑。

叶廖缅科并不想要撤到东岸，但在东岸他可以组织起斯大林格勒的防御。在亚梅村能够清楚地看到整座城市，从这里的每一座碉堡和防空洞里都能看到那边正在燃烧的建筑。

即便会吃德国人的重炮或迫击炮弹，这也是值得的。

来到方面军司令部的师级指挥员和政委们，回到西岸后，同僚和战友们都会问："怎样，东岸的情况如何？司令部日子过得舒服吗？休息好了？"营长和团级政委们会用前线司空见惯的、带有嘲讽意味的微笑问同样问题。只有那些在前线整天跟死神打交道的人，当他们想起还有人远离死亡时，脸上才会浮现出类似的微笑。

刚从东岸过来的指挥员会回答："都一个样儿！光从作战处走到司令部，德国人就丢下了四发迫击炮弹！司令部真的很近，他们看得见我们这里的一切。"

负责决定司令部地址的人非常清楚这一决定对士气的影响。他们开始尽量让司令部留在城里，后来在迫不得已时将其撤到了亚梅村。这么做也许有个人动机，因为既需要驳斥一切认为他们胆怯的指控，也需要证明他们并不懦弱。大多数个人的感受和担忧现在和整个国家的利益趋向于一致了。他们不再自我怀疑，而是用行动表达一切。

十七

在一座宽阔碉堡里的书桌前，叶廖缅科的两个副官正在小声说话。碉堡墙上铺嵌着刚锯好的、颜色几乎全白的松木板。一名领章上别着三颗星的将军脸色阴沉，坐在不远处的角落里，等待叶廖缅科的召见。

两位副官中的一个，军便服上已经挂了两枚勋章，头上戴着崭新的大盖帽，上面有一圈明亮的红帽墙。他正翻看着一叠黄色电报纸。此人是叶廖缅科最喜欢的副官帕尔霍缅科少校。另外一个叫杜勃罗文，长着一头浅色头发，正坐在亮晃晃的电灯下，一头扎进大比例尺地图上进行地图作业。工作已快结束。地图上标志着德军前线的蓝色铅笔线在两处——分别是拖拉机厂北部和市中心，接近察里察河一带——与伏尔加河的蓝色汇在一起。杜勃罗文微笑起来。他之前刚削尖了铅笔，现在蓝铅笔画出来的线既漂亮又准确。

杜勃罗文站起来，半弓着腰，眼睛越过同事的肩膀，装出一副在看电报的样子，低声问道："这谁啊？"

"是崔可夫。之前是舒米洛夫的上级。现在调到斯大林格勒，任命为第 62 集团军司令员。[1]"帕尔霍缅科一边说，一边继续翻看电报。

崔可夫肯定是听出来两人正在谈论自己。他清了清嗓子，拍了拍军

---

1 中文译者注：瓦西里·伊万诺维奇·崔可夫（1900—1982），斯大林格勒战役期间被任命为第62 集团军司令员，率部在城市里开展了艰苦卓绝的战斗直至胜利。1955 年获得苏联元帅军衔。抗日战争期间崔可夫出任苏联驻华武官和军事总顾问（1940—1942）。

便服袖子上的灰，慢慢地把他的大脑袋转过来，上上下下缓缓地打量着这两位副官。

崔可夫像所有习惯了下级无条件服从自己的指挥员那样，用一种特别的眼光看着首长手下这两个无礼的副官。他的眼神里不仅包含着一丝嘲讽，还流露出某种具有哲学意味的忧伤，仿佛是在说："真可惜，你们两个烂在了这里。要是落到我手上，肯定能保证你们成为最出色的副官，又听话又伶俐。"

从木门后面传来一声微弱而嘶哑的声音："帕尔霍缅科！"

帕尔霍缅科穿过低矮的木门走进叶廖缅科的办公室。一分钟后他走出来，碰了下靴跟，带着似乎很尊重但又有点儿倨傲的语气说："中将同志，请进吧！"

崔可夫抖了抖宽阔的双肩，站了起来，安静而迅速地走了进去。

叶廖缅科坐在书桌前，面前放着镍制茶杯，里面的茶已经喝了一半。茶杯旁是一个空了的果盘和一包已经打开但却没有动的饼干。书桌的另一半放着斯大林格勒地图，上面满是箭头、红圈、三角、数字和字母缩写。

崔可夫走进来，在门口就立正，用浑厚的低音说："方面军司令员同志，崔可夫中将前来报到，请指示。"

"行了，"叶廖缅科轻轻一笑，"以为我认不出你了？"

崔可夫笑了笑，低声说："你好。"

"坐吧，崔可夫，请坐，"叶廖缅科说。

他朝崔可夫靠过来，推开了装满烟头的烟灰缸和几个苹果核，桌上变得整洁了些，然后他吹了吹桌上的烟灰。

战前在白俄罗斯军区的演习中，叶廖缅科认识了崔可夫。后者性格粗鲁，行动果断，甚至有些鲁莽。叶廖缅科对此很了解。

7月底前，崔可夫负责指挥南部战斗群，几乎没打过什么胜仗。8月2日，战斗群并入舒米洛夫的第64集团军。这点小挫折并没有让叶廖缅科感到为难。他知道，胜利并不是一个人漫长军事生涯的全部。

两个人的生活轨迹很相似。即使几年没有见，两人还时常互相听到对方的消息。叶廖缅科知道崔可夫在对芬兰战争中取得过胜利，也有过失败，也知道他在中国担任外交官。难以想象，这样的人怎么能担任外交官？崔可夫简直就是为战争而生，天生就有勇气、毅力，有强大的意志和不可动摇的决心。在1942年9月初那些严峻时光里，叶廖缅科向上级建议让他担任第62集团军司令员。最高统帅部最终批准了他的请求。

"现在嘛，"叶廖缅科说，"我们得忙乎一下了。"他把一只大手放在城市地图上。"这是你的地盘，"叶廖缅科微笑着说，"我知道你当过外交官，可这里不需要。这边是德国鬼子，那边是我们的人。就这么简单。"

他看了看地图，又看了看崔可夫，突然气呼呼地问道："你这是怕长胖？每天早上都要锻炼吧？"

"方面军司令员才不需要锻炼。"崔可夫笑道，把手放在肚皮上。

"现在可管不了这么多了，"叶廖缅科难过地说，"首先我不怕长肉，其次我老啦。最后，不论白天黑夜我都待在地下。看看，这是我的伤腿。"

叶廖缅科向崔可夫介绍了后者可以调动的全部力量，也介绍了正在替他请求的增援。叶廖缅科的声音听起来就像是年迈的集体农庄主席在分配下个月的生产任务。

"你马上就知道是怎么回事了，"他一边说，一边用一根手指划过地图，指出防守阵地，"你会亲眼见到的。这一回是在城里作战，不是在草原上，你要记住。还有，再也别以为伏尔加河有两条河岸，只有一条河岸，就是西岸。明白了吗？根本没有东岸！"

叶廖缅科不喜欢煌煌大言。他知道人不会因为身处前线，就把日常的顾虑抛到九霄云外。他的直率让他在普通战士中声望很高。在一次紧要关头，他需要面对几百个在他面前立正的、焦虑的战士讲话。指挥员们都希望他能发表一通鼓舞士气的高水平演讲。但他却松弛下来，跟战士们说起了靴子、烟丝、远方的那些依旧忠贞或已不忠的妻子。

叶廖缅科盯着崔可夫说："现在，你明白了吗？知道对你的期望了吗？我嘛，我不怀疑你的勇敢。你不是一个惊慌失措的人。"

崔可夫直挺挺地坐着，看着叶廖缅科的胸前。血涌上了他粗壮的脖子、脸颊和已显出风霜之色的前额。他深知这意味着怎样的危险。一想到第62集团军司令部马上就要被德军逼到东岸，他不由得笑了笑。上级让他来指挥这支部队，是因为他适合这一任务，还是纯粹想把他当成炮灰？

崔可夫点了点头，说道："我向方面军军委会和全体苏联人民保证，我准备光荣地牺牲！"

叶廖缅科摘下眼镜，皱了皱眉，不快地说道："我们在打仗，要牺牲很容易。这你应该清楚。把你召到这儿来是要你战斗，而不是向别人展示自己如何壮烈牺牲。"

崔可夫那颗长满了卷发的脑袋再次明确地点了点，但他还是顽固地重复道："我会守住斯大林格勒。但如果敌人来到面前，我准备光荣牺牲。"

两个人在告别时都感到有点尴尬。叶廖缅科站起来，缓缓说道："崔可夫，听着……"

他好像要拥抱一些崔可夫，在他执行这个可怕的任务前表示一下祝福，可实际上叶廖缅科却感到自己被激怒了。他在想："换了别人的话，他们都会使出全部手段来压榨我，找我要兵力，要坦克，要火炮……这家伙倒好，什么都没要……"

但他却说道："得警告你，别冲动。三思而后行……"

崔可夫咧嘴一笑，让他的面容变得更加严肃了："我尽力而为，但本性难移。"

他回到那间地下接待室。两名副官像是得到了无声的命令，一起站起来，立正。

崔可夫头也不转，从两人中走过，开始爬上陡峭的木梯，肩膀不时蹭在泥墙上。

出来后，他过了好一会儿才适应外边明亮的阳光。崔可夫抹了一把眼睛，四处看了看那些橡树林、灰色的木屋和阿赫图巴冲积平原上的农田。

伏尔加河在阳光下闪闪发亮。在伏尔加河以西是斯大林格勒。这座被毁灭的城市呈现出奇怪的白色，形态优雅，栩栩如生，还带着点喜庆，像是由大理石建成的。

但崔可夫很清楚，斯大林格勒已经死去。

他用一只手遮着眼睛，继续远眺城市。为什么所有的废墟还像活着一样？这是海市蜃楼，是过去的重现，还是将来的幻象？在这些废墟中等待他的将是什么命运？接下来几个星期、几个月会发生什么事情？

他朝东看了一眼，大吼道："费奥多尔，备车！"

在碉堡里都能听到崔可夫的吼声。

杜勃罗文阴沉地说："这个费奥多尔接下来可有好日子过了。谁说副官不会上战场的？"

十八

达伦斯基终于来到了位于亚梅村的东南方面军司令部。

但他以前的同僚和战友大部分都去了位于斯大林格勒西北部的奥尔洛夫卡。一个新的方面军——斯大林格勒方面军——司令部正在那里组建。

差不多到了傍晚，达伦斯基才找到一个熟人，是个不久前跟他共事的中校。他向达伦斯基解释说，尽管叶廖缅科现在还在指挥斯大林格勒方面军和东南方面军，但接下来他会只负责后者。东南方面军由舒米洛夫的第 64 集团军和崔可夫的第 62 集团军组成，用于守卫整座城市，还有若干集团军将用于守卫南部草原，部署在斯大林格勒到阿斯特拉罕的盐湖群之间。新的斯大林格勒方面军主要由部署在城市以北的集团军组成，可能交给罗科索夫斯基指挥。在 1941 年冬天，他是莫斯科周边一个集团军的司令员[1]。

达伦斯基问他最近的局势，中校耸耸肩说："很糟，糟透了。"

他对中校说，希望能调到奥尔洛夫卡的新方面军司令部工作。"从那儿就可以去卡梅申，说不定可以去萨拉托夫。在伏尔加这儿的草原只能看到骆驼和荆棘。再说，我不太喜欢这里的人。所有人多少有点儿……行了，您自己会了解的。之前我在这里时看透了这些人，这些人也把我看透了。"

达伦斯基问起了诺维科夫的情况。中校说："我听说他被召到莫斯科了。"他眨眨眼，又说道："您在这儿还能找到布科夫。"

中校询问了达伦斯基的宿营情况，给他安排了一间农舍，里面还住着一群通信指挥员。下级指挥员都住在农舍里，级别更高的指挥员住在防空洞中。住进农舍的第一晚，来了通知说让达伦斯基在接到新的任命前先在此地候命。

通信指挥员中军衔最高的是个少校，其他大多数是中尉和少尉。这是一群很懂礼貌的人，对达伦斯基很尊重。刚安顿下来，他们就端上热水给他盥洗，安排了最好的床位，还有人带他出门，用手电照了照便坑。

好几个月后，达伦斯基偶然间看到了一份已离开作战处的通信指挥员名单。曾跟他住在一起的这些人在执行任务时全部牺牲了。

然而在此时，他对这些人的感受却是愤怒。他带着满腔热情和崇高理想来到前线，可这些指挥员的迟钝麻木和短视狭隘却让他感到震惊。比起狭小的农舍里的臭气、跳蚤还有臭虫，比起炮击可能造成的危险，他们的表现让他深受打击。

他们好像过着奇怪而空虚的生活。有个中尉在完成工作后可以一口

1　英文译者注：8 月 1 日到 6 日之间，斯大林更改了若干方面军的名称，并调整了它们的司令员。关于这段让人迷惑的变化，见格兰茨和豪斯的著作《斯大林格勒》第 99 页。

气睡十四个小时，睡得头发都板结了。中尉偶尔会到院子里逛一下，然后回头又倒下睡着了。其他的人总是在玩纸牌或骨牌。骨牌哗啦啦的声音让达伦斯基心烦意乱。他们还总是用很长的时间去讨论晚饭是吃米饭还是黍米粥，要不就是议论茶里会不会放牛奶。这些人不停地吵架，大骂偷了他们肥皂、牙膏和鞋油的家伙。要是有人被派到燃烧的城市里执行一项危险的、必死无疑的工作，此人一定会提醒战友们帮他拿早饭配给的糖或黄油，接下来他就像是去执行一项再正常不过的工作一样出发了。

而当此人在整装待发时，周围的人继续在若无其事地玩着牌："不喜欢方块对不对，嘿，你偏拿到了……这些 J 倒是不会坏我们的事。哎，好不容易拿到黑桃 A，该怎么出呢？"

对达伦斯基来说，这些人好像是一趟长途列车上的乘客。要是灯光熄灭了，他们发出几声叹息，然后所有人都会躺下睡觉。要是灯光亮了，他们就爬起来，打开自己的行李箱仔细地翻东西，有人会试一下剃刀，有人会削铅笔。再下来，他们就会继续玩纸牌或骨牌去了。

通信指挥员们也读报纸，每一个字都会去读，然而达伦斯基却被他们漫不经心的态度弄得很恼火。他们会把一篇重要的文章称为"记录"，把一篇足有半个版面大小的报道称为"几行字"。

虽然每一次在夜间冒着几乎不间断的炮火渡过伏尔加河，肯定经历了许多非常可怕的时刻，但他们几乎不谈这些。

达伦斯基要是问他们："情况怎样？"

他们回答道："很坏，一点都没好转。[1]"

有人过来闲聊时，谈话也一样无趣："情况还行？"

"还行。上校今天执行任务去了。记得盯好后勤那些家伙。他们要发

---

[1] 英文译者注：此时的伏尔加河大约有一公里半宽。格罗斯曼当时记录的笔记这样写道："非常可怕的渡河；很恐怖；渡船上满是汽车，大车，几百人挤在上面；（渡轮）撞上沙滩；一架容克-108 丢下一枚炸弹；垂直而巨大的水柱，浅蓝色；太恐怖了；渡口没有一挺机枪或一门高射炮；安静而明亮的伏尔加河就像绞刑架一样可怕。"

皮背心了。少校说，作战部的人优先。"

"补充的配给到了吗？"

"好像还没有。"

这些人里有个叫萨维诺夫的中尉，长得挺结实，人也挺秀气。他对前线的连长营长们有一种奇怪的艳羡。"师长和集团军司令员在战斗一结束就过来发勋章了。我们可不同，先要推荐到方面军政治部。上级得先签字，然后军事委员签字才行。到前线的话，连理发师都有。你想吃什么，炊事员就做什么，肉冻啦，炸肝啦，随便说……他们上门给你量体裁衣，按照近卫军的标准给你发工资……"

不管是真是假，萨维诺夫好像不知道这一切好处得付出代价。你需要长途行军，要付出超人的体力，忍受严寒和炎热，要流血，要负伤，要牺牲……

他们当中很少有人会谈起女人，就算说起来了也十分无趣。这也是让达伦斯基感到不快的原因之一。从个人而言，达伦斯基随时准备欣赏女人，拜倒在她们裙下或责备她们的肤浅和狡狯。和所有真正的花花公子一样，最无趣、最平凡和最迟钝的女人也能引起他的兴趣。任何一个女人闯入他的生活，都能够让他变得舌灿莲花，生机勃勃。

在周围都是男人的世界里，没有哪个话题比女人更让他觉得有意思的了。

在自己心情糟糕时，达伦斯基去了两次通信处，就是为了瞅一眼译电员、电话接线员和负责通信管理的姑娘们，欣赏她们那甜滋滋的脸蛋。而这个英俊的萨维诺夫呢，一旦他闲下来，最喜欢做的事情就是拿上两听鱼肉罐头，把玩一阵，叹口气，用自己的小折刀把它们给开了，再用同一把小折刀挑着鱼肉吃起来。他会一直把罐头里的肉吃干净，把像锯齿一样的罐头盖子拧成一团，说道："味道很不错！"接下来他会在铺位的一头铺上几张报纸，靴子都不脱就躺下来。

不过，达伦斯基也意识到，自己对通信指挥员们的不满没有道理。

只有这些人冒着生命危险执行完任务后，他才能见到他们。更重要的是，他自己的心态很不好。他满腔的激动和对战斗的渴望让位于冷漠了。

他和方面军司令部干部处处长、一位大腹便便的红头发上校谈了话，但谈话让他很失望。

上校有一双专注的小眼睛，脸上有几粒红褐色的斑，说话缓慢，带着唱歌一样的乌克兰口音。两个人说话时，他慢条斯理地翻看着面前的大档案夹，上面的文件每一页都用红蓝铅笔做了标记，似乎对一米外坐着的这个人没有任何兴趣，而他的声音也在半明半暗中飘走了，没有传到达伦斯基耳朵里。上校怀着某种接近于敬畏的态度看着手中印好的档案，看着后来补充上来的整齐字迹，看着这个人填写的材料以及个人经历。看上去，他正在审视的文字，而不是人本身，才是最有意义的。

他时不时会扬起眉毛，或若有所思地皱眉，或轻轻地摇头。达伦斯基真想知道，到底是自己哪段经历引起了他的怀疑和困惑。

上校问了他不少问题，不过都是这种谈话中的寻常话题。

达伦斯基有点儿生气，又有点儿紧张。他很想对上校说，比起这些琐碎的事情，还有更多更重要的事情要做。为什么他不在这份或那份名单上，为什么他没有获许参加这项或那项行动，为什么他在相关表格上填写的内容有一些轻微不同……这些有意思吗？为什么此人不去认真关注一下达伦斯基本人，不去了解一下他急于全身心投入工作的心情呢？

看来，这次真的要把他派到后方去做行政工作了，而不是派他去心心念念的战斗岗位上。

"您的妻子……"上校用手指弹了弹手上的文件，"为什么这里没有提到？"

"战争爆发前我们就离婚了。那个时期——大家喜欢用'不和'这个词。我那时在劳改营里。我们的婚姻就是那时候完蛋的。"说完了，他又笑了笑，接着说："不用说，离婚不是我提出的。"

这次毫无军事意义的谈话，伴随着炮弹的爆炸声、远程火炮的隆隆声、防空火力的快速射击声和更加沉闷的炸弹雷鸣。

当上校问起达伦斯基重返红军服役的日期时，附近响起了响亮的爆炸声，两个人都不由自主地弯腰躲闪了一下，然后抬头看着天花板，看看头顶的泥土和橡木支撑会不会崩塌，但天花板纹丝不动。于是他们继续说了下去。

"需要您等一阵子。"上校说。

"凭什么？"达伦斯基问。

"有几点我需要弄明白。"

"那好吧，"达伦斯基说，"我恳求您一件事，别把我派到后方去。我是作战人员，是指挥员。另外，请不要再把这事拖下去了。"

"我会考虑您的请求。"上校用让达伦斯基感到绝望的语气说。

"这么说，"他问道，"我明天可以过来吗？"

"不，不行。别来了。您在哪儿宿营？"

"和一群通信指挥员们。"

"到时候我会派人去找您。至于其他，一切还好吧？有去食堂的通行证吗？"

"有，"达伦斯基说，"那儿倒没问题。"

他回到自己住的农舍，远眺着伏尔加河那一侧正在燃烧的城市。情况再糟糕也不过如此了。他会在后方待上好些个月。这群通信指挥员不再关注他。很快他也会央求着跟他们一起打牌，跟他们一起瞎猜当天晚饭喝什么粥，茶里会不会放牛奶。女服务员会在背后说："哈，又看见这位下岗的可怜中校了。"

回来后，他谁也没理会，靴子也没脱，一头倒在床上，脸对着墙闭上眼睛，紧紧地咬着牙，咬得都快裂了。

在脑海里，达伦斯基慢慢地把谈话时说的每一句话都过了一道。他想起了上校的面容。真是太不幸了。这里没人了解他，不知道他的能力。上校手里只有档案。这些人对他的认识哪里说得上充分！

有人轻轻地碰了碰他的肩。

"中校同志，去吃晚饭了，"一个声音悄悄说，"今天有米糕，加了糖。再不去食堂就关门了。"

达伦斯基躺在那儿，动也不动。

第二个声音生气地说："就让中校同志躺着吧。没看出来吗？他在休息。天亮时要是他生病了，就去医疗站给他找个医生。"然后，这个声音又小声地说："不过，还是给中校拿他那份晚饭吧。可能他真的不舒服。食堂在六百米外，这可不算近。我本来想自己去，但我得到河那边去，给崔可夫送个东西。你去把我那份也领了吧，要干粮，别忘了还有糖。"

达伦斯基听出来了，这是萨维诺夫的声音。他叹了口气，突然觉得紧闭的双眼中涌上了泪水。

第二天早上，夜里没有外出执行任务的指挥员们开始洗洗涮涮，擦皮靴，缝补衣领。一个通信员上气不接下气地冲进来，四处看了看，立刻认出了在场军衔最高的人。他一口气不停地说道："中校同志……请问您是达伦斯基中校同志吗？您需要立刻到干部处，上校要在早餐前见您。中校同志，我可以走了吗？"

一见面，干部处的上校马上告诉达伦斯基，他已经被派到炮兵司令部。这是个意义和责任都很重大的岗位。达伦斯基此前还从来没指望能够被派到这个岗位上。

"阿盖耶夫上校命令您在明天十四点前到炮兵司令部报到。"上校严肃地说。

"明白，十四点前到炮兵司令部报到！"达伦斯基说。

上校准确地猜中了达伦斯基心里的想法，继续说道："昨天你还在想，这些可恶的官僚会让你一直无所事事地晃荡下去。其实没这么坏。我们也许真的挺官僚，不过至少明白战争期间，时间很宝贵。"

当天晚上，达伦斯基第一次和年轻的通信指挥员们进行了交心的谈话。他后来感到很惊讶，自己竟然花了这么长的时间才认识到他们是多么出色的一群人。他们谦虚、勇敢、直率。他们受过很好的教育，工作努力，既外向又友好。

他们后来继续聊天，又开始打牌，一直闹到深夜。达伦斯基又发现了他们身上很多美好的品质。人的美好是无穷无尽的。

他真想象不到自己心里有多快乐。在伏尔加河东边这片遍布盐碱地的阴郁的草原上，在大炮不祥的隆隆声中，在飞机不停的嗡嗡声中，他第一次感到自己能自由呼吸。梦想实现了。他有了一份重要的、有担当的工作。新的上级一定很有能力、睿智而且经验丰富，肯定是这样的。未来的战友们一定又聪明勤奋且又机智。世界上所有的困难都消失不见了。

所有人遇到好事时都是这样想的。达伦斯基的生活遇上了意想不到的成功，又有了意义。前线的局势也不再变得那么吓人了。

十九

阿盖耶夫的头发全白了，但他本人却精力充沛，反应敏捷。对他而言，炮兵训练是理解全部军事生活——以及理解生活中其他全部方面——的根本基础。他的下级喜欢拿他开玩笑："要是咱们的上校有机会，一定会把炮兵训练加入园艺及别墅建造项目单，还有，莫斯科艺术剧院的演出清单！"

1939年，他儿子决定去念大学的人文专业，这让他内心深受伤害。一年后，女儿嫁给了一名电影导演。以前他经常带女儿去射击场"去听听真正的音乐"。这一下，他伤心地对妻子说："你都是怎么教她的？把她给毁掉啦。"

上校对于炮兵有着自己特殊的理解："我们俄罗斯炮手全都身材高

大，健壮结实，脑门硕大，脑子好使，个个活蹦乱跳。"

可他自己呢，却身材矮小，体质很弱，常常生病。他的脚小得妻子只能去军人商店里买儿童款。这个可怕的秘密早就让副官头头传给了司令部里所有人。

但总的来说，阿盖耶夫是个不错的炮兵指挥员，知识丰富，决策大胆，思维敏锐。大家都很尊重他。

不过，在不否认他有才的同时，也有人因为某些原因不喜欢他。

他说话常常很无礼，又尖酸刻薄，而且一争吵起来就管不住嘴。

此人特别讨厌投机分子和走后门的家伙。有一次，在军委会的会议上，他破口大骂一位只懂谄媚的同事。这次他的用词实在难听，整个事件后来被捅到莫斯科去了。

在达伦斯基到岗前，阿盖耶夫正面临一项困难而重要的决策——该不该把重炮兵转移到东岸。

他先坐车到东岸的沙地上四处看了一圈。那里茂密的柳树丛和低矮的小树林让他作出以下判断：此处是个完美的重炮兵阵地，是留给炮兵的天选之地。

接下来他乘一艘摩托艇到西岸，去几个师部和团部看了看，视察了部署在广场和废墟之间的炮兵连，得出了又一个不容置疑的结论：在这样的环境下重炮兵发挥不出应有作用。

德寇实在太近了。狙击手和小队的冲锋枪手夜里渗透到市中心，溜进废墟之间朝着炮位和指挥所开火。

这种条件下重炮兵根本没法找到合适的目标。又重又笨的大口径火炮只能用来对付移动灵活的小目标、独立的机枪据点或迫击炮阵地。

炮手们的辛苦工作就这样浪费了。他们得把大量时间用在保护和警戒大炮，防止偷袭。

而且彼此之间的联络也很困难。街道被残砖碎瓦阻断了，导致弹药供应也不顺利。

阿盖耶夫以一贯的坦率向叶廖缅科汇报了这一切。他大骂其他人"胆小"，"只懂得重复命令"。在表示自己"过去和未来从不害怕承担责任"后，他要求把重炮兵立刻全部调往东岸。

再也没有哪一刻比此时提出这个要求更糟了。从前线传来的消息越来越让人惊慌。德国人已经到了市郊，正在猛攻市区。守卫城市的步兵团一个个地消耗殆尽。罗季姆采夫的近卫师现在还在东岸。

近卫迫击炮团、反坦克炮、重炮、无数运送部队和弹药的卡车……从预备队里调来了强大的部队，但现在距离城市还有一定距离。德寇已经注意到援军迫近，便以更加坚定的决心发动最后的进攻。

惊恐变成了恐慌。好几个指挥员用各种借口多次提出请求，将部队撤往东岸。

阿盖耶夫的撤退请求与其他的多次请求不一样。他要求撤退有他的道理。但更重要的，撤到东岸具有关键意义。

叶廖缅科上将拒绝其他指挥员的请求是正确的。但是，这个世界远非完美，即使是最高级的将领也会犯错误。他对阿盖耶夫也产生了"逃跑主义"的怀疑。

阿盖耶夫向叶廖缅科建议撤出重炮兵时，周围没有其他司令部人员。所有人发现，阿盖耶夫进到叶廖缅科的办公室几分钟后就出来了。回到自己的掩蔽部，他把文件夹扔到桌上，鼻子里奇怪地哼了一声。夜里他服用了两剂缬草油，却没法镇定下来，只好去翻看自己的作战记录[1]。

叶廖缅科的副官后来对作战处的朋友说，那些"逃跑主义者"还没有谁像阿盖耶夫这样挨了这么一场劈头盖脸的痛骂。

用他们的话来说，"阿盖耶夫倒霉得就一只像被斧头剁了的鸡"。

第二天，阿盖耶夫证明了自己具有无与伦比的自我牺牲能力。不管是作为炮手，还是作为普通人本身，他都表现出了对工作的高度奉献精神。

1　中文译者注：缬草油有镇定、降压和利尿作用。

他自己冒着生命风险回到了伏尔加河西岸，命令立刻建造木筏，把两个重炮团转移到了伏尔加河东岸，但他同时严厉地命令所有的指挥员留在西岸。指挥员和操炮的炮手之间的联络，则通过一条涂了柏油伪装的跨河电线维持，后来又换成了一根常规电缆。

只用了一天就证明阿盖耶夫的决定是正确的。大炮的射击一直持续着，很稳定；炮弹补给也没有问题。炮手们再也不用担心会遭到敌人偷袭。

电话联络非常可靠。炮手们不用再担心德军狙击手，可以把注意力集中在射击上。留在西岸的指挥员不再担心大炮的安危，可以与友军步兵保持有效的联络，并通知手下有价值的敌人目标动向。

苏军重炮火力此前都是零碎使用，效果不佳。现在它不仅能集中火力，而且非常准确，极具毁灭性。

把剩余的重炮团撤到东岸是一件有着重大意义的事情。这不是撤退。相反，这是让炮兵能够在守卫城市时发挥引领性作用。

阿盖耶夫再次去见叶廖缅科前，小心翼翼地在胸前划了个十字。

这一次见面有可能让自己彻底完蛋。意识到这一点后，阿盖耶夫开始像个外交官那样说起话来。他这次管住了嘴，没有再批评那些他痛斥为"胆小"的人；他向上级汇报，说迫击炮和轻火炮正在调往城里，司令部里的许多人也随同前往；接下来，他汇报了位于东岸的两个重炮团取得的重大战果，重点强调了指挥员和指挥部目前还在城里，"就在前线的最前沿"。

叶廖缅科戴上眼镜，又把给阿盖耶夫的命令读了一道。这份将重炮调到东岸的命令已是第二次摆在他的桌上了。在此前，叶廖缅科刚刚收到罗季姆采夫近卫师已快抵达红斯洛博达的汇报。

"这两个炮兵团怎么会在这儿？"他用尖细得像个姑娘般的声音问，用一只手指戳着命令。

阿盖耶夫咳嗽了一声，用手帕擦了擦脸。母亲告诉他只能说真话，于是他答道："将军同志，是我命令他们转移的。"

叶廖缅科摘下眼镜，直视他的眼睛。

"这是个尝试，安德烈·伊万诺维奇。"阿盖耶夫赶紧补充说。

叶廖缅科一言不发地看着面前这纸命令，皱起了眉头，沉重地喘息着。

一张薄薄的纸上的几行字，却意味深长。

远程炮兵集结在伏尔加河东岸，由方面军司令员直接指挥。大口径火炮、重迫击炮，还有喀秋莎火箭炮，这一切组成了强大的力量，既能灵活调度，又能集中力量。

阿盖耶夫开始读秒。四十五秒过去了，叶廖缅科还在沉默。

"这老家伙是要准备枪毙我了。"阿盖耶夫心里想。叶廖缅科比他大八岁，算得上是老家伙了。

他又掏出手帕，上面有妻子用橙色丝线绣着的自己名字缩写。他伤心地看了一眼。

叶廖缅科在命令上签了字，说道："这个办法好！"

"上将同志，这一点非常重要，"大为感动的阿盖耶夫说，"我敢说，您所做的一切确保了我们的胜利。我们将给敌人以前所未有的炮火打击！"

叶廖缅科默默地把命令推到一边，掏出了他的烟。

"将军同志，我可以走了吗？"阿盖耶夫用平淡的口气问道。他觉得自己刚才还应该狠狠地批评一下司令部的某位将军，因为他觉得此人总是逃避责任。

叶廖缅科清了清嗓子，粗声地喘了口气，慢慢地点了点头说："很好，去继续工作吧。"

又过了一会儿，他又说道："今晚方面军军事委员会会启用一个新的洗澡房，九点钟过来吧！"

"看来是没问题了。"叶廖缅科的副官说。阿盖耶夫从办公室里出来时脸上挂着笑容，向他们挥手告别，然后踏着土质台阶走了上去。两个副官脸上都透着些失望。

达伦斯基就是在这个欢乐时刻来到阿盖耶夫的指挥部的。

二十

在来到炮兵司令部的第一晚，达伦斯基被他的新上级召见了两次。

阿盖耶夫一如既往地焦虑不安、坐立不宁。下属夜间正常睡觉、饭点正常吃饭、完成工作后正常休息，这些都让他不高兴。

他命令达伦斯基在黎明时分到右翼去，检查火炮是否已经安全转移，还有新阵地是否做好了全部伪装。达伦斯基还得去检查弹药运送的情况，给在斯大林格勒的炮兵指挥员打电话确认有线电话和无线电是否联络正常。

达伦斯基准备离开时，阿盖耶夫叮嘱道："保持联系，每隔三到四个小时打一次电话。可以用第 62 集团军的电话联系我。要是在炮兵阵地发现有高级指挥员，就把他们赶回斯大林格勒。要记住，有情报显示敌人主力在南部集结，正对着库珀罗斯诺耶冲沟。明天是对我们的第一次严峻考验。方面军司令员要求进行大规模火力拦截。"

此时距离黎明还有两个小时，但达伦斯基不想去睡觉。他慢慢地走回自己的掩蔽部。

在伏尔加河那边，斯大林格勒还在燃烧的大楼发出微光。探照灯照亮了夜空，飞机的声音在轰鸣。达伦斯基还能听见城里炮弹爆炸的声音，伴随着机枪断断续续地射击。黑暗中，不时出现哨兵的身影，用一种完全说不上急迫，更像是例行公事的声调问道："谁在那儿？"

达伦斯基对危险、责任以及通宵熬夜工作做好了准备。现在总算走到这一步了。

回到掩蔽部，他点燃一支蜡烛，把表放在桌上，从背包里拿出几张纸和一面信封，上面已经写好地址。他开始给母亲写信。他时不时看一眼手表，计算着他的吉普车开过来的时间。

"这是第一封我不再谈及梦想和希望的信件，因为它们已经全部实现了。我不能详细告诉您我是怎么来到前线的，总之跟其他的战时旅行没什么不同，到处是灰，到处是虱子和其他臭虫。夜里被弄醒了很多次，火车月台脏得不行，车上挤得要命，透不过气来，一路上没有多少水和汤可以喝。不消说，我的胃溃疡发作了，不过就一次，没那么要命。我说起这事儿，是因为答应过您不隐瞒这一切。没费多少工夫我就到了前线。头几天过得很糟糕，陷入了绝望。我以为自己要么被调到后方，要么被打发去做些看不到头的后勤工作。好在这里不一样。我原来担心他们会拿档案里的那些陈年旧事挑刺，但他们却在炮兵司令部给我安排了一个责任重大的岗位。现在我开始日夜工作起来，感觉很好。这封信是黎明之前写的，我根本没睡着，接下来会有车来接我了。真的不知道该怎么说现在的情况。战友们都不错，又友善又有文化，人也很聪明。上级非常热情地欢迎我。最近他做了一件很了不起的事情。人不一定非要站在炮口下才能当上英雄。"

"所以，我现在完全挺过来了。我感到很快乐，工作也很重要。我们做得非常好，大家都像雄狮一般勇敢作战。士气高涨，所有人对胜利充满了信心。"

"最近，我听说又要给制服加上肩章了。作战军官的肩章是金色的，军需是银色的。现在已经在后方的工厂里开始缝制了。[1]"

---

1 英文译者注：斯大林放弃革命国际主义理想和观念并代之以传统俄罗斯爱国主义的最典型手段，是把沙皇军队制服中最有意识形态特征的标志引入红军制服中。见谢奇特的《士兵的物品》第2章。中文译者注：在1917—1922年苏俄内战中，肩章和军衔被认为是白军和资产阶级军队的象征，不被红军采纳。随着苏联军队建设的发展，1935年红军开始设立军衔（尽管最初名称与沙俄和西方军衔有所不同），并以领章和袖章区分标记。在斯大林格勒战役期间，红军对军衔名称和标志做出了更改，基本与沙俄军衔趋同，同时取消了领章和袖章的军衔标志，改为肩章标志；同时红军对指挥人员的军语也从"指挥员"改为"军官"。此举普遍认为是苏联领导人试图以传统俄罗斯爱国主义提振士气的做法之一。

"昨天我喝了点伏特加，吃了些猪油和黑面包，胃溃疡根本没来找麻烦。我觉得已经完全恢复健康了。"

"我可以一直不停地写下去，写到您厌倦为止。我请求您千万保重，别因为我而忧虑。记得给我回信。野战邮箱地址就在信封上。把所有的事情都跟我说吧！冬天的劈柴够不够？再次请求您，别为我担心。记住，我还从来没有这么快乐，还从来没有感觉如此之好。"

他封好了信封，拿出另一张纸，在想着是不是要给顿河方面军司令部的高级打字员安格丽娜·塔拉索夫娜写封信。要不就写给两周前在兵站陪着他的年轻医生娜塔莉亚·尼古拉耶夫娜？

但这时他听到了汽车引擎声，于是站起来，穿上了军大衣。

二十一

方面军司令部所有人都在极度焦虑中等待罗季姆采夫少将近卫师的到来。

然而，他们的焦虑，跟在伏尔加河西岸的指战员的满心焦虑比起来，根本不算什么事。

9 月 10 日，德军发动了一次大规模进攻。在轰炸机的支援下，第六集团军和第四装甲集团军从南北两面和西面发动了进攻。

超过十万人、五百辆坦克、一千五百门火炮和一千架飞机参与了这次进攻。

在北部，德军的侧翼由意大利第八集团军负责掩护。在南部，其侧翼则由第六集团军的部分师团掩护。

主要进攻方向来自南部的泽廖纳亚波良纳、佩先卡和上叶利尚卡。西部的戈罗季谢和古姆拉克一带也转入猛攻。同时，北部德军对拖拉机厂和"红十月"工厂附近工人新村的攻势也加强了。

前所未有的猛烈进攻迫使崔可夫的第 62 集团军朝伏尔加河缓慢撤退。崔可夫所控制的狭长地带变得越来越细了。

德寇在南部的进攻被击退了。但在 9 月 13 日下午，德寇在西部的进攻取得了突破，攻入了斯大林格勒市中心。

一条街道接着另一条街道落到了德国人手中。

德军前线与伏尔加河之间的距离在渐渐消失。一次成功的反击只能阻挡他们几个小时。

第 62 集团军只能控制一块很小的地盘。在北部，他们还据守着拖拉机厂、"街垒"和"红十月"这三座大型工厂。但紧邻着工厂的南部，他们能控制的地方只剩下沿伏尔加河的狭长地带，长度约十公里，宽度只有两三公里。大量垂直于伏尔加河的冲沟和峡谷将这一狭长地带切得支离破碎。在这段防线上有肉联厂、几个工人居住区、连接三大工厂的铁路和若干漆上黄绿黑色块和线条进行伪装的油罐。在透明的秋季天空笼罩下，这些伪装措施让油罐比从前更加显眼了。

在本区域最主要的地理形态是一片在军事上被称为"102 高地"的山丘。本地人习惯把它称为"马马耶夫岗"。只有在几周前，逐渐开始学会辨认军事地图的人才开始称之为"102 高地"。可是部队却因为长时间守卫此地，反而习惯把它称为"马马耶夫岗"了。

在油罐区以南，接近市中心的地段，崔可夫扼守的一片长条形土地被压迫得越来越窄。一些位于市中心的街道已被德寇控制。继续往南，到察里察河汇入伏尔加河的河口和谷仓一带，崔可夫的阵地逐渐向后缩，然后消失不见。德军抵达了伏尔加河。

斯大林格勒南部郊区的大片工业区，包括斯大林格勒发电厂、第 95 工厂、别克托夫卡和红军城目前还由第 64 集团军和第 57 集团军据守。但到了 9 月中旬，德军已楔入它们和崔可夫的第 62 集团军之间。

此外，在 8 月 23 日，德军在城市西北的叶尔若夫卡和奥卡托夫卡一带切断了第 62 集团军与其余苏军之间的联系。

第 62 集团军控制了大约五十平方公里的土地。德军出现在它的南北面和西面。在它背后横亘着伏尔加河。

崔可夫的司令部已经被迫搬家三次。德寇第一次进攻 102 高地时，司令部搬到了察里察河一条废弃的矿工隧道里。两天后，德国人打到了隧道附近，他又把指挥部搬去"红十月"工厂后面靠近油罐区的伏尔加河悬崖下[1]。

不需要军事常识，也不需要天马行空的想象，只要看一眼地图就会知道德国人的钢钳已经在周围合拢，就会知道第 62 集团军指挥者们现在的心态。

崔可夫能用于对付十万德军的全部力量，只剩下了精疲力竭、消耗殆尽的几个步兵师和损失惨重的若干坦克旅，以及少数军校学员、一些伏尔加河区舰队水兵和民兵部队。

9 月 14 日早上，苏军在前线中央地段发动了第二次反击，迫使德军略微后退。接下来，在强大的坦克和空军支持下，德寇又恢复了在市中心的进攻。

到下午三点，德寇夺取了中央火车站，占领了更多市中心区域。

二十二

崔可夫的掩蔽部在簌簌发抖。炸弹已在周边连续爆炸了很长时间。

崔可夫坐在一条盖着灰毯子的长凳上，把胳膊支在小桌子上，用手指捋着头发。他的眼睛因为缺少睡眠而充血，正在盯着一份城防计划。他那卷曲浓厚的头发、厚厚的嘴唇和肉乎乎的鼻子、浓眉下活泼的一双

---

1 英文译者注：9 月 13 日，崔可夫在马马耶夫岗。9 月 14 日，他在察里察河的隧道里。9 月 16 日，他搬到"红十月"钢铁厂后面的悬崖下。感谢迈克尔·琼斯（Michael Jones）通过邮件澄清这些细节。

黑眼睛，整张皮肤粗糙的脸给人留下一种特别的印象：既阴沉又威严，但却很有吸引力。

崔可夫叹了口气，在椅子上挪了一下，朝着痒得心烦的手腕吹了吹。他正被严重的湿疹折磨着。不管是在夜里狂热而不间断地工作，还是在白天震耳欲聋的空袭中，这毛病一直在折磨着他。

挂在桌上的灯泡在晃荡。墙上和天花板上的浅色护板依旧潮湿，发出响亮而痛苦的吱吱咯咯声。墙上挂着的一支套在枪套里的左轮手枪也开始摇晃起来，接下来变成了颤抖，仿佛要从墙钉上飞出去。桌上有个空了一半的茶杯，旁边的碟子上放着一把匙子，因抖动而发出叮当响。在摇晃的灯泡的照耀下，室内所有的影子先移动到墙上，然后爬上天花板，接着突然跳到地面。

掩蔽部在摇摆，犹如剧烈起伏的大海上的小船。崔可夫感到有点儿头晕。

掩蔽部厚厚的天花板和两层大门把一次次爆炸弱化成了不间歇的轰鸣，变成了某种厚重邪恶的物质，死死压在一个人的鬓角上，在大脑里使劲地撕扯，让皮肤发烧，让眼睛疼痛。它渗透到身体最深处，压制着心脏的跳动，窒息着人的呼吸。它不仅仅是声响，而是岩石、木头和大地糅合在一起的共鸣。

一日之初往往就是这样开始的。从黎明到黄昏，德军会接连不断地对苏军前线进行狂轰滥炸。崔可夫用舌头舔着嘴唇和上颚——整晚抽烟后就会这样。他凝视着地图，大声问着副官："丢了多少炸弹？"

副官连一个字都听不清，但崔可夫每天问的第一个问题都一样，于是他答道："二十七枚。"他弯腰在崔可夫耳边喊道："这些狗杂种在锄大地呢，接力似的，差点都俯冲到地面上了。最近的落到一百五十米外。"

崔可夫看了看表，七点四十。斯图卡要连续在天上飞到晚上八九点。他默默地数了数，还有十二三个小时，八百分钟。接下来他又喊道："给我烟！"

"是要茶吗？"副官问，看到崔可夫皱起眉头，赶紧说："啊，要烟。"

一个宽肩、矮壮，前额已经秃了的人走进掩蔽部。这是集团军军事委员、师级政委古罗夫。他用手帕擦了擦额头和前额，用短促的声音说道："差点从床上被炸起来。德国人的闹钟在七点半准点响起。"

"脸色不太好啊，古罗夫同志，"崔可夫喊道，"心脏还好吗？[1]"

古罗夫以前是军事教育学院院长，现在是斯大林格勒前线的师级政委。在这里的政工同行们觉得他跟从前相比变化不大。古罗夫倒觉得自己完全变了一个人。1942年春天他乘坐坦克从包围圈里突围，现在则在冲锋枪手护送下前往正在挨炸弹的集团军司令部。他倒真希望女儿能好好看看她亲爱的"爸爸奇卡"的这副尊容。

"喂！"崔可夫对着半明半暗的走廊喊道，"弄点儿茶上来。"

在这样一个早上需要喝什么茶，这里的女服务员最清楚。穿着厚油布靴子的女服务员端上来一盘鱼子酱、熏牛舌、腌鲱鱼和洋葱。古罗夫看见她拿出两个带棱的小玻璃杯，便说道："再拿一个，参谋长马上就到。"接下来，他伸出一根手指，指着脑袋转了转，意思是一刻也没停地轰炸损害了他的大脑。古罗夫又对崔可夫说："我们有多长时间没见了，四个小时吗？"

"没有那么长，"崔可夫回答，"开会开到四点。克雷洛夫又多留了四十分钟。要说的事情太多了，人手不够，物资不够。我们还得对付过去。"

古罗夫生气地看着摇来晃去的电灯泡，伸出一只手来把它稳定住。

"穷点也能过下去，"古罗夫说，"再说，我们马上就要富起来了。真的，马上变富！"他微笑着继续说："昨天我去见卡普罗诺夫少校，我们的步兵团长。他的指挥部设在一处下水道里，一群人正在吃西瓜呢。他说：'西瓜利尿，所以我找了处下水道。这可好，不用走多远了。'他的周围热闹得就像地狱。还不错，还能开玩笑。"

---

1 英文译者注：1943年9月，古罗夫因心肌梗塞去世。

崔可夫一拳砸在桌上——不是因为外面没完没了的爆炸，而是因为愤怒和痛苦："我是在让部队去完成不可能完成的任务。只有超人才能做到……可我能给他们什么？只能给一辆轻型坦克、三四门大炮，派一个连去保护指挥所。战士们多了不起啊！"他第二次用拳砸在桌上，碗碟和杯子都跳了起来，仿佛有一颗炸弹在附近爆炸。"要是增援部队还不到，我就给司令部的人发手榴弹，亲自带着他们去战斗。真见鬼……总比坐在这个耗子洞里强，比被赶进伏尔加河里发憷强！以后大家都记得，对这些交给我指挥的部队，我尽了全力！"

他把手按在桌上，皱着眉头看着古罗夫。过了一会儿，崔可夫却笑了出来。笑意从他的眼角溢出，压住了紧闭的嘴角流露出的一丝阴沉，逐渐扩散到脸上。他把手放在古罗夫肩上，轻声笑道："师级政委同志，您会掉肉的……是啊，库兹马，你怎么会不瘦呢？"

一天前，为了强化彼此的友谊，两个人按照俄罗斯传统亲吻了三下。但两个人现在还在犹豫，不知道该如何称呼对方，一直在轮流使用着"您"和"你"[1]。

"行了，"古罗夫笑道，"让我掉肉的又不光是德国鬼子。"

"这倒是，都怪我和我这副好心肠。算啦，这样对你的心脏倒算是一剂良药。"崔可夫说完，拿起电话大声喊道："给我接克雷洛夫！"跟着，他换了一副腔调，继续冲着电话说："早上这次轰炸享受够了吗？怎么还没来？你总该睡了一会儿吧？快来，不然茶就凉了！"

茶匙在碟子上叮当响起来。古罗夫把一只手放上去按住它，松了口气："这下看你还晃不晃！"接下来他又伸出手，想把摇晃的灯泡拽住。

克雷洛夫走进来。这个人身上的一切都能让人感到镇定。他有一个巨大的脑袋，头发梳得纹丝不乱，前额一丝皱纹都没有，还有一双褐色的透着疲倦的大眼睛，脸颊刮得干干净净，透着一股古龙水的香味。他

---

1 英文译者注：崔可夫这句话一开始用正式的"您"，接下来换成了"你"。

那双苍白的手、修剪成椭圆形的指甲、军便服衣领上伸出的白色细条、还有他安安静静的动作、看着桌上食物时意味深长的神情，无一不在证明此人身怀不可动摇的沉着和冷静[1]。

克雷洛夫跟其他人不太一样，他从来不大声叫喊，但他的声音总能穿透战场的喧嚣，也许是他总是选择相对安静的时候说话，也许是因为他的声音有一种特殊的音色，能够压住战场雷霆，也有可能他内心的沉着有着强大的力量，可以超越战场的风暴，使他的声音有如油之于水一样，轻松浮出水面。

过去一年，他一直坚守在一座座被围困的城市里，早已习惯了一刻不停的轰炸，如铁匠习惯了铁锤的重击。

1941年秋天，他作为集团军参谋长参加了敖德萨保卫战。接下来，他作为集团军参谋长参与了长达两百五十天的塞瓦斯托波尔保卫战。当德国人占领塞瓦斯托波尔时，他和司令员彼得罗夫一起乘坐潜艇撤了出来。现在，他又被任命守卫斯大林格勒的集团军参谋长，参加保卫这座城市的战斗。

古罗夫笑起来。他喜欢认真盯着看克雷洛夫那张镇定的脸。"最南部的情况怎样？"他问。

"东岸的重炮干得漂亮，让德国兵吃瘪了。把它们部署在那儿是个了不起的决定。一整天了，对着南部郊区一直猛轰。喀秋莎也往那边打。不过，据我们统计，昨天德军飞机出动了超过一千架次。"

"还统计个屁！"崔可夫生气地说。

"细水长流，时间掌握在你手上！"克雷洛夫开玩笑说。然后接着说道："我们的克伏坦克打退了德国鬼子一次坦克攻势[2]。昨天的人手损失比

---

1 英文译者注：一般要求红军战士和指挥员在军便服衣领内缝上一条白色的细布条，布条要高出衣领两三毫米，这样能够产生军便服里还穿着衬衣、衬领高出衣领的假象。

2 英文译者注：这是以苏联国防人民委员克列缅特·伏罗希洛夫命名的重型坦克，一般以姓名缩写称呼。

前天少，大概也因为我们没有多少坦克可以损失了。整个局势很清楚，不会变好。整个伏罗希洛夫区都被炸平了，到处都被空袭。敌人的进攻轴线还是跟之前一样，从古姆拉克开始，沿着戈罗季谢和别克托夫卡向东进攻。从德寇尸体上发现的文件显示，昨天他们投入了两个新的师。不过，在南部我们守住了。夜里，敌人在拖拉机厂一带集结了坦克和步兵，可能正在重新部署，以便达到突进市中心的目的。他们在工厂上空出动的飞机可不少。"

"那我该怎么办？"崔可夫问，"敌人在重新部署，要发动总攻了。我怎么部署呢，上哪儿去找人？我当然有责任。这责任在我！我们丢掉了火车站，丢掉了谷仓，丢掉了国家银行大楼，丢掉了专家大楼……"

大家沉默了。响起一连串的爆炸声，越来越近，越来越靠近掩蔽部。在桌边放着的一个盘子掉在地上，像电影默片一样，无声地摔成碎片。

克雷洛夫放下了手里的叉子，半张着嘴，眯缝起眼睛。大地和空气在震动，如同一枚烧得红热的针插进了大脑，让人无法忍受。人们的表情凝固了。整个掩蔽部晃动起来，仿佛像一把拉到极限、已经变形的手风琴突然被无数醉汉的手粗暴地扯碎了，四处发出尖利的啸声。

三个人都向上看着。死神似已悬在头上。

接下来是死寂，让人头晕目眩、震耳欲聋的死寂。

古罗夫掏出手帕扇着风。克雷洛夫伸出一只苍白的大手挠着耳朵。

"我把叉子放回桌上了，"克雷洛夫说，"要是他们把我从土里挖出来，发现手里还拿着叉子，肯定会笑死了。"

崔可夫斜眼看了他一下："认了吧。塞瓦斯托波尔也比这里好点，是不是？"

"难说……说不定你正确。"

"哈嘿！"崔可夫说。这声"哈嘿"既带着一点儿得意和喜悦，也带着痛苦。崔可夫说到塞瓦斯托波尔时带着明显的妒意。他想要让每个人都知道，他在战争中承担的重负超过了任何一个人。这个念头，说不定

777

还真是对的。

"现在安静了一点，"崔可夫说，"让我们为塞瓦斯托波尔干杯吧！"

正说着，头顶又响起了一声猛烈的爆炸，把整个掩蔽部震得地动山摇。护木发出断裂的咔嚓声。几块木板裂开了，沙土像雨点一样落在桌上。

掩蔽部里腾起的尘烟淹没了所有人和物体，只有忽左忽右的爆炸声混在一起，变成了连续不断的鼓点声。

尘烟渐渐散去，崔可夫一边抽着鼻子咳嗽，一边四处张望，看了看桌子，又看了看变成烟灰色的枕头。灯泡奇迹般地继续发光，电话摔到地面上翻了个个儿。战友们脸色苍白而紧张。他笑了笑说："我们都有罪，所以才到了这里，到了斯大林格勒！"

他的笑容里带着一点儿孩子般的惊讶、战士般的直爽和人情味，大家也跟着笑起来。

崔可夫的副官一只手揉着被碰肿的脑袋，一脸恍惚地走进来汇报道："司令员同志，司令部一人牺牲，两人负伤。通信指挥部被炸毁。"

"马上抢修，恢复通信！"崔可夫粗暴地说，又恢复到那种严厉和残酷的样子。

古罗夫想起了几分钟之前他说的话，苦笑着说："跟这一切相比，塞瓦斯托波尔简直像是一场游戏。"

"斯大林格勒这个地方很难修筑防御工事，"崔可夫说，"这里街道又短又直，有很多个坡道通往伏尔加河，很容易成为德国人火炮的目标。"

值日军官走进来。"让我看看。"崔可夫说着，还没等对方正式报告就伸手去拿他手里的电文。

"近卫步兵第13师现在归我指挥了，"他清晰而严肃地说，"他们快到伏尔加河了。"古罗夫和克雷洛夫探过身来，都想看电文。

"真是乱来！"崔可夫跺了跺脚，"'今天我们将到达渡口。'要是他们昨天能到达渡口，我一定不会让德寇打进来这么远。"

"只用一天，"古罗夫说，"学生说起考试时也是这么想的，只要有一天让他们好好准备……我们也差不多。"

"把所有剩余的坦克都调到渡口周围，掩护渡河，"崔可夫说，"但别处一个战斗人员都不许抽调，让集团军司令部的人去开坦克。"

"一个齐装满员的师，"克雷洛夫说，"这下大概就能够把我们从一分钟前的水深火热里拯救出来的吧？"

"罗季姆采夫来这里救我了。"崔可夫说，脸上浮现出阴沉的笑容。

1942 年 9 月上半旬，斯大林格勒发生了三件对于保卫战具有重要意义的事情：苏军向城市西北发动了反攻；重炮在伏尔加河东岸重新集结；罗季姆采夫的近卫师和其他新增援的部队到达了西岸。

城市西北部的反攻牵制住了几个德国和意大利师，使其无法向城市发动进攻。德军最高指挥机构原来指望，只需要几天，甚至几个小时，就能够夺取斯大林格勒。但崔可夫终于坚守到了援军到达。

方面军司令员完全明白炮兵力量重新集结的重要意义。他可以像用手枪一样方便地瞄准和打击敌人。而且，无论如何也不应该低估罗季姆采夫近卫师的作用。但炮兵司令员不是方面军首长的爱将，崔可夫也不会喜欢罗季姆采夫。一个有着强烈个性的家伙不会喜欢那些在他虚弱时过来拯救他、帮助他恢复的人。这是生活中无法忽视的现实。

二十三

罗季姆采夫的部队一分钟也没浪费。战士们刚从卡车上下来，大士和上士们就打开了子弹箱、饼干袋和装满干粮和罐头的盒子，急急忙忙分发引信、子弹、手榴弹，把配给的糖和食物塞到战士们手中。

人们毫不迟疑地登上渡轮、驳船和冲锋舟。湿漉漉的沙地上传来沙沙的脚步声，然后是靴子踩在木板上的橐橐声。部队就在这沉默而不祥的鼓点般的脚步声中向西岸出发。

栈桥上释放了烟幕，河面上断断续续地飘起了黄雾。在飘荡的雾气间隙，偶尔可以看见阳光下的斯大林格勒。它高高地矗立在西岸的悬崖上，呈现出白色，整洁而干净，仿佛一座城堡，里面没有民居，全部是宫殿。但这座白色的城市透着某些让人奇怪和害怕的地方——它好像没有眼睛，说不出话，阳光下看不见闪耀的玻璃。战士们能够感觉到这块巨大的、没有眼睛的岩石背后的死亡和空虚。

这是阳光明媚的一天。太阳慷慨地、毫无顾忌地把它的一切热量投向大地万物。

在渡轮粗糙的船舷边，在柔软的柏油层上，在船形帽绿色的五角星上，在冲锋枪的弹鼓上，在步枪的枪栓上，在哪儿都能感受到太阳的热量。阳光晒热了皮带上的金属扣、图囊光滑的皮层和指挥员的手枪套。它温暖了奔流的河水、河上的清风、紫柳的红色枝条和它忧伤的黄色树叶儿，温暖了白色的沙滩、炮弹的铜弹壳，还有准备运送到对岸的迫击炮弹的钢铁弹体。

第一批出发的船还没有到河中间，岸边的高射炮就打响了。一整个中队的梅塞施密特从南向北全速掠过，距离水面只有几米。飞机的机体涂成黄绿色，刷有黑色的纳粹符。飞机引擎咆哮，机载机枪开火时发出的声音就像乌鸦的聒噪。

飞在最前面的飞机做了一个陡峭的转弯，继续咆哮着，机枪发出喀喀声，准备撕碎散布在河上那些大大小小的船只。飞机飞过后，跟着呼啸而来的是各种炮弹，带着不同的声音爆炸，随后炸起一大片水花，水面传来一阵阵汩汩声。

一发重迫击炮炮弹落在一条小船上。火光、肮脏的硝烟和水雾形成的轻纱立刻盖住了它。硝烟散去，其他船上的战士们看着战友们在水中无声地死去。爆炸震聋了他们的双耳，撕开了他们的身体。背在身上的沉重弹药和挂在皮带上的手榴弹拖着他们，沉到了河底。

罗季姆采夫的这个师正在不断接近斯大林格勒。战士们凝视着日益远离东岸、变得越来越宽的河面，倾听着炸弹爆炸时巨浪溅起和落下的声音，远处的城市在薄雾中慢慢浮现。能有什么办法表述这几千人此时的心情吗？

在这漫长的几十分钟里，除了偶然有人吐出了一两个词语，其余所有人都沉默了。战士们什么都做不了，不能开火，不能挖战壕，不能冲锋，只能沉思。

这些人里既有年轻人，也有一家之长；既有城市居民，也有来自大型工厂附近工人住宅区的工人，还有来自西伯利亚、乌克兰和库班的农民。他们之间有什么共同之处吗？是什么让他们聚在了一起？当这几千名战士在希望、恐惧、挚爱、遗憾和回忆如旋风袭来时，能不能在其中找到某种共同的元素？

二十四

上船时，瓦维洛夫挤到了驳船船舷旁。直觉告诉他，要尽可能地站在离岸最近的地方。

已经习惯了连续不断的喇叭声、卡车的隆隆声、脚步声、喊叫声，当一切安静下来时，人多少会感觉有些奇怪。现在只有波浪轻拍着船帮发出的声音，时不时还可以听到拖船的引擎声。

他感到湿漉漉的微风吹拂着被太阳晒疼得热辣辣的脸，吹拂着干燥裂开的嘴唇和被灰尘刺激得红肿的双眼。

瓦维洛夫看看伏尔加河，又看看岸上，两者相距不远，还可以轻易上岸。其他的战士也一言不发地看着周围。驳船走得非常慢，慢得难以忍受，但与河岸的距离却在飞速扩大。河水变成了金属般的灰色，再也看不见河底，可被白光笼罩的那座城市却并没有靠近。恍惚间让人产生了一种错觉，以为要用不止一天的时间才能到达。

驳船不时会突然遇上激流，拖曳的缆绳会晃起来，猛然一紧。随着拖船调整船头，缆绳又松开了，重新浸入水里，让人担心下一次猛拽会把它彻底绷断。这样，驳船就会漂到下游，远离这座安静的城市。他们也会从一处安静的、只有白沙和鸟儿的河岸上岸。也许根本就不会上岸，他们会一直漂到海里，周围是蓝色的海水、白云和安宁。这才是瓦维洛夫期盼的世界。他想把战争丢在脑后，哪怕只有一小时，只有一天，能够让他宁静而安逸地独处就好。

缆绳猛地又绷紧了，他的心猛跳了一下。不过，驳船又继续缓慢地朝着斯大林格勒漂去。

乌苏罗夫站在瓦维洛夫身边，抖了抖背包说："空了。里面只有一套内衣、一片肥皂和针线。一只手就能全拿完。在路上，能处理掉的都处理了。"

在披肩那次事情后，乌苏罗夫就再也没有跟瓦维洛夫说过话。瓦维洛夫疑惑地看着他，不知后者是不是真打算跟他和解。

"重得拿不动了，对吧？"瓦维洛夫问。

"不，不光这样。我离开家时，背包重得连我老婆都拿不动。我一路上把那些乌七八糟的给扔了。帮不上什么忙啦。"

瓦维洛夫明白了，这不是闲聊。乌苏罗夫是想严肃地说点事儿。他指了指伏尔加河西岸，说道："没错，那边可没有跳蚤市场！"

"嗯哼。"乌苏罗夫应道。他凝视着这座沿着伏尔加河展开的、长达几十公里的巨大城市。这里已没有市场，没有咖啡馆和啤酒亭，没有澡堂、学校和幼儿园。

他向瓦维洛夫靠了靠，小声说："我们要真刀真枪地打仗了，不需要这些没用的东西。"他又晃了晃空荡荡的背包。

驳船已经开过了差不多一半的江面。对瓦维洛夫来说，尽管乌苏罗

782

夫远算不上是个完美无缺的人，但他对自己说的这些话还是像一阵清风吹来，让人精神一振。他感到更加难过，也更加平静了。

斯大林格勒上空一丝云彩都没有。这座城市的每条街道都满是忧伤和不幸。工厂不再冒烟，不再发出轰鸣，商店里不再销售商品，妻子和丈夫之间不再拌嘴，孩子们不再上学，在工厂车间外的花园里不再有人在手风琴伴奏下唱歌。

梅塞施密特又出现了。炮弹又纷纷落入水中爆炸。空气被弹片的嘶鸣声撕裂。

接下来，包括瓦维洛夫在内，所有人都做出了奇怪的反应。他和大家一起朝船尾挤过去，想要离出发的河岸近一点，哪怕只接近一步也好。瓦维洛夫在计算着河岸的距离，确认自己能不能游回去。周围的人都挤在一起，让呼吸变得很困难。汗味儿、靴子的臭味和肮脏的内衣气味压住了伏尔加河上的清风。天空仿佛不见了，大家像是站在火车车厢低矮的车顶上。除了有几个人说话，其余所有人都沉默着，焦虑地四下张望。

拖船正在把他们拖到一个冷酷而严厉的城市。现在东岸的沙滩看起来是那么安宁和甜美，连烟尘都变得友善了。

瓦维洛夫回想着他们的这次长途行军。在到达伏尔加河前，他们走了长长的一段路。在这段路之前，则是从尼古拉耶夫卡出发的那段没完没了的行军，亲眼看到的一切有如地狱：被风卷起来的沙尘，被尘土覆盖的前额下呆滞的双眼，整个人好像从地里挖出来一样。草原上时不时会见到白色的盐碱地；骆驼没毛的腿光溜溜的，它们探着长长的柔软的脖子，发出奇怪的叫声；逃难的女人已经头发灰白，年轻妈妈们抱着她们正在使劲哭号的孩子，脸上满是绝望的神情。

瓦维洛夫还想起了一个可能已发疯的年轻乌克兰女人。她背着背包，坐在路边，瞪着一双疯狂的眼睛看着席卷草原的黄色尘烟，大声喊道："特洛霍姆，大地着火了！特洛霍姆，天空着火了！"一个老太婆紧紧地攥着她的双手，免得她把衣服撕裂。老太婆也许是她的母亲。

道路在向后延伸。他看见了沉睡中的孩子，看到了那天早上迎着红色霞光与妻子分别时她的面容。

道路又向后延伸了一点，越过了父母亲和哥哥的坟茔，穿过了黑麦地。黑麦长势喜人，一片碧绿，一如他的青年时期。道路继续延伸，经过森林、河流，进入城市……又看到了他们，看到瓦维洛夫自己高高兴兴、步伐矫健地走在路上，玛丽亚就在他身边。小瓦尼亚使劲地迈出他的罗圈腿，想追上他们。

他很生气地想到，对于他最亲切的一切都在西边，拖船正在拖着他们朝这个方向开去。在他面前的是故土、生活、妻子和孩子。在他身后的只有破碎的家庭和黄沙。东岸的道路永远都不会通往自己家。若继续沿着东岸的道路走下去，将永远失去自己的家。现在，在这宽阔的河面上，有两条交会的道路。它们只交会一次，然后就会像他在小时候听到的童话那样，永远分隔开。

瓦维洛夫离开了在船尾挤成一团的人，沿着船的一侧边走边看炮弹落到水里溅起的水花。

德寇不想让他回家，把他赶到了伏尔加河的草原上。他们朝他射出炮弹。他们还从空中袭击他。

城市越来越近了，可以清楚地看到一切：塌了一半的墙、满是废墟的大街、像空洞洞的眼窝一样的窗户、烧焦的残余房梁、屋顶上变形的铁皮、大楼里垮塌的屋梁和桁架。在码头，水边停着一辆开着车门的车，仿佛是它准备在冲进水里之前突然决定停了下来。

瓦维洛夫没有看见任何人。

城市在变大、变宽，看得越来越清楚，让战士们越来越难过。他们陷入了严肃的沉默中。

悬崖和悬崖上边的房屋在水面投下了阴影。驳船驶入阴影中。这一片宽阔、倾斜的水域里，颜色变暗的水流显得很稳。炮弹在头顶上高高地呼啸而过。

拖船开始转向上游。急流推着驳船飞快地朝岸上靠去。

此时，许多人已经走到船头和码头方向。悬崖上被大火吞噬的房屋残骸在船上投下了阴冷无情的阴影。战士们站在阴影中，比之前任何一刻都更加忧伤，更加思绪万千。

"回家了，"有人低声说道，"回到俄罗斯了！"

这里是斯大林格勒，瓦维洛夫感到，有人给了他一把钥匙。有了它，他就能回到故土，回到自己的家，能够回到最神圣而又亲切的所有人身边。

这个道理太清晰、太明了了。瓦维洛夫和几千名战士，此刻心底所感受到的很可能是相同的。

二十五

近卫步兵第13师在9月15日黎明前全部渡过了伏尔加河。罗季姆采夫汇报称，尽管渡河时遭到了炮火阻拦，但全师损失轻微，成功到达西岸[1]。

罗季姆采夫到了下午稍晚才过河。通信营也同时渡河，他们的船就在师长身后几米外。

所有一切都在闪亮发光。平静的回水区波光粼粼；两条激流在河中萨尔宾斯基岛交汇形成的波浪反射着光芒；这位年轻的将军胸口的勋章和金星在发光；甚至连他们扔在甲板上准备用来舀水的黄色空罐头也在发光。这一天像水晶一样清澈，既温暖，又明亮，充满着感动。

"天气可真不妙！"坐在罗季姆采夫身边的一位头发灰白、满脸痘斑

1　英文译者注：迈克尔·K.琼斯认为格罗斯曼描述的近卫第13师渡河情况稍有不准。他写道："9月14日接近傍晚时分开始渡河，主力在9月14日夜间渡河完毕。同时（红军）夺回了火车站。"（私人邮件告知）

的炮兵上校说道。"要是不下雨，起码得来点霾吧。现在这样，空气透明得就像玻璃。唯一一点好处是阳光会直射德国人的眼睛。"

德国的炮手好像并不受太阳直射的困扰。他们的第二发炮弹直接击中了通信营的船。

船上只有一个人活了下来。这家伙坐在船头，炮弹的气浪把他掀进水里。他设法游回了东岸。其他人都牺牲了，水面上只有一顶船形帽在随波逐流，还有一只盖子盖得很紧的、喷着绿色搪瓷的军用饭盒浮在上面。

活下来的通信员爬上岸后，沙滩上飞快地开过来一辆小汽车。最高统帅部派往方面军司令部的代表戈利科夫从车上下来，径直走到水边，问道："将军还活着吗？"

幸存下来的战士使劲地晃着沉重的衣袖，想要把水抖干净。他被爆炸震得失聪，又因为奇迹般的幸存而感到激动，结结巴巴地答道："我是唯一活下来的。都觉得肯定要被击中了，果然……天知道我是怎么活下来的。我还活着，可那时也不知道该往哪里游才能活下来……"

一个小时后，罗季姆采夫通知戈利科夫，他本人已成功渡河，并到达了指挥所[1]。

这个临时指挥所设在距离伏尔加河只有五米的浅坑里，上面盖着波纹钢，周围都是砖块和烧焦的木头。

矮壮、脸色苍白的师政委瓦维洛夫是莫斯科人。他和罗季姆采夫七扭八歪地穿过瓦砾。在师部外边站着一名战士，穿着双破旧的靴子，胸前挎着一支冲锋枪。

罗季姆采夫在走进师部时问了一句："跟各团的联系怎样了？"在东岸和渡河时他就开始担心这个问题。

---

[1] 中文译者注：菲利普·伊万诺维奇·戈利科夫（1900—1980），苏德战争爆发时任红军副总参谋长兼情报总局局长，中将。苏德战争中担任集团军司令员，方面军司令员，1961年被授予苏联元帅军衔。

参谋长别利斯基少校抬头看了看罗季姆采夫，把滑到脑后的船形帽扶正了，然后汇报说，三个团之间有两个团跟师部联系正常。第三个到达西岸时位置太靠北，还没有建立起联系。

　　"敌人有什么动向？"罗季姆采夫问。

　　"还在进攻吗？"瓦维洛夫坐在一块大石头上调整着气息，顺口问道。看见别利斯基露出一副沉着和跃跃欲试的样子，他满意地点点头。瓦维洛夫很尊重别利斯基，因为他有一副能时刻保持冷静的好脾气，也能在需要时拼命工作。别利斯基自己也是许多奇闻逸事的主角。有一回，德国坦克爬到了师部的掩蔽部，在上面转来转去，想要用履带慢慢压垮掩蔽部。被压得几乎动弹不得的别利斯基，照样用手电筒照着地图，在上面画了个菱形，并注明："敌人坦克位于师部上方。"

　　"别利斯基真是官僚。"大家都这样开玩笑。

　　现在呢，他的双脚站在师指挥所掩蔽部的地面上，胸口与地面齐平。他用一只手推开了波纹钢板，看着罗季姆采夫，眼神既镇定又严肃。这个样子跟一周前他在罗季姆采夫面前汇报服装津贴的情况时没什么不同。

　　"这人身上每一克都像黄金一样宝贵。"瓦维洛夫一边听着别利斯基的汇报，心里一边想。

　　"我把我们的新指挥所设在下水道里，"别利斯基说，"地方很大，在里面差不多可以站直了。地面有水流，我让工兵铺上了木板。重要的是我们头顶距离地表足有十米，很不错了。"

　　"很不错了。"罗季姆采夫意味深长地重复着别利斯基的话。他正看着别利斯基交给他的城市地图。本师目前所控制的地区已经标记了出来。

　　团指挥所设在距离河岸二十到三十米的地方。营连指挥所和火炮、迫击炮设置在冲沟的坑里，或者悬崖上某些被炮火炸毁的房屋里，附近还有若干步兵分队。

　　战士们都意识到他们暴露在炮火之下，都在拼命地在石质地面上搭建掩蔽部，挖战壕和散兵坑。

罗季姆采夫根本不需要认真地看地图。师属炮兵和两个步兵团的动向,在河畔就能看得一清二楚。

"您怎么不跟我说说这个……"他朝着正在忙碌的战士们挥挥手说,"说说常备防御阵地的情况。"

"根本不用铺设电话线,"别利斯基说,"要下命令,直接对团指挥所吼就是了。他们可以传达到营和连。"

他看了一眼罗季姆采夫,立刻把要说的话咽了下去。罗季姆采夫很少显出如此愤怒和忧虑的表情。

"好地方,舒服得很嘛,"罗季姆采夫说,"都堆在一起了,离水边就几步远!"

罗季姆采夫朝着遍地是石片、波纹钢板和烧焦木头的河岸走去。

无数的小路穿过陡峭的石质斜坡,通往市区,通往他们面前这片悬崖。上面矗立着高大的、窗户已被全部损坏的大楼。

战火相对平静了一些,偶尔会有迫击炮呼啸而过,让所有人赶紧低下头。时不时黄绿色的梅塞施密特会掠过伏尔加河,发出机枪射击的声音和速射炮粗鲁的撞击声。

大部分人现在都习惯了机枪和迫击炮射击的声音,但眼下的安静让他们感到害怕。本师的所有人,从罗季姆采夫将军到普通一兵,都知道他们正位于德军攻势的主要方向。

一位年轻的师后勤处人员走过来,响亮地汇报说,新的指挥所已经布置好了。

罗季姆采夫发作了,怒道:"你头上这顶圆帽是怎么回事?去乡下参加婚礼吗?船形帽去哪儿了?"

笑容从此人宽宽的脸上消失了。"明白了,少将同志。"他赶紧答道。

战士们在忙碌着,扛着木板、原木和金属板朝着战壕和掩蔽部走去。"像河狸一样,"罗季姆采夫对又在呼哧呼哧喘气的瓦维洛夫说,"还有谁会在河畔修建常备工事呢?"

距离河岸十米处露出了下水道黑色的入口。"到了，"瓦维洛夫说，"这是咱们的新家。"

尽管这一天是个阳光灿烂的日子，伏尔加河西岸的恐怖却是实际存在的。他们告别了太阳、清澈的蓝天和雄伟的河流，走进这条黑乎乎的下水道里，四壁都是霉斑，空气中散发出陈腐的恶臭，但所有人都稍微平静了一点，呼吸也更顺畅了一些。

后勤处的战士们正在搬桌椅、电灯和文件箱。通讯兵在铺电话线。

"少将同志，这是一处非常出色的指挥所。"一位上了年纪的通信指挥员对罗季姆采夫说道——他在基辅保卫战时就负责向各营传达后者的命令。他继续说："我们给您准备了一处特别的地方，算得上是办公室……就是这些箱子，还有些干草。要是您想躺一会儿……"

罗季姆采夫阴沉沉地点了点头作为回答。

他沿着下水道走了几步，敲了敲管壁，听了听水流的汩汩声，然后对别利斯基说："还装电话线干什么？我们都在这澡堂子里了，大声喊一下，所有人都听得见。"

别利斯基明白了，一定有什么事情让罗季姆采夫感到担忧。他有礼貌地沉默着，还轮不到他来问上级在想什么。

瓦维洛夫看着罗季姆采夫阴郁的面容，自己也皱起了眉。

瓦维洛夫是全师最了解手下战斗力和弱点的人。他知道，很多人在看着罗季姆采夫。他能想出来，通信员、接线员、信号员和副官们很快就会在团营指挥所里大发议论："将军今天踱来踱去，根本没坐下。""他朝每一个人发火，甚至别利斯基都被教训了一通。他很紧张。说真的，真的很紧张。"

这一切让瓦维洛夫很不高兴。罗季姆采夫应该小心一点儿。他应该知道下级都在说悄悄话："情况看来不妙。要完蛋了，没错！"罗季姆采夫不是看不见这一切。他对于迫在眉睫的事情常常报以随和的一笑。瓦维洛夫很赞赏他的这一点。有一次，一位通信员汇报说："德军坦克朝着指挥所开过来了。"他会平静地回答道："让加农炮准备直射。现在嘛，继续吃饭！"

电话线铺设好后，罗季姆采夫立刻给崔可夫打电话，汇报说本师已经全部渡过伏尔加河。

"你得明白，"崔可夫说，"我们得进攻。部队没有时间休息。"

罗季姆采夫想了想，在当前条件下本师根本无法休整，于是便答道："将军同志，我明白了。"

罗季姆采夫走到指挥所外，在一块大石上坐下，点燃一根烟，看着远处的东岸陷入沉思。在刚刚进入战场的这一关键时刻，他感到了沉重的压力，但也知道自己能保持镇定。

罗季姆采夫戴着一顶普通士兵的船形帽，肩上披着绿色的棉夹克，在远离人群的忙碌和喧嚣之处坐着。他今年已经三十七岁了，外表看上去要比这个年纪轻很多，眼睛里流露出漫不经心的忧伤，注视着周围的世界。很少有人能够注意到这位瘦削、英俊的浅色头发士兵竟然是一位少将，是这个已被敌人占领过半的城市迎来的第一支增援部队的师长。

罗季姆采夫未与全师建立联系的这段时间里，数千人的生命遵循着自然的法则发生着变化，如同总是往低处流的水流一样。

不管在哪儿——在火车站候车，或者坐在北冰洋的浮冰上，甚至正在战争中搏斗，人们都尽可能地让自己暖和一些，舒服一些。

这是每个人的本能欲望。大部分时间里，人的本能欲望与军事上的必然是协调的。士兵挖掘壕沟是为了避开横飞的弹片，他们会藏好，向敌人射击。但是，有时候这种生命的本能、这种自我保存的本能却会压倒其他的需求。会有人挖好了战壕，躲进了里面，却忘记了手中的枪。此人只会单纯地想，发到手里的工兵铲用途只有一个：避开子弹和弹片的伤害。

罗季姆采夫坐在大石头上，简略地看了看各团发过来的关于顺利完成修建防御工事的汇报。

790

从保存本师、保存各个团营的角度来看，这些防御工事的布置是完全合理的。但就算是别利斯基这样的聪明人都没有领会到，在眼下，为了保存本师实力，把防御阵地设在距离伏尔加河仅有几米的地方，这根本没有任何意义。

"别利斯基！"罗季姆采夫大声喊道。但过了一会儿他才开口说："在河畔这些防御阵地修建上，我们还得再多想想。"他停了一下，给了别利斯基一点时间思考，然后接着说："我们该怎么办？有一整个团跟我们的联系中断了。要注意，联系中断了。我们距离伏尔加河仅有五米，看到了吗？我们会像狗崽子一样被淹死在这里，在这条河里。德国人会先用炮炸平这里，然后再把我们赶进河里。"

"那我们该怎么办呢？少将同志，您该怎么下决心？"别利斯基用他一贯沉着冷静的风格问道。

"我们该怎么办？"仿佛被别利斯基习惯性的沉着影响到了，罗季姆采夫也用冷静的口吻问道。突然间，他果断地大声说道："我们要进攻，要打进城里去！没有别的选择。敌人在每一方面都比我们强大，我们只有一个优势，就是出其不意！要把它用到刀口上！"

"完全正确！"瓦维洛夫觉得自己之前也想到了这一点，接着又补充说："他们把我们送过伏尔加，不是让我们来挖沙子的！"

罗季姆采夫看了看表。

"再过两个小时我要向集团军司令员报告做好了进攻准备。把团级指挥员都叫过来，得给他们安排新任务。要在黎明时发动进攻！与集团军情报处联系，告诉我们敌人的防线在哪儿，炮兵阵地在哪儿。与东岸我们的炮兵的联系要重新检查一道。要让每支部队都投入进攻，而不是防守。把本市地图发到每个指挥员和政委手上。几个小时后就要开始巷战了，不能浪费时间。"

他说话的语调又平稳又威严，像是一股什么力量轻轻地推着别利斯基的胸口。

瓦维洛夫对他的通信员喊道："把政委们都叫来，马上到我这里。"

罗季姆采夫和瓦维洛夫对视了一眼，两个人都笑起来。罗季姆采夫说："不久前的这个时候，我们还常常到草原上去散步呢，都成了习惯。"

一座大坝马上就要建起来，把所有人的力量引往另外的方向。所有人的行为都要转到这个新的方向。罗季姆采夫完成了大坝的奠基。几分钟前，他还把自己隔离在喧嚣之外，独自一人坐在岸边。现在，他开始将自己的意志加诸周围的这些指挥部人员和团营指挥员身上，加诸身边所有人身上。不管是步兵排排长，还是普通一兵，都在罗季姆采夫的直接影响下。修建掩蔽部和战壕反而成了最不紧迫的事情。

于是，在团营指挥所里，人们开始不断重复"将军确认了……""将军取消了……""将军禁止……""一号说我们得快点行动""一号会马上会来检查……"。

战士们开始尝试自己解决问题。一切再清楚不过了，在最后一个小时出现了某种重要的变化。

"放下工兵铲，战壕挖够了。现在得去多拿些弹药。"

"有燃烧瓶了吗？我们每个人有两颗手榴弹。大炮要往前移。"

"罗季姆采夫到这儿了。我们要向城市发起突击。"

"知道罗季姆采夫刚才跟少校说了啥吗？我刚才听一个通信员说，他朝着少校喊：'你觉得把你带到这里来是为了挖坑？'"

"一排每人都分到那一百克了，还有两块巧克力。"

"嗯哼，连他们都有巧克力了。我们有麻烦了。肯定是要进攻了。"

"每个人多带五十发子弹。"

"大概今晚就要进攻了。我可不喜欢这样。谁知道该往哪个方向打……"

在微光映照下，罗季姆采夫由两个冲锋枪手护送，沿着河岸出发，去向崔可夫汇报。

这天晚上很安静，只有零星的几下枪声。也许是哨兵害怕天色变暗，想要用枪声盖住砖石掉落的声音和白铁皮发出的叮当声。

一个半小时后，罗季姆采夫回来了，带回来有崔可夫签名的进攻命令。这时夜幕已经完全笼罩四方。

寂静涌向四处。夜晚在伏尔加河上空展现出它的本色。天空变成了沉重的蓝黑色，伏尔加河的波浪发出轻轻的拍打声。河上清风带来了草原的热气、街道上令人窒息的空气，还有伏尔加河一刻不停的潮湿呼吸。

无数星星在凝视着这座城市和这条大河，聆听着河水拍打河岸发出的喃喃声，倾听着人们的低语、叹息和嘀咕声。

师指挥部的人员从下水道里走出来，看着大河和天空，看着别利斯基、瓦维洛夫和罗季姆采夫三个人在黑暗中的侧影。

他们坐在一根被沙子盖了一半的原木上，看着宽阔的河面，努力分辨河对岸伏尔加河畔草原的轮廓，内心翻腾着焦灼的思虑。

罗季姆采夫掏出一根烟，点燃，深吸了几口。

别利斯基轻声问："将军同志，咱们的新首长感觉如何？"

罗季姆采夫仿佛没有听到。别利斯基也没有再问。

罗季姆采夫又深吸了几口烟，然后把烟头扔进了水里。瓦维洛夫低声说："马上就要开始我们的乔迁盛会了。"

罗季姆采夫似乎在想着些什么，下意识地说道："是啊，太对了。就是这么过下去的。"

也许人们会觉得这三人都活在自己的世界里，都没有接上彼此的话茬。其实他们互相都非常了解。

三个人的战争生涯都始于 1941 年 6 月。他们在一起经历了无数的艰难困苦，无数次直面死亡。他们一起经历了秋天的凄风冷雨，7 月的尘烟热浪和冬天的暴风雪。他们说过了太多的话。现在，无需交谈，一言半语，甚至短暂的沉默，都足够表达心中的念头。

罗季姆采夫到底还是回答了别利斯基的问题："这么说吧，不用怀疑他是个出色的上级。他今天被德国鬼子的炸弹弄烦了……是个人就得有些脾气。"

他们长时间地倾听着周围的寂静，大概是觉得这是他们最后一次感受到城市的寂静。

罗季姆采夫依旧凝视着伏尔加河，突然间说了几句让人大吃一惊的话——那种下级在发动进攻前最不愿听到的话："别利斯基，我很难过。我以前还没有过这么难受，哪怕是基辅或库尔斯克沦陷了也没这么难过。我们到这儿来就是送死。就是如此。"

河面上缓慢而笨拙地漂过几个阴影，不知道是已经丢掉桨的小船，还是被泡得发胀的死马，或者是被炸弹炸碎的某条驳船碎片。

他们身后，燃烧的城市陷入沉寂。本来凝视着伏尔加河的这些人开始东张西望，仿佛感到有种沉重的力量正在黑暗中窥视着他们。

二十六

崔可夫在快到傍晚时得到了罗季姆采夫师渡河的消息。罗季姆采夫在晚上十点向他作了汇报，由他签署了进攻的命令。但在半夜，集团军特别处处长和军事法庭庭长找上门来汇报，说有两个指挥员不顾"一步不得后退"的命令，擅自把指挥所转移到扎伊采夫斯基岛和萨尔宾斯基岛上去了。崔可夫喘着粗气，掏出笔，把朝他推过来的文件抓了起来。

"行了，"他说，"你们可以走了。"

崔可夫沉着脸在掩蔽部里走了几步，然后坐下来，伸手揉着头发，舔着下嘴唇，眼睛直勾勾地盯着刚才他用来签名的笔。他叹口气，又站起来走了一阵，把衣领解开，一只手揉捏着脖子，一只手伸到身后挠着背。

掩蔽部里空气沉闷，满是烟味儿。崔可夫走到隧道口，他的副官躺在那儿睡觉，盖在身上的军大衣落到地上。崔可夫打开手电筒。副官的嘴半张着，有一张苍白的孩子般的脸。副官可能生病了。

崔可夫拾起军大衣，盖在沉睡的中尉那瘦削的肩上。

"妈妈，妈妈。"中尉梦中说着，声调像是被扼住了喉咙。

崔可夫感到喉头一哽，快步走出了掩蔽部。

二十七

黎明前的黑暗中，人们的影子在一片朦胧中若隐若现，偶尔传来武器的碰撞声。罗季姆采夫的近卫师准备向前移动。政治指导员们在低声点名，准备简短地开个会。他们用手电筒的微光照着路。

战士们坐在碎砖堆上，听着团政委克卢什金的动员。他的声音很低，后面的人要支起耳朵才能听清。这次在伏尔加河悬崖上的废墟和瓦砾之间的动员既重要又伤感。在东方渐渐出现了一条浅色的光带，意味着残酷的一天即将来临。

克卢什金没有按照预想的那样讲话。他向战士们细说了他在斯大林格勒经历的生活。他告诉战士们，此前他在工厂区的建筑工地里工作。战前他的家就在这附近，就在他动员时坐着的这根烧焦的木头上附近。在战争爆发前不久，老母亲生病了，她要家人一定把床移到窗前，这样就能看到伏尔加河。战士们沉默地听着他说话。

克卢什金说完后，突然认出了人群中瓦维洛夫高大的身影。他靠在半截砖墙上认真听着呢。

"坏事儿了，"他心里想，"我干嘛瞎扯这些东西？要倒霉啦。他会问我说的这些跟今天的进攻有什么关系。"

瓦维洛夫跟他握了手，说道："谢谢您，克卢什金同志。您说得很好。"

二十八

德军最高指挥部在电台上宣布已经完全占领了斯大林格勒，只有北部的工厂区仍有红军在抵抗。他们在公布这条消息时，完全相信这就是一个客观事实。

德国人占领了市行政中心、火车站、大剧院、银行、中央百货大楼、州党委大楼、市苏维埃、斯大林格勒真理报办公楼，还占领了大多数学校、几百栋高层住宅楼。整个新城的中心都被德军控制了。只有在市中心，苏军还控制着沿河的狭长地带。

苏军还在北部的大型工厂区和南部的别克托夫卡郊区进行着抵抗。德国人丝毫不怀疑，他们会彻底消灭这些部队。

苏军的防线已被切割开了。中部防线与左右两翼均失去联系。各条防线已经无法协同行动。

所有的德军军官和士兵都相信胜利已经在望。没有人想过要去肃清和固守已经占领的区域。许多德国高级军官坚定不移地相信，红军将会在接下来的几天，甚至几个小时内完全撤出斯大林格勒。

正因为如此，罗季姆采夫师的进攻才显得出其不意。这也是该师进攻得手的许多原因之一。

罗季姆采夫右翼的那个团首先发动进攻，夺回了足以俯瞰全城的马马耶夫岗，其防线向该师另外两个团的阵地延伸，与它们汇合，重新形成连续的防线。

反攻中，红军夺回了几十栋大楼。位于中间的那个团前进得最远，其中一个营夺回了火车站及其周围楼房。德军在城市南部的进攻也被击退了。

罗季姆采夫随即命令全师转入防御，继续战斗。很多战士被半包围或者完全被切断了退路，但他们都坚持到打完最后一发子弹。

罗季姆采夫明确告诉所有指挥员：任何最轻微的一丝撤退的迹象都

将作为最严重的罪行处理。崔可夫这样警告过罗季姆采夫,而叶廖缅科也这样警告过崔可夫。

这一命令是从上级那儿传达下来的,同时也是战士们发自内心的想法。尽管罗季姆采夫师的进攻因出其不意而取得了很大的战果,但这些战果本身也是随事态发展而出现的符合逻辑的结果。

二十九

菲利亚什金上尉的营取得的战果最为丰硕。

全营沿着狭窄的街道和一片片空地向西前进了一千四百米,几乎没有遇到任何抵抗就抵达火车站,随后夺回了煤仓、扳道工岗亭,还有被炸毁的、地面上撒满面粉和玉米的仓库,最后夺回了被炸塌了大半的火车站。

三十岁上下的菲利亚什金有一头红发,眼睛因缺少睡眠而充血。他把临时指挥所设在铁路月台附近的一栋混凝土小屋里。这里的窗户全部被炸坏了。

菲利亚什金的左耳被一发炮弹震伤了。眼下他一会儿挠着受伤的耳朵,一会儿擦着脸上的汗水,在一份画着横线的办公信笺上给团长叶林写报告。他的手下刚刚夺回了本市最重要的火车站,这可是个不小的胜利。他对此多少沾沾自喜,但同时又感到有点遗憾。其他营都落在后面。本营的侧翼无法获得掩护,他不能再向前进攻了。

营教导员斯维德科夫走过来,大声问道:"怎么停下来了?要巩固胜利成果。咱们的人都在跃跃欲试,想要往前冲!"斯维德科夫不久前还是伊万诺沃州州党委的巡视员,现在刚尝到硝烟的味道,就有点忘乎所以了[1]。

1　中文译者注:伊万诺沃州位于莫斯科以东。

"往哪儿冲？我们跑得太远了，比其他人都远，"菲利亚什金答道，用一根手指戳了戳城市地图，"想要冲到哈尔科夫还是柏林？"

他在说出"柏林"这个词时有意把重音放到了"柏"字上。

第三连连长科瓦廖夫中尉走进来。他的船形帽斜戴在头上，一边压到了耳朵上，一缕额发从船形帽下探出来。每一次他突然甩头时，这缕额发就像根金属弹簧似的跳起来。

"情况如何？"菲利亚什金问。

"不算太坏，"科瓦廖夫尽量把声音压低了说，"我自己就收拾了九个狗杂种。"然后他就像个孩子一样，从眼睛、齿缝和整个身体里释放出不可遏制的笑意。

他其实只打死了三个德国鬼子，另外有两个倒下去了，生死不知。他自己也不知道为什么要说有九个，也许只是想让菲利亚什金知道他是个不怕死的家伙。列娜·格纳丘克到底有没有跟菲利亚什金过夜，跟打仗根本不相关。

科瓦廖夫接着汇报说，政治指导员科特洛夫用非凡的勇气激励了全连作战。但他现在负伤了，已经被送到后方。

一头灰发的营参谋长伊岗诺夫中尉正在默默地看着地图。战前他在区国防与航空化学建设促进会工作。他不喜欢那些夸夸其谈的年轻指挥员，觉得菲利亚什金过于好色。他不喜欢在一个比他大儿子年纪还小的营长手下干活。

"长腿"科纳内金走过来。他长着一头很像卡尔梅克人的黑发，动作又快又毛手毛脚。他自己领章上的一个红方块是用一块红橡胶剪切出来贴上的，还有一块红方块干脆是用不褪色红墨水涂上去的。

"周围都是德国鬼子，"伊岗诺夫不高兴地嘀咕道，"咱们这儿不是什么俱乐部。"

"科纳内金同志，汇报情况吧。"菲利亚什金说。

科纳内金说了一下自己连的战果和伤亡情况，然后递上来一份书面报告，上面都是大字。

"看来，我这一下够让德国鬼子受的。"菲利亚什金说。他对伊岗诺夫说："行了，咱们吃点儿东西吧。"

科瓦廖夫指了指被德国人占据的房屋，那里静悄悄的。他说："今年夏天我到过斯大林格勒，和另外一个朋友——也是一名中尉——一起来的。我在他家住了一晚，过得很高兴。上尉同志，我得承认，我们未经准假，在城里多留了一天。有个我有点意思的姑娘，是我这个朋友的姐姐。大约有二十五岁那样，没结婚，真是个美人儿啊！我还没见过这样的姑娘，简直太美了，一看就知道念过很多书。"

"念过书的美人儿当然好，"科纳内金说，"可是我呀，是关心你取得了什么战术进展？没招骂吧？"

"嘿，那是自然！"科瓦廖夫说。这当然不是真的，不过是向菲利亚什金表示自己对卫生指导员列娜·格纳丘克没什么兴趣而已。他是跟格纳丘克一起到草原上散过步，还送了张自己的照片给她。但那是在后方，实在没什么有趣的事情可做。

菲利亚什金打了个哈欠，说道："你们干嘛觉得我爱听斯大林格勒的破事？我在军校毕业后到过这里，真没觉得这里有什么意思。说起来，这里冬天的大风真够呛，我差点把脚给冻掉了。"

他递给科瓦廖夫一个杯子。

"上尉同志，谢谢，可我现在不喝。"科瓦廖夫说。

菲利亚什金和科纳内金喝掉了自己配发的一百克酒，一起回忆起了从前在某个村子里宿营时发生的一件事：有个平时素来很安静害羞的年轻中尉喝了点儿自酿白酒，借酒壮胆，爬到了炉子上[1]。他本来以为上面睡的是农舍的年轻女房东，其实却是女房东的婆婆。这一下老太太做的可不光是"招骂"了。他跌跌撞撞走出来时，一只眼睛都黑了。这事儿

1　英文译者注：冬天人们常常睡在炉子上。

可丢脸丢大发了。在部队开拔前，中尉一直都藏在后厨院子里不出来。

两位指挥员到达斯大林格勒才几个小时，都没什么可回忆的，能够引发回忆的是他们在后方，作为预备队生活在伏尔加草原上的那几个月。对他们，还有对那些跟随他们的人而言，根本没有时间让斯大林格勒成为自己的回忆。它只是他们人生的最高潮和最后一部分。这是个只有今天，没有未来的地方。

通信员带回来团长的书面命令。他们要马上加强防御。有迹象显示周围的敌人正在准备反攻。

"那吃什么？我们只带了两天的配给！"斯维德科夫和伊岗诺夫几乎同时说道。

科纳内金笑了笑，朝菲利亚什金看了一眼。这个笑容既漫不经心，又意味深长，显示出他已经做好了接受自己命运的准备。他对于命运的认识简单明了，让伊岗诺夫的心猛跳了一下。尽管后者头发已经灰白，但他在中尉面前仍然单纯得像个孩子。

菲利亚什金在地图上标注了各连的防守区域。连长们在自己的地图上也跟着标注了一道，记下来了菲利亚什金的其他指示。

"我可以走了吗？"科瓦廖夫立正请示。

"走吧。"菲利亚什金轻松地说。

科瓦廖夫碰了碰靴跟，在敬礼时来了个突兀的向后转。

地上尽是碎砖和石膏。科瓦廖夫摇晃了一下，差点被绊倒。他微微一跳，装出一副急着执行命令的样子快步跑开，以掩饰被绊住的窘迫。

"这是向后转吗？"菲利亚什金生气地喊道。

刚刚大家还是直来直往的好朋友，突然间彼此间被有点儿夸张的森严等级所禁锢，乍一看这种变化似乎让人惊讶，其实他们多少习以为常了。这些军衔不同的年轻指挥员之间的关系很复杂。他们共同面对危险，一起唱歌，一起传看家人来信，同时，军衔高的人也会在军衔低的人面前摆架子，为此乐此不疲。这么做有时候是因为他们担心自己还很年轻，无法压得住阵。在一些有平等意识倾向的年轻人当中，有这种担心是很自然而然的事情。

要有了很多年的经验后，一个人才能具备宽容下级的能力，才能在自己拥有权力优势时行事不再那么粗暴。大部分人只有认识到自己具有天赋的、与生俱来支配他人的权力时——而且其他人无法拒绝被权力支配时——才会获得这种宽容能力。

菲利亚什金调了调胸前的望远镜，说道："我们得派个人去团指挥部，咱们的家什还在那儿呢。团长抽走了咱们一个连作为预备队，再不派人去，东西就会丢得七零八落。"

他看了看伊岗诺夫和斯维德科夫。两个人都知道他拿不定主意该派谁。

两人脸色都变了。菲利亚什金说出的一两个字将决定他们的命运。

外边是不祥的安静。这一和平景象只能预示着死亡。此时的团指挥所就变成了安全港，仿佛到了它那儿就能回到后方。

"让我去吧，我年龄更成熟一些。"伊岗诺夫想要这样说，权当是开个玩笑吧。但他知道说出这些不该说的话会带来什么讨厌的后果，只好皱了皱眉，俯身察看起地图。

斯维德科夫完全清楚全营命途多舛。从提出部队应该继续向前进攻这个荒谬的建议被拒绝后，他就知道，此前的小小胜利已经让大家陷入了无路可退的绝境。

但他也一言不发，默默地检查着自己的手枪。

菲利亚什金总是对所有人抱着怀疑态度，而且特别不喜欢斯维德科夫。他直接从预备役转入了现役，入伍第一天就被任命为高级政治指导员，中间几乎没有过渡，而菲利亚什金自己是经过了三年艰苦的军营生活才爬到上尉这一级。菲利亚什金对参谋长的态度跟对斯维德科夫差不多，觉得这家伙只是个无聊的老头子。他倒是很尊重科纳内金。后者不过是在乡村学校念了三年书，然后真枪实弹从普通一兵干到今天。可是科纳内金这家伙老是挑战自己的权威，真是让人恼火。

"科纳内金，当心一点！"菲利亚什金对科纳内金喊道。

"当心干嘛！"科纳内金反骂回来，"别吓唬我，我也不在乎。反正我活不长。带着一群罪犯去打仗，比送进惩戒营里好不了多少。爱干啥干啥，我不管！"

最后，菲利亚什金决定了："斯维德科夫，你干嘛不去呢？"他干笑了一下，继续说："你要是牺牲了，政治处会处罚你，说你没有向他们汇报工作！"

他派斯维德科夫回去的另一原因，是他在本次长途行军后就没见过列娜·格纳丘克。他今天想见她，但斯维德科夫会在这儿碍事。

接下来菲利亚什金开始处理更加紧迫的事情。他拿起了一支冲锋枪，用大衣遮住图囊，这样敌人的狙击手就没那么容易注意到他。他对伊岗诺夫说："我去查看一下阵地。"

伊岗诺夫对外边的安静感到很不安，大声说道："营长同志，火车站大楼里有个很深的地下室，放置弹药应该很不错。要是各连弹药不够，可以派人去那里拿。"

"不行，"菲利亚什金摆了摆脑袋，"这样做不对。确保全部手榴弹和子弹都直接发到每个人手上。"

德国人还没开火，这让北边不祥的隆隆炮火声变得更加骇人。菲利亚什金与所有有经验的战士一样，非常害怕安静。他还记得 1941 年 6 月 21 日夜里笼罩着切尔诺夫策周围的宁静[1]。团部大楼里闷得难受，他走出去抽了根烟。周围一片宁静，窗户玻璃反射着月光。这晚菲利亚什金在值班，接班的指挥员应该在六点前到达。然而，在接下来的十五个月里，接班的指挥员一直都没有来，于是他只好一直坚守在岗位上。

在空荡荡的蓝灰色斯大林格勒火车站广场上，到处是被炸倒、折断的电线杆子；电线晃荡着，闪亮的铁轨上一丝锈迹都没有；车站岔线上

1　中文译者注：切尔诺夫策即今乌克兰切尔诺夫策州，位于该国西南，隔普鲁特河与罗马尼亚相望。

一片沉默。这片属于工人的土地上，常年行走着检查道岔和给活塞、轴承上机油的工人们；这片土地浸透着、闪耀着黑色的油光，在沉重的货车碾压下颤抖。现在一切都沉默了，仿佛从时间诞生之初，它们就陷入了宁静的沉睡中。列车长的哨声曾经划开这里的空气，火车头的汽笛曾经在这里轰鸣，但现在它却静悄悄的，一切都未曾发生，一切都很空旷。这样一个安静时刻让菲利亚什金想起了和平时期的最后那一刻，想起了儿时的家。他是铁路轨道检查员的儿子。从七岁开始，他最喜欢做的事情就是从母亲警惕的眼神下溜出来，沿着轨道四处乱走。

他蜷缩在火车站的围墙旁，打开了图囊，看到了叶林给他的书面命令。他没有把命令从发黄的赛璐珞夹子里抽出来，就这样重读了一道。命令没有给他任何安慰。叶林自己也知道，现在的宁静并不真实。

一切都跟 1941 年 6 月那个月光照耀下的夜晚很像。炮火和飞机的轰鸣声最终会把宁静撕碎。但是，当年发生的一切现在不可能再现了。今天，菲利亚什金不会毫无防备；今天，他处于高度戒备之中。他与十五个月前的那个人截然不同。也许，那时的菲利亚什金中尉根本就不是他本人，是沐浴在月光中的某个别的人。现在他既强壮又能干，知道一切，听着身边炮弹的爆炸声就知道是什么口径的大炮；他也不用去读连长们的报告或者跟他们通电话，因为他知道敌人总是把本营的迫击炮和机枪火力点作为重要目标，他也知道自己的哪个连遇到的压力最大。

他对自己如此焦虑感到很生气。

"还没有什么比从后方调到前线这个过程更难受的，"他对走在身边的通信员说，"要是战斗开始了，那就一直战斗下去，不要停。"

三十

全营呈环形展开防御阵地。

预感总是骗人。有作战经验的人总是很小心地看待预感。有些人半夜醒来，笃定地觉得自己肯定要阵亡了。他们已经看到了命运的安排，明确了自己的遭遇。不管是忧伤还是烦恼，又或是向命运妥协，他们要做的不过是写一封遗书，看看周围的战友们，凝视脚下的大地，或者在自己的背包里四处翻找些什么。

白天静悄悄地过去了，没有炮击，没有德军飞机从头上飞过。

那些曾因平静而燃起生的希望，开始为自己战后生活做打算的人，往往在半天后就被鲜血呛得说不出话来，半截身体被埋在碎砖瓦中了。

占领了火车站后，菲利亚什金的人莫不喜笑颜开，信心十足。"我们现在可以回家啦，"其中一人看着一辆不能动弹的火车头说，"只要把车头的蒸汽给烧起来，我来开火车，后勤处会给大家找座位的。"

"煤肯定是够烧了，够让我回到坦波夫了，"第二个人说道，"去买点儿馅饼给路上吃吧。"

战士们在墙上用斧子和撬棍掏好了枪眼，然后尽其所能地让自己舒舒服服地躺下来。有人表示很可惜这里没有干草或麦草；也有人过日子讲究惯了，自己给自己搭了个架子用来放背包和饭盒。还有两个人在仔细查看一个被砖头撞瘪的白铁皮杯子，在想着要不要把上面的小链子给锯下来。

"链子归你，"一个人说，"杯子归我。"

"你可真大方，"第二个说，"干嘛不把链子一块拿走呢？"

还有人消停地坐在窗台上，掏出一面小镜子，开始刮起脸来了。满是灰土的胡茬在剃须刀下吱吱响。

"谁给我一小块肥皂，"另一个人请求说，"我也想刮脸。"

"快用完了，你看看！"刮脸的人说，看着战友脸上不满的表情，他又说道："唉，好吧，给你！但得给我留下一小条！"

配属给科瓦廖夫连的惩戒营小队今天也意外地安静和听话。他们知道要在火车站抵抗一阵子，于是也开始着手修起工事来。

小队里有个人看了一阵子倒塌的天花板和被炸成两段的墙壁，垂头丧气地说："近卫军部队的候车室真不赖嘛，躲进母婴休息室里去了，我们却只好待在这儿！"

另一个溜肩卷发、脸色白得吓人的战士，刚刚架好了反坦克枪。他眯着眼睛瞄了瞄，带着疲倦的笑容对副射手喊道："热拉！站开点儿，你正好站在枪口下。我可不想出什么意外！"

科瓦廖夫的连队也在努力挖工事，在砖墙上掏枪眼，在斯大林格勒市区硬邦邦的地面上挖战壕，不断地掏出泥土、碎砖、白色的地砖和锈得像网一样的白铁皮。

乌苏罗夫站在齐腰深的战壕里问道："瓦维洛夫，你怎么不吃配发的巧克力？味道还不赖……要不要咱们做个交易，你拿巧克力来换点我的烟丝？"

"不行啊，"瓦维洛夫说，"我得给孩子们留着点儿。我的小娜斯佳还没见过这种巧克力。"

"你见到她时，巧克力该发霉了！"

"我可不见得会牺牲，也许会负伤，这样我就能回家休假。味道差一点娜斯佳也不会在意。"

"好吧。改主意了记得跟我说一声。"

乌苏罗夫笑起来。他想起了很久以前，父亲要他去劈木柴，可他却跑开了，还藏了起来。现在，他看着瓦维洛夫的一双大手在稳稳地挖着工事。砖墙仿佛在与他作对，但在他每一次有力而仔细的动作下，它们毫不犹豫地屈服了。瓦维洛夫让乌苏罗夫想起了自己的父亲。他忘记了两人此前的分歧，对这个严厉的高个儿产生了突如其来的好感。

"我喜欢动手干活。"乌苏罗夫说。其实他讨厌体力活，对劳动一点兴趣都没有——除了工资。

他们还在东岸时，斯大林格勒上空的红色火光吓坏了他们。一个人在这座城里恐怕连一个小时都活不下去。现在他们多少感到放松了一点。

战壕已经挖好，还可以躲在厚厚的砖墙后面。眼下又是一片宁静，大地静谧，天上的太阳也肃然无声。所有人都更镇定，更轻松了，都对局面的发展满怀信心。

科瓦廖夫中尉的鼻子脱皮了，露出粉色的嫩肉。"你们干得怎样啊，雄鹰们？"他大声喊道，"别松懈，敌人离我们很近！"

科瓦廖夫对手下人是有信心的。他刚陪着菲利亚什金检查了一下全连阵地，把战壕、机枪巢和前哨阵地仔细看了一遍。菲利亚什金在离开前对他说："你们的工事修得很不错。"

科瓦廖夫对自己的能力和经验同样有信心。他的指挥部设在一处仓库里，距离前线大约十五到二十米，是手下在塌了一半的墙下挖出来的。眼下战斗准备基本完成了。每个人都有足够的子弹，还有手榴弹和燃烧瓶。反坦克枪已经架好；机枪射手认真检查了武器，弹带已经装好子弹；大家都领到了香肠和面包干；拉到营指挥所的电话线藏在废墟之下；所有排长都收到了具体的指令。以生病为名请求批准去团卫生队的多多诺夫上士已经被严厉地惩罚。

科瓦廖夫打开了自己的背包。为了防止别人嘲笑，他先摊开一张防御地图，一边假装看地图，一边拿出他为数不多的小零碎——这些是他短暂、可怜而纯洁的一生的沉默证物：一个绣着红星的烟荷包，这是姐姐塔娅从一件曾经很时髦的旧衣服袖子上拆下来的。他还记得在八岁时，姐姐塔娅穿着它举行了她与城里会计雅科夫·彼得洛维奇的婚礼。后来大家问他："哎呀呀，你从哪儿弄来这么漂亮的烟荷包？"他就说："我在军校时姐姐给我的。"

他看着一个小小的花斜纹布封面的笔记本。笔记本边缘磨破了，上面烫金的"笔记本"三个字已褪色。这是他在村里念书的最后一年时老师送的。科瓦廖夫用漂亮的大字抄下来好几首诗和流行歌曲歌词，什么《迷人的夏天》，什么《我骄傲的爱情》，还有《人民的战争，神圣的战争》《喀秋莎》《我的千年灵魂》《我的蓝色小披肩》《永别了，我热爱的城市》，以及《等着我吧！》[1]。

在笔记本扉页上则是一首莱蒙托夫的诗。有两句诗句用红色和蓝色铅笔整齐清晰地划了出来："没有永恒的爱情／其他的爱情只能徒增烦恼。"

在笔记本中夹着四张莫斯科地铁票和特列季亚科夫美术馆、革命博物馆、莫斯科动物园、"联盟"电影院以及莫斯科大剧院等地的门票，是1940年11月他在莫斯科两日游时的纪念品。

他又拿出了另外一本笔记本，里面是他在军校时的战术课程笔记。科瓦廖夫非常珍视这本笔记本，因为他是全班唯一一个在战术课上拿"优"的学员。

接着从背包里拿出来的是一张用玻璃纸小心包起来的照片，里面是一个眼神凌厉的姑娘，长着一个翘鼻子，嘴唇饱满。照片背面用不褪色墨水写着几行字：

> 欢笑和愉悦很容易传递，
> 但真正的友谊并不容易维系；
> 唯一值得关注的朋友啊，
> 请记得我
>
> ——薇拉·斯米尔诺娃

在照片的右上角的一个小长方形里，用大写字母写着一行小小的字："贴邮票处，有一枚热烈的吻。"

科瓦廖夫忧伤地微笑了一下，用啦啦响的玻璃纸把照片又包了起来。背包里剩下的都是更有用的东西：一个装着红色三十卢布纸币的钱包，一个装着两个备用的领章红方块的小袋，还有就是他的战利品，有一把

---

1 中文译者注：《等着我吧》是苏联作家西蒙诺夫在1941年苏德战争爆发初期写的著名诗篇。

德国剃刀、一个德国打火机，以及一支红色塑料铅笔、一个指南针、一块小圆镜、一包没有开的烟、一把做成坦克形状的大而无当的铅笔刀。

科瓦廖夫四下里看了看，听了听远处的隆隆声，周围还是一片宁静。之前他的身边是政治指导员科特洛夫，在后者负伤后，马尔岑科大士站在了身边。科瓦廖夫用手指甲拨出一根烟，点燃，然后问道："抽一支，怎样？"

说完，他看了看摊在身边的这一堆宝贝，赶紧说道："我找不到手榴弹引信了。整个包都翻过来也没找到。"

"还找什么……"马尔岑科说，"这里的引信多得用不完。"他小心翼翼地从烟盒里抽出烟，用手指夹着左右转动，上下打量了很久，这才把烟点燃。

三十一

只有在斯大林格勒，彼得·谢苗诺维奇·瓦维洛夫才认识到战争的真正含义。

一座巨型城市被毁灭了，但它的部分废墟还残留着大火的余温。在黄昏中，在放哨的瓦维洛夫还能感受到石头深处释放出来的温暖呼吸，仿佛是前不久还住在楼房里的人留下的余温。

战前，瓦维洛夫到过几个城市和镇子。可只有在这里他才能够理解为了修建这座城市，付出了多少辛勤的劳动。

还在村子里生活时，瓦维洛夫就发现很难弄到足够的建筑材料。不管是一小块窗玻璃，一块砖厂烧的砖，医院窗户上的锁扣，还是学校门口的遮雨棚，或者是建造磨坊用得上的钢铁桁架，都极度缺乏，连铁钉都只能用根数而不是用重量来计算。搭建教室屋顶的干木材几乎找不到，往往得用湿云杉板来建屋顶。要给村子里的学校铺上地板，得花费无数的时间、费尽心血才能做到。要是有哪栋屋子上用了波纹钢覆盖屋顶，那它简直就成了一座豪宅了。

斯大林格勒的这些楼房废墟告诉所有人，当初为了建造它们投入了多少财富。成千上万块扭曲的波纹钢散落在地上；街道上常常连续几百米铺满成堆的宝贵砖头；人行道上满是碎玻璃，像鱼鳞一样闪光。瓦维洛夫一度觉得，盖满地面的这些碎玻璃能够满足俄罗斯所有村子的需要了。不论他朝哪儿看过去，都能看到螺钉、门把手、碎铁片和被肆无忌惮的疯狂大火烧软的铁钉，到处是坍塌的桁架和烧得变形的钢轨。

要用无数血汗才能砌削成这些巨石，才能从矿石中炼出铜和生铁，才能把沙子烧成玻璃，才能在裸露的岩石上建起钢铁的桁架。无数建筑工人、木匠、油漆工、玻璃工和钢铁工人没日没夜、年复一年地为此努力工作，因为这一切，不管是砖房还是大厦，或者是楼梯的规划与建设，都需要技术、力量和劳动。

可是，现在街道上布满了弹坑，有些弹坑大得像干草垛一样。所有的坑洼和弹坑暴露出了城市的另一面。这里有一个地下城市，有各种水管、供暖锅炉、混凝土竖井、粗大的电缆以及复杂精密的电网。

恶魔般的无耻行径造成了无法想象的物质损坏和劳动成果的丧失。在伏尔加大草原上，瓦维洛夫见到过许多孤儿，老人，全身颤抖、精神错乱的老太太和怀抱婴儿的年轻女人。他们曾在这些楼房里生活着。有更多这样的人已经掩埋在这些成堆的废墟下的砖石坟茔中。

"希特勒干的！"瓦维洛夫大声说道。

这几个字一直在脑海里回响。"希特勒干的！"

对希特勒来说，拥有力量就意味着可以实施暴力。一个人可以将暴力施加于他人头上。而对瓦维洛夫以及千百万跟他一样的人来说，力量就意味着可以战胜死亡、可以活下去的能力。

我们认为，对于力量、劳动、正义和利益的共同认知决定了人民的思想。当我们说到"人民将谴责这一切""人民不会相信这些""人民不会同意"，其实际含义就是，这是我们所持有的共同观念。

这种共同观念虽然简单，却是人民发自内心的感受和想法。不仅"人民"作为一个整体持有这样的看法，每一个个体也持有同样认识。它常常潜藏于人心深处，只有当一个人感受到他或她与人数更多的群体团结在一起时，当有人能够说出"我就是人民"之时，共同的观念才会具有生命力。

那些说"人民崇尚力量"的人，需要好好认识力量的类型。既有人民尊重而且敬仰的力量，也有人民不会尊重的力量。在认识到这一点之前，后面这种力量不会改变它们傲慢自大的态度。

三十二

一整个早上，被炮弹炸碎的砖石粉尘都飘荡在空中。钉着铁掌的靴子踏起尘烟，和炮击扬起的尘烟一起，与这些粉尘交混，形成了一大片若隐若现的云。

几名德国军官爬上一栋被炸得只剩半截的大楼最高处，穿过颤抖的空气，从被炸坏的窗户远眺着伏尔加河。这条大河呈现出让人惊讶的美。柔和的蓝色河面反衬出无云的蓝天，波光粼粼，像海一样宽阔。大河吐出的潮气轻柔地涌过来，满头大汗的德国人顿时感到精神一振。

在他们脚下的街道上，在一栋栋燃烧后散发着余温的楼房废墟之间，几个德国步兵营正在搜索前进。坦克、装甲车和自行火炮常常急转弯，履带发出叮当声和尖锐的吱吱声。摩托车手解开了外套所有扣子，把钢盔扔在一边，整个人像喝醉了一样围着城市广场转来转去。

尘烟和野战厨房里冒出来的味道混在了一起，烧焦的味道和豌豆汤的味道混在了一起。

战俘们缠着血迹斑斑的肮脏绷带，和几队一脸迷茫的妇女、孩子和老人一起，被赶进了城西的空地。押解他们的冲锋枪手一路叫骂着，做出各种粗鲁下流的手势。

好几个德国军官不断地按动照相机快门。因为担心自己的记忆有误，他们在笔记本上匆忙记下现场的各种细节。作为家庭传承的记忆，记录着这个光荣一天的文字将会传给他们的孙子和更多后代。

脸色发灰、嘴唇干裂的士兵们在公寓里游来荡去，靴子在镶木地板上橐橐作响。他们朝着橱柜里张望，拿起毛毯乱抖，用枪托在墙上敲来敲去。

跟过去一样，德国兵总能奇迹般地在废墟里找到整瓶的伏特加和甜酒。

整条整条的街上不断传来口琴刺耳的声音。被炸坏的窗户后飘来粗野的歌声和放肆的大笑，还有跳舞的士兵跺脚的声音。有士兵翻出了留声机，就用它来播放苏联歌唱家的唱片。在一片喧哗声中，列梅舍夫的男高音和米哈伊洛夫的男低音显得既孤独又忧郁[1]。

一个年轻女人的歌唱则显得同样令人惊讶而忧伤——"他怎么看我，为什么他要向我送秋波，一切只是臆测罢了……[2]"

士兵们再次出现在街头时，个个都忙着朝自己的牛皮背包里塞战利品，从空无一人的公寓里抢掠来的有长筒袜、女衬衣、针线和毛巾，还有酒瓶、玻璃杯以及各种规格的刀叉。有些人兴高采烈地拍着自己胀鼓鼓的口袋，有些人还在四下张望，朝广场跑去。传闻在那附近发现了一家女款高档鞋厂。

司机们早就往车上装满了地毯、布料以及一袋袋面粉、一箱箱面条。

---

1 中文译者注：谢尔盖·雅科夫列维奇·列梅舍夫（1902—1977），苏联著名男高音歌唱家；马克西姆·多尔米东托维奇·米哈伊洛夫（1893—1971），苏联著名男低音歌唱家。
2 英文译者注：这是广受欢迎的利季娅·鲁斯兰诺娃（1900—1973）演唱的一首歌曲中的几句。鲁斯兰诺娃在 1948 年因被人诬告而被捕。1949 年 1 月至 1953 年 7 月获得正式平反前，禁止播放她所有的唱片。或许是这个原因，格罗斯曼在文中隐去了她的名字，并说这些歌唱"令人惊讶且忧伤"。

坦克手和装甲车驾驶员打开了车辆后面的杂物箱，往里面丢进去各种床上用品和毛毯、女式大衣，还有刚刚从窗上扯下来的窗帘。

靠近伏尔加河一侧的大街上传来迫击炮的射击声和机枪、冲锋枪开火时的喀喀响。可谁都不去注意这些。

在一栋三层楼最上面那个朝东的阳台上，一名全身上下穿着迷彩服、蒙着脸的军士对着电话大声喊道："开火！开火！开火！[1]"在他的喊叫和手势命令下，藏在林荫大道树丛下的大炮发出震耳欲聋的吼叫，炮口喷出白色的火焰和叉状的黄色火舌。

一辆装甲指挥车全速开过来，在广场中央做了个急转弯，停了下来。一位鹰钩鼻、脸上带着伤疤的将军从车里走下来。瘦削的将军挪动着他那两条打着黄色绑腿的罗圈腿走了几步，抬头看天，又看看广场周围的房屋，单片眼镜反射着光。他伸出戴手套的手不耐烦地做了个手势，跟一个向他跑过来的军官说了几句话，回到车里。装甲指挥车朝火车站方向开了过去。

这就是敌人设想的战争最后一天的场景。他们此时抱有的想法好像都无懈可击。

草原上的战斗持续了很长时间，烧得红热的石头、熔化的柏油散发出有毒的气息。那层炎热而沉闷的迷雾似乎透入了每个人心里，让每个人心里都跟着了火似的。

德国人已经在地图上多次看到伏尔加河，看到这条虚无缥缈的浅蓝色血管一样的东西。现在伏尔加河已在眼前，活生生的，充满着力量。它的水花拍打着码头的石岸，摇晃着它广阔胸膛里的一切——原木、木筏、船只和浮动码头。一切都不需要再怀疑了，伏尔加河就是胜利！

并不是所有德国人都在劫掠和庆祝。保卢斯把他的楔子深深打入了

1　英文译者注：原文为德语"Feuer! Feuer! Feuer!"。

市中心，但在楔子边缘的街道里，苏军还在据守和抵抗。坦克朝着大门和窗户直射；炮兵们急着想要把大炮从摇摇欲坠的楼房里拖到伏尔加河的悬崖上；信号兵不断打出各种颜色的信号弹；机枪手朝着阴暗的地下室胡乱射击；狙击手爬到冲沟旁守候；双机身侦察机则在空中游荡，像是悬挂在上面一样[1]。东岸的苏军无线电监听员不得不耐着性子听着德军炮兵观察员发出的带喉音的高喊。"开火，开火，开火！好极了！[2]"这样的声音回荡在伏尔加河东岸。

三十三

掷弹兵营营长普莱菲大尉选了一栋没有被炸坏的两层小楼作为营部。小楼紧靠着一栋被炸得面目全非的高楼。普莱菲认为，俄国人从东岸继续炮击的话，这栋高楼大概能够提供一些遮挡。

普莱菲的营是第一批进入城里的德军部队。在9月10日到11日夜里，巴赫中尉的连沿着察里察河摸到了伏尔加河西岸。巴赫汇报说，本连的前哨阵地已设在河边。连属大口径机枪已经将东岸的主要道路置于火力控制下。

以前，本营也有几次机会率先开进被征服的城市，士兵们也都习惯了沿着空荡荡的街道行军，周围是房屋烧焦后的特殊气味，脚下到处是碎砖和碎玻璃。有些当地人在看见他们的灰绿色制服后会露出惊恐神色，有些则一言不发，有些会藏起来，还有些人脸上挂着假笑，嘴里挤出几个德语单词想要套近乎。

很多时候，本营都是当地居民所遇到的第一批德国人。士兵们将自

---

1 中文译者注：这里可能是指纳粹德军的福克·沃尔夫Fw189侦察机，它采用独特的双尾撑布局，驾驶员舱架在两个发动机短舱之间。

2 英文译者注：原文为德文"Feuer! Feuer! Gut! Sehr gut!"。

己视为征服者的化身，能够毁灭钢铁建造的桥梁，能够把高楼大厦变为废墟，能够让女人和孩子眼中露出恐惧的神情。

在整场战争中都是如此。

但是，这次进入斯大林格勒却不一样，感受也比进入任何城市都多。在发动进攻前，副军长下部队跟大家进行了谈话。宣传部的一个代表下来给谈话摄像，还发下来一份宣传册。《人民观察家报》的一名记者——这家伙是个无所不知的大人物，据说前些年把该吃的苦头都吃了一遍——采访了三名老兵。记者在走之前说："亲爱的朋友们，明天我将亲眼见证一场决定性的战役，而你们则将参加这场决定性战役。进入这座城市就意味着赢得了战争。过了伏尔加河，俄国人就无路可走了。我们不会再遇到抵抗了。"

不管是军报，还是那些用飞机从遥远的德国送来的所有的报纸，都用大标题写着："元首说：'必须夺取斯大林格勒！'"苏联所承受的沉重损失都用黑体字在报纸上写出来了，上面有俘虏的数字、消灭的坦克和火炮的数字，还有在野战机场缴获的飞机数字。

士兵和军官们都相信，决定战争胜负的一天即将来临。不可否认的是，他们此前也不止一次这么相信过。这些念头每次都落空了，但却让他们心中的信念越来越坚定。

"拿下斯大林格勒，我们就可以回家了。"大家都这么说。

已经四处流传说，最高指挥部已经决定让哪些部队作为占领军留下来了。

巴赫对普莱菲说，俄国还控制着大片领土，莫斯科还在坚持，苏军还有预备队。再说，还有英国和美国呢。

"胡说八道，"普莱菲答道，"要是我们拿下斯大林格勒，剩下那些军队都会作鸟兽散。英国和美国会直接向我们求和。我们就可以回家啦。在这儿留下少数部队把剩下的游击队肃清就行。要小心一点，别把我们这些人都赔进这里。我们可不想在这些臭气熏天的俄国小城里烂掉。"

夜里，巴赫匍匐到伏尔加河旁，用钢盔舀了点水。黎明时，全营守住了阵地，枪声稀疏了下来。他带着河水到营部，递给普莱菲。

"还行，"普莱菲说，"不过水没有烧开，说不定里面有亚洲霍乱病菌呢。保险起见，咱们还是给它掺上点儿斯大林格勒的酒精吧。"普莱菲眨眨眼，接着说："来一点水就行，酒精得放够了。"

于是就这么办。碰了杯，把酒精喝下去后，巴赫举起一只手说："给个五分钟放松一下吧。我们可以在明信片上写几句话，给家里人寄去，就说我们已经喝过伏尔加河的水了。"

"太棒了，纯粹的德国想法！"普莱菲说。

巴赫给未婚妻写道，在那条黑色的河流上可以看到南俄的星辰，伏尔加潮湿的气息是胜利的气息。

普莱菲大尉写道，当他把伏尔加河河水送到唇边时，仿佛回到了温暖的家中。在春天来临之际，在某个清早，妻子给他端来了新鲜的热牛奶。他仿佛闻到了牛奶的气息。在这些美妙的日子里能够想到身边的这些最亲爱的人，简直太高兴了。

营参谋长卢梅尔一直自视为高明的战略家。他给老父亲的明信片上写道，光荣的帝国陆军一路突破，很快将会打到波斯和印度。这样他们将会与从缅甸和印度支那过来的日本人会师。一条钢铁锁链将会锁住全球，并将持续千年以上。

"敌人的最后一个要塞已被攻陷，"卢梅尔写道，"我已经和前来会合的友军一起痛饮了。"

和巴赫一样担任连长的弗里茨·莱纳尔德上尉是个模样和善的年轻人，有一张粉红色的小嘴、一个苍白的高额头和一双常常一眨也不眨的蓝眼睛。他没有在明信片上写信，而是脸上带着浅笑，在普莱菲弄到的一大堆战利品之间走来走去，偶尔晃一下他的卷发，低声背诵席勒的诗歌。

莱纳尔德的动作引起了其他军官的担心，甚至近乎于害怕。就算是

815

普莱菲这样的大嗓门、拥有强大驭下能力的大块头，在跟他相处时也小心翼翼。

战前莱纳尔德是纳粹的宣传专家，后来成为党卫军突击队长[1]。在对俄战争开始后，他被调到一个摩托化步兵师里当军官。

师里有各种传闻说，有两名军官被捕跟他脱不开干系。他还指控施麦尔少校有意隐瞒其父系的犹太血统。另一名军官则被指控与关在集中营里的一群国际主义者进行了秘密接触。照莱纳尔德的说法，他不仅跟这群国际主义者通信，还跟自己在德累斯顿的亲戚合谋，通过军队商店向他们寄送食品和衣物包裹。

还有一次，莱纳尔德完全不管自己下级军官的身份，顶撞了本师师长魏勒尔将军。于是将军把他调到了前线。但是他向周围的人证明了自己是个出色的连长。好几次急电中提到了他的名字，结果获得了铁十字勋章。

莱纳尔德喜欢跟士兵们聊天，给他们朗读诗歌，倾听他们的诉求。他很少坐专车，总是跟他的手下坐在卡车车厢里。

其他的军官都知道，莱纳尔德带着他的连执行了两次特殊任务。一次是纵火烧掉杰斯纳河旁一个曾经包庇过游击队员的村子；还有一次是负责清除一个乌克兰犹太镇子上的五千名犹太人。

几乎没有哪个军官真的喜欢莱纳尔德，但有很多人，其中包括不少年龄、军衔和职位都高于他的人希望跟他交上朋友。

巴赫认为莱纳尔德是同级军官中最聪明和最有教养的人，但却对他敬而远之。普莱菲跟他相反，他唯一关心的就是财产，唯一想要聊的话题就是如何把最好的食品和衣物送回德国。每次跟普莱菲聊天，聊到最

1　中文译者注："党卫军突击队长"在英译本中使用了德语原文"SS Sturmführer"。在纳粹德军中，武装党卫军有不同于国防军的军衔，国内一般翻译为"突击队中/大队长"和"旗队长"，对应国防军尉官和校官。本书中的所谓"突击队长"应泛指武装党卫军下级军官。

后都是说跟寄送包裹的部门搞好关系如何之重要。刚开始，普莱菲只是寄送亚麻布和羊毛制品，后来他又开始寄送咖啡、蜂蜜和净化的黄油这些食品。但只有经过了一段时间后，例如，在部队越过北顿涅茨河后，他才逐渐明白了全面及时地满足家人需求具有多么重大的意义。

普莱菲喜欢让其他军官参观他的"战地包装系统"。他的勤务兵穿着白罩衣，用一个医用漏斗滤掉黄油杂质，然后把它倒进一个大金属罐，最后密封。这个勤务兵称得上多才多艺，又会焊接，又能够编各种结实耐用的麻袋，还能像变魔术一样把几十米长的布料卷成一个小得不像样的包裹。这些本事给大块头普莱菲带来了无穷无尽的欢乐。当他从战争的压力中暂时释放出来时，就把大部分时间和想法用在更好利用勤务兵的才能上。

营参谋长卢梅尔是个酒鬼，还是个让人心烦的话痨。跟所有小心眼的家伙一样，卢梅尔自我感觉好得不像样。一旦喝醉了，他就会滔滔不绝地大谈战略和国际政治问题。

更年轻一点儿的军官压根不喜欢聊天，他们只关心女人和酒精。

然而，在这意义重大的一天里，巴赫发疯似的想要找人说话，想要找个聪明人一起分享一下自己的念头。

"两周后，"普莱菲说，"我们就要进入亚洲的心脏地区了。那是个丝绸王国，到处都是珍贵的波斯壁毯和布哈拉地毯。[1]"他哈哈大笑，继续说道："想说什么就说吧。在斯大林格勒我找到了些有意思的东西。唉，你们没看见的东西可真不少啊。"他掀起了一大块油布，下面是一整卷灰色的布料。"纯羊毛的，我检查过了。抽了一根线出来点燃，它卷起来，变硬了。我还询问过团里的裁缝。他可是真正的专家。"

"真是宝贝！"卢梅尔说，"这一卷怕不是有四十米长吧？"

"没，没，没有，"普莱菲说，"最多十八米。我找到它时，这东西就

---

1 中文译者注：布哈拉城位于今乌兹别克斯坦，历史上曾是布哈拉汗国首都，是一座历史古城。这里的布哈拉是泛指中亚一带的历史文明。

像空气一样没有归属。要不是我，不知道会落在谁手里呢。"

只要有莱纳尔德在场，普莱菲就会有意把战利品数量往小里说。

"以前住在这里的女人上哪儿了？"莱纳尔德问，"她们中有个美人儿，真正的日耳曼美人。"

"跟其他居民一起，全部被押解到西郊去了。师参谋长下的命令，"卢梅尔说，"参谋长认为俄国人很快就会发动反击。"

"把女人落在这里，真可耻。"莱纳尔德说。

"您想要'转变'一下她们吗？"

"开玩笑吗？都是些又老又胖的……"

"得啦，莱纳尔德对年轻美人儿没兴趣，对吧？"

"胖女人其实不算老，"普莱菲说，"脸倒是挺东方的。"

这话让大家都笑起来了。

"大尉说得没错，"莱纳尔德说，"我怀疑她是个犹太人。"

"很快就会弄清的，"卢梅尔说。

"行了，"普莱菲说，"你们得回到自己连里了。"他把防水油布盖回到那卷布料上。"小心别撞上子弹。要心里有数，谁会笨到在战争结束前几天被打死呢？我宁愿当个胆小鬼。"

巴赫和莱纳尔德走到大街上，他们的连部设在一栋长长的平房里。巴赫的连部在南端，莱纳尔德的在北端。

莱纳尔德说："我先到你这边来。这栋楼中间的一段可以自由通行，不用走到大街上。"

"来吧，"巴赫说，"我这里有点酒，关于战利品，咱们可有得聊的了。"

"要是我们降落在月球上，"莱纳尔德说，"咱们的营长要做的第一件事是问有没有找到好布料。问过了他才会想，空气里有没有氧气？"他用一根手指敲了敲墙壁，继续说道："这墙壁大概是18世纪建的吧……"

虽然是平房，可墙壁厚得让人吃惊，足以撑起另外七层楼。

"俄国人的做法，"巴赫答道，"它是毫无意义的，是让人害怕的。[1]"

通讯兵和传令兵正在一间天花板很低的大房子里忙碌。这两名德国军官走到一间小房子里，这样就不会被打扰。透过小房间的窗户可以看到码头、一小段伏尔加河和一座苏联知名人物的群雕。从另外一边窗户可以看到谷仓高大的灰色墙壁和城市南部的工厂区。

两个人在斯大林格勒的第一天有差不多一半是在喝酒和聊天中度过。"我们国家的国民特征总是让我感到惊奇，"巴赫说，"整场战争中，我总是想着我家和家人。现在，我总算相信，战争快要结束了……有点难过。我这辈子里很难说清楚哪段时间是最快乐的。现在想来，昨晚应该就是。我带着手榴弹，背着冲锋枪，爬到了伏尔加河河边。周围黑乎乎的，就像一片荒地。我那时脑袋里兴奋得像火在烧，就用钢盔舀了点水，然后把水倒在头上。周围都是亚洲的黑色天空和亚洲的星星。水滴在我的眼镜上。我突然知道了，我就在这里，从西布格河一路打到了伏尔加河，打到了亚洲草原上。"

"我们不光打败了布尔什维克，征服了广袤的俄国土地，"莱纳尔德说，"我们还把自己从人性的无能中解救了出来。我们不仅征服了周边，也战胜了自己。"

"是啊，"巴赫突然感动起来，"在这样一个刚刚被征服的城市里，在这样一个指挥所里，只有德国人才有权这么说。需要用一个全球视角来看待我们德国人的特权。您说得对，我们在没有任何道德支持的情况下前进了两千公里。"

莱纳尔德从桌子一端凑过来，兴高采烈地说："任何人都不敢站在伏

1　英文译者注：格罗斯曼（而不是巴赫）在这里转用了一句俄罗斯名言，来自普希金的《上尉的女儿》："愿上帝别看见俄国人的暴乱——它是毫无意义的，是残酷的。"这句话在语法上和节奏上都非常精妙。巴赫也许渐渐意识到，起码朦胧地感受到，德国人将会遇上不可动摇的、无情的抵抗。中文译者注：英文为"God spare us from Russian revolt, senseless and merciless.",中文译文出自中译本《上尉的女儿》别稿一，智量译，华东师大出版社，2013年第一版。

尔加河边说希特勒把德国领上了一条错误的道路。"

"但肯定有人会这么想，"巴赫也同样兴高采烈地说，"不过他们会闭嘴不说，这可以理解。"

"那是肯定的。但谁在乎这些呀？决定历史的既不是哪个多愁善感的年迈女教师，也不是哪个爱哭鼻子的知识分子或哪位儿科专家。他们无法代表德意志的灵魂。哭哭啼啼成不了事儿。重要的是要成为德国人，这才是一切。"

两个人又碰了一杯。巴赫感到一种无法抵抗的强烈倾诉愿望。但在内心深处，他知道自己如果保持冷静就说不出想说的话。他会自责，然后会责备自己长舌，会让内心毫无来由地感到焦虑。可是，在这里，在伏尔加河河畔，跟莱纳尔德进行一次坦率的谈话也没什么不行。

不管怎么说，莱纳尔德变了个人。对德军士兵和军官的严峻考验已经改变了他。在他长长的睫毛之下的那双明亮眼睛里，存在着某种诱人的东西。

"很长时间以来，"巴赫说，"我觉得德意志跟国家社会主义是不相容的。也许这是受我成长的环境影响。我父亲是一个老师，他丢了工作，跟孩子们说了些不恰当的话。实话实说，我怀疑过纳粹思想，不相信种族理论。需要承认，我因为这些原因从大学里被除名了。可现在我竟然来到了伏尔加河！眼下这场远征比书本更加有说服力。这个人率领德国穿过了俄国原野和森林，越过了布格河、别列津纳河，越过了第聂伯河和顿河。我总算知道他是谁了，完全明白了。我们的哲学思想走出了书斋，不再停留在那些学术坟场之中。长期蛰伏在《超善恶》和斯宾格勒以及费希特著作中的那些朦胧思想，正在跨越整个地球。[1]"

---

1 英文译者注：弗里德里希·尼采（1844—1900）的《超善恶》最早在1886年出版。与奥斯瓦尔德·斯宾格勒（1880—1936）的《西方的没落》一样，这本书在沙俄和苏联均很知名。纳粹理论选择性地使用了尼采和斯宾格勒的一些观点，同时也使用了哲学家约翰·费希特（1762—1814）的一些观点。

巴赫尽管很清楚地知道自己的滔滔不绝源于失眠，源于紧张的战斗，源于半升俄国烈酒，但他就是停不下来。各种各样的想法像白热化的钢铁释放出热浪那样，从脑海里源源不断地流出。

"莱纳尔德，跟你说实话，我以前以为德国人不希望对女人和儿童、对老人和无助的人采取特别措施。只有在这一刻，我才意识到，现在发生的这场战斗已经超越了正义和邪恶。德国人的权力已经不是观念，而是理论。它是一种凭借自身力量而存在的权力。新的宗教产生了。它很残酷，也很明智。它把宽赦作为道德准则给消灭了，还消灭了全世界平等这样的神话。"

莱纳尔德从兜里拿出一块手帕，靠过来，擦掉了巴赫额上的一滴汗珠，用手拍拍他的肩。

"你很真诚，"莱纳尔德缓缓说道，"这才是最要紧的。尽管如此，你依然还是说错了。我们的敌人认为，我们的哲学是对爱的否定。怎么能错成这样！爱哭鼻子的傻瓜们一样会因为无法爱别人而全身发抖。很快你就能看到我们也有柔情，我们也很善解人意。你不能说我们只懂得残酷打击，我们也知道爱。这个世界需要我们这些人——超人——的爱。亲爱的巴赫，我希望大家能够成为朋友！"

莱纳尔德脸上浮现出期待的表情。巴赫摘掉眼镜，莱纳尔德的面容模糊了，只剩下一片眼睛看不清的朦胧光影。

"您说的千真万确，"巴赫攥着莱纳尔德的手，"我从心里珍惜这些真挚情感。现在嘛，咱们要不要到伏尔加河里洗个澡？这样岂不是太了不起了？'两个德国人在伏尔加河里洗了个澡！'我们可以在家信里写上一笔。"

"在伏尔加河里洗澡？我们会给直接打死的，"莱纳尔德说，"好好用冷水冲个头。你喝多了。"

巴赫稍微冷静了一点，他用警惕的眼神看着莱纳尔德。

一个念头突然浮现在脑海里：如果莱纳尔德拿着刚才他那些胡言乱语来找麻烦，最好的借口只能是他喝得酩酊大醉了。至少，这一天是个值得纪念的日子呀!

"您说得对,"巴赫喃喃说道,"我喝得太多啦,到明天早上就会想不起自己胡说了些什么。"

莱纳尔德也许感觉到了他的紧张,含笑说道:"什么意思?你说得很好,完全可以在明天的军报上发表。"他又抓住巴赫的手说:"我怎么能让日耳曼美人从我的手指缝里溜过去呢?得去找她,不会忘记她的。现在她好像就站在我面前呢。"

"我没见过此人,"巴赫说,"士兵们倒是不停地说她。"

"这种人是我唯一在意的战利品。"莱纳尔德说。

这天晚上巴赫头疼欲裂。在一盏明晃晃的电灯下,他写下了一篇新的日记:

> 我觉得自己明白了一些重要的事情。否定陈旧的人文主义,这其实无关紧要。要紧的是把我们的认知提高到一个新的层次。今天,德意志和元首共同解决了一个根本性的问题。善良与邪恶不是一成不变的,它们其实能够互相转化。就像热能和机械能,它们并非互相对立,而是同一种实质的不同表现形式,而且是常规的形式。臆测它们之间彼此对立真是太天真了。今天的罪愆就是明天美德的基石。一个国家的精神吸收了善良与邪恶、自由与奴役、道德和非道德等因素,将它们融会贯通,成为独一无二的泛日耳曼力量。也许正因为如此,我们才得以在伏尔加河畔,在面对着根本性的问题时找到了简单而明确的答案。

三十四

巴赫和莱纳尔德的连在一栋大楼的地下室里安顿下来。地下室又宽敞又凉快，光线和新鲜空气透过被炸坏的窗子溜进来。士兵们急急忙忙地从公寓里弄来了一些没被火烧坏的家具。整个地下室与其说是军人的临时营地，倒不如说像个仓库。

每个士兵都弄到了自己的床，床上都铺上了褥子或毯子。他们弄到的东西还有小桌子、椅腿雕刻得很漂亮的扶手椅，甚至还有一面三开的梳妆镜。

在地下室的一角，本营年纪最大的、最招人喜欢的士兵施通普夫几乎搭建起了一个模范卧室。他从顶楼的公寓里弄来了一架双人床，在上面铺了一条浅蓝色毯子，床头放上两个套着绣花枕套的枕头，又搬来了一个床头柜，在上面铺上毛巾，接着在水泥地面上铺上一块地毯。施通普夫又找来两个夜壶和两双老人穿的镶毛边的拖鞋，最后把从各个公寓里找来的十张带镜框的家庭照挂在墙上。

这家伙找来的家庭照看上去让人觉得好笑。有一张里面是一个老头子和一个老太太。他们可能来自工人阶级，穿得整整齐齐地准备参加什么重要活动。老头儿穿着外套，打着领带，看上去很不自在，严肃地皱着眉。老太太穿着一身黑裙子，系着又大又白的纽扣，针织的披肩披在肩头，两只手交叉放在膝上，眼睛温和地看着地面。

第二张照片同样是一对夫妇——"专家"们一致这样认为——在婚礼上的照片。女方戴着白色面纱，手拿着一小束蜡制的橙花，样子非常漂亮，面色却很忧伤，仿佛在等待着艰难岁月的到来。新郎就站在她身边，把手放在一把黑色的高背靠椅上。他脚穿漆皮靴子，身着三件套正装，马甲上挂着表链。

第三张照片是一个木头棺材，衬着花边纸。棺材里躺着个穿白裙的小姑娘。棺材周围的人把手搭在棺材沿上，样子显得很奇怪：一个穿着长长的厚棉布衬衣的老头儿，腰上没系皮带；一个嘴张得大大的孩子；一个长着大胡子的男人，还有几个戴头巾的女人，表情呆滞而严肃。

施通普夫连靴子也没脱，脖子上挂的冲锋枪也没拿下来，就大刺刺地躺到床上去了。他抖着腿，模仿俄国女人用尖细的声音喊道："亲爱的伊万，来呀！[1]"惹得全连的人笑得前仰后合。

跟下来，施通普夫和莱德克上士坐在夜壶上，即兴编起了滑稽戏，先说"伊万和老娘"，然后又玩起"以色列拉比和妻子萨拉"。

其他团的士兵很快就聚了过来，一起玩起了这套把戏。普莱菲也过来凑热闹。像巴赫和莱纳尔德一样，这家伙也喝得有点步履蹒跚。

施通普夫和莱德克把全套把戏又从头到尾玩了一道。普莱菲哈哈大笑，声音盖过了他人。他笑得不停地用手挠着胸口说道："停下来，快停，你们快笑死我啦。"

夜里，士兵们把披肩和毯子遮在窗上，把油灯用红纸和绿纸遮住，把汽油和盐混在一起倒到油灯里点燃。大家围着一张大桌子坐了下来。

全连只有六个人全程参加了对俄国的战争。其他人都是从之前驻德国、波兰和法国的部队里调过来的。还有两人曾在隆美尔的非洲军团里服役过。

连里存在着等级，有了高高在上的贵族，自然就有贱民。德国人喜欢拿奥地利人开玩笑，但他们之间也互相恶意取笑。生于东普鲁士的人被当成是无知的斗牛犬；巴伐利亚人则嘲笑柏林人，说它是一座犹太人城市，是下等人的天堂，都是些来自意大利、罗马尼亚、匈牙利、波兰、捷克斯洛伐克、墨西哥、巴西和其他一些国家的家伙，根本就找不到一个正宗的日耳曼人。普鲁士人、巴伐利亚人和柏林人则一致鄙视阿尔萨斯人，把他们叫作"外国猪猡"。从拉脱维亚、立陶宛和爱沙尼亚归国参军的人被称为"四分之一日耳曼人"，因为东部斯拉夫人那些可怜可悲的弱点已经渗透到他们骨子里了。从中东欧来的德意志人根本不能算是德国人。有上面的命令，要对这些人留个心眼，不要把重要任务交给他们。

---

1 英文译者注：原文为德语"Lieber Ivan, komm zu mir!"。

全连的贵族当然是施通普夫和沃盖尔。他们俩之前是党卫军士兵。为了鼓舞士气，在元首的命令下，有成千上万的党卫军士兵调到了国防军当中。

大家都把施通普夫当成是全连的生命、灵魂以及道德支柱。这人的长相跟连里大部分士官和士兵不太一样，有一副圆润肥胖的脸蛋，个儿又高又大。施通普夫胆子又大又聪明，运气还特别好，具有一种无人匹敌的本事。在任何一个被炸得稀烂的俄国村子，他都能奇迹般地找到美食，足够打包寄回家里。想要蜂蜜或猪油，他只需要瞪着看某个"东方人"，对方就会乖乖地交出来。这个能力确实能让战友们钦佩和高兴。

施通普夫爱自己的妻子、孩子和兄弟。他定期给家人写信，给他们寄的食物包裹就像军官那样种类繁多而且营养丰富。他的钱包里都是家人照片，连里的每一个人都亲眼看过不止一次。

这里面有很多张他妻子的照片。在照片里，她相当瘦，有时候在清理着碗碟堆积如山的餐桌，有时穿着睡衣靠在壁炉边儿上，有时则是在村子里散步。还有一些照片是他两个孩子的，其中一个是高个儿男孩，另一个是只有六岁大的漂亮小女孩，长着一头齐肩金发。

其他士兵看到这些照片，常常发出长叹。施通普夫在把照片放回钱包之前，会长时间专注地看着照片，仿佛在凝视一幅圣像。

他有一种才能，可以把自己孩子的故事说得精彩异常。莱纳尔德有次跟他说，他应该到舞台上发挥这种才能。施通普夫说得最精彩的故事之一是关于如何准备家里的圣诞树。在说故事时，他使用了各种甜蜜有趣的词语，配上突如其来的尖叫和手势，还有孩子气十足的诡计、狡诈以及小朋友对别人孩子礼物的嫉妒之心，对所有听故事的人产生意想不到的情绪影响。施通普夫在讲故事时，大家都笑得前仰后合。等他的故事结束时，大家发现自己笑出了眼泪。

可是，施通普夫的这些故事常常是互相矛盾的，一如他本人的行为一样。外人看来他表现出了很多难以共存的特征。在爱妻子和孩子的同时，他又有一种非同寻常的、毫无掩饰的暴力倾向。一旦他发起火来，就变成了真正的魔鬼，根本没有谁能约束他。

在哈尔科夫时，施通普夫喝得酩酊大醉，然后爬到四楼的窗户外，沿着墙边的一条窄缝绕着大楼走了一圈，手里还拿着手枪，朝着任何引起他关注的东西开枪。

还有一次，他把一栋农舍点燃了，然后爬到屋顶，像指挥一支乐队那样手舞足蹈地指着火焰、浓烟，还有那些哭泣的女人和孩子。

在五月的一个满月夜里，部队驻在一个乌克兰村子中。这一晚施通普夫有三分之一的时间在发疯。他朝着开满花的果树上扔了颗手榴弹。手榴弹被树枝弹回来，就在他身外四米处炸了。树叶和白色花瓣像雨点一样落在他身上，一片弹片卡在了他的肩章上，另一块弹片撕开了靴子的上端。他本人出现了轻微的脑震荡，但过了两天他的听力就恢复了。

在他又大又平静的眼睛深处，时常会闪现出玻璃一样的反光。这种眼神辅以脸上的表情，常常把那些他非常看不起的"东方人"吓得魂飞魄散。每次进入某栋农舍，他会一边缓缓四下张望，一边轻蔑地抽着鼻子，然后指着一把小板凳，命令吓得半死的孩子或魂不守舍的老太婆用白毛巾擦干净。他们都知道不照办会有什么结果。

施通普夫对俄国农民心理的了解简直是无与伦比。他只要盯着俄国女人看五分钟，就知道房间地板下是不是藏有新靴子、布料或者羊毛衣物。他常常以此跟别人打赌，结果赢了不少蜂蜜、鸡蛋和黄油。

施通普夫在学习俄语单词方面比任何一个战友都快。他没用多少时间就可以把词典撇到一边，用磕磕巴巴的俄语向当地人索要各种财物。"我把俄语简化了，"他喜欢说，"我的俄语语法只有一种句式：命令式。"

战友们都喜欢听他说自己的往事。这家伙真的经历很丰富。

年轻时，施通普夫曾在体育用品商店里工作。后来他丢了工作，就去农场里干了两个夏天，负责管脱粒机。1926 年他去鲁尔区的克隆普林茨煤矿里干了三个月。接下来他拿到了驾照，当起了职业司机，先是开卡车送牛奶，然后给盖尔森基兴的一个有钱的牙医当起了私人司机[1]。一年后，他又在柏林开起了出租车。在这份工作结束后，施通普夫到欧罗巴酒店当了一年的门房助手，接着又在一家律师和工业资本家来来往往的小餐厅里当了厨房总监。

他很高兴地看到自己双手变得又软又白。他一直好好地保养着双手，想要消去所有以前工作在手上留下的痕迹。

在小餐厅里工作时，施通普夫第一次真正看到了他以前一直感到好奇的世界。有一回，他认真计算了一下，如果在股市结束熊市之际突然买入一部分股票组合，那么这个投资者——某位他在餐厅里服务的顾客——可以一瞬间挣到大笔的钱，相当于他在此前岗位上连干一百二十年的收入。也就是说，以往要工作一千四百四十个月，或四万天，或三十万个工作小时，或一千八百万分钟才能赚到的钱，现在顾客只喝了两口咖啡，用餐厅的电话通了次话，整个过程不用两分钟就能赚到。

在这当中有股神奇的力量在发挥作用。施通普夫对这股力量满怀好奇。

嗅着财富的味道，听着无所不知的服务生谈论着顾客的逸事——谁买了一辆丝帕诺佐加，谁刚刚建了一栋别墅，谁给著名女演员买了个吊坠——所有这些都让人又痛苦又愉悦[2]。

施通普夫的弟弟海因里希长着跟哥哥一样的圆脸，身高也差不多。1936 年他去当了政治警察，之后就常对施通普夫说："情况很快会发生变化，我们要过上真正的好生活啦。"

海因里希悄声告诉哥哥，在后者工作的餐厅里，正在秘密地讨论着一场宏伟而大胆的博弈。只要有金钱的支持，一场大胆的冒险就会把人抬到头晕目眩的高位。

1　中文译者注：盖尔森基兴位于鲁尔区北部。
2　英文译者注：丝帕诺佐加是一家成立于 1904 年的西班牙公司，生产豪华汽车。

在光线昏暗的餐厅走廊里有一面三开的镜子。施通普夫看够了顾客们装束整洁干净得让人厌倦的样子，他有时候会站在镜子前也摆出这个样子。他的身材很好。身高一米七七，体重八十公斤，有一头柔软的头发和光滑、苍白的皮肤。他一点都不怀疑自己能够过上比现在状态更好的生活。

在这个时期里，阿尔弗莱德·罗森堡、尤利乌斯·施特莱彻、帝国元帅戈林、约瑟夫·戈培尔和元首本人纷纷宣称：不管是世上最伟大的圣人，还是最伟大的工作者，与每个真正的德国人血管里奔涌的鲜血相比，他们的智慧和劳动一无是处[1]。无数学者、记者和电台评论员们把这条令人兴奋的信息强调了一遍又一遍。施通普夫那颗长在懒惰而贪婪的硕大身躯上的脑袋，从此开始嗡嗡响起来。

在东线作战期间，施通普夫越来越相信那套种族优越论说辞，但这一点并没给他带来快乐。越是接近战争结束就越清楚：这个所谓的优越并没给他带来什么好处。他不过是个大头兵，所有的东西只够塞满一个背包。他比任何时候都希望能定期给家里寄回食品包裹。

在连里，施通普夫得到了大家的尊敬。士官们都知道，其他的士兵愿意听他的话。他自己还常常扮演争端调停者角色。这个人很勇敢，常常主动参加侦察行动。连里的人都喜欢跟他一起行动，说起码比跟着芒克下士要安全些，而芒克可是受过训练的侦察兵。施通普夫胆大包天，好几次摸进了俄国人占领的村子。有一天夜里，他甚至把有红军哨兵警戒的一个指挥部纵火给烧了。

战友们喜欢施通普夫的幽默感。他给连里差不多每个人都起了外号。他还能很快了解到每个人言行的独特之处，然后惟妙惟肖地模仿他们。最叫绝的是此人记得全连在战争期间的所有人的轶事，比如说，"四眼索

1　中文译者注：阿尔弗雷德·罗森堡（1893—1946），纳粹党的思想领袖，负责德国在苏联占领区的行政工作，1946年被处以绞刑。尤利乌斯·施特莱彻（1855—1946），纳粹党早期成员，创建反犹报纸《冲锋报》，1946年被处以绞刑。

莫尔被营长狠揍了一顿","沃盖尔的早饭很简单,只有二十个鸡蛋和一只小鸡","'坚定的花花公子'莱德克在俄国农妇的孩子们面前赢得了她的爱情","迈尔霍夫让那个犹太人明白了,早点升天比干等犹太上帝召唤要更划算"。

在施通普夫的这些轶事记录中,关于施密特的内容最丰富、最立体。比如说,"施密特结婚了,结果一整年都在上夜班,没法跟老婆睡觉","施密特干了二十年的炼钢活,最近上面刚给他发了一枚奖章。他却想着拿它换一公斤土豆","施密特在上级面前老实立正,人家却宣布把他从下士降级为列兵"。

因为施通普夫,施密特成了全团嘲笑的对象,可这个不幸的中年大兵其实并没有什么明显可以让人感到好笑的。他跟施通普夫一样高,长得挺结实,稍微有点儿驼背。大部分时候他都很沉默,一副闷闷不乐的样子。但施通普夫总能揪住他身上任何一点鸡毛蒜皮的事儿捉弄人,比如说,喜欢拖着脚走路啦,在补衣服时喜欢半张着嘴啦,在想事儿时他抽鼻子和吐气的样子啦……

施密特是全连年纪最大的士兵,参加过第一次世界大战。传说在1918年,部队里有个叫拉比克内西或者莱卜涅希特的兵油子起哄,发动了一次逃离前线运动。年轻士兵都不太清楚这个兵油子的名字该怎么读,但所有人在学校就知道他是犹太人最高会议派来的特务[1]。反正,在这股逃离前线的大潮中,施密特据说也跟着当了逃兵。

施密特性格阴沉又迟钝,每次施通普夫见到他都来气。他的年纪实在有点大,不适宜当大头兵了,于是他以下士身份加入了国防军。后来他从下士降为列兵,本来不该再留在连里,不知为何却没走。这人是天生的失败者,糟糕的运气让他总是被嘲笑,被派去干最讨厌的活儿。他

---

1 英文译者注:卡尔·李卜克内西(1871—1919),德国共产党创始人之一,以反对第一次世界大战的态度以及组织1919年斯巴达同盟起义(柏林工人起义)而知名。把他视为犹太人最高会议派来的特务则是纳粹的宣传。

总是在需要找人去打扫军官厕所或干别的什么脏活时恰如其分地冒头，然后被派去干这些活时一如既往地尽职尽责，像机器一样任劳任怨。

关于施密特被降为列兵一事发生在东线战争开始的头几周。本连在调往前线之前，被派往一所战俘营执行警卫任务。施密特装病，不想去站岗，结果被团里的军医发现了，被认定为屡教不改的逃兵。

降为列兵后，施密特表现反而很不错。他的任务执行得不错，打枪打得准，打仗毫不胆怯。本连从前线撤下来休整时，他也拼命往家里寄食品包裹，可他还是被当作一个傻子看待。施通普夫一直把他称为"大傻帽"，且乐此不疲。

三十五

施通普夫、沃盖尔和莱德克围着一张圆桌坐下。一盏点燃的油灯投下粉红色的影子。

困难的任务、共同的危险和欢乐把这几个人绑在一起，作为朋友彼此之间称得上是亲密无间了。

沃盖尔个儿高瘦，战争爆发时还在中学里念书。他看着施通普夫和昏昏欲睡的莱德克问道："咱们的朋友施密特在哪儿？"

"在放哨呢。"莱德克说。

"战争快结束了吧，"沃盖尔说，"这座城市真大，我去团部时差点迷路了。"

"确实，"莱德克说，"我近来都变得胆小了。战争越临近结束，就越觉得阵亡很恐怖。"

沃盖尔点点头："是啊，我们掩埋了很多战友。这时候被打死，只能怪自己蠢。"

"简直难以相信，马上就要回家了。"莱德克说。

"你对家里的人可有得要解释的了，尤其是你还沾上了某种特殊疾病……"沃盖尔一向不赞同拈花惹草。他慢慢地把手放到胸部挂着的勋章缎带上，"至于我嘛，大概不会像指挥部那些英雄们那样拿到多少勋章，不过，起码可以说这些勋章我拿得光荣。"

此前施通普夫一句话都没说，这会儿他才冷笑道："勋章上可没写字。靠战斗拿到的勋章跟坐在指挥部里拿勋章，待遇没什么两样。"

"真是少见！施通普夫变得消沉了，"莱德克说，"施通普夫变得跟我一样，不想在一切结束之前冒险了。"

"怎么搞的？"沃盖尔问，"真搞不明白你们。"

"干嘛这么说？"施通普夫反问莱德克，"你肯定要回到老爹的剃刀厂，然后美美地活下去。"

"你反正会过得不赖。"莱德克生气了。

"就因为往后方寄了几个包裹？"施通普夫也生气了，把手放在桌上支棱了起来，"几个包裹能让我过得有多好？"

"那你用链子拴在身上的那个小袋子是怎么回事？"

"以为我搞到了几个钱是吗？现在，战争要结束了，我才知道自己有多蠢。我在着火的屋顶上跳舞，其他人却在搂钱！"

"运气问题而已，"沃盖尔说，"我知道有个家伙被派去巴黎了，在那儿搞了个钻石吊坠。他休假回家时找了个珠宝商询价。珠宝商问：'您多大了？''三十六。'我这位朋友说。珠宝商说：'这么说，您这一家人以后想要什么就有什么。哪怕您活到一百岁，有了很多孩子和孙子也是这样！'这吊坠就是碰巧了，落到我朋友手里。"

"你这朋友运气真不错，"莱德克说，"施通普夫说得对，想在俄国农民的房子里找到钻石吊坠，怎么可能！我们要是坦克兵，在西线早发财了。坦克兵想拿什么就往坦克上装什么，什么好布料好皮衣。我们走错了一个方向，选错了兵种。"

"咱们也不是那些当官儿的，"沃盖尔继续说道，"要是施通普夫是个将军，那他要比眼下过得痛快多了。他们整车整车地往家里运东西。在集团军司令部站岗时，我跟他们的传令兵聊过。你根本不敢相信，他们聊的是哪个将军往家里送的皮衣最多。"

"皮衣啊皮衣[1]，"莱德克喃喃说道，"在司令部就只能听到这个。要是咱们到了印度或者波斯，它就变成了地毯。"

"你们真是一对儿傻帽，"施通普夫说，"可惜到了今天，我发现自己也成了傻帽。这里既没有皮大衣也没有地毯。"他四处看了看，然后低声说："一切都是为了孩子未来着想。前阵子我到了几个倒霉的犹太小村子执行特殊行动。猜猜看这些小东西，这个金纽扣，这块表，这个戒指从哪儿来的？想想看吧！想想特别行动队在敖德萨、基辅和华沙展开清洗活动时怎么发财的吧[2]！你们弄明白了吗？"

"我可不敢参加这个特别行动，"沃盖尔说，"我是个软骨头。"

"你让一个犹太人停止呼吸，就可以拿到一芬尼，[3]"施通普夫说，"情况就是这样。"

"那你干得还不坏，"莱德克说，"元首全力支持特别行动。芬尼得用大车装了。"

他们哈哈大笑起来。但平常最喜欢大笑和开玩笑的施通普夫，这一次却很严肃。

"我不像你们。我不是唯心主义者，"他对沃盖尔说，"我完全承认这一点。你们跟巴赫中尉很像。这个人现在活像从19世纪里来的。"

"这话有理，"莱德克说，"不是谁出生时都含着金勺子。会说漂亮话的人，他爹手里起码开着一家工厂。"

"我下决心了，"施通普夫说，"我去求莱纳尔德上尉，说不定他能帮

1　英文译者注：这里用的是德语"pelze"。
2　中文译者注：这里的"特别行动队"使用了德语原文"Einsatzgruppen"，指在东线执行屠杀犹太人的德国特别武装团队。
3　中文译者注：一马克等于一百芬尼。

我调动一下，这样就能弥补我损失的时间。我到时跟他说，我听到了召唤的声音，发自我的内心。他是个诗人，就吃这一套。"

接下来施通普夫又掏出他那一堆照片，从中抽出一张。里面是一大群女人、孩子和老头子，行走在两列全副武装的士兵中间。有些人朝着拍照的人看过来，大部分人则看着地面。在他们面前停着一辆敞篷汽车，车里的年轻女人身上穿着件黑色的狐狸皮背心，衬出她洁白的皮肤和金色的头发。附近站着几个军官，在看着这群人。车上的女人一只丰满白皙的手里抱着一只小狗。她大概是想让这长着大脑袋和稀疏黑毛的小狗好好看看面前这群人，整个人的表情如同母亲要让小孩子记住一些不寻常的场面，这样过些年后她就能跟孩子解释目睹的这一切了。

沃盖尔盯着照片看了好长时间。"是苏格兰㹴犬，"他说，"我们在家也养了一条跟这个差不多的。每次我妈写信过来，都代它向我问好。"

"这女人可真漂亮！"莱德克说。

"这是我弟媳，"施通普夫说，"靠车站着的是我弟弟。"

"跟你可真像，"莱德克说，"第一眼看过去我以为就是你。不过他戴着党卫军领章，而且级别很高。"

"1941 年 9 月在基辅拍的照片，在一处公墓旁边，但我忘记具体地址了[1]。在那次普珥节期间，我弟弟干得很棒[2]。如果你老爸想要扩建工厂，我弟弟很乐意借给他几个芬尼。"

"让我再看看你弟媳，"莱德克说，"她身上有种古典时期的气息，在这个朝着死亡前行的背景衬托下特别明显，像个出现在罗马斗兽场里的贵妇人。"

施通普夫继续说道："战前，我弟弟曾在歌剧团里当演员，他妻子是

1　英文译者注：施通普夫的弟弟显然参加了基辅郊区的巴比亚尔大屠杀。在那附近有两处公墓，一处是俄罗斯东正教公墓，一处是犹太人公墓。后者在 1937 年被关闭了。

2　英文译者注：来源于《圣经·以斯帖记》。波斯大臣哈格曼密谋消灭犹太人，波斯王后以斯帖（犹太人）设法挫败了计划，普珥节遂设立以纪念以斯帖王后的胜利。中文译者注：普珥节，又称普林节，是犹太教节日，一般在春季。

售票员。你要是从她身边经过，都不会注意到这个人。女人的美貌八成来自服饰、发型还有她周围的环境。等战争结束了，我也要把我媳妇打点成她那样。我弟弟现在在乌克兰总督府里当官儿。从他的来信里可以隐约感觉到，他们已经在那边取得了辉煌成就，应该是建了一座处理犹太人的工厂。基辅郊区的事情相比之下不过是儿戏！他跟我说，要是我能调动的话，就给我在工厂里找个活儿。别担心，我有钢铁般的神经！[1]"

"那咱们的战友之情该怎么办？"沃盖尔不高兴地说，"别的不论，我们是有战友之情的，是那种在前线才有的士兵之间的战友情谊！过去十四个月，让我们彼此之间比兄弟还密切。抛弃这一切的人是可耻的！"

莱德克很容易受到情绪感染。于是他也应和道："没错，我们三个一起经历得够多了。再说我觉得你的计划不一定管用。谁敢保证他们一定会要你呢？在那种地方，谁会在乎身边的人是谁。而在斯大林格勒，大家肯定都喜欢你。战争结束后，我们就是德国位于最东边的人，会发一枚纪念斯大林格勒和伏尔加河的特别金质勋章。它给我们带来的可不光是荣誉。"

"它够咱们在普鲁士买一座城堡吗？"施通普夫抽了一下鼻子，反问道。

"莱德克，你没弄明白怎么回事，"沃盖尔说，"我说的是战友之情，你弄得跟农民在市场上卖甜菜头一样。这是两码事。"

于是这三个朋友突然间恶狠狠地吵起来。

"去你的战友之情，滚你的蛋！"施通普夫对沃盖尔大吼道，"你是个有钱的资本家，我却害怕回家后饿死。"

沃盖尔看着这位战友脸上嫌恶的表情，大吃了一惊："不是这回事。工业部巡视员把我老爸折腾了个够。他被吓得像个小工，哪有一点有钱

---

1 英文译者注：这座"工厂"可能是指特雷布林卡集中营。在《特雷布林卡的地狱》（1944 年发表的报道）中，格罗斯曼写道："我们听说，一个名叫施通普夫的年轻人在杀害囚犯或观看处决囚犯时会爆发出不可遏制的大笑。他因此得名'狂笑的死神'。"

资本家的样子。"

"我倒真是希望他们好好折腾一下你爹，还有你！你们都是寄生虫，就该活剥了你们的皮！元首会让你们看到未来的！"

骂完了，施通普夫又盯着莱德克。这次莱德克却没有一如既往地表现出墙头草的样子："老实说，战争要结束了，就别再说什么德国人民团结起来之类的废话了。资产阶级肯定还会把自己喂得饱饱的。纳粹党和党卫军，施通普夫和他那位亲爱的弟弟，也肯定会按照自己的方式行动。到底该活剥了谁的皮，肯定还是我这样的笨蛋工人和我那个当农民的老爸。德国人的团结一致到此为止！战争一结束，我们就各走各的路。"

"战友们，你们这是怎么了？"沃盖尔说，"出什么事了？都疯了吧？"

施通普夫认真地看着沃盖尔。"算啦，算啦！"他用和解的语气说，"闹够了。你的脑袋里得记住，要是我没按照自己刚才说的这些去做，是因为我还想要照顾到你们。"

一个士兵刚刚结束了在本连地下室入口的警戒工作，走了进来。

"刚才那阵子枪声是怎么回事？"一个睡得迷迷糊糊的声音在阴影里问道。

轮岗回来的士兵把冲锋枪哗啦一扔，手脚麻利地伸了个懒腰，这才答道："执勤军官说，有几队俄国兵冲进了火车站。那里不是我们连的防线。"

另一个士兵哈哈笑道："这些俄国人是吓得迷路了吧？本来该往东跑，他们却往西。晕头转向……"

"说得有道理，"莱德克说，"向东还是向西，对他们来说没意义。"

轮岗回来的士兵在他的床上坐下来，用手摸了摸毯子，生气地骂道："大家听着！我已经说过两次了。明早我去放哨前，会在毯子下放颗手榴弹！简直不敢相信！为什么有人就那么不在意别人的东西？我要把这条毯子带回家。有人却在上面走来走去，连靴子都没有脱！"

他可能是觉得自己一会儿就要休息了，很快就冷静下来，把自己的靴子脱下来，又说道："火车站附近在打仗，莱纳尔德却在搞舞会呢。他们找来了一部留声机，还弄来了客人——几个哭哭啼啼的小娘们。连巴赫都跟着混了……看样子他会在战争结束前交出自己的贞操。真有意思，一边在打仗，另一边却在唱歌和跳舞！"

"他们随时会投降，"黑暗中传来一个声音，"空气中都满是投降的味道。回家啦！光是想到家，我的心都会乱跳起来。"

三十六

卡尔·施密特此时正在普莱菲大尉的营部外的院子里放哨。周围还在燃烧的房屋发出朦胧的微光，映照着他布满皱纹的瘦脸，一副辛酸和阴沉的样子。

一只大白猫爬到屋檐口，紧张地四下张望着。

施密特看了看周围，没人在看着他，于是嘶声喊道："嘿，你，喵喵！[1]"可是这只斯大林格勒的猫儿并不懂德语。它停住不动，想要搞清楚这个靠墙站着的人有没有危险，接下来它突然跳起来，跃上另一侧的铁皮屋顶。屋顶发出一声响亮的咯吱声，猫儿便消失在黑暗里。

施密特看了看表，还要一个半小时才轮岗。一个人站在这安静的院子里倒不错，他都已经喜欢上孤独了。这样不需要忍受施通普夫一刻不停的嘲笑，同时还有别的原因。

花瓣状的、半圆状的或者椭圆状的粉色影子在墙上掠过，就像放电影一样。肯定是附近哪栋楼烧得更旺了，大概是哪里的木地板刚刚着火了吧。

真是奇怪，多少人改变了啊！十年前，妻子老是跟他发火和吵闹，

---

1 英文译者注：原文德语 "He du, Kätzchen, Kätzchen！"。

因为自己常常在入夜时跑出去。每天晚上大家都讨论政治。那时他一从工厂里回来，换件衣服，随便吃点什么，就跑去跟别人聚会或到哪个啤酒馆里。要是现在他能回家，那一定会高高兴兴地把门一锁，一整年都不再出来。

以前在啤酒馆里认识的人大部分都不在身边了。施密特在厂里认识的那些积极分子和工会组织者们，要么跑到别的国家了，要么进了集中营，还有几个变成了褐衫党[1]。他对谁都没有特别兴趣，都不想见。所有人都生活在恐惧中，能够谈论的话题要么只有天气，要么是贷款买一辆大众小汽车，要么是隔壁的女人在做什么晚饭，要么是哪些共同的熟人有多小气，或者是谁给客人喝真正的茶，谁却只肯拿一些橡子咖啡出来充数。要是有哪个朋友经常上门，不用问，肯定会有某个纳粹党小组长在门缝那里窥视，或者把耳朵贴在墙上偷听[2]。这家伙肯定在想：这些奇怪的人想要干嘛？为什么他们会坐下来一聊就是几个小时？他们干嘛不去读《我的奋斗》呢？

可是，施密特并不清楚有人到底变了，还是没变。

对于他来说，这个问题很困难。该去问谁呢？还有谁愿意跟他说话呢？现在身边只有这只斯大林格勒的猫了。可就连它，也躲得远远的。

也许这该死的施通普夫说得对。是啊，施密特真的是个大傻帽，但他一直都这么傻呢，还是在纳粹统治下才变傻了？也可能是在纳粹的眼里他是个傻帽儿，但在别人眼里可不是这样。以前施密特在工厂里时还被人当成带头的，上万名工人选他作为工人代表，参加了波鸿举行的工会代表大会。现在他却成了傻帽儿，还成了全连的笑话篓子……

1　中文译者注：褐衫党一般指罗姆的冲锋队，1934 年被希特勒清洗，罗姆本人被枪毙。格罗斯曼这里说的"褐衫党"似应指纳粹党。
2　英文译者注：纳粹党小组长是纳粹党组织中一个低级别官员，负责监督左邻右舍的政治动向，以及维持纳粹当局和普通人之间的联系。中文译者注：纳粹党机构分为七个级别，分别是元首（即希特勒）、全国领袖、大区领袖、分区党部领导人、分区领导人、支部领导人和小组领导人（即党小组长）。

施密特沿着墙踱起步，一脚把挡路的一块碎砖踢开了。走到墙角后，他停下来，盯着废弃的房屋和烧得干干净净、死气沉沉的窗子看了一阵，心里感到一阵凄凉。这种感觉太熟悉了。如同以前，他感到身边的一切——日月星辰的光芒、深沉的天空和田野的气息——都变得让人痛苦和压抑。这种感受在春天最明显，因为到了那时，不管是星辰、轻柔的微风，还是嫩绿的树叶和低吟的小河，都释放出自由的气息。

儿子曾在他面前大声朗诵过一段植物学课本里的内容，里面提到了某种细菌（"厌氧菌"）不需要氧气也能活着。它们呼吸氮气，在豆类植物周围活得很好，营养也很丰富。生活中也有这样的，有厌氧的人，靠着希特勒提供的氮气活着。可施密特不是这样的人。他感到窒息，无法喜欢氮气。他需要氧气，需要自由。

这样一个额头高高的、脸色苍白的家伙宣称，他就是德国，德国就是他。施密特无法从这个人的控制中摆脱出来。现在这张脸无处不在，飘荡在无辜的鲜血之上，反射在庆典乐队亮闪闪的铜管上，回荡在醉鬼的狂笑、士兵的吼叫和女人以及孩子的尖叫中。

他，卡尔·施密特，一个热爱祖国的德国士兵，一个德国人的子孙，为什么每次听到德国胜利的消息，感到的却是恐惧？

今晚，他在这座变成废墟的城市里放哨，看着明亮的阴影在死去的大楼墙上掠过，心中无比痛苦。这是为什么？

真正的孤独实在很痛苦。

有时候，他担心自己忘记了怎么思考，大脑已经固化了，不再像人一样思考了，变成了非人类的东西。还有些时候，他觉得莱德克、施通普夫和莱纳尔德只要盯着他的双眼看就知道自己在想什么，他给吓坏了。还有，他担心睡觉时要是说了些什么不正确的梦话，旁边的人听见了会叫醒别的人："听听，这个红脑壳的施密特又对我们的领袖说三道四了。"

而在这里，在这个黑乎乎的院落里，在整个放哨值班时只有他一个人。他感到心里很宁静。不管是莱纳尔德还是施通普夫，还是别的什么人，都不知道他心里在想什么。

他又看了看手表，换班的时间快到了。

尽管自己很孤独，但施密特却知道，本师还有一些跟他一样傻的人。有人想法跟他一样。怎样才能找到他们呢？就算是最笨的傻瓜也不会公开说出跟自己一样的想法。不管怎么说，还有别的傻瓜。他们既然能思考，说不定就会行动。怎样才能找到他们呢？

门被推开了一半，负责警戒工作的军官走了出来。他的制服敞开着，在燃烧的房屋火光衬托下，衬衣的颜色变成了浅粉色。

他向身后的大门看了一眼，然后低声说："喂，哨兵施密特！"

施密特朝他走过来。军官喷出一口酒气，用温柔得不像话的声音对他说："朋友，听着，你要在这儿再坚守一下。接替你的霍夫曼今天过生日。他觉得今天有点儿不舒服，有点累。明白了吗？还好，现在起码还是夏天，在这儿不会太冷，对吧？"

"明白。"施密特说。

几个小时后，施通普夫朝着军官们宿营的骑楼里走过来，认出了警戒的士兵。

"情况怎样？"施通普夫问道，"连长还好吗？心情如何？我有要事求他。"

哨兵摇了摇头。

"他们搞的聚会还挺热闹，"哨兵说，"有酒，有女人，什么都有。就在闹得最欢的时候，上校把军官们都叫走了，现在还没回来。"

"是莫斯科宣布投降了？"

哨兵没有听到他的调侃。他朝着施通普夫做了个手势，眨了眨眼说："我在看着这些年轻女人。莱纳尔德上尉对我说：'我们得执行一个新任务，大概半个小时就回来。得把俄国人从火车站赶出去。'他命令我好好照顾这些姑娘，答应很快就回来。"

839

几分钟后，全营收到命令，准备战斗。德国坦克和炮兵部队开始朝火车站开去。

三十七

德军在下午两点向火车站发起进攻。叶林中校正一边给师长罗季姆采夫将军写报告，汇报近几天本团的行动，一边听着他的副官跟团卫生队队长争论。争论的问题是到底是阿斯特拉罕还是卡梅申的西瓜更甜。

营长们的电话还没打进来，叶林已经马上感到了事情的严重性。密集的轰炸和炮击形成了火网。这种情况只意味着一种可能。

他从掩体中跑出来，看见火车站上空腾起苍白的尘烟。它与深红色旋风般的火焰混在一起，形成厚厚的浓烟，在被炸坏的房屋上空盘旋。

本师防线中段和左翼传来了密集的枪声。

"来了！"叶林自言自语道。数千名红军战士心里也冒出这个念头。所有人都知道马上会发生什么。

对这些刚从伏尔加河东岸过来的人而言，过去这几个小时的极度紧张让人痛苦不堪，如同一个人站在铁轨上，等待着被从陡坡上冲下来的车厢和他撞上。

这是一次无法避开的猛烈撞击。

叶林经历了太多战争的折磨。去年他的头发就开始变白了。造成这一切的原因，一部分是因为某些上级常常提出无休止的要求，另一部分则是某些下级的疏忽。

最让叶林感到恼火的是，菲利亚什金营所在阵地是这次德军攻击的重点。该营最近才纳入自己指挥，他对营长也不了解。全团中最弱的一环就在这里。

通信员把他叫回掩蔽部。菲利亚什金打电话过来汇报说，本营遭到了炮击和轰炸，可以听到坦克迫近的声音。部队已经出现了伤亡，但准备击退德寇的进攻。

"好了，我知道了，"叶林对着话筒大喊，"注意使用机枪火力。别想着撤退。我会掩护你。听到了吗？我会提供全部炮兵火力！你在还吗，喂？"

电话线断了。菲利亚什金没听到叶林说提供炮兵掩护。

叶林给罗季姆采夫打电话过去，汇报了德军的主攻方向指向菲利亚什金营。"这个营最近才划归我指挥，"他说道，"原来是马丘欣那个团的。"

叶林接下来对参谋长说："接到命令，要不惜代价守住火车站。师属炮兵会提供炮兵火力。鬼才知道德国人会使出什么阴谋诡计。但愿咱们别被赶到伏尔加河里游泳才好。"

参谋长点点头，心里却想着，可惜没留下一条船在身边。

叶林把营长们都叫来，逐一检查他们积极防御的准备情况。

德国人这次要是能迅速拿下火车站，后果就很严重了。大部分增援部队还在奔赴前线路上，只有罗季姆采夫师到达了西岸。德国人如果把罗季姆采夫的部队赶进伏尔加河里，很有可能其他的增援部队无法渡河。

罗季姆采夫给右翼的团打了电话，然后把师炮兵主任和工兵营营长给找来布置任务，随后又派别利斯基到敌人坦克最有可能发动进攻的方向，去检查防守人员配置。最后，他给崔可夫打电话："中将同志，请允许汇报。敌人发动进攻了。正在轰炸和炮击我的左翼，并集结坦克。很明显，敌人目标是火车站。"

罗季姆采夫丝毫没有低估事情的严重性。他的右翼暴露了。如果敌人在左翼能够轻易突破，进攻的矛头就会立刻指向右翼。全师都将陷入危险之中。

他一边听着崔可夫在电话里断断续续的说话声，一边抬头看着下水道的石质弧顶和远处入口的微光，心里想，难道自己真注定会在这条阴暗的管子里了此一生吗？

"站稳了！"崔可夫说，"一步也不许后退。谁敢后退，就送上军事法庭。我亲手枪毙他们！明白了吗？两小时后戈里什内就会开始渡河[1]。他来掩护你的右翼，到那时候就能确保防线安全了，情况就能稳定下来了。至于'后退'和'撤出'这些词，想都不要想！"

此时，罗季姆采夫想到的却不是后退，而是想要马上进攻。

崔可夫当然不会像罗季姆采夫想得那么简单。罗季姆采夫的师刚刚渡河，戈里什内的师也马上要渡河了，还有更多援军在路上。如果这时候阵地被突破，情况就变得岌岌可危了。

当下最重要的是继续战斗，延长战斗时间，把敌人的力量钉死。德国人习惯了结束一场战役再开始下一场，他们不喜欢把结果弄得拖泥带水。罗季姆采夫的左翼能够把战斗拖得越久，给崔可夫的其他部队喘息的时间就越多。工厂区的守卫者们情况已经有所好转，压力减轻了很多。敌人的俯冲轰炸机都转移到别处去了。

但是，要是德国人把罗季姆采夫的部队孤立了，如果切断了他和其他正在不断加强的防线之间的联系，那么他的部队在地图上就会变成一个点。如果敌人设法降低了他的部队人数优势和行动自由度……预备队实在太缺乏了，这妨碍了崔可夫的部署。他预料到敌人即将发动本次进攻，但他同时也在预期之外希望，敌人能够推迟这次进攻。

崔可夫给叶廖缅科打了电话。

"崔可夫向您汇报，"他冷静地说道，"在空袭后，敌人向我的左翼发动了进攻，动用了迫击炮和重型火炮，同时还在集结坦克部队。我推断，敌人的目标是孤立罗季姆采夫部队，并突破到伏尔加河。"

"不要推断！"叶廖缅科不耐烦地说，"行动起来，反击！给罗季姆采

---

1 中文译者注：瓦西里·阿基莫维奇·戈里什内，时任苏军步兵第 95 师师长。该部队大约在 9 月 18 日完成在伏尔加河东岸的集结，9 月 19 日加入战斗。全师在战役胜利后获得"近卫步兵第 75 师"荣誉称号。

夫提供所有炮兵支援!"接下来传来一阵咔嚓声,崔可夫听出来了,叶廖缅科在啃着一个苹果。

"到处都是烟雾,什么都看不见,"崔可夫说,"但我会直接给炮兵下命令的。"

"不要浪费时间!"叶廖缅科怒气冲冲地说。接下来是短暂的沉默,崔可夫猜叶廖缅科可能在点烟。"别对你的人开炮,斯大林格勒可不需要第二战场。罗季姆采夫要是垮掉,你的麻烦就大了。你的右翼有两个满员师要渡河,跟下来还有两个马上到。行了,干活去吧!"

"明白了,上将同志!"崔可夫放下电话,然后又马上拾起来。"接波扎尔斯基!"他大声喊道,"马上就要!"在等集团军炮兵司令员波扎尔斯基过来听电话的当儿,崔可夫看了一眼坐在身边的古罗夫:"不用想了,德国鬼子肯定把火车站炸了个底朝天。而这里,我们这儿反倒安静了一点。我宁可让他们炸这里……"他接着提高音调说:"波扎尔斯基,面前有地图吗?好,把下面这些记下来!"

在伏尔加河的另一边,叶廖缅科也俯身看着地图。

敌人消停了两天。要是他们再消停一会儿就好了……这是一次单独的作战行动,还是一次大规模进攻的前奏呢?能再给点时间,他就能完成对舒米洛夫集团军的重新部署。他本来希望,要是敌人向崔可夫发起进攻,舒米洛夫也能向敌人发起进攻,以此来降低崔可夫在左翼和中部的压力。至于从顿河前线调来的增援部队,他们还得过一阵子才到……

"他们干嘛在今天进攻?"叶廖缅科对参谋长说,"咱们的炮兵几乎什么作用都发挥不了。这些混账东西要能等到戈里什内的部队安全过河再动手的话才好呢。也许鬼子就是冲着他们来的?"参谋长沉默着,叶廖缅科继续说道:"在这里都能看到,他们的船已经离岸了。"

过了一分钟,叶廖缅科跟方面军炮兵司令员阿盖耶夫上校的电话又通了。"向中央阵地和左翼提供炮火支援……什么?无法确定敌人方位……说得有道理，真要命，现在没有选择啦。行动吧！"

某个团长用笔匆匆在笔记本上写下了一页报告，写给师指挥部，然后从师部送到了集团军司令部，在那儿用打字机打出来。接着，一名联络军官带着这份报告和三份副本渡过伏尔加河到达方面军司令部。通信人员通过无线电话拨通了莫斯科。方面军通信中心的电传打字机嘀嘀嗒嗒地响起来。一个厚厚的文件夹上盖了五个封印，交给特勤信使。黎明时分，他将乘坐道格拉斯运输机出发，把这份报告呈交总参谋部。

这份报告的内容简单明确：在短暂的缓和之后，德寇又恢复了进攻。

叶林非常清楚落在自己肩上的责任。从爆炸带来的短暂耳聋中恢复过来之后，他对电话员喊道："给我接菲利亚什金，现在就接！"

电话员干巴巴地答道："电话断了，没法修复。"

叶林的副官走进掩蔽部。几个脸色煞白而惊惶的通信员看着他走过。

"中校同志，三名通信员都牺牲了，根本没法联系上菲利亚什金。火车站被包围了。全营正在组织环形阵地进行防御。"

"无线电能联系上吗？"叶林粗鲁地问道，"无线电行吗？"

"中校同志，无线电没有回应。"

"他们的无线电报话机坏了。"叶林说。

这个营被分割包围了，与团部、师部、集团军司令部、方面军司令部失去了联系。叶林都不知道菲利亚什金是死是活。

德国人显然已经准备好尽一切所能，彻底消灭这个营。火车站一带的密集炮火一刻也没停下来。在其余地方的火炮相对沉寂后，他们的意图变得更加明显了。罗季姆采夫部队的其余人员实在太明白这些被包围的战友们在经历着什么。

叶林对政委说道："现在……您怎么看菲利亚什金这个人？我们已经击退了敌人的最后一次进攻。他能做到吗？我们会尽力支援他，会展开反攻，提供火力支援。可他的部队才刚刚调进我们团，不能对他抱有太多希望。也许之后我们再也见不到他了。"

政委答道："我刚把斯维德科夫派过去，让他带上了美国妇女们捐赠的包裹。刚派过去，他们就开始打起来了。斯维德科夫和他们一起有好处。他是一名真正的共产党员。在一连，他们让战士们和惩戒营里来的家伙混编了。我把菲利亚什金大骂了一顿，要他赶快列个名单出来，然后把这些人调走。"

叶林给友邻团的团长马丘欣打了个电话。两人同意加强彼此所辖部队驻防区域连接部位的防守。接下来叶林问："你怎么看菲利亚什金的这个营？我对他们不了解。说真的，他们算得上你的人。"

"怎么能算我的人？"马丘欣听出了叶林话里的意味，"这是你的营，跟我没有任何关系了。不管怎么说，他们跟别的人没什么两样。重要的是如何好好指挥他们。"

三十八

菲利亚什金跟所有人一样，无法不去希望自己能活下来。他希望德国人不会向火车站发动进攻。在布置完防御工作后，他小心翼翼地把这份希望藏在心里。

他设想的一种结果是部队会向伏尔加河撤退，当然，是奉命撤退。叶林会认识到在两翼大开的情况下再去坚守阵地毫无意义。全营会边打边撤，退到后方。另一种结果是他自己负伤了，是轻伤，由卫生指导员列娜·格纳丘克送到了东岸。到时候医院里会塞满了人，他只好跟列娜在渔民的小棚子里住着。列娜专门照看他，帮他换衣服，两个人一起睡在炉子上，到天亮时他就到阿赫图巴河钓鱼。还有一种结果：上级认定他不适合在前线服役，把他调到梁赞步兵学校。这里离他家只有十八公里。不过列娜只能留在部队里了。菲利亚什金有妻子，还有两个孩子。把列娜带回家里的事情想都不要想。

845

全营有三百人，每个人都对自己在战争中的结局想入非非。他们的生活会更幸福和美满，不消说，肯定比战前更加幸福。有些人想着搬家，从村子里搬到区里，有些人想着搬到别的村子。有些人想到了妻子，赌咒说要好好待她们。还有些人在想妻子眼下在干啥，要是生活很艰难，她们得去市场上把裤子或外套给卖了，战争结束后，反正会挣来更多的钱买新的。另外还有一些人想着自己的孩子，下了决心一定要让自己的小玛莎好好读书，供她去念完大学，能当上医生。

所有人中，菲利亚什金第一个意识到这些幻想注定会随着自己的阵亡而变成一场空。一切都很清楚：他失去了与上级的电话和无线电联系。敌人的坦克和步兵已经突破到了他的后方。他们的炮火又凶猛又准确。根本就跑不出去，也没法匍匐前进，甚至连把脑袋探出墙头看看都做不到。菲利亚什金给自己的手枪压好子弹，上膛，打开保险，心里才感觉轻松了一些。

"我们被包围了，"伊岗诺夫大声喊道，"他们切断了我们的通信。"

"对！"菲利亚什金答道，"现在要自己掌握自己的命运啦。"他看了一眼伊岗诺夫。后者平时总是紧张兮兮的脸上竟然露出了一丝微笑。是的，他的脸色变得苍白，但却让他显得年轻和神采奕奕，像是刚刚洗了个澡。

接下来，伊岗诺夫从军便服口袋里掏出几封信，撕碎了扔到地上。菲利亚什金顿时知道，他的参谋长不想让德国人在搜查自己尸体时碰到这些给妻子和孩子的信。

伊岗诺夫接着用梳子梳起他那剪得整整齐齐的灰发。

"去他妈的！"菲利亚什金突然气愤地大喊了一声，"我是一名指挥员，指挥员就要去指挥战斗！"

他派出了通信兵去检查并接好跟团部的电话线，还给连长们下了命令。目前大家必须把机枪和反坦克枪隐蔽好。德国步兵对火车站大楼的进攻随时可能开始，不能让它们暴露和损坏了。需要保护好通信员，让所有人尽可能地分散隐蔽，免得过早遭遇人员损失。菲利亚什金还询问了战士们的士气情况，并再次强调，谁要是敢撤退一步，就枪毙他。

过了一会儿，电话铃响起来了。菲利亚什金和叶林再次通了电话。后者又重复了一次，将全力给予炮兵火力支援。这次通话没说多久又断了，而且再也没有恢复。也不知道是被炸弹炸断了电线，还是让德国工兵给破坏了。

菲利亚什金继续给连长们下命令，还进行了一番解释。做完这些，他舔了舔干裂的嘴唇，拍了拍前额，又拍了拍后脑，想要缓解一下爆炸带来的耳鸣。他所说的一切均建立在一个简单而明确的决心之上：本营将寸步不动，将坚守阵地直到最后。菲利亚什金很清楚，全营一旦撤退，那么整个团都会被赶入伏尔加河，淹死在里面。

手下的人在后方留的时间够长了，很多人还从来没有经历过战争。但是，菲利亚什金确信，这些人跟他一样有共同的决心。他不再被疑惑和恐惧所困扰。不可能撤退，因为身后就是高高的悬崖和深不可测的大河。手下的人，还有他自己，占据着大地的这一块小小的角落，坚守在这里。谁都别想把他们从这里赶出去。

敌人开始炮击的前一刻，斯维德科夫还是从团部回来了。菲利亚什金对他大声喊道："去看看科纳内金那边的情况。他那个连里有惩戒营分配来的人。要盯着看他们的情绪。"

三十九

德寇朝着科纳内金连打过来的第一发炮弹落在战壕的边沿，炸开的泥土劈头盖脸地洒了坐在战壕里的三名战士一身。两个正在把脑袋埋在饭盒里吃东西的战士顿时像被无形的手揪住了，僵在了那儿。另一名瘦瘦的、有点儿驼背的战士正安安静静地靠着战壕的土墙，也顿时凝固了。

"这群狗东西都不肯让我们好好吃点东西。"其中一个直勾勾地看着饭盒里的土说。那意思好像是说，《日内瓦条约》禁止在吃饭时间炮击。

第二名战士抖了抖肩上的泥土，用手掌爱惜地擦了擦勺子，恍恍惚惚地说："还以为怎么回事呢，原来是这样。"

第三名战士一言不发地倒下来，沉重的身体和死人鲜血淋漓的脑袋就靠在战友们的腿边。

又传来了几声低沉、温和和毫无恶意的迫击炮弹啸声，让人胆战心惊地从战壕上飞过去了。

在浓烟和爆炸的喧嚣声里传来一声撕心裂肺的嚎叫。几个声音大声喊道："把他拖出去……不行……这管什么用？"

又是几声呼啸的哨声和更多的爆炸声。

"敌人炮火覆盖"，这几个词完美地传递出在突如其来的火网笼罩下的情形。火网把所有人都盖住了，像一张网，或者像一面麻袋那样盖住了。

打在砖墙上的弹片溅起了一小团一小团的红云，迅速失去了杀伤力，无声地落在地上。每一块弹片在空中横飞时，按照它们不同的形状、速度和质量发出自己独特的声音。一块卷曲的弹片有锯齿状的边缘，发出的是拨动梳子或者吹卡祖笛似的呜呜声；另一块弹片在噪叫着，像一根钢爪撕裂了空气；第三块弹片的形状可能像是一根管子，在空中翻滚时水花溅开了，发出了噗哧声。

而那些大肚子迫击炮弹，它们会发出调子不断变化的呼啸声，像个金属纺锤一样，在空气中钻出一个洞，然后用自己宽阔强壮的身体熟练地把这个洞越钻越大。

无数看不见的钢铁碎片吱吱响着，呜呜叫着，混合成含糊不清的悲鸣和低语，构建了死神的声音。

无数朵小小的浓烟——有些是灰色，有些是红褐色——一起组成了一团巨大的云团。砖石、泥土和石膏混合的尘土旋风形成了浓厚的灰雾，如云团一般在天地之间静止不动，围绕着这支被包围的孤独的部队。

德国人准备出动坦克了。他们并不指望炮火能够彻底消灭整个营。即使是最猛烈的炮火也不可能杀死几百个深藏在地下、战壕和石窟里的人。这场炮击的目的是夺取士兵的生命，更是动摇他们的意志、震慑他们的心灵。不管人在地下藏得有多深，炮火总能震慑到他们，能够渗透到最熟练的外科医生手术刀也达不到的神经末梢。炮火能够通过复杂的耳道、鼻孔和半闭的眼睛进入人的深处，能够攫住一个人的头颅，摇晃一个人的大脑。

几百个人就这么趴在尘雾当中，每个人都只能感受到自己，每个人都前所未有地意识到自己身体的脆弱，前所未有地意识到随时可能失去自己的身体。这就是敌人进行猛烈炮击的原因，那就是，把每个个体与群体分割开来。无休止的雷霆声会让战士听不见政委说的话，浓烟让他看不见指挥员；每个人都与战友分隔开了，被孤立了。在可怕的孤独当中，他只能意识到自己的懦弱。猛烈的炮击不是以秒来计算，不是以分钟来计算的。它整整持续了两个小时，把人的意识粉碎了，把他们的记忆毁灭了。

人们时不时地会抬头左右看看，周围的同志们身体一动不动。他们还活着吗？在这飞快的一瞥后，人们又赶紧把头埋下来，心里只有一个念头："我还活着，可听到的这嗖嗖响是怎么回事？我是死了吗？"

当敌人认为人的本能和心理已经超过了承受的极限，焦虑和紧张让位于消沉和逆来顺受的冷漠后，炮击停止了。

随后降临的宁静既残酷又满怀恶意。它让人得以缓和下来，带着恐惧渐渐恢复原状。不管怎么说，还有人活着。这片宁静唤醒了希望，也带来了令人恐惧的绝望。它的意味再清晰不过了：这不过是脆弱的喘息时刻，不过是一把出鞘的刀上反射出的锋芒，随后将会是更加严厉的打击。你们的政治指导员们说的无非是一大堆谎话，你们就要完蛋了。要是你们还有点意识，那就逃吧，赶快！你们爬到哪个地方藏起来吧，不然就来不及啦！

只需要一瞬间脑袋里就会转过这许多念头。敌人的手段在这方面可谓经验丰富。这短暂的平静时长上恰到好处。过长的安静将会增强抵抗的决心。很快就传来了金属碾压碎石的声音，传来了可怕的叮叮咣当声，还有引擎时而猛烈、时而低沉的咆哮。敌人的坦克逼上来了，更远一点的地方，传来了粗野而沉着的叫喊声。

防守部队一片沉寂，仿佛强大且富有经验的敌人已经达到了它的目标：苏军战士被吓得目瞪口呆，一言不发，他们的意志被摧毁了，灵魂被压倒了。

突然，传来了一声清脆的步枪枪声，接下来是反坦克枪的轰响，跟着是第二声反坦克枪打响了，后面是手榴弹的爆炸、机枪的长点射，以及无数步枪射击声。活着的人终于清醒了。

德国人本来想要分割包围这个营。他们认为，防御阵地就像是一个活生生的身体。把它切割成几块，生命力就流失了。德寇对炮火造成的影响相当自信，认为苏军的防御体系在炮击后已失去了韧性，各阵地已濒于崩溃，苏军的抵抗已经软弱无力。德寇认为很快就能拿下火车站。但他们的进攻犹如一根尖锐的矛头撞在结实牢固的盾牌上，很快被反弹了回去。坦克没有撕开苏军的防御，进攻力量受到削弱，失去了锋锐。

瓦维洛夫认为自己是第一个开枪的人。但有五六十个人跟他一样确信自己打响了第一枪，是自己打破了全营的沉默。

瓦维洛夫还认为是自己发出了第一声怒吼，随后大家才一起怒吼起来。与其说他开了第一枪，不如说他发出了第一声怒吼，使沉默不再持续下去。在他之后，几百个人一起怒吼起来，周围的一切变成了雷霆，变成了枪弹的火焰。他看见德国兵一脸迷惑地四处乱跑。瓦维洛夫很少骂脏话，但这一次在他身后的人听到他骂出了一长串脏话。

他感到很惊讶，跟在坦克后面的这些嗡嗡响的小虫子，能够这么具有毁灭性，能够带来如此多的伤痛和哀愁。

在无边无际的悲剧及因这些悲剧而变得怒火万丈的这些小小生物之间，竟然存在着如此令人惊异的、无法弥合的矛盾。

四十

科纳内金是个有经验的老战士。敌人一开始朝着他的连炮击，他就大声对自己说："中尉同志，看清楚了吗?"

他和通信员匍匐爬到手榴弹弹箱旁，把整个箱子拖回了连部。手榴弹现在成了这个世界上最珍贵的东西了。

科纳内金把手榴弹分给惩戒营里来的人，用高兴却平静的声音说："站好了，伙计们，你们马上就要洗清自己了!"

他这个好意的、不太准确的玩笑，透出了意想不到的沉着。所有人顿时轻松了下来。

德国人疯狂炮击期间，科纳内金一直把这些人留在连部周围，留心观察他们。其中一个人一直用手抚摸着手榴弹绿色的弹体；第二个人不停地从口袋里掏出面包干嚼着，显然想通过这样的方式放松下来；第三个人则在不停地发抖，然后突然又僵住不动了；第四个人用靴尖来回踢着一块砖头，像是想用靴尖在上面掏出一个洞来；第五个人用手堵着耳朵，把嘴张得大大的；第六个人低声地喃喃自语，大概是在祈祷或者是发誓。

"唉，运气真好，"科纳内金心里想，"菲利亚什金本来要把这些好汉们调走，现在他们却得跟我并肩作战了。"

科纳内金对这些人完全喜欢不起来。其中一个人偷偷地自残了；另一个从战场上逃了回来。所有人都在不停地违反纪律，给他制造了无数麻烦。有个人丢了自己的兵役证。雅洪托夫，那个有浅色头发和浅蓝色眼睛的罪犯，在长途行军时故意掉队了。当科纳内金开始写关于此人当了逃兵的报告时，他却又出现了，原来是拦了辆过路的卡车搭了个便车。还有个人，特别能招来农村妇女的可怜，给自己弄到了许多劣酒。然后他的排长写报告说，"这名战士在跟伏特加相关的问题数不胜数"。

到了眼下，尽管菲利亚什金没来得及把这些家伙调走，科纳内金也没法对他发脾气了。他对这些人也没了脾气，相反，还为他们感到有点可惜。

有人拍了一下科纳内金的肩。他回头看见一张满是尘土和汗水的苍白的脸。过了好一会儿他才认出是营政委斯维德科夫。

"有什么损失吗？大伙儿的士气如何？"斯维德科夫问。他急促呼吸时吐出的热气吹到了科纳内金的耳朵上。

"士气很高，我们会战斗到最后一个人。"刚说到这儿，一发炮弹在附近爆炸了，科纳内金又大声诅咒和叫骂起来。

科纳内金对这里的所有人产生了非同一般的信任，并与他们产生了共鸣。此前，他会把苏联男性分为两类：一类在战前就已经成为了职业军人，另一类则相反。现在，他不再认为有这样的区别。

斯维德科夫问了他几个问题，然后祝他好运，接下来准备匍匐前往科瓦廖夫那个连。科纳内金心里激动地想："这是个好人，哪怕只入伍几个月，也是一只能战斗的雄鹰。"

在科纳内金看来，斯维德科夫离开了相对安全的团部，德寇接着发动了进攻。这会儿他应该赶紧去营部，这再正常不过了。可他现在却在第一线跟战士们和指挥员坦率交谈，然后冒着炮火，匍匐前进到别的连队。

科纳内金心中对战友们的新感情没来得及得到实践检验。几分钟后，他牺牲在炮击即将结束之际。

四十一

灰色的、棱角分明的坦克有着一副宽大的、倾斜的前脸，上面漆着一个黑色的纳粹符号。它摇摇晃晃地翻过一个矮砖堆，然后停下来，像是要喘口气，再四下里看看。

坦克的炮塔无声地缓慢转动着，机枪四下瞄准，仿佛枪眼里有一只野兽的钢铁瞳孔在转动。真是难以置信，这样小心翼翼的、多疑的举动背后竟然是人在操纵。坦克仿佛变成了一个有生命的东西，有眼睛和大脑，有利爪和恐怖的双颚，还有永远力量充沛的肌肉。

一个浅黄色头发的苏军战士用反坦克枪进行瞄准。他十分缓慢地抬起了枪托。枪管在后退，枪托护板稳稳地顶着他的肩膀。他把脸贴在凉飕飕的枪托上，眼神冰冷。从准星的 V 形觇孔看出去，他看见了坦克那低矮倾斜的、像猿猴额头般宽阔的前装甲，上面盖着粉红色的砖灰。然后看到的是坦克紧闭的长方形舱口，侧面的装甲也进入了视野，上面有一长列突出的铆钉。坦克的履带油光闪亮，像条毛毛虫似的蠕动着。

战士的食指指肚之前几乎没有碰到扳机，但此时它已经轻轻地按在扳机上。扳机开始后退。战士胸口开始冒汗。他需要等着钢铁身躯上最脆弱的一部分落入眼帘。

坦克又开始移动了，炮塔在缓慢地转动着。它似乎嗅到了猎物方向，炮口开始麻利地朝着那位战士所隐藏的碎砖堆指过来。

战士屏住了呼吸，给手指又增加了一点压力。反坦克枪响了，后坐力给他的肩膀和身体带来了重重的一击。

他把所有的力量和激情都注入了这一枪中，但却没有打中。

坦克像打嗝一样剧烈震动着，炮口喷出白色的致命火焰。一枚炮弹在战士右后方爆炸了。他拉开枪栓，填入一枚黑头穿甲弹，再次瞄准、射击。这一枪又没打中，距离坦克几米处的砖石上冒出一团小小的烟尘。

坦克机枪哗啦啦地打了一梭子。一群铁鸟撕裂了空气，从趴在地上的战士上方飞过。他不抱任何希望，把最后一发子弹塞入枪膛，用尽全力瞄准并再次射击。

从坦克灰色装甲上迸发出一团明亮的蓝色火焰。战士把头抬了起来。这是他自己想象的，还是真的看到了灰色钢甲上的这团蓝花？随后他看见细细的黄烟从舱口和炮塔中钻出来，伴随着一阵爆裂声和轰隆声。也许是坦克里的机枪弹链殉爆了。突然间，一团黑云从坦克上冒出来，传来了震耳欲聋的爆炸。

有那么一会儿，战士不敢相信是他击中坦克引发的爆炸。这团黑云与刚才看到的灰色装甲上爆发的蓝色火焰有什么关系呢？他闭上眼，把头埋在反坦克枪上，感受着它蓝色的钢铁枪身，慢慢地给了它一个深吻，任由火药气味在唇齿之间扩散。

他又把头抬了起来。坦克还在冒烟，但已经被殉爆炸坏了。车身一侧出现了一个大大的裂口，炮塔栽在坦克前部，下垂的炮口指向地面。

这名战士忘记了所有危险，高兴地跳起来，激动地大声喊道："我打中了，快看啊！我打中了！"

他又趴下来，大声对附近的战友喊道："拜托啦，借我一发子弹如何？"

也许，在他混乱而又不尽如人意的生活中还从来没有感受过这样的快乐。今天，他不光是为自己作战，而是为所有人作战。这个世界欺骗过他很多次，他也同样欺骗过这个世界很多次。但过去的就已经过去了。

死神就在身边。在这场战斗中，他直面死神。他的副射手若拉已经牺牲了。在坦克进攻前几分钟，他的连长科纳内金已经被弹片击中阵亡了。他的班长也快死了，整个人蜷缩在砖堆后面，不能下命令，甚至都无法呻吟一声。这名战士正独自面对这一切，手里只有一支枪。

此刻，他会记起谁呢？会想到自己的母亲和父亲吗？

他根本不知道自己的母亲和父亲。十月革命前，他们住在圣彼得堡，父亲在海军部担任文职人员。内战期间，两人想要从克里米亚跑到国外去，却双双患上了斑疹伤寒，死在乌克兰东南的梅利托波尔火车站。于是，他在两岁时就进了保育院，长大后对自己的过去一无所知。然而有一次，在铁路工人技校的招待所里，他曾经做过一个奇怪的梦：他站在滑溜溜的镶木地板上，裹着一条花边围裙，手里摩挲着一条狗又长又温暖的耳朵。狗用雾蒙蒙的眼睛一直看着他，用粗糙的舌头舔他的脸。有个女人惊慌地伸出手来抱着他，把他的脸贴在胸口光滑的绸布上。他踢着腿大叫着，女人用一块温暖的湿布擦他的脸。

他后来去念书，然后辍学，找了个活干，结婚了，再后来离开了妻子，酗酒，生活变得乱七八糟。一天晚上，他和两个朋友撬开了一家商店。他们在第二天早上被捕。战争开始之际，他在一处劳改营里。他申请参军，上面给了他一个宽大的机会，把他送上了前线。

今天，他打掉了一辆敌人的坦克，腿上被一块弹片击中。他知道自己获得宽大。但当第二辆敌人的坦克出现在废墟之间时，他没工夫再去考虑别的一切了。

他依旧沉浸在自己的成功中，依旧相信自己的实力，相信一定还能取得更多的战果。他继续沉着地进行瞄准，但却再也没有扣动扳机的机会。机枪子弹击中了他的腹部，打断了他的脊椎。两名战士发现他还有口气，便把他放在军大衣上，拖到了一边。

四十二

到了晚上，局面平静下来了一点，菲利亚什金开始清点伤亡人员。他很快发现，清点活下来的人更容易。

除了他自己，其他活下来的指挥员只剩下刚刚检查过战壕的斯维德科夫、连长科瓦廖夫和担任排长的鞑靼人加尼耶夫。

"我们的损失总体上达到了 65%，"菲利亚什金对斯维德科夫说，"我让上士和中士们去指挥各自的部队了。都是不错的战士，没有发生恐慌。"

德国人的炮击刚开始，营指挥部就被炸坏了。他们在火车站旁找了个大坑，在上面盖上木头，菲利亚什金和斯维德科夫就坐在这坑里。刚过去的几个小时里，他们的脸被熏得漆黑，脸颊凹陷，嘴唇裂开了黑印。

"阵亡的人怎么处理？"大士匍匐来到大坑边上，问坑里的四个人。

"都跟你说过了，"菲利亚什金说，"把他们放到地下室去。"接下来他很不满地继续说道："我早就知道，F1 型和 RGD 型手榴弹没多少了。[1]"

"指挥员要分开放吗？"大士问。

"干嘛这样？"斯维德科夫生硬地反问，"一块儿牺牲的，就一块儿躺着吧。"

"好，"大士说，"反正，也没法分出谁是谁。衣领和领章都撕扯坏了，大家都差不多。"

"两挺机枪被打坏了，"菲利亚什金还在专心致志地计算着，"五支反坦克枪，还有三门迫击炮都出问题了。"

大士匍匐到别处去了，压得满地的弹壳咔嚓响。

斯维德科夫打开一本学校的练习本开始写起来。菲利亚什金把头探出弹坑，四处看了看，又坐了回来。"不到早上他们是不会打了，"他说，"你在写什么？"

"给团政委写政治汇报，"斯维德科夫说，"我把各种英勇行为都写下来了。现在把牺牲的人写下来，还有他们牺牲的情况。哎，这里有点没搞清楚，伊岗诺夫是中弹了，科纳内金被弹片击中了？记不清谁先牺牲

1　中文译者注：这两款手榴弹都是反步兵手榴弹，F1 型表面上有破片槽，RGD 型表面光滑。

了。伊岗诺夫是在下午五点左右牺牲的吗?"

他们朝着黑魆魆的角落看过去。几分钟前,伊岗诺夫的遗体还躺在那儿。

"别记这些流水账了,"菲利亚什金说,"你现在也回不了团部。咱们被包围了。"

"也对。"斯维德科夫说。但他没停笔,过了一会儿又说:"伊岗诺夫死得可真蠢。他站起来招呼通信员,然后就中弹了。"

"哪种死法不蠢,"菲利亚什金说,"没有聪明的死法。"

菲利亚什金不想讨论牺牲的同志们。他很清楚,战斗中需要人下意识保持情绪上的冷静,这样才能坚定,甚至有时候可以让自己继续活下去。要是他能幸存,他会在未来的岁月里纪念这些战友们,会在某个宁静的夜里感到喉咙里有什么堵住了,眼泪会滚出来,自己会说:"哎呀,他是个很好的参谋长,说话很直接,为人很爽快。他好像昨天还活着哩。德国鬼子开始进攻时,他把兜里的信都撕碎了,好像已经知道自己会牺牲。然后他掏出一把梳子梳了下头发,还看了我一眼。"

但在战斗中,人应该变得铁石心肠,起码应该让人处于这种状态中。总之,不是所有人都能承受战斗带来的鲜血与死亡。

斯维德科夫看了看写完的报告,叹口气说道:"都是好小伙子,我们的政治工作没有白做。都很勇敢,头脑冷静。有个人对我说:'政委同志,别担心。我们都清楚自己的职责,并会履行我们的责任!'还有一个说:'比我们更出色的人都牺牲了。'"

旁边传来两下爆炸声。

斯维德科夫四下看了看。"鬼子又开始了?"

"不会,他们会一直这样闹到天亮,"菲利亚什金带着点儿居高临下的态度说道,"时不时打上几炮,让你没法睡觉。可我们干得很不错!在五点到六点钟时,我一个人用机枪打倒了好几十个这些狗杂种。他们可真没完。"

"让我再多补充一点这类信息。"斯维德科夫说着，舔了舔手里的铅笔。

"行了吧，"菲利亚什金说，"涂涂写写的，能有什么用？"

"你这是什么意思！"斯维德科夫答道，手里已经开始写起来。突然，他想起了什么，又说道："营长同志，我受托要把一份礼物转交给我们营里这些英勇的姑娘们。"他突然想到，如果不是这件讨厌的礼物，说不定他还不会这么快被派回来，这会儿还可以坐在政治部的掩蔽部里喝着茶，写着例行的报告呢，但这个想法没给他带来什么遗憾和不快。斯维德科夫带着询问的意味看着菲利亚什金："这份礼物该给谁呢？也许该给格纳丘克？今天她表现可真够勇敢的。"

"这你最清楚。"菲利亚什金的语气里带着有点夸张的漫不经心。斯维德科夫让身边的一位战士把格纳丘克找来。"要是她还活着的话……"斯维德科夫又补充说。

"明白了，"这位战士愁眉苦脸地答道，"要是她死了，我也活不了多久了。"

"她还活着，我刚才确认了。"菲利亚什金微笑着说道，然后拍了拍袖子上的灰，抹了一把脸。他不停地打喷嚏，空气里充满了让人心烦意乱的有毒气息，有苦涩的硝烟味和油腻厚重的煤烟味，到处飘着石膏沫子。

"喝一杯吗？"斯维德科夫问。其实他很少喝酒。

最后这几个小时里，一切都颠倒过来了。原来娇弱敏感的人变糙了，原来的那些大大咧咧的糙汉子却变得柔软了。粗枝大叶的人开始变得思虑周到了，而一丝不苟的人却放弃了希望，四处乱啐，又叫又笑得像个醉鬼，带着欢欣等待着死亡。

"现在，你怎么看自己以前的生活？"菲利亚什金毫无来由地问道，"最后那一刻快到了，得算计一下自己的过去啦。你入党后做到问心无愧了吗？你要不要跟过去的一些疙疙瘩瘩和解呢？有什么要说的，就直说

858

吧。我可以把你的忏悔写下来。[1]"

"菲利亚什金同志，怎么搞的？真不明白您为什么说这些，您可是营长啊！"

"你和你的这些乱七八糟的报告，可真有意思，"菲利亚什金说，"任何人都会觉得你还想活下去……"他想了一会儿才继续往下说。但这一会儿在弹坑里却变得漫长无比。

"还想至少活半年。我们干嘛不聊聊呢？跟我说说，你怎么看我跟列娜·格列丘克做的那件错事？"

"的确错了。可谁知道呢？说不定我想错了，"斯维德科夫答道，"必要的话，党委会上会纠正的。但您这话可不像是我眼中的指挥员该说的。我写的就是这些。"

"你说得对，太对啦，我自己也会这么想。没必要等党委开会了。我做错了，也知道做错了。"

斯维德科夫突然从心间涌出一股暖流："行了吧，趁着现在还安静，咱们喝一口吧。配发的一百克还没动。"

"我不喝，想让自己保持头脑清醒。"菲利亚什金笑了起来。斯维德科夫老是批评他喝酒喝得太多。

这时候，列娜·格纳丘克的脸出现在他们头上。

"营长同志，我可以进来吗？"她问。

"进来吧，快点儿，不然就没命了！"菲利亚什金一边说，一边往旁边挪了挪，腾了点地方给这个年轻女人，"政委，把礼物给她吧，我来当见证人。"

到菲利亚什金这里来之前，列娜·格纳丘克用了点时间来捯饬自己。

---

1 英文译者注：菲利亚什金在这里有些故意开玩笑的意思。作为职业军人，他的工作总是受到政委干扰。同时，他显然觉得需要做一些仪式性的工作，为自己和同志们走完生命之旅做准备。于是，他下意识地说出了自己唯一一熟悉的仪式性内容，即东正教的告别礼。斯维德科夫显然被菲利亚什金的这个玩笑激怒了。他可能也感受到了菲利亚什金更深的内心，这让他感到更加愤怒。

可她那个小水壶里的水根本不够洗干净脸上的硝烟和尘土。她用手帕仔细擦了擦鼻子，但却没法让它变得哪怕白一点。她还用一片绷带擦了擦靴子，可这也没法让靴子闪亮起来。她想要把散乱的辫子藏到船形帽下面，可它们因为沾满灰尘而变硬了，根本拢不起来。头发一直披到耳朵上和前额上，让她的模样变成了小村姑。

就列娜的身材来说，那身军便服太小了，而且上面沾满了黑色的血迹。她的裤子又太大了，松松垮垮地盖着臀部。她的脚上是一双又大又宽的靴子，肩膀上挂着几个袋子。列娜尽量藏起自己那双从事善意和怜悯工作、指甲已经变得又黑又短的手，不让他们看见。列娜觉得自己全身上下又难看又别扭。

"格纳丘克同志，"斯维德科夫严肃地说，"我奉命将这份礼物转交给您，对您的无私奉献予以表彰。这件礼物来自美国妇女，送给我们在伏尔加河前线战斗的姑娘们，由一架飞机专门从美国直飞前线送到的。"

他拿出了一个硕大的长方形包裹。羊皮纸的包装上纵横交错地捆着一根丝绳。

"为苏联服务！[1]"列娜用嘶哑的声音说。她从政委手里拿过了包裹。

斯维德科夫换了日常说话时的轻松口吻说道："打开看看吧。我们都想看看，美国妇女到底给你送了点什么。"

列娜拉开了丝绳，羊皮纸在撕开时发出清脆的吱吱声。包裹里有很多东西，有几个小件。列娜蹲下来，免得东西掉到地上找不到。先看到的是一件漂亮的、绣着红蓝绿三色图案的羊毛上装，然后是一件蓬松的连帽浴袍，其余的有两双蕾丝长裤配上带绸带的衬衣、三双丝袜、几块配着花边的手帕，还有一件上等细棉布料带蕾丝绳边的白裙、一罐精油和一瓶束着宽绸带的香水。

1　英文译者注：这是个标准回答，一般在接受官方奖励时说。

860

列娜看了看两位上级。此时的周围出现了短暂的宁静，仿佛是不忍心打扰她脸上出现的优雅而微妙的表情。这一表情说明了一切：她知道自己不可能成为一名母亲了。同时，她也为自己多舛的命运感到骄傲。

列娜·格纳丘克站在弹坑里，穿着士兵的靴子和极不合身的军装。可她并不需要这些精美的礼物。在拒绝它们之时，她身上从上到下都散发出压倒一切的女人气息。

"这些能有什么用？"她说，"我不需要。"

两名指挥员感到有点无奈。他们能理解这个年轻女人的某些感受。她很骄傲，她知道自己已经无法逃脱厄运，她错误地认为自己的样子又笨又丑。

斯维德科夫用手指搓了搓羊毛上衣，窘迫地说："羊毛不错，跟旧衣服感觉不一样。"

"这些东西都放这儿吧，我用不上。"列娜又说了一遍，把包裹往角落里一塞，在军便服上蹭了蹭手。

菲利亚什金看了看包裹里的东西，说道："袜子不够结实，很快会抽丝的。不过它们倒挺好看，你可以穿着去参加舞会。"

"那我什么时候参加舞会？"列娜反问道。

这一下把斯维德科夫惹怒了，也帮他解决了一个以前他没遇到过的棘手的国际问题。

"行了，你不想要，那就把它们放这儿吧，没问题！这些人是怎么想的，以为斯大林格勒是疗养院吗？是在取笑我们吗？丝袜和浴袍，管它呢！"他看了一眼菲利亚什金，"我到阵地上看看，给咱们的人打打气。"

"也好，你先走，我一会儿也去，"菲利亚什金急急忙忙地说，"我刚刚看过这边了。行动时小心一点。德国狙击手就在一百五十米外。动静要小，不然你就完蛋了。"

"可以走了吗？"斯维德科夫走了后，列娜问道。

"等一会儿。"菲利亚什金说。一旦和年轻女人单独待一块，他就觉得全身不自在。把指挥员的语气换为情人的语气后，他又说："听着，列娜，这很重要。请原谅我。行军时我太粗暴、太霸道了。在这儿待一会儿吧，咱们好好告别。我们大概活不过明天了。战争会消灭一切。"

"营长同志，就我所知，没有什么值得消灭的。"列娜答道。她深吸了一口气继续说："首先，没有必要让谁来原谅您。我不是个小姑娘了，我知道应该怎么做，我对我自己负责。走进您的房间时我知道会发生什么。第二，我不会待在这儿，要回到救护站。第三，我有制服，不需要这些礼物。可以走了吗？"

她最后一句话跟平时的正式语调有点不一样。

"列娜……"菲利亚什金说，"列娜……真的不明白吗？"他的声音很奇怪。列娜惊讶地看着他。菲利亚什金站起来，想要说些什么要紧的事情，但最后却笑道："那就这样吧。"他指了指西方，用平淡无奇的声调说："别让他们把你活捉了。拿好那把缴获来的手枪，就是我之前给你那把，万一要……"

她耸耸肩，答道："第四，我自己有一把左轮手枪，我可以用它朝自己开枪。"

于是她走开了，连看都没看一眼上尉，也不去看那堆放在地上没用的漂亮衣料。

四十三

在朦胧的微光中，列娜·格纳丘克来到了三连的阵地。

一名冲锋枪手拦住了她，但马上认出她来："是您，上士，可以过来了。"

她顿时感到有点怅然若失。两年前，她还是苏梅州波杜沃捷村收获队的队长，带着一群人在收获季节收割甜菜。夜里回到家，她会欢欣雀跃地跟母亲央求说："妈妈，快点儿，给我弄点儿吃的，快饿死啦。"现在，上士格纳丘克还跟以前那个小姑娘是同一个人吗？

科瓦廖夫这会儿正靠在地下室的承重柱旁睡觉。旁边一块立起的砖头上点着一根蜡烛。手榴弹散乱地扔在地上，像渔网里捞起的鱼。

科瓦廖夫的冲锋枪支在膝盖上，两只黑乎乎的手放在胸口的帆布袋上。

列娜朝他走过去，一只脚踢到了散落在地上的冲锋枪空弹鼓。

"米沙，米沙！"她喊道。列娜拉起了科瓦廖夫的袖子，一只手习惯性地去摸他的脉。

"怎么了？"科瓦廖夫睁开眼，但却一动不动。"是你呀，列娜。"

"很累吗？"她问。

"休息了一会儿，"他回答说，然后给自己找了个理由，"大士帮我值班，我歇一下。"

"米沙！"她平静地说，"我是来告别的。"

"你准备到后方去了？到东岸？"

"大概要到另外一个世界去。我们都去。"

科瓦廖夫打了个呵欠。

"米沙。"她又平平静静地说了一次。

"嗯哼？"

"你对我生气啦？"

"问这个干嘛？"

"米沙，你不明白。"

"列娜，别管我，"他答道，"真的，有什么可说的？还有个姑娘等我回家呢。在这里告别干嘛？"

她突然抱住他，把头搁在他的肩上。

"米沙，我们大概还剩一个多小时，"她匆忙说道，"那天晚上……无关紧要。我就是犯傻——你能明白我的意思吗？今天有很多人负伤了。他们把伤员一个接一个地抬进来。每次我都冲过去看，怕你在里面……那天晚上我有点迷糊。我不知道为什么，有时候人不知道自己为什么要这样做。你去问卫生队的姑娘们，她们都知道我有多爱你。我刚从营指挥所那儿过来，真的，我根本不想多看那人一眼。求求你，真的，求求你相信我！相信我！别那么固执。你怎么不明白呢？"

"我可能是真不明白吧，格纳丘克同志……你可明白得太多了。你都把我看透了。我是个简单的人，不隐藏什么秘密。活下去吧，去理解你所喜欢的一切。我就算了，因为我跟某些人不一样，我不骗人。"

仿佛想要给自己这个艰难的决定寻找支撑，科瓦廖夫紧紧地抓着他那宝贵的帆布袋，用一只手抚摸着它。

接下来有好一会儿，两个人什么也没说。然后，他突然大声说道："上士同志，您可以走了。"

他想用这样的方式结束谈话，于是它们脱口而出，但他能感觉到身体上、背上和脖子上的每一个细胞因为说出了这些冰冷的话语而隐隐作痛。

地上还躺着的两名战士都坐了起来，睡眼朦胧地四下张望，想搞清楚刚才是谁向他们的连长进行汇报。

四十四

雅洪托夫躺在几件从死者身上脱下的军大衣上。他既不呻吟也不呜咽，眼神阴暗，瞳孔因痛苦张得大大的。他用差不多算得上贪婪的目光盯着密布星辰的天空。

"滚开，你弄疼我了！"他低声对想要搬动他的一名卫生员喊道。"别动我，你的手像石头一样硬！"

接下来，他看见了一张女人的脸，可以感受到她的呼吸。她的眼泪滴在他的前额和脸颊上。他还以为是下雨了。

接下来他才意识到这是眼泪。眼泪是热的，轻轻地抚摸他的身体的那只手是热的。因为生命正在渐渐离他而去。即使一片木头或一块钢铁，在接触到活生生的身体时也会觉得温暖。他在想，也许是因为他，这个女人才哭了。

"你人这么善良，别哭了。我过一会儿就会好起来。"他说道。但这个年轻的女人却没听见。他以为自己在说话，可她听到的却是喉头在咕咕响。

列娜·格纳丘克一晚上都没睡。

"别喊，别喊，德国人就在附近。"她对一名断了两条腿的伤员说。他把手放在他额上和脸上，又继续说道："耐心一点，天亮了就把你送到集团军医院，在那儿给你的腿上夹板。"

她来到另一个伤员身边。断腿的伤员喊道："母亲，回来呀，我有事情要对你说。"

"孩子，我这就回来。"列娜答道。这里每个脸上冒出灰色胡茬的人自然而然地叫她"母亲"，她已经理所当然地接受了。而她尽管只有二十四岁，却习惯了把他们称为"孩子"。

"他们会给我打麻药吗？"伤员问，"他们给我的腿打上石膏时会疼吗？"

"不疼。勇敢一点，撑到天亮就好。"

一束黎明的微光透入火车站里，把斯图卡俯冲轰炸机的机头和机翼染成粉色。一枚炸弹落入了忙碌的列娜和两名卫生员所在的弹坑里。生命的最后一次呼吸被压缩到了最短。

一团硝烟升起，在阳光映照下变成红褐色。它在空中悬浮了很长时间，直到伏尔加河上的清风吹动，才朝着城市西部的大草原上飘去、散开。

四十五

到了早上十一点，火车站周围的情况已经变得如地狱一般恐怖。猛烈炮击扬起大片硝烟。伴随着飞机引擎的哀鸣和梅塞斯密特航空机枪的嘎嘎作响，地面上腾起一片片黑云。但是，菲利亚什金的这个营，或者说，本营的余部，还在拼死抵抗德国人的进攻。

因为疼痛而失去了自我意识，伤员躺在血泊里，或者四处爬着，急急忙忙地找地方躲避。哭喊、呻吟的声音与大声的命令、叫喊，还有机枪以及反坦克枪的射击声混在了一起。每一次德国人的炮火沉寂下来，每一次德国士兵躬着腰向前跑，每一次德国人以为战斗已经结束时，火车站和周围被炮火犁过的沉默死寂的废墟就都又复活了。

菲利亚什金趴在一堆弹壳上，手指压在一挺机枪扳机上。他上下打量着手持冲锋枪的斯维德科夫。后者是个不合格的射手，但倒是一直不停地在射击。

德国人又发动进攻了。

"停止射击！"菲利亚什金自言自语说着，准备换个机枪阵地。他扶着枪筒，对正在用尊重和专注的眼神看着他的年轻副射手说："快一点，帮我把它拖到那边去，靠着墙边！"

在架枪时，菲利亚什金左肩中弹了。他觉得可能是轻伤，轻微的擦伤。

"给我肩膀包扎一下！"他对斯维德科夫喊道，把军便服的衣领解开了。"把列娜·格纳丘克不想要的那些东西用上。"但马上他就把斯维德科夫推开。"别包扎了，他们上来了！"他喊道，然后开始瞄准。"我一开始当兵就是机枪手，"菲利亚什金喃喃说，"现在我又是机枪手啦。"接着，他要副射手再准备一条弹带。

"敌人距离三百米，在左侧！"菲利亚什金以观察员的口气喊道。

"目标敌人步兵，半条弹带，连续射击！"他又换成指挥员的语气，抓着手柄，慢慢地把枪口左右转动。

他看见几个穿灰绿色军装的德国士兵在土堆后面跳出来，心里充满了怒火。这时候他觉得自己不是在对付几个狡猾的、向前移动的士兵，不是处于防守状态，而是处于进攻状态。他是一个攻击者。

机枪喷出无休止的怒火。一个简单的念头仿佛伴随着枪声回荡在菲利亚什金上尉的脑海里。这个念头圆满地解释了他所经历的一切——他的成功与失望，他对那些仍只是中尉的同龄人居高临下的优越感，他对那些已经当上少校或中校的同龄人的嫉妒——"我一开始就是机枪手，并以机枪手告终"。这个简单而清晰的念头圆满解答了过去几个小时困扰他的疑虑。对机枪手菲利亚什金来说，生命中所有痛苦而糟糕的一切已经无关紧要了。

斯维德科夫想把浴袍撕开给营长包扎，但已经晚了。菲利亚什金突然失去了意识，下巴撞在枪身上，倒在了地上。

一名德军炮兵观察员已留心这挺机枪好一会儿了。当机枪突然哑巴下来时，他还以为这里面有诈。

斯维德科夫没来得及亲吻牺牲的营长，也没有时间为他哀悼，更没有时间接过菲利亚什金牺牲后的重担。一发打得很准的炮弹在他隐蔽的垛口处爆炸，立刻夺去了他的生命。

科瓦廖夫现在是全营级别最高的指挥员了，但他并不知道这一点。在德军进攻开始时，他就和菲利亚什金失去了联系。

科瓦廖夫的样子跟从前那个头发乱蓬蓬、眼睛明亮的年轻人判若两人。两天前，他还在看着照片背面上写的字，读着抄录在作业本上的诗。他声音嘶哑，眼睛红肿，沾满灰的头发贴在前额上。就算是他的母亲也无法认出这个精疲力竭的人就是自己的儿子。

他被严重震伤了，耳朵一直在嗡嗡乱响，脑袋就像着了火，鼻子里不停地流血，从下巴上滴下来，浸透了胸前的衣服。他只好不停地用手把血擦掉。

现在走路对科瓦廖夫来说很困难。他摔倒在地上好几次，手脚并用地爬了一阵才重新站起来。

敌人对他的连队进行了长时间炮击和好几次进攻，但连队的伤亡要比本营其他部分低一点。

科瓦廖夫把剩余的人紧紧拢在一起，用持续不断的密集火力展开抵抗。敌人进攻时，死神仿佛手挽手肩并肩地和活人站在一起。

硝烟中可以看到他们紧张阴沉的脸。战士们用冲锋枪射击，炮弹爆炸时就把身体紧紧地贴在地面，然后跳起来继续射击，沉默地看着灰绿色的人从四面八方向他们逼过来。

敌人逼近时的短暂宁静，给他们带来了复杂的感受，既害怕，又欢欣。

后背、手臂和脖子的肌肉都紧张起来，他们的手指拔出了手榴弹安全销，紧紧地握着手榴弹和握片。德国人逼近给他们带来的紧张全部传递到自己的手上。

充满硝烟和尘土的空气让他们无法进行思考。

科瓦廖夫一直觉得，苏联手榴弹和德国手榴弹的爆炸声差别很大，就像下诺夫哥罗德人说"O"这个音时拖着长长的调子，而柏林人和巴伐利亚人却只会带着颤音大喊一样。就算是保卫者的大声喊叫被周围的喧嚣所淹没，但反坦克手雷在火车站周围的爆炸声，还有这声音在城市和伏尔加河上空形成的共鸣，一样发出了俄罗斯人最令人恐怖的诅咒声。

硝烟将会散去。像岩石一样阴沉的世界里将会现出成堆的碎砖石、尸体、被炸毁的德国坦克、扔在坦克旁的大炮、倒塌的桥梁，以及废弃的、黑洞洞的房屋。当德国步兵准备再次发动进攻时，他们的炮兵会重新焕发战斗意志，瞄准人和砖石发动新一轮炮击。

在这短暂的分分秒秒中，科瓦廖夫经历了很多。

他的意识时不时会逐渐模糊，脑海里什么都不剩下，只剩下战斗决心，希望动作再快点。除了那些在奔跑的灰绿色的东西，还有坦克的嘎嘎声，世界里什么都没有了。德国兵以小组队形，呈对角线方位推进。有时候他们好像是在进攻，其实目的却是在撤退。他们身后仿佛有人在推着，于是只好向前跑，以躲避这无形的压力。他们就这么跑着跑着，从这边跑到那边，接下来四散开来，转身跑开了。科瓦廖夫很想把他们这套鬼把戏拆穿。他小心而平静地选择目标，那双锐利的眼睛飞快地决定了哪个敌人会趴下，哪个敌人会赶紧找地方隐蔽，哪个敌人会倒下，哪个敌人会负轻伤。

朝科瓦廖夫奔过来的敌人中，有些人对他而言只是个虚无缥缈的影像，本身既无意识，更不会带来伤害；而还有些人，他们脸上被死亡攫取的恐怖表情却能看得一清二楚。这位被震伤的红军连长隐藏在一堵悬空的墙后，趴在血泊里，食指因为老是压在冲锋枪扳机上隐隐作痛。朝他冲过来的敌人，不管有多少人，都只有一个目标：他们在疯狂的决心驱使下，用意志，用身体的每一部分——双腿、双臂、双肩和后背——驱使着自己朝这堵墙后的小坑冲过来。科瓦廖夫感到紧张和愤怒，呼吸变得短促。他只顾得上去计算自己射出了多少子弹，身边有没有弹盘，装弹时德国鬼子还有多远。那边有根断成两截的电线杆，周围电线卷如乱麻。德国人会跑到那儿吗，还是会跑到已被掀掉顶棚的小棚子那儿？

科瓦廖夫大声嘶喊，喊声跟冲锋枪的枪声混在一起。他的愤怒通过双手，把冲锋枪的枪管烧得灼热滚烫。

战斗的紧张偶尔会突然减弱，可以看一眼清澈的蓝天。这种突如其来的平静往往比大炮的轰鸣更加恐怖，预示着敌人将会进攻。他是多么希望这平静而惬意的一刻能够永远不结束啊！

回忆的片段有意无意地在他的脑海里闪现。这一天清早，他看见一个露着雪白胳膊的姑娘在河边盥洗床单。她的左手上有注射天花疫苗留下的小小伤疤。姑娘把湿漉漉的床单拧成一条绳子，然后抡着它朝着一块深色木板使劲抽去。每抽一下，就会发出"啪"的一声，回音飘荡，几朵水珠飞溅。她看了一眼科瓦廖夫，微微张开的嘴唇上满是笑意，但她的眼睛里却流露出怀疑的意味。姑娘弯下腰又直起身来，可以看到她的乳房在抖动，可以看到她生机勃勃的身体散发出温暖的光芒，带来小草和凉水的气息。姑娘知道他在贪婪地看着自己，这让她既高兴又难过。她喜欢他。他们两人都这么年轻，真是让人奇怪又好笑。

接下来是另一段记忆。他想起了沙波什尼科夫中尉。这个厚嘴唇、脸色苍白的年轻人是他几个月前才认识的旅伴。那时他躺在火车卧铺的上铺，想要学抽烟，却给呛得使劲咳嗽。担心烟灰落到下铺，他还用一只手放在烟头下兜着烟灰。接着，两个人就到了这座城市——斯大林格勒。他们来到一处很漂亮的公寓里，在餐桌前坐下，面前放着丰盛的食品。这处被称为"定居点"的公寓，就在他现在隐蔽的半幅墙壁的东北方向某处。他想起了在那一家里，一个漂亮的年轻女人带着调侃的微笑看着他。还有好几个人也在看着他。其中一个是矮壮的军医，领章上缀着少校的两条杠；还有两个老头儿，一个是个大鼻子，额头宽阔，另一个长着浓密的黑发，表情总是非常阴沉；还有一个总是紧张不安的黑眼睛小伙子背了几首诗，他把这些诗歌都抄到了自己的笔记本上。

这些人都很友善，也很有意思。可他现在对他们感到有点不满，还感到了一丝自己对他们若有若无的优越感。

要是那个脖子像珍珠一样洁白的年轻女人现在能见到他，那她一定会明白当初自己为什么这么难过和生气。他们所谈到的死亡跟真正的死亡完全不一样。在餐桌旁的所有人都无权拿红军的漫长撤退开玩笑，特别是开那些自作聪明的愚蠢玩笑。他们用打量孩子的那种目光打量着他。在他们的问题里流露出居高临下的态度，仿佛已经看穿了他是个乡下来的孩子，看穿了他只是个速成班里出来的青涩的指挥员。

然而，科瓦廖夫的心智和灵魂，的确还像个孩子。他的一切，无论是生活经历，还是梦想和担忧，或者是他的粗暴、他的信念和他的疑惑，都还停留在少年时期。很久以前，在睡觉之前，他喜欢拿出一面垫在红色皱纹纸上的小镜子，对着它严肃地皱起眉头，想象着自己变成一个严厉的、坚定的英雄。现在，他经历了残酷而痛苦的战斗，实现了他少年时的梦想。在生命的最后几个小时里，科瓦廖夫成长起来，成为了当年他梦想成为的那个人。任何人只要见到他，都会发现他迸发出了如此强大的力量，变得如此刚毅果决。无论是朋友还是同乡，无论是母亲还是悄悄递给他照片、在背面写上"热烈的吻"的那位姑娘，甚至是最残暴的敌人，也都会同意这一点。

他想要把自己的念头分享给他人，以免这些珍贵的想法永远随他而去，于是掏出了自己的笔记本。他用手抚摸着包在玻璃纸里的那张照片，看了看那些抄录的诗歌。它们是这个年轻人用自己的漂亮大手抄写下来的，可如今他却成了另外一个人。他拿出一张纸，开始写最后一份报告。

1942 年 9 月 20 日

时间：11:30

汇报

致近卫军上尉菲利亚什金

当前情况：

敌人在不停进攻，试图包围本连，并派遣冲锋枪手渗透到我们后方。敌人还两次使用坦克攻击我们，但都被打回去了。德国鬼子想要从这儿经过，除非踏上我的尸体。近卫军战士们一直在坚守阵地。让全国都知道三连的英勇行为吧！只要连长还活着，一个狗杂种都别想从这儿过去。他们得等连长牺牲或重伤才能做到。三连连长现在的情况很糟。他感觉很不好，身体很弱，耳朵聋了，脑袋里乱响，鼻子不断流血，血都流到地上了。但是，三连决不会后撤。为了斯大林的城市，我们将英勇牺牲。让苏联的土地变成德国人的坟墓吧！我坚信一个害人虫都突破不了防线。三连愿意为斯大林格勒流血牺牲。我们将是解放这座城市的英雄！

科瓦廖夫在这份报告上签了名，折成四折（在写这份报告时，因为手上染血，这张纸斑斑驳驳地呈现出深褐色）。他叫来雷塞夫，对他说："把这个交给营长！[1]"

然后，他打开用细链子挂在胸口的一个金属小坠子。这是父母留给他以防万一的小礼物，里面藏着所有他的正式信息：姓名、军衔、住址、部队番号和血型。他在小纸条上写道："谁要是能打开这个坠子看到这些文字，请把它寄到我家。我的孩子们，我要到另外一个世界了！希望你们为我复仇。我的朋友们，为了祖国，为了斯大林的光荣事业，去争取胜利吧！"

科瓦廖夫没有结婚。他不知道为什么要给自己并不存在的孩子们写下这些东西，但就是想这么做。他想让人们记住他，对他的这些模糊但光荣的记忆能在这个世界上延续下去。战争缩短了生命，让他无法成为父亲，无法成为某个女人的丈夫。他只能与战争结合。在临死前的几分钟，他写下了这几句话，因为他不想向死神屈服，仍然坚定不移、意志坚决地想要战胜死神，想要坚持活下去。

雷塞夫神奇地从营指挥所活着回来了。

"中尉同志，那里没人，"他向科瓦廖夫汇报道，"没人签收报告，所有人都死了。一个通信员都没了。"

但科瓦廖夫已无法从雷塞夫那里拿回他的报告了。他静静地躺在那里，已经死了，一只手放在胸前，一只手还抓着子弹已经上膛的冲锋枪。

---

1 英文译者注：这份报告作者的原型是连长卡拉甘诺夫。格罗斯曼在随后的战争期间，图囊里一直放着卡拉甘诺夫的报告。他先是在《察里津—斯大林格勒》一文里再现了这份报告，然后在《斯大林格勒》里又一次引用了该报告。火车站相关战斗的讨论见琼斯（Jones）的《斯大林格勒》（127–7 页）。格罗斯曼在他的文字中把保卫火车站战斗的三个不同场景集中在了一起。战斗实际持续了只有二十四个小时。卡拉甘诺夫的报告描绘的是随后保卫百货大楼和工厂的战斗。格罗斯曼似乎知道这些具体的情况，只是在写作时进行了一些情节上的调整。

雷塞夫在科瓦廖夫身边趴下来，拿过了他的冲锋枪，用肩膀把他向右推了推。德国人又准备进攻了，一小队一小队地在被炸毁的坦克后闪现，相互之间做着各种手势。随着炮弹爆炸的声音传来，他听见身边的一侧发出了冲锋枪射击时急促的枪声。

雷塞夫数了数剩下的手榴弹，急急忙忙地看了一眼科瓦廖夫。他的双眉之间有一处窄窄的深色伤口。风轻轻地拂动他的头发，隐藏在细细的睫毛下的眼睛透着顽皮，满含意味地盯着地面，脸上现出只有他自己才知道，而别人永远不可能明白的微笑。

"击中了眉心，立刻就过去了。"雷塞夫自言自语道。他对死亡来得如此迅速而感到震惊，却又带着一点儿嫉妒。

四十六

在全营占领火车站四十八小时后，指挥员全部牺牲了，科瓦廖夫是最后牺牲的。

军士们也差不多都牺牲了，要么就是负了重伤。

多多诺夫上士吓得全身无法动弹，直挺挺地躺在地上。没有人理会他，也没人关注他。

大士马尔岑科也躺在地上一动不动，鲜血不断从鼻子里涌出来。炸死科瓦廖夫的那颗炮弹也给他制造了严重的震伤。

科瓦廖夫的牺牲并没有降低普通战士们的战斗意志。不管是科纳内金、菲利亚什金、斯维德科夫、科瓦廖夫，还是政治指导员和排长们，他们在活着的时候不断战斗，和普通的红军战士没什么两样。战士们既期待着与他们并肩战斗，也认为这是合情合理的。指挥员们牺牲后，普通一兵陆续接手指挥工作，这也是自然而然的事情。

在平时生活中，有许多人具有领导的能力，但这些天分表现得不那么明显。他们的伟大之处不在于当社会环境发生表面上的变化时能够迅速地予以应对，而在于他们具有强大的力量，能够保持内心的真挚。当生活的每一场大戏在最深层次发生转折时，这些人能够挺身而出，而他们内心朴素的力量也突然间被许多人认识到了。

没有人会任命或选举瓦维洛夫作为他们的指挥员。然而，全营还幸存的战士们都认可他的能力，将他视为如同集团军司令员那样强大而能干的领袖。这一点却并不让人惊奇。

在战争爆发前，瓦维洛夫常常能成功地解决工作中出现的各种危机。在集体农庄工人们开垦荒地、伐木工人伐倒松树、秋季刮风的日子里森林大火威胁全村之时，危机总是如影随形。其他的村民关心的只是扑灭自己屋子周围的大火，而瓦维洛夫会指挥灭火，命令他们去已经冒烟的集体农庄谷仓和学校救火。还有一次，他甚至对摆渡的船夫举起了斧头。那时村里的傻子安德柳什卡·奥尔洛夫都快被淹死了，那船夫却不肯救他。

现在的情况也一样。大家连想都没多想，就直接围在他身边，想要听他的想法。瓦维洛夫命令他们把剩余的干粮和水都集中起来。没人敢偷偷地把饼干藏起来，也没人悄悄地把水壶里的水喝掉。

他把战士们分成若干战斗小组。他跟这些人一起分享过面包，进行过长途行军，熟知每个人的长处和弱点，能够给每个小组准确地指定一个小组长。

接下来，瓦维洛夫收缩了防御圈，把人们集中在视野良好，并有结实的墙垣可以隐蔽的地方。

瓦维洛夫自己的战斗小组里有列兹奇科夫、乌苏罗夫、穆利亚尔丘克和雷塞夫。在其他小组受到特别大的压力时，他就去支援他们。

他还把剩余的子弹、弹夹、手榴弹和引信集中起来以随时补充，把机枪组阵地安排到一堵厚厚的混凝土墙后面，这样只有最大口径的重炮炮弹才能炸穿混凝土墙。

仅在这短短几天里，战士们就学会了城市巷战那些令人不寒而栗的手段。如同他们明白了劳改营的作用那样，他们也很快知道了突击队的作用。他们组成巷战所需的最佳队形，遵守决定巷战成败的法则。每个人在巷战中都很重要，但他的重要性只能通过整个队伍的相互配合才能体现出来。

战士们知道了什么是最有价值的武器，那就是 F1 手榴弹、冲锋枪和连属机枪。他们给 F1 手榴弹起了个女人的名字——"芬卡"。很快，这个名字就为所有的苏军战士所熟知。而瓦维洛夫自己，则发现了工兵铲那血腥的杀伤力。

在东岸长途行军中心情一直郁郁不乐的列兹奇科夫在战斗中精神振作了起来。一向平心静气的扎伊琴科夫从不说一句骂人的话，现在他在战斗中变成了一个疯狂的蛊惑者，脏话一连串地往外蹦。贪得无厌而又喜欢争吵不休的乌苏罗夫现在变得既大方又听话，把半数的配给烟草和所有的面包都给了雷塞夫。说起改变，谁都比不上那个病恹恹和傻愣愣的穆利亚尔丘克。这个人现在简直认不出来了。他整个脸都变了。以前他额头上的皱纹给人一种迷迷糊糊的印象，但现在它变成了一道吓人的、严厉的深沟。那两条分得很开的灰白眉毛现在落满了灰尘和硝烟，拧在一起架在鼻梁之上。他两次被一辆德国坦克给压在战壕里，但他两次都匍匐爬开，然后在近得不可思议的距离扔出手雷，炸毁了这辆坦克。他被严重震伤，瘫倒在战壕里，嘴里吐着泥和血沫。

那些曾经胆小怯懦的人现在变得大大咧咧，勇敢得让人感动。还有些人原来是乐天派，无所顾忌，现在却变得沉默寡言，消沉阴郁。

但瓦维洛夫却还跟从前一样，还是妻子、家人和邻居们所熟悉的那个人，还是在傍晚里坐在屋里用面包蘸着杯子里的牛奶静静吃饭的那个人，还是曾经在地里、树林里和路边不倦劳作的那个人。

战争能让我们看到许许多多的真相。当生活并不困难时，人在精神上的软弱往往被表面的强大和聪慧所掩盖，不仅能蒙骗别人，也能欺骗自己。但当考验突然降临时，人的弱点就暴露出来了。有些人可能又老实又怯懦，一辈子只满足于小小的成就。大家都觉得此人很无能，甚至他自己都会错误地相信自己就是个无能的人。可当他们经历艰苦考验时，就会显示出真正的力量，让周围的人感到惊讶。人群中也有一些意志坚定的人，即使在最严峻的局面下，大家也真心相信他们。他们的一举一动、他们清明澄澈的头脑、他们镇定的声音、他们的稳重和胸怀开阔、他们的微小怪癖、他们为人的原则，无论在风平浪静之时还是在风暴肆虐中，都没有任何改变。

夜幕降临，战士们依旧控制着火车站大楼。他们已精疲力竭，说着话，然后在轰鸣的炮火声中睡着了。

接下来，在凌晨两点一片漆黑之中，战士们遭遇新的恐怖局面：敌人的夜袭。

黑夜里充斥着尖叫、呻吟和喘息，充斥着手枪、步枪的枪声以及机枪短促的射击声，充斥着生命在消逝前发出的如泡沫般的破裂声和汩汩声。

德国人没有发射照明弹。他们匍匐前进，从指南针所指示的所有方向向中间扑过来。残酷厮杀持续了大半夜。星星消失在云层之后，夜色更加深沉，这样也许两方的人就看不见彼此眼中的仇恨和怒火了。

刀子、铲子、砖头和靴子的铁靴跟，所有的一切都变成了武器。

德国兵的人数占了绝对优势。不管在哪儿，只要传来打斗的声音，往往会有十几个德国鬼子在跟一两个俄罗斯人厮打。德国兵用刀子和拳头朝着咽喉使劲戳打，一个个都发了疯。

在打斗中，德国兵很少互相叫喊策应，因为每一个德语单词都会招来废墟中的红军战士的子弹。他们用发出红绿光的手电筒联络时也会得到同样待遇——同样的子弹会逼得他们赶紧关掉电筒或把它扔到地上，一分钟不到那里就会传来脚步声、短促的呼吸声、呻吟声和刺耳的金属碰撞声。

这一次，德国人显然有明确的计划。

防御圈在收缩。红军战士用于隐蔽的弹坑和散兵坑安静下来了。几分钟后，会鬼鬼祟祟地闪现几下红绿色的手电筒光，还有几声用听不懂的语言传递的低语。接下来会是邪恶而绝望的大喊、石头碰撞的声音、从别处传来的射击声。过了一分钟，从别处又会闪出一道绿色的光芒。

黄色的闪光，一颗手榴弹爆炸了，一阵忙乱的奔跑，一声撕心裂肺的哨声，然后一切归于沉默。又是一道飞快的绿光，红光飞快地回应了它。又是一阵沉默，然后突然出现黄色的火焰，仿佛有人突然推开了村里的铁匠铺，又突然把门摔上了。又扔出一颗手榴弹，接着是拖得长长的叫声"啊—啊—啊—啊"……叫声突然中断了，如同被宁静的空气吞没了，又是一道绿光小心翼翼地、警惕地在附近一闪而过。

远处侧耳倾听这一切的人们都觉得，全营的战斗快要结束了。

可还是能听得见俄罗斯人的悄声低语。还有几个人在搬着石头加厚墙壁，为黎明的战斗做准备。

他们的阵地周围都是弹坑和深坑。在黑暗中，敌人无法摸进来。

雷塞夫躺在阵地一侧，沉重地呼吸着。他悄声对旁边的人说道："他们像围着一头狼一样围着我，靠着好运才逃了出来，只是左肩受了点儿轻伤。那个油腻腻的多多诺夫，我好像看到他爬出去投降了。"

"说不定他被打死了呢？"列兹奇科夫说。

"没死。我查过了。冲锋枪和手榴弹还在，多多诺夫人倒不见了。这该死的狗东西。"

他在黑暗中拍了拍瓦维洛夫的手说："跟我信得过的人在一块才叫好呢。"

"别担心，不会把你丢下的。"列兹奇科夫说。

"你可别丢下我，"雷塞夫说，"我负伤啦。"

雷塞夫失血过多，脑袋里晕乎乎的。他时不时忘记了自己在哪儿，喃喃自语了一会儿，安静了下来。

"薇拉，到这儿来。"他清清楚楚地用平静的语调说道。安静了一会

877

儿，他又说："薇拉，你是怎么搞的？"

雷塞夫没法知道妻子为什么动作这么慢。好一阵子他一言不发，但新的想法又从发烧的脑袋里冒出来了："谢苗诺维奇……彼得……你怎么看，他们会很快开辟第二战场吗？"

"嘘……"瓦维洛夫说，"安静一点！"

"到底会不会开辟第二战场，有还是没有？"雷塞夫生气地低声说。接下来，他把声调突然拔到最高："听见了吗？有还是没有？你是瞎啦？不想管我啦？"

列兹奇科夫把一只手捂在雷塞夫嘴上："闭嘴，笨蛋！"

"放开我，放开我！"雷塞夫喃喃说道，他被憋得难受，想要把战友的手拉开。

德国人听到叫声。他们头顶上飞过几道血红色的弹道，几个德国人急急忙忙地呼叫着同伴的名字。接下来一切又安静下来。德国人大概也认为这是一个行将丧命的人在神志失常后乱喊。这倒没看错。

"谁在那儿？"瓦维洛夫突然问道。

传来了石头掉下来的轻微碰撞声，有人朝着他们爬过来。

"是我，是我！"传来乌苏罗夫的声音。"你们活着吗？我还以为德国人都把你们给解决了呢。"过了一会儿，他又说："给我根烟抽！"

"先用大衣盖上。"瓦维洛夫说。

乌苏罗夫在雷塞夫身边慢慢躺下，不停地抽鼻子清嗓子，把大衣拉到头上盖起来。

"黑漆漆的，我哪认得出谁是谁？"乌苏罗夫把他的头从军大衣下探出来，大声问道。他想和同志们谈话的愿望大概比抽烟的欲望还要强烈。他把烟灭了，急急忙忙地低声说："有个家伙一个人慢慢地爬着，跟别人不太一样，跟我们的动作很不同，发出的声音也不一样，像个动物爬行时的声音。我不敢开枪，就用了手。"

穆利亚尔丘克在垒墙，动作又快又安静。

"干得真棒！"列兹奇科夫低声说。他不想听乌苏罗夫说话。

"我以前专门砌炉子，"穆利亚尔丘克说，"我在想，以前的生活该有多好啊。干完了活儿，我就回家里待着。我住在镇里。"

"现在完全静下来了，"瓦维洛夫说，"黎明前他们大概就这样了。别说太大声！"

"你结婚了吗？"乌苏罗夫问穆利亚尔丘克。

"没结婚，跟我妈住一起，在波洛纳。[1]"穆利亚尔丘克答道，很高兴看到有人对他的生活产生了兴趣。"我妈可是个好人，我对她可孝顺了，挣的钱都给她。她老是担心我。要是我们夜里开会或是我下班了还没回家，她就会过来找我。我不喝酒，也不出去找女人，就在集体农庄的镇里当个砌炉匠。"

"我妈是个寡妇，也没别的孩子，"列兹奇科夫说。他像穆利亚尔丘克一样，在谈论自己时使用过去时。"唉，老弟，我真喜欢酒啊！我就像猫儿喜欢牛奶一样喜欢酒。女人们都喜欢我，从不拒绝我。"

"咱们就坐在这儿吧，"乌苏罗夫说，"坐到天亮。别去垒什么破墙了。反正人要死，它也挡不住。"

"也对，"瓦维洛夫说，"我刚才想，咱们还得拾掇一下，这样死也不会死得太让人害怕。"

"我们就要被干死了，"乌苏罗夫说，"搞不好还是自己开枪打死自己好过一点。"

"我在想，"瓦维洛夫说，"我们得在这儿待着，一直到天亮。干嘛要开枪把自己打死呢？咱们的子弹还够。"

"列兹奇科夫，跟我们说说你的事情吧。"乌苏罗夫说。

"我都把自己的事情说完了，"列兹奇科夫说，"没多少时间了，让我在死前安静一会儿。"

---

1 中文译者注：波洛纳位于今乌克兰赫梅利尼茨基州东北。

879

穆利亚尔丘克一字一顿、清清楚楚——显然是希望大家能够记得住——说道："我妈妈叫玛丽亚·格里戈里耶夫娜，我叫尼古拉·梅弗季耶维奇。"

要是他再不说，同志们就永远都不会知道波洛纳小城在夏天有多美，那里的榨糖厂有多棒，母亲是一个多么善良的女人，是一个本事多么高明的女人。穆利亚尔丘克一想到这点，心里就很难过。他把乌克兰语和俄语混着说："我妈妈只要上手做了，就没有她缝不出来的衣服。不过她大部分时候是给附近的农民干活，缝男人冬天穿的大衣和絮棉背心，缝女人冬天穿的夹克，我们叫'萨奇基'；还有'科尔塞特基'，是绸面发亮的马甲；'露丝特维'是绣花衬衫，重要的日子才穿；还有日常的衬衣啦，夏天穿的小褂啦……是啊，没什么她缝不出来的……我嘛，就是砌炉子，大炉子、小炉子、架着床板的炉子。我在波洛纳和亚穆波尔还有那一带的村子周围砌了八年的炉子。大家都说我砌的炉子很棒。"

瓦维洛夫平静地划燃一根火柴点燃手里的烟，一点都不害怕被德国人发现。大家都看见他脏兮兮的脸上滚落下两颗黑色的泪珠。

"说呀，穆利亚尔丘克，"他说，"继续说吧。我本来也打算到夏天修修家里的炉子。"

乌苏罗夫向瓦维洛夫靠过去借火。火星朝着他的大手落下去。

"手上有伤？"

"没有，那是别人的血。朝你们爬过来的时候，我用工兵铲干掉了两个。"乌苏罗夫叹了一口，又说道，"我们现在跟野兽一样。"他侧耳细听了一下，急急地喘了几口气："雷塞夫没声了。呼吸停了。"他站起来，又坐下，四处看了看。"天黑得像盖上了毛皮大衣。撒马尔罕的云层可没这么厚，七月份也没这样。"乌苏罗夫紧张地碰了碰列兹奇科夫说："别睡，别睡了。咱们再坐着聊会儿。"

"乌苏罗夫，别慌！"瓦维洛夫说，"比我们更好的人都死了。真想再看看家里啊，哪怕一分钟也好。但死亡并不可怕，跟睡着了没什么区别。"

"你还藏了一块巧克力给你家姑娘呢。"列兹奇科夫微笑地说。

一发苏联照明弹从伏尔加河上腾空而起，变成麦穗状，刚开始是蜡黄色，然后变成乳白色和黄色。麦穗下坠，星星点点地散开，逐渐消失。之后的夜色变得更黑了。

大家静静地等待着黎明，偶尔之间说上一两句话。谁也不知道他们在想什么，也不知道他们是不是睡了一会儿。到后来，他们全部警惕起来，急不可耐而又逆来顺受地等待着光明悄悄出现，等待着它穿透充盈在天地之间的沉重黑幕。

地面变成了漆黑一片，但依旧黑沉沉的天空已经和地面渐渐分开。大地撕开了一段小小的黑幕，让它从天空中剥离出来，像沉默的碎片一样飘落。黑幕变成了两部分，长天沉寂阴暗，大地厚重漆黑。

天空如被染上了灰烬，开始发亮。大地则依旧深沉。分隔大地和天空的天际线不再是直线，断裂成了各种各样的小凸起和裂口，呈现出大地的形态。光明还没有来到地面，只不过因为天空开始变亮，地面的黑暗愈发明显。然后云团出现了，最高最小的那团云似乎轻轻地发出叹息，一抹温暖的粉色出现在云朵冰冷苍白的表面。

在伏尔加河畔，半梦半醒的近卫步兵第13师其他营的战士们听到火车站方向突然传来一阵猛烈的喧嚣，手榴弹爆炸，机枪在射击，德国人在嘶叫，步枪在射击，迫击炮弹在爆炸，坦克在隆隆作响。

"还在战斗，"战士们惊讶地说，"他们可真够硬！"

可是苏军战士们并没有看到，朝阳的光线斜照在一个正在从弹坑里爬出来、正在投掷手榴弹的人身上。他衣衫褴褛，深陷的脸颊上长满又粗又硬的黑色胡茬。他就站在那儿，在用明亮而警惕的眼神四下张望着。

德国人的机枪火力竞相朝着这个人射击，四周腾起了一阵明黄色烟尘。此人就这样消失在烟尘之中。与其说他被打倒了，倒在血泊之中，不如说他融化在了黎明的阳光下旋转翻腾的浅黄色尘雾当中。

四十七

德国人的收尸队在这天忙了一整天，把德军士兵和军官的尸体集中起来，放到卡车上拉走。

在城市西郊的一座荒丘附近周围，事先划出了坟场。德国人的几支特别分队准备好了棺材、十字架、草皮、鹅卵石和砖头，还弄来沙子，均匀地撒在通往墓地的几条路上。

墓地里的十字架排得整整齐齐，每座坟墓和每排坟墓之间的距离都一样。卡车不断开过来，扬起大片尘土，不断带来新的尸体、空棺材，以及工厂定制的十字架，做得结结实实的，上面还涂了一层防潮化学涂料。

还有一群油漆匠，把死者的姓名、军衔、生辰用黑色的哥特字体画在一块小小的长方形木板上。

木板上写着几百个人的姓名、几百个人的出生年月，但所有木板上都写着相近的死亡日期：德国人向火车站发动大规模进攻的那几天。

莱纳尔德和巴赫在废墟中踱步，看着苏军战士的遗体。

莱纳尔德时不时会用他那双漂亮的靴子踢踢他们，想看看有什么没发现的秘密。这些躺在地上、死透的人看上去个头小得异常，穿着绿色军便服和质量很糟糕的靴子，打着绿色或者黑色的绑腿，脸都变成了灰黄色。他们身上怎么会隐藏着如此冷酷凶残的力量？他真想知道这些力量的源头在哪儿。

这些苏军战士有些双手张开躺在地上，有些坐着，有些似乎因为觉得冷而蜷成一团。很多人身上盖着一层碎石和泥土。有些人的油布靴子靴跟没了，或者被弹片撕开一条大口子。有个瘦削结实的人趴在一堵炸开了上半截的墙上，手里还抓着手榴弹的保险销，但头颅已经被打碎。这人肯定是在站起来要投弹时被打死的。

"这里简直就像个停尸房,"巴赫说,"战斗开始后,他们就把尸体挪到里面来了。看啊,跟个联谊会一样。这个坐下来了,那个躺下来了。还有这个,像是在发表演说。"

另一个深坑像是个碉堡,肯定曾是个指挥所。在被炸塌的房梁之间,他们找到了一个已经坏掉的无线电接收机,还有破碎的野战电话绿色罩子。

一名指挥员趴在一挺枪管破碎扭曲的机枪旁,头顶着枪托。在他旁边躺着的另一具遗体,袖子上有一颗标志着政委身份的五角星。入口附近蜷缩着一名普通士兵,可能是电话员。

政委旁边放着个背包。莱纳尔德一脸嫌恶的样子,用大拇指和一根手指拎起背包,命令身边的士兵捡起趴在机枪旁的指挥员的图囊,"把这些拿去团部,"莱纳尔德说,"我们的翻译得看看。"

"我们放弃的战壕跟这里的情况不太一样,"巴赫一边拿出手帕捂住鼻子,一边说,"我们的战壕里都是乱扔的报纸和杂志。这里却只有一堆臭气熏天的废物。"

"他们怕是连屁股都不擦,"莱纳尔德说,"我发现这里有点特别。是一处指挥所,这些人都是军官。从尸体腐烂的情况看,他们在战斗第一天就被打死了。可火车站的普通士兵跟倔强的野兽一样,在没有军官的情况下继续抵抗了很久。"

"走吧,"巴赫说,"这味道真反胃。接下来几天我没法吃肉罐头了。"

他们看见了几个德国士兵。

"看看,"巴赫说,"这就是士兵们的战友情谊!"

他指了指施通普夫。后者正双臂抱着莱德克,假装把他朝一具伸出一只手的苏军士兵遗体推过去。

"你真是个多愁善感的傻瓜!"莱纳尔德突然大发雷霆。

"您怎么啦?"巴赫惊讶地问。他以为莱纳尔德发火是因为在攻占斯大林格勒的第一个夜里自己当着他面进行了长篇忏悔。人怎么能这

883

么蠢呢，当着一个纳粹分子，一个传言是盖世太保的党卫军突击队长说这些！"我不明白，"巴赫问，"您觉得士兵之间的战友情是个好东西吗？"

莱纳尔德什么也没说。他不能告诉巴赫，就是这个施通普夫，这个全连都喜欢的人，最近才向他交了一份文字报告，告密说莱德克和沃盖尔有颠覆性言论。

两位军官走开了，而士兵们继续在废墟上游荡。

莱德克朝着天花板被炸塌的一处半地下室看了一眼。

"这里大概是个医疗站。"他说。

"莱德克，快看，还有个女人，"沃盖尔说，"正适合你！"

"这里可臭死了。"

"担心这干嘛。他们会很快找几个当地人来收拾，然后把他们都埋了。"

莱德克漫不经心地瞅了一眼苏军士兵遗体，说道："这里没什么可以找的，可能连条像样的毛巾或手帕都没有。"

施通普夫却还在四处翻找，把饭盒、铁皮罐子踢到一边，飞快地翻着无主背包里已然不多的零碎。

在一个背包里，他找到了一块用干净的白布包裹着的巧克力。

在某个中尉的背包里，他找到了两本笔记本、几张纸和两封信，还有一支铅笔和一面小镜子，以及一把漂亮的剃刀。他犹豫了一下，还是把它们扔到一边。

终于，施通普夫的不懈努力有了回报。莱纳尔德和巴赫离开被炸毁的指挥所时，他却跳了进去翻找。在角落里他找到了一个被泥土半掩的包裹。

里面全都是女人穿的漂亮衣服，一切都是崭新的，都没用过。施通普夫心花怒放，乐得唱起歌来。

"快看！"他大声嚷道，"看看我都找到啥啦！一件浴袍、一件蕾丝边

884

衬衣，还有丝袜和一瓶香水！"

四十八

玛丽亚·尼古拉耶夫娜·瓦韦洛娃在黎明之前，大约在五点钟之前醒来。她低声呼唤着女儿："娜斯佳，娜斯佳！该起床了！"

娜斯佳伸展着身体，揉着眼睛，开始穿衣服。她一边不高兴地皱着眉头，大声叹气说自己很累，一边开始梳头。为了让自己清醒起来，她很用力地用梳子划过头发。

玛丽亚切了几片面包给沉睡中的瓦尼亚，给他倒了一罐牛奶，然后小心地给罐子盖上毛巾，免得瓦尼亚醒来前猫儿先把牛奶给偷喝了。接下来，玛丽亚把锥子、切面包的刀和火柴藏到大箱子里，这样，瓦尼亚在这个漫长无聊的上午就不会对这些危险的东西产生兴趣了。她把手指伸到猫身上捋着，用期待的眼神看着还在喝牛奶的娜斯佳。

"要出发了！"玛丽亚说。

"看在老天的份上，至少得让我吃完面包吧！"娜斯佳说，声音就像个农村老太太。她叹了口气，又说道："自从你当了队长，就变得越来越难忍受了。"

玛丽亚朝着大门走过去，边走边看着屋里。她又走回来，打开大箱子，从里面拿出一块糖，放在餐巾上，跟瓦尼亚的面包和牛奶放在一起。

"你是怎么回事？"她问娜斯佳，都不用看就知道她很不高兴。"你现在不是孩子啦，知道该怎么做。"

她们走到门外，玛丽亚看着眼前的大路，说道："你父亲离家四个月了。"

娜斯佳看出了母亲的心事："您真觉得我眼馋瓦尼亚那块糖？他想吃多少就吃多少。我以后都可以不吃糖。"

从沉闷的屋里出来后，玛丽亚的心情好了起来，又可以沿着露水打湿的乡村小道漫步，又可以看一眼自己从童年就深爱的风景，又可以让自己的疲倦融化在大步行走当中了。

九月的阳光下，厚厚的冬小麦像丝绸一般光滑。东风拂动，它们变成了一整块，年轻而生机勃勃，流露出无限力量，享受着生命、阳光和令人愉悦的凉爽空气。麦苗的嫩芽尖儿几乎是透明的，阳光穿透过去，给整片麦地投下微弱的绿光。

每一片嫩芽都柔弱且羞怯。白色的麦茎像箭一样结实挺直，透出倔强的力量，努力地向上生长。它绿色的边缘在努力地推开身边沉重得像花岗岩一样的泥土。

这些幼小的、半透明的麦芽带着生机盎然的绿意，无需照护，自由自在地生长着。周围的草叶却呈现出铜褐色，白桦树和白杨的树叶正在变黄，染上了秋天的忧郁，与麦芽儿形成了鲜明对比。这个世界正在褪色，变灰，小小的云朵和死寂的幻影正在孕育着雪花。高大的杉树朝着小路边伸展沉重的枝条，但它们阴沉而灰蒙蒙的绿色却代表着另一个世界。这时候，只有麦芽鲜明的绿色，代表着这个世界唯一的年轻生命。

然而，尽管这一抹绿色丰盈明亮，但麦芽儿还是跟春天的嫩芽和花朵有所不同。麦芽儿紧密而整齐地排列着，透露出一丝谨慎和警觉。它需要面对暴风雪的考验，之后才能成长起来。它在为这一切准备着。

年轻的麦芽儿像战士一样肩并肩站立着，准备面对命运加诸于身的一切。一团云朵无心飘荡，遮住了太阳，在麦地上静静地投下一大片阴影。麦芽儿颜色开始黯淡下来，几乎变黑了，但它们身上那股谨慎而严肃的力量却变得更加显而易见。

在这清早时分就开始工作的男人和女人们，不仅感到了秋天的空旷寂寥，也分明感到了冬天迫近时吹来的冷风，还感到了战争带来了深深痛楚。

年轻的姑娘们、母亲和老太太们戴着头巾，正在收割夏天的麦子。不远处，老头儿们正在往大车上堆着麦捆，对打下手的小男孩们大吼大叫。

在秋天清朗广袤的蓝天下，在温和的阳光照耀下，收获的场景既安详又平静。脱粒机一如既往地嗡嗡响着，沉甸甸的谷粒凉爽光滑，发出微微的沙沙声。汗水从姑娘们年轻的脸上流下；温暖的麦草散发着干爽的气息；人们脚踩着麦草，发出咔嚓声，腾起了蓝灰色的尘土，空气里飘荡着闪着珍珠般光泽的草屑和碎叶。一如往常，一切都很熟悉。

玛丽亚却知道，这一切再清楚不过地显示出战争带来的后果。女人们都穿着男人的靴子；年纪大的人穿着军便服和军人的长裤；十四岁的孩子戴着船形帽，上面还有五角星徽留下的印子；两个年纪更小的孩子全身上下都穿着旧伪装服缝的衣服。他们全都是军属，是军人的妻子、母亲、姐妹、父亲或者孩子。前线与留在后方的人们所存在的千丝万缕的联系，全部体现在他们的衣着之上了。

在和平时期，妻子会接着穿丈夫的外套，儿子会穿父亲的毡靴。这个传统现在也没什么不同：军人们都有了新制服。去打仗的人会把旧的制服留给自己的家人。

要不是因为战争，会有这么多老人和女人在地里、在打谷场里干活吗？他们中有很多人早该在家养老了，孩子们也应该在教室里坐着。因为发生了战争，农村小学的孩子在念到最后两年时，每个学期开学要比正常状态下晚一个月。再也没有拖拉机的轰鸣。往年同一时期常常会直接开到地里的卡车也不见了。拖拉机和卡车这样的物资，只能留给战争。

那个大胆而自信的技师瓦夏·别洛夫再也没有出现在脱粒机旁。他现在成了坦克炮手，原来的工作交给了十七岁的妹妹克拉娃。她长着个像孩子般白嫩细长的脖子，笨拙的手指被机油染得看不见肉色。克拉娃已经学会了皱着眉头大声训斥自己那个长着灰白头发的助手："科兹洛夫，你是睡着了还是干嘛？快把钥匙给我！"

因为战争，捷格佳洛娃已经习惯每天守在大门口，等待着丈夫和儿子的来信。因为战争，捷格佳洛娃不得不慢慢地挺直了后背，抹去额头上的汗珠，焦虑地看着刈过的麦子无助地躺在地上。

哭吧，捷格佳洛娃，哭吧，你还可以为心爱的人哭泣。

玛丽亚此前又怎么能想到，在短短四个月里她有那么多责任需要承担？

丈夫参军打仗后，对家庭和孩子的担忧就攫住了她。要怎样才能让一家人挺过来呢？怎么才能喂饱孩子们呢？

但很快，玛丽亚所做的一切就远远超出了能为这个家、这栋农舍、为获得足够劈柴所该做的一切。

这是怎么发生的？难道是她第一次当着几十个人的面在集体农庄会议上发言时就开始了吗？所有人都仔细听她说话，在听懂了发言中的重要意义后互相交换眼神。她看着他们表情变化，开始感到突如其来的平静和自信。

也许这一切始于某一天她和集体农庄主席在地里爆发的争吵？集体农庄主席是过来批评妇女工作队的。而她，用缓慢而仔细的措辞，直截了当地给了他一个不客气。

后面这两个月过得很难，但她比任何人工作都努力。没有一个人会去指责她出了什么问题。

科兹洛夫走过来说："您帮不上什么忙，突击队队长，别丢人了！要是我儿子和弟弟还在，要是司机和技师还在，要是拖拉机和卡车还在，这个月月底前就可以收割完了，一点都不浪费时间！你们这些女人就知道叽叽喳喳乱叫。您呢，也像是在对着空气犁地。要这样下去，收割和脱粒到第一场雪下来都完不成！"

玛丽亚看了看科兹洛夫。这人有一双细细的眼睛，脸色红润得像是亚当吃下去的苹果。本来玛丽亚想尖刻地顶他一句，但克制住了。这个人特别讨厌给年轻姑娘打下手。傍晚回家时，他老婆会用这样的话来欢迎他："脱粒机助手先生，您的克拉娃批准回家啦？"

有一回，他开始跟老婆和他那一大堆孙子孙女发牢骚，年纪最小的那个孙女，长着斗鸡眼的柳芭低声对他说："爷爷，您小心点儿，我们要跟克拉娃说啦！"

想到这儿，玛丽亚只是笑了笑，温和地说："我们只做力所能及的，不做力所不及的。"

其实他们干了不少活儿。在犁地时，拖拉机坏了。集体农庄的技师在前线。派了个回来疗养的伤员来帮忙。他不仅没修好拖拉机，旧伤还复发了。可不管怎样，大家还是想办法把地给犁好了，有时候把奶牛弄过来犁，有时候干脆就让女人们拉犁。

冬小麦也跟着种下了。集体农庄的工人们不会让地空着闲着。

现在到了收获时节，他们还得努力干活，赶在第一场雪之前给小麦脱粒。

玛丽亚一把抓住几根干裂的麦茎，压在镰刀刀锋上，轻轻割下，然后把它们放在地上。她的动作又快又有节奏，既轻松又均匀，与麦茎的沙沙声融为一体。与这单调的沙沙声同时回荡起来的是她心里的念头："你播种，我来收割你播种的一切。你种啊种啊，我呢，收啊收啊，你种啊种，你种……"与丈夫之间的这种活生生的联系，让她产生了静静的忧伤。

"彼得会回来吗？我们之前好几个月没有阿廖沙的消息了，现在又有他的信儿了。感谢上帝，他还活着。不知道哪一天会有彼得的信。他会回来的！会回来的！"

麦地沙沙响着，悄声低吟，一会儿情绪激动，一会儿又平静下去了，在等待，在思考。

镰儿弯弯，麦地沙沙。

太阳升高了，晒着她的脖子、后背和头，暖和得像夏天一样。阳光透过外套，晒得肩膀暖洋洋的。她听到了一只在九月空气中乱飞的苍蝇尖细的声音。

"你会回来的，到时候你就知道我们这里的情况了。我努力地工作，从来没有放松过。我也没有让娜斯佳放松下来。谁都别想给我找茬。有几个可怜的姑娘都累哭了，要调到别的工作组去。和你在一起时我们认真地生活；没有了你，我们还在认真地生活。我可以认真地看着你的眼睛说，我们活得光明正大。"

镰刀发出轻轻的咔嚓声，她的心里闪出一丝喜悦的火花，烧灼着她的内心，希望在燃烧，让她愈加相信会有圆满的未来。

她手里抓着麦秆，然后让它滑到地上。伴随着麦秆的沙沙声，她的心里又在说："是你，是你给这片土地播种……"

玛丽亚没有直起腰，只是用手遮着眼睛看着远处嫩绿的冬小麦田："你会回来的，你会收获我播种的一切。"她的全身充满着这样执着的信念，它是那样简单而自然，却固执地和自己的一生联系在一起，直至死亡。她一直收割着麦子，好像可以不停地工作到天黑都不用直起腰来，可以不顾脊背和肩膀的酸疼，不顾鬓角血管的猛烈跳动。

玛丽亚抬头，看见地里四下里工作的其他收获者头上的白头巾。她们都落在自己身后了，只有捷格佳洛娃还跟得上她。

哭吧，捷格佳洛娃，哭吧……生活对你是如此艰难……

吹来了一阵冷风，麦地发出一片哗哗声。坠下来的麦穗焦虑地摇晃着。

"他一直在给我写信，一直没停过。可已经有三周了，一封信都没有……"

玛丽亚站起来四下里看着。麦地有些收完了，有些还没有，远处黑色森林呈现出宽大的黑影。周围蓝灰色的世界既清冷又透明。地头上明亮的阳光和矮林也没有让她感到一丝温暖和平静。

"我该问谁去？谁来回答我的问题？谁能把心口上的这把刀给卸下来？"

捷格佳洛娃站在几米外，若有所思地皱着眉头，看着摇晃的麦穗。

"你干嘛老是哭？"玛丽亚问。

捷格佳洛娃看了看她，好一会儿没说话，好像什么也没听见，什么也不明白似的。然后，她才悄悄地说："我觉得你也在哭。"

四十九

菲利亚什金这个营的人不会再出现了。所有人都牺牲了，再也不会出现在本书的故事当中。然而，他们却组成了本书最长的故事线索。

牺牲者的名字大部分不会留下来，但这些名字却的确存在于斯大林格勒战役期间。

他们成为斯大林格勒历史的构建者。他们创造的历史，无言地传递在每个人心间。

火车站的战斗持续了三天三夜。持续不断的、沉闷的隆隆声向其他苏军战士们传递了一条明确的信息，告诉他们眼前将会出现什么样的命运。

增援部队在夜里渡过伏尔加河。他们到达西岸后，没有点名，没有通过正式的手续，就被一个团接一个团地分配了下去。很多战士在第一场战斗中就牺牲了。然而，斯大林格勒火车站战斗中形成的严厉的、不成文的战斗法则已在这个国家的意识中逐渐孕育成熟，并向全世界尚未受到战争波及的国家公布。在增援部队抵达斯大林格勒后的短暂时光里，所有人都学会了这些法则，并严格依照它来展开战斗，无论是普通一兵，还是赫鲁晓夫、叶廖缅科或是崔可夫，都不例外。

五十

团长叶林向罗季姆采夫汇报说，他的营在被包围后持续战斗三天，一步也没有后退，战斗到了最后一人。

叶林忘记了，就在前几天这个营"原归属马丘欣团"，"最近才置于我团指挥下"。他在汇报该营如何英勇战斗时，只管说"我的营"，连说了三次。

菲利亚什金营还在战斗时，戈里什内上校的师渡过了伏尔加河，在罗季姆采夫的右翼建立了阵地。罗季姆采夫的一个团转隶戈里什内，并参加了对 102 高地，也就是对马马耶夫岗的进攻。

该团在进攻刚开始时损失惨重，没有取得任何进展。戈里什内对此大为光火，责备该团对城市作战应有的挑战准备得极不充分。

"这样的情况太多了，"戈里什内的参谋长说，"最后一分钟才给你一个团，然后你就得对它负直接责任。"

戈里什内是个身材魁梧的高个儿，说话有很重的乌克兰口音。他动作缓慢沉着，但他的一家人全都失踪了，这让他总是处于焦虑之中。那天稍晚时，他又对参谋长说："用一个团根本无法夺取高地。该死的斜坡跟地狱一样恐怖。用一个军来都未必能拿下。"

在近卫步兵第 13 师用来当师指挥所的下水道里，别利斯基也对罗季姆采夫说："戈里什内这个团损失了很多人，他跟炮兵没有建立起有效的联系。"

其实，该团冒着暴风骤雨般的炮火，又发起了一次进攻，占领了马马耶夫岗的表面阵地。要是师长和参谋长们知道这个事儿，恐怕得换个说法了。

总的来说，出于个人虚荣心，大家对某些部队胜负该由哪位指挥员负责是有不同看法的。但在斯大林格勒战役头几个星期里，这些都不是什么大问题。战斗实在太激烈了，需要所有指挥员全力以赴，集中精力，有时甚至需要他们以生命为代价来守卫这座城市。

过了一段时间，到 11 月底和 12 月初，局面缓和下来，矛盾就冒出来了。每一次吃饭时大家都会争论，谁的部队承受了敌人最多的火力，谁的部队守卫着关键地带，谁丢掉了一小块阵地，而谁的阵地岿然不动，是格罗霍夫还是柳德尼科夫被逼到了角落里，某个团或营将在何时转隶到某个指挥员的部队里，要归他指挥多长时间[1]。

这时候，争论得最凶的就是谁夺回了马马耶夫高地。

罗季姆采夫的人认为是本师先夺回了高地。这倒不是没有道理。

戈里什内的人认为，是他们这个师夺回了高地。这也同样有道理，因为那个团当时就在戈里什内的师编制里。

那些夺回了高地的人根本就不去讨论此事。他们知道是自己，且只有自己把马马耶夫岗夺回来了。阵地上没有任何别的苏军部队可以作证。至于牺牲的那些人，他们也参加了战斗，肯定也会这么认为，但死者是不会参与辩论的。所有人关心的只是活着的人应当如何分享这份荣誉。

还有一个争论要到战争结束后才开始冒出来，那就是西岸的步兵和东岸的炮兵，到底哪个更重要？

西岸的人会说，奠定了胜利的是那些突击队，用手榴弹战斗的普通战士、机枪手、狙击手、工兵和迫击炮手。炮兵也许提供了支援，但这种支援并不总是很及时，不够准确，甚至有时候会打到自己人头上。他们并没有发挥决定性的作用。

在东岸的人会说，步兵当然战斗很英勇，但不可能击退德国鬼子排山倒海般的进攻。特别是到了保卫战后期，苏军步兵的力量已经耗竭。他们在地图上还能构成一条战线，但事实上却已经不剩几个人。是苏军炮兵用密集火力挡住了德国人的进攻。

如果没有横亘在步兵和炮兵之间的这条伏尔加河，类似的争论可能根本不具有这么重要的意义。战争期间，在别的战场也有类似争论，然

---

1 中文译者注：谢尔盖·费多洛维奇·格罗霍夫（1901—1974），在斯大林格勒战役初期指挥第 124 独立步兵旅，后期调第 51 集团军担任副司令员。伊万·伊里奇·柳德尼科夫（1902—1976），斯大林格勒战役中柳德尼科夫率领的步兵第 138 师坚守"街垒"工厂北部，在 11 月被德军包围在背靠伏尔加河的一小块区域，成为孤岛。柳德尼科夫和部下坚守此处一百多个昼夜直至战役结束。1945 年柳德尼科夫被授予上将军衔。

而争论中却并没有如此明确的分界线，于是争论渐渐平息下去了，因为任何一方都无法轻易找到足够的证据支持自己的观点。然而，在斯大林格勒，分界线太过于清晰。一侧是岿然不动的斯大林格勒，还有步兵，在另一侧是一座浴火重生的城市，到处都是炮兵指挥员，每天都在只有垂柳遮蔽的小小树荫下，在几平方米大的沙盘上计算和争论。

高射炮长长的炮管有如钢铁般的森林；在浅浅的小河中，用迷彩伪装隐藏着装备有大口径火炮的伏尔加河区舰队舰船。一座座大型野战机场出现了，成为几百架飞越伏尔加河的雅克和拉沃契金式战斗机的基地。在这些机场上，P-8 轻型轰炸机频繁起飞，轰炸德军的运输线路和通信指挥站；图波列夫 TB-3 重型轰炸机每天夜里都会咆哮着出发，执行它们的战斗任务。这些最先进军事装备集中在一片如此狭小的区域，一切管理得井井有条，有高效的指挥效率。一条无线电讯息传来，德国人即将发动进攻。几秒钟后，"朝着 X 广场射击"的命令就应声而现。这座浴火的城市就会突然被唤醒，几千发炮弹从天而降，落在炮兵、重迫击炮和火箭炮团指挥员事先在地图上标好射击诸元的小小区域。而这片区域里的一切，不管是死是活，要么就被炸到半空，要么就被轰入地里。

宽阔的伏尔加河实在是让人感到困惑。看上去它真的像是一条分界线，其实它是一处完美的结合点，把两股苏军力量汇合在了一起，使东岸的炮火和西岸不屈不挠的勇气完美合璧。伏尔加河推动了炮手和普通步兵以非同寻常的效率实现合作。

如果没有步兵的英勇作战，炮兵就会一事无成。因为步兵占据着阵地，而炮兵能够展示出令人恐惧的集中火力。

同样，如果没有炮兵火力的阻击，步兵绝不可能抵挡无数次德国人的进攻。没有炮兵支持，步兵的英勇、步兵绝不后撤的决心只会让他们最后全部毁灭。

不管是炮兵强大的火力还是步兵的战斗精神，都不可能让它们通过单打独斗就能取得战果。两者的统一，才实现了苏军的最终胜利。

五十一

9月中旬，德军开始炮击斯大林格勒发电厂。那一天天气很好，发电厂正常运行，锅炉房冒出的白色蒸汽和烟囱的黑烟清晰可见。

第一批103毫米口径炮弹击中了冷却塔，炮弹落在院中爆炸。还有一枚炮弹炸开了发电机车间的墙壁。锅炉房的人马上给斯皮里多诺夫打电话，请求停止工作。站在中央控制台的斯皮里多诺夫命令他们照常工作。斯大林格勒发电厂的电力输送到别克托夫卡、舒米洛夫的第64集团军司令部、通信中心以及前线无线电台。发电厂还负责车队以及其他运输车辆的充电，同时还为坦克和喀秋莎火箭炮维修工作供电。

斯皮里多诺夫给女儿打了电话："薇拉，马上到地下避弹室去。"

薇拉用同样不容置疑的语气答道："别胡说，我哪儿都不去。"接下来她又补充说："过来吃午饭吧，汤已经做好了。"

这一天是发电厂工人和德国轰炸机以及炮手展开漫长战斗的开始。工人们的勇敢和坚持让最善战的红军战士都觉得惊讶不已。

日复一日，只要发电厂最大的那根烟囱开始冒烟，德国人就开始炮击。炮弹打穿了车间墙壁，弹片呼啸着飞进锅炉房和汽轮机房，水泥地面上洒了一地碎玻璃，但黑烟依旧顽固地从烟囱里冒出来，无情地嘲笑着德国人的炮手。发电厂工人和工程师们无心嘲笑德国人，但他们的决心并没有浪费。他们深知自己每天都在吸引着德军重炮的火力，但依旧努力在提高锅炉的压力。有时，站在炉子、控制板和水位控制器旁的工人们能够看到德国坦克出现在周围的山顶上，朝着奥布季诺教堂冲过来。好几次眼看着坦克就要突破到发电厂，斯皮里多诺夫已经命令电气工程师准备引爆埋在主要车间的"肥皂盒"。忍受持续炮击的知情人对这些装满梯恩梯炸药的箱子满怀忧虑。要是有一发炮弹击中了某个箱子，整个发电厂都会被炸成齑粉。

发电厂已经撤走的工人和工程师们全部到了东岸，没有撤走的工人及工程师，他们的家属也都疏散到了东岸，受到了军事管制。留在发电厂的人在工作上没有发生变化，但都过着士兵的生活。这种集体生活与军事纪律和日常工作结合在一起，伴随着每天炮弹的爆炸和德军飞机的嚣叫，深刻地改变了人与人之间的关系。不管大家是如何相识的——在车间、办公室、各种会议还是在各种委员会当中认识的——也不管相识有多久，彼此之间的关系都发生了出乎意料的改变。

人的生命是脆弱的。深刻认识到这一点后，每一个生命所具有的价值突然变得前所未有的清晰。

浅黄色头发的党组织负责人尼古拉耶夫非常清楚他自己的新使命，但他此前从未对大家生活中各种细节有过太多的兴趣。恐怖的九月让他发生了改变。他对工程师卡普斯津斯基说，如果患了胃溃疡，最好不要在空腹时抽烟。他开始说起工程师苏斯罗夫是个多么友善和高尚的人。他提到了发电厂警卫格里泽性格很好，做事认真而且待人和善，其实格里泽是个性格有点急躁的人。他还说到二楼的值班技师帕拉莫诺夫非常喜欢阅读文学作品，不如去学一些人文方面的专业，也许比思考变压器工作原理要更合适。他还坚持认为，会计卡萨特金擅长开玩笑，喜欢小孩，怎么也不能说是个消极的人。要说为什么他对家庭和婚姻的想法会消极得让人担心，那大概是他自己的个人经历遭遇到了不幸。

年龄、职业和社会地位上的差异曾让人与人之间难以接近。但现在这一切已经没有意义了。斯大林格勒发电厂的工人和工程师变成了一个大家庭。

有时候，斯皮里多诺夫会恍然觉得妻子遇难一事已过去多年。漫长的一个月中，每一天都会有许多人离开人世，每个小时都会有很多人哭泣。因为担心自己再也看不见太阳升起，他日复一日地把全部精力用于解决那些看似无法解决的困难。他对玛露霞的思念就像火焰一样，时不时会烧灼他的心。他会从衣兜里拿出玛露霞的照片，凝视着上面的她，依旧无法相信自己再也见不到她的现实。

难道真的不能再跟她说话，不能再让她帮忙做决定了吗？再也不能跟她说起薇拉的恶作剧了吗？再也不能跟她说笑，再也不能对她大发雷霆或急急忙忙跑回家看她了吗？再也不能因为她在报纸上发表文章而得意洋洋了吗？再也不能给她带回做新衣的布料，对她说"别生气，这布料值不了几个钱"？再也不能跟她去剧院，发牢骚说"玛露霞，钟敲三下了，咱们要跟上次一样迟到啦"？

薇拉负伤后，做了一次手术，之后康复得很好。两只眼睛的视力都恢复正常了，烧伤的痕迹最后缩成脸上一粒粉红色的斑点。手术后依然留在眼睑上的淡淡伤疤基本看不见了。

薇拉和父亲之间产生了新的父女柔情。对斯皮里多诺夫来说，这是每天快乐的源泉。

斯皮里多诺夫没有跟薇拉说起自己的内心，薇拉也很少跟父亲谈起母亲。然而，所有熟悉他们的人都能看出来，父女之间的关系已经发生了改变。

薇拉现在思虑异常周到，仔细地照顾着父亲。在过去，她用一种嘲讽和轻蔑的态度回避着家里的一切，家人健康、休息和营养情况，这些她都不去理会。现在她特别关心父亲是否吃饱了，茶喝了没有，每天能不能睡上几个小时。她给父亲铺床，给他烧洗澡水。年轻人对父母常见的那种非难的态度——"您也许想要教育我一顿。我不知道该不该这么说：'我看，您自己的问题都已经够多了。'"——在她身上完全看不出来。相反，薇拉特别留意父亲的问题，老是用那种同志式的态度说："爸爸，您今天很累，需要喝点酒才行！"

她现在非常崇拜父亲，崇拜他的一切，对父亲冒着连绵炮火把发电厂管理得井井有条感到骄傲。薇拉也发现，尽管父亲表现出了大无畏的精神，但却常常面对日益增加的工作表现出惊人的无助。

斯皮里多诺夫朦朦胧胧地意识到女儿的变化，开始用不同的眼光看待她。不久之前，她的所作所为还常常让自己感到焦虑。他觉得女儿就是个不靠谱的傻丫头，老是招来各种各样的麻烦。现在，他觉得女儿变成了头脑清醒且讲理的大人了。他遇事开始征询女儿的意见，放心地向她说出自己的疑虑和他犯过的错误。要是他不回去和薇拉一起吃饭，而是跟党务工作者或工程师们一起简单用餐时，他会感到有些内疚。从战时条件的艰苦程度来看，"简单用餐"往往意味着喝掉一百五十克伏特加，而不是通常配给的一百克。

他们现在住的不再是宽敞的公寓，而是斯皮里多诺夫办公室楼下的一间半地下室。它面对发电厂的院子，很小，墙壁很厚，窗口朝东。德国人的炮弹很难击中。

在斯大林格勒大火后，斯皮里多诺夫在发电厂几公里外给薇拉找了处临时住所，是他手下一个会计的房子。它就在伏尔加河的河岸边，远离大路和工厂。他好几次恳求薇拉不要回发电厂，希望她去喀山，跟柳德米拉姨妈住一起。她干脆利落地拒绝了父亲的请求，不过，对父亲的关心倒感到挺高兴。和平时光一去不复返，薇拉不再觉得自己是当时的小姑娘了。想到这一点就让人感到既甜蜜又痛苦。

有时候，薇拉真的想去喀山，跟柳德米拉一起生活。她想念娜嘉和外婆，不想再听这里的大炮轰鸣。她不想半夜醒来，满怀恐惧地猜测德国兵是不是已经冲进了发电厂。不管怎么说，在内心中总有一个声音在对她说，喀山的生活更加艰难。去喀山，不光意味着要远离已故的母亲，还会失去与维克托罗夫再会的所有希望。她深信，维克托罗夫一定会到发电厂来看望自己，起码会写信，最少也会请哪位战友传个信儿。每次她往天上看，发现有苏军战斗机在盘旋，她就会内心狂跳。这是维克托罗夫吗？他就在头顶的高空里？

薇拉让父亲在发电厂给自己找个事儿干，但他老是找理由拖延，不想让女儿暴露在危险之中。

于是，薇拉就对父亲说，如果他不赶快照办，那么女儿就会到最近那个师的卫生部门去，请求把自己派往前线，随便派到哪个团的医疗站

898

去。斯皮里多诺夫只好答应，在这几天就给她在下面哪个车间里找个活儿。

一天早上，薇拉去了人去楼空的发电厂工程师家属楼。她上到二楼，去了她和父母亲曾经生活过的公寓看了看。房间大门洞开，窗户玻璃全部碎了。她来到母亲的房间，在金属床架上坐下来，四下打量着。房间里的地毯、油画和照片全没了，但它们挂在墙上留下的苍白色印记依旧还在。她感到了深深的失落。在生命的最后几个月里，母亲怎么能对她这么粗鲁无礼呢？窗外的天空深蓝，苏军在猛烈炮击。可这一切突然变得难以忍受。她猛地站起来，朝楼下跑去。

薇拉跑过家属楼大院下的广场，朝着发电厂大门的门岗跑去。她突然想象着，父亲从里面走出来，一把抓住她的手说："哎，总算找到你啦，有人给你一封信！"然而，门岗里的警卫只是跟她说，斯皮里多诺夫几分钟前和两个指挥员去了集团军司令部。门岗里也没有叠成三角形的信件留给她。

她失望地穿过大院，看见尼古拉耶夫。他穿着一件军便服，头戴着工人的鸭舌帽。

"薇罗奇卡，斯皮里多诺夫回来了吗？"

"没呢，"薇拉说，"发生了什么事情？"

"没事，没事，"尼古拉耶夫说，"一切都还好。"他指了指烟囱里冒出的黑烟，又说道："薇拉，无火不成烟。别在大院里游荡了。德国人下一分钟就可能开炮。"

"又能怎样呢？"薇拉说，"我不怕。"

尼古拉耶夫一把拉住薇拉的手臂，半是开玩笑半是生气地说："来吧，厂长不在的时候，我得负起父亲的责任。"他把薇拉送到办公楼，在门口停住，问道："怎么回事？你有点不对劲，从你的眼神就看得出来。"

"我想工作。"

"工作不成问题。你的问题不是工作。"

"谢尔盖·阿法纳西耶维奇,您真的明白吗?"薇拉伤心地说,"您全都知道,是不是?"

"对,我都知道,"他说,"但不是这些,是别的事情,对不对?你这样子像丢了魂儿。"

"丢了魂儿?哪一点像是丢了魂儿?我才不这样呢。"

就在此时,一发炮弹飞来,在大院东边炸了。

尼古拉耶夫急急忙忙向锅炉房跑去。薇拉继续站在办公楼大门口。这发炮弹改变了整个大院的样子,大地、钢铁、车间的高墙,全部变得又紧张又严肃,就像人的魂魄一样。

到了傍晚父亲才回来。

"薇拉!"斯皮里多诺夫高喊道,"你还在上面吗?我给你带来了一位很重要的客人!"薇拉从走廊里飞奔出来。一瞬间,她以为父亲身边站着的那位是维克托罗夫。

"你好,薇罗奇卡。"黑暗中传来一个声音。

"您好。"薇拉慢吞吞地说。这个声音她认识,但过了好一会儿才跟名字联系在一起,是帕维尔·安德烈耶维奇·安德烈耶夫。

"帕维尔·安德烈耶维奇,请进,很高兴见到您!"在薇拉的眼睛里有眼泪在滚动。就在那短短几秒钟里,她的脑海里仿佛刮过一场旋风。

斯皮里多诺夫激动地把遇上安德烈耶夫的经历说了一道。车在路上行驶,他突然看到安德烈耶夫孤零零地在路边走着,准备沿河岸走到发电厂。他就把安德烈耶夫捎上车。"说真的,薇拉,你简直没法相信,两天前他还和其他工人一起,在德国人的机枪火力下渡河到了东岸。钢铁厂疏散到列宁斯克去了[1]。他的妻子、儿媳和孙子已先到了那儿。可帕维尔没去跟他们会合。他徒步走到图马克,在那儿跟几个战士一起弄了条

---

1 中文译者注:列宁斯克位于今伏尔加格勒市以东 78 公里阿赫图巴河南岸。

900

小船，又回来了[1]！"

"给我找点事儿做吧，斯杰潘·费奥多罗维奇，"安德烈耶夫说，"回到了斯大林格勒，我就又变回自己了。"

"这个应该不难，"斯皮里多诺夫说，"要做的事情多得做不完。"他对薇拉说："看看他吧，又勇敢又沉着，脸刮得干干净净，还没有掉体重！"

"早上渡河前有个战士在刮脸，我让他给行个方便。这里的情况如何了，飞机丢了不少炸弹吧？"

"炮击带来的困难更多。只要烟囱冒烟，他们就开始炮轰。"

"工厂区也老是被炸，没完没了，"安德烈耶夫说，"连直一下腰的机会都没有。"

薇拉拿出个茶壶和几个玻璃杯，放在桌上。安德烈耶夫朝着她那边看了一眼，悄悄说："薇拉来负责您的生活了，是吧？"

斯皮里多诺夫笑了笑："跟她吵过很多次，让她去喀山的姨妈那儿，最后还是我投降了。根本没法哄她。跟您一样，她在别处活不下去。请把那把刀给我吧，我来切几片面包。"

"您还记得爸爸是怎么切馅饼的吗？"薇拉问，脑袋里却很好奇地想，安德烈耶夫对母亲到底有多了解。

"当然记得了，"安德烈耶维奇点点头说，"我背包里有几片白面包，时间长了，有点儿硬，得赶快吃了。"他解开背包，把面包放在桌上，然后叹气说："斯杰潘·费奥多罗维奇，法西斯分子把我们都赶到深渊边上了，但我们一定会粉碎他们的。"

"把您的外套脱了吧，这儿很暖和，"薇拉说，"您知道我奶奶那套公寓的情况吗？被烧成了一片废墟。"

"我知道。我们那套小房子也没了。大规模空袭的第二天，一颗炸弹

---

1 中文译者注：图马克位于今伏尔加格勒市伏尔加河以东约8公里处，在当时叶廖缅科方面军指挥部所在亚梅村以南。

落在上面，连苹果树和篱笆都被炸没了。我所有的东西现在都在这袋子里了。别担心，我还活着，现在还没长白发呢。"安德烈耶夫笑了笑，又说道："还好，没照我那亲爱的瓦尔瓦拉·亚历山德罗夫娜说的做。她让我别去工作了，留在家里，看好家里的东西。要听了她的，那所房子就成了我的坟墓啦。"

薇拉倒好茶，把餐桌旁的椅子摆好。

"我这里有谢廖扎的消息。"安德烈耶夫说。

"什么消息？"父女两人用同一个声音问道。

"哈哈，我怎么忘了！在船上时，有个人是工厂民兵，负伤了。他和我朋友，当过木匠的波利亚科夫是同一个迫击炮连的。我问迫击炮连的人的情况如何。他跟我说起了很多人的名字，有一个是谢廖扎·沙波什尼科夫。'是个城里来的小伙子。'那个人说。我敢说他就是你们的谢廖扎。"

"我们的谢廖扎现在怎么样了？"薇拉不耐烦地问。

"很好，还活着，活蹦乱跳呢。那个民兵没有怎么说到他，只是说，他是个勇敢的小伙子，和波利亚科夫是好朋友。大家都开玩笑说，两个人，一个全连年纪最大，一个全连年纪最小，这下可怎么分部分不开了。"

"他们现在在哪儿？他们连在哪儿？"斯皮里多诺夫问。

"他就跟我说了这么多。首先，他们在草原上驻扎了一段时间。然后，他们打了自己的第一仗。接下来守卫马马耶夫岗的山脚，后来撤到了'街垒'工厂旁的工人新村。现在他们就守卫着那里，有很厚的混凝土墙护着，炸弹炸不着。他们从地下室用迫击炮射击。"

"可是，我们的谢廖扎到底怎样了？"薇拉又重复问道，"他现在长什么样？衣服还够穿吗？精神还好？他自己有什么要说的吗？"

"我真不知道他有什么要说的，但我敢说他的衣服肯定够穿，跟所有人一样，都穿着红军制服。"

"唉，说的是，对不起，我真傻。我想问的是他没事儿吧？没负伤，没被震伤，什么事情都没有？"

"那个民兵说了，人还活着，很健康，没有负伤，也没有震伤。"

"求求您，帕维尔·安德烈耶维奇，再跟我们说一次吧，从头说起：他是个勇敢的小伙子，是波利亚科夫的好朋友，没有负伤，没有被震伤。再说一次吧，帕维尔·安德烈耶维奇，求求您了。"

安德烈耶夫笑了起来。他慢慢地把每一个音节都拉长了，让每个词都变得沉甸甸的，把自己从那位负伤的民兵那儿听来的关于薇拉这位表弟的一切又重复了一道。

"得赶快跟外婆说说谢廖扎的消息。她老是担心他，说不定现在躺在床上整晚都睡不着。"

"我尽力而为，"斯皮里多诺夫说，"我去集团军司令部问问看，能不能让我发封电报去喀山。"

他从书桌抽屉里拿出一个长颈瓶，把伏特加倒进了两个大玻璃杯里，一杯给自己，一杯给安德烈耶夫，然后也给薇拉倒了一小杯。

"我不喝。"薇拉赶快说。

"薇罗奇卡，见到了老朋友，哪怕半杯也行啊？"父亲说。

"不，不，我真的不想喝……就是，我不能喝。"

"一切都变得太快了！"斯皮里多诺夫说，"你还是个小姑娘时，最想做的事情就是在生日那天喝上一大杯。大家都笑话你，说你变成了酒鬼。可突然间，你就说：'我真的不想喝……就是，我不能喝。'"

"谢廖扎还活着，没负伤！"薇拉说，"这简直再好不过了。"

"帕维尔·安德烈耶维奇，我们没多少时间了。"斯皮里多诺夫说。他看了看表："得赶紧回去上班。"

安德烈耶夫站起来，一只大手稳稳地举起玻璃杯，大声说道："玛丽亚·尼古拉耶夫娜，我们亲爱的玛露霞，愿记忆永存！"

斯皮里多诺夫和薇拉站起来，认真地注视着老人严厉而庄严的面容。

在离开前，斯皮里多诺夫提出要安德烈耶夫住在办公室里，但他坚持要去门岗那里，和警卫住一块。斯皮里多诺夫让步了，但他提出，安德烈耶夫可以先在大门门岗那里先干一阵子，签发和检查各种通行证。

深夜时分，斯皮里多诺夫才回来，他踮着脚尖朝着自己的床走过去。

"我没睡着，"薇拉说，"把灯打开吧。"

"不用开灯，我就躺一个小时，连衣服都不用脱。到时候又得去工作了。"

"今天情况怎样？"

"一发炮弹击中了锅炉房，两发炮弹在大院里炸了。汽轮机车间的玻璃震碎了。"

"有人受伤吗？"

"没有。你怎么不睡觉？"

"睡不着，这里空气太闷了。"

"在集团军司令部那里听说的，德国人又打回库波罗斯诺耶冲沟了。薇拉，你得走了。我很担心你。你就是我的全部。我不能辜负你的母亲。"

"您知道我不会走，干嘛还要这样说？"

两人在黑暗中睁大眼睛，安静了一阵子。父亲意识到女儿还没有睡着，女儿则意识到父亲还在为自己担心。

"你为什么叹气？"父亲问。

"见到帕维尔·安德烈耶维奇，真的让人高兴。"薇拉避开了父亲的问题。

"尼古拉耶夫对我说，'咱们的薇罗奇卡出了什么事？她好像有点不对劲。'到底是怎么啦？你是在担心那位战斗机飞行员？"

"我什么事情都没有。"

"我就是问问。"

又短暂地安静了一会儿，斯皮里多诺夫感到薇拉依旧还没有睡意。

"爸爸，"薇拉突然大声说道，"我有事要对您说。"

斯皮里多诺夫坐起来："说吧，闺女。"

"爸爸，我就要当妈妈了。"

斯皮里多诺夫站起来，在房间里走了几步，大声咳嗽道："咳……咳……"

"您别开灯。"

"我没打算开灯，"他走到窗前，掀起遮光帘，说道，"这事儿，我真的……我真不知道该怎么说。"

"怎么了？您生气了吗？"

"知道预产是什么时候吗？"

"要到冬天。"

"是啊，是啊，"斯皮里多诺夫慢慢地说，"这儿可真闷。我们到大院里吧。"

"行，我得穿好衣服。爸爸，您先出去，我一会儿就来。"

斯皮里多诺夫走到大院里。这是个凉爽的夜晚，没有月光，漫天星辰。连接变压器的高压电线上，白色的绝缘子反射着光芒。发电厂的楼群之间，显现出已经死去的阴暗城区。工厂区到北部的那一带，时不时会出现大炮和迫击炮发射的闪光。过了一会儿，阴暗的街道上出现一大团模糊的光影，仿佛一只大鸟随意朦胧地扇动它粉红色的羽翼。这是夜间轰炸机投下了一枚重磅炸弹。

空中满是噪声和躁动。指示目标的绿色的、红色的弹道在天空中拉出一根根细线。在更加高远的天空，在那无可企及的、有如深渊般的高度，闪烁着秋天的星星。

斯皮里多诺夫听到身后女儿轻微的脚步。她来到他身边。可以感到她看着自己时警觉的眼神。

斯皮里多诺夫朝薇拉转过身来，认真地注视着她那忧伤、瘦削的面庞，黑色、眼神凝固的眼睛。内心的冲动突然涌上来，震撼着他。在他面前不光是一个瘦小、无助和软弱的生命，不光是一个焦急等待父亲回应的孩子。他分明感到一股显而易见的、优美的力量。它满怀动能，必然能战胜这正在天地之间肆虐的死神。

他双臂搂住薇拉瘦弱的双肩："闺女，别害怕。我们有办法解决，绝不会让你的小生命受到伤害。"

五十二

总的来说，市中心的战斗和南部郊区的战斗持续了两周左右。

9 月 18 日，叶廖缅科命令第 62 集团军进行反攻，防止敌人把部队调到北部的工厂区。部署在斯大林格勒西北部的苏军也同时发动了反攻。

两边的反攻都没有取得什么进展。德国人守住了通往伏尔加河的阵地，把沿河的苏军切成两段。

9 月 21 日，五个德国师，包括两个装甲师、两个步兵师和一个摩托化步兵师向市中心发动了进攻，主攻方向是罗季姆采夫的近卫步兵第 13 师和两个步兵旅。激烈的战斗在第二天还在持续。

罗季姆采夫击退了敌人十二次进攻，但德军迫使他的部队从市中心后撤。罗季姆采夫随后发动反攻，把预备队投入战斗之中，夺回了一些失去的阵地。尽管没有完全夺回市中心，罗季姆采夫还是继续坚守着市区东端一条沿伏尔加河岸的阵地。

战斗的重点逐渐缓慢北移，从罗季姆采夫的阵地转移到工厂区。在整个十月，德军的直接攻击重心是北部的三大工厂。

苏军的增援部队源源不断地投入战斗。在罗季姆采夫之后，戈里什内师抵达，然后是巴秋克师[1]。戈里什内师部署在罗季姆采夫的右翼，巴

---

[1] 中文译者注：尼古拉·菲利波维奇·巴秋克（1905—1943），斯大林格勒战役期间担任第 284 步兵师师长。该师在 9 月 22 日渡河并参加了马马耶夫岗争夺战，随后坚守斯大林格勒直至战役结束。1943 年 1 月，巴秋克被授予少将军衔。1943 年 7 月，巴秋克在乌克兰伊久姆-巴尔文科沃进攻战役行将结束之际因心脏病突发去世。

秋克师又部署在戈里什内师的右翼。接下来是索科洛夫师，三个师都非常靠近马马耶夫岗，旁边就是肉联厂和几座水塔[1]。

接着在北部又部署了几支新的部队。古里耶夫、古尔季耶夫、若卢杰夫和柳德尼科夫的部队都在工厂区占领了阵地[2]。更北边，在斯大林格勒方向的最右翼，是格罗霍夫上校和布尔维诺夫上校指挥的两个旅[3]。

保卫这座城市的部队人数不断增加，密度在上升。一整个齐装满员的师往往仅用来保卫一座工厂。古里耶夫将军的近卫师部署在"红十月"工厂；古尔季耶夫上校的西伯利亚师保卫着"街垒"工厂；若卢杰夫将军的近卫师守卫着拖拉机工厂，后来柳德尼科夫将军的部队接管了部分该师的阵地。

一批批部队坐着渡轮从东岸抵达，部署在与伏尔加河平行的狭小阵地里。前线与伏尔加河的阵地只有少数地方的宽度达到一千米或一千两百米。很多阵地的宽度只有三百到五百米。

所有的补给和装备都需要用渡轮送到西岸，不然苏军部队就会被彻底切断。

德军的矛头在两处抵达了伏尔加河河岸。在北部，德军将斯大林格勒的守卫者们与顿河方面军分割开来。在南部，德军将他们与舒米洛夫将军的第 64 集团军分开。

1　中文译者注：瓦西里·帕夫洛维奇·索科洛夫（1902—1958），第 45 步兵师师长，10 月 26 日率部参加斯大林格勒战役，坚守"红十月"工厂一带直至战役结束，1943 年 3 月晋升为少将。
2　中文译者注：斯杰潘·萨维利耶维奇·古里耶夫（1902—1945），近卫步兵第 39 师师长，10 月 1 日率部参加斯大林格勒战役，负责保卫"红十月"工厂一带并坚守至战役结束，1944 年晋升为近卫步兵第 5 军军长，1945 年 4 月在柯尼斯堡战役期间中炮牺牲。列昂图·尼古拉耶维奇·古尔季耶夫（1891—1943），第 308 步兵师师长，9 月 30 日抵达斯大林格勒，负责守卫"街垒"工厂直至战役结束。古尔季耶夫在当年 12 月被提升为少将。在 1943 年 8 月的奥廖尔战役期间，他遭遇炮击并当场牺牲。维克托·格里戈里耶维奇·若卢杰夫（1905—1944），近卫步兵第 37 师师长，10 月 3 日抵达斯大林格勒，在拖拉机厂、"街垒"工厂和"红十月"工厂一带战斗并几乎全军覆没，余部撤出战场重建。在 1944 年白俄罗斯战役期间，担任第 35 步兵军军长的若卢杰夫遭遇德军空袭牺牲。
3　中文译者注：瓦西里·亚历山德罗维奇·布尔维诺夫（1902—1942），第 149 步兵旅旅长，负责守卫斯大林格勒西北部的斯巴达区，11 月 2 日在空袭中牺牲。

这座城市的守卫者们用上了所有可用的轻武器：机动性更好的火炮、小口径迫击炮、机枪和冲锋枪、普通的步枪、狙击用的步枪、手榴弹、反坦克手雷和燃烧瓶。工兵营战士们手里有大量的梯恩梯炸药、防步兵地雷和反坦克地雷。苏军的阵地里，复杂的战壕、交通壕、掩体和掩蔽部交错纵横，组成了一个规划周密、协调统一的大型防御工程。

无数的地下室、楼道、弹坑、水管、下水道和地下管道、通往伏尔加河的冲沟和峡谷，构建起了强大而坚韧的网络体系。这座新的城市很快就住满了各种居民。这里面有第 62 集团军的司令部、各师的指挥部，还有几十个步兵团和炮兵团的团部，以及数量更多的步兵、工兵、机枪连、防化营和卫生营的指挥所。

各支部队都拥有数不清的电话线、无线电收发报机，通信员和联络人员将各个指挥所牢牢联系在一起。

集团军司令部和师指挥所通过无线电和东岸的方面军司令部以及各部炮兵进行联系。

来往于无线电接收机和发报机之间的电波，不仅将前线和方面军司令部联系在一起，还将前线与向东延伸的战斗、后勤和生产机构以及几乎无限远的后方——战斗机、轰炸机所在的野战机场，马格尼托戈尔斯克的高炉，车里雅宾斯克的坦克工厂，库兹涅茨克的炼焦炉，西伯利亚和乌拉尔的国营集体农场，太平洋的军事基地和渔场——紧密联系在一起。

战役规模之大，足以让在远方工作的人们都能意识到。无论是铁路人员，后勤机构人员，给汽车、卡车、坦克补充燃油的服务人员，还是为前线各师提供武器弹药的人员——他们每天会向前线运送数千门火炮所要消耗的炮弹和几万枚手榴弹、几百万发步枪、反坦克枪和冲锋枪所需要的子弹——都能意识到战斗规模之大。

火力强弱能够展示出精神力量的大小。每天送到斯大林格勒的几千吨炮弹、手榴弹和子弹，以及城市保卫者自我牺牲的疯狂战斗，要消耗山和海一般数量的钢铁和炸药。

战役规模之大，足以让生活在伏尔加草原一带的人都能意识到。即使距离伏尔加河三四十公里之外，他们也能听到天空中一刻不停的呼啸。炮火的隆隆声时大时小，但彻夜不息。

战役规模之大，对车床工、兵工厂的故障检测员、火车调度员、火车站搬运工、矿工、钢铁工人和高炉工人来说，一样清晰可见。

战役规模之大，足以让新闻界、电台、电报局，让每天在全国不同地方出版的报纸深受震撼，无论这些地方是在森林深处，还是在遥远的极地科学站。无论是谁，是曾经负伤的老兵，还是在集体农庄里工作的老太太、村庄学校里的孩子或知名的科学院院士，他们一样深受震撼。

战役变成了无所不在的现实。不光是人们在经历这一现实，连飞过硝烟的鸟儿、伏尔加河里的鱼儿都在经历着战役本身。鲇鱼、老狗鱼和身躯硕大的鲟鱼都藏在了河床里，逃避着炸弹、炮弹和鱼雷制造的震耳欲聋的爆炸，甚至逃避着翻腾的河水。

对斯大林格勒战役同样感同身受的还有草原上的蚂蚁、甲壳虫、马蜂、草蜢和蜘蛛。田鼠、野兔和地松鼠慢慢地习惯了燃烧的气息，习惯了天空的新色彩和大地无尽的颤抖。即便它们的洞窟藏在地下几米的深处，窟壁上还是会不停地落下大团的泥土。

伏尔加草原上的牲畜像经历了一场野火，变得躁动不安。奶牛挤不出奶，骆驼在嘶叫，用蹄子刨着地。狗整夜整夜地吠叫，什么也不吃，垂着头。听到德国飞机的轰鸣，它们抽着鼻子，拼命想要藏进某个洞里，甚至地面的裂缝里。猫儿们整天躲在屋里，听着窗玻璃发出的嘎嘎响和叮当声，满腹狐疑地支棱起耳朵。

许许多多的鸟儿和动物都被吓坏了，从这里逃了出去，向北迁徙到萨拉托夫，向南进入卡尔梅克草原，朝着阿斯特拉罕和埃尔顿湖而去。

欧洲、中国、美洲的亿万人知道这场战役的价值。它决定了东京和安卡拉许多政客和外交人员的想法。它改变了丘吉尔和他的助手们私底下的谈话内容，改变了罗斯福总统签署的许多文件和命令的方向。

苏联、波兰和南斯拉夫的游击队深入地学习着这场战役的一切。法国抵抗组织、德国集中营里的战俘们、华沙和比亚维斯托克的犹太人聚居区里的人们也同样如此。上千万的人把斯大林格勒的战火当成了普罗米修斯盗取的火种。

人类历史上令人惊叹的、欢欣的一刻马上就要到来了。

五十三

九月，在最高统帅部命令下，在斯大林格勒西北郊首次与敌人坦克接敌作战的反坦克旅被解散了。

尼古拉·克雷莫夫在后方休整了两周，到九月底，他被分配去做另一份工作：给第62集团军的指战员们讲授政治和国际关系情况。

在中阿赫图巴给他分配了一处宿舍。这座小镇子到处是木制的小房子，大多被方面军政治部宣传处征用了。

他刚到这里时，本地生活又沉闷又无聊，压抑得很。在某一天晚上，他被上级召去，命令他进入斯大林格勒执行第一次任务。

伏尔加河两岸都是无止休的隆隆声，不管是黑暗的夜里，还是在清爽的早晨，或者是容易让人进入冥想的日落时分，这声音如影随形。远方炮兵射击的火光穿透了灰色的房间木板和挂着遮光帘的窗户，无声的红色影子滑过夜晚天空，有时候天上会出现明亮的白色火焰，照亮遍布着小屋子的山头和阿赫图巴平坦河畔的森林。这不是大自然的闪电，而是地面上人为的杰作。

一群年轻的姑娘们站在一栋屋子大门旁的角落里。一个十四岁的少年在悄悄地拉着手风琴。明灭不定的光线中，四个姑娘组成两对在跳舞，其他人沉默地看着她们。在远方的战斗的隆隆声和眼前温和而羞怯的乐声之间，存在着某种不可言喻的东西。闪烁的光线温和地落在姑娘们的手臂上、金黄色的头发上，照亮了她们的衣衫。然而，这是远方残酷战斗带来的死亡之光。

克雷莫夫停下来，短暂地忘记了自己面临的任务。温和的乐声和跳舞的姑娘那克制而引人沉思的动作，具有一种苦涩的魅力，混合着诗意的忧伤。他所听到的、见到的这一切，与年轻人中常见的肤浅和洋洋自得大相径庭。

在远方战火的苍白光线照耀下，跳舞的姑娘的表情既严肃又认真。她们朝着斯大林格勒方向望去，从脸上的表情可以看出，她们从心里觉得与正在那里流血牺牲的年轻人须臾不可分。这些年轻的脸上既有陷入孤独的忧伤，又有对即将相聚并不确定但却毫不动摇的希望，更有姑娘们对幸福和对年轻魅力的信仰。尽管她们承受着分离的痛苦，但同时却又暗怀某些别样的情绪。这样的情绪既像少女般自信而强大，又像少女般无助和孤独。它是如此简洁而伟大，根本没有哪种语言能够描述它，只能通过迷惘的微笑和在心底突如其来的叹息中才能体会到。这些年里，克雷莫夫经历了如此众多的起伏，思想经过了如此众多的转折，在此时却只能静静地看着这些跳舞的姑娘们，站在那儿动也不动，忘记了一切。

在给战士们准备授课时，克雷莫夫要浏览一大堆从莫斯科空运过来的外国报纸。所有的报纸上都无一例外地用大号大写字母在头版印出"斯大林格勒"字样。这个词出现在新闻公报里、社论里、电报里、突发新闻里，出现在英格兰、中国、澳大利亚和美洲各个国家，还有印度、墨西哥、斯匹次卑尔根群岛、古巴、格陵兰岛和南非。所有人都在提及、讨论和撰写关于斯大林格勒的一切。外国中学生购买的是带有斯大林格勒标志的铅笔、笔记本和吸墨纸。世界上每个大洲、每个纬度、每个岛屿、每个村庄、每座城市里，每个人——无论是到酒吧去喝杯啤酒的老头儿，还是在菜市和杂货店里购物的家庭主妇——都想要讨论斯大林格勒，不是因为他们满怀无聊的好奇心，而是因为斯大林格勒是他们现实生活中的一部分。这座城市已经被列入了学校的课程里、工薪家庭每周的食品预算里，列入了购买土豆和芜菁时要考虑的要素里。任何有意识的人、想要正常生活的人，也把这座城市列入了自己的计划和希望里。

报纸中，斯大林格勒的雷霆与火焰影响了许多中立国家的外交政策，影响了许多国际条约的运作，影响了许多卷入战争中的首相、部长的言论。克雷莫夫把能够放大这些影响的文字一一摘录了下来。在几十个被占领的欧洲城市，已经有人用煤块和赭石把"斯大林格勒"这个词用大众常见的红色和黑色画在了公寓、工人宿舍和兵营的外墙上。这座城市的名字出现在了布良斯克和斯摩棱斯克森林的游击队和空降兵的唇上。这个名字激励着中国的战士们，掀起了死亡集中营里众多人心灵和思想上的风暴，点燃了那些绝望的人们心中的希望和战斗意志。克雷莫夫明确而清晰地了解这一切。在讲课时，他将尽量突出讲述这一切，告诉周围的人们，现在他们正在为之苦战的一切所具有的重要意义。他被这样的想法感动着，已经能想象到马上就要脱口而出的这些词句将会有多严肃且强大。

可现在，他听着手风琴的乐声，看着姑娘们像群小鸟儿一样聚在一栋小小的阿赫图巴房屋的木墙前，感到了无言的、深深的激动。

五十四

克雷莫夫像往常一样跨入卡车车座里，把鼓鼓囊囊的背包推到一边，让后背舒舒服服地靠在座椅上。这时，他感到有些异样，是在战争爆发一整年来都没有感受到的异样。

克雷莫夫心里涌起一阵惊慌。他看了一眼司机皱着眉头的紧张样子，用他之前对谢苗诺夫说话的一贯口吻说道："行了，出发吧。"

他在心里叹了口气，想道："还是没有莫斯托夫斯科伊的消息，也没有谢苗诺夫的消息，他们就像被大地吞没了一样。"

一轮满月升起来。街道和小小的屋舍撒上一层强烈而均匀的月光。月光的颜色并不是艺术家和诗人拼命想要形容的那种白色。它的色彩会让这些人感到困惑，因为除了那些引发我们思绪的东西，月光中还存在着某种本质上的矛盾之处。因为月光明亮，我们从中可以辨别出生命的力量；但同时，明亮的月光还展现出天体具有的死尸般的冰冷和坚硬。它蕴含着死亡的力量。

卡车沿着陡峭的山坡开向阿赫图巴河，穿过了单调得像运河一样的河流上的浮桥，然后又开过一片稀稀疏疏、长势很不好的树林，上了前往红斯洛博达的大路。

路上四处竖着各种标语牌，上面写满标语："过了伏尔加河就没有退路！""一步也不许后退！""保卫斯大林格勒！"还有些木板上写着摧毁德国坦克、自行火炮和大炮以及歼灭众多敌人的红军战士姓名。

这条路又宽又直，成千上万的人最近才从这里经过。宽大的黑圈里画着的箭头指向各个方向："前往伏尔加河""前往斯大林格勒""前往第62集团军渡口"。世界上还没有哪条道路能比这条路更加简洁明确，然而也没有哪条路像它一样严峻而苛刻。

即使在战后，这条路也依然会像现在一样笔直，克雷莫夫在心里想。人们还会沿着这条路把布料、谷物和西瓜源源不断地送往渡口。他们会带着孩子去看望住在斯大林格勒的祖母。克雷莫夫的思绪飘荡，想象着未来的年轻人们开车经过这条道路时的心情。他们还会想到1942年9月和10月从阿赫图巴出发、行军到伏尔加河畔的战士们吗？也许不会了，他们可能压根就想不起来。可是，天啊，这是怎么回事？他怎么会这么肯定地认为，即使过了一千年，人们看着这里的蒿柳和垂柳，竟然会心生寒意？看啊，就是这里！战士们就是沿着这条路前进的。整营整团，甚至整个师的人从这条道路走过。他们的迫击炮碰得咣当响，步枪的枪口在阳光下闪着寒光，满月的光芒洒在反坦克枪滚烫的枪管上。

只有秋天的树和沉默的矮树林才见到过这么多的人。成千上万的人，将家乡抛在脑后，朝着伏尔加河渡口走去，朝着世界上最苦涩的地方走去。

成千上万人从草原、城镇、森林走来，从黑海和阿尔泰群山走来，从莫斯科、从雾气腾腾的克麦罗沃和阴沉沉的沃尔库塔走来[1]。没有人，没有人会过来看他们一眼。没有人见过这些年轻和苍老的面容，没有人见过他们炯炯有神或空洞无物的眼神。

他们就这样呈长纵队走着。年轻的指挥员沿着路边走着，大士和上士们打量着他们的军衔。营级和团级指挥员随着战士们一起徒步……时不时会有年轻的副官飞快地跑过，去传送命令。他们的图囊在腰侧晃荡。

他们既强大，又忧伤，身边是无尽的空虚。然而，整个俄罗斯都在凝视着他们。

五六十年后的一个星期六傍晚，一群年轻小伙子和姑娘们将坐着卡车从阿赫图巴草原一路向斯大林格勒出发。他们又说又笑，司机会停下来检查化油器，给水箱加水。突然间，车厢上的说笑沉默了。怎么了？难道是风卷起了地上的尘土，从树顶沙沙地吹过？还是谁发出了像叹息般的声音？又或者是扑通一声掉下了什么吗？然后，一切变得更加寂静，静得可以听到针落在地上的声音。到底怎么了？是什么揪住了他们年轻的心？为什么他们焦虑地看着笔直而空荡的路面？是什么呢？是一场梦，还是一场草原上的风暴？

克雷莫夫无法分清什么哪些是他自己的想法和感受，哪些是他想象中的，来自未来的人们。

> 告诉我，为什么你在哭泣？
> 为什么你如此悲伤地倾听，

1　中文译者注：克麦罗沃位于今俄罗斯西西伯利亚南部，与阿尔泰共和国、新西伯利亚州、托木斯克州等区域接壤。沃尔库塔位于俄罗斯科米共和国东北部，在北极圈内。

很久以前这些特洛伊和希腊人的战役？

所有一切均是上帝的旨意，

让恒久之后的孩子们歌唱，不要忘记[1]。

八百年，或一千八百年后，这条道路、这些树木已不复存在，这片土地和这些生命永远长眠了，我们所不知道的新的土地和生命将在这上面生长。也许这时候有个白胡子老头会慢慢从这里走过，在这里停了一会儿，自言自语说："以前这里是战壕。很久以前，在十月革命的那些日子里，在大兴土木的那些日子里，在那些可怕的卫国战争岁月里，战士们沿着这条路向前走，向着伏尔加河行军。"也许这白胡子老头儿会记得他在念书时的课本：战士们在草原上行军，面容严肃和友善得出奇的一致。他们穿着旧军服和旧式军靴，帽子上别着一枚红星。老头儿也许会停下来，侧耳静听。听到了什么吗？是一声叹息，还是重重的脚步声，部队前进的声音？

他们来到布尔科夫斯基村，农舍零散地铺在大地上。司机开上一条窄窄的小路，一直通到一片茂密的小树林。"绕个道，"司机说，"敌人没日没夜地轰炸大路。"

离开大路后，司机没有减速，车开得越来越快了。卡车车轮撞在树根上，轧上车辙，发出吱吱嘎嘎的呻吟声。

炮火隆隆声越来越响，引擎的声音已经盖不住了。仿佛是来自心中的某种直觉指引，人们不靠耳朵就可以从炮弹刺耳的爆炸声中分辨出苏军炮兵射击的咆哮声。与听到附近苏军炮兵开火时内心的平静不同，当听到德国人的炮弹爆炸时，人的精神会突然紧张起来，心脏几乎会猛跳一下。这时候，此人的脑袋里就会飞快计算起来：这是大炮还是迫击炮？口径有多大？炮弹打远了还是打近了？还是德国炮兵准确地把自己定位了？

1　英文译者注：来自《奥德赛》第三部。

车继续向前开，周围的树木变得越来越矮，枝叶稀疏，仿佛有一把剪刀在上面剪过。克雷莫夫看到的已经不是树林，倒像是一片篱笆，一个接一个的树桩和木桩戳在地上。德寇炮弹爆炸带来的成千上万块弹片撕开了树皮，切掉了树叶和枝干。一眼就可以看穿整片树林。月光照耀下，它们只剩下了骨架，既不会动，也不会呼吸。

接下来可以看到炮口的火光、泥土堆成的防护墙、刚刚清理干净的林间空地、掩蔽部浅色的木门，还有半藏在地里、披着伪装网的卡车。随着他们的汽车越来越接近伏尔加河和第62集团军的渡口，紧张的感觉越发强烈。它们似乎并不来自克雷莫夫和司机的内心，而是源自周围的这个世界，源自大地苍白的表面，源自光秃秃的树林，源自颤抖的月光和星星。

倏忽之间，他们驶出了树林。司机猛地把车刹住，掏出显然是事先准备好的一支铅笔和一张纸，对克雷莫夫说道："营级政委同志，请签字。我只能开到这里。"很明显，如果没有必要，他绝不会在渡口多停留一会儿。

司机掉头把车开走了。

克雷莫夫走了几步，朝四周看过去。在一堵高高的土墙下，堆放着炮弹箱、面包袋、成堆的冬季制服和装满罐头的木箱。几十号人一声不吭地把这些箱子、袋子搬到长长的木台上。

在茂密的柳树丛和土墙远端之间的窄缝里现出伏尔加河水面，在月光下闪亮着。克雷莫夫走到交通管理员面前，问这个有点上了年纪的圆脸战士："上哪儿可以找渡口负责人？"

天空划来一道闪光，身后的树林里传来一声猛烈的爆炸。那名战士默不作声地看了看克雷莫夫，过了一会儿才说："那边的树下面有个小型掩蔽部，外面有个哨兵。"他停了一会儿，问道："指挥员同志，这是要进城吗？"

爆炸声又响起来了，声音越来越刺耳，从他们左右和身后传来。

克雷莫夫四下里又看了看，没人趴下，也没有朝掩蔽部冲去。在土墙那边忙碌的人依旧忙碌着。面前年纪不轻的战士一动不动，静静地等克雷莫夫回答自己的问题。克雷莫夫用同样轻松和友善的语气答道："对，我准备去斯大林格勒。那边应该有人接到电话了。"

"那您得坐冲锋舟过去，"战士说道，"驳船今晚不会靠岸了，天色太亮，目标又大。今晚德国鬼子找起来不会费事。"

克雷莫夫朝渡口负责人的掩蔽部走去。炮弹在头上呼啸着、尖叫着，落到附近的树林里，黑烟盘旋升空，像是一头毛茸茸的大熊，用后腿站了起来，咆哮着，转身压倒了树木，四处发出噼啪声和咔嚓声。可在场的所有人却如同没事一般，有条不紊地做着自己的事，丝毫不担心自己的生命会像破裂的玻璃杯那样碎成若干片。

克雷莫夫内心被一阵突如其来的兴奋攫住。他看着每个人都镇定自若地做着分内的事情，对此觉得异常惊奇。他不太清楚这种兴奋感和惊讶感从何而来，只好怀着高兴的心情贪婪地四下看着，渐渐感到这个世界正在发生某种变化。

他想起了刚才的司机。那人一副阴沉沉的样子，抽烟抽得很凶，在飞快地掉头后一脚踩在油门上，急急忙忙地离开渡口。过去一年里，克雷莫夫见到了许许多多这样的人。也许，他也是克雷莫夫见到的最后一个让人沮丧的人？

要是有人想要掩盖内心的惊慌，其举动会显得无礼。他们会四下焦虑地张望，突然笑出声来，要么就一言不发。战争的第一年里，有多少疲倦不堪的人在尘土飞扬的路上佝偻着双肩行走着，茫然的眼睛一动不动地凝视天空，心里念叨着，那群混账东西还在天上飞吗？那个声音嘶哑的、愤怒的中尉在顿河浮桥上挥舞着手枪……克雷莫夫听到了零零碎碎的谈话："他们没多远了。""他们的火箭炮打过来了。""他们派伞兵来了。""他们把道路切断了。""他们包围了我们的部队。"大家都在谈论着德军的进攻方向、钳形攻势，德国空军有多么强大。他们说，德国将军已经下了命令，要求在某日某时必须要占领莫斯科。他们还说，德国鬼子要求士兵们在暂停行军时用气泡水刷牙，并说这是件重要的事情。

后来，克雷莫夫会多次回想起第一眼看到渡口时，第62集团军战士在月光下不懈工作的样子。

他走进还在受到炮弹爆炸而不断颤动的掩体。在一张新桌子前，一把白色的椅子上坐着位浅黄色头发、胸部宽阔的人，身上穿着件皮背心。他自我介绍说："第62集团军负责渡口的政委，佩尔米诺夫。"

他请克雷莫夫坐下，告诉他今晚没有驳船，要用冲锋舟送他到西岸。跟他同去的还有两名方面军司令部的指挥员。他们很快也会到渡口。

问过克雷莫夫要不要来杯茶之后，佩尔米诺夫从一个小铁炉旁走过，回来时手里拿着个闪亮的白茶壶。

克雷莫夫一边喝着茶，一边询问渡口的情况。

佩尔米诺夫可能正要写什么报告。他把放在桌上的小墨水瓶和几张纸推到一边，显然很乐意找人聊一聊。不过，此人说话并不啰唆。

佩尔米诺夫一眼就看出克雷莫夫是个老兵，可以直截了当说话，两人之间立刻就有了默契。

"在这里安家了？"克雷莫夫问。

"收拾得很不错，有自己的面包房、像样的澡堂子，厨房也像模像样。当然，全都在地下。"

"主要还是炸弹吧？"

"是的，白天炸得比较狠，斯图卡造成的损失比较大，其他都还好——丢到水里的居多。我们总是到天黑才出来。德国人炸个不停。"

"一波波来炸的？"

"看情况吧，有时候分批次过来，有时候是独狼，总之是炸个不停，从黎明炸到黄昏。我们白天不怎么说话，也不上政治课，只管睡觉。德国人只管翻地。"

外面的德国人还在胡乱地四处炮击。佩尔米诺夫朝着天上不屑一顾地摆摆手："你听，现在轮到迫击炮和野战炮了，会炸一整夜。"

"是中等口径的大炮？"

"大部分是中口径的。现在是 210 毫米口径，时不时会来一点。有时候用 103 毫米口径 [1]。不能否认，他们也用上了全力。可能得到什么呢？我们完成计划了，挡不住！当然，有时候他们也能打出没法通过的弹幕。"

"损失很大吗？"

"除非直接命中。我们都躲到掩蔽部了。不过昨天他们把厨房炸坏了，是一枚一百公斤炸弹。"

佩尔米诺夫靠在桌子上，仿佛是在对朋友吹嘘他有一个多么和谐幸福的家庭似的说道："我的人冷静得让人惊讶，简直不敢相信！这些人大部分是从伏尔加河一带来的，还有不少是从雅罗斯拉夫尔，不年轻了！[2]很多工兵都过四十岁了。可他们能够在炮火之下干活，那样子就像在村子里建学校一样。不久前，我们修建从这里通往萨尔宾斯基岛的急造桥。唔，您大概知道德国人会干什么。"佩尔米诺夫朝伏尔加河上空挥挥手，"德国鬼子发现我们在这儿修桥补路，就使出所有手段开火。我们这些工兵照样干活。政委同志，您真应该看看，那可真是什么场面！他们把事情想清楚了，一分钟也没浪费，还时不时能停下来抽口烟。他们干得又从容又利落。有个人抬起一根木头，左右看看，量了一下，摇摇头，放到一边，又拿起一根，用绳子量了一下，拿指甲在上面划了一道，然后就开始锯起来。那时德国人一刻也没歇着，在对整个地段集中火力射击呢！"

佩尔米诺夫脸上浮现出一丝痛苦的表情，然而他的脸色很快就恢复正常了。"我们在谈论着谁呢？跟西岸相比，这里简直就是个疗养院。要到斯大林格勒那里才知道什么叫作真正的战争！我这些手下老是说：'我

---

1 英文译者注：201 毫米口径 Morser18 型加农炮是德国最大口径的大炮。103 毫米口径是中等口径。中文译者注：英文译者显然不知道斯大林格勒战役爆发前几个月，德国人已经把 800 毫米口径的"多拉"大炮和 600 毫米口径的"卡尔"臼炮用于塞瓦斯托波尔之战中。
2 中文译者注：雅罗斯拉夫尔位于今俄罗斯莫斯科州东北与其接壤的雅罗斯拉夫尔州。

们在这里算什么。在斯大林格勒，那里才是真正的战争！'"

过了一会儿，方面军司令部的两个指挥员到了。一名是年轻的大尉，还有一人是中校。凌晨三点，执勤的军士过来报告说，冲锋舟已经准备好，可以出发了。一名年轻高个儿战士拿了两个硕大的保温瓶进来，请求佩尔米诺夫批准他前往西岸。

"遵照军医的命令，我要把新鲜的牛奶给我们师长带过去。每隔一天就要去一次。可是几个小时前我们的船被击沉了。"

"你是哪个师的？"佩尔米诺夫问。

"近卫步兵第13师。"这名战士回答道，骄傲得脸都红了。

"批准了，"佩尔米诺夫说，"去吧。不过，你们的船怎么被击沉了？"

"政委同志，今天月光很亮，满月……来了一发迫击炮弹，就在河中间，没人活下来。我等啊等啊，然后决定到这儿来。"

佩尔米诺夫、克雷莫夫和其他人都爬上掩蔽部。佩尔米诺夫看了看明亮的天空，说道："还好，有几片云，就是不太大。别担心，会顺利的。驾船的是个老手，是个斯大林格勒本地的年轻人。"他对克雷莫夫说："回来时能不能多留几个小时，也给我的人上一堂政治课？"

克雷莫夫和他的三个同伴默默地跟在一名通信员身后出发了。通信员没有带着他们穿过补给站，而是沿着树林边缘走出去。他们经过一辆被炸坏的三吨卡车，还经过十几座坟茔。坟头竖着上端削尖的木桩，木桩上画着五角星。月光明亮，用不褪色墨水写在木桩上的那些牺牲的工兵和架桥兵姓名看得清清楚楚。

走过坟场时，拿着保温瓶的战士大声地念着牺牲者的名字："洛克托科夫，伊万·尼古拉耶维奇。"接着，他又说道："跟我同名的人，安息吧！"

克雷莫夫开始感到紧张。在这个明朗的夜里，也许他不能安然渡过伏尔加河呢？刚才在掩蔽部里，他心里就在想："说不定这是我一辈子坐过的最后一张板凳，这是我一辈子喝的最后一杯茶？"

终于看见茂密的柳树和波光粼粼的伏尔加河了，克雷莫夫对自己暗暗说："走下去吧，也许这是这辈子自己在大地上行走的最后几步。"

命运并不允许他平平静静地走完这几步。一发重炮炮弹在很近的柳树丛里爆炸了，迸出红色的不规则的火焰，一团巨大的硝烟升起。五个人都被震得短暂失聪，一齐趴在靠近水边凉爽的细沙地上。

"赶快上冲锋舟！"通信员大喊道，仿佛在船上还比在岸上安全一点。

没有人受伤，但所有人都晕头转向，脑袋里一片嗡嗡声、嘶嘶声和叮当声。

他们跳进冲锋舟里，穿着靴子的脚"咚"的一声落在船板上。

冲锋舟驾驶员长着一张瘦瘦的年轻的脸，身上套着件油腻腻的棉外套。他尽可能用柔和的声音说道："别坐在这儿，会把机油蹭到衣服上的。坐那里会舒服一点。"接下来，他对通信员说："瓦夏，记得按时把今天的通行证给我，下一趟用得上。我答应给斯大林格勒的人留一份。不然他们就得等到明天了。"

"这人不错！"克雷莫夫心想。他想坐得离开驾驶员近一点，跟他拉拉家常——什么名字啦，多大啦，单身还是已婚啦……

中校把他的烟盒递给驾驶员："好汉，来一根吧！跟我说说，你多大了？"

驾驶员微笑着反问道："年纪跟眼下这些有关系吗？"他拿了一根烟出来。

引擎开始震动起来。垂下来的柳枝擦着船舷一侧，突然飞快地挺起来。冲锋舟离开了河汊，开到了河里。刚开始只能闻到汽油和热乎乎的机油味，但很快夜间伏尔加河凉爽而静谧的夜风就迎面扑来。

五十五

克雷莫夫仔细地倾听着引擎的噗噗声，希望它不会突然停下。他听说过很多次，有些船的引擎往往不是熄火就是被炮弹炸坏，整条船只好顺流而下，漂到城市中部的登陆场，结果落到德国人的手里。

同行的人也一样紧张。年轻的大尉问："咱们备有桨吗，以防万一用的？"

"没有。"驾驶员答道。

中校看了看驾驶员瘦削的面容，又看看他又长又细、油腻腻的手指，轻声说："我们的船长是个老把式，不用桨也行。"

开船的人点点头："别担心，引擎好得很。"

克雷莫夫四下看了看，被周围的一切吸引住了，放下了心里的担忧。

均匀流动着的伏尔加河倒映着月光，呈现出一片银白色，温柔地朝着南方流去。冲锋舟带来的小小波浪在身后形成了一道长长的尾流，像一面魔幻的浅蓝色镜子。广袤无垠的天空既明亮又轻盈，疏星朗朗，散布在从东到西伸展的辽阔大地和伏尔加河上。

月光下的夜空、庄严而壮丽的大河、威武的大山和平原形成了一幅沉默、宏伟而静寂的画面。一切都似乎只是在缓缓而平顺地变化着，甚至让人感到它们已静止了下来。然而，伏尔加河畔的俄罗斯之夜却远远说不上宁静。

月光照在斯大林格勒沿伏尔加河延伸的一排排房屋上。在这些房屋和山岗上空，跳跃着炮兵射击时白热的闪光。朝北一些的城区里，工厂区巨大的黑色厂房如同阴森的城堡。东岸传来苏军炮兵低沉的隆隆炮声，撼动着大地、天空和水面。天空高处，重型夜间轰炸机的嗡嗡声一刻不停。秋夜浅蓝色的天幕上，散布着几千条炮弹和子弹红色的弹道。有些弹道很分散，有些弹道却很集中。有些弹道像是一把短矛，钻进了地里或者房屋的墙上。有些却很长，曳过半个天空。德国轰炸机正在轰炸苏军的防空阵地。地面上的半自动武器猛地射出呈现红色或绿色圆锥状的曳光弹，与德军轰炸机发射的曳光弹一起构成了一幅复杂的图案。

重磅炸弹落在洒满月光的大街上，炸出了夏天粉红色闪电一样的火焰。伏尔加河上，钢铁在嘶鸣和呼啸。迫击炮弹落入急流中，燃起蓝色的火焰，忽然间又飞快地消失在一大堆喷涌的黄白色泡沫之中。

这个宽阔的、隆隆作响的世界，满是钢铁和火焰的躁动，延伸了几十公里之远。第一眼看到它，似乎完全不能明白是怎么回事。但事实并非如此。相反，想要了解是谁卷入其中实在是再容易不过了。这里只有铁锤和铁砧。在两栋房屋之间，在两扇窗户之间，在一个高射炮连和一架盘旋的轰炸机间，到处爆发着短暂而激烈的较量。要跟踪这些无穷无尽的战斗也同样不困难。一切都处在动态变化之中。在有如深蓝色描图纸一样的夜空中，存在着一幅活生生的战争场景。曳光弹留下的虚线、机枪吐出的火焰、爆炸的火光描绘出了一场大战的各处据点和火力覆盖区域。

炮兵投射在城市三大工厂区靠北山地上的火力特别密集。有时候，炮弹弹道每隔一会儿闪一下，像一条方位准确的火链。有时候，炮弹弹道密集到在空中形成了迟迟不灭的一整束。还有些时候，整片区域弹道不停地摇曳，火光闪烁。德国人的炮兵在忙碌着，显然是为步兵进攻工厂区做准备。

突然，从东岸升起了几百条弹道抛物线，在森林和伏尔加河上空形成了一个不断爬升的宽阔拱顶。冲锋舟上的人们听到了一阵持续的呼啸。很难用话语来形容这阵呼啸，也许几十个甚至几百个火车头同时释放蒸汽才会发出这样的声音。

飞到位于伏尔加河上空的最高点后，火箭弹转了个弯，朝着地面扑来。位于丘陵上的德军重炮兵阵地上爆发出火焰。钢铁的轰鸣掩盖了所有声音，把猛然压缩的空气全数释放出来。猛烈的撞击如钢铁做的冰雹般，每一块都可以把加强了的水泥墙彻底撞碎。

随着微光的硝烟散去，可以看见德国炮兵没有继续射击。这次配合良好的喀秋莎火箭炮的火力投送，让德国炮兵彻底变成了哑巴。

眼观耳闻，加上内心的愉快，克雷莫夫明白了刚才所发生的一切。

他仿佛看见，目光锐利的观察员正在大声喊出目标诸元；无线电通信员把这些数据发往伏尔加河另一侧；皱着眉头的师级和团级指挥员们在等待着开火的命令；掩蔽部里的炮兵将军正在盯着手表上的短针；战士们在喀秋莎开火之前从发射器周围跑开。

冲锋舟上的人们都点燃了烟，开始交谈起来。只有带着牛奶的战士一动不动地、沉默地坐在自己的位置上，把保温瓶紧紧地抱在胸前，就像个晃动着两个婴儿摇篮的奶妈。

冲锋舟开到河中央时，在两处黑暗的工厂车间里展开了一场战斗。从远处看，两处堡垒的高墙挨得很近。其中一处冒出一片闪光，一发曳光弹打到对面的墙上，显然是一名德国兵朝着红军战士控制的大楼直射。苏军那一方也迅速反击，出现了一片闪光，打中了德国人那一方的据点。几秒钟后，空气中已满是刀光剑影。机枪和步枪打出的曳光弹就像是一只只明亮的苍蝇。黑暗的高墙如同乌云，在高墙中间交织着一道道闪电。

旁观者或许会产生这样的感觉，这些工厂之间仿佛两极对立，彼此间充满了超高压电流。

克雷莫夫忘记了这条脆弱的冲锋舟随时可能被击沉，忘记了自己不会游泳，忘记了刚才那些不祥的预感。让他奇怪的是，同行的人竟然都蜷缩成一团，其中一个还用双手蒙住眼睛。当然啦，这是正常反应。几百块钢铁碎片正横穿在水面上，发出让人警觉的嗖嗖声，从头顶略高的地方掠过。

从某种意义上来说，伏尔加河这个宁静而高贵的夜间世界是战争的一部分。所有不可能相融的全都在这里相汇了。粗犷的原野和尚武的热情汇聚成平静而听天由命的忧伤。

克雷莫夫想起了在阿赫图巴那些跳舞的姑娘们。她们的舞蹈感动了他，也莫名其妙地唤醒了遥远的记忆。有一天，他对叶尼娅说自己深爱着她。叶尼娅长久地凝视着他，一言不发。但这段回忆现在不再让他感到忧伤了。

冲锋舟距离西岸越来越近，水面也变得越来越平静。大炮和迫击炮的炮弹都从头上飞了过去。

驾驶员把冲锋舟靠在几块大石头一侧，熄掉了引擎。四名乘客从船上下来，沿着通往集团军司令部掩蔽处的小路往上爬。

经历了在水上的紧张行程后，能在坚固的大地上行走，脚踩着石头和泥土，真是心情愉悦。

克雷莫夫听到身后传来引擎轻轻的轰鸣，冲锋舟又朝着东岸开了回去，准备回到那片不断被爆炸撕裂的开阔水域。

他突然想到，所有人从冲锋舟上跳下来时，都忘了向驾驶员告别。中校询问驾驶员年龄有多大，后者为什么会微笑起来，原因也许就在这里。他们对引擎的关注也是如此。刚开始所有人都专心地听着引擎的声音，生怕它表现出一丝最轻微的熄火迹象。后来他们快到岸边，谁都不会再去想引擎是不是还正常。

可现在新的感受涌上克雷莫夫心头：他行走在斯大林格勒的土地上了。

战争时间线

1939 年

9 月 1 日，德国入侵波兰。这一天基本上被认定为第二次世界大战在欧洲战场的开始。

1941 年

6 月 22 日，"巴巴罗萨"行动开始，德国入侵苏联。绝大部分俄罗斯人认为这一天是伟大卫国战争——而不是第二次世界大战——的开始。

7 月 9 日，德军在明斯克附近俘虏了 30 万苏军。

7 月 22 日，德军包围了斯摩棱斯克。

8 月 8 日—9 月 19 日，基辅战役，苏联西南方面军被包围，近 50 万苏军被俘。朱可夫将军希望能提前撤退，但斯大林拒绝了这一建议，并说："基辅过去属于苏联，现在属于苏联，将来也必然属于苏联！"

9 月 29 日—9 月 30 日，德军在基辅郊外实施了巴比亚尔大屠杀。两天之内，有 3.3 万犹太人被杀害。

9—10 月，尼古拉·克雷莫夫率领临时组成的大约两百人的队伍从德军占领区突围出来，在布良斯克北部与彼得罗夫将军的第 50 集团军会合。

10 月，"台风"行动开始，一直持续到 1942 年 1 月。德军朝莫斯科前进。

10 月 2 日—10 月 21 日，维亚济马战役和布良斯克战役，三个苏联集团军被包围。但他们坚持作战，以拖延德军向莫斯科的进攻。零星战斗一直持续到 1942 年 1 月。

10 月 2 日，朱可夫获得授权指挥全部保卫莫斯科的部队。

11 月 20 日—11 月 22 日，德军占领罗斯托夫。

12 月 5 日—12 月 6 日，德军的进攻被击退，苏军开始进行有效的反攻。

1942 年

5 月 12 日—5 月 28 日，克雷莫夫被任命为反坦克旅政委。第二次哈尔科夫战役中苏军惨败，德军在所谓的"巴尔文科沃捕鼠笼"俘虏了 24 万苏军。

6 月 7 日—7 月 4 日，德军包围并最终攻占了塞瓦斯托波尔。

6 月 28 日，"蓝色"行动开始。德军试图攻占高加索地区的油田。最初的胜利使希特勒增加了一个新的目标：夺取斯大林格勒。

7 月 12 日，铁木辛哥元帅组建斯大林格勒方面军。

7 月 17 日，保卢斯将军的第六集团军先头部队在顿河支流奇尔河与苏军第 62 集团军部队相遇。

7 月 23 日，戈尔多夫将军被任命为斯大林格勒方面军司令员。

7 月 24 日，保卢斯将军的第六集团军先头部队与第 64 集团军部队在卡拉奇接战。

7 月 28 日，斯大林发布第 227 号命令："不得后退一步。"命令中还包括这样的内容："制造恐慌者和胆怯者应当场枪毙。"

8 月 5 日，叶廖缅科组建东南方面军。

8 月 7 日—8 月 8 日，德军在顿河西岸包围了第 62 集团军。

8 月 9 日，叶廖缅科将军被任命为斯大林格勒方面军司令员。

8 月 21 日，德军渡过顿河。顿河西岸除谢拉菲莫维奇和克列茨卡亚尚维持两个苏军桥头堡外，已无苏军部队。

8 月 23 日，德军大规模空袭斯大林格勒，步兵抵达斯大林格勒北部濒临伏尔加河的雷诺克，从西北部孤立了苏军第 62 集团军余部。格罗斯曼和他的同行们从莫斯科出发，用了五天时间抵达斯大林格勒。半路上，格罗斯曼第二次拜访了雅斯纳亚·波良亚纳。

8 月 25 日，斯大林格勒主要工厂开始埋设地雷，防止德军占领城市。

8 月 28 日，斯大林格勒居民开始逃离城市。这一段在苏联对战役的记录中并未提及。

8 月 29 日，朱可夫将军作为最高统帅部代表被派往斯大林格勒。

9 月 8 日，德军抵达斯大林格勒南端位于伏尔加河畔的库波罗斯诺耶，切断了第 62 集团军与位于斯大林格勒最南端的第 64 集团军的联系。叶廖缅科将其方面军司令部从市区转移到伏尔加河东岸。

9 月 12 日，崔可夫将军被任命为第 62 集团军司令员。

9 月 14 日，德军进入斯大林格勒市中心。罗季姆采夫的近卫步兵第 13 师在下午五点开始渡过伏尔加河。

9 月 15 日，罗季姆采夫师的一个营夺回了斯大林格勒火车站。

9 月 21 日—9 月 22 日，斯大林格勒市中心发生激烈战斗。罗季姆采夫被迫退到与伏尔加河平行的狭长阵地上。

10 月 1 日，德军攻占拖拉机厂，抵达伏尔加河，将崔可夫的第 62 集团军分割为两部分。

11 月 19 日，"天王星"行动开始，苏军发动反攻。

11 月 23 日，苏军包围了保卢斯的第六集团军。

1943 年

2 月 2 日，斯大林格勒的残余德军投降。

英文译者后序

　　《斯大林格勒》是20世纪最伟大的小说之一，但它并不存在一个最终文本。它的文本变化和出版历史实际上比《生活与命运》更加复杂。格罗斯曼在1943年开始写《斯大林格勒》，到1949年完稿。其中十一章经过编辑和严重删节后，于当年晚些时候以《在伏尔加河畔（小说〈斯大林格勒〉片段）》为书名出版。编辑筛选出来的内容主要是跟作战有关的内容，并没有提到维克托·斯特拉姆和沙波什尼科夫家的三姐妹。后来，这十一章中的前面十章多次完整地再版。最后一章则没有放在《斯大林格勒》当中，而是放在了《生活与命运》里——这是对格罗斯曼将这两部小说视为一体的证明，至少当时如此。

　　在1949年到1952年本书第一次以连载的形式发表在《新世界》杂志期间，为了应付编辑不断更改的修改要求，格罗斯曼至少重写了四次《斯大林格勒》。连载后，本书结集出版，首先于1954年由军事出版社（Voenizdat）出版，1955年重印。随后在1956年，苏联作家出版社（Sovetsky Pisatel）也将其出版。但是，1952年、1954年、1955年和1956年的版本差异很大，跟不同时期的手稿版本差异更大。连本书的书名都跟格罗斯曼在首次出版不久前设想的不同。格罗斯曼原定的书名是《斯大林格勒》。出版时的书名是《为了正义的事业》。这个书名来自德国入侵苏联当天，苏联外长维亚切斯拉夫·莫洛托夫发表的演讲中的一句话。

格罗斯曼事先已经预见到该书出版的困难，于是把所有关于本书的谈话、信件和会议都记录在他那篇十五页的文章《小说〈为了正义的事业〉在出版社的游历日记》当中。首部关于格罗斯曼专著的作者阿纳托利·波察洛夫总结道："1949 年到 1952 年间，在和大量编辑、文艺负责人、评论家和观察者不断进行交流会面期间，编辑部的态度出现了许多变动。作者深受打击，不断反复修改，弄得精疲力竭。那些因为过度小心而拍脑袋的决定没有最终毁掉这本书，只能说是由于作者的努力出现了某种奇迹。"

格罗斯曼和《新世界》编委会委员鲍里斯·阿加波夫在 1948 年 12 月一次交换意见为编委会的态度定了调。

> 阿加波夫：我想让这本小说能够无懈可击，任何人都没法批评它。
> 格罗斯曼：鲍里斯·尼古拉耶维奇，我不想让我的小说无懈可击。

尽管康斯坦丁·西蒙诺夫（担任《新世界》主编至 1950 年 2 月）、亚历山大·特瓦尔多夫斯基（接替西蒙诺夫担任《新世界》主编）和亚历山大·法捷耶夫（1937 年到 1954 年间绝大部分时间担任苏联作协总书记）似乎发自内心地赞赏《斯大林格勒》，这本书的出版还是不断被推迟。法捷耶夫和特瓦尔多夫斯基对作品的修改要求之多，从宏大叙事延伸到细枝末节。特瓦尔多夫斯基有一次甚至要求把斯特拉姆的角色从物理学家改为军事委员会负责人。格罗斯曼回应道，应该给爱因斯坦一个什么职位呢？还有一次，编辑们要格罗斯曼删除一段与军事完全无关的章节。整部小说先后排版三次，但每次准备付印的请求都没有获得批准，于是排好的版本又被取消了。不过，至少在两次排版后还是有少量样书刊印出来。1951年4月30日，格罗斯曼在日记里写道："由于技术编辑和印刷厂工人们同志般的爽快，新一版排版得以飞速完成。现在我手上有一本新书了。总共只印了六本。"

格罗斯曼的编辑们之所以表现出如此谨慎的态度，是因为苏军在斯大林格勒的胜利被神化了。只有它被神化，才能赋予斯大林的统治以合法性。因此，在这一问题上不容犯任何政治错误。特瓦尔多夫斯基和法捷耶夫认为有必要从作家协会、总参军事史相关机构、马列学院、苏共中央委员会等部门获得准许方能出版本书。他们担心冒犯那些身居高位的将领，冒犯赫鲁晓夫，因为他曾在本书前面的几个部分中作为斯大林格勒最高级政工人员出现过。毫无疑问，他们更加担心斯大林本身的态度。

1950年12月，格罗斯曼给斯大林写了一封信。在信的末尾，他写道："关于本书的评论、反馈、结论加在一起形成的文字，已经接近这部小说本身的厚度了。尽管所有人都同意出版，但却没有一个最终结论。它比我所写过的任何文字都更加重要。强烈地恳求您帮我决定这本书的命运吧。"斯大林似乎没有给他回复。1951年10月，格罗斯曼给斯大林最核心的亲信马林科夫也写了一封信，但也没有获得回复。不过，这本书迎来了最后一番在确定书名上的忙乱，备选书名有"在伏尔加河畔""苏维埃人民""在人民战争期间"。此后，该书终于在《新世界》（1952年7—10月号）上发表。在给法捷耶夫的信中，格罗斯曼写道："亲爱的亚历山大·亚历山德罗维奇……尽管我的作品在过去多年不断获得发表或重印，我在看到七月号杂志时仍然感到深深的、强烈的激动。与看到我的第一部小说集《在别尔季切夫城》在《文学报》上发表时相比，这样的激动更甚。"

本书的印刷版本有三版，但在莫斯科的文学档案馆（RGALI）里的版本却有十一版之多。有的是完成版，有的只有部分完成了。第一版是格罗斯曼的手稿，因为他潦草的字迹和大量的改动，几乎难以辨认。第二版则莫名其妙地失踪了，到现在也不知道是手稿还是打字稿。而第三版才是我们现在能够阅读的版本，是非常干净的打字稿，上面有手写的修改痕迹，看上去似乎和最初的版本相差不大。与后来获得全文发表的版本相比，这一版的文字相当大胆，相当鲜明。

第四版和第五版融入了编辑的修改建议和格罗斯曼自己的一些改动。新的改动没有那么大胆了，但主要的叙事没有发生变化。第五版的一个重要变化是增加了一段让人感动的章节，即托利亚受了致命伤前最后一天的活动。这一章在此前版本中从未有过。第六版在所有版本中苏联正统色彩最强。维克托·斯特拉姆和沙波什尼科夫一家的章节大部分被删除了，增加了不少关于斯大林和他历史角色的内容。有意思的是，格罗斯曼的编辑们意识到他们的谨慎小心使小说黯然失色，随后的清样以及之后的版本不再根据这一版，而是基于相对改编没那么重的第五版进行改版。

在文学档案馆的其他版本是本来打算于1950年在《新世界》发表的长条校样和书页清样，但当年并未付印。这些清样于1952年在《新世界》发表，并在1954年结集成书。这些版本中最有意思的是第九版，基于未发表的1950年校样上增加了十几章。在这个版本中，切佩任和伊万·诺维科夫（诺维科夫上校那位当矿工的哥哥）首次出现在书中。

现在知道了，格罗斯曼本来并不准备在书中写这两位人物。1951年1月，亚历山大·法捷耶夫告诉格罗斯曼和特瓦尔多夫斯基，党中央对这本书"评价很高"，建议作协和《新世界》一起"决定是否将本书付印"。随后，法捷耶夫给格罗斯曼提出了一系列修改要求，说要增加一部分反映战时西伯利亚和乌拉尔地区工厂矿工勤奋工作的内容，要把当前官方对战争期间苏联与英美联盟的观点融进去（见随后对第23章注），还要他把维克托·斯特拉姆的内容全部删去。最后这个要求显然是受到官方反犹思想的推动。格罗斯曼答复说："别的都可以做到，但对斯特拉姆的改动不行。"特瓦尔多夫斯基于是提出技术上的妥协方案，让斯特拉姆从属于某个世界闻名的俄罗斯物理学家。格罗斯曼接受了这个建议，增加了切佩任这个角色。

如果就此认为，这些新内容因为是强加于格罗斯曼而不具有同等文学价值，这一观点显然不正确。格罗斯曼有一种出色的天赋，能够把显而易见的妥协转变成自己的成功。他自己就曾在顿巴斯煤矿当过负责安全的工程师。他自己的第一部小说《格柳考乌夫》就把背景设在顿巴斯。从他后来的回忆录《一幅亚美尼亚速写》中就能很清楚地看出，他对于这段经历充满骄傲。显然不能认为他不愿意增加这些内容。煤矿工人角色非常鲜明。如果没有这些人物，格罗斯曼对苏联战时状态的全景描绘就会显得不完整。

描写切佩任的内容也一样精彩。描写他授课的片段几乎就是格罗斯曼对物理学家列夫·斯特拉姆的另一段致敬。近年新公布了一些关于列夫·斯特拉姆生平的情况，更是为下面这段话平添惆怅："这些方程式似乎充满了人的力量：它们可能就是人对于忠诚、怀疑和挚爱充满激情的宣示……正如珍贵的手稿那样，这块黑板本应当留给后世子孙的。"

本书的编辑或译者需要决定从如此众多的版本当中择一，最简单的选择就是1956年版。它是三个已出版的版本中之最佳。1956年开始了赫鲁晓夫的"解冻"时期，即1953年斯大林去世后一段相对自由的时期。格罗斯曼得以将1952年和1954年版中许多删除的内容恢复。当这部小说在1959年和1964年重印时，他只是做了一些微小的改动。《生活与命运》续接上了1956年版本结束时的故事情节，完全没有冲突或不一致之处。直到今天，所有俄罗斯对《斯大林格勒》的再版版本以及该书的译本均源于1956年版。

但1956年版仍有一个主要的问题。尽管它比早两版都要完整得多，但仍旧删除了未出版的第三版中许多睿智、富有洞见和非凡的内容。这份早期的打字版非常大胆，其激进如何强调也不过分。40 年代末格罗斯曼想要出版这样的内容，如同他在 50 年代末想要出版《生活与命运》一样，简直算得上胆大妄为。忽略格罗斯曼作品中最精彩的这些部分是不可原谅的。

1956 年版还存在一个不那么显眼的问题：它被斯大林去世后随之而来并持续多年的反斯大林审查削弱了。苏联审查体制中的这种特别变化在格罗斯曼处理斯大林于 1942 年 7 月 28 日发布的命令——斯大林格勒战役开始前不久——相关章节时表现尤其明显。这道命令有一句口号："不得后退一步。"命令禁止部队在任何情况下撤退。命令要求对"落后者、胆小鬼、失败主义者和恶棍"处以极刑。该命令至今仍引发广泛的争议。在第三版，以及 1952 年版和 1954 年版中，格罗斯曼笔下的克雷莫夫在听到这道命令时表现出高涨情绪。在此前的章节中，克雷莫夫看到了一个没有头脑的将军接受了苏军不停撤退的现实。他对此越来越愤怒。于是，在进行了长篇铺垫后，克雷莫夫在本章的情绪高涨形成了情节上的高潮。对于小说的结构而言，这一章特别关键。但是，由于斯大林的角色在这一段当中是完全正面的，于是本章在 1956 年版中被删除了。格罗斯曼想要恢复这一章的态度是显而易见的。

第三版和 1956 年版都是这部小说的重要文本，但没有一本会让人特别满意。因此，我们在英译本中将两个版本的内容予以合并。在主要的结构和章节顺序上，我们遵循了 1956 年版的架构，但恢复了数百页第三版的内容，尽管有些章节只有几行字，有些则有好几页。而对于一些全新的章节，例如矿工生活的内容，我们都予以补充完毕。对于这些章节里曾经在早期打字版中出现的部分内容，我们也都一一补充完整。

为了防止翻译过于主观，我们尽量保持了两条工作原则：不恢复那些可能与主线矛盾和冲突的内容；不恢复那些有足够证据证实是格罗斯曼想要删除的内容（而不是编辑要求删除的内容）。当然，其中会碰到一些模棱两可的例子。有些段落内容被删除是因为格罗斯曼想要行文简洁一些，但也可能是编辑发现了其中存在问题。

忠实地"再现"格罗斯曼作品，有如修复一幅被损害的画作一样，是个理论上无法完成的工作，但在实践中也许并没有人们想象得那么困难。首要的工作是对三个已经出版的版本进行细节上的比较。这样就能够清楚地看到格罗斯曼和他的编辑们之间的一些差异，弄清楚究竟是什么在困扰着他的编辑，而哪些内容对格罗斯曼如此重要，使他一有可能就想尽办法恢复这些段落。

这三个版本为人们研究苏联审查制度提供了独特的资料。其中有些内容具有政治敏感性，例如对集体农庄的批评、谈及军事失利以及劳改营等。它们在 1952 年版中被删除了，但却在 1954 年版和 1956 年版中恢复了。但这种差异与其说是内容上有问题，不如说是要保持风格上的一致。1952 年版中有些删除的内容在当时看来也未必反苏联，只不过对于反映斯大林格勒战役这样史诗般的事件来说相关性并不大，或者太肤浅。在斯大林统治的末期，高大、庄严的叙事风格成为官方主流。在斯大林格勒战役一个具有如此关键军事意义的内容中，不能把军人和官员描绘得幼稚不堪，也不能把他们写成自私自利、蝇营狗苟之徒。各种小偷小摸是不能公开说的禁忌。第三版和 1956 年版中，谢廖扎从民兵训练营出来的那天，他的饭盒被"偷了"（ukrali）。而在编辑痕迹更重的 1952 年版和 1954 年版中，饭盒只是"不见了"（propal）。同样的情况也出现在喀山火车站，一个集体农庄妇女的钱和证件都被偷了的那一章。对虱子、跳蚤、臭虫和蟑螂的禁忌也似乎同样强烈。安德烈·西尼亚夫斯基（Andrey Sinyavsky）作为苏联第一批同时也是最著名的持不同政见者之一，曾经将社会主义现实主义定义为 20 世纪的新古典主义，毫无疑问是非常有道理的。

在这一问题上，关于别洛兹金少校的一段描述就非常有意思：

1941 年夏天，战争一开始，他就在西白俄罗斯和乌克兰的森林里作战，经历了战争之初那些黑色的恐怖时光，目睹、经历了那一切。其他人跟他说起战争中的经历时，这位谦虚的少校会现出礼貌的微笑，静静倾听。但他的心里却在想："哎呀，老兄。那些没法用语言描述的、没法用笔写下来的东西，我可都见过啦！"

　　偶然之间，他也会遇上一个跟他一样安静和寡言的少校。经过自己才了解的方式评判并辨识出此人后，他会感到彼此亲近，这才会放开身心地与对方交谈。

　　"您还记得 N 将军吗？"他会问，"他的部队被包围时，他穿着整整齐齐的军装，挂上所有的勋章，赶着一头山羊穿过了整片沼泽地！有几个手下问他：'将军同志，您是用哪个罗盘指路的？'您猜他是怎么回答的？'罗盘吗？这头羊就是我的罗盘！'"

　　将军的行为很正确，也很英勇。尽管军装和勋章会吸引德国人的注意力，但他却没有扔掉它们。他也很聪明和机智。在把人安全带出沼泽这个事儿上，山羊肯定比罗盘更管用。然而，对于一名苏联将军而言，把自己的生命托付给一只山羊肯定也是不那么光彩的。在这段文字中，还隐藏了一些有趣的隐喻。别洛兹金不愿意说出自己在 1941 年夏天的经历，是不是因为"那些黑色的恐怖时光"？又或者这些经历太奇怪，甚至太荒谬，跟官方表述大相径庭？

　　无论如何，这段文字中的最后一段话在 1952 年版和 1954 年版中不存在。格罗斯曼很幸运地在 1956 年版中将它们恢复了。但是在第三版中存在着许多类似这样精彩的片段，而格罗斯曼从来无法将其发表。能够将所有这些片段纳入我们的译本中，恢复这部小说原有的恢宏、幽默和力量感，毕竟是一件愉快的事情。格罗斯曼热爱契诃夫。如契诃夫和其他作家一样，格罗斯曼自己也是个伟大的喜剧作家。

在第三版中出现的角色大体上和其他几个已出版版本中的角色保持一致。但是，有若干角色存在很大不同。

　　首先，在《斯大林格勒》中有三个角色被部分或完全删除了。后来格罗斯曼将他们写入了《生活与命运》中。在第三版里，柳德米拉和玛露霞的家庭女教师、德意志人珍妮·亨利霍夫娜和沙波什尼科夫一家住在斯大林格勒。在1942年夏天，帝国陆军逼近斯大林格勒之时，让本书的主角家庭里住着一名德意志人，对格罗斯曼来说实在是过于惊世骇俗。因而，他把珍妮·亨利霍夫娜的内容全部删除并不令人奇怪。我们本来打算在译本中恢复这一部分，但这样会和《生活与命运》的情节发生冲突。

　　第二个被格罗斯曼移到《生活与命运》中的角色是弗拉基米尔·沙尔戈罗茨基。他是一位诗人和历史学家，与珍妮·亨利霍夫娜一样，是叶尼娅在古比雪夫熟人圈中的一位。沙尔戈罗茨基身上有着太浓厚的贵族气息，反苏的态度太激进，是不可能放在《斯大林格勒》的正式版本中的。但是，与珍妮·亨利霍夫娜不同的是，此人在整个故事当中不可或缺。他向莫斯托夫斯科伊推荐了伊万尼科夫/伊孔尼科夫，让安娜·谢苗诺夫娜的最后一封信得以从别尔季切夫的犹太人贫民窟送到了维克托家中。格罗斯曼无法从小说中完全删掉沙尔戈罗茨基的内容，只好把此人一分为二。我们在《生活与命运》中读到了沙尔戈罗茨基这个人。而在正式出版的《斯大林格勒》中，我们看到的是一个更合适、相对没有那么反苏的另一个沙尔戈罗茨基——即加加罗夫。

　　格罗斯曼在《斯大林格勒》中难以保留的人物是伊万尼科夫。在第三版中，他是个很重要的角色，随身携带了两份关于犹太人遭遇大屠杀的文件。他不仅穿过前线，将安娜·谢苗诺夫娜的最后一封信带了出来，还给莫斯托夫斯科伊看了他写下的关于"无意义的良善"一文。这些文章在《斯大林格勒》的第五版当中出现过，但不在第六版中，在相关会议的速记内容里也从未提及过。伊万尼科夫与沙尔戈罗茨基一样，在全书中是一个必要角色，格罗斯曼无法将这个角色完全删除。于是，他只好大幅压缩角色的篇幅。读者们在《斯大林格勒》里不会直接读到这个角色，只能从加加罗夫的谈话中有所了解，而他的那些文章则完全没有提及。

在《生活与命运》当中，格罗斯曼将这一角色重新命名，并赋予其重要性。他的文章悉数列出。他还与天主教神父加丁以及老布尔什维克莫斯托夫斯科伊辩论，并坚持认为，在个人道德责任方面，他们三人的观点之间并无不同。加丁和莫斯托夫斯科伊认为，他们通过自身修为，可以自己获得宽宥和赦免。加丁相信上帝会宽赦他。莫斯托夫斯科伊认为历史、政治和经济三者的力量所具有的决定性因素与天主教徒信仰上帝的结果一样，决定了自己的行为。相比之下，伊孔尼科夫采取了我们称之为清教徒的立场。他坚持认为自己受自由的意志驱使，不管受到什么力量的驱使，都能对自己的行为负责。伊孔尼科夫随后证明了自己观点的具体含义。他拒绝参加修建毒气室的工作，导致了自己最终被害。

社会主义现实主义强调的是一致和得体。正面角色将会一直正面，而负面角色则完全是负面的。卑劣、奢侈和浮华的角色没有多少表现空间。而在反映斯大林格勒战役的小说里，这样的空间更加狭小。在正式出版的版本中，几乎所有格罗斯曼笔下的角色，相比第三版都有过于简单化和过于类型化的问题。格罗斯曼在最初设计这些角色时，他们相对会更加丰满，性格更加鲜明。薇拉会更加粗鲁一些，叶尼娅更加变化莫测，阿巴尔丘克更加狂热，玛露霞在处罚保育院院长托卡耶娃时会更加严厉，与叶尼娅讨论艺术问题时会更加保守。维克托与柳德米拉的争吵也更加令人痛苦；维克托有了婚外情，跟尼娜有了两性关系，而不是最后那种柏拉图式的恋爱。薇拉的朋友济娜·梅利尼科娃可能跟德国军官搞在了一起。一些次要角色则会出现更多糟糕的行为，比如酗酒和轻微犯罪。

大部分情况下，不用怀疑格罗斯曼会更喜欢哪种角色设置。维克托和柳德米拉之间的争吵，不论在《斯大林格勒》里还是在《生活与命运》中都很重要。亚历山德拉·弗拉基米罗夫娜在《斯大林格勒》不同的正式版本中有双重身份。在第三版中，格罗斯曼写下了很多该角色过去的历史，使这个人物更加丰满和可信。出于明显的压力，他把亚历山德拉·弗拉基米罗夫娜的内容删减了很多，只提及她有个有钱的商人父亲，提到她曾经在西欧生活过很长时间。关于济娜·梅利尼科娃的内容，在正式版本中被删得更多，更加令人不快。这一角色几乎所有的可疑行为都被删掉了，让读者对沙波什尼科夫姐妹为什么如此讨厌她而感到奇怪。

我们竭尽所能地将第三版中那些有趣而出人意料的部分在英译本中予以恢复了。但在维克托与尼娜的婚外情问题上，我们还是采用了接近1956年版的情节。而关于珍妮·亨利霍夫娜，我们无法恢复第三版的内容，因为这会让读者感到迷惑。

在1950年12月给斯大林的信中，格罗斯曼说，关于本书的内部评审记录和会议速记已经像小说本身那么厚了。要对四份打字稿和三版已出版版本进行全面的研究，只会比上述记录和速记产出更多。我们仅在此逐章就最惊讶的改动进行简单介绍。

第一部

第一章到第二章：在1952年版和1954年版中被省略。但在第三版和1956年版中则完全一样。

第三章到第五章：所有元素是类似的。一些关于苏联农民更加悲惨的生活来自第三版，包括瓦维洛夫艰苦的工作，这一家因耕牛死亡而陷入悲伤，瓦维洛夫背包里放着的粗陋食品，还有地板下的蟑螂等。以"瓦维洛夫将战争视为一场灾难"开始的那一段令人不快的文字也来自第三版。来自这一版的内容还包括普霍夫那些尖锐的批评、他对德国人的正面看法和他的孩子被德国人打死的那一段以及腐败的集体农庄主席的内容。

这些内容经过浓缩，发表在 1949 年的《在伏尔加河畔》。

第六章：提及索菲亚与亚历山德拉在巴黎和伯尔尼相识的内容来自第三版。在出版版本中常常会删除本书中年纪较大的角色在西欧的生活情况，这是其中一个例子。这次聚餐上关于食品的细节也来自第三版。在出版版本上的食品更加简单，没有黄油、鲟鱼和鱼子酱，伏特加只有半升。

第七章：总体来说，格罗斯曼的编辑希望让本书的风格更加平和一些，更加朴素一些，叙事更平一些。第三版中的喜剧情节和荒谬情节在出版版本中会酌情删除。这一章的出版版本里就没有提到谢廖扎要超越牛顿和爱因斯坦[1]。

正如前文所言，在第三版和 1956 年版中，谢廖扎的饭盒"被偷了"。在 1952 年版和 1954 年版中，饭盒只是"不见了"。

第八章：莫斯托夫斯科伊对亚历山德拉房间设置的社会学分析大部分来自第三版。在出版版本中，他只是说房间里的书（马克思、黑格尔和列宁的书籍）和两幅画像让他想起了自己在列宁格勒的公寓。他也没有提到亚历山德拉的商人父亲和她那位仕途得意的女婿。在出版版本里，亚历山德拉是一个极为正面的角色。在与莫斯托夫斯科伊谈话快结束时，她说："黑暗已经降临！"但在出版版本中，她说的是："不，不会。我们将赶走法西斯分子。我们一定能赶走他们。"

1　中文译者注：英文译者在这里犯了个错误，想要超过牛顿和爱因斯坦的不是谢廖扎，而是托利亚。下面那一段里，被偷饭盒的那个也是托利亚。

第九章：在莫斯托夫斯科伊说起安泰这个话题上，我们没有遵循1956 年版，而是 1952 年版和 1954 年版。1956 年版中，没有提及斯大林。莫斯托夫斯科伊是这样开始的："我敢说你们都还记得巨人安泰的神话。"这样的表述没有意义。如果是斯大林近期没有在公开讲话中提到的话，莫斯托夫斯科伊突然提起某个希腊神话故事会显得太突兀。删除关于斯大林的部分很显然是格罗斯曼的编辑所为。1956 年赫鲁晓夫公开批评斯大林后，编辑想要尽量减少关于他的内容。

亚历山德拉关于馅饼的回忆部分，我们选用了第三版。尽管她的回忆似乎并非有意，但一切都很清楚，沙皇时期的流放要比苏联时期的流放好受得多。这部分在 1952 年版和 1954 年版中删除了，但在 1956 年版中还有，只是有很多省略。在所有出版版本中，莫斯托夫斯科伊对他在监狱中那顿复活节大餐的回忆也被删掉了。

在已出版版本中，薇拉朋友借走的书不是柯南·道尔或莱德·哈葛德的作品，而是尼古拉·奥斯特洛夫斯基（1904—1936）所著的《钢铁是怎样炼成的》。这是一本社会主义现实主义的经典之作，在 1932 年到1934 年间以连载的方式出版，发行量很大，想要看到并不困难。尽管柯南·道尔的作品在那时多少不受官方喜欢，却在读者中很流行。

本章的最后几段，从"屋里被沉默笼罩了"到"大家都转脸看他"这部分我们采用了第三版。战争第一年，成千上万的部队陷入了德国人的包围圈。苏联官方对落在敌后的人满是怀疑。很多人因此被送进了惩戒营，被判处了漫长的刑期后送到劳改营，还有人被枪决了。格罗斯曼显然被这种怀疑态度激怒了。1952 年和 1954 年版本删除了科瓦廖夫提到有官员与德国人合作的内容。1956 年版本虽然予以保留，但批评的语调却平和了很多。

安德烈耶夫提到真相时的那种阴沉的语调来自第三版。

第十章：本部分内容来自1956年版。在第三版中，谢廖扎和猫儿玩闹时，模仿的不是玛露霞的声音，而是珍妮·亨利霍夫娜的声音。1952年版和1954年版中删去了谢廖扎假装用头撞小猫并把猫咪叫作"小公羊"的内容。很明显，编辑们觉得在以斯大林格勒战役为主题的小说里，出现这样的情节实在是太不相称了。

第十一章：帕维尔·安德烈耶夫批评莫斯托夫斯科伊的国际主义有如基督布道，这部分内容来自第三版。

第十二章：提及无政府主义哲学家米哈伊尔·巴枯宁的部分来自第三版。提及日内瓦湖和位于伦敦的马克思墓这一部分出现在打字稿中，但只在1954年版中出现过。在1952年版中，编辑显然认为最好还是不要提及莫斯托夫斯科伊在西欧流放岁月的关联信息，这样会显得他身上的国际主义者气质要多于真实的俄罗斯气质。

第十三章：阿格里平娜喝酒时不吃任何东西、说"教堂里都传来了祈祷的声音"，以及她对莫斯托夫斯科伊充满嫉妒的抱怨这些内容，我们都按照第三版处理。在已出版版本中，没有说莫斯托夫斯科伊到高加索疗养，他的养老金是一千卢布而非一千五百卢布。已出版版本中还删除了"婊子"，即阿格里平娜大骂二楼的人没有挂好遮光帘是给德国人指示目标和她威胁要朝对方开枪的相关内容。这让整段话读起来很乏味。

第十四章：所有内容基本一致。

第十五章：关于西特尼科夫的负伤原因，以及他由此招来的怀疑来自第三版。维克托罗夫躺在担架上的内容也来自第三版，删掉了将维克托罗夫与"一棒子打死"的火鸡之间的比较。他的内衣"破旧"，但并非"被土弄得脏兮兮的"。本章内容经过压缩后置于《在伏尔加河畔》（1949）发表，文中对内衣的描述则改为"没有洗过"。

第十六章：这一章中关于亚历山德拉的内容首见于第五版，可能是格罗斯曼做出了妥协。编辑也许要求他突出亚历山德拉与苏联工人的共情。但就此认为本章没有达到编辑要求，显然不对。格罗斯曼一如既往地想要真实地描述一切。可他的真实并不总是那么为人所接受。本章中关于化工厂里存在着"邪恶的力量"的内容在 1952 年版和 1954 年版中都没出现过。

本章中还令人惊异且大胆地写到了德米特里·沙波什尼科夫，但首见于 1956 年版。在更早的版本里，德米特里因为在工作中遇到了"极其令人不快的情况"（krupnye nepriyatnosti）而突发心梗去世。德米特里的妻子，即谢廖扎的母亲，随后到了遥远的北方工作。谢廖扎两次患上肺炎，母亲不得不让他到斯大林格勒跟亚历山德拉一起生活。

第五版中，格罗斯曼写道，德米特里在白海运河工作。也许是编辑出于政治考虑，要求他在之后的版本里删除这部分内容。不管怎么说，白海运河的内容存在着时间上的错误。德米特里是 1937 年被捕的。而白海运河作为斯大林第一个利用流放犯人建成的重要工程，其建设完成于 1931 年到 1934 年间。不过，在 1956 年版本中，隐隐约约保留了白海运河的一些特征："空无一人的岸边……白色的泡沫……海鸥……白发苍苍。"

第十七章：第三版中没有这一章。我们现在也无法确认它首次出现于哪一版。

第十八章：从玛露霞说"你该去画海报"到"斯皮里多诺夫打开那份报纸"全部来自第三版。在已出版版本中，既没有讨论真相的内容，也没有济娜谈及基辅和亚历山德拉说起离开斯大林格勒的相关情节。

第十九章：所有内容基本一致。关于诺维科夫的道歉，以及他准备随时拜倒在叶尼娅裙下的有趣内容来自第三版。一名苏军上校显然不应拜倒在一个女人裙下。

第二十章：关于诺维科夫极度追求准确，"像一座医用天平一样精准"的这一部分来自第三版。

第二十一章：诺维科夫感到丢人的内容来自第三版。第三版中还提到了诺维科夫笔记中的几段。在后来出版的版本（III，6）中，部分笔记以达伦斯基的笔记内容再现。

第二十二章：所有内容基本一致。

第二十三章：在本章开头，我们删除了几乎一整页发表在已出版版本上关于军事形势的描述。这些内容在第三版中也没有。在1952年版和1954年版里，这些关于军事形势的描述提到了苏军战败，并将其失败原因归咎于盟军未能开辟第二战场。这些与苏联官方立场相符的指责在1956年版本中被删除了。

"蟑螂会从被它们咬破的地图里钻出来"到"认真地记录下了每一条

命令"这部分内容来自第三版。"诺维科夫有时候觉得自己就像个电影放映员"的那一段全部来自第三版。本章后面提到的赫拉克利特那部分也来自第三版。

第二十四章：关于别洛兹金这个团的部分内容，包括炮兵团遵照别洛兹金少校的命令向西前进，以及女人们看着男人仿佛像是看着"烈士"这些部分都来自第三版。诺维科夫对布科夫的批评，包括说他像科学家一样，只是告诉大家一艘下沉的船为什么下沉，而不是去把漏洞堵上，这些内容也来自第三版。

第二十五章：本章的结构与第三版略微不同，最早出现在1956年版里。不过，1956年版中切普拉克在向诺维科夫道别时说了很多祝愿的好话。他也没说"那您就完蛋了"，而是说"这个决定很正确"。

第二十六章：本章中有几个重要部分来自第三版：铁木辛哥在伏尔加河里盥洗的那一段；"有多少对未来和自己失去了信心"那一行；以及"完成一个象征性仪式"和"这场大规模的洗礼"这两段。

第二十七章：所有内容基本一致，但出版的版本中删去了不少有趣的细节。例如，科学家的"生命只能贡献给科学"、柳德米拉的"松针浴""光照医疗"，还有瓦莉亚在市场上以物易物等。

第二十八章：这一章在经过了严重的增删后在1956年版中出现。我们从第三版中增加的内容包括：学生们取消出身的重要性、亚历山德拉和索菲亚在巴黎的共同生活、阿巴尔丘克关于要跟猴子上床的笑话（如果这也算笑话的话）、阿巴尔丘克关于无法从父母亲或祖父母是资产阶级的人脑袋里彻底清除资产阶级思想污染的观点，还有阿巴尔丘克准备如

945

何处置这些人的谨慎但却不祥的念头。亚历山德拉说到的"热爱全人类和热爱一个真实的人之间实现调和"也来自第三版。

第二十九章：所有内容基本一致。不过"她对儿子的热爱"开头这一段，尽管好像没什么问题，但出现在这样一本具有如此宏大主题的小说里无疑会被认为太幼稚了。所以直到1956年版才发表了这段文字。

第三十章：这一章我们依据的是1956年版。第三版的内容与1956版相似，但更详细一些。维克托的母亲对儿子的爱和关照更加让人难以释怀。奥尔加·伊格纳季耶夫娜的公寓变得更加奇怪，但她的鱼缸则变得更加丰富多彩。维克托和物理研究所所长的争论——从"'伊万·德米特里耶维奇，'维克托说"开始的六段，在1952年版和1954年版中删除了。

第三十一章：第三版中，维克托和柳德米拉的争吵比已出版的版本要厉害得多。我们在这里选择接近第三版，从"我要你用心"到"争吵和异议的主要原因"这几句话就是从第三版里择出来的。

第三十二章：1952年版和1954年版中把本章前三段删除了，明显是因为这些内容突出了维克托的犹太人身份。第三版的同样章节位置和其他地方则比出版版本更加强调维克托和母亲之间的关系。关于母亲愿意为他而牺牲一切的内容，在所有出版的版本中全部被删了。

将核能比作一头沉睡的大熊或一条大鱼的部分来自第三版。编辑可能觉得这些比喻过头了，超过了他们可以接受的范畴。

第三十三章：1952年版中，描述切佩任的兴趣爱好之广泛的文字贯穿本章，与此相随的还有他所具有的世界性声誉以及他对学生们的影响，亦在全章中得到了突出。在本书第一次公开出版的版本中，切佩任对维克托的科学观不仅产生了"极大的"影响，而且这样的影响还是"决定性的"。

在本章的最后，从"维克托还记得……他和克雷莫夫谈起了切佩任"开始的十段，首见于1954年版。这是应法捷耶夫的要求增加的内容。1952年版的若干评论者对格罗斯曼在新版中如此煞费篇章地描述切佩任"朴素的哲学思维"提出了批评。克雷莫夫对切佩任的评论也许就是格罗斯曼对上述批评做出的平衡。

第三十四章：维克托这堆行李中的开水和用来送礼的半升伏特加，来自第三版的内容。本章前半部分不那么光彩的内容也来自第三版，例如维克托在内战期间乘火车的经历，人们对集体农庄来的妇女那种冷漠的态度，还有那个爱惹是生非的醉鬼等。因为本章和随后若干章结构的改变，在本书中无法采用第三版同一章里的一处有趣的细节：波斯托耶夫上了车后才发现，他自己也被偷了。他那个放着食品的箱子被偷了个干净，连烤鸡也被偷了。

从"演奏了斯坚卡·拉辛还不够"到"俄罗斯让大脑产生了困惑"，这部分在1952年版和1954年版中都删除了。人们在严肃地讨论完德国人打到伏尔加河的各种可能性后，竟然能没心没肺地唱起一支轻快的歌曲，对生活在战后头十年的人们来说这是不可接受的。

第三十六章：维克托和柳德米拉吵架的全文出自第三版。马克西莫夫在谈及捷克斯洛伐克窒息的言论环境，大部分内容也出自第三版。在已出版的版本中，马克西莫夫根本没有写下这篇文章，只是找到维克托讨论了一番法西斯主义。他最后的那句话，即园艺可以将世界从法西斯主义和战争中解救出来——这句话被删除了。

维克托聆听斯大林演讲的内容在第三版中没有出现。在1952年版和1954年版中，这个片段整整用掉了两页纸，而1956年版则只有五行。斯大林的演讲极具历史意义。而在1956年，格罗斯曼显然受到了极大压力，要他尽可能压缩这篇演讲。我们在这里将1954年版中的两段（即"斯大林问"的两段）加入书中。格罗斯曼也许有可能想要引用更多演讲的内容，但这很难确定。

第三版中写到维克托在1941年秋天乘火车前往喀山的经过，在1952年版和1954年版中均未出现。这些内容所使用的现实主义手段，看来引发了太过负面的效果。

第三十七章：三个出版的版本中都删除了莫斯科大饭店能提供伏特加是如何重要的内容。1952年版和1954年版删除了波斯托耶夫和饭店经理打交道的那部分。波斯托耶夫厚颜无耻地反复突出自己拥有特权的情节肯定让格罗斯曼的编辑们感到不合适了。

饭店经理提到的四个科学家中最重要的是生物学家和种子学家尼古拉·瓦维洛夫，也是斯大林"肃反"受害者之一。瓦维洛夫在1941年被捕并被判处死刑，原因之一是他跟外国科学家有来往，另外的原因是他跟斯大林宠爱的伪科学家特罗菲姆·李森科意见不和。瓦维洛夫的死刑判决后来改为二十年徒刑，但1943年他在狱中死于饥饿。1955年对瓦维洛夫予以平反，60年代他被广泛认为是苏联最重要的科学家。

在不同的版本中，这一段的差异非常大。在第三版中，格罗斯曼这样写道："饭店经理能够以惊人的准确性记住那些科学院院士和科学权威——费尔斯曼、维捷涅耶夫和李森科等——在莫斯科大饭店下榻时住过的房间号码，只不过他不太了解这些人哪些是地理学家，哪些是金属材料专家。"这里面有三个人名，但只有两个科学领域。可能是格罗斯曼根本无意把李森科看作是生物学家。

1952 年版的这一章很短，而且把饭店经理这一段全部删掉了。在 1954 年和 1956 年版本中，李森科的名字被瓦维洛夫所替代。考虑到瓦维洛夫直到 1955 年才获得平反，格罗斯曼这么做是非常大胆的。与第三版一样，这两版中人名与科学领域的数量也存在不符，但格罗斯曼这么做的意图可能跟第三版不同。这是他在暗示某些他无法直说的东西。瓦维洛夫当然配得上"生物学家"这一称呼，但在政府看来，他还是个罪犯。

在第三版中没有提及维克托和波斯托耶夫夜里读到的、谈到的书。1952 年版和 1954 年版中仅提及两个人在读书，但并未说他们读的是歇洛克·福尔摩斯。此时的俄国民族主义情绪浓烈，说起这两位在读外国书籍，可能不太容易为读者接受。

第三十八章：这里我们遵照 1956 年版本，第三版内容也类似，不过关于维克托公寓的描述要更详细一些。

第三十九章：关于维克托健忘的这些句子来自第三版。还有那些关于物理实验室的内容，包括维克托发现实验室繁重的工作让安娜·斯杰潘耶夫娜皮肤发灰、现出一脸疲惫之相的内容也来自第三版。维克托弯腰吻她的手这一句也是如此。

第四十章：第三版与 1956 年版在内容上相似。前四段在 1952 年版和 1954 年版中不存在。格罗斯曼在写作中突出了 1942 年夏天所面临的危险境地，这显然对当局是不可接受的。关于方面军后勤指挥所就设在城里这部分出现在第三版中，其他反映类似内容的段落也是如此。

第四十一章：本章遵循 1956 年版。在第三版里，尼娜说了更多抱怨丈夫的话，说丈夫逼她流产，丈夫和婆婆拿着罐头在黑市上做交易。在第三版中，尼娜又狡猾又有诱惑力，而维克托却认定她既清白又天真，时刻准备像个高贵的战士一样保卫她。他们一起度过了充满激情的一夜，整座大楼只有他们。所有的艰辛、琐碎和无聊都藏进了防空洞里。

第四十二章，这是应法捷耶夫的要求在 1952 年版本中增加的若干章节之一。格罗斯曼的打字稿（即所谓的第九版）当中的本章与 1952 年版几乎完全相同，但 1954 年版与之相差甚远。1954 年版与 1956 年版则只有轻微差别。

1953 年 4 月 2 日，布宾诺夫在《真理报》上发表声讨《为了正义的事业》一文十一天前，在《新世界》编辑部举行了一次会议，编辑部成员、作家本人、文艺界人士和军方人员参加了这次会议。大家都嗅到了政治风向。特瓦尔多夫斯基和其他与会者对小说的若干问题提出了批评，包括批评对斯大林的表现不够充分等，但是主要的批评方向集中在小说本身"历史哲学性的概念"之上。不管是攻击格罗斯曼的人，还是维护他的人，一致建议他删掉这些"站不住脚"的哲学论断。六周之后，在苏联作协主席团会议上，法捷耶夫指责通过切佩任说出来的这些话"是反动、唯心和反列宁主义的哲学"。

今天的读者不了解当年正统的马列主义思想，很难看明白切佩任表达的这一切所隐含的异端思想。文艺批评家韦涅季克特·萨尔诺夫曾非常信服地指出，切佩任思想里最严重的问题在于他自己在思考[1]。思考政治和哲学问题本来是斯大林和党才有权做的事。切佩任和格罗斯曼如果也在思考类似问题，则应被认定是有罪的。

1954 年版做出了明显的改动，这是对这次会议以及随之而来的相关批评进行明确的反驳。在 1954 年版和 1956 年版中，维克托赢得了这次辩论。而在 1952 年版中，切佩任赢得了辩论。在 1952 年版中，维克托最后对切佩任表现出了让步："我今天想跟您谈的不仅是我的工作方法。需要承认，当您谈到关于生命的相关话题时，我感到非常愉快。您不仅仅是物理学方面的老师。我比以往任何时候都清楚这一点。"

格罗斯曼增加了切佩任这个人物来满足法捷耶夫的要求。如果维克托·斯特拉姆是某个世界知名的俄国物理学家的学生，那么格罗斯曼就可以保留维克托这个人物。但具有讽刺意味的是，增加了这个人物反而让小说在某些方面更易招致批评。

第四十三章：本章不在第三版中，不清楚它首先出现于哪一版。

第四十四章：本章有大量篇幅，包括克雷莫夫与他"生命本能"的博弈，包括提到托尔斯泰的部分和对伤员、架桥工兵的描绘等部分，大约有十五段来自第三版。自本章起，会有连续的章节谈及克雷莫夫对苏军撤退的沉思和越来越刻骨的痛苦。这种描述十分敏感，所以相关这些内容大部分未能获得出版。

1　中文译者注：别涅季克特·米哈伊洛维奇·萨尔诺夫（Бенедикт Михáйлович Сарнóв，1927—2014），苏联文艺批评家、作家和历史学家。英文版作者在这里有个拼写错误，将其名译作"韦涅季克特"。

第四十五章：关于草原傍晚的部分来自 1956 年版。在第三版中这些章节更长。我们在这里保留了第三版中描述难民的若干句子以及该章的最后一段。在所有出版版本中，本章的文字更加昂扬向上。1956 年版是这么写的："成千上万的人，成千上万的男人、女人和孩子们，满怀着对法西斯恶魔的深仇大恨，沐浴着破晓时分青铜色的阳光向东踯躅而行。"

第四十六章：本章不在第三版中，不清楚它首先出现于哪一版。

第四十七章：与许多描述总结战争态势的章节一样，第三版中并无本章。

第四十八章：这一章出现了许多改动。我们保留了第三版中对莱蒙托夫的引用、切尔尼戈夫籍的士兵逃到德占区、关于弗拉索夫将军的文字描述等，还保留了许多灾难性的基辅战役的内容。以"仿佛被不断接近的黑暗力量唤醒了"这一句开头的一段在 1952 年版和 1954 年版中被删除。本章的最后五六段，从"比这一切更重要的是在战斗中大家逐渐形成的团结意识……"到"分散突围"，很明显是稍晚才后补充上去的，出现在 1954 年版和 1956 年版中，但并未出现在第三版和 1952 年版里 [1]。

第四十九章：本章大部分内容是关于另一场陷入恐慌的大撤退。格罗斯曼的编辑似乎要求他在本章中加入一些正面的内容予以平衡。例如，

1　中文译者注：这一部分英文译者可能出现了错误，首先英文版中并没有"分散突围"（separate escape）相关文字，但出现了"自己去找逃命的办法吧"（make his own escape）这样的表述；其次是从"比这一切更重要的是在战斗中大家逐渐形成的团结意识……"到"自己去找逃命的办法吧"之间的文字篇幅不止五六段，而是有数十段，多达 3480 个汉字。

在第一部分，"克雷莫夫在司令部里了解到了在自己突围期间发生的一切"这句话之后是这么写的："防线被突破了，德寇迅速深入后方。但一个新的方面军，布良斯克方面军出现在他们面前。在布良斯克方面军后方，出现了新组建的师和集团军。苏军防线纵深得到了加深，也得到了加强，足足延伸了几百公里之多。"我们将这几句话和类似的两段删除了。这些内容出现在已出版版本中，但没有出现在第三版中。

1952年版和1954年版中没有军事法庭主席这个角色。在第三版和战时笔记里记载了六个等待判决的叛国者。在1956年版中则只有三人。叶廖缅科手下一名将军对着克雷莫夫"鄙视地一笑"，这一段出现在第三版，1952年版和1954年版中均没有。在德军占领区待过的人，往往会自动被认为有通敌嫌疑。

在1952年版和1954年版中，叶廖缅科都没有露面。这两版中，叶廖缅科的某些话是通过这名少将说出来的。

在出版版本中（而不是第三版），克雷莫夫对白俄罗斯的回忆告终之时，格罗斯曼的编辑们可能通过各种方式让格罗斯曼塞进了这样一句话："在过去二十五年中，白俄罗斯的生活中注入了某种新生的力量。不论是在村子里，镇子里还是森林里，与克雷莫夫邂逅的白俄罗斯布尔什维克们，那些曾经是战士、手艺人、工人、机械师、教师、农学家和集体农庄突击队队长的人们，现在已经成为游击队的负责人，在为人民的自由而奋斗。"1952年版和1954年版中也出现了类似正面描写乌克兰游击队负责人的段落，但在1956年版中删除了。

寻求上帝保佑、诅咒魔鬼的老妇人这一部分来自第三版，其内涵与一本战时日记某句话所总结的观点很类似："这些心灵如同《圣经》中的义人一般，用他们奇特的光芒照亮了我们整个国家的人民。他们人数很少，但必然是胜利的一方。"

丘特切夫的诗歌与本书当中大部分引用的诗歌类似，都来自第三版。

第五十章：在第三版中，这一章的呈现形式是一封克雷莫夫写给叶尼娅的信。

第五十一章：在第三版中，克雷莫夫仅在莫斯科停留了十天，并没有参加红场的阅兵仪式。在 1952 年版和 1954 年版中，格罗斯曼仅在本章结束时用了一段描写斯大林的演说。这里我们按照 1956 年版，引用高度浓缩的演讲版本。

第五十二章：本章与许多对军事局面进行总结的章节一样，首次出现于稍晚些的打字稿里。格罗斯曼曾简单地记录了两次灾难性的失败，一次是刻赤半岛战役，一次是哈尔科夫战役。这些记录发表在 1956 年版上。直到那时，战争第一年的失败作为不可谈及的禁忌才渐渐放宽。

第五十三章：本章的内容在不同版本中大相径庭。在第三版中，格罗斯曼突出了英美武器生产能力的重要性。而在出版版本中，这些内容被批评盟军迟迟不开辟第二战场的文字所替代。在 1952 年版和 1954 年版中，类似的批评大约占了一页，但在 1956 年版中则只剩下寥寥数行。这证明了格罗斯曼在编辑的坚持下才加入了这些批评内容。我们在本书中删除了对第二战场的批评，加入了关于盟军武器生产的若干句话。我们还删去了下面类似的几句话："正是在这些战役中，党中央、红军政工人员和广大党员一起，逐渐恢复了纪律，进而恢复了红军的士气和战斗力。"毫无疑问，格罗斯曼是受到了压力才将这些话写入其中的。

在第三版中出现了长篇讨论，谈及反希特勒战争和反拿破仑战争之间的异同。格罗斯曼认为库图佐夫是真心实意地想避免作战。在当年，广袤的俄罗斯足以吞噬入侵者，而斯大林则致力于在撤退中保持继续战斗。格罗斯曼的看法是，希特勒的机械化部队使俄罗斯的广袤领土不再成为制胜因素之一。在任何绝境下，红军都需要像在莫斯科、列宁格勒、敖德萨、塞瓦斯托波尔和斯大林格勒那样顽强地作战。在本章中，我们主要按照1956年版本进行翻译，主要是其部分精彩内容并未出现在第三版中。

第五十四章：所有内容基本一致。不过那些更刺耳、更不光彩或是那些仅有喜剧效果的片段很多来自第三版，包括索菲亚谈及婚礼风俗、叶尼娅在听到克雷莫夫的战友们高唱《国际歌》时忍不住发笑等。在修理车间里，每个月有十天时间克雷莫夫被赶去一辆车里工作；叶尼娅像克雷莫夫一样，当看到小狐狸被咬死后觉得很遗憾也来自第三版。

第五十五章：所有内容基本一致。在霍利朱诺夫雕像内容上，我们选用了第三版。在出版版本中，没有出现叶尼娅和诺维科夫希望雕像能倾听他们交谈的这一情节。在布科夫和诺维科夫争吵的问题上，我们也遵循了第三版。在出版版本中，这段争吵没那么厉害，也没有提到军事法庭。

第五十六章：本章几乎全部来自第三版。在已出版版本中，济娜的形象比较单调：既没有在德占区待过，说的那些完美爱情故事也没那么有意思。这个善于搞歪门邪道的女人只不过放弃了学业，抛弃了丈夫，嫁给了一个演员。在第三版中，薇拉没有怀孕。不过，既然她在《生活与命运》中出现时成了一位小婴儿的妈妈，我们决定还是按照1956年版那样翻译。是薇拉，而不是济娜怀孕了。

第五十七章：在第三版中，莫斯托夫斯科伊没有跟加加罗夫发生争论。加加罗夫要到第四版才在书中出现。跟莫斯托夫斯科伊争论的人是弗拉基米尔·沙尔戈罗茨基，一名从前的贵族。沙尔戈罗茨基其实和加加罗夫是同一个角色，但前者毫不隐瞒自己的反苏倾向。两个人发生了激烈争论。莫斯托夫斯科伊把孟什维克、社会革命党、无政府主义者以及资产阶级流亡者对苏联体制的批评一条条列了出来，把这些人对《苏德互不侵犯条约》的观点列了出来，还把他们如何看待肃反中处决红军高级将领的看法也列了出来。然后，莫斯托夫斯科伊说，这一切应该由苏联人民决定。如果这些人认为这些批评是公正的，那么他们应该起来推翻苏维埃体制；如果他们认为这些批评不公正，那么他们就应该保卫苏维埃。沙尔戈罗茨基说，共产党人将会对自身的失败负责，"正如同我们（即沙皇政权）对我们的失败负责"。该章结束时，沙尔戈罗茨基告诉莫斯托夫斯科伊，一名叫作伊万尼科夫的游击队员急切地盼望与他相见，想要把斯特拉姆的母亲写的信和自己写的一些东西递交给他。

第五十八章：本章关于工程师会议的内容基本一致，不过克雷莫夫那个当工程师的弟弟没有出现在第三版中。有几处令人震惊的细节——工人们因为饥饿和坏血病而浮肿起来——在1952年版和1954年版中删去了。1956年版中则删除了部分提到斯大林的内容。在安德烈·特罗菲莫维奇说话时提到"斯大林决心建设……"出现在早期版本中，但到了1956年版中则变为"国防委员会决定建设……"。在此处我们遵照了早期版本。在一场正式的会议中发表的重要讲话，却把讲话中提到斯大林的内容删除了，显然是赫鲁晓夫时代反斯大林审查一个显而易见的案例。

如同本书许多诙谐片段那样，波斯托耶夫在本章最后一段问的那个问题在 1952 年和 1954 年版中被删除了。

第五十九章：本章的翻译主要遵从 1956 年版，因为按照第三版会引发情节上的冲突。在第三版中，维克托挨个亲吻了尼娜的手指甲，尼娜哈哈大笑，一边数着"一、二、三"。然后，他们一起过了一夜。在 1952 年版和 1954 年版中，维克托连吻都没有吻，只是挽着她的手。苏联时期，尤其是在斯大林时代末期，是非常迂腐守旧的。史诗性质的小说里，英雄不能够犯通奸的错误。

第六十章：在第三版中，这一章更长，因为用了好几页写维克托内心挣扎于谎言、忠诚和婚姻道德之间。我们只从这些冗长的描述中截取了其中一部分。从"就像一个只有一条腿的人……"那一段之后的十一段均来自于此。这些段落里有些想法后来也出现在《生活与命运》当中，当维克托开始思考他对玛丽娅·索科洛娃的爱情之时。

在第三版中，维克托希望尼娜和他第二天一早一起去夏季别墅。关于尼娜的线索在本章结尾戛然而止，格罗斯曼甚至没有告诉我们尼娜究竟去了夏季别墅没有。因此，我们决定，还是遵循 1956 年版的内容，第五十九章和第六十章以此为准。

第六十一章：和其他描写矿山及工厂的章节一样，本章并未出现在第三版中。

第六十二章：在发现其他指挥员对于似乎无穷无尽的撤退已习以为常时，克雷莫夫义愤填膺。他的痛苦和愤怒在第三版中表现得更加深刻，远比已出版版本强烈得多。他对自我保护的生命本能的思考，幻想如何对付那些"逃离者"，相关内容均出自第三版。

本章最后四段我们也按照第三版的内容翻译。在已出版版本中，将军表现得更加克制。他既没有威胁要枪毙马利宁，也没有提到要炸毁油库。将军的说辞是："如果马利宁那里没有油，那就把他车里的油留给政委。他可以跟自己的小气鬼配给员一起步行。"我们保留的第三版内容中还有一位不知名的指挥员抱怨说食堂经理吃炸鸡，以及副官对来自博物馆的地毯被炸掉一事的惋惜。

第六十三章：所有内容基本一致。关于"俄罗斯无尽的草原并不顺从于你……"的三句话来自第三版。

第六十四章：所有内容基本一致。

第六十五章：我们遵循第三版的内容翻译了指挥员们的各种飞短流长。已出版版本删除了相对过分的内容。集体化的恐怖行径和随后的饥荒使很多农民欢迎入侵的德军，至少他们在入侵刚开始时是这么做的。全文各部分内容中，最有趣的差异来自老人说到"1930年我们把村里的猪都宰了"之后的那部分。在1952年版和1954年版中，老人说："1930年我们把村里的猪都宰了，连喝了两个礼拜。两个有钱人疯掉了。最有钱的那个——他的土地比村里所有人的都多，有八匹马，雇了四个女人给他干活——喝了两升酒，跑到草原上，躺在雪里就这么睡过去了。"这句话暗示说，只有最有钱、最善于剥削的那些农场主才反对集体化。只有这样，格罗斯曼那些编辑才会放行。在这里我们按照1956年版的内容进行了翻译。这些内容本身与第三版差别也不大。

本章一半的内容，以及最后一段的大部分都来自第三版，主要是关于克雷莫夫想到过去时光里自己浪费了大量精力与某些人争论。老头儿

958

把自己看成是经历者和历史学家，老太太则坚持认为世界上唯一害怕德国人的只有犹太人，而克雷莫夫却不停地跟他们讨论和争执。

第六十六章：关于奥尔洛夫中尉自杀的内容来自第三版。本章触及到了一些敏感问题。显然，把本国当中的某些人群认定为亲德寇的做法是完全不可能的。出现在"他喝醉了"到"仿佛觉得没人喝醉过"这些段落里的大胡子男人、躲躲闪闪的年轻人和沉默的哥萨克在 1952 年版和 1954 年版中删除了。哥萨克女人要跟他在教堂里结婚的内容来自第三版。

第六十七章：本章出现在第三版、1952 年版和 1954 年版中，但在 1956 年版中被删除。

第六十八章：所有内容基本一致。

第六十九章：关于穆利亚尔丘克和虱子的那几句来自第三版。已出版版本中是这么写的："穆利亚尔丘克可能是全连唯一一个被发现身上有虱子的战士。"在第三版中，关于瓦维洛夫热爱工作的段落更长。格罗斯曼认为，热爱工作是一个重要的话题，不是编辑强加给他的话题。本章的简略版（主要说瓦维洛夫）发表在 1949 年的《在伏尔加河畔》。

第二部
第一章：这是后来出现的某版中关于战争局面的总括。

第二章：所有内容基本一致。在第三版中，格罗斯曼引用了托尔斯泰作为真实的艺术"简洁性"案例之一。

第三章：1952 年版和 1954 年版中没有包括对叶廖缅科的简述。在第三版中也只有简单几句而已。

第四章：本章与 1956 年版内容比较接近。我们从第三版中选用了三段，包括描述博罗欣包脚布与诗歌等书籍混在一起，变成了某种久远而一体的物质，包括差点牺牲的那个后悔不已的司令部记者，以及那个准备买一副骆驼鞍具的悲观而愤世嫉俗的记者。除了没提叶廖缅科，1952年版和 1954 年版与 1956 年版差异很小。叶廖缅科此人出了名的自负，尽管格罗斯曼在书中对他的描写大部分都很正面，但他未必都会喜欢。

第五章：关于安德烈耶夫阅读的书单，以及其中提到大仲马的两部小说的内容均来自第三版。跟其他章节出现的情况一样，最有趣和最诙谐的部分在出版版本中被删除了，其中包括安德烈耶夫记录的是标准冶炼数据而不是实际数据，关于倍倍尔的著作《妇女与社会主义》，还有家庭关系和体制关系的相似性比较等。

第六章：安德烈耶夫称其妻子和儿媳为"希特勒"的这句话来自第三版。本章部分章节以"安德烈耶夫一家"为名纳入《在伏尔加河畔》（1949 年）发表。

第七章：所有内容基本一致。

第八章：所有内容基本一致。不过在第三版中，因为被要求去跟工人们进行一次正式的谈话，莫斯托夫斯科伊感到很不高兴。他更希望跟工人们边走边聊。

第九章：本章结尾有些很鲜活的细节，西红柿、刀和死亡来临，这些内容都来自第三版。

第十章：与 1956 年版和第三版相似。1952 年版和 1954 年版中没有提到艾达被流放，只是提到她住在哈萨克和乌拉尔一带。

第十一章到第十二章：所有内容基本一致，但第三版更加啰嗦一些。

第十三章：本章主要遵循了 1956 年版。在第三版中，玛露霞用了更严厉的语气要求维持纪律，让她变得像漫画形象那么夸张。我们删掉了这一版中的若干小段。这部分中最重要的是玛露霞内心与叶尼娅关于"真相"的争辩。我们基本上按照第三版保留了俄国战俘吃腐烂的马肉等内容，同时对更加突出孩子们来自众多国家和民族的内容也予以了保留。在斯大林时代晚期，任何形式的国际主义都是被质疑的。

关于小男孩偷毛巾的部分出现在 1956 年版和第三版中。在 1952 年和 1954 年版中，这些内容被一个在足球赛中小男孩挑起群架的内容所代替。苏联的孩子们显然不能写成爱搞小偷小摸的孩子。

第十四章：所有内容基本一致。不过在第三版中，本章结尾处玛露霞表现得更加难过一些。

第十五章：与第二部第四章的情况一样，1952 年版和 1954 年版中叶廖缅科没有出现。普里亚欣是个虚构的人物。格罗斯曼在自己的笔记中记录道，叶廖缅科说楚亚诺夫（现实中的州委书记）"狗屁不懂"（ni khuya ne znayet），他修建的这座要塞"屁用没有"（khuyovye）。

托尔斯泰和菲利的军事会议部分来自第三版。有两处没那么严肃的内容在 1952 年版和 1954 年版中没有出现，即讨论州党委要搬迁新址的环境和叶廖缅科对普里亚欣墨水台的好奇。

第十六章：所有内容基本一致。

第十七章：普里亚欣发表的那段长长的发言，我们基本按照第三版翻译了。他提到使用强制劳动力的内容即使放在 60 年代早期都算得上胆大包天，遑论 40 年代末。所有出版版本中本章都显得了无趣味，这一点也不奇怪。不过，1956 年版中简单地提到了那些"从前的富农们"（raskulachennye）。1952 年版和 1954 年版还有一段大约二十行的内容，但在第三版中则没有出现，都是生硬的苏式宣传。

第十八章：所有内容大体上相同。玛露霞预备党员身份内容来自第三版。但在所有出版版本中都没有提到这一身份，这让亚历山德拉·弗拉基米罗夫娜说起"不管是不是党员"时显得无缘无故。

第十九章到第二十章：这两章第三版与 1956 年版基本相同。我们保留了第三版中的一些细节：科雷雅金不会转眼珠子；格拉杜索夫送给指挥员们的小礼物；切恩索夫的美国之行；波利亚科夫上政治课时的某些精彩回忆。

第二十一章：所有内容基本一致。

第二十二章：第三版里没有提到魏勒尔将军，而是提到了保卢斯。在本章其余部分，有些很有现场感的细节，例如"被击落的苏军飞机，引擎已经解体，绘有红星的机翼有一半扎进了土里"，在所有出版版本中全部被删除。1952 年版、1954 年版这两个早期版本与 1956 年版及之后版本之间有个很重要的不同，主要是对"要是将军是一位哲学家或者是一位心理学家"这段的一句话进行了编辑。早期的两个版本中，这句简洁的"他珍惜这种成就感。这跟荣誉与奖励无关"实际上更长，全句是："他珍惜这种成就感。这跟荣誉与奖励无关。他带着纯粹的军人式的质朴，将这一切归功于德意志的荣耀。"缩短了这句话后，魏勒尔将军的这些想法似乎产生这样一种效果：他的想法不仅适用于纳粹德国，也适用于苏联本身。

第二十三章：1952年版中没有本章，但与第三版和1954年版、1956年版基本一致。

第二十四章：本章我们根据1956年版翻译。如其他章节一样，魏勒尔将军的言论行为在第三版中都是保卢斯的所作所为。

第二十五章：所有内容基本一致，但在倒数第二段有一处重大不同。1952年版和1954年版中没有下面这些句子："控诉工作的劳累，担忧官僚们毫无节制的权力。此时，疑虑压倒了一切，叛逆的思想在传播，第三帝国那些毫不妥协的当权者在散布恐怖。此时，各种不祥的预感在浮动，英国人丢下的炸弹则在嘶号。"本章最后的两句话——描述"胜利后"的疑问——也不存在于1952年版和1954年版中。格罗斯曼的目的很明显：随着1945年苏联赢得战争，斯大林主义得以巩固，他对苏联的想法要远多于对德国的想法。而他的编辑也肯定明白这么写意有所指。

第二十六章：所有内容基本一致。在戈培尔与图书管理员撞在一起后，图书管理员用了"narodnost"这个词来形容戈培尔是"真正来自人民的人"。其实这是个苏联词汇，意思是"作为整体的人民"或者是"人民的一员"。在已出版版本中，这段描述被删除了。本章中提及的丘吉尔的片段来自第三版。

第二十七章：所有内容基本一致，但最后两段有所不同。在第三版中，弗尔斯特并没有提到苏军反攻的可能性。

第二十八章：本章未出现在第三版中，但首次出现于1954年版。

第二十九章：各个版本基本没有差异。

第三十章：本章在1952年版和1954年版中被删除。严肃讨论独裁者和独裁体制本质的做法可能会被视为有危险。本章大部分都按照1956年版翻译，与第三版比较相似。本章开始的长长一段首先出现在1959年版中（这是自1956年版之后其他版本的一个极为少见的改动）。

第三十一章：大楼管理员那通滔滔不绝的讲话来自第三版。在出版版本中没出现的内容包括叶尼娅的胸罩、玛露霞从保育院偷东西以及薇拉为医院里的指挥员们提供"服务"等。

第三十二章：所有内容基本一致。我们翻译了若干在出版版本中没有的细节，例如，"到处都是红砖，上面覆盖着一层灰土，让它们变得像冒着白气的红肉"。

第三十三章：有一些很阴暗的细节来自第三版。已出版版本中删去了瓦尔瓦拉许多担忧中的两处：娜塔莉亚可能说错了候船栈桥；渡轮可能会撞上水雷。1952年版和1954年版中司机所做的大部分"副业"都被删掉了。本章的一小部分放进"安德烈耶夫一家"这一章中，以《在伏尔加河畔》(1949年)的名义发表。在该版本中，本章的结尾处，小舢板朝着伏尔加河东岸划过去，但没有说到它沉没了。

第三十四章：所有内容基本一致。有一些细节，如说起索科洛娃的坏话等来自第三版。

第三十五章：跟其他章节一样，我们从第三版中找到了亚历山德拉的一些过往，都是在已出版版本中没有的。本章中其他一些描写人性的刻薄和自私的内容也没有在出版版本中出现。某个女人大喊，说自己的科学家丈夫的生命对国家很重要，以及亚历山德拉和索菲亚与梅夏亚科夫、大楼管理员妻子之间的争执，我们都予以了保留。

第三十六章到第三十七章：所有内容基本一致。不过在已出版版本中，对第三版关于轰炸中扭曲的现象——小偷小摸、叶尼娅那些奇怪的想象——都予以了删除。第三十七章的一部分以"大火"为章节名，纳入《在伏尔加河畔》（1949 年）予以发表。

第三十八章到第三十九章：所有内容基本一致。在已出版版本中没有关于商店和食品仓库里伏特加被抢掠的内容。在第三十九章将近结束时，我们删除了下面这一句（在已出版版本中均有，但在第三版中没有）："历史记录下了共产党员和共青团员、红军指挥员和政治指导员们在拯救这座燃烧的城市、拯救生活在这里的人们时倾尽全力所做的一切。"

第四十章到第四十一章：所有内容基本一致。"要命的炸弹"来自第三版。这样的黑色幽默是无法接受的[1]。

1　中文译者注："要命的炸弹"实际上来自第四十二章。

第四十二章：本章与全部已出版版本基本一致。在第三版中，本章的后半段几乎是另外一个版本。克雷莫夫并没有参加战斗，而是赶往方面军司令部向叶廖缅科汇报去了。赫鲁晓夫、马林科夫和亚历山大·华西列夫斯基将军都在场。在第三版中，格罗斯曼笔下的叶廖缅科对克雷莫夫粗鲁得简直不可理喻。

第四十三章：内容基本一致。有若干小细节，例如描写女人的手指甲等内容来自第三版。

第四十四章：本章首次出现在第五版中。

第四十五章：本章是稍晚一些才补上去的，没有出现在第三版中。

第四十六章：本章也是稍晚一些才补上去的。

第四十七章到第五十一章：这些章节是为了准备 1952 年正式出版才撰写的。法捷耶夫向格罗斯曼提出了几个修改要求，其中之一是要求格罗斯曼补充一部分反映后方矿工支持前线作战的内容。在打字版中，这几章的篇幅很长，辞藻华丽。在 1952 年版和 1954 年版中保留了这些内容，但在 1956 年版中被删除了。似乎是格罗斯曼意识到了这些内容过于冗长而将其删除的。在打字版和已出版版本中有一处显著的不同，那就是对玛莎的叙述。在打字版里，伊万对玛莎的关心更甚于出版版本，也更加人性化一些，而不仅仅是个斯达汉诺夫模范工作者。在我们的翻译过程中，保留了伊万对玛莎的全部关爱。

第三部
第一章：本章为后来补充的、以军事历史为主要内容的章节之一。

第二章到第三章：托利亚作为炮兵连连长的一天，这段情节首次出现在第五版。作为一段单独的章节，它发表在《在伏尔加河畔》（1949年）中。但最后两段，即托利亚负伤的内容被删除了，最终本章以"用大炮的轰鸣向日出致敬"这样正面的句子结尾。

第四章到第五章：保留了第三版以下的细节：托利亚的手和脚"随着卡车每次坑洼颠簸而摆动"；卡梅申的医生抱怨说医院挤满了人；阿里斯托夫的女房东慷慨地提供午餐里的熏肉、鳗鱼和鱼子酱；老头儿被拔光了胡子；别洛兹金回忆自己给妻子缝衣服——后面这一点被删，显然是考虑到缝补衣服不该是一名红军指挥员该做的。

阿里斯托夫提到曾给参谋长搞到雷司令葡萄酒这部分来自第三版。在1956年版里是这么写的："因为有胃溃疡，参谋长只能吃特制食品。'遵命，上校同志。您想要什么都有！'我们的确是在草原深处，远离集体农庄，但他还是能吃到最好的奶制品。结果他怀疑起我来，专门把我叫过去，对我说，要是能变出酸奶来，就把我当成危险分子看待。"

关于将军用山羊带路的片段，在1952年和1954年版中没有出现。

在已出版版本中，塔玛拉的父亲被简单地称为"一个叫索克拉托夫的人"。

第三版部分第四到第七章、第九章、第十二到第十三章以缩写的方式改编为两章，以"通往战争的道路"和"伏尔加河畔"为题，发表在《在伏尔加河畔》（1949年）。

第六章：达伦斯基幻想获得参谋长和指挥员们的关心，和他的笔记部分内容，这两大段首先在1956年版中出现。关于他的笔记那一段，从"营级政委"到"多么坚定"这部分来自第三版。关于达伦斯基蹲监狱和劳改的两段，1952年版、1954年版与1956年版竟然没有太大差异。"劳改营"和"被捕"两个词并没有出现，但达伦斯基人被弄到那儿了是不容置疑的。格罗斯曼委婉地写道："在对他的指控被确认为不实之前，达伦斯基经历了不少痛苦的折磨。"在第三版中，达伦斯基写信给斯大林，随后他获释了。

第七章：所有内容基本一致。跟其他章节一样，我们保留了一些在第三版中出现过、在已出版版本中则被删除的有趣细节，例如，整个连差点就以行军队形开进伏尔加河。

第八章：本章除了最后三段外，其余部分均未出现在1952年版和1954年版中。几乎可以肯定，这是因为战后斯大林将朱可夫视为潜在的敌人。斯大林刻意淡化了朱可夫对苏军胜利的贡献，并贬斥了他。第三版中的本章与1956年版几乎完全相同。

第九章到第十一章：引用的丘特切夫诗句以及诗句后的那句话均来自第三版。保留下来的第三版的内容还有：吃了败仗的士兵们渡过顿河；流浪汉和逃兵们捉虱子；草原上发现公共汽车上拆下来的椅子和抽水马桶水箱时所联想到的"奇怪的离心力"；老头儿喋喋不休地说起当兵的偷东西，说起集体农庄主席"拿小牛犊换自酿白酒"等。老头儿说的"也许偶尔会有几只虱子"在1952年版和1954年版中被删除了。在第三版中，格罗斯曼在第十一章结尾强调，从斯大林到普通战士都清楚地意识到，红军必须守住阵地，不可能再撤退了。

第十二章：我们保留了第三版中的若干细节。在已出版版本中，达伦斯基对别洛兹金的怨气没那么大。他没有指责别洛兹金像个小贩，在跟别洛兹金和塔玛拉告别时也没有热泪盈眶。本章结尾，塔玛拉的脏手指已经变形的这句话也没有出现在已出版版本中。这是苏联官方坚持要求"体面"的一个例证。

第十三章：内容基本一致。不过在已出版版本中，"牺牲了……牺牲了……牺牲了"没有那么丰富的声调。关于盐渍蘑菇的那个句子，以及说阿里斯托夫好像刚度完假回来的片段都来自第三版。倒数第二段也有所不同。在已出版版本中，塔玛拉只是想要擦擦别洛兹金的眼睛。在第三版中，她不仅想要擦眼睛，还想擦擦他的鼻子。我们按照第三版翻译了。

第十四章：1952年版和1954年版中有两段被略去了，一段是三个小姑娘从小男孩那儿抢胡萝卜，另一段是老头儿说在草原上出门不需要证件。关于骆驼在龇牙咧嘴，"像是在嘲笑我们"，这一句来自第三版。

第十五章：本章我们基本参照1956年版。那个女人的农舍让瓦维洛夫想起了自己的家。但这部分内容在第三版中完全没有。女人也没有孩子。瓦维洛夫问她为什么不拿着拔火棍把战士们赶走时，她答道："孩子们，我为你们感到惋惜。你们可能都是穷当兵的，也没那么勇敢。但我始终爱你们。我家老头子多年前就走了，也没有孩子。我只能去照顾你们。女人总是爱孩子的，不管他们是好孩子还是坏孩子。"

卖水的女人这一段出现在第三版，但首次出现的版本是1956年版，还有一处修改。在第三版中，每罐水卖十个卢布，在1956年版中则是每罐水只卖一个卢布。

"对死亡的恐惧抹去了疲倦"这句话出现在第三版。

第三部分第十五章、第二十三章、第二十四章和第三十一章经过改编和压缩后，以"渡口"为章节名，纳入《在伏尔加河畔》（1949 年）。

第十六章：如同提到叶廖缅科的许多内容一样，本章有许多内容在 1952 年版和 1954 年版中被删除。将军们放屁和骂人的相关内容来自第三版。

第十七章：在 1952 年版和 1954 年版中，本章被删除了。1956 年版和第三版中本章基本相同。不过在第三版中，叶廖缅科和赫鲁晓夫一起接见了崔可夫。副官因为画出了"漂亮而准确"的地图而感到高兴，但地图却暗示着德国人的进攻。这一段则来自第三版。

第十八章：在 1956 年版中，达伦斯基用惊人的直率描述了自己在驻地如何打发光阴。在第三版、1952 年版和 1954 年版中，他说："在这个令人感到极为不快的时候……"在这一语境下如此表述，其含义能够得到完全清晰的展现。

若干细节来自第三版，如达伦斯基担心自己也会变得像身边的通信指挥员那样无聊，每天只会谈论不同的黍米粥等。关于达伦斯基好色这一点则没有出现在第三版中，显然是格罗斯曼后来加上去的。本书创作之初，达伦斯基和诺维科夫性格都很相似。格罗斯曼突出达伦斯基好色这一点，能够帮助读者将两人区分开来。

第十九章：阿盖耶夫小心翼翼地在胸口画了个十字这部分内容来自

第三版。本章结尾时副官们"脸上透着些失望"这部分也是如此。

第二十章：关于达伦斯基旅行的细节，如虱子和"其他臭虫"、肮脏的火车站月台这些都来自第三版。

第二十一章：跟其他对军事局势的总结一样，本章没有出现在第三版中。

第二十二章：从古罗夫说"穷点也能过下去"开始的这一段我们按照第三版翻译。在已出版版本中，古罗夫列出了一大堆各个团里申请入党的人数。这很不现实。1956 年版中这段罗列比 1952 年版和 1954 年版要短些。这可能意味着格罗斯曼本想把它们完全删掉。据奥列格·布德尼茨基近期写的一篇文章，"党团组织的入口并不存在我们想象的那种自下而上的混乱运动，而是自上而下的调动"（"A Havard Project in Reverse"，in *Kritika*，vol.19，no.1，2018 年冬季刊，第 192 页），格罗斯曼肯定对此非常清楚。

从第三段到本章最后，我们按照 1956 年版翻译。在第三版中，本段是这么写的："1942 年 9 月上旬发生了两件对斯大林格勒保卫战特别重要的事情：在东岸集结重炮兵以及将罗季姆采夫的近卫步兵师部署在西岸。"

最后一段来自第三版。

第三版专门用了单独一章写崔可夫。在斯大林格勒战役之前，崔可夫没怎么打过胜仗。其他的指挥员刚开始对他多少有点轻视。很快，他们就意识到，"崔可夫并不是上级任命给他们的指挥员。他仿佛就是天生为了打一场全世界迄今最可怕的战役而专门造出来的"。

第二十三章到第二十四章：所有内容基本一致，但我们删除了第二十三章开头的这一段："在伏尔加河东岸，政治指导员和政委们对战士们大声宣读方面军军事委员会第四号命令：'战斗到最后一刻！'他们向战士们分发九月四日的《红星报》。这份报纸的头版是'击退德寇对斯大林格勒的进攻！'此外，政工人员们还花五分钟时间宣讲英雄主义行为，用博罗托、奥莱尼科夫、萨莫伊洛夫和别利科夫这个反坦克班为例子。他们在克列茨卡亚附近的一场战斗中总共击毁了十五辆坦克。"考虑到全师渡过伏尔加河的紧迫性，即便是给政工人员五分钟时间动员都不太可能。既然这一段没有在第三版中出现，可能它是后来格罗斯曼的编辑们让他加上的，这样能够突出党和政委们在这场战役中的重要性。

第二十五章：这里我们也删除了十五行左右在第三版中没有的内容，都是关于政治宣教的。瓦维洛夫向各营政委下令，而他们又给政治指导员们下令，告诉他们如何跟手下开短会："要说得又短又简单。我们保卫了察里津，打败了白军。现在我们要保卫斯大林格勒，打败德国鬼子。要让每个人熟悉城市地图。"

战士们关于巧克力的谈话来自第三版。在已出版版本中则没那么突出。1952年版和1954年版中只是这么说："喂，老兄，无论如何，我们都会拿到自己那份巧克力的。"

本章的倒数第三段中，罗季姆采夫说自己还从来没觉得有这么难过过，这部分来自第三版。只有在1956年版中才第一次把这段内容纳入其中，但还是删掉了"就是如此"这句话。

本章经过压缩后以"战斗之前"为章名，放在《在伏尔加河畔》（1949 年）发表。

第二十六章到第二十八章：所有内容基本一致。

第二十九章：这里我们保留了第三版中的若干较短段落：列娜·格纳丘克和菲利亚什金过了一夜；年轻中尉在农舍里被打肿了一只眼睛；格罗斯曼写到菲利亚什金"森严的等级"一段的最后两句话。在已出版版本中，本章快结尾处，科纳内金骂菲利亚什金的话没那么冲，也没有说他带着一群罪犯去打仗。科纳内金只是反驳说："您不觉得作为一名士兵去战斗，要比带着一群士兵去战斗要轻松一点儿？"

第三十章：所有内容基本一致。不过在已出版版本中谈论巧克力的内容要短一些。

第三十一章：瓦维洛夫搞各种建筑材料很困难这一段，我们按照第三版翻译。在已出版版本中有很多细微的改动，一切都是为了营造一个更加柔和和舒适的画面。本章最后四段，即"人民崇尚力量"在第三版中就有了，但在 1956 年版中才首次出版，说明格罗斯曼很看重这些内容，但编辑却对此感到不舒服。在这里，格罗斯曼写得有点啰嗦和隐晦。他有可能觉得俄国人民对斯大林的态度有些类似于德国人民对希特勒的态度。但他不敢把这一点写得太明显。

第三十二章：所有内容基本一致。

第三十三章："有些则一言不发，有些会藏起来，还有些人脸上挂着假笑，嘴里挤出几个德语单词想要套近乎"这一句来自第三版。巴赫提到英国和美国这部分也来自第三版。在已出版版本中，他是这么说的：
"还有西伯利亚和乌拉尔山呢。"

第三十四章：施通普夫放火烧掉一个红军哨兵警戒的指挥部这个片
段来自第三版。他在俄语上的天分这部分也来自第三版。在这一版本中，
本章还有两处提到纳粹反犹行动的片段。毫无疑问，肯定有要求让格罗斯
斯曼删除这两处。一处是一个犹太拉比和他妻子这部分有趣对话，另一
处是德国士兵相信莱卜涅希特（原来如此！）是"犹太最高会议派来的
特务"。

第三十五章：沃盖尔说的"战友之情"来自第三版。格罗斯曼的编
辑们对他将苏联"战友情谊"这一概念与德国士兵联系起来显然感到很
不痛快。

第三十六章：跟部分章节一样，本章是在1952年首次出版时加上去
的。法捷耶夫要求格罗斯曼加入一段关于德国人反对希特勒的文字。苏
联当局需要强调德国人反希特勒的内容，以便增强其强加在东德的共产
党政权的合法性。

格罗斯曼对此做出的改动反映出他面对编辑干预时的创造力。在
1952年版和第三版中，施密特这样想："他担心睡觉时要是说了些什么
不正确的梦话。旁边的人听见了会叫醒别人：'听听，这个红脑壳的施
密特又对我们的元首说三道四了。'"这里格罗斯曼只是用了"元首"这
个词。在1954年版中，这句话以"听听，这个红脑壳的施密特又在胡
说了"结束。在1956年版中，这句话以"听听，这个红脑壳的施密特
又对我们的领袖说三道四了"结束。在1956年版中，"领袖"这个词是
"vozhd"，是苏联语境中用来指代斯大林的词语。于是，这一段不仅可以

被认为是描写纳粹德国的普通人的生活，也可以被认为是在描写苏维埃俄国的普通人生活。格罗斯曼两次重写了这个句子，很清晰地暗示了他在处理这一问题上态度是明确的。

第三十七章：所有内容基本一致。崔可夫在"断断续续的回复"中说"我亲手枪毙他们"来自第三版。叶廖缅科的黑色幽默"斯大林格勒可不需要第二战场"也如此。

第三十八章：菲利亚什金幻想和列娜·格纳丘克一起生活这部分来自第三版。与其他一些阴暗的细节一样，妇女们需要把丈夫的衣物卖掉以维持生活这部分在1952年版和1954年版中没有出现。

第三十九章：在下面的句子里，"爱惜地"这个词来自第三版："第二名战士抖掉肩上泥土，用手掌爱惜地擦了擦勺子，恍恍惚惚地说：'还以为怎么回事呢，原来是这样。'"读者可能会问，格罗斯曼，或者他的编辑，为什么会费心去删掉这个看上去并无恶意的词语，而译者为什么又要费心把它给翻译出来？其实，这个词语很重要。布兰登·夏切特尔（Brandon Schechter）在他关于红军战士补给和装备的书中，用以下词句作为第三章的标题："政府的罐子和士兵的勺子：红军的配给"。书中他写道："士兵们所携带的东西很少。军装是政府的财产……但是，勺子却是士兵的个人物品……勺子和杯子是士兵服役期间所拥有的少数平民物品之一。勺子上常常刻着士兵名字缩写或者刻有某种艺术装饰。他们吃饭要么就用勺子，要么就用手。勺子变成了士兵个人的标记。在前线服役的外科医生薇拉·马拉霍娃曾回忆起她在敖德萨附近的一次尴尬经历。她当时和一群士兵坐下来吃饭，但发现自己缺少一样周围士兵们都有的东西。'您是哪门子笨蛋，算什么军人？您怎么连勺子都没有？'最糟糕的兵都会有一把勺子和一杆枪。勺子是个人财产中最珍贵的东西，是无价之宝，是个人生活中的工具。"

在本章后面，短暂的喘息时刻"像一把出鞘的刀上反射出的锋芒"，这一震撼的画面来自第三版。

第四十章：关于惩戒营的段落大部分出自第三版，已出版版本中更加平淡，没有提到自伤的士兵，也没有提到从战场上脱逃的士兵和逃兵雅洪托夫。

第四十一章：在1952年版和1954年版中，关于"根本不知道自己的母亲和父亲"的战士的篇幅非常短，只有一句话："两岁时他被送进了保育院。"这一段的最后四句话，以"他后来去念书……"开始的那一整段都没出现在1952年版和1954年版。

第四十二章：本章的翻译基本遵循了第三版。已出版版本大体一致，但在斯维德科夫记录战士们的英勇表现和对政治指导员的感激之情那里增加了十几行冗长无聊的内容。

第四十三章到第四十四章：所有内容基本一致。

第四十五章：在本章开始部分我们是按照第三版翻译的。已出版版本中有另外的六个段落用于描写苏军为解救菲利亚什金这个营而发动的反击，且反击失败了。这可能是格罗斯曼的编辑们要求他加上去的，这样就不会给人以红军轻易放弃了菲利亚什金的印象。

文中有两处提到，把美国妇女捐赠的漂亮衣服撕开作为绷带，这部分来自第三版。科瓦廖夫最后的留言"为了斯大林的光荣事业"在1956

年版中被删除了。

第四十六章:"生命在消逝前发出的如泡沫般的破裂声和汩汩声"这部分来自第三版。士兵们关于死亡的交谈,从乌苏罗夫说"反正人要死,谁也挡不住"到列兹奇科夫说"让我在死前安静一会儿",这部分也来自第三版。

第四十七章:莱纳尔德和巴赫谈到"臭气熏天的废物"和擦屁股这部分来自第三版。

第四十八章:这是本书第一次公开出版前在编辑要求下格罗斯曼增补的一章。打字稿和出版版本在本章基本相似,但后半页略有不同。在已出版版本中更加短一点。我们保留了打字稿中的两段,一段是"他一直在给我写信",另一段是从"我该问谁去"开始到本章结尾的四个短小段落。

还有一处较小的改动体现出了格罗斯曼对内容细节的极度关注和当局试图淡化妇女们所承受苦难的决心。在打字版和1956年版中,妇女"有时候"要拉犁。而在1952年版和1954年版中,妇女们只需要"拉两天犁"。

第四十九章:本章第二和第三句,从"所有人都牺牲了"开始,来自第三版。格罗斯曼的编辑显然认为这两句话互相矛盾。

第五十章:所有内容基本一致。在第三版而不是已出版版本中,本章之后增加了一章专门对战争前十八个月整体局面的概括性描述。格罗斯曼使用了物理学语言来证明:一支现代化的高度机动的部队,其具有的动能是马奇诺防线或别的什么堡垒所不能阻挡的，只有技术上的优势和精神上的力量才能抵挡它的进攻。在战争的头一年出现了若干个这样的例子，如布列斯特要塞防御战和漫长的塞瓦斯托波尔保卫战。在这些战斗中，苏联武装力量展现出了精神力量。然而，只有在斯大林格勒战役及其后，苏军才具备了将精神力量和技术力量结合的能力。

很难判断究竟是编辑们要塞入这些冗长的内容，还是格罗斯曼自己想要这么写。不过，如果他真觉得这些内容很重要的话，完全可以在1956年版中恢复其中哪怕一小部分。

第五十一章：本章首次出现在第六版，也是最正统的一版中，可能是1949年写成的。

第五十二章：所有内容基本一致。

第五十三章到第五十六章：这是为了让本书尽快首次出版，格罗斯曼不得不加入的内容。在第三版中完全没有这些内容，在早期打字稿中也没有任何与这些精彩的章节相关的内容。

人物关系表

1. 平　民

沙波什尼科夫家族

亚历山德拉·弗拉基米罗夫娜·沙波什尼科娃——女主人。

柳德米拉·尼古拉耶夫娜·沙波什尼科娃——亚历山德拉的长女。

阿巴尔丘克——柳德米拉的第一任丈夫，1937年被捕。

阿纳托利·托利亚·沙波什尼科夫中尉——柳德米拉和阿巴尔丘克之子。

维克托·帕夫洛维奇·斯特拉姆——柳德米拉的第二任丈夫，物理学家。

娜嘉——维克托和柳德米拉之女。

安娜——谢苗诺夫娜，维克托的母亲。

玛露霞·斯皮里多诺娃——亚历山德拉的二女儿。

斯杰潘·费奥多罗维奇·斯皮里多诺夫——玛露霞的丈夫，斯大林格勒发电厂的负责人。

薇拉·斯皮里多诺娃——斯杰潘和玛露霞之女。

济娜·梅利尼科娃——薇拉的好朋友。

维克托罗夫上士——战斗机飞行员，薇拉的情人。

德米特里·沙波什尼科夫——亚历山德拉之子，1937年被捕，被送去修建白海运河。

艾达·谢苗诺夫娜——德米特里的妻子。

谢廖扎·沙波什尼科夫——德米特里和艾达之子，由亚历山德拉抚养长大。

叶夫根尼娅·尼古拉耶娃·沙波什尼科娃——即叶尼娅，亚历山德拉的小女儿。

尼古拉·格里戈利耶维奇·克雷莫夫——叶尼娅的丈夫，红军政委。

彼得·帕夫洛维奇·诺维科夫上校——追求叶尼娅，被任命为坦克军军长。

沙波什尼科夫一家的好友

帕维尔·安德烈耶维奇·安德烈耶夫——钢铁厂工人。

索菲亚·奥西波芙娜·莱温托恩——军医院的外科医生。

米哈伊尔·西多罗维奇·莫斯托夫斯科伊——老布尔什维克。

阿格里平娜·彼得罗夫娜——莫斯托夫斯科伊的家庭服务员。

加加罗夫——莫斯托夫斯科伊的老朋友。

塔玛拉·别洛兹金娜——疏散的难民，经常到沙波什尼科夫家里做客。

帕维尔·安德烈耶夫一家和朋友们

瓦尔瓦拉·亚历山德罗夫娜——安德烈耶夫的妻子。

安纳托利——帕维尔和瓦尔瓦拉的孩子，已成年。

娜塔莉亚——阿纳托利之妻。

沃洛佳——阿纳托利和娜塔莉亚之子。

米沙·波利亚科夫——安德烈耶夫的老战友，后来成了谢廖扎的战友。

塔玛拉·别洛兹金娜一家

伊万·列昂季耶维奇·别洛兹金——塔玛拉的丈夫，炮兵少校。

斯拉瓦——塔玛拉和伊万之子。

柳芭——塔玛拉和伊万之女，五岁。

维克托·斯特拉姆的同事们

德米特里·彼得罗维奇·切佩任——维克托的导师，科学院院士。

安娜·斯杰潘诺夫娜·罗莎科娃——实验室助理。

伊万·伊万诺维奇·马克西莫夫——生物化学家，开战前不久从捷克斯洛伐克回国。

皮缅诺夫——1942年春天担任物理研究所代理所长。

列昂尼德·波斯托耶夫——著名物理学家，科学院院士。

艾拉·波斯托耶娃——波斯托耶夫的女儿。

皮奥特尔·拉夫连季耶维奇·索科洛夫——数学家。

伊万·德米特里耶维奇·苏霍夫——担任物理研究所所长至1942年春。

斯大林格勒州党委人员

伊万·帕夫洛维奇·普里亚欣——州党委第一书记。

巴茹林——普里亚欣的秘书。

米哈伊洛夫少校——州党委军事部部长。

菲利波夫——州党委执委会副主席。

伊尔金——州党委食堂经理。

斯大林格勒保育院

叶莉扎维塔·萨维利耶夫娜·托卡列娃——保育院院长。

克拉娃·索科洛娃——助理，娜塔莉亚·安德烈耶娃的朋友。

斯拉瓦·别洛兹金——伊万和塔玛拉·别洛兹金娜之子。

格里沙·谢尔波克利——一个受到战争创伤、疑似哑巴的男孩儿。

彼得·瓦维洛夫家人及周边

彼得·谢苗诺维奇·瓦维洛夫——集体农庄工人，菲利亚什金营战士。

玛丽亚·尼古拉耶夫娜——瓦维洛夫之妻。

阿廖沙、娜斯佳和瓦尼亚——彼得和玛丽亚的孩子们。

玛莎·巴拉绍娃——娜斯佳的朋友和年轻的邻居。

娜塔莉亚·捷格佳洛娃——瓦维洛夫一家的邻居。

莫斯科出现的高级工程师和工厂负责人

安德烈·特罗菲莫维奇——人民委员会成员，疑似为副人民委员。

切普岑科——近期疏散到乌拉尔的金属加工厂厂长。

谢苗·克雷莫夫——尼古拉·克雷莫夫的弟弟，一家位于西伯利亚工厂的总工程师。

斯梅热尼克——昵称，意思是"合作工厂"。

斯维尔奇科夫——乌拉尔一家工厂厂长。

伊万·诺维科夫和煤矿

伊万·帕夫洛维奇·诺维科夫——诺维科夫上校的哥哥，经验丰富的矿工，高级掘进工。

英娜·瓦西里耶夫娜——伊万·诺维科夫的妻子，一名教师。

玛莎——伊万·诺维科夫和英娜的女儿，年纪很小，身体很弱。

加夫里拉·捷维亚特金——掘进工。

科托夫——来自奥廖尔的掘进工。

伊万·库兹米奇——负责工业的州党委书记。

伊利亚·马克西莫维奇·拉普申——煤矿托拉斯负责人。

拉特科夫——架子工。

纽拉·拉帕济娜——前集体农庄工人，矿车工。

梅什科夫将军——生产坦克装甲的工厂厂长。

莫托林——矿场党委书记。

罗戈夫——车间主任。

维坎季耶夫——经验丰富的西伯利亚矿工，架子工。

雅泽夫——矿场场长。

格里戈里·安德烈耶维奇——国防委员会代表。

2. 军　人

和尼古拉·克雷莫夫一起突围的人

彼得罗夫——军医。

西佐夫——克雷莫夫的侦察队长。

斯克罗帕德——克雷莫夫的司务长。

空军少校斯维季尔尼科夫——克雷莫夫的参谋长。

尼古拉·克雷莫夫在第 50 集团军遇到的人

彼得罗夫少将——第 50 集团军司令员。

旅级政委什利亚平——彼得罗夫的政委（第 50 集团军军事委员）。

尼古拉·克雷莫夫在西南方面军遇到的人

谢苗诺夫——克雷莫夫的司机。

格涅拉罗夫——上士。

格列利克中校——坦克旅旅长。

科斯丘科夫——坦克旅参谋长。

莫罗佐夫——中尉。

萨尔基相——上尉，重迫击炮连连长。

塞利多夫——炮手。

斯维斯杜恩——斯大林格勒拖拉机厂附近的防空连连长。

西南方面军司令部与皮奥特尔·诺维科夫有交集的人

谢苗·铁木辛哥元帅——西南方面军司令员。

阿法纳西·格力高利耶维奇·布科夫——诺维科夫的顶头上司。

营级政委切普拉克——方面军军委会秘书。

维塔利·阿列克谢耶维奇中校——才华横溢的军官，有贵族背景。

达伦斯基中校。

伊万钦——方面军军委会委员（级别最高的政委）。

安格丽娜·塔拉索夫娜——最好的打字员。

莫斯科，总参谋部

雅科夫·费多连科将军——红军总汽车装甲部主任。

伊万诺夫上校——诺维科夫的朋友，在总参工作。

安德烈·赫鲁廖夫将军——副国防人民委员（1941 年 8 月上任）。

热韦兹久欣中校——总干部的军官。

军队记者

博罗欣——《红星报》记者，喜欢象征主义诗歌。

热巴夫斯基——最新电台新闻的记者。

斯大林格勒的军人

安德烈·叶廖缅科上将——斯大林格勒方面军司令员。

阿盖耶夫——叶廖缅科的炮兵司令员。

瓦西里·崔可夫中将——第 62 集团军司令员。

师级政委库兹马·古罗夫——军委会委员。

尼古拉·克雷洛夫少将——崔可夫的参谋长。

波扎尔斯基——崔可夫的炮兵司令员。

古尔季耶夫上校——师长。

若卢杰夫将军——师长。

柳德尼科夫将军——师长。

巴秋克上校——师长。

罗季姆采夫少将——师长。

别利斯基少校——罗季姆采夫的参谋长。

瓦维洛夫——罗季姆采夫的政委。

马丘欣中校——团长。

叶林中校——团长。

菲利亚什金上尉——营长。

伊岗诺夫中尉——菲利亚什金的参谋长。

科纳内金上尉——菲利亚什金的第一连连长。

科瓦廖夫（米沙）中尉——菲利亚什金的第三连连长。

科特洛夫——科瓦廖夫的政治指导员。

大士马尔岑科——科特洛夫负伤后成为科瓦廖夫的助手。

多多诺夫上士——爱搬弄是非，后来当了逃兵。

列娜·格纳丘克上士——卫生指导员。

穆利亚尔丘克——从前是个炉匠。

列兹奇科夫——连里的小丑。

雷塞夫——以前当过伞兵。

乌斯曼诺夫——乌兹别克人。

乌苏罗夫——以前是中亚的一名司机。

彼得·谢苗诺维奇·瓦维洛夫——前集体农庄工人。

扎伊琴科夫——当过会计。

谢廖扎·沙波什尼科夫在民兵连的战友

布柳什科夫——排长。

切恩索夫——机械工程专业的副博士。

加利古佐夫——炮班班长。

格拉杜索夫——在住房建设部里当过一名小职员。

伊卢什金——一名糊里糊涂的战士。

科雷雅金——连长。

波利亚科夫——木匠，帕维尔·安德烈耶夫的朋友。

苏米洛——连政治指导员。

3. 德国人

弗里德里希·保卢斯将军——第六集团军司令。

亚当上校——保卢斯的副官。

弗兰茨·魏勒尔将军——掷弹兵师师长。

里希特霍芬将军——第四航空集团军司令。

弗尔斯特上校——参谋军官。

彼得·巴赫中尉——弗尔斯特女儿玛丽亚的未婚夫。

普莱菲大尉——营长。

弗里茨·莱纳尔德中尉——党卫军军官。

莱德克、施通普夫和沃盖尔——士兵，三人是朋友。

卡尔·施密特——普通士兵，共产党员。

图书在版编目(CIP)数据

斯大林格勒：为了正义的事业 / (苏)瓦西里·格罗斯曼著；纪梦秋，肖万宁译. -- 上海：上海三联书店，2024. 11(2025.4 重印). -- ISBN 978-7-5426-8632-9

Ⅰ. I512.45

中国国家版本馆 CIP 数据核字第 2024RR4446 号

STALINGRAD
by VASILY GROSSMAN
Translated by ROBERT CHANDLER & ELIZABETH CHANDLER
Published by NEW YORK REVIEW OF BOOKS

著作权合同登记　图字：09-2024-0461

斯大林格勒：为了正义的事业

著　　者 / [苏联]瓦西里·格罗斯曼
译　　者 / 纪梦秋　肖万宁

责任编辑 / 王　赟
特邀策划 / 沈　菁
装帧设计 / 辛　悦
监　　制 / 姚　军
责任校对 / 王凌霄

出版发行 / 上海三联书店
　　　　　(200041)中国上海市静安区威海路 755 号 30 楼
邮　　箱 / sdxsanlian@sina.com
联系电话 / 编辑部：021 - 22895517
　　　　　发行部：021 - 22895559
印　　刷 / 上海展强印刷有限公司

版　　次 / 2024 年 11 月第 1 版
印　　次 / 2025 年 4 月第 3 次印刷
开　　本 / 710 mm × 1000 mm　1/16
字　　数 / 987 千字
印　　张 / 64.5
书　　号 / ISBN 978 - 7 - 5426 - 8632 - 9/I·1901
定　　价 / 168.00 元

敬启读者,如发现本书有印装质量问题,请与印刷厂联系 021 - 66366565